BASTEI
LÜBBE

HEINZ G.

KONSALIK

DER ARZT VON STALINGRAD

DAS HERZ DER 6. ARMEE

ROMAN

BASTEI LÜBBE

BASTEI LÜBBE TASCHENBUCH
Band 25 944

1. Auflage: Februar 2003

Vollständige Taschenbuchausgabe

Bastei Lübbe Taschenbücher ist ein Imprint der Verlagsgruppe Lübbe

Umschlaggestaltung: Hildendesign, München
Satz: hanseatenSatz-bremen, Bremen
Druck und Verarbeitung: Nørhaven Paperback A/S, Viborg
Printed in Denmark
ISBN 3-404-25944-0

Sie finden uns im Internet unter
http://www.luebbe.de

Der Preis dieses Bandes versteht sich einschließlich
der gesetzlichen Mehrwertsteuer.

HEINZ G. KONSALIK

DER ARZT VON STALINGRAD

ROMAN

BASTEI LÜBBE

Vorwort

Als vor wenigen Jahren ein Arzt aus der sowjetischen Kriegsgefangenschaft zurückkehrte, geschah etwas fast Unerklärliches: Ein Mensch, der nicht über sich sprach, der keinen anderen Wunsch hatte, als zu seiner ärztlichen Berufsarbeit zurückzukehren, war plötzlich im Munde aller Menschen. Schon seit Jahren war über 3000 Kilometer Entfernung, über die Zone des Schweigens und den Eisernen Vorhang hinweg, die Nachricht nach Deutschland gedrungen, daß ein Arzt sich für seine Kameraden in der Gefangenschaft aufopferte, ein Mann, dessen Namen noch niemand gehört hatte.

Jetzt war er wieder in der Heimat. Das ist er, sagten die Menschen, das ist der Mann, der in einzigartiger Weise, aus menschlicher und ärztlicher Verpflichtung heraus, unermüdlich für seine Kameraden tätig war und der durch die Kunde von seinen fast unglaubhaften Operationen auch tausend anderen half, die er gar nicht kannte, die sich jedoch an dem Beispiel, das er gab, aufrichteten, Glaube und Hoffnung wiederfanden, um die Entbehrungen und die Vereinsamung in den Weiten Rußlands durchzustehen. Sein Beispiel wirkte nicht nur auf Hilfsbedürftige, sondern auch auf andere Ärzte, die unter dem Eindruck dessen, was sie von ihm hörten, angespornt wurden.

Dieses Buch, das ›Der Arzt von Stalingrad‹ heißt, will nicht den Anspruch erheben, als eine Biographie dieses Arztes angesehen zu werden. Aber es ist entstanden nicht im luftleeren Raum, sondern aus dem schier unerschöpflichen Material, das in den Berichten und den Überlieferungen zahlreicher Zurückgekehrter dem Autor vorlag. Dieser hat es verdichtet und in freier Gestaltung geschaffen. Wenn er auch nicht imstande war, das Lebensbild und das Wirken jenes Arztes nachzuzeichnen, so waren doch sein Beispiel und sein Geist federführend, ohne daß er von der Entstehung dieses Buches wußte.

Die Namen sind aus Rücksicht auf noch lebende Personen geändert oder frei erfunden. Etwaige Übereinstimmungen von Personen, Orten, Erlebnissen und Vorkommnissen sind ungewollt und nicht beabsichtigt.

DER VERLAG

GEDULD IST DIE KUNST ZU HOFFEN
Vauvenargues

Dieses Buch soll kein Aufruf sein. Keine Anklage und kein Mahnmal. Es soll nicht Haß zwischen den Völkern säen und Zwietracht in die Herzen. Es soll keine alten Wunden aufreißen und keine neuen Wunden schlagen. Es soll nichts sein als ein Hoheslied der Menschlichkeit – der Roman vom einsamen, gläubigen, hoffenden, duldenden Menschen.

Für alle, die nicht zurückkehrten
Für alle, von deren Schicksal niemand weiß ...

ERSTES BUCH

Aus dem Tagebuch des Dr. Schultheiß:
Lagerarzt in Stalingrad

Alles riecht heute wieder nach Kohlsuppe.

Die Baracke, das enge Zimmer, das Bett, die dicken gesteppten Jacken, die Pelzmütze, die Handschuhe, der blecherne Eßnapf, die tausendfach gestopften Socken ... alles, alles!

Sogar die Primel vor dem Fenster des Zimmers 3, dem Zimmer unseres Oberarztes Dr. von Sellnow. Woher sie kam, diese Primel ... keiner weiß es. Sie war plötzlich da, stand auf dem schmalen Fenstersims und sah hinaus auf die unendliche Weite der Wolgaebene. Der Wind von Stalingrad flüsterte in ihren Blättern, ihre Blüten wiegten sich leicht, und oft standen wir davor, hatten die Hände um diese blaßrote Blüte gelegt und träumten von den Primeln zu Hause ... Überall gab es diese Blumen in der Heimat, sie wurde hier ein Stück Deutschland, heimatlos wie wir, verpflanzt und doch lebend ... Mein Gott, wie dumm sind die Gedanken, wenn man Heimweh hat ...

Hinter meinem Rücken ging der Oberarzt hin und her. Seine kurzen, stämmigen Beine stampften den Dielenboden, als wolle er die Nägel einzeln festtreten. In seinem Gesicht, dem breiten Gesicht mit den weit auseinanderstehenden Augen und der hohen Stirn, sah ich Ratlosigkeit und tiefes Entsetzen.

»Ein Saustall, Schultheiß«, schrie er aufgebracht und schlug wütend mit der Faust gegen die Wand. »Ein Saustall, aber kein Lazarett. Keine Medikamente, keine Spritzen, keine Instrumente – nicht mal ein Chirurgenmesser. Womit sollen wir behandeln, womit sollen wir operieren? Ein paar alte dreckige Lappen als Verbandszeug, vier alte verrostete Gefäßklemmen, mit denen der Iwan offenbar Kerzen geschneuzt hat und die der Pelz dann vom Müllhaufen herunterholte – das ist so ungefähr das ganze Inventar dieses sogenannten Lazaretts!«

Er nahm seinen Marsch durchs Zimmer wieder auf. »Ich sage Ihnen, Schultheiß, bei den Arbeitsbedingungen, die unsere Männer hier haben, werden wir Krankheiten und Unfälle am laufenden Band haben. Zertrümmerungen und Quetschungen und Knochenbrüche, ansteckende Krankheiten, Gelbsucht und ›Dystrophie‹ – wie man hier so schön sagt, wenn einer drauf und dran ist, vor Hunger zu krepieren!«

Er pflanzte sich vor mir auf und schrie mich an: »Aber ich werde mich weigern, Schultheiß! Ich werde den Teufel tun, ich werde nein schreien und dieser russischen Ärztin, diesem Weibsstück, ins Gesicht schlagen. ›Ihr Deutsche seid doch Genies‹, grinste sie mich an, ›was braucht ihr teure Medikamente und Instrumente, das Genie behandelt mit der Improvisation ...‹ – das sagt mir dieses Mistvieh! Und wir müssen die Schnauze halten, wir müssen kuschen, wir müssen es schlucken, wir verdammten, rechtlosen, stinkenden Plennis. Aber ich werde hier nicht den Arzt spielen, Schultheiß!«

Ein Klopfen an der Tür unterbrach ihn.

»Herein!« rief Sellnow mit Stentorstimme, und unser Sanitäter Pelz trat in den Raum.

»Tschuldjen Se, Herr Oberarzt, der Chef nicht hier?« rief Pelz aufgeregt: »Mit Nummer 4583 steht es sehr schlecht ... er hat große Schmerzen, und det Opium hilft nischt mehr!«

»Da haben wir's«, schrie Sellnow, »ich habe ja von Anfang an gesagt, daß diese konservative nicht chirurgische Behandlung der Blinddarmentzündung ein Quatsch ist, jetzt haben wir die Bescherung ...«

»Glauben Sie, Herr Oberarzt«, fragte ich leise und erschrocken, »daß der Appendix durchgebrochen ist?«

»Was haben Sie denn gedacht?« schrie mich Sellnow an. »Selbstverständlich ist das eine Perforation, der Mann muß sofort operiert werden.« Und dann schlug er sich mit der Faust gegen die Stirn und schrie: »Aber womit, Schultheiß, womit, wir haben noch nicht einmal ein lausiges Skalpell!«

Sein Gesicht war knallrot angelaufen. Er sah geradezu beängstigend aus. Ich wollte etwas Beruhigendes sagen, als sich die Tür öffnete: Dr. Fritz Böhler, unser Chef, mußte sich etwas bücken, um mit dem Kopf nicht an den oberen Balken zu stoßen. Sein langes, schmales Gesicht mit der überhohen Stirn, den mandelförmigen Augen, der langen Nase mit dem engen Sattel und dem zusammengekniffenen dünnlippigen Mund trug deutlich den Stempel, den ihm Jahre der Kriegsgefangenschaft aufgeprägt hatten. Das an den Schläfen ergraute Haar hatte die peinliche Ordnung verloren, auf die er so großen Wert legte. Seine schmutzige Wolljacke stand über der Brust offen, das Hemd darunter war zerknittert und feucht von Schweiß.

»Gehen Sie hinüber, Pelz«, sagte er leise, »und bereiten Sie den Patienten auf die Operation vor.«

Der Sanitäter sah ihn erstaunt an und ging hinaus.

»Und womit wollen Herr Stabsarzt operieren?« fragte Sellnow und machte nicht einmal den Versuch, den Hohn in seiner Stimme zu unterdrücken.

»Natürlich mit dem Messer, Herr von Sellnow«, antwortete Böhler ungerührt.

Sellnow hob die Hand mit einer Geste, die ›wohl verrückt geworden‹ bedeuten konnte, dann besann er sich und ließ die Hand sinken. Er trat an Böhler heran und fragte heiser: »Mit welchem Messer?« Böhler griff in die Tasche und zog dann die Hand wieder heraus. Als er sie öffnete, lag ein Taschenmesser darin. Ein gewöhnliches, altes, zweiklingiges Taschenmesser, wie wir es alle als Jungen in billigen Geschäften kauften.

»Einer unserer Leute hat es mir gegeben«, lachte Dr. Böhler, »der gute Kerl hat es verstanden, es vor allen Filzungen durch die Russen zu retten.«

Während wir den Gang entlanggingen, vorbei an den drei großen Zimmern, in denen über siebzig Kranke und Verletzte lagen, vorbei auch an den drei Zimmern, in denen die russische Ärztin, Dr. Alexandra Kasalinsskaja, arbeitete, stieß mich Sellnow an.

»Wer assistiert?« fragte er leise.

»Ich nehme an, Sie.«

»Ich habe keinen Mut mehr, Schultheiß. Mit einem Taschenmesser ein perforierter Appendix! Wenn ich jemals in die Lage kommen sollte, das im alten Deutschland zu erzählen, halten sie mich für einen wüsten Aufschneider. Mir ist lieber, Sie assistieren und ich mache die Narkose.«

»Aber ... ich habe nicht viel Übung, und es wird sicher schwierig werden.«

»Das wird weder sehr schwierig noch sehr langwierig«, prophezeite Sellnow düster.

Wir betraten den ›Operationssaal‹. Es war ein etwas größeres Zimmer mit einem weißbezogenen Tisch. Auf ihm lag schon der Patient Nummer 4583: Emil Pelz stand neben dem Tisch und sprach leise auf den Kranken ein. Als wir eintraten, kam er uns entgegen, und sagte nur für uns verständlich:

»Puls klein und ziemlich schnell, Herr Stabsarzt, schwankt zwischen hundertzwanzig und hundertvierzig, sieht nicht jut aus!«

Dr. Böhler wandte sich den auf einem Tisch stehenden Waschschüsseln zu. Pelz half ihm aus der Jacke, und Böhler begann sich zu waschen.

»Legen Sie dem Patienten einen Sandsack, oder was Sie sonst haben, unter die rechte Hüfte«, sagte er, »und reinigen Sie das Operationsgebiet, rasieren nicht vergessen ...«

Sellnow war an den Kranken herangetreten und tastete behutsam mit beiden Händen die Gegend des rechten Unterbauchs ab. Der Kranke begann sofort vor Schmerz zu stöhnen. Sellnow ließ augenblicklich von ihm ab, sprach ein paar beruhigende Worte und trat dann ebenfalls an die Waschschüssel.

»Ich übernehme die Assistenz«, sagte er heiser vor Wut, »und machen Sie die Narkose«, fügte er, zu mir gewandt, hinzu. Mit heftigen Gebärden trug er sich grüne Schmierseife auf Hände und Unterarme auf, feuchtete sie an, griff sich aus einem Behälter eine Handvoll Sand und begann sich mit diesen primitiven Mitteln zu waschen. Pelz hatte die Instrumente, die für die Operation zur Verfügung standen, in einen Kessel mit Wasser gesteckt, der auf einem Petroleumkocher summte. Es war kläglich, was ich da sah: Ein paar Gefäßklemmen, ein paar Stücke Draht, die zu Wundhaken zurechtgebogen waren, und das klägliche Taschenmesser, sonst nichts. Mich schauderte.

Plötzlich wurde mir siedend heiß. Ich trat zu Pelz, der das Operationsfeld gereinigt hatte und die Umgebung mit alten, zerschlissenen Baumwollfetzen abdeckte. »Mensch, Pelz«, sagte ich, »wir haben ja kein Nähmaterial, weder Catgut noch Seide.«

»Lassen Sie man, Herr Doktor«, grinste Pelz, »dafür ha ick schon jesorcht. Ick hab der Bascha, dem Küchentrampel, ihren seidenen Schal jeklaut und uffjerebbelt. Wir ham jetzt ein paar Kilometer prima Seidenjarn ... was wir für de Operation brauchen, kocht da drüben in dem Topp.«

Ich hatte eben das, was wir stolz unser Instrumentarium nennen durften, auf einem Tablett ausgebreitet und auf einen Stuhl neben den Operationstisch gestellt, als die Kasalinsskaja den ›Operationssaal‹ betrat.

Ihre erdbraune Uniformjacke war über der Brust geöffnet und ließ die rote Bluse, die sie darunter trug, sehen. Die langen, schwarzen Haare hingen ihr auf die Schultern und die breiten Schulterstücke. Sie trug flache, dick besohlte Sportschuhe und Seidenstrümpfe. Außerdem rauchte sie eine süß duftende türkische Zigarette.

Sellnow trat auf sie zu und schrie sie an: »Was machen Sie denn hier?! Und auch noch rauchen, im Operationszimmer! Wohl verrückt geworden, was?!«

Die russische Ärztin sah Sellnow groß an und warf die Zigarette in den Eimer, der für blutige Verbände, herausgeschnittene Organe und andere Abfälle dienen sollte. Sie schob mit ihrer kleinen, etwas gelben Hand den Oberarzt zur Seite und trat zu Böhler, der, die gereinigten Arme vorsichtig vor sich hinhaltend, Pelz Anweisungen bei der Lagerung und dem Festschnallen des Patienten gab. Pelz bediente sich dabei alter Lederriemen und zerschnittener Koppel.

Die Kasalinsskaja blickte auf den Patienten und nickte.

»Appendizitis«, sagte sie. Sie besaß eine schöne Stimme. Dunkel, schwingend, eine Stimme mit Melodie. Ihre Lippen öffneten sich beim Sprechen, als sei jedes Wort ein Kuß, und in ihre Augen trat ein Glanz, der sie fast schön machte – wenn man vergessen konnte, daß sie die Ärztin war, die jede Woche von Außenlager zu Außenlager fuhr und dort rücksichtslos die Männer in die Wälder, Steinbrüche, Bergwerke und auf die Bauten nach Stalingrad jagte, mit dem stereotypen Wort: »Gesund!« Gesund auch dann, wenn sie vor Hunger und Entkräftung schwankten, wenn Furunkel ihren Körper bedeckten, wenn das Fieber sie schüttelte und sie sich kaum noch auf den Beinen halten konnten ... rabotat nada ... dawai ... dawai ...

Ihr habt Stalingrad zermalmt ... ihr habt die schöne Stadt an der Wolga pulverisiert ... nun baut sie wieder auf ... und wenn es sein muß, mit euren Knochen! Mit eurem Blut als Mörtel, mit eurem Fleisch als Steine, mit euren letzten Seufzern als Richtspruch!

Dr. Böhler sah zu mir herüber. »Fertig mit den Instrumenten?«

»Der Stiel hat sich durch das kochende Wasser vom Schaft gelöst«, antwortete ich leise.

»Macht nichts«, meinte Dr. Böhler, »wenn der Holzstiel weg ist, können wir es wenigstens besser sterilisieren – soweit hier von Sterilität überhaupt die Rede sein kann«, fügte er, traurig lächelnd, hinzu.

Er drehte sich nach Sellnow um, der noch immer mit dem Reinigen seiner Hände beschäftigt war, und rief: »Sind Sie fertig, Sellnow?« und dann zu mir: »Beginnen Sie mit der Narkose, Schultheiß.« Während ich unsere kostbare Ätherflasche öffnete und die aus Draht und Mullbinden behelfsmäßig angefertigte Narkosemaske an mich nahm, sprach Böhler einige tröstende Worte zu unserem Patienten.

»Nur mit der Ruhe, mein Junge«, sagte er, »das kriegen wir schon hin, in vierzehn Tagen sind Sie wieder auf dem Damm ...« Er machte mir ein Zeichen mit dem Kopf, und ich setzte die Maske vor Mund und Nase des Kranken.

»Tief und ruhig atmen«, sagte ich zu ihm, »und von hundert rückwärts zählen, hundert, neunundneunzig, achtundneunzig und so weiter, verstanden?«

In diesem Augenblick trat die Kasalinsskaja heran und nahm mir die Ätherflasche aus der Hand. »Lassen Sie mich«, sagte sie hart und dann, gewollt gebrochen in ihrem sonst guten Deutsch: »Du geh zu Chef.«

Ich blickte auf und in das Gesicht Sellnows. Seine Augen verschlangen die Kasalinsskaja. Der Haß in seinem Blick war unverkennbar, aber auch die Bewunderung für dieses Weib mit der wunderbaren Figur.

»Haben Sie kein Skalpell?« fauchte er sie an. Sie schüttelte den Kopf. »Kein Instrument?« fuhr er fort. Sie schüttelte den Kopf.

»Womit operieren Sie denn dann?«

»Ich bin Internistin, ich operiere nie.« Die Kasalinsskaja lächelte, wirklich, sie lächelte Sellnow an und begann dann ungerührt, den Äther auf die Maske zu tropfen.

Der Kranke hatte aufgehört zu zählen und fing plötzlich an, heftig zu zucken und sich aufzubäumen.

»Exzitation«, sagte Dr. Böhler ruhig. »Schultheiß und Pelz, halten Sie ihn fest – und Sie«, er machte eine Kopfbewegung zur Kasalinsskaja, »tropfen Sie schneller.«

Der Zwischenfall war in Sekunden vorüber. Der Kranke lag, ruhig atmend, da. Ich griff zum Puls und meldete: »Hundertzwanzig.« Nicht einmal eine Uhr hat man oder wenigstens ein Sandglas, um den Puls richtig zählen zu können, dachte ich – da hatte Böhler schon das Messer in der Hand, legte die Linke spannend auf die Haut des Operationsfeldes und zog einen raschen Schnitt.

Während Sellnow die improvisierten Wundhaken aus Draht ansetzte und die Wunde weiter auseinanderzog, tupfte der Chirurg das Blut auf. Dem Sanitäter Pelz, der beim Tablett mit den Instrumenten stand und sie Böhler zureichte, rief er anerkennend zu: »Schneidet tadellos, das Messer«, und Pelz, der es geschliffen hatte, grinste geschmeichelt. Die Wunde klaffte nun weit, und wir konnten alle sehen, wie sich das gespannte Bauchfell hineinwölbte. Ich beobachtete die Gesichter. Böhler war ruhig und gefaßt, Sellnow erregt, und die Kasalinsskaja hatte offensichtlich Angst. Die Ätherflasche in ihrer Hand zitterte.

»Klemmen«, befahl Böhler, und ich zuckte zusammen. Schnell reichte ich ihm zuerst die eine Klemme, die er an das Bauchfell ansetzte. Vorsichtig schüttelte er sie, um das Bauchfell von den darunterliegenden Därmen zu trennen, und reichte sie dann Sellnow. Ein paar Zentimeter entfernt setzte er die zweite Klemme an. Sellnow hob jetzt beide Klemmen leicht an, und Böhler fuhr mit dem Messer über die entstehende Falte des Bauchfells. Es klaffte auseinander, und nun sahen wir die Bescherung. Grüngelber, stinkender Eiter füllte den Teil der Bauchhöhle, den wir übersehen konnten.

Wir alle wußten, was das zu bedeuten hatte. Das war eine Bauchfellentzündung, zumindest in der Blinddarmgegend und offensichtlich von diesem ausgehend. Bisher hatten Böhler und Sellnow ohne besondere Eile gearbeitet, jetzt änderte sich das augenblicklich. Ich reichte dem Chirurgen einen gewöhnlichen Eßlöffel, und er holte damit den Eiter aus der Tiefe der Wunde. Dann tupfte er mit angefeuchtetem Läppchen und Tupfern die Bauchhöhle aus, so gut es ging.

Sellnow griff mit beiden Händen in die Wunde und legte den Wurmfortsatz, den Appendix, frei. Das Gebilde war dick geschwollen und an mehreren Stellen aufgerissen, perforiert.

»Machen Sie das Eisen glühend«, sagte Böhler zu Pelz. Er

nahm mit der Linken den Wurmfortsatz hoch, setzte eine Klemme an, und Sellnow unterband mit einem Stück Seide. Böhler durchtrennte das Gebilde und warf es in den Abfalleimer.

Pelz reichte ihm an einer gewöhnlichen Zange einen dicken, glühenden Nagel. Böhler griff, die Hand mit einem Tuch geschützt, um sie sauberzuhalten, nach der Zange und tupfte mit dem heißen Eisen auf den Operationsstumpf. Es zischte und roch scharf nach verbranntem Fleisch. Eigentlich hätte man dieses Sterilisieren des Stumpfes mit einem Thermokauter oder einem Desinfektionsmittel vornehmen müssen, aber es mußte hier auch so gehen.

Wie hatte Sellnow vorhin zu mir gesagt? »Das wird weder schwierig noch langwierig.« Wie sollte dieser Kranke jemals die Bauchfellentzündung überstehen, ohne alle pflegerischen Möglichkeiten und ohne herzstützende Medikamente? Es sah wirklich verzweifelt aus, obgleich man sagen konnte, daß die Operation soweit gelungen war. Der Chef war damit beschäftigt, den Stumpf zu übernähen. Sellnow hatte ihm in eine gewöhnliche Nähnadel Seide eingefädelt, und Böhler mußte ohne Nadelhalter die Naht durchführen. Ich schaute ihm wie gebannt zu, wie er in höchster Eile, aber dennoch mit großer Präzision die Nähte zusammenzog, und schreckte förmlich auf, als er die Kasalinsskaja anschrie:

»Zum Donnerwetter, nehmen Sie die Maske weg, wollen Sie den Patienten umbringen!«

Jetzt sah ich es auch. Die Wunde war blau angelaufen. Die Kasalinsskaja hatte zuviel Äther aufgeträufelt. Die blauen Lippen und das fahle Gesicht des Patienten deuteten darauf hin, daß er in Gefahr war, zu ersticken. Ich griff nach dem Puls und schätzte mindestens hundertsechzig Schläge. Sellnow knurrte mich an:

»Nehmen Sie dem Weibsstück die Ätherflasche weg, und führen Sie die Narkose weiter. Zu nichts Vernünftigem sind diese Bestien zu gebrauchen.«

Ich tat wie befohlen. Die Ärztin überließ mir willenlos Maske und Tropfflasche. Schwankend verließ sie den Operationssaal. Sie hatte offensichtlich vollkommen schlappgemacht.

Die beiden Chirurgen standen abwartend da und beobachteten. Sie konnten nichts tun. Man mußte der Natur ihren Lauf lassen und hoffen, daß der Kranke sich von selbst erholen würde. Ich machte zusammen mit Pelz künstliche Atmung.

Wir hatten Glück. Die blauen Lippen und das fahle Gesicht färbten sich wieder, und der Puls beruhigte sich.

»Ich glaube, Sie können weitermachen, Herr Stabsarzt«, meldete ich.

»Dräns!« befahl Böhler, und Pelz brachte einen Topf, auf dessen Grund einige dünne Schläuche aus Kunststoff lagen. Es waren ursprünglich Kabelisolierungen gewesen, die der findige Böhler sich zum Dränieren bei Operationen ›organisiert‹ hatte.

Er war damit beschäftigt, zwei Schläuche in die Wunde einzunähen, als plötzlich die Tür zum Raum aufgerissen wurde und die Kasalinsskaja hereintrat. Sie hielt ein Päckchen in der Hand, reichte es mir hin und rief:

»Da habt ihr, gutt für Peritonitis!« worauf sie sich umwandte und wieder hinausging. An der Tür wandte sie sich noch einmal zurück und rief:

»Verdient habt ihr es nicht!«

Ich hatte gerade wieder die Maske aufgesetzt und für den Verschluß der Wunde wieder Narkose gegeben. Verblüfft nahm ich die Tropfflasche zurück und starrte auf das Päckchen, das ich in der linken Hand hielt. ›Penicillin‹ stand darauf und eine englische Gebrauchsanweisung. Es handelte sich offenbar um ein amerikanisches Präparat.

»Was ist denn los?« herrschte mich Böhler ungeduldig an, »machen Sie schon mit der Narkose weiter.«

»Es ist Penicillin-Pulver«, antwortete ich, »offenbar geeignet zur lokalen Behandlung der Bauchfellentzündung bei Operationen.«

»Ach – das sagenhafte Penicillin«, meinte Böhler. »Pelz, öffnen Sie das Päckchen, schaden können wir damit ja wohl nicht.«

Er ließ Sellnow reichlich Penicillin-Pulver in die Wunde streuen und nähte dann mit der Hausfrauennadel und den seidenen Fäden aus dem Schal des Küchenmädchens Bauchfell und Muskulatur zusammen. Die aus der Wunde herausragenden beiden Dräns sicherte er über der Haut mit Sicherheitsnadeln.

Eine knappe Stunde hatte die Operation gedauert. Das Schicksal des Kranken lag jetzt in Gottes Hand. Pelz und zwei Leichtkranke trugen ihn hinaus in ein kleines Zimmer am Ende des Ganges, in dem die Schwerkranken lagen.

Vor meinem Zimmer verabschiedete ich mich von dem Oberarzt.

»Bis nachher«, sagte er. »Und kochen Sie weiter unser Taschenmesser gut aus ...«

Ich nickte. Müdigkeit überfiel mich plötzlich. Ich spürte, wie die Anspannung der vergangenen Stunde sich in meinem Körper in eine grenzenlose Schlaffheit auflöste. Ich schwankte zu meinem Bett und fiel auf den Strohsack. Dann fühlte ich, wie mein Blick starr wurde, ungläubig, fassungslos.

Auf dem Tisch lag ein Skalpell. Ein richtiges Skalpell. Es glänzte in der Sonne, die durch das Fenster flutete. Und neben dem Skalpell drei Nadeln, Catgut, eine Schere, ein kleiner Wundspreizer, sechs Wundhaken ...

Ich fuhr in die Höhe, riß die Tür auf, rannte, laut rufend, durch den Gang ... Sellnow stürzte aus der Tür ... Böhler kam aus dem kleinen Todeszimmer und sah mich an ... »Ein Skalpell!« schrie ich. »Wir haben ein Skalpell! Und Wundhaken und Catgut! Wir haben alles, alles!«

Und dann heulte ich wie ein kleiner Junge, lehnte mich an die Schulter Sellnows, der mein Gesicht streichelte.

Dr. Böhler war in mein Zimmer gelaufen und kam nun wieder heraus, das Skalpell in der Hand.

»Wir müssen uns bei ihr bedanken«, sagte er leise und sah Sellnow fragend an. »Wollen Sie das übernehmen, Sellnow?«

Und ich sah, wie der Oberarzt rot wurde und sich schnell entfernte. Die Kasalinsskaja ... die verhaßte russische Ärztin, das Weib mit den wilden Locken und der schönen Stimme, die in den Haufen der Plennis hineinschrie: »Dawai! Dawai!«

Nun bin ich wieder allein.

Nummer 4583, der junge Oberfähnrich, schläft.

Und alles riecht heute wieder nach Kohlsuppe.

Alles.

Ich werde meine Suppe heute mittag an drei Kranke geben. Ich kann nicht essen.

Wir haben ein Skalpell ...

Das Lager 5110/47 liegt außerhalb Stalingrads, nordwestlich der Wolga in einer bewaldeten Niederung. Es ist ein Lager wie alle anderen ... hohe Stacheldrahtzäune, niedere Hütten und Baracken, langgestreckt und eingeteilt in Blocks, am Zaun die halbhohen hölzernen Wachttürme, auf denen die Maschinengewehre stehen, die Scheinwerfer und die russischen Soldaten in ihren erdfarbenen Uniformen.

Ein großes Tor führt auf eine von den Gefangenen ausgebaute Straße. Neben dem Tor liegt das Haus der Wachttruppen, des Kommandanten und des Lagerdistriktarztes. Etwas außerhalb der Wohnblocks erstreckt sich die lange Krankenbaracke mit ihren vielen Fenstern, dem überdachten Eingang und der Zentralküche, die einen besonderen kleinen Ausgang durch den Drahtzaun besitzt, an dem ein schmales Postenhäuschen steht.

Der Boden des Lagers ist festgestampfte Erde. Ab und zu sieht man zwischen den Baracken einen kleinen Garten, liebevoll gepflegt und umrahmt von heimlich in den Taschen mitgebrachten Steinen von den Bauplätzen in Stalingrad. Solch ein kleiner Garten ist der Mittelpunkt der Sommerabende – und damit der Grund eines verbissenen Kampfes von Leutnant Piotr Markow gegen die ausgehungerten Plennis. Siebenmal war in der Nacht von Unbekannten die Gartenanlage zerstört worden, und achtmal wurde sie wieder aufgebaut, wurden weiße Ziersteine gestohlen, durch die schärfsten Kontrollen geschmuggelt, wurden Knollen und Stauden beschafft, ja, beim achten Mal gab es in dem heißen Sommer 1947 sogar herrliche rote und gelbe Tulpen, von denen keiner wußte, wie ihre Zwiebeln durch die Lagerkontrolle zu den Baracken gekommen waren.

Piotr Markow tobte und zertrat die Tulpen. »Das ist Revolution!« schrie er Major Worotilow an. »Rebellion! Ich lasse die Kerle auspeitschen!« Aber Worotilow winkte ab und sagte sinnend: »Warum, Genosse Leutnant? Ich liebe Blumen. Ich komme aus Kasan, der Rosenstadt ...«

In Baracke II, Block 7, saßen an diesem Sommerabend Karl Georg, Julius Kerner, Peter Fischer, Hans Sauerbrunn und Karl Eberhard Möller auf einer Pritsche zusammen und spielten mit selbstgezeichneten Karten Skat. Andere standen in Gruppen herum. Beißender Qualm der Machorka-Zigaretten oder des getrockneten Tees, den viele in der geschnitzten Pfeife rauchten, durchzog den langen Raum. Ein ewiges Halbdunkel herrschte hier, ein Zwielicht, umwölkt von Gestank und Stimmen, verbaut durch Betten und Spinde, Kleider und Menschen.

»Wenn du noch mal falsch gibst, tret' ich dir in den Arsch!« sagte Julius Kerner und stieß Peter Fischer in die Seite. »So blöd bin ich noch nicht, um nicht zu sehen, daß du zwei Asse unten läßt und dir zuschusterst.«

Peter Fischer wollte protestieren und legte die Karten hin. »Kinder!« schrie er. »Ich spiele seit der Muttermilch Skat! Mein Vater war Skatmeister!«

»Und meiner Weihnachtsmann! Gib schon, Idiot!«

Die schmutzigen Karten mit den rührend naiven, gemalten Bildern flogen über den Tisch. Möller, in der Liste Möller 75, was er immer zu hören bekam, wenn ihn jemand anredete, drehte sich aus Zeitungspapier und getrockneten Pfefferminzblättern eine Zigarette.

»Der will uns vergiften«, stellte Sauerbrunn fest. Dabei

schielte er auf die dicke Zigarette. »Als ob es hier nicht genug nach den Schweißquanten Kerners stinkt!«

Im Hintergrund polterte es, die Tür nach außen wurde aufgestoßen, jemand, der ihr am nächsten lag, brüllte »Achtung!«, und ein russischer Offizier betrat die Baracke. Er hatte seine Tellermütze in den Nacken geschoben. Bösartig musterte er die Männer, die sich lässig erhoben und so etwas wie Haltung mimten.

»Der Markow!« flüsterte Sauerbrunn. »Was haben wir denn wieder in den Garten gepflanzt?«

»Vergißmeinnicht«, grinste Karl Georg, der Gärtner der Baracke.

Hinter Piotr Markow schob sich eine schmächtige Gestalt vorbei und baute sich vor dem Tisch auf, der vor den ersten Betten stand. Der Mann trug eine abzeichenlose Uniform, sein fettiges, schwarzes Haar glänzte matt. Über seinen dicken Lippen trug er einen buschigen, schwarzen Schnurrbart.

»Was will denn der Aaron hier?« flüsterte Kerner. »Wenn der mitkommt, ist immer dicke Luft ...«

Jakob Aaron Utschomi, ein Jude, der als Dolmetscher für die Lagergruppe diente und aus Moskau kam, sah sich um und blickte dann Piotr Markow an, der ihm zunickte.

»Herhören!« brüllte er. »Gestern nacht ist der Küchenhilfe Bascha Tarrasowa ein seidener Schal gestohlen worden!«

»Geschieht dem Trampel recht!« flüsterte Kerner Fischer zu.

Irgendwo im dunklen Hintergrund lachte jemand meckernd.

»Schnauze dahinten!« Utschomi drehte an seinen Fingern und sah zu Markow zurück. »Der Lagerkommandant hat angeordnet: Wenn der Schal nicht bis morgen mittag bei Bascha Tarrasowa ist, erhält das ganze Lager eine Woche lang 100 Gramm Brot weniger!«

»Au Backe!« Kerner sah sich um. »Wegen einem Schal müssen ein paar tausend Mann hungern! Man sollte diesen Markow im Scheißhaus ersäufen wie eine Katze!«

»Wer da redet?!« brüllte Leutnant Markow. »Vortreten!«

Julius Kerner zögerte. Sauerbrunn stieß ihm auffordernd in die Rippen. »Geh schon! Oder wir bekommen noch mal 100 Gramm Brot abgezogen.«

Als Kerner vortrat, stürzte sich Markow auf ihn. Er faßte ihn am Hemdkragen und zog ihn zu sich heran. »Was du sagen?« schrie er wild. Sein Atem roch nach Wodka und Tabak. Er war betrunken. Kerner sah es an dem starren Blick seiner Augen.

»Ich habe gesagt, daß wir den Dieb suchen, Herr Leutnant.«

Piotr Markow stieß Kerner gegen einen Tisch. Die Kante krachte gegen seine Leiste ... Kerner verzog schmerzerfüllt das Gesicht, aber er schwieg.

»Das gutt!« schrie Markow. »Suchen! Alle suchen! Wer Dieb findet, ein Glas Wodka! Wenn nicht findet, kein Brott!«

Er drehte sich um und verließ den Raum. Jakob Utschomi blieb noch einen Augenblick zurück und blickte in das Halbdunkel der Baracke. Er sah die Gesichter wie Schemen ... aber er sah die Augen, und sie waren voll Haß und Elend.

»Der Schal ist weg, und ihr findet ihn nie! Legt zusammen und gebt Bascha ein paar Rubel für einen neuen Schal! Dann ist ja alles gut. Aber sagt es nicht Markow ...«

Dann eilte er wieselgleich dem draußen vor der Baracke III brüllenden Leutnant nach.

»So ein Sauschwein!« schrie Sauerbrunn, als sich die Tür hinter Jakob Utschomi schloß.

»Der Aaron ist selbst einer der Getretenen, der kann nichts dafür. Der muß wie die Oberen pfeifen!« Kerner rieb sich stöhnend die Leiste. »Aber woher sollen wir die Rubel nehmen?«

»Ein Schal kostet bestimmt 300 Rubel!«

Fischer winkte ab. »3,30 oder 30 000 – für uns ist jeder Rubel ein Vermögen!«

Karl Georg nahm die Karten vom Tisch und legte sie zusammen. »Eine Woche lang 100 Gramm Brot weniger! Und dann im Wald arbeiten oder auf dem Bau oder in der Grube? Das halte ich nicht aus ...«

Seine Stimme schwankte. Er sah sich um und blickte in starre, verfallene Gesichter. »Welches Schwein mag wohl den verdammten Schal geklaut haben?!«

Er sprach aus, was Tausende Gefangene dachten ...

In der Lazarettbaracke saß Dr. Böhler hinter seinem Tisch und las die Krankenblätter durch, die er gewissenhaft von jedem Patienten angelegt hatte. Das Papier hatte er von Dr. Sergej Basow Kresin, dem Distriktsarzt, bekommen, der Dr. Böhler einen dreckigen Beamten nannte, es aber doch hergab.

Dr. Sellnow und Unterarzt Dr. Jens Schultheiß standen am Fenster und blickten hinaus in die Abendsonne, die dort unterging, wo Tausende von Kilometern entfernt die Heimat lag.

»Jetzt ist in Berlin sonniger Nachmittag«, meinte Sellnow düster. »Und bei Ihnen in Köln, Dr. Böhler, gehen sie jetzt im Stadtwald bummeln. Schöne Frauen flirten mit netten Männern in teuren englischen Maßanzügen und können es nicht erwarten, bis der Abend kommt ... Und wir hier? Es ist zum Kotzen!«

»Sind das Ihre ganzen Sorgen, Werner?« Dr. Böhler sah von den Papieren auf. »Dann sind Sie glücklich ...«

»Seit drei Jahren habe ich keine Frau mehr gesehen! Wenn das nicht verrückt macht!«

»Ich habe Ihnen da nichts voraus, Werner ...«

»Sie!« Sellnow winkte ab. »Sie wirken auf mich wie ein Heiliger. Wie der selige Franziskus, der sich in einen Ameisenhaufen setzte, um seine fleischliche Lust abzutöten! Ihr Ameisenhaufen ist das Lazarett, sind die Operationen, sind Ihre schreienden Patienten. Sie haben das Zeug zu einem Einsiedler in sich ... ich aber bin ein verdammt normaler Mensch, so verflucht normal, daß ich an mich halten muß, um dieses Biest von Kasalinsskaja nicht wie ein Tiger anzufallen ...«

Dr. Böhler schüttelte den Kopf und schob die Krankenpapiere zur Seite. »Sie sollten sich zusammennehmen, Werner! Ich verstehe nicht, daß Ihnen die Kohlsuppe die fleischlichen Lüste nicht besser austreibt als ein Ameisenhaufen. Unter den Hunderttausenden in den Lagern dürften Sie jedenfalls ein recht einzigartiger Fall sein ...«

Sellnow setzte sich ans Fenster auf einen der Stühle, die Emil Pelz und ein anderer Sanitäter aus Baubrettern gezimmert hatten. Die Farbe hatten sie aus der Küche gestohlen, als man den Kochraum weißte.

»Ich bin jetzt 49 Jahre alt«, sagte er langsam. »Mit 32 habe ich geheiratet, als junger Oberarzt in Kiel. Als ich 35 war, wurde eine Tochter geboren, zwei Jahre später noch eine. Mit 40 hatte ich eine Praxis in Frankfurt an der Oder. 1939 ging es raus nach Polen, dann Frankreich, dann Norwegen, dann Abstecher nach Griechenland und Italien, zuletzt dieses verfluchte Rußland. Und immer als Truppenarzt ... Hauptverbandplatz, vorgeschobener Verbandplatz, Feldlazarett. Neun Jahre, neun verlorene Jahre, die mir keiner wiedergibt! Der Staat nicht, das kommende Leben nicht, und Ihr Gott erst recht nicht! Und wenn ich wieder aus diesem verdammten Stalingrad herauskomme, bin ich ein alter Mann, weißhaarig, klapprig, zu nichts mehr zu gebrauchen.« Er bedeckte die Augen mit den Händen und stöhnte.

Dr. Böhler erhob sich und trat neben Sellnow ans offene Fenster.

»Wir müssen uns nicht unterkriegen lassen wie die Tausende, die verzweifeln, wenn die russischen Nächte kommen. Wir sind Ärzte, Werner ... nicht nur mit dem Skalpell oder dem Stethoskop. Wir müssen Ruhe ausströmen, Vertrauen, Stärke ... Wir müssen etwas vorleben, woran wir selbst nicht glauben. Aber wir müssen so tun, als glaubten wir und wären in diesem Glauben stark für die Zukunft! Wir müssen ein Beispiel sein, Werner, ein Abbild dessen, was jeder gerne sein möchte. Auch –«, er stockte und sah die beiden Ärzte an, »auch, wenn wir selbst dabei zerbrechen! Und dieser Zusammenbruch wiederum muß still sein, in irgendeiner Ecke, verborgen, wie es die Tiere tun, wenn sie sterben. Wir Ärzte, Werner, sind für die Tausenden um uns das Licht, dem sie nachgehen und das ihnen den Weg zeigt.«

»Sie hätten Pfarrer werden sollen«, antwortete Sellnow bissig. »Unser Unterarzt sagt überhaupt nichts ...«

Jens Schultheiß zuckte mit den Schultern. »Was soll ich sagen?« Er schob die Lippen etwas vor und lächelte wehmütig. »Man hat Sie um Ihr Leben betrogen, Herr Oberarzt, um Ihre Frau, Ihre Kinder ... Was hat man mir genommen? An realen Werten – nichts! Ich saß auf der Universität in Erlangen und hörte Anatomie und Pathologie. Dann war Krieg, und ich kam nicht mehr zum Nachdenken. Nur eins bewegte mich in all den Jahren: Wenn du bloß da wieder herauskommst! Man hat mir nichts genommen als meine Jugend. Aber dafür liegt das Leben noch vor mir ...«

»Auf das, was vor uns liegt, pfeife ich!« Sellnow schnellte vom Stuhl empor und rannte in dem kleinen, sonnigen Zimmer hin und her. »Oder glauben Sie, man läßt uns wieder zurück nach Deutschland? Als lebende Propaganda gegen den Kommunismus? Das wäre einmal ein Märchen, das wahr wird!« Dr. Böhler stützte sich auf den Tisch und nahm ein Blatt aus der Mappe. »Nummer 9523«, sagte er. »Unfall im Stollen. Eine Strebe brach und begrub den Mann. Rippenquetschungen und unbekannte innere Verletzungen. Wurde in der Nacht eingeliefert. Erste Betreuung hat Dr. Kresin übernommen ...«

»Dieses Rindvieh!« meinte Sellnow grob.

»Dr. Kasalinsskaja hat den Fall übernommen und Tetanusantitoxin gegeben.«

»Bei 'ner Rippenquetschung!« warf Sellnow entsetzt dazwischen.

»Der Mann hatte auch Schürfungen ... aber lassen wir das. Für uns ist es nur wichtig, daß sich die russischen Ärzte um unsere Arbeit kümmern, daß sie nicht mehr abseits stehen und nur gesundschreiben, sondern Interesse an unserem Gefangenenlazarett zeigen.« Er blickte Sellnow fragend an. »Was hat unsere liebe Ärztin eigentlich gesagt, als Sie sich bei ihr für das Skalpell bedankten?«

»Sie hat mich hinausgeworfen!« sagte Sellnow und wurde rot.

»Hm. Und sonst nichts?«

»Mir genügt's!«

Ohne anzuklopfen, trat in diesem Augenblick ein großer Mann, ein Bulle in erdbrauner Uniform, ins Zimmer. Er grüßte nicht, er verzog keine Miene, sondern blieb im Türrahmen stehen und sah von einem zum anderen.

»Da sind Sie!« sagte er laut.

Dr. Böhler klappte die Mappe zu und senkte grüßend den schmalen Kopf. »Ja, Dr. Kresin?« sagte er fragend.

»Sie habben operiert heute, mit Taschenmesser?«

»Ja.«

»Das ist verbotten!«

»Es war der einzige Weg, das Leben zu retten! Wir haben keine anderen Instrumente. Wir haben – das wissen Sie ja – nichts!«

»Und womit habben Sie genäht?«

»Mit Seide ...«

»Woher?«

Sellnow spürte eine Falle. Ehe Dr. Böhler antworten konnte, kam er ihm zuvor und schob sich zwischen den Chefarzt und den Russen.

»Wissen Sie das denn nicht, Dr. Kresin?« fragte er dreist. »In Baracke IV, Block 1, züchten wir doch Seidenraupen!«

Dr. Sergej Basow Kresin sah Dr. von Sellnow groß an. In seinen Augen standen Unbegreifen und Zorn. Er wischte mit der Hand durch die Luft, und seine große, tellerförmige Handfläche wirkte wie ein Fächer. Deutlich war der Luftzug zu spüren.

»Seide ist gestollen! Von Bascha aus Küche! Sie nähen mit einem Schal! Das ist unerhört!«

»Dann geben Sie uns Nähmaterial«, sagte Dr. Schultheiß laut.

»Nichts, nichts gebbe ich! Ihr sollt verrecken, alle, alle ...«

Dr. Böhler sah in das zornige Gesicht seines Kollegen und lächelte plötzlich. Er griff zu seiner Mappe, nahm ein Papier hervor und nickte zu Dr. Kresin hin.

»Der Mann aus dem Stollen, den Sie mir einlieferten, hat eine Milzquetschung. Wir müssen exstirpieren!«

Dr. Sergej Basow Kresin riß die Augen weit auf: »Ach!« sagte er. »Sie wollen Milz wegnehmen? Hier?«

»Ja.«

»Mit Taschenmesser?«

»Wenn es sein muß – ja.«

»Sie sind verrückt ...«

Dr. Böhler schüttelte den Kopf. Auf seiner hohen Stirn perlte der Schweiß. »Nein, Dr. Kresin«, antwortete er leise. »Ich bin nur verzweifelt ...«

Dr. Kresin trat gegen die Tür, mit einem Krach sprang sie auf. »Mitkommen«, schrie er rauh. »Sofort!« Dann ging er voraus, während Sellnow sich an Dr. Böhlers Arm hing.

»Was soll das?« flüsterte er erregt.

Dr. Böhler lächelte beruhigend, indem er sagte: »Ich habe das Gefühl, als bekämen wir jetzt vielleicht einen ganz brauchbaren Operationsraum ...«

Sie gingen zusammen über den Platz. Die Abendsonne lag wie Gold über den Baracken und Drähten, den Wachttürmen und den fernen Wäldern. Aus einer Baracke ertönte Gesang ... er wurde begleitet auf einer selbstgebastelten Mandoline. In seinem Garten stand der Plenni Karl Georg und harkte die Beete mit einer hölzernen, geschnitzten Harke. Als er die Ärzte kommen sah, nahm er Haltung an und legte den Harkenstiel wie einen Gewehrlauf an die linke Seite. Dr. Böhler lächelte und winkte ihm zu.

»Was macht Ihr Furunkel?« rief er über den Platz.

»Alles in Ordnung, Herr Stabsarzt! Muß schon wieder arbeiten, sagt die Ärztin ...«

Er sah ihnen nach, wie sie um die Ecke verschwanden und zum großen Lagertor gingen, »Wenn wir den nicht hätten«, murmelte er vor sich hin und begann, den Boden um seine Tulpen zu lockern.

Julius Kerner kam aus der Baracke und winkte ihn zu sich heran. Er tat sehr geheimnisvoll und strahlte über das ganze Gesicht.

»Wir haben vier Rubel, Karl«, sagte er stolz.

»Vier Rubel?« Karl Georg sah seinen Freund verblüfft an. Der Besitz von vier Rubel war wie ein Märchen. »Woher denn?«

»Müller hatte noch einen silbernen Uhrenanhänger, so 'n dusseliges Ding, das er beim Kegeln gewonnen hat. ›Gut Holz‹ stand darauf, und neun Kegel! Das hat er dem russischen Posten 6 für vier Rubel verkauft! Der Kerl war ganz wild darauf!«

»Und was kostet ein Schal?«

»Der Posten meint, ein guter Seidenschal kommt auf 300 Rubel!«

»Das schaffen wir nie. Ich müßte mal mit der Bascha reden. Vielleicht will sie gar keinen mehr ...«

»Die nicht ... aber der Markow, das Schwein!«

Ein Posten, der vorüberging, blieb vor dem Garten stehen und sah sich die blühenden Tulpen an. Er lachte den beiden Deutschen zu, und seine dunklen Augen in dem gelben Tatarengesicht strahlten.

»Gutte Blume«, sagte er mit der hellen Stimme vieler Asiaten. »Schön für Mädchen ...«

»Du kannst mich kreuzweise!« sagte Karl Georg wütend. Dann ließ er Julius Kerner und den Tataren stehen und wandte sich wieder seinem Blumenbeet zu.

In der Kommandantenbaracke wartete Major Worotilow. Er saß an seinem großen Schreibtisch, während Leutnant Markow aus dem Fenster lehnte und den großen Appellplatz übersah. Er bemerkte die Gartenarbeit Karl Georgs und ärgerte sich maßlos über seinen Kommandanten, der das duldete.

Dr. Böhler grüßte und sah Major Worotilow erwartungsvoll an.

»Sie haben operiert?« fragte Worotilow in dem gleichen Ton wie vorher Dr. Kresin.

»Es blieb mir keine Wahl!«

»Sie wissen genau, daß Sie keine Befugnis haben, Eingriffe zu unternehmen. Wir haben Ihre Krankenstelle nur für Lungenkranke und Verletzte eingerichtet, die Pflege brauchen. Operieren steht allein Dr. Kresin oder Dr. Kasalinsskaja zu! Und Sie haben sogar mit einem Taschenmesser operiert!« Major Worotilow kniff die buschigen Augenbrauen zusammen und sah die deutschen Ärzte eine Weile stumm an. »Wenn der Patient stirbt, werde ich Sie wegen Mordes an einem Kameraden nach Moskau vor das Kriegsgericht schicken!« Er machte eine umfassende Handbewegung. »Sie alle!«

»Es gab keine andere Rettung als den Eingriff!« Dr. Böhler blieb ruhig, während Dr. Sellnow unruhig von einem Fuß auf den anderen trat. Dr. Schultheiß lehnte blaß an der Wand. Mord, dachte er. Wenn der Oberfähnrich stirbt, geht es um unseren Kopf ... Als ob es den Russen auf diesen einen Gefangenen ankäme! Alles, alles ist nur Schikane, ist Nervenkrieg ... man will uns weich machen, weil wir den Kopf noch oben tragen, weil wir noch ein Rückgrat haben und nicht Wachs sind in ihrer Hand.

Major Worotilow sprang auf. »Man hat dem Küchenmädchen einen seidenen Schal gestohlen! Das ganze Lager bekommt eine Woche 100 Gramm Brot weniger am Tag, wenn der Schal nicht wieder auftaucht!«

Dr. Böhler war bleich geworden. Er biß die dünnen Lippen fest aufeinander. Seine Stimme war leise, es war nur ein halbes Flüstern, als er sich an Major Worotilow wandte.

»Das ist doch unmenschlich, Major! Mit dieser Seide haben wir einem Menschen das Leben gerettet! Mit dieser Seide werden wir noch manchem das Leben erhalten! Und dafür sollen Tausende Unschuldiger büßen?«

»Ein russischer Schal ist mehr wert als 10 000 deutsche Leben!« Piotr Markow war vom Fenster emporgeschnellt und hatte es Dr. Böhler ins Gesicht geschrien. Jetzt stand er vor ihm, groß, hager, mit den Augen eines Fanatikers, zitternd vor Erregung ... ein Hasser, der die Welt zerreißen konnte.

Dr. Böhler sah zu Boden. Spitz und scharf zeichneten sich seine Backenknochen in dem hageren Gesicht ab. »Dann kann ich ja gehen«, sagte er.

»Stolz ist er! Stolz!« schrie Markow wild. »Du deutsches Schwein! Wer hat gesagt: Es gibt zuviel Russen ... wir müssen sie verhungern lassen?! Wer wollte den Osten aufnorden? Wer hat unser Land ausgepreßt und hundert Mann erhängt, wenn ein deutscher Soldat erschossen wurde, weil er gestohlen oder geschändet hat?! Wer schickte nach Minsk oder Smolensk Gauleiter, die mit Lastwagen Möbel, Gemälde und wertvolle Teppiche nach Deutschland schafften? Wer, du deutsches Mistvieh?! Ihr! Euer Führer, der euch allein ließ, als es euch dreckig ging! Eure schwarze Bande mit dem Totenkopf hat meine Mutter und meinen Bruder erschlagen, weil sie des Nachts aus Hunger bettelnd durch die Dörfer zogen ... meinen Vater habt ihr umgebracht in Stalino, meine Schwester liegt unter den Trümmern von Charkow ... und ihr steht hier, stolz, frech und immer noch die Herren?! 100 000 Deutsche für einen zerrissenen Schal! Bis ihr alle verreckt!«

Schaum stand vor seinem Mund. Er schwankte und ließ sich auf einen Stuhl fallen, der neben dem Tisch des Majors stand.

Worotilow sah auf seine Hände. Er duldete den Ausbruch seines Leutnants, und nur Dr. Kresin hatte sich in eine andere Ecke verzogen und grunzte mißbilligend. Dr. Böhler wandte sich ab und ging zur Tür.

»Wo wollen Sie hin?« fragte Worotilow.

»In mein Lazarett! Die Kranken brauchen mich ... die kranken, verletzten, jammernden, armen, hilflosen und dreckigen deutschen Schweine ...«

Piotr Markow umklammerte die Kante des Tisches und schnellte den Oberkörper vor.

»Verrecken alle, verrecken ...«, keuchte er atemlos.

Worotilow winkte ab. Seine Hand fuhr durch die Luft. »Dr. Böhler.« Seine Stimme war gelassen und ein wenig singend. Er kommt aus dem Süden, dachte Dr. Schultheiß. Vielleicht aus dem Kaukasus oder von der Krim. »Sie werden in den nächsten Tagen chirurgische Bestecke, Catgut, Narkosemittel und alle Dinge bekommen, die Sie brauchen. Ich bitte Sie, eine genaue Liste einzureichen, was Sie am allernötigsten brauchen! Dr. Kresin wird sie prüfen. Ich werde direkt nach Moskau schreiben.« Ein Lächeln flog über sein Gesicht ... etwas von der uralten Weisheit der Asiaten schimmerte hinter der Maske der Zivilisation. »Das ändert aber nichts daran, daß Bascha Tarrasowa ihren Schal wiederbekommt! Und daß Ihre Kameraden für den Diebstahl eine Woche lang 100 Gramm Brot weniger erhalten!«

»Sie sind grausam, Major.«

»Aber gerecht. Sie werden aus meinem Lager ein großes Lazarett machen, und ich bin stolz darauf, und Dr. Kresin auch. Sie sind ein großer Arzt ...«

»Ich tue nichts als meine Pflicht ...«

»Wir wollen uns nicht um Worte streiten. Sie werden alles bekommen, was Sie brauchen ... ich habe es schon einmal gesagt. Aber Ihre verwundeten oder kranken oder gesunden Landsleute interessieren mich nicht. Sie werden einen Diebstahl büßen ...«

Sekundenlang sah Dr. Böhler dem Major in die kleinen Augen. Zwei Männer, die jeder am Ende einer riesigen Brücke standen, über die kein Weg zueinander führt, weil sie in der Mitte zerstört ist. Nur der Schall ihrer Stimmen dringt von Ufer zu Ufer, aber die Worte sind verschieden.

»Niemand lernt euch Russen kennen«, sagte Dr. Böhler leise. Dann wandte er sich ab und verließ den Raum. Sellnow und Schultheiß wollten ihm folgen. Die Stimme Dr. Kresins hielt sie fest.

»Sie bleiben!« Seine dicken Finger wiesen auf den jungen Unterarzt. »Sie können auch gehen«, rief er Sellnow zu.

Dr. Sergej Basow Kresin schob Dr. Schultheiß mit dem Fuß einen Stuhl zu. »Setzen!« kommandierte er. Verblüfft ließ sich Schultheiß nieder und spürte, daß er blaß wurde und heftige Angst in ihm aufstieg. Dr. Kresin hatte die Hände gefaltet, als er zu sprechen begann. Er sah friedlich aus, als ob er sich als Privatmann mit einem jungen Kollegen unterhalte. Diese Haltung mahnte Schultheiß zur Vorsicht.

»Wir haben gehört«, sagte Dr. Kresin freundlich, »daß Sie den operierten Patienten mit einem neuen Medikament, einem Pulver, behandelt haben. Stimmt das?«

Schultheiß kniff die Lippen aufeinander. Woher wußte Dr. Kresin von dem Penicillin? Sollte er lügen? Sollte er die Wahrheit sagen?

»Wie soll denn das Medikament ausgesehen haben?«

»Weiß, Herr Doktor! Es war Penicillin! Ein amerikanisches Präparat, das wir als Militärlieferung erhalten. Wie kommen Sie an dieses Pulver?«

»Es war in unserer Lazarett-Apotheke.«

»Es steht aber auf keiner Ihrer Bestandslisten verzeichnet.«

»So?« Dr. Schultheiß hob bedauernd die Schultern. »Das ist vielleicht ein Fehler, der leicht zu berichtigen ist. Schreiben Sie bitte dazu: Eine große Dose mit Penicillin-Pulver.«

Dr. Kresin grinste. »Und wann geliefert, mein Junge?«

»Das weiß ich nicht ...«

Major Worotilow, der jetzt an Stelle von Markow am Fenster stand, drehte sich herum und wippte mit den Fußspitzen auf dem Dielenboden.

»Sie haben also auch das Penicillin gestohlen!«

Dr. Schultheiß erkannte die Falle, die man ihm gestellt hatte. Er hatte keine Wahl mehr – entweder er verriet die Kasalinsskaja oder er nahm den Diebstahl auf sich. Man hatte ihn, den jüngsten der Ärzte, ausgefragt, weil er am ängstlichsten und weichsten war ...

»Ich bitte Sie, auch mir für eine Woche das Brot zu entziehen«, sagte er leise.

»Nein.« Worotilow trat näher und beugte sich über den jungen Arzt. Ein Geruch von Juchtenleder, Machorka und Schweiß strömte von ihm aus. »Ich müßte Sie bestrafen, Doktor, weil Sie so wenig Vertrauen haben. Sie dürfen mich nicht mit Markow verwechseln.« Er richtete sich auf. Der beißende Geruch verlor sich etwas. »Ich will gar nicht wissen, woher Sie das Penicillin hatten. Aber ich rechne auch mit Ihrer Verschwiegenheit in anderen Dingen. Sie sind Arzt ... Sie kennen doch keinen Unterschied bei Ihren Patienten.«

Dr. Schultheiß wandte ihm den Kopf zu. »Was haben Sie vor, Herr Major ...«

»Sie werden mit mir nach Stalingrad fahren. Und Sie werden dort jemanden untersuchen, der mir sehr nahesteht ...«

»Eine Frau?« fragte Dr. Schultheiß ahnungsvoll.

»Ja. Dr. Kresin behandelt sie, aber er riet mir, Sie hinzuzuziehen.« Worotilow sah Dr. Schultheiß aus seinen kleinen dunklen Augen scharf an. Es war wie eine letzte Musterung beim Kauf eines Pferdes. »Es wird niemand erfahren, wo Sie hinfahren, Doktor«, sagte er mehr zu sich selbst. »Auch nicht Dr. Böhler.«

»Nein, Herr Major.«

»Wenn Sie sie gesund machen, können Sie von mir haben, was Sie wollen.« Ein Lächeln zog über sein Gesicht. »Nur nicht die Freiheit ...«

Dr. Kresin schaltete das Licht ein. Die Nacht war über das Lager hereingebrochen. In einer der Baracken hörte man das Brüllen Leutnant Markows. Ein warmer Wind kam vom Westen und trieb den Staub durch die Lagerstraßen. Es roch nach Erde und Rauch, als habe in der Nähe ein Wald gebrannt.

»Morgen früh fahren wir«, sagte Worotilow laut. »Dr. Kresin wird Sie abholen.«

Aus dem Tagebuch des Dr. Schultheiß:

Wenn diese Nacht doch bald vorüber wäre ...

Der Oberfähnrich schläft, endlich schläft er. Auf seinen eingefallenen Wangen und in den Augenwinkeln liegen noch die Tränen. Seine Brust wird von Schluchzen geschüttelt. Vor einer halben Stunde schaute die Kasalinsskaja hinein und gab mir eine große Ampulle Morphium für ihn. Noch immer ist der Leib stark aufgetrieben und hart.

Aber jetzt schläft er, ruhig und gleichmäßig geht sein Atem. Der Puls ist fast normal, und das ist es, was mich stutzig macht.

Vor einer Stunde noch lag er hier und weinte. Er hatte meine Hand ergriffen, und ich hielt seine heißen, zuckenden Finger und beugte mich über ihn. In seinen Augen lag die nackte Angst, sie starrten mich übergroß an, geweitet in grauenhaftem Entsetzen.

»Muß ich sterben, Doktor?« schluchzte er. »Muß ich denn wirklich sterben? Ich bin erst 23 Jahre alt ...«

»Wer sagt denn, daß du sterben mußt?«

»Ich fühle es. Mein Leib ... mein Leib ... es ist wie Feuer! Als wenn man ihn ausbrennt ...«

»Wir haben dich operiert. Du hattest einen dicken, vereiterten Blinddarm, den haben wir weggeschnitten. Und jetzt wird alles gut ...«

Er faßte wieder nach meiner Hand. »Ich werde sterben«, flüsterte er, während ich seine aufgesprungenen Lippen mit einem feuchten Lappen kühlte, denn trinken durfte er ja nichts. »Es wird meine Buße sein ... meine Buße ...« Seine Stimme verlosch, in seine Augen trat jener weite Blick, der mich erschrecken läßt, wenn ich ihn sehe.

»Du hast doch mit deinen 23 Jahren nichts zu büßen«, sagte ich tröstend.

»Ich war feige!« Er schrie es mit solcher Heftigkeit heraus, daß ich zurückprallte und Mühe hatte, ihn auf sein Lager zurückzudrücken. »Mit 19 kam ich von der Kriegsschule ... aus Potsdam und Eberswalde. Als Oberfähnrich nach Stalingrad ... drei Monate Frontbewährung, dann war ich Offizier, ein junger Leutnant, auf den mein Vater so stolz gewesen wäre. Ich ging hinaus nach Rußland und warf mich in den Dreck von Stalingrad. Ich wollte tapfer sein, ich wollte in Ehren heimkehren. Und ich übernahm eine Kompanie und grub mich an der Traktorenfabrik ein ... Dann trommelten sie ... sie trommelten Tag und Nacht ... ohne Unterbrechung, ohne Stillstand, ohne einmal Atem zu schöpfen ... sie trommelten, Meter um Meter pflügten sie den Boden um, sie ließen nichts aus ... sie trommelten aus Tausenden Geschützen, und dann stürmten sie ... wie Ameisen, erdbraun gefärbt, krochen sie aus den Löchern und Bunkern, aus den Trümmern und verbogenen Stahlgerüsten. Uuuuräääääh schrien sie ... dieses schreckliche Uuuuuräääääh, das bis ins Mark geht ... Tataren und Mongolen, Kirgisen und Kalmükken ... sie stürmten auf uns zu und schrien beim Laufen, während unsere Maschinengewehre sie umtobten. Ich lag in meinem Loch, meine silbernen Litzen leuchteten, ich war ja Oberfähnrich und Kompanieführer ... sie blickten auf mich. Ich aber lag in meinem Loch und hatte Angst, hundsgemeine Angst! Wissen Sie, Doktor, was Angst ist? Wenn man nicht mehr atmen kann, wenn das Herz aussetzt, wenn der Puls rast? Und dort kam der Russe, der keine Gefangenen macht und den Verwundeten die Augen aussticht ... Wir haben es ja geglaubt, wir Jungen von der Kriegsschule, wir Abiturienten, die wir nur die Silbertressen sahen, aber nicht, was dahintersteckt. Und nun kamen sie auf uns zu ... Hunderte von diesen braunen Teufeln, und sie kamen näher, immer näher ... Da habe ich die Arme hochgehoben ... ich, der Oberfähnrich Graf Burgfeld, der Kompanieführer ... ich habe die Arme hochgehoben und vor Angst geschrien, während neben mir ein MG stand mit 10 000 Schuß Munition. 10 000 Schuß! Und sie kamen heran wie die Figuren auf einem Schießplatz, ich brauchte nur abzudrücken, und sie fielen um. Aber ich tat es nicht, ich konnte es nicht ... ich schrie vor Angst und hob die Arme hoch. Ich, der Kompanieführer ... aber ich war erst 19 Jahre alt ...« Er warf den Kopf zur Wand hin und begann wieder, haltlos zu schluchzen. »Und dafür büße ich jetzt ... für meine Feigheit, für meine Angst ... und ich weiß, daß ich sterben werde ... sterben muß!«

Ich konnte ihm nicht helfen. Ich konnte nur seine heiße, zuckende Hand halten und sie immer wieder streicheln.

Gegen vier Uhr morgens wurde der Kranke plötzlich sehr unruhig, klagte über heftige Schmerzen im Oberbauch, bekam einen Schluckauf, der ihn jedesmal vollkommen durchschüttelte, und fing an zu brechen. Es war ein Brechen, das ohne Würgen und ohne Anstrengung vor sich ging. Es sprudelte den Mageninhalt einfach heraus. Ich erschrak zu Tode, denn auch der Puls war plötzlich sehr schlecht, und der Kranke sah verfallen aus, mit eingesunkenen Augen und fahler Gesichtsfarbe.

Ich rannte aus dem Zimmer und klopfte bei Dr. Sellnow. Er kam im Hemd und eilte an das Bett des Oberfähnrichs. Ein Blick genügte ihm, um ihn in seiner bekannten Art fluchen zu machen.

»Eine Schweinerei«, schrie er unbeherrscht, »aber das war ja vorauszusehen, daß das in diesem Sauladen nicht anders gehen würde. Wir müssen den Chef holen.«

»Ist es ganz hoffnungslos?« fragte ich leise.

Er muß aus meiner Stimme die Angst herausgehört haben, denn er sah mich groß an.

»Warum? Haben Sie noch keinen Menschen sterben sehen?«

»Keinen, bei dem es mir so nahegehen würde!«

»Kennen Sie denn den Knaben?« Er deutete mit dem Kopf auf den stöhnenden Oberfähnrich.

»Jetzt ja«, sagte ich zögernd.

Die Drohung Worotilows fiel mir ein: »Wenn der Patient stirbt, werde ich Sie alle wegen Mordes melden!« Eine tierische Angst ergriff mich. Ich stand auf und rannte in dem engen Raum hin und her. Er darf nicht sterben! Er darf nicht! Er zieht uns ja alle mit in den Tod, uns alle ...

Dr. Böhler kam ins Zimmer, hinter ihm Sellnow, immer noch im Hemd. Auch die Kasalinsskaja erschien jetzt. Sie beugte sich neben Dr. Böhler über den Stöhnenden.

»Wieder aufmachen?« fragte sie leise.

»Wird wohl nichts anderes übrigbleiben«, erwiderte Dr. Böhler kurz und richtete sich auf.

Böhler, Sellnow und die Kasalinsskaja traten einige Schritte zurück und steckten die Köpfe zusammen.

»Schwierige Diagnose«, flüsterte Böhler. »Wahrscheinlich ist es eine Peritonitis mit Darmlähmung, aber es kann ebenso ein halbes Dutzend anderer Sachen sein.«

»Was denn?« fragte die Kasalinsskaja.

»Verstopfung eines Darmgefäßes, eine Arterien- oder eine Venenthrombose, eine akute Pankreatitis oder ein Ileus ... Wir haben keine Zeit zu verlieren. Ich werde eine Probe-Laparotomie machen, und wir werden sehen; wahrscheinlich ist es doch eine Bauchfellentzündung mit Darmlähmung, und wir müssen einen Kunstafter anlegen. Glauben Sie, daß wir irgendwo Instrumente und Medikamente für eine Dauertropfinfusion oder eine Bluttransfusion auftreiben könnten?«

»Woher?« Die russische Ärztin zuckte mit den Schultern. Sie trug ein langes Nachthemd und darüber einen leichten Kimono.

»Fragen Sie bitte Dr. Kresin«, sagte Böhler, »er hat mir volle Unterstützung versprochen.«

Emil Pelz erschien mit zwei Gehilfen, und sie hoben den immer noch stöhnenden Kranken auf die Tragbahre.

Dr. Böhler sah mich an. »Sie legen sich hin, Schultheiß«, sagte er streng, »ruhen Sie sich aus. Sellnow wird assistieren und die Ärztin. Sie werden dann die Pflege des Frischoperierten übernehmen.«

»Jawohl, Herr Stabsarzt.«

Die Bahre wurde hinausgetragen. Noch auf dem Flur vernahm ich das Wimmern des Jungen, des Kompanieführers mit neunzehn Jahren, der die Hände vor Angst hochhob, anstatt seine zehntausend Schuß zu verschießen ...

Nun ist es früher Morgen.

Der Oberfähnrich schläft wieder in seinem Bett.

Die zweite Operation ist gut verlaufen. Es war doch eine Bauchfellentzündung mit Darmlähmung. Aus seiner linken Seite läuft aus dem Drän immer noch Eiter in einen Haufen Mull.

Böhler hat einen Kunstafter angelegt, den er so lange tragen muß, bis die Bauchfellentzündung abgeklungen ist und die Därme ihre Tätigkeit wiederaufnehmen. Wenn es dazu überhaupt noch jemals kommen sollte. Aber jetzt schläft er ruhig.

Die Sonne ist jetzt schon warm, es wird ein heißer Tag werden.

Ich habe Sehnsucht nach Vater und Mutter und möchte weinen.

Stalingrad, Tingutaskaja 43.

Ein niedriges, neues Haus mit blanken Fenstern in einem großen Garten, nahe an der in der Sonne glitzernden Wolga.

Rings um das kleine Haus die Gerüste der Neubauten: Fabriken, Arbeitersiedlungen, Kinos, Theater, Geschäfte der staatlichen Konsume, ein großes Gebäude der Partei, ein Denkmal für die Befreiung Stalingrads ... und dazwischen die Wolga wie fließendes Silber, breit, herrlich, still. Majestätisch in ihrer Unendlichkeit.

Dr. Kresin hielt den kleinen Jeep an und schob die Tellermütze in den Nacken. Er stieß Dr. Schultheiß in die Seite und nickte ihm zu.

»Hier sind wir. Ich will Ihnen noch einige Hinweise über Ihre Patientin geben. Janina Salja können Sie nichts vormachen. Seien Sie ehrlich zu ihr. Sie ist Leiterin der Sanitätsbrigade von Stalingrad. Sie weiß genau, was ihr fehlt, und hat mir selbst die Diagnose mitgeteilt: offene Tbc, im linken Obergeschoß eine dreirubelstückgroße Kaverne, Gewichtsverlust innerhalb eines halben Jahres zwanzig Pfund. Genügt das?«

»Haben Sie Aufnahmen?« fragte Dr. Schultheiß.

»Es liegen gute Röntgenbilder vor, die über die Krankheitsdauer hinweg aufgenommen sind«, nickte Dr. Kresin.

»Und was ist bisher getan worden?«

»Wenig: Ruhe, frische Luft, Liegekuren an der Wolga, gutes Essen, Sahne, frisches Gemüse und Lebertran. Es ist ein Versuch mit Tuberkulin gemacht worden, zur Bekämpfung des Hustenreizes bekommt die Patientin Guajakol und für die Nächte Codein.«

»Der Erfolg war natürlich negativ?«

Kresin nickte wortlos. Er kletterte vom Sitz und klopfte an die Balkentür. Ein Rotarmist öffnete und grüßte, als er den Arzt sah.

»Ist Genossin Salja da?« fragte Kresin.

»Jawohl.« Der Soldat blickte auf den Gefangenen. »Der deutsche Arzt?«

»Mach schon auf, du Idiot!« schrie Dr. Kresin. Er trat gegen die Tür. Sie sprang auf, krachte gegen die Wand und schlug wieder zurück. »Kommen Sie«, sagte er zu Dr. Schultheiß, »hier ist alles mißtrauisch, weil alle ein schlechtes Gewissen haben.«

Sie durchschritten einen großen Raum, sparsam möbliert, traten durch eine Fenstertür ins Freie und sahen zwischen den blühenden Sträuchern in einem Korbstuhl eine zarte Mädchengestalt sitzen. Rötlichblondes Haar lag eng um den schmalen Kopf, aus dem große, fiebrig glänzende Augen leuchteten. Blaue Augen.

Dr. Schultheiß verbeugte sich und wartete ab, was Dr. Kresin sagte. Dessen Russisch war viel zu schnell, als daß er mehr als ein paar Worte hätte verstehen können. Aber dann sah ihn Salja an und reichte ihm die Hand. Er ergriff sie zögernd, seit Jahren daran gewöhnt, einem Russen nicht die Hand geben zu dürfen.

»Worotilow schickt Sie?« sagte sie mit schleppender, müder Stimme. »Ob es noch Zweck hat, Doktor?«

Schultheiß wunderte sich über ihr gutes Deutsch und nickte. »Bestimmt. Ich werde versuchen, was ich kann. Sie sollen wieder gesund werden ...«

Dr. Kresin wischte mit der Hand durch die Luft. Er tat es immer, wenn er unwillig war. »Keine langen Reden. Gehen wir ins Haus, Genossin, und lassen Sie uns mit der Untersuchung beginnen.«

Janina Salja erhob sich. Sie ging ihnen voran, ihr Gang war so müde wie ihre Sprache, aber im Wiegen ihrer Hüften lag noch etwas von ihrer verlorenen Schönheit. Es war etwas Katzenhaftes, Gleitendes, Tastendes an ihr, das Dr. Schultheiß aufmerksam machte.

In ihrem Schlafzimmer fuhr sie sich mit der Hand durch die kurzen Haare, sah flüchtig zu Schultheiß hin und begann dann, sich ungeniert auszuziehen. Sie streifte das Kleid ab und legte sich aufs Bett. Dabei schloß sie die Augen und kreuzte die Arme hinter dem Nacken. Ihre Haut war fahl und von einer dünnen Schicht Schweiß überzogen.

Dr. Kresin schob Schultheiß ein Stethoskop hin. »Fangen Sie schon an«, sagte er grob. »Ich hole die Röntgenplatten ...« Und weg war er.

Die Sonne lag auf ihrem zarten Oberkörper, als sich Schultheiß mit dem Hörrohr über sie beugte. Eine starke Erregung ließ das Blut in seinen Adern rauschen, so daß er die Atemgeräusche der Lunge nicht vernahm und nicht das Hämmern des Herzens. Schweiß trat auf seine Stirn. Er schloß die Augen und zwang sich, auf ihren Atem zu lauschen. Die Tuberkulose sieht man – man hört sie nicht, dachte er, das ist eine alte Regel, die sich immer wieder bestätigt. Dennoch klopfte er den Brustkorb ab und gab sich Mühe, die Kaverne zu auskultieren. Es gelang natürlich nicht.

Er wandte sich ab. »Bitte, ziehen Sie sich wieder an.«

Er hörte das Rascheln ihres Kleides. Als er sich umdrehte, sah er sie vor dem Spiegel stehen und sich die Haare kämmen. In ihrem Nacken kräuselten sich ein paar Locken.

»Ich bin wohl sehr krank?« fragte sie und lächelte seinem Spiegelbild ein wenig verzweifelt zu.

Schultheiß zuckte die Achseln und sagte: »Ich muß mir erst die Röntgenbilder ansehen. Wenn das stimmt, was mir Dr. Kresin sagte, so müssen Sie eisern liegen und nichts als liegen. Alkohol und Tabak sind streng verboten.« Er nahm eine Packung kaukasischer Zigaretten von dem Nachttisch neben ihrem Bett und zerbröckelte sie zwischen den Fingern. »Sie müssen sehr folgsam sein.«

»Mein Bruder starb in deutscher Gefangenschaft.« Sie legte den Kamm hin und strich über ihr Kleid. »Er arbeitete bei Moers im Bergwerk und starb an Furunkulose.«

»Ach!«

»Vielleicht hätte ihn ein deutscher Arzt retten können, aber er wollte keinen deutschen Arzt. Er war Jungbrigadier und fanatischer Kommunist. Ich bin es auch ... aber noch mehr liebe ich das Leben ...«

Dr. Kresin trat ins Zimmer und sah sich erstaunt um.

»Schon fertig?« brummte er. Er hielt Dr. Schultheiß einige Röntgenaufnahmen hin und stellte sich neben ihn. Gegen die Sonne trat deutlich die große Kaverne in der Lunge hervor. Dr. Kresin blickte den deutschen Arzt von der Seite an.

»Na?« murmelte er, »was wollen Sie tun?«

»Einen Pneumothorax.«

»Idiotie! Woher soll ich das Gerät nehmen!«

»Hat das Krankenhaus von Stalingrad keine Apparatur?«

»Ja, aber die bekomme ich nicht.«

»Außerdem muß sie unter ständiger ärztlicher Aufsicht stehen. Wir haben doch im Lager eine ganz gute Lungenstation ... dort könnte man sie laufend beobachten ...«

Dr. Kresin warf die Röntgenbilder auf das Bett. »Ins Lager? Sie sind wohl völlig verrückt! Sie können doch Janina Salja nicht zwischen die dreckigen deutschen Gefangenen legen!«

Schultheiß zuckte mit den Schultern. »Ich bin auch ein

dreckiger deutscher Gefangener. Dann machen Sie allein weiter, Dr. Kresin.«

»Ich könnte sie an die Krim schicken, an das Asowsche Meer. Dort haben wir gute Lungenheilstätten.« Dr. Kresin sagte es langsam und nachdenklich. »Auch am Kaspischen Meer, bei Astrachan, gibt es gute Kliniken. Aber sie will ja nicht hingehen. Sie weigert sich rundweg.«

»Ich denke gar nicht daran«, schrie Janina Salja plötzlich leidenschaftlich, »ich lasse mir doch nicht von denen eine Plastik machen und mir dabei die ganze Brust zersäbeln.«

Schultheiß trat auf sie zu. Er legte ihr beruhigend beide Hände auf die Schultern und drückte sie auf einen Stuhl.

»Es ist ja gar nicht nötig, Fräulein Salja«, sagte er beruhigend, »aber wenn man in diesem Land nicht einmal die simple Apparatur für das Anlegen eines Pneumothorax auftreibt ...«

»Wenn Sie nicht alle Vollmachten von Major Worotilow hätten, schlüge ich Sie jetzt in die Fresse!« brüllte Dr. Kresin wütend. »Sie verfluchter deutscher Hund!«

Janina sprang auf und legte Kresin ihre Hand auf den Arm. »Warum soll ich nicht mit ins Lager gehen? Wenn es für mich besser ist. Worotilow wird es erlauben.«

»Genossin Salja!« Dr. Kresin keuchte. »Wenn das in Moskau bekannt wird, wenn eine Inspektion kommt ... wir können es nicht!«

Janina sah Dr. Schultheiß aus ihren fiebrigen Augen an. Ihr Blick war so hell und klar, daß es Schultheiß wie ein Zittern durch den Körper lief. »Als Leiterin der Sanitätsbrigade Stalingrad unterstehen mir auch die Arbeiter des Lagers 5110/47. Sie arbeiten in Stalingrad, sie werden von meiner Brigade betreut auf den Arbeitsplätzen. Wenn eine Kontrolle mich im Lager antreffen sollte, dann kann ich einfach sagen, daß ich die deutschen Arbeiter inspiziere.«

»Dazu ist Dr. Kasalinsskaja da.«

»Mit ihr werde ich mich gut verstehen ...«

»Hoffentlich.« Dr. Kresin zuckte mit den Schultern und

packte das Stethoskop ein. »Ich werde es dem Major sagen. Auf Wiedersehen, Genossin ...«

»Auf Wiedersehen, Genosse Kresin.«

Wieder reichte sie Dr. Schultheiß die Hand. Er spürte den Druck ihrer schmalen Finger. Aber ihr Gesicht war unbeweglich und bleich. Die Sonne ließ ihr Haar rot aufleuchten.

Im Lager hatte der erste Tag mit 100 Gramm Brot weniger begonnen. 100 Gramm – das bedeutete eine Mahlzeit weniger von diesem klitschigen, feuchten, schwer im Magen liegenden Gebäck. Das bedeutete siebenmal 100, 700 Gramm Brot weniger in der Woche und damit 700mal verstärkte Hungerqual und schmerzhaftes Bohren in den Eingeweiden.

Es hatte sich längst herumgesprochen, daß Bascha Tarrasowa auf einen neuen Seidenschal verzichtete. Aber Major Worotilow war unerbittlich, und Leutnant Markow baute die Strafe zu einer Schikane aus, unter der die Plennis keuchten und fluchten. Es nutzte nichts, daß die Baracke VII in Block 5 in einen Hungerstreik trat. Markov betrat sie mit fünf Soldaten und baute ein Maschinengewehr in dem langen Raum auf, legte die Tagesration auf die Tische und kommandierte: »Alles fressen!« Da krochen die hungernden Gestalten von den Pritschen und hinter den Spinden hervor und verzehrten unter dem Lauf des Maschinengewehrs ihre Portion.

Leutnant Markow lachte, als er die Baracke verließ.

Karl Georg versuchte an diesem Tag seine Tulpen zu verkaufen. Er hatte lange gezögert, ehe er sie abschnitt und wie Kleinode in die Baracke trug. Dort hatte er sie noch einmal allen Kameraden gezeigt, ehe er sie unter dem Hemd verbarg und zur Wachbaracke schlich, wo der Kirgise in der Sonne faulenzte und seine Zigarette rauchte.

»Hier, du Sauviech!« sagte Karl Georg und hielt ihm die Tulpen hin. »Für dein Mädchen, die alte Hure! Zehn Rubel!« Er hob beide Hände hoch und zeigte alle Finger.

Der Kirgise lachte breit. Er griff in die Tasche, legte sechs Rubel auf einen Schemel, nahm die Blumen aus Georgs Hand, trat ihm in den Hintern und schrie lachend hinterher, als der Deutsche mit seinen sechs Rubeln wegrannte. Dort standen Hans Sauerbrunn, Julius Kerner und Karl Eberhard Möller und fingen den wütend vor sich hin fluchenden Georg ab.

»Sechs Rubel«, sagte Kerner nachdenklich. »Wenn wir uns alle in den Hintern treten lassen, macht das noch mal achtzehn Rubel.« Da keiner der anderen lachte, ging Kerner brummend in die Baracke und legte sich auf seine Pritsche.

Ein Glanzstück leistete sich ein Mann aus Baracke VIII, Block 12. Er verkaufte den Schlips eines Bauunternehmers, den er diesem am Tag zuvor in Stalingrad gestohlen hatte, an einen Mongolen als Schärpe für zwölf Rubel. Der Mongole trug den Schlips um den Leib bis 12 Uhr mittags ... da sah ihn Leutnant Markow, gab ihm ein paar schallende Ohrfeigen und entriß ihm die Krawatte. Da der Mongole den Mann, der ihm den Schlips verkauft hatte, nicht mehr beschreiben konnte, blieb auch dieser Fall ungeklärt.

Am Abend dieses ersten Tages hatte das Lager 130 Rubel zusammen. Nach der abendlichen Zählung wurde der Betrag durch Sanitäter Pelz an Dr. Böhler weitergegeben, der das Geld sinnend in der Hand wog. »Man könnte heulen«, sagte er zu Sellnow. In einer Ecke des Arztzimmers saß Dr. Schultheiß und führte das Tagebuch der Station.

»Oberfähnrich Graf von Burgfeld unverändert«, trug er ein. Dann besann er sich, daß es hier keinen Grafen gab, sondern nur eine Nummer. Er strich den Namen durch und schrieb darüber: ›Nummer 4583‹.

Er legte den Bleistift hin und starrte auf seine Schriftzeichen. Der bleiche Körper Janina Saljas schälte sich aus den Buchstaben, dieser schlanke, unwirklich zarte Körper mit dem leichten Schweiß der Schwindsucht darüber. Er dachte plötzlich an den großen Major Worotilow, an diese stämmige, lebensstrotzende Gestalt mit Beinen wie zwei Säulen und empfand einen ekelhaften Geschmack dabei, als seine Gedanken weiterglitten und Salja als des Majors Geliebte sahen. Das Mädchen wie ein Hauch, und der Mann wie ein Baumstamm ... Vielleicht zerbrach sie unter seinen Händen, und es gab keine andere Heilung, als Janina von Worotilow zu lösen ...

Der Gedanke beflügelte ihn, machte ihn fast heiter. Dr. Böhler schüttelte den Kopf und legte die 130 Rubel auf den Tisch.

»Unser Unterarzt träumt«, stellte er sachlich fest. »Ein merkwürdiges Lazarett: einen überpotenten Oberarzt und einen träumenden Unterarzt ...«

»Und einen Heiligen als Chefarzt«, warf Sellnow sarkastisch ein. »Wo haben Sie überhaupt heute vormittag gesteckt, Schultheiß? Sie sollten sich ausschlafen, und als ich Sie wecken wollte, war Ihr Bett leer und gar nicht berührt ...«

»Ich wurde von Dr. Kresin gebraucht«, sagte Dr. Schultheiß schnell. »Er wollte noch einmal die Listen unserer Bestellungen durchgehen. Ich glaube, wir bekommen eine Pneumothorax-Einrichtung ...«

»Das wäre wunderbar!« rief Dr. Böhler begeistert. »Dann könnte ich unsere Lungenstation ausbauen!«

»Ja, das könnten wir dann.« Schultheiß schloß das Tagebuch und schob es in ein Regal. »Ich gehe einmal nach dem Oberfähnrich sehen ...«

»Ein merkwürdiger Junge.« Sellnow schüttelte den Kopf, als sich die Tür hinter dem jungen Arzt schloß. »Begabt, ungemein begabt. Das habe ich in den letzten Tagen in Stalingrad gesehen. Er hat amputiert, während der Keller unter dickem Beschuß lag. Und er hat nicht dabei gezittert. Er vernähte gerade einen Stumpf, als die Russen in den Keller drangen. Sie haben ihn nicht gestört, sondern gleich ihre Verwundeten gebracht. Wir haben dann sechs Tage nur Russenleiber geflickt.«

Dr. Böhler schien nicht hingehört zu haben. Er sah aus dem Fenster und bemerkte Leutnant Markow, der vor der Baracke III stand und mit Karl Georg herumschrie. Der Gärtner lehnte an der Wand und hatte seine Harke in der Hand. Es sah aus, als wolle er jeden Augenblick zuschlagen.

»Wo sind Blumen, du Schwein?!« brüllte Markow. Er hatte plötzlich bei einem Rundgang die gewohnten bunten Flecke auf dem Rasen vermißt und war bestürzt stehengeblieben.

Karl Georg zuckte mit den Schultern. »Schon wieder geklaut«, stellte er nüchtern fest.

»Morgen sind widder Blumen da!« schrie Markow ihn wütend an.

»Ich bin kein Gott!« schrie Georg zurück. Das verblüffte Piotr Markow. Er drehte sich um und stapfte davon. Julius Kerner, der hinter der Barackentür stand, kam angstzitternd hervor.

»Du hast eine gottverfluchte Schnauze«, sagte er leise. »Das geht noch mal schief mit dir ...«

»Leck mich am Arsch!« erwiderte Karl Georg und stellte die Harke hin.

Dr. Schultheiß ging an dem Zimmer der russischen Ärztin vorbei und zögerte. Dann wagte er es, anzuklopfen und einzutreten.

Alexandra Kasalinsskaja saß in einem Sessel. Die Beine hatte sie auf den runden Tisch vor sich gelegt. An den Fenstern waren die Vorhänge zugezogen. Es war kühl in dem Raum und halbdunkel. Es roch nach einem starken Rosenparfüm. Der Rock Alexandras war bis zu den Schenkeln heraufgezogen, ihre wohlgeformten Beine glänzten matt. Unter der dünnen Seidenbluse zeichneten sich ihre Brüste ab.

»Sie?« fragte die Kasalinsskaja gedehnt. Sie veränderte ihre Lage nicht, sondern deutete auf einen anderen Sessel. »Was wollen Sie?«

Zögernd setzte sich Schultheiß. Er mußte immer wieder auf ihre Bluse und ihre Beine sehen und dachte an Dr. Sellnow, der wütend wurde, wenn er Alexandra sah.

»Ich wollte Sie nur etwas fragen.«

»Bitte.«

»Kennen Sie Janina Salja?«

»Genossin Brigadeführer?«

»Ja.«

»Das lungenkranke Vögelchen des Majors? Aber ja. Woher kennen Sie die edle Kommunistin?«

Die Kasalinsskaja sah ihn lauernd an.

Schultheiß sah zu Boden. Das Flimmern in den Augen der Ärztin irritierte ihn. »Sie wird bald in unser Lager kommen«, sagte er langsam.

»Ach! Ist dem Major der Weg nach Stalingrad zu weit?«

»Salja ist sehr krank. Ein Pneu ist dringend notwendig. Dr. Kresin weiß es und will uns eine Apparatur besorgen. Ich habe sie untersucht ...«

»Die Genossin Salja?« Dr. Kasalinsskaja staunte und nahm die Beine vom Tisch. »Wo soll sie wohnen?«

»Hier im Lazarett. Auf der Lungenstation. Ich dachte, Sie könnten mir helfen. Dr. Böhler und Dr. von Sellnow wissen nichts davon. Es darf keiner wissen.«

»Und was sagt Kresin dazu?«

»Er tobt. Aber es bleibt keine andere Wahl. Janina ist verloren, wenn wir nicht helfen ...«

»Und wie wollen Sie helfen?«

»Durch Ruhe!«

»In der Nähe von Worotilow?« Alexandra Kasalinsskaja lachte schrill und schob ihren Oberkörper weiter vor. Ihre schwarzen Locken fielen über ihre Stirn ...

Ich kann Sellnow verstehen, dachte Schultheiß. Es ist eine Gemeinheit, eine Frau allein unter neuntausend Gefangenen herumgehen zu lassen, eine Frau wie die Kasalinsskaja, die alle mit einer einzigen Drehung ihres Kopfes oder ihres Körpers wahnsinnig macht!

»Worotilow ist sehr leidenschaftlich!« sagte sie rauh. »Janina wird hier vor die Hunde gehen ...«

»Darf ich das Dr. Kresin sagen?« Dr. Schultheiß erhob sich.

»Sie dürfen es. Sie könnten es auch Worotilow sagen! Er kann mich sowieso nicht leiden ...«

»Ich danke Ihnen.« Schultheiß verbeugte sich kurz und verließ das Zimmer. Auf dem Gang lehnte er sich erschöpft an die Wand und wischte mit dem Handrücken den Schweiß von der Stirn. Janina, Alexandra ... es war furchtbar, wie ihn die Frauen plötzlich erregten. Er hatte doch früher nie dieses Gefühl gehabt, nie dieses Pochen in den Adern gespürt, wenn er einem Mädchen gegenübertrat. Und ausgerechnet jetzt, wo er von Graupensuppe und klitschigem Brot lebte ... war dieser Sellnow denn ansteckend?

Da kam er gerade den Gang entlang. Er war sehr ernst und faßte Dr. Schultheiß am Arm. »Ich suche Sie überall, wo stekken Sie nur? Nummer 4583 ist unruhig.«

Schultheiß überlief es kalt. Unruhig hieß im Krankenhaus, daß der Patient stirbt ... Das Gesicht Sellnows verriet ihm alles, es war bleich und gezeichnet von der nagenden Sorge.

»Weiß es der Chef?« flüsterte Schultheiß.

»Er sitzt bei ihm am Bett. Der Darm arbeitet nicht, der künstliche After sondert nichts mehr ab – Temperatur 41, akute Herzschwäche ...«

Sellnow biß sich auf die Lippen. »Wir müssen einen Geistlichen rufen. Haben wir einen im Lager?«

»Fünf evangelische Pastoren ...«

»Nummer 4583 ist aber katholisch.«

»Gott ist überall, wenn man ihn braucht. Ich hole einen der Pastoren ...«

Sellnow nickte. »Ich werde es dem Chef bestellen ...«

Vor den Wäldern stand flimmernd die Luft, als Schultheiß auf den Lagerplatz trat. Er schloß einen Augenblick geblendet die Augen.

Einen Pfarrer. Der Oberfähnrich stirbt. Ob das Taschenmesser schuld war? Mord, hatte Major Worotilow gesagt. Mord, wenn er stirbt. Ihr alle seid dann Mörder, ihr deutschen Schweine ...

Und er stirbt. Warum schweigt Gott? Warum schweigt er jetzt? Gerade jetzt ...?

Einen Pfarrer. Wir haben ihn alle nötig, wenn er stirbt. Dr. Sergej Basow Kresin kam über den Platz. Er faßte Schultheiß an den Schultern und rüttelte ihn.

»Was haben Sie?« brummte er. »Einen Sonnenstich? Sie sind ja ganz blaß, Sie schwanken! Was ist denn los ...«

»Er stirbt!« schrie Dr. Schultheiß. »Ich muß einen Pfarrer holen ...« Er ließ Dr. Kresin stehen und rannte die Lagergasse entlang zu Block IX.

Dr. Kresin sah ihm erstaunt nach, ehe er begriff.

»Einen Pfaffen!« sagte er verächtlich. »Wenn der Mensch versagt, kann auch Gott keine Frage beantworten ...«

Er ärgerte sich über sich selbst, daß er Angst um Dr. Böhler hatte.

In dem kleinen Zimmer am Ende des Ganges saß Dr. Böhler, eine Spritze in der Hand. Sellnow stand schwitzend an der Tür und beobachtete das verfallene Gesicht des jungen Oberfähnrichs.

»Lassen sie das Cardiazol weg, Chef«, knurrte er zwischen den Zähnen. »Wir werden es anderswo nötiger brauchen.«

»Ich habe noch 45 Ampullen aus dem alten Stalingrad-Lazarett.« Dr. Böhler blickte schnell zu seinem Oberarzt. »Sie haben ihn aufgegeben?«

»Ja. Er ist schon tot, nur sein Herz schlägt weiter, als könne es ohne Körper leben ...«

»Ich glaube nicht an seinen Tod.« Dr. Böhler erhob sich und schob den Arm des Röchelnden zurecht. Unter der bleichen, fast gelblichen Haut erblickte er dick die Vene in der Armbeuge. »Solange das Herz mitmacht, gebe ich nicht auf!«

»Sie quälen ihn nur. Seinen Darm können Sie nicht retten! Seit fünf Jahren hat er nichts Richtiges zu verarbeiten gehabt ... er ist wie eine Wursthaut ohne Füllung, die zu lange in der Sonne lag.«

Dr. Böhler schüttelte den Kopf und stieß die Nadel in die Vene. Vorsichtig zog er das Blut in die Glasröhre der Spritze und drückte dann das Cardiazol in die Ader.

In der Tür stand plötzlich Dr. Kresin. Er hatte seine Tasche bei sich und stellte sich neben Dr. Böhler.

Sellnow lachte bitter. »Wo Aas ist, sammeln sich die Geier«, bemerkte er bissig.

»Keine Hoffnung?« fragte Dr. Kresin. Er überhörte die Bemerkung geflissentlich.

»Kaum.«

»Ein dritter Eingriff?«

Dr. Böhler erhob sich von dem Krankenbett und trat ans Fenster, das man mit einigen Lumpen verhangen hatte. Seine hagere Gestalt war nach vorn gebeugt.

»Ich habe viele Männer sterben sehen«, sagte er leise. »Es war mein Beruf geworden an der Front. Tausenden konnten wir helfen ... aber noch mehr starben, weil die äußeren Umstände sie sterben ließen – nicht wir, die Ärzte! Hätte ich hier einen richtigen Operationsraum, die richtigen Medikamente ...«, er sah auf den fiebernden Oberfähnrich, »ich bekäme ihn durch.«

Dr. Kresin öffnete seine Tasche und warf den Inhalt auf den Tisch. Es war ein kleines, gepflegtes, modernes chirurgisches Besteck. Auch einige Ampullen Evipan lagen dabei, die Dr. Böhler ungläubig betrachtete.

»Sie haben Evipan ...?«

»Ja!« Dr. Kresin lehnte sich an die Wand. »Sie sehen es ja.«

»Und das sagen Sie mir erst jetzt?« Dr. Böhler drehte sich mit einem Ruck herum. »Seit drei Jahren habe ich hier das Lazarett, seit drei Jahren werfen Sie mir Knüppel zwischen die Beine, seit drei Jahren operiere ich nicht, weil ich keine Betäubungsmittel und kein Besteck habe ...!«

Dr. Kresins Gesicht war rot, er atmete schwer und schlug mit der Faust gegen die Holzwand. »Vergessen Sie nicht, daß Sie nur ein dreckiger Gefangener sind!« sagte er grob. »Man sollte euch alle einfach verrecken lassen ...«

»Und warum tun Sie es nicht? Warum dann so etwas?« Dr. Böhler wies auf das Instrumentarium.

Dr. Kresin stieß die Tür auf und trat hinaus auf den Gang. Über die Schulter hinweg brummte er halblaut: »Weil ich Sie für einen verdammt tapferen Arzt halte ...«

Seine Schritte verhallten zum Ausgang hin. Sellnow sah ihm nach und schloß dann die Tür.

»Ein ausgesprochenes Edelschwein«, sagte er zornig. Er tastete nach dem Puls des Kranken und zuckte mit den Schultern. »Wollen wir wirklich noch einmal an ihm herumschnippeln?«

»Ja. Die dritte und letzte Operation.« Dr. Böhler legte die Hände flach an den Kopf, als spüre er ein heftiges Stechen in den Schläfen. »Wenn wir nur ein Infusionsgerät zur Bluttransfusion hätten«, sagte er langsam.

Dr. Schultheiß kam zurück. In seiner Begleitung befand sich ein kleiner, halbverhungerter Mann, dem das offene Hemd über der eingefallenen Brust schlotterte. Sein Gesicht, zerknittert, hohläugig, war erdgrau. Rissige Hände streckten sich den Ärzten entgegen.

»Der Pfarrer«, sagte Schultheiß leise.

Dr. Böhler drückte ihm die Hand. Die Innenflächen waren feucht, der Druck der Finger kraftlos, schlaff, weich wie Watte. Lungenkrank, dachte Dr. Böhler. Ich behalte ihn am besten gleich hier. Warum hat er sich nicht gemeldet ...

»Ich werde noch einmal operieren«, sagte er halblaut. »Bitte, Herr Pastor, warten Sie hier auf uns. Wir werden Sie sehr, sehr nötig haben.«

Der Verhungerte nickte stumm. Langsam trat er an die Bahre und legte seine aufgesprungenen, vernarbten Hände fast zärtlich auf die Stirn des Jungen. Dabei schloß er die Augen. Seine Lippen bewegten sich. Er schien zu beten.

Sellnow hatte die Hände gefaltet und starrte auf seine langen, schlanken Finger. Er war über seine eigene Ergriffenheit wütend. Da hat man jahrelang in den Lagern gehockt und Kohlsuppe gefressen und klitschiges Brot, man hat mit den anderen geschrien: Es gibt keinen Gott, wenn er Unschuldige derart leiden läßt, man hat geflucht, als der Winter kam und jeder dritte in Schnee und Sturm jämmerlich erfror, man hat sich vorgenommen, nie, nie mehr den Namen Gott zu nennen ... und da kommt so ein Pfaffe, so ein Halbverhungerter, und schon faltet man die Hände und betet.

Als Emil Pelz mit den beiden Trägern wieder ins Zimmer kam und sie den Pfarrer sahen, senkten sie den Kopf und falteten die Hände.

Sellnow drückte die Stirn gegen die Holzwand, seinen Körper schüttelte ein Schluchzen, und ein Krampf ließ seine Stirn gegen die Wand schlagen. Dr. Böhler blickte zu ihm hin ... er schwieg und senkte den Kopf.

Der Pastor nahm die Hand von der Stirn des Kranken. Sie war voll kalten Schweißes.

»Soll ich ihm das Abendmahl geben, oder wollen Sie erst den Erfolg der Operation abwarten?«

Dr. Böhler verschloß den Darmausgang mit einem Mullberg und richtete sich auf.

»Haben Sie alles bei sich, Herr Pastor?«

»Eine Flasche mit Wasser und ein Stück trockenes Brot.« Er lächelte schwach, wie entschuldigend. »Gott wird es in Wein und Hostie verwandeln ... mit Brot und Wasser hielt er unser Leben aufrecht in den Jahren der Not.«

Dr. Böhler sah zu Sellnow hinüber, der sich beruhigt hatte. Auch Dr. Schultheiß schien soweit gefaßt zu sein, um assistieren zu können. »Ich werde erst operieren«, sagte er. »Wenn Sie wollen – wenn es Ihre Nerven aushalten –, können Sie mitkommen und neben dem Tisch stehen ...«

»Das wäre gut.« Ein trockener Husten schüttelte den Körper des Pfarrers wie ein Rohr im Wind. Dr. Böhler betrachtete ihn, wie er die Hand vor die dünnen Lippen hielt und sich keuchend vorbeugte. Bald würde er für sich selbst beten müssen ...

Emil Pelz und die beiden Sanitäter trugen den Oberfähnrich wieder hinaus über den Gang zum Operationszimmer. Als sie die Tür aufstießen, stand Dr. Kresin in Gummihandschuhen am Tisch und ordnete die Bestecke. In dem Sterilkocher brodelten die Instrumente. Dr. Alexandra Kasalinsskaja saß am Tisch und erhob sich, als die Ärzte mit der Bahre eintraten.

»Wo Gott ist, ist auch der Satan«, murmelte Sellnow. Mit zusammengebissenen Lippen ging er an der Kasalinsskaja vorbei.

Ein Geruch nach Äther durchzog den Raum.

Dr. Böhler nahm aus den Händen von Dr. Kresin dessen Gummihandschuhe. Die ersten nach drei Jahren ...

Am nächsten Morgen traf Janina Salja im Kommandanturgebäude ein.

Major Worotilow hatte sie selbst mit einem Jeep aus Stalingrad abgeholt und stand nun stolz mit Dr. Kresin und Leutnant Piotr Markow zusammen. Er war glänzender Laune und gönnte es dem vorsichtigen Karl Georg, in seiner Gegenwart neue Blumen zu pflanzen, die aus dem Garten der Oktober-Fabrik von der Nachtschichtkolonne gestohlen worden waren.

Janina Salja sah in Uniform noch schmaler und hilfloser aus. Das rötlich blonde Haar fiel weich herab, ihre großen, wasserblauen Augen tasteten die niedrigen Baracken und die Wachttürme, den Stacheldraht und den Lazarettbau ab, und während Worotilow einen neuen Witz aus Stalingrad erzählte und Markow sich auf die prallen Schenkel schlug, glänzten ihre Blicke auf, als sie am Fenster des Lazaretts die Gestalt von Dr. Schultheiß sah.

Dr. Sergej Basow Kresin ahnte Verwicklungen. Janina hatte sich auf ihre Weise nach dem Ergehen des deutschen Arztes erkundigt: »Der deutsche Lümmel gefällt mir nicht. Er hat so weiche Hände, die mich abtasten wie Samtpfoten. Ich mag das nicht ...« Aber in ihren Augen stand deutlich die Sehnsucht nach diesen Händen, und Dr. Kresin knirschte mit den Zähnen und erwog, Dr. Schultheiß in eine andere Lagergruppe oder wenigstens in ein Außenlager verlegen zu lassen.

Über den Platz, von der Küche her, kam die Kasalinsskaja. Als sie Janina sah, lächelte sie und kam mit schnellen Schritten auf sie zu. Sie umarmte sie mit jenem Enthusiasmus, der sowohl Liebe wie auch Haß auszudrücken vermag, und küßte sie auf beide Wangen.

»Mein weißes Täubchen«, sagte sie heuchlerisch. »Du kommst uns besuchen?«

Worotilow schob die dicke Unterlippe vor. Wie ein Bulle, der wiederkäut, mußte die Kasalinsskaja denken.

»Janina wird Ihnen Gesellschaft leisten, Genossin«, sagte er betont freundlich. »Sie will die Arbeiter in einer Reihenuntersuchung inspizieren.«

»Welch großes Interesse an den Deutschen! Erst lassen wir sie zu Tausenden verrecken, und jetzt bringen wir uns ihretwegen um. Es gibt in Rußland Millionen, die nicht so gut leben und nicht so gut versorgt werden wie die deutschen Gefangenen. Aber Sie müssen es ja wissen, Genosse Major ...«

»Wenn es nach Genossin Kasalinsskaja ginge, würde man alle Deutschen umbringen«, sagte Major Worotilow lachend zu Janina. »Wir haben da ein gutes System: Wenn ein Stahlwerk oder die Holzkolonne Arbeiter braucht, schicken wir die Genossin Ärztin in die Lager. Innerhalb von zwei Stunden haben wir so viele Arbeiter, wie wir wollen.«

Janina Salja sah die Kasalinsskaja mit einem schrägen Blick an. Sie trat einen Schritt zurück, und über ihr blasses Gesicht zog ein Schimmer einer hellen Röte. »Auch die Deutschen sind Menschen ...«

Piotr Markow winkte ab. »Genossin ... uns nannten sie Untermenschen.«

»Das war im Krieg ... Jetzt haben wir Frieden!«

»Wir haben immer Krieg, solange die Welt nicht restlos kommunistisch ist!« Markow wurde ernst. Der Funke des Fanatismus glomm in seinen Augen. Sein Gesicht wurde kantig und brutal. »Erst wenn die rote Fahne die Weltflagge ist, gibt es Ruhe auf der Welt. So lange kämpfen wir gegen alle und alles ...«

»Der ewige Revolutionär!« Worotilow lachte schallend. »Mir ist es immer ein Rätsel geblieben, warum er nicht jeden Abend vor dem Zubettgehen die Internationale singt ...«

Übernächtigt und noch blasser als sonst kam Dr. Böhler an der Gruppe vorbei und grüßte. Worotilow winkte ihm zu und rief, noch immer lachend: »Wohin, Sie Gliederabschneider?«

»Zu Baracke VIII, Block 4. Dort soll ein leichter Unfall sein.«

»War schon da.« Die Kasalinsskaja nickte ihm zu. »Der Mann hat sich einen Daumen gequetscht. Ich habe ihm Arbeit verordnet.«

»Was haben Sie?«

»Er muß arbeiten! Oder glauben Sie, ich lasse mir so viel Ausfälle gefallen? Die Kerle lassen sich ihren Daumen quetschen, um sich zu drücken! Bei mir nicht! Ich kenne das! Ich war Ärztin in den Bergwerken! Und überhaupt« – sie stemmte die Arme in die Hüften –, »ich bin einem Gefangenen keine Rechenschaft schuldig.«

Dr. Böhler sah zu Dr. Kresin hin. Der blickte in den Himmel, als habe er noch nie Schäfchenwolken gesehen, die langsam herbeitrieben. Worotilow drehte sich angelegentlich eine Zigarette. Piotr Markow grinste unverschämt. Nur Janina Salja sah von einem zum anderen und wandte sich dann ab.

»Das ist ekelhaft«, sagte sie auf russisch. »Ich kann das nicht mit anhören ...« Sie faßte Worotilow am Arm. »Komm, bring mich ins Lazarett ...«

Willig trottete der Major hinter ihrer schlanken Gestalt her. Ein Bär, der glücklich ist, den Ring durch seine Nase zu fühlen ...

Dr. Alexandra Kasalinsskaja sah ihnen mit zusammengekniffenen Augen nach. Um ihre vollen Lippen zuckte ein böses Lächeln. »Kommen Sie«, sagte sie zu Dr. Böhler. »Ich werde den Mann mit dem zerquetschten Daumen doch krankschreiben ...«

Dr. Schultheiß hatte von seinem Fenster aus das Eintreffen Janinas bemerkt. Er begriff nicht, was dieses biegsame zarte

Mädchen an den Bullen Worotilow band. Eifrig begoß er die Primel in Sellnows Zimmer, während dieser noch schlief und laut schnarchte. Sellnow hatte die ganze Nacht über am Bett des Oberfähnrichs gesessen und sich heftig mit der Kasalinskaja gestritten, die plötzlich ins Zimmer schaute und großes Interesse heuchelte. Der Anblick der heißblütigen Frau in einem dünnen Nachtgewand hatte Sellnow dermaßen erregt, daß er seinen Stuhl ergriff und drohte, ihn ihr an den Kopf zu werfen.

Sellnow sprach im Schlaf. Es war ein unverständliches Murmeln. Er schien heftig mit jemandem zu streiten. Sein Gesicht zuckte.

Wie klein werden die Sorgen, wenn Janina hier ist, dachte Dr. Schultheiß. 100 Gramm Brot weniger am Tag, und das Lager hat erst 230 Rubel gesammelt. Im Block 9 haben drei Kirgisen sieben Gefangene blutig geschlagen, weil sie beim Zählappell nicht schnell genug auf ihren Platz liefen. Es waren Männer, die eben erst von der Arbeit in den Wäldern kamen und mehr tot als lebendig auf ihre Strohsäcke sanken. Dabei kauten sie das feuchte, klebrige Brot, als enthalte es allein die Kraft, dieses Leben eines Tieres durchzustehen.

Das alles könnte man vergessen, weil Janinas Augen tief und geheimnisvoll wie die Steppe sind.

Es klopfte. Schultheiß fuhr herum und stürzte an die Tür. Emil Pelz stand auf dem Gang und grüßte.

»Sie sollen zur Lungenstation kommen«, sagte er grinsend. »Wir ham'n neuen Patienten. Knorke, saje ick! Det is Klasse vom Ku-Damm!«

»Ich komme sofort.« Dr. Schultheiß lief ins Zimmer zurück und kämmte sich die Haare. Dann rieb er mit den Händen das Gesicht und die Wangen, um ein wenig Farbe in seine blasse Haut zu treiben. Ich sehe ja aus wie eine Leiche, dachte er. Aber sie soll mich so sehen, wie ich einmal war ... sie soll ein klein wenig davon sehen ...

Dann lief er über den Gang, bog in den Seitenflügel ein und

stand, heftig atmend, vor der Tür der Lungenstation. Von drinnen hörte er die dunkle Stimme Dr. Kresins. Möbel wurden gerückt, irgend etwas klapperte über den Boden.

Als er ins Zimmer trat, drehte sich Janina um und sah ihn lächelnd an. Ihre Augen sprachen zu ihm, aber der Mund blieb stumm, die Lippen waren dünn und farblos. Dr. Kresin unterdrückte einen Fluch und fuhr Schultheiß barsch an.

»Das ist ein Saustall, aber keine Lungenstation!« schrie er. »Hier soll Genossin Salja wohnen?! In diesem Loch?«

»Für die deutschen Gefangenen reichte es aus.« Dr. Schultheiß sah sich um. »Wir haben hier Licht, Luft und Sonne. Was noch fehlt, ist Ruhe. Und die zieht ein, wenn Sie weg sind ...«

Janina Salja lachte leise. Das machte Dr. Kresin wehrlos. Er warf Schultheiß einen vernichtenden Blick zu und riß eines der Fenster auf. Der Blick über die Steppe und die nahen Wälder war herrlich. Nur ein Drahtzaun mit den Wachttürmen störte das friedliche Bild.

Janinas sanfte Wärme machte Schultheiß rot und unsicher. Sie sah ihm ein wenig traurig in die Augen und fragte: »Was werden Sie jetzt mit mir tun?«

»Sie werden zunächst nur Ruhe haben müssen ...«

»Dann bringen Sie vorher Worotilow um«, knurrte Dr. Kresin vom Fenster her.

»Er wird vernünftig sein müssen«, sagte Schultheiß in entschiedenem Ton.

Dr. Kresin lachte laut. »Zeigen Sie mir einen vernünftigen Bock! Wo er ein Weib sieht, muß er springen ...«

Janina sah Schultheiß flehend an. Er las in ihren Augen Angst und Verzweiflung. Einen Augenblick war er versucht, den Arm um ihre schmalen Schultern zu legen und sie tröstend an die Brust zu ziehen, aber dann kam ihm zum Bewußtsein, daß er ja nur ein Plenni war und sie eine Russin, sogar eine hohe Funktionärin, die eine Uniform trug und einen hohen Orden auf der kleinen Brust. Er ließ die halberhobenen Arme sinken und wandte sich brüsk Dr. Kresin zu.

»Fräulein Salja wird alles bekommen, was für eine Kur notwendig ist ... wenn Sie es genehmigen.«

»An mir soll es nicht liegen.« Dr. Kresin lachte rauh. »Ein Gefangenenlager als Sommersanatorium. Das wäre eine schöne Geschichte für einen orientalischen Märchenerzähler. Verdammt, was ihr deutschen Ärzte alles fertigkriegt ...«

Er lehnte sich aus dem Fenster und brüllte zwei Gefangene an, die zur Latrine schlurften.

Janina setzte sich auf den Stuhl und fuhr sich mit der Hand durch die Haare. »Kommen Sie mich heute abend besuchen?«

»Wenn Major Worotilow nicht bei Ihnen ist.«

»Ich werde sagen, ich sei müde. So müde.«

»Das sind Sie auch, Janina.«

»Ja, Jens ...«

Dr. Schultheiß zuckte zusammen.

»Woher kennen Sie meinen Namen?« flüsterte er.

»Von Kresin. Ich fragte ihn danach.«

»Und warum?«

»Weil Sie so blaue Augen haben wie ich ...« Sie senkte den Kopf und sah auf ihre Füße, die unruhig auf den Dielen scharrten. »Mein Vater hatte auch so blaue Augen. Wir wohnten an der Wolga, direkt am Fluß, und er hatte eine kleine Fischerei, zwei Boote, die die Fänge nach Saratow auf den Fischmarkt brachten. Er starb aus Kummer, als mein Bruder bei Orscha fiel. Wir haben nie sein Grab gefunden ...« Ihre Stimme klang wie geborsten. »Der Krieg ist furchtbar für die Menschen, Jens. Er verbittert die Herzen und sät Haß, wo man lieben sollte. Ich bin so jung und habe nichts anderes gesehen als Krieg ...«

»Wie alt sind Sie, Janina?«

»Einundzwanzig, Jens.«

»Wie herrlich jung, Janina.«

»Und doch wie alt. Ich habe immer nur Uniformen getragen ... Jungbolschewistin ... Kaderführerin im Lazarett ... Partisanenmädchen ... Das Ehrenkleid der Partei und der Armee ... Ich habe nur Soldaten gesehen ... eigene und deutsche. Ich bin russischer als Rußland ... Glauben Sie, daß einundzwanzig Jahre alt ist?«

Dr. Schultheiß schaute auf sein Leben zurück, ob seine Erinnerungen anders aussähen. Aber auch er fand nur marschierende Füße, Uniformen und Kommandos, Fahnen und Standarten, Blechmusik und Heil-Rufe. Er wurde sich des Betruges an seiner Jugend bewußt, und er schwieg, weil er keinen Trost für Janina und sich selbst wußte.

»Ich werde heute abend kommen, Janina«, sagte er leise. »Wenn es mir möglich ist ...«

Auf dem Gang stand in ihrer Zimmertür Kasalinsskaja. Sie rauchte eine türkische Zigarette. Der süßliche Rauch lag in Wolken über dem Flur. Ihre roten Lippen glänzten feucht.

»Ist das Vögelchen gefangen?« fragte sie gehässig.

»Es wäre gut, wenn Sie sich um sie kümmern würden, Dr. Kasalinsskaja.« Schultheiß wollte an ihr vorbeigehen, aber sie hielt ihn am Arm fest und zog ihn ganz dicht zu sich heran.

»Janina ist in Sie verliebt«, sagte sie rauh. Ihre Augen sprühten. Sie glich einer Tigerin, sie war wie eine Bestie vor dem Mordsprung. Schultheiß kniff seine Augen zusammen.

»Sie träumen, Doktor. Ich bin nur ein Plenni.«

»Und es wäre gut, wenn Sie das nie vergäßen.« Alexandra warf ihre Zigarette weg und trat sie mit einigen wütenden Fußtritten aus. »Worotilow würde Sie erschießen«, sagte sie kalt.

»Er hat keinen Anlaß dazu.« In Schultheiß stieg heiße Angst auf. Er starrte die Kasalinsskaja an, sie erwiderte seinen Blick, und er las in den Augen der Russin Eifersucht, Stolz, Lockung, Gier und zitternde Beherrschung.

»Ich werde mit Janina sprechen«, sagte sie halblaut. Ihre Stimme hatte den Klang einer Drohung. »Auch wenn Sie Arzt sind, Dr. Schultheiß, bleiben Sie ein Gefangener, den man zwischen den Fingern zerdrücken kann wie eine Laus. Gehen Sie ...«

Gehorsam drehte sich Dr. Schultheiß um und ging seinem Zimmer zu.

Ein Satan! Ein Satan! Ein Satan!

Sein Herz schmerzte, in den Schläfen hämmerte das Blut. Er riß die Tür auf und warf sie krachend hinter sich zu.

Alexandra Kasalinsskaja lächelte.

»Du schöner Blonder ...«, murmelte sie.

Aus dem Tagebuch des Dr. Schultheiß:

Wie gut ist die Nacht. Wie still, wie sanft, wie willig die Gedanken.

Ich sitze neben dem Bett des jungen Oberfähnrichs. Er schläft. Die dritte Operation hat sich bewährt. Der Chirurg hat nur eine kleine Stauung des Kotes in der Nähe des künstlichen Afters beseitigen müssen, die den Kranken das Leben gekostet hätte, wenn nicht eingeschritten worden wäre. Noch immer fließt Eiter aus der Dränage des operierten Blinddarms. Aber der Puls ist besser. Dr. Kresin hat Traubenzucker und vor allem Strophantin zur Verfügung gestellt. Das Herz des Kranken hat ausgezeichnet auf die Milligramm-Bruchteile des Herzmittels angesprochen.

Ich bewundere Böhler nicht nur als Arzt, sondern auch als Mensch. Immer ist er zurückhaltend und still, immer zur Stelle, nie erregt. Er ist als Arzt wagemutig und führt einen verbissenen stillen Kampf gegen den Tod, der hier allgegenwärtig ist. Er macht keine großen Worte. Was wären wir ohne ihn? Aus dem Nichts hat er dieses Lazarett geschaffen, hat er die beste Lungenstation aller Lager eingerichtet, hat er chirurgische Taten vollbracht, die an den Mut der mittelalterlichen Ärzte erinnern. Mit einem Küchenmesser hat er 1945 ein gefrorenes Bein amputiert ... Ich sehe ihn noch in der Baracke stehen, umgeben von einer Gruppe Männer, die zur Seite sahen und einige Öllampen hochhielten. »Halten Sie den Mann fest«, sagte er zu den beiden Sanitätern. »Ganz fest! Ich schneide jetzt ...«

Und der Amputierte schrie, bis ihn eine Ohnmacht barmherzig umfing. Wir hatten keine Betäubungsmittel ...

Ich werde heute abend nicht zu Janina gehen können. Ich kann das Zimmer nicht verlassen. Um zwei Uhr in dieser Nacht muß Nummer 4583 die nächste Traubenzucker-Infusion erhalten.

Als ich einmal auf den Flur trat, sah ich von weitem unter ihrer Tür noch Licht hervorschimmern. Auch im Zimmer der Kasalinsskaja war noch Licht. Als ich in die Arzneikammer ging, hörte ich ihren Schritt unruhig im Zimmer hin und her tappen. Sie wartete, daß ich zu Janina gehe, um dann Worotilow zu rufen. Sie ist ein Teufel. Aber sie ist schön, gefährlich schön. Wenn ich an sie und Sellnow denke, habe ich eine zügellose Angst. Einmal wird es zu einer Katastrophe kommen ...

Als ich von der Arzneikammer zurückkam, verklang ihr Schritt. Sicher lauschte sie. Dann öffnete sie die Tür des Krankenzimmers, und sie blickte kurz hinein.

»Janina erwartet Sie«, sagte sie leise. Ihre Augen waren dunkel und gefährlich.

»Ich habe Nachtwache«, antwortete ich bestimmt. »Ich verlasse den Kranken nicht!«

»Soll ich für Sie Wache machen?« Ich schüttelte den Kopf und begann die Spritze auszukochen, ohne mich um sie zu kümmern. Da schloß sie wieder die Tür. Auf dem Flur hörte ich das leise Klatschen ihrer Füße. Sie war barfüßig gekommen. Ich möchte wissen, warum sie so oft nachts in ihrem Arbeitszimmer bleibt. Das ist streng verboten! Auch für sie. Sie hat draußen zu schlafen, im Kommandantur-Gebäude!

Nachdem ich dem Oberfähnrich die Injektion gemacht hatte, schlüpfte jemand in mein Zimmer. Ich wagte nicht, mich umzudrehen ... ich spürte den Blick in meinem Nacken ... ich fühlte das heiße Schlagen meines Herzens ... Mein Gott, mein Gott, warum muß das sein? Warum peinigst du uns so, uns, die armen, entrechteten, hungernden Plennis ...

Janina kam an das Lager des Kranken und setzte sich an das verdunkelte Fenster auf den einzigen wackeligen Stuhl. Lange Zeit sprachen wir kein Wort.

Wir sahen uns nur an.

»Alexandra sagte mir, daß Sie Wache haben«, sagte sie dann. Ihre Worte waren wie ein leises Klingen gezupfter Saiten. Unter dem Saum des Kimonos sahen ihre nackten Beine hervor, mit den zierlichen, goldbestickten Astrachan-Pantoffeln. Sie war schlank wie ein Knabe, nur ihr Mund war weiblich – und ihre hellen Augen waren es, Augen, als seien sie aus der Wolga geschöpft.

»Ja«, sagte ich. Ein dummes Ja.

Dann schwiegen wir wieder und sahen uns an.

»Ich habe Sie den ganzen Tag nicht gesehen, Jens.«

»Ich hatte Dienst in den Baracken. Die wenigsten unserer Patienten sind so krank, daß sie ins Lazarett kommen. Jeder Block hat noch seine eigene Krankenstube – das Revier, wie wir Deutschen sagen –, dort verrichten Sanitäter den Dienst, und der wachhabende Arzt macht Visite.«

»Und Sie waren Wachhabender?«

»Ja.«

»Nicht Dr. von Sellnow?«

Ich schwieg und sah zu Boden. Ich schämte mich.

»Warum haben Sie mit Dr. von Sellnow getauscht, Jens?«

»Janina ...«, sagte ich gequält.

»Sie sind feige, Jens.«

»Ich bin nur ein Kriegsgefangener, Janina. Ich gelte nichts ...«

»Mir gelten Sie viel ...« Janina stützte den Kopf in beide Hände und sah mich unentwegt an. Ich ertrug ihren Blick nicht und kümmerte mich um die Seitenöffnung des Patienten, wechselte den Mullberg.

»Ihnen vielleicht, Janina«, sagte ich dabei. Daß ich sie nicht anzuschauen brauchte und mit meiner Arbeit beschäftigt war, machte mich mutig. »Ich würde Ihnen gern antworten, wenn ich ein freier Mensch wäre. Nicht eine Nummer in den Listen der Zentralgefangenenstelle in Moskau. Nummer 6724/19 – weiter nichts. Was wollen Sie von einer Nummer, die man ausradieren kann wie einen lästigen Punkt oder einen unvorsichtigen Klecks?«

Janina Salja hob die Schultern. Ihre langen, dünnen Beine mit den Astrachan-Pantoffeln wippten. »Sie werden vielleicht bald frei sein, Jens. Hunderttausende Ihrer Kameraden sind schon wieder in Deutschland.«

»Aber Hunderttausende leben noch in den Lagern dies- und jenseits des Urals.«

»Auch Sie werden einmal entlassen.«

»Dann ist unsere Kraft gebrochen, Janina. Dann sind wir nur noch atmende Gespenster. Es wird viele Jahre dauern, ehe wir uns wieder finden, mehr Jahre, als wir hier in Rußland verloren haben. Wir Menschen sind eine zu eilige Arbeit Gottes ... Als er uns schuf, hat er versäumt, um unsere Seele eine dicke Hornhaut zu legen ...«

»Sie sind verbittert, Jens.«

»Vielleicht. Vielleicht ist es nur Stacheldrahtkoller. Vielleicht sind es nur ungestillte Sehnsüchte. Vielleicht ist es das dumme Etwas, das man Heimweh nennt.« Ich stopfte den vereiterten Mullknäuel in einen Eimer und legte einen Deckel aus Holz darüber. »Könnten Sie ohne die Wolga leben, Janina?«

»Wenn ich einen Menschen liebte, mehr liebte als meine Wolga ... ja, Jens.«

»Das ist ein großes Wort ...« Ich bettete den Oberfähnrich richtig und wusch ihm das Gesicht mit Wasser und den noch immer aufgequollenen Leib mit einer sterilen Lösung. Janina sah mir zu. Meine Hände waren ruhig, weit ruhiger als mein Inneres.

»Wir haben in der Schule viel von Deutschland gelernt«, sagte sie. »Nicht nur die Sprache – auch von eurer Kultur weiß ich, von eurer Landschaft, von euren Künstlern und Gelehrten. Ihr seid ein kluges Volk, aber eure Klugheit wächst über euch hinaus, und ihr vergeßt, daß es andere Völker gibt ...«

»Das hat man euch gelehrt. Wir lernten, daß alle Russen asiatisch verseucht seien und der ideologische Brandherd der Welt. Die Gelehrten, die diese Bücher schrieben und uns das lehrten, haben aber nie die Wolga oder den Don gesehen, die Steppe und Janina ...«

Mit einem jähen Ruck stand sie auf und trat hinter mich. Ihre kleine Hand legte sich unerwartet hart auf meine Schulter.

»Ich könnte alle Deutschen hassen«, sagte sie leise.

»Warum, Janina?«

»Weil ich Sie kennenlernte ...«

Die Hand lag noch auf meiner Schulter. Ich drehte den Kopf zur Seite und küßte ihre Fingerspitzen. Sie fuhr zurück, in ihre Augen trat Angst und eine wilde Gehetztheit ... Sie riß die Tür auf und lief über den Gang in die Dunkelheit davon. In der Ferne klappte ihre Tür. Neben dem Stuhl, auf dem sie saß, lag eine Blume. Eine kleine Buschrose, blaß und schmächtig wie Janina, krank und halb verwelkt.

Wie gut ist die Nacht. Wie still, wie sanft, wie willig die Gedanken eines schmutzigen deutschen Kriegsgefangenen.

Ich glaube, daß Gott auch über Rußland blickt ...

Gegen Mittag ging das Gerücht durchs Lager, ein politischer Kommissar aus Moskau habe den Gefreiten Hans Sauerbrunn verhaftet. Karl Georg und Julius Kerner, die dieses Ereignis miterlebt hatten, wußten in ihrer Verwirrung nichts anderes zu berichten, als daß Jakob Aaron Utschomi, der kleine jüdische Dolmetscher, mit dem Kommissar erschienen war und Sauerbrunn einfach mitgenommen hatte in die Kommandantur.

Der Kommissar Wadislaw Kuwakino war ein mittelgroßer, untersetzter Mann mit einem Mongolengesicht. Seine Augen, weit auseinander stehend und ein wenig geschlitzt durch die asiatischen Fettpolster unter den Lidern, blickten kühl und oftmals gelangweilt, als sei ihm die Welt das Ekelhafteste und der Mensch auf ihr überhaupt nicht wert, beachtet zu werden.

Major Worotilow saß mit rotem Gesicht in seinem Zimmer. Unerhört, dachte er. Unerhört, wenn das wahr ist.

Piotr Markow grinste. Er betrachtete Hans Sauerbrunn wie ein Schlachtvieh und stellte sich vor, wie dieser Deutsche gequält in einem Straflager stöhnte. Kasymmskoje ... die Sümpfe ... Fieber, Mücken, Wölfe und morastiger Boden ...

Man sollte die deutschen Schweine ausrotten ...

Hans Sauerbrunn stand, mehr erstaunt als verängstigt, vor dem großen Tisch des Majors und sah von einem zum anderen. Er trug sein Alltagskleid: die zerrissene Hose, ein offenes Hemd über der behaarten Brust, staubige Stoffschuhe mit Gummisohlen. An den Knien seiner Hose waren zwei runde, schmutzige Flecke ... er hatte Karl Georg im Garten geholfen und sich in die Erde gekniet. Nun wagte er es nicht, die Flecke abzuklopfen. Steif stand er vor dem Tisch und blickte Jakob Aaron Utschomi, den Dolmetscher, fragend an.

Kuwakino, der Kommissar, polkte an seinen Nägeln. »Sie wissen die Frage, Utschomi«, sagte er auf russisch zu dem Dolmetscher. »Fragen Sie ... Genosse ...«

Es fiel ihm schwer, zu dem kleinen, armseligen Juden Genosse zu sagen und ihn als seinesgleichen anzuerkennen. Aber er würgte es heraus, eingedenk der Ideologie, der er diente und die keine Rassen kannte und keine Hautfarben und keine Nationen, nur den Ruf der roten Fahne der Revolution.

Aaron Utschomi schluckte und sah Hans Sauerbrunn verzweifelt an. Er machte eine vergebliche Anstrengung, streng wie seine Vorgesetzten zu sein, aber er glitt wieder in sein eigentliches Wesen: schüchtern zu sein und sich zu ducken wie nach einem Tritt.

»Sie wurden gefangen – wann?«

»Am 12. November 1942.«

»Wo?«

»In Stalingrad.«

»Das war ja vor der Kapitulation der deutschen 6. Armee?«

»Ja. Ich war so dumm, mich als Essenholer zu verirren. Ich lief mit 17 Kochgeschirren in die russischen Linien.«

»Sie verirrten sich nicht zufällig ... Sie wollten sich verirren?«

Hans Sauerbrunn sah Utschomi verblüfft an. Ehe er diese Auslegung seiner Gefangennahme begriff, nahm Major Worotilow ein wenig freundlicher das Wort: »Sie hatten wie wir alle den Krieg satt und liefen über, was?«

Sauerbrunn schüttelte heftig und ablehnend den Kopf. Der Gedanke, als Überläufer angesehen zu werden, erbitterte ihn maßlos. »So dämlich bin ich nicht!« sagte er laut und erregt. »Überlaufen zu den Russen!«

Piotr Markow schob die Unterlippe ein wenig vor. Dann schlug er mit der geballten Faust zu und traf Sauerbrunn zwischen die Augen. Der taumelte, Blut schoß aus seiner Nase und lief in einem dicken Strom über das Kinn, den Hals, in das offene Hemd hinein und färbte die dunklen Brusthaare hellrot.

»Aber nicht doch«, sagte Kommissar Kuwakino gemütlich und unterbrach das Polken an seinen Fingernägeln einen Augenblick. »Vergessen Sie doch nicht, Genosse Leutnant, wer das ist ...«

Markow trat zurück. In seinem Gesicht spiegelten sich Wut und tiefe Befriedigung. Er sah das Blut aus dem Gesicht Sauerbrunns rinnen und hätte jauchzen können, daß es deutsches Blut war. Er hatte das unheimliche Verlangen, dieses rinnende Blut zu trinken, um schreien zu können: »Ich fresse einen Deutschen ...!«

Hans Sauerbrunn lehnte sich schwankend an die Tischkante, Major Worotilow warf ihm ein großes Taschentuch hin, das Sauerbrunn an die Nase drückte und dabei den Kopf weit in den Nacken zurücklegte. Jakob Aaron Utschomi war den Tränen nahe. Er schluckte mehrmals laut, ehe er weiterfragte.

»Wo sind Sie geboren?«

»In Berlin.«

Der Kommissar sah kurz auf. Seine Stimme war hell und scharf. Wenn er sprach, zuckten seine Augenwinkel, und die dünnen Lippen wölbten sich vor wie bei einem Lama, das im Begriff ist, zu spucken.

»Das nicht wahrr!«

»Ich bin in Berlin geboren. Am 19. September 1915!«

»Nicht in München?«

»Nein.«

Hans Sauerbrunn versuchte, das durchblutete Taschentuch von der Nase zu nehmen. Ein scharfer Schmerz durchzuckte die Nasenwurzel, als er den Kopf senkte. In den Schläfen stachen Millionen Nadeln. Ihm war übel, er hatte das schreckliche Gefühl, sich gleich übergeben zu müssen – bis er sich sagte, daß sein Magen ja leer sei, weil er die Brotration schon am Morgen gegessen hatte und nun auf die Kohlsuppe des Mittagessens wartete.

»Was war Ihr Vater?«

»Schuhmachermeister.«

»Das nicht wahrr!« sagte Kommissar Kuwakino wieder. »Alles gelogen!« Er legte seine Hände auf die Tischplatte. Anscheinend waren seine Nägel jetzt sauber. In seinen Augen glomm Bosheit auf, als er das blutige Gesicht des Gefangenen betrachtete. »Warum Sie leugnen?«

»Mein Gott ...« Hans Sauerbrunn hob die Schultern. Was wollen sie von mir, warum haben sie mich geholt? Wissen sie, daß mein Bruder bei der SS war und mein Vater Zellenleiter der Partei? Ich war in der SA, ein kleiner Truppführer, der am Sonntag seine Männer beim Dienst anbrüllte und anschließend mit ihnen um die Wette soff. Manchmal mußten wir mit einem Taxi unsere Zivilsachen kommen lassen, weil wir im ›braunen Ehrenkleid‹ nicht besoffen durch die Straßen gehen konnten. Ob sie das alles wissen? Aber warum fragen sie dann mich? Warum nicht auch die anderen Millionen, denen es so oder anders erging, die ihren Parteidienst taten und die Hand hoben beim Horst-Wessel-Lied. Wie sangen doch die Pimpfe, diese kleinen, schwarzuniformierten Knaben mit ihrem Fähnlein vorneweg ... »Ja, die Fahne ist mehr als der Tod ...« Die Fahne, der sie nachlatschten, und in den schönen, hellen Sonntagmorgen schrien sie: »Es zittern die morschen Knochen ...«

Er mußte lächeln und schmeckte beim Lächeln sein Blut.

»Woran denken?« sagte Kommissar Kuwakino. Hans Sauerbrunn fuhr zusammen.

»Ich habe die Wahrheit gesagt. Warum fragen Sie mich denn? Was ist denn los? Was habe ich getan?« Seine Stimme wurde unsicher. Die starren Gesichter hinter dem Tisch flößten ihm Angst ein. Er wollte es sich nicht gestehen, aber er spürte sein Herz hämmern und verkrampfte in den Schuhen die Zehen vor Angst.

»Warum haben geändert Sie den Namen?«

»Was soll ich?« Hans Sauerbrunn sah den Kommissar verblüfft an.

Aaron Utschomi nickte. »Sie haben doch Ihren Namen geändert.«

»Ich?«

»Ja. Sie haben aus einem -bruch einen -brunn gemacht!«

Utschomi wollte weitersprechen, aber Major Worotilow schnitt ihm mit einer Handbewegung das Wort ab und beugte sich weit vor. Seine Stimme war freundlich und zuvorkommend. »Nun geben Sie schon zu, daß Sie Hans Sauerbruch sind, der jüngste Sohn des deutschen Chirurgen Professor Sauerbruch ...«

»Der Sohn des Generaloberstabsarztes der deutschen Armee«, unterstrich Kommissar Kuwakino.

Hans Sauerbrunn schüttelte matt den Kopf. »Ich heiße Sauerbrunn. Mein Vater war Schuhmachermeister in Berlin. Wir wohnten am Schlesischen Bahnhof.«

»Das nicht wahrr!« Der Kommissar erhob sich und umging den Gefangenen. Er umkreiste ihn wie ein Raubtier sein Opfer, die Kreise wurden immer enger. Dicht vor Sauerbrunn blieb er stehen und sah ihn lauernd an. »Ihr Vater ist in Berlin. Arbeit in Charité. Wenn Sie zugebben, daß Sohnn, dann Sie frei ...«

Hans Sauerbrunn biß die Zähne aufeinander. Frei ... frei ... kein Plenni mehr ... keine Kohlsuppe, kein klitschiges Brot, keine Arbeit in den Wäldern, keinen Piotr Markow ... keinen Stacheldraht, keine Wachttürme, keine eisigen russischen Winter, keine Kirgisen und Mongolen, die nicht sprachen, sondern einfach zuschlugen ... Die Versuchung umgarnte ihn.

Lauernd sah Kommissar Kuwakino den Gefangenen an. »Na?« fragte er.

»Ich bin es nicht«, stöhnte Hans Sauerbrunn.

»Wir werden Sie mit nach Moskau schicken«, sagte Major Worotilow steif. »Wenn Moskau sagt, Sie sind Hans Sauerbruch, dann sind Sie es! Moskau irrt sich nie!«

»Ich heiße Sauerbrunn! Sauerbrunn! Sauerbrunn!« schrie der Junge. Er schlug mit der Faust hysterisch auf den Tisch und riß sich das Hemd auf. Die Nerven versagten ihm, die Spannung löste sich in Schreie auf. Er tobte und wollte mit dem Kopf gegen die Wand rennen. Leutnant Markow fing ihn auf und schlug ihm mit der flachen Hand gegen den Hals. Wie ein Sack fiel er um, lag gekrümmt auf dem Boden der Kommandantur.

»Weg!« sagte der Kommissar steif. »Ich nehme ihn mit! Befehl ist Befehl!«

Vier Tataren trugen Hans Sauerbrunn in seine Baracke. Man stellte sich gerade in einer langen Reihe auf, um Essen zu fassen.

Die Kohlsuppe stank wie immer. Die Plennis sahen nicht hin, als man Hans Sauerbrunn in die Baracke trug. Geschlagen wurde oft, aber Essen bekommen war wichtiger, und wer zu spät kam, erhielt mehr Wasser als schwimmende Kohlstücke.

Julius Kerner und der von der Arbeit zurückgekehrte Peter Fischer sahen sich stumm an.

»Hunde!« knirschte Fischer zwischen den Zähnen.

Kerner stieß ihn in die Seite. »Halt die Schnauze, Mann.«

In der Baracke warfen die Tataren Hans Sauerbrunn auf die erste Pritsche und gingen lachend über den Platz zu ihrem Wachhaus am großen Tor. Karl Georg, der ewige Stubendienstleiter, kam herangerannt und verstummte vor Entsetzen, als er das Gesicht des Mannes sah, der auf dem Strohsack lag.

»Mein Gott«, stammelte er. »Mein Gott ...« Dann nahm er den Eimer Wasser und ein Stück Hemdentuch und wusch Sauerbrunn vorsichtig das Blut vom Gesicht und von der Brust. Der Ohnmächtige stöhnte leise.

Als die anderen in die Baracke zurückkamen, lag Sauerbrunn wimmernd auf dem Strohsack und hielt sich das Gesicht mit beiden Händen fest. »Meine Nase«, jammerte er. »Oh, meine Nase ...«

Julius Kerner legte sein Eßgeschirr hin. Es würgte ihn im Hals. Plötzlich hatte er keinen Hunger mehr.

»Ich laufe zum Stabsarzt«, sagte er. »Wenn wir bloß wüßten, was der Junge ausgefressen hat ...«

Kommissar Wadislaw Kuwakino saß am Tisch und aß einen fetten Hammelbraten mit grünen Bohnen. Major Worotilow leistete ihm Gesellschaft.

»Ich weiß nicht, wie sie in Moskau auf den Gedanken kommen, das sei der Sohn des Chirurgen Sauerbruch.«

»Sie müssen ihre Gründe haben, Genosse Major. Soviel ich weiß, untersuchte Sauerbruch einmal Wladimir Iljitsch Uljanow Lenin. Das hat man nicht vergessen.«

»Aber wenn er nicht der Sohn ist, wirklich nicht?«

Kommissar Kuwakino biß in das Hammelfleisch. Es war gut gebraten und knackte zwischen den gelben Zähnen. Sein Gesicht zeigte Zufriedenheit.

»Dann wird man ihn in Moskau verurteilen. Wegen Irreführung. Fünfundzwanzig Jahre Zwangsarbeit.«

»Aber er hat doch beteuert, daß er nicht der Sohn ist!«

Kuwakino hob die Schultern und ließ sie wieder fallen. Er schaufelte sich die grünen Bohnen auf die Gabel und schnalzte mit der Zunge. Fett troff auf den Teller.

»Leider nicht so überzeugend, daß wir es glauben konnten, Genosse Major. Wie sagte Puschkin? Ein tiefer See ist stets gefährlich, auch wenn man ihn ausschöpft ...«

Die grünen Bohnen knirschten leise, als er sie zwischen den Zähnen zermalmte.

Worotilow schwieg. Er aß nicht mehr. Er dachte an das blutige Gesicht.

Ich war Kadett, dachte er. Sowjetkadett. Ich lernte vom ersten Tag an, die Deutschen zu hassen.

Aber ich bin ein Mensch. Ist es dieser Kuwakino auch?

Er blickte zur Seite. Der Kommissar beugte sich über den Teller und schmatzte. Über sein gelbliches Gesicht mit den leicht geschlitzten Augen fielen die glatten schwarzen Haare.

Ein Asiate, dachte Major Worotilow. In seinem Hals würgte der Ekel.

Es war am späten Abend. Im Lager war Ruhe.

Dr. Böhler sah sich die Tagesmeldungen der Blockreviere an und blickte dann zu seinem Kollegen auf.

»Was wissen Sie von dem Vorfall heute mittag? Hier steht: Nummer 6294/19, Sauerbrunn, Hans, Nasenbeinbruch. Die Ärztin hat ihn arbeitsfähig geschrieben ...«

»Man sollte ihr selbst die Nase einschlagen, damit sie spürt, wie weh so etwas tut!« Sellnow las die Krankmeldung durch und nickte. »Typisch Kasalinsskaja. Befund: Nasenbeinbruch! Als Holzfäller arbeitsfähig. Als Holzfäller auch noch!«

»Am besten ist, Sie sprechen einmal selbst mit ihr, Werner. Sie hat heute Dienst und ist im Lager.«

»Ich?«

»Ja. Unser Unterarzt ist zu weich.« Dr. Schultheiß wurde rot, aber er rechtfertigte sich nicht. »Sie haben da die beste Methode, Werner, Sie gehen mit dem Kopf durch die Wand. Nichts imponiert der Russin mehr als Unbeugsamkeit. Und die haben Sie, Werner.«

»Herzlichen Dank für das Attest«, knurrte Sellnow. Er nahm seinen vielfach geflickten Rock vom Haken und schob sich aus der Tür. Dr. Böhler sah ihm nach, und ein leises Lächeln überzog sein schmales, abgehärmtes Gesicht.

»Gleich wird die Baracke erzittern, und die Stühle werden in den Gang fliegen. Aber glauben Sie mir – unser Oberarzt bekommt den Nasenbeinbruch ins Lazarett ...«

Die Kasalinsskaja fuhr herum, als Sellnow nach kurzem Klopfen eintrat, ohne ihre Antwort abzuwarten. Sie trug ein seidenes Nachthemd, dünn genug, um mehr als nur andeutungsweise ihren üppigen Körper zu zeigen.

Sellnow verzog spöttisch den Mund. Er schloß die Tür, blieb ruhig stehen und sah die Kasalinsskaja an.

»Was wollen sie?« fauchte die Ärztin. »Sehen Sie nicht, daß ich schlafen will!«

»Ich möchte mich mit Ihnen über eine Nase unterhalten.«

»Raus!« schrie die Kasalinsskaja.

»Genauer gesagt, über einen Nasenbeinbruch. So ein Bruch tut weh, beste Kollegin. So ein Bruch kann schlimm werden, wenn er vernachlässigt wird. Haben Sie schon einmal eine schöne, plattgehauene, rosenkohlförmige Boxernase gesehen?«

Die Kasalinsskaja zitterte vor Wut. Sie hatte sich vorgebeugt wie eine Tigerin vor dem Sprung. Das Hemd verschob sich. Weiß schimmerte die linke Brust hervor. Sellnow schoß das Blut in den Kopf. Er trat einen Schritt vor und drückte die Ärztin in einen Sessel. Ihre schwarzen Augen funkelten ihn an. Wie eine Schlange wand sie sich unter seinen Händen.

»Weg!« keuchte sie. »Lassen Sie mich los, Sie deutscher Hund!«

Sellnow nahm ihr gegenüber Platz. Er schlug die Beine übereinander und tastete mit gierigen Blicken ihren Körper ab.

»Sie haben den Gefangenen Nummer 6294/19 gesund geschrieben!«

»Ja!« schrie sie ihn an. Sie warf die Locken in den Nacken. Sellnow wurde rot.

»Der Mann hat einen Nasenbeinbruch.«

»Das weiß ich.«

»Und Sie schicken ihn in die Wälder?!«

»Bäume werden nicht mit der Nase gefällt.«

»Reden Sie nicht solchen Bockmist, Alexandra.«

»Ich heiße Dr. Kasalinsskaja«, zischte sie. Aus ihren Augen funkelte die Wildheit ihrer Heimat. Sie zitterte, und als sie die Hände im Schoß verkrampfte, spürte sie, wie die Innenseite ihrer Schenkel bebte. Sie wurde totenblaß, gleich darauf bildeten sich auf ihren Wangen rote hektische Flecken.

»Raus mit Ihnen!« zischte sie fast unhörbar vor Erregung.

»Ich gehe sofort, wenn Sie mir den Gefangenen ins Lazarett überstellen und transportunfähig schreiben.«

»Nie! Nie! Nie!«

Sellnow schloß halb die Augen. Er musterte sie, als ob er durch ein Zielfernrohr etwas beobachtete.

Plötzlich erhob er sich und riß sie am Handgelenk zu sich empor. Keuchend stand sie vor ihm. »Du Aas!« sagte er leise. »Du Hexe! Du Satan von einem Weib!«

Mit jähem Griff riß er ihr das Hemd über der Brust auf. Sie schlug ihm mit beiden Fäusten ins Gesicht, sie spreizte die Finger und kratzte. Unter ihren Nägeln fühlte sie Fetzen seiner Haut. Sellnow keuchte. Er riß sie nach hinten und küßte wild ihre heißen, trockenen Lippen. Unter seinem brutalen Griff erstarb ihre Gegenwehr. Mit einem einzigen heftigen Stoß warf er sie auf das Bett und war im gleichen Augenblick über ihr.

Sie kämpften wie die Tiere. Ihr Atem hechelte, Schweiß überzog ihren Körper.

»Du Hund!« stieß sie hervor. »Du verdammtes, verfluchtes Schwein ...« Und mit einem spitzen Schrei ergab sie sich.

Der Gefreite Hans Sauerbrunn wurde krank geschrieben und kam ins Lagerlazarett.

Sellnow war ein anderer Mensch geworden. Pfeifend ging er

umher, seine Barschheit war verschwunden, er war glänzender Laune und verstand sich sogar mit seinem alten Widersacher Dr. Kresin. Er nahm manche Bemerkung leicht, über die er früher vierzehn Tage geschimpft und geflucht hatte. Dr. Böhler sah ihn von der Seite an und schwieg. Nur einmal sagte er zu Dr. Schultheiß mit einem leichten Kopfschütteln: »Wenn das gut geht. Wenn das bloß gut geht ...«

Auch die Kasalinsskaja war verwandelt. War sie früher gefürchtet, so wurde sie jetzt gehaßt. Es war, als breche das Satanische in ihr nun erst richtig durch. Sie schrieb nur noch Gesundmeldungen und untersuchte die Kranken überhaupt nicht mehr. »Alle Deutschen sind gesund ... zu gesund!« sagte sie gehässig, als Dr. Schultheiß sich bei ihr beschwerte, weil sie einen Mann mit schwerer Furunkulose ins Bergwerk geschickt hatte. Und dann sah sie sich in den Außenlagern die verhungerten Gestalten an, ließ sie nackend an sich vorbeidefilieren und schrie hysterisch:

»Gesund! Gesund!«

Doch jede Nacht, die sie im Lager schlief – und sie wußte es einzurichten, daß es öfter und öfter geschah –, tobte sie in den Armen von Sellnow die Wildheit ihrer kaukasischen Heimat aus. Am Morgen war sie bleich, ihre Augen brannten, Haß auf die Nacht und auf die Deutschen ergriff sie wieder wie eine Woge, die alles in ihr wegspülte, und sie trieb die Plennis in die Gruben und Wälder, auf die Bauten und in die Steinbrüche und freute sich über die Flüche, die ihr entgegenbrandeten.

Janina Salja lebte nun eine Woche im Lager. Sie ging wenig aus – meist lag sie auf einem Liegestuhl am offenen Fenster in der Sonne und schaute hinüber auf die grünen Wälder und die staubige Steppe.

Major Worotilow hatte auf den Rat Dr. Kresins gehört. Er ließ Salja in Ruhe und besuchte sie nur am Tage, plauderte mit ihr im Zimmer oder ging mit ihr spazieren, ritt auch einmal mit ihr in die Wälder, wo die Haukolonnen der Außenlager sie bestaunten und sich wundersame Märchen von einer neuen Ärztin erzählten. Märchen, die von Lager zu Lager wanderten und ein großes Aufatmen zur Folge hatten, denn man hoffte Dr. Kasalinsskaja nie mehr zu sehen.

Aber die Kasalinsskaja blieb. Sie zeigte ihre Macht über die verhaßten Deutschen, indem sie drei Simulanten auspeitschen ließ und dabeistand, wie Mongolen ihnen die Haut in Fetzen vom Rücken schlugen. Befriedigt kehrte sie ins Hauptlager zurück und vermied es, Sellnow zu begegnen.

Auch Dr. Schultheiß hielt sich bewußt zurück. Er hatte mit Janina nicht wieder gesprochen. Die Arbeit bei dem Oberfähnrich, dem Sorgenkind des Lazaretts, nahm ihn ganz in Anspruch. Sie war ihm willkommen, sie lenkte die Gedanken in andere Bahnen, und wenn er auch Janina täglich sah – einmal im Reitdreß, einmal in einem weißen, tief ausgeschnittenen Sommerkleid –, so zwang er sich, in ihr nur eine Patientin zu sehen.

Dr. Böhler hatte bei Major Worotilow dreihundert Rubel für Baschas neuen Schal abgeliefert. Worotilow hatte das Geld zuerst mißtrauisch angesehen, dann hatte er es durchgezählt, es zur Seite geschoben und Dr. Böhler einen Stuhl angeboten.

Erstaunt setzte er sich.

»Dreihundert Rubel, tatsächlich«, sagte Major Worotilow. »Ich bewundere die Deutschen. Sie machen aus Dreck Geld! Wo haben Sie es her?«

»Das Lager hat es gesammelt.«

»Auf den Lagergassen liegen keine Rubel, die man sammeln kann. Wo kommt das Geld her?« Worotilow blickte auf den kleinen Berg der Scheine und Münzen. »Es ist erstaunlich, was man aus Kriegsgefangenen, die vier Jahre hinter Stacheldraht sitzen, die hungern und im Winter wie die Fliegen frieren, herausholen kann! Es ist unbegreiflich!« Worotilow sah Dr. Böhler lange in die Augen. »Was muß man tun, um euch Deutsche unterzukriegen? Es geht nicht durch Hunger! Nicht durch Frieren! Nicht durch Schläge! Nicht durch harte Arbeit! Nicht durch Strafen!«

»Warum wollen Sie uns unterkriegen?« Dr. Böhler nahm eine

der Zigaretten, die ihm Worotilow anbot. Gierig rauchte er den süßen türkischen Tabak.

»Aus Prinzip!« Worotilow sah nachdenklich auf die Rauchwolken. »Im Herzen bewundern wir euch. Der Deutsche war oft der geschichtliche Lehrmeister der Russen.«

»Wie kann ein bloßes Prinzip – von dem Sie sprechen – solche Grausamkeiten erzeugen?«

»Weil die Grausamkeit die einzige Stärke ist, die wir euch Deutschen voraushaben. Eure gefühlvolle Seele, eure schöne Seele – wie Schiller sagt –, steht euch im Weg, aus den geistigen Qualitäten die großen weltpolitischen Entscheidungen zu kristallisieren! Ihr habt einen König Friedrich gehabt, den ihr den Großen nennt. Er eroberte Schlesien ... was habt ihr jetzt davon? Ihr habt einen Bismarck gehabt ... was ist geblieben von seiner Politik und seinem Geist? Ihr hattet einen Stresemann, einen Adolf Hitler ... wo sind sie? Was ist geblieben?« Worotilow lächelte sarkastisch. »Außer unseren göttlichen Künstlern hatten wir Russen nur die Grausamkeit. Zar Iwan ... man nennt ihn den Schrecklichen. Zar Peter ... er ließ die Hüte auf den Köpfen festnageln, wenn sie nicht schnell genug vor ihm gelüftet wurden. Katharina – Elisabeth – Potemkin. Zar Godunow ... Demetrius ... Ein Gebirge von Grausamkeit und Blut, Schrecken und Elend, Vergewaltigung der Seele und Knechtung der Freiheit. Aber immer blieb, unberührt, stark über Jahrhunderte, Mütterchen Rußland, der singende Schwan des Ostens, die Wiege der Unendlichkeit. Europa ist degeneriert. Es stirbt an seiner Überzüchtung der Intelligenz, es frißt sich selbst auf durch seine der Kontrolle entgleitende geistige Potenz. Rußland ist jung geblieben, es mußte jung bleiben, weil Grausamkeit und Strenge die Jahrhunderte verwischten. Und die Welt gehört den jungen Völkern!«

»Das wäre nach Ihrer Auffassung die moralische Rechtfertigung der Weltrevolution.«

»Sie ist es, Doktor.«

Dr. Böhler drückte seine Zigarette aus und stützte den langen, schmalen Kopf in die rechte Hand. Mit der Linken spielte er mit einigen Rubelstücken. »Sie haben bei Ihrer Geschichtsrechnung einen Fehler gemacht, Major«, sagte er sinnend. »Der Westen mag überkultiviert sein, verwöhnt und damit verweichlicht – aber er schafft kraft seiner Intelligenz auch die Abwehrmittel gegen eure Revolution der Ordnung. Wir haben etwas, das alle seelischen und körperlichen Reserven weckt und auch den Verwöhntesten zum Dulder werden läßt: das Vaterland! Der letzte Krieg war ein Kampf der Ideologien. Sie lagen an der Front, Major, weil Stalin oder Hitler – wir wollen nicht darüber streiten, wer – besessen von einem Gedanken war, festgekrallt in das Lustgefühl, mächtig zu sein. Der Machtvollste der Erde ... Cäsar scheiterte daran, Alexander, Philipp II., Napoleon ... Auch ich lag im Dreck, Millionen verbluteten für diese Idee – es ging ja nicht um ein Vaterland, es ging erst dann darum, als die Gegner an unseren Grenzen standen und in das Land fluteten. Aber da waren wir bereits ausgeblutet, ein Körper, der nur im Wege lag und dessen Beseitigung eine Kleinigkeit war. Auch Ihre Weltrevolution ist nur ein Krieg der Idee – und Sie tragen diese Idee jetzt in Länder, die keine Idee mehr entgegenzustellen haben, sondern nur ihr Vaterland! Das Höchste, Major! Da wird der Sanfte eine Bestie, wenn es um seine Frau, um sein Kind geht. Und daran werden Sie zerbrechen: an den Herzen der Völker! Ihr Rußland wird nicht bedroht – aber Sie bedrohen die Welt!«

»Wir befreien die Arbeiterklasse vom Kapital!«

»Was wäre der Arbeiter ohne das Kapital?«

»Ein freier Mensch unter der Obhut des Staates!«

»Mit anderen Worten: die Rolle des sogenannten Kapitalisten übernimmt der Staat! Glauben Sie wirklich, daß es besser ist, ein Mensch arbeitet unter einem Gremium staatlicher Direktoren, die eine Arbeitsnorm den erforderlichen politischen Zielen anpassen, als wenn er unter einem Mann arbeitet, der zwar das Vielfache des kleinen Mannes verdient, aber unabhängig ist und ein Mensch unter Menschen ...«

Major Worotilow erhob sich. Steif stand er hinter seinem Tisch. »Sie sind noch immer ein Nazi!« sagte er scharf.

»Nein, ich bin nur ein Mensch, den Sie in der Hand haben, den Sie töten dürfen, weil Sie die Macht dazu haben! Ihre russische Grausamkeit, die alle Ordnung sprengt, wie Sie eben sagten. Ihre Idee von der Stärke! Und weil ich ein Mensch bin, ehre und liebe ich den Menschen in jeder Gestalt, wenn er mir menschlich gegenübertritt. Ich achte ihn, wie ich selbst geachtet werden möchte. Aus der Achtung voreinander wächst der Rhythmus des Lebens.«

Major Worotilow schwieg. Er schien nachzudenken. Über sein breites Gesicht zog ein Schimmer der Enttäuschung und Verblüffung. Dann wandte er sich um und ging im Zimmer hin und her.

»Ich schenke Ihnen die dreihundert Rubel, Dr. Böhler«, sagte er stockend. »Sie können mit Dr. Kresin in Stalingrad Medikamente damit kaufen.« Er hob die Hand, als Dr. Böhler etwas einwenden wollte, und sprach schnell weiter. »Aber nur unter einer Bedingung, Doktor: Sie gehen eine Woche in das Außenlager 12.«

»Wenn ich nicht irre, ist es das Holzfäller-Lager.«

»Ganz recht. Dort werden Sie acht Tage leben. Nur als Arzt. Sie haben volle Freiheit. Sie können im Lager bleiben, Sie können mit in das Schlaggebiet ziehen, wie Sie wollen. Nach acht Tagen sprechen wir weiter ...«

Dr. Böhler erhob sich. In seinen Augen lag hilfloses Erstaunen. »Was versprechen Sie sich davon, Major?«

»Eine Wandlung, Doktor.« Ein Zug von Grausamkeit und Härte grub sich in sein Gesicht. »Ich will Ihnen zeigen, wie durch Grausamkeit aus Ihrer edlen Seele, aus Ihrem Stolz ein winselndes Tier wird, ein Hund, der nicht zu bellen wagt, eine Maus, die neben dem Speck verhungert ...«

»Wir sind wehrlos, Major«, sagte Dr. Böhler dumpf.

»Der Russe ist es seit Jahrhunderten ...«

Dr. Böhler senkte den Kopf. »Ich gehe, Major ...«

Lager 12. Die Wälder von Werchnjaja Achtuba und Srjednje Pogromnoje. Stämme, wie sie fünf Männer nicht umfassen können. Urwald am Rande der Stadt.

In Srjednje Pogromnoje heulen noch die Wölfe durch die Nacht. Im Winter liegen sie am Waldrand und starren auf die Hütten der Arbeiter, gierig, mit flackernden Augen. Aus ihrem roten Rachen quillt in Wolken der Atem der Mordlust.

Wenige Hütten bilden das Lager 12. Blockhütten mit steinbeschwerten Dächern.

Ein drei Meter hoher Drahtzaun. Zwei kleine Wachttürme. Eine Stromleitung führt einsam durch die Steppe und den Wald zur Hauptleitung des Lagers 5110/47.

Hier leben 184 Männer. Plennis.

34 Russen. Verlaust, unlustig, fluchend, hungernd wie die Deutschen. Ein Feldwebel befehligt sie. Meist ist er besoffen und liegt in der Sonne, erbricht sich und schreit nach Weibern. Man geht an ihm vorbei und sieht ihn gar nicht. Er gehört zum Lager wie die Latrine und die kleine Sanitätsstation, die einmal im Monat von der Kasalinsskaja aufgesucht und rücksichtslos geräumt wird. Das ist eigentlich der schwärzeste Tag im Lager 12. Sonst geht das Leben in trostloser Dumpfheit weiter, die keine andere Regung aufkommen läßt als Essen, Trinken, Schlafen und Auf-die-Latrine-Gehen.

Am Tage hallen die Wälder wider von den Axthieben und dem splitternden Fallen der Riesen. Ab und zu ein Verletzter, den ein Ast streifte oder dem ein Axthieb ins Bein ging. Dann streicht der Sanitäter Jod darüber und zuckt die Schultern. Dawai! Dawai!

In den Wäldern herrscht das Recht des Stärkeren. Wer den Tag überlebt, ist glücklich – wer ihn nicht übersteht, stirbt ... aber sein Tod wird erst nach vier oder fünf Tagen gemeldet ... so lange empfangen seine Kameraden für den Toten die Essensration und teilen sie unter sich auf.

Auch der Tod hat hier seinen Sinn und erfüllt einen bestimmten Zweck. Er ernährt die Überlebenden ...

Am Abend, wenn die Wölfe heulen und die Eulen in den hohen Tannen jammern, ist alles Leben im Lager erstorben. Die Wachtposten dösen auf den Türmen. Noch nie ist einer ausgebrochen. Wo sollte er auch hin? In die Wolga? Über die Wolga? Und dann? Rußland ist weit, Rußland ist unendlich für einen kleinen, schwachen, verhungerten Menschen. Die Größe Rußlands ist der beste Stachelzaun. An dieser Größe scheitert der Gefangene – nicht der Mensch, aber seine Seele, sein Mut, sein Verlangen nach der Freiheit, seine Sehnsucht nach der Heimat. Die Weite des Landes erdrückt das Herz ...

Einmal in der Woche werden die Baumstämme abgeholt. Dann kommt die Fahrkolonne aus Stalingrad. Plennis auf hohen, schweren amerikanischen Raupenwagen, mächtigen Trekkern und Dreiachslastern. Mit Winden und Menschenkraft werden die riesigen Stämme aufgeladen und rollen dann in die Sägewerke. Die Bauten von Stalingrad schreien nach Holz ... Holz ... Und auf den Bauten stehen die Plennis und schleppen die Steine und Bretter ...

Das Abholen der Stämme ist die große Abwechslung im Lager 12. Dann werden Zigaretten getauscht, Zeitungen, Tabak, Schnaps ... die Kameraden in der Stadt kommen an vieles heran, sie können sich etwas in den Baukantinen kaufen oder mit den Zivilarbeitern tauschen. Sie sind reich in den Augen der armen Waldplennis vom Lager 12; reich wie es selbst Major Worotilow nicht ist, der seinen Lohn erhält, seine billige Verpflegung und ab und zu eine scharfe Kontrolle des Oberkommandos.

In dieses Lager kam Dr. Böhler. Major Worotilow brachte ihn im Jeep hin. Als sie in die geschlagene Schneise einbogen und über die Stucken holperten, flog die Ankündigung ihres Kommens schon von Mund zu Mund dem Wagen voraus.

Der Alte ... Und ein Plenni. Ein langer, schmaler.

Der Alte hat gute Laune, er lacht im Jeep.

Gute Laune? Verdammter Mist. Wenn der gute Laune hat, können wir wieder Gras fressen ... Die Schwachen auf der Sanitätsstation zittern vor Angst. Sie werden die ersten sein, die er beißt. Man kennt das ... Die Hilflosen sind die Zielscheiben ...

Dr. Böhler sah nach links und rechts. Er schwieg erschüttert, als er in die Gesichter der Männer blickte, die aus den Einschlagstellen herüberschauten.

»Wie viele leben hier?« fragte er kurz vor dem Lager.

»Im Augenblick 184! Das heißt, 184 waren es nach der telefonischen Meldung gestern abend. Wie viele es jetzt noch sind, wird erst die Zählung ergeben ...«

Major Worotilow warf seine Zigarette aus dem Wagen. Ein Plenni, der an der Straße stand, sah sie liegen. Er blickte dem Wagen nach, bis er in das Lager einfuhr, dann stürzte er sich auf den Stummel und sog gierig daran. Sein Gesicht strahlte.

Der Feldwebel saß mit dickem Schädel in der Wachtstube und war erschüttert, plötzlich seinen Major vor sich zu sehen. Er stand schwankend auf und versuchte strammzustehen. Worotilow trat ihm schweigend ins Gesäß, daß er taumelte.

»Sehen Sie, Doktor«, sagte Worotilow. »Er ist schon wieder besoffen! Ich habe es ihm oft verboten ... der Schnaps ist so bemessen, daß keiner sich betrinken kann, aber er bekommt immer wieder welchen. Er tauscht ihn ein, er schmuggelt ihn in diese Wildnis, ich weiß nicht, wie. Fest steht: Er ist wieder besoffen! Was soll man jetzt anderes tun, als die Vorherrschaft der Grausamkeit walten zu lassen. Er wird es auch tun, wenn er wieder nüchtern ist, er wird noch grausamer sein als ich – und dann zu Ihren Landsleuten. Er wird Erfolg haben ...« Worotilow wandte sich an den Feldwebel. »Sie kommen heute zu mir ins Hauptlager! Mit allem Gepäck!«

Der Betrunkene wurde hellwach. Er sprang auf, sein Gesicht war leichenfahl. Er schlotterte und machte Anstalten, dem Offizier vor die Füße zu fallen.

»Genosse Major ...«, wimmerte er, »Gnade – Gnade!«

»Heute abend bei mir!« sagte Worotilow unerbittlich.

Der Feldwebel begann zu weinen. Er schlug die Hände vor

sein breites, sibirisches Bauerngesicht. Er warf sich herum und greinte wie ein Kind.

»Meine Frau«, jammerte er. »Ich habe sechs Kinder! Und alte gebrechliche Eltern! Gnade, Genosse Major, Gnade ...!«

Worotilow schlug ihm ins Gesicht und wandte sich zum Gehen. Hinter ihnen brach der Feldwebel über dem Tisch zusammen. Es war, als bisse er in das Holz, um nicht zu schreien.

»Was werden Sie mit ihm tun?« fragte Dr. Böhler stockend.

»Ich?« Worotilow lächelte mokant. »Nichts. Ich werde ihn lediglich dem Genossen Divisionskommissar melden. Der macht ihn kirre, daß er nicht wimmern kann. Wie ein Molch wird er auf dem Bauch kriechen.« Worotilow sah sich um. Am Ausgangstor stand die Wache angetreten. Sie präsentierte.

»Sehen Sie – es hat sich herumgesprochen. Der Feldwebel ist abgeschrieben, das wissen die Kerle da! Jeder hofft jetzt auf Beförderung – und jeder wird grausamer sein als der andere, um befördert zu werden. Grausam gegen Ihre Landsleute, Doktor. Die Kapazität des Lagers 12 ist 190 Mann. Wir müssen es alle drei Monate fast um die Hälfte auffüllen ...«

Er trat an seinen Jeep und nickte dem Arzt zu. »Leben Sie wohl«, sagte er ernst. »In acht Tagen komme ich wieder. Dann reden wir weiter über die Ideologie der Kraft. Man wird Ihnen als Arzt nichts tun. Sie können ebenfalls tun, was Sie für gut erachten. Sie sollen vor allem beobachten. Und nun – adieu!«

Er trat auf den Starter, der Jeep heulte auf. Dr. Böhler legte eine Hand an die Windschutzscheibe.

»Ich habe noch eine Frage, Major, die mir schon lange am Herzen liegt ...«

»Bitte, Doktor ...«

»Woher können Sie das fabelhafte Deutsch?«

Worotilow lächelte genießerisch. »Von der Kriegsschule in Moskau, Doktor. Wir hatten dort deutsche Ausbilder ...«

Erstarrt sah Dr. Böhler dem Wagen nach, bis er in einer Staubwolke auf der Waldstraße verschwand –

Um die Mittagszeit kam ein kleiner Trupp dreckiger Plennis

ins Lager 12 zurück. Verschwitzt, beschmiert mit Harz. Blutend aus kleinen Rißwunden. Ein Soldat mit aufgepflanztem Bajonett führte sie an. Er ging daneben her und rauchte. Sein Gewehr war nicht einmal geladen. Von diesem Haufen Elend dachte keiner an Flucht ...

Dr. Böhler hatte den Vormittag damit verbracht, das Lager eingehend zu inspizieren. Der Feldwebel leistete ihm dabei Gesellschaft und behandelte ihn wie den eigenen Major.

Die Baracken waren, wie in allen Lagern, sauber. Flöhe und Läuse rechnen nicht zum Schmutz, sie gelten als Haustiere. Auch die Latrine war in Ordnung, nur in der Krankenbaracke war das Primitive zur Gewohnheit geworden. Außer etwas Verbandstoff, einigen alten, immer wieder ausgewaschenen Mullbinden, ein paar Scheren und Pinzetten war nichts vorhanden. Der Sanitäter war nicht ausgebildet, die vier Kranken lagen auf verfaultem Stroh, zugedeckt mit zerschlissenen Baumwolldecken. Aus einem Abortkübel in der Ecke strömte unvorstellbarer Gestank in den Raum.

Dr. Böhler untersuchte die vier Soldaten gründlich. Auf seine Fragen antworteten sie übereinstimmend, daß sie vor Monaten, zu Beginn ihrer Krankheit, oft Schüttelfrost gehabt hätten. Und im Anschluß daran Fieber. Böhler fragte gar nicht erst nach der Höhe der damaligen Temperaturen. Er wußte, daß kein Thermometer vorhanden war. Er fragte auch nicht nach der Zahl der Pulsschläge bei den Anfällen. Er war sicher, daß der Sanitäter sie nicht gezählt hatte.

Eingehend tastete er die Leber- und Milzgegend der Kranken ab und fand bei allen vieren beide Organe vergrößert.

»Sind hier in der Umgebung Sümpfe?« fragte er den Sanitäter.

»Ja, sechs Kilometer von hier liegt ein breiter Streifen Sumpfland mitten im Wald.«

»Und wird dort gearbeitet?«

»Überall«, nickte der Mann, »unsere Männer fürchten dieses Gebiet am meisten.«

Dr. Böhler schüttelte traurig den Kopf. Diese Kranken mit den abgezehrten, welken Gesichtern, den tiefen Augenhöhlen, den bleichen Lippen hatten zweifellos Malaria. In ihren Organen hatten Millionen und Abermillionen von Malariaerregern überwintert, um alsbald wieder auszubrechen, wenn es heiß wurde.

»Hat Dr. Kasalinsskaja die Kranken untersucht?« Böhler fragte, obwohl er die Antwort im voraus wußte.

Der Sanitäter verzog den Mund. »Das Aas«, sagte er bitter. »Sie hat die Kerls für morgen gesund geschrieben. Tbc-Verdacht ist keine Krankheit, sagt sie.«

»Das ist doch nicht möglich!« rief Böhler entsetzt.

»Hier ist alles möglich! Ich habe sie auf eigene Gefahr in der Baracke behalten. Wenn die Kasalinsskaja kommt, müssen sie verschwinden und sich verstecken.«

Dr. Böhler verließ die Krankenbaracke und stand blinzelnd in der grellen Sonne, die auf das Lager prallte. Was konnte er machen?

Der Feldwebel trat hinter ihn. »Was du tun?« fragte er gebrochen.

»Ich bleibe hier. Und länger als acht Tage.« Der Russe verstand ihn nicht, aber er nickte. Der Plenni war ja ein Freund des Genossen Major. Die Welt stand schief. Der Deutsche ist ein Freund des Kommandanten, und der Feldwebel ist ein Bündel, das man in die Ecke wirft und ausstäubt ... In das flache, sibirische Gehirn schlich die uralte Scheu des Sklaven, die Unterwürfigkeit des jahrhundertelang getretenen Bauern der Taiga ... Der Feldwebel wurde ein dienender Schatten Dr. Böhlers.

Der kleine Trupp der Essenholer stellte sich wieder am Lagertor auf. In ihren Augen lag Erstaunen, als sie Dr. Böhler auf sich zutreten sahen. Er nickte ihnen zu und musterte sie eingehend. Ihre gelbbraunen Gesichter waren wie Pergament, das zu lange in der Sonne getrocknet hat.

»Wo kommst 'n du her?« fragte einer aus der Gruppe. »Haste noch keine Arbeit?«

»Noch nicht.«

»Der Alte, der Major, hat dich gebracht, was? Mußt 'n feiner Pinkel sein! Uns ham sie 'n Hintern getreten und wie 'ne Herde Säue hierhergetrieben. Bist wohl 'n politischer Redner, was? So 'n Kommissar aus der Seydlitz-Gruppe aus Moskau? Gib dir man keine Mühe ... Ihr habt gutes Fressen für eure dreckige Politik ... wir müssen schuften ...«

Der Soldat spuckte aus und wandte sich ab. Da die anderen schwiegen, sprach er die Meinung aller aus. In ihren eingesunkenen Augen brannte ein hektisches Feuer. Sie sahen durch Dr. Böhler hindurch und trotteten wie Hammel los, als das Tor geöffnet wurde und der Soldat dem ersten Mann einen Rippenstoß gab.

Wirklich wie eine Tierherde. Dr. Böhler drehte sich um und ging zu den Baracken zurück, um die vier Kranken noch einmal anzusehen. Der Sanitäter zuckte mit den Schultern, als er gefragt wurde: »Haben Sie wenigstens eine Injektionsspritze hier?«

»Ja. Aber was für eine!« Er holte die Spritze aus einem Wandschrank und gab sie Dr. Böhler. Sie war total verschmutzt.

»Das ist eine Sauerei!« sagte Dr. Böhler laut.

»Stimmt.«

»Von Ihnen eine Sauerei! Wenn Sie Sanitäter sein wollen, haben Sie für den Zustand der Geräte als erstes Sorge zu tragen! Wenn das bei mir im Lazarett vorkäme, würde ich Sie sofort ablösen lassen ...«

»Das hab ich mir gedacht!« Der Sanitäter sah den Arzt wütend an. »Da kommt so einer plötzlich her und fängt an, wild zu werden! Jahrelang hat sich keiner um uns gekümmert ... und auf einmal haben sie alle die große Fresse!« Er setzte sich auf einen Stuhl in die Ecke und steckte sich eine Zigarette an. »Machen Sie doch Ihren Dreck allein!«

Dr. Böhler stand einen Augenblick wie erstarrt. Dann erinnerte er sich, was Major Worotilow vom Erfolg der Gewalt gesagt hatte. Er trat einen Schritt vor und schrie den Sanitäter an –

seit drei Jahren schrie er wieder und kam sich dabei lächerlich und maßlos vor.

»Stehen Sie auf!« brüllte er. »Sie kochen sofort die Spritze aus!«

Der Sanitäter sah ihn durch den Rauch seiner Zigarette an und kniff die Augen zu einem Schlitz zusammen. »Du kannst mich am Arsch lecken«, sagte er und drehte ihm den Rücken zu.

»Ich bin Ihr Stabsarzt!« sagte Dr. Böhler drohend.

»Dafür darfst du es sogar zweimal ...«

»Ich werde dafür sorgen, daß Sie sofort abgelöst werden!«

»Von mir aus!« Der Plenni zuckte mit den Schultern. »Ob schnell oder langsam krepiert – krepiert wird doch im Lager 12!«

Innerlich bebend vor Wut und Scham vor sich selbst, verließ Dr. Böhler die Baracke.

Über die Waldgasse, staubend und laut ratternd, kam ein Jeep. Der Posten riß das Drahttor auf und grüßte. Mit weitem Schwung fuhr der Wagen auf den Lagerplatz.

Eine Gestalt in erdbrauner Uniform mit hohen, schwarzen Juchtenstiefeln sprang elastisch vom Sitz. Über die Uniform wallten lange, schwarze Locken.

Dr. Alexandra Kasalinsskaja sah sich schnell um. Als sie Dr. Böhler vor der Sanitätsbaracke gewahrte, lief sie auf ihn zu und blieb knapp vor ihm stehen. Ihr Atem flog. Ihr ganzer, wilder Körper bebte.

»Also doch!« schrie sie. »Also doch! Worotilow hat mich nicht belogen! Sie sind hier!«

»Wie Sie sehen, ja.«

»Was wollen Sie hier?«

»Mich umsehen. Und mich vor allem überzeugen, daß eine Dr. Kasalinsskaja ihren Doktortitel zu Unrecht trägt!«

»Ich lasse Sie umbringen«, sagte Alexandra mit unheimlicher Ruhe.

»Bei den deutschen Gefangenen tun Sie es ja laufend.« Dr.

Böhler spürte, wie ihn seine Beherrschung verließ, aber er konnte sich nicht mehr zurückhalten. Er sah der Kasalinsskaja in die gefürchteten Augen und spürte eine innere Befreiung, als er sich sagen hörte: »Was ich hier gesehen habe, hat mit Völkerrecht nichts mehr zu tun!«

»Reden Sie nicht vom Recht!«

»Auch der Gefangene ist ein Mensch! Auch er hat Rechte! Das primitive Recht auf Krankenpflege. Ich werde die Zustände melden ...«

»Tun Sie es!« Dr. Kasalinsskaja lächelte, aber ihr Lächeln war eine Drohung. »Ich habe mich an die Richtlinien gehalten, die ich aus Moskau bekomme. Wenig Krankschreibungen, scharfe Maßstäbe ...«

»Und daß die vier Männer in der Sanitätsbaracke Malaria haben, das haben Sie nicht gesehen? Das haben Sie noch nie gesehen, was? Das kennen Sie gar nicht – das hat man Sie gar nicht gelehrt, oder Sie haben bei der Vorlesung gefehlt, was?«

Die Kasalinsskaja wurde rot. Ihre Augen verengten sich, ihre Lippen wurden weiß vor Erregung.

»Gehen Sie zum Hauptlager zurück ... Ich rate es Ihnen. Was ich hier tue, verantworte ich ...«

»Vor wem? Vor Gott etwa?«

»Gott?« Die Kasalinsskaja lachte schrill. »Belästigen Sie doch den armen, alten Mann nicht. Er hat Arbeit genug, all die Gebete zu verdauen ...«

Dr. Böhlers Trotz wurde Härte. Er ballte die Fäuste.

»Ich bleibe!«

»Wie Sie wollen.« Die Kasalinsskaja betrachtete ihn spöttisch. »Dann werde ich Ihr Hauptlazarett im Lager auflösen lassen ...«

Dr. Böhler erbleichte. »Hören Sie, Dr. Kasalinsskaja ...«

»Ich werde dieses Hurennest ausräumen!« schrie sie plötzlich unbeherrscht. Ihre Wildheit überwältigte sie. Sie tobte und war nicht mehr Herr über sich. »Alles, alles wird vernichtet werden!«

Dr. Böhler ergriff ihren Arm und drückte ihn fest an sich. Schmerzhaft verzog sich ihr Gesicht, sie wollte sich losreißen, aber er hielt sie eisern fest. »Das nehmen Sie zurück«, sagte er laut. »Ich lasse mein Lazarett nicht beleidigen ... auch nicht von einer russischen Ärztin ...«

Alexandra sah ihn spöttisch an. »Ich nehme nichts zurück. Wenn Sie mich anzeigen wegen der Zustände im Lager 12, zeige ich Sie an, daß in Ihrem Lazarett gehurt wird ...«

»Wer?« schrie Dr. Böhler. »Wer, will ich wissen.«

»Ihr Oberarzt ...«

»Sellnow?«

»Ja! Ja!« Sie lachte wild und hysterisch. »Mit mir! Seit über einer Woche! Fast jede Nacht! Er ist ein Schwein und hat die Kraft eines Urtiers. Wenn er mich anfaßt und nimmt, könnte ich die Welt zerreißen – und wenn der Tag kommt, nehme ich mir meine Rache. Dann müssen alle büßen ... hier im Lager 12, im Lager 14, 16 und 19. Jeder Kuß eine Gesundmeldung, jeder Seufzer in der Nacht ein freies Bett im Sanitätsrevier ...«

Dr. Böhler ließ sie los, seine Arme fielen schlaff am Körper herab. Mein Lazarett ... seit über einer Woche. Sellnow ... Es ist furchtbar. Wenn es Worotilow erfährt, Dr. Kresin, die Division in Stalingrad oder Moskau ... Er schloß die Augen vor dem Entsetzen der nicht auszudenkenden Folgen und spürte nicht, wie die Kasalinsskaja ihn anstieß. Erst als sie ihm gegen das Schienbein trat, öffnete er die Augen.

»Erledigt?« fragte sie. »Genügt das? Sie sehen so bleich aus, mein Bester.«

Worotilow, dachte Dr. Böhler. Unsere Stärke ist die Grausamkeit, die Mißachtung des einzelnen für das Ziel des großen Interesses. Da schüttelte er den Kopf.

»Zeigen Sie es an, Dr. Kasalinsskaja«, sagte er. »Sie werden mit vernichtet werden! Sie dulden ja die Besuche von Sellnow.«

»Er hat mich vergewaltigt. Einfach gezwungen ...«

»Jede Nacht?«

Alexandra lachte schrill. »Jede Nacht lasse ich mich bezwingen! Ich hasse den Morgen, wo es nicht geschah ... Aber beweisen Sie es, Dr. Böhler! Ich werde sagen: Er zwingt mich mit brutaler Gewalt!« Dr. Kasalinsskaja scharrte mit den Spitzen ihrer hohen Juchtenstiefel in dem Staub des Lagerbodens. »Und man wird einer russischen Ärztin und alten Kommunistin bestimmt viel mehr glauben als 10 000 schmutzigen und verlausten deutschen Plennis zusammen ...«

»Da haben Sie recht.« Dr. Böhler wollte sich abwenden, aber Alexandra hielt ihn zurück.

»Sie gehen zurück?«

»Im Gegenteil, ich bleibe ...«

»Sie wollen den Märtyrer spielen!« schrie die Kasalinsskaja wild.

»Nein – ich will nur ein Arzt sein – falls Sie verstehen, was das ist ...«

Mit einem Fluch drehte sich die Ärztin herum und stapfte in die Wachbaracke. Dort traf sie auf den Feldwebel, der in der Sonne saß und sich lauste.

»Mein Täubchen«, sagte er zu ihr. »Geh hinein zu Iljitsch Stufanow. Der Saukerl von Mongole hat bestimmt einen Tripper ... er wimmert immer, wenn er pissen muß ...«

Alexandra Kasalinsskaja schlug ihm mit der flachen Hand in das sibirische Bauerngesicht. Es klatschte laut – aber keiner achtete darauf.

Und der Feldwebel grinste. Lieber sie als der Major. Mein Gott, Mütterchen Rußland ist ein rauhes Mütterchen. Aber es hat Herz ...

In der Sanitätsbaracke kochte der Sanitäter die Spritze aus. Das Erscheinen der Kasalinsskaja hatte einen höllischen Schock bei ihm bewirkt. Er kroch durch die Zimmer und ging Dr. Böhler aus dem Weg, der bei den Kranken saß und sie beruhigte.

»Ihr bleibt liegen«, sagte er. »Ihr steht nicht auf und versteckt euch! Ihr seid krank, kränker als ihr denkt. Ihr werdet in das Hauptlazarett kommen ... in den nächsten Tagen.«

»Das Weib wird uns mit der Reitpeitsche aus dem Bett treiben«, sagte einer aus der Ecke des Raumes. »Sie hat es schon einmal getan ...« Ein Zittern ließ seine Stimme beben. »Und als Strafe wegen Simulierens täglich 100 Gramm Brot weniger ...«

Die berühmten 100 Gramm, dachte Dr. Böhler. Baschas Schal, mit dem wir den Oberfähnrich nähten, kostete 700 Gramm Brot und 300 Rubel. Und wieder fiel ihm Major Worotilow ein. Nur die Gewalt bezwingt den Menschen ...

Die Tür wurde aufgerissen. Die biegsame Gestalt der Kasalinsskaja stand auf der Schwelle. Das hereinflutende Sonnenlicht umspielte ihre Locken und die schlanken, langen Beine in den Juchtenstiefeln. Sie waren staubig, wie mit Mehl überzogen. In der Hand hielt sie eine Reitgerte.

»Wer ist hier krank?« schrie sie in den Raum.

Der Sanitäter rannte aus einer Ecke herbei und baute sich vor ihr auf. Er knallte die Hacken zusammen und grüßte wie auf dem Kasernenhof.

»Vier Mann erkrankt.«

»Was fehlt ihnen?«

»Dystrophie, Gelbsucht und Tbc-Verdacht!«

»Das sind keine Krankheiten! Alles 'raus aus den Betten!« brüllte die Kasalinsskaja. »Sofort vor der Baracke antreten! Ich warte keine Minute ...«

Sie warf die Tür wieder hinter sich zu. Man hörte ihren Schritt über den Platz knirschen. Dr. Böhler, der noch immer an einem der Betten saß, winkte den Soldaten zu, die sich erheben wollten, und sprang selbst auf.

»Liegen bleiben! Ich gehe für euch hinaus. Ihr seid krank!«

Er ging durch den Raum, vorbei an dem vor Angst bebenden Sanitäter, und riß die Tür auf. Auf dem Platz, zehn Schritte von der Baracke entfernt, stand Dr. Kasalinsskaja, eine Uhr in der Hand. Ihre Lippen zählten lautlos die Sekunden. Nach einer Minute würde sie mit der Peitsche kommen.

Dr. Böhler ging auf sie zu und blieb drei Schritte vor ihr stehen. Er knallte wie der Sanitäter die Hacken zusammen und hob die Hand zum Gruß.

»Vier Kranke zur Stelle.«

Die Kasalinsskaja sah auf. Sie steckte die Uhr weg und sah sich um.

»Hier! Als ihr Arzt vertrete ich sie. Ich habe Bettruhe angeordnet ...«

Alexandra senkte den Blick. Sie drehte sich um und ging über den Platz davon. An der Wachbaracke heulte kurz darauf ein Motor auf, der Jeep schwenkte durch das große Tor und raste in einer Staubwolke durch die Waldschneise davon.

In der Tür der Sanitätsbaracke stand der Sanitäter. Er sah dem Wagen nach und starrte dann auf Dr. Böhler, der zurückkam.

»Sie ist weg«, stotterte er. »Sie ist wirklich weg ...« Und plötzlich riß er die Hacken zusammen und stand da wie ein Bild aus der Dienstvorschrift für die Infanterie. »Die Spritze ist ausgekocht, Herr Stabsarzt«, rief er begeistert. »Darf ich Herrn Stabsarzt weiter behilflich sein ...«

Nach vier Tagen kam Major Worotilow zu einem kurzen Besuch ins Lager 12.

Er traf Dr. Böhler an, wie er Atebrin injizierte.

»Atebrin?« Worotilow sah erstaunt auf die aufgebrochene Ampulle. »Wo haben Sie das denn her?«

»Lag zufällig hier herum, amerikanisches Fabrikat. Übrigens ahnte ich, was ich hier antreffen würde. Aber was ich bis jetzt gesehen habe, übertrifft meine Vermutungen. Die Lage der Gefangenen ist kaum noch menschenwürdig zu nennen ...«

Major Worotilow setzte sich auf den Bettrand und betrachtete das eingefallene Gesicht des Kranken, der die Injektion erhielt.

»Warum bist du hier?« fragte er barsch.

»Ich habe gestohlen, Major.«

»Was denn?«

»200 Gramm Brot, Major. Aber ich hatte Hunger.«

»Das haben die anderen auch!« Worotilow blickte zu Dr. Böhler hin, der die Spritze weglegte. »Haben Sie sich schon einmal die Mühe gemacht zu fragen, warum diese Kerle im Lager 12 sind?«

Dr. Böhler schüttelte den Kopf. »Nein. Warum sollte ich? Und selbst wenn es Raubmörder wären – was sie hier abzubüßen haben, ist eine grausame Strafe für jedes Verbrechen ...«

Worotilow lächelte mokant. »Sie haben schwache Nerven, Herr Doktor. Es gibt Schlimmeres. Kasymsskoje ...«

»Ich hörte davon, Major. Es ist eine Schande für Rußland.«

»Und die Welt schweigt, weil wir stark sind.«

»Sie schweigt nicht, sie wird euch anklagen ...«

»Auf dem Papier. Das hängen wir auf die Latrine der Tataren! Und Kasymsskoje besteht weiter ... Wer will uns daran hindern? Amerika? England? Das angstzitternde Frankreich? Lieber Doktor – der Westen ist faul wie eine Birne, die zu lange liegt. Wir lassen es auf einen dritten Weltkrieg ankommen, auch gegen amerikanische Waffen! Der Westen läuft sich tot in der Weite Rußlands. Das Land saugt die Menschen auf wie der Sandboden das Wasser. Und Rußland wird weiterleben, denn Rußland wird einmal der Mittelpunkt der Welt sein. Der Traum Peters des Großen!«

»Fangen Sie schon wieder an?« Dr. Böhler erhob sich und deckte den Kranken zu. Er ging in einen Nebenraum, wusch sich dort in einer Blechschüssel die Hände und ließ sie trocknen, indem er sie durch die warme Luft schwenkte. »Sie haben mich noch nicht so weich, um Ihnen recht zu geben ...«

»Es fehlen ja auch noch vier Tage«, lächelte Worotilow.

»Es könnten 400 sein.« Dr. Böhler fuhr sich mit den feuchten Händen über die spärlichen Haare. »Ich gäbe Ihnen niemals recht.«

»Aus Prinzip?«

»Ja.«

»Sie sind nicht objektiv ...«

»Sind Sie es, Major?« lächelte Dr. Böhler.

Worotilow schob die Unterlippe vor und krauste die Stirn. Sein dickes, fleischiges Gesicht mit den klugen Augen wirkte einen Augenblick verblüfft. Dann wandte er sich zum Gehen. Dr. Böhler ging neben ihm.

»Im Lager geht alles gut. Dr. von Sellnow führt das Lazarett, Dr. Kresin hilft ihm. Ihr junger Unterarzt behandelt weiter Janina.«

Dr. Böhler sah auf den staubigen Boden. Janina Salja und Dr. Schultheiß. Gebe Gott, daß sich Schultheiß anders benimmt als Sellnow. Es wäre furchtbar, wenn Major Worotilow aus einem Traum erwachte. Es wäre das grauenhafte Ende des ganzen Lagers.

»Und die Kasalinsskaja?« fragte Dr. Böhler vorsichtig.

»Sie ist ziemlich zahm. Aber täglich hat sie Streit mit dem Oberarzt. Gestern hat sie ihm einen Stuhl aus dem Fenster nachgeworfen und einen unschuldigen Soldaten getroffen. Ihr Oberarzt hat ihr geantwortet, indem er den Geworfenen dick verband und schiente und ihr ins Zimmer schickte zwecks Krankschreibung.«

»Und was tat sie?«

»Sie schrieb den Unverletzten tatsächlich krank! Für eine Woche! Als Sellnow den Bescheid erhielt, nahm er Verband und Schiene weg und ließ den Mann laufen ...«

Worotilow lachte schallend, aber Dr. Böhler wurde ernst. Er treibt es auf die Spitze, dieser Sellnow. Einmal wird es zu einer Katastrophe kommen. Auch die Liebe der Kasalinsskaja wird einmal zerbrechen, wenn sie täglich getreten wird und widertritt. An dieser Haßliebe können wir alle zugrunde gehen.

»Ist es möglich, Sellnow in ein anderes Lager versetzen zu lassen?« fragte er.

»Warum das?!« Worotilow blieb stehen. Sein Staunen war echt. »Ist etwas mit ihm?«

»Rein privater Natur. Er müßte dringend eine Luftveränderung haben! Wenn es nur für ein halbes Jahr ist ...«

»Versetzungen in andere Lagergruppen erfolgen nur von Moskau aus. Wenn ich Moskau aber darum bitte, müssen schwerwiegende Gründe vorliegen.«

Dr. Böhler sah sinnend über die in der Sonne flimmernden Wälder. Ein Raupenschlepper rollte durch die Schneise. Er zog einige dicke Stämme zu einem Sammelplatz. Irgendwo sangen ein paar dünne Stimmen.

»Können Sie nicht sagen, daß unser Lazarett über Soll mit Ärzten versehen und Dr. von Sellnow für eine Zeit abkömmlich ist?«

»Aber das stimmt doch gar nicht!«

»Natürlich nicht. Aber ich hätte ihn gern einige Zeit von Lager 5110/47 entfernt ...«

Major Worotilow schüttelte den Kopf. »Hatten Sie eine Auseinandersetzung mit Sellnow?«

»Nein. Durchaus nicht. Wir verstehen uns gut. Rein private Gründe zwingen mich aber leider dazu, den Oberarzt – sagen wir – zu isolieren. Er hat in der letzten Zeit etwas die Nerven verloren und ist dabei, sie völlig zu verlieren – und seinen Kopf dazu.«

»Das verstehe ich nicht, Doktor.«

Dr. Böhler nickte gedankenvoll. »Ich verstand es erst auch nicht. Aber nachher war das Verstehen um so bitterer für mich. Ich achte Sellnow als guten Arzt und vorbildlichen Kameraden. Aber« – Dr. Böhler lächelte Worotilow ein wenig gequält an – »Ihr Rußland war auch bei ihm stärker!«

»So?« Worotilow drang nicht weiter in Dr. Böhler. Rußland war stärker, grübelte er, als er neben dem Arzt zu seinem Wagen ging. Was kann er damit meinen? Ich werde Sellnow selber fragen ...

Über die Schneise kamen vier Männer. In einer Zeltplane trugen sie einen Verwundeten. Worotilow wies mit dem Kinn zu ihnen hin.

»Ihr Geschäft blüht, Doktor.«

»Und ich habe kaum Verbände, keine Wundsalbe, keinen

Äther, kein Karbol, kein Pflaster, ich habe hier überhaupt nichts.«

»Für die Ausstattung der Außenlager ist Dr. Kasalinsskaja zuständig.« Worotilow nickte. »Ich werde es ihr sagen.«

»Sagen Sie ihr, bitte, daß ich bis morgen mittag eine behelfsmäßige Verband-Ausrüstung brauche, einige Reagenzgläser, drei Injektionsspritzen und vor allem Narkotika!« Dr. Böhler sah Worotilow an. In seinen Augen lag die Dringlichkeit seiner Bitte. »Wenn Dr. Kasalinsskaja diese Sachen nicht schickt, ist es – sagen Sie ihr das bitte –, ist es glatter Mord an diesen Menschen hier!«

»Ich will es versuchen.« Worotilow hob ein Bein in den Jeep. »Ich bin eigentlich viel zu höflich zu Ihnen«, bemerkte er ernst. »Warum, weiß ich nicht. Sie sind ein Gefangener, ein Deutscher, mein Feind! Ich sollte Sie behandeln wie ein Stück Dreck ... Statt dessen behandle ich sie wie einen Kameraden. Vielleicht wird man mir das einmal höheren Orts übelnehmen.«

»Dann wären ja auch Sie ein Opfer der Grausamkeit, die Sie anbeten«, lächelte Dr. Böhler.

»Allerdings.« Worotilow stieg auf den Sitz des Jeeps, den ein kleiner Mongole fuhr. Der Asiate grinste Dr. Böhler breit an. »Es ist verflucht schwer zu vergessen, daß man ein Mensch mit Gefühlen ist ...«

Der Motor brummte. Worotilow schob die Schirmmütze tiefer ins Gesicht. Er sah aus wie eine schmollende Bulldogge. Dr. Böhler hatte die Hand auf dem Rahmen der runtergeklappten Windschutzscheibe liegen.

»Der Feldwebel ist noch immer da. Er wartet auf seinen Abtransport. Seine Sachen stehen seit vier Tagen gepackt. Er wagt nicht mehr, sich zu rühren.« Böhler sah zurück zur Wachbaracke. »Wann holen Sie ihn ab?«

Worotilow blickte Dr. Böhler böse an. »Hol der Teufel euch Deutsche«, sagte er knurrend. Dann stieß er den Mongolen in die Seite, und der Jeep fuhr in einer Staubwolke davon.

Dem Verwundeten, den die vier Männer in der Zeltplane heranschleppten, war eine Säge in den Fuß gefahren. Zwischen der zweiten und dritten Zehe war der Fuß sieben Zentimeter tief in zwei Hälften gespalten. Der Verletzte wimmerte und schlug den Kopf vor Schmerz von einer Seite zur anderen. Die Beine lagen in einer Blutlache.

Dr. Böhler biß die Lippen aufeinander. Seine vollkommene Ohnmacht kam ihm in diesen Sekunden so stark zum Bewußtsein, daß er sich vor Gott schämte, ein Mensch zu sein. Kein Narkosemittel ... kein chirurgisches Instrument ...

Der Sanitäter an der Barackentür rannte voraus und legte auf den ›Operationstisch‹ einen gewaschenen Sack als Unterlage.

Dr. Böhler mußte an das Taschenmesser denken und schloß einen Augenblick die Augen. Wie sollte er diese schreckliche Wunde versorgen?

»Haben wir Gips?« fragte er leise.

»Jawohl, Herr Stabsarzt«, der Sani war bleich, »aber keine fertigen Gipsbinden.«

»Können sie mit Mullbinden Gipsbinden herstellen?«

»Ja«, antwortete der Mann, »das kann ich.« Er war stolz.

»Also, dann los, Mann, was stehen Sie noch hier. Streuen Sie ein Dutzend Binden ein und machen Sie viel heißes Wasser, aber schnell, schnell.«

Der Sanitäter rannte eifrig davon.

Die vier Träger sahen den fremden Plenni vor sich erstaunt an. Sie legten die Zeltplane mit dem jammernden Verwundeten auf ein leeres Bett und wischten sich dann den Schweiß aus ihren staubigen Gesichtern. Wo sie sich mit dem Handrücken trockneten, hinterließ der Schweiß große helle Flecken auf der schmutzverkrusteten Haut.

»Wer bist du denn?« fragten sie. »Ein Arzt?«

»Ja.« Böhler untersuchte den zerfetzten Fuß. »Ich heiße Dr. Böhler.«

Die vier schauten sich verblüfft an. »Wir kommen aus dem Lager 16, hinter dem Wald. Bei den Sümpfen. Ein Dreckloch,

Herr Doktor. Wir hörten schon, daß hier ein Arzt sein soll und haben den Karl hergeschleppt. Drüben bei uns geht er ja doch ein. Wir wollten's gar nicht glauben, daß hier ein Arzt ist, und haben uns gesagt: Bringen wir den Karl nach 12. Ist's wahr, hat er Glück, ist's nicht wahr, geht er in 12 genauso vor die Hunde wie in 16!« Der Sprecher, ein langer, dürrer Kerl, dessen dicker Adamsapfel beim Sprechen immer auf und nieder hüpfte, sah Dr. Böhler aus glänzenden Augen an. »Und nun ist's doch wahr ...«

»Der Kerl hat viel Blut verloren, Jungs«, sagte Böhler zu ihnen. »Und er kann Starrkrampf bekommen. Ich habe nichts hier als ein bißchen Verbandszeug und meine Hände ...«

Der Sanitäter kam in den Raum. Er hatte die Gipsbinden und Verbandszeug in der Hand. Einer der Malariakranken trug eine Blechschüssel mit kochendheißem Wasser hinterher.

Dr. Böhler nahm sich die Männer beiseite, die den Verwundeten gebracht hatten.

»Es wird schlimm werden«, flüsterte er ihnen zu, »ich habe nichts, um ihn zu narkotisieren. Ihr müßt ihn ganz fest halten. Es wird wahnsinnig weh tun, aber er stirbt fast sicher an einer Infektion, wenn ich die Wunde nicht reinige. So, jetzt haltet ihn.«

Die Männer traten neben den Tisch und legten die Hände an den Verletzten. Noch packten sie nicht fest zu, denn der Kranke war ganz seinem Schmerz hingegeben und kümmerte sich nicht um sie.

Dr. Böhler trat heran und wies den Sanitäter an, wie er den Fuß zu halten habe. Der Kranke schrie wild auf, als der Arzt den Fuß mit heißem Wasser zu waschen begann. Er versuchte um sich zu schlagen, und die Männer packten zu. Sie mußten alle Kraft anwenden, um ihn zu bändigen.

Böhler arbeitete blitzschnell. Mit einem Schnitt des Messers amputierte er eine Zehe, die an der Wurzel schon zum größten Teil abgerissen war. In Windeseile schnitt er die Hautfetzen an den Wundrändern ab – aber es ging immer noch zu langsam.

Der Verletzte brüllte auf vor Schmerzen und versuchte, den Händen seiner Peiniger zu entkommen.

»Laßt mich in Ruhe, ihr Schweine«, schrie er, und »mein Gott, das ist nicht auszuhalten!«

Die Männer, die ihn hielten, zitterten. Nahm das denn nie ein Ende ...

Böhler preßte den Fuß mit einer Hand zusammen und wickelte mit der anderen in Sekunden den Verband darum. Der Sanitäter half, so gut er konnte. Was wie eine Stunde schien, hatte knapp zwei Minuten gedauert. Dr. Böhler legte dem Verwundeten die Hand auf die Stirn.

»Es ist alles vorbei«, sagte er tröstend, »und bald tut's auch nicht mehr weh. Aber ich mußte es tun, nicht wahr, das verstehst du doch?«

Dem Verwundeten standen große Tränen in den Augen. Wortlos griff er nach der Hand des Arztes und drückte sie ...

Zum Abschluß tauchte Böhler die Gipsbinden in kaltes Wasser und umwickelte damit den verletzten Fuß. Zuletzt lag dieser völlig in einem Gipsverband.

»Da müssen wir nachher, wenn der Gips hart geworden ist, oben und unten ein Fenster hineinschneiden, damit die Wunde freiliegt. Vielleicht treiben wir irgendwo etwas Scherenartiges auf. Wenn nicht, muß es mit dem Messer gehen.«

»Jawohl, Herr Stabsarzt«, sagte der Sanitäter, und in seinen Augen lag uneingeschränkte Bewunderung.

Im Hauptlazarett focht unterdessen Dr. von Sellnow einen Kampf gegen den politischen Kommissar Wadislaw Kuwakino und Leutnant Piotr Markow aus. Es ging um den noch immer im Lazarett liegenden Hans Sauerbrunn, den Kuwakino jetzt abholen wollte, um ihn nach Moskau zu schleifen.

Sellnow hätte diesen Kampf nie gewonnen und nie zu führen gewagt, wenn er nicht die plötzliche, erstaunliche Unterstützung der Kasalinsskaja bekommen hätte. Sie sagte »njet« zu

Kommissar Kuwakino und schrieb den Gefreiten Sauerbrunn nicht transportfähig.

»Ein kleiner Schlag nur!« schrie Kuwakino. »Wie kann eine Ohrfeige so krank machen?!«

Alexandra zog die schwarzen Augenbrauen hoch. Ihr hochmütiges Gesicht machte Leutnant Markow wild, aber er beherrschte sich, weil Major Worotilow neben ihm stand. »Eine kleine Ohrfeige?« sagte die Kasalinsskaja. »Soll ich Ihnen einmal das Nasenbein einschlagen lassen?«

Wadislaw Kuwakino wurde weiß. Er zitterte vor Erregung und sah Major Worotilow an. »Helfen Sie mir doch«, sagte er stockend.

»Ich bin Kommandant des Lagers ... die Verantwortung für die Gesundheit tragen die Ärzte.«

»Aber ich muß Hans Sauerbruch nach Moskau bringen!« schrie Kuwakino.

»Der Mann heißt Sauerbrunn.« Sellnow blätterte in den Gefangenenpapieren. »Er ist auch so im Soldbuch eingetragen gewesen.«

»Alles gefälscht. Wenn Moskau sagt, er heißt Sauerbruch, dann heißt er Sauerbruch!«

»Wie schade, daß man dich in Moskau nicht Rindvieh nennt«, brummte Sellnow. Die Kasalinsskaja trat ihm unter dem Tisch auf den Fuß. Leutnant Markow schnaubte durch die Nase und ballte die Fäuste.

Der Kommissar wischte sich den Schweiß von der Stirn.

»Ich nehme ihn auch mit kaputtem Nasenbein mit nach Moskau. Ich übernehme allein die Verantwortung! Aber er *muß* nach Moskau.«

»Njet!« sagte die Kasalinsskaja.

Leutnant Markow lachte ironisch. »Genossin Kasalinsskaja hat die Deutschen liebengelernt«, sagte er anzüglich. »Oder täusche ich mich, daß sie öfter als sonst ins Lager 12 fährt?«

»Es geschieht auf meinen Wunsch«, fiel Major Worotilow steif ein. Leutnant Markow machte ein dummes Gesicht und schwieg verbissen. Sellnow betrachtete die Kasalinsskaja von der Seite und fing ihren Blick auf. Er war voller Triumph – und er grübelte, warum sie sich so einschneidend geändert hatte und was sie veranlaßte, gegen ihre Art ihm zur Seite zu stehen.

»Ich werde das nach Moskau melden«, drohte Wadislaw Kuwakino. Seine Stimme schwankte.

»Bitte.« Alexandra hob die Schulter.

Mit einem Fluch ließ Kuwakino die Gruppe stehen und entfernte sich allein zur Kommandantur. Leutnant Markow und – etwas langsamer – Major Worotilow folgten ihm.

Sellnow kratzte sich den Kopf und sah Alexandra verwundert an.

»Warum hast du das getan?« fragte er. »Sauerbrunn ist doch transportfähig. Das weißt du so gut wie ich.«

»Allerdings.« Sie lächelte ihn an. Zwischen ihren vollen Lippen leuchteten die blendendweißen Zähne. »Ich tat es nur aus Haß zu dir ...«

»Aus Haß?« Sellnow lachte. »Mein Liebling, ich bin ergriffen ...«

»Das kannst du.« Die Kasalinsskaja drehte sich schroff um. Über die Schulter hinweg sagte sie: »Ich werde Sauerbrunn morgen, wenn Kuwakino weg ist, arbeitsfähig schreiben. Für die Wälder ...«

Erstarrt blieb Sellnow stehen. Sein Blick folgte ihrem beschwingten Schritt, als sie zur Baracke schlenderte.

»Du gottverdammtes Aas«, sagte er leise. »Man sollte dich erwürgen, wenn die Nacht für dich am schönsten ist ...«

Am nächsten Morgen fuhr Alexandra Kasalinsskaja mit dem Jeep nach Lager 12.

Sie war in der Nacht nicht erwürgt worden, aber auch Hans Sauerbrunn wurde nicht arbeitsfähig geschrieben.

Julius Kerner, der unermüdliche Organisator der Baracke und des ganzen Blocks, hatte eine neue Geldquelle für die Plennis erschlossen: Aus Lederresten, die eine Gruppe Arbeiter aus einer Schuhfabrik mitbrachte, fertigte man in den Abendstunden kunstvolle Sandalen, Pantoffeln, Portemonnaies und Brieftaschen an, auch Blumen zum Anstecken, die einen hohen Preis bei den Wachmannschaften erzielten und vor allem für die Bauernmädchen gekauft wurden, die den Soldaten die dienstfreie Zeit versüßten. So kam die Baracke schnell in den Besitz von 400 Rubel und erteilte dem in Stalingrad-Stadt arbeitenden Peter Fischer den Auftrag, eine Trompete zu kaufen.

Leutnant Piotr Markow verlor fast seine Mütze und seine Beherrschung, als er eines Abends nach dem Zählappell lautes Trompetengeschmetter über den Lagerplatz hallen hörte. Der Trompeter von Säckingen tönte auch noch, als er schreiend aus der Wachstube rannte. Dann war es still im Lager, und Markow stand einsam auf dem großen Appellplatz.

»Wer hier blasen?!« schrie er. »Wer hier Trrompette?!«

Dann riß er seine Pfeife aus der Tasche und ließ sie in den Abend schrillen. Der Ton wurde in den Baracken weitergegeben ... außerordentlicher Appell ... alles antreten auf dem Platz ...

»Ich euch kriggen, Hunde!« schrie Markow. »Ich euch kleinkriggen!«

Von den Baracken, aus den Blockstraßen, rannten die Gefangenen herbei. Tausende Füße trappelten. Staub wirbelte auf. In Blocks angetreten, standen sie dann auf dem weiten Platz, Männer, in Hemdsärmeln, in zerrissenen Hosen, verhungert und müde ... Piotr Markow musterte sie und schnalzte mit der Zunge.

»Ihr hier stehen, bis ich gefunden Trompette!« schrie er. Dann winkte er vier Soldaten und begann, die Baracken systematisch zu durchsuchen. Er fing mit der Baracke Julius Kerners an und durchwühlte alles, was in ihr war – die Betten, die Spinde, die schmutzige Wäsche, den Waschraum, die Latrine ...

Nichts!

Die nächste Baracke ... die übernächste ...

Drei – vier – sieben – zehn Baracken ...

Nichts.

Nach einer Stunde Stehen wurde der Appell abgeblasen, die

Gefangenen strömten in die Baracken zurück. Ruhe lag wieder über dem Lager.

Als sich der Staub, den die Gefangenen in dichten Wolken aufgewirbelt hatten, wieder legte, erschütterte ein helles Schmettern die Luft.

Die Trompete ...

In seinem Zimmer saß Leutnant Piotr Markow mit verzerrtem Gesicht und hieb mit geballten Fäusten wild auf den Tisch.

Er weinte vor Wut.

Im Lager 12 saß Dr. Kasalinsskaja am Bett des Verletzten und betrachtete den aufgespaltenen Fuß. Wie Dr. Böhler befürchtet hatte, stellte sich Fieber ein, und die Wunde eiterte.

»Wollen Sie auch den gesund schreiben?« sagte Dr. Böhler, nachdem sich die Kasalinsskaja erhoben hatte. »Mit den Händen kann er arbeiten, wenn Sie ihn an die Bäume rollen lassen ...«

»Sie müssen den Fuß amputieren«, antwortete Alexandra kühl.

»Und nur, weil das ganze Sanitätswesen des Lagers restlos versaut ist«, sagte Dr. Böhler bitter. »Wir machen diesen armen Kerl für den Rest seines Lebens zum Krüppel, weil ihr Russen, die Sieger, ihr mit dem großen Geschrei vom Menschenrecht, den Menschen derart mißachtet. Den armen, hilflosen, getretenen, gefangenen Menschen ...«

»Wenn Sie weitersprechen, schlage ich Ihnen mit der Reitpeitsche ins Gesicht«, sagte die Kasalinsskaja eisig. »Der Mann kommt sofort ins Hauptlager. Dort wird Sellnow ihn versorgen.«

Dr. Böhler steckte sich eine der Zigaretten an, die Dr. Kasalinsskaja ihm bei ihrem letzten Besuch dagelassen hatte. Genießerisch inhalierte er den Rauch.

»Ich habe noch etwas für Sie.« Er reichte ihr eine Liste hin. Sie nahm widerstrebend das Stück Papier und blickte darauf nieder.

»Was soll ich damit?« fragte sie unwirsch.

»Es sind die Namen von siebenunddreißig Gefangenen dieses Lagers«, sagte Dr. Böhler ironisch. »Diese Männer haben sich im vorigen Sommer eine Malaria zugezogen, und die Plasmodien leben jetzt in ihren Milzen und ihren retikuloendothelialen Systemen – wenn Sie davon schon mal gehört haben sollten – und werden demnächst wieder ausbrechen. Diese siebenunddreißig Gefangenen müssen schleunigst hier weg, nicht nur um ihrer selbst willen, sondern auch der anderen Gefangenen wegen, übrigens auch Ihrer Leute wegen. Jeder Mückenstich kann hier Malaria bedeuten – ich hoffe doch, Sie wissen, was das heißt ...«

Die Kasalinsskaja drehte sich um und verließ den Raum. Auf der Treppe der Baracke holte Böhler sie ein.

»Wo wollen Sie denn hin?« fragte er.

Sie schüttelte seine Hand ab. »Zurück ins Lager«, fauchte sie.

Er ließ sich nicht beirren. »Sie nehmen die Liste mit!« drängte er.

»Nein!«

»Doch, ganz bestimmt. Und Sie werden die Liste Dr. Kresin zeigen und ihm mitteilen, was sie zu bedeuten hat. Wir können nicht alle Gefangenen mit Malaria verseuchen lassen.«

»Der Krieg war ein Verbrechen an der Menschheit«, schrie sie ihn an. »Die Gefangenschaft ist seine gerechte Sühne.«

»Warum sträuben Sie sich, Alexandra?« Bei der Nennung ihres Vornamens fuhr die Ärztin herum. Nacktes Erstaunen und hüllenlose Angst standen in ihren Augen. Sie atmete heftig.

»Immer stehen Sie gegen uns Deutsche, immer ist Ihr Njet wie ein Todesurteil – aber hinterher überraschen Sie uns mit einer nie geahnten Liebenswürdigkeit. Warum sträuben Sie sich vorher immer? Haben Sie Angst vor Ihrem Herzen, Alexandra?«

Die Ärztin schloß einen Moment die Augen. Über ihr schönes, volles, tierhaft-lockendes Gesicht flog der Schimmer einer

Röte. Dann hatte sie wieder Gewalt über sich, wandte sich ab und stapfte durch den Staub davon.

Erst als sie im Jeep saß und durch die Schneise ratterte, vorbei an den arbeitenden Kolonnen, die ihr haßerfüllt nachsahen, wischte sie sich über die Augen. Ihr Handrücken war feucht, als sie ihn am Rock abstreifte.

Mein Herz, dachte sie. Wer hat jemals nach meinem Herzen gefragt? Meine Eltern nicht ... meine Lehrer nicht ... Karlow nicht, der mich in Kasan vergewaltigte, als ich 17 war ... Iwanow nicht, Peter, Julian, Serge und wie die Männer hießen ... Werner nicht ... Keiner, keiner ... mein Herz?

Was weiß Dr. Böhler von meinem Herzen? Sah er es? Erkannte er es ...? Würde er es finden?

Aus dem Wachhaus des Lagers 12 trat der Feldwebel und hatte beide Arme vollbeladen. Er legte die Pakete auf den Tisch vor Dr. Böhler und nickte.

»Woher?« fragte der Arzt erstaunt.

»Von Genossin Ärztin.« Der Russe grinste breit. »Es ist alles dabei, was Sie sich gewünscht haben ... Verbandszeug ... Spritzen ... Nadeln ... Scheren ... Narkosemittel ... Medikamente ... alles ...«

Dr. Böhler legte die Hände auf die Pakete und sah hinaus aus dem Fenster auf den Wald.

In der Schneise lag noch der Staub des Wagens in der Luft.

ZWEITES BUCH

Der erste Schnee lag über den Wäldern der Steppe.

Von Sibirien, über den Ural und vom Kaspischen Meer her fluteten die kalten Winde über die Ebene der Wolga. Der Don begann schon zuzufrieren. In der Nacht heulten die Wölfe und strichen um die Höfe der Kolchosen.

Im Lager 5110/47 wurden die Wintersachen ausgegeben. Steppjacken, Fellmützen, Filzstiefel, dicke Fußlappen, gesteppte Hosen und Pelzhandschuhe. Von den Wäldern des Lagers 12 kamen große Transporte mit Holz über die verharschte Straße. Ein Teil der Fenster in den Baracken wurde mit Papier verklebt und die Ritzen mit Lehm ausgeschmiert. Man kannte die Stürme und die eisige Kälte, man hatte sie erlebt ohne Schutz. Mit einfachen Sommermänteln und dünnen Wollhandschuhen ging man in die Gefangenschaft und lag in Haufen zusammen, um sich gegenseitig zu wärmen.

Mit dem ersten Schnee wurde auch das Gesicht Janinas wieder blaß. Sie war in den letzten Monaten voller geworden – aber in ihren Augen stand noch immer die Qual der Krankheit und das Wissen um ein zu kurzes Leben.

Sellnow war dem Wunsch Dr. Böhlers zufolge in das Außenlager Stalingrad-Stadt versetzt worden und betreute dort die Bau- und Fabrikarbeiter. Alexandra hatte diese schnelle Versetzung mit Verbissenheit und Trotz ertragen. Sie stellte ihren Haß auf Major Worotilow um und ließ ihn stehen, wenn er sie ansprach, oder verließ den Raum, wenn er in ein Zimmer trat. Dr. Kresin sah es mit Stirnrunzeln und schüttelte den Kopf.

Der Oberfähnrich war schon entlassen. Er lebte in einer Baracke in Block 17 und wurde mit leichter Lagerarbeit beschäftigt. Außerdem war er der Regisseur eines kleinen Theaterstückes, das ein Plenni geschrieben hatte und das als Weihnachtsüberraschung in der großen Saalbaracke aufgeführt werden sollte. Julius Kerner hatte in diesem Stück ein Trompetensolo übernommen und übte es mit Ausdauer und Energie jeden Abend, wenn Leutnant Markow seine Dienstrunde machte. Da diese Übungen mit der ausdrücklichen Genehmigung Major Worotilows stattfanden, hatte Markow keinen Anlaß zum Eingreifen und sah nur von der Tür aus mit verzerrtem Gesicht, wie Kerner mit geschlossenen Augen an seiner Trompete hing und ihr die höchsten und grellsten Töne entlockte. Karl Georg hatte seinen Garten mit Tannenzweigen abgedeckt, die Stauden ausgegraben und in seinem Spind verwahrt und hoffte auf einen schönen Sommer im nächsten Jahr.

Vielleicht einen Sommer in der Heimat?

Sie dachten alle daran ... die Hoffnung gab ihnen Kraft, ihr Los zu tragen, aber sie sprachen wenig darüber, weil ihre Augen dann traurig wurden und das Herz schwer vor Sehnsucht und Heimweh. Man informierte sich in der Stille bei den Ärzten, die den besten Kontakt mit der Lagerleitung hatten, und man erfuhr, daß zu Weihnachten 1948 Transporte in die Heimat gehen sollten ... vor allem Kranke und Arbeitsunfähige.

Peter Fischer und Karl Eberhard Möller hatten eine erregte Aussprache mit den anderen Kameraden ihrer Baracke. Sie fand an einem Abend statt, nachdem Piotr Markow schon das Lager kontrolliert hatte und die Nachtposten auf den Türmen standen. Vor den Baracken lag Neuschnee, weiß, samtweich, den Schritt aufsaugend. Der Himmel war klar. Über den Wäldern glitzerten die Sterne wie vereiste Blumen.

»Angenommen wir treten der KP bei«, sagte Peter Fischer und sah sich im Kreise um, »dann werden wir schnell entlassen!«

»Daß ich dir gleich in den Arsch trete, du Mistsau!« schrie

Karl Georg von seinem Bett herüber. »Hast du die Schnauze vom Kommunismus noch nicht voll?!«

»Ich sage doch bloß – angenommen!« Peter Fischer hob beide Hände. »Wenn wir dann in der Heimat sind, können wir ja wieder austreten ...«

»Denkste!« Emil Pelz, der Sanitäter, drehte sich eine Machorka. »Wenn die uns mal haben, behalten se uns! Det kenn ick! Zuerst kommste nach Moskau zur Schulung. Da wirste 'n guter Kommunist. Dann kommste in die Russenzone und darfst nach der Pfeife der Politmänner tanzen. Und wennste nicht mehr willst, polier'n se dir de Fresse, det de nicht mehr kieken kannst! Nee ... denn lieber noch 'n Jahr ...«

»Es wird diesen Winter weniger zu essen geben, habe ich gehört«, warf Möller ein.

Die Nachricht wirkte lähmend. Essen ... das war die Hauptsache. Solange man kauen konnte, war das Leben erträglich. Erst mit dem Hunger stellte sich die Verzweiflung ein, der Zusammenbruch, das schreckliche Ende.

»Wer sagt denn das?« zweifelte Julius Kerner.

»Der Küchenbulle, der Pjatjal! Er hat schon seine Zuteilungsliste für den Winter bekommen! Pro Mann nur einen Liter Suppe am Tag! Vierhundert Gramm Brot!«

»Das frißt ja kein Hund«, schrie Karl Georg.

»Der Hund von Worotilow lebt besser. Der kriegt Fleisch. Habe ich selbst gesehen«, sagte Peter Fischer.

»Und wir müssen der Bascha in den fetten Hintern kneifen, um ab und zu einen Löffel Fett zu bekommen!« Julius Kerner sprang von seinem Bett herab und setzte sich an den Tisch. »Wie war das noch mal, Peter? Die in der KP sind, die werden schneller entlassen. Ist das wahr?«

»So heißt es ...«

Kerner sah sich kopfkratzend im Kreise um. »Jungs, man sollte sich das überlegen. Die eigene Haut ist wertvoller als ein dusseliges Parteibuch. Das kann man verbrennen ... aber die eigene Haut bleibt! Und warum sollen wir nicht Stalin loben, wenn wir dafür mehr zu fressen kriegen und schneller zu Muttern kommen? Was später ist ... Jungs, das wird sich zeigen! Das wird sich alles einspielen. Erst laßt uns mal in Deutschland sein und uns richtig 'rausfressen. Dann sieht die Welt anders aus, und wir dazu! Was wissen wir, wie es in Deutschland zugeht? Ich habe es zuletzt 1942 gesehen! Im Frühjahr! Da hatt ich Genesungsurlaub. Nach Stalingrad schrieb mir dann meine Else, daß sie schwanger ist ... dann war alles aus ... Ich weiß nicht mal, ob es ein Junge oder ein Mädchen geworden ist.«

Karl Georg sah an die Decke. In seinen Augen spiegelte sich die Heimat ... Die Rhön ... das weite, wellige Land mit den glitzernden, lautlosen, riesigen Vögeln unter dem blauen Himmel ... die Wasserkuppe ... Die Winde des Drahtseiles knirscht ... Das Segelflugzeug hebt sich empor ... es schwebt in den Aufwind ... Wie ein Silberpfeil gleitet es durch die Luft ...

»Wir lagen unter einem Holunderbusch, das letztemal«, sagte Karl Georg leise. »Es war der letzte Tag des Urlaubs. Und gestöhnt hat sie ...«

»Halt die Fresse!« sagte Kerner gequält.

Karl Eberhard Möller legte sich halb mit dem Oberkörper über den Tisch. Seine Augen waren verschleiert, der Blick irrte von einem zum anderen.

»Sollen wir uns alle melden?« fragte einer stockend.

»Wir alle geschlossen?«

»Zur Kommune?«

»Ja. Vielleicht werden wir alle entlassen! Kinder ... wir könnten Weihnachten in der Heimat sein! Unterm Weihnachtsbaum. Ich habe zwei Kinder ... sie müssen jetzt sieben und zwölf sein! Zwei Mädchen! Ich werde am Klavier sitzen, und die beiden Gören und meine Trude, die singen. Die Kerzen brennen und knistern ... es riecht nach Tannen und Kuchen, Nüssen und Marzipan. Die Glocken läuten ...«

»Aufhören«, schrie Julius Kerner. »Auf-hören!« Er preßte beide Hände an die Ohren, über sein eingefallenes Gesicht zuckte es wie im Fieber. »Ich kann es nicht hören! Halt die Schnauze, Kerl ...«

Peter Fischer kaute an der Unterlippe, sein Gesicht war weiß. Er sprang auf und hieb mit der Faust auf den Tisch.

»Das Leben ist so und so doch nur noch Scheiße! Ich trete der Kommune bei! Ich gehe zum Major und melde mich ...«

Julius Kerner nickte. »Ich gehe mit.«

»Mit oder ohne Trompete?« schrie einer aus der Ecke.

Man lachte. Es war eine Erlösung, eine Befreiung ... Man lachte schrill und ausgelassen und hieb Kerner auf die schmalen Schultern.

»Nimm sie mit, Julius«, rief einer. »Dann kannste ihnen die Internationale auf Herms Niel blasen!«

Dr. Böhler saß bei der Kasalinsskaja im Zimmer und sah die Berichte der einzelnen Sanitätsstationen der Außenlager durch, als Dr. Sergej Basow Kresin eintrat und sich lachend an den Türrahmen stellte.

Er schien voller Humor und Frohsinn zu sein, er bebte förmlich vor Witz. »Ihre Landsleute sind herrlich!« schrie er voller Vergnügen. »Sie sind die Zukunft Europas!« Er prustete wie ein badender Elefant und setzte sich massig auf einen der herumstehenden Stühle. »Heute morgen haben sich drei Baracken geschlossen beim Major gemeldet.«

»Krank?« fragte die Kasalinsskaja.

»Nein! Zum Eintritt in die Kommunistische Partei!«

Dr. Böhler sah von den Papieren auf. Sein langes, schmales Gesicht war ausdruckslos. »Das ist ein Scherz, Doktor Kresin.«

»Gehen Sie doch hin zu Worotilow. Er zeigt Ihnen die lange Liste der neuen Weltrevolutionäre! Übrigens« – er gluckste vor Vergnügen – »Ihr Sanitäter Nummer 1 ist auch dabei.«

»Emil Pelz? Unmöglich!«

»Sagen Sie nicht unmöglich, wenn er unterschrieben hat! Mit

ihm die ganze Musterbaracke ... der Gärtner, der kühne Trompeter, der versehentliche Sohn Sauerbruchs ... sie alle.«

Dr. Böhler erhob sich. Seine Blicke kreuzten sich mit denen Alexandras. Er las in ihnen Schadenfreude und einen stillen Triumph. Sie wird immer eine Russin bleiben, dachte er. Nichts wird sie ändern ... keine Liebe, kein Schmerz, kein seelischer Schock ... Sie gehört zu Rußland wie die Wolga und der Don, der Ural, die Taiga und die Tundra ...

»Waren Werber im Lager?« fragte er, nur um etwas zu sagen.

»Nein, o nein.« Kresin wieherte. »Wir werben durch Taten! Hunger erzeugt klare Köpfe! Wer nichts zu fressen hat, wird vernünftig! Das ist das ganze Geheimnis vom fruchtbaren Acker des Kommunismus. Je mehr Elend in der Welt, um so stärker die Partei! Satte Mägen revolutionieren nicht!«

»Und was wird nun mit diesen Männern?«

»Worotilow muß sie an die Zentrale nach Moskau melden. Dann wird ein Kommissar kommen und sie sich ansehen, ob sie auch würdig sind, die Idee von Marx zu vertreten. Sind sie es, so kommen sie weg aus dem Lager.«

»Wohin?«

»Das weiß ich nicht.« Kresin zuckte mit den Schultern und grinste. »Auch der gefangene deutsche Kommunist bleibt ein gefangener deutscher Soldat! Ehe wir ihn laufen lassen, müssen wir die Gewähr haben, daß er in seiner Heimat auch das bleibt, was er uns hier verspricht. Wir werden nur kleine Gruppen zurückschicken ...«

»Und wenn er in Deutschland abfällt?!«

Dr. Kresin wurde ernst und sah zu Boden. »Sie werden es nicht können. Man sagt ihnen, daß ein Abfall ihre zurückgebliebenen Kameraden treffen wird ... nicht sie! Alle, die mit den Abgefallenen kamen, werden dann in ein Straflager verlegt ...«

Dr. Böhler sah Dr. Kresin erstaunt an. »Man scheint in Rußland viel vom deutschen Ehrgefühl zu halten ...«

»Äußerst viel, Doktor! Die Geschichte hat uns gezeigt, daß der Kommunismus am kommunistischsten in Deutschland war.

Das werden wir nie vergessen, wenn wir die Aufmarschbasis für den Sturm auf Europa ausarbeiten ...«

»Sie sprechen wie Worotilow«, sagte Dr. Böhler verblüfft.

Kresin zuckte mit den Schultern.

»Wundert Sie das?« Er lachte sarkastisch. »Wir Kommunisten haben doch ein Einheitsgehirn ...«

Dr. Schultheiß trat ins Zimmer. In seinem Gesicht stand Sorge. Er sah erst Dr. Böhler an, dann wanderte sein Blick zu den beiden russischen Ärzten.

»Janina hat nach drei Monaten wieder Auswurf«, sagte er. »Leichte Temperatur und Nachtschweiß.«

Die Kasalinsskaja lachte höhnisch auf. »Kein Bock ist ein sanfter Liebhaber ...«

Dr. Schultheiß schwieg verbittert. Er wußte, daß Janina in der vergangenen Nacht bei Worotilow gewesen war. Er hatte wach gelegen und sich vor Eifersucht hin und her gewälzt, in die Decke gebissen und vor sich hin gewimmert wie ein hysterisches Mädchen. Am Morgen war er dann an ihr Bett getreten und hatte ihr sofort die Verschlimmerung angesehen.

»Sie müssen wieder liegen, Janina«, hatte er in ärztlichem, unpersönlichem Ton gesagt. »Sie waren töricht und ungehorsam und haben jetzt die Folgen zu tragen. Wenn Sie so weitermachen, hilft keine Kur, und Sie werden nach einem Blutsturz sterben!«

»Du bist roh, Jens«, hatte Janina leise geklagt. »Warum bist du so roh ...?«

»Sie haben meine Verordnungen nicht befolgt, Janina.«

»Ich hatte Sehnsucht, Jens. Ich konnte nicht anders ...«

»Jeder Mensch hat die Kraft, sich zu bezwingen. Wir sind doch keine Tiere ...«

Janina hatte die Augen geschlossen. »Ich doch, Jens, ich doch ... Ich bin ein Tier ...«

Plötzlich hatte sie in seinen Armen gelegen, ein Hustenanfall durchschüttelte ihren zarten Körper.

Er hatte sie vorsichtig zurückgebettet und die Decken über

sie gebreitet. Ihre Brust atmete schnell, der Puls jagte. Schweiß brach aus den Poren, klebriger, kalter, kranker Schweiß.

Dr. Schultheiß war aus dem Zimmer und zu Dr. Böhler gerannt.

Die Kasalinsskaja stand auf und strich sich die Haare aus der Stirn.

»Schlimm?« fragte sie.

»Sie war sehr erregt. Das hat sie völlig erschöpft. Es wäre gut, wenn sie den Winter über in den Süden reisen könnte.«

Alexandra blickte Dr. Schultheiß von der Seite an. In ihren Augen stand Erstaunen und Verständnislosigkeit.

»Sie soll weg von hier?« Von Ihnen, wollte sie sagen, aber sie bezwang sich wegen der Anwesenheit von Dr. Kresin.

Dr. Schultheiß nickte. »Es wäre besser, für alle ...«

»Ach so.«

Dr. Kasalinsskaja verließ das Zimmer und ging hinüber zur Lungenstation. Als sie das Zimmer Saljas betrat, lag Janina schräg unter den Decken. Ihre nackten Beine hingen im kalten Luftzug des geöffneten Fensters. Die Schultern waren wie Eis. Sie war besinnungslos.

Die Stimme der Kasalinsskaja gellte durch den Flur.

»Dr. Böhler!«

Nach zwei Minuten rannte Dr. Kresin wie ein Büffel über den Platz der Kommandantur. Seine Füße warfen den Schnee hoch in die kalte Luft.

Blinder Zorn tobte in ihm.

Er hatte sich vorgenommen, Worotilow zu Boden zu schlagen.

Das Außenlager Stalingrad-Stadt war in einer leeren Fabrikhalle untergebracht und umfaßte mit allen Außenkommandos 567 Mann. Hinzu kamen 45 Offiziere, die getrennt in einem Steinhaus lebten und von denen keiner sagen konnte, was sie hier in Stalingrad machten, ob und wo sie arbeiteten und wie es in dem Lagerhaus, das ihnen zugewiesen war, aussah. Nur Dr. von Sellnow pendelte zwischen Mannschafts- und Offizierslager hin und her und baute seine Sanitätsstube zu einem leistungsfähigen Revier aus. Er erhielt dabei die Unterstützung des Distriktarztes Dr. Kresin, der ihm die nötigen Ausstattungen zuwies. Die 567 Mann arbeiteten alle in der Fabrik »Roter Oktober«. Es war eine Stahlschmiede riesigen Ausmaßes, die neben Panzern auch Ackerschlepper, Kanonenrohre und Schiffsstahlplatten herstellte. Entstanden aus einem riesigen, unübersehbaren Gewirr von verbogenen Stahltrümmern, war die Fabrik der Stolz Stalingrads geworden, ein Wahrzeichen des Aufbaues, eine Demonstration des Lebenswillens gegen die Zerstörung. Daß gerade in der Fabrik »Roter Oktober« deutsche Kriegsgefangene und russische politische Häftlinge arbeiteten, war eine Angelegenheit des Prestiges, wie etwa die Unterzeichnung des Waffenstillstandes mit Frankreich 1940 in dem gleichen Salon-Eisenbahnwagen stattfand, in dem in Compiègne 1918 die deutsche Niederlage unterschrieben wurde. So war die Fabrik »Roter Oktober« 1943 der heißumkämpfte Mittelpunkt und das letzte Bollwerk der deutschen Truppen in Stalingrad gewesen, aus den Trümmern und unübersehbaren Eisenhaufen und Kellern schlug den Russen bis zuletzt das Feuer der 6. Armee entgegen. In den Gewölben unter den Hallen lagen Tausende von Verwundeten. Dort standen auch Dr. Böhler, Dr. von Sellnow und Dr. Schultheiß an den Tischen und operierten tage- und nächtelang, während die Mauern von Einschlägen schwankten.

Heute ist »Roter Oktober« wieder eine riesige, modern aufgebaute Fabrik mit einem Wald rauchender Schlote, hellen, gläsernen Montagehallen und einer großen Kantine, einem eigenen Werktheater, einem Kindergarten, einem Schwimmbad und einer Bibliothek mit allen Werken des Kommunismus. Sie ist eine Burg des Glaubens an die Zukunft, ein pulsierendes Herz der Revolution ... eine Kraftquelle des Ostens gegen den Westen.

Das Blut, das durch dieses Herz strömt, sind die deutschen Plennis und russischen Strafgefangenen, die sie aufbauten. Deutsche und amerikanische Architekten und Ingenieure, Konstrukteure und Statiker stehen in den großen Zeichensälen an den Reißbrettern und planen und bauen. Deutsche Arbeiter hokken an den Drehbänken und stehen in den Gießereien, an den Walzstraßen und Bohrern. Man murmelt sogar, daß der bis heute unsichtbare Chef des Werkes, der Dipl.-Ing. Dr. Piotr Wernerowski, ein Deutscher ist, Peter Werner aus Chemnitz. Niemand hatte bisher Dr. Wernerowski gesehen – auch Dr. von Sellnow nicht, nur unter den wöchentlichen Kampfparolen für die Kader der Arbeiterschaft stand ein Name –, Dr. P. Wernerowski, eine typisch deutsche, in lateinischen Buchstaben gehaltene Unterschrift.

Das ist das Lager Stalingrad-Stadt. Ein riesiges Herz, eine geballte Riesenfaust, die nach Westen droht. Die Stadt Stalins, an der Deutschland zerbrach.

Dr. von Sellnow stand auf dem Leninplatz vor dem wolkenkratzerähnlichen Parteihaus und blickte an der weißen Fassade empor, die das goldene Emblem von Hammer und Sichel krönte. Vor dem Eingang, zu dem eine riesige Treppe hinaufführte, dessen große Bronzetüren hinter mächtigen Säulen lagen, thronten auf hohen Sockeln Gipsstandbilder von Stalin und Lenin.

Sellnow sah sich zu Dr. Kresin um, der hinter ihm stand.

»Gips ist vernünftig«, sagte er hämisch. »Man kann die Dinger schnell zerkloppen, wenn es mal nötig ist ...« Er lachte. »Mit Eisen oder Bronze ist das schwieriger. Da weiß man nicht so schnell, wohin damit, und die Köppe rollen dann auf der Erde herum und liegen im Weg.«

Dr. Kresin schnaubte durch die Nase. »Ich bin ein Rindvieh, daß ich ausgerechnet Ihnen Stalingrad zeige. Jeder Idiot wäre dankbarer als Sie!«

Dr. von Sellnow lehnte sich gegen eine der Säulen, die die Kolonnaden des Parteihauses trugen. Er steckte die Hände in die Taschen seiner Lammfelljacke, die man ihm aus alten Militärbeständen gegeben hatte. Sein knochiges Gesicht war von der Kälte gerötet.

»Warum schleppen Sie mich eigentlich durch diese Stadt? Wollen Sie einen Kommunisten aus mir machen?! Das ist ein Versuch am untauglichen Objekt. Was ich vom Kommunismus weiß, genügt mir. Da helfen auch keine weißgetünchten Fassaden.«

Dr. Kresin zog aus der Tasche seiner Pelzjacke, deren Fell er wie ein sibirischer Bauer nach außen trug, was ihm etwas Bärenhaftes verlieh, eine Schachtel Zigaretten und bot Sellnow eine an. Indem er sie ihm ansteckte, meinte er:

»Was halten Sie davon, ein großes russisches Krankenhaus zu übernehmen?«

»Nichts.«

»Wir suchen gute Ärzte. Amerikanische, englische, französische, indische, Schweizer Ärzte haben wir – warum sollen es nicht auch deutsche Ärzte sein? Ich hatte Zeit, Sie genügend zu beobachten, als Sie bei Dr. Böhler arbeiteten. Sie haben Mut, Sie sind schnell von Entschluß, Sie können etwas. Rußland könnte Sie brauchen.«

Sellnow winkte ab. »Ich bin Kriegsgefangener ...«

»Das würde sofort geändert! Sie würden ins Zivilverhältnis überführt werden.« Dr. Kresin schnippte die Asche von seiner Zigarette. »Denken Sie an den Fall des Gefreiten Sauerbrunn im vorigen Sommer. Wenn er wirklich der Sohn Sauerbruchs gewesen wäre, würde er jetzt längst frei sein und in Berlin. Wir Russen ehren die Größe des Geistes und wissenschaftliches Können. Und auch der Arzt ist ein Künstler – er arbeitet an lebenden Objekten.«

Sellnow warf erregt die Zigarette in den Schnee, wo sie, leise zischend, erlosch. Das Papier löste sich durch die Feuchtigkeit auf. Wie ein brauner Fleck lag der Tabak in dem leuchtenden Weiß.

»Das sind ja alles Dummheiten!«

»Wieso, Doktor?«

»Ich habe eine Frau und zwei Kinder ...«

»Wir werden sie hierherkommen lassen. Mütterchen Rußland soll Ihre zweite Heimat werden! Sie werden wie ein Russe behandelt. Sie haben in jeder Hinsicht die gleichen Rechte. Es wird Ihnen an nichts fehlen. Sie erhalten ein eigenes Heim in der Nähe der Klinik, der Staat stellt Ihnen einen Wagen zur Verfügung. Die Bezahlung ist vorzüglich. Ihre Waren bekommen Sie in den staatlichen Kaufhäusern. Sie werden sehen, daß Sie in ein Paradies gekommen sind.«

»Vielleicht in der Kalmückensteppe ...«

»Wo das Krankenhaus liegen wird, das Sie übernehmen, weiß ich allerdings noch nicht. Wir haben von Moskau nur die Anweisung erhalten, die deutschen Ärzte zu veranlassen, sich zivilisieren zu lassen ...«

»Nettes Wort, Dr. Kresin.« Sellnow lachte schallend. »Waren Sie schon bei Dr. Böhler?«

»Ja.« Dr. Kresin nahm eine ablehnende Haltung ein. Sein Gesicht verhärtete sich.

»Und was sagte der Chef?«

»Er bleibt im Lager 5110/47!«

»Ach nee! Und warum?«

»Sein ärztliches Gewissen befehle ihm, sagte er, so lange bei seinen Kranken und Verletzten auszuhalten, bis der letzte Kriegsgefangene entlassen sei und keiner ärztlichen Hilfe mehr bedürfe. Für sein Lazarett ist er der Kapitän, der das Schiff als letzter verläßt.«

Sellnow sah in den fahlen Himmel. Schneewolken drohten. Der russische Winter kam aus Sibirien herüber. Morgen, übermorgen ... tagelang, wochenlang würde es jetzt schneien und frieren, die Erde würde hart werden wie Beton, und die Plennis würden umfallen in dieser Kälte und sterben mit einem letzten Seufzer auf den dünnen, verhungerten Lippen. Die Lagerlazarette würden sich füllen ... Erfrierungen ... Schneeblindheit ... erfrorene Verletzungen ... Amputationen ...

Elend ... lebenslängliches Leid ... Der russische Winter kannte kein Erbarmen.

Sellnow schüttelte den Kopf. »Wie können Sie mich fragen, Dr. Kresin, wenn Ihnen Dr. Böhler schon geantwortet hat.«

»Ich dachte, Sie würden anders denken ...«

»Ich? Wollen Sie mich beleidigen?! Sie können Rindvieh und Hund, Aas und Saustück zu mir sagen – ich antworte Ihnen mit noch schöneren Worten. Aber meinen ärztlichen Stand und mein ärztliches Gewissen lasse ich mir nicht antasten, und wenn ich dabei vor die Hunde gehen sollte!«

Dr. Kresin sah in die Luft. Um seine Nase hatte sich der Atem zu einer leichten Eisschicht verdichtet.

»Ich dachte dabei auch an Alexandra Kasalinsskaja ...«

Sellnows Miene wurde starr. Seine Augen verschwanden hinter den Lidern. »Was ist mit ihr?«

»Ich würde sie Ihnen als Oberärztin zuteilen.«

Sellnow winkte ab. »Das wäre mein Ende. Es wäre mein Tod ...«

»Vergessen Sie nicht, daß wir Ihre Frau und die Kinder nachkommen lassen ...«

»Dann würde ein Drama daraus werden! Alexandra ist wie eine rassige Stute. Wenn ein Mann sie ansieht, kann er gar nicht anders als sie nehmen. Es ist, als ob die Natur in diesem Falle wieder urhaft würde. Daß Sie mich nach Stalingrad versetzten, Dr. Kresin, empfand ich in den ersten Tagen als das schlimmste Unglück seit meiner Gefangennahme. Ich habe getobt und in der Nacht nach der Kasalinsskaja geschrien. Aber jetzt bin ich froh darüber. Sie haben mich von einer Fessel befreit, die mich erdrückt hätte. Es ist vielleicht das erstemal, daß ich Ihnen für etwas wirklich dankbar bin.«

Dr. Kresin schob die Unterlippe vor. Er sah aus wie ein spuckender Affe. »Sie irren, Doktor. Sie brauchen mir auch heute nicht zu danken. Ihre Versetzung verfügte Major Worotilow seinerzeit auf eindringliches Bitten von Dr. Böhler.«

»Der Chef ...?« Sellnow sah vor sich hin in den Schnee. Mit

den Schuhspitzen vergrub er die aufgelöste Zigarette. »Er hat nie mit mir wegen Alexandra gesprochen ... aber er hat es gewußt. Dr. Kresin, ich gestehe es: Mir würde etwas im Leben gefehlt haben, hätte ich Dr. Böhler nicht kennengelernt.«

»Das habe ich auch zu Worotilow gesagt ...«

»Sie auch, Kresin, wirklich?« Er sah erstaunt zu dem großen russischen Arzt auf. »Mein Gott, ich entdecke ja wahrhaftig eine menschliche Seite bei Ihnen ...«

Dr. Kresin verzog den breiten Mund. Sein Gesicht wurde rot.

»Dann vergessen Sie es schnell wieder, Sie deutsches Schwein«, sagte er knurrend.

Und Sellnow lachte so laut, daß die Leute, die in das Parteihaus gingen, sich erstaunt nach den beiden Männern umblickten.

Dr. Kresin sah Sellnow an. »Gehen wir?«

»Ja.«

»Und mein Angebot?«

Sellnow steckte beide Hände in die Taschen. »Denken Sie einfach, Sie hätten es mir nie gemacht ...«

Im Lager 5110/47 erschien wieder der politische Kommissar Wadislaw Kuwakino. Er stand eines Morgens vor der Kommandantur im Gespräch mit Leutnant Markow und dem Dolmetscher Jakob Aaron Utschomi.

Durch die Baracken geisterten die Flüsterparolen.

Er kommt wegen der Meldungen zur KP!

Peter Fischer und Julius Kerner sahen hinüber zu Karl Georg, der seit dem Einsetzen des Schneefalls arbeitslos war, seinem Garten nachtrauerte und meistens auf der Pritsche lag und an die Balkendecke döste. Ab und zu ging er zur Latrine und blieb dort über eine Stunde hocken, las in der Prawda, die ihm ein russischer Posten schenkte, und begann seine russischen Sprachkenntnisse zu vervollständigen.

»Der Kommissar ist da«, sagte Kerner unsicher.

»Hm.«

»Du hast dich doch auch gemeldet ...«

»Ja.«

»Jetzt werden wir Kommunisten!«

Peter Fischer lachte gequält. »In der Heimat war ich Scharführer der SA.«

Karl Georg winkte von seinem Bett aus ab. »Danach werden sie nicht fragen. Es geht ihnen darum, daß sie für Deutschland Propagandisten bekommen! Ich habe gehört, daß wir alle nach Moskau und Molotow kommen sollen – auf eine Komsomolzenschule ...«

»Wie heißt das Biest?« fragte Kerner kritisch.

»Komsomolzen. Das ist eine Abkürzung von Kommunistitschewskij sojus molodeschi.«

»Meine Fresse!« sagte Peter Fischer erschüttert.

»Das ist so eine Jugendorganisation wie die HJ. Dort werden die Jungkommunisten ausgebildet und politisch gedrillt. Wenn wir das hinter uns haben, lassen sie uns auf die Menschheit los ...«

»In die Heimat?«

»Nehme ich an ...«

Peter Fischer schlug mit der flachen Hand auf den Tisch. »Dann ist mir alles egal! Ich mache alles mit, wenn es nur nach Deutschland geht ...«

»Komsomolzen«, sagte Julius Kerner sinnend. »Was wird meine Frau sagen, wenn ich als hundertprozentiger Kommunist nach Hause komme?«

»Die wird gar nichts sagen und dich zu sich ins Bett nehmen.« Karl Eberhard Möller, der gerade vom Küchendienst eintraf, warf seine verschneite Pelzmütze an den Ofen. Er lachte und legte eine Dose Rindfleisch, amerikanischen Ursprungs, auf den Tisch. »Hat einer von euch ’nen Büchsenöffner?«

Kerner wog die Büchse in der Hand und lachte: »Geklaut?«

»Die hat mir die Bascha gegeben.«

Karl Eberhard Möller begann mit einem Messer den Blechrand aufzustemmen.

Solange man aß, sprach keiner mehr über den Kommunismus ...

In der Barackentür erschien kurz darauf der Dolmetscher Jakob Aaron Utschomi. Er überblickte den Raum, übersah die Fleischdose und wischte sich mit der Zunge über die Lippen.

»Nach dem Mittagsappell bleiben alle im Lager, die sich für die Partei gemeldet haben«, schrie er. »Die anderen gehen zur Arbeit. Um drei Uhr ist Antreten auf dem Platz für alle Parteianwärter! Verstanden?«

Da keiner in der Baracke antwortete, schrie er noch einmal: »Verstanden?!«

»Leck mich am Arsch!« rief einer aus der dunklen Ecke zurück.

»Na also.« Utschomi lächelte schwach. Hinter seinem schmalen Rücken krachte die Balkentür zu. Einen Augenblick wehte Kälte über die Tische, die der Tür am nächsten standen. Julius Kerner zog die Schultern zusammen.

»Es wird wirklich ernst«, sagte er schwach. Er schob die Fleischdose weg – es schmeckte ihm nicht mehr.

Karl Georg sprang von seinem Bett auf und machte ein paar Kniebeugen. Die Beine waren ihm vom Liegen eingeschlafen. »Jetzt macht sich der Julius vor Angst in die Hosen«, bemerkte er dabei.

»Du etwa nicht?« schrie Peter Fischer zurück.

Georg hob die Schultern an. »Warum, Jungs? Dreckiger als hier kann es uns nirgendwo gehen! Und wenn wir krepieren sollen ... ob in Stalingrad, in Moskau, in Molotow oder wer weiß wo ... das ist doch wurscht! Immerhin ist dieser Parteirummel noch eine leise Hoffnung, aus dem Dreck herauszukommen. Wir müssen nur stur sein und zeigen, daß wir wirkliche Kommunisten sind ...«

Karl Eberhard Möller zog Filzstiefel und Fußlappen aus und

hängte sie über den Ofen. Der Geruch der trocknenden Lappen zog ätzend durch die Baracke.

Julius Kerner sah erschrocken zur Tür, die wieder mit einem kalten Luftzug aufschwang.

Jakob Aaron Utschomi kam in die Baracke. »Wir brauchen fünf Mann für Schreibarbeiten!« sagte er laut.

»Los! Melden!« zischte Karl Georg.

Möller, Sauerbrunn, Kerner, Georg und Fischer traten vor. Utschomi musterte sie.

»Ihr!« Er grinste. »Die Auslese der deutschen 6. Armee.«

Die fünf überhörten es. Sie sahen an die Decke und grinsten mit.

»Na, kommt schon!«

Vor der Kommandantur baute Utschomi die fünf im Schnee auf und ging in das Haus.

»Gleich spielen wir Schneemann«, meinte Karl Georg. Er klopfte den Schnee aus seinen Haaren. In der Eile hatte er vergessen, seine Mütze mitzunehmen.

Der riesige Wald stand wie eine weiße Kulisse am Horizont und schien sich im Grau des niedrigen Himmels aufzulösen.

Aus der Kommandantur trat Major Worotilow. Er musterte die fünf Freiwilligen und nickte.

»Hereinkommen«, sagte er ziemlich freundlich. Und als sie in den Vorraum kamen und den Schnee abschüttelten, meinte er ernst: »Soll ich euch vereidigen, oder haltet ihr so die Schnauze?«

Karl Georg schüttelte den Kopf. »Es wird auch so gehen, Genosse, was?«

Worotilow riß die Augenbrauen hoch. Einen Moment überzog Verblüffung sein dickes Gesicht. Dann lächelte er und klopfte Georg auf die schmale Schulter. »Ihr seid verfluchte Kerle ... Genossen ...«

Nur Julius Kerner hörte den Doppelsinn heraus. Er wurde blaß vor Angst.

Seit dem Weggang Dr. von Sellnows war die Kasalinsskaja von Tag zu Tag hysterischer geworden. Sie konnte ihr Kopfkissen zerfetzen und sich darüber wundern, warum sie es tat. Sie biß sich die Lippen blutig und staunte, daß sie bluteten. Dr. Böhler sah es mit Schrecken. Kresin hatte einmal zu ihm gesagt: »Wenn die Kasalinsskaja Sellnow nicht wiederbekommt, wird sie verrückt«, aber er hielt das für eine der massiven Übertreibungen des russischen Arztes. Jetzt sah er mit Schrecken, welche Formen die Nymphomanie der Kasalinsskaja annahm.

»Wir können Sellnow unmöglich wieder zurück ins Lazarett holen«, sagte er zu Dr. Kresin. Sein Gesicht war in den Sommermonaten noch schmaler geworden, die Nase saß darin wie ein scharfer Haken. Die Bräune, die sein Aufenthalt im Lager 12 mit sich gebracht hatte, belebte noch die Haut. »Wenn wir ihn wieder mit der Kasalinsskaja zusammenbringen, ist es unmöglich, dieses Verhältnis vor aller Welt zu verbergen. Der erste, der es erfahren würde, wäre Markow. Und er würde mit Wonne dafür sorgen, daß in Moskau unser Lager gestrichen wird. Es ist ganz unmöglich ...«

»Alexandra wird uns noch die Wände hochgehen.« Kresin rauchte erregt seine orientalischen, starken Zigaretten. Er sah Dr. Böhler hilflos und flehend an. »Der Teufel kenne sich mit den Weibern aus!«

»Versetzen Sie sie doch.«

»Das möchte ich Ihren Kameraden nicht antun.«

Dr. Böhler zog die Augenbrauen hoch. »Wieso?«

»Wenn ich die Kasalinsskaja versetze, ist das, als ob man einen wilden Tiger in Freiheit setzt. Sie würde in ein anderes Gefangenenlager kommen und dort mit einer Rücksichtslosigkeit herrschen, die an organisierten Mord grenzt. Es gäbe überhaupt keine Kranken mehr, sondern nur Lebende und Tote! Gott sei's geklagt, wir kennen ja das verdammte Weibsstück! Und seitdem die Janina wieder so krank ist, hat sie einen Haß auf alle Männer bis auf den, zu dem sie ins Bett kriecht.«

Dr. Böhler kaute an der Unterlippe. Nervös zerdrückte er die halb gerauchte Zigarette. »Nymphomanie ist eine unheilbare Krankheit, ich weiß. Es gibt da moderne Arten von Hormonbehandlungen, aber was nutzt uns das an der Wolga? Wissen Sie einen anderen Weg als den, Sellnow zurückzuholen?«

Dr. Kresin zuckte mit den Schultern. »Wenn der Bock nicht zur Ziege kommt, muß die Ziege zum Bock! Wir werden die Kasalinsskaja zwei Wochen beurlauben und nach Stalingrad schicken. Dort wird sie den armen Sellnow schon noch kriegen ...«

»Ihre Ausdrucksweise ist ordinär«, sagte Dr. Böhler verschlossen.

»Das ganze Leben ist ordinär!« Dr. Kresin spuckte ins Zimmer. Ein Faden des süßlichen Tabaks hatte sich aus dem Mundstück der Zigarette gelöst und war auf seine Zunge geraten. »Nur wir Gebildeten machen um das Ordinäre des Lebens einen Samtmantel und kleiden das Schwein in Seide und Spitzen. Der Primitive sagt und sieht es so, wie es ist. Und ich bin noch so herrlich primitiv ...«

Es klopfte. Dr. Kresin öffnete selbst und sah auf den kleinen Aaron Utschomi hinab, der für den Kommissar wie ein Stift im ersten Lehrjahr hin und her jagte.

»Dr. Böhler soll zum Kommandanten kommen! Die neuen Kommunisten werden untersucht.«

»Wie nett.« Dr. Kresin schlug die Tür zu und ließ Utschomi draußen stehen. »Es haben sich aus unserem Lager 392 Mann gemeldet, die ihr Herz für Väterchen Stalin entdeckten.« Er sah Dr. Böhler an. »Warum Sie eigentlich nicht unser Angebot annehmen ...«

»Sie kennen meine Ansicht, Dr. Kresin. Wir brauchen gar nicht mehr darüber zu reden.«

»Es ist ein Armutszeugnis für uns, daß wir Ihren Stolz in all den Jahren noch nicht gebrochen haben. Selbst Waldlager 12 war eine leichte Pille für Sie!«

»Eine ziemlich schwere.« Dr. Böhler knöpfte seine Steppjacke zu und setzte die Ohrenmütze auf. »Sie hat mich erst richtig dazu bewogen, so lange zu bleiben, bis der letzte in der Heimat ist oder mit mir hinausfährt aus Ihrem grauenhaften Rußland.«

»Für das ›grauenhaft‹ müßte ich Ihnen jetzt eine Ohrfeige geben.«

»Aber Sie tun es nicht. Im Grunde sind Sie europäischer, als Sie es sich selbst eingestehen! Sie wären ein gutes Beispiel für einen Psychologen.«

Dr. Kresin hob die Augen zur Decke und seufzte tief.

»Daß man Sie nicht umbringen darf ...«, murmelte er.

Zusammen stapften sie durch den Schnee der Kommandantur zu. Der Wind trieb ihnen die Flocken peitschend ins Gesicht. Sie duckten sich tief und stemmten sich dem Wind entgegen. Die Wachttürme, die Baracken, die Küche – alles lag wie hinter einem dichten Schleier. Die Spuren ihrer Füße verwehten sofort und füllten sich mit neuem Schnee.

Vor der Kommandantur standen in langen Reihen die Plennis im Schneesturm. Sie froren und zitterten und drängten sich eng zusammen, um sich gegenseitig zu wärmen. Wie ein verschneiter Hügel sahen sie aus.

Dr. Kresin nickte mit dem Kinn zu ihnen hin.

»Die neuen Kommunisten. Ein kleiner Vorgeschmack zur Eignungsprüfung. Erst frieren sie, dann wird ihnen eingeheizt. Kommissar Kuwakino hat alte, erprobte Methoden der Auslese.« Er lachte dröhnend. »Der Dienst bei Mütterchen Rußland ist ebenso schwer wie der der Eunuchen im alten China ...«

Aus dem Vorraum der Kommandantur schlug ihnen heiße Luft entgegen und nahm ihnen einen Augenblick den Atem.

Major Worotilow trat aus seinem Zimmer und nickte ihnen zu. Dabei fiel sein Blick auf die zitternden Gestalten, auf diesen Haufen Leben im Schneesturm. Mit dem Fuß stieß er die Tür auf. Sein Gesicht war verschlossen, als er sich Dr. Böhler zuwandte.

»Sie werden die Kerle dort untersuchen. Kleinste Fehler und Krankheiten scheiden aus! Ich bitte um strengste Maßstäbe.«

»Um kasalinsskajanische Maßstäbe?« fragte Dr. Böhler.

Worotilow wandte sich ab und schwieg.

Kommissar Wadislaw Kuwakino sah Dr. Böhler aufmerksam entgegen, als sie das große Zimmer betraten. Die fünf Schreiber schnellten empor und nahmen strenge Haltung an. Dr. Böhler überflog sie mit einem Blick. Die? dachte er. Die führen die Listen?

Er hatte plötzlich keine Sorge mehr, ungerecht sein zu müssen. Und er übersah – vielleicht zufällig – die Hand, die ihm Kommissar Kuwakino entgegenstreckte. »Fangen wir an«, sagte er. »Sonst kann ich die Hälfte mit Erfrierungen ins Lazarett schicken ...«

Wadislaw Kuwakino nickte wütend, mit zusammengebissenen Zähnen. Schnell zog er seine Hand zurück.

Aus dem Tagebuch des Dr. Schultheiß:

Seit Tagen hält der latente Zustand an.

Janina ist apathisch und geduldig. Sie läßt sich untersuchen, spricht mit Worotilow, wenn er sie besucht, kein Wort und sieht mich an wie ein verwundetes Tier.

Ich kann ihr nicht helfen, wenn sie selbst keine Lust mehr zum Leben hat. Ihr Körper könnte gesunden, aber ihre Seele ist krank, und von innen stirbt sie ab, während ihre Augen lächeln.

Dr. Kresin tobte gestern mit mir. Er gab mir alle Schuld, bis er sich erinnerte, daß er es war, der mich damals mit zu Janina in die Tingutaskaja 43 nahm, um mein Urteil über ihre Tbc zu hören. »Der Oberarzt machte die Kasalinsskaja hysterisch, der Unterarzt bringt die Janina vor Liebeskummer ins Grab! Was ist das für ein Lager! Mensch, man könnte die Wände hochgehen ...«

Vergeblich hatte er versucht, mit Janina zu sprechen. Es war unmöglich, die Worte drangen nicht bis zu ihr. Kresin hatte gedroht, er hatte gefleht – schließlich war er zu mir gelaufen und hatte gebrüllt: »Sie Idiot, tun Sie der Janina doch den Gefallen und lieben Sie sie! Ich werde dafür sorgen, daß Worotilow euch nicht stört! Aber retten Sie mir das Mädchen, verdammt noch mal!«

Janina lieben ...

Wie leicht er das sagte.

Was wird, wenn ich Janina liebe und dann entlassen werde? Ich kann sie doch nicht mitnehmen. Und ich weiß, daß wir uns nie, nie vergessen werden, wenn wir uns einmal gehört haben, daß wir daran zugrunde gehen, sie und ich ...

Dr. Böhler ist drüben auf der Kommandantur. Er untersucht die Männer, die sich für den Eintritt in die KP gemeldet haben. Arme Kerle, die hoffen, damit ihre Leidenszeit abkürzen zu können. Der Russe weiß das auch, und er wird sie danach behandeln. Er wird sie treten und knechten, bis sie aufschreien und alles wieder von sich werfen. Dann wird es heißen: Ihr habt die Partei verraten! Ihr habt revoltiert gegen den Arbeiterstaat! Dreißig Jahre Zwangsarbeit! Und wieder marschieren Tausende in die Sümpfe und ans Eismeer, in die Urangruben von Swerdlowsk und Ufa, in die Bergwerke und die Kraftstationen von Irkutsk. Futter für den Moloch Rußland, Treibriemen für den Motor der Weltrevolution. Es ist zum Heulen, wenn man diese Männer sieht, die frierend im Schnee stehen und auf die Schlachtbank warten. Es half nichts, ihnen zuzureden ... sie waren besessen von dem Glauben: Wir kommen früher in die Heimat! Auch Emil Pelz, unser Sanitäter, ist dabei. Der gute Kerl hofft, seine Frau in Berlin wiederzusehen ...

Überall, wo man hinsieht, ist Hoffnung.

Sellnow hat gestern geschrieben. Einer der Männer, die in der Fabrik »Roter Oktober« arbeiten, brachte das Schreiben mit – er schmuggelte es durch die Torkontrolle, indem er den Brief zwischen seine Schenkel band.

Sellnow liegt seit zwei Tagen im Bett. Man weiß nicht, was es ist ... eine Infektion, eine Vergiftung ... sein Körper wurde plötzlich schlaff, die Beine knickten ein, er fiel in den Schnee und mußte von seinen Sanitätern in das behelfsmäßige Lazarett getragen werden. Dort begann er, sich selbst zu untersuchen, stellte Reflexstörungen fest und eine leichte Sehstörung. Die tieferen Ursachen dieser Funktionsausfälle konnte er nicht ergründen und ließ sich ins Bett tragen, wo er verbissen die Ereignisse der letzten Tage prüfte, um vielleicht irgendwo einen Anhaltspunkt für eine Vergiftung oder eine Infektion zu entdecken.

Dr. Kresin, der ihn am Tage darauf besuchte, fand ihn im Bett sitzend und schimpfend. Vor seinem Bett standen die Soldaten, die sich krank gemeldet hatten. Einer nach dem anderen mußte sich vor ihm auf das Bett legen, er klopfte den Brustkorb ab und diktierte den Sanitätern die Diagnosen und Therapien.

Der Kommandant des Außenlagers Stalingrad-Stadt, ein junger russischer Leutnant aus der Komsomolzenschule, lehnte an der Wand und sah diesem Treiben grinsend und rauchend zu.

Dr. Kresin warf alle Gefangenen aus dem Zimmer und begann dann, Sellnow selbst eingehend zu untersuchen. Aber auch Kresin konnte nicht feststellen, woher diese plötzliche Schwäche kommen konnte, und machte den Vorschlag, Sellnow zur Beobachtung in die staatliche Klinik von Stalingrad zu bringen.

»Als ob die da mehr könnten als Sie«, murrte Sellnow. »Ihr könnt nämlich alle nicht ...«

Kresin setzte sich auf die Bettkante und nickte schwer.

»Man sollte Sie liegenlassen«, meinte er.

»Tun Sie's doch.«

»Man ist idiotisch, daß man sich mit Ihnen überhaupt befaßt«, brummte der Russe.

»Ich habe Sie nicht gerufen. Ich werde hier allein fertig. Und wenn ich nicht mehr kann, gebe ich Nachricht.«

»Wie Sie wollen!« Dr. Kresin war gegangen, hatte draußen einen der Sanitäter am Rock gefaßt und geknurrt:

»Wenn du mich nicht sofort unterrichtest, wenn sich der Zustand verschlechtert, kommst du ins Waldlager ...«

Nun schreibt Sellnow, daß es ihm ein wenig besser gehe. Aber er hat den Geruch völlig verloren. Er führt das nun doch auf eine leichte Vergiftung zurück, wenn es auch unerklärlich ist, wer ihn vergiftet haben könnte, womit und warum.

Dr. Böhler hatte den Brief sinken lassen und war sehr nachdenklich geworden. »Es muß hier manches anders werden, Schultheiß«, hatte er zu mir gesagt. »Ich weiß nichts Bestimmtes, aber ich ahne etwas Schreckliches.«

Mehr sagte er nicht. Und ich weiß nicht, was er damit andeuten wollte ... ich bin so ganz in meine Aufgabe versunken, Janina zu pflegen und ihr das kurze Leben, das noch vor ihr liegt, schön und glücklich zu machen.

Ob die Liebe wirklich heilt? Ob sie stärker ist als alle Medizin ...?

Ich würde Janina lieben, wenn ich nicht selbst daran zerbrechen würde. Und das darf ich nicht ... ich darf es nicht ... Ich bin ein Arzt für Tausende gefangener, hilfloser Kameraden ...

In der Kommandantur saß Kommissar Kuwakino mißmutig hinter dem Tisch und beobachtete Dr. Böhler, wie er die einzeln eintretenden Deutschen gründlich untersuchte. Die fünf Schreiber nahmen zunächst die Personalien auf: Name, Alter, heimatlicher Wohnort, Straße, Familienstand, ehemalige Zugehörigkeit zu einer NS-Organisation, Block und Barackennummer, seit wann gefangen, und grinsten sich an, wenn Dr. Böhler zwölf oder dreizehn sagte.

Beim erstenmal hob Worotilow die Augenbrauen. Aber er schwieg. Kuwakino war zu sehr mit seinen Gedanken beschäftigt und machte sich Vorwürfe, daß er so dumm gewesen war, dem deutschen Arzt, diesem verdammten Plenni, die Hand zu bieten, die er dann zurückziehen mußte, weil der Arzt sie übersah. Das erregte ihn so, daß er nur seinen Zorn nährte, von dem er erwartete, daß er ihm die nötige Härte geben würde, die Auserwählten, die künftigen Kommunisten, in die seelische Zwickmühle zu nehmen.

Leutnant Markow, der an der Tür stand und jeden Eintretenden mit einem Fußtritt bedachte – er betrachtete das als seinen Privatsport und machte sich ein Vergnügen daraus, seine Stiefelspitze so anzusetzen, daß sie schmerzhafte Weichteile berührte –, runzelte die Stirn, als er die ersten Zahlen hörte und das Grinsen auf den Gesichtern der fünf Schreiber bemerkte. Er trat von der Tür weg in das Zimmer und stieß Dr. Böhler unsanft in die Seite.

»Was soll Zallen?«

Dr. Böhler schwieg. Er legte ein Stethoskop auf den Tisch und griff nach seiner Steppjacke, die er bei der Wärme im Raum abgelegt hatte. Verblüfft sah ihn Major Worotilow an.

»Was machen Sie denn da?« fragte er.

»Ich ziehe mich an und gehe in mein Lazarett zurück. Die Untersuchung kann ja Dr. Kresin weiterführen. Ich bin es nicht gewöhnt, daß man mich während der Untersuchungen in die Seite stößt ...«

Worotilow wurde hochrot. Er starrte auf Markow, der grinsend neben Dr. Böhler stand und Sonnenblumenkerne kaute. Kuwakino hatte ebenfalls aufgeblickt und war zu zerstreut, um einzugreifen.

»Untersuchen Sie weiter!« sagte Worotilow streng.

»Nein!«

»Sie weigern sich? Sie sind Kriegsgefangener wie alle anderen auch!«

»Dann bitte ich als ein solcher behandelt zu werden, um Einweisung in eine Baracke und ein Arbeitskommando!«

Worotilow stützte sich mit beiden Händen schwer auf den Tisch. Er umklammerte die Platte und hielt sich daran fest, da er Lust empfand, aufzuspringen und um sich zu schlagen. An seinen Schläfen und über der Nasenwurzel schwollen die Adern an.

»Sie untersuchen!«

»Nein.« Dr. Böhler knöpfte seine Jacke zu und griff nach seiner Fellmütze, Leutnant Markow riß sie ihm aus der Hand und schleuderte sie in eine Ecke. Sein Gesicht strahlte. Rache! Rache!

Dr. Böhler sah seiner Fellmütze nach und nickte Worotilow zu. »Dann gehe ich ohne Fellmütze! So viele meiner Kameraden hatten keine Fellmütze und erfroren sich die Ohren. Ich habe im Jahr 1944 über siebzig Ohramputationen vorgenommen ...« Er wandte sich um und wollte an Markow vorbei, als ihn dieser an der Steppjacke festhielt und zurückriß.

»Deutsches Schwein!« brüllte er. »Ich dich schlaggen tot!«

Die fünf Schreiber an den Tischen erstarrten. Ihr Stabsarzt! Ihr Dr. Böhler ... Julius Kerner bebte. »Ersäufen!« flüsterte er zu Peter Fischer hin. »Morgen abend, in der Latrine! Und wenn wir alle draufgehen!«

»Halt die Fresse!«

Major Worotilow sah Leutnant Markow an. Es fiel ihm unendlich schwer, in Gegenwart der Kriegsgefangenen einen russischen Offizier zu tadeln und zurechtzuweisen. Markow wußte das und rechnete damit, daß Worotilow schwieg. Er kostete den Triumph der Stunde voll aus und trat Dr. Böhler mit breitem Grinsen ins Gesäß. Der schlanke Körper des Arztes schnellte durch den Tritt nach vorn und krachte gegen den Tisch, an dem Kuwakino saß. Dieser sprang auf und tat etwas, was Leutnant Markow nie erwartet hätte. Er ergriff das Tintenfaß und warf es ihm an den Kopf. Mit einem Schrei prallte Markow gegen den Tisch und fiel zu Boden. Die Tinte lief ihm über Stirn, Augen und die Uniform. Im Hintergrund sagte einer der Wartenden »Bravo!«

Worotilow schwieg und sah zur Tür. Wütend sprang Markow auf und verließ fast rennend den Raum. Kommissar Kuwakino setzte sich wieder und wandte sich an den schweratmenden Dr. Böhler.

»Untersuchen Sie bitte weiter. Ich werde diesen Vorfall in

Moskau klären. Wir haben von der Zentrale Befehl, gerade die deutschen Ärzte besonders höflich zu behandeln. Ich darf es Ihnen sagen, weil ich mich entschuldigen muß für Leutnant Markow ...«

Major Worotilow setzte sich. Er legte seine großen, dicht behaarten Hände auf die Tischplatte und sah auf sie nieder. Er hörte nur, wie sich Dr. Böhler aus seiner Steppjacke schälte und das Stethoskop wieder zur Hand nahm.

»Der nächste«, sagte seine Stimme. Und dann wieder das geheimnisvolle »Zwölf!«

Emil Pelz trat in den Raum. Er lächelte seinen Stabsarzt an und machte den Oberkörper frei. »Gesund bis aufs Heimweh, Herr Stabsarzt«, sagte er dabei. Dr. Böhler beachtete ihn nicht – er untersuchte ihn wie alle anderen und blickte dann doch erstaunt auf, als er die Brust abzuhorchen hatte.

»Du hast ja einen Herzfehler!« sagte er.

»Möglich.«

»Und gemerkt hast du bis jetzt nichts?«

»Nee.«

»Zwölf!« sagte Dr. Böhler zu Julius Kerner, der grinsend etwas in die Liste schrieb. »Der nächste.«

Ein älterer Mann trat vor. Er hatte einen weißen Spitzbart und müde Augen.

»Wie alt bist du?« fragte ihn Dr. Böhler.

»Dreiundfünfzig Jahre, Herr Stabsarzt.« Der Mann schluckte. »Ich habe sieben Kinder zu Hause und eine kranke Frau.«

»Und du glaubst, daß dich die Kommunistische Partei nach Hause schickt?«

»Man hat es mir gesagt.«

Dr. Böhler wandte sich zu Major Worotilow um.

»Stimmt das, Major?«

Worotilow schwieg. Kommissar Wadislaw Kuwakino wurde unruhig und klopfte mit einem Bleistift auf den Tisch.

»Wir werden unser Versprechen halten. Im übrigen sollen Sie nicht fragen, sondern lediglich untersuchen.«

»Zwölf!« sagte Dr. Böhler. Und leise, während er noch einmal das Stethoskop auf die Brust des Alten legte und seinen Mund nahe zu ihm brachte, murmelte er: »Du bleibst hier. Es ist besser für dich ...«

Blaß und schwankend verließ der Alte den Raum. Er sah jetzt wirklich wie ein Greis aus – der Schreinermeister aus Hameln, den sie den Alten nannten und der doch nur dreiundfünfzig Jahre zählte ...

Major Worotilow hatte ein gutes Gehör und Gedächtnis. Er registrierte, daß Dr. Böhler mehr zwölf als dreizehn sagte und daß die mit dreizehn Bedachten durchweg kräftige, oft unangenehme Schlägertypen waren, wie sie bei allen Truppen zu finden sind, Soldaten, die für eine Scheibe Brot morden können und den besten Freund verraten, um weiterzukommen. Auch meldeten sich einige Altkommunisten, die schon vor 1933 in Deutschland der Jung-KPD angehörten. Sie wurden von Dr. Böhler oberflächlich abgehorcht und mit einer Dreizehn hinausgeschickt.

Dreizehn, dachte Worotilow. Die Unglückszahl für die, die reif für die Komsomolzenschule sind. Er versuchte, das Verhältnis zwischen den schon ausgesprochenen Zwölf und Dreizehn festzulegen, und kam zu der Überzeugung, daß Dr. Böhler nach russischen Grundsätzen auf dem besten Wege war, die Kommunistische Partei zu sabotieren.

In Worotilow rang der Kommunist mit dem Menschen, der Russe mit dem Freund des Deutschen. Er hätte aufspringen können und dieses offensichtliche Theater der Untersuchung einfach abbrechen lassen, diese Komödie, die dem ahnungslosen Kuwakino vorgespielt wurde und einen Schlag ins Gesicht der russischen Ideologie bedeutete. Aber er tat es nicht – irgendein inneres Gefühl hinderte ihn daran ... Er sah auf die lange Reihe der noch im Schnee Wartenden, sah sie zuschneien wie kleine, abgestorbene Büsche und empfand in der unentdeckten Seele so etwas wie Mitleid mit diesen Menschen, die der Glaube an Versprechungen in die Arme eines unersättlichen Molochs führte.

Dr. Böhler sah auf die Küchenuhr, die auf dem Tisch hinter Major Worotilow stand. Vier Stunden Untersuchung. Vier Stunden standen sie draußen im Schneesturm. Wenn sie dann hereingerufen wurden, waren sie halb erfroren und unfähig, die Arme hochzuheben. Sie kamen mit blauroten Gesichtern in das Zimmer und fielen fast zusammen, als ihnen die Wärme wie ein Fausthieb entgegenschlug. In ihren Augen stand die Qual der hilflosen Kreatur, vermischt mit der Reue, sich in die Hände des Kommissars gegeben zu haben ... Dr. Böhler biß die Zähne zusammen.

»Zwölf!« sagte er gepreßt. »Zwölf – zwölf – zwölf – zwölf – zwölf!«

Major Worotilow wurde unruhig. Er hob die rechte Hand und sah den Kommissar an. »Sollen wir nicht eine Pause einlegen, Genosse Kommissar? Wir haben noch den ganzen Nachmittag vor uns, und Genosse Pjatjal hat in der Küche einen Hasen für Sie gebraten ...«

Der Kommissar nickte. Einen Hasen bekam er in Moskau nicht so leicht, er war sehr teuer in den staatlichen Geschäften und kam nur auf die Tafel der oberen Funktionäre. Er nickte deshalb noch einmal und wandte sich an Dr. Böhler.

»Um drei Uhr wieder!«

Der Arzt steckte das Stethoskop in die Tasche und nahm seine wattierte Steppjacke auf. Peter Fischer rannte in die Ecke und brachte ihm die von Leutnant Markow weggeworfene Pelzmütze. Bewußt stramm mit laut knallenden Hacken, überreichte er sie Dr. Böhler. Der Kommissar kniff die Augen zusammen und musterte den Gefangenen. Dann winkte er Major Worotilow zu. »Gehen wir«, sagte er. »Es ist schrecklich für mich, so viel deutschen Geruch einatmen zu müssen ...«

Er ging an Dr. Böhler vorbei, ohne ihn zu beachten. Er hätte ihn umgerannt, wenn der Arzt nicht einen Schritt zurückgetreten wäre.

Wadislaw Kuwakino lächelte im Hinausgehen.

Er hatte meine Hand verschmäht, ich habe es ihm heimgezahlt. Er sollte vorsichtiger sein, dieser deutsche Arzt! Nicht alles erfährt Moskau, und am besten schweigen die Toten.

Alexandra Kasalinsskaja schlief seit Sellnows Weggang wieder ordnungsgemäß im Kommandanturgebäude. Sie lehnte im Morgenmantel am Rahmen des Fensters und blickte hinaus in die wirbelnden weißen Flocken. Der Schneesturm verhinderte ihre Fahrt zu den Außenlagern. Heute stand Lager 12 auf dem Plan, und sie stellte sich vor, wie der Feldwebel bis acht Uhr gewartet hatte, um dann die sich krank Meldenden wegzuschicken und die Kolonnen in die Wälder zu treiben. Das Holz mußte jetzt wie Eisen sein ... die Äxte sprangen ab, als hieben sie auf Stahl, es war eine furchtbare Arbeit für die halbverhungerten und frierenden Männer, im Schneesturm Bäume zu fällen.

Alexandra wandte sich um und warf den Morgenmantel ab. Sie zog das Nachthemd über den Kopf und stand nackt im Raum. Ihre Brüste wölbten sich, als sie die Arme in die Luft streckte. Es war das Recken eines Tieres, schön wie die Wildnis, kraftvoll, edel und durchpulst von Rasse. Sie sah sich im Spiegel an und dachte an Sellnow. Ein Schauer überflog sie ... sie drückte die Zähne in die Lippen und fuhr sich streichelnd über die Brüste. Das Gefühl, schreien zu müssen, nahm ihr den Atem. Keuchend ließ sie sich auf das Bett fallen und vergrub das Gesicht in den Kissen.

So traf sie Dr. Sergej Basow Kresin an, als er, ohne anzuklopfen, eintrat.

Einen Augenblick blieb er verblüfft an der Tür stehen. Dann setzte er sich räuspernd auf einen Stuhl und lächelte sarkastisch, als Alexandra herumfuhr und das Bettuch über ihre Blöße zog.

»Bei der Morgengymnastik, Täubchen?« fragte Dr. Kresin ironisch. »Ein wenig anstrengend, finde ich.«

»Warum haben Sie nicht angeklopft? Was wollen Sie hier?«

schrie ihn die Kasalinsskaja an. In ihren Augen flackerte der Jähzorn. Sie wickelte sich in das Laken und setzte sich auf den Bettrand.

»Was wollen Sie?!« schrie sie wieder. Das dünne Leinen klebte auf ihrem nackten Körper.

»Ich wollte Ihnen sagen, daß Sie krank sind, Alexandra.«

Sie lachte schrill auf und warf die Beine auf das Bett. Sie lag jetzt halb, nur der Oberkörper und der Kopf waren aufgerichtet.

»Was soll ich haben?«

»Eine innere Krankheit. Außerdem sind Sie sehr überarbeitet. Sie brauchen Ruhe!« Dr. Kresin kniff die Augen zusammen. »Was halten Sie von einer Ausspannung? Von Ferien? Sagen wir zwei Wochen.«

»Im Winter?« Alexandra sah Dr. Kresin mißtrauisch an. »Im Schneesturm?«

»Schneeluft ist rein und gesund.«

»Sie wollen mich abschieben, Genosse Kresin?«

»Alexandra.« Dr. Kresin hob beschwörend die Hände. »Sie sind uns unentbehrlich. Aber Ihre Gesundheit geht uns vor! Sie haben in der letzten Zeit sehr nachgelassen – nicht in der Arbeit, das will ich damit nicht sagen, aber im Aussehen. Ihre Nerven machen nicht mehr mit. Ich werde Sie für vierzehn Tage nach Stalingrad schicken, in unser Erholungsheim ...«

Die Kasalinsskaja zuckte mit den schönen, bloßen Schultern. Sie waren ein bißchen gelblich ... ihr ganzer Körper war es, eine Haut wie eine Kalmückin, wie eine Mandschufrau – gelbliches Weiß von porzellanhafter Zartheit und Durchsichtigkeit.

»Wenn Sie es so wollen, Genosse Kresin«, sagte sie mit gelangweilter Stimme. »Wann soll ich fahren?«

»Am besten übermorgen. Dann hat sich der Sturm gelegt. Ich bringe Sie selbst hin, Alexandra.«

»Das ist nett.« Sie lächelte rätselhaft. »Irre werden immer von ihren Ärzten begleitet.«

»Was Sie nur haben.« Er erhob sich und gab ihr die Hand. Ihre Finger waren kalt, wie abgestorben, und er hätte geschworen, daß sie heiß sein müßten. Ein leichtes Zittern ließ ihre Hand erbeben. Sie hat sich gut in der Gewalt, stellte er fest. Nur wenn sie allein ist, bricht sie zusammen. Sie hat die Achtung vor sich selbst verloren, das wird es sein.

Als er hinausgehen wollte, hielt ihn ihre Stimme fest. »Wie geht es Dr. von Sellnow?« fragte sie.

»Verhältnismäßig gut. Wir nehmen an, daß es eine Vergiftung war.«

»Eine Vergiftung? Wie kommen Sie darauf?« Ihr Blick wurde starr.

»Wegen der Symptome, Genossin. Es spricht vieles dafür. Nur wissen wir noch nicht, wie es geschah. Wenn wir das erst wissen, sehen wir weiter. Und gnade Gott, wenn es ein Anschlag war. Den Täter bringe ich eigenhändig um!«

Er verließ den Raum. Als er die Tür hinter sich schloß, stand Alexandra immer noch wie erstarrt vor ihrem Bett.

Am Nachmittag, beim Nachlassen des Schneetreibens, wurden die Untersuchungen fortgeführt. Jetzt assistierte Dr. Kresin dem deutschen Arzt, während Worotilow mißmutig auf seinem Stuhl hockte und sich quälte, ein diensteifriges Gesicht zu zeigen. Kommissar Wadislaw Kuwakino war sehr zufrieden. Der Hase hatte vorzüglich geschmeckt, der Wodka war alt und stark, Bascha hatte geile Augen gemacht, als er ihr beim Servieren in die volle Brust kniff ... Kuwakino war sehr fröhlich und machte sich ein Vergnügen daraus, mit einem langen Lineal den Gefangenen auf den nackten Hintern zu schlagen und jedes Klatschen mit einem genießerischen Nicken zu begleiten.

Leutnant Markow war nicht mehr gekommen. Er lag auf seinem Bett im Nebenzimmer und wälzte tausend Rachegedanken. Weniger das an seinen Kopf geschleuderte Tintenfaß regte ihn so auf als vielmehr das Bravo, das aus der langen Reihe der wartenden Plennis gekommen war. Er nahm sich vor, nichts

Menschliches mehr im Umgang mit den Deutschen zu zeigen, und er weidete sich an den Bildern, die seine Fantasie vorspiegelte.

Dr. Böhler untersuchte schnell und energisch. Seine Stimme war fest, als er die Zahlen zwölf und dreizehn nannte. Dr. Kresin ließ ihm keine Wahl mehr: Er stand neben ihm und untersuchte die Gefangenen »nach«. So kam es auch zu kleinen Meinungsverschiedenheiten, als am Ende der langen Reihe auch die fünf Schreiber sich vorstellten und Dr. Kresin ohne Zögern sagte: »Tauglich!«

»Zwölf!« rief Dr. Böhler.

»Gehen Sie mir mit den Nummern zwölf und dreizehn weg! Die Kerle haben sich gemeldet, sie sind bis auf die typischen Unterernährungserscheinungen gesund, sie haben keine Ruhr, keinen Typhus, keine Tbc, keine Dystrophie ... sie haben nur zu wenig Fleisch auf den Knochen! Und das wird man in Moskau heranfüttern.«

Karl Georg sah Julius Kerner und Peter Fischer an. Seine Augen strahlten. »Nach Moskau, habt ihr gehört?« flüsterte er. »Sieht aus, als wenn wir schnell wegkämen ...«

In die Liste für die Neukommunisten kamen auch die fünf Schreiber. Gegen den Willen Dr. Böhlers.

Der Kommissar war sehr zufrieden. Er sah sich die Endzahl an und nickte. 285 Männer! Ein kleines Lager! Eine nette Horde zukünftiger Spitzel und Volkspolizisten für die Sowjetzone. Ein Stammpersonal, das man in Moskau gebrauchen konnte.

Wieder stapften die vermummten Gestalten durch den Schnee. Wieder warteten sie in langen Reihen vor der Kommandantur und schneiten zu. Der Abend war gekommen, die große Kälte setzte ein. Der Himmel wurde klar, der Schnee wie Glas. Nur der klirrende Frost lag über der weißen Erde.

Von den hölzernen Wachttürmen hörte man die Posten fluchen. Die zweite Schicht der Waldarbeiter kam zurück ... müde und zitternd standen sie am großen Lagertor und wurden nachgezählt. Die Begleitsoldaten schimpften und sehnten sich nach der warmen Baracke. Von den Wäldern klang leise das ferne Heulen der Wölfe.

In der Kommandantur gingen die »Ausgewählten« am Tisch Wadislaw Kuwakinos vorbei und unterschrieben die Verpflichtung für die Kommunistische Partei. Der Text war in russischer Sprache gehalten, eine Übersetzung war nicht beigefügt, und so wußte keiner, was er da unterzeichnete und wozu er sich verpflichtete. Allein der Gedanke, schnell in die Heimat zu kommen, trieb sie dazu, ihre Unterschrift auf die Blätter zu setzen.

Kuwakino strahlte. Er drückte Major Worotilow die Hand, nannte das Lager einen Musterbetrieb wie eine staatliche Kolchose und steckte die Papiere in seine dicke Aktenmappe. Selbst Dr. Böhler wurde mit einem freundlichen Kopfnicken bedacht, als er fragte: »Kann ich jetzt in mein Lazarett gehen? Meine Kranken warten auf mich ...«

Kommissar Kuwakino sah Worotilow an und blickte dann über die 285 Jammergestalten, die wieder draußen in der Kälte standen und zitterten. Er grinste, seine weit auseinander stehenden Augen blinzelten.

»Eine kleine Überraschung habe ich für die, die sich gemeldet haben«, sagte er händereibend. Er winkte, und ein russischer Soldat schleppte einen großen Pappkarton herbei, der bis zum Rand mit Briefen gefüllt war.

Mit deutschen Briefen!

Briefen aus der Heimat ...

Dr. Böhler starrte auf diesen Karton. Seine Backenknochen mahlten. Post! Nach vier Jahren Post! Nach vier langen, qualvollen, hoffnungslosen Jahren Post!

Endlich Hoffnung. Endlich Liebe! Endlich Erlösung aus der Einsamkeit.

Die Heimat kam nach Rußland!

Julius Kerner begann zu zittern. Auch Peter Fischer und Karl Georg, Karl Eberhard Möller, Hans Sauerbrunn starrten entgeistert auf den Karton. Sie standen dem Soldaten am nächsten und lasen die ersten Adressen, die auf den Kuverts standen.

»Post«, stammelte Kerner. »Von meiner Frau ... den Kindern ...«

Der Russe stellte den Karton vor Kuwakino auf den Tisch. Der wühlte in den Briefen herum und sah Worotilow an.

»Ich möchte nur die Briefe an die Gefangenen herausgeben, die sich gemeldet haben«, sagte er. Worotilow wurde bleich und verschlossen. »Das wäre eine Härte gegen die anderen, Genosse Kommissar ...«

»Sie können sich ja auch melden.«

»Man kann eine Weltanschauung nicht erpressen!«

»Man kann! Ich beweise es.« Kuwakino grinste wieder. Er wandte sich an die fünf Schreiber und wies auf den großen Karton. »Alle 'raussuchen, die in der Liste stehen! Die anderen abliefern!«

Julius Kerner stürzte zu den Briefen hin und begann zu wühlen. Er suchte ... bis Peter Fischer ihn in die Rippen stieß und die Listen vor sich auf den Tisch legte.

»Einen nach dem anderen. Du wirst deinen schon finden.« Er leerte den Karton aus. Zu einem großen Haufen türmten sich die meist engbeschriebenen Antwortkarten der Kriegsgefangenen-Post. Monoton begannen Möller und Georg die Namen der Empfänger zu lesen, während Kerner, Fischer und Sauerbrunn sie mit der Liste verglichen.

Zwei Stunden sortierten sie die Karten und Kuverts.

Zwei Stunden standen die 285 Männer in schneidendem Frost, schlugen die Arme um den Körper und warteten ...

Die Nacht war klar wie Eis. Wenn man sprach, war es, als würden die Worte zu Glas, das klirrend zersprang. Eine weitere Stunde dauerte die Verteilung. 249 Gefangene bekamen Post.

249 Glückliche, die mit Tränen die wenigen Worte lasen. Die ersten seit vier Jahren.

Auf seiner Pritsche lag Julius Kerner, neben sich die Trompete, und starrte an die Decke. In der Baracke war es still.

Die Mehrzahl hatte Post bekommen. Nun las man die Zeilen, die Worte, die Silben hundertmal hintereinander ...

Julius Kerner hatte einen Brief auf seiner Brust liegen. Sein Gesicht war starr, leblos, steinern. Als ihn Peter Fischer ansprach, drehte er sich zur Seite und schwieg.

»Den hat es umgehauen«, sagte Fischer leise zu Sauerbrunn und Georg. »Der hat Heimweh, daß er schreien könnte ...«

Karl Eberhard Möller drehte sich um und rief zu Kerner hinauf: »Was schreibt denn deine Frau? Nun sag schon was ...«

Julius Kerner schwieg. Aber nach einiger Zeit stand er auf, nahm seine Trompete und drückte sie Karl Georg in die Hand. Der ergriff sie verwundert und sah ihm nach, wie er aus der Baracke ging ... ohne Jacke, ohne Mütze, nur mit Hemd und Hose bekleidet.

»Der wird auf der Latrine frieren«, sagte Möller stockend. »Mein Gott, ich könnte auch heulen, wenn ich die Karte von Mutter lese ...«

Nach einer halben Stunde war Julius Kerner noch nicht zurück. Karl Georg sah die anderen ängstlich an.

»Da stimmt doch was nicht, Kinder. Da ist doch was los.« Er rief einen der Gefangenen an, die von draußen kamen. »Ist der Kerner auf der Latrine?«

»Nee.«

Peter Fischer sprang auf. Er ging zu Kerners Bett und sah mit Staunen, daß dort der Brief lag. Er nahm ihn auf und begann die wenigen Zeilen zu lesen.

»Mein Gott, mein Gott ...«, sagte er. Blaß setzte er sich an den Tisch und legte den Brief leise auf die Platte. »Er hat keinen Menschen mehr, der Julius ... Sein Schwager schreibt es ihm ... die Frau und die Kinder liegen unter den Trümmern ... Bomben ...«

Karl Georg sah auf die Trompete, die ihm Kerner gegeben hatte, und wußte alles.

»Alle 'raus!« schrie er in die Baracke. »Der Kerner! Der Kerl tut sich was an! Alle 'raus!«

Sie rannten, so wie sie waren, aus der Baracke in die eisige Winternacht. Der Frost fiel sie an wie ein hungriger Wolf – sie rannten durch die Lagergassen und schoben die erstaunten Pendelposten einfach zur Seite.

Die Alarmsirene gellte schrill. Auf den Wachttürmen flammten die Scheinwerfer auf und hüllten das Lager in Tageshelle. Den Zaun, die Baracken, das Vorfeld.

Major Worotilow und Leutnant Markow stürzten aus der Kommandantur. Kommissar Kuwakino lehnte am Fenster und kaute an seiner Unterlippe. Dr. Böhler und Dr. Schultheiß standen in ihren Steppjacken und Fellmützen auf der Treppe des Lazaretts und blickten auf das wilde Durcheinander.

»Der Kerner ist verschwunden!« keuchte Emil Pelz, der gerade um die Ecke rannte. »Er hat einen Brief von zu Hause bekommen. Alle durch Bomben getötet ...«

Dr. Böhler sah kurz zu Dr. Schultheiß hin. »Armer Kerl. Vier Jahre Rußland. Er hat sie durchgehalten! Und jetzt ...« Er blickte zu Boden. »Lassen Sie ein Bett frei machen, Dr. Schultheiß ...«

Nach einer halben Stunde fand man Julius Kerner in der äußersten Ecke des Lagers, nahe der Küche. Er hatte sich auch noch Hemd und Hose ausgezogen, nackt lag er im vereisten Schnee. Sein Körper war schon weiß und leblos. Die halb geöffneten Augen starrten nach oben, und an den Lidern hingen gefrorene Tränen.

Major Worotilow stand vor ihm. Dr. Kresin kniete im Schnee und erhob sich kopfschüttelnd.

»Vorbei«, sagte er. Dann stapfte er wortlos davon.

»Warum?« fragte Worotilow den neben ihm stehenden Peter Fischer. Fischer weinte wie ein Kind.

»Er hat Frau und Kinder verloren ...«, schluchzte er. »Es stand in dem Brief ...«

»Tragt ihn hinein.« Der menschliche Russe Worotilow wandte sich ab. »Und wenn ihr ihn begrabt, gebt ihm seine Trompete mit ...«

Leutnant Markow stand starr daneben, als man Julius Kerner aus dem Schnee hob und den steifgefrorenen nackten Körper in eine Decke hüllte und forttrug.

Ein Deutscher weniger! Aber dann dachte er an seine kleine Frau Jascha und seine Tochter Wanda und daran, daß auch sie sterben könnten. Das machte ihn schwach und hilflos.

Schwankend ging er zu seinem Zimmer zurück.

Drei Wochen nach der Beerdigung erschien Dr. Kresin bei Dr. Böhler und setzte sich stöhnend in einen der Sessel.

»Man hat Sorgen in Moskau, in der Zentralstelle für Kriegsgefangenenwesen. Große Sorgen sogar! Wir haben den Auftrag bekommen, alle Lager mit mustergültigen Lazaretten zu versehen und alles, was benötigt wird, sofort zu melden! Auch sollen neue kulturelle Einrichtungen geschaffen werden – eine Lagerbibliothek, Feierstunden, Theater, ein Lagerkino ...« Dr. Kresin schüttelte den Kopf. »Ich weiß gar nicht, warum man euch gefangenhält, wenn ihr ein besseres Leben habt als die Millionen Bauern in unserem Lande. Da soll sich einer auskennen! Wissen Sie, was in den Anweisungen steht?« Er hieb mit der Faust auf seinen prallen Schenkel. »Es sollen eingeführt werden: Schachgruppen, Sportplätze, Fußballmannschaften, Leichtathletikkämpfe, Kunstausstellungen von Kriegsgefangenen und sowjetischen Künstlern!« Dr. Kresin sah den deutschen Arzt hilflos an. »Begreifen Sie das?! Kunstausstellungen bei den Plennis?! Fußball? Schach? Eine Wettkampfbahn! Man hat in Moskau den Überblick verloren!«

»Sport hat uns schon lange gefehlt.« Dr. Böhler schüttelte den Kopf. »Alles, was Sie jetzt sagen, würde sehr dazu beitragen, das Los der Gefangenen zu erleichtern, und ihnen neuen seelischen Auftrieb geben! Man ist weise in Moskau – nur der halbwegs zufriedene Mensch leistet wirklich gute Arbeit!«

Dr. Kresin verzog sein Bulldoggengesicht. »Seelischer Auftrieb. Wenn ich mir Sellnow betrachte, weiß ich genug. Wenn der noch einen Auftrieb bekommt, sind wir in einem Karussell!« Er stockte und sah aus dem Fenster auf die vereiste Landschaft. »Übrigens ... können Sie Schach?«

»Ja. Ich spiele es leidenschaftlich.«

»Hm.« Er sah auf seine dicken, großen Hände. »Wir Russen haben da einen Ausdruck: Kulturnaja shisnij! Kultiviertes Leben, würdet ihr dazu sagen ... das will man jetzt bei den Plennis einführen. Wenn ihr mal nach Hause kommt, sollt ihr sagen: Uns ging es besser als den Russen in den deutschen KZ.« Er erhob sich und warf Dr. Böhler eine Liste zu. »Da, füllen Sie aus, was Sie brauchen! Man verlangt ein mustergültiges Lazarett! Es muß bis zum Frühjahr fertig sein! Eine Kommission kommt und prüft, ob es nach den Wünschen der Zentralleitung eingerichtet wurde.«

Dr. Böhler kam sich vor wie in einem Märchen. »Ich darf alles aufschreiben, was ich mir für mein Lazarett wünsche?«

»Sie sollen schreiben, was Sie brauchen für ein Musterlazarett.«

»Und ich bekomme es wirklich?«

»Hoffentlich.«

»Auch ausgebildetes Schwesternpersonal?«

Dr. Kresin grinste. »Das könnte Ihnen so passen«, sagte er mit fettem Lachen.

Dann füllten Dr. Böhler und Dr. Schultheiß die Listen aus. Sie vergaßen nichts – von der kleinsten Klemme bis zum komplizierten Rippenspreizer, von den Sulfonamiden bis zum Penicillin. Vor allem Betten, Betten, Betten. Sanitäre Anlagen. Desinfektionsmittel. Für die Lungenstation eine Pneumothorax-Einrichtung, Isolierstationen für die ansteckenden Krankheiten wie Ruhr, Typhus, Malaria ... Am Abend waren die Pläne so weit fertig, daß sie Dr. Kresin und Major Worotilow vorgelegt werden konnten. Dr. Böhler brachte die Listen selbst in die Kommandantur, wo noch immer Kommissar Kuwakino saß und die Namen der Neukommunisten nach bestimmten Gruppen ordnete. Er lächelte den Arzt an und nahm die Listen an sich.

»Moskau ist großzügig, Sie werden alles erhalten! Alles! Nur eins nicht – genügend zu essen!«

Dr. Böhler war es, als habe man ihm ins Gesicht geschlagen. Er starrte Worotilow an. Der Major sah zu Boden.

»Es ist keine Schikane«, sagte er langsam. »Das Jahr 1947 hat unter einer großen Dürre gelitten. Die Hitze hat die Felder versengt, die Ernte blieb zurück. Das Korn, das Gemüse, das Obst, alles verdorrte in der Sonne. Auch Rußland wird dieses Jahr hungern müssen. Ich werde froh sein, die Rationen, die wir jetzt haben, noch halten zu können. Wir werden nächste Woche zu Hirsebrei und Graupen übergehen müssen. Auch der Kohl ist knapp.«

»Und meine Magenkranken? Sie gehen zugrunde.«

»Auch in Rußland gibt es Tausende von Magenkranken. Wir können ihnen nicht helfen. Die Natur war stärker als unser Wille ...« Worotilow legte seine Hand auf die Listen und sah Dr. Böhler groß an. »Sie werden ein Lazarett bekommen, wie es in Stalingrad nicht besser ist! Sie werden Sportplätze bekommen, einen Kinosaal, eine Bibliothek mit den modernsten Büchern aus Rußland und Deutschland. Man wird Zeitungen verteilen ... Illustrierte und Romanhefte. Die Gefangenschaft wird eine Erholung sein. Nur – Sie werden hungern müssen!«

»Und arbeiten! Sie werden verlangen, daß die Plennis mehr und besser schuften, weil sie alle Vorteile der Freiheit hinter Stacheldraht genießen! Man wird die Sollquoten in den Fabriken und Bergwerken höherschrauben und die Männer knechten, wenn sie vor Erschöpfung nicht mehr kriechen können. Was nützt mir ein Lazarett, was kann ein Sportplatz bedeuten, wenn die Männer, die Sport treiben sollen, vor Entkräftung nicht einmal einen Ball aufheben können? Das ist doch Hohn!«

Kommissar Wadislaw Kuwakino, dessen deutsche Sprachkenntnisse sehr mangelhaft waren, sah zu Worotilow. »Was sagt er?«

»Unwesentliches.« Major Worotilow wischte durch die Luft. »Er meint, daß Hunger weh tut.«

Kuwakino lachte meckernd und nickte beifällig. Worotilow blickte schräg zu Dr. Böhler. »Die Arbeitsbrigaden werden ab

Frühjahr einen Teil des Lohnes ausbezahlt bekommen. Monatlich 250 Rubel ... 450 Rubel erhält das Lager für Unterkunft und Verpflegung. Was über diesen Gesamtbetrag verdient wird, verfällt ebenfalls dem Lager. Vielleicht erhalten es die Leute ausgezahlt, wenn sie nach Deutschland entlassen werden. Vielleicht. Immerhin – jeder, der arbeitet, kann jetzt 250 Rubel haben und sich damit in der Stadt oder den Werkskantinen zusätzliche Lebensmittel kaufen.« Worotilow sah Dr. Böhler erwartungsvoll an. »Zwei Pfund Brot kosten 3 Rubel! Ein Pfund Margarine 9 Rubel! 250 Rubel sind ein Vermögen!«

»Und was geschieht mit denen, die nicht arbeiten können? Mit den Alten, den Verletzten, den Kranken?«

»Sie werden wie bisher von Graupen und Kohl, von Brot und Hirse leben müssen.« Worotilow zuckte mit den Schultern. »Ich nehme an, daß die deutsche Kameradschaft so weit geht, daß die Verdienenden die Armen mit durchhalten ...«

Dr. Böhler nickte. »Darf ich das im Lager bekanntmachen?«

»Ja. Nur nennen Sie keine Daten. Die Bestimmungen sind von Moskau herausgegeben ... wann der große, neue Apparat zu arbeiten beginnt, weiß ich nicht.«

»Es lebe Stalin!« sagte Kuwakino höhnisch.

Wortlos wandte sich Dr. Böhler ab und verließ die Kommandantur.

Die Nachricht flog wie eine Feuersbrunst durch das Lager. Erregte Diskussionen durchschwirrten die Baracken.

»Nichts ist umsonst!« sagte Peter Fischer. »Wenn der Russe uns etwas schenkt, nimmt er auch wieder etwas! Wo gibt's denn das: Der Russe wird human!«

»Möglich ist alles.« Karl Georg saß wieder auf seinem Bett, in der Hand hielt er eine Zeitung. Es war die Komsomolskaja Prawda, die große Tageszeitung des Verbandes der Jungkommunisten. Woher er sie hatte, wußte niemand. Er kam immer an die neuesten russischen Blätter und studierte sie fleißig, um seine Sprachkenntnisse zu vervollständigen. Möller nannte Georg eine Intelligenzwanze, aber das regte ihn nicht auf. »Hier steht«, sagte er, »daß die Russen vor einer Währungsreform stehen und danach alles besser würde! Warum nicht auch bei uns?!«

»Weil wir Gefangene sind!«

»Aber Arbeiter für die Sowjets!«

Peter Fischer warf die Zeitung weg, die ihm Karl Georg gereicht hatte. »Wenn das so ist, warum haben wir uns dann überhaupt gemeldet?«

»Um schneller nach Hause zu kommen.«

»Gemerkt habe ich noch nichts. Der Kommissar ist noch immer hier. Über drei Wochen sind 'rum ... Es muß sich doch endlich was tun!«

»Scheiße tut sich!« sagte Karl Eberhard Möller und sah Sauerbrunn an, der sein zerschlagenes Nasenbein kratzte. »Glaubst du daran, Hans?«

»Ich laß mich überraschen ...«

Und die Überraschung traf ein.

Drei Tage später rollten einige Autokolonnen über die gefrorene Straße ins Lager. Es waren russische Fahrer, Sträflinge aus den Sakljutschonnyilagern, die vielfach in der Nähe der deutschen Kriegsgefangenenlager errichtet waren und deren Sträflinge – meist kriminelle, aber auch viele politische – in den gleichen Fabriken arbeiteten. Es waren russische Straflager der ersten Stufe, in die man unbequeme Leute einsperrte und sie für den Staat nützlich einsetzte, kleine, an sich harmlose KZ, in denen die Zivilgefangenen nicht schlechter, aber auch nicht besser als die deutschen Plennis lebten.

Die Wagenkolonne, unter Führung eines Jeeps mit einem russischen Leutnant, fuhr vor das Lazarett und stoppte dort. Der Offizier sprang auf den verharschten Schnee, stampfte die Kälte aus seinen erstarrten Beinen und grüßte steif, als Major Worotilow in Begleitung des dick vermummten Dr. Kresin von der Kommandantur herüberkam.

»Die Ausstattungen, Genosse Major!« meldete der Leutnant. »Es ist nicht alles, aber was wir bekommen konnten, ist dabei.«

Dr. Kresin sah Worotilow erstaunt an. »Das neue Lazarett! Moskau hält tatsächlich Wort! Es ist zum Brüllen! Erst sterben Hunderttausende, und jetzt wird um den einzelnen gekämpft! Nur ein Idiot kennt sich in der Politik aus.«

»Wie gut, daß Sie keiner sind, Genosse«, bemerkte Worotilow ironisch. Brummend betrat Dr. Kresin das Lazarett und prallte an der Tür auf Dr. Böhler, der es gerade verlassen wollte. Sie stießen mit den Köpfen aneinander und fuhren erschrocken zurück.

»Ihr neues Lazarett«, schrie Dr. Kresin wütend. »Deswegen brauchen Sie mir nicht den Schädel einzuschlagen!«

Lachend stand Major Worotilow daneben und rieb sich die klammen Hände. Kisten auf Kisten wurden ausgeladen und in den Schnee gestellt, viele davon mit amerikanischen Aufschriften, aus San Franzisco, New York, New Orleans, Milwaukee. Arzneien, zusammenklappbare Bahren, Operationstische, Schränke, Instrumentarien, Betten, die neuesten Metallschienen, ein vollkommenes Röntgengerät, eine Rotlichtlampe, Verbandeimer, eine Sterilisationsanlage ...

Dr. Böhler drehte sich zu Dr. Schultheiß um, der aus der Lazarettbaracke trat. Seine Augen glänzten.

»Verstehen Sie das, mein Junge?« rief er. Seine Stimme zitterte vor Freude. »Es ist, als ob ich wunschlos glücklich träume ...«

Dr. Kresin sah sich brummend die Kisten an und verglich sie mit den Transportlisten, die ihm der junge Leutnant gab.

»Verfluchte Schweinerei!« schrie er plötzlich. »Wo ist die Kiste mit den Narkosemitteln?!«

»Welche Kiste?« Der Leutnant wurde rot.

»Nummer 134/43 P!« schrie Dr. Kresin.

»Ich habe sie nicht gefressen!« sagte der Leutnant dreist. »Ich habe das aufgeladen, was man mir gab. Nicht mehr und nicht weniger ...«

»Das alte Lied!« schrie Kresin außer sich. »Geklaut! Gibt es einen Russen, der nicht klaut?! Und ausgerechnet die Narkosekiste! Jetzt sitzen die Schweine in Stalingrad und vollführen Rauschgiftorgien! Das werde ich nach Moskau melden, Genosse Leutnant!«

Der junge Offizier war bleich geworden. Er verglich noch einmal die Transportlisten mit den Kisten, die man abgeladen hatte. Kein Zweifel – es fehlte die kleine Kiste mit dem Narkosematerial. Entweder hatte man sie beim Aufladen einfach zur Seite gestellt, oder sie war gar nicht mitgeliefert worden, war schon auf dem Weg nach Stalingrad verschwunden in einen dunklen Kanal, durch den man sie weiterschob ...

Major Worotilow schaute die Lazarettbaracke entlang, wo an einem Fenster der schmale, blasse Kopf Janinas sichtbar wurde.

»Jetzt wirst du geheilt, mein Täubchen!« schrie er durch die Kälte. »Jetzt werden wir dich gesund machen – nicht wahr, Dr. Schultheiß?«

Der junge Arzt nickte schwach. »Wenn die Pneuapparatur da ist ... ich habe dann Hoffnung.«

Major Worotilow ergriff im Überschwang des Augenblicks seine Hand: »Wenn Sie Janina retten, können Sie von mir haben, was Sie wollen!«

»Das haben Sie mir schon einmal versprochen.«

»Und ich werde es halten! Ich will dafür sorgen, daß Sie schnell zurück in Ihre Heimat kommen ...«

Entgeistert sah Dr. Schultheiß ihm nach, als er zurück zur Kommandantur stapfte. In die Heimat ... wie schrieb doch seine Mutter? Mein lieber, lieber Junge, sei tapfer, wir glauben alle an ein Wiedersehen. Vater ist aus englischer Gefangenschaft zurückgekommen, er ist alt geworden, aber er will seinen Dienst im Krankenhaus wieder aufnehmen. Die große Hoffnung, Dich wiederzusehen, ist die Kraft, die uns viel Schweres ertragen läßt. Wir küssen Dich, mein lieber Junge ... Deine Mutter. Und der Vater schrieb darunter: Mein Jens. Ich weiß, daß Du wiederkommst. Du mußt es auch wissen. Du mußt! Ich umarme Dich. Dein Vater.

Und Worotilow versprach, ihn früh zu entlasssen ...

Er sah hinüber zu dem Fenster, an dem Janina stand. Sie blickte nicht dem weggehenden Worotilow nach – sie sah ihn an, groß, lächelnd und glücklich. In ihren Augen strahlte die Liebe.

Mit aufeinandergepreßten Lippen beugte er sich über die Kisten.

Wir glauben alle an ein Wiedersehen ... schrieb die Mutter.

Ich weiß, daß Du wiederkommst. Du mußt es auch wissen ... schrieb der Vater.

Und er würde nicht kommen, wenn er Janina liebte ...

Alexandra Kasalinsskaja saß am Bett von Sellnow und hielt seine heißen Hände. Sie war seit zwei Wochen in der Fabrik »Roter Oktober« und pflegte ihn.

Ihre Blässe hatte etwas nachgelassen. Die frische Schneeluft und die Ruhe, vor allem aber Sellnows Nähe wirkten heilend und kräftigend auf sie. In einem dicken Wollkleid, am Halse hochgeschlossen, von mittelgrauer Farbe, dicken Wollstrümpfen und hohen Schuhen sah sie aus wie eine der tausend Frauen in Stalingrad, die durch den Schnee eilen und vor den Läden der staatlichen Geschäfte anstehen. Um ihr linkes Handgelenk klirrte eine schwere, goldene Kette, der einzige Schmuck, den sie trug. Nicht einmal eine Nadel hellte das dumpfe Grau des Kleides auf.

Sellnows Zustand war sehr wechselnd. Zwischen Fieberschauern und völlig gesunden Tagen pendelte er hin und her. Immer, wenn er die Hoffnung hatte, die Krankheit überwunden zu haben, warf ihn ein neuer Rückfall nieder und hielt ihn drei oder vier Tage im Bett, das er dann gesund und verwundert über diese Krankheit wieder verließ und weiterarbeitete, als sei er nie krank gewesen.

Auch die Kasalinsskaja konnte nicht sagen, welcher Art diese Krankheit war – zumindest behauptete sie, es nicht feststellen zu können, und pflegte Sellnow während der Anfälle mit rührender Hingabe.

Als sie auf Anraten Dr. Kresins ihre Ferien nahm und nach Stalingrad kam, hatte Sellnow gerade seine anfallfreien Tage, stand im Ordinationszimmer seines Befehlslazaretts vor dem Verbandstisch und versorgte eine Quetschwunde. Alexandra kam, ohne anzuklopfen, in den Raum und sah sich erstaunt um. Sellnow, der sie eintreten sah, nahm keinerlei Notiz von ihr, wenn auch sein Atem schneller ging und das Blut in seinem Hals zu klopfen begann.

»Nanu?!« rief die Kasalinsskaja. »Ist keiner da, der mich begrüßt?!«

»Stören Sie nicht!« erwiderte Sellnow. »Sie sehen doch, daß ich verbinde! Tür zu! Es zieht!«

Gehorsam, aber mit knirschenden Zähnen schloß Alexandra die Tür. »Sie haben seit vier Tagen keine Meldungen mehr an die Zentrale geschickt! Dr. Kresin ist sehr ungehalten.«

»Das soll er mir selbst sagen, aber nicht eine Frau schicken!«

Die Sanitäter sahen starr auf ihren Arzt. Wie sprach er mit der gefürchteten Kasalinsskaja? Sellnow untersuchte in aller Ruhe die Quetschung und verband sie. Dann drehte er sich um, ging an Alexandra vorbei, wusch sich in einer Schüssel die Hände und trocknete sie umständlich ab.

»Was stehen Sie eigentlich hier herum?!« fuhr er sie an. »Ich habe jetzt zu tun und keine Zeit, mir die Beschwerden des Herrn Dr. Kresin anzuhören!«

»Man sollte Sie zur Erschießung melden!« schrie die Kasalinsskaja. Die Soldaten in dem Zimmer erbleichten und traten zurück, nur Sellnow lächelte.

»Das wäre doch zu schade«, meinte er. »Was man am Tage sagt, hat man schon oft in der Nacht bereut ...«

Die Ärztin kniff die Augen zusammen. Gift und Gier sprangen Sellnow aus diesem Blick an. Dann drehte sie sich brüsk um und riß die Tür auf. Mit langen Schritten eilte sie davon. Sellnow rief ihr nach: »Bitte das nächste Mal die Tür schließen!«

Er hörte, wie die Kasalinsskaja am Ende des Ganges vor Wut mit der Faust an die Mauer trommelte ...

Nach dem Mittagessen in der Stolowaja, dem großen Eßsaal der Fabrik, ging er zurück in sein Zimmer. Dort lehnte die Kasalinsskaja an der Wand und wartete. Ihre schwarzen Augen waren verschleiert. Stumm standen sie sich gegenüber. Dann warf sie die Arme um seinen Hals, zerwühlte seine Haare und krallte sich in seinem Nacken fest. Wie eine Trunkene suchte sie immer wieder seine Lippen und stöhnte unter seinen Liebkosungen. »Du ...«, flüsterte sie. »Du Wolf! Du Tiger ...«

Schweratmend saß sie dann auf seinem Bett und ordnete Haare und Kleidung. Er sah ihr zu, wie sie das Bein weit ausstreckte und den Strumpf befestigte. Ihre langen Schenkel leuchteten matt in dem grellen Licht. In ihren Augen lag unverhülltes Glück, eine wundervolle Seligkeit und Erlösung.

»Wann mußt du wieder fort?« sagte er leise.

»Wenn du willst ... nie!«

»Du kannst bei mir bleiben?« stieß er glücklich hervor.

»Vierzehn Tage, Werner ...«

»Vierzehn Ewigkeiten ...«

Sie sprang auf und warf die Arme um ihn. Ihr Gesicht strich wie eine schmeichelnde Katze über seine Wange.

»Mein süßer, kleiner Plenni ...«, flüsterte sie. Er drückte seine Finger in ihr Fleisch, daß sie aufschrie.

»Ich will das nicht hören«, sagte er heiser. »Ich will in deiner Nähe kein Plenni sein. Ich will frei sein in deinen Armen – frei wie ein Adler in der Luft ...«

»Ich werde ihn herunterschießen und sein Herz essen!« flüsterte sie heiß. »Sein Herz aus der warmen, blutenden Brust!« Sie nahm seinen Kopf zwischen die Hände und küßte sein Gesicht, ihre Zähne nagten an seiner Haut. »Ich möchte ein Vampir sein«, stammelte sie, »ich möchte dir das Blut aussaugen ...«

»Du bist eine asiatische Katze.« Er entzog sich ihren Händen.

Umschlungen standen sie an dem kleinen Fenster, das hinausführte auf den Fabrikhof. Am Ende des Platzes war wieder der hohe Stacheldraht. Auf der breiten Mauer patrouillierte ein russischer Posten in einem langen Mantel. Die riesigen Schornsteine qualmten.

»Immer Stacheldraht«, sagte Sellnow. Seine Stimme war dunkel vor Kummer. »Er wird immer zwischen uns sein ...«

»Einmal wird es vorbei sein. Man hat schon Tausende entlassen, Werner.«

Sellnow schloß die Augen, um ihrem Blick auszuweichen. »Und dann?« fragte er.

»Dann werden wir immer zusammen sein ... ein ganzes Leben lang!«

»In Rußland?«

»Oder in Deutschland. Ich werde überall mitgehen, wohin du gehst ...«

Er drückte ihren Kopf an sich und streichelte ihren Rücken. Über sie hinweg blickte er auf den Draht und den Posten, auf die deutschen Gefangenen, die unten im Hof den Schnee schaufelten, und auf den jungen Leutnant, der gerade aus der Wachstube trat und seine Tellermütze auf den kahlen Schädel drückte.

In Deutschland warteten Luise und zwei Kinder auf ihn. Eine schlanke, blonde, kühle, vornehme Frau, die Tochter eines Justizrates, gewöhnt, ein großes Haus zu führen, zu repräsentieren und zu glänzen durch ihre gläserne Schönheit. Sie hatte ihn, den jungen Assistenzarzt, aus Liebe geheiratet, sie hatte die ersten, schweren Jahre tapfer durchgestanden und den Aufbau der Praxis unterstützt, sie hatte sogar den weißen Kittel angezogen und ihm assistiert, um die Arzthilfe zu sparen. Dann war sie wieder die Tochter des reichen Vaters – sie gab Gesellschaften und trug den Namen ihres Mannes wie eine Standarte vor sich her. Als er sie das letzte Mal besuchte, bevor er nach Stalingrad geflogen wurde, um Dr. Böhler zu unterstützen, hatte sie beim Abschied nicht geweint, sondern ihn stumm umarmt. Erst draußen, bevor er in den Wagen stieg, sagte sie: »Was auch kommt, Werner ... ich warte auf dich!«

Ich warte auf dich ...

Sellnow sah auf den wilden, schwarzen Lockenkopf in seinen Armen. Ihre Hände lagen auf seiner Schulter, weiß, schlank, lang. Er fühlte den zärtlichen Druck ihres Körpers durch den Stoff.

Ich werde überall mitgehen, wohin du gehst ...

Ich warte auf dich ...

Ich werde überall mitgehen ...

Die Angst vor dem Morgen schlug über ihm zusammen. Luise und Alexandra ... Er ahnte die Einsamkeit, die ihn erwartete.

»Du bist nicht mehr krank?« sagte sie und streichelte sein Gesicht. »Aber blaß bist du, so blaß.«

Er legte seine Stirn gegen die ihre. »Ich habe mich so nach dir gesehnt ...«

»Und jetzt bin ich da.«

»Ja. Jetzt bist du endlich da.«

»Vierzehn lange Tage und kurze Nächte.« Ihr Atem war heiß. Er trank ihn. Er dachte nicht mehr daran, was er Dr. Kresin gesagt hatte, daß er froh sei, der Kasalinsskaja entronnen zu sein. Sie lag in seinen Armen, er roch ihr Rosenparfüm. Während er sie küßte, verschloß er mit der linken Hand die Tür ...

Vier Tage später erhielt Sellnow Post.

Auch für ihn war es die erste Nachricht nach vier Jahren. Enge, steile Buchstaben bedeckten die vorgezeichneten Zeilen. Unter ihnen erblickte er die kindlichen Kritzeleien seiner beiden Töchter.

»Lieber Pappi«, las er.

Er ließ die Karte sinken und senkte den Kopf. Barhäuptig stand er im Schnee. Die Kasalinsskaja war in die Stadt gefahren, sie wollte Fleisch für einen Festbraten besorgen.

Lieber Pappi ...

Er zitterte, er konnte nicht weiterlesen. Es war ihm, als habe er das Recht verloren, diese Karte zu empfangen. Den ganzen Vormittag trug er sie mit sich herum und las sie nicht. Die erste Post nach vier Jahren Schweigen. Er dachte an die ersten beiden Jahre, wo er fast verzweifelte, daß die Heimat schwieg, wo sie an der Kommandantur standen und jeden Tag fragten: »Keine Briefe? Keine Karten? Nichts?« Und der Kommandant – damals war es ein russischer Hauptmann mit vollendeten Manieren – schüttelte traurig den Kopf und meinte, daß die Heimat sie vergessen hätte, sie, die in Rußland langsam zugrunde gingen ...

Vergessen? Luise ihn vergessen? Ich warte auf dich – das waren ihre letzten Worte. Er konnte es nicht glauben, er hoffte auf ein Zeichen ... zwei, drei, vier Jahre lang ... und jetzt war es da ... eine Karte, und auf ihr stand: Mein liebster Werner ... Lieber Pappi ...

Und Alexandra war in Stalingrad, um Fleisch zu kaufen.

In einer Ecke des Hofes, nahe dem Stacheldraht und dem gähnenden Posten, las Sellnow die Karte ... Uns allen geht es gut und mit aller Liebe hoffen wir, daß es Dir nicht schlechter geht. Marei ist jetzt ein großes Mädchen und hilft mir schon in der Küche. Lisbeth ist in die Schule gekommen und schreibt so schöne I und O. Unsere ganze Hoffnung und alle unsere Wünsche gelten nur Deiner Rückkehr. Ich denke immer an Dich, Werner, und weiß erst jetzt, wie sehr ich Dich liebe. Deine Luise ... Lieber Pappi! Wir sind alle munter und froh. Jetzt ist Sommer, und ich gehe gleich in den Untersee schwimmen. Ich kann gut schwimmen. Pappi, komm bald wieder. Es küßt Dich Marei und Lisbeth ...

Sellnow lehnte sich gegen die rauhe Mauer. Tränen liefen ihm über die Backen. Luise – Marei – Lisbeth –. Als er an Alexandra denken mußte, hatte er einen Augenblick die Versuchung, mit dem Kopf gegen die Wand zu rennen und ein Ende zu machen. Er brauchte sich nur in den Draht fallen zu lassen und zu versuchen, ihn zu erklettern. Dann würde der Posten schießen, und alles, alles war vorüber ...

Zögernd stand er vor dem Zaun. Er starrte empor zu dem Mann im langen braunen Mantel mit der Maschinenpistole vor der Brust. Die Stiefel klapperten auf der Mauer.

Doch dann siegte die Vernunft. Er steckte die Karte ein und ging langsam zu seinem Steinbau am Ende des Platzes. Vor dem

Eingang blieb er stehen. Er hatte Angst, den Raum zu betreten. Was sollte er Alexandra sagen? Sollte er ihr die Karte zeigen? Sie würde sie zerreißen und ihm das Gesicht zerkratzen, sie würde wahnsinnig werden und ihre Rache nicht an ihm, sondern an den Tausenden Plennis auslassen, die ihr wehrlos ausgeliefert waren. Ein reißendes Tier würde sie werden, unbeherrscht, unmenschlich wie in der Liebe zu ihm.

Um sich Mut zu machen, redete er sich zu, ein Opfer für seine Kameraden zu bringen. Solange er sie liebte, würde sie mild zu allen sein – im Gegensatz zur ersten Zeit, wo sie am Tage eine Furie des Grauens war, um in der Nacht eine Furie der Liebe zu werden. Seit ihrer örtlichen Trennung war sie weicher geworden, fraulicher, milder, duldsamer und verinnerlichter. Das zog ihn wieder zu ihr hin, das machte ihn willenlos. Und was mit einem Rausch begann, mit einem Ausbrechen urhafter Instinkte, das wandelte sich in Liebe, die sich mit jedem Kuß, jeder Umarmung erneuerte und wuchs.

In seinem Zimmer saß Sellnow am Fenster und stierte auf die verschneite Fabrik, bis die Kasalinsskaja eintrat. Ihr Gesicht war von der Kälte gerötet, ihre langen schwarzen Haare flossen unter der flachen Mütze hervor auf den Mantelkragen. In einem Netz trug sie viele Pakete. Sie eilte zu Sellnow an das Fenster und küßte ihn – ihre kalten, vollen Lippen ließen ihn zusammenschauern.

»Mein halbes Monatsgehalt ist weg«, sagte sie, indem sie sich aus dem Mantel schälte. Sellnow blickte zu Boden. Ihr biegsamer Körper war immer, in jeder Bewegung, in jeder Lage, eine Lockung. »Ich habe Fleisch gekauft, Wurst, gute ukrainische Butter, Sonnenblumenöl, Kuchen und chinesischen Tee. Du sollst wieder ganz gesund werden, mein starker Wolf ...«

Ihre Stimme strömte Zärtlichkeit aus. Sie war wie das Rauschen der Wolga. Man konnte die Augen schließen und nur dem Klange lauschen und wäre glücklich gewesen ...

Sie packte die Sachen auf den Tisch und wickelte sie aus den Papieren. Er sah, mit welcher Freude sie es tat und wie sie glühte, ihn beglücken zu können. Da erhob er sich und trat neben sie. Er zwang sich, ihren Nacken zu küssen und sie von hinten zu umfassen. Sie lehnte sich in seine Arme und küßte ihn wieder.

»Freust du dich, Liebling?«

»Sehr, Alexandra. Du bist ein Engel ...«

»Mit kleinen Fehlern ...«, lachte sie glücklich.

Er nickte. »Der größte ist, daß du schön bist, so wild, so ganz Natur. Ich habe das nie gekannt ... unser Leben war zu konventionell, zu verzärtelt, zu festgefroren in der gesellschaftlichen Etikette. Unser Leben war alter, ausgelagerter Wein, den man in Dämmerstunden am flammenden Kamin schlürft. Du bist gärender Most, rebellisch, überschäumend, mitreißend, bist in der Sonne gereift. Es reißt mich mit, es macht mich machtlos ...«

»Bereust du es, mein gieriger Wolf?«

Er sah ihre Lippen dicht vor seinen Augen. Sie waren rot, voll, feucht, leicht geöffnet. Weiß schimmerten die Zähne darunter. Die Augen hielt sie geschlossen. Es durchzitterte ihn, als er es sah. »Nein«, log er tapfer. »Nein ... Alexandra ...« Er riß sie an sich und vergrub seinen Kopf an ihrer Brust. »Alexandra ... ich wünschte mir, nie geboren zu sein ...«

In seiner Tasche knitterte die Karte aus Deutschland. Es war wie eine Mahnung.

Lieber Pappi ...

Komm bald wieder ...

Unsere ganze Hoffnung und alle unsere Wünsche gelten Deiner Rückkehr. Ich denke immer an Dich, Werner, und weiß erst jetzt, wie sehr ich Dich liebe. Deine Luise ...

Er stöhnte an Alexandras Brust und grub seine Finger in ihren Rücken. Sie keuchte und bog sich.

»Nicht jetzt ...«, flüsterte sie. »Laß uns erst essen. Ich habe so viel Schönes für dich mitgebracht ...«

Während sie auf einem Petroleumkocher den Braten aufstellte und in einer Waschschüssel das Gemüse putzte, hockte er am Fenster und starrte auf den Posten, der frierend auf der Mauer hin und her pendelte. Es gab kein Entrinnen mehr. Keine Kompromisse, kein Ausweichen, kein einfaches Vergessen des Morgen und Gestern.

Der Duft des Bratens lag schwer und lockend im Raum. Er fühlte, wie der Speichel in seinem Mund zusammenlief. Fressen und Weiber, das ist die Hauptsache. Alles andere ist Tinnef! Aber dann schüttelte er die Schützengraben-Philosophie ab und wandte sich Alexandra zu.

Wie schwer war eine Entscheidung! Und wie grausam für alle! Er dachte an das Sakrament der Ehe, an die Unauflösbarkeit, an die religiöse Pflicht des Verzichts und die Sünde des Ehebruchs. Aber galten solche Gesetze in der Gesetzlosigkeit der Gefangenschaft? Rechtfertigte ein Leben unter außergewöhnlichen Umständen nicht auch ein Ausbrechen aus der Ordnung moralischer Bindungen?

Sellnow schaute wieder aus dem Fenster auf die verschneite Fabrik »Roter Oktober«. Er wußte, daß all seine Überlegungen hohle Phrasen waren, mit denen er sein Gewissen einschläfern wollte. Eine einzige Postkarte aus Deutschland hatte genügt, ihn nachdenklich und wankend zu machen, ihn innerlich von der Kasalinsskaja zu lösen und zurückzuführen in die bürgerliche Welt seiner Ehe mit Luise. Wie würde es sein, wenn er erst ihr gegenüberstand und das Gestern sich hinter das Heute schob? Wie würde es sein, wenn er wieder im Maßanzug als Hausherr vor einer Gesellschaft stand, die flachen Cocktailschalen herumreichte und Konversation machte? Er konnte sich kaum noch erinnern, wie er in einem Maßanzug ausgesehen hatte. Vier Jahre Krieg, vier Jahre Gefangenschaft – das sind acht Jahre ohne gestärktes Hemd, ohne Bügelfalte, ohne Krawatte, ohne Weste und weiche Schuhe, in denen man wie auf Watte ging. Wir müssen die linke Schulter ein wenig heben, Herr Doktor. Sie haben eine kleine Ungleichheit in den Schultern. Nicht viel. Und sitzt der Rücken so richtig? Etwas salopp, das trägt man heute! Wie bitte, der Kragen schlägt eine Falte? Wird sofort geändert. Und die Ärmel? Glatt. Ist die Rocklänge richtig? Und die Revers lang heruntergezogen ... Sie werden zufrieden sein, Herr Doktor ...

Er sah an sich nieder und roch den Schweiß in dem Anzug, auf den man mit weißer Farbe groß WP gemalt hatte.

Wojennoplenni.

Kriegsgefangener ...

Wie schnell würde man dieses WP in der Heimat vergessen.

Stalingrad ... die Fabrik »Roter Oktober«, das Lager 5110/47, die Lazarettbaracke ...

Und Alexandra Kasalinsskaja ...

Hinter seinem Rücken brutzelte der Braten. Alexandra trat einmal schnell hinter ihn und küßte ihn, ehe sie wieder zum Petroleumkocher eilte. Sie war glücklich.

Er griff in die Hosentasche und zerriß die Karte aus der Heimat. Es wird alles anders werden, tröstete er sich dabei. Mit der Entlassung wird alles hinter einem liegen, und das Leben wird neu beginnen – dort, wo es vor acht Jahren durch den Krieg unterbrochen wurde. Es ist so weise von Gott eingerichtet, daß sich über den Menschen im Laufe der Jahre das Vergessen senkt ...

Er war zu feige, eine Entscheidung herbeizuführen.

Er war vor allem zu feige, sich den Braten entgehen zu lassen, den Alexandra in einer Blechschüssel auftrug.

Im Lager 5110/47 wurde fieberhaft am Ausbau des neuen Lazaretts gearbeitet. Dr. Böhler und Dr. Schultheiß arbeiteten Tag und Nacht, der Sanitäter Emil Pelz bekam vor Überarbeitung einen Herzanfall und war der erste Patient des neuen Barackenflügels, den man angegliedert hatte. Selbst Dr. Kresin half mit und fluchte über sich selbst, daß es ihm nicht möglich war, den äußeren Abstand zwischen Russen und Deutschen aufrechtzuerhalten. Auch Major Worotilow erschien öfter als sonst im Lazarett und sah den Arbeitern zu.

Als die ersten Neuerungen eingebaut waren, zog auch ein

neuer Patient ein: Leutnant Piotr Markow. Er ging widerwillig ins Lazarett und beugte sich dem Spruch der verhaßten deutschen Ärzte, aber nun blieb ihm keine andere Wahl, wenn er sein Leben nicht leichtfertig aufs Spiel setzen wollte.

Piotr Markow hatte eine sehr ernste Blutvergiftung. Bis zuletzt hatte er sie geheimgehalten, sich nur in seinem Zimmer vor Schmerzen gekrümmt und im Spiegel verfolgt, wie sich die Entzündung immer weiter ausbreitete. Als ihm Kommissar Kuwakino das Tintenfaß an den Kopf warf, hatte sich Markow taumelnd festzuhalten versucht, war aber dabei so unglücklich gefallen, daß sich sein Tintenstift in die Brust bohrte. Zuerst sah die kleine Wunde harmlos aus und blutete nicht, nach zwei Tagen aber zeigte sich eine Entzündung, die von Tag zu Tag schlimmer wurde, eine Schwellung, ein roter, sich verbreitender Kreis auf der Brust, der sich immer höher zog und bis an den Hals kroch. Dabei stellten sich Schmerzen, Schüttelfrost, Schwindelgefühl und allgemeine Schlappheit ein.

Der Kopf Markows glühte. Er schwieg aus Trotz und Scham. Er ertrug die Pein zwei Wochen lang, bis sie so qualvoll wurde, daß er des Nachts laut stöhnte. Dieses Stöhnen hörte Dr. Kresin, der das Zimmer neben ihm bewohnte, und kam herüber. Er sah die rot geschwollene Brust des Leutnants und alarmierte Worotilow und Kuwakino.

Dr. Kresin tobte und schrie.

»Nichts mehr zu machen!« sagte er entsetzt. »Der Kerl stirbt! Bis jetzt hat er nichts gesagt! Man soll Idioten sterben lassen ...«

Piotr Markow sah Dr. Kresin mit einem beschwörenden Blick an. Worotilow knöpfte seine Uniformjacke zu. »Ich hole sofort Dr. Böhler.«

»Nein«, röchelte Markow. Er hob matt die Hand. »Nicht den deutschen Arzt ...«

»Dann laß ihn krepieren!« schrie Dr. Kresin brutal.

Markow nickte. Ja, sollte das heißen. Lieber sterben ...

Kuwakino sah Worotilow an. Etwas wie Schuldbewußtsein

lag in seinen Augen. »Gehen Sie zu Dr. Böhler«, sagte er. »Selbstverständlich!«

Piotr Markow sah Dr. Böhler nicht an, als er ihn kurz untersuchte. Die Brust war bis zum Hals hochrot entzündet.

»Sofort Operation!« sagte Dr. Böhler. Er richtete sich auf und wandte sich an Dr. Kresin. »Sind Sie einverstanden?«

»Schneiden Sie!« schrie Dr. Kresin. »Zerstückeln Sie den Kerl! Er hat's nicht anders verdient!«

Dr. Schultheiß jagte das neue Sanitätspersonal heraus. Er deckte den Körper bis auf das Operationsgebiet ab. Jetzt gab es sogar warme sterile Tücher aus einer elektrischen Trommel, man hatte Spreizer und Klemmen, Catgut, Seide, Narkosemittel, komplette chirurgische Bestecke. Dr. Kresin überflog die Einrichtung, während er sich an dem neuen Waschbecken die Hände schrubbte und sich von einem deutschen Sanitäter die Gummihandschuhe überziehen ließ. Dann trat er an den Operationstisch und sah in das rote Gesicht Leutnant Markows.

»Am besten, wir schneiden ihm den Kopf ab«, sagte er laut. »Dann haben wir den Herd der Vergiftung an der Wurzel gepackt!«

Niemand antwortete ihm. Dr. Böhler überflog mit schnellem Blick den kleinen Instrumententisch. Er war vollkommen. Ein schwaches Lächeln überzog scin Gesicht hinter dem Mundschutz.

Das Lazarett Stalingrad, dachte er. Das Musterlazarett. Es war sein Werk ...

»Sind Sie soweit, Dr. Kresin?« fragte er laut.

Der russische Arzt nickte.

Leutnant Markow atmete schnell und heftig. Seine Hände, an den Seiten des Tisches festgeschnallt, wurden weiß. Im Hintergrund hockte Worotilow auf einem Schemel. Er blickte zu Boden. Er wußte, daß es ihm schlecht werden würde, wenn er auf den Operationstisch schaute. Aber er hielt im Zimmer aus.

Dr. Schultheiß nickte. Das Narkosegerät arbeitete.

Bevor Dr. Böhler den ersten Schnitt ausführte, blickte er noch einmal zu Worotilow hin. »Ob ich ihn retten kann, weiß ich nicht. Vor allen Dingen brauche ich Blut! Wir werden viel Blut brauchen.«

Worotilow sprang auf. »Ich werde sofort Spender besorgen!« Wie gejagt rannte er aus dem Zimmer.

Und während Dr. Böhler operierte, warf Worotilow alle Wachmannschaften aus den Betten und sah ihre Papiere durch. Blutgruppe AB brauchte er.

Mit sieben widerstrebenden Blutspendern, die nicht wußten, was mit ihnen geschehen sollte, erschien er wieder. Er trieb sie in den Operationsraum, gerade in dem Augenblick, in dem Dr. Böhler den Herd der Vergiftung herausschnitt. Die Abdecktücher hatten sich mit Blut vollgesogen, es war bis auf die Gummischürze gespritzt. Die sieben russischen Soldaten starrten auf die Ärzte und wurden weiß. Ein Mongole begann zu schluchzen. Worotilow schlug ihm ins Gesicht, und er schwieg.

»Die Blutspender«, sagte der Major. »Sieben Stück, reicht das?«

Dr. Böhler nickte. »Sofort Transfusion«, sagte er.

Dr. Kresin trat mit blutiger Schürze und tropfenden Handschuhen zu den sieben Soldaten. Er nickte einem dicken, kräftigen Burschen zu. »Du da!« sagte er.

Der Russe zuckte zusammen. Er bekreuzigte sich, aber nach einem Blick auf den Genossen Major ging er tapfer mit zu einem anderen Tisch, an dem Dr. Schultheiß schon die Bluttransfusion vorbereitete.

Der Russe wurde entkleidet und gewaschen. Zwei deutsche Sanitäter bemühten sich um ihn. Willenlos ließ er alles mit sich geschehen. Ein Blick auf den narkotisierten und aufgeschnittenen Markow hatte ihn schwach gemacht.

Dr. Kresin stieß ihn mit dem Knie auf den Tisch und tastete die Armvene ab. »Wenn es klappt, hast du drei Tage dienstfrei«, sagte er schroff. »Dann kannst du dir in Stalingrad das fehlende Blut wieder ansaufen ...«

»Du willst Blut nehmen, Genosse Arzt?« sagte der Russe entsetzt. »Mein Blut ...«

»Halt's Maul! Arm her!« schrie Dr. Kresin. Dr. Schultheiß stieß die Hohlnadel in die Vene, der Russe begann zu jammern, aber er hielt still, weil Worotilow hinter ihm stand, die Hand auf der Pistole. Langsam quoll das Blut durch die Kontrollglasröhre in den Schlauch, der den Arm mit der Vene Markows verband. Während der Blutübertragung schloß Dr. Böhler die Operationswunde. Als er den letzten Stich mit Seide machte, war auch die Übertragung des Blutes beendet. Grinsend lag der Soldat auf seinem Bett und sah zu, wie man ein großes Pflaster über die Einstichstelle an seinem Arm klebte. Dr. Kresin nickte ihm zu, als er sich erhob und zu dem Major hinsah.

»Jetzt hau ab, mein Junge«, sagte dieser gutgelaunt. »Und in drei Tagen bist du wieder da!«

Zufrieden ging der Soldat aus dem Zimmer, vorbei an den wartenden anderen sechs, die ihn jetzt beneideten. Der heulende Mongole strich sich seinen dünnen Schnurrbart und rang die Hände. Drei Tage ohne Dienst. Mutter Gottes von Kasan ... das wäre ein paar Liter Blut wert ...

Dr. Kresin und Worotilow erboten sich, abwechselnd bei Markow zu wachen. Er wurde in das Zimmer gerollt, wo im Sommer der junge Oberfähnrich gelegen hatte. Der lief heute im Lager herum und hatte eine Art Ordnungsdienst unter sich. Seinen Darmausgang hatte er zwar noch immer, doch Dr. Böhler machte ihm Hoffnungen, den Darm nach einem Jahr – bei den neuen Möglichkeiten, die er jetzt besaß – wieder anzuschließen. Dann würde nur noch eine Narbe davon erzählen, wie nahe er dem Tode gewesen war – und was die Kunst eines Arztes sogar in Stalingrad vermochte ...

Gegen fünf Uhr morgens, als Kresin gerade abgelöst hatte, sah Dr. Böhler ins Zimmer. »Alles klar?«

»Ja. Was wollen Sie denn schon? Legen Sie sich hin und schlafen Sie.«

»Ich stehe immer um diese Zeit auf. Im Labor warten meine Reihenblutuntersuchungen.«

»Quatsch! Sie überarbeiten sich, Dr. Böhler.« Kresin erhob sich leise und kam an die Tür. »Sie sollten diese Arbeit einem Assistenten überlassen.«

»Dr. Schultheiß hat mit seiner Lungenstation vollauf zu tun. Ich kann ihn nicht noch mit diesen Laborarbeiten belasten.«

»Dann hole ich Ihnen Sellnow wieder. Sie gehen mir ein, wenn Sie so weiterarbeiten!«

Dr. Böhler lächelte, dann verschwand er wieder in dem dunklen Gang. Er ließ einen sehr nachdenklichen Kresin zurück, der sich sinnend an Markows Bett stellte und scharf zu überlegen begann. Das Ergebnis schien zufriedenstellend zu sein, denn gegen seine sonstige Art fluchte er nicht hinterher, sondern lächelte still vor sich hin. Und wenn Dr. Kresin lächelte, mußte es etwas außergewöhnlich Gutes sein ...

Am Morgen fuhr der russische Arzt nach Stalingrad. Nicht zu Dr. von Sellnow und seiner Alexandra, sondern zum General der russischen Divisionen.

General Polowitzkij saß in seiner Kommandantur und trank ein Glas Wodka, als Dr. Kresin eintrat und grüßte. Als er sich umdrehte und den Arzt sah, stellte er schnell die Flasche hinter den Sessel, aber nicht so schnell, daß es Dr. Kresin nicht doch bemerkt hätte.

Der Arzt lächelte breit. »Wieder mal ein Sünder, Genosse General?« fragte er. »Ich habe Ihnen doch Alkohol verboten!«

»Das ist kein Alkohol, das ist Medizin!« knurrte General Polowitzkij. Er leerte das Glas mit einem Zug und stellte es demonstrativ auf den Tisch vor Dr. Kresin, der sich dem General gegenüber in einen Sessel setzte. »Was wollen Sie überhaupt hier? Kommen Sie schon wieder wegen Ihres Lazaretts in 5110/47?«

»Ja, Genosse General.«

»Wollen Sie eigentlich aus dem Gefangenenlager einen Kurort machen?«

»So ähnlich. Leutnant Piotr Markow ist schon zur Kur dort. Dr. Böhler hat ihn operiert. Eine verrückte, waghalsige Operation mit Bluttransfusion. Markow hatte eine derartige Blutvergiftung, daß wir ihn alle – auch ich als Arzt – schon aufgegeben haben.«

»Und der Deutsche hat ihn gerettet?«

»Ja.«

General Polowitzkij griff nach hinten und zog die Flasche Wodka hervor. Eine Ordonnanz brachte noch ein Glas. Der General schüttete beide Gläser randvoll. »Ihr Lieblingskind, dieser Dr. Böhler, muß etwas können!«

»Wir haben ihm überhaupt zu verdanken, daß 5110/47 in den Jahren 1944 bis 1947 nicht wegen Menschenmangels aufgelöst werden mußte. Mit den primitivsten Mitteln hat er das Leben von Tausenden gerettet!«

»Das berühmte Taschenmesser«, lachte Polowitzkij.

»Sie scheinen das für einen Witz zu halten!« Kresin war ehrlich beleidigt. »Ich habe es selbst erlebt!«

»Jägerlatein, mein lieber Genosse Knochensäger!«

»Das Taschenmesser ist noch da! Ich habe es aufgehoben für alle Zeiten. Dr. Böhler hat eine Darmoperation mit einem Taschenmesser gemacht und die Wunde mit gerupfter und ausgekochter Seide aus einem gestohlenen Frauenschal genäht!«

»Und was wollen Sie jetzt für Ihren Wunderknaben?«

»Ich brauche Lazarett-Hilfspersonal! Dr. Böhler ist bei großen Reihenuntersuchungen. Er schafft es nicht mehr allein! Seine Untersuchungen sind von großem Wert für Moskau, vor allem in bakteriologischer Hinsicht. Wir könnten die Ergebnisse unserer Forschungen auch auf alle anderen Lagergruppen nützlich anwenden und durch geeignete Vorbeugungs- und Heilungsmaßnahmen den Leistungsstand der Arbeiter steigern! Das liegt im Interesse Moskaus.« Dr. Kresin beugte sich über den Tisch vor. »Ich brauche vor allem Laborpersonal.«

General Polowitzkij sah auf den Grund seines geleerten Glases und hatte große Sehnsucht nach einem neuen Wodka. »Ich könnte Ihnen aus der Divisionsapotheke jemanden für das Labor geben.«

»Wunderbar! Wen?«

»Terufina Tschurilowa.«

»Ein Weib?!« Dr. Kresin fuhr hoch. »Nie!«

»Nanu?« Der General schielte zu Dr. Kresin empor. »Ich denke, Sie sind darüber erhaben?«

»Aber ich habe viele Tausend Männer im Lager, die seit fünf Jahren keinen Unterrock mehr gesehen haben! Wenn die Tschurilowa ins Lager kommt – ich kenne sie, ist verteufelt hübsch, kommt aus Georgien wie Genosse Stalin –, mein Gott, Genosse General, das gibt eine Treibjagd auf röhrende Hirsche im Lager ...«

Polowitzkij lachte meckernd. »Kriegen zu viel zu fressen, die Kerle, was?«

Dr. Kresin sah den General schief an. »Ich glaube nicht, daß Sie einen Tag so etwas essen wie die Plennis. Aber davon wollen wir nicht reden! Ich brauche Laborpersonal. Und diese Terufina ist denkbar ungeeignet dafür. Sie bringt noch mehr Verwirrung. Habt ihr denn keine anderen Sanitäter als nur Frauen?«

»Die Tschurilowa kann etwas!« Polowitzkij angelte sich die neben Kresin stehende Wodkaflasche und goß sich, zufrieden knurrend, ein. »Außerdem kann ich sie entbehren, weil im Apothekenlabor doch nichts zu tun ist.«

»Und das ist alles, Genosse General?«

»Ja.«

Dr. Kresin erhob sich. »Dann brauche ich gar nicht weiterzusprechen! Leben Sie wohl, Genosse General. Und saufen Sie nicht zuviel!« Er stapfte zur Tür und drehte sich dort um. »Und die Tschurilowa brauchen Sie mir gar nicht zu schicken ... ich verzichte darauf!«

General Polowitzkij nickte und trank sein Glas leer.

Wütend verließ Dr. Kresin die Kommandantur. Er besuchte noch Dr. von Sellnow auf seinem Krankenlager und bummelte dann durch die Stadt.

Am nächsten Morgen rollte ein Lastwagen in das Lager 5110/47 und spie einige Koffer, Kisten, ein Bett, einen Schrank und einen großen Spiegel aus.

Ihnen folgte ein schlankes, blondes Mädchen in hohen Stiefeln und einem Pelzmantel.

Terufina Tschurilowa war gekommen ...

In seinem Zimmer tobte Dr. Kresin.

Dr. Böhler sah das Mädchen lange an, als es sich bei ihm vorstellte. Sie sprach ein ziemlich gutes Deutsch und war ein wenig schüchtern und befangen.

»Man hat Sie fürs Labor geschickt?« Dr. Böhler lächelte. »Haben Sie Erfahrungen in Blutuntersuchungen?«

»Ja. Ich habe sie in der Klinik in Tiflis gemacht.«

Ihre Stimme war weich und dunkel. Sie paßte gar nicht zu ihren blonden Haaren und dem schmalen, etwas blassen Gesicht. Als sie den Pelz auszog, trug sie darunter ein einfaches blaues Wollkleid. Sie war sehr schlank, knabenhaft fast, mit langen, schönen Beinen und einem weißen Hals. Aber das Auffallendste an ihr waren die hellen, klaren Augen.

»Es wird eine schwere Arbeit sein, Fräulein Tschurilowa.«

Dr. Böhler zeigte ihr das neueingerichtete Labor und wies auf eine lange Reihe gefärbter Präparate in einem Holzgestell. »Ich habe im vorigen Sommer bei fast allen Gefangenen der Waldlager Malariaplasmodien festgestellt. Es gibt genug Mittel, sie zu bekämpfen, aber wir bekommen sie nicht. Deutschland ist weit und Amerika noch weiter. In Rußland – verzeihen Sie – ist die Arzneimittelindustrie ein sehr zurückgebliebener Zweig der Medizin. Vielleicht liegt es daran, daß der Russe von Natur aus ein gesunder, unverbrauchter Mensch ist und keine Modekrankheiten kennt. Ich habe mir gedacht, vielleicht helfen wir nicht nur meinen gefangenen Kameraden, sondern auch Ihren Landsleuten, wenn wir die Proben und Ergebnisse unserer Reihenuntersuchungen dem Zentralinstitut in Moskau zur Verfügung stellen. Aber bis dahin ist noch viel Arbeit.«

»Ich habe keine Angst ...« Terufina Tschurilowa sah zu dem großen Arzt auf, sein langes, schmales Gesicht lag in einem breiten Strahl der Wintersonne, die durch das Fenster flutete. »Wenn Sie mit mir zufrieden sind ...«

Dr. Böhler sah sie an, in seinem Blick lag die Bewunderung, die jeder Mann weiblicher Schönheit entgegenbringt.

»Wenn Sie so arbeiten, wie Sie aussehen, Terufina, dann werde ich sehr zufrieden sein ...«

Sie schaute ihm lange nach, als er durch den Gang fortging, und eine leise Röte überzog ihr Gesicht. Dr. Kresin, der gerade in die Baracke trat und das sah, knallte die Tür zu und verschwand im Zimmer Markows. Dort saß Worotilow am Bett und kühlte die Stirn des Fiebernden.

»Die Sauerei beginnt schon!« brüllte Kresin außer sich. »Die Terufina macht dem Böhler heiße Augen! Ich will hier ein Lazarett haben und kein Hurennest!«

Major Worotilow legte den Finger auf die Lippen. »Psst!« machte er. »Er schläft doch ...«

Einen Augenblick stand Dr. Kresin hilflos da, dann knirschte er: »Ich fahre noch einmal zu General Polowitzkij. Er nimmt die Tschurilowa wieder nach Stalingrad, oder ich bringe sie um!« Wütend wie ein gereizter Stier rannte er davon.

Aber seine Wut prallte in Stalingrad im Vorzimmer des Generals ab. Terufina Tschurilowa blieb.

Die Ankunft des blonden Mädchens löste bei Janina große Verwirrung und Erregung aus. Sie hatte beobachtet, wie Dr. Schultheiß Terufina begrüßte und ihre Hand länger als üblich festhielt, wie er ihr nachblickte, als sie ins Labor ging.

Nun zog sie sich an. Sie strich sich etwas Rouge auf die blassen Wangen, zog die dünnen Lippen nach und verschwendete lange Zeit damit, ihre Haare zu bürsten und ihnen dadurch

Glanz zu geben. Dann ging sie langsam über den Gang und trat in das Zimmer von Dr. Schultheiß.

Er saß am Tisch und führte seine Krankengeschichten. Als er Janina eintreten sah, warf er den Bleistift weg und sprang auf.

»Du legst dich sofort wieder hin!« rief er entsetzt. »Wer hat dir erlaubt aufzustehen?! Marsch, ins Bett ...«

Sie lächelte schwach und setzte sich. »Nein«, sagte sie.

»Was heißt nein?«

»Ich lege mich nicht wieder hin.« Janina faltete die Hände in ihrem Schoß. »Ist sie schön?« fragte sie leise.

Dr. Schultheiß zuckte mit den Schultern. »Ich weiß es nicht. Ich habe sie nicht angesehen ...«

»Du hast ihre Hand sehr lange festgehalten.«

»So?« Er lächelte, als er sich wieder seinen Papieren zuwandte. Sie schien es zu ahnen, wenn sie es auch nicht sah, und stampfte mit dem Fuß.

»Sie ist häßlich!« sagte sie laut.

Dr. Schultheiß nickte. »Sie ist wirklich häßlich.«

Janina sah ihn mit zur Seite geneigtem Kopf an. Meinte er es ehrlich, oder machte er sich über sie lustig?

»Was will sie hier?«

»Sie wird im Labor arbeiten.«

»Sie bleibt also länger?«

»Ja.«

»Und Alexandra Kasalinsskaja?«

»Wird nach Ablauf ihres Urlaubs auch zurückkommen.«

»Sie wird der Tschurilowa die Augen auskratzen!« sagte sie wild.

»Aber warum denn? Sie ist doch ein braves, stilles, nettes Mädchen ...«

Janina fuhr auf. Ihre Augen glänzten fiebrig. »Eben hast du gesagt, sie ist häßlich!«

»Brav, still und nett hat mit Schönheit nichts zu tun – es sind Wesensmerkmale, Charaktereigenschaften ...«

»Auch ihr Charakter ist häßlich!« sagte sie hart.

»Das kann ich nicht beurteilen.«

»Wenn ich sage, sie ist häßlich, dann ist sie es!« Sie stampfte wieder mit dem Fuß auf und biß die schmalen Lippen zusammen. Ihre Wangen begannen zu glühen. »Ich hasse sie ...«

»Kennst du sie denn so gut?!«

»Ich habe gesehen, wie sie dir nachschaute! Ich werde sie töten, wenn sie dich nicht in Ruhe läßt!« schrie sie.

»Aber Janina ...« Dr. Schultheiß trat zu ihr und legte den Arm um ihre Schultern. Plötzlich weinte sie und verbarg ihr Gesicht an seiner Brust. Sie ergriff seine Hände und hielt sie fest. »Sag mir, daß du mich liebst! Daß du die Tschurilowa gar nicht siehst. Daß sie Luft ist, eine schmutzige Welle des Don ... Sag es, Jens ...«

Er nickte schwach. »Du mußt dich wieder hinlegen, Janina. Es ist zuviel für dich ...«

»Sag es!« forderte sie mit kindlichem Trotz.

»Sie ist alles, was du sagst«, antwortete er gehorsam. »Aber nun leg dich wieder hin. Komm, ich begleite dich ...«

Er faßte sie unter den Arm und zog sie vom Stuhl empor. Sie lehnte sich einen Augenblick an ihn, dann schnellte sie plötzlich empor und küßte ihn mit erschreckender Wildheit. Seufzend sank sie zurück und war wieder das kleine, schwache, hilfsbedürftige Mädchen, das sich abführen ließ. Plötzlich erfaßte sie ein Husten – sie wollte ihn verbergen, aber Dr. Schultheiß schüttelte nur den Kopf: »Solche Unvernunft! Du könntest sterben, Janina ...«

In ihrem Zimmer knöpfte sie das Kleid auf und zog es über den Kopf. Geduldig und bewegungslos ließ sie sich das lange Nachthemd überstreifen, legte sich gehorsam hin und kuschelte sich in das weiche Kopfkissen. Glücklich sah sie Dr. Schultheiß an. »Bleibst du noch bei mir, Jens?«

»Ja. Bis du schläfst. Du mußt jetzt schlafen, Janina. Nur Ruhe kann dich wieder gesund machen. Völlige Ruhe.«

»Ich bin nur ruhig, wenn du da bist.«

Er hielt ihre Hand, ihr Atem wurde ruhiger. Bald merkte er,

daß sie schlief. Vorsichtig tastete er nach ihrem Puls. Dann schlich er auf den Zehen aus dem Zimmer und schloß aufatmend die Tür hinter sich.

Draußen stemmte sich der junge Arzt gegen den Wind, der von den Wäldern kam und den Schnee vor sich herpeitschte. Auf den Wachttürmen verkrochen sich die Posten, schemenhaft lagen die Baracken in den hohen Schnee gebettet. Die Rauchfahnen aus den Kaminen flatterten gerissen um ihre Dächer.

Im Zimmer Worotilows brannte Licht, als Dr. Schultheiß die Kommandantur erreichte. Einen Augenblick zögerte er vor der Tür, dann stieß er sie auf.

Worotilow mußte ihm helfen. Gegen Janina Salja. Ihr Leben hing davon ab.

Dr. Schultheiß wußte, daß er sich noch nie in eine solche persönliche Gefahr begeben hatte wie in diesem Augenblick.

In der Baracke war es seit dem Selbstmord Julius Kerners stiller geworden. Der Motor der frohen Laune, die Heiterkeit Kerners, fehlte. Peter Fischer hatte sein Vermächtnis angenommen und die Trompete behalten. Er lernte fleißig bei einem Musiker auf Block 9 und erschütterte die Baracke mit den Wimmerlauten seiner Übungen.

Hans Sauerbrunn profitierte noch immer von seiner eingeschlagenen Nase. Er hatte ein Arbeitskommando in der Küche bekommen und begann seine Arbeit damit, dem Küchenmädchen Bascha Tarrasowa schöne Augen zu machen. Der russische Küchenchef Michail Pjatjal ertappte ihn sogar einmal, wie er ihr ungeniert unter den Rock griff, und gab ihm dafür eine Ohrfeige. Sauerbrunn nahm sie hin mit dem Optimismus des Wissenden, daß eine Ohrfeige nicht so viel wert sei wie die Portion Fett, die er von Bascha für diese Beweise seiner Zärtlichkeit erhalten würde. So sorgte er dafür, daß die immer kärglicher werdenden Rationen in seiner Baracke aufgefüllt wurden. Sechshundert Gramm feuchtes Brot, eine Schale Kohlsuppe und zweihundert Gramm Hirse waren verflucht wenig bei der Schwerarbeit an den Baustellen im Wald und im Lager.

Für das kommende Weihnachtsfest, das man in der großen Freizeitbaracke feiern wollte, probten das Lagerorchester und der Lagerchor mit einigen Solisten, darunter der Kammersänger vom Nebenblock, eine Operette, die ein Plenni komponiert hatte und deren Text von einem neuen, aus Rostow verlegten Gefangenen stammte. Es war ein ziemlich sentimentales Machwerk mit Mondzauber und Bonbonsüße, mit schmelzenden Tönen und sogar einem Ballett, in dem auch Karl Georg mitwirkte, der dafür seit einer Woche am Bettrand Gelenkigkeitsübungen vornahm. Er riß die Beine hoch, beugte den Oberkörper vor, hüpfte auf den Zehen und warf graziös die Arme zur Seite, was bei Hans Sauerbrunn und Eberhard Möller Heiterkeit erregte und ihm den Namen »Sterbender Schwan« eintrug.

Beträchtliche Erregung durchzog das Lager, als Kommissar Kuwakino aus Stalingrad Zeitungen mitbrachte, Zeitungen in deutscher Sprache!

Die in einem Lager bei Moskau gedruckten und redigierten »Nachrichten für die deutschen Kriegsgefangenen in der Sowjetunion« sowie die »Tägliche Rundschau« und die SED-Kulturzeitschrift »Der Aufbau«. Jede Baracke bekam eine Tageszeitung, jeder Block eine Monatschrift, und dann saßen die Plennis vor ihren Betten und lasen nach Jahren wieder deutsche Wörter ... Karl Georg hatte die »Tägliche Rundschau« vor sich und las die Außenpolitik.

»In der Heimat hungern sie auch«, sagte er leise. »Sie haben Lebensmittelkarten, wie im Krieg, nur viel weniger!«

»Von wann ist denn der Schmarren?« fragte Sauerbrunn, der im »Aufbau« eine Abhandlung über den Kommunismus Heinrich von Kleists las – und das, was er las, nicht verstand.

»Vom 17. Juni 1947.«

»Und da hungern sie noch?«

»Hier steht: Auf Abschnitt L gibt es in der kommenden Woche dreihundert Gramm Fisch pro Person! Die Eier auf E12 können erst in vierzehn Tagen ausgegeben werden. An Stelle von Fisch kann es auch Wurstwaren im Wert von eins zu drei geben – das sind pro Kopf einhundert Gramm Wurst!«

»Fast wie bei uns.« Peter Fischer, der seine Trompete putzte und zuhörte, schüttelte den Kopf. »Da stimmt doch was nicht«, sagte er. »Meine Mutter schreibt, es geht ihr gut, und auch zu essen gibt es genug. Wenn sie dürfte, würde sie jede Woche ein Paket schicken ...«

»Wo wohnt denn deine Mutter?«

»In Oldenburg.«

»Und die Zeitung kommt aus Ostberlin und ist gültig für die ganze Mark Brandenburg.«

»Da ist der Russe.«

»Und in Oldenburg?«

»Der Engländer ...«

Sie sahen einander an und schwiegen. Endlich räusperte sich Georg. »Irgend etwas ist da faul! Warum bekommen die im Westen mehr zu essen als die im Osten? Man hat uns doch gesagt, daß die im Westen in den Klauen der amerikanischen Kapitalisten verhungern und die Monopolisten daran sind, ganz Deutschland an den Rand des Abgrunds zu bringen. Darum sollen wir ja Kommunisten werden, um Deutschland vor dem Untergang zu retten, um Freiheit, Gleichheit und Brüderlichkeit einzuführen, Gerechtigkeit und Brot für alle!«

Sauerbrunn legte seinen »Aufbau« auf den Tisch und spuckte aus. »Alles Scheiße! Habt ihr mal was von einem Kleist gehört?«

Peter Fischer nickte. »Der hat sich erschossen, war ein deutscher Dichter. Und weil ihn keiner drucken und spielen wollte, machte er bumm!«

»Und der war Kommunist?«

»Quatsch! Da gab's noch gar keinen Kommunismus!«

»Aber hier steht: Kleists Schaffen war nichts anderes als eine Auflehnung der getretenen Kreatur gegen das herrschende Kapital, ein kommunistischer Aufschrei der unterdrückten Rechtsnatur gegen die Sklavenhalter der Bourgeoisie! Sein Michael Kohlhaas ist ein Fanal, wie es nicht besser in den Schriften Lenins zu finden ist! – Das steht hier.«

»Quatsch!« sagte Karl Georg.

»Aber warum drucken sie es dann, wenn es Quatsch ist?«

»Weil es Propaganda ist!«

»Aber dann belügt man uns doch ...«

»Das ist der Witz der Politik, den Menschen zu belügen und zu betrügen! In der Politik ist jedes Mittel recht, das zum Ziel führt!«

Hans Sauerbrunn warf den »Aufwärts« auf den Tisch und rülpste. Das feuchte Brot lag ihm schwer im Magen. »Dann trete ich wieder aus der KP aus!« sagte er hart. »Morgen gehe ich zum Kommissar und frage ihn, was hiermit« – er klopfte auf das »Aufbau«–Heft – »los ist, und wenn er mir keine klare Antwort geben kann, soll er mich am Arsch lecken mit seiner Partei!«

»Der wird dir das Nasenbein noch mal einschlagen«, meinte Peter Fischer, legte die Trompete zur Seite und griff nach der »Täglichen Rundschau«. »Es geht doch darum, daß wir schneller in die Heimat kommen. Sind wir erst da, können wir 'ne Schnauze riskieren. Jetzt sagen wir nur ja und singen die Internationale so oft, wie sie es von uns verlangen. Und wenn wir sie auskotzen müßten – wir singen sie!« Er blätterte in der großen Zeitung herum und schlug die Unterhaltungsseite auf. »Hier, lest lieber die Geschichten und laßt die Politik beiseite! Man fragt uns doch nicht, ob sie es richtig machen oder nicht. Wir haben für die da oben nur die Knochen hinhalten dürfen und brummen jetzt in Rußland, damit sie wieder ihre politische Idee an den Mann bringen können. Und wer am lautesten schreit, der gewinnt die Tour und wird Minister und Staatschef! Ist doch die alte Kugel, die rollt, Jungs. Warum sich darüber aufregen? Erst in der Heimat sein, dann werden wir schon mitmischen!«

»Wenn man dich hört ...«, Karl Georg lachte. »Der waschechte Kommunist!«

Emil Pelz, der Sanitäter, kam in die Baracke.

»Im Lazarett ist schwerer Stunk«, sagte er ungerührt. »Seit die Tschurilowa da ist, kriegt die Salja Anfälle. Wie wird das erst, wenn nächste Woche die Kasalinsskaja zurückkommt? Außerdem heißt es, daß wir aus den Lagern Krassnopol und Stalino Krankenschwestern bekommen sollen ...«

»Deutsche?« schrie Peter Fischer.

»Klar! Deutsche Schwestern!«

Karl Georg schnalzte mit der Zunge. »Karbolmäuschen! Das wär 'n Ding! Dann melde ich mich krank ... Ischias im Oberschenkel.« Er grinste breit.

»Alte Sau!« Emil Pelz setzte sich an den Tisch. Er schob die Zeitung weg und kratzte sich den Kopf. »Und das Neueste – wir bekommen eine Lagerbibliothek und können eine Fußballmannschaft aufstellen! Habe ich alles von Dr. Kresin.«

»Dann war er besoffen!«

»Aber nein. Das ist der neue Kurs aus Moskau. Wie sagt Kresin? Kulturnaja shisnij!«

»Ein Pfund Brot wäre mir lieber! Was habe ich davon, ob Kleist ein Kommunist war oder nicht?« Sauerbrunn räkelte sich. Kleist war sein Lieblingsthema geworden. Er brachte es an, wo er nur konnte. Emil Pelz sah ihn groß an.

»Welcher Kleist?«

»Der Dichter! Der sich damals erschossen hat! Er hat 'n paar Theaterstücke geschrieben und irgend so 'n Ding über den Kohl und die Hasen ...«

»Und der war Kommunist?« fragte Emil Pelz.

»Nee. Aber er soll's werden ...«

Karl Georg winkte ab. »Ihr seid alle Idioten. Aber das ist gut so, sonst gäb's keine Intelligenz. Bleiben wir beim Fußball, da versteht ihr was von! Wenn das wirklich wahr ist, Kinder, dann können wir im Frühjahr Fußball spielen!«

»Mit einem Liter Kohlsuppe im Bauch!« Peter Fischer drehte

sich eine Zigarette aus Kippentabak und Zeitungspapier. Er riß dazu respektlos eine Ecke der »Täglichen Rundschau« ab. »Wenn die sich mit solchen Dingen befassen, oben in Moskau – Jungs, dann sieht es faul aus mit einer schnellen Rückkehr!«

Diese Gedankenverbindung schlug ein ... es wurde still am Tisch. Man sah sich betreten an und merkte, daß Peter Fischer recht hatte. Man baut keine Fußballplätze und richtet keine Bibliotheken ein, man baut keine Lazarette aus und verlegt Krankenschwestern hin und her, wenn man die Absicht hat, die Gefangenen in absehbarer Zeit zu entlassen.

Karl Georg sprach aus, was alle dachten. »Ich glaube, die brüten eine hundsgemeine Schweinerei aus ...«

Peter Fischer biß die Lippen aufeinander. »Verflucht und zugenäht«, murmelte er.

Sie dachten an Julius Kerner, der sich nackt in den Schnee gelegt hatte, um zu erfrieren.

Es war, als krieche die russische Winternacht durch die Ritzen der Baracke. Die kalte, erbarmungslose Nacht ...

»Jetzt sind wir schon vier Jahre im Lager – und jetzt wollen wir uns unterkriegen lassen?« Emil Pelz warf den »Aufbau« auf ein leeres Bett und schob die gezeichneten Skatkarten auf die Tischplatte. »Los! Du gibst, Hans! Und wer jetzt noch was von Politik oder so 'n Quatsch redet, kriegt eins in die Fresse!« Er legte zehn Kopekenstücke auf den Tisch und sah sich um. »Spielen wir um ein Zehntel«, meinte er dann. »Abwechselnd je drei eine Runde!«

Worotilow saß am Radio und las die »Prawda«, als Dr. Schultheiß eintrat. Er hatte die Stiefel ausgezogen und den Ofen voll Kohlen und Holzscheite gestopft. Leicht schwitzend, saß er nun in dem überhitzten Zimmer und trank aus einer bauchigen Flasche süßen Krimwein. Er sah erstaunt und ein wenig ungläubig auf, als der deutsche Arzt eintrat und an der Tür stehenblieb.

»Ist etwas mit Leutnant Markow?« fragte Worotilow besorgt und winkte Dr. Schultheiß, näher zu treten.

»Nein. Ich wollte Sie aus privaten Gründen sprechen, Major.«

»Privat?« Der Russe lächelte mokant. In sein breites Gesicht trat ein zynischer Zug. »Ich habe nicht gewußt, daß ein Plenni ein so starkes Privatleben hat, daß er es mit dem russischen Kommandanten besprechen muß.«

»Es geht auch um Ihr Leben, Major.«

»Das klingt geheimnisvoll wie eine Drohung.«

Dr. Schultheiß wischte sich den Schweiß von der Stirn. Die Hitze machte ihn schlaff und ließ sein Herz wie wahnsinnig schlagen.

»Es ist eine sehr ernste Angelegenheit. Es ist wegen Fräulein Salja.«

»Janina?« Major Worotilow zog mit den bestrumpften Beinen einen Stuhl heran und wies auf ihn. »Setzen Sie sich, Dr. Schultheiß.« Er sah in sein Weinglas und vermied es, den Arzt anzusehen. »Sie haben schlechte Nachrichten?«

»Fräulein Salja befolgt den Rat der Ärzte nicht. Wir können für keine Gesundung oder auch nur Besserung garantieren, wenn sie weiterhin das tut, was wir streng verbieten: Aufstehen, Herumgehen in dünnen Kleidern, Aufregungen, kein Einnehmen der Medizin ...«

»Ich werde noch heute mit ihr darüber sprechen«, sagte Major Worotilow.

Dr. Schultheiß schüttelte den Kopf. »Es wird nichts helfen. Ich habe es auch versucht, mit allen Argumenten. Sie leidet unter einem Komplex.«

»Wieso?«

»Sie ist eifersüchtig.« Dr. Schultheiß fühlte, wie es in ihm kalt wurde. Jetzt ist es gesagt. Jetzt muß er den Sachverhalt erklären, und die tödliche Feindschaft muß zwischen ihnen beiden ausbrechen. Dr. Schultheiß war sich klar darüber, daß er der Unterlegene sein würde, er, der Plenni, angewiesen auf das

Wohlwollen seiner Bewacher und nur getragen von dem schnell verschwindenden Lächeln asiatischer Unergründlichkeit.

»Eifersüchtig?« fragte der Russe gedehnt. »Auf wen denn eifersüchtig?«

»Auf die neue Assistentin Terufina Tschurilowa.«

»Ich kenne sie ja kaum! Wie kann Janina auf sie eifersüchtig sein?«

»Weil ich oft in ihrer Nähe bin, Major.«

Worotilow senkte den Blick. Er umklammerte das Weinglas, und Dr. Schultheiß dachte, er würde es zerbrechen. Die Knöchel an den Fingern waren weiß.

»So ist das?« sagte Worotilow leise. Seine Stimme war rauh und brüchig.

»Ja, so ist das, Major.«

»Weiß es Dr. Böhler?«

»Nein.«

»Dr. Kresin?«

»Nein. Es weiß keiner außer Ihnen, Janina und mir.«

»Und warum sagen Sie mir das?« Worotilow goß sich Wein ein. Seine Hand zitterte. »Ich kann Sie zertreten wie ein Insekt. Ich kann mich an Ihnen rächen, so fürchterlich, daß Ihr Tod schlimmer wäre als der einer Hexe in der Inquisition! Wir Russen ...«

»Ich weiß es, Major, und ich gebe mich ganz in Ihre Hand.«

Worotilow blickte auf. In seinen Augen lag die Kälte Sibiriens. »So lieben Sie Janina?«

»Ja.«

»Und Sie wagen es, mir das zu sagen!« Er sprang auf und lief in Socken erregt im Zimmer auf und ab. »Ich sollte Sie nackt in den Schneesturm jagen und Sie erfrieren lassen. Ich sollte Sie einfach niederschießen!« Er sah auf den Haken, wo sein Koppel mit der langen Pistole hing. »Ich könnte sagen, daß Sie mich angreifen wollten, daß ich aus Notwehr gehandelt habe.«

»Das können Sie.« Dr. Schultheiß nickte. »Aber Janina wird Sie nicht decken! Sie würde aussagen ...«

»Ich würde sie nach Ihnen erschießen! Eine Russin, die mit einem deutschen Plenni ...« Worotilow stockte, eine hektische Röte überzog sein Gesicht. »Wären Sie ein Russe, so würde ich mit Ihnen um Janina kämpfen. Aber Sie sind ein Deutscher – und Sie haben nicht nur mich, sondern meine ganze Nation beleidigt! Ich werde Sie Moskau melden!«

»Tun Sie es, Major. Aber wichtiger als ich ist Janina. Sie muß geheilt werden! Es geht um ihr Leben. Sie hat wieder Blutauswurf – wir dürfen sie nicht erregen.«

»Erregen tun Sie sie! Liebe macht erregt!«

»Unsere Liebe ist sanft, Major. Es genügt uns, wenn wir uns sehen, wenn wir unsere Hände halten, wenn wir zusammen sprechen können – und in unseren Augen allein alle Sehnsucht sammeln und verglühen ...«

»Der deutsche Romantiker!« Worotilow lachte grell und gequält. »Und das gefällt dem Täubchen. Von der Steppenfüchsin zum Domspätzchen!« Er blieb vor Dr. Schultheiß stehen und starrte ihn an. »Ich möchte Ihnen die Fresse zerschlagen!«

»Ihre Leidenschaft, Major, beschleunigt den Verfall Janinas! Sie ist ein zerbrechliches Geschöpf – wie chinesisches Porzellan, hauchzart und unter den Händen zerbrechend, wenn diese Hände zu grob sind.«

»Und Sie haben weichere, nicht wahr? Sie können sie streicheln, ohne daß sie blaue Flecke bekommt. Sie können sie küssen, ohne daß ihre Lippen bluten! Gehen Sie mir weg mit Ihrer deutschen Seele!« brüllte er plötzlich. »Warum leben Sie noch? Warum sind Sie im russischen Winter nicht erfroren? Warum nicht verhungert? Waren wir zu menschlich mit Ihnen? Gibt es wirklich zwanzig Millionen Deutsche zu viel auf der Welt? Sind Sie einer der Überzähligen? Ich möchte Sie zertreten.«

»Warum tun Sie es nicht?«

Major Worotilow wandte sich ab und rannte wieder durchs Zimmer. Er hatte die Hände hinter dem Rücken verkrampft und gab sich Mühe, Dr. Schultheiß nicht mehr anzusehen.

»Was soll mit Janina geschehen?« fragte er. »Soll sie weg aus dem Lager?«

»Ja.«

»Und wohin?«

»In ein Sanatorium auf der Krim.«

»Und wer soll das bezahlen?«

»Ihr so fortschrittlicher, arbeiterliebender Staat! Das Paradies der Werktätigen!«

Worotilow blieb mit einem Ruck stehen. Sein Rücken war dem deutschen Arzt zugewandt. »Warum sagen Sie das?«

»Weil es die Wahrheit ist.«

»Rußland hat Sie über vier Jahre ernährt! Sie können sich nicht beschweren!«

»Und Sie, Major?«

»Ich bin Soldat dieses Staates! Ich bin stolz auf mein Vaterland, mein Rußland!«

Dr. Schultheiß klinkte die Tür auf. »Dann lassen Sie Janina stolz sterben ...«

Worotilow fuhr herum. »Wohin wollen Sie?« brüllte er dröhnend.

»Hinüber ins Lazarett. Ich will versuchen, mit einem Pneumothorax die Lunge Janinas zu retten! Jetzt haben wir endlich das technische Material! Aber ein Pneu allein nützt nichts. Sie muß weg von hier, von Ihnen – und mir ...«

»Oder Sie müssen weg!«

»Das wäre das kleinere Übel und würde den Verfall nur beschleunigen. Auf jeden Fall liegt die Wahl bei Ihnen, Major.«

»Bleiben Sie!« Worotilow ging an Dr. Schultheiß vorbei, schloß hinter ihm die Tür ab und steckte den Schlüssel in die Hosentasche. Er trat ans Fenster und zog die Übergardinen zu. Dann erst wandte er sich um. Schultheiß' Herz hämmerte zum Zerspringen.

»Geben Sie mir Antwort«, sagte Worotilow hart. »Würde Janina gesund werden, wenn Sie mit ihr ...«

»Ich glaube ja.«

»Und warum tun Sie es nicht?!«

»Weil ich noch das Ehrgefühl besitze, einem Offizier – und wenn es der Gegner ist – die Braut nicht fortzunehmen. Ich habe mich bisher gegen diese Liebe gestemmt, aus Rücksicht auf Sie, Major. Aber jetzt ist ein Stadium erreicht, wo ich nicht länger schweigen darf. Ich beginne einzusehen, daß es Dummheit war, auf Sie Rücksicht zu nehmen, denn Sie würden Janina opfern, um weiterhin ihre Liebe zu erpressen. Das kann ich nicht verhindern, ich bin nur ein Plenni ... So bleibt mir nichts, als Ihnen alles zu sagen und Ihnen die Entscheidung zu überlassen. Wie ich die russische Seele kenne, werden Sie beide opfern – Janina und mich! Und die Ehre des betrogenen – des bis jetzt nur seelisch betrogenen Offiziers ist wiederhergestellt. Zwei Opfer ... sie fallen nicht weiter auf in dem Wald von Kreuzen, der sich vom Eismeer bis zum Schwarzen Meer durch Rußland zieht.«

Worotilow trat dicht an Dr. Schultheiß heran. Wortlos hob er die Hand und schlug dem Arzt ins Gesicht.

»Das ist für die Beleidigung meines Vaterlandes«, sagte er dabei. Dann griff er in die Tasche und zog eine Packung türkischer Zigaretten hervor. Er klappte die Schachtel auf und hielt sie Dr. Schultheiß hin. »Und jetzt rauchen wir unter Männern eine Zigarette ... das ist für Ihren Mut, Dr. Schultheiß!«

Der Arzt zögerte, dann griff er zu und ließ sich die Zigarette von Worotilow in Brand setzen. Sein Wange brannte. Er setzte sich an den Tisch und sah zu, wie Worotilow noch ein Glas holte und einschenkte.

»Es geht nur um eins – retten Sie Janina!« Worotilow goß sein Glas hinunter und atmete schwer.

Dr. Schultheiß setzte sein Glas ab, ohne zu trinken. Er erfuhr erst jetzt, wie sehr der Russe Janina liebte. Er gab sie frei, um sie zu retten ... Es war das Opfer eines Mannes, der keinen anderen Ausweg mehr sah, als sich zurückzuziehen. Er, der Russe, der Sieger, der Stärkere, der Machtvolle – er begab sich freiwillig seiner Rechte für einen Plenni!

Dr. Schultheiß zerdrückte die Zigarette im Aschenbecher. Auch die Zigarette schmeckte plötzlich bitter. »Es ist vielleicht doch besser, wenn Janina in die Krim fährt«, sagte er. »Besser für uns beide.«

»Sonst wird sie nicht gesund – Sie sagten es selbst.«

»Zumindest dauert die Heilung länger.«

Worotilow ließ seine große Hand durch die Luft kreisen. »Reden Sie mit mir nicht als Arzt – reden Sie wie ein Mensch zum Menschen, ein Mann zum Manne. Wir sind allein, die Tür ist verriegelt, die Fenster sind verhängt. Wir sind nicht Sieger und Besiegte, nicht Kommandant und Plenni – wir sind zwei Männer, die die gleiche Frau lieben und von denen einer verzichtet, weil es so besser ist. Das ist alles, Dr. Schultheiß.«

Er schob ihm das Glas Wein wieder hin und hob das seine. »Trinken wir auf den Funken Menschlichkeit und Anständigkeit, den wir uns über alle Zeiten hinweg gerettet haben.«

Dr. Schultheiß hob sein Glas und stieß an. »Sie sind wirklich ein seltener Mensch«, sagte er ehrlich. »Ich hatte Sie in vier Jahren fürchten gelernt – und jetzt verehre ich Sie.«

Major Worotilow antwortete nicht. Er sah dem Rauch seiner Zigarette nach und schob gedankenlos mit der anderen Hand das Glas hin und her. Schweigend saßen sich die beiden Männer gegenüber.

Im Ofen knackten die Holzscheite, die Eisenplatte glühte.

Janina, dachte er, Janina.

O Gott, wäre doch nie dieser Krieg gekommen ... dieser grausame, unselige Krieg.

Was nur ein Gerücht war, wurde drei Tage später sensationelle Wirklichkeit. Die Plennis standen verwundert und mit offenem Mund vor den Baracken im Schnee und sahen auf die beiden Lastwagen, die durch das große Lagertor rollten und auf dem Abstellplatz von Major Worotilow, Dr. Kresin und Dr. Böhler empfangen wurden.

Als sich die Planen hoben, sah man zuerst Kisten und Kartons, dann aber schälten sich einige in Pelze und Steppjacken vermummte Gestalten aus dem Innern der Lastwagen und kletterten mit kälteerstarrten Gliedern die kleine Leiter hinunter.

Frauen! Mädchen!

Eine ... zwei ... drei ...

Drei Frauen. Deutsche Krankenschwestern!

Sie kamen aus den Lagern 5110/43 Krassnopol und 5110/44 Stalino. Der Divisionsgeneral hatte sie von der Zentrale in Moskau für 5110/47 angefordert und einen langen Bericht über die mustergültigen Lazarettverhältnisse geschrieben, die Dr. Böhler mit seinen Ärzten in Stalingrad geschaffen hatte. Selbst Russen lägen in dem Lazarett des Lagers 5110/47 – unter ihnen auch der Genosse Leutnant Piotr Markow mit einer fast tödlichen Blutvergiftung. Dr. Böhler aber habe ihn operiert und ihn mit immer neuen Bluttransfusionen so gut wie gerettet.

Das war einer der maßgebenden Punkte, warum man in Moskau so schnell die Erlaubnis erteilte, aus Krassnopol und Stalino deutsche Schwestern in das Lager an der Wolga zu verlegen. Hinzu kam der lange Bericht des Genossen Kuwakino, der meldete, daß im Lager Stalingrad die Stimmung vorzüglich und man allgemein sehr kommunistenfreundlich eingestellt sei.

Dr. Böhler sah Worotilow an, als die drei Mädchen aus dem Lastwagen stiegen und die steifen Glieder dehnten. »Haben Sie die deutschen Schwestern beantragt, Major?« fragte er ernst.

»Nein, Genosse Dr. Kresin. Ich wußte nur davon.«

Dr. Böhler wandte sich an Kresin: »Warum haben Sie das getan?«

»Um Ihnen zu helfen. Ich will, daß Sie hier ein Musterlazarett aufbauen – das beste aller Gefangenenlager.«

»Aber das Eintreffen der Mädels gibt Grund zu Gerede, Dr. Kresin! Sie werden sehen, ich habe innerhalb von zehn Stunden das Lazarett überfüllt! Es wird Krankmeldungen rasseln!«

»Nicht, wenn ich die Auswahl der wirklich Kranken treffe!« sagte Dr. Kresin giftig. »Ihnen kann man aber auch wirklich gar nichts recht machen!«

»Sie werden sehen ...«

Dr. Böhler trat zu den drei Mädchen und reichte ihnen die Hand. »Willkommen in Stalingrad«, sagte er ein wenig sarkastisch. »Es wäre besser gewesen, man hätte euch nach Hause gefahren.«

Er nickte ihnen ermutigend zu. »Ich bin Dr. Böhler, so was Ähnliches wie der Chef dieses Lazaretts!«

»Ingeborg Waiden«, sagte eines der Mädchen und drückte die dargebotene Hand. »Ich komme aus Kiel. Schwester, voll ausgebildet.«

»Wie lange sind Sie in Rußland?«

»Seit 1943! Gefangen wurde ich erst 1945, bei Königsberg!«

Dr. Böhler sah die beiden anderen an. »Martha Kreutz«, sagte die eine, »Erna Bordner«, die andere.

»Beide aus Stalino«, meinte Martha Kreutz. »Wir kamen schon 1944 in Gefangenschaft und waren bisher in zehn Lagern als Schwesternhelferinnen. Zuletzt – vor Stalino – in Swerdlowsk, im sogenannten Narbenlager.«

Dr. Böhler sah sie verblüfft an, er glaubte, nicht richtig verstanden zu haben. »Narbenlager?«

»Ja. Dort sind die versammelt, die die Blutgruppe unter dem Oberarm eintätowiert oder dort eine Narbe haben, weil sie sich das Zeichen ausbrennen ließen. Wer eine Narbe unter dem Oberarm hat, ist verdächtig und kommt nach Swerdlowsk. Viele sind auch in 5110/33, südlich Swerdlowsk.«

»Hm.« Dr. Böhler blickte die Mädchen an. Sie sahen gut genährt aus, nur die Falten um den Mund und die Ringe unter den Augen erzählten von den schweren Jahren und den schrecklichen Erlebnissen unter Tataren und Mongolen, Weißrussen und fanatischen Sowjets. Jetzt standen sie im Schnee von Stalingrad und sahen zu, wie der Begleitoffizier dem Major Worotilow ihre Papiere übergab. Worotilow nickte und grüßte. Dann wandte er sich an die kleine Gruppe, zu der sich nun auch Dr. Kresin und von der Treppe des Lazaretts her Terufina Tschurilowa gesellten.

»Ingeborg Waiden?« rief Worotilow.
»Hier!« sagte das Mädchen.
»Ich bin Major«, sagte Worotilow steif.
»Hier, Herr Major«, wiederholte Ingeborg Waiden.
Dr. Böhler biß sich auf die Lippen und sah Dr. Kresin an. Der grinste und amüsierte sich. Vor den Baracken standen in Mengen die Plennis und sahen stumm zu.
»Erna Bordner?!«
»Hier, Herr Major.«
»Martha Kreutz?!«
»Hier, Herr Major.«
»Sie sind dem Lager 5110/47 als Schwestern zugeteilt. Was Sie zu tun haben, wird Ihnen Genosse Dr. Sergej Basow Kresin sagen und der deutsche Arzt! Wenn ich erfahre, daß ihr mit deutschen Kriegsgefangenen oder russischen Wachmannschaften herumhurt, werdet ihr erschossen! Verstanden?«
»Ja, Herr Major«, sagten die drei Mädchen sofort.
Dr. Böhler wandte sich an Dr. Kresin. Er war rot im Gesicht geworden.
»Das ist eine Schweinerei!«, sagte er wütend. »So behandelt man keine Krankenschwestern! Ich protestiere!«
»Halt's Maul!« sagte Kresin grob. »Seien Sie froh, daß die Weiber hier sind. Genosse Major wird seinen Grund haben ...«
»Sie unterstellen diesen Mädchen etwas, was für sie beleidigend sein muß! Ich verlange eine menschenwürdige Behandlung!«
»Sie haben gar nichts zu verlangen! Sie sind Gefangener, Dr. Böhler – das vergessen Sie wohl? Sie sind ein schmutziger Plenni! Ihre Erfolge haben Sie wohl größenwahnsinnig gemacht? Sie haben hier nichts zu verlangen, sondern nur zu gehorchen!«
Dr. Böhler sah Kresin verblüfft und entsetzt zugleich an. Diese Wandlung, durchfuhr es ihn. Was hat er bloß? Warum diese plötzliche Distanz und Strenge? Hatte man von Moskau aus einen neuen Kurs befohlen? Ein Befehl von Moskau streicht alle Freundschaft und alle Vergangenheit – in Moskau regieren die

einzigen Götter der Russen, ihr Wort ist ein Gebot, ein Heiligtum, ein Evangelium ...

Major Worotilow steckte die Papiere in seine Brusttasche. Er wandte sich an Dr. Böhler und war sehr ernst. »Haben Sie die Räume für die Schwestern bereit?«

»Ja. In der neuen Baracke ist ein Raum frei.«

Worotilow nickte. »Ich werde mich selbst überzeugen, wie sich die Schwestern einfügen. Sie unterstehen personell der Genossin Dr. Kasalinsskaja und deren Stellvertreterin Genossin Tschurilowa! Nach mir, natürlich! Sie haben lediglich die Mädchen zur Verfügung Ihres Lazaretts. In allen Dingen, die die Mädchen angehen, haben Sie zu mir zu kommen!«

Dr. Böhler schwieg verbissen. Er sah Worotilow stumm an.

»Haben Sie mich verstanden?!« fragte Worotilow scharf.

»Ja – Herr Major.«

Worotilow kniff bei dem Wort Herr die Augen zu und drehte sich schroff herum. Mit seinen dicken Beinen stampfte er durch den Schnee der Kommandantur zu. Dr. Kresin sah ihm nach und wandte sich dann zu Dr. Böhler.

»Ich habe Angst um Worotilow«, sagte er leise und wirklich besorgt. »Er ist seit gestern anders – stiller, verbissener, zwischen Haß und Freundschaft schwankend. Ich glaube« – er stockte und sah sich um, ob es jemand hörte –, »er ist kein guter Kommunist mehr ...«

»Und wenn?« Dr. Böhler hob die Schultern.

»Es wäre das Ende seiner Offizierslaufbahn.« Dr. Kresin hauchte in seine kalten Handflächen, ehe er die Handschuhe anzog. »Wadislaw Kuwakino würde ihn rücksichtslos nach Moskau melden.«

Nachdenklich wandte sich Dr. Böhler ab und winkte den drei Mädchen. Auf der Treppe zum Lazarett stand die Tschurilowa und sah ihnen entgegen. Ihr Gesicht war blaß und verzerrt. Sie haßte die drei Mädchen schon deswegen, weil sie jetzt da waren und neben Dr. Böhler gingen ...

Vom Fenster aus blickte ihnen auch Janina Salja nach. Sie

hatte den Bademantel umgeworfen und musterte kritisch die drei in ihren dicken Mänteln.

Eine Tür klappte hinter ihr. Sie drehte sich erschrocken um. Dr. Schultheiß stand im Zimmer und sah sie strafend an.

»Jetzt sind sie da, Jens«, sagte sie leise, fast weinend.

»Wer?«

»Deine deutschen Mädchen! Sie sind schön. Groß, schlank, kräftig – viel, viel schöner als ich! Ich bin eine Leiche, die atmet. Nur noch eine Leiche. Die deutschen Mädchen sind viel hübscher als ich ...«

Dr. Schultheiß umfaßte ihre schmalen, zuckenden Schultern und sah neben ihr hinaus auf den verschneiten Platz. Zärtlich drückte er seine Wange gegen ihr Gesicht. »Niemand ist schöner als du, Janinaschka.«

»Ich bin eine atmende Leiche, Jens ...«

»Du wirst leben, Janinaschka. Du mußt leben, weil ich dich liebe ...«

Sie nickte schwach und suchte seine Lippen. Sie küßten sich lange und innig. Behutsam und zärtlich löste er sich dann aus ihren nackten, warmen Armen und küßte ihre geschlossenen Lider.

»Du mußt brav sein, Janinaschka, und im Bett bleiben«, sagte er stockend. Ihre großen fieberglänzenden Augen flehten ihn an. Ihre Hände tasteten zitternd über seine Brust. Er biß die Zähne in die Unterlippe und senkte den Blick.

»Du mußt dich hinlegen«, wiederholte er leise.

»Ich liebe dich«, flüsterte sie mit fast erstorbener Stimme. »Ich sterbe, wenn du mich nicht ...« Plötzlich warf sie sich an ihn und krallte sich an ihm fest. Ihr Atem flog. Sie riß mit der rechten Hand das Hemd über seiner Brust auf und versuchte, es abzustreifen. Er hinderte sie daran – fast ringend standen sie im Zimmer, ihr nackter Oberkörper zuckte und warf sich ihm entgegen. »Halte mich!« stöhnte sie. »Halt mich fest, schlag mich – nur tu etwas, erwürg mich, laß mich unter deinen Händen sterben ... Ich halte es nicht mehr aus ohne dich ...!«

Ein plötzlicher Hustenanfall schüttelte sie. Sie sank aufs Bett und preßte die Hand vor den Mund. In ihren Augen flatterte die Todesangst. Zwischen ihren Fingern rann ein dünner, roter Streifen hervor ...

Dr. Schultheiß rannte in die Ecke des Zimmers und kam mit einer Platte Zellstoff zurück. Er riß ihre Hände vom Gesicht, tupfte das aus dem Mund rinnende Blut ab.

»Still«, sagte er dabei. »Ganz still, Janinaschka.« Er legte sie zurück in die Kissen und deckte sie bis zum Hals zu. Dann setzte er sich auf die Bettkante, nahm ihre schmale Hand – eine Kinderhand, dachte er – und spielte mit ihren Fingern. Sie sah ihn an und lächelte.

»Mein blonder Wolf«, sagte sie zärtlich.

»Ich werde in dieser Nacht bei dir sein.« Er küßte ihre Finger und drückte ihre Hand gegen seine Augen. Ihre Fingerspitzen streichelten seine Brauen und Wimpern.

»Die ganze Nacht?« flüsterte sie glücklich.

»Die ganze Nacht, Janinaschka.«

»Und wenn wir ganz glücklich sind, werden wir das Fenster öffnen und lauschen, wie die Wälder rauschen. Die Wälder der Wolga ...« Sie legte sich zurück und schloß die Augen. »Und ich werde dich in meinen Armen halten, ganz, ganz fest und dicht, dein Arm wird über mich gleiten ...«

Sie schloß die Augen, sein Kopf lag auf ihrer Brust.

»Ich bin so müde, Jens. So müde ...«

Er schwieg. Als sie vor Erschöpfung eingeschlafen war, löste er sich leise von ihr und deckte ihre nackten Arme zu. Er sah noch einmal nach dem Ofen, legte ein paar dicke Holzscheite hinein und verließ auf Zehenspitzen das Zimmer.

Auf dem Gang kam ihm Dr. Böhler, noch immer wütend über Worotilow, entgegen.

»Unsere Schwestern sind gekommen, Schultheiß.«

»Ich habe sie vom Fenster aus gesehen, Herr Stabsarzt.«

»Worotilow hat sie behandelt wie Rotz am Ärmel! Ich möchte wissen, was in den Major gefahren ist! Seit gestern ist er wie ausgewechselt.«

Dr. Schultheiß schwieg, er wurde nicht einmal rot oder verlegen. Worotilow trug es schwer, das wußte er. Er liebte Janina ehrlich. Und es war unglaubhaft, daß er ihn nicht einfach über den Haufen geschossen und nach Moskau gemeldet hatte: In Notwehr getötet ...

Dr. Böhler blätterte in den Papieren, die ihm Dr. Kresin gegeben hatte.

»Die ausgebildete Rote-Kreuz-Schwester Ingeborg Waiden hat zwei Jahre auf Lungenstation gearbeitet und selbständig Pneus angelegt. Ich werde sie Ihnen zuteilen, Schultheiß. Dann sind Sie entlastet. Die beiden anderen Mädel werde ich in die chirurgische Abteilung stecken. In der internistischen brauchen wir keine Hilfe – das macht der Pelz allein. Vor allem sind wir dann sicher, daß wir keine Simulanten bekommen. Magenkrämpfe kann man gut nachmachen, und herzkrank sind sie alle – aber jeder wird sich hüten, sich ein Loch in den Leib schneiden zu lassen, nur um in der Nähe eines Mädchens zu sein!«

Dr. Schultheiß nahm die Papiere von Ingeborg Waiden an sich und sah sie kurz durch.

»Aus Kiel?« fragte er.

»Aus Ihrer Heimat, Jens.« Dr. Böhler hob lächelnd den Finger. »Nun machen Sie mir nur keine Dummheiten!«

»Bestimmt nicht, Herr Stabsarzt.«

»Übermorgen kommt übrigens die Kasalinsskaja wieder. Ich bin gespannt, was sie zu unseren Neuerwerbungen sagen wird.«

»Bestimmt nichts Gutes.«

»Davon bin ich auch überzeugt.«

»Übermorgen muß ich wieder fort, Werner«, sagte Alexandra und schmiegte sich zärtlich an Sellnow. »Dann werden wir uns eine ganze Woche lang nicht sehen ...«

Das ist gut, dachte er. Er kam sich ekelhaft, gemein und feig vor. Er hatte seine Frau betrogen – zum erstenmal mit Bewußtsein und Willen betrogen. Er hatte seine Kinder betrogen, er hatte ihr Vertrauen, ihren Glauben, ihre Liebe geschändet, und er fühlte sich jetzt ausgestoßen und verworfen. Er spürte die Wärme Alexandras an seiner Haut, er roch ihren Körper. Das schwarze Haar kitzelte an seiner Schulter – es roch nach Rosen und Thymian.

»Du sagst gar nichts«, fragte sie drängend.

»Ich bin traurig, daß du gehen mußt«, log er.

»Wir haben noch zwei Nächte vor uns, in denen ich dich zerfleischen kann.« Sie lachte mit ihrer dunklen Stimme, die ihn immer wieder erschauern ließ. Ihre Raubtierzähne glänzten vor seinen Augen. Die Lippen waren rot und feucht. Mit einem Satz sprang sie auf und dehnte den nackten Körper in der Sonne. Sie tastete mit den Zehen nach ihren gestickten Pantoffeln und trippelte zum Petroleumkocher. Nackt, wie sie war, lief sie im Zimmer hin und her und begann, Kaffee zu kochen. Sellnow verfolgte ihre Gestalt mit den Blicken und nahm das Bild dieser wilden, unersättlichen Frau auf, wie man ein Gemälde ansieht, von dem man weiß, daß man es nie wieder sehen wird.

»Ich werde Dr. Böhler und Dr. Kresin bitten, dich wieder ins Lager zu holen«, sagte Alexandra, während sie das sprudelnde Wasser aufgoß.

»Ich werde hier gebraucht«, wich er aus. »Was sollen die Gefangenen denken, wenn ich jetzt weggehe. Ich habe mich an die Fabrik gewöhnt.«

»Aber wir können uns dann nicht sehen, Werner.« Alexandra setzte sich und streifte den Büstenhalter über. Dann zog sie die Strümpfe an.

Sellnow sah zur Seite – sein Blut begann wieder zu singen. Er verfluchte sich innerlich, er ballte die Fäuste unter der Decke ... Nie, nie wieder ins Lager, dachte er. Ich will Alexandra vergessen, ich will sie hassen lernen!

Die Kasalinsskaja zog sich langsam an. Bevor sie das Kleid überwarf, wusch sie sich in dem Becken neben der Tür.

»Willst du nicht aufstehen, Werner? Soll ich die Männer untersuchen? Ruh dich aus ... ich gehe hinunter ...«, sagte sie.

»Nein, danke.« Sellnow sprang auf und schämte sich plötzlich seiner Blöße. Schnell zog er sich ebenfalls an und vermied es, sie dabei anzusehen. Er schaute aus dem Fenster und sah auf dem Hof die Schlange der wartenden Kranken im Schnee stehen.

Hinter sich hörte er die Kasalinsskaja wirtschaften – sie machte das Frühstück fertig. Ein aufbrechender Haß ließ ihn fast zittern; er hatte den Wunsch, diese schöne Frau zu erwürgen und sich an ihrem Tod zu weiden. »Ich bin ein Mensch!« wollte er dabei schreien. »Ich will sühnen! Ich will büßen! Ich bin ein Mensch mit Ehre!« Und während er das dachte, spürte er, wie hohl und pathetisch das alles und wie verloren er in Wahrheit war.

Er malte sich aus, wie befreiend es sein mußte, ihr ins Gesicht zu sagen: Geh, du Hure! Raus mit dir! Ich habe zwölf Nächte mit dir verbracht – bezahlen kann ich dich nicht. Aber ich kann dir sagen, daß du ein Schwein bist, ein elendes, mistiges Schwein, und daß ich kotzen müßte, wenn ich dich noch einmal berühren würde ... und gleichzeitig hatte er Verlangen nach ihren Lippen, ihren Brüsten und Schenkeln und ihrem stumpfen, aufquellenden Schreien und Stammeln, wenn ihr Wille unter seinen Händen zerschmolz.

Er drehte sich um und ging an den kleinen Tisch. Der Kaffee duftete. Frisches Weißbrot lag auf einem Holzteller. In Rußland hungerten sie diesen Winter, aber sie aßen Weißbrot, Butter, fette Milch, Käse, Wurst und sogar zwei Eier.

»Du bist ein Rätsel«, sagte er und strich Alexandra über die schwarzen Haare. »Was würdest du tun, wenn ich dich verließe?«

»Umbringen!« sagte sie sofort. Dabei lächelte sie.

»Mich?«

»Uns beide, Sascha.« Wenn sie besonders zärtlich zu ihm sein wollte, nannte sie ihn Sascha. Er wußte nicht, warum, er nahm es hin und freute sich am Klang ihrer tiefen Stimme.

Er belegte eine Scheibe Weißbrot mit roter, sichtlich gefärbter Zervelatwurst und klopfte ein Ei auf.

»Das würdest du tun?« fragte er dabei.

»Ja! Sofort! Ohne Reue!« Sie beugte sich über den Tisch zu ihm. »Du gehörst mir – und keiner anderen mehr! Keiner.«

Sellnow tauchte den Löffel in das weiche Eigelb. Der Tod – ob das eine Lösung war? Er tat so, als suche er nach dem Taschentuch und tastete in der Hosentasche nach der zerrissenen Karte. Lieber Pappi, stand darauf.

Sein Kopf sank tiefer, Alexandra sah ihn erstaunt an.

»Bist du wieder krank, Sascha, mein Liebling? Kommt das Fieber wieder?« Sie sprang auf und legte ihm die Hand auf die Stirn. Sie tastete nach seinem Puls; er ließ es geschehen, obgleich er wußte, daß er kein Fieber hatte.

Die Kasalinsskaja hob mit der Hand sein Gesicht zu sich empor. »Du bist so merkwürdig«, sagte sie leise. »Was hast du, Werner?«

»Nichts, Alexandraschka, nichts. Bestimmt nicht.«

Feigling, dachte er dabei, erbärmlicher Feigling. Würgend aß er weiter und schob dann den Stuhl zurück. »Ich muß hinunter. Wartest du hier auf mich?«

»Ich gehe in die Stadt einkaufen.«

»Gut.«

Er küßte sie hastig und rannte wie gejagt die Eisentreppe hinunter. Das Gefühl, mit Alexandra verheiratet zu sein, überwältigte ihn. Es war wie früher in Deutschland, bei seiner Frau ... Er ging in die Praxis, sie fuhr in die Stadt und kaufte ein für das Mittagessen. Sie sorgte für ihn, kochte und nähte, an den Abenden saßen sie zusammen, und in der Nacht fanden sie sich ... Dort Luise ... hier Alexandra ... Was war eigentlich anders geworden? Der Ort ... das Land ... der Körper ... der Name ... was geblieben war, nannte sich schlicht Frau und Mann. Das blieb immer ... überall ...

Der Sanitäter legte ihm die Listen der Krankmeldungen vor. Sellnow sah sie gar nicht durch. Er winkte, und die Plennis strömten in das Zimmer. Kurz sah er sie der Reihe nach an und nickte. »Arbeitsunfähig«, sagte er hart. »Alle!«

Er sah nicht die erstaunten und glücklichen Augen der Gefangenen, nicht das Kopfschütteln des Sanitäters. Er war froh, als er nach wenigen Minuten wieder allein war. Einen Augenblick irrte sein Blick zu dem kleinen Wandschrank, wo die Morphiumampullen verwahrt wurden. Es wäre ein schönerer Tod als der, den ihm Alexandra bereiten würde, wenn sie erfuhr, daß er zu Hause Frau und Kinder hatte ... Er saß hinter seinem Tisch und starrte auf den Fleck Licht, den die Sonne durch eine Ritze der zugezogenen Gardine warf. Seine Hand lag auf den Fetzen der Karte. Wir warten auf Dich ...

Er hörte, wie Alexandra das Haus verließ, wie der Posten sie grüßte und ihr, der Frau im Offiziersrang, seine Meldung entgegenschrie.

In diesen Minuten begann er zu beten – und er befürchtete, daß Gott, den er haßte, schweigen würde.

Aber Gott schwieg nicht. Er half ihm, indem er wieder das Fieber schickte.

Es war eine schreckliche Hilfe, aber sie enthob ihn der Entscheidung. Sie gab ihm Zeit ... für morgen ... für übermorgen ... Und übermorgen fuhr Alexandra zurück ins Lager!

Der Sanitäter, der dazukam, als er sich schwankend hinter dem Tisch erhob, stützte ihn, zog ihn oben im Zimmer aus und half ihm ins Bett.

Als die Kasalinsskaja aus Stalingrad zurückkehrte, fand sie ihn in wilden Fieberfantasien. Sie jagte den Sanitäter aus dem Zimmer und zog die Spritze auf, die sie immer bereithielt. Sie allein wußte, wie das Fieber zu bekämpfen war – sie allein ...

Blaß saß sie an seinem Bett und beobachtete ihn. Ein Abend stand in ihrer Erinnerung. Sellnow kam aus der Lungenstation und aß aus einer Blechschüssel das Abendessen. Es war Kohlsuppe – und der Geschmack des Kohls verdrängte den Geschmack des Pulvers.

Rache, dachte sie damals, Rache, du deutsches Schwein! Du

hast mich überwältigt, du hast mich genommen. Jetzt sollst du dafür verrecken!

Alexandra senkte den Kopf auf das Bett, neben die heißen Hände Sellnows. Sie weinte – wild, hemmungslos und laut. Sie schrie in die Kissen.

DRITTES BUCH

In diesem Winter ereignete sich viel Neues im Lager 5110/47. Nicht nur das Lazarett wurde neu eingerichtet – auch eine Bibliothek kam aus Stalingrad, die Spielgruppe bekam Holz und Pappe für die Kulissen, und Farbe wurde von den Rubeln gekauft, die man in den Fabriken und Gruben verdiente und bei der Kommandantur gewissenhaft und mit bürokratischer Genauigkeit verbuchte. Die größte Neuerung aber war, daß von Moskau ein Schreiben kam, das den Geistlichen erlaubte, in den Lagern Gottesdienste und Bibelstunden abzuhalten.

Dr. Kresin saß bei Dr. Böhler im Zimmer und fächelte sich mit dem Schreiben aus Moskau Luft zu. Sein Gesicht war weingerötet – er hatte heute Geburtstag.

»Es darf gewimmert werden!« sagte er laut. »Großer Gott, wir loben Dich!« Er lachte. »Man hat in Moskau noch Humor – ich habe es bis heute bezweifelt! Es darf gepredigt werden! Bibelstunden! Gottesdienste! ›Religion ist Opium für das Volk!‹ Also geben wir euch Opium, damit ihr weiter dahindämmert und die langen Jahre sich leichter aneinanderreihen, in denen ihr für uns arbeitet! Gar nicht so dumm von den Moskowiten! Wer Heimweh hat – schnell ein Pfäfflein her und die Händchen gefaltet!«

Dr. Böhler schüttelte den Kopf. »Warum reden Sie so, Dr. Kresin? Sie sind in Wahrheit gar nicht so. Sie glauben ja selbst an Gott!«

»Ich?!« Kresin lachte schrill. »Mein Gott ist die Flasche! Früher waren es die kleinen Mädchen – aber das ist vorbei!« Er beugte sich vor. »Wer ist eigentlich Ihr Gott, Dr. Böhler?«

»Unser aller Vater!«

»Prost! Und was hat er für Aufgaben?«

»Zu richten und zu verzeihen.«

»Bequemer alter Herr, Ihr Gott, Doktor. Im Augenblick scheint er Migräne zu haben; er hat euch Plennis ganz schön vergessen.«

»Nein. Er hat uns viel, immer geholfen in diesen Jahren. Er hat unser Leben erhalten, uns ein schönes Lazarett gegeben, eine Bibliothek, Schwestern zur Hilfe ...«

»Stopp!« schrie Dr. Kresin, sein Gesicht war dunkelrot. »Wiederholen Sie! Wer hat Ihnen das gegeben? Gott? Moskau hat es Ihnen gegeben! Ohne Moskau und allein mit eurem Gott wärt ihr alle verhungert und verreckt. Wer hat Ihnen das Lazarett gegeben? Ich! Euer Gott hat nichts dazu getan. Ich habe bei dem General darum gebettelt wie ein Hund!«

Dr. Böhler nickte. »Ja, Sie, Dr. Kresin ... weil Sie an Gott glauben!«

»Unsinn! Weil ich Spaß an der Sache habe.«

»Und diesen Spaß – wie Sie es nennen – gab Ihnen Gott!«

Der russische Arzt sah Dr. Böhler starr an, dann atmete er schwer, drehte sich herum, verließ das Zimmer und warf krachend die Tür zu. Lächelnd beugte sich Dr. Böhler wieder über seine Papiere.

Er hatte noch nicht lange daran gearbeitet, als die Tür aufgerissen wurde und Terufina Tschurilowa hereinstürzte. Atemlos lehnte sie sich an den Türrahmen. In ihren Augen standen Entsetzen und wildes Grauen.

»Kommen Sie!« stieß sie hervor. »Kommen Sie! Block 12! Es ist furchtbar!«

Dr. Böhler war aufgesprungen und sah schnell aus dem Fenster. Still, verschneit, in klirrender Kälte lag der große Platz. Nichts deutete auf ein außergewöhnliches Ereignis hin.

»Was haben Sie denn?« fragte er beruhigend. Die Tschurilowa schlug die Hände vors Gesicht und wimmerte:

»Sie haben einen umgebracht ... im Block 12!«

»Was?!« Dr. Böhler wurde bleich. »Sie haben ...«

»Er ist noch nicht tot. Man fand ihn in der Latrine, fast erstickt im Kot! Dr. Schultheiß ist schon da – er war gerade auf Visite in den Blockrevieren!«

Dr. Böhler riß seine Steppjacke vom Haken und warf sie über. An der bleichen Tschurilowa vorbei stürzte er aus dem Lazarett und traf auf dem Platz schon Major Worotilow und sieben Wachmannschaften, während Doktor Kresin schnaufend aus seiner Baracke kam.

Worotilow sah Dr. Böhler entgegen. Sein Gesicht war verschlossen.

»Das ist übel, Doktor!« sagte er hart. »Man hat einen Mann ermorden wollen! In meinem Lager! Ich werde für sieben Tage zunächst die Portionen kürzen ...«

Dr. Böhler antwortete nicht. Er lief an dem Major vorbei zu Block 12, wo aus den Baracken die Gefangenen quollen und zur Latrine strömten. Schimpfende russische Soldaten trieben sie mit der Maschinenpistole zurück und riegelten den kleinen Bau ab, in dem die Latrine und eine lange Waschkaue untergebracht waren. Dr. Böhler konnte ungehindert die Postenkette durchlaufen. Hinter sich hörte er das Hackenknallen der Soldaten, als Worotilow ihm folgte, er hörte auch das Brüllen Dr. Kresins, der die Plennis zurücktrieb.

In der Baracke kam ihm Ingeborg entgegen. Sie sah völlig verstört aus. »Dr. Schultheiß macht schon Wiederbelebungsversuche«, sagte sie. »Es ist schrecklich ... schrecklich ...«

Er stieß die Tür zum Nebenraum auf. Ein penetranter Geruch von Kot und Urin schlug ihm entgegen und nahm ihm einen Augenblick den Atem. Dann sah er inmitten des Zimmers neben einem Tisch Dr. Schultheiß stehen, hemdsärmelig, bespritzt mit Kot.

»Wer hat ihn gefunden?« fragte Dr. Böhler.

»Emil Pelz.« Dr. Schultheiß unterbrach die künstliche Atmung. »Er hätte es nicht bemerkt, und keiner hätte es gemeldet, wenn er nicht eine Ente hätte ausleeren müssen. Er fand den

Mann, auf dem Rücken in der Kotgrube liegend. Man sah, daß jemand versucht hatte, ihn unterzutauchen.«

»Kein Selbstmordversuch?«

»Ausgeschlossen! Es gibt schönere Arten, aus dem Leben zu scheiden.«

Die Tür wurde aufgerissen. Worotilow und Dr. Kresin traten ein. Worotilow zog die Nase hoch, Dr. Kresins Gesicht grinste breit. »Eine ausgesprochen beschissene Sache«, sagte er laut.

Worotilow warf einen Blick auf den Mann und sah zu Dr. Böhler. »Tot?« Seine Stimme klang belegt.

»Nein«, antwortete Dr. Schultheiß an Böhlers Stelle. »Noch ist er zu retten. Er muß sofort ins Lazarett unter den Sauerstoffapparat. Ich habe Schwester Waiden hinübergeschickt wegen einer Trage.«

»Gut! Retten Sie den Mann auf jeden Fall! Er muß aussagen! Er *muß*, verstehen Sie!« Er wandte sich ab, riß die Tür auf und schrie ein paar Kommandos hinaus. Dr. Kresin wurde ernst.

»Er läßt den ganzen Block zusammentreiben«, sagte er zu Dr. Böhler.

»Ja, ich weiß.« Hinter ihnen hörte man das Keuchen Dr. Schultheiß', der wieder mit der künstlichen Atmung einsetzte. »Kennen Sie den Mann, Dr. Kresin?«

»Ja«, sagte der russische Arzt steif. »Er heißt Walter Grosse.«

Dr. Böhler blickte sich um. Emil Pelz war gerade dabei, die bleiche Gestalt mit einer großen Blechschüssel vom Kot zu reinigen. »So eine Sauerei!« sagte er dabei.

»Walter Grosse ...«, wiederholte Böhler. »Das wird unangenehm für uns alle werden – für alle im Lager 5110/47!«

Dr. Kresin sah ihn fragend an.

»Der Plenni Walter Grosse war ein Spitzel-Verbindungsmann zum MWD, so nennen Sie das wohl, Doktor Kresin.«

»Dieser Mann da?«

»Ja. Er hat Kommissar Kuwakino die internen Informationen aus dem Lager geliefert.« Dr. Böhler sah wieder auf den Ohnmächtigen, seine Backenknochen mahlten. »Heute möchte ich kein Arzt sein.«

»Aber Sie sind es immer, Doktor.« Dr. Kresin trat nahe an ihn heran. »Machen Sie jetzt keinen Unsinn, mein Freund! Ich kann verstehen, wie es jetzt bei Ihnen da drinnen« – er tippte Dr. Böhler auf die Brust – »aussieht. Aber Zähne zusammenbeißen! Denken Sie zuerst immer daran: Er ist ein Mensch! Nur ein Mensch. Ohne Namen, ohne Beruf, ohne Persönlichkeit ... ein nackter, armer Mensch! Ein Mensch, der jetzt um Hilfe schreit ... um die Hilfe eines Arztes! Und das sind Sie!«

Dr. Böhler sah Dr. Kresin starr an. »Das sagen Sie mir, Kresin! Sie, der vor einer halben Stunde Gott leugnete. Ich danke Ihnen. Sie haben mehr innere Größe als ich ...«

»Idiot!« knurrte Dr. Kresin. Verschämt wandte er sich ab und brüllte die zwei Träger an, die mit der Bahre hereinkamen.

»Schneller! Schneller!« schrie er.

Von draußen hörte man das Trillern der Pfeifen, Schuhe klapperten über den vereisten Schnee, Stimmen wurden laut, Kommandorufe, Flüche, Schreie.

Block 12 wurde zusammengetrieben.

Auch Block 11 und Block 10, die daneben lagen, waren alarmiert worden und traten mit an.

2439 Männer.

Major Worotilow schlug mit der Reitgerte gegen die hohen Juchtenstiefel. Seine Tellermütze saß korrekt auf dem Kopf. Das wirkte wie eine Warnung – die Unnahbarkeit des Stärkeren.

Die 2439 Männer schwiegen. Wie ein Lauffeuer war es durch das Lager gegangen, wen man in die Latrine gestoßen hatte.

Walter Grosse, ehemaliger Politischer Leiter in Stuttgart, Kreisorganisationsleiter der NSDAP – seit drei Jahren als deutscher V-Mann beim MWD und Spion bei den eigenen gefangenen Kameraden.

Die 2439 Männer sahen verbissen auf Worotilow. In ihren Augen stand der Trotz, die innere Auflehnung, die Revolte. Worotilow sah es, er wurde steif und spürte Brutalität in sich aufsteigen. Das erschreckte ihn, aber er wehrte sich nicht dagegen. Es ist meine Natur, dachte er. Ich bin ein Russe! Ich bin der Sieger! Seine Reitgerte fuhr zischend durch die eisige Luft. »Ruhe!« brüllte er.

Der Dolmetscher Jakob Utschomi schlich heran. Der kleine Jude war bleich und zitterte. Er allein schien zu wissen, was gleich mit den Blocks 10, 11 und 12 geschehen würde. Er stellte sich neben den Major. Wenn Worotilow mit den Gefangenen sprach, konnte er kein Deutsch mehr.

In der Latrinenbaracke bettete man Walter Grosse auf die Bahre. Dr. Schultheiß stand, beschmiert wie er war, daneben und fühlte den Puls des fast Leblosen.

»Nicht mehr tastbar«, sagte er zu Dr. Böhler.

Die Bahre wurde hinausgetragen. Der Gestank des Kots flog ihr voraus. Vorbei an der Mauer der angetretenen 2439 Männer rannten die Träger zum Lazarett. Dr. Böhler folgte ihnen, während Kresin sich hinter Worotilow stellte.

»Abzählen«, sagte Worotilow zu Utschomi. »Zu zwanzig! Jeder zwanzigste soll vortreten.« Der kleine Dolmetscher schrie es mit seiner hellen Stimme über den Platz. Schweiß stand unter seiner hohen Pelzmütze. Jeder zwanzigste – er zitterte.

Die Zahlen flogen durch die klirrende Luft. Schritte knirschten. Die abgezählten Plennis traten vor. Stumm, starr, verbissen.

Major Worotilow sah sie an, er winkte den russischen Posten – sie bildeten einen Kreis um die Abgezählten. Die Läufe ihrer kurzen, klobigen Maschinenpistolen zeigten auf sie.

»Diese Männer werden erschossen, wenn Walter Grosse stirbt und sich die Attentäter nicht melden!« Worotilow sah auf die Mauer der Gefangenen. »Bis dahin gibt es für alle drei Blocks nur halbe Rationen! Die Arbeitskommandos bleiben eine und eine halbe Schicht draußen ohne Bezahlung!« Er fuhr wieder mit der Peitsche durch die Luft. »Wegtreten!«

Utschomi wiederholte es ... die Mauer stand.

»Wegtreten!« schrie Worotilow.

Die 2439 standen. Keiner rührte sich. Dr. Kresin biß sich auf die Unterlippe. Verdammt, wenn das Moskau erfährt! Verdammt!

Major Worotilow starrte die Mauer der stummen Männer entlang. Er sah tausend Augen auf sich gerichtet, voll Haß und Hunger, voll Schrecken und Trotz.

»Wegtreten!« brüllte er heiser auf deutsch.

Die Plennis, die Verdammten, standen.

Da wandte er sich ab, winkte den Posten und stapfte allein davon. Er stieß den gefrorenen Schnee vor sich her, er stampfte seinen Zorn in den Boden. Hinter sich hörte er, wie die abgezählten zwanzigsten von den Posten in die Mitte genommen und abgeführt wurden. Sie kamen in eine Baracke neben der Kommandantur. Zehn Posten bewachten sie von jetzt ab Tag und Nacht.

Die anderen Männer standen noch immer. Standen im Schnee, in klirrender Kälte. Sie standen wie Pflöcke, die man in die Erde gerammt hat, unerbittlich und unbeweglich.

In der Kommandantur hieb Major Worotilow immer und immer wieder mit der Reitgerte auf den Tisch. »Ich lasse sie alle erschießen!« schrie er Dr. Kresin an. Er glühte vor Wut und berauschte sich an blutigen Bildern. »Alle, alle werde ich erschießen lassen. Alle 2439 Mann! Mit vier Maschinengewehren, an der Mauer! Ich lasse mir das nicht bieten! Sie sind Gefangene ... da gibt es keine Auflehnung! Ich werde sie zerbrechen, wie man Holz über den Knien zerbricht!«

Dr. Kresin zündete sich eine Zigarette an. Er machte ein nachdenkliches Gesicht. »Denken Sie an Moskau, Genosse Major. Man wird Rechenschaft von Ihnen fordern.«

»Ich lasse mir das nicht bieten!« schrie Worotilow außer sich vor Wut.

»Sperren Sie ihnen alle Vergünstigungen ... machen Sie aus dem Lager ein dumpfes Gefängnis, sperren Sie das Licht ab neun Uhr abends, aber lassen Sie die Männer selbst in Ruhe ... Nichts bedrückt sie mehr als die Streichung aller Vergünstigungen ...«

Major Worotilow sah an die Decke, von der eine billige Lampe über dem Tisch hing, eine Lampe mit einem häßlichen dunkelgrünen Stoffschirm.

»Das sind gute Ideen, Dr. Kresin! Ich werde das Lager in eine bewohnte Einöde verwandeln, bis sich die Mörder melden!«

»Und was wollen Sie mit den Mördern machen?«

»Ich werde sie dem Genossen Kommissar übergeben.«

Dr. Kresin wiegte den mächtigen Kopf hin und her. Seine Augen waren halb geschlossen. »Das wäre grundfalsch, Genosse Major. Wir alle achten Sie, nur einen Feind haben Sie: Kuwakino. Nicht einen persönlichen – dazu hätte er keinen Grund –, aber einen ideologischen. Das ist viel schlimmer. Kuwakino ist ein Fanatiker. Er sucht Opfer, über die er nach oben ins Obere Politbüro der Partei kommt. Er will einen Knüppeldamm aus Knochen bauen, denn der Weg nach Moskau ist schlammig und schlüpfrig und sehr glatt. Er würde sich nicht scheuen, auch Sie auf seinen Weg zu legen. Der Kommandant von Lager 5110/47, der es nicht fertigbringt, seine Gefangenen in Ordnung zu halten. Der sowjetrussische Major mit einem Herz für das Deutsche, der Offizier, der nicht vergessen kann, daß er deutsche Ausbilder hatte, und der abends Clausewitz liest und die Erinnerungen von Moltke und Hindenburg!«

»Seien Sie still, Genosse!« sagte Worotilow schwach.

»Ich weiß es ... auch Dr. Böhler ahnt es ... Kuwakino beobachtet Sie, er weiß es nicht ... *noch* nicht!« Dr. Kresin warf seine Zigarette in den glühenden Ofen. »Ich möchte fast wünschen, daß dieser Walter Grosse nicht durchkommt, um nicht aussagen zu können ...«

»Sagen Sie das Dr. Böhler, Genosse.«

»Ich werde mich hüten! Er ist Arzt wie ich. Auch ich würde ihn zu retten versuchen, und wenn ich bis zum Hals in dieser furchtbaren Geschichte steckte. Für uns Ärzte gilt nur der hilflose Mensch – was später kommt, darf uns nicht verhindern, zu helfen!«

»Sie könnten am nächsten Sonntag im Lager die Predigt halten!« sagte Worotilow giftig.

Ohne Antwort verließ Dr. Kresin die Kommandantur.

In dem neuen Operationsraum des Lazaretts lag Walter Grosse auf dem Operationstisch; während die beiden Schwestern Martha Kreutz und Erna Bordner ihn mit einer Alkohollösung reinigten, regulierte Dr. Schultheiß an der Sauerstoff-Flasche den Luftstrom, den Dr. Böhler durch einen Glastrichter in den geöffneten Mund fließen ließ. Dabei preßte er die Seiten und die Brust des Patienten und ließ Martha Kreutz mit den Armen pumpen.

»Die Brust hebt sich«, sagte er plötzlich.

»Gott sei Dank!« Dr. Schultheiß wischte sich den Schweiß von der Stirn. Er sah zu, wie Erna Bordner mit einem Zerstäuber den penetranten Geruch im Raum bekämpfte.

»Wir haben ihn durch.« Dr. Böhler gab den Glastrichter an Emil Pelz und ging zum Waschbecken. »Wenn er aus der Ohnmacht erwacht, rufen Sie mich sofort, ehe Sie einen anderen heranlassen! Auch nicht Worotilow oder Dr. Kresin ...«

In diesem Augenblick öffnete sich die Tür, und Dr. Kresin trat ein. »Ich hörte meinen Namen?« fragte er.

»Ganz recht. Ich verbot eben allen, jemanden zu dem Patienten zu lassen, auch Sie nicht!«

»Sie haben ihn durchbekommen?« Dr. Kresin blickte zu dem Tisch hin, wo Emil Pelz begann, die Brust und die Seiten zu massieren. »Sie haben ihn wirklich gerettet?«

»Wie Sie sehen.«

»Eine edle menschliche Tat, Herr Kollege! Mit ihr werden schöne Schwierigkeiten beginnen.«

»Das weiß ich. Deshalb möchte ich auch zuerst allein mit ihm sprechen.«

Dr. Kresin schob die Unterlippe vor. »Das war ein guter Gedanke.« Er wollte weitersprechen, aber die Tür wurde aufgerissen. Die Kasalinsskaja stand im Raum. Sie war aufs höchste erregt.

»Die Kerle stehen noch immer draußen!« schrie sie.

Dr. Böhlers Kopf fuhr herum. »Die drei Blocks?!«

»Ja. Zweitausend Mann. Sie stehen da seit einer Stunde! Sie rühren sich nicht! Sieben sind vor Kälte umgefallen ... Sie liegen neben den Reihen ... aber die Reihen stehen!«

»Das ist eine Revolte!« schrie Dr. Kresin.

»Kommen Sie!« Dr. Böhler warf seine Jacke um und eilte aus dem Zimmer. Die Kasalinsskaja und Dr. Kresin folgten ihm. Auf dem Platz sahen sie schon von weitem die starre, dunkle Mauer der Männer. So, wie sie vor einer Stunde zusammengerufen worden waren, standen sie noch. Zwischen ihnen die Lücken: neunzehn Mann – eine Lücke ... neunzehn Mann – eine Lücke ...

Dr. Böhler sah in ihre verbissenen Augen, auf ihre blauen Lippen. »Geht in die Baracken«, sagte er mild. »Walter Grosse ist gerettet.«

»Dann werden wir ihn später ersäufen!« schrie jemand aus dem unbeweglichen Block. Die russischen Posten standen herum und wußten nicht, was sie tun sollten.

»Er ist ein Verräter!« rief einer aus der Menschenmauer. »Er hat uns ausspioniert! Wir gehen nicht weg, bis die anderen aus der Strafbaracke entlassen werden!«

»Ihr könnt hier doch nicht stundenlang stehen bleiben!«

»Wir können!« schrie ein anderer.

»Nicht jeder zwanzigste ist schuldig, sondern wir alle!« rief ein dritter.

Von der Kommandantur her kam Major Worotilow. Er war unheimlich blaß. Hinter ihm liefen vier Gruppen Wachtposten mit je einem schweren Maschinengewehr in der Mitte. Sie verteilten sich über den Platz und brachten die Waffen in Stellung. Drohend starrten die schwarzen Läufe auf die Menschenmauer. Die Gurte rasselten durch das Schloß, die Schützen luden durch. Worotilow stellte sich neben Dr. Böhler.

»Wegtreten!« brüllte er heiser.

Keiner der 2000 rührte sich. Sie sahen auf die Läufe der Maschinengewehre und schienen zu warten. In diesem Augenblick durchjagte Dr. Kresin eine Erleuchtung. Er griff nach vorn, riß Dr. Böhler am Jackenkragen zu sich heran, schleifte den Verblüfften vor ein Maschinengewehr und stieß ihn brutal an den Lauf, der kurz ein wenig nach oben schwenkte.

»Ihr geht sofort in die Baracken!« schrie er über den Platz und hob den Arm. »Wenn ich die Hand senke, und ihr steht noch hier, lasse ich Dr. Böhler erschießen!«

Ein Knirschen ging durch die Reihen. Dr. Böhler blickte Kresin an. An seinen Augen sah er, daß es ernst war, kein Bluff, kein Theater ... wilde Entschlossenheit stand in diesen Augen. Worotilow war herumgefahren. Er starrte auf die beiden Ärzte und begann zu zittern. Nein! wollte er schreien, aber das Entsetzen lähmte ihn, und seine Stimme versagte.

Dr. Kresin sah hinüber zu den 2000 Gefangenen. Er wartete ein paar Sekunden, dann senkte sich langsam seine Hand. Der Posten am Maschinengewehr, ein Mongole, grinste dumm und legte den Finger an den Abzug.

Die ersten Reihen des Blocks begannen zu schwanken ... langsam bröckelte die Mauer ab. Einzeln schlichen die Männer zu den Baracken zurück, sie blickten sich um und sahen noch immer Dr. Kresin mit halb erhobener Hand stehen. Immer schneller lösten sich die Reihen auf, die letzten trugen die sieben ohnmächtigen Kameraden fort in das Revier ... Regungslos starrte Worotilow auf den sich leerenden Platz, die Kasalinsskaja hatte die Augen geschlossen. Dr. Böhler wandte sich zu Kresin um. Der grinste ... ein verzweifeltes, verzerrtes Grinsen.

Der Platz war leer. Kresin trat gegen den Lauf des Maschinengewehrs und ließ die Hand sinken. Er ließ den Jackenkragen Dr. Böhlers los, wandte sich ab und ging stumm, allein, nach vorn gebeugt davon. Keiner schloß sich ihm an ... alle warteten, bis er zwischen den Blocks verschwunden war. Dann ging auch die Kasalinsskaja. Sie vermied es, Dr. Böhler anzusehen. Sie schämte sich.

Die Posten marschierten ab. Der Platz lag leer in der klirrenden Kälte, nur Dr. Böhler und Worotilow standen noch da. Langsam ging der Major auf den Arzt zu. »Verzeihen Sie«, sagte er leise.

»Was?«

»Ich danke Ihnen.« Worotilow senkte den Kopf. »Sie haben Walter Grosse das Leben gerettet, Leutnant Markow und vielen, vielen anderen. Heute, soeben haben Dr. Kresin und Sie *mir* das Leben gerettet ...«

Er wollte Dr. Böhler die Hand geben, aber dann zog er die halb ausgestreckte Hand zurück und drehte sich um. Mit großen Schritten eilte er davon.

Aus der Ecke einer Baracke löste sich eine Gestalt. Klein, schmal, frierend stand sie im Schnee. Ohne Mütze, ohne Mantel, ohne Handschuhe. Die blonden Locken umgaben das bleiche Gesicht: Terufina Tschurilowa. Sie weinte ...

Dr. Böhler sah sie nicht mehr. Er war schon auf dem Weg zum Lazarett.

In der Nacht kam Walter Grosse wieder zur Besinnung. Dr. Schultheiß hockte an seinem Bett, Ingeborg Waiden saß an der Tür und drehte Tupfer für Operationen.

Grosse sah sich ängstlich um und versuchte, sich im Bett aufzurichten. Als Dr. Schultheiß ihn sanft niederdrückte, schlug er um sich und schrie grell.

»Nein! Nein! Laßt mich los! Ich will nichts verraten! Ich will euch alles sagen! Laßt mich los! Hilfe! Hilfe! Nicht in die Scheiße! Hilfe! Gnade ... Gnade ...« Er wimmerte und schlug die Hände vor die Augen. Speichel rann aus seinem Mund. Sein Körper bäumte sich auf.

Ingeborg Waiden trat an das Bett und nahm Grosse sanft die Hände von den Augen. »Sei still«, sagte sie fast zärtlich. »Du bist doch in Sicherheit.«

Beim Klang der Frauenstimme öffnete Walter Grosse die Augen. Er starrte die Schwester ungläubig an und wandte dann den Kopf zu Dr. Schultheiß.

»Herr Doktor ...«, stammelte er. Er tastete nach seiner Hand und hielt sie ganz fest. In seinen Augen flackerte wieder die Angst. »Sie werden mir doch nichts mehr tun ...?«

»Nein. Hier sind Sie in Sicherheit ...«

»Sie wollten mich in der Latrine ersäufen!« Walter Grosse schluchzte und drehte den Kopf zur Seite. »Sie haben mich in die Scheiße geworfen und wollten mich mit Stangen unter den Brei stoßen. O mein Gott ... mein Gott ...« Er weinte wie ein kleines Kind, hell, plärrend, unterbrochen von lautem Schluchzen.

Dr. Schultheiß nickte Ingeborg Waiden zu. Sie verließ leise das Zimmer, um Dr. Böhler zu benachrichtigen. Der Arzt drehte den Kopf des Wimmernden wieder zu sich herum.

»Nun ist alles gut, Walter. Wir haben dich gerettet, und nun lebst du weiter ...«

»Wie lange noch?«

»Bis deine Zeit abgelaufen ist.«

Grosse klammerte sich an den Armen des Arztes fest.

»Werden sie mir bestimmt nichts mehr tun?« Sein Atem keuchte. »Sie werden mich wieder in die Latrine stoßen, wenn ich aus dem Lazarett komme.« Er ließ sich zurückfallen ins Bett und weinte wieder. »Ich habe solche Angst ...«

So lag er einige Zeit, bis sich die Tür öffnete und Dr. Böhler eintrat. Walter Grosse kreischte auf. Er konnte vom Bett aus nicht sehen, wer hereinkam.

»Sie kommen mich holen! Hilfe! Hilfe!« Er wollte aus dem Bett springen, aber Ingeborg Waiden trat in den Lichtkreis. Das beruhigte Grosse, er ließ sich zurückgleiten. Dr. Böhler trat an das Bett. Mit einem Nicken erhob sich Dr. Schultheiß und verließ mit Ingeborg Waiden das Zimmer.

Dr. Böhler nahm Grosses schlaffe Hand. »Nun sind wir allein, Walter Grosse, ganz allein ... Du kennst mich?«

»Ja, Herr Stabsarzt.« Grosse nickte beruhigt. »Sie haben mich gerettet, Sie sind gut ...«

»Warum hat man dich in die Latrine geworfen?« fragte Dr. Böhler hart. »Bist du so ein Schwein, daß man dich ersäufen muß? Nun sag die Wahrheit, Walter Grosse ...«

In die Augen des Geretteten trat ein gehetzter Blick. Wie ein getretenes Tier sah er Dr. Böhler an.

»Sie auch?« stammelte er ängstlich.

»Ich habe dich gerettet, weil ich Arzt bin. Jetzt bist du außer Gefahr ... und jetzt frage ich dich als Plenni! Als einer deiner Kameraden, die bei Stalingrad gefangen wurden und seit fünf Jahren auf die Heimkehr hoffen. Ein Plenni wie du. Oder bist du gar kein Plenni, Walter Grosse?«

Der Mann im Bett zitterte, als werfe ihn ein eisiger Sturm hin und her. Seine Zähne klapperten hörbar vor Angst und Entsetzen.

»Antwort!« herrschte Dr. Böhler ihn an.

»Doch! Doch!« Walter Grosse weinte wieder. »Ich bin ein Plenni. Aber der Kommissar ...«

»Wadislaw Kuwakino?«

»Ja. Er legte mir eine Liste vor, die er aus Deutschland bekommen hatte. Er wußte jetzt, daß ich Kreisorganisationsleiter in Stuttgart war, Politischer Leiter, und daß man mich in Stuttgart bei den Amis angezeigt hatte, ich hätte 1943 russische Fremdarbeiter geschlagen.« Grosse hob beide Arme. »Ich schwöre bei Gott: Es ist nicht wahr!«

»Weiter!« sagte Dr. Böhler ungerührt.

»Der Kommissar sagte mir, damit sei mein Todesurteil bereits gesprochen. Er brauche nur zu winken, dann käme einer ins Zimmer und gäbe mir den Genickschuß. Ich fiel zusammen, ich heulte und kroch auf den Dielen herum. Ich war so feige, so elend feig. Ich wollte leben! Da sagte der Kommissar, daß ich mich retten könnte, wenn ich ein V-Mann zum MWD würde, wenn ich meine Kameraden im Lager bespitzeln und es ihm melden würde. Wenn ich Spion in den Reihen der Plennis würde und alle anzeigte, die schlecht über Rußland und die Kommunistische Partei sprechen. Ich habe ihm die Hände geküßt und den Schein unterschrieben! Damit war ich frei ... keiner gab mir den Genickschuß, ich bekam sogar in der Küche von Pjatjal mehr zu essen als die anderen. Und ich meldete alles, was ich hörte und sah.«

»Dann warst du doch ein elendes Schwein!«

»Ich bin Vater von vier Kindern. Ich will wieder nach Hause!«

»Und wie viele Familienväter hast du denunziert? Daran hast du nicht gedacht! Nur immer ich! Ich! In der Gefangenschaft heißt es ›wir‹! Das ›wir‹ ist das große Symbol der Kameradschaft. Du hast es in den Dreck gezogen und solltest im Dreck ersticken. Das war nur gerecht ... Siehst du das ein?«

Walter Grosse kroch in sich zusammen. »Ja ...«, röchelte er.

Dr. Böhler schob die Hand weg, die zaghaft nach ihm tastete. »Noch etwas«, sagte er hart. »Worotilow wird dich verhören, auch Dr. Kresin, vielleicht auch Kuwakino ... Du weißt nicht, wer dich in die Latrine warf! Du hast sie nicht erkannt! Verstanden? Wenn du nur einen Namen nennst, wirst du wieder in die Latrine fliegen ... und dann werde ich vergessen, daß ich Arzt bin, und dich nicht retten! Ich werde es auf mein Gewissen vor Gott nehmen, dir jede Hilfe zu verweigern! Hast du mich verstanden?!«

»Ja.« Walter Grosse zitterte, die Tränen rannen über sein Gesicht. »Ich habe es doch nur aus Angst getan ... Man wollte mich erschießen ... und ich habe vier Kinder ...«

Die Tür sprang auf, Major Worotilow stand im Rahmen. Walter Grosse fiel in die Kissen zurück, er wimmerte vor Angst.

»Sie allein mit Grosse?« fragte Worotilow sarkastisch. »Darf ich mich Ihrem Verhör anschließen, Doktor?«

»Ich untersuche nur den Patienten.«

»Seelisch, ich verstehe.«

»Er ist vernehmungsfähig. Aber ich muß als Arzt bemerken, daß sein Herz einen Schock bekommen hat und bei Überanstrengung ein Herzschlag eintreten kann.«

Major Worotilow lachte leise. »Ich verstehe nichts von Medizin, aber so idiotisch bin ich nicht, um nicht zu wissen, daß so ein Schock im Herzen völliger Quatsch ist! Das gibt es nicht. Grosse ist gesund ... vielleicht noch ein wenig nervenschwach. Aber das gibt sich.« Er trat an das Bett. Walter Grosse starrte ihn aus tief in den Höhlen liegenden Augen an. »Nun, du Schwein«, sagte Worotilow. »Schade, daß du nicht mehr Scheiße gefressen hast!« Mit den Beinen angelte er sich einen Schemel heran und setzte sich. Unwillkürlich rückte Walter Grosse in die äußerste Ecke des Bettes.

»Wer hat dich in die Latrine geworfen?«

Grosse starrte Worotilow an. »Ich habe sie nicht erkannt.«

»Ich lasse dich erschießen, wenn du mir die Namen nicht nennst!«

»Ich weiß es nicht!« schrie Grosse gellend. Er warf sich aufs Gesicht und krallte die Finger in das Bett. Auf und nieder zuckte sein Körper.

»Er ist nicht mehr vernehmungsfähig«, sagte Dr. Böhler aus seiner Ecke heraus.

Worotilow erhob sich schnell. »Gut haben Sie das gemacht. Sehr gut! Ein wenig Seelenmassage, was? Glauben Sie, daß sie anhält?«

»Ja.«

Worotilow nickte. Er lächelte breit und hob grüßend die Hand. »Wie gut Sie mich damals verstanden haben, Herr Doktor«, sagte er voll scharfen Hohns. »Der Sieg der Macht! Die Macht des Grauens! Ich hätte Sie nicht darüber zu unterrichten brauchen ... ich sehe, daß unsere Methode auch in Ihren Händen gut ist!« Er ging zur Tür und öffnete sie. »Erinnern Sie sich Ihrer Zeit in dem Waldlager? Im Sommer? Denken Sie an unsere ideologischen Gespräche?« Er legte die Hand an seine Tellermütze. »Ich grüße jetzt meine Idee in Ihnen, Herr Doktor ...«

Als die Tür zuklappte, kaute Dr. Böhler an der Unterlippe. Er schaute auf den weinenden Walter Grosse, den Angst und Grauen schüttelten. Die Angst trieb ihn in das Lager des russischen

Geheimdienstes, die Angst trieb ihn zurück zu seinen deutschen Kameraden. Und zwischen diesen Ängsten wurde sein Leben zermahlen – zu Mehl, zu Staub, der im leisesten Wind zerflattern würde. Der ein Nichts werden würde ... die grauenvolle Leere, die hinter der Angst steht.

»Ekelhaft«, sagte Dr. Böhler leise. Denn auch er hatte plötzlich Angst. Ein Name trat in sein Bewußtsein, der ihn zaghaft machte: Wadislaw Kuwakino.

Noch saß er nebenan bei Leutnant Markow.

Noch! Doch was war, wenn er herausbekam, was geschehen war? Wenn er Grosse verhörte? Würde dann die Angst vor den Russen nicht doch stärker sein?

Die Lage begann kritisch zu werden, als am Abend des gleichen Tages das Lagerorchester zusammenkam und die Ouvertüre der Operette durchproben wollte. Peter Fischer suchte seine von Julius Kerner geerbte Trompete, jeder suchte sein Instrument in der großen Saalbaracke, der Stolowaja, wie der Russe sie nannte. Aber dort, wo man sie abgestellt hatte, war der Platz leer – selbst die Notenständer, aus Knüppeln gezimmert, waren verschwunden. Der Dirigent des Orchesters, ehemaliger Kapellmeister, sah sich verblüfft um.

»Die haben unsere Instrumente weggenommen«, sagte er hilflos. »Anders ist es nicht zu erklären.«

Betreten standen die Musiker herum, bis Karl Georg, der Schlagzeug spielte, von draußen wieder hereinkam. Sein Gesicht war bleich und wutverzerrt.

»Der Posten sagt – beschlagnahmt!« schrie er. »Wegen der Sache mit Grosse! So lange beschlagnahmt, bis sich die Täter melden! Außerdem ist es verboten, weiter zu proben! Es gibt keine Bibliothek mehr, nur noch halbes Essen für das ganze Lager, keine Zeitungen, ab neun Uhr – das ist in 20 Minuten – kein Licht mehr! Zum Kotzen ist das!«

Peter Fischer hockte auf einem Schemel, ein Häuflein Unglück. »Das hätte sich der Kerner mit seiner Trompete nicht gefallen lassen. Er wäre zu Worotilow gegangen ...«

»Dann geh doch, du Idiot!« schrie Karl Georg. »Dir fehlt auch so ’ne Nase wie dem Sauerbrunn seine ...«

Der Dirigent ordnete die handgeschriebenen Noten; dann verteilte er sie nach den Instrumenten. »Proben wir so«, sagte er. »Jeder kennt sein Instrument ... üben wir jetzt bloß die Einsätze. Ich markiere die Instrumentalgruppen.« Er hob den Taktstock – aus einer Birke geschnitten, weiß, lang, zart. »Die Bläser beginnen. Tata ... tata ... Erst die Trompeten ... dann nach sieben Takten die Flöten und Klarinetten. Nach Takt zwölf Einsatz der Pauke ...«

Die Musiker umstanden den Dirigenten. In ihren Ohren klangen die Melodien, während sie stumm auf die Noten starrten, die Takte zählten und auf den Taktstock achteten, der die Tempi angab, während die linke Hand den Instrumenten den Einsatz zuwinkte. Es war eine gespenstische Szene – 32 Männer, stumm, Noten in den Händen, und ein Dirigent, der voll dirigierte.

Um neun Uhr erlosch das Licht. Dunkel, feindlich lagen die Baracken im Schnee unter dem kalten Himmel. Nur im Lazarett brannten die Lampen.

Peter Fischer ging zu dem Ofen, den man in der Ecke des Saales angesteckt hatte, und hielt einen Holzkloben in die Glut. Als das Scheit brannte, zog er es heraus und hielt es hoch über seinen Kopf. Flammendes Licht umspielte die stummen Musiker und warf zuckende Schatten gegen die Wände.

»Proben wir weiter«, sagte der Dirigent. Seine Stimme war brüchig vor Ergriffenheit. »Zweiter Teil, ab Takt 34. Die ersten Geigen setzen ein ... Langsamer Bogenstrich, singend ... Und genau auf die Tempi achten, da gleich die Celli einsetzen ...«

Dreimal wechselte Peter Fischer das brennende Scheit, dann hatte der Posten dem Major gemeldet, daß in der Stolowaja die Gefangenen trotz Dunkelheit und ohne Instrumente probten. Worotilow hatte den Russen ungläubig angesehen und war ein

Stück mitgekommen. Vor der Baracke hatte er durch das Fenster geblickt und das stumme Orchester mit dem fackelschwingenden Peter Fischer beobachtet. Er hatte dem Posten zugenickt und war zurück in seine Kommandantur gegangen. Lange stand er zögernd vor dem Hauptschalter. Nur ein Griff – und im Lager war Licht. Worotilow hatte schon die Hand ausgestreckt, hastig zog er sie wieder zurück.

Es sind Gefangene ... es sind Verdammte! Der Sieger ist Rußland! Sie haben zu gehorchen. Er starrte auf den schwarzen Hebel – zögernd wandte er sich ab und ging in sein Zimmer.

Am nächsten Morgen wurden nur die halben Portionen ausgeteilt. Michail Pjatjal ließ sich bei den Essenholern nicht blikken – er schickte Bascha Tarasowa vor und ließ sie die Flüche der Plennis anhören.

Im Lazarett stand Dr. Böhler vor seinem Sanitätspersonal. Er blickte von einem zu anderen – Dr. Schultheiß, Ingeborg Waiden, Martha Kreutz, Erna Bordner, Emil Pelz und vier Hilfssanitäter. Sein Gesicht war sehr ernst.

»Worotilow läßt nur halbe Portionen ausgeben«, sagte er langsam. »Das bedeutet, daß wir innerhalb von drei Wochen die ersten Fälle von Hungerödem bekommen. Von Herzschäden ganz zu schweigen! Ich bin gewillt, diese Strafmaßnahme nicht hinzunehmen!«

Ingeborg Waiden sah ihren Chef verblüfft an.

»Was wollen Sie dagegen tun?« fragte sie kleinlaut.

»Ich werde das Lazarett schließen.«

»Was werden Sie?« Dr. Schultheiß schüttelte den Kopf. »Das geht doch nicht! Wir haben voll belegt. Leutnant Markow liegt hier ...«

»Um den kann sich Dr. Kresin kümmern. Außerdem haben die Russen ja die Kasalinsskaja und die Tschurilowa! Wenn ihr alle Mut habt, ein wenig Zivilcourage, und bereit seid, die Folgen zu tragen, legen wir ab heute die Arbeit nieder, bis wieder normale Verhältnisse im Lager herrschen. Ich nehme es allein auf mich: Ihr habt alle nur unter meinem Befehl gehandelt.«

Dr. Schultheiß trat vor. Sein junges Gesicht mit den blonden Haaren darüber war gerötet. »Wir lassen Sie nicht allein, Herr Stabsarzt!«

»Dann kann ich dem Major melden, daß wir nicht mehr arbeiten?«

»Ja, Herr Stabsarzt.«

Dr. Böhler wandte sich ab und verließ das Lazarett. Bevor er aber zu Worotilow ging, schrieb er noch einen Brief und gab ihn Dr. Schultheiß. »Bewahren Sie ihn gut«, sagte er mit belegter Stimme. »Es kann sein, daß ich nicht zurückkomme. In diesem Falle behalten Sie den Brief und geben ihn meiner Frau, wenn Sie dazu Gelegenheit haben. Einmal werden Sie ja doch aus Rußland herauskommen ...«

Dr. Schultheiß legte den Brief zur Seite auf den Tisch. Seine Augen glänzten. »Ich lasse Sie nicht allein gehen, Herr Stabsarzt! Ich gehe mit zu Worotilow!«

»Sie bleiben! Einer muß doch auf Ordnung sehen. Und meinen Brief müssen Sie an die Adresse meiner Frau besorgen. Das ist mir wichtiger als Ihr Heldentum! Vergessen Sie das nicht.«

Dr. Schultheiß zögerte. In seinen Zügen arbeitete es. »Nein«, sagte er. »Ich werde es nicht vergessen ...«

Er begleitete Dr. Böhler bis zur Treppe des Lazaretts und blieb dort stehen. Er sah, wie Dr. Böhler an der Kommandantur seine Stiefel abklopfte und die Tür aufriß. Dann war er im Innern verschwunden, und Dr. Schultheiß hatte das beklemmende Gefühl, er werde ihn nie mehr wiedersehen.

Eine Hand legte sich auf seine Schulter. Ingeborg Waiden stand hinter ihm. Sie hatte Tränen in den Augen.

»Ich habe Angst«, sagte sie leise.

»Ich auch, kleine Schwester.« Er legte den Arm um ihre Schulter. »Aber das Leben wird weitergehen, wenn es sein muß, auch ohne den Chef. Tausende brauchen uns, wie wir Dr. Böhler brauchen.« Er strich ihr mit dem Handrücken die Tränen von den Wangen und zog sie in die Baracke.

Am Fenster des Nebengebäudes stand Janina Salja und beobachtete sie. Sie sah, wie er sie umfaßte, wie seine Hand über ihre Wangen strich. Ihre Augen brannten, rote Flecke zeichneten sich auf ihrer blaßgelben Haut ab.

Die deutsche Schwester! Diese verfluchte, hübsche Deutsche!

Sie trat zurück in ihr Zimmer und griff unter das Kopfpolster des Bettes. Eine kleine Pistole lag in ihrer Hand. Sie betrachtete sie nachdenklich, ehe sie die Waffe in die Tasche ihres Morgenrocks steckte. Dann trat sie an die Tür und rief in den Gang hinaus: »Dr. Schultheiß soll kommen!«

Füße trappelten. Ein Sanitäter lief, den Arzt zu holen. In der Tasche des Morgenrockes hielt Janina den Griff der Waffe umklammert, ihr Körper bebte.

Sie hörte durch den Spalt der geöffneten Tür auf dem Gang seinen schnellen, festen Schritt.

Jens, dachte sie. Jetzt geht er in den Tod ... aber nicht allein, ich gehe mit ihm ...

Wenn er die Tür öffnet, werde ich abdrücken ... erst er, dann ich ... Dann haben wir Ruhe, soviel Ruhe. Und seine Liebe gehört nur mir allein ...

Mit einem Ruck wurde die Tür aufgerissen.

Die Pistole in ihrer Hand fuhr empor.

In der Tür stand Dr. Kresin ...

Major Worotilow stand am Fenster und starrte auf die verschneiten Baracken. Er stand mit dem Rücken zu Dr. Böhler, der am Tisch saß und eine von Worotilows türkischen Zigaretten rauchte. Die Finger des Majors trommelten auf die vereiste Scheibe ... es war das einzige Geräusch, das im Zimmer zu hören war.

»Ich muß Ihre Meuterei nach Moskau melden«, sagte Worotilow plötzlich. Seine Stimme zerriß die Stille.

Fast erschrocken über diesen plötzlichen Laut, blickte Stabsarzt Dr. Böhler auf.

»Das sollen Sie auch.«

»Man wird Sie nach 5110/36 bringen. Nach Workuta am Eismeer! Dort haben Sie keinerlei Hoffnung mehr, Köln je wiederzusehen. In Workuta sind bis jetzt 300 000 Sträflinge gestorben.«

»Und darauf sind Sie als Russe stolz!«

Worotilow wich einer Antwort aus – er trommelte wieder gegen die Scheibe. »Es wird sich nichts ändern, wenn Sie weg sind. Ich werde die halben Portionen ausgeben und alle Vergünstigungen sperren, bis sich die Täter gemeldet haben! Wir kommen auch ohne einen Dr. Böhler aus.«

»Das glaube ich gern. Darum möchte ich auch gehen. Ich will nicht zusehen, wie Tausende vor die Hunde gehen, nur weil ein russischer Major die Wahnidee hat, daß das Grauen, daß die Grausamkeit allein Sieger über den Menschen ist! Sie sind Russe, aber Sie sind auch Offizier. Und davon kommen Sie nicht los ... das ist die Tragik Ihres Lebens! Sie müssen ein Sowjet sein – und wären doch lieber ein Soldat im Sinne von Clausewitz.«

»Halten Sie den Mund!« schrie Worotilow vom Fenster her. »Ich habe bereits Kommissar Kuwakino von Ihrer Meuterei berichtet – genügt Ihnen das?! Ihre Stelle wird Dr. von Sellnow einnehmen, der übermorgen von Stalingrad-Stadt geholt wird! Dr. Schultheiß bleibt auch, die deutschen Schwestern ...«

»Dr. Schultheiß, die Schwestern und das gesamte Sanitätspersonal legen gleichfalls die Arbeit nieder.«

»Dann kommen auch sie in ein Straflager!« brüllte Worotilow. »Ich werde das Lazarett mit meinen russischen Ärzten weiterführen, bis ich aus anderen Lagern wieder deutsche Ärzte bekommen habe. Es gibt Tausende von gefangenen Ärzten!«

»Das streite ich nicht ab. Aber auch sie werden nicht anders reagieren, wenn sie sehen, was hier gespielt wird! Man hat einen Verräter, einen Lumpen, einen Spion zu ersäufen versucht. Walter Grosse ist in unseren Augen ein Schwein, auch wenn er unter dem Druck Kuwakinos handelte. Er gab sich aus Feigheit in seine Hand und opferte seiner Angst Hunderte von Kameraden! Ich möchte wissen, Major Worotilow, was man in Rußland täte, würde man solche Männer in den Reihen der Sowjetsoldaten entdecken. Wie würde die Rote Armee handeln, Major Worotilow?!«

»Warum unterhalte ich mich überhaupt mit Ihnen?« Worotilow drehte sich herum. »Sie sind ein Plenni! Das scheinen Sie wohl ganz vergessen zu haben! Machen Sie, daß Sie rauskommen!«

Dr. Böhler erhob sich. Er drückte seine Zigarette aus und nahm seine Fellmütze vom Tisch. »Ich werde das Lazarett gleich räumen und mir in einer Baracke eine Schlafstelle suchen.«

»Sie bleiben im Lazarett, bis man Sie abholt!«

»Aber ich werde nicht praktizieren.«

»Sie werden!« Worotilow trat näher. Er griff nach seinem Koppel, zog die langläufige Pistole aus dem Futteral und legte sie auf den Tisch vor Dr. Böhler. »Ich werde neben Ihnen stehen mit dieser Pistole. Und neben dieser Pistole werden Sie operieren!«

»Das werde ich nicht! Eher werden Sie schießen!«

»Ich werde nicht zögern.«

»Dann sind wir uns ja einig.« Dr. Böhler grüßte. »Um halb elf soll eine erfrorene Hand amputiert werden. Ich erwarte Sie um halb elf im Operationszimmer. Mit Pistole, Major. Wenn Sie mich erschossen haben, wird ja wohl Dr. Kresin die Amputation machen ...«

Worotilow schüttelte den Kopf. »Nein, Dr. Böhler. Wir werden den Mann mit der erfrorenen Hand wieder zurückbringen.«

»Das wäre sein Tod! Er würde den Brand bekommen!«

»Wenn auch! *Sie* wollten nicht operieren ... Dr. Kresin braucht nicht zu operieren! Einen anderen Chirurgen haben wir nicht da! Also wird der Mann sterben – und nicht nur dieser, sondern alle, die in Zukunft operiert werden müssen. Es wird allein die Schuld von Dr. Böhler sein ...«

Der Arzt sah zu Boden. In sein schmales Gesicht stieg heiße Röte. Er sah plötzlich die Auswirkungen seines Entschlusses und erinnerte sich der Worte, die er eben noch Dr. Schultheiß gesagt hatte. Was wird, ist wichtig, nicht das Heldentum! Und gerade er war jetzt dabei, seine Kameraden zu verlassen, sie zu verraten, sie einfach sterben zu lassen, weil er im Zorn über die Strafmaßnahmen der Lagerleitung sein Amt zur Verfügung stellte. Ein Zorn, der nichts änderte, sondern nur alles verschlimmerte und die Plennis tiefer hineinstieß in die Hoffnungslosigkeit als je zuvor. Er hatte gedacht, Worotilow mit seinem Verzicht zur Aufgabe der Strafen zu bewegen, und war nun gezwungen, sich selbst zu erniedrigen. Worotilow war der Stärkere, er war der Sieger, er hatte in seinen Händen die Gewalt der Grausamkeit. Es war seine Idee! Und sie war erfolgreich. Das entschied.

Dr. Böhler blickte Worotilow an.

»Ich operiere um halb elf!« sagte er leise.

Am Abend brannten um zehn noch die Lampen im Lager, und das Orchester probte in der Stolowaja mit seinen Instrumenten.

Nur das Essen blieb noch um die Hälfte reduziert.

Worotilow war mit sich und der Welt sehr zufrieden ...

Drei Tage nach diesen Ereignissen kam Kommissar Wadislaw Kuwakino in das Zimmer Dr. Böhlers. Seine weit auseinander stehenden Augen glänzten vor Triumph.

Dr. Böhler wurde es kalt unter diesen Augen. Angst kroch in ihm hoch, aber er hielt dem Blick des kleinen Asiaten stand. Kuwakino faltete die Hände, als wolle er beten. Es war bei ihm eine groteske Geste, und Dr. Böhler mußte sich Mühe geben, nicht zu lächeln – trotz der Gefährlichkeit der Situation.

»So sieht auß Mann, derr komtt in Sumpf!« sagte der Kommissar langsam und betrachtete den Arzt voller Verachtung. »In Sumpf von Kasymsskoje, wo Todd ist.«

Dr. Böhler biß die Zähne zusammen. Was er nie geglaubt hatte, war doch Wahrheit geworden: Worotilow hatte ihn bei Kuwakino angezeigt. Er hatte seine Drohung ausgeführt. Er hatte sich durchgerungen, ein Russe zu sein und nicht ein Freund der Deutschen. Er opferte ihn, um zu beweisen, daß er der Herr der Macht war.

»Auch in Kasymsskoje wird es Kranke geben ...«

Kuwakino nickte. »Abber nicht Arzt!« Er grinste. »Du dort Arbeitter! Wie alle! Nicht Arzt!«

Dr. Böhler erhob sich und wanderte im Zimmer hin und her. Die Blicke aus den Fuchsaugen des Kommissars wanderten mit. Er trat ans Fenster und sah, wie ein Lastwagen auf dem Platz ausgeladen wurde. Die Kasalinsskaja stand dabei und sprach erregt auf einen vermummten Mann ein. Sein Pelzmantel schleifte fast über den Schnee, die Mütze hatte er tief ins Gesicht gezogen. Jetzt drehte sich der Mann herum, blickte zum Lazarett. Dr. Böhlers Herz stockte einen Augenblick.

Werner von Sellnow.

Er kam, ihn abzulösen. Es war ernst geworden.

Moskau schrieb den Arzt, den Chirurgen Dr. Fritz Böhler, ab.

Hinter sich hörte er leises Atmen. Kommissar Kuwakino sah ihm über die Schulter.

»Nachfolgerr!« sagte er leise.

»Sie hätten keinen Besseren finden können. Dr. von Sellnow ist ein vorzüglicher Arzt.«

»Und Kommunist.«

»So?« Dr. Böhler wandte sich ab. Sellnow ein Kommunist? Sollte die Kasalinsskaja ihn ganz in ihr Lager hinübergezogen haben? Er schloß das Aktenstück, das auf seinem Tisch lag, und kam sich allein und von allen verlassen vor. Dr. Kresin ließ sich nicht blicken, Worotilow nicht, Dr. Schultheiß machte mit den Schwestern Visite, die Kasalinsskaja stand bei ihrem Geliebten, die Tschurilowa saß im Laboratorium ... Er war allein. Allein mit Kuwakino.

»Wann werde ich abtransportiert?«

»Am Mittwoch nächster Woche.« Kuwakino lächelte. »Ohne Gepäck ...«

Ohne Gepäck. Dr. Böhler kannte diesen Ausdruck. Ohne Gepäck hieß: Du brauchst keinen Ballast mehr, denn du kommst doch nie wieder zurück zu den Lebenden. Du bist abgeschrieben, du stehst in keiner Liste mehr ... du bist Freiwild, eine Null, ein Nichts!

Kommissar Wadislaw Kuwakino warf noch einen Blick auf den schweigenden Arzt, dann verließ er das Zimmer und prallte auf dem Flur mit Dr. von Sellnow zusammen, dem die Kasalinsskaja folgte. Sellnow war hochrot im Gesicht. Er bebte vor Zorn und stellte sich dem kleinen Asiaten in den Weg.

»Wo ist der Stabsarzt, Kommissar?« brüllte er.

»Im Zimmer.«

Sellnow schob Kuwakino zur Seite und rannte den Gang entlang. Er riß gerade die Tür auf, als der Kommissar leise zu der Kasalinsskaja sagte: »Wir müssen auch ihn beobachten! Er ist ein Deutscher! Er ist immer gefährlich! Er wird vielleicht der nächste sein ...«

Dann ging er weiter. Mit weitaufgerissenen, entsetzten Augen sah ihm die Kasalinsskaja nach.

Die kalte Hand Moskaus lag über dem Lager.

Dr. von Sellnow stand im Zimmer. Er hatte sich gegen die Tür gelehnt, die er von innen verschlossen hatte. Seine Pelzmütze lag auf dem Boden zwischen ihm und Dr. Böhler.

»Guten Tag, Werner«, sagte Dr. Böhler freundlich.

Sellnow ballte die Fäuste. »Du Idiot!« zischte er. »Du heilloser Idealist! Du romantischer Feigling!«

»Ist das alles, was du mir nach so langer Abwesenheit zu sagen hast?«

»Ich könnte dir noch mehr sagen, ich könnte dir all das, was ich in mir aufgespeichert habe, ins Gesicht schleudern wie einen Eimer Dreck ... aber es hätte ja doch alles keinen Sinn!«

»Wie gut du mich kennst.« Dr. Böhler streckte den Arm aus, zu Sellnow hin. »Komm, gib mir die Hand.«

Sellnow rührte sich nicht. »Es stimmt, was man mir erzählt hat. Du hast gemeutert, und ich übernehme das Lazarett?«

»Ja.«

»Du kommst als gemeiner Plenni in ein Straflager?«

»Ja. Nach Kasymsskoje, in die Sümpfe von Westsibirien.«

»Das weißt du?«

»Kuwakino hat es mir eben gesagt. Mittwoch werde ich abtransportiert. Bis dahin hast du Zeit, dich wieder einzuarbeiten. Wir haben jetzt drei deutsche Schwestern, eine russische Laborantin ...«

»Hör mir auf mit den Weibern!« Sellnow schleuderte seine Jacke ab. Vor Erregung vibrierend, stand er vor Böhler. »Und du schämst dich nicht, uns zu verlassen?!«

»Ich gehe für unser Recht! Man hat an meinen Kameraden rechtlos gehandelt ... und da mache ich nicht mit!«

»Recht! In der Gefangenschaft Recht! Wenn ich das höre! Man könnte sich vor so viel Blödheit die Haare raufen! Du kennst Kresin, du kennst Worotilow ... es sind gute Kerle, die oft anders müssen, als sie selbst wollen! Auch sie haben einen über sich, der mit der Nagaika winkt, wenn sie nicht spuren. Das weißt du alles ... und da stellst du dich hin, der Herr Stabsarzt Dr. Fritz Böhler, stellst dich hin in deiner ganzen Größe und spuckst große Bogen von wegen Menschenrecht um jeden Preis.«

Dr. Böhler wandte sich ab. »Deine Unsachlichkeit hat in Stalingrad noch zugenommen«, sagte er ruhig. »Es geht hier um mehr als Äußerlichkeiten. Es geht um die Grundeinstellung! Man hat versucht ...«

»Ich weiß, ich weiß!« Sellnow winkte mit beiden Armen ab. »Alexandra hat's mir erzählt. Sie haben den Walter Grosse in der Latrine ersäufen wollen, und du Idiot hast ihn gerettet.«

»Ich bin Arzt.«

»Herrlich! Ich bin Arzt! Wäre Grosse ersoffen, in der Scheiße untergetaucht, so hätte man sein Verschwinden lange nicht gemerkt. Beim Appell hätte einer für ihn ›hier‹ gerufen, bis es

Kuwakino aufgefallen wäre, daß keine Meldungen mehr eintrafen. Dann aber wären alle Spuren längst verwischt gewesen! So aber wird der Grosse aussagen ... man wird ihn kirre kriegen ... Mit Foltern, mit Seelenmassage, mit der Drohung, seine Frau und die Kinder als Geiseln festzunehmen ... Das wirft den stärksten Seemann um! Und dann marschieren nicht du allein, sondern noch sieben andere Männer in die Sümpfe.«

»Wieso sieben?« Dr. Böhler sah Sellnow groß an.

»Weil ich sie kenne!« Er wurde ein wenig verlegen und sah an die Decke. »Ich habe in der Fabrik ›Roter Oktober‹ nicht auf dem Mond gelebt. Ich habe die Namen am nächsten Tag gewußt.«

»Vom wem?« Dr. Böhler trat einen Schritt vor. Als Sellnow auswich, faßte er ihn an den Rockaufschlägen und zog ihn zu sich heran. »Werner, ich will wissen, woher du die Namen kennst. Ich muß die sieben Männer schützen ... ich muß sie vor Grosse und Kuwakino schützen. Sie bilden die einzige Gefahr ... Sie müssen sicher sein, bevor ich am Mittwoch abtransportiert werde ... Wer weiß die Namen noch?«

Sellnow senkte den Kopf. »Alexandra«, sagte er leise. Verblüfft ließ Dr. Böhler ihn los. »Die Kasalinsskaja? Und sie schweigt? Sie ... die gefürchtetste Frau im ganzen Bezirk Stalingrad.«

»Ja, sie schweigt.« Sellnow schob Dr. Böhler zur Seite und trat an den Tisch. »Aber das ist unwichtig. Alles ist unwichtig. Du darfst auf keinen Fall nach Kasymsskoje. Dort gehst du innerhalb von vierzehn Tagen vor die Hunde!«

»Das weiß ich. Aber ich bettle nicht. Worotilow hat mich bei Kuwakino verraten. Das war meine größte Enttäuschung seit Jahren. Kresin kann mir gegen Kuwakino nicht helfen – ich werde also gehen ...«

Sellnow schwieg. Er starrte auf die Tischplatte. In seinem Kopf entwickelte sich ein Plan, ein schrecklicher, ein verzweifelter Plan. Dr. Böhler beobachtete ihn verblüfft, er wollte etwas sagen, aber Sellnow drehte sich schon um und kam auf ihn zu.

»Was auch kommen mag, Fritz, versprichst du mir, ruhig zu bleiben?«

»Was soll das, Werner? Was hast du vor?«

»Willst du still sein, Fritz? Versprich es mir. Gib mir die Hand, daß du keinen Finger rühren wirst. Daß du nichts unternimmst.«

Dr. Böhler schüttelte den Kopf. Eine unbestimmte Ahnung hielt ihn zurück, sein Wort zu geben.

»Wenn ich nicht weiß, was es ist.«

Sellnow zögerte wieder, doch dann ergriff er seine Jacke, hängte sie lose um die Schultern, setzte seine Pelzmütze auf den Kopf und schloß die Tür auf.

»Leb wohl, Fritz«, sagte er leise. Seine Stimme schwankte ein wenig. »Ich war manchmal grob und ein scheußliches Ekel. Ich habe euch oft Sorgen gemacht und dir viel gesagt, was ich eigentlich gar nicht so meinte. Vergiß alles, und bleibe so, wie du bist.«

Dr. Böhler kroch die Angst im Halse hoch. Er spürte, wie sie ihn würgte. »Was soll das, Werner?« sagte er drängend. »Du hast wieder eine Dummheit vor, Werner!«

Er lief ihm nach – aber Sellnow war schon im Flur und rannte ihn entlang. Plötzlich wußte Dr. Böhler, was er plante, und eine wilde Verzweiflung erfaßte ihn.

»Werner! Bleib!« schrie er durch das Lazarett. Die Kasalinsskaja tauchte am Ende des Ganges auf und stellte sich dem davonstürmenden Sellnow in den Weg.

»Halten Sie ihn fest, Alexandra!« schrie Dr. Böhler. »Er macht eine Dummheit! Halten Sie ihn!«

In vollem Lauf prallte Sellnow gegen die Ärztin, er wirbelte sie mit sich herum, stürmte an ihr vorbei und riß die Außentür auf. Ingeborg Waiden, die aus der Lungenstation kam, war nicht fähig, den rennenden Mann aufzuhalten. Sie sah entsetzt zu, und erst der Aufschrei der Kasalinsskaja weckte sie aus ihrer Erstarrung.

Sellnow rannte über den vereisten Platz. Seine Jacke flatterte ... sie wehte davon, fiel in den Schnee als ein dunkler, welliger Haufen ... Sellnow merkte es nicht. Er hetzte über den weiten Platz, er rannte zur Kommandantur, vor der gerade Kommissar Kuwakino seine Stiefel bürstete.

Die Kasalinsskaja jagte mit flatternden Haaren ihm nach. Dr. Böhler stand an einem offenen Fenster und brüllte die von der Küche kommenden Soldaten an: »Aufhalten! Haltet ihn fest! Festhalten!«

Sellnows Atem flog. Wie ein Besessener rannte er über das Eis ... dann hatte er den Kommissar Kuwakino erreicht.

Ehe Alexandra bei ihm war oder die Soldaten zugreifen konnten, hatte er sich auf den kleinen Asiaten gestürzt und schlug ihm mit beiden Fäusten ins Gesicht. Kuwakino schrie auf ... die Trillerpfeifen der Posten auf den beiden Türmen schrillten ... aus dem Postenhaus rannten die Russen ... Worotilow erschien am Fenster ... ungläubig, erblassend sah er auf die Szene vor seiner Kommandantur.

Sellnow hieb auf Kuwakino ein, der wimmernd zu Boden fiel. Dann trat Sellnow auf seinem Körper herum, es war, als wollte er ihn in das Eis stampfen. Dabei hielt er die Augen geschlossen und trat ... trat ...

Dr. Böhler sank mit dem Kopf gegen das Fenster. Er zitterte und kämpfte mit einem lauten Schluchzen.

Aus! dachte er nur. Aus! Aus!

Die ersten Posten waren bei der Gruppe ... ein Kolbenhieb warf Sellnow neben Kuwakino in den Schnee. In die Arme des herausstürzenden Worotilow fiel die Kasalinsskaja. Sie schrie noch einmal grell auf, ehe sie besinnungslos zusammenbrach.

Und um sie herum standen die deutschen Gefangenen ... stumm, unbeweglich, mit harten Augen.

Sanitäter eilten herbei ... sie luden den blutüberströmten, kaum noch atmenden Kuwakino auf eine Bahre und rannten zurück zum Lazarett. Dr. Kresin erschien und raufte sich die Haare.

»Dynamit her!« schrie er über den Platz. »Dynamit, um das ganze Lager in die Luft zu sprengen!«

Ruhig, als sei nichts geschehen, trotteten die Plennis zu den Baracken zurück. Sie kümmerten sich nicht um die Befehle, die Worotilow hinausbrüllte ... seit Tagen aßen sie die halbe Portion ... was gab es noch Schlimmeres als das?

Bis in die Nacht hinein arbeiteten Dr. Kresin, Dr. Böhler und die beiden Schwestern Martha Kreutz und Erna Bordner im Operationssaal an Wadislaw Kuwakino. Dann hatten sie seine Rippenbrüche und seine Schädelverletzungen verbunden, eine Bluttransfusion gemacht und die Knochen geschient. Die Kasalinsskaja lag in ihrem Zimmer. Sie hatte einen Nervenzusammenbruch. Ingeborg Waiden gab ihr Morphium, die Tschurilowa wachte bei ihr.

Dr. Kresin blickte auf Dr. Böhler, als sie sich nebeneinander die Hände wuschen. Der Russe war erschöpft ... er atmete rasch und keuchend.

»Er wird auf einem Auge blind bleiben«, sagte er leise. »Der Stiefelabsatz hat das Auge ausgeschlagen.«

»Ich habe es gesehen«, antwortete Dr. Böhler erschüttert.

»Das ist das Todesurteil für Sellnow.« Kresin sagte es, als sei es sein eigenes Urteil.

Stumm wandte sich Dr. Böhler ab und verließ den Raum. Auf dem Flur lehnte er den Kopf gegen die Holzwand und schluchzte.

So fand ihn Dr. Schultheiß ... er zog ihn in sein Zimmer, drückte ihn auf das Bett und löschte das Licht.

Zwei Tage später wurde Dr. von Sellnow von einem Lastwagen der Division in Stalingrad abgeholt. Worotilow stand dabei und kaute an der Unterlippe. Vier Mongolen führten den Arzt, in Ketten, mit einem verquollenen, zerschlagenen, blutunterlaufenen Gesicht.

Nur einmal zögerte Sellnow und blickte zurück zu der großen, schönen Lazarettbaracke. Dr. Böhler stand an einem der Fenster, bleich und übernächtig.

Ein Kolbenstoß in den Rücken ... Sellnow bestieg den Lastwagen ... die vier Mongolen schwangen sich hinterher ... die

Plane fiel. Dr. Kresin saß in seinem Zimmer und hörte, wie der Motor aufheulte. Da warf er die Hände an die Ohren und brüllte, um das Rattern der Maschine zu übertönen ...

Langsam fuhr der Wagen aus dem Lager ... allein stand Major Worotilow am großen Tor und blickte ihm nach. Er wurde kleiner ... die Straße senkte sich etwas an der Kurve hinter dem Wald ... Noch einmal sah er die schaukelnde Plane ... dann war nur noch der Schnee da ... die grenzenlose Weite ... Das Schweigen des Landes an der Wolga ...

Am Abend dieses Tages schnitt sich Alexandra Kasalinsskaja beide Pulsadern auf.

Wadislaw Kuwakino würde gesunden. Aber sein linkes Auge war nicht zu retten gewesen.

Die Kasalinsskaja lief mit bandagierten Handgelenken herum ... Dr. Böhler hatte sie mit zwölf Bluttransfusionen, von denen drei die Schwester Martha Kreutz spendete, vor dem Hinüberdämmern bewahrt. Zurückgeblieben war bei ihr ein Nervenschock, der sich in plötzlichen Schreikrämpfen äußerte und in tiefen Ohnmächten. Dr. Kresin hatte bereits mit Stalingrad telefoniert und war beim General vorstellig geworden, um eine elektrische Schockbehandlung durchzusetzen. »Mit diesen Schocks treiben wir ihr auch die Mannstollheit aus!« sagte er giftig zu Dr. Böhler. »Wenn die wieder gesund ist, kennt sie sich selbst nicht mehr und muß sich vor dem Spiegel vorstellen: Gestatten, Genossin Kasalinsskaja ...«

Leutnant Piotr Markow lief wieder herum. Sein Gesicht war noch etwas bläulich, aber er nahm schon wieder den Kampf gegen das Lagerorchester auf, was ein sicherer Beweis dafür war, daß er sich wohl fühlte. Mit Dr. Böhler vermied er zu sprechen. Er wußte, daß er ihm sein Leben verdankte, und er war zu sehr Kommunist, um einem deutschen Plenni zum Dank die Hand zu drücken. Nur ab und zu merkte man, daß er so etwas wie ein Schuldgefühl im Herzen trug. Dann sah er bei gewissen Dingen einfach weg, bei denen er früher wie ein Stier gebrüllt hätte.

Von Dr. von Sellnow hatte man keine Nachricht mehr. So sehr die Kasalinsskaja ihre Beziehungen in Stalingrad und in der Partei spielen ließ, so sehr sie Janina Salja anflehte und diese über die Sanitätsbrigade alle Stellen anrief ... man hatte seit dem Abtransport nichts wieder von ihm gehört. Dr. Kresin nahm an, daß er bereits tot sei, daß er das Straflager gar nicht mehr erreicht habe ...

Von einer Verlegung Dr. Böhlers in die Sümpfe wurde nicht mehr gesprochen. Er blieb, auch als der Mittwoch kam und die Transporte der leeren Kisten aus der Lagerküche nach Stalingrad zusammengestellt wurden. Somit war der Sinn des Überfalls auf Kuwakino erfüllt. Sellnow hatte sich geopfert, um Dr. Böhler im Lager zu lassen. Keiner sprach darüber, selbst der grobe Markow nicht – nur Dr. Böhler trug schwer an der inneren Last und wurde stiller als zuvor, verschlossen, in sich versenkt. Das Opfer seines Freundes blieb ihm im letzten Grunde unverständlich. Worotilow ging ihm aus dem Weg, um ihm keine Erklärungen geben zu müssen. Die einzigen Russen, mit denen er sprach, waren die Kasalinsskaja, die Tschurilowa, Dr. Kresin und ab und zu Janina Salja.

Seit dem Vorsatz, Dr. Schultheiß zu erschießen, war in ihr eine große Wandlung vorgegangen. Sie war ruhiger geworden, gefaßter. Dr. Kresin hatte nicht darüber gesprochen, was er an diesem Vormittag getan hatte, als er in das Zimmer trat und die Janina vor sich sah, den Zeigefinger am Drücker. Er hatte nur schnell die Tür geschlossen und die plötzlich Zusammensinkende aufgefangen. Dann hatte er sie erst einmal geohrfeigt, regelrecht geohrfeigt, wie ein Vater sein Kind züchtigt, wenn er es auf einer schlimmen Tat ertappt. Janina hatte es stumm ertragen und Dr. Kresin nur aus großen Augen flehend angesehen. Die Pistole lag auf der Erde mitten im Zimmer. Der Lauf war durchgeladen, der Sicherungsflügel weggeklappt.

»Ich müßte dich totschlagen«, hatte Dr. Kresin nach den Ohrfeigen gesagt. »Du unvernünftiges, geiles Luder!« Dann hatte er sich in seiner alten Manier die Haare gerauft und gestöhnt. »Die Kasalinsskaja ist nymphoman, jetzt geht es bei der Salja auch damit los! Mein Gott – gibt es denn keine anderen Männer als diese Deutschen?! Da fängt man diese Burschen, sperrt sie aus Strafe, weil sie Mütterchen Rußland verwüsteten, ein ... und was geschieht? Ihre bloße Anwesenheit macht die russischen Weiber zu Huren!«

Janina lag mit geschlossenen Augen in den Kissen. Tränen rannen ihr über die Wangen.

»Jetzt heult sie auch noch!« brummte Dr. Kresin.

»Sie sind ein Schwein, Doktor! Ich liebe Jens.«

»Das ist im Endeffekt doch immer gleich! Es geht euch doch nur darum ...«

»Waren Sie nie jung, Doktor?« schluchzte sie.

»Jung, ja! Aber wir waren anders! Wir lebten damals doch unter Väterchen Zar und nannten unsere Eltern Sie! Wenn wir ein Mädchen küßten, waren wir verlobt ... verflucht noch mal ... Die Leichtigkeit, mit der ihr liebt, die Selbstverständlichkeit, mit der ihr euch auf den Rücken legt und den Männern winkt, die haben wir bei Gott nie gekannt! Wir hatten eine Ehre ... und wenn wir liebten, dann war es bitterernst, und wir rückten mit Blumen bei den Eltern an! Das andere, das Abladen der jungen Kraft ...«, Kresin lachte auf, »dafür gab es in St. Petersburg genug Mädchen, die für fünf Rubel ...«

Janina wandte sich ab. »Sie sind schrecklich ... Bitte, gehen Sie!«

»Das werde ich nicht. Ich werde dir Moralpauken halten. Die Ohrfeigen waren nur die Einleitung! Auf Dr. Schultheiß schießen! So ein Blödsinn! Und warum, du Idiotin?«

»Er hat die deutsche Schwester umarmt und gestreichelt.«

»Er hat ... er hat ... Bist du mit ihm verheiratet?!«

»Vor Gott – ja.«

Dr. Kresin blieb der Mund offen ... verblüfft sah er Janina an. Sie lächelte.

»Was heißt das?« brummte Kresin. »Er hat bei dir geschlafen, was?«

»Ja. Er gehört mir, mir ganz allein! Lippe an Lippe haben wir gelegen und Seite an Seite. Wir haben unseren Atem getrunken und waren wie ein Feuer, das schlackenlos verbrennt.«

»So was«, stöhnte Dr. Kresin. »Wie eine Siebzehnjährige. Eine Nacht ist doch kein Versprechen fürs Leben!«

»Bei uns doch! Bei mir doch!« schrie Janina. »Mit sechzehn hat man mich auf der Komsomolzenschule vergewaltigt ... damals haßte ich alle Männer. Worotilow zwang mich in sein Bett, weil er stark war und keine Widerrede duldete. Er zerbrach mich jede Nacht ... Aber Jens ...« Sie legte sich zurück und sah an die Decke. Glück überzog ihre blassen Züge. »Jens war wie der Frühlingswind, der über die Weizenfelder streicht, der die Wasser kräuselt, der die Bäume rauschen läßt, der die Blumen aus der Erde lockt ...«

Dr. Kresin sah Janina mit schiefem Kopf an. Die Unmöglichkeit, mit seinem robusten Sinn dem schwärmerischen Glück Janinas zu folgen, ließ ihn knurren. Er stand von dem Bett auf und nahm die Pistole an sich, die auf dem Boden lag; fachmännisch musterte er sie.

»Amerikanisches Modell. Woher?«

»Ausrüstung als Partisanin! Wir bekamen sie, als die Deutschen Stalingrad genommen hatten.«

»Und so lange trägst du sie mit dir herum?«

»Ja.« Janinas Gesicht verfiel wieder. Es war, als ob jede seelische Regung sich in ihrem Antlitz spiegelte. »Ich wollte mich mit ihr erschießen, wenn ich unheilbar lungenkrank sein würde.«

Dr. Kresin sah die Pistole noch einmal an. Er legte den Sicherungsflügel herum, nachdem er die Waffe entladen hatte. »Hier«, sagte er, indem er ihr die Pistole zuwarf. »Nimm sie wieder. Ich werde dir sagen, wann du sie an die schöne Schläfe setzen kannst.«

»Durch den Mund ist sicherer!« sagte Janina giftig. Sie faßte die Waffe nicht an.

»Gut. Auch durch den Mund. Aber vergiß nicht, vorher noch einmal deinen Jens zu küssen ... hinterher wird es unästhetisch!«

Er verließ das Zimmer. Starr saß Janina im Bett.

»Bestie!« sagte sie laut.

Dann warf sie die Pistole in die Ecke.

Dr. Kresin hatte nie darüber gesprochen, wie er auch jetzt mit Dr. Böhler nicht über Sellnow sprach, der nach seiner Ansicht längst nicht mehr unter den Lebenden war.

So wurde es Dezember. Das Weihnachtsfest stand bevor ... in der Stolowaja probten jetzt Orchester, Chor, Solisten. Die Kulissen waren gemalt, die Beleuchtung montiert, der Regisseur schimpfte mit den Darstellern, der Dirigent schnauzte mit den Musikern.

Die Arbeitskommandos hatten aus den Wäldern schon Tannen geholt, was Worotilow übersah, denn es lagen von der Division noch keine Bestimmungen vor, ob Weihnachten mit Tannenbäumen gefeiert werden durfte oder nicht. Gottesdienste waren seit einiger Zeit wieder erlaubt, und der kleine, schmalbrüstige, verhungerte Pastor schwankte von Block zu Block und hielt seine Bibelstunden und sonntags in der Stolowaja vor einem Kistenaltar, mit einem Sack als Altardecke und einem rührend roh gezimmerten Kruzifix, seinen Gottesdienst. Er wußte nicht, daß ein Kunststudent aus Dresden seit Monaten an den Abenden eifrig an einem großen Kruzifix schnitzte, dessen Holz im Außenlager 81 gesammelt worden war.

Am vierten Tag vor Weihnachten, als man die Kulissen wieder aufbaute und die Generalprobe steigen sollte, als die letzte Kostümprobe mit Orchester und Beleuchtung unter Krach endete und Peter Fischer laut »Scheiße!« schrie – an diesem Tag kam eine Nachricht in das Lager, die bei der Kasalinsskaja einen Schreikrampf auslöste.

Ein russischer Fahrer, der Verpflegung brachte, hatte Nachricht von Dr. von Sellnow.

Er war nicht tot, wie Dr. Kresin fest annahm, er war nicht

einmal in die Sümpfe von Kasymsskoje transportiert worden, sondern er lebte in einem kleinen, bisher unbekannten Schweigelager bei Nishnij Balykleij, nördlich von Stalingrad, an der Wolga – dort, wo sich der breite Wasserlauf teilt und viele Sandbänke inmitten des russischsten aller Flüsse liegen. In diesem Lager mit der geheimnisvollen Nummer 53/4 lebte er in einer kleinen Baracke, aß gekochte Kartoffelschalen und mußte acht Stunden lang das Eis der Wolga für die Fischer aufhacken, die durch die Eislöcher ihre schmalen Netze zogen.

Die Kasalinsskaja schrie und lachte, weinte und tanzte in einem. Sie war völlig aufgelöst und küßte das Bulldoggengesicht Dr. Kresins, fiel Dr. Böhler um den Hals und schloß sich dann in ihrem Zimmer ein, wo man sie laut schluchzen hörte.

Worotilow war zu Dr. Böhler gekommen und hatte sich auf die Kante des Tisches gesetzt. Sein Gesicht war hell und zufrieden.

»Ich kenne Nishnij Balykleij nicht, aber es kann nicht schlimmer sein als Kasymsskoje oder Workuta. Auf jeden Fall ist er in der Nähe. Ich werde versuchen, in Stalingrad mit dem General zu sprechen. Vielleicht können wir ihn einmal besuchen.«

»Man weiß noch nicht, daß Wadislaw Kuwakino auf einem Auge blind bleiben wird. Kuwakino weiß es selbst noch nicht ... er trägt noch den Verband um den Kopf. Bisher hat keiner gewagt, es ihm zu sagen. Wenn er es erfährt, wird Sellnow erledigt sein. Darüber mache ich mir gar keine Illusionen.« Dr. Böhler sah ergriffen zu Boden. »Es ist furchtbar, daß er es tat, um mich zu retten. Sie hatten mich angezeigt, Major.«

»Ich bin Russe!« Worotilow erhob sich steif und abweisend. »Ich dulde keine Meuterei! Auch nicht von Männern, die ich schätze! Die äußere Disziplin hat mit der inneren Einstellung nichts zu tun! Es gab einmal einen Offizier – in Ihrer Wehrmacht, Herr Dr. Böhler –, der sagte: ›Im Dienst bin ich ein Schwein – und ich bin immer im Dienst!‹ Daran habe ich gedacht, als ich Sie bei Kuwakino meldete.« Er hob die Schultern. »Das Leben ist grausam ... ich habe mich damit abgefunden ...«

Er sah aus dem Fenster und schüttelte den Kopf. An dem Lastwagen stand die Kasalinsskaja und verhandelte erregt mit einem Leutnant. Worotilow klopfte mit den Fingern auf die schmale hölzerne Fensterbank. »Die Genossin Ärztin will nach Nishnij Balykleij fahren«, sagte er sinnend, als spräche er mit sich selbst. »Sie versucht, den Transportoffizier zu überreden.«

Bei den Wachbaracken herrschte reges Leben. Die Kisten wurden weggeschleppt ... Waffen und Munition wurden von den Wachoffizieren gezählt ... Noch drei Lastwagen kamen die Straße herauf und fuhren brummend in den Hof. Hochgebaute Ford-Sons, noch aus der amerikanischen Materiallieferung an Rußland stammend, gute, schwere, robuste Wagen mit einem V-8-Reihenmotor, winterfest und geländegängig. Die Monatslieferungen für die Wachmannschaften kamen an, die Auffüllung der Kantinen, der Küchenbestände, Wodka traf in großen 20-Liter-Flaschen ein. Sonnenblumenöl, Gefrierfleisch, riesige Mengen mit Eis überzogenen Kohls, Medikamente, Trockenkartoffeln, grobgemahlenes Mehl und große Säcke mit Hirse. Es galt im Lager 5110/47 675 sowjetische Soldaten und 21 Offiziere zu verpflegen. Von den Wachttürmen riefen die Soldaten den ausladenden Kameraden Witze zu. Michail Pjatjal, der Küchenleiter, erschien mit seiner drallen Bascha und beschwerte sich, daß einige Waren, die er bestellt hatte, nicht mitgekommen waren. Plennis, die Lagerdienst hatten, schleppten die Säcke in die Vorratskeller der großen Küche. Auch Peter Fischer und Karl Georg, kurz darauf auch Hans Sauerbrunn, tauchten inmitten des wimmelnden Menschenhaufens auf und schleppten Kisten und Beutel mit. Dabei stahlen sie, was nur zu stehlen war ... Büchsen, Fett und Taschen voll Hirsekörner ... Im Keller bearbeitete Peter Fischer fluchend ein großes Lendenstück Gefrierfleisch und schnitt nach vielen Versuchen ein fast fünfpfündiges Stück heraus. Er steckte es unter seine Steppjacke, verbiß sich die Schauer, die das gefrorene Fleisch durch seinen Körper jagte, und schlich zur Baracke zurück. Dort stopfte er das Fleisch und zwei Büchsen unter den Strohsack von Karl Eberhard Möller, der in Stalingrad auf einem Bau arbeitete. Hans Sauerbrunn erschien plötzlich mit vier Büchsen Fett und fünf Taschen voll Hirse.

Karl Georg stand Schmiere und kundschaftete neue Möglichkeiten aus. Eine Kiste mit Eiern fiel ihm auf – er trat einem Soldaten, der sie in die Küchen tragen wollte, in den Hintern und rief: »Dafür hat man mich eingeteilt, du sollst das Mehl schleppen!« Dann wuchtete er die Eierkiste auf seine Schultern und trabte an Pjatjal vorbei, der ihm nachdenklich zusah, in den Keller. Dort lockerte er am unteren Teil der Kiste ein Brett und fing die einzeln herausrollenden Eier auf, bis er alle Taschen vollgestopft hatte. Pfeifend ging er dann wieder an Michail Pjatjal vorbei über den Platz und betätigte sich mit seinen vollen Taschen noch bei der Hirseabladung, ehe er in die Baracke entwischte und die Eier versteckte.

Hans Sauerbrunn blieb von diesem Augenblick an in der Baracke und bewachte die hereingeholten Schätze. Er zählte und legte eine peinlich genaue Liste an: Neun Dosen Fett, fünf Pfund Gefrierfleisch, Rindslende, etwa fünf Pfund Hirse, 27 Eier, eine Literflasche Wodka – Karl Georg hatte sie an sich genommen, bevor er die Eierkiste sah. Peter Fischer brachte noch einen länglichen Beutel, in dem sich getrocknete Kartoffelschnitzel befanden.

»Jetzt wird gefressen zu Weihnachten«, sagte er grinsend. »Und wenn ich platze ... ich fresse so lange, bis ich mit 'm Finger oben dran fühlen kann ...«

Michail Pjatjal kam aus dem Keller. Sein Kopf war rot wie eine Tomate. Er hatte das angeschnittene Lendenstück bemerkt und zitterte vor Wut.

»Wer hat getraggen Fleisch?!« brüllte er über den Platz.

Keiner der Plennis antwortete.

»Wer?«

Die Gefangenen arbeiteten ruhig weiter. Sie schleppten jetzt die Munition in die Wachbaracken. Dabei tauschten sie gestohlenen Tabak gegen Rubelstücke oder Fett ein. Michail Pjatjal bebte. Er sah Bascha an, die die Listen der ausgeladenen Lebensmittel prüfte. »Sie haben geklaut wie die Raben!« sagte er wild. »Ich lasse das ganze Lager untersuchen! Mein schönes Fleisch!« Und zu den Plennis schrie er grell: »Alles weggg! Ich traggen allein! Weggg!«

Die Kasalinsskaja verhandelte noch immer mit dem jungen Leutnant. Ihre schwarzen Augen brannten.

»Es geht nicht, Genossin Kapitän«, sagte der Leutnant bedauernd. »Ich fahre nach Stalingrad zurück. Ich habe meine Befehle. Und nach Nishnij Balykleij fährt überhaupt keiner von unserer Transportbrigade. Das Lager wird gesondert beliefert, von einer Spezialabteilung der Division. Du müßtest dich an Väterchen General wenden ... vielleicht, daß er ...«

Er zuckte mit den Achseln. Seine breiten Schulterstücke glänzten in der kalten Wintersonne. Er war ein hübscher Kerl, jung, eben erst von der Kriegsschule in Moskau gekommen, wo Offiziere der Gruppe »Nationalkomitee Freies Deutschland« in Taktik und Kriegsgeschichte ausbildeten. Er war stolz, ein Rotarmist zu sein, und musterte erstaunt und innerlich abweisend die schöne Ärztin, die rangmäßig über ihm stand, aber so viel Interesse für deutsche Gefangene hatte, für diese Deutschen, die den Kommunismus ausrotten wollten, das Idol der russischen Jugend ...

»Welche Transportbrigade bringt denn die Sachen nach Lager 53/4?« fragte die Kasalinsskaja. »Sie müssen doch auch von Stalingrad aus verpflegt werden ...«

»Soviel ich weiß, unterstehen sie dem Kommando über die Sakljutschonnyis. Das Straflager 53/4 und die Lager der zivilen Strafgefangenen sind verpflegungstechnisch miteinander verbunden. Sie liegen auch nebeneinander an der Straße nach Saratow.« Er hob beide Hände und wandte sich ab. »Ich kann dir nicht helfen, Genossin Kapitän ...«

Die Kasalinsskaja drehte sich um und lief über den Platz zurück zum Lazarett. In ihrem Zimmer setzte sie sich hin und überdachte die Lage. Sie sah die Wolga vor sich, das breite

Band, das durch die Ebene zog, und an deren Ufer die kleine Stadt Nishnij Balykleij lag, an die Erde hingeduckte Hütten, in denen Schiffer und Fischer wohnten, arme Bauern und einige Händler, die Felle aus den Wäldern aufkauften oder kleine Schleppkähne den Fluß hinauf und hinab schickten. Eine Stadt ohne Gesicht, eine Siedlung, die im Schnee aussah wie weit verteilte Maulwurfshügel – und nahe bei ihr ein kleines Lager: acht Wachttürme, zehn Baracken, ein hoher, doppelter Drahtzaun, elektrisch geladen. Ein Leutnant und 59 Mann. Kalmücken, Tataren, kleine, braune Freiwillige aus Aserbeidschan, Kirgisen und Schlitzäugige vom Baikalsee bei Irkutsk. Der Wind heulte um die Baracken ... der Schnee trieb über sie hinweg, das Eis der Wolga krachte. In den Wäldern heulten die hungrigen Wölfe ... in der Nacht kamen sie bis an das Lager und umschlichen den Drahtzaun. Die Wölfe, die man von den Türmen aus erschoß, wurden von den anderen zerrissen ... das warme Fleisch verschlungen, das Blut aus dem Schnee geleckt ... Am Morgen lagen die abgenagten Felle um das Lager ...

Die Kasalinsskaja schauderte. Sie sah Sellnow auf dem Eis der Wolga stehen und Löcher in die dicke Decke hauen. Ein Kalmücke stand hinter ihm und beobachtete ihn. »Dawai! Dawai!« schrie er und hieb auf ihn ein ...

Alexandra Kasalinsskaja drückte beide Hände gegen die Augen, als könne sie die Bilder damit verscheuchen. Ihr Entschluß stand fest, es gab kein Besinnen mehr, nur noch die Tat, über alle Hemmungen hinweg, über alle Ordnung, über alle Doktrinen der Partei und der Roten Armee ... Sie sprang auf und packte einen Koffer mit den nötigsten Dingen zusammen. Einige Kleider, Unterwäsche, Seife, einen kleinen, aber sorgfältig gefüllten Medizinkasten, ein chirurgisches Reisebesteck, Injektionsspritzen, Ampullenschachteln und zwei Phiolen mit Zyankali.

Dabei überraschte sie Dr. Kresin. Er sah sich um, nickte über die Unordnung, den ausgeräumten Schrank, die herumliegenden Kleider und den halbgepackten Koffer und setzte sich auf einen noch freien Schemel.

Die Kasalinsskaja sah ihn von der Seite an. Die schwarzen Locken hingen ihr ins Gesicht. Sie spürte die Gefahr, die von Dr. Kresin ausging. Mit bebenden Händen packte sie weiter.

»Sagen Sie jetzt bloß nicht, daß ich hierbleiben soll«, sagte sie leise.

»Keineswegs. Sie müssen wissen, was Sie tun.« Dr. Kresin hob ein Kleid in die Höhe und betrachtete es. »Guter Wollstoff. Sieht man selten im Mütterchen Rußland. Wohl Import?«

»Ja, aus der Türkei.«

»Sehr gut. Janina wird es sich umändern ... etwas enger vielleicht ... die Länge könnte passen ...«

Die Kasalinsskaja blieb stehen und stützte sich auf den aufgeklappten Kofferdeckel. »Sind Sie schneekrank, Doktor Kresin?«

»Nicht ganz. Aber einer muß doch die Kleider auftragen, wenn die russische Kapitän-Ärztin Alexandra Kasalinsskaja wegen Zersetzung der sowjetischen Wehrkraft zum Tode verurteilt wird.«

Alexandra ließ die Arme sinken. Eisiger Schrecken durchfuhr sie. Dr. Kresin legte das Kleid wieder zurück und betrachtete einen weißen Büstenhalter aus Atlasseide. »Der dürfte für die Salja zu groß sein. Schade um die Brüste, die er straff hielt! In sie werden sich die Maden zuerst reinfressen. Schön fett werden sie werden ...«

»Hören Sie auf, Sie Sadist!« schrie die Kasalinsskaja. »Ich fahre zu Sellnow! Auch wenn ich nachher wirklich zum Tode verurteilt werde!« Sie riß ihm den Büstenhalter aus der Hand und warf ihn in den Koffer. »Was geht Sie meine Brust an! Und wenn Millionen Maden in ihr nisten ...«

»Es ist nur meine Pflicht, Genossin Kasalinsskaja, Sie darauf hinzuweisen, daß das, was Sie jetzt vorhaben, Selbstmord ist. Man würde Sie überhaupt gar nicht in das Lager 53/4 hineinlassen. Auch nicht, wenn Sie in Uniform kommen! Der Besuch der Straf- und Schweigelager erfordert einen besonderen, vom Zentralkomitee in Moskau ausgestellten Paß. Selbst ich als Divisionsarzt käme nicht in die Sakljutschonnyis. Sogar die Natschalniks, die die Zwangsarbeiter aussuchen für ihre Betriebe, kommen nicht ins Lager. Sie bekommen Listen und wählen sich daraus die Facharbeiter aus. Eine russische Ärztin« – Dr. Kresin schüttelte den dicken Kopf –, »die gilt überhaupt nichts in den Straflagern.«

»Aber ich muß ihn sehen!« schrie die Kasalinsskaja wild und unbeherrscht.

»Die Umgebung der Lager ist ebenfalls gesperrt. Selbst auf dem Eis der Wolga kannst du ihn nicht sehen, mein Täubchen«, sagte Dr. Kresin mild. »Die Posten haben Anweisung, sofort und ohne Anruf zu schießen, wenn sich einer dem Sperrgürtel nähert. Und sie schießen, meine Taigarose ... es sind Asiaten, denen ein Leben nichts gilt ... das versichere ich dir ...«

»Aber ich muß ihn sehen«, sagte sie wie ein ungezogenes Kind. »Er muß weg von dort. Er hat doch nichts getan!«

»Er hat einen Mann halb blind geschlagen. Einen Kommissar der Partei!«

»Kuwakino ist ein Mistvieh!«

»Die erste Vorbedingung, Karriere zu machen.« Dr. Kresin lachte leise. »Aber deswegen schlägt man ihm noch lange kein Auge aus!«

Hilflos saß die Kasalinsskaja zwischen ihren verstreuten Kleidern. Sie hatte den Kopf in beide Hände gestützt und stierte vor sich auf den rohen Dielenboden. Um ihre Handgelenke lagen noch immer die Pflaster und schmalen Gummimanschetten.

»Man sollte Schluß machen«, sagte sie dumpf. »Schluß mit allem! Warum lebt man eigentlich noch?«

»Weil das Leben schön ist, mein Täubchen ... trotz allem! Oder war es nicht schön?«

Er erhob sich und trat gegen den Koffer. Er fiel vom Stuhl, öffnete sich, und der Inhalt flog über die Dielen. »Schluß!« schrie er in seiner üblichen Art. »Du bleibst hier, du streunende Katze! In einer Stunde untersuchst du die Blocks 10 bis 15! Der Bauunternehmer Sergej Kislew braucht 25 Mann für den Bau eines Verwaltungsgebäudes bei Krassnaja Sloboda! Sie müssen gesund und kräftig sein! Morgen ist die erste Schicht! Verstanden?!«

»Ja«, sagte die Kasalinsskaja widerstrebend. »Ja ... ich werde untersuchen ...«

Aber als Dr. Kresin fort war, packte sie weiter.

Die Weihnachtsfeier im Lager 5110/47 war das ergreifendste Fest der Gefangenschaft. Schluchzend trug der kleine Pastor das große, geschnitzte Kruzifix zum Altar, den man auf der Bretterbühne der Stolowaja errichtet hatte. Eine ganze Weile stand er stumm vor dem leidenden Antlitz Christi, ehe er sich umwandte und den Blick über den gefüllten Saal schweifen ließ. Ein Chor, begleitet von den Streichern des Lagerorchesters, sang das Lied von Christian Fürchtegott Gellert: »Dies ist der Tag, den Gott gemacht, sein werd' in aller Welt gedacht; ihn preise, was durch Jesum Christ im Himmel und auf Erden ist ...«

Im Hintergrund an der Tür standen einige russische Offiziere und Rotarmisten. Leutnant Markow lehnte an einem der verklebten Fenster, Major Worotilow saß in der ersten Reihe vor der Bühne neben Dr. Kresin, Kuwakino, der Kasalinsskaja und der Tschurilowa. Dr. Böhler, Dr. Schultheiß, das Pflegepersonal und Janina Salja saßen in der zweiten Reihe.

Der kleine Pastor hob die schmale, ausgedörrte Hand. Seine dünne Stimme zitterte durch den Raum.

»Ehre sei dem Vater und dem Sohne und dem Heiligen Geiste. Amen.«

Als sich alle erhoben, um die ersten Bibelworte stehend anzuhören, blieb nur Dr. Kresin sitzen. Sogar Kommissar Kuwakino erhob sich. Als er Kresin sitzen sah, wurde er rot und nahm wieder Platz. Kresin grinste ihn an. Wütend blickte Kuwakino weg auf das Kruzifix. Er mußte plötzlich an seine Mutter denken, die bei der Revolution erschossen wurde. Sie starb mit dem Kreuz auf der Brust ...

Kuwakino senkte den Kopf. Mamuschka, dachte er. In seinem Auge stieg es heiß auf ... die leere Höhle des anderen brannte. Mamuschka ... was ist aus uns allen geworden ...

Die Gefangenen sangen – laut und inbrünstig, mit gefalteten Händen. Neben dem Kruzifix flackerten vier hohe Kerzen. Michail Pjatjal hatte ranziges Fett für sie aus der Küche gegeben, und ein gefangener Chemiker hatte es mit irgendwelchen Mitteln gehärtet und Kerzen daraus gezogen. Die Tataren im Hintergrund nahmen ihre Mützen ab, die Offiziere starrten auf den Pastor. Leutnant Markow kaute Sonnenblumenkerne und spuckte sie in die Reihen der betenden Gefangenen. Aber als der Pastor für die Gesundheit aller betete, senkte auch er ergriffen den Kopf und legte die Finger zaghaft aneinander. Die Predigt war kurz. Erschütterung verhinderte den Pastor, lange zu sprechen.

Worotilow sah zu Dr. Kresin hin. Der hatte die Hand der Kasalinsskaja genommen und streichelte sie mit linkischer Zärtlichkeit. Über die Wangen der Ärztin rannen Tränen.

Dann war der Gottesdienst vorüber ... noch einmal sangen die Verdammten von Stalingrad. Das »Gelobet seist du, Jesus Christ, daß du Mensch geboren bist ...« klang wie ein Aufschrei durch den Saal. Die aus Papier gefertigten Sterne und Kugeln an den Tannen, die rund um die Bühne standen, schwankten. Die Gedanken flogen hinaus aus der Enge der Stolowaja ... über das verschneite Land ... über die Wolga ... über Tausende von Kilometern ... nach Deutschland ... in die Heimat.

Die Herzen sprachen mit den Frauen und Kindern, mit den Müttern, Vätern, Brüdern, Bräuten ... Sie weinten, und sie versprachen Hoffnung. Wir werden kommen, wir werden alle wiederkommen ... glaubt es ... glaubt es doch ... Eure Liebe ist unsere Stärke in der Einsamkeit ...

In der Stille bauten ein paar Plennis den Altar ab. Ein Vorhang aus billigem Stoff senkte sich vor die Bühne.

Langsam, einzeln setzten sich die Gefangenen. Ihre Augen waren noch verschleiert, noch jenseits der Wolga. Nur langsam kehrten die Seelen zurück ...

Das Lagerorchester stimmte die Instrumente. Der Dirigent war nervös und schimpfte leise. Hinter der Bühne rannte der Regisseur herum und ermahnte noch einmal die Darsteller, seine Anweisungen für besonders kritische Stellen nicht zu vergessen. Der Komponist saß in der Ecke und hatte nichts zu sagen ... wie immer beim Theater. Von den Textautoren sprach überhaupt keiner.

Worotilow wandte sich an Dr. Böhler. »Erstaunlich, was die Männer in der kurzen Zeit geleistet haben! Nach der Arbeit, mit der halben Portion Essen! Eine Operette, ein Orchester, Kulissen, eine Bühne ...«

»Es ist der sichtbare Wille zum Leben!«

»Vergessen Sie nicht, daß er von Moskau mit der Verfügung vom Kulturnaja shisnij gefördert wird.« Worotilow lächelte schadenfroh. »Sie werden sich nicht beschweren können, wenn Sie einmal zurück nach Deutschland kommen. Ich weiß, daß es in den deutschen Gefangenenlagern unseren russischen Brüdern schlechter ging! Dort zeigte sich der Deutsche als Barbar!«

»Wollen wir darüber streiten?« fragte Dr. Böhler. »Jetzt? Mir ist viel zu heimatlich zumute, um mit Ihnen über diese Dinge zu diskutieren. Wenn Sie wüßten, wie es jetzt in uns aussieht ...«

Worotilow antwortete nichts. Er wandte sich Kommissar Kuwakino zu, der still und merkwürdig traurig neben ihm saß. Der Gedanke an seine Mutter erschütterte ihn in diesem Augenblick tief. Sein Weg war durch die Partei vorgezeichnet, es gab kein Zurück mehr, nur noch ein Vorwärts, das ihn hintrieb in ein Leben, das er nicht zu bestimmen wagte. Als ihn Worotilow leise anstieß, zuckte er zusammen und kroch in sich, als habe ihn jemand mit dem Kolben in den Nacken gestoßen.

»Was haben Sie, Genosse Major?« fragte er leise.

»Ich wollte Sie nur etwas fragen: Haben Sie schon etwas Neues von Dr. von Sellnow gehört?«

Kuwakino wurde blaß. »Lassen Sie mich in Ruhe!« zischte er wütend. Seine Augenwunde brannte.

Janina Salja saß neben Dr. Schultheiß. Sie sah den mächtigen Rücken des Majors vor sich, aber sie empfand nichts bei diesem Anblick, keine Erinnerung, kein Schaudern bei dem Gedanken an seine früheren brutalen Umarmungen. Sie saß Hand in Hand mit Jens und schaute auf die Bühne, deren Vorhang sich geheimnisvoll bauschte. Dann rauschte die Overtüre auf – eine lustige, flotte Musik im Tanztempo, eine Erinnerung an Peter Kreuder und Franz Grothe. Die Trompete Peter Fischers schmetterte ... einmal daneben, aber das nahm man nicht so genau. Leutnant Markow lächelte vor sich hin. Die Trompete! Sein Erbfeind! Aber es klang gut, was die deutschen Schweine da spielten, flott, lustig ... es ging in die Beine und ins Ohr. Es war eine moderne Melodie, eine Bourgeoisie-Angelegenheit, wie man in Moskau auf der Politschule sagen würde ... aber es war schön. Verflucht noch mal! Es gab noch etwas anderes als Dienst und Doktrin! Die Kalmücken und Mongolen im Hintergrund grinsten zufrieden. Bascha stand mit Michail Pjatjal hinter einer Theke mit einer improvisierten Kantine, wiegte die starken Hüften und ließ die dicken Brüste wippen.

Nach der Ouvertüre zogen zwei Gefangene den Vorhang auf. Eine ländliche Gegend war auf der Bühne aufgebaut ... Bäume, eine Bank, eine weite, deutsche Landschaft, gemalt auf einen Rundhorizont. Auf der Bank saß der gefangene Kammersänger und schien auf jemanden zu warten. Er zeichnete mit einem Stock Figuren in den Sand und sang dabei.

Die Operette dauerte ohne Pause einundeinehalbe Stunde ... sieben verschiedene Bilder, zündende Melodien, flotte Texte ... Die Gefangenen bogen sich vor Lachen über den Buffo und klatschten auf offener Szene Beifall. Der Komponist hinter der Bühne strahlte, die Textdichter stritten sich darum, welcher Liedertext am besten angekommen war ... Der Regisseur raufte sich schon wieder die Haare, weil zwei Darsteller steckengeblieben waren und man vergessen hatte, einen Souffleur einzusetzen ... Der Darsteller der weiblichen Hauptrolle vergaß einmal seine hohe Stimme und sprach im Baß weiter, was den größten Erfolg bei den Zuhörern hatte ... Als der Vorhang fiel, belohnte langanhaltender Beifall die Künstler. Sie traten an die Rampe wie in den Städten, aus denen sie kamen, und sie verbeugten sich und waren glücklich wie selten zuvor.

Major Worotilow erhob sich als erster. Er grüßte zur Bühne hinauf und wandte sich dann an Dr. Böhler. »Ein schöner Abend, Herr Doktor. Ich habe nicht bereut, oft die Augen zugedrückt zu haben.« Er sah zu Kuwakino hin und meinte laut: »Ich hoffe, daß auch die Zentrale in Moskau Kenntnis von diesem schönen Fest erhält!«

Kommisssar Wadislaw Kuwakino sah mit seinem ihm verbliebenen Auge schräg zu Worotilow hinauf. Er schwieg. Dr. Kresin lachte meckernd und sah zu Bascha hin, die die ersten Wodkagläser an die Wachoffiziere ausgab. »Vom Himmel hoch, da komm ich her!« sagte er lustig. »Kommen Sie, Genosse Kommissar! Sie erinnern mich an den einäugigen Zyklopen ... nur war er hundertmal größer als Sie!«

Wütend folgte ihm Kuwakino. Er hatte sich vorgenommen, Dr. von Sellnow zu vernichten, wie noch nie ein Mensch vernichtet worden war ...

Das Weihnachtsfest dauerte bis in die Frühe. Beim Morgengrauen schwankte Leutnant Markow über den Appellplatz und übte auf Peter Fischers Trompete. Worotilow saß mit Dr. Kresin und Kuwakino in einer Ecke der Stolowaja und spielte Karten. Dr. Böhler tanzte mit der Tschurilowa und Ingeborg Waiden. Dr. Schultheiß und Janina vermißte niemand. Selbst Worotilow nicht. Nur Karl Georg, der einmal auf die Latrine mußte, sah, wie hinter dem Fenster Janinas sich zwei Schatten bewegten und dann das Licht erlosch.

Auf dem Platz stieß Markow in die Trompete. Sie wimmerte kläglich. Die Posten auf den Türmen kreischten vor Vergnügen. Drei junge Leutnants sangen einen Kosakenchoral vor der Tür der Stolowaja.

In der Stolowaja spielten sie einen Krakowiak. Sieben Tataren wirbelten über den Fußboden, und Worotilow klatschte den

Takt. Dr. Kresin sang mit wodkaheiserer Stimme. Nur Kuwakino starrte mit seinem einen Auge böse auf das bewegte Bild. Markow kam wieder herein und blies in die Musik hinein. Man schrie vor Freude. Pjatjal kniff Bascha begeistert in die Brust.

Als der Morgen kam, schlief das Lager. Nur die Posten standen auf den Türmen, pendelten um den Zaun, durch die Lagergassen, wachten in Kälte und Schnee vor dem großen Einfahrtstor.

Der erste Weihnachtstag.

Es schneite. Dicke Flocken. Der Himmel war gelbgrau und schwer, er hing über den Wäldern wie ein klumpiges Daunenbett.

Ein Wachleutnant suchte Männer für ein Schneeräumkommando. Die Straße mußte freigeschaufelt werden. Er jagte die Schlaftrunkenen mit Fußtritten aus den Betten und tobte.

Erster Weihnachtstag.

Kommissar Wadislaw Kuwakino schrieb in seinem Zimmer. Nach Moskau. An die Zentrale des Politbüros.

Ich bitte um Entlassung ...

Erster Weihnachtstag. Janina küßte Jens auf die Augen und schlief dann wieder ein, glücklich wie ein Kind.

Die Kasalinsskaja träumte und schlug im Traum um sich. Laß mich, schrie sie, laß mich ...

Erster Weihnachtstag. Dr. Böhler stand im Operationsraum neben Schwester Martha Kreutz und Emil Pelz und operierte einen Blinddarm. Er war in der Nacht perforiert. Höchste Eile war geboten.

Erster Weihnachtstag.

Der Schnee rieselte ununterbrochen ... es gab keinen Himmel mehr, keine Bäume, kein Lager, keine Baracken, keine Straße, keine Wachttürme, keine Rotarmisten, keine Plennis ... Es gab nur noch Schnee ... Die Welt löste sich auf in weiße Flocken ...

»Tupfer«, sagte Dr. Böhler. »Schere ... Klemmen ... Binden Sie ab ... Tupfer ... Halten Sie die Schale bereit, Pelz ... Tupfer ... gut abbinden ... Wo ist die Seide ... Tupfer ...«

»Puls normal«, rief Schwester Martha Kreutz vom Kopfende her.

Der erste Weihnachtstag.

Schnee ... Schnee ... Schnee ...

Friede auf Erden ...

Zwischen Weihnachten und Neujahr kam eine neue Nachricht vom Lager 53/4 Nishnij Balykleij: Dr. von Sellnow lag im kleinen Revier des Lagers mit hohem Fieber. Lungenentzündung.

Dr. Kresin und Worotilow taten das einzige, was zu tun war, um neue Komplikationen zu vermeiden: Sie unterschlugen der Kasalinsskaja gegenüber den Bericht.

»Jetzt ist es sowieso zu spät«, sagte Dr. Kresin ernst. »Ich glaube nicht, daß sie in 53/4 Penicillin an die Sträflinge vergeuden! Ich habe ja gewußt, daß wir Sellnow nicht wiedersehen.«

Die Meinung Dr. Kresins von seinen Kollegen in Nishnij Balykleij war nicht falsch, aber im Lager 53/4 lebten noch zwei deutsche Ärzte neben Dr. von Sellnow, zwei Ärzte der SS, denen man in Orscha und Minsk Versuche mit Bazillen und Cholerakulturen an Menschen zur Last legte und deren Leben in diesem Straflager nur eine Verlängerung ihrer Qualen war, ehe man sie hinrichtete. Ihr Tod war eine fest beschlossene Sache, sie wußten es und trugen es mit Standhaftigkeit. Sie arbeiteten wie Sellnow auf dem Eis und hieben Löcher in die Wolga. Am Abend aber schlichen sie von Baracke zu Baracke und halfen den Kranken, so gut sie konnten.

Die notwendigsten Medikamente – unter denen sich unerklärlicherweise auch eine Dose Penicillin befand! – bekamen sie von einem russischen Sanitätsfeldwebel, der 1943 in deutsche Gefangenschaft geriet, 1945 befreit wurde und in der Roten Armee blieb, um hier das kleine Revier des Straflagers zu übernehmen. Seine Sanitätskenntnisse beschränkten sich auf Verbinden von Wunden und Typhusspritzen in die Brustmuskeln. Es war den beiden SS-Ärzten bei aller Aufopferung fast unmöglich, das Lager auf einem gewissen Gesundheitszustand zu halten. Dr. von Sellnow aber konnte mit Hilfe des Penicillins gerettet werden.

In dieses Lager kam Mitte Januar bei starkem Schneegestöber ein Wagen aus Stalingrad. Drei vermummte Männer stiegen aus und rannten durch den Sturm zu der Wachbaracke. Dort schälten sie sich aus den dicken Mänteln und legten die Pelzmützen ab. Es waren zwei russische Offiziere und ein Deutscher. Ein Deutscher in der Uniform eines Majors. Er trug die volle Uniform. Sogar die Auszeichnungen hatte man ihm gelassen. Seine blanken Stiefel glänzten. Es war ein merkwürdiger Anblick, inmitten des verkommenen Lagers, zwischen stinkenden Uniformen und Läusen, diese Eleganz zu sehen. Um sie zu verstärken, sctzte der deutsche Major noch ein Einglas in sein gutgenährtes Gesicht und sah sich um.

Der Leutnant, der das Lager kommandierte, blickte erstaunt zu den beiden russischen Offizieren, die das Abzeichen des MWD an der Mütze trugen. Geheimdienst! Der Leutnant wurde still und wagte nichts zu sagen. Wenn die Wölfe ins Lager kommen, ist der Mensch wertlos ...

Der deutsche Major nickte. »Lassen Sie uns sofort beginnen«, sagte er auf russisch. »Wenn wir noch in die anderen Lager wollen, müssen wir uns beeilen.«

»Holen Sie bitte die beiden SS-Ärzte, Genosse Leutnant«, sagte der eine Russe, ein starker, breiter Hauptmann mit stoppelbärtigem Gesicht und kahlgeschorenem Schädel. Der Leutnant verließ eilig die Stube.

Der deutsche Major nahm ein Aktenstück aus seiner Mappe und legte es auf den Tisch. Gespannt schaute er auf die Tür, hinter der jetzt Schritte zu hören waren. Mit Schnee bedeckt, in dicken, oft geflickten Mänteln und mit Lumpen umwickelten Schuhen traten die beiden SS-Ärzte ein. Sie stutzten einen Augenblick, als sie den geschniegelten Major sahen, und preßten die Lippen aufeinander. Der Major verbeugte sich kurz und korrekt.

»Passadowski. Wilhelm Passadowski.«

Die beiden SS-Ärzte sahen ihn verschlossen an. Sie musterten seine tadellose Uniform, sein gepflegtes Äußere, seinen guten Ernährungszustand, seine Ehrenzeichen, unter ihnen das Erinnerungskreuz der Teilnahme am Ersten Weltkrieg.

»Was willst du von uns?« fragte einer der Ärzte kurz.

Major Passadowski zuckte zusammen. Das Du machte ihn etwas verwirrt. »Ich wollte die Herren vertraulich sprechen«, antwortete er.

»Die Herren!« Der Arzt lachte gequält. »Bist wohl kein Plenni, was? Kommst aus Moskau, von der Seydlitz-Gruppe, was? Kleine Werbung für die antifaschistische Bewegung, wie ihr sie nennt?«

Major Passadowski sah sich nach den beiden russischen Offizieren um. Man wußte nicht, ob sie Deutsch verstanden. Gleichgültig rauchten sie ihre Zigaretten und musterten die beiden SS-Ärzte.

»Es stimmt natürlich nicht, daß Sie, meine Herren, in Minsk Menschenversuche machten«, nahm der Major die Unterhaltung wieder auf. »Dies ist eine Verdächtigung ...«

»Nein!« Der andere Arzt steckte die Hände in die Taschen. »Wir haben Cholerabazillen verpflanzt, um einen schnellen Wirkstoff gegen die Cholera zu finden! Opfer muß die Wissenschaft bringen ... wir hätten Tausende nach Abschluß der Forschung retten können.«

»Das klingt ja ziemlich kaltschnäuzig, meine Herren!« Passadowski war entsetzt. »Sie gestehen eine Schuld ein, die Sie den Kopf kostet.«

»Das ist uns klar. Die Versuche lassen sich nicht leugnen. Wir stehen für sie gerade. Anders die Offiziere in der Seydlitz-Gruppe, die zu den Russen überliefen und dort eine Hetzkampagne gegen die deutschen Brüder entfesselten. Sie wurden Kommunisten, nur um ihr Leben zu retten!«

»Aber meine Herren!« Passadowski hob beide Hände. »Sie werden unsachlich. Ich bin gekommen, um Ihnen zu helfen. Ich kann Ihnen Stellungen in der sowjetisch besetzten Zone Deutschlands anbieten! Wir suchen gute Ärzte für unsere östlichen Krankenhäuser. Ich habe ihnen vom Zentralkomitee Freies Deutschland das Angebot zu unterbreiten, eine dreimonatige Schulung des Politbüros in Moskau mitzumachen, um dann nach einer Verpflichtungserklärung in die Heimat entlassen zu werden. Es stehen Ihnen auch Offiziersposten in der Polizeitruppe der Ostzone, der Volkspolizei, zu ... Sie können wählen ...«

Die beiden SS-Ärzte sahen sich kurz an. Dann wandten sie sich um und wollten wortlos den Raum verlassen. Major Passadowski erbleichte. Der Leutnant und Lagerkommandant trat den beiden in den Weg und hieb ihnen ins Gesicht. Stumm blieben sie stehen und wandten sich um. Passadowski hob bedauernd beide Hände, als wolle er das Geschehene rückgängig machen.

»Das war nicht meine Absicht, meine Herren! Der Sieger ist rauh. Aber auch Sie werden sich inmitten der anderen Kameraden, die zu einer neuen Weltanschauung gefunden haben, wohl fühlen! Die Ideologie des Kommunismus hat etwas Edles an sich, etwas Menschenwürdiges ... sie reißt die Klassenschranken ein und läßt uns alle Brüder werden. Wir verfügen in Moskau über schöne, große Schulungsräume, über ein Kasino, Sportplätze, wir können die russischen Theater besuchen, die Kinos, Kunstausstellungen. Wir diskutieren oft mit Vertretern der ostzonalen Regierung, die uns besuchen kommen. Wir hatten selbst Gelegenheit, hohe Führer Rußlands – Malenkow, Berija, Budjennyi, Woroschilow – zu sprechen und mit ihnen interessante Unterhaltungen zu führen. Ilja Ehrenburg ist oft unser Gast. General von Seydlitz hat dafür gesorgt, daß wir deutschen Offiziere wieder geachtet werden von unseren sowjetischen Kameraden ...« Major Passadowskis Gesicht glühte vor innerer Begeisterung. »Was der Nationalsozialismus zerstörte, was eine Clique NS-Generale in den Dreck zog – unsere Offiziersehre –, hat General von Seydlitz wiedergewonnen. Wir haben nach dem Fall von Stalingrad eingesehen, daß eine Weiterführung des Krieges Selbstmord des deutschen Volkes ist, wir haben erkannt, daß wir einen Irren an der obersten Führung hatten, daß ein Adolf Hitler der Totengräber einer tausendjährigen europäischen Kultur wurde. Da haben wir uns abgesetzt und uns um die Vernunft geschart. Wir opponierten gegen diesen Krieg mit allen Mitteln, wir riefen den deutschen Soldaten zur Desertation auf, wir hatten von Moskau aus nur das einzige Kampfmittel in der Hand: die moralische Zersetzung der Truppe! Daß es uns nicht gelungen ist, war eine Folge der drakonischen Gegenmaßnahmen Hitlers und der Denkfaulheit des deutschen Soldaten. Wir scheiterten an dem Trägheitsgesetz des Militarismus. Um so mehr liegt uns daran, unseren gefangenen Kameraden den Weg aus der Verdammung zu zeigen und sie zurückzuführen in eine bessere Gemeinschaft.«

Major Passadowski atmete tief. Er hatte sich in Erregung geredet. Die beiden SS-Ärzte nickten. »Sind Sie jetzt fertig?«

»Ja, meine Herren.«

Einer der Ärzte trat einen Schritt vor. »Wir gehören nicht zu den Unbelehrbaren«, sagte er ruhig. »Wir waren Ärzte der SS, warum es leugnen? Wir haben Versuche gemacht ... wir geben es zu. Es war menschenunwürdig, eine Vergewaltigung des Individuums ... aber so vieles war in diesen Zeiten unwürdig und abscheulich! Das ist keine Entschuldigung für unser Tun, und wir sind bereit, dafür zu sühnen, obgleich wir es rechtlich nicht einsehen, warum gerade der Russe, der Grausamste von allen, unser Richter sein soll. Aber das tut nichts zur Sache. Es geht hier darum, daß Sie uns locken, in das kommunistische Lager zu wechseln, ein Charakterlump zu werden, um die eigene Haut zu retten. Wir haben viel gesehen in diesem Rußland ... wir waren in Asbest bei Swerdlowsk, wir waren in Workuta, in Wladimir, in dem schrecklichen Lager 5110/40 zwischen Ob und Irtysch, und wir sind jetzt in 53/4! Was wir gesehen haben, genügt uns, um lieber das Leben zu opfern, als uns zu diesem System der Vergewaltigung, der Entrechtung, der Kollektivierung der Seele und der Mißachtung jeglicher Menschenwürde zu bekennen! Sie leben in Moskau – Sie haben es selbst gesagt –, dick und fett wie eine Made! Sie haben ein Kasino, Sie sitzen im Kino und sehen sich den schönen Film von Zar Peter dem Großen an. Aber in Workuta am Eismeer sterben täglich über hundert Gefangene an Entkräftung und unter den Schlägen der Rotarmisten ... In Asbest fallen sie in den Gruben um wie Fliegen ... Darf ich Sie daran erinnern, daß die neue Eismeerstraße mehr als einundeinehalbe Million Menschen – deutsche Gefangene und russische zivile Sträflinge – gekostet hat? Und nun kommen Sie hierher und werben für dieses System? Sie reden von einer neuen Offiziersehre, während Hunderttausende unserer Brüder in Schweigelagern vegetieren und am Verhungern sind? Man sollte Ihnen einfach in die dumme, dreiste Fresse schlagen, Herr Major!«

Wilhelm Passadowski war rot geworden. Er griff nach seinem schönen Pelzmantel und zog ihn an. »Sie sind nicht zu belehren«, knurrte er. »Ich bedaure es, meine Herren! Ich wollte Sie hier heraushohlen ...«

»Und die anderen? Was soll mit denen geschehen? Die armen Kerle, die jetzt im Schneesturm auf dem Eis der Wolga stehen und Löcher in die meterdicke Decke hacken? Warum nicht auch die?«

Passadowski zuckte mit den Schultern. »Allen zu helfen ist unmöglich. Wir können nur aus den Hunderttausenden eine kleine Auswahl treffen, die sich meistens auf Offiziere beschränkt.«

Die beiden Ärzte wechselten wieder einen kurzen Blick. Dann trat der eine vor und spuckte dem Herrn Major ins Gesicht.

»Du verdammtes Schwein!« stieß er hervor. Dann drehte er sich um und ging. Der andere folgte. Ruhig, teilnahmslos blieben die beiden MWD-Offiziere im Hintergrund und rauchten. Auch der Lagerkommandant hielt die Ärzte nicht mehr zurück. Reglos stand Wilhelm Passadowski mitten in dem kleinen Zimmer. Er war bleich wie ein Toter. Die Augen hatte er geschlossen. Sein Monokel baumelte an einer Schnur vor der Brust.

Dann brachen die MWD-Offiziere auf. Sie gingen an ihm vorbei und überließen es ihm, mitzukommen. Wie ein Hund trottete er durch den tiefen Schnee hinter ihnen her. Am Tor standen die beiden SS-Ärzte. Als er an ihnen vorbeikam, nahmen sie stramme Haltung an und riefen: »Gute Fahrt, Herr Major!«

Blaß und beschämt stieg er in den Wagen und sah sich nicht mehr um.

Dr. Werner von Sellnow wurde noch einmal gerettet. Die heimliche Pflege der zum Tode verurteilten SS-Ärzte brachte ihn wieder auf die Beine. Vorgebeugt, ein alter Mann, schlich er durch das Lager 53/4 und wurde mit leichteren Arbeiten beschäftigt. Er durfte die Kommandantur putzen und den Boden mit einer kleinen Stahlbürste fast weiß scheuern. Der Leutnant schrie ihn an, wenn er einen dunklen Fleck auf den Dielen fand, und so schrubbte er jeden Tag ächzend und mit schmerzendem Kreuz und fiel am Abend wie zerschlagen auf seinen muffigen, harten Strohsack.

Mitte Februar setzten die Stürme aus dem Osten ein ... die sibirischen Stürme, die die Stämme der Urwälder in der Taiga knickten, das Holz vor Frost mit jammerndem Krachen sprengten ... Der Sturm, der alles Leben tötete ... Nur die Plennis lebten ... in den Baracken, die zuschneiten, deren Türen zufroren und die man morgens auftauen mußte, um Essen holen zu können. Die Pfosten auf den Türmen waren eingezogen ... wenn die sibirischen Stürme kamen, gab es keine Flucht mehr. Selbst die Pendelposten außerhalb des Lagers taten keinen Dienst. Tot lagen die Baracken unter den pfeifenden Stürmen ... nichts rührte sich außerhalb der vereisten Bretterwände, nur ab und zu huschte eine Gestalt durch den Sturm, warf sich gegen den eisigen Wind und stürzte dann in eine andere Baracke. Es waren die Essenholer, die beiden Sanitäter, einer der SS-Ärzte, der gerufen worden war zu einem der unzählbaren Verhöre ...

Auf der Wolga türmte sich das Eis. Es krachte in den Nächten. Heulend strichen die Wölfe um den Drahtzaun des Lagers und versuchten, ihn zu durchbrechen. Sie witterten die Wärme innerhalb der Holzhütten. Doch keiner kümmerte sich um sie ... sie wurden nicht einmal beschossen ... sie lagen im Schnee, die Schnauze gegen den Wind, und wimmerten.

In dieser Zeit genas Sellnow vollends. Er wurde kräftiger, ruhte sich aus, lag viel unter den drei schmierigen Decken und las jetzt des öfteren in der Bibel. Das fiel ihm selbst auf ... aber er verspürte das Bedürfnis. Ein aktuelles Buch, dachte Sellnow, um seine Erschütterung zu bagatellisieren. Er dachte nächtelang nach und lag schlaflos auf seinem Strohsack. Er hatte die Anwesenheit Gottes geleugnet, er hatte einmal zu Dr. Böhler gesagt: »Wenn ich einen Bauch aufschneide und wieder zusammenflicke, sehe ich nichts Göttliches dabei. Aber die Verwandten sagen dann: Gott hat ihn gerettet!« Und Dr. Böhler hatte geantwortet: »Die Fähigkeit, Bäuche aufzuschneiden, die haben Sie von Gott, Werner.« Da hatte er gelacht und gemeint, daß er gar nicht das Gefühl hatte, in der Universität einem Sprachrohr Gottes gegenüberzusitzen, als er den alten Professor Walter über Anatomie dozieren hörte ... Und jetzt las er die Bibel und war ergriffen.

Man hat alles falsch gemacht, dachte er. Einfach alles. Es ist entsetzlich, wenn man sieht, wie das Leben vorbeigeht, ohne die Möglichkeit, sich zu rehabilitieren. Zunächst vor Gott! Denn daß es ihn gab, zu diesem Eingeständnis war Sellnow bereit. Und daß seine Lebensauffassung nicht die richtige war, das hatte er schon während seines Zusammenlebens mit Alexandra Kasalinsskaja in Stalingrad eingesehen ...

Plötzlich, in dieser entscheidenden Nacht seines Lebens erinnerte er sich der Karte seiner Frau. Er erhob sich, suchte in der Hosentasche, in den Taschen seines Jacketts, in dem kleinen Gepäck ... sie war nicht mehr da, er hatte sie verloren ... die erste und einzige Karte nach vier Jahren Schweigen. Und – das glaubte er zu wissen – es war auch die letzte Karte, die er von Luise erhielt. Schuldbewußt, diese Karte nicht wie ein Kleinod verwahrt zu haben, legte er sich wieder nieder und starrte in die Dunkelheit.

»Verzeih mir, Luise«, sagte er leise.

Sein Obermann drehte sich im Bett herum. »Wat quatschste?«

»Nichts. Schlaf, Peter.«

»Dann halt de Fresse.«

Sellnow mußte trotz der Erinnerungen, die ihm die Kehle abschnürten, lächeln. Über ihm lag Peter Buffschk. Sein Name brachte ihm viel Spott ein. Er war ein mehrfacher Familienvater vom Wedding, Maurer von Beruf, und ins Straflager gekommen, weil er während der Bauarbeiten Salz in den Beton goß, so daß man sich ausrechnen konnte, daß er sich in einigen Jahren zersetzt haben würde und der Bau einfiel. Ein Posten hatte das gesehen. Man hatte Peter Buffschk mitgenommen, ihn halb totgeschlagen und dann nach 53/4 gebracht, wo er nicht kleinzukriegen war und den Posten eines Kalfaktors übernahm. Es gab nichts, was Buffschk nicht im Rahmen des Möglichen besorgen konnte.

»Du, Doktor?« fing Peter Buffschk wieder an. »Schläfste schon?«

»Nein.«

»Ick ha jestern beim Uffräumen in der Wachstube Tabak jeklaut und 'n Fetzen von der Prawda. Wülste 'ne Zijarette? Und 'ne Scheibe Brot ha ick ooch für dich uffjehoben.«

»Gib her, Peter«, sagte Sellnow. Er streckte die Hand aus. Eine Zeitungspapierzigarette mit Machorka und eine dünne Scheibe alten, trockenen Brotes glitten in seine Hand.

»Friß leise«, sagte Buffschk hinter der Hand, »damit's die andern nich hören ...«

Mit einem Gefühl der Zuneigung für diesen Klotz von Mann legte sich Sellnow zurück und kaute an dem Stück Brot. Die Zigarette glomm zwischen seinen dünnen Fingern.

Der Mensch ist ein Wunder Gottes, dachte er. Man wird es nie ergründen ...

Vor der Holzwand heulte der Sturm. Die Wolga ächzte unter dem Eis. Wimmernd lagen die Wölfe am doppelten Zaun.

Es gab keinen Himmel und keine Erde mehr ... nur noch Heulen und Brausen.

Am nächsten Morgen brannte der Leib Sellnows wie Feuer.

Er schrie. Er schlug mit den Armen um sich. Schaum stand auf seinem Mund.

Die Scheibe Brot, die Buffschk irgendwo gefunden hatte, war für die Wölfe gedacht gewesen.

Sie war vergiftet.

Im Lager 5110/47 gab es einen stillen Abschied. Kommissar Wadislaw Kuwakino verließ die Barackenstadt und kehrte nach Moskau zurück. Sein Abschiedsgesuch war bei dem Politbüro eingegangen, und nun rief man ihn zurück, um ihn persönlich über die Vorfälle im Lager Stalingrad zu hören. Er nahm einen ängstlichen Abschied, er kannte die Spielregeln zu genau, um nicht zu wissen, daß wenig Hoffnung bestand, aus dem Gebäude in der Nähe des Kreml je wieder herauszukommen – es sei denn als Sträfling der Lubjanka, aus der kein Weg mehr zurück in die Sonne führt.

Worotilow drückte ihm die Hand, Dr. Kresin grinste.

Kuwakino wandte sich Dr. Böhler zu. Sein Blick war traurig. Unter der schwarzen Augenklappe näßte die Wunde.

»Leben Sie wohll, Doktor ...«, sagte er leise. »Ob Rettung des Lebens gutt, ich weiß nicht ...«

Der Kommissar blickte auf den Wagen, der vor der Kommandantur hielt. Ein dick vermummter Fahrer hockte hinter dem Steuer und blies sich in die Handflächen.

»Ich habe nach Moskau gemeldet«, sagte Kuwakino wie im Selbstgespräch zu Worotilow, »daß Sie an den Vorfällen im Lager nicht schuldig sind. Es war nur die Auflehnung der Gefangenen gegen die mangelnde Versorgung, für die die Zentralstelle in Moskau verantwortlich ist. Man wird Schuldige finden – Sie sind es nicht!«

Worotilow wurde rot. Er trat einen Schritt vor und wußte nicht, ob er Kuwakino die Hand geben sollte.

»Genosse Kommissar ...«, sagte er matt.

Dr. Kresin war ernst geworden. »Warum haben Sie das getan?« fragte er hart. »Ich habe Sie für das größte Schwein gehalten, das mir bisher begegnet ist. Jetzt zwingen Sie mich, dieses Urteil zu revidieren ...«

Kuwakino lächelte schwach. »Ich bin ein Mensch, Genosse Kresin. Nur ein Mensch ... Ich hatte eine Mutter ... sie sang mit mir unter einer Perlenkrone die Lieder der Heiligen Nacht. Es war ein Fehler, bis Weihnachten hierzubleiben ... siebzehn Jahre habe ich zu Weihnachten, Ostern, Pfingsten mit den anderen vom Politbüro gesoffen und gehurt ... so vergißt man schnell.« Er tastete nach seinem Kopf und legte die Finger auf die schwarze Augenklappe. »Sie werden es nicht glauben ... Ich habe keine Angst vor dem Tod ... ich habe nur Angst vor dem, was nach dem Tode kommen kann ...«

Dr. Kresin drehte sich brummend um. Dr. Böhler stellte den Kragen seines Mantels hoch und begleitete Kuwakino zum Wagen. Bevor er einstieg, hielt ihn Dr. Böhler noch einmal fest.

»Was wird aus Dr. Sellnow, Genosse Kommissar?« fragte er langsam.

Kuwakino zuckte mit den Schultern. »Man wird ihn bestrafen.«

»Legen Sie in Moskau ein gutes Wort für ihn ein.«

»Nein!« Kuwakino fuhr herum. Sein heiles Auge flammte. »Und wenn es eine Sünde ist, die mir Gott nie verzeiht: Er soll büßen! Büßen! Büßen! Und ich wäre glücklich, wenn er wie ein lahmer Hund verreckte ... Es wäre nur gerecht ...«

Der Wagen fuhr an, der kalte Motor klapperte und tuckerte. Als Kuwakino sich zurückbeugte und noch einmal nach dem Lager sah, stand niemand mehr am Tor als die Posten. Vergessen, dachte er. Verachtet. Gehaßt. Und in Moskau wartet das Politbüro.

Seit der Weihnachtsaufführung hatte Peter Fischer einen neuen Posten erhalten: Michail Pjatjal hatte ihn von der Lagerleitung als Küchengehilfen angefordert und auch bekommen. Nicht daß Pjatjal es nicht schaffte, denn ihm unterstanden neben einigen Küchenmädchen mit Bascha an der Spitze noch 32 Plennis für Hilfsdienste und als Hilfsköche, aber Peter Fischers Trompete hatte es Bascha angetan. Sie hatte Michail so lange gebeten, bis er sich entschloß, bei Peter Fischer, der selbst kaum blasen konnte, Unterricht zu nehmen. Mit dem nächsten Verpflegungstransport hatte er sich aus Stalingrad eine blitzende Trompete kommen lassen, hockte in seinem Zimmer hinter der großen Küche und preßte jammervolle Laute aus dem gebogenen Blech. Peter Fischer nahm seine Lehrmeistertätigkeit sehr ernst. Dafür bekam er von Pjatjal abends, wenn er in die Baracke zurück mußte, die Taschen mit Lebensmitteln vollgestopft.

»Nix verratten und zeiggen«, flüsterte Pjatjal zwar jedesmal, aber dennoch lebte die Baracke durch kleine Sonderzuwendungen besser als die anderen Plennis.

Eines Tages wurde Dr. Böhler aus dem Lazarett zur Kommandantur geholt. Ein junger Wachleutnant, nicht ein gewöhnlicher Posten, holte ihn ab. Im Zimmer Worotilows saß Sergej Kislew, ein Bauunternehmer aus Stalingrad. Er sah den deutschen Arzt neugierig an, aber in seinem Blick lag etwas Ängstliches, Furchtsames, das Dr. Böhler aufmerken ließ. Worotilow reichte ihm beim Eintritt gleich sein Zigarettenetui hin. Dr. Böhler lächelte. Er will etwas von mir – weniger Worotilow als dieser dicke Mann dort auf dem Stuhl. Vielleicht braucht er Arbeiter, und ich soll hundert Plennis gesund schreiben?

Worotilow zeigte auf ihn und nickte Dr. Böhler zu.

»Dieser vollgefressene Kerl ist Sergej Kislew«, sagte er. Dr. Böhler begriff, daß Kislew kein Wort Deutsch verstand. »Er ist einer der brutalsten Ausbeuter der Gefangenen. Er führt die

Staatsbauten in Stalingrad aus. Großer Bonze der Partei und Arschlecker Moskaus.« Dr. Böhler lächelte. Er sah, wie Kislew die Worte Worotilows gespannt verfolgte und lebhaft mit dem Kopfe nickte.

»Er ist zu mir gekommen«, fuhr Worotilow fort, »weil sein einziger Sohn krank ist. Er behauptet: sehr krank. Eine böse Magenkrankheit. Ißt seit Wochen kaum mehr, bricht alles ...«

»Wie alt ist denn der Patient?« fragte Böhler interessiert.

»Ich glaube Anfang Zwanzig«, sagte Worotilow. »Es hat sich in Stalingrad herumgesprochen, daß wir hier gute Ärzte haben. Jetzt bittet mich Kislew, Sie für ein paar Stunden mit nach Stalingrad zu geben, damit Sie seinen Sohn untersuchen können. Was halten Sie davon?«

Böhler lächelte. »Ärzte müssen kommen, wenn man sie ruft«, sagte er verbindlich. »Aber hier ist das etwas schwierig. Ich bin nicht ganz Herr meiner Entschlüsse ...«

»Ich beurlaube Sie natürlich. Ich darf es zwar nicht ...« Worotilow ging im Zimmer hin und her. »Es ist streng verboten, daß Gefangene mit der Zivilbevölkerung Kontakt aufnehmen. Wegen Fluchtgefahr und Beihilfe. Ich vertraue Ihnen, ich weiß, daß Sie keinen Gebrauch davon machen.«

»Solange ich noch kranke Kameraden in meinem Lazarett habe, können Sie völlig unbesorgt sein.«

»Das ist gut!« Worotilow sah ihn groß an. »Ich beurlaube Sie besonders gern. Kislew vergibt auch Aufträge an die Straflager. Wenn Sie Glück haben, erfahren Sie etwas über Dr. Sellnow.«

Dr. Böhler starrte Worotilow an. Der lächelte, als habe er einen Witz gemacht.

»Das werde ich Ihnen nie vergessen, Major«, sagte Dr. Böhler mit belegter Stimme. »Sie sind ein verdammt feiner Kerl. Schade, daß wir zwei verschiedene Uniformen tragen ...«

Der Major hob die Hand. »Wenn Sie mein Vaterland beleidigen, schlage ich Ihnen ins Gesicht!«

Dr. Böhler senkte lächelnd den Kopf. »Ich weiß, ich weiß – es dauert seine Zeit, bis eine Schlange sich häutet ...«

Sergej Kislew rutschte auf seinem Stuhl hin und her. Mit flehenden Augen sah er Worotilow an. »Was sagt er?« fragte er.

»Er will mit Ihnen gehen.« Worotilow steckte die Hände in die Taschen seiner Uniformhose. »Er will keine Bezahlung, der deutsche Arzt, er will nur wissen, ob Sie 53/4 kennen.«

Sergej Kislew schob die Unterlippe vor, sein Gesicht wurde verschlossen, steinern.

»Kenne ich nicht.«

»Nishnij Balykleij?«

»Liegt an der Wolga. Aber da ist kein Lager.«

Worotilow nickte. Er lehnte sich gegen die Kante des Schreibtisches und betrachtete Kislew gemütlich. »Natürlich – da ist kein Lager. Es gibt ja in Stalingrad auch keinen kranken Sascha Kislew.«

Sergej Kislew erbleichte. »Was soll das heißen?« stotterte er. »Sie wollen den Arzt nicht mitgeben? Der Junge stirbt mir! Er bricht schon Blut und ißt nichts mehr!«

»Dann solltet ihr weniger fett fressen, Genosse Kislew.«

Der Bauunternehmer nickte schwach. »In Nishnij Balykleij arbeiten siebzehn Mann für mich. Sie machen Holzflöße für die Wolga.« Er sah Worotilow furchtsam an. »Aber ich darf nichts sagen, Genosse. Es kostet mich den Kopf, wenn man erfährt, daß ich etwas verraten habe!« Er erhob sich mit müden Bewegungen. »Geht der deutsche Arzt jetzt mit?«

»Ja. Sie müssen ihn aber am Abend wieder ins Lager bringen! Wenn eine plötzliche Kontrolle der Division kommt und er fehlt, ist die Hölle los! Ich werde von einer ›Ausleihung‹ nichts wissen ...«

»Natürlich nicht, Major.« Sergej Kislew verbeugte sich, mehrmals dankend. Die alte russische Unterwürfigkeit brach durch. »Aber wenn mein Sascha sehr krank ist ...«

Worotilow wandte sich an Dr. Böhler. Er sprach jetzt wieder Deutsch. »Können Sie gleich mitfahren, Doktor? Oder haben Sie dringende Fälle?«

»Es geht. Dr. Schultheiß wird meine Kranken gut versorgen.«

Worotilow nickte ihm zu. »Wenn Sie Kislews Sohn retten, können Sie von ihm haben, was Sie wollen. Vor allem erträglichere Arbeitsbedingungen für Ihre Kameraden.«

»Ich werde daran denken, Major.«

Als Dr. Böhler die Kommandantur verließ, sah ihm Worotilow mit zusammengekniffenen Lippen nach. »Diese Deutschen!« knurrte er. »Man hätte sie doch ausrotten sollen!«

Dr. Böhler wurde in das Militärhospital gebracht, in dem der Kranke lag, und ohne besondere Förmlichkeiten an das Krankenbett geführt. Es erwies sich, daß die Sorge Kislews um seinen Sohn mehr als berechtigt war. Sascha, ein einundzwanzigjähriger Rotarmist, litt seit einem Jahr an Magenbeschwerden. Er wurde nie durchleuchtet, war ohne jegliche Bedenken bei den Musterungen tauglich befunden und zum Militär eingezogen worden.

Bald nachdem er seinen Dienst angetreten hatte, bekam er eines Abends Schwindel- und Übelkeitsgefühl und erbrach. Das Erbrochene war stark mit Blut durchsetzt. Er wurde plötzlich bewußtlos und mit Kollaps ins Truppenlazarett eingeliefert.

Das war vor drei Wochen gewesen.

Diesen Bericht gab ein junger russischer Assistenzarzt an Dr. Böhler. Er war wortkarg, kam aber dem Befehl nach, dem deutschen Arzt zur Verfügung zu stehen.

»Behandlung?« fragte Böhler ebenso knapp.

»Jeden zweiten Tag Bluttransfusion, seit der Aufnahme etwa vier Liter Blut«, antwortete der Russe.

»Und bei der Aufnahme?« fragte Böhler weiter.

»Bei der Aufnahme erhielt der Patient fünfhundert Kubikzentimeter gruppengleiches Blut und kam zu sich«, las der Russe vom Krankenblatt ab.

»Sonst haben Sie nichts unternommen?« erkundigte sich Böhler gewissenhaft.

»Es bestand eine innere Blutung«, sagte der russische Arzt

gereizt. »Sie wurde durch Bluttransfusion gestillt. Das ist das beste Mittel. Es hat sich tausendfach bewährt.«

»Sicherlich«, sagte Dr. Böhler beschwichtigend, »ich informiere mich nur. Wie ist denn jetzt das Blutbild?«

Der Russe sah ins Krankenblatt. »Bei der Einlieferung fünfzig Prozent Hämoglobin und zweikommaneun Millionen rote«, las er vor, »acht Tage später vierzig Prozent Hämoglobin und zweikommavier rote, acht Tage später: sechsunddreißig Prozent Hämoglobin und zwei Millionen rote. Augenblicklicher Status: Hämoglobin zwanzig, rote einskommaeins Millionen.«

Böhler sagte nichts. Er unterdrückte mit Mühe sein Entsetzen. Zwanzig Hämoglobin statt hundert, nur noch ein Fünftel des normalen Gehalts, und eine Million rote Blutkörperchen im Kubikmillimeter statt fünf Millionen – der Kranke war völlig ausgeblutet. Und man hatte nichts unternommen.

Er wandte sich dem Kranken zu, der ihn ansah, ohne ihn zu sehen. Er war verfallen, die Gesichtsfarbe fahl wie das Leintuch, auf dem er lag, die Augäpfel gelblich verfärbt. Böhler fühlte den Puls. Er schätzte ihn auf hundertzwanzig. Der Kranke atmete nur wenig schneller als normal. Er war dazu schon zu schwach und sog bei jedem Zug nur wenig Luft in die Lungen. Seine Lippen zeigten keinerlei Röte mehr.

Böhler ließ sich die anderen Laborbefunde vorlesen, die recht exakt und vollzählig durchgeführt waren. Eiweiß im Urin stark positiv, im Sediment rote Blutkörperchen, viele Zylinder, Nierenzellen, Teerstuhl. Dieser letzte Befund zeigte deutlich, daß eine schwere innere Blutung bestand, die offensichtlich durch die Transfusionen nicht zum Stehen gekommen war. Böhler tastete den Leib des Patienten ab. Wenn er an eine bestimmte Stelle über dem Nabel geriet, stöhnte der Kranke tief auf vor Schmerz und machte schwache, abwehrende Bewegungen.

Sein Schicksal ist besiegelt, dachte Böhler schematisch. Sein Lehrer fiel ihm ein, der alte Professor Sandtmann, der davor gewarnt hatte, einen Patienten mit Magen- oder Zwölffingerdarmgeschwür zu operieren, wenn der Sitz des Geschwürs nicht genau bekannt war und der Patient eine schwere Blutung durchgemacht hatte.

Und dieser Kranke war noch niemals geröntgt worden. Zweifellos hatte er ein Zwölffingerdarmgeschwür.

Böhler erhob sich von der Bettkante, auf der er bei der Untersuchung gesessen hatte. Er blickte auf Sergej Kislew, der am Fußende stand und ihn gespannt anstarrte. Böhler konnte sich denken, daß die Ärzte den Vater erst rufen ließen, als sie den Kranken aufgegeben hatten. Kislew sah ihn mit brennenden Augen an.

»Gutt, Gospodin Doktor?« fragte er.

Böhler amüsierte sich über das Gesicht des russischen Arztes bei dieser Anrede. Gospodin – das hieß »Herr«. In der UdSSR sprach man nur noch von »Genosse Doktor«, das Wort Herr war streng verpönt.

Er antwortete nicht, sondern trat zum Waschtisch und begann, sich sorgfältig die Hände zu waschen. Dann erst wandte er sich um. Immer noch starrte ihn Kislew fragend an.

»Nix gutt?« stotterte er.

Böhler nickte langsam. »Nix gutt!«

Sergej Kislew schlug die Hände vor die Augen und lehnte sich gegen die Wand. Was er vor sich hin stammelte, verstand Böhler nicht. Aber am Klang erkannte er erschreckt, daß der Kommunist und Menschenschinder Sergej Kislew betete ...

Dr. Böhler wandte sich ab und verließ den Raum. Er ging die Treppen hinunter und war noch nicht unten angelangt, als Kislew ihn einholte. Aus dem Redeschwall entnahm Böhler soviel, daß der Mann wünsche, er solle ihn begleiten. Wider Willen tat ihm Kislew leid, und er folgte ihm. Draußen wartete ein Privatwagen mit einem Chauffeur. Er brachte sie in wenigen Minuten in Kislews Haus, eine hübsche Villa in einem gepflegten Garten.

In der großen Diele setzte sich Böhler in einen weichen Sessel und lehnte sich weit zurück. Sein Wirt verließ ihn und bat ihn wortreich und mit vielen Gesten, einen Augenblick zu warten. Dann ging er die Treppe hinauf.

Ein Sessel! Ein weicher, gepolsterter Sessel. Teppiche. Tapeten an den Wänden. Türen aus Kirschbaum, ein runder geschnitzter Tisch. Kristall in den eingebauten Wandschränken ...

Böhler atmete die reine Luft, den Geruch eines leichten Parfüms, der über allem lag ...

Er schloß die Augen. Köln-Lindenthal ... eine kleine Villa mitten im Grünen, in der Nähe des Stadtwaldes. Im Garten auf der Rasenfläche war ein Tischtennis aufgebaut ... Er sah sich mit Margot, seiner Frau, spielen ... sie hatte einen guten Schlag und jagte ihn hin und her. Und sie lachte hell. In ihren Augen leuchtete die Jugend und das Glück, zu leben ... Der Rasensprenger drehte sich. Das Wasser sprühte über sie hinweg, wenn er zu ihnen schwenkte. Dann lagen sie in den Liegestühlen und tranken Orangeade ... Mein Gott, Orangeade. Daran erinnerte man sich jetzt ... Auf der Reitbahn im Stadtwald trabten die Pferde. Ihr Fell glänzte in der Sonne. Fröhliche Worte flogen hin und her ... Im Stadion, auf der großen Jahnwiese mit dem Denkmal des alten Turnvaters, jagten sie im Galopp dahin und überholten sich gegenseitig.

Hell klang das Lachen durch den Sommerwind ...

Dr. Böhler zuckte zusammen und erhob sich, als Sergej Kislew die Treppe herabkam. Er sah verfallen aus, gealtert, seine Augen flackerten.

»Du Sascha machen gesund«, sagte er bettelnd.

»Das ist unmöglich«, sagte Dr. Böhler. Er wußte, daß ihn Kislew nicht verstand, und er legte etwas Tröstliches in seine Stimme. Der Russe hörte es heraus, und seine Augen bekamen wieder jenen Funken Hoffnung, den Dr. Böhler in allen Augen sah, wenn er bewußt die Krankheit bagatellisierte.

»Ich würde ihn operieren, aber das kann ich hier nicht machen – nicht im Militärlazarett oder gar im Lager. Dafür sind sie nicht eingerichtet. Er würde auf dem Operationstisch sterben! Ich brauche dazu einen gut eingerichteten Operationsraum mit den neuesten technischen Anlagen. Dann würde ich es wagen.«

Sergej Kislew nickte wiederholt. Sein Gesicht war voll Hoffnung. »Du machen gesund?«

Dr. Böhler sah zu Boden. »Wenn du wüßtest, wie die Wahrheit ist. Man wird nie erlauben, daß ein deutscher kriegsgefangener Arzt in einem russischen Krankenhaus operiert. Das ist ganz unmöglich. Es wäre ein Sakrileg, wo Rußland die besten Chirurgen der Welt besitzt – wenigstens sagen sie es immer. Ich kann dir wirklich nicht helfen, Sergej Kislew.«

Der Bauunternehmer schien die Nennung seines Namens für ein gutes Zeichen zu halten. Er faßte Dr. Böhler am Ärmel und zog ihn mit sich fort. Er führte ihn in die Küche, wo ein Mädchen arbeitete, drückte ihn auf einen Stuhl und setzte ihm eigenhändig Wurst, frische Butter, weißes Brot, Früchte – im Winter – und amerikanische Fleischkonserven vor.

Mit großen Augen saß Dr. Böhler am Tisch.

Wurst! Gute, gelbe, fette Butter! Er nahm eine Scheibe Brot, bestrich sie fast andächtig mit der Butter und legte eine Scheibe Wurst darauf. Sergej Kislew lachte hinter ihm, er griff über seine Schulter hinweg in den Wurstteller und legte ihm mit der Hand sieben Scheiben auf einmal auf das Brot. Fünf Jahre Kohlsuppe ... fünf Jahre klitschiges Brot ... 600 Gramm ... 200 Gramm ... ab und zu einmal dicke Bohnen oder eine dicke Suppe aus Kohl und Roggenmehl ... Dr. Böhler aß das Brot mit den acht Scheiben Wurst. Er aß es nicht, er fraß es in sich hinein wie ein Raubtier, das hungernd herumstreifte und nun vor einer plötzlichen Beute steht. Ein Brot ... zwei Brote ... drei ... dann legte er das Messer weg. Sein Magen war schwer wie Blei ... Er erhob sich und sah, wie Kislew aus einer Flasche starken Krimwein in einen Pokal schüttete. Er trank ... der Wein brannte in seiner Kehle, im Magen, in den Adern ... es war, als durchströme ihn ein neues Leben.

Dr. Böhler überblickte den Tisch. Die Fleischbüchsen waren nicht angebrochen ... die Butter war halb verbraucht ... ein großes, nicht angeschnittenes Stück Wurst lag daneben ... Er sah sich um, sah eine Zeitung auf dem Fenster liegen, ergriff sie, rollte die Wurst, die Butter, die Büchsen in sie ein. Sergej Kislew ließ es lachend geschehen und klopfte ihm freundschaftlich auf die Schulter.

»Sascha machen gesundd!« sagte er glücklich. »Grosses Arrrzt!« Er lachte über das ganze Gesicht.

Dr. Böhler biß die Zähne aufeinander. Wenn ich die Büchsen einteile und die Wurst auch, jeden Tag eine Scheibe, jeden Tag einen Teelöffel Fleisch, dann kann ich den schwersten Fällen im Lazarett eine Woche lang etwas Zusätzliches geben. Das ist eine Lüge wert, und Gott wird es mir verzeihen. Wir sind mit den Kräften am Ende im Lager. Fünf Jahre dieses Essen, und jetzt nur noch die Hälfte, weil die große Dürre im Sommer die Ernte vernichtete ...

Sergej Kislew brachte Dr. Böhler pünktlich zum Appell ins Lager zurück.

Major Worotilow schwieg lange, als ihm der Arzt die Wahrheit sagte. Kislew saß im Sessel und rauchte beruhigt.

»Er weiß nichts?« fragte Worotilow.

»Ich konnte es ihm unmöglich sagen!«

»Soll ich ...?«

»Bitte, nein, er wird es früh genug erfahren. Ja, wenn ich eine moderne Klinik hätte, mit allem, was dazu gehört ...«

»Dann würden Sie operieren?« drängte Worotilow.

Böhler nickte. »Ja«, sagte er, »dann würde ich es versuchen, so gering die Chancen sind. Es wäre an sich keine schwere Operation, für einen weniger Schwerkranken, meine ich. Man müßte den Ort der Blutung suchen und sie stillen. Es gibt keine Krankheit, bei der man nicht Hoffnung haben könnte – und wenn es der Glaube an ein Wunder ist ...«

»Aber Sie wollen Sascha Kislew nicht operieren?«

»Auf keinen Fall hier oder im Militärhospital. Das wäre reiner Mord.«

»Im Staatskrankenhaus Stalingrad operiert nur Professor Pawlowitsch.«

»Dann soll er die Operation machen.«

»Er hat sich bereits geweigert, ohne den Patienten gesehen zu haben. Ihm genügt die Krankengeschichte.«

Dr. Böhler nickte bestätigend. »Sie genügt auch«, sagte er. »Natürlich will der Herr Professor beim Sohn eines mächtigen Mannes keinen Mißerfolg riskieren – verstehe ich sehr gut. Nur daß man mir es zumutet ... Wenn es schiefginge, müßte ich es ausbaden, würde unter Umständen bestraft, noch einmal zu Lager verurteilt ... zehn Jahre ... zwanzig Jahre ... ihr seid ja nicht kleinlich.«

»Aber Sie würden ihn trotzdem im Staatskrankenhaus operieren, nicht wahr?«

»Ich würde es auf alle Fälle versuchen, ja – aber es ist müßig, darüber zu sprechen. Ich muß ins Lazarett.«

Er verließ das Zimmer. Erstaunt und verständnislos sah Kislew ihm nach. Warum ging der Arzt und ließ ihn allein? Und Sascha, sein Sohn? Kislew sprang auf und stürzte auf Worotilow zu ...

Zwei Stunden später wurde Dr. Böhler bereits wieder abgeholt. Ein Sanitätswagen der Division fuhr ihn aus dem Lager, ein russischer Kapitän-Arzt, Studienkollege Dr. Kresins, begleitete ihn.

»Der Patient ist schon ins Staatskrankenhaus gebracht worden«, teilte er Böhler mit. Er sprach gut Deutsch.

»Der Genosse Professor ist auf Ihre Operationsmethode sehr gespannt«, setzte er nach einer Weile hinzu.

Dr. Böhler riß die Augen auf und sah ihn ungläubig an. »Er will mich operieren lassen?«

»Dazu hole ich Sie ja ab.«

»Im Stalingrader Staatskrankenhaus? Das ist doch unmöglich ...«

»Warum denn, Herr Kollege?«

»Ich bin ein deutscher Plenni!«

»Na und? Drei Kommissare sind ebenfalls in der Klinik. Man wird Sie der Form halber entlassen ...«

Dr. Böhler fuhr herum, seine Wangen glühten. »Was heißt der Form halber?« Seine Stimme zitterte vor Erregung.

Der Kapitän-Arzt sah ruhig auf die verschneite Straße vor sich. »Das heißt, daß man Sie nach der Operation wieder gefangensetzen wird! Dazu sind die drei Kommissare da. Man wird Sie an Ort und Stelle wieder verurteilen. Es geht hier nur darum, daß wir Moskau überlisten und Sie als Privatmann in der staatlichen Klinik operieren lassen! Außerdem hat Sergej Kislew dem Lazarett fünfzigtausend Rubel gestiftet, wenn die Operation gelingt. Das zählt noch mehr.«

»Und das im Staate der Volksregierung! Dem Land ohne Klassenunterschied. Dem Paradies der Arbeiter!« Dr. Böhler lachte gequält. »Ihre Methoden sind wert, geschichtlich festgehalten zu werden!«

Der Kapitän-Arzt lächelte zurück. »Man wird es, Herr Kollege. Wir haben 1945 beim Einmarsch in Berlin bereits Geschichte geschrieben! Und wir werden sie weiter schreiben – wir allein! Mögen sich Amerika oder England mächtig fühlen und diplomatische Schlachten schlagen. Wir arbeiten in der Stille und gewinnen die Herzen der Völker – mit den gleichen Methoden, mit denen Sie heute den ganzen Tag ein völlig freier Mann sind. Der Chirurg Dr. Fritz Böhler aus Köln, der den ehrenvollen Staatsauftrag hat, in Stalingrad zu operieren. Am Abend sind Sie wieder Plenni ...« Der Kapitän-Arzt lächelte mokant. »Die Geschichte will es so.«

Die riesige Staatsklinik lag weiß und still in einem Park außerhalb der Stadt. Eine der typischen russischen Monumentalbauten, die man den fremden Touristen zeigt und die den Aufschwung der sowjetischen Wirtschaft und Kultur repräsentieren sollen. Eine Mischung zwischen amerikanischer Wolkenkratzerarchitektur und russischer Neuklassik. Bauten, die an die Pläne Hitlers für die nächsten tausend Jahre erinnern.

In dem riesigen Foyer der Klinik stand, als Dr. Böhler nach einer kurzen Meldeformalität eintrat, ein kleiner, schmächtiger Mann mit einem weißen Tatarenbart und leicht geschlitzten Augen in dem ledernen Gesicht. Er war etwas vorgebeugt und schlurfte nun ein paar Schritte heran, als die Pendeltür aufschwang.

Professor Dr. Taij Pawlowitsch.

Er reichte dem deutschen Arzt eine welke Greisenhand. Einen Augenblick empfand Dr. Böhler ein sichtbares Erschrekken. Mit diesen kraftlosen Händern operiert er?

Der Kapitän-Arzt wechselte einige schnelle Worte mit Professor Pawlowitsch, die Dr. Böhler nicht verstand. Es war eine Mischung zwischen Russisch und einem mongolischen Dialekt. Dann wandte sich der Arzt wieder zu ihm.

»Der Professor hat alles vorbereitet. Der Patient liegt im großen OP, er ist bereits gewaschen – in zehn Minuten wird er narkotisiert ...«

Böhler unterbrach ihn brüsk. »Sie wollen doch nicht etwa eine Narkose geben?« Er schrie es fast. Die beiden Russen sahen ihn erstaunt an.

»Warum denn nicht?« fragte der Professor.

»Es kommt nur eine Lokalanästhesie in Betracht«, sagte Böhler bestimmt. »Mit einer Narkose würden wir ihn umbringen. Lokalanästhesie – ich werde sie selber vornehmen. Während der ganzen Operation Sauerstoff und Bluttransfusion durch Dauertropf in eine Knöchelvene. Bitte, lassen Sie diese sogleich anlegen, und stellen Sie die nötigen Blutkonserven zur Verfügung.«

Dr. Böhler hatte sehr bestimmt gesprochen. Die beiden Russen starrten ihn mit offenen Augen an, aber sie akzeptierten seine Autorität. Der Kapitän-Arzt verließ den Raum, um Böhlers Anordnungen auszuführen.

»Ich werde Ihnen assistieren«, sagte der Professor verbindlich, »ich bin sehr gespannt ...«

Mit diesen Fingern, dachte Böhler, dieser kraftlose Greis. Er warf einen forschenden Blick auf den Professor. Dann sagte er schwach: »Bitte!«

Der Kapitän-Arzt kam zurück. »Betrachten Sie sich bitte ab jetzt als Privatmann! Sie sind frei!« sagte er zu Böhler.

»Das ist sehr schön und sehr nett von Ihnen«, sagte Böhler mit deutlichem Spott. Er blickte zum Hintergrund der Eingangshalle. Dort standen drei Offiziere mit dem Zeichen der MWD: die drei Kommissare.

Dr. Böhler atmete tief: »Gehen wir ...«

Professor Pawlowitsch ging voraus. Sanitäter rissen die Glastüren vor ihnen auf. Ein langer, weiß gekachelter Flur, ein Vorraum mit blitzenden Kränen, großen, weißen Marmorbecken, zehn Schwestern, die mit weißen Mänteln, Gummischürzen, Hauben und Mundschutz bereitstanden. Heißes Wasser strömte in die Becken, eine Schwester reichte Seife und Bürste. Es war wie ein Traum, wie ein Märchen. Dr. Böhler schrubbte sich Hände und Arme ... er hielt die Hände unter den dünnen Strahl Alkohol ... eine Schwester streifte ihm die Handschuhe über ... der Mundschutz wurde angelegt ... die weiße Haube saß auf seinem langen, schmalen Kopf ... eine andere Schwester band ihm die Gummischürze um ... lang, weiß, bis auf die Erde reichend. Durch die Tür trat ein junger Arzt ein, braun, drahtig, ein Armenier.

»Patient ist bereit«, sagte er knapp.

Professor Pawlowitsch sah Dr. Böhler an. Auch er war zur Operation bereit. Bestätigend nickte Dr. Böhler ihm zu. Der Professor ging voraus durch die kleine Tür ... Geblendet, erschüttert blieb Dr. Böhler stehen: ein riesiger Raum, warm, in das gleißende Licht von vierundzwanzig Kristallampen gehüllt ... hinter dem Operationstisch amphitheatralisch ansteigende Bänke ... auf ihnen über hundert russische Studenten und Studentinnen ... ein Schwarm von Assistenzärzten um den Tisch, Schwestern, Sanitäter, Sanitätsoffiziere. In der ersten Bankreihe ein dicker Bulldoggenkopf: Dr. Kresin. Daneben ein blasses, von schwarzen Locken umrahmtes Gesicht: Alexandra Kasalinsskaja. Neben ihr, blaß wie sie, mit kauenden Backenmuskeln erregt hin und her rutschend, Major Worotilow.

Es hatte sich schnell herumgesprochen, daß ein Deutscher operieren würde ...

Mit festem Schritt trat Dr. Böhler an den Operationstisch.

Der Körper des Jungen war mit warmen Tüchern abgedeckt, nur das Operationsfeld, die Magenpartie, lag frei.

»Ich mache jetzt die Anästhesie«, sagte Böhler, und der Professor gab seine Worte an die Operationsschwester weiter. Böhler sah ihr zu, wie sie eine große Spritze mit einer Kanüle versah und aus einem becherförmigen Gefäß aufzog. Dann reichte sie ihm die Spritze und machte sich sofort daran, eine weitere vorzubereiten.

Böhler stach die lange Nadel in die mit Jod bestrichene Bauchhaut und injizierte den Inhalt der Spritze. Der durchflutete nun das ganze Operationsgebiet, von den Rippen bis unter den Nabel und seitlich bis fast zu den Flanken.

Der Kranke war stark benommen und nahm die Vorgänge nicht wahr. Er atmete Sauerstoff durch eine Maske. Das Gas strömte ihm aus einer großen Flasche zu. Neben ihm saß eine Schwester und sprach leise auf ihn ein – beruhigende Worte, die man kaum hörte. Über den Köpfen der beiden war eine Art Zelt angebracht, das gegen den Operateur hin geschlossen und nach hinten offen war. Die Schwester unter dem Zelt kontrollierte zugleich den Puls des Patienten. Ein Assistent regulierte das Sauerstoffgerät.

Böhler war mit der Anästhesie fertig. Er ließ sich von einer Schwester die Handschuhe ausziehen und neue überstreifen. Dann wartete er geduldig, bis die Betäubung wirksam geworden war.

Der Kranke hatte kein schmerzlinderndes Mittel bekommen. Böhler wollte keinen Atmungsschaden riskieren. Sehr vorsichtig ließ er der an einer Knöchelvene angelegten Dauertropfinfusion mit Spenderblut Herzmittel zur Stützung von Herz und Kreislauf zusetzen. Ununterbrochen floß Blut in die Adern des ausgebluteten Kranken. Aber da drinnen floß es ebenso schnell wieder durch das blutende Geschwür in den Darm ab. Ein Faß ohne Boden. Wenn es nicht gelang, die Blutung zu stillen, gab es keine Rettung mehr. Und ob die Operation, eine ungeheure

Belastung für den Schwerkranken, noch würde Hilfe bringen können, war mehr als fraglich. Es gehörte ein verzweifelter Mut dazu, sie überhaupt zu wagen.

Böhler nickte dem Professor zu. »Wir wollen anfangen«, sagte er knapp.

Der Professor sagte einige Worte zu seinen Mitarbeitern. Und das große Wagnis begann ...

Böhler hatte den eröffnenden Schnitt genau in der Mitte des Bauches geführt, vom Brustbein bis unter den Nabel. Der Professor zog die Augenbrauen hoch. »Wir legen den Schnitt quer, von rechts oben nach links unten über den Magen«, sagte er.

Böhler nickte und meinte kurz, ohne sich in seiner Tätigkeit unterbrechen zu lassen: »Ich brauche viel Platz, denn wir werden Überraschungen erleben. Ich erweitere den Schnitt später nicht gern.«

Die Wundränder wurden sorgfältig abgedeckt, einige Blutgefäße mit Klemmen gegriffen, durchtrennt und abgebunden. Es blutete kaum aus dem Fleisch. In fliegender Eile setzte Böhler das Bauchspekulum ein, das die Wunde offenhielt, und öffnete das Bauchfell. Trotz der örtlichen Betäubung sind das immer schmerzhafte Verrichtungen, bei denen die Gefahr besteht, daß der Patient unruhig wird. Aber der junge Mann stöhnte nur ein wenig. Er war sehr schwach.

Böhler tastete die Leber ab. »Stark vergrößerte Leber«, sagte er zum Professor, »und Narbenbildungen im Bereich des kleinen Netzes.« Er bemerkte mit Genugtuung, daß er sich geirrt hatte, als er den Professor für schwächlich hielt. Der Mann arbeitete ausgezeichnet.

Minutenlang versuchte Böhler dann, tief in der Bauchhöhle eine Arterie zu finden, aus der erfahrungsgemäß die Blutung bei Zwölffingerdarmgeschwüren erfolgt. Es gelang ihm nicht, an sie heranzukommen.

»Ich schreite zur Magenresektion nach Billroth II«, sagte er kurz, kümmerte sich nicht um das erstaunte Gesicht des Professors, sondern fügte nur erklärend hinzu: »Ich komme nicht an das Geschwür heran ...«

»Er hält es nicht aus«, flüsterte ihm der russische Chirurg zu. Aber Böhler sah nicht auf, er zuckte nur die Achseln.

Das Operationsteam befand sich auf eingefahrenen Pfaden. Die Instrumente gelangten ohne besondere Aufforderung in die Hände Böhlers, und der Professor kam seinen Absichten genau im richtigen Augenblick entgegen. In kürzester Frist hatte Böhler den Magen frei und konnte ihn abtrennen. Nur ein Drittel des Organs blieb zurück und wurde an einer Darmschlinge angeschlossen. Damit wurde die durch das Wegnehmen des Magens unterbrochene Verdauungspassage wiederhergestellt.

Böhler durchtrennte die vordere Zwölffingerdarmwand und ließ die Wundränder mit Klemmen fassen und auseinanderspreizen. In der Tiefe gewahrte er nun ein kraterförmiges Geschwür. Es war etwa zwei Zentimeter groß. In der Mitte befand sich ein kleiner runder Krater, zwei Millimeter im Durchmesser. Aus dieser Öffnung sickerte ununterbrochen Blut an den Wänden des Geschwürs herunter. Böhler zeigte dem Professor die Stelle.

»Das hätte vor Wochen geschlossen werden müssen«, murmelte er, und der Professor nickte. Der Chirurg tupfte sanft den Krater ab. Es lösten sich Blutgerinnsel, und plötzlich schoß eine kleine Blutfontäne hoch.

»Naht!« rief Böhler und drückte den Zeigefinger der Linken auf die blutende Stelle. Die Operationsschwester reichte ihm eine eingefädelte Nadel. Er übernähte die Stelle mit einer Zickzacknaht, und es spritzte nicht mehr. Das Loch in der Arterie, aus dem die Blutung erfolgte, war geschlossen.

Bisher hatte der Patient die Operation besser durchgestanden, als man erwartet hatte. Jetzt aber, nachdem der entscheidende Moment vorüber, nachdem die Stelle der inneren Blutung gefunden und abgedichtet war, geschah es: »Der Blutdruck sinkt«, meldete der Arzt, der Puls und Blutdruck zu überwachen hatte. »Ich kann ihn nicht mehr ermitteln ... auch der Puls setzt aus ...«

Böhler legte das Instrument fort, das er in der Hand hielt, und riß sich die Handschuhe von den Händen.

Der Professor blickte ihn unverwandt an. In seinen kleinen Augen leuchtete etwas wie Triumph.

»Ich habe es ja gleich gesagt, daß es nicht gehen würde«, sagte er gezwungen sachlich. »Exitus – der Patient ist tot.«

Aber Böhler hörte nicht auf ihn. »Sehen Sie denn nicht, daß die Transfusion nicht mehr weitergeht?!« schrie er einen Assistenten an, der darüber hatte wachen sollen. Aus dem Gefäß mit dem Blut aber war in den letzten Minuten nichts mehr in die Adern des Kranken geflossen. Sein Blutkreislauf war zusammengebrochen.

»Geben Sie mir eine lange Kanüle und eine Punktionsspritze mit etwas Kochsalzlösung und einem Kreislaufmittel – was Sie gerade dahaben ...«, forderte Böhler die Operationsschwester auf. »Und kippen Sie den Tisch – Kopf tief«, herrschte er seinen Helfer an. Seine Stimme war gepreßt. Sein Gesicht verriet bleiche Wut, und man sah, daß er sich mühsam beherrschte.

»Was haben Sie vor?« fragte der russische Professor und sah ihn beinahe ängstlich an.

»Intrakardiale Bluttransfusion«, antwortete Böhler, während er schon die Herzgegend des Kranken mit Jod einstrich. »Machen Sie eine Rotandaspritze bereit und eine Blutkonserve!« befahl er der Schwester.

»Aber der Mann ist tot!« beharrte der Professor, »alles kommt zu spät. Er atmet nicht mehr!«

Böhler schüttelte den Kopf. »Das Herz ist gesund, es hat nur kein Blut«, sagte er unwirsch. »Geben Sie weiter Sauerstoff, und machen Sie künstliche Atmung«, ordnete er an. Seine Anordnungen wurden prompt befolgt.

Er setzte die Spritze auf den fünften Zwischenrippenraum und trieb die Nadel in die Tiefe. Seine Hand merkte, wie der Widerstand des Gewebes plötzlich schwand, und er wußte, daß er jetzt den Herzmuskel durchstach und in die rechte Herzkammer eindrang. Alle sahen, wie Blut in die Spritze stieg, Blut direkt aus dem Herzen des Patienten.

»Her mit der Rotandaspritze und der Konserve«, zischte er. Seine Wut hatte ihn noch nicht verlassen. Sie galt nicht den Russen, die nicht genügend achtgegeben hatten – er war wütend, weil ihm der Tod einen Patienten entreißen wollte. In fliegender Eile, aber ohne ein einziges Mal danebenzugreifen, schloß er die Spritze mit dem Zweiwegehahn an die Kanüle an, die in der rechten Herzkammer steckte und leise vibrierte. Wortlos verfolgte Professor Pawlowitsch die zielsicheren, unbeirrbaren Bewegungen dieser Hände.

Böhler zog den Kolben der Spritze auf und drückte ihn wieder in den Zylinder hinein. So pumpte er Blut ins Herz, langsam, eine Spritze voll nach der anderen. Das Gefäß, in dem sich die Blutkonserve befand, war etwa zur Hälfte geleert, als der Assistent meldete:

»Der Puls ist wieder da ...«

Böhler ließ sich nicht stören. Er pumpte weiter Blut ins Herz. Zuerst leise, dann kräftig hob sich jetzt die Brustwand. Der Kranke atmete wieder.

Böhler wusch sich aufs neue. Er kümmerte sich nicht um das Raunen im Operationssaal. Aber eine tiefe Befriedigung erfüllte ihn. Ein wenig belustigte er sich aber auch darüber, wie die Russen vor Staunen nach Luft geschnappt hatten – die Augen des Professors und der Assistenten, sie hatten ihre Verblüffung doch nicht ganz verbergen können ...

Böhler ging zum Tisch zurück und beendete die Operation. Abdecken des Geschwürs mit Bauchfell – das ging jetzt glatt und würde abheilen. Verschluß des Bauchfells, Wundnaht-Verband.

Dann trat er vom Operationstisch zurück und blickte hinter das Zelt ins Gesicht des Kranken. Der hatte rosige Lippen ...

Der deutsche Chirurg nickte seinen Mitarbeitern zu und machte eine leichte Verbeugung in den Saal. Dann ging er hinaus.

Am Abend kam Dr. Böhler wieder ins Lager zurück – der Wojennoplenni Dr. Böhler, Nummer 3/52864. Die drei Kommissare hatten ihn am Abend nach der letzten Untersuchung und nachdem die erste Gefahr gebannt war, in der Klinik wieder verhaftet. Er zog seinen weißen Mantel aus, legte die weißen Schuhe ab. Die Kommissare übergaben ihn einem jungen Transportleutnant.

Als er die Gänge entlanggeführt wurde und in die große Eingangshalle kam, begegneten sie Professor Taij Pawlowitsch. Er ging an Dr. Böhler vorbei, als kenne er ihn nicht ... er wandte nicht einmal den Kopf. Ein Plenni ...

Der freundliche Kapitän-Arzt, der an der Anmeldeloge stand, drehte sich um und ging davon. Auch er grüßte nicht ... er sah über Dr. Böhler hinweg. Ein Plenni ...

Der Arzt biß die Zähne aufeinander. Rußland!

Vor dem Eingang des Monumentalgebäudes stand wartend Dr. Kresin. Er reichte Dr. Böhler beide Hände. Sein Atem flog. »Ich habe keine Worte«, schrie er. »Ich bin außer mir! Das habe ich noch nicht gesehen! Mein Junge ...« Beinahe hätte er ihn umarmt. Da wußte Dr. Böhler, wo sein Zuhause war ... Fast glücklich ging er zurück in das Lager. Als er in seinem Zimmer auf dem schmutzigen Bett lag, an die Decke starrte und eine Zigarette rauchte, als Dr. Kresin herumraunzte und auf die Kollegen in Stalingrad schimpfte, als Worotilow kam und heimlich eine Flasche Wein mitbrachte – er, der Kommandant! –, als die Kasalinsskaja und die Tschurilowa kamen, Dr. Schultheiß und Janina Salja, da war er zufrieden wie selten – da erkannte er staunend, daß er zu diesen Menschen gehörte, daß er ein Teil des Lagers 5110/47 geworden war ...

»Ich muß mit Ihnen feiern«, sagte Worotilow herzlich. »Und wenn es Moskau hundertmal erfahren sollte. Ich möchte Ihr Freund sein, Dr. Böhler ...«

Fünf Tage später erschien Sergej Kislew wieder im Lager. Er war sehr zufrieden mit dem, was ihm Professor Pawlowitsch gesagt hatte. Gesehen hatte er seinen Sascha nur zweimal –

kurz nach der Operation, als er wie ein Toter aussah, und drei Tage später, als er schwach, aber voller Hoffnung in einem Einzelzimmer lag. Der Professor hatte ihm gesagt, er sähe ganz gut aus; der deutsche Arzt habe eine Operation gewagt, die es in der russischen Medizingeschichte noch nicht gegeben habe.

Nun war Sergej Kislew ins Lager gekommen, um sich zu bedanken. Er brachte keine Lebensmittel mit, keine für einen Plenni sinnlose Rubel – er brachte eine Nachricht, eine Nachricht von Dr. von Sellnow.

Er hatte sich an die Worte Worotilows erinnert und im Lager 53/4 angerufen. Der Lagerkommandant hatte selbst gesprochen und gesagt, daß es Dr. von Sellnow ganz gut gehe. Er habe die Lungenentzündung überstanden und arbeite jetzt im Lagerdienst. Leichte Arbeit, Putzen und Handreichungen. Von dem Abkratzen der Dielen mit einer Glasscherbe hatte er nichts gesagt – wen ging das auch etwas an? Den Kislew überhaupt nicht! Und so hatte der Bauunternehmer eingehängt und war ins Lager gefahren, um es Dr. Böhler zu sagen.

»Ich werde ihn mir zu Bauarbeiten holen und gut ernähren«, sagte er zu Worotilow, »wenn der Frühling kommt und die Bauten wieder beginnen. Vielleicht kann er meinen Sascha weiterpflegen – der Professor sagt, es kann lange dauern, ehe er wieder so ist wie früher ...«

»Dr. von Sellnow ist ein ausgezeichneter Arzt. Er war Chefarzt in einer deutschen Klinik.«

»Und warum sitzt er dann im Straflager?«

»Er hat einem Kommissar ein Auge ausgeschlagen ...«

Sergej Kislew schaute Worotilow verblüfft an. »Einem Kommissar?« stotterte er. »Und er lebt noch, dieser Arzt?«

Worotilow hob die Schultern. »Sie haben gestern angerufen, Genosse Kislew – ob er heute noch lebt, das weiß keiner. Das weiß man nie im Lager 53/4. Ich möchte es wünschen ...«

»Schrecklich.« Sergej Kislew wiegte den Kopf. »Aber wenn er einem Genossen das Auge ausschlug ... Er ist eben doch ein deutsches Schwein.«

»Ein deutsches Schwein hat Ihrem Sascha das Leben gerettet«, meinte Worotilow sanft. Kislew schob die Unterlippe vor. »Dr. Böhler ist eine Ausnahme«, sagte er stockend. Er hatte es plötzlich eilig, wieder nach Stalingrad zurückzufahren.

»Sagen Sie bitte Dr. Böhler, daß es seinem Kameraden gut geht. Und ich will versuchen, ihn im Frühjahr in meinen Bautrupp zu bekommen. Ich will es versuchen ... Guten Tag, Genosse Major.«

Worotilow sah aus dem Fenster, als Kislew in seinen Wagen stieg und abfuhr. Sauerbrunn kehrte den Platz vor der Kommandantur.

»Dreckige Wanze«, sagte Worotilow in Richtung des abfahrenden Wagens. Er sagte es auf deutsch, und Hans Sauerbrunn hörte es.

Am Abend machte es im Lager die Runde von Mund zu Mund, von Baracke zu Baracke, von Block zu Block.

»Dreckige Wanze ...«

Sergej Kislew wurde von diesem Tage an nie mehr anders genannt.

Aus dem Tagebuch des Dr. Schultheiß:

Nach langer Zeit kann ich wieder in meinem Tagebuch schreiben. Es war in den letzten Wochen, vor allem seit Weihnachten, so viel auf uns eingestürmt, daß ich keine Zeit und keine Muße fand, die Gedanken in Worte zu kleiden. Die Liebe Janinas erfüllt mich ganz ... wir leben hier wie auf einer Insel ... wir vergessen, wo und was wir sind ... wir gehen wie durch einen Traum, der uns Glückliche in eine schreckliche Gegend versetzte, aber unsere Liebe nicht zerstören kann. Das Lager, die gefangenen Kameraden, das schlechte Essen, die Sehnsucht nach der Heimat ... sie sind alle da, diese zermürbenden Tatsachen, aber doch liegen sie wie hinter einem Schleier.

Vor zwei Tagen bekamen wir wieder Post ... nicht nur die »Parteianwärter«, sondern alle. Auch ich ... von Mutter.

Ihre zittrige Schrift bedeckt eng die Karte. Sie hat vor Aufregung sogar über den Rand geschrieben und auf der Rückseite in die Adresse ... es ist ein Wunder, daß man die Karte so durch die Zensur gelassen hat.

»Mein liebster Junge!

Nun wird es bald Weihnachten sein, und mehr als sonst denke ich an Dich. Uns geht es allen gut. Franz ist schon vor drei Jahren aus englischer Gefangenschaft gekommen und ist jetzt Rechtsanwalt in einem großen Werk. Melittas Söhnchen ist jetzt zwei Jahre alt und viel bei mir. Ich erzähle ihm oft von seinem Onkel Jens, der dort so weit, weit weg in Rußland ist. Wir alle hoffen, daß Du bald wiederkommst. Prof. Höffkens war einmal hier und fragte nach Dir. Er will Dich sofort in seiner Klinik anstellen, wenn Du kommst. Alle lassen Dich grüßen. Unsere ganze Liebe ist jetzt bei Dir, mein lieber Jens, mein Kleiner. Bleib gesund und komm wieder. Ich will Dich noch einmal sehen. Ich küsse Dich.

Deine Mutti.«

Am Abend kam Janina zu mir ins Zimmer ... ich las ihr die Karte vor.

»Einmal werde ich sie kennenlernen«, sagte sie. »Wenn du entlassen wirst, komme ich mit ...«

Sie legte den Kopf an meine Schulter und strich mit den Fingern über die Schrift.

Die ganze Nacht habe ich ihr von Mutter erzählt. Geduldig hörte sie mir zu und sagte, als ich schwieg: »Du mußt eine wunderbare Mutter haben ...«

Jetzt, zwei Tage nach dem Postempfang, ist es wieder wie immer im Lager. Am ersten Tag war die Stimmung gedämpft, jeder war mit seinen Gedanken in der Heimat und verkroch sich in sein Inneres. Viele mochten wohl auch an Julius Kerner denken, den eine Nachricht aus der Heimat in den Tod trieb, diesen Kerner, den ein Leutnant Markow nicht klein bekam, der eine Stütze war mit seinem frechen Mund ... und den ein paar Zeilen aus Deutschland so erschütterten, daß er sich nackt in den Schnee legte, um zu erfrieren ...

Auch für Dr. von Sellnow war eine Karte dabei. Worotilow behielt sie in der Kommandantur und wußte nicht, was er mit ihr anfangen sollte. Daß die Karte ins Lager kam, bewies, daß man in Moskau nichts von einer Verlegung in das Straflager wußte.

Das war eine völlig neue Sicht der Dinge, das konnte sehr viel ändern, denn damit stand fest, daß es eine regionale Angelegenheit blieb, die man vielleicht irgendwie zum Guten wenden konnte. Wenn die Verantwortung bei der Division in Stalingrad lag, wenn der örtliche MWD die Verschickung veranlaßte, dann war die Hoffnung groß, Sellnow wiederzusehen ... wenn er noch lebte.

Auch Worotilow schien das zu denken. Er schickte die Karte nicht zur Zentrale zurück, sondern behielt sie im Lager. Er steckte sie in seine Uniformtasche und unterrichtete Dr. Kresin. Von Dr. Kresin weiß ich es ... wir alle wurden angehalten, der Kasalinsskaja nichts von der Post zu sagen. Wir wissen, daß sie sich wieder das Leben zu nehmen trachtet, wenn sie erfährt, daß Sellnow in Deutschland eine Frau und zwei Kinder hat ... eine Frau, die mit aller Kraft ihres liebenden Herzens auf ihn wartet ... die Kasalinsskaja würde es nicht ertragen – sie würde sich und Sellnow der Leidenschaft opfern. Wir alle wissen es. Darum müssen wir schweigen ...

Eine Woche später kam Sergej Kislew wieder ins Lager. Seinem Sohn ging es verhältnismäßig gut. Die Operation hatte keinerlei Nachwirkungen. Er konnte zwar vorläufig nur flüssige

Nahrung zu sich nehmen, aber auch das würde sich bald umstellen lassen. Professor Pawlowitsch sei begeistert und habe im Kolleg an Hand von Zeichnungen die Operation noch einmal demonstriert. Kislew lächelte Worotilow an. »Ich glaube, er will die Operation in der Zeitschrift ›Der Sowjet-Arzt‹ veröffentlichen – als seine eigene ...«

»Und die Schüler, die dabeisaßen und sahen, daß Dr. Böhler sie ausführte?«

Kislew winkte ab. »Sie sind von der guten Laune des Chefs abhängig – bei der Prüfung vor allem! Und durchfallen kann sich keiner unserer Staatsschüler leisten. Es wäre Sabotage!«

»Das alte Lied«, Worotilow seufzte. »Was führt Sie eigentlich her, Genosse Kislew?«

»Der deutsche Arzt im Lager 53/4.«

»Sellnow?« Worotilow sprang erregt auf. »Sie haben wirklich Nachricht von ihm?«

»Ja. Leider keine gute. Er liegt im Sterben ...«

»Nein!« Worotilow war ehrlich entsetzt. Er riß die Tür auf und brüllte einem Posten zu, sofort Dr. Böhler zu holen, sofort! Der Rotarmist rannte davon. »Wie ist das denn möglich? Ein Rückfall der Lungenentzündung?«

»Nein. Man hat ihn vergiftet.«

»Vergiftet?« Er starrte Kislew zweifelnd an. »Man hat ihn vergiftet?«

»Ja. Keiner weiß, mit was. Er selbst ist nicht bei Besinnung. Sein Obermann, ein Deutscher, der Buffschk heißt, pflegt ihn und weicht nicht von seinem Lager. Der Leutnant und Lagerkommandant weigert sich, einen Arzt holen zu lassen. ›Soll verrecken!‹ hat er gesagt. Zwei SS-Ärzte, die auch im Lager sind, helfen ihm. Sie haben ihm den Magen ausgepumpt ...«

»Solch eine Schweinerei!« Worotilow hieb mit der Faust auf den Tisch. »Ich fahre sofort nach Stalingrad! Man will keinen Arzt holen?! Ich schieße den Leutnant nieder!«

Dr. Böhler kam herein, erhitzt und atemlos. Er blickte auf Kislew und dachte, der Sohn sei gestorben. Aber dann bemerkte

er den tobenden Worotilow und zog die Tür hinter sich zu.
»Sellnow ist vergiftet worden!« schrie der Major. »Das zweite Mal! Erst im Lager ›Roter Oktober‹, jetzt im Straflager! Er liegt im Sterben ...«

»Ich habe es geahnt«, sagte Dr. Böhler schwach. Also kamen doch alle Bemühungen zu spät. Man vergiftet einfach, was unbequem ist – das ist unauffälliger als ein Genickschuß oder das Zuschandentreiben eines Menschen auf dem Eis der Wolga. Bitterkeit stieg in ihm hoch. »Ich habe es geahnt, daß wir ihn nie wiedersehen. Weiß es die Kasalinsskaja?«

»Nein! Bloß das nicht!« Worotilow hob entsetzt die Hände. »Sie wird versuchen, sich wieder umzubringen. Das hat Zeit, bis Sellnow wirklich gestorben ist! Der Leutnant im Lager weigert sich, einen Arzt zu holen! ›Soll verrecken‹, hat er gesagt.«

»Haben Sie anderes erwartet, Major?« Wut und Trauer schnürten Dr. Böhler die Kehle zu. »Sie sind doch ein Verfechter der Macht um jeden Preis. Und wenn es das sadistische Austoben an einem wehrlosen Kranken ist ...«

Worotilow sah Böhler kalt an. »Sie sind übermäßig erregt!« sagte er. »Ich hätte es Ihnen gar nicht sagen sollen!«

»Und was geschieht nun mit Sellnow?«

»Voraussichtlich wird er krepieren. Ich sage nicht sterben –«, Worotilow sah an die Decke, »ich sage krepieren, das kennzeichnet die wahre Situation.«

»Und es gibt keinen, der da eingreifen kann! Es gibt nur gesenkte Köpfe, die Befehle empfangen und Speichel lecken, aber es gibt keinen unter den ruhmreichen Rotarmisten und tapferen Offizieren, die für die Gerechtigkeit auch nur ein Wort riskieren.«

»Haben Sie es bei Hitler gekonnt?«

»Und haben Sie Hitler nicht gestürzt, eben weil wir das nicht konnten?! Befreiung des deutschen Volkes von der Knechtschaft des Tyrannen, hieß doch die offizielle Rechtfertigung des Krieges!«

Worotilow lächelte hämisch. »Den Krieg haben sie, die Deutschen, begonnen. Nicht wir! Sie sind in Polen eingefallen. Sie haben Belgien, Holland, Frankreich überrannt, Norwegen, Dänemark, Griechenland, Italien, Afrika, den Balkan und unser Mütterchen Rußland – trotz eines Freundschaftspaktes! Vergessen Sie das nicht! Auch Sellnow ist nur ein Opfer Ihres eigenen Systems! Nicht Rußland richtet ihn zugrunde, sondern Deutschland!«

Dr. Böhler antwortete nicht. Er sah auf Sergej Kislew, der dem Gespräch zuhörte, ohne ein Wort zu verstehen. Als Worotilow schwieg, blickte auch er Dr. Böhler an.

»Ich habe seinem Sohn geholfen«, sagte Dr. Böhler hart. »Gibt es in ganz Rußland keinen Menschen, der meinem Freunde hilft?«

Major Worotilow zuckte zusammen. Ein Gedanke ergriff ihn, ein Funken Hoffnung. Er schrie zur Tür hinaus auf den Platz vor der Kommandantur: »Macht den Wagen fertig! Sofort!«

Dann kam er zurück und richtete den ausgestreckten Zeigefinger auf Böhler. »Sie haben es gesagt! Das ist die einzige Möglichkeit! Ich werde bei Pawlowitsch um Sellnow bitten. Ihn wird man vorlassen – ihn allein! Pawlowitsch ist Stalinpreisträger und ›Held der Nation‹! Seine Bitten sind halbe Befehle. Ich fahre nach Stalingrad! Jetzt gleich! Vielleicht kann er Sellnow noch retten!«

Er stieß Kislew an, rief ihm etwas zu und rannte aus dem Zimmer. Im Laufen zog er sich den dicken Mantel an.

Dr. Kresin kam von den Blocks herüber. Er war mißgelaunt, denn der Ernährungszustand der Gefangenen war schlecht – es war ein schlimmer Winter geworden, schlimmer, als man ihn bei allem Pessimismus vorausgesehen hatte. Er sah Worotilow mit Kislew zu den Wagen rennen und stieß auf Dr. Böhler, der gerade die Kommandantur verließ.

»Was ist denn los? Wollen die zwei ein Autorennen veranstalten?« brummte er.

»Ja.«

Dr. Kresin riß die Augen auf. »Wohl verrückt, was?«

»Nein – sie rennen um ein Leben: Sellnow liegt im Sterben!«

»Das hat noch gefehlt!« schrie Dr. Kresin. »Haben sie ihn fertiggemacht?«

»Er ist vergiftet worden.«

»Gottverdammte Sauerei! Wenn ich kein Russe wäre, würde ich schreien: Ich scheiße auf euren Staat! Ich wandre aus! Aber ich bin Russe ...« Er sah Dr. Böhler hilflos an. »Manchmal schäme ich mich meines Mütterchens ...«, sagte er leise.

Dr. Böhler legte ihm die Hand auf den Arm. »Sie sind ein guter Kerl, Kresin. Daß es Sie in Rußland gibt – das wiegt alles andere auf.«

»Blödsinn!« Dr. Kresin sah zu den beiden Wagen hinüber, die jetzt aus dem Lager fuhren. Zuerst Major Worotilow, dann Sergej Kislew. »Und wo wollen die jetzt hin?«

»Nach Stalingrad! Zu Professor Pawlowitsch. Er soll versuchen, Sellnow zu helfen.«

»Dieser Superrusse? Nie!« Dr. Kresin schüttelte den Kopf. »Er hat Sie nur holen lassen, um von Ihnen zu lernen. Er hat Ihnen auf die Finger gesehen – jetzt macht er es allein und steckt den Ruhm dafür ein. Sie werden noch von ihm hören: Stalinpreisträger Professor Taij Pawlowitsch, Rußlands größter Chirurg!«

»Das ist mir alles gleichgültig!« Dr. Böhler sah den in der Ferne im Schnee verschwindenden Wagen nach. »Wenn er nur Sellnow retten kann ...«

In Stalingrad fuhr Worotilow geradenwegs in die Staatsklinik und ließ sich bei Pawlowitsch melden. Er wußte, daß sein Name und sein Rang allein keinen Pawlowitsch aus der Ruhe bringen konnten, und setzte deshalb hinzu: »Ich bin Kommandant des Lagers, in dem Dr. Böhler lebt.«

Zehn Minuten später ließ ihn Pawlowitsch eintreten. Der Greis saß hinter einem riesigen Schreibtisch, der bedeckt war mit Röntgenplatten und Krankengeschichten.

Worotilow grüßte ehrfürchtig und kam gleich zur Sache.

»Genosse Professor«, sagte er, ehe Pawlowitsch etwas fragen

konnte. »Mich schickt nicht allein unser Arzt Dr. Böhler, sondern auch das Gewissen ...«

Pawlowitsch hob die Augenbrauen. Gewissen! Bei einem Major der Roten Armee! Er mußte lächeln und beugte sich weit vor. »Sie sind seelisch krank, Genosse Major?«

»Wenn Sie mir nicht helfen – ja! Dr. Böhler hat bei Ihnen eine Operation gemacht, die für die russische Chirurgie richtungweisend ist. Und ich möchte Sie als Lagerkommandant des Plennis Dr. Böhler bitten, ihm diese große Tat durch eine große Tat der Menschlichkeit zu danken.«

»Das klingt sehr geheimnisvoll.« Pawlowitsch kramte in seinen Papieren. Er suchte hinter den Sinn der Worte zu kommen und brauchte Zeit. »Um was handelt es sich denn?«

»In einem Straflager, dem Lager 53/4 bei Nishnij Balykleij, lebt seit einigen Wochen ein anderer Arzt – der Freund Dr. Böhlers, ein Dr. von Sellnow. Dieser Sellnow ist vergiftet worden – wir haben es eben erfahren –, und der dortige Leutnant weigert sich, einen Arzt zu holen, um ihn zu retten. Sie haben als größter Chirurg Rußlands ...«, Pawlowitsch sah stolz auf, » ... die Möglichkeit, sich Eintritt in dieses Lager zu verschaffen und Dr. von Sellnow zu retten – das wäre die große menschliche Tat, mit der Sie Dr. Böhler danken könnten!«

»Danken?« Pawlowitsch erhob sich; klein, zwergenhaft, wie zusammengeschrumpft, stand er hinter dem Tisch. »Was habe ich dem deutschen Arzt zu danken? Die Operation? Ich hätte sie auch ohne ihn gemacht. Mich interessierte nur, wie weit die deutschen Ärzte in ihrer Operationsmethode sind – darum ließ ich einen deutschen Kriegsgefangenen die Operation ausführen. Glauben Sie, ich hätte es nicht allein gekonnt?«

Worotilow biß sich auf die Lippen. Er hatte keine andere Antwort erwartet, er kannte den Ruf Pawlowitschs. Aber er blieb stehen – auch als der Professor um den Tisch herumkam und ein Buch aus seinem Bücherschrank nahm, als sei der Major gar nicht mehr im Zimmer.

»Sie helfen dem deutschen Arzt also nicht?« fragte Worotilow steif.

»Ich sehe dazu keine Veranlassung.«

»Darf ich Sie daran erinnern, daß Dr. Böhler auch Russen in seinem Lazarett behandelt hat. Leutnant Markow – er wäre gestorben ohne Dr. Böhler! Kommissar Kuwakino – er wäre seinen Verletzungen erlegen. Die Leiterin der Sanitätsbrigade Stalingrad, Genossin Janina Salja, ist auf unserer Lungenstation, weil kein russischer Arzt ihr helfen kann ...«

Der Professor fuhr herum. »Ich hatte ihr zu einem Aufenthalt auf der Krim geraten!«

»Was nutzt es, wenn man die Lunge selber nicht angeht! Die deutschen Ärzte haben um sie gekämpft – jetzt hat sie einen Pneu und erholt sich langsam ...«

Professor Pawlowitsch warf das Buch auf den Tisch, mitten auf die Röntgenbilder. »Ich kann es mir in meiner Stellung nicht leisten, in ein Straflager zu gehen, nur um einen deutschen Gefangenen zu behandeln!«

»Sie konnten es sich auch nicht leisten, einen deutschen Gefangenen in das Staatskrankenhaus zu holen, um einen Russen vor dreihundert russischen Studenten zu operieren!«

»Ich lasse Sie hinauswerfen!« sagte der Greis leise. Er bebte vor Wut. »Ich bin Ihnen keine Rechenschaft schuldig!«

Worotilow starrte ihn feindselig an. Auch ihn überwältigte die Erregung.

»Sie sind ein Arzt, Genosse Pawlowitsch! Sie nennen sich Arzt. Aber ein Arzt ist nicht nur ein Knochensäger oder Pillenverschreiber. Wo ein Mensch um Hilfe ruft, hat er zu helfen! Ein großer Name verpflichtet – nicht nach außen hin, sondern in der Stille und um so mehr, je lauter der Ruhm nach außen schallt!«

»Hinaus!« schrie Pawlowitsch. »Noch ein Wort, Genosse Major, und ich lasse Sie füsilieren!« Der kleine Asiate zitterte, sein weißhaariger Kopf stieß vor und zurück, als sei er ein Geier, der seine Beute zerreißt. Wortlos drehte sich Worotilow um und verließ das Zimmer. Hinter sich hörte er, wie Pawlowitsch die Bücher vom Tisch warf und dann zum Telefon griff. Aber das Zuschlagen der Tür übertönte, was er in die Sprechmuschel schrie ...

Auf der Rückfahrt wurde Worotilow beim Einbiegen in die Straße zum Lager von einer großen, schwarzen Staatslimousine überholt. Heulend raste sie an ihm vorbei. Hinter den blanken, schußsicheren Scheiben hockte Professor Pawlowitsch, neben sich einen Oberst und einen Hauptmann.

Lächelnd sah Worotilow dem Wagen nach. Er hielt an und beobachtete, wie er in die große Straße, die wolga-aufwärts führte, einbog – Richtung Saratow; die Straße, die auch durch Nishnij Balykleij läuft, vorbei an den verschneiten Blockhütten und Baracken von 53/4.

Werner von Sellnow lag in tiefer Bewußtlosigkeit, als Pawlowitsch im Lager 53/4 eintraf. Der junge Leutnant, erstaunt, daß man wegen eines dreckigen Deutschen solch ein Aufhebens machte, stand wie eine Säule, als der Oberst der Stalingrader Division und der Hauptmann als Leiter der Straflager durch das kleine Tor fuhren und ihn anbrüllten. Er ließ das Gewitter stumm über sich ergehen, er hörte Worte, die bisher in seinem Sprachschatz nicht vorkamen und die er sich für seine Untergebenen merken wollte. Der Oberst hielt sich mit Reden nicht auf – er half dem alten Pawlowitsch aus dem Wagen und nahm dessen Tasche an sich. Dann winkte er einigen steif stehenden Rotarmisten und befahl ihnen, die Bahre zu holen.

Professor Taij Pawlowitsch sah sich um. Die Hütten ... der tiefe Schnee, der Schneesturm, der über das Lager fegte ... die offene Latrine, vereist und mitten im Sturm ... die wenigen Plennis, die sich wie Gespenster durch die Lagergassen schleppten ... Mit zusammengepreßten Lippen wandte er sich an den Oberst.

»Das ist eine menschenunwürdige Unterkunft!« sagte er laut. »Man sollte sich schämen ...«

Der Oberst hob bedauernd die Schultern. »Genosse Professor, wir wissen es. Aber wir können es nicht ändern!«

»Wo ist der Deutsche?«

Der Oberst faßte einen Rotarmisten am Ärmel. »Wo ist der deutsche Arzt? Der kranke?!«

Der Soldat rannte voraus. Pawlowitsch und der Oberst folgten. Hinter ihren Rücken schrie der Hauptmann mit dem jungen Leutnant herum. Gaffend standen die Wachmannschaften auf den Türmen. Sie waren froh, außerhalb dieser gespannten Atmosphäre zu sein.

In der Baracke blieb Pawlowitsch stehen. Der beißende Uringeruch schlug ihm entgegen. Fahl, halbdunkel lag der große Raum vor ihm. Die Betten, dreistöckig, die schmutzige Wäsche, der Geruch nach Schweiß und Kot ... Er sah sich zu dem Oberst um, der steif hinter ihm stand. »Das ist eine Bestialität«, sagte er, »ich schäme mich, Russe zu sein ...«

»Genosse Professor!« rief der Oberst entsetzt.

Pawlowitsch trat an das Bett Sellnows. Peter Buffschk saß bei ihm und wischte ihm mit einem schmutzigen Lappen immer wieder den Schweiß von der Stirn. Als er die Russen kommen sah, stand er auf und stellte sich in strammer Haltung neben den Kranken.

Pawlowitsch beachtete ihn gar nicht. Er beugte sich über Sellnow, zog dessen Augenlider hoch, fühlte den Puls, holte sein Stethoskop aus der Tasche und horchte das Herz ab. Dann griff er nach rückwärts, suchte in seiner Aktentasche nach einer Ampulle, zog eine Spritze auf und injizierte. Er mußte dreimal stechen, ehe er die dünne Vene traf ...

Dann saß er neben dem deutschen Arzt und schüttelte den weißen Kopf. Er prüfte wiederholt die Arm- und Beinreflexe, hob die Augenlider hoch und ließ Licht in die Pupillen fallen. Schließlich erhob er sich und nahm den stumm danebenstehenden Oberst zur Seite. Mit seinen dürren, faltigen Fingern strich er sich über die Oberlippe.

»Schlimm«, sagte er, »sehr, sehr schlimm! Die Vergiftung ist nicht die Hauptsache ... ich fürchte, der Deutsche hat einen Hirntumor. Viel deutet darauf hin. Ein Hirntumor ... schlimm, sehr schlimm.« Er sah den Oberst schräg nach oben an. »Wir werden den deutschen Arzt rufen müssen. Diesen merkwürdigen ›Arzt von Stalingrad‹!«

Pawlowitsch verließ den Raum und kämpfte sich durch den Schneesturm zu der Baracke zurück, wo der junge Leutnant ängstlich zusah, wie der Hauptmann die Lagerbücher und Tagesrapporte prüfte.

»Kann man telefonieren?« fragte der Professor. Der Leutnant nickte und holte einen Apparat herbei. Er stellte ihn auf den Tisch und fragte: »Welche Nummer?«

»Das Lager 5110/47 Stalingrad.«

»Die Nummer kenne ich nicht.«

»5629 über Stalingrad-Division, Apparat 45«, brummte der Hauptmann. Dann beugte er sich wieder über die Rapporte.

Pawlowitsch bekam seine Verbindung. Eine Stimme meldete sich: »Division Stalingrad.«

»Apparat 45, bitte.«

»Wer ist dort?«

»Genosse Taij Pawlowitsch.«

»Kenne ich nicht ...«, sagte die Stimme aus Stalingrad.

Pawlowitsch sah sich verblüfft nach dem Oberst um. Er schüttelte den weißen Kopf. »Da ist einer, der kennt mich nicht ...«, sagte er völlig ratlos. Daß es einen Menschen in Rußland gab, der Taij Pawlowitsch nicht kannte, brachte ihn völlig aus dem Konzept. Der Oberst griff nach dem Hörer und winkte dem Professor ab. »Hier Oberst Wadislaw Sikolowitsch – sofort Apparat 45, du Rindvieh!«

Es knackte in der Leitung, dann rauschte es eine Zeitlang, bis sich die Stimme Leutnant Markows meldete: »Hier Lager 5110/47, Leutnant Piotr Markow.«

»Oberst Sikolowitsch, Generalstab. Sofort den Kommandanten!«

Leutnant Markow legte den Hörer hin und drehte sich zu Worotilow um, der sich am Ofen aufwärmte. »Ein Oberst möchte Sie sprechen, Major. Aus dem Generalstab.«

Worotilow ergriff den Hörer und vernahm plötzlich die Stimme Pawlowitschs. Sie war erregt und überschlug sich – aber Worotilow verstand, worum es ging. Er sah Markow, der neben ihm stand, bedeutungsvoll an und legte nach einem kurzen »Ich werde es ausrichten« den Hörer hin.

»Sellnow hat einen Tumor im Gehirn«, sagte er leise. »Pawlowitsch will ihn operieren. Im Lager 53/4, weil er nicht transportfähig ist. Und Dr. Böhler soll auch hinkommen.«

»In das Straflager?« Leutnant Markow rieb sich das Kinn. »Wenn das in Moskau bekannt wird ...«

»Sie brauchen nur das Maul zu halten, dann ist alles gut!« Worotilow zog seinen Mantel wieder an – er war noch naß von der Fahrt. »Wo ist Genosse Dr. Kresin?«

»Mit Genossin Kasalinsskaja bei den Untersuchungen.«

»Und Dr. Böhler?«

»Verbindet gerade. Ich habe gesehen, wie frisch Verbundene aus dem Lazarett kamen.«

»Die Nachricht wird ihn umwerfen«, sagte Worotilow leise.

Markow lächelte. »Den? Nein. Den wirft so schnell nichts um. Der ist zäher als unser Mittagsfleisch ...«

Drei Stunden später, nach langen Gesprächen zwischen Worotilow und Pawlowitsch, fuhr eine Autokolonne aus dem Lager 5110/47 in Richtung Saratow. Im ersten Wagen saßen Worotilow, Dr. Böhler und Dr. Kresin, im zweiten Emil Pelz, der Sanitäter, Martha Kreutz und Erna Bordner, die beiden deutschen Schwestern, und ein russischer Wachleutnant. Im dritten Wagen lagen eine Bahre, eine große Kiste mit chirurgischen Instrumenten und Verbandsmaterial. Dr. Schultheiß stand am Tor, als die Wagen hinausfuhren in den wirbelnden Schnee, in den heulenden Sturm, der über die Steppe fegte und die Bäume bog. Hinter ihm, unter dem Schutz des Daches der Kommandantur, lehnte die Kasalinsskaja und weinte. Sie trommelte mit den Fäusten gegen die dicken Bohlen der Barackenwand ... sie hatte das Gefühl, alles um sich herum zerreißen zu müssen. Dr. Kresin hatte ihr befohlen, im Lager zu bleiben – sie hatte gebettelt und gefleht, getobt wie eine Irrsinnige, sie hatte alles Zerbrechliche in ihrem Zimmer zerschlagen, Dr. Kresin geohrfeigt, einen Schreikrampf bekommen ... Der russische Arzt blieb fest. »Ich will zu ihm!« hatte sie geschrien und an die Tür getrommelt, als Dr. Kresin sie einschloß, sie wollte aus dem Fenster springen ... aber es war zugefroren und ließ sich nicht aufreißen. Erst als die Wagen abfuhren, öffnete man die Tür ...

Und der Schneesturm heulte um das Lager. Die Wachttürme wurden wieder geräumt. Rußland versank in der tobenden Natur. Die Steppe schrie ... Schnee ... Schnee ... Schnee ...

Er deckte die einsamen drei Wagen auf der Straße nach Saratow zu. Sie kämpften gegen den Sturm, gegen den Schnee, gegen das Eis der Straße. Sie kämpften gegen den Wind und die flatternde Schneewand ... Weit auseinandergezogen fuhren sie jetzt ... Die Wolga, links von ihnen, war unsichtbar ... nur graue, wirbelnde Massen, nur Einsamkeit, Öde, Unendlichkeit ... die erbarmungslose Natur.

Der dritte Wagen, mit den Medikamenten und chirurgischen Instrumenten, blieb in einer Schneeverwehung stecken. Die Fahrer und die beiden Rotarmisten stiegen aus und begannen zu schaufeln. Aber der Schnee war stärker ... seine Massen warfen sich über sie ... sie bedeckten den Wagen und die einsamen vier Männer mit den kleinen Schaufeln in den Händen ...

Keiner merkte es ... die beiden ersten Wagen fuhren weiter ... wenn man zurücksah, war jedoch nur Schnee ... Nur weiter ... weiter ... Sie kamen durch einen Wald, der bis an die Wolga reichte. Die Bäume lagen auf der Straße ... entwurzelt vom Sturm, gebogen vom Frost. Die Steppe, der Atem Sibiriens siegte ... Man umfuhr sie, man drückte den Wagen aus einer Schneeverwehung hinaus ... weiter ... weiter ...

Dicht aufgeschlossen folgte Wagen Nummer 2 ... der dritte

Wagen wurde zu einem Schneehaufen, in dem die vier Russen saßen und Machorka rauchten. Sie warteten eine Pause des Sturmes ab ...

Nach sechs Stunden stießen die beiden Wagen aus dem Wald ... sechs armselige Holztürme standen im Sturm: das Lager 53/4.

Die Helfer für Sellnow kamen ohne Medikamente, ohne chirurgische Werkzeuge, ohne alles! Nur der Mensch kam ... der nackte, kleine Mensch ... Dr. Kresin, Dr. Böhler, Worotilow ... zwei Schwestern, ein Sanitäter ... der Mensch mit bloßen Händen gegen den Tod!

Professor Pawlowitsch stand am Fenster, als die beiden Wagen ins Lager rollten.

Er atmete auf. Noch ahnte er nicht, wie grausam diese Stunde war.

Dr. Böhler, dachte er. Daß die Deutschen diesen Arzt haben, macht sie reich.

Als Böhler aus dem Wagen stieg, ging ihm Pawlowitsch durch den Sturm entgegen ...

VIERTES BUCH

Major Worotilow saß am Bett Sellnows und starrte ihn aus großen verstörten Augen an. Emil Pelz wusch den Kranken mit aufgetautem Schnee ... Die Brust war eingefallen, über die Knochen spannte sich wie dünnes Leder die Haut.

Professor Pawlowitsch saß mit Dr. Böhler im Hintergrund der Krankenbaracke und raufte sich die weißen Haare. Er schrie mit dem jungen Lagerführer herum und drohte, die Fahrer des dritten Wagens vor ein Kriegsgericht stellen zu lassen. »Suchen!« brüllte er. »Schicken Sie Leute aus! Ich muß den Wagen haben! In ihm sind alle Medikamente und Instrumente, die für die Operation gebraucht werden! Der Wagen *muß* heran!«

»Es ist schwerer Schneesturm«, sagte der Leutnant schüchtern. »Es ist unmöglich, den Wagen jetzt zu finden! Wir kämen alle um, Genosse Professor ...«

Dr. Kresin lehnte an der rohen Holzwand. Er spürte, wie der Schnee selbst hier durch die kleinste Ritze getrieben wurde. Fröstelnd raffte er seine dicke Pelzjacke enger um den Körper.

»Eine Schweinerei, wie sie größer nicht sein kann«, sagte er in seiner respektlosen Art. »Wir sind hier« – er lachte laut – »und müssen zusehen, wie ein Kollege stirbt! Untätig sehen wir zu. Sehr interessiert, wie ein Gehirntumor ihn umbringt. Wir haben nur die bloßen Hände, und das ist weniger, als wenn wir überhaupt nicht gekommen wären! Wie dumm, schwach, überheblich und im Grunde idiotisch der Mensch doch ist!«

Er senkte die Stimme. Erschütterung ergriff ihn, als er hinüber auf das Lager Sellnows blickte. »Ich werde das in meinem ganzen Leben nicht vergessen. Niemals, Genossen!«

Der tatarische Greis wandte sich an Dr. Böhler. »Sie stimmen mir in der Diagnose bei?« fragte er.

»Ja, sicher, ein Tumor oder ein Abszeß, mehr kann man nicht sagen. Jedenfalls besteht Hirndruck, die Symptome sind unverkennbar. Wenn wir operieren könnten, würden wir ihn vielleicht noch retten ...«

Professor Taij Pawlowitsch schloß die geschlitzten Augen. »Ich werde die Mannschaft des dritten Wagens nach Moskau melden«, murmelte er. »Sie haben einen Mord begangen ...«

»Die Natur war stärker«, sagte Major Worotilow vom Bett her. »Wir haben Glück gehabt. Ihnen ist vielleicht eine Achse gebrochen, oder sie sind in einer Verwehung steckengeblieben. Keiner ist dafür verantwortlich. Das Schicksal ist gegen uns.«

»Das Schicksal!« Pawlowitsch wischte mit der Hand durch die Luft. »Das einzige Schicksal, das ich anerkenne, ist der Tod! Und ihm habe ich oft genug gegenübergestanden!« Er erhob sich. Seine Greisengestalt war gebeugt. »Kommen Sie, Genossen«, sagte er stockend. »Gehen wir hinaus. Es ist mir unerträglich, bei einem Sterbenden zu sitzen, dem ich helfen könnte ...«

Er wollte die Klinke der Innentür herabdrücken, als ein Flakkern durch den Raum ging. Die Glühbirnen zitterten – dann erlosch das Licht. Völlige Dunkelheit lag in der Baracke. Nur von dem eisernen Ofen her zuckte ein dünner Streifen Licht über den Dielenboden.

»Was ist das?!« schrie Dr. Kresin.

»Das Licht ist weg.« Der junge Leutnant ließ ein Streichholz aufflammen. »Der Schneesturm hat die Leitung heruntergerissen. Wir werden jetzt vierzehn Tage kein Licht haben. Ich kenne das ...«

»Auch das noch!« stöhnte Worotilow. Er hatte sich vom Bett Sellnows erhoben und stieß nun die Feuerklappe des Ofens auf. Matter Schein flackerte in einem kleinen Umkreis um die Stützbalken der Decke. »Lassen Sie sofort die Leitung absuchen, Leutnant!«

»Die Leitung führt über eine Strecke von sechzig Kilometern! Es ist eine Schwebeleitung. Wer weiß, wo sie zerrissen ist.«

»Aber wir können doch nicht ohne Licht sein!« schrie Pawlowitsch.

»Wir haben Petroleumlampen! Und wenn sie ausgehen, nehmen wir Kienspäne ...«

»Das ist ja grausigstes Mittelalter!« brüllte Dr. Kresin.

»Das ist Rußland ...«, sagte der junge Leutnant still.

Drei Wachsoldaten brachten die Petroleumlampen. Sie rußten und stanken. Es waren uralte Modelle aus der Zarenzeit und auf irgendeinem Bauernhof beschlagnahmt. Sie wurden an die Balken der Baracke gehängt und blakten durch die Stille, die jetzt in dem weiten Raum lag. Nur von draußen hörte man das Heulen des Sturmes. Worotilow sah Dr. Kresin an. »Nie habe ich den Winter so gehaßt wie heute«, sagte er leise.

Dr. Böhler saß auf dem Bett des sterbenden Sellnow und blickte ihn unverwandt an. Emil Pelz hielt eine Petroleumlampe hoch und leuchtete. Immer wieder glitten die Finger Dr. Böhlers über die Stirn des Kranken. Worotilow sah diesen Händen wie gebannt zu. Pawlowitsch kaute auf der Unterlippe und schnippte vor Nervosität mit den Fingern.

»Ich werde doch operieren«, sagte Dr. Böhler leise. »Wir werden einen entlastenden Eingriff machen.«

Pawlowitsch fuhr wie ein Geier hoch. »Sind Sie irrsinnig? Womit denn?«

»Mit meinen Händen ...«

Dr. Kresin wurde es plötzlich heiß in seiner Jacke, er riß sie von der Schulter. »Böhler, Sie wissen nicht, was Sie da sagen! Das ist doch Blödsinn! Kein Licht, keine Instrumente, keine Narkosemittel ...«

»Eine Narkose brauchen wir nicht ... er wird nichts spüren ... und Licht haben wir ... Pelz wird die Lampe nahe genug heranhalten ... es muß genügen ...«

Professor Pawlowitsch fuhr sich mit beiden Händen durch die weißen Haare. »Sie können doch nicht den Schädel öffnen ...«, stotterte er.

»Ich muß. Es bleibt uns keine Wahl.« Dr. Böhler sah hinüber zu einem der SS-Ärzte, die wortlos auf ihren Pritschen hockten und zusahen. »Habt ihr einen Meißel da?« fragte er. »Einen einfachen kleinen Meißel, Jungs, und einen Drillbohrer, möglichst klein.«

Der eine Arzt nickte. Er schluckte, als er sprach. Das Ungeheuerliche, was er hier erlebte, raubte ihm fast die Besinnung.

»Wir haben bei den Werkzeugen Meißel und Bohrer, wie sie die Zimmerleute haben.«

»So einer genügt. Holt mir einen davon und einen Hammer ... Und bringt Zwirn mit, einfachen Schneiderzwirn – und Nadeln.«

»Ja, Herr Stabsarzt«, stammelte der SS-Arzt. Gebückt, als habe man ihn geschlagen, verließ er schnell die Baracke. Dr. Kresin riß das Hemd auf. »Das ist Wahnsinn«, murmelte er.

Dr. Böhler erhob sich von den Knien. Auf der anderen Seite des Lagers stand Emil Pelz. Der Sanitäter hielt die Lampe hoch. Seine Hand zitterte.

»Angst, Emil?« fragte Böhler.

»Ja, Herr Stabsarzt.«

»Dann mach einen Operationstisch fertig ... nimm ein Bett und leg die Bodenbretter doppelt übereinander.« Er wandte sich zu den anderen, die auf den Betten hockten. In ihren Augen lagen Entsetzen und Unglauben. Buffschk lehnte an seinem Strohsack und weinte leise vor sich hin wie ein Kind. »Ich brauche Koppel oder Riemen ...«

Zögernd wurden ihm Leibriemen gereicht. Emil Pelz nahm sie und baute aus Brettern den Operationstisch. Pawlowitsch griff sich an den Hals. »Sie wollen wirklich?« flüsterte er.

»Ich muß, Herr Professor.« Dr. Böhler sah ihn an, seine blauen Augen waren glanzlos. Es war, als käme eine plötzliche große Erschöpfung über ihn und raube ihm die Kraft des inneren

Widerstandes. »Wollen Sie mir assistieren? Oder soll es Dr. Kresin machen?«

»Ich nicht!« sagte Dr. Kresin stotternd. »Ich kann das nicht ...«

Der SS-Arzt kam zurück. Er war mit Schnee bedeckt, seine Ohren waren blaugefroren. In der Hand hielt er Hammer und Meißel und eine Rolle Zwirn. Außerdem brachte er vier Verbandspäckchen mit, eine Lage Mull und drei Platten Zellstoff. »Das ist alles, was im Revier noch war«, sagte er leise.

Dr. Böhler nickte. »Das ist mehr, als ich erwartet habe.« Pelz setzte ein Kochgeschirr mit Schnee auf den Ofen. Bald kochte das Wasser und in ihm die primitiven Instrumente. Pawlowitsch zog seinen Rock aus, krempelte die Ärmel seines Hemdes hoch und tauchte die Hände in eine Waschschüssel, die ihm ein Rotarmist reichte. Mit einem Stück billigster Kernseife, die nach Fisch roch, wusch er sich die Arme. Unterdessen trugen der SS-Arzt und Emil Pelz den Kranken auf den improvisierten Tisch und schnallten ihn in sitzender Haltung mit den Koppeln fest. Böhler goß das kochende Wasser aus, in dem er seine Instrumente sterilisiert hatte: ein Messer und zwei Pinzetten aus Pawlowitschs Tasche. Pelz rasierte den Kopf Sellnows vollkommen kahl und wusch die Kopfhaut mit Wasser und Seife. Dann strich er sie über und über mit Jodtinktur an, die sich in der Tasche des Professors befunden hatte.

Ohne Zögern legte Böhler einige Schnitte bis auf den Knochen. Dann schob er die Kopfhaut an den Wundkanten zurück. Er ließ sich den Bohrer reichen, den der Professor eingespannt hatte, setzte die Spitze behutsam auf den freigelegten Schädelknochen und begann zu drehen, ganz vorsichtig. Er handhabte das plumpe Gerät mit einer Leichtigkeit, die ihn selbst erstaunte. Er bohrte ein halbes Dutzend Löcher in die Schädeldecke – entlang dem Schnitt, den er in die Kopfhaut gelegt hatte.

Dann nahm er den Meißel aus dem Topf. Der Professor beschäftigte sich mit der Wunde und tupfte die schwache Blutung weg. Pelz reichte den kleinen Hammer. Böhler setzte die

Schneidkante des Meißels senkrecht in eines der kleinen Löcher, die durch die ganze knöcherne Hirnschale gingen. Mit leichten Schlägen trieb er die Schneide vorwärts, so zart wie möglich, mit genauso viel Kraft, wie unbedingt nötig war, um von einem Loch zum anderen eine schmale Rinne in das Schädeldach zu graben.

Major Worotilow wandte sich zur Wand und schloß die Augen, als der Meißel knirschend in den Knochen fuhr. Dr. Kresin hielt sich zitternd an einem Bett fest und starrte auf Böhlers Hände. Die beiden SS-Ärzte standen neben dem Operationstisch und hielten den Patienten. Emil Pelz leuchtete mit der Petroleumlampe. Seine Hand zitterte, und mit ihr zitterte der Schein des Lichtes.

Langsam, Millimeter für Millimeter, fraß sich der Meißel in den Knochen. Von Zeit zu Zeit setzte Böhler ab und betrachtete forschend das Gesicht seines Patienten. In Abständen meldete ihm einer der beiden deutschen Ärzte den Puls, und Professor Pawlowitsch spülte mit einer Injektionsspritze, die er mit abgekochtem Wasser füllte, Knochensplitterchen aus der Wunde. Dann tupfte er das Wasser sorgfältig fort.

Kein Laut war in der Baracke, bis auf das metallische Geräusch, mit dem der Hammer auf den Meißel schlug. Ab und zu noch ein aufquellendes Stöhnen des Ohnmächtigen.

Hier vollzog sich das Wunder einer Hirnoperation, von der man später in allen Lagern erzählte, in denen deutsche Gefangene lebten. Ihr Ruf drang nach Moskau bis in den Kreml zu den roten Herrschern und auch nach Deutschland – Dr. Böhler vorauseilend und seinen Namen unauslöschlich mit der Geschichte der Gefangenen von Stalingrad verknüpfend.

Nach einer knappen Viertelstunde legte der Chirurg den Hammer aus der Hand. Er hatte aus der Schädeldecke ein etwa rechteckiges Stück Knochen ausgemeißelt, das aber an einer Seite noch mit dem Schädelknochen verbunden war. Vorsichtig setzte er jetzt die Schneide des Meißels unter das Knochenstück und hebelte es an, indem er den Rand des Schädelknochens und eine unterlegte Mullkompresse als Stütze benutzte. Das wiederholte er an mehreren Stellen, bis das abgetrennte Stück leicht über der Oberfläche stand. Nun trat er zurück und ging zum Waschständer. Sorgfältig wusch und schrubbte er noch einmal seine Hände. Dann ging er wieder zum improvisierten Operationstisch und griff nach der teilweise losgelösten Knochenplatte. Mit einigen leichten Rucken hob er sie an, und ein leises Krachen verkündete, daß sie an der Seite, an der sie noch mit dem übrigen Schädeldach zusammenhing, losbrach. Nun konnte Böhler die Platte, die noch immer mit der zu ihr gehörigen Kopfhaut verbunden war, zurückschlagen. Der Zugang zum Gehirn lag durch ein Tor von der Größe einer Zigarettenpackung frei da. Das Gehirn pulste leise. Es wölbte sich in die Öffnung vor.

»Haben wir etwas Morphium?« fragte Böhler den Professor. »Es besteht die Gefahr, daß er erwacht, jetzt, wo der Hirndruck nachläßt.«

»Keine Angst wegen der Atmung?« fragte der Professor zurück.

Böhler zuckte die Achseln. »Was bleibt uns übrig«, sagte er gepreßt.

Der Professor nickte. »Morphium ist außer den Analeptika das einzige, was ich dahabe. Pelz, bringen Sie aus meiner Tasche eine Ampulle Morphium.« Und zu einem der SS-Ärzte gewandt: »Vielleicht machen Sie die Injektion.«

»Intravenös«, setzte Böhler hinzu, »ganz langsam spritzen, bitte.«

Der SS-Arzt injizierte in eine Vene der Ellenbogenbeuge. Gleich darauf tastete Böhler zart die Oberfläche des Gehirns ab.

»Ich fühle hier eine Resistenz«, sagte er zu den anderen, »es ist, glaube ich, ein Abszeß. Ich werde punktieren. Reichen Sie mir eine starke Kanüle, die stärkste, die wir haben.«

Pelz reichte ihm das Gewünschte mit einer Pinzette, und Böhler stach die Nadel in das Gehirn. Gelber, dicker Eiter drang hervor.

»Ich werde den Abszeß ausschneiden«, sagte Böhler ruhig. Alle sahen ihn überrascht an. Wie wollte er mit den wenigen Instrumenten, über die er verfügte, einen so schwierigen Eingriff durchführen? Schon die Entlastungsoperation hatte an der Grenze des Möglichen gelegen – mitten aus dem Gehirn jedoch einen Abszeß ausräumen und seine Kapsel ausschneiden – das schien unter den gegebenen Umständen ganz unmöglich.

Aber niemand widersprach.

Mit dem kleinen Messer schnitt Böhler in die Hirnhäute ein und arbeitete sich mit Hilfe eines blechernen Eßlöffels an den Abszeß heran, der dicht unter der Oberfläche lag. Es gelang ihm, die Kapsel des Geschwürs ohne Blutung auszulösen und zu entfernen. Dann klappte er die knöcherne ›Falltür‹ mit der Haut daran zurück und machte die Hautnaht.

Fertig ...

Der Patient atmete ruhig, und sein Puls war besser als bei Beginn der Operation. Nach einer Stunde lag er schon wieder in seinem Bett – so lange hatte die Operation gedauert.

Pelz, die beiden deutschen Ärzte und Buffschk lösten sich bei der Pflege ab. Sie ließen ihn keine Sekunde aus den Augen.

An der Tür stand Professor Pawlowitsch und wischte sich mit dem Unterarm den Schweiß aus dem Gesicht. Die Augen von Dr. Kresin strahlten; er rang nach Worten. Worotilow lehnte bleich an der Wand und schwieg. Neben dem Ofen wusch sich Dr. Böhler mit der nach Fisch stinkenden Kernseife Arme und Hände. Jetzt durften auch die beiden Schwestern in die Baracke, deren Betreten Pawlowitsch vor Beginn der Operation verboten hatte. Martha Kreutz und Erna Bordner säuberten mit Schneewasser die Bretter und den Boden.

Vor der Baracke, über das flache Land an der Wolga, über das Dorf Nishnij Balykleij und das Lager, über die Niederungen von Stalingrad bis Saratow heulte der Schneesturm. Er bog die Bäume, er tötete die streunenden Wölfe, er zerriß das Eis der Flüsse und ließ es sich auftürmen zu Bergen, er fegte die Erde glatt wie ein Leichentuch und riß Mensch und Tier mit sich weg.

Winter.

Winter an der Wolga.

Professor Pawlowitsch hockte in der kleinen Wachbaracke am Ofen und wärmte sich die Hände. »Der Kranke kommt nach Stalingrad«, sagte er. »Sobald der Sturm sich legt ...«

Verlassen stehen die Türme des Lagers, die Baracken liegen im Schnee vergraben ... Am Ufer der Wolga irren die Wölfe und schreien gräßlich, ehe sie vor Frost sterben. Ihr Fleisch ist hart wie Eisen ... die anderen hungrigen Wölfe fressen es nicht ... ihre Zähne bluten ... Es gibt nichts mehr als den Sturm.

Drei Wochen später geschah die Sache mit der Kokosnuß.

Eine Sensation war in das Lager 5110/47 eingezogen: Nach dem Abebben des Sturmes und dem Übergang des Schneefalls in Frost, der das Land zu einer riesigen Eisfläche machte, kamen neue Transporte aus Stalingrad in das Lager. Lastwagen, gefahren von dick vermummten, in Schafpelzen steckenden Plennis, brachten neben Verpflegung – Hirse, Fleisch, Fett, trockenem Salzfisch, Hefe, Brot und dem unvermeidlichen Kohl – auch eine Ladung Pakete.

Pakete aus der Heimat! Die ersten Pakete seit Jahren! Worotilow stand dieser Sendung zuerst hilflos gegenüber. Er hatte weder aus Moskau noch von der Division in Stalingrad Befehl erhalten, diese Pakete auszugeben, noch wußte er, mit welchen Sicherheitsmaßnahmen und Vorsichtsmaßregeln die Ausgabe vor sich gehen sollte. Das alles wurde sonst von Moskau durch einen Befehl geregelt, und dieser Befehl war ausgeblieben. Ohne Befehl aber handelt kein russischer Soldat. Bleibt er aus, ist er der Verlassenste unter allen Menschen. Denn wie man es auch macht – wenn nachher die Direktiven aus Moskau eintreffen, war es bestimmt falsch.

Die Pakete wurden also zuerst in der Kommandantur gestapelt und genau gezählt, namentlich aufgenommen und registriert. Leutnant Markow übernahm diese Arbeit mit Karl Eberhard Möller als Schreiber. So wurde es im Lager wie ein Lauffeuer bekannt, daß 482 Pakete aus der Heimat bei Worotilow lagerten, durchschnittlich zehn Kilo schwer ... Pakete mit Essen, mit Lebensmitteln, mit seit Jahren entbehrten Dingen ...

482 Pakete zu je zehn Kilo.

Das sind 4820 Kilo.

Das sind 9640 Pfund.

96,4 Zentner.

Durch das Lager ging ein Zittern, ein Raunen, eine Erregung. Wir sind nicht vergessen! Man denkt an uns! Man liebt uns noch ... uns, die einsamen Plennis an der Wolga ... Wir gehören noch zu den Menschen ...

Major Worotilow telefonierte mit der Division in Stalingrad. In Stalingrad wußte man ebenfalls nichts als die Tatsache, daß Moskau mit der Zentralpost auch die Pakete durchließ und sie an die Divisionslagerleitung weiterschickte. Es mußte also im Interesse Moskaus liegen, die Pakete auszugeben, folgerte man. Natürlich mußten alle Büchsen und jede Ware genauestens kontrolliert werden. Die Pakete könnten also nur einzeln ausgegeben werden – und erst nach peinlichster Untersuchung.

Major Worotilow hängte ein und sah Dr. Kresin an, der eine Schale chinesischen Tee schlürfte.

»Ich gebe die Pakete morgen aus«, sagte er. »Markow wird die Untersuchung mit zehn Mann übernehmen.« Er sah aus dem Fenster auf das weite Lager und die schwarzen Gestalten, die sich auf dem vereisten Schnee bewegten. »Ich gönne es ihnen, Sergej.«

Beim Mittagsappell wurden die Namen derer verlesen, die ein Paket bekommen hatten. Am Abend noch einmal für die, die aus der Stadt und den Außenkommandos von der Arbeit kamen. Ausgabe morgen früh nach dem Frühstück. In Gruppen zu je zehn Mann. Für die Arbeitskommandos am Abend nach dem Appell.

Eine Welle der Freude überflutete das Lager. Die Genannten benahmen sich wie Kinder vor dem Weihnachtsfest ... sie schliefen in dieser Nacht überhaupt nicht ... sie wanderten in der Baracke herum, erzählten von ihren Angehörigen, schwelgten in dem Vorgenuß und starrten in den Himmel.

Am Morgen, nach dem Zählappell, standen sie Schlange vor der Kommandantur. Leutnant Markow brüllte, mit alter, gesunder Lautstärke. Er ordnete erst pedantisch die Reihen, ehe er die Tür öffnete und die ersten zehn eintreten ließ.

An einem langen Tisch standen zehn Rotarmisten vor den Paketen, die jetzt vor den leuchtenden, erwartungsvollen Augen der Plennis geöffnet wurden.

Das Packpapier knisterte ... Dann der Karton ... Der Deckel war verschnürt ... die Bindfäden wurden durchschnitten ... Der Deckel hob sich ...

Büchsen ... Tüten ... Plattenfett ... In Cellophan, Pergament, braunem Fettpapier.

Die Russen staunten. Sie standen vor einem Märchen. Sie drehten die Büchsen in den Händen und klopften mit den Knöcheln gegen das Weißblech.

Die zehn Plennis strahlten. Sie aßen bereits mit den Augen ... sie schluckten den Speichel herunter und wischten die Hände an den Hosen ab. Sie schwitzten vor Erregung.

Mit Seitengewehren und einigen beigelegten Büchsenöffnern wurden die Konserven geöffnet. Rindfleisch im eigenen Saft. Corned beef. Schmalzfleisch. Bohnen mit Speck. Apfelmus. Erdbeermarmelade ... Aprikosengelee ... Apfelkraut ... Johannisbeergelee ...

Die Rotarmisten aus den Steppen Sibiriens glotzten. Eine neue Welt tat sich vor ihnen auf ... eine unbekannte, große, herrliche Welt des Wohlstandes und des Genusses. Sie schnupperten an den offenen Büchsen und verdrehten die Augen.

»Ich gebben hundert Papyrossis für Büchse ...«, sagte einer der Rotarmisten.

»Du kannst mich hundertmal am Arsch lecken!« war die Antwort. Man nahm es nicht übel ... die Deutschen waren reich ... die Plennis waren sehr reich ... sie hatten zu essen, besser als Genosse Stalin im Kreml und Genosse Kommissar im schmutzigen Stalingrad. Die Plennis ...

Leutnant Markow überflog die zehn geöffneten Pakete, die Büchsen, die Tüten, deren Inhalt offen lag. Plötzlich stutzte er und trat zu einem Paket hin, das Peter Fischer erhalten sollte. Inmitten des Blechs und Cellophans lag ein runder, brauner zotteliger Gegenstand. Er sah aus wie eine haarige Kugel, fühlte sich an wie Holz, gluckerte beim Schütteln und war leicht.

Eine Kokosnuß.

Leutnant Markow hob die Augenbrauen und schob die Unterlippe vor. Woher soll ein russischer Leutnant aus der Steppe eine Kokosnuß kennen? Er ergriff den merkwürdigen, den verdächtig runden, leichten, holzigen und haarigen Gegenstand und schüttelte ihn. Es gluckerte. Wahrhaftig, es gluckerte. Das Ding war hohl, und in dem Ding war etwas, das an die Wände schlug.

»Was ist das?!« brüllte Markow Peter Fischer an.

Der Plenni grinste. »Ein Elefantenei«, sagte er höflich.

»Was?!«

»Ein Elefantenei!«

Die neun anderen Plennis grinsten breit. Leutnant Markow bemerkte es und wurde rot.

»Aufmachen!« schrie er. »Dawai!«

Peter Fischer zuckte mit den Schultern und klopfte an die harte Schale. »Es geht nicht«, sagte er. Dabei machte er ein trauriges Gesicht.

Leutnant Markow stutzte einen Augenblick, dann riß er einem der Rotarmisten ein Seitengewehr aus der Hand und setzte es an. Der Stahl glitt an der harten Schale der Kokosnuß ab und haarscharf neben der haltenden Hand in den Tisch. Die Plennis grinsten breiter. Peter Fischer sagte sogar: »O weh!«

Leutnant Markow wurde aschgrau. Er blickte um sich, sah

auch seine Soldaten grinsen und steigerte sich in einen Anfall von Wut.

»Beil her!« schrie er. »Ein Beil!«

Aus der Küche brachte ein Rotarmist eine Axt. Draußen, auf dem Hof, standen die langen Schlangen der wartenden Plennis. Es hatte sich herumgesprochen, was im Inneren des Hauses vor sich ging, und der Kampf Leutnant Markows mit der Kokosnuß wurde eines der klassischen Erlebnisse der Gefangenschaft, die man nie vergaß.

Die Axt in der Hand, sah Markow die Nuß an. »Was ist das?!« schrie er noch einmal Peter Fischer an. Aber er wartete die Antwort gar nicht ab – er schlug zu, mit aller Wucht. Die Nuß klaffte auseinander, und die Kokosmilch lief klebrig über den Tisch. Verblüfft betrachtete Markow das Innere. Weißes, festes Fleisch, appetitlich duftend – er roch daran und betastete es.

»Kann man es essen?« fragte er erstaunt.

Peter Fischer nickte. »Ja.«

»Warum nicht sagen gleich?« schrie Markow auf. Er warf die Axt in eine Ecke und schob Fischer das Paket zu. »Nächster!« schrie er.

Es ging jetzt schnell und reibungslos. Die Kokosnuß lag Markow im Magen. Über das, was er nicht kannte, sah er jetzt hinweg, immer bemüht, sich nicht noch einmal vor aller Augen zu blamieren. Er ließ sogar eine Büchse Marmelade durchgehen, ohne sie mit einem langen Fleischermesser zu sondieren – das war ein Glück, denn in der Büchse lag ganz unten eine kleine Metallkapsel, und in dieser Kapsel befand sich ein kurzer Brief. Seine Auffindung hätte eine Sperre aller Pakete nach sich gezogen. Aber Markows Laune war verdorben, so daß ihn nicht einmal mehr die kleinen Schikanen, wie das Auseinanderbrechen der Tafeln Schokolade oder das Aufwickeln von Bonbons, reizen konnten.

Am Abend, nach der Ausgabe der letzten Pakete an die Arbeitskolonnen, brach Festtagsstimmung im Lager aus. In den Baracken saßen die Plennis und kauten oder rauchten ... Kolonnen waren unterwegs und tauschten ... Zigaretten gegen Kaffee, Kakao gegen Butter, Marmelade gegen Puddingpulver und Kondensmilch. Am regsten war der Betrieb bei dem großen Tor, wo die biederen Rotarmisten alles eintauschten, um einmal deutsche Konfitüre oder deutsche Kekse zu bekommen. Und Schokolade ... Heilige Mutter von Kasan ... wo gab es in Archangelsk Schokolade ...?

Ein Wunderpaket hatte Peter Fischer bekommen. Nicht allein, daß er mit seiner Kokosnuß die Ordnung im Lager aus den Angeln gehoben hatte – er fand zwischen allen anderen Lebensmitteln auch einige Tüten von Eiermanns Schnellpudding.

Eiermanns Schnellpudding ist ein schönes Ding. Man schüttet das Pulver in Wasser, rührt herum und schwupp – ist der Pudding fertig! Ohne Kochen, ohne Milch, ohne Zucker ... Eiermanns Schnellpudding schaffte das ... er war ein Wunder der Nahrungsmittelchemie. Auf der Tüte stand groß: Kein Kochen! Kein Anbrennen mehr! Wohlschmeckend, gesund und kräftigend!

Peter Fischer, der immer noch dem musikalisch sehr unbegabten Michail Pjatjal Trompetenunterricht erteilte und dafür von ihm Fleisch und Fett erhielt, ließ es sich nicht nehmen, Eiermanns Schnellpudding dem Küchenleiter persönlich vorzuführen.

Es war am gleichen Abend. Pjatjal nuckelte an seiner Trompete, als Peter Fischer mit dem Paket Schnellpudding in der Küche erschien. Er holte sich eine Schüssel und eine Kanne Wasser und stellte sie vor Pjatjal hin.

»Weißt du, was das ist?« fragte er und ließ Pjatjal und dann Bascha an der Tüte riechen. Pjatjal grinste dumm. »Pudding!« meinte er. »Milch ist da! Und Zucker auch! Wollen wir ein Puddingchen machen, Genosse Plenni?«

»Ja.« Peter Fischer nickte. »Aber ohne Milch und Zucker! Nur mit kaltem Wasser!«

»Brüderchen, du bist verrückt«, sagte Pjatjal gönnerhaft. »Das gibt es nicht ...«

»Nicht in Rußland. Aber in Deutschland, Genosse! Das ist das Neueste! Paß einmal auf ...«

Peter Fischer goß Wasser in die Schüssel. Dann schüttete er den Inhalt der Tüte hinein, nahm einen Quirl und verrührte das Pulver in dem Wasser.

Eiermanns Schnellpudding machte seinem Namen alle Ehre. Das Wasser wurde gelb, es wurde sämig, es wurde dick, und siehe da: der Pudding stand steif und goldgelb. Zur Bekräftigung schüttelte Fischer die Schüssel etwas und ließ den Pudding wackeln.

Michail Pjatjal riß die Augen auf. Er tippte mit dem Zeigefinger auf den Pudding ... er starrte Bascha an, die sprachlos und mit weitgeöffnetem Mund daneben stand ... er tippte wieder auf Eiermanns Wunderpudding und schüttelte immer wieder den Kopf.

»Pudding!« sagte er erschüttert. »Richtiger Pudding!«

Er stach sich etwas ab und aß es. Er schmatzte und sah Peter Fischer mit glänzenden Augen an. »Sehr gut, Brüderchen. Ein Pudding!« Er nahm die noch halbvolle Tüte hoch und roch an dem Pulver. »Was ist das?« fragte er.

»Pudding«, sagte Peter Fischer. »Das ist guter deutscher Arbeiterpudding ...«

»Was?«

»Deutscher Arbeiterpudding! Den kann sich bei uns in Deutschland jeder Arbeiter leisten! Das ist eine Volksspeise!« Er lächelte. »Wann hast du den letzten Pudding gegessen, Michail?«

»Vor vier Jahren ...«, seufzte Pjatjal. »Und ich bin doch auch ein Arbeiter! Und mein Bruder auch! Der arbeitet in Stalingrad auf dem Bau. Der hat noch nie Pudding gegessen.«

»Er lebt ja auch nicht in Deutschland! Bei uns essen das alle! So ein Pudding kostet keine zwanzig Pfennig! Das sind rund zehn Kopeken!«

»Du lügst!« schrie Pjatjal. »Zehn Kopeken? Das ist ja geschenkt!«

»Für den Arbeiter wird in Deutschland alles getan ... auch ohne Kommunismus! Sieh dir den Pudding an ...«

»Gib her!« Pjatjal nahm eine andere Schüssel, schüttete Wasser hinein, schüttete das Pulver hinterher ... rührte ... der gleiche, geheimnisvolle Vorgang vollzog sich wieder vor seinen verblüfften Augen ... das Wasser färbte sich, es wurde sämig, dick, erstarrte. Der Pudding wackelte goldgelb in der Schüssel. Ein köstlicher Pudding! Der deutsche Arbeiterpudding, wie Peter Fischer sagte. Es lebe Eiermann!

Michail Pjatjal nahm die Schüssel und stellte sie behutsam weg. »Ich werde es meinem Bruder zeigen«, sagte er schwach vor Erregung. »Und er wird es seinen Kollegen zeigen. Hast du noch mehr Tüten mit diesem Pudding?«

»Noch drei Stück.«

»Gib sie mir, Brüderchen. Ich muß es allen Leuten zeigen! Zehn Kopeken für solch einen Pudding! Das ist unglaublich ...«

An diesem Abend blies er keine Trompete mehr. Er aß mit Bascha den Schnellpudding und rollte sich dann satt und grunzend in sein Bett. Irgendwie war durch Eiermanns Schnellpudding eine Bresche in seine bolschewistische Lebensauffassung geschlagen worden, irgendwie begann er an dem System, dem er diente, Kritik zu üben. Denn nichts überzeugt einen Menschen mehr als das gute Essen der anderen. Und wenn es ein Pudding mit Wasser ist. Mit kaltem Wasser ... das verklärte alles noch mehr und machte das deutsche Wunder noch wunderbarer ...

Mit der Ausgabe dieser ersten Pakete begann auch im Lazarett ein anderes Leben. Da nur eine Minderzahl aus der Heimat Lebensmittel erhalten hatte, rief Dr. Böhler zur Spende für die Kranken und Verletzten auf. Er selbst stellte sein Paket vollständig zur Verfügung und verteilte den Inhalt in genau abgewogenen Mengen unter die Kranken und vor allem die Schwachen und Unterernährten. Sein Aufruf, der nur aus einer kleinen Anregung bestand, die er zu Dr. Schultheiß sagte, fand im Lager sofort Gehör. Aus jeder Baracke liefen die Lebensmittel im Lazarett ein. Es häuften sich die Tüten Kakao, die Tafeln Schokolade, das weiße Mehl, die Marmeladenbüchsen, die Keksdosen, die Fleischkonserven, die Kondensmilch, die Päckchen mit Tabak. Sogar sieben Pfeifen wurden gebracht und eine Kiste Zigarren.

Die Barackenältesten lieferten die Waren ab und sprachen nicht viel dazu. Es war selbstverständlich nach so vielen Jahren russischer Gefangenschaft, daß den Kranken und Ärmsten geholfen wurde, und Dr. Böhler notierte sich jedes eingehende Päckchen und führte genau Buch. So erhielten die Kranken jeden Tag zehn Gramm Fett mehr, ein oder zwei Riegel Schokolade, ein wenig Marmelade auf das glitschige Brot und ab und zu eine Suppe aus Puddingpulver mit verdünnter Büchsenmilch.

Den Hauptteil des Pakets von Dr. Schultheiß bekam Janina Salja. Sie wollte es zwar nicht, und Jens mußte ihr den Kakao und die dicken Butterbrote förmlich aufzwängen, und als sie sich immer noch weigerte und ihn bat, es selbst zu essen, verordnete er ihr Sonderkost und ließ sie ihr durch Schwester Ingeborg Waiden verabreichen.

Sie reichte bei keinem lange, diese Zusatzverpflegung, denn zehn Kilo sind schnell verbraucht und nur ein kurzer Komet am dunklen Himmel des Hungers, aber diese zehn Kilo wirkten sich aus in der Moral der Plennis, in der Steigerung der Kraft des Hoffens und in der Arbeitswilligkeit und Leistung.

Major Worotilow sah darin einen schönen Anlaß, an Hand eines Berichtes an das Generalkommando diese Tatsachen aufzuzählen und um weitere Paketsendungen zu bitten. Und da es ein offizieller Bericht war, eine dienstliche Meldung, konnte man sie in Stalingrad nicht unter den Tisch fallen lassen, sondern war gezwungen, die Worte des Majors an die Zentrale nach Moskau weiterzuleiten. Dort aber gingen von allen Lagern gleichlautende Meldungen ein: Hebung des allgemeinen Standards, Erhöhung der Arbeitskraft, Erfüllung des Solls, Steigerung der Moral und damit natürlich auch des Gesundheitszustandes, wenn ...

In Moskau fanden Beratungen statt. Immer wieder gewann der Plan einer völligen Umstellung der Gefangenschaft Gestalt: Der Plan, aus den Kriegsgefangenen Strafgefangene zu machen, sie lebenslänglich zu verurteilen, zu langjährigen Strafen zu begnadigen und so rechtlich die Möglichkeit zu schaffen, sie in Rußland zu behalten – als Verbrecher zu behalten –, ihnen aber andererseits alle Vergünstigungen zu geben, die einem Justizgefangenen zustehen und die seine Arbeitskraft für das Wohl der Sowjets heben.

Der Plan 1950 war geboren! Der große, völkerrechtswidrige Plan, der Tausende deutscher Plennis an Rußland kettete.

Plan 1950! Er wurde ausgelöst durch eine Welle von Verhören und eine Sintflut von erdbraunen Uniformen mit den Zeichen der Politruks, eine Sturmflut des MWD, die sich in die Lager ergoß und alles verurteilte, was nach Ansicht der Ärzte arbeitsfähig war und Rußland noch jahrelang nützlich sein konnte.

Ein Schauspiel sollte beginnen, grotesk wie eine Komödie, tragischer als eine griechische Tragödie und seelenlos wie jede abstrakte Konzeption: Die ›Einordnung‹ der deutschen Plennis in das Staatsgefüge der Sowjetrepublik.

Noch aber ahnte niemand diese Entwicklung – vor allem nicht Major Worotilow, als er seinen schönen Bericht schrieb und um mehr Pakete bat. Dr. Böhler baute sein Lazarett weiter aus, indem er Dr. Schultheiß mit Dr. Kresin nach Stalingrad gehen ließ, um dort in einer Apotheke Betäubungsmittel gegen einige Fleischkonserven einzutauschen. Das mußte geheim getan werden, es war Sabotage am staatlichen Eigentum. Aber im Angesicht der Fleischbüchsen fiel auch der Leiter der Stalingrader Staatsapotheke um.

Die Kasalinsskaja befand sich seit der Operation im Straflager von Nishnij Balykleij wie in einem Trancezustand. Da sie nichts wieder von Sellnow hörte und alle Anfragen in Stalingrad ergebnislos blieben, nahm sie das Schlimmste an und verstieg sich zu der Behauptung, Doktor Böhler habe seinen Freund umgebracht.

»Sie hätten ihn nicht operieren dürfen!« wimmerte sie. »Mit einem Meißel! Er mußte sterben ...«

»Ohne die Operation wäre er bestimmt gestorben!« Dr. Böhler ging unruhig in seinem Zimmer auf und ab. Die Ungewißheit nagte auch an ihm, wenn er es auch nicht so öffentlich zum Ausdruck brachte wie die Kasalinsskaja, die sich von dem Tag der Operation an weigerte, weiterhin die Plennis zu untersuchen. »Ich tue es nicht mehr!« hatte sie Dr. Kresin angeschrien. »Ich kann es nicht! Ich habe jahrelang wie ein Schwein an diesen Menschen gehandelt, ich habe sie ausgesogen, ich habe sie ins Elend getrieben – ich kann nicht mehr! Ich will von alledem nichts mehr sehen!«

Dr. Kresin hatte ihr nicht geantwortet – aber er hatte sie auch nicht gemeldet. Er verschwieg den Vorfall und zeichnete die täglichen Gesundheitsrapporte zur Hälfte mit dem Namen der Ärztin ab, damit man in Stalingrad keinen Verdacht schöpfte. Niemand wußte es, nicht einmal Major Worotilow.

Über Sellnow wußte man nur so viel, daß er nicht mehr im Lager Nishnij Balykleij war. Er war vier Tage nach der Operation von einem staatlichen Krankenwagen abgeholt worden, ohne die Besinnung wiedererlangt zu haben. Wie Buffschk berichtete, war der Wagen nicht nach Süden, sondern nach Norden gefahren. Man nahm deshalb an, daß sich Sellnow gar nicht in Stalingrad, sondern in Saratow befand, was sehr verwunderlich stimmte und zu allerhand Vermutungen Anlaß gab.

»In Saratow sitzt der Stab des MWD«, sagte Worotilow dumpf, als man diese Nachricht bekam. »Und in Saratow hat auch Pawlowitsch keine Gewalt mehr über ihn ...«

»Ich werde nach Saratow fahren und ihn suchen!« rief die Kasalinsskaja wild. »Ich werde ihn finden! Und wenn ich jedes Krankenhaus mit Gewalt stürmen und durchsuchen müßte! Ich muß zu ihm! Ich muß ihn finden!«

Dr. Kresin sah den Plan der Militärärzte im Südabschnitt der Armeegruppe durch und schüttelte den Kopf. »In Saratow ist ein Dr. Sedowkowitsch der Leiter der staatlichen Klinik! Ich kenne Sedowkowitsch nicht – er muß ein junger Arzt sein.«

»Ein Parteiarzt?« fragte Dr. Böhler.

»Selbstverständlich. Ohne Partei bekommt er keine Stellung in einer staatlichen Klinik!«

»Und Profesor Pawlowitsch weiß auch nicht, wohin man Sellnow gebracht hat?« fragte die Kasalinsskaja erregt.

Dr. Kresin nickte nachdenklich. »Pawlowitsch schweigt. Er ist wie eine völlig ausgetrocknete Mumie! Wenn man ihn wegen Sellnow anruft, hängt er einfach wieder ein. Es muß etwas Unvorhergesehenes geschehen sein ...«

Die Kasalinsskaja saß starr in ihrem Sessel. Sie blickte hinaus über die verschneite Steppe und die tief herabgebogenen Wälder an der Wolga.

»Wenn Sellnow nicht wiederkommt, werde ich gehen!« sagte sie dumpf.

»Gehen? Wohin?« Worotilow schüttelte den Kopf.

»Nach Westen! In die Freiheit!«

Dr. Kresin runzelte die Stirn. »Sie reden wirr, Genossin! Sie werden nie über die Grenze kommen!«

»Ich werde!« sagte die Kasalinsskaja fest.

»Und dann?«

»Dann werde ich in alle Winde schreien, wie es wirklich aussieht bei Mütterchen Rußland. Dann werde ich hassen können, wie nie ein Mensch gehaßt hat!«

Major Worotilow erhob sich. Er war blaß, fahl, fast krank sah er aus. »Man hat seit 1919 versucht, uns Russen die Seele zu töten, uns zu einer Maschine der Partei zu machen, zu einem Zahnrad im Gefüge der Republik. Aber die russische Seele lebt ... Es ist schrecklich, sie zu sehen ... denn wir haben die Jahrzehnte umsonst gelebt ... sinnlos gelebt ...«

Er verließ das Zimmer und ging langsam durch den Schnee zur Kommandantur. Dr. Kresin sah ihm nach. Bestürzt schüttelte er den Kopf. »Jetzt hat es den auch gepackt! Verdammt noch mal – wie froh bin ich, wenn erst einmal alle diese Deutschen wieder aus Rußland heraus sind ...«

Die Kasalinsskaja drehte sich zur Wand und weinte. Sie weinte jetzt häufig. Sie war nur noch ein Schatten der ehemaligen Kapitänärztin Dr. Alexandra Kasalinsskaja, die schimpfend durch die Lager schritt und gesund schrieb, was herumkroch.

Über den Wäldern begann es wieder zu schneien ...

Eine weiße, kleine Krankenstube. Ein Eisenbett, ein großes Fenster, mit einer bunten Übergardine verhangen, mit Linoleum ausgelegter Boden, ein Tisch mit Medikamenten, ein Waschbecken in der Türecke, vor dem Bett ein weißbespannter Schirm, eine Art spanischer Wand. Neben dem Bett ein weißlackierter Stuhl. Auf ihm saß eine junge, schwarzhaarige Schwester mit einem breiten, fast mongolischen Gesicht und kleinen grünen Augen. Sie las in einem Buch und blickte nur ab und zu auf, wenn der Kranke sich im Bett unruhig herumwarf oder mit den gelbweißen Händen die Bettdecke strich.

Das Zimmer Sellnows. In der Staatsklinik von Stalingrad. Auf der Privatstation Professor Taij Pawlowitschs.

Niemand, außer den wenigen Eingeweihten, wußte, daß Sellnow in dieser Klinik lag. Zu der Handvoll Wissender gehörte die mongolische Schwester, ein junger Stationsarzt, der Oberarzt und ein Krankenpfleger. Das Zimmer lag am Ende eines kleinen Flures, der sonst nur drei Laborräume beherbergte, in denen Pawlowitsch seine Versuche unternahm. Es war ein Flur, den kein anderer in der ganzen Klinik betrat, der als ein unantastbares Heiligtum betrachtet und gemieden wurde.

Eben hatte Pawlowitsch das Herz abgehorcht. Er maß den Blutdruck, den Puls, sah die Fieberkurve nach und injizierte Cordalin. Dann machte der junge Assistent mit einem fahrbaren Röntgenapparat noch einmal eine Aufnahme des Kopfes, während sich Pawlowitsch nachdenklich an das Bett setzte.

»Die Operation scheint gelungen zu sein«, sagte er zu dem

Oberarzt, der an der weißen Tür lehnte und über die spanische Wand blickte. »Mit einem primitiven Meißel und einfachem Schneiderzwirn. Die Deutschen wagen alles ... Ich hätte es nicht gewagt!«

»Der Deutsche hatte nichts zu verlieren«, meinte der Oberarzt. Es war ihm unangenehm, daß sein Chef sich selbst erniedrigte. »Und er hat eben Glück gehabt. Bei einem zweiten Fall könnte es gerade das Gegenteil sein. Nur ein Glücksfall, Herr Professor.«

Pawlowitsch nickte nachdenklich. Er beobachtete den Assistenten, wie er den Röntgenapparat zur Seite fuhr und der Schwester die belichtete Platte gab, damit sie sofort entwickelt würde. Er beugte sich etwas vor und deckte Sellnow wieder bis zum Hals zu.

»Wir wissen noch nicht, wie das Gehirn reagiert. Noch zeigt der Körper keinerlei Reflexe, die darauf schließen lassen, welche Gefühlszentren gestört sind.« Pawlowitsch strich sich durch den weißen Bart und dann über die kleinen schrägen Augen. »Wenn nur die Besinnung wiederkäme! Wenn er nur sprechen würde – falls er überhaupt noch sprechen kann. Wenn er nur ein paar Regungen zeigte! Sein Dauerschlaf beunruhigt mich.«

Der Oberarzt kam hinter der spanischen Wand hervor und hob die Schultern. »Man hat schon wieder aus dem Lager 5110/47 angerufen und nach Sellnow gefragt. Die Genossin Kasalinsskaja ...«

»Und was haben Sie gesagt?«

»Ich habe wie immer abgehängt.«

Professor Taij Pawlowitsch nickte zustimmend. »Hängen Sie immer ab, wenn man anfragt«, sagte er. Er erhob sich und blickte noch einmal auf den Kranken, der besinnungslos und ohne Regung in den Kissen lag. »Ich brauche diesen Mann da ... Ich muß an ihm studieren und ihm noch einmal den Schädel öffnen, um zu sehen, was in ihm vorging!«

Seine Augen leuchteten auf. Der Fanatismus eines heidnischen Priesters stand darin. Die kleine, verdorrte Gestalt straffte sich, und aufrecht ging er an dem Oberarzt und dem Assistenten vorbei aus dem Raum. Die Schwester sah ihm groß nach. In ihr mongolisches Gesicht trat ein Zug von Grauen. Sie schob die bespannte Wand wieder vor das Bett und sah den Oberarzt an.

»Er weiß nicht, wie er ihn heilen kann«, sagte sie leise. Dabei blickte sie zur Tür. Jeder wußte, wer ›er‹ war ...

Der Assistent nickte. »Wir wissen es alle nicht, Schwester.«

»Dann muß er ja sterben ...«

»Im Mütterchen Rußland sterben täglich Tausende.« Der Oberarzt drehte sich um. Während er seinen Mantel zuknöpfte, klinkte er die Tür auf. »Wenn er gestorben ist, dieser Sellnow, rufen Sie uns sofort, Schwester. Er kommt dann gleich in die Anatomie. Der Chef fiebert darauf, ihn zu sezieren ...«

Die Tür klappte. Sie waren allein: die mongolische Schwester und der sterbenskranke deutsche Plenni Dr. Werner von Sellnow. Noch schlug das Herz. Leise, zögernd, tastend, fragend, ob es noch einen Sinn habe. Die Hände zuckten unruhig über das Bett, als suchten sie nach einem Halt.

Wenige Tage nach der ersten Paketaktion Moskaus begannen die Verhöre durch den MWD.

Ganz plötzlich waren sie da, die Kommissare, die Major Worotilow mit einer bisher unbekannten Ehrfurcht grüßte. Selbst die Kasalinsskaja und Dr. Kresin bemühten sich heran und wurden den Männern vorgestellt, die jetzt vollzählig – es waren zwölf – vor der Kommandantur standen. Groß, gut genährt, in sauberen, neuen Uniformen, mit flachen Mützen auf den runden Schädeln, mit Augen, die musternd über das Lager streiften.

Dr. Böhler stand am Fenster des Lazaretts und wandte sich zu Dr. Schultheiß um, der den Küchenzettel aufstellte – unter Berücksichtigung der Paket-Sonderverpflegung. »Der Tod kommt ins Lager«, sagte er leise.

Dr. Schultheiß zuckte zusammen und stellte sich neben seinen Chef. »MWD«, flüsterte er.

Die Tür wurde aufgerissen. Dr. Kresin trat ein, sah die deutschen Ärzte stehen und lachte rauh.

»Nette Kerle, was?« sagte er laut und warf die Tür hinter sich zu. »Kommen aus Moskau! Direkt aus Moskau! Große Untersuchung auf Herz und Nieren! Und dann geht es ab!«

»Ab? Wohin?« Dr. Böhler war bleich geworden. Er ahnte etwas Ungeheures, etwas nie Geglaubtes, etwas bisher nur Erträumtes. »Wohin?« wiederholte er noch einmal, und seine Stimme war heiser. »Sagen Sie es, Dr. Kresin!«

»In eure Heimat!« Der russische Arzt setzte sich schwer.

»In die Heimat!« stotterte Dr. Schultheiß. Er wandte sich plötzlich ab. Er spürte, wie ihm die Tränen in die Augen stiegen. Auch Dr. Böhler lehnte sich erschüttert an die Wand und blickte starr an die Decke.

»In die Heimat ...«, sagte er leise. Seine Stimme schwankte. »Ist das sicher, Dr. Kresin?«

»Ja! Zuerst eine Portion Offiziere und alle Invaliden, soweit sie geh- und transportfähig sind. Der erste Zug ins Entlassungslager Moskau soll schon im Frühjahr gehen, wenn der Schnee die Straßen freigibt.«

»Nach sieben ... nein, dann sind es acht Jahre!« Doktor Böhlers Lippen zuckten. »Wir sollen wirklich Deutschland wiedersehen?«

»Ja!« schrie Dr. Kresin. »Und dann geht ihr weg, ihr alle, und wir leben hier weiter in dem Mist, müssen uns ducken, haben keinen, mit dem man vernünftig sprechen kann – wir bleiben bei Mütterchen Rußland und verfaulen, weggeworfener Kapusta! Wir haben uns so an euch gewöhnt, an die Plennis, an diese hundsverfluchten Deutschen, daß uns etwas fehlt, wenn ihr wieder weg seid! Gott verdammt noch mal!«

Böhler legte Kresin die Hand auf die Schulter. Er wußte, wie der große, mächtige Mann im Innern litt. »Kommen Sie doch nach, Kresin«, sagte er leise.

»Nach Deutschland? Nein! Ich bin Russe, ich liebe mein Land. Ich bin Bolschewik. Im Alter kann man nicht mehr umschwenken wie ihr Jungen, die der Fanfare nachlaufen, die am lautesten bläst. Ich werde hier vermodern, an der Wolga oder in Sibirien, in der Steppe, der Taiga, der Tundra, am Eismeer – wer weiß es außer Moskau? Es ist mein Los. Und ihr geht hinaus in die Freiheit ...« Er erhob sich schwer und wandte sich ab. »Das ganze Leben ist Mist!« sagte er grob. Dann ging er so plötzlich, wie er gekommen war, und knallte die Tür zu.

Dr. Schultheiß drehte sich um. Tränen standen in seinen großen blauen Kinderaugen. »Wir werden entlassen«, stammelte er. »Ich werde die Mutter wiedersehen und den Vater, den Bruder, die Schwester ... Herr Stabsarzt ... ich werde sie alle wiedersehen ...« Plötzlich begann er zu schluchzen und legte den Kopf auf die Schulter des Chefs. Dr. Böhler strich ihm über die blonden Haare.

»Bleib jetzt stark, mein Junge«, sagte er leise und väterlich. »Wir haben so lange auf diesen Augenblick gewartet, und –«, er stockte, »wir wissen noch nicht einmal, ob es wirklich wahr ist ...«

Keiner wußte es im Lager 5110/47. Selbst Major Worotilow nicht, der am Abend mit den Kommissaren in seinem Zimmer saß, Wodka trank, Zigaretten rauchte und die Listen des Lagers durchsah. Mühsam, jeden Plenni genau überdenkend, strich er die Nummern derjenigen an, die er zur Entlassung vorschlug. Leutnant Markow gab gehässige Kommentare dazu, die Worotilow überhörte, aber einer der MWD-Leute sich heimlich notierte.

»Wir dürfen aus Ihrem Lager, Genosse Major, 362 Mann entlassen«, sagte der MWD-Oberst während der Zählung.

Worotilow sah erstaunt auf. »Nicht mehr?«

»Die anderen Lager müssen auch berücksichtigt werden. Zudem müssen wir haushalten, weil wir für den neuen Siebenjahresplan noch Arbeitskräfte brauchen. Und die Deutschen sind gute Facharbeiter, die wir nicht missen können. Die vier Transporte für das Frühjahr sollen massiert in der deutschen Sowjetzone ankommen, um dem Westen gegenüber als Propagandaschlag zu wirken. Der amerikanische Außenminister Marshall macht uns Schwierigkeiten. In der UNO hat man nach dem genauen Stand der Gefangenen gefragt. Wir werden im Frühjahr die Massenentlassungen über Frankfurt/Oder leiten, um dann sagen zu können: Das sind alle Plennis! Die anderen, die noch in Rußland bleiben, sind Verbrecher!«

»Verbrecher?« Worotilow schüttelte den Kopf. »Sie haben doch nichts getan, die anderen Tausende ...«

»Das wird sich zeigen!« Der MWD-Oberst grinste breit. Er war ein Ukrainer und deshalb bemüht, durch Schärfe das Mißtrauen zu zerstreuen, das man in Rußland allen Ukrainern entgegenbringt. »Für die zurückbleibenden Verbrecher werden wir sorgen, darauf können Sie sich verlassen!«

Worotilow schwieg. Er sah die anderen Offiziere an, er sah Markow zufrieden lächeln. Da beugte er sich wieder über seine Listen und strich weiter an.

Dr. Böhler, Dr. Schultheiß, Dr. von Sellnow, der noch immer als zum Lager gehörend geführt wurde. Emil Pelz – Worotilow räumte das ganze Lazarett. Er wollte alle Brücken abbrechen und nicht schuldig sein an dem Verbrechen, das Moskau befahl. Im Frühjahr würde er dann fort sein – er würde sich versetzen lassen, irgendwohin, und wenn es zur Kampftruppe war. Nur kein Gefangenenlager mehr, nur nicht mehr Kommandant eines umzäunten Friedhofs sein, nur nicht mehr mitschuldig sein an der Not Tausender.

Zwei Tage später trat Major Worotilow in den Operationsraum des Lazaretts. Hinter ihm schob sich die hagere Gestalt eines der MWD-Kommissare herein, flankiert von Leutnant Markow und einer schlanken, dunkelblonden Dolmetscherin. Dr. Schultheiß, der am Sterilisationsapparat stand, sah erschrocken auf.

Dr. Böhler beugte sich über eine Gestalt auf dem Operationstisch und legte mit ruhigem, sicherem Griff einen Kopfverband an. Pelz reichte ihm eine Sicherheitsnadel, um die Binde festzustecken. Dann erst wandte sich der Chirurg um und blickte die Versammlung von Russen fragend an.

»Der MWD«, sagte Worotilow verlegen, »interessiert sich für Ihre Arbeit, Doktor. Die Genossen möchten das Lazarett des Lagers 5110/47 besichtigen – und seinen berühmten Chefarzt.«

Der Patient auf dem Operationstisch blickte ängstlich von Dr. Schultheiß zu Emil Pelz und vermied es, die Russen anzusehen. Er zuckte zusammen, als sich die Tür erneut öffnete und ein halbes Dutzend weiterer Kommissare hereinkam.

Die Dolmetscherin wandte sich an Dr. Böhler. »Der Genosse Leutnant«, sagte sie und wies auf Markow, »hat uns von der Wunderkur erzählt, mit der Sie ihn gerettet haben.« Markow grinste verlegen. »Moskau hat das erfahren. Nun ...«, sie blickte fragend auf den hageren Kommissar, der ihr bestätigend zunickte, »... unsere Arbeit ist beendet. Die Listen sind abgeschlossen und gehen heute abend nach Moskau zur Bestätigung. Aus dem Lager 5110/47 werden 362 Kriegsgefangene entlassen. Ich bin ermächtigt, Ihnen mitzuteilen, daß auch Dr. Schultheiß und Sie darunter sind. Moskau weiß, was es einem echten Arzt schuldig ist.«

Dr. Böhler fühlte, wie es heiß in ihm aufstieg. Ich, dachte er. Ich werde auch entlassen! Worotilow hat mich vorgeschlagen! Ich sehe meine Frau wieder, Köln, die Heimat. Das Grauen Rußlands geht von mir, die Einsamkeit, das Warten. Ich werde die Wälder an der Wolga nicht mehr sehen, die Holzklötze nicht, unter denen die toten Kameraden begraben liegen, die Türme nicht mehr, die Rotarmisten, die Tellermützen, die Kapustasuppe, das glitschige Brot und die Handvoll Hirse. Alles wird vorüber sein, was acht Jahre lang der Inhalt meines Lebens war. Ich werde ein freier Mann sein. Endlich! Endlich!

Einer der Kommissare war an den Tisch getreten, wo Emil

Pelz eben die Krankenkarte des frisch Verbundenen in die Kartothek zurückstecken wollte, und hatte sie ihm aus der Hand genommen. Er wechselte einige Worte mit einem seiner Kollegen, während sie beide immer wieder auf eine Stelle der Karte wiesen. Dann trat er mit drei schnellen Schritte an Böhler heran, und eine rasche russische Frage schoß dem Arzt entgegen. Er verstand ihren Sinn nicht, aber der drohende Tonfall war unverkennbar. Irgend etwas hatte das Mißfallen des Russen erregt.

»Was bedeuten diese beiden Buchstaben?« übersetzte die Dolmetscherin rasch. Böhler blickte auf die Stelle, die der Finger des Kommissars bezeichnete, und eine kalte Hand griff nach seinem Herzen. Er streifte den Patienten mit einem raschen Blick und versuchte auszuweichen.

»Das hat mit der Krankheit nichts zu tun«, sagte er hastig.

Worotilow wurde aufmerksam, trat einen Schritt näher und blickte auf die Karte. Nur mühsam konnte er sein Erschrecken verbergen. Ausgerechnet jetzt mußte dieser Idiot von Kommissar seine Nase in die Kartothek stecken ...

Die Dolmetscherin lächelte hämisch. »Ich will Ihnen sagen, was diese beiden Buchstaben bedeuten: SS. Der Mann, den Sie hier verbinden, ist Mitglied der Mörderorganisation von Himmler!«

»Er ist ein Plenni«, sagte Dr. Böhler fest. »Ein Plenni wie jeder andere. Und ein Mensch, der Hilfe braucht ...«

Während die Dolmetscherin übersetzte, dachte Worotilow fieberhaft nach. Er versuchte zu retten, was noch zu retten war: »Wie können Sie es wagen«, brüllte er Böhler an, »einen SS-Mann zu verbinden?! Mit dem kostbaren Verbandmaterial, das Eigentum der Sowjetunion ist?!«

Der hagere Kommissar deutete auf den weißbandagierten Kopf des Patienten.

»Verband weg!« sagte er kurz. Plötzlich konnte er Deutsch.

Dr. Böhler sah ihn ablehnend an. »Warum?« fragte er.

»Fragen Sie nicht!« brüllte Worotilow. Er war so verzweifelt, daß ihm fast die Tränen in die Augen traten. »Gehorchen Sie gefälligst, Sie deutsches Schwein!!!«

Dr. Schultheiß trat zu Dr. Böhler und legte ihm die Hand auf den Arm.

»Herr Stabsarzt ...«, begann er.

Aber Worotilow ließ ihn nicht ausreden. »Raus!« schrie er ihn an. »Sie haben hier gar nichts verloren! Sie auch nicht, Pelz!« Um Gottes willen, dachte er dabei, jetzt bloß keine Zeugen bei der kommenden Auseinandersetzung ...!

Betreten trotteten Dr. Schultheiß und Emil Pelz hinaus. Ehe jemand anderer eingreifen konnte, wandte sich Worotilow wieder an Böhler. »Nehmen Sie sofort diesen Verband ab!« sagte er drohend – und lautlos formte er mit den Lippen ein flehendes ›Bitte!‹

Dr. Böhler sah den Major nicht an. »Teilen Sie dem Herrn Kommissar bitte mit, daß für diesen Kranken ich verantwortlich bin – und nicht er!« sagte er zu der Dolmetscherin. »Der Verband ist lebenswichtig – und er bleibt.«

Kalte Wut leuchtete aus den Augen des Kommissars, als ihm dieser Satz übersetzt wurde. Er sprang an den Operationstisch und streckte die Hand nach dem Kopf des Patienten aus, um den Verband abzureißen. Mit einem einzigen Schritt stellte sich Dr. Böhler dazwischen. »Nicht, solange ich hier Chefarzt bin ...«, sagte er fest.

Sekundenlang stand er Auge in Auge mit dem Russen. Dann lächelte der Kommissar höhnisch. »Hier Chefarzt?« sagte er langsam auf Russisch. »Wenn Sie solchen Wert darauf legen ... dann können Sie es noch lange bleiben ...«

Er wandte sich achselzuckend ab. »Wir werden einen anderen auf die Liste setzen«, sagte er zu Worotilow, und man sah ihm an, mit welcher Genugtuung er diesen Befehl aussprach. »Wir können doch Hitlers Mordschergen die ärztliche Hilfe nicht entziehen ...«

Major Worotilow trat in Böhlers Zimmer. Allein. Er schloß die Tür hinter sich. Er zögerte, ehe er sprach, aber dann klang seine Stimme hohl und gebrochen. »Verzeihen Sie«, sagte er, »aber ich wollte Ihnen helfen. Es wäre die einzige Möglichkeit gewesen, Ihre Entlassung zu retten.«

»Ich weiß ...«, sagte Böhler dumpf. Dann sprang er auf und rannte erregt im Zimmer hin und her. »Aber ich kann doch einen Menschen nicht sterben lassen, hilflos und gequält – nur weil ... Das geht doch nicht, Major! Das ist doch unmöglich!« Er blieb vor der rohen Wand der Baracke stehen und starrte auf die Ritzen der einzelnen Bretter, auf die abblätternde Farbe, auf die Glaswatte, die aus den Fugen quoll. Durch seinen Körper ging ein leises Zittern. »Ich kann doch einen Patienten nicht verraten«, sagte er kaum hörbar. »Ich kann doch nicht wegfahren und ihn dafür büßen lassen. Das geht doch nicht ... das geht doch nicht ... Und überhaupt« – plötzlich stieg ein überwältigendes Gefühl der Verantwortung in ihm auf – »ich habe hier im Lazarett 54 schwere Fälle ... in den einzelnen Blockrevieren liegen 73 Kranke, die nicht laufen können. Was sollen sie denken, wenn ich einfach weggehe nach Deutschland – und sie in der Einöde lasse.«

»Sie werden auch entlassen, wenn sie gesund sind.«

»Können Sie das garantieren, Major?«

Worotilow blickte auf seine Schuhspitzen. »Nein«, sagte er leise. »Soviel ich weiß, ist die Entlassung eine einmalige Propaganda-Aktion gegen den Westen. Wann die nächsten Entlassungen sind, weiß ich nicht ...« Er sah auf und begegnete dem Blick Dr. Böhlers. »Ich habe geglaubt, Sie weinen vor Freude, daß Sie wieder in die Heimat kommen ...«

»Ich habe es gestern noch getan. Aber dann kam dieser unmenschliche Befehl des Kommissars, den ich niemals ausführen konnte. Damit waren alle Hoffnungen auf meine Heimkehr mit einem Schlage zerstört. Jetzt aber weiß ich in meinem Herzen, daß es so kommen mußte, denn ich trage die Verantwortung für diese armen Menschen, die hier krank herumliegen ... Ich habe zwölf schwere chirurgische Fälle ... einen Magendurchbruch, eine Gallenblasenresektion, zwei Fälle von

Darmknickung infolge schwerer Arbeit bei Unterernährung, sieben schwere Furunkelfälle ... und den SS-Mann mit dem Schädelbruch. Soll ich sie allein lassen?«

Worotilow sprang auf. Seine Wangen glühten. »Was soll das alles!« schrie er plötzlich. »Wollen Sie hierbleiben? Wollen Sie mir sagen: Ich will nicht entlassen werden?! Ich will freiwillig in Rußland bleiben?! Ich will ein Plenni bleiben, weil ein paar Kameraden mich brauchen?!« Worotilows Stimme überschlug sich. »Sie wissen nicht, was noch kommt! Wer bleibt, wird verurteilt werden ... lebenslänglich! Er verliert das Recht und den Schutz der Kriegsgefangenen und wird zum Verbrecher gestempelt! Es wird keine Plennis mehr geben, sondern nur noch Strafgefangene! Überlegen Sie sich das! Sie werden entrechtet sein wie kein anderer Mensch auf der Welt!«

Dr. Böhler atmete schwer. Er lehnte an der Wand und starrte hinaus auf den Schnee und die vereisten Wachttürme. Leutnant Markow marschierte am Zaun entlang und kontrollierte den Lagerdienst, der Schnee schippte.

»Sorgen Sie dafür, daß mit Schultheiß nichts mehr schiefgeht«, sagte Böhler tonlos. »Er ist jung, man hat ihn um die besten Jahre seines Lebens betrogen, er hat viel nachzuholen, er braucht die Freiheit, um das zu leisten, was in ihm steckt. Er ist ein guter, ein sehr guter Arzt. Deutschland braucht ihn.«

»Und Sie?!« brüllte Worotilow. »Ach, seien Sie still! Sie mit Ihrem deutschen Wahn von der Pflichterfüllung!« Er hieb mit beiden Fäusten auf den Tisch. »Ich verachte Sie, wenn Sie hierbleiben! Sie verleugnen Ihre Heimat, Ihre Frau, Ihr Kind. Sie handeln nicht heldisch, sondern verantwortungslos gegen die Menschen, die Ihnen am nächsten stehen und seit acht Jahren auf Sie warten! Die nichts anderes kennen als den großen Glauben: Er kommt zurück! Die an der Grenze stehen werden, wenn die ersten Transporte kommen und fragen: Ist Dr. Böhler dabei? Kennt einer von euch einen Dr. Böhler? Und dann wird man ihnen sagen: Ja, wir kennen ihn, er ist der Arzt von Stalingrad, und er blieb da! Denkt mal, er blieb da! Er blieb in der Hölle

Rußland, in der Steppe an der Wolga – aus Pflichtgefühl, denkt mal an! Er stand schon auf der Liste, aber er wollte dableiben – darum wartet nicht an der Grenze, fahrt zurück nach Köln und beseht euch sein Bild. Er kommt noch lange nicht wieder – sein Gewissen hat es nicht zugelassen ...«

Dr. Böhler wandte sich ab. Er trat ans Fenster und legte die heiße Stirn an die nasse, kalte Scheibe. »Sie vergessen, daß alles längst entschieden ist, Major«, stammelte er. »Kann ich den Vorfall ungeschehen machen – können Sie es?«

Worotilow öffnete die Tür mit einem Ruck. Fahl im Gesicht, drehte er sich um. »Sie haben es so gewollt. Werden Sie glücklich, Sie – – – Sie Held, Sie!«

Mit lautem Krach fiel die Tür zu.

Einen Augenblick stand Dr. Böhler starr am Fenster. Er schloß die Augen und spürte die Kühle der Scheibe durch seinen ganzen Körper dringen. Dann schwankte er und fiel ächzend auf den Stuhl neben dem Tisch. Sein Kopf sank auf die Platte. Er weinte haltlos ...

Dr. Schultheiß machte die Visiten. Böhler hatte sich eingeschlossen und öffnete nicht, soviel man auch an seine Tür klopfte. Dr. Kresin rannte in seinem Zimmer auf und ab und wurde von Worotilow bewacht. »Ich schlage seine Tür ein!« schrie er immer wieder. »Ich schleppe ihn mit meinen Händen zum Wagen! Ich bringe ihn bis an die Grenze und schiebe ihn hinüber!«

Er war nicht der einzige, der an diesem Abend die Haltung verlor. In ihrem Zimmer lag Janina Salja auf ihrem Bett und weinte seit Stunden. Sie hatte durch Ingeborg Waiden erfahren, warum die Kommissare ins Lager gekommen waren. Überglücklich hatte das Mädchen es ihr gesagt: »Wir sollen entlassen werden! Wir alle! Es geht nach Deutschland! Nach Deutschland!« Sie war wie von Sinnen, die kleine Krankenschwester Ingeborg Waiden, sie tanzte durch das Zimmer und weinte und lachte in einem Atem.

Janina hatte einige Zeit gebraucht, um die Botschaft zu verstehen. Zu begreifen, daß die Stunde nahe war, in der sie Jens verlieren würde – für immer auf dieser Welt, denn zwischen Stalingrad und Deutschland war die Entfernung so weit wie zwischen zwei Sternen ... Unendlichkeit, die keine Sehnsucht, keine Liebe, kein Wille bezwingen konnte ...

Sie hörte, wie Jens die Visiten machte, wie sein Schritt von Zimmer zu Zimmer ging, und sie wartete darauf, daß er die Klinke ihres Zimmers niederdrücken und eintreten würde. Aber sein Schritt ging vorbei ... sie hatte sich aufgerichtet, als er sich näherte ... er ging vorbei ... die Tür des Nebenzimmers klappte ... er ging vorbei! Sie schrie auf und wühlte sich in die Kissen. Ich überlebe es nicht, schluchzte sie. Ich kann es nicht mehr ertragen! Es ist zuviel! Es ist zuviel! Es erwürgt mich, dieses Leben, es tötet mich ...

An diesem Abend schrieb Dr. Fritz Böhler eine seiner monatlichen Kriegsgefangenenkarten. Er schrieb sie an seine Frau und sein Kind. Er schrieb, daß man im Frühjahr viele deutsche Gefangene entlassen werde und daß er auch unter ihnen war. ›War‹, schrieb er und schilderte, wie es kam, daß er wieder gestrichen wurde. ›Arzt sein‹, schrieb er, ›heißt Vorbild sein‹, und ›Es gibt Höheres als das eigene Ich: die Pflicht, Mensch zu sein.‹ Er beschrieb die kurze Karte mit engen Zeilen und winzigen Buchstaben, er schob sie fast ineinander, um Platz genug zu haben für seine Rechtfertigung. Und als er die Karte am Ende überlas, sah er, daß es doch nur Worte waren.

Er zerriß die Karte und warf sie fort. Schweigen, dachte er. Wenn die Transporte kommen, wird sie hoffen, und wenn sie die Namen hört, wird sie weiter warten. Warum ihr das Herz schwermachen? Und es würden wieder Transporte kommen, verteilt über Monate oder Jahre, und einmal würde auch er dabeisein. Dann hatte er das ganze weitere Leben lang Zeit genug, sich bei ihr zu verantworten, dann würde er sie um Verzeihung bitten – und daran glauben, daß sie es versteht.

Er sah hinüber auf den Tisch. Dort standen die Karteikarten mit den Namen und Krankengeschichten der Lazarettinsassen.

Blatt an Blatt – sie mußten ihm die Heimat ersetzen, die Wehrlosen, die Jammernden und Hilfesuchenden ...

Zwei Tage später setzten die Verhöre ein.

Die großen Zimmer der Kommandanturbaracke waren ausgeräumt worden. Major Worotilow wurde aus seinem Zimmer verdrängt und quartierte sich vorübergehend bei Dr. Kresin ein, der brummend die Vorbereitungen ansah und mit den Kommissaren kaum ein paar Worte wechselte.

Der Erdbunker außerhalb des Lagers, in dem jahrelang die Kartoffelvorräte lagerten und der sogar beheizbar war, damit Kapusta und Kartoffeln nicht erfroren, wurde ausgekehrt und abgeschlossen. Worotilow sah es mit gerunzelter Stirn und meinte zu Dr. Kresin: »Es sieht aus wie ein Kriegsgericht, Genosse. Man säubert sogar die Bunker für eine Dunkelhaft ...«

Der Schneesturm war plötzlich sonnigem Wetter gewichen – eine kalte, fast weiße Sonne, die aus den Schneefeldern glitzernde Diamantenhügel machte, aber sie verbesserte die Laune der Plennis zusehends.

Eines Tages beim Morgenappell wurden die ersten Namen bekanntgegeben, 125 Mann, die Markow von einer langen Liste vorlas, und dann schrie er die Männer an, rechts herauszutreten.

Peter Fischer war unter ihnen. Karl Georg und Emil Pelz, der Sanitäter. Als letzten Namen las Markow den von Dr. Schultheiß vor. Dr. Jens Schultheiß.

Janina, die am Fenster der Lazarettbaracke stand, wandte sich ab und zog die Gardinen vor.

Am Eingang der Kommandatur stand einer der Kommissare. Er sah hinüber und schrie etwas über den Zaun.

Leutnant Markow nickte, ergriff die Liste und steckte sie ein. »Die auf Liste, marsch!« kommandierte er. Er setzte sich an die Spitze des elenden Haufens und marschierte mit ihnen durch das große Tor zur Kommandantur.

Dort wurden die 124 Plennis aufgestellt. Einer aus dem Haufen rannte zum Lazarett, um Dr. Schultheiß zu holen, der seine Morgenvisite machte. Worotilow gab den zweiten Teil der Listen an den Leiter der MWD-Kommission weiter. Inmitten der langen Kolonnen war ein Name dick durchgestrichen.

Der Name Dr. Fritz Böhler.

Gab es wirklich in kürzester Zeit Entlassungen nach Deutschland – der Stabsarzt Dr. Böhler war nicht unter denen, die im Viehwagen wochenlang durch Rußland und Polen zur deutschen Grenze rollten.

Hinter dem großen Tisch, der die ganze Längswand des Zimmers ausfüllte, nahmen der Major des MWD, drei Kommissare und die Dolmetscherin Platz. Jakob Aaron Utschomi drückte sich in einer Ecke herum und hatte die undankbare Aufgabe, die Übersetzungen der Wechselrede noch einmal zu überprüfen und Protokoll zu führen. Major Worotilow fungierte nur als Zuschauer. Er saß abseits an der Schmalwand des Zimmers mit Dr. Kresin und der Kasalinsskaja. Leutnant Markow regelte mit stimmgewaltigen Flüchen das Einschleusen der Plennis in den Saal und den Abtransport der als schwarz befundenen Schafe. Dazu standen vor der Baracke dreißig schwerbewaffnete Rotarmisten mit Maschinenpistolen und Dolchen, Männer aus der Tungusen-Steppe.

Die Verhöre gingen schneller, als man erwartet hatte. Keine fünf Minuten, und aus der Baracke stolperten die ersten Abgefertigten. Sie wurden zur Seite geführt, ohne jede Möglichkeit, die noch Wartenden darüber zu verständigen, was im Innern der Baracke vor sich ging. Manche kamen auch nicht wieder – sie warteten in einem kleinen Zimmer und wurden dann schubweise in den Erdbunker geführt. Man sah es jenseits des Drahtes mit Zähneknirschen und Empörung. Roh stießen die Tungusen die Männer in den Kartoffelbunker hinab und schlossen dann die Tür.

Von einem Verhör im Sinne eines geltenden Kriegsgerichts konnte eigentlich keine Rede sein. Während die drei MWD-Offiziere schweigend an dem langen Tisch saßen und in die aufgeschlagenen Aktenstücke sahen, führte die hübsche Dolmetscherin allein die Verhandlung. Sie las nur vor, was man ihr zuschob, und sie erwartete die Antworten der Verhörten, um dann nach einem Blick auf den schweigsamen Major das Urteil ungerührt bekanntzugeben.

Ein junger Unteroffizier stand vor dem Tisch. Er war bleich, ausgehungert. Seine schwieligen Hände ließen darauf schließen, daß er schwere Arbeit im Lager verrichtete. Abwartend stand er vor der Dolmetscherin und starrte auf ihre langen, schwarzen Locken, die ihr über Schultern und Uniform fielen.

»Sie habben gehabt bei Ihrer Kompanie die Geräte?« fragte die Dolmetscherin.

»Ja.«

»Auch beim Vormarsch nach Rußland?«

»Ja. Ich war W. u. G. Das gibt es bei jeder Truppe.«

Die Dolmetscherin nickte und nahm ein Blatt aus der Mappe.

»Sie werden hiermit zum Tode verurteilt«, sagte sie gleichgültig. »Begründung: Durch die Pflege der Waffen und Geräte haben Sie maßgeblich dazu beigetragen, daß Ihre Truppe in Rußland Menschen töten konnte. Sie sind deshalb des Mordes schuldig. Einzig und allein durch eine Pflege der Waffen war Ihrer Truppe der Vormarsch möglich. In Verfolg einer Gnadenaktion werden Sie vom Tode zu lebenslänglicher Zwangsarbeit begnadigt. Abführen ...«

Schwankend wurde der junge Unteroffizier in den Nebenraum geschoben. Markow grinste. Er schob einen anderen Plenni ins Zimmer, einen Oberfeldwebel, groß, breit, ein Bayer. Bauer und Milchviehzüchter.

Die Dolmetscherin nahm wieder ein Blatt aus den Akten. »Sie Transportleiter? Was versteht man darunter?«

»Ich hatte für den Nachschub zu sorgen«, sagte der dicke Bayer laut.

»Sie sind hiermit zum Tode verurteilt, weil Sie es durch Ihren Nachschub ermöglichten, daß die Deutschen alle Mittel in die Hand bekamen, Rußland zu zerstören.« Die Dolmetscherin las es vor, als sei es ein beliebiger Zeitungsartikel. »Sie werden zu 25 Jahren Zwangsarbeit begnadigt. Der nächste!«

Dr. Kresin stieß Worotilow an, der stumm vor sich hin auf die Dielen starrte.

»Wir müssen die Uniform ablegen«, sagte er leise. »Wir haben es durch menschliche Maßnahmen ermöglicht, daß die deutschen Gefangenen noch leben. Das ist Sabotage am russischen Vergeltungswillen. Ich verurteile Sie, Worotilow, zu lebenslänglich Sibirien.«

»Seien Sie still«, sagte Worotilow gequält. »Ich schäme mich ...«

Die Mehrzahl der 125 Plennis aber ließ man laufen. Es waren Landser, arme Schweine, die nur ihre Pflicht taten, die im Dreck lagen, weil man es ihnen befahl, und die in Gefangenschaft kamen wie eine Herde Lämmer, die dem Leitbock nachtrottete. Sie wurden kaum verhört – sie erhielten eine Nummer in der Liste, wurden nach draußen geführt und abgesondert. Nur die Soldaten, die irgendeine Funktion in der Truppe bekleideten – ob es Furier war, Kleiderbulle, Koch, Melder, Ausbilder, Schreiber, Rechnungsführer, Spieß oder Funker –, wurden mit dem stereotypen Satz verurteilt: Sie haben dazu beigetragen, daß Ihre Truppe die Möglichkeit hatte, in Rußland einzufallen und zu morden. Zum Tode verurteilt. Begnadigt zu lebenslänglich oder fünfundzwanzig Jahren!

Am Mittag waren die 125 durchgeschleust. Dr. Jens Schultheiß hatte Glück – man sagte ihm nicht, daß er als Arzt die Leute wieder gesund gemacht und dadurch immer wieder neue Soldaten gegen Rußland in den Kampf geschickt habe. Man würdigte in ihm den Stand des Arztes, der auch in Rußland sehr geehrt wird. Man musterte ihn schweigend, die Dolmetscherin lächelte, dann bekam er eine Nummer und durfte gehen.

Nummer 4592/II.

Die Verhöre dauerten zwei Wochen. Vormittags und nachmittags wurden die Plennis durch die Kommandanturbaracke geschleust. Der Kartoffelbunker füllte sich – 67 Verdammte, die man zum Tode verurteilte und dann zu lebenslänglicher oder fünfundzwanzigjähriger Zwangsarbeit begnadigte.

Sie blieben nur eine Nacht in ihrem dumpfen Gefängnis. Am nächsten Morgen wurden sie in eine Baracke transportiert, die etwas abseits lag und um die man einen besonders hohen Stachelzaun gezogen hatte. Tag und Nacht ging eine schwerbewaffnete Patrouille um den Zaun herum. Verpflegt wurden sie vom Hauptlager – man brachte das Essen in Kübeln zu ihnen an den Zaun, wo die Russen selbst die Suppe und das Brot verteilten.

Unter den Entlassenen war auch Dr. von Sellnow. Man hatte ihn krank gemeldet, momentan in Stalingrad, obwohl keiner wußte, ob er wirklich dort war. Wie Dr. Schultheiß hatte man ihm eine Nummer gegeben und ihn in eine besondere Liste eingetragen. Worotilow hatte für ihn gesprochen – er brauchte nicht einmal verhört zu werden.

»Arbeitsunfähig?« fragte die Dolmetscherin nur.

»Vollkommen! Gehirnoperation!«

»Kommt in Kategorie I. – Der nächste ...«

Dann – ganz plötzlich – war der Spuk verflogen.

Die MWD-Offiziere fuhren nach Stalingrad zurück. Die Baracke wurde wieder eingeräumt. Worotilow bezog sein Zimmer – nur die abgesperrte Strafbaracke bewies, daß die beiden Wochen kein bloßer Traum gewesen waren. Die Kasalinsskaja war die einzige, die die Strafbaracke betreten durfte und dort die Kranken untersuchte. Sie tat es gewissenhaft, mild und – entgegen ihrer früheren Art – höflich. Noch wußte sie nicht, daß Sellnow auf der Entlassungsliste stand und es keine Macht mehr gab, die ihn in Rußland zurückhalten konnte. Moskau befahl – und was gibt es in Rußland Höheres als einen Befehl aus Moskau? Sie lebte noch immer in dem Glauben, daß Werner von Sellnow transportunfähig und eine Entlassung deshalb völlig ausgeschlossen sei.

Was mit den Leuten in der Strafbaracke geschehen sollte, wußte Worotilow nicht. Der MWD-Major hatte die Schultern gezuckt, als er ihn danach fragte. »Es kommen noch Befehle«, sagte er ausweichend. »Vielleicht kommen sie zu einer anderen Lagergruppe, vielleicht nach Swerdlowsk oder zum Eismeer. Ich weiß es nicht. Lassen Sie die Kerls erst mal in der Baracke, und pflegen Sie sie gut! Wir brauchen sie ja noch ...«

So wurde es wieder still im Lager.

Die Tage rannen dahin. Arbeit in den Außenlagern, Lagerdienst – und nach zwei Tagen Sonne wieder ein Schneesturm, der vom Osten aus der Steppe kam und die Bäume niederbog. Die Pakete waren aufgezehrt, man stand wieder nach Kapustasuppe an und aß das dunkle, glitschige Brot. Michail Pjatjal blies wieder unter Peter Fischers Leitung Trompete, und Bascha ließ sich weiter von den zum Küchendienst Abkommandierten in den Hintern und in die prallen Brüste kneifen. Seit die Pakete gekommen waren, ging es den Plennis dabei nicht nur um eine Sonderportion – und ein junger, großer Soldat, ein Bauer aus der Rhön, hatte das Glück, Bascha an einem Abend im Keller über einen Haufen Kartoffeln werfen zu können.

»Du altes Schwein«, sagte sie leise. Aber sie hielt still, und der Lange genoß langentbehrte Freuden.

Das Leben ging weiter. Dr. Böhler operierte in einer Nacht eine Gallenblase, assitiert von Dr. Kresin und der Kasalinsskaja. Dr. Schultheiß schlief bei seiner Janina.

Aber im stillen waren sie alle bereit, bereit zum Sprung in die Freiheit oder ins Verderben. Sie warteten ...

Still ... unauffällig ... ergeben in ihr Schicksal ... Sie hatten die Augen überall, die Ohren, die Sinne ... Sie lauschten in die Nacht und in die Wälder, sie schlichen um die Verpflegungswagen und die Kommandantur. Sie horchten auf den Herzschlag, der durch das Lager ging, auf dieses ängstliche Klopfen so vieler Herzen, die um ihr Schicksal bangten.

Warten! Warten!

Bald wird Frühling sein! Bald wird die Sonne scheinen, die warme Sonne. Der Schnee wird schmelzen, die Flüsse auftauen, die Bäume wieder grün werden. Zunächst wird alles ein großer

Sumpf sein, in dem Menschen und Tiere steckenbleiben und versinken – und dann wird die Sonne brennen, die Straßen werden trocken und fest sein, die Wälder und die Felder, die Steppen und Wiesen werden blühen ... Frühling!

Die Arbeiter der Kolchosen werden hinausfahren auf die Felder. Die Mädchen ziehen singend mit den Geräten über die Wege ... Arbeitskommandos vor! 10 – 20 – 30 – 100 – 1000 Plennis ab zu den Feldern! Pflügen! Säen! Eggen! Pflanzen! Die Erde bricht auf ... der ungeheure fruchtbare Schoß bietet sich dar! Lastwagen werden kommen mit Saatgut ... Raupenschlepper rattern über die Felder, Traktoren pflügen die schwarze Erde um ... aus der Steppe werden die Reiter kommen, um einzukaufen in Stalingrad und Saratow ... kleine Reiter auf struppigen Rössern, die Erben Attilas und Dschingis-Khans. Ihre Filzzelte stehen dann an der Wolga, die Lagerfeuer leuchten. Die Romantik der Wolga steigt in den Himmel, an dem die Sterne glitzern, herrlicher als je.

Der Frühling! Frühling an der Wolga!

Und im Frühling sind die ersten Entlassungen!

Frühling 1950!

Noch schneit es ... aber was sind zwei oder drei oder vier Monate, wenn man so viele Jahre gewartet hat. Ein Hauch ... ein Nichts ... ein Augenblick ...

Und hoffentlich kommen bis dahin noch mehr Pakete ...

Wenn die uns bloß nicht vergessen in der Heimat ...

Im staatlichen Krankenhaus zu Stalingrad standen die Assistenzärzte in Gruppen beisammen und tuschelten. Der Professor saß bleich in seinem Zimmer, sein weißer Bart in dem tatarischen Gesicht zitterte.

Im Nebenraum hörte man einen Mann schreien. Schrill. Grell. Wahnsinnig. Er trommelte mit den Fäusten gegen die Tür, er rannte mit dem Kopf gegen die Wand und brüllte wie ein Tier: Sergej Kislew.

Man hatte soeben seinen Sohn eingeliefert. Heilung unmöglich. Krebs! Der Professor hatte es gesagt, da brach der große, dicke Mann zusammen und benahm sich wie ein Irrer. Er schlug dem Professor ins Gesicht und wollte ihn erwürgen. Nur der schnelle Zugriff des Oberarztes und dreier Assistenten rettete Pawlowitsch das Leben. Nun tobte er in dem kleinen Zimmer und schrie, daß es durch den stillen, großen Bau hallte.

Der Oberarzt lehnte bebend am Fenster und sah auf den im Sessel hockenden Professor. Eine Mumie, dachte er. Das ist nur noch eine Mumie, die einen berühmten Namen hat. Der Mann lebt ja nicht mehr ...

»Um Sascha Kislew steht es sehr schlecht«, sagte der Oberarzt. »Wir haben festgestellt, daß vielleicht Verkürzung des Magens noch helfen kann ...«

Pawlowitsch sah den Oberarzt aus seinen geschlitzten Augen wütend an. »Du bist ein Idiot«, antwortete er. Seine Stimme war schrill vor Zorn. »Das hat der deutsche Arzt schon gemacht! Wir können doch nicht den ganzen Magen herausnehmen! Er stirbt!«

Der Oberarzt sah aus dem Fenster über die gepflegten Rasenflächen des Krankenhausgartens. Auf einem Rollstuhl wurde ein Offizier von einem Pfleger durch den Schnee gefahren, dick vermummt in warme Pelze und Decken. Man konnte erkennen, daß man ihm beide Beine amputiert hatte.

»Ob wir diesen Dr. Böhler nicht doch wieder rufen?« wagte der Oberarzt zu sagen. Pawlowitsch schüttelte den Kopf.

»Nein!« sagte er laut.

»Er hat damals die Operation gemacht. Wir könnten, wenn der junge Kislew stirbt, immer sagen, daß es die Schuld des deutschen Arztes ist! Er hat operiert!« Der Oberarzt lächelte listig. »Er wird sich dagegen nicht wehren können!«

Der Asiate sah seinen Oberarzt lange schweigend und starr an. »Der Gedanke ist gut, Genosse«, sagte er dann leise. »Wir brauchen einen Schuldigen! Genosse Kislew ist im Aufsichtsrat der volkseigenen Schwerindustrie und hat gute Freunde im

Kreml. Er ist alter Kommunist! Er hat Einfluß! Wir brauchen einen Schuldigen am Tode seines Sohnes ...«

Der Oberarzt atmete auf. Er sieht die Falle nicht, dachte er glücklich. Nur so war es möglich, den deutschen Arzt herbeizuholen, zu helfen. Nur durch eine Gemeinheit, er ist ein Tatar, ein gelber Affe! Aber er ist alt und verbraucht ... er merkt die Schlinge nicht, die ich ihm lege.

Er löste sich vom Fensterbrett und trat in die Mitte des Zimmers.

»Soll ich diesen Dr. Böhler holen lassen?« fragte er.

»Noch nicht.« Pawlowitsch erhob sich ächzend. Er litt in der letzten Zeit an Rheuma. »Was macht Sellnow?«

»Es geht ihm gut. Einige Stunden am Tag ist er bei Besinnung und unterhält sich mit der Schwester. Gestern hat er sogar geflucht, als man ihm das falsche Essen brachte.«

»Was hat man?!« schrie Pawlowitsch. Der Oberarzt erbleichte.

»Man vergaß, daß er Diät leben soll. Man brachte Normalkost!«

»Wer?«

»Pfleger von Station III!«

»Entlassen und melden!« schrie Pawlowitsch. »Wegen Sabotage melden!«

»Aber Herr Professor. Ein Versehen ...«

Pawlowitsch fuhr mit beiden Händen durch die Luft. »Ich will es so!« sagte er scharf. »Ein Versehen im Krankenhaus bedeutet den Tod! Ich kannte einen Fall, wo man einem Darmoperierten nach der Operation Grünkohl mit Mettwurst gab! Der Patient starb unter gräßlichen Qualen!« Der Professor schlurfte zur Tür. »Er wird entlassen und gemeldet! Ich will Ordnung in meiner Klinik haben ... Wenigstens Ordnung, wenn alles andere versagt ...«

Der Oberarzt sah ihm nach, als er die Tür öffnete und auf den hellen, weißgestrichenen Gang trat.

Versagen, dachte er. Auch du versagst, du Stalinpreisträger!

Du weißt nicht mehr weiter, du ausgetrocknete Spinne, du Giftwurm ohne Blut.

Dann ging er zum Telefon und rief den MWD an. »Ja«, sagte er. »Abholen. Den Pfleger Paul Semjojew, Station III. Sabotage. Sofort abholen! Danke.«

Was ist ein Mensch in Rußland? In diesem Land, in dem selbst die Sonne Mühe hat, es ganz zu bescheinen? Und wir alle sind ja nur Semjojews, die niemand vermißt ...

In dem kleinen Zimmer 9 am Ende des Ganges – dem Sterbezimmer der Klinik – lag Sascha Kislew apathisch in den Kissen. Eine Schwester und der junge armenische Arzt saßen neben dem Bett und untersuchten den Leib des Patienten. Als Professor Taij Pawlowitsch eintrat, erhoben sie sich und stellten sich in strammer Haltung ans Kopfende des Bettes.

»Hoffnungslos«, sagte der junge Arzt ernst. »Der Magen ist durchgebrochen, und sein Inhalt ergießt sich in die Bauchhöhle. Er wird in kürzester Zeit innerlich verblutet sein.«

Pawlowitsch sah den Oberarzt an. Zu spät, hieß dieser Blick. Ehe der Deutsche kommt, ist er schon tot – es sei denn, wir geben seinen Tod erst bekannt, wenn der Deutsche da ist! So lange muß er noch leben – auf jeden Fall! Es darf einfach kein Totenschein ausgestellt werden! Wenn Rußland will, daß er lebt, dann lebt er auch als Toter!

»Sofort in das Lager schicken! Ich lasse einen Wagen abfahren, der den Deutschen holt! Und Sie« – Pawlowitsch wandte sich an den jungen Armenier – »Sie gehen zum Genossen Kislew und sagen ihm, daß der deutsche Arzt, der allein für den Zustand seines Sohnes zuständig ist, sofort geholt wird. Ich habe ihn nicht operiert. Die Schuld trifft allein Dr. Böhler! Sagen Sie ihm das!«

»Ja, Herr Professor.«

Schnell verließ der junge Arzt mit dem Oberarzt das Zimmer. Auf dem Gang blieb er stehen und sah seinen Chef an. »Das ist doch eine große Schweinerei, was der Chef da macht«, sagte er laut. Der Oberarzt winkte ab.

»Nicht denken, mein Junge«, meinte er sachlich. »Wenn Sie ein guter Arzt werden wollen, dann tun Sie grundsätzlich nur das, was man Ihnen sagt. Darin unterscheiden wir uns von den Ärzten der anderen Staaten, die viel rückständiger sind!« Beißender Hohn lag in seiner Stimme, als er dem Armenier auf die Schulter klopfte. »Tun Sie, was der Chef Ihnen sagte! Mit moralischen Bedenken werden Sie hier keine Karriere machen ...« Sein Schritt verlor sich in den weiten Gängen der Klinik. Der Armenier blickte ihm nach. Sein Gesicht brannte vor Scham. Aber er ging ... Es war zu gefährlich, nicht zu gehen.

Sascha Kislew starb sechs Stunden, ehe Dr. Böhler mit dem Sonderwagen Pawlowitschs in Stalingrad eintraf. Der Professor hatte den Tod noch beschleunigt, indem er ihm eine Injektion mit Morphium gab, die das geschwächte Herz nicht mehr ertrug. So starb der junge Mensch nicht an Krebs, sondern an einem Herzkollaps, ausgelöst durch Morphiumspasmen.

Es war ein Fehler von Professor Pawlowitsch, den er in dem Augenblick einsah, als Sascha starb. Er raufte sich die Haare, er schlug mit der Faust auf das Bett, in dem der junge Mann spitz und gelb lag. Da er allein im Zimmer war, vernichtete er die Ampulle, warf die Spritze weg, deckte den Toten auf und knetete den Leib, in der Hoffnung, durch dieses Massieren die innere Blutung und den Mageninhalt der Bauchhöhle so zu verteilen, daß bei der Sektion ein Chaos im Leib von Sascha den plötzlichen Tod erklärte. Man konnte dann eine Untersuchung des Herzens ablehnen, indem man sie als sinnlos und zeitvergeudend hinstellte.

Der Oberarzt trat ins Zimmer. Ein Blick auf den jungen Kislew genügte ihm. »Exitus?« fragte er.

»Nein, eine Geburt!« zischte Pawlowitsch giftig. »Er darf noch nicht tot sein. Verbreiten Sie in der Klinik, ich habe bei dem Kranken einen stabilen Zustand erreicht, der vielleicht eine neue Operation möglich macht!«

»Aber das geht doch nicht.« Der Oberarzt stotterte. »Wir können doch jetzt den deutschen Arzt nicht mehr ...«

»Hinaus!« schrie der Professor. Sein asiatisches Gesicht war verzerrt. Er sah jetzt wirklich aus wie ein alter, wütender Affe. Seine Haut war braunrot, in dem breiten Gesicht standen schräg, eng wie Schlitze, die Augen.

Erschüttert wandte sich der Oberarzt ab und verließ das Zimmer. Draußen vor der Tür, auf dem Gang, lehnte er sich gegen die weiße Wand und schloß die Augen. »Heilige Mutter von Kasan«, sagte er leise. »Verzeih mir ... ich muß es tun ...«

Schweigend ging er zur Arztmesse und erzählte stockend, daß der Professor vielleicht den jungen Kislew retten könne.

Als Dr. Böhler in Begleitung von Martha Kreutz im Krankenhaus erschien, war Pawlowitsch ruhig und freundlich wie immer. Nur Martha Kreutz sah er mit Mißfallen an. Er hatte sie nicht angefordert. Der Oberarzt verstand seinen Blick und führte Martha Kreutz hinaus.

»Kommen Sie, Schwester«, sagte er herzlich, obwohl es ihn im Halse würgte. »Davon verstehen wir nichts, das ist allein das Recht der großen Wissenschaft. Während Dr. Böhler den Kranken untersucht, trinken wir einen kleinen Wodka.«

Ahnungslos, erfreut und überrascht über die unerwartete kollegiale Herzlichkeit folgte Martha Kreutz dem russischen Oberarzt.

»Wie geht es dem Kranken?« fragte Dr. Böhler den Professor. Er gab seinen Lammpelz einem Heilgehilfen und nahm aus der Hand der Stationsschwester einen weißen Mantel entgegen. Er zog ihn über seine alte Plenniuniform und knöpfte ihn zu. »Starke Spasmen?«

»Ab und zu.« Pawlowitsch sah an die Decke. »Sehr ernst.«

»Wann wurde er eingeliefert?«

»Heute morgen.«

»Warum nicht früher?« Dr. Böhler verhielt den Schritt. Fast tadelnd sah er den Professor an. »Sie hatten doch Kenntnis von dem Zustand des Patienten. Haben Sie ihn denn nicht nach der Entlassung aus der Klinik beobachten lassen? Hielt er vollkommen Diät?«

Taij Pawlowitsch sah den Deutschen von der Seite an. Warte, du deutsches Schwein, dachte er wütend, gleich bist du klein wie ein Wurm, den ich mit Ekel zertreten werde. Ein Stalinpreisträger für Chirurgie läßt sich nicht von einem deutschen Plenni zeigen, wie man einen Magenkrebs operiert! Und wenn, dann geht es schief. Dann muß es schiefgehen! Wir sind die Herren der Welt! Wir dulden keinen Höheren über uns! Nicht einmal Gott! Auch Gott schaffen wir ab, den alten Vater mit dem weißen Bart. Er ist klapprig geworden, dieser Gott. Er hat eine Arteriosklerose und wird kindisch. Wir sind die Herren der Erde! Wir Russen! Wir Asiaten!

Taij Pawlowitsch lächelte. »Wir haben alles getan – vielleicht war Ihre Resektion zu grob.«

Dr. Böhlers Kopf flog herum. Plötzlich, wie ein Blitz, schlug es bei ihm ein. Er sah, wohin man ihn gelockt hatte, er erkannte die ungeheure Gefahr, in die er gestolpert war. Aber dieses plötzliche Wissen erschreckte ihn nicht – es machte ihn ebenso schnell kalt und berechnend, so kalt wie Pawlowitsch es war, der große, starke, unheimliche Gegner mit dem Gesicht eines mumifizierten Affen.

»Wo ist der Patient?«

»In Zimmer 9. Sie sehen ihn gleich. Ich lasse Sie sogar allein mit ihm.« Pawlowitsch lächelte hinterhältig. »Sie haben alle ärztlichen und chirurgischen Freiheiten ...«

Dr. Böhler blieb stehen, obwohl Professor Pawlowitsch sich zum Gehen wandte. Ein wenig verblüfft drehte sich der Professor um. »Kommen Sie!«

»Ich möchte erst den genauen Krankenbericht sehen, bevor ich dem Patienten gegenübertrete. Sie haben doch genaue klinische Unterlagen, Herr Professor ...«

Pawlowitsch nickte. »Selbstverständlich. Der Kranke befand sich ja unter ständiger Kontrolle. Die Papiere sind im Zimmer meines Oberarztes.« Er lächelte höflich. »Ich schicke gleich eine Schwester zu ihm. Bis dahin können Sie den Patienten schon untersucht haben ...«

Er blieb vor einer weißlackierten Tür stehen. Über dem Rahmen leuchtete, auf Glas gemalt, eine große Neun. Es war das letzte Zimmer des Ganges. Dr. Böhler bemerkte es und biß sich auf die Lippen. Pawlowitsch legte die abgezehrte Hand auf die Klinke. Sie zitterte nicht – er drückte die Klinke herunter.

»Er wird schlafen«, sagte er leise. Seine Heuchelei erschütterte Dr. Böhler. Auch er ist ein Arzt, dachte er erschrocken. Auch er will Helfer sein, Freund der Menschen. Er sah auf den Spalt der Tür und wußte, was ihn in diesem Raum erwartete.

Professor Pawlowitsch hatte es plötzlich eilig. Er zog sich von Zimmer 9 zurück und nickte ein paarmal mit dem greisen Kopf.

»Ich gehe selbst die Krankengeschichte holen, Herr Kollege«, sagte er höflich. »Bis dahin haben Sie wahrscheinlich eine sichere Diagnose gestellt.«

Auf seinen dünnen, kurzen Beinen rannte er den Gang entlang und ließ Dr. Böhler an der geöffneten Tür zurück. Einen Augenblick zögerte dieser, die Tür ganz aufzustoßen, dann überwand er sich und trat mit entschlossenen Schritten in den langen, schmalen Raum.

In dieser Stunde geschah es, daß Dr. Kresin, laut rufend, durch das Lazarett lief und die Kasalinsskaja aus dem Bett jagte, wo sie ihren Mittagsschlaf hielt. Auch Major Worotilow rannte über den verschneiten Appellplatz und stürmte in die Krankenbaracke.

Im Zimmer Janina Saljas standen die beiden Schwestern Erna Bordner und Ingeborg Waiden am Bett des Mädchens und bemühten sich um sie mit einem Sauerstoffapparat. Dr. Schultheiß machte alles bereit für eine Magenspülung, während Dr. Kresin eine Spritze mit Traubenzucker und Strophanthin aufzog.

»Wie ist das nur möglich?!« schrie er immer wieder. »Janina ... Täubchen ... was machst du für Dummheiten ...«

Er streichelte ihre blassen Wangen und hob die Lider von den eingesunkenen Augen. »Sie ist ja schon tot!« schrie er auf. Dr. Schultheiß fuhr herum und ließ den Magenschlauch fallen. Er stürzte an das Bett und setzte mit zitternden Fingern das Stethoskop an.

»Das Herz schlägt noch ... ganz schwach ... Geben Sie sofort die Injektion ...«

Dr. Kresin spritzte intravenös das Strophanthin. Der kleine, schmale Körper Janinas bäumte sich auf ... Die Brust begann sich zu heben ... Das Herz schlug hörbar gegen die Brustwand. Major Worotilow saß starr und gelbweiß in der Ecke am Fenster und stierte in das blasse Gesicht des Mädchens.

»Was ist denn?« fragte er immer wieder. »Was ist denn? Was hat sie denn getan?«

»Vergiftet!« Dr. Kresin ließ sich auf die Bettkante fallen. »Zwanzig Schlaftabletten! Das hält sie nicht aus! Und sie war sowieso so schwach!« Er schlug Dr. Schultheiß den Magenschlauch aus der Hand, als er sich über Janina beugen wollte. »Quälen Sie doch mein Täubchen nicht noch!« brüllte er. »Gehen Sie weg mit dem dummen Schlauch! Als ob sie damit zu retten wäre ...«

»Auspumpen ist das einzige Mittel!« Dr. Schultheiß warf verzweifelt beide Hände vor das Gesicht. »Wenn man bloß wüßte, wann sie die Tabletten genommen hat!«

»Schon vor Stunden!« Ingeborg Waiden begann zu schluchzen. »Wenn ich nicht zufällig ins Zimmer gesehen hätte, würde es keiner gemerkt haben. Sie war ja immer so still ... so bescheiden ...«

Major Worotilow sprang auf. Er rannte hin und her. Sein mächtiger Körper war nach vorn gebeugt. »Aber warum? Warum?« murmelte er immer wieder.

Man sah auf den Boden und schwieg. Jeder wußte es ... aber keiner wagte es auszusprechen. Kresin hatte den Weinkrampf miterlebt, als Janina erfuhr, daß Dr. Schultheiß auf der Entlassungsliste stand. Er hatte sie eine ganze Nacht lang getröstet und ihr zugesprochen, er hatte ihr das Leben an der Wolga geschildert, das weiterging, auch wenn der deutsche Arzt mit den blonden Haaren nicht mehr bei ihnen war, er hatte von der Steppe erzählt, von den Wäldern und den weißen Häusern am Sandstrand der Krim. Und Janina hatte stumm zugehört und geweint. Er hatte sie verlassen in der Hoffnung, in ihr den Mut zum Leben erhalten zu haben.

Und nun dies!

»Wenn Dr. Böhler doch hier wäre ...«, sagte Worotilow leise.

»Er kann auch nicht helfen!« Die Kasalinsskaja fühlte den Puls. »Kaum noch tastbar. Sie schläft ein ... ganz sanft ... so sanft, wie ihr Leben war ...«

Worotilow drehte sich zum Fenster um. Seine Schultern zuckten. Dr. Schultheiß setzte sich an das Bett und nahm die weißen, schlaffen Hände Janinas. Er streichelte sie ... die Finger entlang, über die kleinen, blauen Adern, die durch die fahle Haut schimmerten, zum Gelenk hin und wieder zurück. Er war schuldig an diesem Sterben. Er wußte, daß der Tod Janinas immer auf seiner Seele liegen würde.

Dr. Kresin saß auf einem Stuhl am Fußende des Bettes und beobachtete das Gesicht des Mädchens. Die Kasalinsskaja stand am Kopfende und ging in Gedanken alle Medikamente durch, die sie gegen Schlafmittelvergiftung kannte. Es war nur eine kurze Liste, denn der Tod kommt in Rußland in anderer Gestalt als in der von zwanzig kleinen, weißen Pillen. Und man lehrt nur das in Rußland, was man braucht. Schlafmittel sind ein Privileg der dekadenten westlichen Welt, aber nicht des blutfrischen, erst erwachenden Rußland.

Der Puls wurde schwächer. Tiefe Ringe zeigten sich unter den Augen. Der Körper verfiel in rasender Eile. Worotilow stand noch immer mit dem Rücken zum Bett und schluchzte. Dr. Kresins Hand glitt tastend über die Bettdecke.

»Janinaschka«, flüsterte er. »Verlaß uns doch nicht. Mein silbernes Täubchen ... warum willst du die Wolga nicht mehr sehen ... Bleib doch, bleib doch, Muschka ...« Er sah wie ein russischer Bauer aus, grobschlächtig, bärenstark, kindlich im Gemüt und mit Tränen im Bart.

Eine Stunde später starb Janina Salja. Still schlief sie hinüber in eine reinere Welt, das Herz setzte einfach aus, als habe man an einem Schalter gedreht, der das Lebenslicht löscht. Sie zitterte noch einmal mit den Lidern, dann seufzte sie leise ... kaum vernehmbar ... dann lag sie still und weiß in den Kissen. Ihre Züge verloren die innere Verkrampfung ... schön wie nie im Leben war sie im Tod ... die verklärte himmlische Schönheit des erlösten Leibes ...

Dr. Kresin faltete die Hände und betete leise. Auch die beiden deutschen Schwestern und Dr. Schultheiß beteten. Major Worotilow verließ das Zimmer ... man sah ihn über den Platz zur Kommandantur gehen, langsam, schleppend, als trüge er eine Zentnerlast ... er hielt den Kopf gesenkt und beachtete nicht die Wachtposten, die ihn grüßten, und Leutnant Markow, der auf ihn zutrat und ihm eine Meldung machte. Er ließ den Erstaunten einfach stehen und ging langsam weiter wie ein Nachtwandler ...

Die Kasalinsskaja deckte Janina bis zum Hals zu und schob mit der Hand die ein wenig geöffneten Lider ganz herab. Von einem Blumentopf riß sie einige Blüten ab – es war eine kleine, armselige Primel, die in Sellnows Zimmer gestanden hatte – und steckte die Blüten zwischen die Finger des Mädchens.

Dr. Kresin sah sich wie erwachend im Zimmer um.

»Ich lasse mich versetzen«, sagte er dumpf. »Ich kann hier nicht mehr bleiben. Ich will kein Gefangenenlager mehr sehen! Keinen Plenni, keinen Zaun, keinen Soldaten – und keinen deutschen Arzt mehr! Ich gehe nach Süden, an das Schwarze Meer ... Ich will auch die Wolga nicht mehr sehen ... nie, nie mehr!«

Er erhob sich schwerfällig und zog Dr. Schultheiß mit sich empor.

»Du bist der einzige Mensch gewesen, Jens«, sagte er langsam, während ihm die Tränen aus den Augen rannen und über seine dicken Backen rollten, »den Janinaschka wirklich geliebt hat. Mit dieser Liebe ist sie gestorben ... verdammt sollst du sein, wenn du mein Täubchen jemals vergessen würdest ...«

»Ich werde sie nie vergessen, Dr. Kresin.« Jens schüttelte den Kopf. »Ich habe sie sehr geliebt.«

Dr. Kresin lege ihm die Hand auf die Schulter. »Wäre ich kein Russe, ginge ich mit dir nach Deutschland. Aber ich bin ein Russe ... und ich muß bei Mütterchen leben, denn was würde aus ihr, wenn wir sie alle verließen? Wirst du mir schreiben aus Deutschland?«

»Ja, Dr. Kresin.«

Die Kasalinsskaja räusperte sich. »Sie war eine Bolschewikin«, sagte sie leise. »Aber sie war immer gläubig. Sollen wir nicht den Pfarrer holen, Genossen, damit er sie segnet?«

Und Dr. Kresin nickte.

Professor Taij Pawlowitsch stand zitternd vor Dr. Böhler. Der Oberarzt, der junge Armenier, vier andere Ärzte und sieben Schwestern füllten das enge Zimmer. In dem Bett lag bleich und starr Sascha Kislew.

»Sie haben ihn getötet!« schrie der kleine Asiate in gut gespielter Erregung. »Sie haben einen Genossen gemordet!«

Dr. Böhler sah den Professor ruhig an. Er wandte sich zu dem Toten um, und ein Blick des Mitleids glitt über die langgestreckte Gestalt.

»Er ist bereits seit sieben Stunden tot«, sagte er mit fester Stimme. »Das wissen Sie genau.«

»Ich habe ihn vor einer Viertelstunde lebend verlassen!« schrie Taij Pawlowitsch. »Der Oberarzt war Zeuge! Lebte er noch, Genosse Ijanew?«

Der Oberarzt würgte. Er sah an Dr. Böhler vorbei und nickte. »Ja«, sagte er leise.

»Na also!« Hohn schwang in der Stimme des Asiaten. »Geben Sie nun zu, daß Sie den Genossen Kislew getötet haben?!

Daß schon Ihre Operation mit der Radikalverkürzung des Magens völlig falsch war?! Gestehen Sie es doch, Sie Stümper! Sie flügellahmer Arzt von Stalingrad!« Taij Pawlowitsch sonnte sich in seinem Triumph. Er schrie, daß man es auf dem Gang hörte, und Dr. Böhler war erstaunt, mit welcher Kraft die Stimme aus dem vertrockneten Körper quoll. »Ich werde Sie wegen Mordes anzeigen. Sie haben dem Mann soeben eine Injektion gegeben!«

»Ich habe ihn kaum angerührt! Ich habe nur an den Flecken der Haut festgestellt, daß der Tod schon vor Stunden eingetreten ist.« Dr. Böhler sah die anderen Ärzte an. »Sie wissen, meine Herren, aus der Anatomie und der Zellpathologie, daß man nicht allein aus dem Mageninhalt, sondern auch an den Leichenflecken und den Veränderungen der Innenzellen feststellen kann, ob ein Mensch im Augenblick oder schon vor Stunden gestorben ist. Ich werde deshalb den Toten sezieren ...«

»Nichts werden Sie!« schrie der Professor. »Ich verbiete es Ihnen! Der gesunde Verstand sagt ja, daß der Kranke vor einer Viertelstunde noch lebte! Ich habe Zeugen! Ich dulde nicht, daß ein deutsches Schwein an einem Genossen herumschneidet! Eine dreckige Nazisau!«

Dr. Böhler sah ein wenig hilflos von Arzt zu Arzt. Wo sein Blick hinwanderte, senkten sich die Köpfe. Er begriff. Er stand einer Macht gegenüber, bei der es nicht um Recht ging, sondern um das autoritäre Wort eines einzelnen. Um die Ansicht des Professors Taij Pawlowitsch, des Stalinpreisträgers für Medizin. Selbst der Armenier senkte den Kopf, als Dr. Böhler ihn ansah. Unter seiner naturbraunen Hautfarbe ließ die Blässe sein Gesicht fahl erscheinen.

»Der Patient ist durch eine Überdosis Morphium gestorben«, sagte Böhler bestimmt. »Ich kann Ihnen die Einstichstelle zeigen!« Er wollte sich dem Toten zuwenden, aber Pawlowitsch trat ihm in den Weg. Seine geschlitzten Augen leuchteten voll Haß.

»Sie rühren den Genossen Kislew nicht mehr an!« schrie er

wild. »Ich dulde keine Berührung eines Russen durch einen deutschen Hund mehr! Ich werde Sie sofort verhaften lassen! Sie Mörder!«

In diesem Augenblick geschah etwas, was Dr. Böhler Sekunden später heftig bereute und was ihn trotz aller Ungeheuerlichkeit der Situation in seiner Ehre als Arzt verletzte. Er sah den Professor kurz an, blickte in dieses gelbe, verschrumpfte Gesicht, in die geschlitzten Augen, auf den bösen, welken Mund – und dann holte er aus und schlug Taij Pawlowitsch mitten in die asiatische Fratze hinein. Wie von einem Katapult geschossen, flog der Greis in eine Ecke des Zimmers und brach dort zusammen.

Keiner der Ärzte rührte sich. Keiner sprang hinzu und hob den ohnmächtigen Professor auf. Wie eine Wand standen sie, und ihre Augen leuchteten.

Das war es, was Dr. Böhler wieder zur Besinnung brachte, was ihn tief erschütterte und beschämte. Er hatte einen Kollegen geschlagen, und dort standen die anderen Ärzte und ließen ihren Chef in der Ecke liegen. Er trat einen Schritt vor – die Mauer der weißen Mäntel öffnete sich, er ging durch die Gasse zur Tür und verließ das Zimmer 9. Als er die Tür schloß, sah er, wie der Oberarzt den Professor aufrichtete und zu einem Stuhl führte.

Im Treppenhaus der Klinik, in der Nähe der Anmeldeloge, stand er dann und wartete. Martha Kreutz kam die Treppe herab, sie hatte rote Backen. Man hatte ihr in der Arztmesse dickflüssigen Krimwein gegeben, der ihr zu Kopf gestiegen war.

Hinter ihr kam der junge Armenier die Treppe herabgesprungen. Er reichte Dr. Böhler die Hand und schob ihn und die Schwester durch das große Tor ins Freie. Kalte Schneeluft wehte ihnen entgegen. Schnee trieb über den weiten Platz vor der Klinik. Ein Panjeschlitten zog mit knirschenden Kufen über die vereiste Straße. Vor den Stufen des Einganges wartete der Sonderwagen Taij Pawlowitschs.

»Fahren Sie, Kollege«, sagte der Armenier. »Lager ist sicher!

Ich werde telefonieren Ihren Major. Nur fahren jetzt, ehe Professor Rache ...!«

Er rannte zurück in die Eingangshalle, nahm den dicken Lammpelz Dr. Böhlers und legte ihn ihm über die Schultern. Der Chauffeur hatte schon die Tür des Wagens geöffnet. Dr. Böhler stieg ein, Martha Kreutz setzte sich neben den Fahrer. Der junge Armenier warf den Schlag zu.

»Wir alle wissen, der junge Kislew seit sieben Stunden tot!« rief er durch die Scheibe und winkte dem deutschen Arzt zu. »Jetzt fahren gut ...«

Der schwere Wagen heulte auf, drehte auf dem weiten Platz und jagte durch den stiebenden Schnee auf die Chaussee zur Wolga hin. Dr. Böhler sah durch das hintere Fenster zurück. Der junge Armenier blickte dem Wagen nach und stand allein auf der großen Treppe. Jetzt gesellte sich aus der Halle ein anderer weißer Kittel hinzu, eine große Gestalt: der Oberarzt. Auch er blickte dem Wagen nach.

»Kommen Sie«, sagte er zu dem Assistenten. »Das Schwerste steht uns noch bevor. Der Professor hat sich eingeschlossen. Wir müssen Sergej Kislew endlich die Wahrheit über seinen Sohn sagen.«

»Wir?« Der Armenier wurde fahl.

»Es muß sein! Wir werden auch das überwinden, und einmal muß er es ja doch erfahren. Er wartet seit zehn Stunden in seiner Tobzelle.« Der Oberarzt faßte den Jungen unter. »Gehen wir, Genosse, gehen wir zu Sergej Kislew ...«

Als sie die Zelle aufschlossen, saß Sergej Kislew auf seiner Pritsche und weinte. Was man ihm nicht sagte, hatte er in den Stunden der Einsamkeit begriffen. Willenlos wie ein Kind ließ er sich hinausführen auf den weißen, kahlen Flur, an dessen Ende das schmale Zimmer 9 lag ...

In aller Stille fand die Beerdigung von Janina Salja statt. Keiner aus dem Lager war zugegen. Nicht Dr. Böhler, nicht Dr.

Schultheiß, die Tschurilowa oder Dr. Kasalinsskaja. Nicht einmal Major Worotilow konnte die Stärke aufbringen, hinter dem schlichten Holzsarg herzugehen, den der beste Lagertischler aus den Kiefern am Rande der Wolga gezimmert hatte. Vier Rotarmisten trugen ihn, und nur Dr. Kresin stand an der Grube und betete, nachdem er die Träger zu den Wagen zurückgejagt hatte.

Allein stand der große Mann in dem Schneefeld am Waldrand und blickte sich um. Dort war die Wolga. Groß, breit, für die Ewigkeit fließend. Dort waren die Wälder – dunkel, unübersehbar, verfilzt, urwaldartig sich hinziehend über Hunderte von Kilometern, ein Reich der Wölfe und Bären, die des Nachts durch den Schnee irrten und die Stille mit ihren unheimlichen Lauten erfüllten.

Hier lag die Grube, lag Janina Salja, die Tochter der Wolga, das Mädchen mit den weiten Augen, in denen die Unendlichkeit Rußlands schimmerte.

Langsam wandte sich Dr. Kresin um und tappte durch den hohen Schnee zu dem Wagen zurück. Er kroch auf seinen Sitz und blickte durch die Scheiben in die andere Richtung, wolgaabwärts, woher sie gekommen waren.

»Werft es zu!« sagte er laut zu den wartenden Soldaten. »Und macht schnell ... es wird Wind geben, und der Schnee staubt über die Steppe ... Macht schnell, Brüder ...«

Dann vernahm er das Knirschen der Schaufeln und das dumpfe Poltern der steinhart gefrorenen Erdbrocken in der Grube, und er drückte die Hände flach gegen seine Ohren, um es nicht zu hören. Sein Gesicht war vor Schmerz verzerrt. Ihm war, als begrübe man eine Welt, in der er bisher gelebt hatte, und nun stand er einsam da, leer, nackt, ausgestoßen, verdammt, weiterzuleben ...

Und das Leben ging weiter.

Im Lager 5110/47, in Stalingrad, in der Klinik Professor Pawlowitschs, in den Straflagern und bei den Außenkolonnen.

In Stalingrad versuchte Dr. von Sellnow die ersten Schritte

am Arm einer Schwester. Pawlowitsch beobachtete von seinem Zimmerfenster aus, wie er, gestützt und in einen Pelz gehüllt, durch die reine Schneeluft im Garten schwankte. Er war zufrieden, der kleine Asiate ... Die Gehirnoperation mit dem Meißel war dem deutschen Arzt gelungen ... Er hatte eigentlich gehofft, daß Sellnow den Eingriff nicht überstehen würde. Sobald er aber erkennen mußte, daß er gegen alle Erwartungen am Leben blieb, hatte er keine Mittel gescheut, er hatte sie aus Moskau mit der Kurierpost kommen lassen ... Drogen, die das Herz stärkten, Streptomycin, das die Entzündungen wegfraß, Hormonpräparate, die den Organismus strafften. Er hatte gesiegt, hatte den Tod in einem zähen Kampf bezwungen ... er hatte seine Niederlage bei dem jungen Kislew ausgelöscht. Er war in der Lage, der russischen medizinischen Welt einen Mann vorzuführen, der eine Krankheit überstanden hatte, die als unheilbar galt, und der durch seine Operation wieder ein gesunder, vollwertiger Mensch geworden war.

Dieser Ehrgeiz war es, der Dr. von Sellnow das Leben rettete und ihm alle Sympathien des Tataren einbrachte. Persönlich kümmerte er sich um die Fortschritte des deutschen Arztes und führte gewissenhaft wie nie die Krankengeschichte des »Gehirntumors«, wie er Sellnow bei seinen Ärzten stolz nannte.

Was weder Pawlowitsch noch Sellnow wußten, war die Entlassungsnummer, die Sellnow vor zwei Monaten bekommen hatte. Eine Nummer, die nun in Moskau beim Zentralkomitee durch die Mühle der schwerfälligen sowjetrussischen Bürokratie lief und einen roten Haken an allerhöchster Stelle erhielt.

Damit war Sellnow endgültig entlassen – noch nicht körperlich, aber listenmäßig. Es bedurfte nur des Befehls aus dem Kreml, und die Transporte rollten gen Westen, die großen Blätter der deutschen Sowjetzone rührten die Trommel der Propaganda, und in Frankfurt an der Oder wurden die Baracken geschrubbt und rote Fahnen zum Empfang bereitgelegt.

Wenn nur der Frühling bald kommt! Wenn nur die Sonne

durch das Grau der Wolken bricht und der Schnee schmilzt. Der Dreck, der Schlamm, der berühmte General Schlamm, gehen vorbei – und dann kommen die Wagen und holen uns ab ... drei ... vier ... fünf Lastwagen ... Sie fahren uns weg in die Freiheit ... mich und dich ... und dich ... Drum iß den Kapusta, das glitschige Brot, die Hirsegrütze, die zwanzig Gramm Butter und das Bröckchen Fleisch, das du in der Woche einmal in der Wassersuppe findest. Und die gefrorenen Kartoffeln iß auch, Kamerad ... sie machen stark und dick ... du kommst mit einem Kartoffelbauch nach Hause und Mutter staunt: Mensch, bist dick geworden! Emil ... det is ja nich möglich! Vielleicht ist es auch Wasser, was dich so aufschwemmt, und du kommst in eine deutsche Klinik, wo man dich aufpäppelt ... alles geht vorbei, Emil ... denn du bist ja zu Hause ... und Mutter wartet und bringt dir immer leckere Sachen ... Dann wirste wieder stark und vergißt die verdammten Jahre, die du in der Steppe verloren hast! Und die Nächte, Mensch, Emil, die Nächte! Eine Frau im Bett!

Mitte März kamen wieder Pakete im Lager an.

782 Pakete!

Die Plennis strahlten. Major Worotilow und Dr. Kresin freuten sich mit. Sie verzichteten auf eine scharfe Kontrolle und gaben die Pakete binnen zwei Tagen aus. Markow und drei andere Offiziere leiteten die Ausgabe und untersuchten die Pakete flüchtig. Auf Peter Fischers Paket lauerte schon Michail Pjatjal.

»Hast bekommen deutsches Arbeiterpudding?« fragte er gierig. Peter Fischer nickte. Sieben Pakete Eiermanns Schnellpudding gingen in den Besitz von Pjatjal über, der mit seiner Errungenschaft glücklich davonrannte und in der Küche seine Schüssel holte.

Wasser ... einen Quirl ... das Pulver ins Wasser, gerührt ... schwupps ... der Pudding stand. Pjatjal stöhnte vor Wonne und stand mit glänzenden Kinderaugen davor. Bascha hinter ihm schnalzte mit der Zunge.

»Die Deutschen sind Teufelskerle«, sagte Pjatjal ehrlich. »Bei ihnen hat es der Arbeiter besser als bei Mütterchen Rußland.«

Die 782 Pakete reichten für das ganze Lager drei Wochen. Sie wurden ehrlich verteilt ... Kameraden, die nichts bekommen hatten, wurden von den anderen bis aufs Gramm ehrlich bedacht ... im Lazarett liefen Spenden ein ... Schokolade, Marmelade, weißes Mehl, Büchsenmilch, Zucker, Kekse, Konserven mit Apfelmus und Gemüse. Blöcke von Margarine stapelten sich bei Dr. Böhler, der wie bei der ersten Paketsendung genau Buch führte und die Portionen verteilte.

Major Worotilow wurde eingeladen. Die Lagerbäcker hatten aus den Beständen einige Torten gebacken ... es gab Neskaffee mit Sahne, die man aus Grieß mit Büchsenmilch geschlagen hatte. Auch Dr. Kresin wurde eingeladen, die Kasalinsskaja, die Tschurilowa, das ganze Lazerettpersonal ... man feierte den Geburtstag Dr. Schultheiß'.

In den Baracken zog die gute Laune ein. Der Druck der Ungewißheit wich ... wenn man Pakete durchließ, stimmte es auch mit der Entlassung. Zwar waren die damals Verurteilten aus der abgesonderten Strafbaracke nach unbekannten Zielen verlegt worden, aber die Mehrzahl der Plennis blieb zurück und hielt sich aufrecht durch den Glauben an die Zukunft.

Im Schrank bei Major Worotilow lagen drei Pakete und vier Karten für Dr. von Sellnow. Manchmal stand er davor und schüttelte den Kopf. »Was soll ich mit ihnen tun?« fragte er Dr. Kresin. »Wenn ich nur wüßte, wo er ist! Soll ich sie dem Lazarett geben zur Verteilung?«

»Warten wir noch ein bißchen.« Der russische Arzt kratzte sich das Kinn. »Vielleicht kommt er wieder. Wenn er tot wäre, hätte man uns benachrichtigt ... es wäre bei den Transportlisten bestimmt herausgekommen. Aber man sagt nichts ... also lebt er noch! Es besteht eine Hoffnung, ihn wiederzusehen! Es ist auch die Hoffnung der Kasalinsskaja! Mein Gott, wenn sie wüßte, daß wir ihn nach Hause schicken und daß er verheiratet ist!

Lassen Sie die Pakete und Karten bloß liegen, Genosse Major ...«

Mit dem Ausgeben der Pakete begann auch wieder der rege Tausch mit den Wachmannschaften. Tabak und Büchsen wechselten ihre Besitzer gegen Dinge, die man in den Handwerkerstuben brauchte. Zangen und Hämmer, Meißel und Hobel wurden eingetauscht – plötzlich gab es sogar Stoffe in der Lagerschneiderei, Papier und Leinen bei den Buchbindern, die für die Lagerbibliothek arbeiteten und die handgeschriebenen Bücher, die man auf zerschnittenen Zementsäcken schrieb, einbanden. Leim wurde besorgt, Farben, Pinsel ... die Maler strichen die Baracken von innen an ... im Lazarett gab es einen Tagesraum mit Wandgemälden, die der Bühnenbildner der Theatergruppe malte. Neue Noten für das Lagerorchester wurden besorgt ... man probte jetzt sogar klassische Musik ... Tschaikowskij, Borodin, Beethoven, Schubert. Es war, als flute eine Welle des Lebens durch die verschneiten Baracken, als erhebe sich das dumpfe Lager zu neuer Frische und sprenge die Enge der jahrelangen Verdammnis.

Je mehr sich der Winter seinem Ende zuneigte und der Frühling zu ahnen war, um so mehr hob sich die Stimmung im Lager.

Das Orchester veranstaltete einen Operettenabend. Der Lagerchor sang berühmte Jägerchöre. Die Lagerbühne spielte ein Lustspiel – es war von einem Oberlehrer geschrieben und wurde Major Worotilow zur Zensur vorgelegt.

»Es ist ein Stück von Schiller«, sagte der Regisseur.

»Von Schiller? Das ist sehr gut! Genehmigt«, sagte Worotilow. Schiller war unantastbar, Schiller kannte jeder Russe. Was von Schiller war, unterlag keiner Kritik. Es wird behauptet, daß Schiller, wenn er alle die Stücke geschrieben haben sollte, die man in Gefangenenlagern unter seinem Namen aufführte, fünfhundert Jahre gelebt haben müßte, um sein Pensum zu bewältigen.

Als die ersten Sonnenstrahlen leuchteten, fuhr Dr. Kresin

zum Grab Janinas hinaus und legte die ersten Blumen nieder, die er in Stalingrad kaufen konnte. Es waren dicke rote Blüten aus der Krim. Sie glänzten im Schnee wie große Blutstropfen.

In der Klinik in Stalingrad ging Sellnow jetzt allein, nur mit Hilfe eines Stockes, im Garten spazieren. Er sonnte sich in den ersten warmen Strahlen, er aß die beste Kost, die es im Krankenhaus gab, er konnte sich innerhalb der Klinik frei bewegen und zeigte sogar wieder medizinisches Interesse, indem er einmal bei einer Operation im OP auftauchte und assistieren half.

Pawlowitsch war stolz auf ihn. Er stellte den deutschen Arzt seinen Studenten vor, er zeigte Röntgenplatten und erläuterte die Operation als sein Werk wie die darauffolgende pflegerische Leistung – nur an den Patienten selbst wagte er sich nicht heran. Er ließ die einfachen Zwirnsfäden im Kopf und riskierte nicht, sie durch echte Seide und Catgut zu ersetzen. Er wagte auch keine Plastik der Schädeldecke und bemerkte mit Mißfallen, wie die eine Schädeldecke etwas einsank und eine Vertiefung bildete. Da dies jedoch keinerlei Wirkung auf die Körper- und Geistesfunktion zeigte, übersah er die Einbuchtung geflissentlich.

Sellnow tastete wohl des öfteren selbst seinen Kopf ab, aber er schwieg und beobachtete sich weiterhin genau. Er wußte, daß eine Plastik notwendig war und sich die Wirkungen erst nach Jahren einstellen konnten, aber er hatte mit seinem Zustand abgeschlossen und bemühte sich, seiner Person keine Wichtigkeit mehr beizumessen.

Er hielt die Augen offen und beobachtete das Leben in der Klinik. Er sprach mit der Schwester und dem Oberarzt, er unterhielt sich lange mit dem Armenier und erfuhr auf diese Weise, daß man Entlassungen plante und das Lager 5110/47 Gefangene nach Hause schickte. Daß er unter den wenigen Auserwählten war, hielt er für ausgeschlossen. Er dachte an das ausgetretene Auge des Kommissars Kuwakino, und seine völlige Rechtlosigkeit in diesem Staate kam ihm wieder voll zum

Bewußtsein. Trotzdem wagte er eines Tages, den Armenier zu bitten, ein Schreiben aus der Klinik herauszuschmuggeln und es an die Adresse der Kapitän-Ärztin Dr. Alexandra Kasalinsskaja zu schicken. Der Armenier versprach es, und Sellnow schrieb ein paar Zeilen.

Der Brief kam drei Tage später im Lager 5110/47 an. Ein deutscher Lastwagenfahrer, der Holz ablud, brachte ihn mit. Alexandra Kasalinsskaja lachte und weinte, sie tanzte mit dem Brief durch das Zimmer und fiel Worotilow und Dr. Kresin um den Hals.

»Er lebt! Er lebt! Er ist in Stalingrad! Mein wilder Wolf lebt ...!« Sie warf Worotilow das Schreiben hin und begann hysterisch zu weinen. Dr. Kresin beugte sich über des Majors Schulter und las die Zeilen mit. Dann griff er nach seinem Mantel und stülpte die Pelzmütze auf.

»Ich fahre sofort nach Stalingrad! Ich muß ihn sprechen! Und wenn ich die Kröte von Pawlowitsch an der Wand plattquetsche! Kommen Sie mit, Genosse Major?!«

»Aber selbstverständlich.«

Die Kasalinsskaja hob die Hände. »Nehmt mich auch mit! Bitte! Ich weiß, er denkt an mich und braucht mich.«

»Du kannst morgen fahren, Alexandra.« Dr. Kresin riß die Tür auf. »Einer muß ja im Lager sein! Wir werden ihn von dir grüßen!«

Er rannte die Treppe hinunter und schrie nach dem Jeep. Worotilow zog sich seinen dicken Lamm-Mantel an. Alexandra klammerte sich an seinen Arm.

»Sag ihm, daß ich ihn liebe«, flüsterte sie. »Daß ich auf ihn warte, daß mein Leben nur einen Sinn hat, wenn er da ist!«

»Ich werde es ihm sagen, Alexandra.« Worotilow dachte an die vier Karten und die Pakete, die in seinem Schrank lagen und die Sellnows Frau schickte, die Jahr um Jahr auf seine Heimkehr hoffte. Er dachte an die Transportnummer, die Sellnow bereits besaß, und an die Tatsache, daß er im Frühjahr die lange Reise in die Heimat antreten mußte. Eine Reise, die Moskau befahl und die niemand verhindern konnte – nicht er, nicht Dr. Kresin, nicht der General in Stalingrad, und erst recht nicht Alexandra. Nur der Tod war stärker als der Befehl aus Moskau. Und den Tod hatten Dr. Böhler und Professor Pawlowitsch besiegt.

»Ich werde ihm sagen, daß du morgen kommst«, meinte Worotilow.

»Das wird ihn glücklich machen, Iwanow.«

»Ich glaube es.« Worotilow lief schnell Dr. Kresin nach, stieg in den Wagen und klemmte sich hinter das Steuerrad. »Sie glaubt, daß er in Rußland bleibt«, sagte er leise zu Dr. Kresin. »Wenn sie erfährt, daß wir ihn holen, weil er entlassen wird ...«

»Nicht auszudenken«, murmelte Kresin mit geschlossenen Lippen. »Sie bringt uns alle mit Zyankali um ...«

Der Jeep fuhr an und raste in einer Schneewolke der Wolga zu, fuhr in die Schneise ein und verschwand an der Biegung, die durch die Wälder führte.

In Stalingrad ging alles sehr schnell. Worotilow nahm keine Rücksicht mehr auf Namen und Stellung des alten Asiaten. Er schrie ihn an, ehe der Greis sich noch zu wehren vermochte, und während er schrie, rannte Dr. Kresin durch die Gänge der Privatstation, schob zwei Assistenzärzte zur Seite, die es nicht wagten, dem rasenden Bullen entgegenzutreten, und riß die Türen der Reihe nach auf.

Im Zimmer 24, einem großen sonnigen Zimmer mit einem Balkon zum Garten hinaus, saß Dr. von Sellnow am Fenster und las. Erstaunt blickte er sich um, als die Tür stürmisch aufgerissen wurde.

Dr. Kresin hob beide Arme weit nach vorn. »Werner!« brüllte er vor Glück und Freude. »Mein Junge! Wir sind da!«

Sie stürzten aufeinander zu, sie fielen sich in die Arme, sie küßten sich ... der Deutsche und der Russe ... sie hielten sich umschlungen wie Ertrinkende und klopften sich auf die Schulter.

»Kresin«, stammelte Sellnow ergriffen. »Sie sind gekommen! Sie sind hier! Ich habe nie geglaubt, Sie noch einmal zu sehen!«

»Worotilow ist auch hier!« schrie Dr. Kresin. Er gebärdete sich wie toll, er drückte Sellnow in den Sessel und sprang herum wie ein tobender Büffel. »Er schreit den Alten zusammen ... da kommt er schon ... ich höre ihn ...« Er rannte zur Tür und brüllte durch den stillen Gang: »Hier ist er, Iwanow! Hier! Komm doch, Brüderchen! Schlag den alten Affen nieder und komm!«

Worotilow stürzte in das Zimmer ... er riß Sellnow hoch und küßte ihn auf beide Wangen. Er war stiller als Dr. Kresin ... er sprach kein Wort, sondern drückte dem Arzt stumm die Hand. In diesem Händedruck lag alles, was er sagen wollte, aber vor Erschütterung nicht hervorbrachte.

In der Tür erschien Professor Taij Pawlowitsch. Sein Gesicht war gelber als je, es war verzerrt zur Fratze des Irrsinns. In der Hand hielt er eine Pistole.

»Fort!« kreischte er. »Das ist mein Haus! Das ist ein Haus des Staates! Ich habe den MWD rufen lassen! Ihr Untermenschen! Ihr Soldatenschweine! Ihr Hurensöhne! Ihr Auswurf! Ihr Mißgeburten!«

Worotilow lachte. Er drehte sich um und riß dem Alten die Pistole aus der Hand. Sofort verschwand der Kopf. Man hörte ihn auf dem Gang nach seinen Ärzten rufen.

Dr. Kresin hatte sich nach dem Verschwinden Pawlowitschs auf den Flur begeben und verlangte an einem der Stationstelefone das Staatsamt Stalingrad. Von dort forderte er die Verbindung zum General der Division. Und während Taij Pawlowitsch auf das Eintreffen des Geheimdienstes wartete, sprach Dr. Kresin mit dem General und berichtete die Vorfälle in der Klinik. »Der deutsche Arzt ist ein Gefangener unseres Lagers!« sagte er. »Er wird bei uns geführt und wurde von uns in Moskau zur Entlassung gemeldet. Er hat bereits seine Transportnummer! Wenn ich nach Moskau melde, daß ein zur Entlassung Kommandierter von einem russischen Arzt gefangengehalten und verborgen wird, gibt es ein Drama in Stalingrad. Wenn ich Moskau ferner melde ...«

»Nehmen Sie den Mann mit!« sagte der General und hängte an.

»Wenn ich Moskau melde ...« war ein Zauberwort. Es gab nichts, was mehr gefürchtet wurde als eine Meldung nach Moskau. Denn der Kreml kannte keine Gnade ... er hatte Generäle, Minister, Vertraute gestürzt ... Wer Moskau namentlich bekannt war, unangenehm bekannt, der hatte nichts zu erwarten als den Untergang.

Befriedigt legte Dr. Kresin den Hörer auf. Er kam ins Zimmer zurück und umarmte Sellnow.

»Du kommst mit, mein Junge. Ich habe dich freibekommen! Zu Hause hast du vier Karten von deiner Frau und einige Pakete mit allem, was du dir wünschst.«

Sellnow sah sich um. Er hatte keine Koffer zu packen ... er besaß nichts als das, was er auf dem Leib trug. »Weiß es Alexandra?« fragte er.

»Daß du kommst? Nein! Sie wird verrückt werden, wenn sie dich sieht!«

»Daß ich Karten habe von meiner Frau ...«

»Nein. Worotilow hat sie bei sich eingeschlossen.«

»Aber sie muß es einmal erfahren.«

Dr. Kresin nickte. »Wenn du fort bist ...«

»Fort?!« Sellnow sah von Kresin zu Worotilow. Das Leuchten in ihren Augen machte ihn zittern. »Was habt ihr? Was wißt ihr denn? So sagt doch was!«

»Wenn der Frühling kommt, fährst du weg, Werner. Du kommst in die Heimat zurück ... du hast schon deine Transportnummer ...«

Sellnow schloß die Augen. Er schwankte ... er hielt sich an der Stuhllehne fest. Sein Gesicht war totenbleich. »Nach Deutschland ...«, stammelte er. »Wir werden wirklich entlassen ... Es ist wirklich wahr ... Nach acht Jahren ...«

»Ja.«

»Und Fritz? Dr. Böhler?«

Kresin wechselte einen schnellen Blick mit Worotilow. Der nickte kurz.

»Dr. Böhler auch!« log Dr. Kresin.

»Dann kommen wir alle zusammen zurück nach Deutschland?«

»Ja.«

»Auch Dr. Schultheiß?«

»Er auch.«

Sellnow wischte sich über die Augen. Sein Handrücken war feucht ... er rieb ihn an der Hose ab. »Ich kann es noch nicht glauben«, stotterte er. »Ich kann meine Frau wiedersehen ... die Kinder ... Ich komme wirklich aus dieser Hölle heraus ...?«

Dr. Kresin lachte rauh. »Er wird schon wieder frech!« sagte er zu Worotilow. »Er nennt unser Mütterchen eine Hölle. Wenn der Kerl frech wird, ist er auch gesund! Gott verdammt noch mal ... endlich hat man wieder einen im Lager, mit dem man schimpfen kann. Es war stinklangweilig ohne Sie, Sellnow ...«

Lachend traten sie Professor Pawlowitsch gegenüber, der aus einer Ecke auf den Gang geschossen kam und sich schutzsuchend umschaute, wo eine Mauer weißer Kittel den Ausgang versperrte. Sämtliche Ärzte der Klinik standen am Ende des Ganges und sahen erstaunt auf die drei Gestalten, die an Pawlowitsch vorbei zum Ausgang gingen.

»Aufhalten!« kreischte Pawlowitsch wild. Er raufte sich die Haare und brüllte in einer unbekannten, asiatischen Sprache Flüche und Drohungen.

Der Oberarzt trat einen Schritt auf Dr. Kresin zu. Er musterte den Bullen und versuchte, so höflich zu sein, wie es ihm nur möglich war.

»Bitte, bleiben Sie«, sagte er mit einer kleinen Verbeugung. »Entlassungen kann nur der Oberste Sowjetarzt aussprechen! Wir haben keine Weisung erhalten ...«

Dr. Kresin lachte dröhnend. Sein Lachen tönte durch die Stille des Flures. Pawlowitsch verstummte und drückte sich an die Wand.

»Genosse Oberarzt«, sagte Kresin gemütlich. »Wenn du ein Köpfchen hast, und du legst Wert darauf, dieses Köpfchen oben zu behalten auf dem Halswirbel, mein Brüderchen, dann laß uns ziehen. Frage einmal bei dem General nach – er wird dich ohrfeigen, weil du überhaupt fragst. Oder soll ich nach Moskau melden, daß der Oberarzt von Stalingrad es wagte, einen Mann festzuhalten, der schon eine Transportnummer für eine Fahrt nach Deutschland hat? Soll ich das, Brüderchen? Man wird dir dann in den Hintern treten und dich in die Sümpfe schicken. Und ihn, deinen Professor, werden sie so lange auf den hohlen Kopf klopfen, bis er sich einbildet, er sei ein Amboß. Sei friedlich, Genosse, und gib den Weg frei! Tust du es nicht – Brüderchen, verzeih, aber dann haue ich dir in die Fresse ... Es wird mir keiner verbieten und keiner übelnehmen!«

Dr. Kresin ging einfach weiter, auf den Oberarzt zu ... der wich zurück, gab den Weg frei ... die Kette der weißen Kittel teilte sich ... ungehindert gingen Worotilow und Sellnow hindurch und erreichten den Ausgang. Nur Dr. Kresin blieb zurück und gab dem verblüfften Oberarzt die Hand.

»Du bist ein kluger Junge«, sagte er gemütlich. »Du hast einen guten Kopf und ein noch gütigeres Herz. Du wirst einmal ein guter Arzt sein. Denk an mich, Brüderchen ...«

Zufrieden eilte er den anderen nach und verließ die Klinik. Das hysterische Geschrei des asiatischen Alten gellte ihm nach, als er das große Tor hinter sich schloß. Vor dem riesigen Haus lag der Schnee.

Die Sonne blendete. Schlitten huschten über die weiße Fläche. Ihre Glocken läuteten zart durch die kalte Luft.

»Als ob nie Krieg gewesen wäre«, sagte Sellnow nachdenklich.

Worotilow nickte. »Wir wollen ihn auch vergessen.« Mit

einer müden Bewegung schob er die Pelzmütze in sein Gesicht.

»Aber ob sie es in Moskau wollen ... Ich glaube, wir alle unterschätzen die Menschen ...«

Die Begrüßung der deutschen Ärzte war kurz. Man macht nicht viele Worte unter Männern, die jahrelang füreinander da waren und einer den anderen stützte. Dr. Böhler reichte Sellnow beide Hände und drückte sie herzhaft.

»Ich freue mich ja so, Werner«, sagte er. Seine Stimme war nicht ganz fest.

Er sah den Freund lange an. Sellnows Haare waren noch nicht wieder nachgewachsen, deutlich sah man, wo die Schädeldecke gemeißelt worden war.

»Ich danke dir, Fritz«, sagte Sellnow leise. »Für alles danke ich dir. Ich will verdammt sein, wenn ich dir das jemals vergesse. Und ich freue mich, daß wir jetzt auch zusammen nach Hause kommen ...«

»Das ist schön, Werner.« Dr. Böhler sah kurz zu Worotilow hin. Der Major schüttelte den Kopf. Sellnow wußte also nichts, und es war gut, ihn vorerst in dem Glauben zu lassen, daß sie zusammen fahren würden. Auch Dr. Schultheiß, der mit leuchtenden Augen dabeistand, verstand den kurzen Blickwechsel und sah verlegen zu Boden.

»Ich fühle mich ganz wohl, Fritz«, sagte Sellnow. »Und fluchen kann ich auch schon wieder. Nur die Delle im Kopf ...« Er lachte etwas gequält. »Ich verliere langsam meine männliche Schönheit ...«

Dr. Böhler klopfte ihm auf die Schulter. »In Deutschland machen wir dir eine Plastik, daß du aussiehst, als kämst du direkt vom Olymp ...«

Dann war Sellnow zum Zimmer der Kasalinsskaja gegangen und saß nun an ihrem Bett, streichelte ihr das Gesicht, die Schultern und die Brust und dachte dabei an die vier Karten, die ihm seine Frau geschrieben hatte, und an die Pakete, die er bei Worotilow auspackte und die die endgültige Rettung für ihn bedeuteten.

Durch den zeitlichen Abstand seit der letzten Begegnung mit Alexandra, die Operation und die langsame Genesung war seine Leidenschaft für die Ärztin merklich abgekühlt. Wenn er jetzt an ihrem Bett saß und über ihren Körper strich, so war es mehr das Gefühl einer schönen Erinnerung, vermischt mit der bei ihrem Anblick wieder erwachenden Lust, sie zu besitzen. Rein triebhaft waren die Gedanken, fern aller Ideale, in die er sich hineingeträumt hatte, als Alexandra ihm im Außenlager »Fabrik Roter Oktober« den Haushalt führte und er von einem Taumel in den anderen fiel.

Er wußte, daß es auch jetzt wieder diese Nächte geben würde, daß es keinen anderen Weg gab, aus ihrer Liebe zu entfliehen, als abzuwarten und eine scharfe Grenze zu ziehen – an dem Tag, an dem er mit den anderen abfuhr in die Heimat. Was dann für Alexandra kam ... er wagte nicht daran zu denken. Es mußte der Zusammenbruch eines Menschen sein, dem alle Himmel einstürzten und der verlassener dastand als der letzte Überlebende einer Weltraumtragödie.

In einer dieser Nächte erzählte ihm Alexandra vom Tod Janinas. »Sie starb aus Liebe«, sagte sie traurig.

»Und was würdest du tun, wenn ich auch gehe?« fragte Sellnow.

»Ich würde nicht mich, sondern dich umbringen!«

»Das wäre töricht, Alexandraschka. Du willst mich umbringen, weil ich fortgehe – aber wenn ich tot bin, hast du auch nichts von mir.«

»Das stimmt.« Sie lächelte ihn an. Er sah ihre weißen starken Zähne hinter den blutvollen Lippen, das Gebiß eines unersättlichen Raubtieres.

»Aber auch die anderen haben dann nichts von dir! Die Frauen in Deutschland! Ich gönne dich keiner anderen Frau! Nur mich darfst du haben ... Sascha ... nur mich ...« Sie strich ihm über die Augen und küßte ihn. »Aber sie lassen dich ja nicht gehen ...«, sagte sie an seiner Brust. »Noch bist du krank ... Du bleibst noch lange bei mir ... immer, Sascha ...«

Und Sellnow schwieg ...

Am nächsten Morgen bat Dr. Kresin Worotilow und die Kasalinsskaja zu einer Aussprache. Er saß in seinem Sessel wie ein rächender Gott und machte sich nicht die Mühe, seine Stimmstärke zu dämpfen.

»Mit Weibern arbeiten – das ist schlimmer als einen Sack Flöhe hüten! Heulend kommt eben Pjatjal, dieser räudige Hund, zu mir und fleht mich an, der Bascha ein Kind abzutreiben! Im vierten Monat ist die Person! Himmeldonnerwetter!« Er sah Worotilow an, der breit grinste, und hieb auf den Tisch. »Ich fragte die Bascha: ›Ist der Pjatjal der Vater?‹ Und was sagt das Mistvieh? ›Weiß ich nicht, Brüderchen. Es waren viele, die mich auf den Rücken legten! Viele Plennis. Auch der Michail, ja, aber der Michail ist ein bequemer Bursche, ein faules Aas ist das ... Aber die Deutschen ... o je ... die haben Feuer!‹ Das sagt mir dieser Hurenbalg. Und ich klebe ihr eine und will wissen, wer es alles war! Genosse Major ... wenn ich die Liste dieser Kerls vorlese, brauche ich einen ganzen Nachmittag! Es ist eine Schande! Wir haben hier kein Gefangenenlager ... wir haben hier einen gutgehenden Puff!«

Major Woritilow winkte ab. »Steht Leutnant Markow auf der Liste?«

»Der auch?!« schrie Dr. Kresin.

»Und was denken Sie von den Wachmannschaften? Ich glaube, sie alle kennen die Bascha!«

»Ein Soldatenpuff!« stöhnte Dr. Kresin. »Ich habe es gesagt ... alle Weiber weg!«

Die Kasalinsskaja lächelte liebenswürdig. »Auch ich bin eine Frau! Und die Tschurilowa.«

Dr. Kresin sah die russische Ärztin mit schrägem Kopf an. »Auch Sie sollten weg«, sagte er grob. »Was Sie aus dem guten Sellnow machen, ist strafbar!«

»Dr. Kresin!« rief sie empört und sprang auf. »Ich verbitte mir das!«

Worotilow winkte ab. »Sei friedlich, Alexandra. Laß uns nicht streiten! Es geht um Bascha. Sergej Basow hat sich geweigert, Bascha das Kind wegzunehmen!«

»Einen Teufel werde ich!« schrie Dr. Kresin. »Die Bascha soll ihren Balg auf die Welt bringen und den Michail heiraten! Soll er besser aufpassen auf sie! Aber den Kerlen ...«, er klopfte mit der Faust auf ein Blatt Papier, auf dem die Namen aller Männer standen, die Bascha angegeben hatte, »denen werde ich es zeigen! Ich möchte sie kastrieren!«

»Nicht doch!« Die Kasalinsskaja lachte breit. »Warum wollen sie die Frauen bestrafen, Brüderchen?«

Dr. Kresin riß die Augen auf, dann schlug er sich grölend auf die Schenkel. »Verdammtes Weib!« rief er. »Aber was soll ich tun?«

»Ich werde mit der Bascha sprechen.« Die Kasalinsskaja erhob sich.

»Aber du treibst es nicht ab!« rief Dr. Kresin.

»Nein! Beruhige dich. Ich werde sie versetzen lassen.«

»Und wenn der Vater ein Deutscher ist? Das gibt Scherereien mit Moskau.«

»Wer will beweisen, daß es ein Deutscher ist? Sagt nicht der Genosse Major, daß auch die Offiziere ...?«

Dr. Kresin stieß seinen Sessel weg und fegte das Papier vom Tisch. »Fressen, saufen, huren, das ist alles, was man hier kann! Macht den Dreck allein – ich habe nichts gehört und nichts gesehen!« Er ging aus dem Zimmer und warf die Tür hinter sich zu.

Es verbreitete sich wie ein Lauffeuer – bald wußte es das ganze Lager, daß Bascha schwanger war. Michail Pjatjal verkroch sich in sein Hinterzimmer, um den Spott nicht zu hören, mit dem man ihn bedachte. Hans Sauerbrunn brachte es fertig, ihn aufzustöbern und ihm Grüße von den Mitvätern zu bestellen. Da schlug Pjatjal mit einer Pfanne um sich und schrie, daß er Bascha eher erwürge, ehe sie das Kind zur Welt bringe!

Es war ein böser Satz, den er nicht hätte sagen sollen, denn er wurde in der Nacht schreckliche Wahrheit. In der Nacht nämlich fand man Bascha unter der Treppe zum Küchenkeller. Sie lag auf einem Stapel von Säcken, mit dem Gesicht nach unten. Das Kleid war im Rücken etwas aufgeschlitzt und mit Blut durchtränkt. Auf der linken Seite des Rückens klaffte eine tiefe Wunde – der Stich eines breiten Messers.

Als Dr. Kresin sie aufhob, war sie schon tot. Es war ein Mord, glatt und eindeutig.

Major Worotilow zögerte nicht. Er sperrte das Lager sofort ab, verstärkte die Wachen, setzte Pendelposten ein, telefonierte mit Stalingrad und bat um die Hilfe des Geheimdienstes. Noch in der gleichen Nacht wurden alle auf der Liste Baschas verzeichneten Plennis aus den Betten geholt und in die leere Strafbaracke geschleift, die Pakete und die Post gesperrt, alle Vergünstigungen wurden aufgehoben – das Lager wurde um Jahre zurückversetzt.

Und niemand sprach mehr von Entlassung ...

Dr. Böhler und Dr. von Sellnow sezierten noch in der gleichen Nacht die Leiche und stellten fest, daß dem Mord ein erbitterter Kampf vorangegangen sein mußte.

Dr. Kresin sah Worotilow mit rotumränderten Augen an. »Es geht jetzt nicht mehr um Bascha«, sagte er leise. Und weil er leise sprach, wußte jeder, daß es gefährlich war, was er sagte. »Es geht jetzt um die russische Ehre ... um ein Mädchen aus unserem Volke, das mißhandelt und dann ermordet wurde. Wer es auch war – einer der unsrigen oder einer der Plennis –, der Kerl muß bestraft werden ... er wird hängen ...«

Dr. Böhler streifte die Gummihandschuhe ab, während Dr. von Sellnow die Leiche notdürftig zusammennähte. Er wandte sich beim Händewaschen um und schüttelte, zu Kresin gewandt, den Kopf.

»Wie wollen Sie das jemals herausbekommen? Wenn es auch andere wissen – man wird den Mörder nie verraten! Wo wollen Sie bei der Suche beginnen? Bei Ihrer Liste? Wer sagt Ihnen denn, daß es nicht einer der Wachmannschaften war? Woher sollen wir deutschen Gefangenen solch ein breites Messer bekommen?«

»Ich werde ihn finden!« sagte Dr. Kresin starrköpfig. »Und wenn ich durch Strafmaßnahmen die Leute so butterweich mache, daß sie Vater und Mutter verraten, um ein Stück Brot zu bekommen!«

Am Abend trafen drei Kommissare des MWD im Lager ein. Man untersuchte noch einmal die Leiche, man verhörte die Soldaten in der Strafbaracke und erfuhr, daß Bascha sie in den Küchenkeller oder in die Kartoffelmieten lockte und sich dort selbst anbot, daß sie sich vor die Soldaten hinstellte, den Rock hochhob und rief: »Wer will ...?« Die Kommissare klappten die Protokolle zu und schickten die Plennis zurück in die Baracken. Worotilow zuckte mit den Schultern.

»Die kleine Bascha war ein Mistfink, zugegeben. Aber wer hat sie umgebracht?«

Michail Pjatjal wurde vorgeführt. Er war zusammengebrochen, er heulte und betete die Heilige Mutter von Kasan und den heiligen Michael an, er beteuerte seine Unschuld und schrie: »Ich habe es nur so gesagt, Brüder, daß ich sie umbringen wollte! Ich habe nie daran gedacht! Glaubt es mir doch, Genossen! Ich habe sie lieb gehabt, meine Baschaska! Ich möchte mich selbst töten, Brüderchen ...«

Die Kommissare fuhren wieder nach Stalingrad zurück, die Strafen wurden gelockert – es gab wieder normales Essen und die Rationen aus den Paketen. Bascha wurde feierlich begraben, man mußte Pjatjal mit Gewalt daran hindern, ihr ins Grab nachzuspringen, so verzweifelt gebärdete er sich. Markow hielt ihn erst fest, aber als er um sich schlug, trat er ihm in den Hintern. Wimmernd sank Pjatjal zusammen und sah mit stieren Augen, wie das Grab von zwei Plennis zugeworfen wurde und ein Hügel sich darüber wölbte.

Der Mord an Bascha wurde nie geklärt. Nur so viel erfuhr man, daß es keiner der Plennis war. Denn in den Baracken wurden interne Sitzungen abgehalten, Verhöre geführt und fachmännische Untersuchungen angestellt, die ergebnislos verliefen. Der Mörder mußte unter den Mongolen und Kirgisen zu suchen sein, die das Lager bewachten. Vielleicht eine Eifersuchtstat oder ein Mord aus Angst, von Bascha auch als Liebhaber verraten zu werden. Recht hartnäckig hielt sich das Gerücht, daß es Leutnannt Markow selbst gewesen sei, aber das war wohl eine gehässige Verleumdung.

Schon acht Tage später vergaß man das Ganze. Was war schon geschehen? Eine kleine Hure wurde umgebracht ... na ja ... schade um das Mädel ... aber das Leben geht weiter, und wenn die Sonne jetzt aus den Wolken bricht, wird sie am Himmel bleiben und den Schnee schmelzen. Dann ist der Frühling gekommen ... und im Frühling soll es ja in die Heimat gehen ...

Worotilow bekam aus Moskau neue Befehle. Endlich! Es war, als zerrisse eine schwarze Wand. Der Major atmete auf und entwickelte große Betriebsamkeit. Befehl Nummer 1: Zusammenstellung neuer Listen zur Entlassung unter Berücksichtigung besonderer avantgardistischer Leistungen unter den Gefangenen. Keine Facharbeiter, aber Leute, die anständig ernährt waren und in Deutschland den Eindruck einer guten Gefangenschaft erwecken konnten. Maßstab 75:25 zugunsten von Plennis, die in der sowjetisch besetzten Zone beheimatet sind!

Zwei Tage nach dem neuen Befehl wurde der Plenni Walter Grosse zu Worotilow geführt. Markow schob ihn vor sich ins Zimmer und verließ dann sofort wieder den Raum.

Erstaunt sah Worotilow von seiner Arbeit auf.

»Was wollen Sie?« fragte er kurz.

Walter Grosse knickte ein wenig ein. Er schob sich näher an den Tisch heran. Sein Gesicht war fahl, gealtert, zerrissen. Durch den ausgemergelten Körper lief ein ständiges Zittern.

»Sie kennen mich, Herr Major?«

Worotilow nickte. »Sie sind doch unser Spitzel, nicht wahr? Den man in der Scheiße ersticken wollte?«

»Ja.« Walter Grosse, der ehemalige Politische Leiter aus

Stuttgart, sah auf den Boden. Er rang die Hände, während er sprach. Ein Wrack, dachte Worotilow. Ein Mensch ohne Halt. Etwas wie Mitleid quoll in ihm auf.

»Was wollen Sie, Grosse?«

»Ich wollte fragen, ob ich auch entlassen werde ...«

»Das kann ich Ihnen nicht sagen! Ihre Kameraden wissen es auch nicht. Sie alle hoffen darauf ... hoffen Sie mit ...«

Walter Grosse schüttelte sich. Es war wie ein Fieber, das ihn erbeben ließ. Seine Haut war gelb.

»Man hat mir gesagt, daß ich einer der ersten bin, die man entläßt«, stammelte er. »Man hat gesagt: ›Du kannst sofort in die Heimat, wenn du ein Spitzel wirst. Sobald die ersten Transporte gehen, bist du dabei! Und wenn du kein Spitzel wirst, Walter Grosse, dann erinnern wir uns, daß du ein Politischer Leiter warst, und stellen dich an die Wand! Und deine Familie auch! Dafür sorgen wir ...‹ Das hat man mir gesagt, Herr Major ... Und ich habe eine Frau und vier Kinder! Da wurde ich ein Spitzel, bis sie mich erwischten und in die Latrine stießen. Dr. Böhler hat mich gerettet ... und jetzt sollen wir entlassen werden, und ich bin nicht dabei! Das ist doch ungerecht! Das ist doch gemein! Man hat mein ganzes Leben zerstört ... man hat mir alles versprochen, Herr Major! Man hat gesagt: ›Du kannst in die Heimat, wenn du ein Spitzel wirst.‹ Und ich habe ...«

»Das haben Sie schon einmal gesagt.«

»Mir hat man es hundertmal gesagt!« schrie Walter Grosse. »Und man hat mich dabei geschlagen ... damals, im Lager Poltowitschi ... man hat auf meinen Kopf geschlagen mit den langen ledernen Reitgerten der Offiziere. Kavallerie lag im Lager, und ich sollte an die Steigbügel eines Pferdes gebunden und zehnmal durch die Reitbahn geschleift werden, wenn ich nicht ja sagte! Und ich sagte ja ... Ich habe eine Frau und vier Kinder! Und ich wollte schnell zurück in die Heimat ... man hat mir ja versprochen ... und jetzt soll ich nicht dabei sein?«

»Ich kann es Ihnen nicht sagen.« Worotilow stand auf, steif

und verschlossen. »Die Listen werden in Moskau endgültig zusammengestellt.«

»Dann melden Sie mich doch in Moskau!« schrie Grosse. Er hielt sich an der Wand fest und schwankte. »Ich habe mein Wort gehalten ... ich habe meine Kameraden verraten, ich habe sie bespitzelt, ans Messer geliefert ... ich bin ein Schwein geworden, ein Lump, ein verfluchter Hund, weil ich an die Versprechungen glaubte und wieder nach Hause wollte, zu meiner Frau und den vier Kindern! Ich habe alles erfüllt, was man von mir wollte ... ich hätte euch die Ärsche abgeleckt, nur, um in die Heimat zu kommen! Und nun haltet ihr euer Versprechen nicht, wo ich meines gehalten habe! Ihr Bande! Ihr Sauhunde!«

Er taumelte auf den Tisch zu. Worotilow sah ihm entgegen, starr, maskenhaft. Schwer stützte sich Grosse auf die Platte. »Ich will nach Hause«, brüllte er. »Ich will endlich meinen Lohn!«

»Den haben Sie gehabt.« Worotilow setzte sich langsam. »Sie haben Scheiße gefressen – was wollen Sie mehr?«

»Herr Major ...« Der Plenni röchelte. Er sank in die Knie, sein Kopf schlug auf die Tischplatte auf. »Ich habe es nur getan, weil ich Angst hatte! Ich wollte leben! Leben! Ich war so fertig, so feig! Ich habe meine Kameraden verraten. Ich habe mich verkauft, um nach Hause zu kommen! Und jetzt lassen Sie mich hier? Jetzt kommen sie alle nach Hause, und ich muß bleiben? Ich überlebe das nicht! Ich mache Schluß! Ich mache es wie Kerner! Ich bringe mich um!«

Worotilow sah nachdenklich auf die zusammengesunkene Gestalt. Ohne Zweifel! – Walter Grosse war am Ende seiner Kräfte. Er würde lieber den Tod wählen, als noch ein oder zwei Jahre im Lager bleiben, aus dem gruppenweise seine Kameraden entlassen werden. Daß er nicht auf der Liste stand, wußte Worotilow. Er hatte selbst den Namen überschlagen. Ein neuer Selbstmord aber würde in Moskau übel vermerkt werden, nachdem der Tod des Gefreiten Julius Kerner bereits die Aufmerksamkeit des Generalkommandos auf das Lager gezogen hatte.

»Ich werde bei den ersten Transporten mit Moskau sprechen«, sagte er ausweichend. »Gehen Sie jetzt, Grosse! Ich werde mich für Sie einsetzen. Daß Sie ein erbärmlicher Hund sind, wissen Sie! Vielleicht gibt man Ihnen in Deutschland eine Chance, sich wieder reinzuwaschen. Für uns ist der Verräter weniger als Mist! Vor allem einer, der seine Pflicht erfüllt hat und zu nichts mehr nütze ist als zum Sterben! Merken Sie sich das, Grosse! Und wenn Sie wirklich nach Deutschland zurückkommen, arbeiten Sie wie ein Tier. Sie haben viel gutzumachen ...«

Langsam zog sich Walter Grosse vom Boden hoch, er sah Worotilow nicht an, als er das Zimmer verließ. Er taumelte durch den Gang, die Treppe hinunter, vorbei an den wachfreien Rotarmisten, die um einen offenen Ofen saßen und rauchten. Schwankend ging er durch das große Tor ins Lager zurück ... er stolperte über den Appellplatz, seine Augen waren starr und leer. Mitten im Schritt hielt er ein ... er sah sich erstaunt um, als habe ihn hinterrücks jemand berührt ... dann fiel er nach vorn in den Schnee und blieb steif liegen.

Ein paar Plennis, die vor den Baracken standen, hoben ihn auf ... er war steif wie ein Holzklotz, die Augen schienen leblos, der Mund stand offen, als wollte er noch in der Besinnungslosigkeit eine Frage herausschreien.

So trugen sie ihn ins Lazarett und riefen Dr. Böhler. Sellnow kam aus seinem Zimmer, sah den Unbeweglichen an und runzelte die Stirn.

»Er kippte einfach um. Beim Gehen! Draußen auf dem Platz.« Die Plennis legten den Körper auf ein freies Bett. »Es ist der Kerl, der den Spitzel für den Iwan gemacht hat! Lassen Sie den ruhig krepieren ...«

Dr. Böhler und Dr. Schultheiß kamen ins Zimmer. Nach kurzer Untersuchung richtete sich Böhler auf.

»Gehirnschlag! Völlige Lähmung aller Zentren. Ein Wunder,

daß er noch lebt ... er kann noch atmen, aber sonst ist alles gelähmt! Haben wir lösende Mittel da?« Er wandte sich an Dr. Schultheiß. Der junge Arzt schüttelte den Kopf.

»Nichts! Nur die üblichen Medikamente. Kampfer, Strophanthin, Cardiazol. In der Apotheke in Stalingrad ist kaum etwas zu haben! Und wenn, dann nur uns unbekannte amerikanische Mittel, deren klinische Anwendung wir nicht kennen.«

Dr. Böhler sah erschüttert auf den starren Walter Grosse. Er wußte, daß er alles hörte, daß er alles verstand, was um ihn herum gesprochen wurde, daß er alles verfolgte, aber daß es ihm unmöglich war, sich verständlich zu machen. Nur in den Augen, in diesen weit aufgerissenen, großen, hervorquellenden Augen, stand das Entsetzen.

»Wir werden ihn schon wieder hinkriegen«, sagte Dr. Böhler tröstend. »Bis die Transporte gehen, hüpft er wieder herum.«

Er ließ Martha Kreutz zu seiner Pflege zurück und trat hinaus auf den Flur. Dort sah er Sellnow fragend an. »Was meinst du, Werner?«

»Rettungslos.«

»Und Sie, Schultheiß?«

»Wir haben keinerlei Mittel für einen solchen Fall! Ich sehe keine Hoffnung.«

Dr. Böhler nickte. Er war sehr ernst. »Es ist das erstemal in fast zehn Jahren, daß wir einem Kameraden nicht helfen können«, sagte er leise. »Und gerade ihm, der vieles gutzumachen hat.« Er wandte sich ab und sagte im Gehen: »Gott straft schnell und hart ... Wir sollten daraus ersehen, daß Gott bei uns ist und uns nicht vergessen hat ...«

Selbst Sellnow blieb darauf still. Er dachte an die Abende in Nishnij Balykleij und die alte Bibel, in der er geblättert und versucht hatte, zu Gott zu finden im Augenblick der höchsten Not. Er hatte den Weg gefunden, der Spötter und Verächter Sellnow – aber er hatte ihn nicht weiter beschritten in den Monaten, in denen er in Stalingrad bei Pawlowitsch im goldenen Käfig der Genesung entgegenlebte.

»Wir werden Traubenzucker injizieren, um seinen inneren Widerstand zu stärken«, sagte er zu Schultheiß. »Wenn er kollabiert, wissen Sie ja ...« Er faßte den jungen Arzt am Arm und sah ihn groß an. »Sie kommen auch mit in die Heimat?«

»Ich hoffe es.«

»Wir wollen immer zusammenhalten, mein Junge, ja? Wir wissen nicht, wie es aussieht in Deutschland. Es soll sehr viel zerstört worden sein in den letzten Kriegsmonaten! Ich habe in der Klinik darüber gelesen. Ich weiß nicht, was Sie zu Hause vorfinden. Wenn es Ihnen schlecht geht – Sie haben es als junger Arzt sicher verdammt schwer, das weiß ich –, dann kommen Sie zu mir. Ich bin immer für Sie da, und meine Frau schreibt, daß alles wie früher bei uns ist. Ich habe Glück gehabt, in der Heimat und hier noch mehr. Kommen Sie immer zu mir, wenn Sie wollen ...«

»Ich danke Ihnen, Herr von Sellnow.« Schultheiß wollte ihm die Hand geben, aber Sellnow zog sie schnell zurück.

»Dummer Laffe!« sagte er grob. »Sentimentalitäten! Im Leben kommt nur der voran, der die anderen in den Hintern tritt! Merken Sie sich das!«

Er stapfte in sein Zimmer, wo die Kasalinsskaja saß und seine Socken stopfte. Er empfand das als Erniedrigung ihrer Würde, aber er schwieg, weil er sah, daß es ihr Freude machte. Sie lebt sich schon ein, meine Frau zu sein, dachte er manchmal erschrocken. Ich möchte sie nicht sehen, wenn ich in den Wagen steige, um für immer wegzufahren. Ich möchte es nicht sehen ...

»Sascha!« Die Kasalinsskaja lächelte ihn an. »Ich habe den General in Stalingrad gesprochen. Ich werde nach Moskau fahren und darum bitten, daß sie dich hier lassen. Ich werde dich heiraten. Es soll einen Weg geben – wenn du dich für ein russisches Krankenhaus verpflichtest. Das tust du doch, Sascha, nicht wahr?«

Er würgte und nickte dann stumm.

»Ja«, sagte er endlich. »Ich werde es tun. Fahre du nach Moskau und bitte darum ...«

Er sah das Glück aus ihren Augen leuchten. Herr, hilf mir, betete er im stillen. Was soll ich tun? Ich muß sie belügen ... laß bald Frühling werden, laß ihn schnell kommen ... es geht über meine Kraft, sie noch länger zu belügen ...

Aus Moskau kamen neue Befehle. Nochmalige Überprüfung der zur Entlassung Vorgeschlagenen. Die Zahl soll um 259 vermehrt werden – ohne Verhöre, nur auf Vorschlag der Kommandanten.

Und Worotilow setzte auch den gelähmten Walter Grosse auf die Liste, einen dürren Stecken harten Holzes, der atmete und ein Mensch war. Ein Vater von vier Kindern.

Als die Sonne kam, wurde die Post gesperrt. Die Karten wurden zurückgeschickt an die Moskauer Zentrale. 683 Plennis wurden mit neuer Wäsche versorgt, sie bekamen neue Hosen und neue Jacken.

Der erste Transport! Auch Dr. von Sellnow war dabei.

Sie standen in einem weiten Karree auf dem Appellplatz.

683 Plennis. In neuen Hosen, neuen Jacken, neuen Schuhen und neuen Socken. Worotilow, Markow und sieben andere Offiziere standen inmitten des von Menschenleibern eingezäunten Platzes und lasen noch einmal die Listen durch. Das »Hier!« der aufgerufenen Männer klang hell, befreiend, jauchzend in den blauen Himmel.

Die Sonne leuchtete. Der Schnee wurde weich, breiig, er quietschte unter den Sohlen und klebte wie Lehm an den Stiefeln und den Rädern der Wagen. Das Eis der Wolga krachte wie Böller. Sieben Arbeitskolonnen waren am Fluß, um mit Stangen und Sprengpatronen den Wasserlauf freizuhalten. Es wurde Frühling – er kam aus der Steppe und zog über die Wälder, wie ein Hauch nur, kaum vernehmbar. Aber die Bäume reckten sich, die Erde wachte auf unter der schlammig werdenden Schneedecke.

Die 683 Plennis sahen in die Sonne und über das Land. Wer sein »Hier!« geschrien hatte, sah nicht mehr auf Worotilow ... er war schon in der Heimat, die dort lag, wo die Steppe an den

Himmel stieß, wo die Wolga unterging in dem Blau, das die Sonne durchleuchtete ... dort, wo Stalingrad lag ... und weiter, immer weiter, westlich ... Würde man losheulen, wenn man das erste deutsche Bauernhaus sah? Würde man stammeln, wenn man das erste deutsche Schild las ... irgendwo an einer Straße, an einem Bahnhof, auf einem Feld ... Was würde man tun, wenn die ersten deutschen Frauen und Mädchen winkend an den Zug eilten? Frauen und Mädchen ... nach acht Jahren. ...

Worotilow gab die durchgelesenen Listen an Leutnant Markow weiter. Dann sah er sich um ... sah den Männern ins Gesicht, die im Viereck herumstanden. Blasse, eckige Gesichter, gezeichnet von Hunger und Elend, einige dicke Gesichter, runde Körper, aufgeschwemmt vom Wasser ... Hungerödeme, dachte Worotilow. Sie sehen aus, als hätten sie acht Jahre lang ganze Feldküchen leergefressen ... und dabei sind sie völlig entkräftet und fallen um, wenn man sie anpustet.

Außerhalb des Lagers warteten Kolonnen von Lastwagen. Hoch aufgetürmt lagen die Gepäckstücke daneben – Säcke, selbstgefertigte Rucksäcke, Kartons aus der Küche, ein paar Affen aus alten Wehrmachtsbeständen, sogar zwölf Koffer!

In der Küchentür stand Michail Pjatjal und musterte die weggehenden Plennis. Unter ihnen ist der Mörder Baschas, dachte er verzweifelt. Man sollte sie alle töten, alle, diese deutschen Schweine. Er schaute mit Absicht weg, als Peter Fischer ihm zuwinkte. Er hatte Pjatjal die Trompete geschenkt, die Julius Kerner hinterlassen hatte, und dazu zehn Pakete Eiermanns Schnellpudding, was Pjatjal zu Tränen rührte. Aber jetzt, in der Stunde des Abschieds, zuckte das russische Herz Michails. Er dachte an Bascha und an Peter Fischer, und da er im Zwiespalt war, ob er zurückwinken sollte oder nicht, ging er in die Küche und warf die Tür hinter sich zu.

Ein Hauptmann von der Transportkolonne trat in das Viereck zu Worotilow.

»Sind wir fertig, Brüderchen?« fragte er leise. »Die Kerle

müssen von Stalingrad heute noch weiter! Sie werden mit den Plennis der anderen Lager nach Moskau geschickt! Es eilt, Brüderchen ...«

»Sofort!« Worotilow drehte sich herum. Er sah noch einmal die Reihen entlang ... Peter Fischer ... Emil Pelz, der Sanitäter ... Hans Sauerbrunn ... Karl Eberhard Müller ... Karl Georg, der Gärtner, der noch gestern an der Baracke stand und weinte ... Dr. Schultheiß, der große hagere, blonde Arzt, dessen Janina unter einem Steinhügel am Rande der großen Wälder an der Wolga schlief ... Dr. von Sellnow, klein, drahtig, böse, sehr nervös, immer um sich blickend, als suche er etwas ... Sie alle gingen nun fort ... und es wurde einsam im Lager ohne sie. Es war, als gingen Brüder fort in ferne Länder, wo man sie nie wiedersah.

Worotilow schluckte. »Lebt wohl!« sagte er laut. »Und vergeßt nicht in der Heimat, daß ihr frei wurdet durch die Gnade des großen Stalin, des Vaters aller Völker!«

Die Plennis schwiegen. Sie sahen zu Boden. Worotilow brach ab und wandte sich um. »Lassen Sie die Kolonnen in Gruppen zu 50 abrücken zu den Wagen. Das Lager absperren, damit keiner mehr mit den Zurückbleibenden in Kontakt kommt!«

Dann eilte er mit langen Schritten in die Kommandantur.

Er hatte gerade die Mütze vom Kopf genommen und den Schweiß vom inneren Lederband gewischt, als die Tür aufgerissen wurde. Dr. von Sellnow stand im Zimmer. Sein Blick war starr.

»Wo ist Fritz?« sagte er laut.

»Welcher Fritz?« fragte Worotilow unnötig.

»Dr. Böhler!«

»Ich nehme an, im Lazarett.«

»Warum ist er nicht bei uns? Er wird doch auch entlassen!«

Worotilow schaute an die Decke. »Nein«, sagte er leise. Sellnow begriff nicht sofort den Sinn dieses Neins. Es war so ungeheuerlich, so plötzlich, so unfaßbar, daß er eine Weile erstarrt dastand, ehe er zusammenzuckte wie unter einem Schlag.

»Sie haben mir gesagt, daß Dr. Böhler mit uns entlassen wird!« schrie er verzweifelt. »Sie haben mich belogen, Worotilow! Sie wußten, daß er bleibt! Sie haben es gewußt! Und ich muß gehen ... ich lasse ihn allein zurück ... Dr. Schultheiß geht auch ... er glaubt auch daran, daß Böhler mit uns geht ... Sie Schuft, Sie, Sie asiatisches Tier!«

Worotilow duckte sich, aber er sprang nicht vor. Er sah dem tobenden Sellnow ins Gesicht und sagte leise: »Dr. Böhler stand als einer der ersten auf der Liste. Aber seine unbegreifliche Starrköpfigkeit, seine übertriebene Pflichtauffassung zwangen mich, ihn wieder zu streichen. Und wofür? Für einenReckskerl, für ein Nazischwein, einen SS-Schergen!«

Sellnow sackte zusammen. »Er muß in Rußland bleiben. Warum gerade Böhler? Und ich ... ich ... ich ...« Plötzlich schrie er auf und schnellte vor, ein Körper, der wie ein Geschoß wirkte. Er klammerte sich an den Rock Worotilows und schrie ihm ins Gesicht: »Ich bleibe auch! Ich gehe nicht früher, als bis er geht! Ich bleibe zurück!«

Worotilow löste sich aus seinen Händen. »Es geht nicht, Sellnow«, sagte er fest. »Wer auf der Liste steht, muß gehen, ob er will oder nicht!«

»Dann werde ich einen umbringen!« schrie der Arzt. »Dann müßt ihr mich hier halten!«

»Auch dann nicht! Sie werden nach Moskau geschafft ... das ist der Befehl! Und wenn Sie hundert Menschen töten ... Sie kommen nach Moskau, weil Moskau Ihren Namen hat und Sie zu sehen wünscht! Ganz gleich, was jetzt hier geschieht!«

»Ich werde mich wehren!« Sellnow wich zurück.

»Dann wird man Sie gewaltsam in den Wagen stecken! Sie kommen in die Heimat, ob Sie wollen oder nicht! Der Befehl aus Moskau steht über allem ... und über einen Befehl haben wir nicht nachzudenken. Wir gehorchen!«

Der Arzt drehte sich um, er riß die Tür auf und rannte aus dem Zimmer. Draußen bei den Wagen suchte man ihn bereits ...

Markow stand mit den Listen in der Hand vor Dr. Schultheiß

und brüllte ihn an, wo Sellnow sei. Als er ihn aus der Kommandantur kommen sah, schoß er auf ihn zu und zog ihn am Ärmel zu den Wagen. »Dawai!« schrie er. »Dawai!«

»Ich gehe nicht ohne Dr. Böhler!« Sellnow riß sich los und stürzte zu Dr. Schultheiß, der bleich vor dem Wagen stand, auf dem er verladen werden sollte. »Er muß hierbleiben!« keuchte Sellnow. Sein Gesicht war verzerrt. »Er darf nicht mit ...« Er klammerte sich an Dr. Schultheiß wie ein Ertrinkender. »Mein Junge ... er verläßt uns ... unser Chef, unser Fritz ... Er bleibt in Rußland ... an der Wolga ...« Dann brach er zusammen und wurde von zwei anderen Plennis aufgefangen, die ihn in den Wagen hoben.

Zögernd, wie ein Schlafwandler, stieg Dr. Schultheiß hinter ihm ein. Vom Führerhaus her schimpfte ein Russe, weil es so langsam voranging. Leutnant Markow rannte von Wagen zu Wagen und ließ das Gepäck nachwerfen. In der Nähe des Zaunes standen in Gruppen die Zurückbleibenden und starrten auf die Kameraden, die ihnen durch den Draht noch einmal zuwinkten. Ihre Gesichter waren hart, kantig, von Leid gefurcht. Stumm sahen sie zu und rauchten die Zigaretten, die man ihnen aus den Paketen der Abfahrenden gegeben hatte. Verlorene am Rande der Steppe ...

Emil Pelz und Karl Georg kamen über den Platz gehumpelt. Sie schleppten zwischen sich den glücklichen, vor Freude laut weinenden Walter Grosse. Große, harte, schwielige Hände streckten sich ihnen entgegen. Walter Grosse wurde auf den Wagen gehoben. Jetzt war er einer der ihrigen, ein Plenni, der nach Hause fuhr, zu Frau und Kindern, ein Mensch, der der Hölle entkam, dem man das Leben neu schenkte.

Im Lazarett arbeitete Dr. Kresin. Sein mächtiges Gesicht war eingefallen und grau – er sprach seit Stunden kein Wort. Terufina Tschurilowa, Erna Bordner und ein neuer Sanitäter hielten die tobende Kasalinsskaja fest; sie fesselten sie mit dicken Stricken ans Bett und kämpften mit ihren Beinen, die verzweifelt in die Luft traten.

»Laßt mich!« schrie die Kasalinsskaja. »Laßt mich los! Ich bringe ihn um, ihn und mich! Und Worotilow und dich, Kresin, du Scheusal, du Lügner, du Schuft, du Hund! Alle, alle habt ihr mich belogen! Ihr wußtet es!« Sie trat der Tschurilowa vor den Leib. Stöhnend brach sie zusammen. »Werner!« schrie Alexandra. »Werner! Du darfst nicht gehen! Laß mich nicht allein! Werner! Werner!« Schaum trat auf ihre Lippen, ihr kräftiger Körper zuckte in wilden Krämpfen.

Dr. Kresin zog eine Spritze auf. Dann beugte er sich über den gefesselten Arm und stieß die Nadel in die Vene. Evipan. Das beruhigte, das gab ihr Schlaf und stundenlanges Vergessen. Als er die Nadel herauszog, rannen Tränen aus Alexandras Augen. Dr. Kresin atmete auf. Sie weint, dachte er. Wenn sie weinen kann, ist die Macht des Schmerzes gebrochen.

Er dachte an Janina und das einsame Grab, um das die Wölfe heulten. Da legte er die Spritze auf den Tisch und verließ schnell das Zimmer. Später stand er am Fenster seines Sanitätsraumes und sah hinüber zu den Wagenkolonnen. Auch er empfand die Einsamkeit, die ihn nun umfing. Ich gehe in den Süden, dachte er. Ich melde mich fort! Warum hat mir Gott die empfindsame russische Seele gegeben ...?

Die ersten Wagen fuhren an. Die Motoren heulten auf und übertönten die Rufe, die hinüberflatterten zu den Gruppen der Zurückbleibenden, die hinter dem Draht standen und sich gewaltsam bezwangen, nicht vor Schmerz zu schreien.

Arme winkten durch die Sonne ... Worotilow stand am Fenster und winkte zurück ... selbst Markow war sehr gedrückt und hob grüßend die Hand, als Karl Georg, sein Blumenfeind, an ihm vorbeifuhr. »Grüß mir Blummen in Deutschland!« schrie Markow zu ihm hinüber.

Durch die Wälder rauschte ein warmer Wind. Er trieb den letzten Schnee von den Zweigen. Das dunkle Grün der Tannen stand herrlich vor dem Blau des Himmels. Auf den Wachttürmen lehnten sich die Rotarmisten über die Holzbrüstung und winkten. Es war, als nähmen nicht Gefangene Abschied, sondern beste Freunde trennten sich nach vielen gemeinsamen Erlebnissen.

Die ersten Wagen rollten über die Straße, Stalingrad zu. Sie bogen in die Kurve ein und verschwanden hinter dem Wald. Die letzten Wagen wurden noch beladen. An der Rampe eines Wagens kauerte Dr. von Sellnow. Schultheiß und Peter Fischer hielten ihn fest. Er hatte den Versuch gemacht, aus dem Auto zu springen. Jetzt lehnte er an dem eisenbeschlagenen Holz und blickte zurück auf das Lager.

Ein hoher Zaun aus Draht, so lang, daß man glaubte, er umspanne die ganze Steppe. Dazwischen wie dunkle Klötze die Wachttürme. Scheinwerfer, Maschinengewehre. Die Kommandantur, die große Küchenbaracke. Das große Lagertor, das die Nummer trug und einen Spruch von Stalin. Die Postenhäuser ... dann die langen Baracken der Plennis ... Block an Block ... der lange, neue Bau des Lazaretts mit dem hohen steinernen Sockel ... Dort, das vierte Fenster von rechts, war das Zimmer von Dr. Sellnow ... Dann kam der Raum für Dr. Schultheiß. Dort, die drei großen Fenster, das war der OP! Und dort ... wo die Blumen stehen, da wohnt Alexandra Kasalinsskaja ... Alexandra ... du schwarzes Biest, du Weib, wie kein zweites, du wilde Katze ... Wie feig war ich, wie elend! Ich habe dich verlassen ohne Abschied ... wie ein Dieb stehle ich mich weg ... und ich weiß, daß du mich geliebt hast mit aller Kraft ... Verzeih mir ... Alexandra ... verzeih mir ... Ich habe eine Frau und zwei Kinder ... seit acht Jahren warten sie auf mich ... Die große, schlanke, blonde, kühle Luise, die Aristokratentochter. Ich gehöre nun einmal zu ihr ... ich kann es nicht ändern ... Darum verzeih, Alexandraschka, und laß mich gehen zu Luise und den Kindern ... Vergiß mich ... ich werde dich auch vergessen ...

Sellnow starrte hinüber auf das Lazarett. Dort, dieses Fenster ... das mit den gerafften Gardinen aus Verbandmull ... das ist das Zimmer Dr. Böhlers. Dort muß er weiterleben ... Jahr um Jahr, in der Steppe, bei seinen kranken Plennis, die ihn lieben wie einen Vater ... Dort wird er sitzen und nach Hause schreiben: Wartet, haltet aus! Auch ich komme einmal! Verliert nicht den Mut und den Glauben ... Gott wird mich wieder zu euch bringen, ihr Lieben ... Und er hätte mit uns fahren können, er hätte an unserer Seite sein können, wenn er nur dieses eine Mal sein Arzttum verleugnet hätte, statt sich dem Befehl des Kommissars zu widersetzen.

»Fritz!« schrie Sellnow. Er streckte beide Arme nach dem Lazarett aus. Seine Stimme überschlug sich. »Fritz!« Dr. Schultheiß und Peter Fischer hielten ihn fest. Weinend wie ein Kind lehnte er an der Rampe und sah das Lager verschwinden im Schnee, in der Steppe, in den Wäldern, im Blau des strahlenden Himmels, der den Frühling brachte.

Die Räder mahlten. Der Boden war schon weich und schwankte unter den schweren Wagen. Dreck spritzte hoch. Die Fahrer fluchten.

Auf dem Eis der Wolga standen die Kolonnen der Plennis und sprengten die dicken Schollen oder stießen die festgeklemmten Klumpen hinaus in das schon freie, strömende Wasser. Sie hielten mit der Arbeit ein und winkten den Heimkehrenden zu. Gute Fahrt, Kameraden! Grüßt die Heimat! Die Mutter! Die Braut! Den Vater! Die Frau! Die Kinder! Vergeßt uns nicht, Kameraden! Schickt uns weiter die Pakete ... sagt es allen ... Wir leben nur noch, wenn ihr uns ernährt ... wir sind am Ende unserer Kraft ... Vergeßt es nicht, Kameraden! Vergeßt es nicht!

Die 683 auf den Wagen winken zurück. Auch die Posten mit den Maschinenpistolen vor der Brust winken kurz herüber. Dann arbeiten die Kolonnen weiter ... ihre Sprengschüsse zerreißen die Stille der Steppe ... das Eis der Wolga kracht auseinander und treibt in großen Schollen langsam nach Süden. Es ist Frühling, Kameraden! Und wir fahren nach Deutschland.

Die 683 auf den Wagen singen. Sie singen mit Tränen in

den Augen. Ein Transportoffizier, der das Singen verbieten will, bekommt hundert deutsche Zigaretten. Da lacht er und wendet sich ab. Laß sie singen, denkt er. Wir haben auch gesungen, als wir aus deutscher Gefangenschaft zurückfuhren. Wir haben die Bilder Stalins auf die Kühler der Autos gebunden und rote Fahnen geschwenkt. Laß sie singen, Brüderchen Leutnant.

Dr. Schultheiß blickte zurück auf die Straße. In der Ferne zog sich das dunkle Band der Wälder hin. Dort lag, nahe am Rande der dichten Tannen, das Grab Janinas. Sie war an ihrer Liebe gestorben, als sie sah, daß sie zusammenbrechen würde unter der Unerbittlichkeit des Schicksals. Jetzt lag sie allein in der Öde Rußlands, ein kleiner, zarter Körper, der so heiß wurde, wenn er liebte. Und Dr. Schultheiß wußte, daß er seine Jugend und sein Herz zurückließ in dem kleinen Grab am Rande der Wälder.

Langgezogen rollte die Kolonne durch die Schneelandschaft, Stalingrad entgegen.

Hans Sauerbrunn und Karl Georg aßen schon wieder. Wer weiß, ob man uns in Stalingrad nicht filzt, sagten sie sich. Und was man in sich hat, kann keiner nehmen! Sie hatten sieben Lagerverlegungen durchgemacht, und jedesmal standen sie ärmer da als zuvor.

»In vier Wochen können wir in Deutschland sein«, sagte einer. »Wenn alles glattgeht.«

»In vier Wochen?«

»Oder in sechs! Wir sind ja am Ende der Welt! Und nach Moskau müssen wir auch noch. Sagen wir ruhig sechs Wochen, Jungens, was macht das schon?«

Vier oder sechs Wochen ... wenn es nur keine Jahre mehr sind. Sechs Wochen ... und dann bei Muttern! Auf dem Sofa! Und ein Glas Bier! Das zischt, wenn es durch die Gurgel läuft! Und dazu eine Stulle dick mit Butter und Gehacktem, schön mit Zwiebeln und Ei und Salz und Pfeffer! Und das Radio spielt ... es ist mollig warm in der Stube ... und Mutter läuft um einen herum und kann es noch gar nicht fassen, daß der Alte wieder da ist. Aus Rußland ... nach acht Jahren! Und dann in der Nacht, im Bett ... Mensch, Justav, ick kann nicht weiterdenken ...

Was sind da sechs Wochen ...?

Als der letzte Wagen aus dem Lager rollte, trat Major Worotilow in den Operationssaal. Die Schwestern Martha Kreutz und Ingeborg Waiden standen neben Dr. Böhler, der sich im weißen Mantel, aus einem alten Bettuch geschneidert, über den narkotisierten Patienten beugte. Er blickte kurz zur Seite, als Worotilow eintrat, und arbeitete dann weiter.

Einen Augenblick stand der Major verblüfft in der Tür, dann zog er sie schnell zu. Der Geruch von Äther, Blut und Eiter drang auf ihn ein. Wie immer spürte er ein Würgen im Hals und zwang den Ekel nieder. Langsam trat er näher.

Zwischen den blutigen Abdecktüchern sah er einen aufgetriebenen, vereiterten Unterleib. Dr. Böhler war gerade dabei, mit einer langen Pinzette den Kern eines Geschwüres aus dem Muskelgewebe zu lösen. Worotilow schluckte.

»Sie sind weg«, sagte er leise.

Dr. Böhler sah auf und nickte. »Fiel es Werner schwer?«

»Sehr. Ich habe ihn mit Gewalt wegbringen lassen.«

»Das war gut von Ihnen. Ich danke Ihnen, Worotilow.«

»Sie haben keinen Abschied genommen ...«

Dr. Böhler beugte sich über das Operationsfeld. »Dieser Unterleibsabszeß ist wichtiger. Der Mann wimmerte vor Schmerzen ... ich mußte ihm helfen ...«

»Helfen!« Worotilow faßte den weißen Ärmel Dr. Böhlers. »Wann denken Sie einmal an sich?«

»Nachts ...« Die Pinzette tastete nach dem Eiterherd. »Nachts bin ich schon seit Jahren zu Hause in Deutschland ... Die Tage sind nur eine Unterbrechung meiner Träume ...«

Wortlos verließ Major Worotilow das Zimmer. Als er die Tür schloß, hielt Dr. Böhler einen Augenblick inne.

Zum erstenmal zitterte das Instrument in seiner Hand ...

Drei Jahre später – in einer sternklaren Winternacht – betrat auch Dr. Böhler bei Helmstedt an der Zonengrenze den Boden der Heimat. Er kam als einer der letzten aus der Steppe an der Wolga, und er sprach ein paar ergriffene Worte des Dankes. Die Fackeln loderten durch die kalte Nacht ... der Jubel von Tausenden Menschen hatte die Heimkehr umbraust ... nun stand Dr. Böhler da, hager, schlank, mit lichtem Haar und schmalen Lippen.

Er hatte eine so tiefe Sehnsucht nach Ruhe, nach Schlaf, nach Vergessen, nach Freude, nach Liebe, nach stillem, arbeitsreichem Werktag.

Als er aus dem Omnibus stieg und sich umsah, stürzte Sellnow in seine Arme und schluchzte vor Freude. Er war der erste, den er begrüßte – dann erst küßte er seine Frau und sein Kind, stumm, ohne Worte, weil ihm die Kehle zugeschnürt war und das Herz zuckte. Wie leblos ließ er sich in die Mitte nehmen und zum Lager geleiten, wo Dr. Schultheiß stand, der große, schlanke, blonde Junge mit den Kinderaugen, die noch in die Ferne blickten, als suchten sie das Grab Janinas an den Wäldern der Wolga. Er drückte seinem Chef stumm die Hand. Jetzt sind wir alle da, dachte er. Das ganze Lazarett ... Emil Pelz wartet in der Schreibstube des Lagers, er wollte nicht herauskommen, weil er Angst hatte, loszuheulen ...

»Sie sehen gut aus, Jens«, sagte Dr. Böhler leise. Dann schwieg er wieder, weil er spürte, daß er nicht weitersprechen konnte.

Er mußte an das Lager denken. 5110/47 an der Wolga, nahe den Wäldern, aus denen im Winter die Rudel der Wölfe brachen und sich hungrig gegen den Drahtzaun warfen, bis die Posten auf den Türmen sie erschossen.

Heute wie vor Jahren, dachte er, heute und morgen und ewig, solange die Erde sich dreht, wird der Wind der Steppe über die Ebene an der Wolga streichen, wird der Schnee hereinwehen von den dichten Wäldern, werden hungrig die Wölfe heulen und wird das Eis auf der Wolga krachen, wenn sich die Schollen gigantisch übereinandertürmen. Es wird einen blauen Himmel geben und einen dumpfen, bleiern grauen, aus dem der Schnee rieselt wie im Märchen. Es wird den Fluß geben, den ewigen Strom von Mütterchen Rußland, die Wälder, aus denen die Axthiebe der Holzfäller klingen; der Jäger im Lammpelz wird durch die Büsche streichen und seine Fallen stellen, und der Bauer wird seinen Traktor über die Felder führen und den Samen in die fruchtbare Erde legen.

Und Himmel und Sonne, Schnee und Wind, Wälder und Fluß werden den Flecken Steppe umgeben, auf dem einmal ein langer Zaun aus Draht stand, unterbrochen von hohen, hölzernen Wachttürmen, einem großen Tor vor hingeduckten, langen Baracken ... Block an Block ...

Das Lager Stalingrad.

Das Lager 5110/47.

Werner von Sellnow sah zu Dr. Böhlers Frau hinüber, die mit glücklichen Augen zu ihrem Mann aufschaute. »Geben Sie ihm doch einen Kuß«, sagte er lachend. »Ich fürchte, er glaubt noch gar nicht, daß er endlich zu Hause ist ...«

HEINZ G.
KONSALIK

DAS HERZ DER 6. ARMEE

ROMAN

BASTEI
LÜBBE

Dem einfachen Landser,
auf dessen Rücken von jeher
die Sünden der Politiker ausgetragen wurden,
als Mahnung und ständiger Aufruf
gewidmet

... Die Lage Ihrer eingekesselten Truppen ist schwer. Sie leiden an Hunger, Krankheiten und Kälte. Der grimmige russische Winter hat kaum erst begonnen. Starke Fröste, kalte Winde und Schneestürme stehen noch bevor. Ihre Soldaten aber sind nicht mit Winterkleidung versorgt und befinden sich in schweren sanitätswidrigen Verhältnissen.
Sie als Befehlshaber und alle Offiziere der eingekesselten Truppen verstehen ausgezeichnet, daß Sie über keine realen Möglichkeiten verfügen, den Einschließungsring zu durchbrechen. Ihre Lage ist hoffnungslos und weiterer Widerstand sinnlos ...

Aus dem Ultimatum Generalleutnant Rokossowskijs an Generaloberst Paulus am 8. Januar 1943.

1

Pawel Nikolajewitsch Abranow sah hinauf in den Himmel und dann über seine Stiefelspitzen hinweg hinunter zur Wolga und kaute an einem Kanten harten Brotes. Der Himmel war fahl, grau, unergründlich, schwer, und die Wolga schien schwarz zu sein, ein breiter Strom voll Tinte.

Abranow seufzte und benetzte den harten Kanten Brot mit Speichel, damit er aufweichte und sich beißen ließ. Neben ihm lag ein großer Mann in Uniform mit breiten Schulterstücken, unrasiert, dreckig, mit Lehm beschmiert. Auch er sah über die Wolga hinüber nach Krasnaja Sloboda, aber er seufzte nicht, sondern kaute an einer Zigarette. Es war eine gute, dicke Zigarette aus Machorka, gerollt aus einem Teil des vorgestrigen Lageberichtes der »Prawda«.

»Was ist, Väterchen?« fragte der Uniformierte. »Warum seufzt du?«

»Es müßte Winter werden, Genosse Major. Zeit ist's dafür! Ein schneller Winter, hui – wie Reiter aus der Steppe von Kasachstan! Über Nacht sollte es zufrieren ... dann können sie aus der Tiefe zu uns kommen über die Wolga, unsere Panzerchen ...« Abranow lachte leise. Es war ein fast wimmerndes Lachen, denn Pawel Nikolajewitsch war immerhin zweiundsiebzig Jahre alt. Ein richtiger Greis war er, so, wie man sich einen alten Mann vorstellt, mit weißen Haaren, die sich im Nacken bogen, mit einer dicken Nase, mit in Falten eingebetteten Augen, deren Pupillen noch glänzten, auch wenn die Augäpfel schon gelb waren wie tabakgebeizte Fingerkuppen. Und ein kräftiger Kerl war er noch, bei Gott ... einmal, in seiner Jugend, war er bei der zaristischen Garde, und später stand er in der Fabrik »Roter Oktober« am Eisenhammer und ließ im Funkenregen die Stahlplatten sich biegen. So ein Kerl war er geblieben mit seinen zweiundsiebzig Jahren, nur wenn er lachte, war es das Kichern eines Greises, ein wenig blöd und nicht jedermanns Sache.

Major Jewgenij Alexandrowitsch Kubowski tat einen tiefen Zug an seiner dicken Zigarette. Er stieß den Qualm gegen den erdgrauen Himmel und kratzte sich über die linke Wange. Hinter ihnen donnerte, krachte und zerbarst es. Häuser verbrannten und stürzten ein, Keller wurden in die Luft geschleudert, Eisenträger bogen sich wie dünne Drähte, und Menschen zerplatzten, als seien sie aus sprödem Glas. Hinter ihnen war die Hölle aufgebrochen, starb eine Stadt unter Feuer und Explosion, gab es keinen Himmel und keine Erde mehr, sondern nur eine Wolke aus Eisen, Flammen, Steinen, Staub, Lehm und zerfetzten Leibern. Ob im Norden, dort, wo die großen Werke lagen – das Traktorenwerk »Dsershinski«, die Geschützfabrik »Rote Barrikade«, das Hüttenwerk »Roter Oktober« und die Erdölraffinerien –, oder im Süden bei den Hafenanlagen, dem Getreidesilo und den Kais, und erst recht im Westen, am Stadtrand, am Tatarenwall und am Mamai-Kurgan, der Höhe 102, lagen die deutschen Divisionen in den Trümmern und Kellern und berannten die wenigen Stützpunkte, in denen sich die Rote Armee festkrallte. Nur hier, wo der Greis Abranow und der lange Major Kubowski lagen, war es still wie auf einer windstillen Seite. Sie lagen in der Mulde im Steilufer der Wolga. Nur ein drei Kilometer langer Streifen war es, der sicher war vor allen deutschen Granaten. In diese drei Kilometer Erde hatten sie sich eingewühlt wie die Füchse ... Sanitätsbunker, Lagerräume, Küchen, Stäbe, Unterkünfte, Funkstellen ... die ganze zweiundsechzigste Sowjetarmee, die Stalingrad verteidigte, lebte auf diesen drei Kilometern Steilhang an der Wolga. Sie waren das Herz und das Hirn, die Kraft und die Hoffnung.

»Es hat alles zwei Seiten, Väterchen Pawel Nikolajewitsch«, sagte Major Kubowski. Er rauchte mit Genuß weiter, denn er hatte zwei Tage Erholungsurlaub. Auch das gab es noch in Stalingrad. In den Kellern und Hausruinen, in dem Gewirr und Labyrinth der zerfetzten Fabrikhallen, in den Laufgräben, die jetzt die Straßen ersetzten, hockte und starb nur ein Teil der Armee. Ein anderer Teil lag in den Fuchsbauten des Steilufers in Ruhe und Bereitschaft; alle paar Tage wurden sie ausgewechselt, damit sie wieder frisch wurden und harten Widerstand leisteten. So kam es, daß immer ausgeruhte Truppen den Deutschen gegenüberlagen.

»Wenn der Boden gefriert, können auch die Deutschen besser operieren.« Major Kubowski zuckte zusammen. Vor ihm rauschte die Wolga auf, eine hohe Fontäne stieg empor, erst dann kamen die Detonation und ein Regen aufgeschleuderten, nassen Bodens.

»Unsere Panzer stehen in der Steppe, ich weiß es, hab's gehört beim Stab ... es sollen tausend sein und mehr. Nur über die Wolga kommen sie nicht, man kann sie abschießen wie lahme Hunde, wenn sie mit der Fähre übergesetzt werden. Aber wenn es friert ... Genosse Major, da fahren sie über die Wolga, wo sie wollen ... So viel Rohre haben die Deutschen gar nicht, um sie überall zu treffen.« Abranow, der Greis, hatte sich in Hitze geredet. Außerdem war sein Kanten Brot jetzt so aufgeweicht, daß er hineinbeißen konnte. Er tat ein paar kräftige Bisse, wälzte das Brot zwischen den Zähnen und über den Gaumen, kaute dann knirschend und schluckte es in großen Brocken herunter. Das ist zwar für einen Magen nicht gesund, aber wer Hunger hat, lebt nicht nach einem ärztlichen Ratgeber.

Major Kubowski schwieg. Was sollte man auch sagen? Hinter ihnen starb Stalingrad. Vor ihnen lag die Wolga, und wenn man daran dachte, was die alten Bauern sagten, konnte man stumm und nachdenklich werden. Sie sagten nämlich: »Solange der Feind Mutter Wolga nicht bezwungen hat, ist Rußland nicht verloren!« Und nun stand sie an der Wolga, eine ganze deutsche

Armee, und vor ihr lag die Steppe von Kasachstan, ein offenes, tellerglattes Land, durch das sie hindurchziehen konnte bis ans Ende der Welt.

Das darf nie sein, hieß es immer wieder. Und wenn in Stalingrad sämtliche Männer Rußlands verbluten ... aus ihren Leibern bauen wir eine Mauer vor die Wolga. Das war nicht so dahergeredet, bei Gott nicht! Major Kubowski hatte es erlebt. Vier Bataillone hatte er in den Trümmern an der Stadt gelassen, und immer, wenn er zurückkam an das Steilufer, stand ein neues Bataillon bereit, wie Schlachthammel mit leeren, großen Augen, und wurde hineingeführt in die Hölle am Hüttenwerk »Roter Oktober« oder zu jener merkwürdig geformten, mitten in der Stadt liegenden Eisenbahnschleife, die man »Tennisschläger« getauft hatte. Hier bissen sich die Rotarmisten in jeden Zentimeter Dreck, krallten sich an jeden Trümmerstein und bauten wahrhaftig einen Wall aus ihren blutigen Leibern.

Abranow, der Greis, hatte seinen Kanten Brot aufgegessen. Er war durchaus nicht satt, aber er hatte doch ein klein wenig das Gefühl, daß sein Magen keine hallende Höhle mehr sei. Am Steilufer der Wolga diente er der Armee als Handlanger für alles. Er schleppte Bahren mit Verwundeten, begrub die Gefallenen, sortierte Kisten mit Munition und kochte in großen Eisenwannen, die eigentlich Rohstücke für Panzerkuppeln sein sollten, Hektoliter von Tee, um die abgelösten erschöpften Soldaten von innen zu stärken, ja, er reparierte sogar Geschütze, nicht am Verschluß, denn das ist eine Facharbeitersache, sondern an den Rädern und Lafetten und Schutzschilden. Als man Pawel Nikolajewitsch Abranow aus Stalingrad evakuieren wollte, vor ein paar Wochen, als sich herausstellte, daß die deutschen Divisionen durchbrachen und die Stadt Stück um Stück, Haus nach Haus, eroberten, hatte er geschrien: »Was, Genossen? Ich soll aus meiner Stadt hinaus? Ja, bin ich denn kein Russe? Was wollt ihr mit mir tun, Brüder? Auch wenn ich alt bin ... verlaßt euch drauf, ich habe ein junges Herz!« So war er in Stalingrad geblieben, und mit ihm Tausende von Greisen, Frauen und sogar Kindern, während die Arbeiter in den Fabriken zu den Waffen griffen und sich in die Front einreihten.

»Wann müssen Sie wieder weg, Genosse Major?« fragte er Kubowski.

»Morgen.«

»Wieder zum ›Tennisschläger‹?«

»In die alte Stellung.«

»Sie werden sie halten, nicht wahr?«

»Dort wird keiner an die Wolga kommen!«

Sie zogen die Köpfe ein, obwohl sie im toten Winkel der deutschen Geschütze lagen. Über ihnen heulte und orgelte es heran und schlug in die Wolga ein und jenseits der Wolga in die Wälder nördlich von Krasnaja Sloboda. Dort stand, gut getarnt, die schwere Artillerie. Tag und Nacht feuerte sie in die Trümmer der Stadt und wühlte sie immer wieder um, so wie man einen Teig knetet, damit er nicht klumpig, sondern gleichmäßig wird. Deutsche Aufklärer hatten die Stellungen ausgemacht, und seitdem gab es ein Duell über die Wolga hinweg. Aber es nutzte wenig. Niemand wußte, wie viele schwere Geschütze in den Wäldern standen. Es mußten Tausende sein, denn sie schossen weiter, als gäbe es keine deutsche Artillerie.

»Panzer brauchen wir, Genosse Major«, sagte Abranow, der Greis, wieder. »Und wenn die Wolga gefroren ist, kommen sie wie die Mücken! Dann wird es einfach sein, die Deutschen wegzujagen. Und wenn es uns erst gelingt, sie einzuschließen ... wenn sie keinen Nachschub mehr haben ...« Abranow schwieg gedankenvoll. Es war zu schön, daran zu denken. Er liebte diese Stadt, in deren Straßen er als Junge gespielt hatte, als diese Straßen noch ungepflasterte, staubige Wege waren und die Altstadt noch Zarizyn hieß, und er konnte grausam denken, wenn es um diese, um seine Stadt ging.

Um sie herum hämmerten die Granaten auf den Rand des Steilufers. Dreckschleier zogen über ihre Körper hin, Abranow mußte husten, und Major Kubowski sprang auf und schüttelte sich wie ein nasser Hund.

»Ein Glück, daß sie noch nicht um die Ecke schießen können!« sagte er. Von den seitlich liegenden Sanitätsbunkern kam eine Gestalt durch die Bodenfalten gehüpft und winkte mit beiden Händen. Ein schmaler Körper in grüner Uniform.

»Pawel Nikolajewitsch!« rief eine helle Stimme. »Väterchen! Sie werden gesucht!« Zwei Arme winkten heftig. Abranow erhob sich und winkte zurück.

»Das ist Vera Tscherkanowa, meiner Tochter Kind«, sagte er stolz. »Dient als Sanitäterin. Ein tapferes Mädchen. Sie sehen, Genosse Major – man braucht mich im Lazarett.«

Abranow lief über Steine und Bunkerdächer. Sein weißes langes Haar flatterte, ab und zu sprang er über abgestützte Wände herunter, und er federte beim Aufprall in den Knien, als sei er ein junger Sportler.

Major Jewgenij Alexandrowitsch Kubowski blieb noch eine Weile stehen und sah über die Wolga und zu dem dampfenden, krachenden Wald von Krasnaja Sloboda.

Stalingrad, dachte er. Auch mich wird man hier verscharren. In einem Granatloch, in einem Keller, unter Trümmern, vielleicht unter einem Dom von verbogenen Eisenträgern oder am Fundament einer geborstenen Mauer. Es kann morgen sein oder übermorgen ... nur heute nicht. Heute ist man ein Fuchs, der sich in den Steilhang des Wolgaufers wühlt. Er sah auf seine Uhr. Vier Uhr nachmittags. In einer Stunde würde es dunkel werden. Um halb sechs mußte er sich bei dem Genossen General Borowin melden. Und morgen bekam er ein neues Bataillon. In Gruppen sprang man dann in die Hölle, in die heulende Wüste des »Tennisschlägers«. Es war, trotz Liebe zum Vaterland, nicht erhebend, daran zu denken.

Mit ernstem Gesicht drehte sich Major Kubowski eine neue Zigarette. Diesmal nahm er dazu ein Stückchen von der Kulturseite der »Prawda«.

In dem größten Keller lagen sie nebeneinander, Schulter an Schulter, Hüfte an Hüfte, Beine an Beine, sauber ausgerichtet und aneinandergeschichtet, als sollten sie verpackt werden ... zerfetzte, blutende, röchelnde, vergehende, stöhnende, wimmernde, sich streckende und erstarrende Leiber. Eine Wolke von Blutgeruch, Eiter und Schweiß lag wie ein Gas über ihnen, klebrig und sich im Gaumen festsaugend. Im kleineren Nebenkeller wurde operiert. Nur eine wacklige Holztür trennte den Raum von dem anderen ab. Ab und zu hörte man einen Schrei, ein helles Wimmern, Stimmen, die Tür klappte auf, zwei Sanitäter trugen einen Körper heraus, schoben einen auf dem Boden liegenden Leib hinaus in den Gang und den Operierten in die Lücke hinein. Auf der Treppe hockte als zusammengeballte Masse ein Klumpen Gehfähiger. Armverletzte, Kopfverwundete, Schulterschüsse, Fleischwunden, um die man dicke Lagen Zellstoff gelegt hatte.

»Vier kannste wieder raustragen, Emil!« rief einer aus dem Klumpen einem Sani zu. »Draußen auf der Straße liegen noch zweiundzwanzig, die auf'n Platz warten ...«

Der Sanitäter überblickte die aneinandergereihten Körper. Wenn sie die Augen nicht offen hatten, sahen sie alle gleich aus. Spitze, dreckige Gesichter, eingesunkene Augen, durchblutete Verbände. Man mußte schon von Mann zu Mann gehen, um festzustellen, wer nun gestorben war.

»Muß man denn alles allein tun?« maulte der Sanitäter Emil. »Wenn ihr loofen könnt, so holt doch die Kameraden raus und macht Platz! Ich muß doch beim Operieren helfen! Los, bewegt euch, ihr Krücken! Seid froh, daß ihr kriechen könnt ...«

Sie nahmen den auf den Gang geschobenen Körper und trugen ihn in den kleinen Kellerraum.

Hier arbeitete Stabsarzt Dr. Portner an einem gescheuerten Küchentisch. Neben ihm standen drei Blecheimer, in die er die Mullbinden warf, die herausgeschnittenen Fleischfetzen und die amputierten Gliedmaßen. Wenn die Eimer voll waren, trug sie Sanitäter Emil hinaus, vorbei an den aufgereihten Schwerverletzten, wartete auf der Kellertreppe eine ruhige Minute ab, sprang dann hinaus, kroch zu einem Granatloch und kippte die Eimer aus.

Auf der anderen Seite des Tisches stand Assistenzarzt Dr. Körner und öffnete eine große Venenklemme. Sie hatte keinen Sinn mehr. Während der Amputation hatte das Blut zu fließen aufgehört. Dr. Portner wischte sich mit dem Handrücken über die Stirn. Er schwitzte in der stickigen Luft, hielt die Hände von sich und hob den Kopf etwas in den Nacken. Das war ein Zeichen für den Sanitätsfeldwebel Horst Wallritz, die Feldflasche zu nehmen und dem Stabsarzt etwas Tee zwischen die Lippen zu gießen.

»Sie auch, Körner?« fragte Dr. Portner.

»Danke, Herr Stabsarzt.«

»Ich glaube, Sie sind jedesmal erschüttert, wenn einer hier auf dem Tisch Lebewohl sagt, was?« Der neue Verwundete wurde hinausgeschoben, Wallritz schnitt die Uniform auf, ein zerfetzter Bauch, abgedeckt mit Mullagen, kam hervor. An Unterleib und Schenkel war der herausgeflossene Darminhalt festgetrocknet. Dr. Portner tippte mit einer Sonde auf die große, zuckende Wunde. »Sie sind wohl wahnsinnig, Wallritz?«

»Herr Stabsarzt?«

»Der nächste! Ist doch dämlich von Ihnen, mir so etwas auf den Tisch zu legen! Bringen Sie mir Leute, die ich retten kann!«

»Es ist Hauptmann Bertram, Herr Stabsarzt.« Der Sanitätsfeldwebel senkte den Kopf. »Ich dachte ...«

Dr. Portner bemerkte erst jetzt die silbernen Schulterstücke mit den beiden Sternen. Dann sah er wieder in das Gesicht des Sterbenden, in ein dreckverkrustetes, schmal gewordenes, fast kindliches Gesicht.

»Bertram«, sagte Portner leise und sah dabei seinen Assistenzarzt an. »Gestern noch haben wir zusammengesessen. Er wollte nach dem Krieg Häuser bauen. War Architekt. Jung verheiratet. Zwei Kinder, kurz hintereinander. Und dann kommt ein russisches Explosivgeschoß und reißt ihm den Bauch auf.

Statt Häuser zu bauen, wird er jetzt in irgendeinem Granattrichter liegen und mit Trümmersteinen von Stalingrad zugedeckt sein.« Er wischte sich wieder über die Augen und wandte sich um. »Wallritz – abräumen! Der nächste. Aber Leute, die weiterleben können!«

Im großen Keller hatte die Aussortierung begonnen. Die Reihen wurden einen Augenblick lückenhaft. Aber dann begann ein reger Pendelverkehr. Für jeden Körper von unten kam ein neuer Körper von oben ... es war wie eine Paternosterfahrt durch einen Keller: Auf der einen Seite fuhren die wimmernden Körper in die Tiefe, auf der anderen Seite kamen sie steif wieder ans Licht und wurden säuberlich in einem großen Trichter aufgeschichtet. Es war eine Routine des Sterbens.

In dem kleineren Kellerraum ging die Arbeit weiter. Verbände, Amputationen, Herausoperieren von Steckschüssen, Tetanusspritzen, Morphium, Herzmittel, Kreislaufstützen ... Feldwebel Wallritz ging jetzt im großen Keller von Mann zu Mann und wählte aus, wer in den Operationsraum durfte.

Über ihnen bebte die Erde und krachte es unaufhörlich. Vierhundert Meter entfernt lag der berühmte »Tennisschläger«. Seit Wochen berannte man ihn, verbluteten drei Pionierbataillone in den Häuserruinen, konzentrierte sich das Feuer von Artillerie und Minenwerfern auf diesen kleinen Fleck inmitten Stalingrads; und wenn man glaubte, jetzt lebe nicht einmal mehr ein Käfer, krochen aus den Kellern die Sowjets und warfen sich den Deutschen entgegen wie ausgehungerte, brüllende Wölfe. Inmitten dieses Chaos lag der Lazarettkeller Dr. Portners. Er bekam die frisch Verwundeten genauso herein wie die vom Staub unkenntlich gewordenen, notdürftig Verbundenen, die man in Löchern und an Hauswänden vergessen hatte, zurücklassen mußte oder erst nach Tagen entdeckte.

Ohne Unterbrechung donnerte und explodierte es über ihnen. Wenn es einmal still wurde, so, als schöpften die Kanoniere

Atem, sah man nach oben an die Kellerdecke und wartete unruhig. Ruhe war immer gefährlich. Solange es krachte, wußte man, woran man war. Aber plötzliche Stille ließ jeden hellwach werden.

In eine solche Stille hinein polterte ein Mann die Treppe herunter. Er lief in die Arme von Feldwebel Wallritz, der einen Leichtverwundeten auf der Treppe verband.

»He! Halt!« Wallritz hielt den Soldaten fest. »Drunten ist's voll genug! Wo hat's dich erwischt? Bist ja noch flott auf'n Beinen!« Ein breites, fast schwarz durch Ruß und Dreck verschmiertes Gesicht grinste Wallritz an. »Hänschen ist wohlauf!« sagte der Soldat. »Ich muß zu Assistenzarzt Dr. Körner –«

»Der operiert, du Idiot! Was ist los? Mach die Klappe auf.«

»Obergefreiter Hans Schmidtke, abkommandiert durch Funkspruch aus Pitomnik, Herrn Assistenzarzt Dr. Körner sofort nach Pitomnik zu bringen.«

Wallritz hörte mit dem Verbinden auf. »Warum das denn?«

»Befehl vom Feldlazarett. Der Assistenzarzt soll heiraten.«

»*Was* soll er?« Wallritz sah den Obergefreiten Schmidtke kritisch an. »Wohl 'n bißchen blöd, was? Hier ist die chirurgische Abteilung ... Dachschäden gehen am besten zum ›Tennisschläger‹ und machen eine Bleikur ...«

»Da komm ick jerade her! Die hab'n mir jesagt, ick sei zu intelligent für 'n Massengrab! Übrigens – Freunde nennen mich Knösel. Deswegen!« Schmidtke nahm aus der Tasche eine alte, am Mundstück zerkaute, klebrige, kleine Hängepfeife und steckte sie zwischen die Lippen. »Ick wär 'n viel lebenslustigerer Junge, wenn de mir 'nen Krümel Machorka abdrücken könntst ...«

Feldwebel Wallritz verband stumm den Leichtverwundeten zu Ende. »So«, sagte er dann. »Zwei Keller weiter, unter der Ruine mit dem hohen Kamin, liegt die Sammelstelle der Gehfähigen! Hau ab, Kumpel! Aber mach 'nen Bogen zur Siedlung hin ... die Iwans können ein' Teil einsehen ...«

Erst als der Verwundete über die Treppe nach oben verschwunden war, wandte sich Wallritz wieder zu Schmidtke um.

»Sie sind ja noch immer da, Knösel!«

»Ick muß zum Assistenzarzt. Wenn der die Hochzeitsnacht verpaßt ... ick will nicht schuld sein! So wat bleibt doch haften ...«

»Lassen Sie den Blödsinn, Mann!« brüllte Wallritz. »Ich habe den Keller voll Sterbender, und der Kerl –«

Knösel nahm seine Hängepfeife aus dem Mund. »Ich kann doch nischt dafür, Herr Feldwebel. Ick hab' meinen Befehl ...«

»Mitkommen!« schrie Wallritz.

»Na also ...«

Im kleinen Keller lag auf dem Küchentisch ein braungebrannter langer Mann auf dem Bauch und biß sich vor Schmerz in den Unterarm. Dr. Portner holte mit einer Pinzette kleine Granatwerfersplitter aus dem Rücken. Wo sie zu tief saßen, machte er einen Schnitt und holte den Splitter aus der Tiefe der Rückenmuskeln. Er hatte dabei den Rücken nur mit Jod eingepinselt und vorher gesagt: »Ich brauche die schmerzstillenden Spritzen für die großen Sachen. Sie müssen jetzt mal den Hintern fest zusammenkneifen und etwas aushalten! Sind Sie verheiratet?«

»Ja, Herr Stabsarzt«, hatte der Verwundete mit ängstlichen Augen geantwortet.

»Kinder?«

»Drei.«

»Sehen Sie!« Dr. Portner hatte auf den Tisch gezeigt. »Hinlegen. Auf 'n Bauch! Und denken Sie daran, daß Ihre Frau dreimal größere Schmerzen gehabt hat als gleich Sie! Wenn Sie schreien, nehme ich Sie auseinander!«

Nun lag der Mann auf dem Bauch, biß sich in den Unterarm, stöhnte verhalten und rollte mit den Augen. Dr. Portner und Dr. Körner sahen unwillig auf, als Knösel in den Keller polterte und die Hacken zusammenknallte.

»Idioten sammeln sich in Keller fünf!« brüllte Dr. Portner.

»Wallritz! Was soll das? Der macht Männchen, während rundherum alles krepiert!«

»Obergefreiter Schmidtke, abkommandiert, um Herrn Assistenzarzt Dr. Körner nach Pitomnik zu bringen«, meldete Knösel. Er legte dabei sogar die Hand an den gekalkten Helm.

Stabsarzt Dr. Portner legte die Pinzette auf den Rücken des Verwundeten und drückte eine Lage Mull auf einen frischen, stark blutenden Schnitt.

»Nach Pitomnik? Wieso?« Er blickte zu Körner. »Wissen Sie was davon?«

»Nein, Herr Stabsarzt.«

»Wer hat den Befehl gegeben?«

»Er ist dreimal bei der Funkstelle V eingetroffen. Einmal vom Herrn Generalarzt, einmal von Herrn Oberst von der Haagen und einmal von Herrn Pfarrer Webern ...« Knösel las es von einem Zettel ab, auf dem er alles notiert hatte. »Dcr Herr Assistenzarzt soll doch morgen heiraten ...«

Dr. Hans Körner wischte sich verwirrt über die Augen. Seine blonden Haare klebten verschwitzt an dem schmalen Kopf. »Mein Gott«, sagte er leise. »Der wievielte ist denn heute?«

»Der einunddreißigste Oktober.« Dr. Portner lachte plötzlich. »Natürlich! Am ersten November heiraten Sie ja! Das haben Sie wohl ganz verschwitzt ...« Er ging um den Tisch und band Körner eigenhändig die OP-Schürze ab. »Schluß jetzt, Körner ... für drei Tage sind Sie Hochzeiter, nicht Todesengel! Lassen Sie mich der erste sein, der Ihnen gratuliert. Hoffentlich bekommen Sie bald Urlaub, um dem Führer einen strammen Sohn zu zeugen!«

Hans Körner schluckte. Er schüttelte die Hände von Dr. Portner und Feldwebel Wallritz, aber er tat es mechanisch und spürte kaum den Druck ihrer Finger. Auch ihre Worte rauschten an ihm vorbei wie das ständige Geknatter der Maschinengewehre oben in der Trümmerwüste.

Marianne, dachte er. Ich habe dich vergessen. Kann man das begreifen, wo es nichts auf der Welt gibt, was mein Herz so beschäftigt wie du? Morgen werden wir Mann und Frau sein ... über zweitausend Kilometer hinweg ... wovon wir träumten, beim letzten Urlaub noch, im Schilf liegend und über die sonnige Fläche des Sees blickend, umschlungen und auf den Herzschlag des anderen lauschend, eingebettet in eine Wolke von Glück, auf der alle Erdenschwere von uns abfiel, das ist nun Wahrheit. Morgen, am ersten November 1942. Auf dem Flugplatz Pitomnik bei Stalingrad. Ich werde ja sagen, und du wirst ja sagen ... zweitausend Kilometer entfernt, in Köln ... und wir werden Mann und Frau sein ... Das alles hatte ich vergessen, bis zu dieser Minute ... Die Sterbenden nehmen die Gedanken mit ...

»Hauen Sie ab, Körner!« Die Stimme Dr. Portners riß Körner aus seinen Gedanken. »Und kommen Sie mir gesund zurück! Vor allem – kommen Sie erst mal heil nach Pitomnik. Meine Hochzeitsgabe müssen wir aufsparen bis nach dem glorreichen Sieg!«

In wenigen Minuten war der Packsack Dr. Körners gepackt. Knösel half ihm dabei. Dann stiegen sie hinauf in das Trümmerfeld und wurden von russischen Pakgeschossen empfangen. Feldwebel Wallritz war mit ihnen nach oben gekommen. Ein Häuserviertel im »Tennisschläger« brannte lichterloh. Pioniere kämmten mit Flammenwerfern einige Straßenzüge durch. In einem mitten durchgerissenen Haus lagen auf dem Betonboden des zweiten Stockwerkes einige Sowjetsoldaten. Man sah sie ganz deutlich ... ihre Uniformen brannten, sie wälzten sich und rollten sich über den Boden, um die Flammen zu ersticken. Aber jedesmal, wenn sie in Richtung der Straße lagen, begannen sie wieder zu schießen. Brennende Menschen, die bis zum letzten Stöhnen kämpften.

»Los!« sagte Knösel. Er duckte sich und rannte den Laufgang hinunter, den man in die Straße gegraben hatte. Dr. Körner folgte ihm. Sie liefen einige hundert Meter, mit keuchenden Lungen, schluckten Staub, warfen sich vor heranorgelnden Granaten hin und suchten in Löchern Schutz, geduckt an die schon verwesenden Leichen, auf die sie hinaufsprangen. Kurz vor einem freien Platz überfiel sie noch einmal eine Salve. Den Kopf zwischen die Steine gedrückt, warteten sie, hörten über sich hinweg die heißen Splitter surren und in die geborstenen Hauswände klatschen. Eine Staublawine, die von einer Fassade über sie herfiel, nahm ihnen die Luft. Sie sprangen auf, warfen die Arme empor und rangen nach Atem. Taumelnd erreichten sie das andere Ende des Platzes, stolperten weiter und standen plötzlich in einer anderen Welt.

Aus Kellern und Steinbunkern rauchten Ofenrohre. Zwei Funkwagen waren hinter einer Hauswand aufgefahren und hatten eine lange Antenne gespannt. In Hausruinen hatten sich Werkstätten niedergelassen. Von irgendwoher zog der Duft einer dampfenden Nudelsuppe durch die Trümmer. Vier deutsche Tigerpanzer waren in einer Reihe aufgefahren und wurden so sorgfältig gewaschen, als gehe es zur Parade. Ein Spieß schrie herum und meckerte, weil die Raupenketten der Panzer in den inneren Gliedern immer noch Lehmspuren aufwiesen.

»Ich werd' verrückt!« sagte Dr. Hans Körner und blieb keuchend stehen. »Da die Hölle – hier Kommiß!«

»Genau bis zu dem Platz reicht die sowjetische Artillerie. Dann kommt 'n freier Streifen ... und auf der Straße nach Gumrak geht's wieder los. Da kommen die großen Koffer runter. Det ist hier wie 'ne Insel. Und da steht er ooch, unser Kübel ...« Knösel zeigte mit seiner Pfeife auf einen Kübelwagen mit Tarnanstrich. Er stand vor einer der Werkstätten.

Knösel schleppte den Packsack Körners zum Wagen und warf ihn auf den Hintersitz. Ein Offizier kroch aus einem Keller und sah Körner interessiert entgegen, als dieser an den Wagen trat. Er grüßte, und Körner grüßte zurück.

»Ihr Wagen, Kamerad?«

»Ja.«

»Sie fahren nach rückwärts? Würden Sie ein Paket mitnehmen?« Der Offizier, ein Oberleutnant mit großen verträumten

Augen, kam näher. In der Hand hielt er ein kleines Paket. »Es ist für meine Mutter ...«

»Selbstverständlich.« Dr. Körner nahm das Paket und legte es neben seinen Packsack.

»Ich bin gestern hierhergekommen, aus Frankreich«, sagte der junge Oberleutnant. In seiner Stimme schwang eine große Hilflosigkeit. »Es sieht verdammt beschissen aus. Sie kommen vom ›Tennisschläger‹?«

»Ja.«

»Da muß ich morgen früh hin.«

Körner gab dem jungen Offizier die Hand. »Dann viel Glück, Herr Kamerad. In drei Tagen komme ich zurück ... dann sehen wir uns vielleicht wieder.«

»Vielleicht ...«

Der Oberleutnant winkte dem Wagen nach, als Knösel mit knatterndem Motor über die Straße hoppelte, über Steine und durch flache Löcher. An einem abgeholzten und zersplitterten Wäldchen vorbei erreichten sie eine breite Landstraße. Links und rechts lagen abgeschossene sowjetische Panzer, zerfetzte Autos und umgestürzte, zu einem Gewirr zusammengeworfene Telegrafenmaste. Die Toten hatte man weggeräumt und neben der Straße, auf den steppenähnlichen Feldern, begraben. Knösel drückte auf das Gas, als sie die breite Straße erreicht hatten.

»Wir müssen einen Umweg machen, Herr Assistenzarzt«, sagte er. »Über Gorodistsche und dann übern Tatarenwall. Der nächste Weg, der über die Steppe, ist mir zu unsicher.«

»Sie werden es schon richtig machen. Wir haben ja Zeit.« Dr. Körner lehnte sich zurück und sah in den fahlen, farblosen Himmel. Morgen heirate ich, dachte er. Marianne Bader, neunzehn Jahre alt, schwarzlockig und süß. Er hatte sie im Zug kennengelernt, bei einem Luftangriff auf freier Strecke. Nebeneinander hatten sie in einem Kornfeld gelegen, während oben auf dem Bahndamm die Flugzeuge um die verlassenen Waggons kreisten und in sie hineinschossen. Das Mädchen war voll Angst an ihn gekrochen und hatte sich wie ein schutzsuchendes

Tier an ihn geschmiegt. »Sie brauchen keine Angst zu haben!« hatte er damals gesagt, obwohl ihm selbst ein dicker Kloß in der Kehle saß. Aus dieser Angst im Kornfeld war ihre Liebe geworden.

Dr. Körner schloß die Augen. Das Rumpeln und Rütteln des Wagens schläferte ein. Im Lazarettkeller hatte es keinen Schlaf gegeben, nur ein paar Stunden unruhiges Hin- und Herwälzen auf einer Matratze, die man aus den Trümmern geborgen hatte. Wenn dann die Ruhe doch kam, weckte einen das Rütteln von Feldwebel Wallritz. Die Zeit war herum ... auf dem Küchentisch lagen wieder neue Leiber, aufgerissen und um Hilfe wimmernd.

Knösel ließ den Assistenzarzt schlafen. Nur einmal hielt er an, schob seinen zusammengerollten Mantel vorsichtig unter den Nacken Körners, deckte ihn mit einer alten Pferdedecke zu und fuhr dann weiter. Er ratterte durch Gorodistsche und über den Tatarenwall, vorbei an den riesigen Materiallagern der 6. Armee, an Autokolonnen und Panzerbataillonen, an Nachschubschlangen und Munitionstransportern.

Hinter Gumrak passierte er ein großes Verpflegungslager. Neun Zahlmeister waren dabei, alle Kisten listenmäßig zu erfassen, die man auslud. Knösel hielt einen Augenblick an, übermannt von Verwunderung. Er sah Büchsen mit Schinken und Schmalzfleisch, Kanister mit Salatöl, Säcke voller Bonbons, Schokolade und sogar Pralinen. Er sah mit sprachlosem Staunen, wie man einen Lastwagen voller Bienenhonigdosen auslud. Ein Stabszahlmeister stand daneben, zählte jede Dose und machte einen Strich in sein Wareneingangsbuch.

Ein Feldgendarm trat an den Kübelwagen heran. »Hau ab, Wanze!« knurrte er. »Was gibt's hier zu sehen?«

»Das Märchen vom Schlaraffenland, Kumpel.« Knösel zeigte mit seiner Pfeife auf das Verpflegungslager, das überquoll von Lebensmitteln. »Weißt du, was wir draußen zu fressen kriegen?«

»Hau ab, sag ich!«

»Suppe aus Pferdefleisch! Und matschiges Brot. Wer frißt 'n das da?«

»Wintereinlagerung! Vorratswirtschaft! Verstehste aber nicht! Und nun schwirr ab, sonst hau ich dir eine Meldung wegen Transportbehinderung vor den Kühler! Wen fährste denn da spazieren?«

»Den zukünftigen Leiter der Charité! Kennste de Charité?«

»Nee!«

»Siehste!« Knösel ließ den Motor wieder an. »Der eine kennt det Fressen, der andere hat Kultur!«

Knatternd fuhr er weiter, oberhalb der Gontschara-Schlucht vorbei, in Richtung auf Pitomnik. Er fuhr jetzt quer durch die Steppe, die wie ein beschmiertes Butterbrot flach vor ihnen lag. Noch staubte es hinter seinem Wagen, aber der Himmel sah schon nach Kälte aus. Dr. Körner schlief fest und mit langen, ruhigen Atemzügen. Knösel stopfte seine Pfeife mit Machorka und blies den Qualm in dicken Wolken von sich. Kenner behaupteten, er müsse eine Lunge aus Leder haben, um das auszuhalten.

Wie ein großer Junge sieht er aus, dachte Knösel bei einem Seitenblick auf den schlafenden Körner. Und Arzt ist er schon! Und ab morgen verheiratet. Das war ein Punkt seines Denkens, wo bei Knösel das Verständnis aufhörte. Heiraten ohne Braut und Hochzeitsnacht, nur so auf dem Papier ... das blieb ihm unbegreiflich.

»Wie 'ne Molle ohne Schaum!« hatte er bei dem Bekanntwerden der Ferntrauung gesagt. »Wenn ick mir de Hochzeitsnacht nur träumen soll, vazichte ick drauf!«

Am Abend erreichten sie Pitomnik.

»Ich halte es für eine Dummheit, verzeih mir, Söhnchen, aber es ist die Meinung eines alten Mannes«, sagte Pawel Nikolajewitsch Abranow und schlürfte aus einem Unterteller heißen Tee.

Sie saßen in einem Erdbunker im Steilufer der Wolga. Es war ein wohnliches Plätzchen, das sich der Greis Abranow eingerichtet hatte. Aus seinem Stadthaus hatte er noch etwas retten können, bevor er sich in den Leib der Erde verkroch wie ein Känguruh in den Muttersack. Da waren ein Bett an der Wand, ein richtiges weißes Eisenbett mit einer Matratze und zwei Dekken, ein eiserner Herd, der gleichzeitig Ofen war, ein Spültisch, ein Kleiderschrank, drei Stühle, ein Tisch, Töpfe und Geschirr ... wahrhaftig, es war eine luxuriöse Höhle, in der sich leben ließ, wenn nicht immer die Wände wackelten, sobald eine deutsche Granate oben auf der Kuppe oder unten in der Wolga einschlug.

Um Abranow, den Greis, herum saßen Vera Tscherkanowa, sein Enkelkind, und der mittelgroße, breitschultrige und immer fröhliche Mladschij-Sergeant Iwan Iwanowitsch Kaljonin.

Mit Iwan Iwanowitsch und Vera hatte es vor über einem Jahr begonnen. Damals kam der tapfere Sergeant zurück nach Stalingrad in die Traktorenfabrik »Dsershinski«, nicht weil er übrig war in der Roten Armee oder man ihn nicht brauchen konnte, sondern weil er ein Facharbeiter war, der etwas von dem verworrenen Innenleben eines Panzers verstand. Und Panzer brauchte man an allen Fronten. Im Eiltempo wurden sie gebaut, auf dem Versuchsgelände eingefahren und dann, umkränzt mit Blumen und Schildern wie ›Fahr in den Sieg!‹ oder ›Fürs Vaterland siege!‹, sofort abtransportiert an die Front.

Vera Tscherkanowa wiederum war eines der vielen hundert Mädchen, die im Traktorenwerk schweißten und nieteten, die Drähte spannten und Anschlüsse verklemmten, ein fleißiges, liebes, hübsches Mädchen, vor dem die Männer an den Mützen rückten, wenn sie an ihnen vorbeiging. Denn das war kein Gehen mehr, das war ein Schweben. Und stolz war sie. Immer den Kopf im Nacken. Bis Iwan Iwanowitsch ins Werk »Dsershinski« kam und von Panzer zu Panzer kletterte und kontrollierte, ob auch alles richtig sei. Da sahen sie sich beide groß an, und sie wußten, daß von diesem Augenblick an das Leben eine andere Richtung nehmen würde. Wie ein Funken war's, der in beider Herz fiel und sich dort entzündete zu einer heißen Flamme.

»Ich heiße Iwan Iwanowitsch Kaljonin«, hatte der breitschultrige Mladschij-Sergeant gesagt. »Stalingrad ist eine schöne Stadt. Hier kann man leben.«

Und Vera Tscherkanowa hatte geantwortet: »Ich heiße Vera. Es freut mich, Genosse, wenn Sie in dieser Stadt leben können ...«

So dumm hatten sie dahergeredet! Aber was sie nicht sagten, sprachen ihre Augen. Und das war viel, viel zu viel auf einmal, um es verarbeiten zu können. Dazu brauchte man Zeit ... Und so ging ein Jahr dahin, der alte Abranow lernte Iwan Iwanowitsch kennen und sagte: »Vera! Ich habe deiner Mutter versprochen, auf dich aufzupassen. Es war ihr letzter Wunsch, bevor sie starb. Und Igor, deinem Vater, habe ich die Hand gegeben und gesagt: ›Zieh in den Krieg, Söhnchen, dein Töchterchen Vera wird mein Augapfel sein!‹ Unser guter Igor ist vermißt, und an mir liegt's nun, alles zu entscheiden. Also sei's. Ich entscheide: Bring deinen Iwan Iwanowitsch zu mir, damit ich ihn mir ansehe ...«

So war er, der alte Abranow. Immer ein wenig langatmig in seinen Reden, aber gut, herzensgut! Er hatte Kaljonin umarmt, seinen Bruder genannt, zwei Gläschen Wodka mit ihm geteilt, sich über Politik unterhalten und herausgefunden, daß er ein guter Mensch sei. Dann stießen die Deutschen vor, sie überrannten den Don, sie kamen zur Wolga, und Iwan Iwanowitsch vertauschte den Monteurkittel wieder mit der Uniform, ergriff seine Maschinenpistole und wurde einem Sonderkommando des städtischen Verteidigungskomitees zugeteilt. Es hatte sich mitten in der Neustadt, ein paar Häuserblocks von der Zariza entfernt, verschanzt, und wie gegen den »Tennisschläger« oder den Getreidesilo rannten die deutschen Bataillone vergeblich dagegen an. Auch Vera Tscherkanowa hatte sich geweigert, Stalingrad zu verlassen. Sie stellte sich dem Sanitätsdienst zur Verfügung und verkroch sich mit den Tausenden anderen in das

Wolgasteilufer, verband die Verwundeten, tröstete Sterbende, begrub die Toten, kochte und trug Verpflegung herum. Manchmal tat sie auch etwas, was niemand sah: Nachts, neben Großvater Abranow auf einem Strohsack liegend, faltete sie unter der Decke die Hände und betete leise für das Leben Iwan Iwanowitschs.

Das war etwas ganz Merkwürdiges mit dem Beten: sie glaubte nicht daran, denn auf der Komsomolzenschule hatte man gelehrt: Ob es Gott gibt, kann man nicht beweisen. Aber ein doppeltes Plansoll, das kann man beweisen. Und den Sozialismus kann man beweisen. Und die Freiheit aller Schaffenden kann man beweisen. Das war einleuchtend ... aber als ihre Mutter starb, an einer Lungenembolie, hatte Großvater Abranow am Bett gesessen und gebetet, und die Mutter hatte gebetet, und danach war sie so still gestorben, so voller Frieden. Vera hatte daneben gestanden, verwundert und nachdenklich. Irgendwie gibt es Kraft, hatte sie gedacht. Man soll's nicht meinen.

Jetzt, wo es um das Leben Iwan Iwanowitschs ging, hatte sie es versucht, nachts, unter der Decke. Und wirklich, es gab einen inneren Halt, sie hatte jemanden, den sie bitten konnte, ohne sich zu schämen. »Gib mir Iwan Iwanowitsch zurück!« hatte sie gesagt. »Beschütze ihn. Laß ihn leben! Ich liebe ihn doch so. Laß ihn leben ...«

Nun war es soweit: Kaljonin saß im Bunker des alten Abranow, und in einer Stunde sollte er mit Vera getraut werden. Der Standesbeamte des V. Bezirks war noch da, er hatte alle amtlichen Briefbogen, Stempel und die wichtigsten Papiere in zwei großen Blechkisten bei sich, residierte in einem aus Balken gefügten großen Bunker nahe an der Wolga und repräsentierte die kommunale Obrigkeit der Stadt. Die anderen Beamten lagen im Gebäude des Verteidigungskomitees der Partei und stemmten sich den Deutschen entgegen. Sogar Trauzeugen würden kommen. Oleg Simferowitsch Odnopoff, der Leutnant Kaljonins, und Shuri Andrejewitsch Fulkow, der Kommissar für Kriegspropaganda im Befehlsstand des Frontmilitärrates.

»Ich halte es für unnötig, Söhnchen«, sagte Abranow wieder. »Warum heiraten? Morgen schon kann Vera eine Witwe sein! Man sollte warten, bis Stalingrad wieder befreit ist. Oder müßt ihr?«

»Nein, Väterchen.« Iwan Iwanowitsch wurde rot. Wahrhaftig, das konnte er noch! »Aber wir lieben uns.«

Abranow seufzte. Sie lieben sich, dachte er. O ihr Seelchen! Oben hämmern die Deutschen die Stadt zu Pulver, und sie lieben sich wie zwei Täubchen im Frühling. Man könnte philosophisch werden und sagen: Das ist die Kraft des Lebens. Aber was hilft's? Aus der Tiefe des Landes rollen dreihundertfünfzigtausend Deutsche gegen Stalingrad, eine graue Woge, die an die zerborstenen Mauern brandet. Immer und immer wieder, auch wenn die Woge rot wird von Blut. Und da wollen zwei kleine Menschlein heiraten, weil sie sich lieben! Abranow seufzte noch einmal und trank seinen Tee aus.

»Ich kann's nicht ändern«, sagte er. »Einem alten Mann hört man zu wie einem blökenden Schaf. Heiratet also ...«

Am Abend gingen sie langsam den Hang hinunter zur Wolga. Über ihnen brannte wieder ein Stadtviertel. Es war erstaunlich, daß es immer noch Dinge gab, die brennen konnten. Die Wolgafähre, die Panzer übersetzte, lag unter dem Feuer deutscher Artillerie. Sie schwankte bedrohlich, und Abranow blieb stehen, schlug ein Kreuz und sagte laut: »Gott schütze unsere Brüder dort drüben ...« Vor dem Verwaltungsbunker warteten schon Leutnant Odnopoff und Kommissar Fulkow. Auch einige Zivilisten standen herum, Freunde der Abranows. Aus Weiden und Ästen hatten sie Kränze geflochten und mit bunten Bändern verziert. Sie überreichten sie Vera Tscherkanowa und sagten: »Wenn wir wieder frei sind, holen wir es nach, Veraschka. Wir haben ja nichts mehr.«

Iwan Iwanowitsch faßte Vera unter. Sein rundes Gesicht glänzte vor Glück und Freude. Vera senkte den Kopf. Ihr blondes Haar quoll unter dem Kopftuch hervor. Bei der Heiligen Mutter von Kasan – sie war ein schönes Bräutchen!

»Viel Glück!« sagte Leutnant Odnopoff, bevor sie in den Behördenbunker gingen.

Und Kommissar Fulkow sagte laut: »Diese Hochzeit zeigt den Glauben an den Frieden!«

Na ja, er war eben ein Propagandist. Man muß so reden, und niemand nahm's ihm übel.

Am Abend, eine Stunde später, grub Abranow eine versteckte Flasche Wodka aus der Erde.

Er war eben ein alter Fuchs, der Pawel Nikolajewitsch.

Es war alles vorbereitet.

Ein Tisch stand da, mit einer weißen Decke, ein Asternstrauß in einer Vase, ein geflochtener Kranz aus verblichenen Immortellen, vier alte Stühle mit geflickten Korbsitzen, ein zugeschraubter Füllfederhalter und ein paar Blatt Papier in einer ledernen Schreibmappe, auf die eine stolze Hansekogge eingeprägt war. Links an der Wand hing ein Bild Hitlers, rechts, ihm gegenüber, ein hölzernes Kruzifix. Auf einem der beiden Stühle lag ein Blumengebinde. Neben der Schreibmappe stand ein anderes Kruzifix, aus vergoldetem Messing, aufgesetzt auf einen weißen Marmorsockel.

Sonst war der Raum leer. Die Morgensonne schien aus einem dunstigen Himmel, glanzlos und wie beschlagen. Auf dem Flugplatz von Pitomnik landeten in kurzen Abständen die Transportmaschinen. Dicke, behäbige Ju 52 rollten zu den Lagerschuppen und wurden ausgeladen. Munition, Pak, leichte Flak, Panzerersatzteile, Autowerkstätten, Verpflegung. Als Rückladung nahmen sie Schwerverwundete mit, die rund um den Flugplatz in Blockhütten, Zelten oder Sanitätskraftwagen warteten. Ein kleines Heer von Zahlmeistern war vollauf beschäftigt, Ordnung herzustellen und die herangeflogenen wertvollen Güter sofort auf Lager zu nehmen und dem Anblick Unbefugter zu entziehen.

Im Offizierskasino des Feldlazaretts Pitomnik stand Assistenzarzt Dr. Körner im Kreis trinkender und politisierender Kameraden. Irgendwie kam er sich verlassen vor inmitten der Menge sauberer Uniformen aus glänzendem Tuch und mit gepflegten, blitzenden Auszeichnungen.

Oberst von der Haagen führte das Wort. Er entwickelte seine Theorie, wie man nach dem endgültigen Fall von Stalingrad durch die kasachstanische Steppe stoßen könnte, um in einem weiten Bogen das sagenhafte Industriegebiet im Innern Sibiriens zu erobern. An der chinesischen und mandschurischen Grenze vorbei konnte man dann bis nach Wladiwostok vorstoßen. Von dort war es ein Sprung hinüber nach Alaska.

»Sie sehen, meine Herren«, sagte Oberst von der Haagen und hob sein Weinglas, »der Weitblick des Führers ist genial, einmalig in der Geschichte. Stalingrad bringt die Entscheidung, das hat man im Führerhauptquartier klar erkannt. Nicht Moskau, wie man zuerst dachte! Die Seele Rußlands ist nicht der Kreml, sondern Sibirien. Wir gehen einer neuen Weltordnung entgegen ...«

In einer Ecke stand der katholische Feldgeistliche, Pfarrer Paul Webern. Er beteiligte sich nicht an der Verteilung der Welt. Still beobachtete er Dr. Körner, der mitten im Kreis der Offiziere stand, sein Glas umklammerte, als wolle man es ihm entreißen, und den Reden von der Haagens zuhörte mit der Abwesenheit eines Hypnotisierten.

Pfarrer Webern sah Körner heute morgen zum erstenmal. Am Abend hatte er eigentlich gleich nach der Ankunft des Arztes mit ihm sprechen wollen, aber in der Baracke III starben drei Schwerverwundete und mußten die Letzte Ölung erhalten. Bis zum Morgen hatte er an ihren Holzpritschen gesessen und gebetet, bis der letzte gestorben war. Kaum daß sie sich gestreckt hatten, wurden sie von der Pritsche geschoben und hinausgetragen. Man brauchte die Betten für den unaufhörlichen Nachschub, der über die Steppe von Stalingrad heranrollte.

Zufällig trafen sich die Blicke Pfarrer Weberns und Dr. Körners. Sie sahen sich an, und Körner stellte sein Glas ab, drängte sich durch den Kreis der Offiziere und kam auf den Pfarrer zu.

»Sie wollen mir etwas sagen, Herr Pfarrer?« fragte er. Es schien, als sei er erleichtert, aus dem Kreis der Welteroberer herausgekommen zu sein.

»Ich? Nein! Wie kommen Sie darauf?«

»Sie sahen mich so an.«

Über das schmale, blasse Gesicht Pfarrer Weberns huschte ein leichtes Lächeln.

»Ich beobachtete nur, Doktor.«

»Mich?«

»Den illustren Kreis. Es ist erstaunlich, welch erdkundliche Kenntnisse die Herren besitzen.«

»Warum so sarkastisch, Herr Pfarrer?«

»Ich bin nur ein paar Tage hier in Pitomnik. Bis vorigen Mittwoch lag ich in einem Keller westlich des Stalingrader Hauptbahnhofes. Ich hörte, Sie kommen vom ›Tennisschläger‹ ...«

»Ja.«

»Ist Ihnen da unten in Ihrem Keller schon der Gedanke gekommen, daß wir an der chinesisch-mandschurischen Grenze vorbeistoßen könnten bis Wladiwostok ...?«

Dr. Körner verstand. Er blickte auf Oberst von der Haagen. Die Herren standen vor einer hohen Rußlandkarte, die einen großen Teil der Breitwand des Zimmers einnahm. Mit einem Lineal bewies von der Haagen, welche Schwenkungen die Heeresgruppe Süd und die Heeresgruppe Mitte vollführen mußten, um in einer riesigen Zangenbewegung nach dem Fall von Stalingrad die kopflosen sowjetischen Armeen noch vor dem Ural abzufangen und aufzureiben.

»Was dann kommt, meine Herren, ist nur ein Spaziergang«, schloß von der Haagen seinen strategischen Vortrag. »Vor uns liegt leeres Land ... Im Norden die Tundra, in der Mitte die Taiga, im Süden die Steppen und Wüsten. Wir werden sie durchrollen wie früher der Transsibirische Expreß. Interessant wird es wieder bei Irkutsk. Aber Widerstand? Nee, meine Herren! Haben Sie schon mal 'nen Knaben mit Rückenmarkschwund Walzer tanzen sehen?!«

Man lachte laut über diesen Witz. Oberst von der Haagen war doch ein charmanter Kerl. Wie er die Gedanken des Führers in Tatsachen umsetzte, das war gekonnt und beste alte Generalstabsschule. Nach dem verebbten Lärm von Anerkennung und Fröhlichkeit sah der Oberst auf die Uhr und winkte Dr. Körner zu.

»Unser Hochzeiter, meine Herren! Steht da in der Ecke wie ein verwelkter Primelpott! Lieber Körner ... Angst vor der Ehe? Was kann Ihnen schon passieren ... liegen ja zweitausend Kilometer dazwischen!« Man lachte wieder und fand die Andeutung witzig-frech. »In zwanzig Minuten ist es soweit. Nehme an, daß Fräulein Braut schon im Standesamt I in Köln sitzt und den Stahlhelm ansieht, der neben ihr auf dem Stuhl liegt und den Ehemann symbolisiert. Ich schlage vor, meine Herren, wir gehen hinüber. Herr Pfarrer, alles bereit?«

»Ja«, sagte Webern schlicht. »Gott ist immer bereit ...«

Oberst von der Hagen stutzte etwas. Eine passende Antwort fiel ihm so schnell nicht ein. Es war schwer, im Zusammenhang mit Gott witzig zu sein. Mit forschen Schritten ging er voraus, eine Ordonnanz riß die Tür des »Trauzimmers« auf. Vor dem Tisch stand Knösel und steckte eine Kerze an. Oberst von der Haagen blieb auf der Schwelle stehen.

»Wer ist denn dieser Neandertaler?«

Knösel fuhr herum. Er hielt ein brennendes Streichholz in der Hand und knallte die Hacken zusammen.

»Obergefreiter Schmidtke, 2. Kompanie, Infanterie-Regiment ... Au, so 'n Mist!« Er schüttelte die Hand. »Habe mich soeben verbrannt, Herr Oberst ...«

»Ordonnanz!« brüllte von der Haagen. »Wie kommt ein Halbaffe in diesen Raum?«

»Er ist mein Fahrer.« Körner winkte Knösel. Der Obergefreite machte eine Kehrtwendung und marschierte an dem Oberst vorbei hinaus. »Ich wußte nicht, daß er eine Kerze organisiert hat. Er wollte mir eine Freude machen.«

»Leute sind in der Armee – na ja, gehen wir!« Der Oberst sah wieder auf seine Uhr. »Gleich geht es in Köln los. Wir müssen das alles synchron machen, meine Herren, um den feierlichen Augenblick voll auszuschöpfen. In Stalingrad heiratet ein Kamerad. Im Angesicht des täglichen Todes, umgeben von einem mitleidlosen, brutalen, vertierten Feind, ehelicht er ein deutsches Mädchen, das über zweitausend Kilometer entfernt in Köln im gleichen Augenblick vor dem Standesbeamten steht, stolz und aufrecht, eine echte deutsche Maid, gewillt, nach dem Sieg unserer Truppen und dem Triumph des Führers über eine geifernde, feindliche Welt dem Vaterlande eine neue Mutter zu sein, eine treue Ehefrau, eine Trägerin heiligen germanischen Blutes ...«

Dr. Körner sah hinüber zu Pfarrer Webern. Sein Blick war groß, bittend und traurig. Unmerklich nickte ihm Webern zu und legte beide Hände über das goldene Kreuz, das er vor der Brust trug.

Oberst von der Haagen sprach weiter. Mit glühendem Pathos, mit ehernen Worten, mit zukunftsträchtigen Visionen.

Ab und zu blickte er schnell auf seine goldene Armbanduhr. Während der Rede klappte er die Ledermappe auf. Die Trauungsurkunde war schon vorbereitet, es fehlten nur noch das Datum und die Unterschriften. »In diesem Augenblick, lieber Kamerad Dr. Körner, vollzieht sich der ergreifende Akt der Werdung einer neuen deutschen Familie. Ihre Braut steht jetzt in Köln vor dem Standesbeamten, neben sich den symbolischen Stahlhelm, und wie sie in diesem Augenblick gefragt wird, frage ich nun Sie: Hans Ulrich Fritz Körner, wollen Sie die Marianne Erika Lieselotte Bader ...«

Das »Ja« Dr. Körners war gepreßt und durchzuckt von innerer Ergriffenheit. Er hatte die Augen dabei geschlossen und versuchte sich vorzustellen, wie Marianne in diesen Minuten aussah: in einem weißen Kleid, mit einem kurzen Schleier auf den schwarzen Locken und einem Myrtenkranz darüber. Sie weinte und sah immer wieder auf den Stahlhelm neben sich – das war so sicher, wie er jetzt die Augen geschlossen hatte und zweitausend Kilometer überbrückte.

»So erkläre ich Sie hiermit kraft meiner Vollmacht als Mann und Frau«, sagte Oberst von der Haagen. Und mit einem Blick zu Pfarrer Webern fügte er hinzu: »Gott möge Ihren Lebensbund schützen.«

Er streckte Dr. Körner die Hand entgegen. Ein leiser Stoß in den Rücken, von einem der Trauzeugen, ließ Körner die Augen öffnen. Er sah die Hand und legte seine kalten Finger hinein.

»Ich danke Herrn Oberst«, sagte er. »Ich danke auch im Namen meiner Frau ...«

Meine Frau, dachte er. Zum erstenmal – meine Frau. Frau Marianne Körner ...

Über dem Flugplatz heulten Sirenen auf. Grell, auf- und abschwellend. Oberst von der Haagen ließ Körners Hand los.

»Fliegeralarm! Wieder so ’n paar sowjetische Störbrüder! Nicht mal in Ruhe heiraten kann man!«

Sie stürmten aus dem Zimmer, um die Bunker hinter den Baracken zu erreichen. Pfarrer Webern und Dr. Körner blieben allein zurück. Niemand kümmerte sich mehr um sie. Die Kerze flackerte, als rund um den Flugplatz die Flak zu schießen begann.

»Es wird lange dauern, bis sie in Wladiwostok sind«, sagte Webern und kam auf Körner zu. Er reichte ihm beide Hände und legte sein goldenes Kruzifix darüber. »Ich wünsche Ihnen und Ihrer Frau Gottes Segen. Mehr kann ich Ihnen nicht geben, Doktor. Ich bin ein armer Priester, der nur das Wort hat.«

Dr. Körner senkte den Kopf und sah auf das goldene Kreuz auf seinem Handrücken.

»Kommen Sie mich einmal besuchen, Herr Pfarrer?« fragte er.

»In Köln? Wenn es einmal möglich wird, natürlich ...«

»Nein. In Stalingrad. In meinem Bunker am ›Tennisschläger‹. Sie werden ihn leicht finden ... wo die Blutenden durch die Trümmer hinkriechen und wo im Umkreis von zehn Metern die Granattricher mit Leichen gefüllt sind ... da bin ich in einem Keller ... Der Weg ist nicht zu verfehlen ...«

Pfarrer Webern nickte. »Ich komme, Doktor. Bestimmt.«

Dann sahen sie stumm in den flackernden Schein der Kerze, und was sie dachten, verschlossen sie in ihren Herzen. Und doch wußte jeder vom anderen, was er verschloß.

Um sie herum bellte die Flak und zitterte der Boden. Die Barackenwände schwankten in den Druckwellen der Detonationen.

Der Obergefreite Knösel lag in einem Einmannloch und rauchte. Er hatte den Mantel über den Kopf gezogen und sah aus wie eine schlafende Fledermaus.

Ihn quälten andere Sorgen. Er hatte bei der Abfahrt in Stalingrad versprochen: »Kumpels ... ich bringe euch einen Sack voll zu fressen mit!« Das wahr zu machen, war eine Sorge, die ihn mehr beschäftigte als der Bombenregen, der über die Rollbahn II niederging.

Am Morgen mußte Iwan Iwanowitsch Kaljonin wieder zurück in die Stadt. Es gab keinen Urlaub, um das junge Frauchen in den Arm zu nehmen und zu schaukeln. Am Bahnhof hatten die Deutschen zwei Häuserblocks erobert, und auch am »Tennisschläger« hatten Pioniere ein System untereinander verbundener Keller ausgeräuchert. Da brauchte man Iwan Iwanowitsch Kaljonin, auch wenn er nur ein einzelner war. Auch ein einzelner Mann, der noch schießt, kann zu einer Gräte im Halse werden, an der man erstickt, sagt ein russisches Sprichwort.

Nichts da also mit Liebchen und schmatzenden Küssen, mit knirschenden Strohsäcken und dunklem Geraune am heißen Ohr! Man kann es nachholen, aber ein paar Meter Boden der

Stadt in deutscher Hand, das kann der Tod von Mütterchen Rußland sein.

Vera Tscherkanowa, die jetzt also Kaljonina hieß, begleitete Iwan Iwanowitsch bis zum Kamm des Steilufers. Dort sah sie in die sterbende, in jeder Sekunde grell aufschreiende Stadt, und es krampfte sich ihr das Herz zusammen vor Angst und Liebe.

Selbst der alte Abranow war mitgekrabbelt und hockte hinter einer Bodenwelle, starrte hinüber in die Staubnebel und Feuerschleier, wo einmal seine Wohnung gewesen war, in einem schönen, neuen Haus, das eine Maurerbrigade in Rekordzeit gebaut hatte und das man allgemein als sehr gelungen angesehen hatte, weil es für jede Familie sogar eine Toilette besaß, und er hatte Tränen in den Augen, als er Iwan Iwanowitsch umarmte und sagte:

»Wir sehen uns wieder, Söhnchen ... bestimmt sehen wir uns wieder ...«

Dann gliederte sich Kaljonin in einen Trupp Rotarmisten ein, der hinüberzog zum Bahnhof. Er winkte noch ein paarmal zurück, ehe er zwischen den Trümmerbergen verschwand.

Zur gleichen Zeit marschierte auch Major Kubowski mit seinem neuen Bataillon zum »Tennisschläger«, und Assistenzarzt Dr. Körner kehrte mit Knösel aus Pitomnik zurück.

Sie nützten wieder den Übergang von der Nacht zum Tag, jene bleiernen Stunden, in denen selbst über der Stadt Stalingrad so etwas wie eine Erschöpfung lag. Nur vereinzelt huschten Leuchtkugeln über den noch dunklen Himmel, fast zählbar tuckerten die sowjetischen Maschinengewehre, und eine einsame Batterie schoß über die Wolga hinüber und erinnerte daran, daß der »Tennisschläger« noch immer in russischer Hand war.

Dr. Körner hatte den Kopf nach hinten gelegt, auf die harte Kante des Sitzes. Er war müde. Im Offizierskasino von Pitomnik hatte man seine Hochzeit gefeiert. Sogar französischen Sekt hatte es gegeben und drei Büchsen getrüffelte Gänseleber. Als Körner die Köstlichkeiten aß und trank, mußte er sowohl an Marianne in Köln als auch an seinen Lazarettkeller denken, an die vier vollen Trichter mit Leichen, an die Reihen der Sterbenden und an die Gulaschsuppe, die man verschlang, wenn die Essenträger durchgekommen waren. Er schämte sich fast, Gänseleber zu essen und zu hören, wie der Oberst sagte: »Meine Herren – es wird nicht nur ein militärischer Sieg sein, dem wir entgegengehen, sondern auch ein Sieg der vollendeten rassischen Reinheit! Sehen wir uns doch die Iwans an – sie unterscheiden sich vom Deutschen wie ein Spatz vom Adler ...«

Nun döste Körner vor sich hin. Er hatte die Augen geschlossen und träumte sich nach Köln.

Was wird Marianne jetzt tun, dachte er und lächelte. Sie wird vor seinem Bild sitzen und daran denken, wie schön es wäre, die erste Nacht als Ehepaar nicht nur in Gedanken zu erleben. Vielleicht aber saß sie schon wieder im Keller, und über ihr donnerten die Geschwader der englischen Maschinen, rauschten die Bomben in die Häuser und flammten Stadtteile in den Himmel. Vielleicht hatte sie ängstlich die Hände gefaltet und drückte sich in Todesangst an die Kellerwände ... sie, die Mutter und der kleine Bruder Michael ... drei zitternde Menschen, auf die die Faust der Gnadenlosigkeit herabhieb, ohne daß sie begriffen, warum.

Dr. Körner zuckte hoch. Knösel kaute auf seinem Pfeifenstiel und schielte zur Seite.

»Haben Sie in Pitomnik Nachrichten gehört, Knösel?« fragte Dr. Körner. »Den neuen Wehrmachtsbericht?«

»Jawohl, Herr Assistenzarzt.«

»Was Neues?«

»Immer dasselbe, Heldenkampf in Stalingrad, an den anderen Fronten ebenso Scheiße.«

»Und in der Heimat?«

»Störangriffe, harmlos.«

»Gott sei Dank.« Dr. Körner legte den Kopf wieder zurück

und schloß die Augen. Er hatte das Empfinden großer Sehnsucht nach Wärme, nach einem fraulichen Körper, nach Liebkosung und Geborgenheit. Leise seufzte er und ließ sich wegschaukeln in einen unruhigen, oft unterbrochenen Halbschlaf.

Die Aufräumungsarbeiten in der Lortzingstraße gestalteten sich beschwerlich. Nach dem unverhofften Tagesangriff der englischen Flieger, der so plötzlich kam, daß die Sirenen gleichzeitig mit dem Flakfeuer aufgellten und die ersten Bomben schon fielen, als die Kölner noch in die Keller und Bunker hasteten, bot die Lortzingstraße das Bild eines dampfenden Ruinenfeldes. Feuerwehr, OT, Technischer Hilfsdienst, Nachbarn, Polizei und Parteibeamte, Urlauber und soeben aus den Kellern Befreite durchwühlten die Trümmer der Häuser und gruben die Überlebenden aus.

Es war kein großer Angriff gewesen; die wenigen Bomben waren so uninteressant, daß man später nur von Störangriffen sprechen würde. Die beiden Luftminen, die zusammen mit einigen hundert Stabbrandbomben auf die Lortzingstraße gefallen waren, stellten zwar für diesen Straßenzug eine Katastrophe, aber für das Großdeutsche Reich keine Beschwernis dar.

Fast zwanzig Mann gruben auch den Keller des Hauses Lortzingstraße 23 in Köln aus. Es war von den Luftminen nicht direkt getroffen worden, nur die Druckwelle hatte die Hauswände umgeknickt und auf die Keller fallen lassen.

»Wer wohnt hier?« fragte einer der Parteileute. Die Nachbarn wühlten sich weiter zum Kellereinstieg.

»Die Familie Bader. Die Verbindung zum Nebenhaus ist auch verschüttet.«

»Na, dann prost!« sagte der Parteimann und starrte auf die Trümmer. »Ob die Wühlerei noch Sinn hat?«

»Eben haben sie noch geklopft!« schrie einer aus den Trümmern. »Ich hab's ganz deutlich gehört –«

»Na, denn los!« Die Steinbrocken flogen zur Seite, Balken

wurden weggeschoben, Möbel auf die Straße geworfen. »Wollen hoffen, daß das mit dem Klopfen stimmt.«

Nach einer Stunde lag der Kellereingang frei. Zwei Männer der Feuerwehr krochen in die Tiefe ...

2

Auf der Rückfahrt hatten sie entdeckt, daß sie das kleine Paket des Oberleutnants vergessen hatten. In Pitomnik bei der Feldpost hatten sie es abgeben wollen. Jetzt lag es noch immer auf dem Hintersitz des Kübelwagens. An Frau Erna Budde, Hildesheim.

Jenseits des Platzes, im toten Winkel der russischen Artillerie, lagen andere Verbände. Dr. Körner erkundigte sich nach Oberleutnant Budde, man kannte ihn nicht. »Lieber Doktor«, sagte ein Hauptmann, der die Gefallenenliste seiner Kompanie vervollständigte, »seit gestern geht es hier zu wie in einer Bäckerei ... frische Brötchen rein in den Ofen, kräftige Hitze, und dann raus aus dem Ofen. Nur scheint da ein Materialfehler zu sein. Was man rausholt, ist verbrannt und unbrauchbar ...«

Dr. Körner verabschiedete sich. Der gallige Witz, der sich gerade in den unteren Führungsschichten breitmachte, war ein Humor der Hoffnungslosigkeit. Er sollte frivol und kaltschnäuzig klingen, doch in jedem Wort schwang die Angst mit. In Pitomnik hatte Körner einmal den Wehrmachtsbericht gehört. Er klang zuversichtlich, stolz, wie ein Fanfarenstoß. Der größte Teil der Stadt ist in deutscher Hand. Die Zeitungen aus dem Reich brachten seitenlange Artikel über den Sturm an die Wolga. Bilder mit Bergen sowjetischer Toten, Bilder vom Angriff deutscher Panzer in der Trümmerwüste von Stalingrad, Bilder aus dem Labyrinth von Eisenträgern und Beton der Fabrik »Roter Oktober«, und darin siegessichere, lachende deutsche Landser. Ein Bild heldenhafter Fröhlichkeit.

Körner hatte dieses Bild Oberst von der Haagen gezeigt. »Man sollte so etwas nicht tun«, hatte er gesagt. »Allein um meinen Lazarettkeller herum sind vier große Trichter randvoll mit Leichen ...«

Oberst von der Haagen hatte Körner daraufhin verwundert angesehen und geantwortet: »Aber lieber Doktor, als Arzt müssen Sie doch den Anblick von Toten gewöhnt sein ...«

Dann hatte er sich umgedreht und Dr. Körner einfach stehen lassen. Im Lazarettkeller hatte sich nichts geändert. Feldwebel Wallritz sortierte alle zwei Stunden immer noch die Leiber aus, drei Sanitäter verbanden die leichteren Fälle an der Treppe, und im OP-Keller stand Stabsarzt Dr. Portner am Küchentisch und amputierte, schnitt auf, entfernte Splitter, schiente, gab Spritzen und fluchte. Als Dr. Körner und Knösel in den Keller polterten – sie fielen fast hinein, weil wenige Meter von ihnen entfernt eine schwere sowjetische Granate eine ganze Hauswand umfegte –, warf er gerade eine amputierte Hand in den Blecheimer.

»Was machen Sie denn hier?« fragte er.

»Ich melde mich zurück, Herr Stabsarzt.«

»So etwas Dämliches müßte man einrahmen!« Dr. Portner säuberte den Armstumpf. Der Verwundete stöhnte und wimmerte in der Narkose. »Ich denke, Sie sind auf dem Weg nach Deutschland?«

»Davon war nie die Rede«, sagte Körner heiser.

»Ja, hat man Ihnen denn in Pitomnik nichts gesagt?«

»Nein! Was denn?«

Dr. Portner ließ den Stumpf auf eine Lage Zellstoff fallen. Es folgte die am Tage hundertmal wiederkehrende Handbewegung, ein Streichen des Handrückens über Gesicht und Stirn.

»Ich habe für Sie einen schönen Trick herausgefunden, Körner. Ich habe ihn sofort, als Sie weg waren, durch die Funkleitstelle an den Generalarzt durchgegeben, und man hat mir versichert, daß man Ihnen das anvertrauen wolle. Es kam alles paketweise, kurz nachdem Sie Ihre Brautfahrt nach Pitomnik angetreten hatten. Zunächst: Man denkt auch beim Generalarzt schon voraus. Man will in Stalingrad einige Lazarettschwerpunkte errichten. Krankenhäuser mit mehreren hundert Betten. Die Verwaltungsbeamten sind schon bestimmt, und sie haben – wie man mir sagte – in Tag- und Nachtarbeit einen Aufbauplan ausgearbeitet. Wir Deutschen waren schon immer gründliche Planer ...«

»Ja, ist man denn völlig verrückt geworden?« Dr. Körner zog seinen Mantel aus. »Wir verbluten in den Trümmern Stalingrads, und die planen, als sei ...«

»Körner, seien Sie still! Für Sie hat es etwas Gutes!« Dr. Portner vernähte die großen Blutgefäße. »Ich habe Sie als Mitglied einer Kommission vorgeschlagen, die in den nächsten Tagen nach Warschau fliegt, um dort mit dem Heeres-Generalintendanten planmäßige Windeier zu legen. Es geht vor allem um die Einrichtung beweglicher, sogenannter ›fliegender‹ OPs, und da will man einige Fachleute aus der vorderen Linie dabeihaben, weil diese die Erfordernisse der kämpfenden Truppe genau kennen. So im besten Amtsdeutsch.«

»Aber das ist doch Blödsinn! Medikamente brauchen wir, Verbände, schmerzstillende Mittel, Morphium, Evipan, Schienen und, wenn es möglich ist, Betten –«

»Sehen Sie, genau das sagen Sie denen mal! Aber das Wichtigste ist, daß Sie nach Warschau kommen! In den tiefsten Frieden! Mensch, Körner ... schalten Sie doch mal! Köln-Warschau, das ist gar kein Problem!«

Körners Augen wurden groß und glänzend. »Das ist fantastisch, Herr Stabsarzt.«

»Na, sehen Sie! Die Idiotie der einen ist die Wonne der anderen! Sie können jetzt sofort Ihr kleines Frauchen nach Warschau kommen lassen, und während die anderen um den runden Tisch sitzen und planen, liegen Sie Händchen in Händchen im warmen Ehebett. Ich schlage Ihnen das Hotel ›Ostland‹ vor ... früher hieß es anders, aber jetzt nennt man es germanisch-kernig ›Ostland‹. Es wird sogar möglich sein, über einige Leitungen des Generalarztes ein Doppelzimmer zu bestellen.«

Dr. Körner stand an der Zinkwanne, die als Waschbecken diente, und seifte sich die Hände und Arme. Dann tauchte er sie in eine Lysollösung und war das, was man in einem Keller von Stalingrad steril nannte.

»Wenn das möglich wäre, Herr Stabsarzt ...«, sagte er leise.

»Es läuft doch schon alles, mein Lieber! Darum wundere ich mich, daß Sie überhaupt zurückgekommen sind!« Wallritz begann den Armstumpf zu verbinden. Zwei Sanitäter trugen einen neuen Körper in den OP-Keller. Ein frisch Verwundeter. Ein Granatsplitter hatte ihm die linke Schulter aufgerissen und das Oberarm-Kugelgelenk zerfetzt. Dr. Portner kratzte sich den Kopf. Der Verwundete war bei vollem Bewußtsein und starrte den blutbeschmierten Arzt stumm und bittend an. »Eine große Scheiße, mein Sohn«, sagte Portner und beugte sich über die zerrissene Schulter. »Das weißt du doch?«

»Ja, Herr Stabsarzt.« Der Verwundete schluckte. Als sie ihn auf den geräumten Küchentisch hoben, biß er knirschend die Zähne zusammen. »Muß der Arm weg ...?«

»Wie soll ich das machen? Ich kann dich doch nicht halbieren!«

»Was ... was dann, Herr Stabsarzt?«

»Ich suche dir die Splitterchen raus, mache eine schöne Schiene und aus! In einem vernünftigen Lazarett hätte man Chancen ... aber hier biste in einer Knochenmühle, mein Junge.«

»Reicht ... reicht denn der Schuß nicht für die Heimat ...?« Die Augen des Verwundeten füllten sich mit Tränen. Er wollte tapfer sein, aber von innen her drängte die Verzweiflung. Und sie war stärker.

»Heul nicht, mein Sohn. Natürlich reicht er. Aber sag mir mal, wie wir dich in eine ruhigere Gegend bringen sollen ... Bis zum nächsten Sanka, der dich wegschaukelt, geht's ein paar Kilometer durch die Hölle. Und das mit einer Trage ...«

»Ich ... ich kann laufen, Herr Stabsarzt.« Der Verwundete richtete sich mit klapperndem Unterkiefer auf. »Ich habe doch nichts an den Beinen ... Wenn ich zur nächsten Sammelstelle laufen würde ...«

Dr. Portner drückte ihn auf den Tisch zurück. »Mal sehen, mein Sohn. Zunächst bekommst du eins auf die Nase! Und wenn du wieder aufwachst, sieht die Welt anders aus. Äther, Wallritz!«

Während Feldwebel Wallritz den Verwundeten narkotisierte, lehnte sich Portner gegen die Tischkante. Dr. Körner stand in der Gummischürze ihm gegenüber.

»Ich vermute, daß man Sie in zwei Tagen spätestens wieder nach Pitomnik holt.«

Dr. Körner schluckte mehrmals. Der Gedanke, Marianne zu sehen, mit ihr in Warschau zu sein, ein paar Tage Glück – mein Gott, nur ein paar Stunden, sie würden genügen –, ließ sein Herz rasend hämmern. »Es ist mir ein Rätsel, Herr Stabsarzt«, sagte er heiser, »wie Sie das arrangieren konnten ...«

Dr. Portner schob die Unterlippe vor. Wallritz gab ihm eine große Pinzette. Körner bekam ein Skalpell; die Knochensplitter mußten erst freigelegt werden, ehe man sie aus der riesigen Wunde ziehen konnte. »Auch in der Hölle sind Beziehungen alles, mein Lieber«, sagte Dr. Portner. »Unser Generalarzt, der alte Abendroth, war mein Doktorvater in Würzburg. Und später war ich bei ihm Erster Assistent! Beim Aufschneiden einer Zyste habe ich ihn von oben bis unten bespritzt ... das hat er mir nie vergessen. ›Aha, da ist ja der Portner, der seinen Chef wässert‹, sagt er seitdem immer. Tja, und Professor Abendroth hat meinem Vorschlag zugestimmt, Sie für diese dusselige Kommission abzustellen ... Das ist alles!« Dr. Portner faßte mit der großen Pinzette in die Tiefe der zuckenden Wunde. »Die Sehnen sind auch hin! Wenn er überlebt, wird er rechtsseitig wie ein Holzpflock sein ...«

Stumm operierten sie weiter. Neue Verwundete spie die Trümmerwüste aus ... oben kroch eine staubüberzogene Gestalt durch die Ruinen und brüllte um Hilfe. Auf Handflächen und Knien kroch sie herum, und über ihr Gesicht floß das Blut aus einem klaffenden Schlitz, der von Schläfe zu Schläfe ging, über beide Augen hinweg. Mit einem Armschuß war der Mann zum Sanitätsbunker gelaufen. Kurz vor der Treppe explodierte seitlich von ihm eine Granate und riß ihm das Gesicht auf.

»Hilfe!« brüllte er. »Meine Augen! Meine Augen!«

Zwei Sanitäter warteten, an die Kellerwand gedrückt, bis der Feuerüberfall vorbei war und südwärts wanderte. Dann stürzten sie hinauf und schleiften den Schreienden hinunter in den Bunker.

In den nächsten 48 Stunden ging alles sehr schnell. Die Funkstelle der Division, zu der der Hauptverbandsplatz Dr. Portners gehörte, nahm den Befehl auf, Assistenzarzt Dr. Körner sofort nach Pitomnik abzustellen.

»Für Sie bedeutet es Frieden und vielleicht sogar Überleben«, sagte Dr. Portner. Nach zwanzig Stunden am Operationstisch saßen sie in ihrem winzigen Schlafkeller und tranken Tee. »Wenn Sie zurückkommen, wird sich manches verändert haben.«

In diesen Stunden traf auch Knösel wieder ein. Plötzlich stand er im OP und meldete: »Obergefreiter Schmidtke als Versprengter zur Stelle ...«

Die Situation war nicht ungewöhnlich. Als Knösel nach Erfüllung seines Auftrages zu seiner Truppe zurückkehren wollte, fand er keinen mehr vor. Wo der Kompaniegefechtsstand war, gähnte jetzt ein tiefes Loch, die Gräben und Steinbunker waren verlassen bis auf die Toten, die in bizarren Stellungen herumlagen. Zusammengeschrumpft, verkohlt. Flammenwerfer.

Einen ganzen Tag war Knösel in der Trümmerwüste herumgeirrt. Gegen Abend saß er allein im Erdgeschoß eines Hauses und verhielt sich still, denn über ihm, im ersten Stockwerk, saßen die Sowjets und bestrichen mit drei MGs den Umkreis. Es war überhaupt alles verwirrt. Es gab kein Vorne und Hinten mehr; überall hockten Russen und Deutsche, in der Erde, in geborstenen Häusern, in Laufgräben, in Unterständen aus Stein oder verkohlten Balken. Es gab keine Front mehr ... Plötzlich tauchte hier oder da jemand aus den Trümmern auf, und dann knallte es von allen Seiten.

Knösel saß auf einem Sack voller Büchsen und grübelte. Sein Versprechen hatte er eingehalten ... er hatte in Pitomnik organisiert. Fleischbüchsen, Kekse, Marmelade, Bonbons, Schokolade, Nudelpakete, Bouillonwürfel, Erbswürste und Apfelsinen. Darauf war er besonders stolz. An dem Tage, an dem Dr. Körner heiratete, lud man hundert Zentner Apfelsinen aus. Der Stabszahlmeister, der die Ware in Empfang nahm, beorderte sofort vier Feldgendarmen zum Lager, um die wertvolle Ladung zu schützen. Sie wurde verbucht und zunächst auf Lager genommen. Apfelsinen gehören nicht zur normalen Truppenverpflegung. Man mußte also noch genau durchdenken, wie und wo man die hundert Zentner Südfrüchte verteilte. Man mußte einen Verteilerschlüssel ausrechnen. Auch war nicht klar, ob man die Apfelsinen als Sonderverpflegung ausgeben sollte oder als Marketenderware. Es war schon ein Problem für die Wehrmachtsbeamten, und es war vorauszusehen, daß es nicht eher gelöst sein würde, bis die Apfelsinen verfault waren. Ein Vorwurf traf niemanden, denn bei einer straffen preußischen Ordnung ist es ja unmöglich, die Südfrüchte einfach an die kämpfende Truppe weiterzugeben. Niemand war bereit, die Verantwortung für diese Bevorzugung der Stalingrad-Stadt-Kämpfer zu übernehmen, denn auch die Transportkompanien leisteten Unmenschliches, die Werkstätten, der Troß, die Stäbe, die Bäckereien, Küchen, Fleischereien und die Verwaltungsstellen. Jedem stand also eine Apfelsine zu ... Der Stabszahlmeister stöhnte vor diesem Problem.

Für Knösel gab es diese Probleme nicht. Er entdeckte ein loses Brett in der Barackenwand, untersuchte es fachmännisch, denn Hans Schmidtke war in Friedenszeiten ein Schreiner, und als er das Brett zur Seite schob, sah er die Apfelsinenkisten vor sich, greifnah und verwirrend duftend.

So ähnlich erging es Knösel auch mit den anderen Dingen. Fast von selbst wurde er in Versuchung geführt. Am Ende des Erkundungsganges schleppte Knösel einen prallen Sack auf der Schulter und passierte damit die Kontrollen der Feldgendarmerie. Nur einer hielt ihn an.

»Was ist im Sack?« fragte er.

»Steine aus Stalingrad!« sagte Knösel. »Ein Juwelier in Berlin will se in Jold fassen und als Erinnerungsbroschen verkoofen ...«

Der Feldgendarm war so verblüfft, daß er Knösel weiterziehen ließ. Nun saß er auf seinem Sack in einem Haus, über sich drei russische MGs, allein, seine Kameraden suchend und im Herzen Wehmut wie ein ausgesetztes Kind. In der Nacht kroch er zurück zum Sanitätskeller. Von irgendeinem Haus her wurde er beschossen, es schlug mehrmals in den Sack ein, den er hinter sich herzog. Apfelsinensaft durchnäßte das Leinen.

Knösel stürzte sich kopfüber in ein Loch und zog den Sack nach. »Ick preß mir die Apfelsinen selber!« schrie er. Dann wartete er, bis sich die Umgebung etwas beruhigt hatte, kroch aus dem Loch und tappte weiter durch die Trümmer.

Nun war er wieder bei Dr. Körner, grinste ihn breit an und klopfte gegen den schmutzigen Sack.

»Melden Sie sich bei Feldwebel Wallritz«, sagte Dr. Portner. »Er wird Sie einteilen. Was haben Sie da eigentlich in dem Sack?«

»Fruchtsaft, Herr Stabsarzt.«

»Raus!« brüllte Portner. Und als Knösel zur Tür schoß, rief er: »Halt! Sind Sie nicht der Fahrer von der 3. Kompanie?«

»Jawoll, Herr Stabsarzt.«

»Ihre Kompanie ist im Eimer?«

»Jawoll.«

»Sie werden Herrn Assistenzarzt Dr. Körner wieder nach Pitomnik bringen.«

»Jawoll.« Knösels Gesicht glänzte. »Wenn ich noch zwei Mann und sechs Säcke mitnehmen könnte, Herr Stabsarzt.«

»Warum denn das?«

»Ick habe ’n Schlaraffenland entdeckt. Und eh det verdorrt –«

»Raus!« sagte Dr. Portner milde. »Fragen Sie Wallritz, ob wir Säcke haben ...«

Beim Morgengrauen verabschiedete sich Dr. Körner von Dr. Portner. Sie standen am Kellereingang zwischen den Hausruinen. In der Stadt war es still. Dicker Nebel lag über den Trümmern und Gräben. Die Artillerie schoß nicht mehr, die Panzer und Kanonen standen irgendwo in Deckung und klebten vor Nässe. Dr. Portner hob den Kopf in das undurchsichtige Grau über sich.

»Es wird bald Winter werden ...« Er gab Dr. Körner die Hand und hielt sie fest. »Machen Sie’s gut, mein Junge.«

Dr. Körner nagte an der Unterlippe. »Ich mache mir Gewissensbisse«, sagte er leise.

»Quatsch!«

»Ich lasse Sie zurück, als wolle ich mich drücken.«

»Sie unverbesserlicher Idealist. Hauen Sie ab!«

»Sie werden die Arbeit nicht allein bewältigen können ...«

»Wallritz ist gut eingearbeitet. Er wird mir assistieren. Und wenn dieser Knösel zurückkommt, habe ich um die äußere Organisation keine Sorge mehr. Manchmal bestaune ich diesen Kerl wie ein Weltwunder. Vielleicht muß man tatsächlich ein Halbidiot sein, um auch im Krieg angenehme Seiten zu entdekken.« Er ließ Körners Hand los und gab ihm einen Stoß vor die Brust. »Los! Ab durch die Mitte, Körner! Und steigen Sie im ›Ostland‹ ab ... sie haben damals, als ich dort wohnte, gerade neue Matratzen bekommen!«

Er blieb stehen, bis Körner und Knösel im Nebel verschwunden waren. Hinter ihnen tappten noch zwei Leichtverwundete, die zusammengerollte Bündel unter den Armen trugen. Zehn Säcke für Knösels Schlaraffenland.

Dr. Portner stand noch immer in den Trümmern, als schon lange die Schritte in dem breiigen Grau verklungen waren. Sein Sarkasmus war abgefallen, er hatte ein nacktes Gesicht, als habe es der Nebel ausgewaschen. Und dieses Gesicht war verfallen und alt, durchfurcht von dem Wissen, am Ende eines Lebens zu stehen, das einmal mit großen Plänen begonnen hatte.

Durch den Nebel schwankten einige geisterhafte Gestalten. Zwischen ihnen wippten Tragen und pendelten gefüllte Zeltplanen. Das Knirschen ihrer Stiefel auf den Trümmern war der einzige Laut. Ein Geisterzug in einer toten Stadt.

Dr. Portner steckte die Hände in die Taschen. Er würde wieder bis zum Abend operieren. Und ein neuer Granattricher mußte ausgesucht werden ... vier waren schon als Massengrab zugeschüttet worden. Er stieg die Treppe hinab in den Keller und winkte Wallritz zu, der in einer Ecke hockte und aus einem Kochgeschirr Gulasch löffelte. Die Feldküche des Bataillons, vier Keller weiter, hatte einen Kessel voll herübergeschickt.

»Kundschaft!« sagte Dr. Portner. »Und meine Portion Gulasch können Sie mitessen, Wallritz ... ich habe heute keinen Hunger.«

Mit gesenktem Kopf ging er in den OP-Keller. Wenn Körner Glück hat, kommt er nicht wieder, dachte er. Hier wird es bald zu Ende sein. Und er hatte das Empfinden eines Vaters, der seinen Sohn für immer verabschiedet hatte.

Major Kubowski war in einer unschönen Lage. Er saß mit zwanzig Männern in einem alten Wasserturm und kam sich vor wie ein Wolf in einem brennenden Wald. Um ihn herum lagen deutsche Pionier- und Panzergrenadier-Kompanien. Ganz plötzlich war er in diese Lage gekommen. Vor einem Tag noch war der Rest des Wasserturmes ein gutes Befehlszentrum gewesen, in dem Jewgenij Alexandrowitsch Kubowski die Meldungen seiner Offiziere empfing, von Genossen des städtischen Verteidigungsrates besucht wurde und einmal sogar einen Genossen

General begrüßen konnte, der mit einem Fernglas die deutschen Stellungen absuchte und zum Abschied sagte: »Genosse Jewgenij Alexandrowitsch – in wenigen Tagen sieht es anders aus! Großes bereitet sich vor! Ich weiß es vom Genossen Tschuikow. Im Donbogen wird es beginnen und gleichzeitig aus dem Brückenkopf von Beketowka heraus. Es kommt darauf an, daß Sie den ›Tennisschläger‹ halten, und wenn Sie sich mit den Zähnen festbeißen!«

Über Nacht wurde es anders. Überall waren die Deutschen durchgebrochen, und der Wasserturm Kubowskis wurde eine Insel, gegen die graue Wellen brandeten. Über zweihundert Tote hatte diese Nacht gekostet, und es war keiner mehr neben Kubowski, der nicht verwundet war. Über ein Funkgerät meldete er die Lage und fragte, was er tun solle.

Die Antwort kam sofort.

Aushalten!

Major Kubowski hielt aus. Jede Stunde zählte er die Munition und rechnete. Nach zwei Tagen waren die Brotbeutel leer, aus den Wasserkanistern lief kein Tropfen mehr.

»Es scheint so, als seien wir am Ende«, sagte er zu Iwan Iwanowitsch Kaljonin, der neben einem MG hockte und auf einem Stück Holz kaute. Das regte den Speichelfluß an und verhinderte ein Durstgefühl.

»Was sagt der Kommandeur?« fragte Kaljonin.

»Die Sowjetunion ist stolz auf euch!«

»Davon wird man nicht satt, Genosse Major.«

Kubowski überhörte es und starrte hinaus in die Trümmer. Man sollte durchbrechen, dachte er. In der Nacht. Es war immerhin eine Möglichkeit. Hier herumzusitzen und das letzte Magazin zu verschießen und sich dann wie eine Ratte totschlagen zu lassen, war für Kubowski ein nicht akzeptabler Gedanke.

»Wir brechen durch!« funkte er deshalb an die Befehlsstelle im »Tennisschläger«. Und der Genosse Oberst funkte sofort zurück:

»Genehmigt. Aber nach Westen!«

Dazu kam es nicht mehr. In der dritten Nacht, als die Handvoll Sowjetsoldaten, neben sich die letzten Munitionskästen, hinter den dicken Mauern des Wasserturmes lagen und auf die deutschen Pioniere warteten, als deutsche Pak Meter um Meter der Trümmer umpflügte und Kubowski sich ausrechnete, wann die Feuerwalze auch ihn erreichen würde, brachen aus zwei Straßen mehrere dunkle, donnernde Ungetüme hervor. Mit flammenden Rohren rollten sie über die Ruinen, durchstießen morsche Hauswände und wälzten sich geraden Weges auf die Häuser zu, in denen die Deutschen saßen und mit geballten Ladungen und einem Flammenwerfer versuchten, den stählernen Ungeheuern Einhalt zu gebieten.

»Panzer!« schrie Kaljonin und machte einen Luftsprung. »Genosse Major! Panzer! Sie machen uns Luft!«

»Benehmen Sie sich, Genosse Kaljonin«, sagte Major Kubowski würdevoll. »Sie tun ja so, als hätten Sie nicht an einen Sieg geglaubt ...« Dann lagen sie wieder im Feuer deutscher MGs, sprangen aus ihren schützenden Mauern und rannten den Panzern nach, die, um sich feuernd, die deutschen Schützenlöcher niederwalzten.

Das Ganze dauerte eine knappe halbe Stunde. Dann stand der alte Wasserturm wieder ruhig zwischen Trichtern und Ruinen. Die alte Lage war wiederhergestellt. Major Kubowski ging aufrecht zu seinem Befehlsstand zurück.

In dem Raum, in dem das Funkgerät und in der Ecke ein Feldbett standen, auf dem Kubowski seit der Einschließung nicht mehr gelegen hatte, trug man die Verwundeten zusammen. Der Kartentisch war abgeräumt. Auf dem schmalen, selbstgezimmerten Tisch mit der Platte, die aus einer darüber gelegten Tür bestand, an der noch das Namensschild »Ostrowo« geschraubt war, lag ein nackter Rotarmist und wimmerte. Ein schmaler Mann beugte sich über ihn und schnitt ihm Fleischfetzen aus der Brust.

»Sieg, Genosse!« grüßte Kubowski und setzte sich auf sein Feldbett. »Woher kommen Sie?«

Der zartgliedrige Mann drehte kurz den Kopf herum. Große schwarze Augen sahen Kubowski an, ein schmales weißes Gesicht mit Dreckspritzern, ein weicher Mund, und unter der Mütze kurzgeschnittene schwarze Haare, die sich vor der Stirn etwas lockten. Kubowski schnellte von seinem Feldbett hoch.

»Ja! Das ist ... Sie sehen mich sprachlos, Genossin! Darf ich fragen, wer Sie sind?«

Major Kubowski trat an seinen Kartentisch heran. Jetzt sah er auch die Rundungen unter der Uniformbluse. Er blähte die Nasenflügel wie ein witternder Hund und roch den leichten Duft eines Rosenparfüms.

»Reden Sie nicht! Fassen Sie mit an, Major!« Die Stimme war hell, befehlsgewohnt und hart. »Drehen Sie den Genossen auf die Seite ... die Kugel steckt noch in der Brust ...«

Kubowski tat gehorsam, wie ihm geheißen. Er reichte sogar aus einer Ambulanztasche die gewünschten Instrumente, aber er vergriff sich manchmal und reichte eine Schere, wenn die Frau eine Pinzette verlangte.

»Sie sind verwirrt, Genosse Major«, sagte sie. »Oder kennen Sie keine Pinzette?« Dabei sah sie ihn aus ihren kühlen schwarzen Augen an, und Jewgenij Alexandrowitsch gestand sich ein, daß ein deutscher Flammenwerfer ihn nicht so heiß ausglühte wie dieser Blick.

»Ich bin sprachlos, Genossin!« sagte er und kratzte sich die Nase. »Eben noch war ich in der Hölle, und jetzt spricht ein Engel mit mir!«

»Sie haben noch reichlich unmoderne Ansichten, Major. Es wäre besser, wenn Sie den Körper unseres verwundeten Bruders ruhiger hielten, damit ich das Projektil fassen kann. So wie Sie den Körper schütteln, rutscht mir die Pinzette immer ab.«

Es stellte sich nach dem Verbinden heraus, daß es sich um den Oberleutnant und Arzt Olga Pannarewskaja handelte, Feldarzt im Bezirk »Tennisschläger«. Sie war mit den Panzern nach vorn gekommen, um die Verwundeten im Wasserturm an Ort und Stelle zu versorgen. Die Geschichte Olga Pannarewskajas ist eine lange Geschichte. Sie beginnt in Stalino, wo sie geboren wurde, geht über Moskau und Tiflis, wo sie studierte, und endet in Stalingrad, wo sie den Werkarzt Pannarewski heiratete, einen beliebten Mann, der gleich am vierten Tag des großen vaterländischen Krieges fiel. Olga Pannarewskaja hatte als Ärztin weiterhin die Arbeiter von »Rote Barrikade« betreut, und sie war, wie viele Frauen, in Stalingrad geblieben, als die Deutschen die Wolga erreichten und die Stadt von allen Seiten aufrollten. Sie hatte nur die Kleidung gewechselt, den weißen Kittel ausgezogen und die Uniform übergeworfen. Dann hatte es Krach gegeben, der Oberarzt hatte angeordnet, daß Genossin Olga nur in den Unterständen am Steilufer arbeiten dürfe. Aber als siebenundzwanzig Ärzte in den Trümmern verbluteten und die sowjetischen Soldaten nach Feldschern riefen, war sie hineingerannt in die Stadt und arbeitete seitdem im »Tennisschläger« in dem Keller eines ehemaligen Magazins. Es war ein sicherer Keller, mit drei Betondecken übereinander. Hier operierte auch Majorarzt Andreij Wassilijewitsch Sukow, ein bekannter Chirurg aus dem Krankenhaus von Rostow. Das Funkgerät summte. Kubowski stülpte den Kopfhörer über. Der Kommandeur war am anderen Ende und fragte an, ob die Pannarewskaja angekommen sei.

»Sie ist es, Genosse Oberst!« gab Kubowski Antwort.

»Zurückschicken! Sofort!« kam der Befehl.

Kubowski legte den Kopfhörer zurück. »Es ist schrecklich mit den höhergestellten Genossen«, seufzte er. »Sie gönnen einem nicht einmal mehr den harmlosen Anblick von Schönheit. Ich werde Ihnen einen starken Mann mitgeben, Genossin Leutnant. Da er jung verheiratet ist, scheint er mir ungefährlich ...« Er ließ nach Kaljonin rufen und trat von einem Bein auf das andere. »Werden wir uns wiedersehen, Genossin?«

»Wenn man Sie verwundet, bestimmt.«

»Es wäre ein Grund, sich anschießen zu lassen. Aber ein gesunder Mann ist ein besserer Plauderer.«

Olga Pannarewskaja sah Major Kubowski mit einem warmen Lächeln an. Oh, dachte Kubowski. Das ist ein Blick. Das Herzchen beginnt zu brennen, und was da in den Adern summt, ist kein Blut mehr. Ein Feuerstrom ist's, bei allen abgeschafften Heiligen!

»Wie kann ein Held bloß so ein Dummkopf sein?« sagte das schwarze Teufelchen, und Kubowski erlebte das Gefühl, als Fiebernder in einen Kübel eiskalten Wassers gesteckt zu werden. »Sie haben die Stellung verteidigt, daß selbst Genosse Tschuikow sich Ihren Namen aufgeschrieben hat ... und dabei haben Sie einen so schrecklich hohlen Kopf ...«

»Sie haben mein Hirn weggebrannt, Genossin!« rief Kubowski geistesgegenwärtig. »Ich muß Sie wiedersehen.«

»Morgen! An der großen Uhr auf dem Roten Platz. Um 16 Uhr. Ich werde ein Persianerkostüm tragen ...«

Iwan Iwanowitsch Kaljonin kam, um die Genossin Oberleutnant zu begleiten. Kubowski verzichtete daher auf eine Antwort. Er sah ihnen aber lange nach, wie sie über die Trümmer kletterten, an den deutschen Leichen vorbeigingen und sich gleichzeitig hinwarfen, als eine Granate heranheulte und unweit von ihnen in die Ruinen schlug.

Auch die Panzer kamen zurück. Aber es waren nur noch zwei. Die anderen lagen vor einem deutschen Riegel und brannten aus.

Es war unmöglich für Major Kubowski, den Anblick Olga Pannarewskajas zu vergessen. Ihre Augen, ihre Nase, ihre Lippen, die Rundungen unter der Feldbluse, der zarte knabenhafte und doch frauliche Schwung der Hüften. Mit halbem Ohr nahm er die Meldungen eines Leutnants entgegen, daß die alten Stellungen wieder besetzt seien und die Panzer neben Munition auch drei Granatwerfer und Verpflegung gebracht hätten. Er nickte nur und legte sich auf sein Feldbett.

Es muß daran liegen, daß ich aus Tiflis komme, dachte er. Wir haben heißes Blut, und wehe, wenn es kocht!

Ein Schreien vor dem Wasserturm jagte ihn auf. Durch die

Tür stürzte ein Soldat. »Sie kommen wieder ... mit Flammenwerfern ...«

Major Kubowski setzte seinen Stahlhelm auf. Leb wohl, Olgaschka, dachte er. Ein verbrannter Mensch ist kein schöner Anblick ...

Der Abflug der Planungskommission verzögerte sich um einige Tage. Es waren noch Dinge zu regeln, die im Augenblick vordringlicher waren. Der Befehl Hitlers, daß er Meldung haben wollte, wann die kämpfende Truppe im Besitz der Winterausrüstung sei, verursachte bei den Intendanturen ein großes Kesseltreiben mit der Zeit. Die Daten waren genau angegeben worden: Bis zum 10. Oktober mußte das letzte Stück in der Hand der Truppe sein, bis zum 15. Oktober hatten die Divisionskommandeure darüber eine Vollzugsmeldung zu unterschreiben. Dreitausend Intendanten, Zahlmeister, Verwaltungsinspektoren und Beamte kamen in Schwung. Es hieß, den Transportraum sicherzustellen, die Züge auf den eingleisigen Strecken richtig zu dirigieren, die Lastwagenkolonnen bereitzuhalten, und es hieß, für alle Vorgänge Aktenstücke anzulegen, Wasser und Kohle für die Züge zu besorgen, Sprit und Ersatzteile für die Lastwagen bereitzustellen, Magazine zu bauen, Wachmannschaften abzustellen, Schreibstuben aufzufüllen, denn eine Riesenmenge Material zieht notgedrungen einen Berg von Papier und Listen nach sich.

750 Tonnen Nachschub pro Tag, das war die Quote der 6. Armee. Munition, Verpflegung, Waffen, Ersatzteile. Und nun kamen noch die Wintersachen hinzu, ein Gebirge von Klamotten, die man sichten, stapeln, sortieren, notieren und schließlich gerecht verteilen mußte. Hunderte von Waggons rollten in Richtung Wolga, hielten in Tschir, wurden dort auf Lastwagen umgeladen, weil die Russen die Brücke über den Don gesprengt hatten, rollten nach Kalatsch, wurden wieder umgeladen in Waggons und schaukelten auf den Bahnstrecken nach Karpow-

ka und Woroponowo, wo sie eigentlich – im Bereich der Armee – an die Truppen verteilt werden sollten. Doch dazu kam es nicht. Es stellten sich unüberwindbare Hindernisse in den Weg. Zunächst, was die Intendantur maßlos störte, war da der ständige Bedarfswechsel durch Ausfälle. Nie stimmten die Zahlen der Bedarfsmeldungen, die von den Kompanien im Dreckloch in Stalingrad über das Bataillon, das Regiment und die Division zum Korps liefen und von dort gesammelt an die Armee gingen. Bis die Meldungen beim Generalintendanten waren, kamen Nachmeldungen, die wiederum Rückfragen notwendig machten. Es wurden wieder neue Akten angelegt, denn jeder Vorgang muß nach preußischer Ordnung aktenkundig und in mehreren Durchschlägen stets griffbereit sein. Man war also gezwungen, trotz der erfolgten Meldung an das Führerhauptquartier, daß die Winterbekleidung an Ort und Stelle sei, was ja der Wahrheit entsprach, die Ausgabe immer wieder zu verschieben, bis ein klarer Überblick geschaffen war. Die dreitausend Intendanten, Stabszahlmeister und Oberzahlmeister begriffen es einfach nicht, wieso sich immer wieder, und zwar grundlegend, die Bestandsmeldungen in Stalingrad änderten, wo die Stadt doch fest und sicher in deutscher Hand war und nur an wenigen, winzigen Punkten »Stoßtrupp-Tätigkeit«, wie es der Wehrmachtsbericht nannte, herrschte. Hinter dieses Geheimnis zu kommen, verursachte Geduld und Zeit.

Und so lagen in den Magazinen und Lagern von Peskowatka, Millerowo, Tormosin, Tschir, Tatsinskaja, Tscherkowo und Kamyschewskaja, fein säuberlich gestapelt und gezählt und listenmäßig erfaßt: 40 000 Pelzmäntel, Pelzmützen und Pelzstiefel. Zur Konservierung dieses haarigen Bestandes lagerten gleichzeitig 25 Zentner Mottenpulver. Ferner wurden aufgeschichtet: 200 000 Hemden, 100 000 Paar Filzstiefel, 40 000 Mützen, 83 000 Unterhosen, 53 000 Uniformröcke, 61 000 Uniformhosen, 121 000 Tuchmäntel und eine Riesenmenge Strümpfe, Pulswärmer, Handschuhe, Kopfschützer, Ohrenschützer, Schals und Halstücher. Hier lagen Kamelhaarpantoffeln, Kaffeewärmer, Fußballtrikots, Damenmuffs, Ringelsöckchen, Angorapullover, Schlittschuhstiefel und – großväterliche Schlafröcke.

Ein Gebirge von Kleidung türmte sich rund um Stalingrad auf ... aber die kämpfende Truppe sah davon nichts! Es war ja ihre Schuld, daß sie so merkwürdige, sich immer ändernde Meldungen abgab, die die Listen der Zahlmeister immer wieder durcheinander brachten und daher eine Ausgabe verhinderten.

In diese Welle von Nervosität und Sich-im-Kreise-Drehen kam Dr. Körner hinein. Generalarzt Professor Dr. Abendroth begrüßte ihn kurz und nahm die Grüße Dr. Portners entgegen. Aber es schien, als ob er die Worte gar nicht wahrnehme. Auch in seiner Verwaltung schossen die Beamten Kobolz. Hier war es vor allem das Transportsystem, das Sorge bereitete. Es war zu wenig Laderaum vorhanden, um alle Verwundeten aus Stalingrad und den umliegenden Lazaretten wegzubringen. Andererseits fuhren täglich lange Leerzüge nach Westen, aber sie zu benutzen war unmöglich, weil sie als Nachschubtransportraum deklariert waren und die verantwortlichen Intendanten peinlich darüber wachten, daß mit diesen Waggons nur Versorgungsgüter, aber keine Verwundeten transportiert wurden.

Sie hatten auch eine gute deutsche Erklärung dafür: Für den Verwundetentransport gab es die Sankas und die Lazarettzüge. Wenn erst einmal die Unordnung einriß, daß artfremde Dinge in genau bestimmten Waggons transportiert wurden, ergäbe sich ein Chaos. So rang also Generalarzt Professor Abendroth um Waggons und Autos und schlug sich mit dem Generalintendanten herum.

Um Dr. Körner kümmerte sich niemand. Er stand in Pitomnik, sah den landenden Flugzeugen zu und wunderte sich über die Masse Material, die ausgeladen wurde. Es war ihm rätselhaft, wohin alles kam, denn vorne, in der Stellung am »Tennisschläger«, wurden die Bunker überrollt, weil die Soldaten keine schweren Waffen hatten und die Patronen zählten, bevor sie sie schossen.

Endlich, am 15. November, stand die Sondermaschine auf

dem Flugplatz bereit. Man begrüßte sich im Gebäude der Flugleitung, stieg in die Ju und ließ sich emportragen in einen düsteren grauen Himmel. Ein Stabsintendant drückte das Gesicht an die Scheibe.

»Sieht nach Schnee aus«, sagte er. »Die Jungs in Stalingrad sollten was voranmachen! Mit etwas mehr Schwung hätten sie längst die paar Russennester ausräuchern können. Ich verstehe einfach nicht, daß es nicht vorangeht. Unsereiner hat doch auch alles planmäßig in Ordnung ...«

Dr. Körner schwieg. Er war innerlich zu aufgewühlt, um aktionsfähig zu sein. Was hätte es auch für einen Sinn gehabt, aufzustehen und zu sagen: »Herr Stabsintendant – Sie sind ein dreckiges Schwein!«? Man würde ihn zusammenbrüllen und einen Tatbericht einreichen.

Körner sah sich um. Er war der Jüngste und Rangniedrigste im ganzen Kreis. Er merkte es auch daran, daß man ihn nicht ansprach oder in die Unterhaltung zog. Man beachtete ihn kaum. Er flog mit, das war auch alles. Die gut genährten, rundlichen Gesichter der Zahlmeister und Spezialisten, darunter ein Architekt, der Pläne für eine Lazarettstadt Stalingrad mit sich führte, und ein Verwaltungsbeamter, der in zwei Eisenkisten wichtige Bestandsmeldungen herumschleppte, glänzten schweißig. Es war warm in der Maschine, drückend schwül und stikkig. Man knopfte die Uniformkragen auf und ließ eine Flasche Cognac kreisen. Bis zu Körner kam sie nicht. Er saß in der letzten Reihe, und bevor sie in diese Ecke kam, wanderte sie schon wieder zurück.

Er sah auf seine Uhr. Am »Tennisschläger« stellte Dr. Portner jetzt die Verwundeten zusammen, die man nach rückwärts zu bringen versuchte. So nahe es möglich war, fuhren die Sankas heran. Aber bis zu ihnen ging es einige hundert Meter durch Trümmer und Hölle. Mit den Tragen rannten die Sanitäter um ihr Leben.

Einer der Zahlmeister drehte sich zu Dr. Körner herum. Schließlich mußte man ihn ja auch einmal ansprechen.

»So still, Doktor? Woran denken Sie?«

»An meine Toten«, sagte Dr. Körner.

Der Zahlmeister zuckte zusammen und drehte sich schnell wieder weg. Ein unangenehmer Mensch, dachte er dabei. Fliegt in den tiefsten Heimatfrieden und denkt an die Toten. Der Krieg verroht doch die Gefühle ...

Major Jewgenij Alexandrowitsch Kubowski verbrannte nicht im Gegenstoß der deutschen Flammenwerfer. Es wäre auch zu schade gewesen, denn einerseits war er ein schöner Mann und zum anderen hatte das Schicksal noch etwas anderes mit ihm vor, als ihn in einem Strahl heißen Öls verschmoren zu lassen. Es war eigentlich wie immer seit dem Tag, an dem die Deutschen über den Don und an die Wolga kamen: Das Bataillon Kubowskis wurde dezimiert, aber er selbst kam heil davon und wunderte sich selbst über dieses unverschämte Glück.

Nur ging es diesmal nicht ganz so glimpflich ab. Kubowski wurde verwundet. Nicht schwer ... ein deutscher Gewehrgranatsplitter ritzte ihm die Kopfhaut auf und nahm ein Stückchen Fell mit. Es blutete, als wolle der ganze Körperinhalt ausfließen, und es schmerzte, als hackten tausend kleine Teufelchen auf dem Gehirn herum. Mladschij-Sergeant Kaljonin wickelte vier dicke Verbandspäckchen um den Kopf seines Majors, bis die Blutung endlich zum Stillstand kam.

»Es hat alles sein Gutes, Genosse Major«, sagte Kaljonin mit einem vertraulichen Augenzwinkern. »Sie werden in das Feldlazarett ›Tennisschläger‹ kommen. Zu Oberleutnant Pannarewskaja.«

Major Kubowski seufzte. Die deutsche Artillerie hämmerte wieder in die Trümmer. Es war sinnlos, was sie tat, denn statt zu vernichten, schichtete sie nur noch mehr Steine aufeinander, unter denen sich die Rotarmisten einnisteten wie Küchenschaben. Kam dann der Alarm, daß die Deutschen angriffen, krochen sie aus den Kellern hervor und schossen um sich. Genauso war es drüben auf der deutschen Seite. Eigentlich hätte man vernünftig sein müssen und sich sagen können: Brüderchen, laßt uns aufhören. Immer neue Tote gibt's, und was kommt dabei heraus? Nichts!

In der Nacht wurde Kubowski abgelöst. Mit dem Rest seines Bataillons schlug er sich bis zur Mitte des »Tennisschlägers« durch, und es war ein wirkliches Durchschlagen, denn überall tauchten in den Trümmern deutsche Stoßtrupps auf und schossen auf die zurückspringenden und kriechenden Rotarmisten.

Im Keller eines staatlichen Magazins war endlich Ruhe. Kubowski überzeugte sich, daß seine Leute Platz hatten und sich auf Decken und Matratzen hinlegen konnten.

»Schlaft, und sauft nicht!« sagte er mahnend wie ein Vater und hob den Zeigefinger. »Ihr wißt, in vierundzwanzig Stunden ist das Paradies vorbei!«

Dann machte er sich auf den Weg und suchte den Lazarettkeller. Viermal lag er schwer atmend in einem Trichter, weil die deutsche Artillerie das Gelände abkämmte, und als er endlich den Eingang erreicht hatte, warf ihn der Luftdruck einer explodierenden Granate die Stufen hinunter auf ein Knäuel Verwundete, die nicht ausweichen konnten, weil es zu eng war. So fiel er weich, sehr zum Unwillen der von oben Angefallenen. Es gab sogar einen unbekannten Genossen unter ihnen, der den Major Kubowski in dem allgemeinen Durcheinander und Geschrei kräftig ins Gesäß trat.

Durch drei Räume voll stinkender Körper und wimmernder Fleischhäufchen führte ihn ein Sanitäter in den OP-Raum, aus dem ihm Stöhnen und Wimmern entgegenschallten.

Kubowski zögerte kurz, ehe er eintrat. Unter einem starken Scheinwerfer, den ein Benzindynamo speiste, stand eine breite Gestalt mit nacktem Oberkörper, über den eine Schürze gebunden war. Es war unerträglich heiß im Zimmer, einmal von dem starken Scheinwerfer und zum zweiten von der dicken, verbrauchten Luft, die Kubowski entgegenschlug wie ein Hammer.

Er riß, nach Luft schnappend, den Mund auf und blieb in der Tür stehen.

»Es zieht!« schrie der breite Mann und straffte den nackten, muskelbepackten Oberkörper. Vor ihm lag ein nackter Verwundeter, und was Kubowski sah, war nicht danach, ihm wohler werden zu lassen. »Die Leichtverwundeten in Keller V, verdammt noch mal! Wo ist Piotr, der faule Hund?!«

»Guten Morgen, Genosse Majorarzt!« sagte Major Kubowski und griff an seinen dicken Kopfverband. »Ich dachte, die Genossin Pannarewskaja hier zu treffen.«

»Nein!« Der Arzt drehte sich um. »Da Sie gehen können, Genosse Major, ist hier der falsche Platz für Sie. Bei mir müssen Sie sich anstellen zum Massengrab.« Er wandte sich wieder dem Verwundeten zu und schien Kubowski vergessen zu haben. Nun kam auch Piotr, der Sanitäter, herein und trug einen Armvoll Binden zu einem Instrumententisch. Kubowski nickte dem halbnackten Mann zu.

»Wer ist das?«

»Andreij Wassilijewitsch Sukow, unser Chirurg. Gehen Sie bitte in den nächsten Verbandsraum ...«

Hier, in einem größeren, unterteilten Keller, fand Kubowski endlich die Pannarewskaja. Sie verband die Gehfähigen, gab Injektionen, verteilte Pillen und Pulver und schimpfte wie ein alter Donkosak, wenn jemand sich muckste oder »Au!« schrie.

Ihr Blick wurde starr und ungläubig, als sie Major Kubowski eintreten sah, ja, sie ließ sogar eine Mullrolle sinken und schüttelte den Kopf.

Kubowski schluckte. Er war noch nicht gefühllos genug, um nicht inmitten des grausamen Leidens die Schönheit zu bemerken.

»Sie ...?« sagte die Pannarewskaja gedehnt und verband weiter.

»Sie haben mir ein Rendezvous versprochen, Genossin Oberleutnant«, erwiderte Kubowski keck.

»Und da haben Sie Ihren Kopf hingehalten, um es zu ermöglichen?« Olga Pannarewskaja winkte ab, als ein neuer Verwundeter zu ihr treten wollte. »Erst den Genossen Major, mein Junge. Sieh einmal, wie er leidet. Die Augen verdreht er schon.«

»Ich bin fast ausgeblutet, Olga.« Kubowski trat zu ihr. Jetzt, wo er ganz nahe vor ihr stand, wo er wieder die Rundungen unter der Feldbluse bemerkte, das Flimmern in ihren Augen aufnahm und ihre schwarzen Haare vor ihm zitterten, fühlte er sich wirklich elend und schwach.

»Setzen!« kommandierte die Pannarewskaja.

»Bitte ...«

»Setzen! Sie sind zu groß, um Sie stehend zu untersuchen. Oder soll ich auf den Tisch steigen?«

Gehorsam hockte sich Kubowski auf einen alten Holzstuhl. Olga Pannarewskaja trat zu ihm und wickelte den Verband ab. Major Kubowski nagte an der Unterlippe. Über ihm, etwas höher als seine Augen, wölbten sich die Brüste gegen seine Stirn. Er starrte sie an, und trotz der blutverschmierten Feldbluse machte er sich ein eigenes, plastisches Bild der Anatomie.

»Verflucht!« schrie er plötzlich und zuckte hoch, aber die Hand der Pannarewskaja drückte ihn auf den Stuhl zurück. Sie hatte die letzte Lage von der Wunde gerissen und faßte mit einer Pinzette ein Stück der aufgerissenen Kopfschwarte. »Oh, Genossin – muß das sein?« knirschte Kubowski und wunderte sich über seine Beherrschung.

»Das bißchen Gehirn ist unverletzt«, sagte die Pannarewskaja. »Es wäre auch eine Kunst, solch ein winziges Ziel zu treffen. Ein paar Stiche und etwas Jod, und das Vaterland kann wieder mit Ihnen rechnen, Major ...«

Heldenhaft ließ Kubowski die Behandlung über sich ergehen. Er knirschte zwar wie ein Steinbeißer, aber er hielt still. Man gab ihm auch keine örtliche Betäubung, weil, wie die Pannarewskaja sagte, die knappen Narkosemittel für die Schwerverwundeten aufbewahrt werden mußten.

»Ein braver Mann!« sagte sie, als sie nach dem Einpinseln mit Jod einen neuen Verband um Kubowskis Kopf wickelte.

»Nur müssen Sie den Helm jetzt drei Nummern größer nehmen!«

Rund um den »Tennisschläger« war wieder die Hölle aufgebrochen. Die Deutschen gaben keine Ruhe. Ihre Artillerie pflügte wieder in den Hausruinen, und noch während Kubowskis Kopf verbunden wurde, trug man neue Schwerverwundete in den großen Keller zu Majorarzt Dr. Sukow. Dann war die Feuerwalze auch bei ihnen. Der Keller bebte, die Wände dröhnten wie Paukenfelle, der Boden schien sich zu heben, Kalk rieselte herab. Kubowski schaute an die rissige Decke.

»Sie hält«, sagte die Pannarewskaja ruhig. »Wir sind zwei Etagen unter der Erde.«

Es war, als wolle man ihre Worte auf die Probe stellen. Ein mächtiger Schlag, ein helles Krachen ließ alle zusammenzucken. Das Aggregat erlosch sofort. Tiefe Dunkelheit hüllte den Keller ein.

Major Kubowski sprang in dieser Finsternis auf. Mit beiden Händen griff er nach vorn, erfaßte ein Stück Stoff und in dem Stoff lebendes, warmes Fleisch. Wie ein Raubtier, das sich festgekrallt hat, zog er es heran, spürte einen Atem vor sich und die geheimnisvolle Ausstrahlung eines Mundes.

»Verzeihen Sie, Genossin!« sagte er noch, denn er war ein gut erzogener, höflicher Mensch. Dann küßte er die Pannarewskaja, und es war ein langer Kuß, denn es war ja stockdunkel um sie herum. Endlich ließ er sie los, bekam einen heftigen Stoß und sank auf den Stuhl zurück.

»Ein verrückter Hund!« sagte die Pannarewskaja leise, aber ihre Stimme war in der Finsternis weich und samtig.

Sie hat sich küssen lassen, dachte Major Kubowski glücklich. Jewgenij Alexandrowitsch, das ist der schönste Tag deines Lebens. Trotz Krieg, Naht und Jod.

Das Hotel »Ostland« in Warschau war genauso, wie es Dr. Portner beschrieben hatte. Neu aufgebaut, mit modernen Zimmern und guten Betten. Es gab einen Portier, eine Rezeption, Zimmermädchen, Kellner in weißen Jacketts, einen Oberkellner im Frack, Köche und einen Grillraum, eine Bar und viel gesellschaftliches Leben, als wäre sonnigster Frieden und kein Krieg, der täglich Tausende von Opfern kostete. Sogar ein Doppelzimmer bekam Dr. Körner, obgleich er sich wegen der unsicheren Abfahrt aus Stalingrad nicht hatte anmelden können. Daß er aus Stalingrad kam, genügte, um ein Zimmer freizumachen. Alle sprachen in diesen Tagen von der Stadt an der Wolga und dem größten Sieg der deutschen Geschichte, dem man entgegenging. Man war stolz, und man zeigte es auch.

Nach Köln schickte Dr. Körner sofort ein Blitztelegramm: ›Komme sofort mit nächstem Zug nach Warschau stop Erwarte dich am Bahnhof stop Telegrafiere genaue Ankunftszeit zurück Hans.‹ Dann wusch er sich. Zum erstenmal seit Monaten lag er wieder in einer Badewanne und seifte sich im heißen Wasser ab. Dabei überkam ihn die Müdigkeit, seine seit Monaten angespannten Nerven lösten sich, und er schlief in der Wanne ein. Als das Wasser kalt wurde, wachte er wieder auf und wußte im ersten Augenblick nicht, wo er sich befand. Dann trocknete er sich ab und ging ans Fenster.

Über Warschau lag tiefe Nacht. Es regnete. Er zog sich schnell an und fuhr mit dem Fahrstuhl hinunter in die Hotelhalle. Im großen Saal war ein bunter Abend. Durch die Türen hörte man Gesang und lautes Lachen. Der Chefportier kam Dr. Körner entgegen.

»Etwas speisen, der Herr Leutnant?« fragte der Portier. Dann sah er den Äskulapstab auf den Schulterstücken und rang die Hände. »O Verzeihung, das habe ich zu spät gesehen. Der Herr sind Mediziner? Da kenne ich mich nicht aus in den Dienstrången.« Er sprach ein hartes Deutsch und neigte beim Sprechen den Kopf zur Seite wie ein nachdenklicher Fiakerkutscher. »Es gibt etwas Besonderes heute, Herr Mediziner. Steht nicht auf der Karte. Gefüllte Täubchen. Ist nur für die besonderen Gäste ...«

»Danke. Nachher.« Dr. Körner sah wieder auf seine Uhr. »Das Telegramm nach Köln ist doch weggegangen?«

»Aber ja, Herr Mediziner.«

»Wie lange läuft es schätzungsweise?«

»Schätzungsweise – es war ein Blitz, nicht wahr – nun, nicht mehr als zwei Stunden.«

»Und zurück nach Warschau?«

»Wenn auch Blitz ... vielleicht vier Stunden. Es kommt auf das Postamt an.«

»Haben Sie einen Fahrplan hier?«

»Alles! Aber der Herr Mediziner mögen bedenken, daß die Züge nicht mehr nach Fahrplan fahren. In der Heimat des Herrn bombardieren englische Flieger –«

»Einen ungefähren Anhalt hat man aber.«

Lange blätterte Dr. Körner in dem dicken Fahrplan, der Zahlen und Zeiten nannte und den Beweis deutscher Gründlichkeit erbrachte. Nach dem Fahrplan konnte Marianne morgen gegen Abend in Warschau eintreffen, wenn sie heute mittag nach dem Telegramm gleich abgefahren war. Sonst übermorgen früh gegen sechs Uhr ... das war die äußerste Möglichkeit.

»Einmal hat ein Zug zwei Tage gebraucht«, sagte der Portier, als Körner das Kursbuch zurückgab. »Es ist ganz individuell ... wie es die Engländer wollen ...«

Das klang wie eine versteckte Frechheit. Dr. Körner überhörte sie. Seine Gedanken waren bei Marianne.

»Wo kann ich essen?«

»Im kleinen Speisesaal, Herr Mediziner.«

Das Essen war gut, reichlich und schmackhaft. Nur handelte es sich nicht um Tauben. Mit viel Gewürzen, vor allem Majoran in der Füllung, hatte man versucht, einen etwas herben Geschmack zu überdecken. Zudem mußten es polnische Riesentauben sein, noch nie hatte Dr. Körner solche großen und prallen Taubenkörper gesehen. Als er zu Ende gegessen hatte, wußte er, was es war. Aber ein Ekel kam ihm nicht hoch ... es hatte wirklich vorzüglich geschmeckt. Der Kellner räumte ab.

»Sie haben einen guten Geschmack, Ihre Krähen«, sagte Körner, als er aufstand. Der Kellner grinste breit.

»Ist sich Fleisch, odderr niecht?« sagte er.

Eine Stunde später schlief Körner. Aber es war ein unruhiger Schlaf. Immer wieder wälzte er sich herum. Die von Portner gelobte Matratze war zu weich. Wer monatelang auf einer Holzpritsche geschlafen hat, dem ist eine gute Matratze voller Tükken wie ein mooriger Boden. Der Körper wehrt sich dagegen.

Es war schon früher Morgen, als Körner richtig einschlief.

Abends stand er auf dem Bahnsteig und wartete das Einlaufen des Zuges ab. Er hatte einen großen Blumenstrauß gekauft. Große rote Astern, von einer leuchtenden Farbe, wie er sie noch nie gesehen hatte. Und ein Geschenk hatte er gekauft. Der Chefportier hatte ihm eine vertrauliche Adresse gegeben, er schien eine Schwäche für Mediziner zu haben. Es war ein Haus in der Altstadt, und der Bewohner war ein Jude, wie sich schnell herausstellte. Er lebte verborgen außerhalb des Gettos und war ein Goldschmied. Das Erscheinen einer deutschen Uniform war so alarmierend, daß Dr. Körner spürte, wie sich im Hause Unruhe verbreitete, die einer geisterhaften Stille wich. Als er im Treppenhaus schnell nach oben blickte, sah er zwei Köpfe zurückzucken. Es waren zwei Männerköpfe mit fanatischen Augen.

»Oh, Sie kommen von Sascha«, sagte der Goldschmied. Körner sah, wie er aufatmete. »Dann sind Sie ein guter Mensch. Sie wollen etwas kaufen?«

»Für meine Frau ... ein Hochzeitsgeschenk ...«

Für dreihundert Mark erstand er ein Medaillon an einer goldenen Kette. Ein Lapislazuli, geschnitten wie eine Halbkugel, umrahmt von einem Filigrangerank aus rotem Gold.

Dieses Geschenk trug er nun in der Tasche, als er auf dem Bahnsteig an dem eingelaufenen Zug entlangrannte und Marianne an einem der Fenster suchte. Als er sie nicht sah, rannte er zurück zur Sperre und stellte sich neben die vier Feldgendarmen, die die Fahrkarten und Marschbefehle kontrollierten.

Marianne, sagte er im Inneren, Marianne. Marianne. Immer nur und immer wieder Marianne ...

In dem Gewühl von Uniformen aller Waffengattungen, Kopftüchern, Hüten und Mützen, in dem Gedränge der Leiber und dem Berg von Koffern, Kisten und Kartons suchte er einen schwarzen Lockenkopf, einen winkenden Arm, einen roten, jauchzenden Mund und glückliche, strahlende Augen.

Einmal meinte er, sie gesehen zu haben. Er stürzte sich in das Gewühl, zwängte sich durch und warf beide Arme empor.

»Marianne!« schrie er durch den Lärm von Stimmen, Rufen, Singen und ablassendem pfeifenden Qualm. »Marianne! Hier! Hier bin ich!«

Er durchbrach eine schimpfende Mauer von Uniformen und rannte auf den schwarzen Lockenkopf zu.

»Marianne ...«

3

Als er vor ihr stand, war es nicht Marianne. Es war ein junges Mädchen in einem braunen Wintermantel mit schmalem Fuchspelzkragen; um sie herum standen einige Koffer und Schachteln, und sie sah sehr verlassen und unglücklich aus. Als habe sie Dr. Körner erwartet, ging ein freudiges Leuchten über ihr schmales Gesicht. Sie streckte ihm die Hand entgegen und atmete sichtbar auf.

»Gut, daß Sie endlich kommen«, sagte sie. »Ich hatte schon Angst, man hätte mich vergessen.«

»Verzeihen Sie.« Dr. Körner verbeugte sich korrekt. Die Enttäuschung, daß es nicht Marianne war, machte ihn unsicher und schnürte seine Kehle zu. Er blickte sich noch mehrmals suchend um, aber der Zug hatte sich geleert, die meisten Angekommenen hatten die Sperre und die Kontrolle der Feldgendarmen passiert. Die Lok wurde bereits abgekoppelt. Durch die Wagen ging eine Streife, um etwaige Schlafende zu wekken und aus dem Zug zu werfen. Auch das war schon vorgekommen, daß Urlauber die Ankunft in Warschau verschliefen, umrangiert wurden und aufwachten, als sie wieder auf der Rückreise in die Heimat waren. Dr. Körner wandte sich wieder dem Mädchen zu, das mit erstaunten, fragenden Augen einen der Koffer vom Boden genommen hatte und darauf wartete, daß sie gingen.

»Erwarten Sie noch jemanden?« fragte sie.

»Ja. Meine Frau ...«

»Ihre Frau?«

»Sie wollte mit diesem Zug kommen.«
»Von Berlin?«
»Von Köln.«
»Vielleicht hat sie in Berlin den Zug verpaßt. Auf der Strecke Köln-Berlin waren einige Angriffe.«
Dr. Körner nickte. Ein beklemmendes Gefühl stieg in ihm auf. Ich werde noch ein Telegramm schicken, dachte er. Mit bezahlter Rückantwort. Er wollte sich abwenden und zurück zur Sperre gehen, aber das Mädchen hielt ihn am Ärmel fest.
»Wohin gehen wir?« fragte sie. »Ich weiß überhaupt nichts. Es hieß, ich würde abgeholt und in meine Dienststelle eingewiesen. Wohne ich in einem Hotel, oder hat man ein Zimmer für mich? Ich weiß überhaupt nichts ...«
Dr. Körner kam es erst jetzt zum Bewußtsein, daß man ihn verwechselte. Er grüßte und stellte sich vor. Die Augen des Mädchens wurden groß und weit vor Hilflosigkeit.
»Sie sind Arzt?« sagte sie leise. »Aber ... ich – ich soll doch im Sekretariat des Gouvernements anfangen. Warum –?«
»Sie verwechseln mich offensichtlich, mein Fräulein.«
»Sie sind nicht hier, um mich abzuholen?«
»Nein. Ich wollte meine Frau ...«
»Ja, das sagten Sie.« Das Mädchen bekam blanke Augen. Plötzlich weinte es und setzte den Koffer wieder auf den Bahnsteig. »Wo soll ich denn hin?« sagte sie wie ein verlaufenes Kind. »Ich weiß doch gar nichts ...«
Dr. Körner sah sich um. An der Sperre standen zwei Feldgendarmen. Ihre blanken Schilde vor der Brust leuchteten auf, wenn sie sich bewegten. Körner hob beide Arme und winkte. Die beiden sahen herüber, überlegten, einigten sich schließlich und kamen langsam näher. Sie grüßten ein wenig lässig und warteten ab, was der junge Assistenzarzt von ihnen wollte. Hier auf dem Bahnhof waren sie kleine Könige. Sie blockierten die Sperre wie Erzengel das Paradies, und es war ihnen immer eine tiefe Genugtuung, wenn selbst Offiziere ihre Marschbefehle vorzeigen mußten.

»Hier hat man ein Fräulein vergessen«, sagte Dr. Körner. »Sie sollte abgeholt werden, aber niemand ist gekommen.«

»Das kommt vor«, sagte der eine Feldgendarm.

»Ihre saudummen Bemerkungen können Sie unterlassen.« Dr. Körner war wütend. Zu Enttäuschung und Angst kam das Wissen, daß seine Zeit in Warschau bald abgelaufen war. Man sollte mit dem Leiter der Lazarettplanungsstelle sprechen, dachte er. Vielleicht kann er mich nach Köln beurlauben. Hier in Warschau sitzt man ja doch nur herum ... nominell für die Beratungen aufgeführt, aber völlig ohne Meinung in dem Kreis der Planungsexperten. Was kümmert einen planenden Beamten die Erfahrung eines Frontoffiziers? Alles schon einkalkuliert, hatte man ihm gleich zu Anfang gesagt. Wir leben doch nicht hinter dem Mond, mein Bester. Bei der Truppe denkt man anscheinend, wir im Hinterland fressen und saufen und huren bloß. Auch wir arbeiten, zerbrechen uns die Köpfe zum Wohle der kämpfenden Truppe und leisten unseren Beitrag zum glorreichen Endsieg. Wer trägt denn die ganze Last des Nachschubs für Stalingrad? An wem liegt es, daß alles so vorzüglich klappt? Na also ... überlassen Sie also alles uns, junger Mann ... Und so war man froh, daß sich Dr. Körner mehr um das Kommen seiner Frau kümmerte als um den Aufbau eines großen Lazarettbereiches bei Kalatsch.

Die Stimme des Feldgendarmen riß ihn aus seinen Gedanken.

»Ihre Papiere«, sagte er zu dem weinenden Mädchen. Dr. Körner fuhr herum.

»Sie könnten auch höflicher sein.«

»Ich bin im Dienst, Herr Assistenzarzt.«

»Ach so. Das ändert allerdings vieles.«

Der Feldgendarm lief rot an, aber es war keine Scham, sondern offener Unwillen. In seinem Blick lag deutliche Wut. So etwas haben wir gern, sagten diese Augen. Junge Schnipse mit großer Fresse. Wollen den Weibern durch Forschheit imponieren. Heute abend haste sie im Bett, und wir schieben wieder Wache an der Sperre. Ein Scheißleben ist das.

»Gouvernement«, sagte der Feldgendarm. »Das ist eine private Dienststelle. Da sind wir nicht zuständig.«

»Aber das Fräulein kann doch nicht auf dem Bahnsteig übernachten«, rief Körner.

»Wenn der Herr Assistenzarzt helfen würden, ein Hotelzimmer zu suchen?« Der Feldgendarm grinste. Das willste doch bloß, mein Junge, sagte dieses Grinsen. Ein bißchen Theater, wie anständig du bist, hebt das Vertrauen der jungen Dinger. In Wirklichkeit juckt dir schon die Hose. Junge, das kennen wir. Geh mit ihr ins Hotel, und morgen ist noch immer Zeit, die zuständige Dienststelle zu suchen. Sieh, das Gute ist so nah ...

»Es muß doch festzustellen sein ...« Dr. Körner sah auf das hilflose, weinende Mädchen inmitten der Koffer. »Kommen Sie«, sagte er mit einem tröstenden Unterton. »Wir werden schon Ihr Domizil finden. Ich helfe Ihnen weiter.«

»Danke, Herr Doktor.« Das Mädchen nahm den Koffer wieder auf. Dr. Körner packte die anderen. Die Feldgendarmen grinsten wieder. »Einen schönen guten Abend«, sagte der eine noch. Dr. Körner verhielt den Schritt und überlegte, ob er sich umdrehen und losbrüllen sollte. Aber dann ging er doch weiter. Es hat keinen Sinn, dachte er. Sie schütteln es ab wie ein Hund das Wasser aus dem Fell. Es hat alles keinen Sinn. Warum ist Marianne nicht gekommen? Warum schickt sie kein Telegramm? Ist in Köln etwas geschehen? Die Angst stieg wieder in ihm hoch und preßte sein Herz zusammen.

»Wohin gehen wir?« fragte das Mädchen neben ihm.

»In mein Hotel«, sagte Dr. Körner.

»Ich heiße Monika Baltus.«

Dr. Körner nickte. Ein Name, den er morgen schon vergessen haben würde.

»Ich bin nach Warschau dienstverpflichtet worden«, sagte Monika Baltus, als sie aus dem Bahnhof kamen und auf dem Vorplatz stehenblieben. »Mein Vater hat sich dagegen gewehrt, er ist von Stelle zu Stelle gerannt, aber es war nichts zu machen.

Im Gegenteil, sie haben zu ihm gesagt: Wollen Sie als Nationalsozialist den Aufbau des Ostens sabotieren? – Da wußten wir, daß es keinen Sinn hat, die Verpflichtung rückgängig zu machen ...«

Mit einem alten, klapprigen Auto, das als Taxi für Offiziere mit Gepäck diente, fuhren sie zum Hotel »Ostland«. Hinter der Theke der Rezeption machte der Chefportier einen tiefen Diener vor dem deutschen Offizier.

»Willkommen, gnädige Frau«, sagte er und holte den Schlüssel vom Schlüsselbrett. »Werden der Herr Mediziner und Gattin heute bei uns speisen? Ich kann Ihnen anbieten etwas Erlesenes. Gefüllte Täubchen. Jung, zart ...«

»Es ist ein Irrtum.« Dr. Körner stellte die Koffer ab. »Meine Frau ist nicht mitgekommen. Ich möchte für Fräulein Baltus ein Einzelzimmer.«

»Oh, das ist schade.« Der Chefportier sah Dr. Körner mit einer Mischung von Verständnis und Tadel an. »Ein Einzelzimmer. Nummer fünfundvierzig. Neben dem Herrn Mediziner. Nur das Bad liegt dazwischen, aber es hat zwei Türen ...« Er reichte den Schlüssel zu Monika Baltus und lächelte süffisant. »Also ein Tisch mit zwei Gedecken im kleinen Saal. Darf ich notieren?«

»Bitte.«

Ein älterer Hausdiener brachte die Koffer weg. Monika Baltus gab Körner beide Hände. »Ich danke Ihnen vielmals, Herr Doktor«, sagte sie leise. »Ich hatte solche Angst ... allein, in einer fremden großen Stadt ...«

»Wir werden morgen alles für Sie regeln. Ich schlage vor, wir treffen uns um zwanzig Uhr hier wieder in der Halle.«

Er winkte ihr nach, als sie mit dem Lift nach oben fuhr. Aber es war ein mechanisches Winken. Was ist mit Marianne? dachte er immer wieder. In den Wehrmachtsberichten steht nur immer etwas von Störangriffen und geringem Sachschaden. Vielleicht ist das Telegramm gar nicht angekommen? Die Leitung konnte gestört sein, die Empfangsstation der Kölner Post, oder das ausgeschriebene Telegramm war bei einem Angriff verlorengegangen ... es gab so viele Möglichkeiten.

Er ging zur Rezeption zurück. Der Chefportier nickte mehrmals. »Ein schönes Fräulein, Herr Mediziner. Ich habe Vertrauen zu Ihnen, Sie sagen es nicht weiter ... ich habe noch einen Posten französischen Sekt. Ich lasse eine Flasche aufs Zimmer stellen, wenn's recht ist ...«

»Zunächst ein neues Telegramm. Mit Rückantwort.«

»An die Frau Gemahlin?« Das Gesicht des Chefportiers wurde lang vor Erstaunen. Man wird aus den Deutschen nicht klug, dachte er. Sie haben eine eigenartige Moral. Sie legen sich mit jungen Mädchen ins Bett und telegrafieren der eigenen Frau, sie solle kommen. Es muß eine besondere Art von Perversität sein ...

Mit geneigtem Kopf nahm der Chefportier den Text auf, den er telefonisch zur Warschauer Hauptpost durchgeben sollte.

›Bitte sofort Rückantwort, wann Eintreffen in Warschau. Nimm den nächsten Zug. Hans.‹

»Es kommt noch ein Zug aus Berlin heute nacht um drei Uhr«, sagte der Chefportier mit einer leisen Warnung in der Stimme. »Es kann ja sein, daß die gnädige Frau –«

»Um drei Uhr?« Körner sah eine neue Hoffnung. »Das ist gut«, rief er. »Das ist sehr gut. Schönen Dank.«

»O bitte. Es erschien mir wichtig ...« Der Chefportier lächelte voll männlichem Verständnis.

Die beiden Männer merkten nicht, daß sie verschiedene Gedanken hatten.

Plötzlich, erwartet und doch, als es eintrat, unerwartet, fiel am 16. November der erste Schnee. Er wurde begleitet von einem eisigen Wind, der aus den Steppen Kasachstans herüberwehte. Das Thermometer sank auf minus zehn Grad; in den Gräben und Erdlöchern, Bunkern und Höhlen standen und lagen die Soldaten, schlugen die Arme gegen den Körper und fluchten.

Der kalte Wind aus der Steppe blies durch die Kleidung und strich wie eine eisige Hand über die Haut.

»Da haben wir den Mist«, sagte Stabsarzt Dr. Portner und sah in den fahlgrauen Himmel, aus dem es weiß herunterrieselte, als bestände das unendliche All nur noch aus Schnee. »Winter an der Wolga. Von jetzt ab wird es hier gemütlich wie mit 'nem nackten Arsch auf einer Eisscholle. Haben wir genug Holz im Keller, Wallritz?«

»Nein, Herr Stabsarzt. Aber es gibt ja Häuser genug.«

»Welch ein naiver Junge.« Portner ging zurück in den Lazarettkeller.

»Machen wir weiter. In einer Woche haben wir ein Lager für Eisbeine. Haben Sie schon Erfrierungen gesehen, Wallritz?«

»Nein, Herr Stabsarzt.« Feldwebel Wallritz hob die Hände, fing die Schneeflocken auf und zerrieb sie im Gesicht. Es erfrischte köstlich. »Ich war doch bis vor einem halben Jahr in Frankreich.«

»Na, Sie werden sich wundern.« Portner ging durch den Lazarettkeller. Er war etwas leerer geworden, ein großer Teil der Schwerverwundeten war nach rückwärts geschafft worden, nach Pitomnik und Kalatsch. Von dort gingen die Lazarettzüge in die Ukraine, nach Polen oder Deutschland. Es war ein beschwerlicher Weg, denn mehrmals in der Woche wurden die Strecken von Partisanen zerstört oder beschossen. Wer in Polen ankam, konnte aufatmen.

Stabsarzt Dr. Portner hatte heute einen ruhigen Tag. Die Front war fast still geworden. Bis auf ein paar Stoßtrupp-Unternehmen lagen die Trümmer von Stalingrad verlassen unter dem Bleihimmel. Es war wie ein unbewußtes Atemanhalten von beiden Seiten, wie ein Verschnaufen, ein erschöpftes Augenschließen.

»Überlegen wir mal, was wir alles brauchen, Wallritz«, sagte Dr. Portner. »Wenn wir hier schon den ganzen Winter über hokken sollen, muß man uns wie ein gutes Murmeltier versorgen.«

Feldwebel Wallritz nahm Papier und Bleistift. Er sah seinen Chef nachdenklich an. »Glauben Sie, daß wir hier monatelang ... Ich denke, in ein paar Tagen ist der letzte russische Widerstand zerstört.«

»Wallritz.« Dr. Portner zählte in seinem »Giftschrank« die Packungen und Gläser mit den Anästhesiemitteln. »Sie sind ein guter Sanitätsfeldwebel, aber politisch und militärisch ein Rindvieh. Wir sitzen hier wie die Ratten in den Kellern, und uns gegenüber haben die Iwans die gleichen Nester wie wir. Und jetzt schneit es ... morgen oder übermorgen geht die Temperatur weiter runter ... Sie wissen nicht, was ein richtiger eisiger Steppenwind ist. Und was dann kommt, ist Scheiße, mit Blumen garniert. Wir werden hier unten hocken wie die Wichtelmänner und froh sein, wenn wir einen warmen Hintern haben. Das Heldentum wird zu Gefrierfleisch, mein Lieber.« Er kraulte sich den Kopf und schloß den »Giftschrank« wieder. »Fangen wir also an. Denen soll im Depot die Hose flattern. Schreiben Sie: Bestandsmeldung. Oder nein ... besser: Materialanforderung. Zur Aufrechterhaltung des vorgeschobenen Verbandsplatzes benötige ich dringend ...«

Stabsarzt Dr. Portner diktierte eine lange Liste. Wallritz schrieb; ab und zu sah er auf und wunderte sich, woher Dr. Portner den Mut nahm, in seine Zahlen Bemerkungen einzuflechten, die jeden Stabsapotheker an die Decke springen ließen. Als Dr. Portner geendet hatte, legte Feldwebel Wallritz den Bleistift weg.

»Und wieviel werden wir bekommen? Fünfzig Prozent vielleicht?«

»Sie Pflaume! Dann lebten wir ja wie im Paradies. Nichts werden wir bekommen. Vielleicht ein paar Rollen Zellstoff ...«

»Aber ... Herr Stabsarzt.« Feldwebel Wallritz starrte auf die lange Liste. »Alles, was hier steht, brauchen wir doch wirklich dringend ...«

»Allerdings.«

»Und wenn nichts kommt ... das gibt ja eine Katastrophe, Herr Stabsarzt.«

»Sie merken aber auch alles, Sie kleiner Schlaukopf.« Dr. Portner sah in einen Topf, der auf einem Spirituskocher brodelte. In einer gelblichen Brühe schwammen einige Nudeln und ein paar Stückchen Fleisch. »Wieder ein Pferd krepiert?« fragte er.

»Nein, Herr Stabsarzt. Büchsenfleisch. Zehn Kartons sind gekommen.«

»Himmel noch mal – dann war das ein Irrtum. Oder der Intendant war besoffen. Los, ran an die Suppe, Wallritz ... ehe sie es merken und wieder kassieren. Haben die anderen auch was?«

»Natürlich, Herr Stabsarzt.«

»Genug?«

»Jeder ein Kochgeschirr voll.«

Wallritz holte zwei Teller und schöpfte sie voll. Mit beiden Händen trug er sie zum Tisch, damit sie nicht überschwappten.

Die Materialanforderung bekam einen großen Fettfleck.

»Lassen Sie den drauf, Wallritz«, lachte Dr. Portner. »Der wird einmal historisch. Wenn später einmal ein Aktendeckel gefunden wird, in den man die Materialanforderungen abheftete, wird man sagen: Sieh an, am sechzehnten November 1942 hatten die in Stalingrad noch so viel zu fressen, daß sie mit Fett um sich warfen ... So wird auch die Geschichte im Grunde relativ ...«

Mit dem ersten Schnee begann Pawel Nikolajewitsch Abranow, der Greis, fröhlich zu werden wie ein Füllen auf der Weide.

»Seht, seht«, rief er allen zu, denen er begegnete, »es schneit, Brüderchen. Es schneit.«

»Wir sehen es, Alterchen«, antworteten die so Angesprochenen. »Wir sind nicht blind.«

»Aber ihr versteht es nicht, ihr jungen Dummköpfe.« Abranow war in einer gehobenen Stimmung und fühlte sein heißes patriotisches Herz schlagen. »Jetzt werden die Deutschen das Laufen lernen, glaubt es mir. Die Schlacht um Stalingrad haben wir gewonnen. Ihr sollt es sehen ... Weihnachten ist alles vorbei. Wenn erst die Panzerchen kommen ...«

Man ließ den Alten reden und jubeln und kümmerte sich wenig um seinen Optimismus. Die Verluste waren schwer, die 62. Sowjetarmee bestand nur aus 12 Divisionen, und wenn nicht nach einem Gewaltmarsch durch die Steppe General Rodimzew mit seiner 13. Gardeschützen-Division zu Hilfe gekommen wäre, wer weiß, was aus Stalingrad geworden wäre und aus den tapferen Männern im »Tennisschläger« und in Beketowka. Aber im Feuer der deutschen Artillerie setzte General Rodimzew in Fährbooten über die schäumende Wolga und warf seine Männer in die Trümmer der Stadt zum erbarmungslosen Kampf Mann gegen Mann. Es dauerte nicht lange, da war auch diese Division nur noch regimentsstark, und trotz aller Hilferufe an General Tschuikow gab es immer nur die eine Antwort: aushalten. Aushalten. Ein schreckliches Wort, wenn es an allem fehlt und man weiß, daß es genug Freunde gibt, die helfen könnten. Aber der Generalstab – verflucht sei er – hält die Reserven zurück. Wozu bloß? Soll man in den Kellern und Hausruinen verbluten? Wer kann das verstehen?

Und so saß man mürrisch in den Höhlen am Wolgasteilufer, warf sich in den Stoßtruppkampf und sah mit gemischten Gefühlen auf den ersten Schnee, der alles mit einer weißen Decke überzog und die bizarren Trümmer wie in Watte hüllte.

Major Kubowski hatte eine Aussprache mit Olga Pannarewskaja, der Ärztin. Seine Verletzung war nicht so schwer, daß er aus der Stadt wegkam. Er wollte es auch gar nicht, und als der Divisionschirurg, der stille Andreij Wassilijewitsch Sukow, eine Bemerkung in dieser Richtung machte, wehrte sich Kubowski mit aller kaukasischen Beredsamkeit.

»Genosse Major«, hatte die Pannarewskaja gesagt, »Sie haben mich geküßt. Ich nehme an, daß Sie Angst hatten, als das

Licht ausging. Wenn es was anderes war, müßte ich mich nachträglich meiner Ehre wehren.«

Und Kubowski hatte geseufzt, hatte sie wie ein nasser Hund angesehen und geantwortet: »Es war wirklich Angst, Genossin. Lassen Sie mir diese Angst, sie beflügelt mich ...«

Nun schneite es, sie saßen draußen zwischen den Trümmern und sahen hinüber zu den Hausruinen, in denen die Deutschen hockten.

»Jetzt wird es schlimm werden«, sagte Kubowski. »Treibeis auf der Wolga, kein Nachschub mehr, keine Munition, kein Essen ... wer weiß, wann die Wolga zufriert? Die Deutschen haben es besser, sie können heranschaffen.« Er rauchte langsam eine Zigarette und sah dem weißen Rauch nach, der von den Schneeflocken zerschlagen wurde. »Ich liebe Sie, Olga ...«

Die Pannarewskaja schwieg. Ihr schmales Gesicht unter der Fellmütze war ernst und bleich. Major Kubowski kaute auf seiner Zigarette. Wenn eine Frau auf eine solche Rede schweigt, ist es ein schlechtes Zeichen, dachte er.

»Sie mögen mich nicht, nicht wahr?« sprach er weiter. »Ich nehme es Ihnen nicht übel, Genossin. Nur sagen Sie es mir frei heraus, damit ich wieder schlafen kann.«

Olga Pannarewskaja schüttelte langsam den Kopf. »Es ist sinnlos, Jewgenij Alexandrowitsch, jetzt von solchen Dingen zu sprechen. Wissen wir, ob wir morgen noch leben? Wenn wir uns ineinander verlieben, wird es ein schwerer Krieg für uns ... so aber lieben wir nur unser Vaterland und freuen uns auf die Zeit, wo wir wieder eigennützig denken können ...«

Major Kubowski ließ seine Zigarette fallen. »Genossin«, sagte er beschämt. »So viel Patriotismus ...«

»Nennen Sie es Selbstbetrug.« Die Ärztin erhob sich. Schön sah sie aus. Kubowski nagte an der Unterlippe und rieb die Stiefelabsätze aneinander. »Sie müssen wieder weg, Major ...«

Es klang ganz beiläufig, aber in ihrer Stimme war ein Unterton, der nicht zu den Worten gehörte, Kubowski sah zu ihr empor. »Weg? Wieso?«

»Der Genosse Divisionskommandant hat Sie angefordert.«

»Seit wann wissen Sie das?«

»Seit zwei Tagen.«

»Und sagen es mir jetzt erst?«

Olga Pannarewskaja nickte und wandte Kubowski den Rükken zu. Ihr Blick überflog die deutschen Häusergruppen. Vier zerfetzte Panzer bildeten die Grenze. Um diese Panzertrümmer hatten schon wilde Kämpfe stattgefunden, obgleich sie sinnlos waren und es keinerlei Nutzen brachte, die Panzer erobert zu haben.

»Ich habe Sie bis morgen noch krank melden können, Major.«

»Olga.«

Kubowski sprang auf. Er riß die Ärztin an der Schulter herum, und er tat es so heftig, daß sie gegen ihn fiel und sich an ihn klammern mußte, um nicht hinzufallen. Kubowski drückte sie an sich, und als er ihr Gesicht sah, war er glücklich und hätte jubeln können.

»Sie sind traurig, Olgaschka«, sagte er leise.

»Ja, Jewgenij Alexandrowitsch.«

»Es ist Ihnen nicht gleichgültig, ob mich die Deutschen erschießen oder ob ich den Krieg überlebe ...«

»Nein, durchaus nicht«, sagte sie tief aufatmend.

Da vergaß Major Kubowski, daß er in der zuschneienden Trümmerwüste einer gestorbenen Stadt stand, daß es morgen wieder ein Sterben gab und daß der Kampf an der Wolga mehr war als nur eine Schlacht, sondern die Entscheidung über das Leben Rußlands.

Er küßte Olga Pannarewskaja, und diesmal war es weder dunkel noch hämmerten die deutschen Granaten auf das Kellerdach, noch gab es überhaupt einen Anlaß, außer dem, daß man verliebt war wie noch nie in seinem Leben.

Fünfzig Meter weiter kroch der Gefreite Knösel durch die verschneiten Trümmer und suchte eine paar dicke Balken, die ausreichten, den Bunker für eine Woche zu wärmen. In der Nacht sollte ein Stoßtrupp dann die Balken abtransportieren, wenn nötig unter Feuerschutz. Es ging im Augenblick darum, daß man nicht fror, und nicht, daß man wieder zwei Keller eroberte oder eine Straßenseite.

»Ja, ist denn das möglich«, sagte Knösel entgeistert, als er um eine Hausecke kroch und mitten in den Trümmern einen Russen stehen sah, der eine Russin küßte. Sie taten es so gründlich, daß ihre sich umarmenden Gestalten aussahen wie ein weißes Denkmal.

Knösel duckte sich hinter einen Mauerrest und überlegte, was zu tun sei. Nun streichelt er sie auch noch, herrjemine, dachte er. Ihr Haar, ihr Gesicht, ihre Schulter ... wenn das so weitergeht, wird's ein Pariser Film mit Ringelpietz und Anfassen ... Und das mitten in Stalingrad. Im Schnee. Muß ein verdammter Notstand bei ihnen sein ...

Jäh wurde das Idyll gestört. Seitlich von Knösel hämmerte eine Maschinenpistole los. Die Geschosse schlugen vor den Küssenden in das Gestein, und so als seien sie getroffen, stürzten beide umschlungen in den Schnee und rollten in Dekkung.

»Idioten!« schrie Knösel. »Wem geht denn die Knutscherei so auf die Nerven ...«

Durch die Trümmer sprangen ein paar dunkle Gestalten. Auch Knösel robbte davon und stieß auf einen jungen Leutnant, der schwer atmend hinter einem Hauseingang saß. Auf der russischen Seite bellten ein paar Granatwerfer auf und setzten einen Riegel vor die vier zerfetzten Panzer. Die Explosionen waren dumpf, der Schnee schluckte die hellen Laute.

»So eine Saubande«, keuchte der junge Leutnant. »Tun so, als sei nichts los und küssen sich. Na, denen salzen wir ein ... denen vergeht noch diese bolschewistische Frechheit.« Er bemerkte erst jetzt, daß Knösel nicht zu seinem Spähtrupp gehörte, und wechselte das Magazin seiner Maschinenpistole. »Wer sind denn Sie?«

»Gefreiter Schmidtke auf der Suche nach Brennholz.« Knösel setzte sich neben den jungen Leutnant. »War so ein schönes Bild, Herr Leutnant.«

»Was?« Der junge Offizier ließ das Magazin einrasten. »Sie haben die Knutscherei gesehen?«

»Ja.«

»Mann. Sie sind doch bewaffnet. Warum haben Sie nicht geschossen? Wie heißen Sie?«

»Gefreiter Hans Schmidtke.«

»Einheit?«

»Transportbataillon 234, zugeteilt zu Feldlazarett III, vorgeschobener Verbandsplatz, Stabsarzt Dr. Portner.«

»Ich werde Sie melden.« Der junge Leutnant sah um die Mauer. Die Russen schossen nicht mehr, der Platz, wo Kubowski und die Pannarewskaja gestanden hatten, war leer. Ein Trümmerfeld wie tausend andere. »Sieht zwei Russen und schießt nicht. Wissen Sie, was das ist? Wie man das nennt? Das wird ein Nachspiel haben, mein Lieber.«

Der junge Leutnant winkte. Der Spähtrupp sprang weiter, durch eine Straßenschlucht in Richtung »Tennisschläger«. Es war alles so sinnlos, daß Knösel sitzen blieb und den wie Hasen Zickzack hüpfenden Männern kopfschüttelnd nachsah.

Noch einmal blickte er hinüber, wo das Liebespaar von Stalingrad gestanden hatte, zwei Menschen, die für eine Minute das Grauen vergaßen und aus der Seligkeit wieder in das Grauen gerissen wurden. Dann kroch auch Knösel weiter, suchte einen Balken und kehrte zum Lazarettkeller zurück. Dr. Portner operierte wieder.

»Herr Stabsarzt«, sagte Knösel, »da ist mir eben ein Ding passiert ...«

Portner winkte ab.

»Ich weiß schon. Der Leutnant war bereits da.«

Knösel schluckte. »Wenn Sie gesehen hätten, Herr Stabsarzt ...«

»Was reden Sie da, Knösel.« Dr. Portner verband den Verwundeten, während Wallritz die Tetanusinjektion vorbereitete. »Das sind die kleinen Menschlichkeiten, die plötzlich aus der Hölle einen Himmel machen.«

»Sie werden keinen Tatbericht ...« Knösels Kehle war wie zugeschnürt. Dr. Portner sah ihn fast beleidigt an.

»Raus, Sie Nilpferd. Halten Sie mich für einen Idioten?«

Es war ein Augenblick, in dem Knösel den Stabsarzt hätte umarmen können. Er unterließ es, weil es – militärisch gesehen – sittenwidrig war ...

Auch auf das Rückantworttelegramm kam keine Nachricht aus Köln. Dr. Körner sah es schon von weitem an dem Gesicht des Chefportiers, als er von der Besprechung des Planungsausschusses zurückkam. Er hatte wieder eine Stunde herumgesessen, hatte einmal von der Wichtigkeit des Transportes Schwerverwundeter gesprochen und zur Antwort bekommen, daß dies Angelegenheit einer anderen Dienststelle sei und nicht des Baugremiums.

»Ich kann es mir nicht erklären«, sagte der Chefportier des Hotels. »Wenn es Angriffe gegeben hätte ... aber wenn man den Wehrmachtsbericht liest ... es war ja nichts los in Köln.« Er sagte es so, als wolle er ausdrücken: Siehst du, mein Junge, wie sie uns belügen? Und man muß es sogar glauben ... was bleibt uns übrig?

»Schicken wir neue Telegramme«, sagte Dr. Körner gepreßt. »An die Kreisleitung, an die Gauleitung, an den Stadtkommandanten ... ich schicke hundert Telegramme, wenn es sein muß. Ich mache ganz Köln rebellisch.«

Der Chefportier hob die Schultern. Der junge Mediziner tat ihm leid. Er war ein anderer Typ als die Offiziere, Zahlmeister, Parteibonzen und Wehrwirtschaftsführer, die sonst im »Ostland« wohnten und sich wie Cäsaren benahmen. Es waren oft Stunden, in denen trotz allem Geschäftsgeist der Nationalpole bei ihm durchbrach und er sich beherrschen mußte, nicht seine Freunde zu rufen und die ungebetenen Gäste einfach entfernen zu lassen.

»Das Fräulein wartet schon im kleinen Salon auf Sie, Herr Mediziner«, sagte er. »Und Sekt habe ich kalt gestellt. Die Telegramme gebe ich sofort durch.«

»Und Sie benachrichtigen mich, wenn ...«

»Sofort, Herr Mediziner, sofort ...«

Es wurde ein stilles Essen. Der Kellner servierte die gefüllten Täubchen und blinzelte Körner dabei zu.

»Nix Krähe«, sagte er nahe an seinem Ohr, als er vorlegte. »Sind sich wirklich Tauben ... und Füllung ist sogar Läbbär von Rind ...«

Monika Baltus beobachtete während des Essens ihren Gastgeber. Zuerst hatte sie Bedenken gehabt, als er sie in sein Hotel mitnahm. Sie hatte Zudringlichkeiten befürchtet und sich vorgenommen, Dr. Körner zu erklären, daß sie nicht von »jener Sorte Mädchen« sei, die in den Osten kommen und Offizierserinnerungen sammeln wie andere Briefmarken. Aber schon als sie allein im Lift nach oben in ihr Einzelzimmer fuhr, sah sie die Grundlosigkeit ihrer Befürchtungen ein. Nun, während des Essens, war er ihr fast zu still, zu zurückhaltend und gedanklich abwesend.

»Sie kommen direkt von der Front?« fragte sie, als sie erzählt hatte, woher sie kam, wer ihr Vater sei und daß sie noch vier Geschwister hätte, jünger als sie, auch einen Bruder, der sich nächstes Jahr freiwillig melden wolle, obwohl der Vater ihn schon deswegen geohrfeigt hätte.

»Ja«, sagte Dr. Körner. »Ich komme von der Front.«

»Aus dem Mittelabschnitt?«

»Nein. Aus Stalingrad.«

»Oh, aus Stalingrad? Haben wir das bald erobert?«

»Vielleicht ...«

»Der Russe ist doch am Ende, sagen sie alle. Nach Stalingrad wird Rußland auseinanderbrechen.«

»Bestimmt«, sagte Körner zerstreut. Er sah immer wieder zur Tür. Heute nacht um drei Uhr kann sie ankommen, dachte er. Sie hat in Berlin nicht den Zug bekommen, das wird es sein. Darum kann sie auch nicht antworten; sie ist ja unterwegs. Dieser Funken Hoffnung glühte in ihm und wuchs zu einer Zuversicht, die die vergangenen Stunden fast vergessen ließ.

Etwa eine Stunde nach Beginn des Essens winkte der Chefportier vom Eingang des kleinen Speisesaals her. Dr. Körner schnellte hoch. »Bitte entschuldigen Sie, Fräulein Baltus«, sagte er mit plötzlich heiserer Stimme. »Ich werde gerufen. Ich bin gleich wieder da.« Mit langen Schritten rannte er hinaus in die Halle. Dort stand der Chefportier mit einem schmalen Umschlag in der Hand. Ein Telegramm. »Es kann unmöglich eine Antwort der letzten sein«, sagte er. »Es muß die Rückantwort sein oder ...«

»Nun geben Sie schon her ...« Körner riß den Umschlag auf und entfaltete das schmale Blatt Papier. Er überflog die Zeilen, und es war, als falle plötzlich alles Fleisch von seinem Gesicht, die Augen verdunkelten sich, und die Finger krallten sich in das Telegramm. Der Chefportier zog sich leise zurück. Er ahnte, was aus Köln gekommen war, und das Mitleid wuchs in ihm, als sehe er seinen eigenen Sohn leiden.

Dr. Körner las noch einmal die Zeilen, dann steckte er das Blatt in die Tasche und senkte den Kopf. Langsam ging er zurück in den Speisesaal und blieb vor dem Tisch stehen. Monika Baltus sah ihn entsetzt an, als erkenne sie ihn nicht wieder.

»Ist ... ist etwas?« fragte sie, als er stumm vor ihr stand und an ihr vorbeistarrte, gegen die Wand.

»Meine Frau ist tot«, sagte er langsam.

»Nein.« Monika Baltus sprang auf. »Aber ... aber wieso denn ...?«

»In Köln ... ein Luftangriff ... Bitte entschuldigen Sie mich.« Er versuchte noch eine korrekte Verbeugung und ging langsam hinaus. Es war, als hätten seine Stiefel Bleisohlen, die er über den Boden schleifen müßte.

In der Nacht vom 31. Oktober zum 1. November, dachte er bei jedem Schritt. Verschüttet und erstickt ... In der Nacht vom 31. Oktober zum ...

Er blieb stehen und sah in einen Spiegel. Er war bereits auf seinem Zimmer und hatte es nicht gemerkt.

»Ich bin ja gar nicht verheiratet«, sagte er leise und starrte sein bleiches Spiegelbild an. »Ich habe eine Tote geheiratet ... in Pitomnik ... am ersten November ...«

Mit einem Aufschrei hob er die Faust und hieb in sein Spiegelbild. Das Glas splitterte, die Scherben schnitten ihm den Handballen auf, Blut spritzte auf seine Uniform ... er sah und spürte das alles nicht, zusammengesunken saß er in einem Sessel, die blutende Hand gegen die Brust gepreßt.

Ich habe eine Tote geheiratet, dachte er nur immer wieder. In einem Keller ist sie erstickt ... Marianne ist erstickt ... in einer Nacht »ohne besondere Vorkommnisse« ... ein Polterabend in den Tod ... erstickt ...

»Mein Gott ... o mein Gott«, sagte Dr. Körner und preßte die blutende Faust gegen die Stirn. »Wie soll man das je begreifen ...«

Der 19. November begann mit einem heulenden Schneesturm. Aus der Steppe fegte er heran und übergoß das Land mit eisiger Kälte und erstickenden Schneemassen. Vom großen Donbogen über Stalingrad bis Beketowka kroch das Leben unter die Erde, in die Bunker und Erdhöhlen, Baracken oder Keller, Unterstände oder ausgebauten Granatlöcher. Das Thermometer fiel auf zwölf Grad Kälte ... auch zwischen Kletskaja und Serafimowitsch hockten die Männer der rumänischen und deutschen Divisionen in ihren Bunkern und Erdhöhlen, rollten sich in Decken, zogen Zeltplanen über die MGs und Minenwerfer und banden Wollschals um Schiffchenmütze und Ohren. Die Rumänen mit ihren Fellmützen hatten es besser, sie zogen sie nur tiefer und hockten sich um die wärmenden Bunkeröfen, rauchten ihre Zigaretten und tranken ein paar Schlukke Marketenderschnaps.

Der Schneesturm heulte ununterbrochen und trieb die letzten Wachtposten in die Erdhöhlen. Es war ein Wetter, vor dem sich selbst eine Ratte verkroch. Der russische Winter hatte begonnen, und er gab seine beste Visitenkarte ab.

Um vier Uhr morgens tönte in diesen Sturm hinein ein blechernes Trompetensignal. Es war eine symbolische Handlung, fast eine theatralische Geste, denn mit diesem Trompetensignal wurde der Untergang einer Armee eingeblasen.

Achthundert Geschütze begannen nach diesem Signal zu feuern. Auf einer Breite von nur drei Kilometern wälzte sich eine Feuerwand über die deutschen und rumänischen Stellungen, zerbarsten die Bunker und Unterstände, wurden die Erdhöhlen verschüttet, wirbelten Körper und Lastwagen, Geschütze und Balken, Werkstätten und Ersatzlager, Munition und Menschen durch die eisige, flammendurchzuckte Luft.

Die rumänischen Divisionen wurden unter die Erde gepflügt, ehe sie begriffen, was überhaupt über sie gekommen war. Sie lagen plötzlich in einer Hölle, die aus einem eisigen, nebelverhangenen Himmel über sie hereinbrach. Es war, als bräche die Erde auf drei Kilometer Breite auf und verschlinge alles, was sich bisher auf ihr bewegt hatte.

Vier Stunden lang trommelten die achthundert sowjetischen Geschütze auf die deutschen Divisionen. Um acht Uhr früh setzte dann der Sturm ein ... Panzerwelle auf Panzerwelle rasselte heran und walzte alles in den aufgerissenen Boden, was sich ihr entgegenstellte. Auf den stählernen Kolossen saßen die sowjetischen Infanteristen, dunkle Trauben, um die feuernden Türme klebend wie Wespennester.

Drei Panzerkorps und drei Kavalleriekorps der sowjetischen

Heeresgruppe »Don« rollten über die aufgerissene deutsche Stellung und drückten die Flanke der Stalingradfront ein. Während in den Trümmern der Stadt die deutschen Regimenter in den Kellern saßen und Haus um Haus eroberten oder wieder verloren, vollzog sich in ihrem Rücken die Tragödie eines vollkommenen Zusammenbruchs, der auch sie mitschluckte wie ein unersättlicher Moloch ... die sowjetische Großoffensive zur Befreiung Stalingrads hatte begonnen. Die Reserven, die man so lange zurückgehalten hatte und die man in der Stadt immer wieder angefordert hatte, rollten nun unaufhaltsam in den Rücken der deutschen Truppen.

Das Drama der 6. Armee begann. Noch ahnte es niemand. Noch überblickte keiner die Lage, denn das Durcheinander war nach diesem massiven, plötzlichen Feuerüberfall verheerend. Erst am Abend des 19. November sah man klarer. Es bot sich ein trostloses Bild: Eine breit aufgerissene Front, russische Panzerspitzen mitten im Hinterland Stalingrads, flüchtende Kompanien und Regimenter, überrollte Stäbe und Magazine. Der Donbogen war eingedrückt, ein sowjetisches Panzerkorps war auf dem Anmarsch auf Kalatsch ... es war ein Sterben in Ratlosigkeit und völliger Überraschung.

In seinem Erdloch am Steilhang der Wolga saßen der Greis Abranow, seine Enkelin Vera Kaljonina, wie sie jetzt hieß, und einige andere Zivilisten aus Stalingrad um einen kleinen Radioapparat und hörten die stündlichen Meldungen von der großen Offensivfront. Abranow weinte. Die Tränen rannten dem Alten nur so aus den müden Augen und liefen die Runzeln herunter bis zum Kinn, wo sie in einer Mulde einen kleinen See bildeten. Aber er schämte sich nicht, in seinem Alter noch so zu heulen, o nein, er saß da, hocherhobenen Hauptes, die Hände auf die Knie gelegt, hörte die Meldungen und weinte dabei wie ein Kind.

»Mütterchen Rußland lebt«, sagte er immer wieder. »Mütterchen Rußland lebt ... Bald werden wir frei sein ... frei ... oh.«

Vera Kaljonina saß da mit gesenktem Kopf und sagte nichts.

Sie dachte an Iwan Iwanowitsch, der noch immer im »Tennisschläger« hockte, zusammen mit einer Gruppe Soldaten, und den Befehl hatte, sein Haus und seinen Keller zu verteidigen, solange er noch einen Finger rühren konnte. Sie hatte in den letzten Tagen nichts mehr von ihm gehört; sie wußte nicht, ob er noch lebte, und alle Erfolge, die aus dem Radio tönten und den alten Abranow zum Weinen brachten, waren ihr nicht so wichtig wie die Erfüllung ihrer heimlichen Gebete: Laß ihn zurückkommen. Laß ihn Stalingrad überleben ...

Abranow stieß seine Enkelin in die Seite, so wie man einen stehengebliebenen Esel wieder antreibt. »Was ist, Töchterchen?« schrie er vor patriotischer Begeisterung. »Du freust dich gar nicht? Tanzen solltest du. Habe ich es nicht immer gesagt: Wartet erst den Schnee ab und den Eiswind ... und wenn die Wolga zugefroren ist ...« Es war ein altes Lied, das der Greis sang, und jeder am Wolgasteilhang kannte es. Nur sangen sie es anders – sie fluchten dabei. Auf der Wolga begann das Treibeis, und es war abzusehen, wann der letzte Fährverkehr eingestellt werden mußte. Und dann? Wie kam Munition nach Stalingrad? Wie Verpflegung? Wie Sanitätsmaterial?

»Drei Wochen wird's dauern, Brüderchen«, sagte Abranow immer. »Dann ist die Decke zu ...«

Drei Wochen ohne Munition. Man sah den Greis an und schwieg. Wer kann einen alten Ziegenbock ein anderes Mekkern lehren?

Erst am späten Vormittag kam Dr. Körner wieder aus seinem Zimmer. Er hatte sich die Hand verbunden und sah verfallen und übernächtigt aus. Es schien, als habe ihm der vergangene Tag zehn Jahre seiner Jugend genommen. Das bisher jungenhafte weiche Gesicht war kantig geworden, von einem festgefressenen Trotz, der erschreckend war, wenn man Körner von früher her kannte.

Der Chefportier kam auf ihn zu, als er unschlüssig in der Halle stand.

»Guten Morgen, Herr Mediziner«, sagte der wendige Pole. Er trug einen dunklen, festlichen Anzug und hatte einen silbergrauen Seidenschlips umgebunden. Die schwarzen Haare glänzten und dufteten nach Rosenpomade. »Ich hätte Ihnen das Frühstück auch auf dem Zimmer servieren lassen.« Dabei sah er fragend auf die verbundene Hand.

»Danke. Ich habe keinen Appetit.« Dr. Körners Stimme war abgehackt und rauh. »Was macht Fräulein Baltus?«

»Sie ist schon weggegangen. Ich habe die Dienststelle gefunden aufgrund ihrer Zuweisung.« Der Chefportier sah sich um. Sie waren allein in der Halle. Im Frühstückszimmer tönte Musik aus dem Radio. Märsche und markige Lieder. »Heute morgen hat die russische Offensive begonnen«, sagte er leise und beugte sich zu Körner vor. »Am Don und am Tschir ... die ganze Front ist aufgerissen ...«

Dr. Körner starrte den Chefportier ungläubig an. »Das ist doch nicht möglich«, sagte er heiser.

»Es ist so, Herr Mediziner. Sowjetische Panzerdivisionen sind weit im Rücken der deutschen Armeen.«

»Woher wissen Sie denn das?«

Der Chefportier lächelte und hob beide Hände. »Man hat seine Informationen, Herr Mediziner. Ohne Informationen gäbe es auch in Polen keine Hoffnung mehr ...«

Dr. Körner atmete tief. Zurück nach Stalingrad, dachte er. Was soll ich noch hier? Marianne ist erstickt ... ich war schon Witwer, als ich heiratete ... In der Wolgastadt krallen sie sich in die Trümmer und zerfleischen sich um einen Keller oder ein Granatloch ... in der Heimat werden die Frauen und Kinder von den Bomben zerfetzt ... die Fronten sind aufgerissen und Zehntausende sterben in der Steppe. Warum sieht keiner diese Sinnlosigkeit?

Er merkte nicht den Widerspruch zwischen seinen Gedanken und seinem Wunsch, zurück nach Stalingrad zu gehen. Es war die gleiche Sinnlosigkeit, von der man nicht begreift, daß sie einen Menschen so völlig beherrschen kann.

»Sie hassen uns, nicht wahr?« fragte Dr. Körner unvermittelt. Der Chefportier zuckte zusammen.

»Sie nicht, aber nein, Herr Mediziner.«

»Aber uns Deutsche ...«

Der Pole schwieg. Er sah Dr. Körner groß an, und sein Blick schien zu sagen: Begreifst du das nicht?

»Als Napoleon I. Deutschland besetzt hatte, nannte man jeden Widerständler einen Freiheitshelden. Heute nennt man die Freiheitshelden, die sich gegen die deutsche Besatzung wehren, Partisanen und hängt sie auf. Bitte erklären Sie mir das, Herr Mediziner: Gibt es Helden nur in Deutschland?«

»Sie haben recht.« Dr. Körner sah auf den geschniegelten Polen hinab. »Sie haben sich festlich gekleidet ... Sie feiern still die deutsche Niederlage ...«

Der Chefportier lächelte schwach. »Ich liebe mein Land.«

Dr. Körner senkte den Kopf und wandte sich ab. »Ich wünschte, ich könnte es auch noch«, sagte er dabei. Der Pole hielt ihn am Ärmel fest.

»Was werden Sie tun?«

»Wieso? Ich kehre nach Stalingrad zurück.«

»Das ist doch Irrsinn.«

»Vielleicht. Aber wo soll ich hin? In den Kellern habe ich Freunde und Kameraden, die mich brauchen. Was habe ich hier? Was habe ich überhaupt noch?«

»Ihr Leben und Ihre Jugend, Herr Mediziner. Ich kann Sie bei Freunden unterbringen ...« Der Pole wurde ernst und beugte sich zu Dr. Körner vor. »Es wird eine Zeit kommen, wo *wir* Ärzte gebrauchen können ... und Freunde ...«

»Ich ... ich verstehe Sie nicht«, sagte Dr. Körner rauh.

»Sie wollen es nicht verstehen ... Ziehen Sie die Uniform aus, tauchen Sie unter ... ich werde Sie wegbringen, wo Sie sicher sind. Sie werden überleben können, Herr Mediziner ...«

»Das nennt man desertieren.«

»Man nennt es: sich retten.«

»Und die Kameraden an der Front, deren Arzt ich bin? Die mich brauchen?«

Der Pole schwieg. Er ist ein Deutscher, dachte er traurig. Natürlich hat er recht, aber mit diesen Gedanken wird er untergehen wie Millionen mit ihm.

»Gut«, sagte er. »Schweigen wir darüber. Werden Sie ein Held ...«

»Ich erfülle nur meine Pflicht. Was ist Ihr Traum von der Freiheit Polens anderes?«

»Es stimmt.« Der Pole nickte. »Man kann es nicht erklären, warum sich Völker hassen ... und dabei sind wir doch alle nur Menschen ...«

Etwas anderer Ansicht war die Kommission, die gegen Mittag wieder zusammenkam. Sie hatte noch keine Ahnung, was sich seit Stunden am Donbogen, bei Kalatsch und am Tschir vollzog, sie wußte noch nicht, daß eine Reihe deutscher Divisionen nur noch aus einer Nummer in der Liste bestand, die Männer, Waffen und Fahrzeuge aber durch die Luft gewirbelt waren oder in die verschneite Erde gewalzt wurden. Sie ahnten nicht, daß sowjetische Panzer mit aufgesessener Infanterie bereits weit im deutschen Rücken operierten und einen Spalt trieben zwischen die 6. Armee und die 4. Panzerarmee, einen Spalt, der sich zu einem Riß und zu einer klaffenden Wunde erweiterte, an der die Stalingradfront verblutete.

»Sie wollen also wieder zur Truppe, Herr Assistenzarzt?« sagte der Kommissionsleiter, ein Oberst der Pioniere. »Ich kann Sie nicht halten. Und ich glaube, das, was Sie zu sagen hatten, haben Sie auch vorgetragen. Wenn Sie das alles noch einmal schriftlich fixieren können, damit es zu den Akten kann ...«

Dr. Körner starrte den dicklichen Oberst an. Sie ahnen noch nichts, dachte er erschrocken. Und sie werden auch morgen und übermorgen noch nichts wissen. Sie werden weiter an der Lazarettstadt Kalatsch planen, wenn der Russe schon die Stadt besetzt hat. Und auch dann werden sie weitertagen, denn: »Eines Tages werden wir es zurückerobert haben. Und dann, meine Herren ...«

4

Mit einer Transportmaschine flog Dr. Körner am 20. November von Warschau nach Kiew, von Kiew nach Stalino, von Stalino nach Morosowskaja und von dort endlich nach Pitomnik. Er kam am 23. November an, an einem Tag, als es klar wurde, daß sich die Zangen der sowjetischen Divisionen um die 6. Armee geschlossen hatten und Stalingrad zu einer Insel im wogenden roten Meer geworden war. Es war an einem Tag, an dem Tausende von Fahrzeugen sich rücksichtslos nach Westen wälzten, an dem die Trosse, die Werkstattkompanien, die Feldbäckereien, die Intendanturen, die Straßenbautrupps, die Eisenbahnformationen und die eben zurückgekommenen Urlauber in wilder Panik flüchteten, eine Meute gejagter Hasen, die über die verschneite Steppe hetzten, durch den heulenden Schneesturm, niedergemäht von den schnelleren sowjetischen Panzern oder einfach überrollt und unter die Räder genommen von den deutschen Zugmaschinen, Raupenschleppern und Lastwagen, die in unübersehbaren Kolonnen nach Westen rasten ... weg aus der Umklammerung, weg vor den T 34, weg vor den Russen ... Es war der Tag, an dem vor der Donbrücke Tschir die Flüchtenden in dreißig Reihen nebeneinander warteten, Tausende von Fahrzeugen, eine Zusammenballung kopfloser, schreiender, das nackte Leben ohne Rücksicht auf den Nebenmann rettender Menschen ... fünfhundert Meter breit ... ein Riesenteppich der Verzweiflung.

Als Dr. Körner in Pitomnik landete, standen auf dem Flugplatz 41 Schwestern aus dem Armeelazarett Kalatsch und warteten darauf, von Pitomnik nach Kiew ausgeflogen zu werden. Ein Oberstabsarzt stand mitten unter ihnen und stürzte auf Dr. Körner zu, als dieser von der gelandeten Ju 52 über das windige Rollfeld rannte.

»Ist das die Maschine aus Kiew?« schrie der Oberstabsarzt. »Kommen Sie meine Schwestern abholen?«

»Nein«, rief Dr. Körner zurück. »Ich muß nach Stalingrad.«

»So eine Scheiße«, schrie der Oberstabsarzt. »Es liegt ein Befehl vor, daß die Schwestern ausgeflogen werden. Aber keiner weiß was, keiner ist zuständig ... Soll ich meine Schwestern vielleicht den Russen ausliefern?«

Er rannte zurück in eine der Flugplatzbaracken. Die Schwestern standen an der Bretterwand, die Kragen hochgeschlagen, frierend, ängstlich, mit Koffern und Säcken neben sich.

Dr. Körner meldete sich bei einem Oberst der Luftwaffe, der als Platzkommandant versuchte, so etwas wie Ordnung in den kopflosen Haufen zu bekommen. Auf seinem Tisch in einer der Flugplatzbaracken trafen alle Meldungen über die Hinflüge ein ... zusammen mit einem dicken, schwitzenden und schimpfenden Stabsintendanten verteilte er die Ausflüge, wenn die Flugzeuge nicht schon mit fest umrissenen Befehlen, was sie mitnehmen sollten, gekommen waren. Als Körner eintrat, war gerade ein großer Streit ausgebrochen. Der Oberst hieb mit der Faust auf den Tisch und brüllte: »Ich habe siebzehntausend Verwundete hier, die rausmüssen ...« Der dicke Stabsintendant schrie sofort zurück: »Und ich habe den Befehl, als erstes alle Spezialisten auszufliegen. Die Spezialisten braucht man draußen ... die Verwundeten können die nächsten Maschinen nehmen ...« Dann sahen sie auf den eintretenden Arzt, und der Stabsintendant schoß auf ihn zu.

»Was wollen Sie denn hier?«

»Ich will nach Stalingrad ...«

»Wohin?« Der Stabsintendant sah Körner an, als spräche der Geist von Hamlets Vater.

»Nach Stalingrad-Stadt. Ich wollte mich erkundigen, ob ein

Flugzeug nach Gumrak abgeht oder wie ich sonst dorthin komme.«

»Das gibt es auch noch, tatsächlich.« Der Oberst wischte sich über die Augen. »Sie wollen also nicht raus?«

»Nein. Ich bin ja soeben von Warschau zurückgekommen.«

»Da wußte man wohl noch nichts von dem Scheißdreck hier?«

»Doch – aber ich wollte ...«

Dr. Körner sah, wie der Oberst ihn musterte, als sinne er darüber nach, ob es zu vertreten sei, einen Irrsinnigen in die nächste Maschine abzuschieben. Der Stabsintendant setzte sich schwerfällig auf einen Holzstuhl und schnaufte.

»Außerdem stehen draußen noch einundvierzig Schwestern, die wegsollen ...«, begann der Oberst wieder.

»Erst die Spezialisten«, sagte der Intendant. »Ich habe meine genau umrissenen Vorschriften. Es ist bekannt, daß die kämpfende Truppe aufgeschmissen ist, wenn nicht in der Etappe ...«

Der Oberst hob beide Arme. »Sie sehen, was hier los ist, Doktor«, sagte er fast hilflos. »Der Iwan rollt die Flanken auf wie Klopapier, das er von der Rolle wickelt, die Donbrückenköpfe sind im Eimer, Kalatsch brennt, die Rumänen kommen hier durch und fragen, wie weit es bis Bukarest ist, irgendwo wimmeln unsere Panzer rum, aber sie haben nicht genug Sprit und Granaten, und unser Hermann kratzt an Maschinen zusammen, was er nur kriegen kann, aber er rechnet nicht mit dem Bürokratismus unserer Wehrmachtsbeamten ...«

»Ich verhalte mich durchaus korrekt«, schrie der Stabsintendant.

»An dieser Korrektheit werden wir eingehen.« Der Oberst winkte ab, als Dr. Körner etwas sagen wollte. »Fragen Sie nichts mehr, Doktor. Sie wollen nach Stalingrad zurück ... das ist im Augenblick so traumhaft, daß Sie schon selbst sehen müssen, wie Sie weiterkommen. Schließen Sie sich einer Truppe an, die nach vorn geht ... Was heißt hier überhaupt ›vorn‹ ... Vorn ist jetzt überall, ringsum ist vorn. Hauen Sie ab, Doktor, und spielen Sie Ostlandfahrer ... Ich kann Ihnen nicht helfen.« Der Oberst drehte sich zu dem Stabsintendanten um und hieb wieder mit der Faust auf den Tisch. »Himmel, Arsch und Wolkenbruch ... mit der nächsten Maschine gehen die einundvierzig Schwestern nach Kiew ... und wenn Sie Schwierigkeiten machen, schieße ich den Weg frei, verstanden?«

Der Stabsintendant schnellte mit bleichem Gesicht vom Stuhl. »Das werde ich melden«, sagte er heiser. »Man wird Sie zur Verantwortung ziehen, Herr Oberst, wenn wertvolle Kräfte für den Bestand des Reiches –«

»Am Arsch können Sie mich lecken«, sagte der Oberst. Er wandte sich ab und drängte beim Hinausgehen auch Dr. Körner aus dem Zimmer.

Draußen schneite es immer heftiger. Zehn Maschinen standen auf dem Rollfeld. Sie wurden mit Verwundeten beladen und mit Eisenkisten, deren Inhalt nur die Intendantur kannte. Der Oberstabsarzt stand vor einer der Maschinen und gestikulierte mit beiden Armen. Um ihn scharten sich die frierenden Schwestern aus Kalatsch.

»Diese Maschine, Herr Oberst«, schrie er, als er den Platzkommandanten kommen sah. »Ich werfe mich vor die Propeller, wenn meine Schwestern nicht mitkommen ...«

Der Oberst winkte ab. Sein Gesicht war fahl. Über den großen Flugplatz von Pitomnik rannten Hunderte geduckter Menschen durch das Schneetreiben. Raupenschlepper klapperten dazwischen, Lastwagen, einzelne Panzer, Pferdegespanne, Protzen, Feldküchen, verpackte Feldbäckereien, Werkstattwagen ... ein Ameisenheer, das nur einen Gedanken hatte: nach Westen. Nach Westen.

Aber der Weg nach Westen war bereits verriegelt. Die Zange der russischen Panzerdivisionen hatte sich um die 6. Armee gekrallt. Um zweiundzwanzig Divisionen, um 364 000 deutsche Soldaten aller Waffengattungen, um Materialien im Wert von mehreren Milliarden Mark.

»Sehen Sie sich das an, Doktor«, sagte der Luftwaffenoberst.

»Und Sie fragen mich: Wie komme ich nach Stalingrad? Dort drüben sind die Zelte der aufgelösten Lazarette von Kalatsch, Dmitrijewka und Kotlubon. Fragen Sie mal da nach ...«

Er ließ Dr. Körner stehen und ging hinüber zu den 41 Schwestern, die ihn flehend und bettelnd umringten.

Zwei Stunden später fand Dr. Körner einen Kübelwagen. Er stand hinter einer der Baracken, der Schlüssel steckte im Zündschloß, und so sehr Dr. Körner rief und an die Türen klopfte, keiner wußte, wem der Wagen gehörte.

»Mein Gott«, sagte ein Hauptmann der Eisenbahnpioniere, der tatenlos herumsaß. »Solche Dinger stehen hier genug rum. Wo will man denn noch hin mit 'nem Wagen? Zum Flugplatz, das ist das Ziel. Wohin Sie auch fahren ... überall stoßen Sie doch auf 'n Iwan ... Aber wenn Sie den Kübel gebrauchen können, Doktor ... schwirren Sie ab ... es kräht keiner mehr danach ...«

Dr. Körner setzte sich in den Wagen und fuhr los. Er kam an einem Tanklager vorbei, das von Feldgendarmen bewacht wurde. Ein Zahlmeister saß neben dem Lager in einem alten russischen Bauernhaus und wurde von vier Offizieren angeschrien. Vor dem Spritlager standen Lastwagen und Panzer und warteten.

»Ich kann nicht«, schrie der Zahlmeister zu den Offizieren zurück. »Wie oft soll ich Ihnen noch erklären: Das hier ist ein Brennstofflager der Reichsbahntransportstaffel. Sie aber haben Panzer und Wehrmachtsfahrzeuge. Ich darf Ihnen keinen Sprit geben. Ich habe meine strikten Vorschriften ...«

»Mann, sehen Sie doch klar. Draußen steht der Russe vor der Tür, unsere Panzer haben nur noch für dreißig Kilometer Sprit, und Sie sitzen auf einem Berg von Benzin und Öl. Wo ist denn Ihre Staffel überhaupt?«

»Das weiß ich nicht. Ich warte auf Nachricht.«

»Die werden Sie aus Sibirien bekommen«, bellte ein junger Leutnant.

»Wenn schon. Ich tue nur meine Pflicht ... weiter nichts ...«

Während die Panzeroffiziere noch verhandelten und drohten, das Spritlager einfach zu stürmen, bekam Dr. Körner – ohne den Zahlmeister fragen zu müssen – vier Reservekanister Benzin für seinen Kübelwagen. »Für 'n Arzt ist immer was da«, sagte ein Feldgendarmerie-Oberfeldwebel. »Wer weiß, vielleicht sind's gerade Sie, der mich mal verarztet ... Der Clown da drinnen glaubt immer noch, daß seine Buchführung das Wichtigste im Krieg ist ...«

Hinter Pitomnik wurde es stiller. Die Steppe bis nach Stalingrad war eine endlose, mit Schneestaub überzogene Fläche. In der Weite verlor sich etwas die Auflösung der Front. Die Mitte des Kessels – er war 63 Kilometer lang und 38 Kilometer breit – hatte noch nichts von dem hektischen Treiben, das an den Außenstellen herrschte. Zwar begegnete Dr. Körner auch hier herumziehenden Formationen, Panzergrenadieren und Bataillonen, die so schnell wie möglich an die Brennpunkte der Einschließungsfront verlegt wurden und die Lücken ausfüllen sollten, durch die die sowjetischen Divisionen durchstießen und den Kessel aufzuspalten versuchten. Es war der Tag, an dem der deutsche Wehrmachtsbericht meldete:

»Im Raume südlich von Stalingrad und im großen Donbogen stehen die deutschen und rumänischen Verbände im Zusammenwirken mit starken Nahkampffliegerkräften weiterhin in schweren Abwehrkämpfen ...«

Erst in Gumrak, dem zweiten großen Flugplatz für Stalingrad, wurde es wieder lebendig. Hier sammelte sich ein riesiges Lager von Verwundeten an, die von der Nordfront des Kessels kamen. Sie erzählten, daß eigentlich keiner mehr genau wußte, wie der Frontverlauf sei, denn wo gestern noch deutsche Werkstätten und Trosse in den Bauernhäusern hockten und darüber nachdachten, daß der russische Winter in einem solchen Nest mehr als Mist sei, standen plötzlich sowjetische T 34 und beschossen die verblüfften und entsetzten deutschen Kolonnen, die zu Reparaturen oder zur Ablösung in die Dörfer kamen.

In Gumrak aber war die Lage anders als in Pitomnik. Hier war bereits »Frontgebiet Stadt Stalingrad«, zumindest herrschte hier nicht die Ansicht, daß es einzig und allein darauf ankäme, so schnell wie möglich nach Westen zu kommen. Man wußte, was es bedeutete, dem Russen gegenüberzustehen, man hatte es wochenlang in den Trümmern der toten Stadt erlebt und erlitten. Nur die Verwundeten lagen herum, und es wurden stündlich mehr, sie fluchten und schrien und drängten sich rücksichtslos zu den Flugzeugen. Ein Stab von Ärzten und Sanitätern regelte das Verladen; vor allem die Schwerverletzten bekamen ihren Platz in den Ju 52 und wurden nach Westen geflogen.

Am 25. November kam Assistenzarzt Dr. Körner wieder in seine alte Stellung im Trümmerfeld von Stalingrad zurück. Drei Tage zuvor hatte der Kommandierende General des I. Armeekorps, General v. Seydlitz, die anderen Korpskommandeure General Jaenicke, General Heitz, General Strecker und General Hube zu einer Besprechung nach Gumrak gebeten und ihnen einen Ausbruchplan vorgelegt. Mit allen verfügbaren, auf engstem Raum zusammengezogenen Kräften sollte die 6. Armee nach Südwesten durchbrechen. Eine stählerne Faust sollte den sowjetischen Eisenring zerschlagen und Anschluß an die 4. Panzerarmee finden, die jenseits des Kessels, nahe genug, wartete, aber nicht genug Kräfte hatte, den Riegel allein aufzureißen. Am 24. November standen 130 Panzer bereit, den ersten Stoß zu führen; ihnen folgten Gruppen von Panzerspähwagen und Gefechtsfahrzeugen als Verstärkung. 17 000 Mann Kampftruppen standen bereit für die erste Welle, die den Riß erweitern sollte, ihnen folgten dann als zweite Welle 40 000 Soldaten.

Die Stellungen in den Kellern und Bunkern der Stadt wurden zum Verlassen vorbereitet. Die Stoßtrupps hockten zwischen den Trümmern und warteten. Bei allen Regimentern begann das große Vernichten. Alles überflüssige Gerät, alles sperrige Material, alles nicht notwendige Gepäck wurde zerstört. General v. Seydlitz gab ein Beispiel dessen, was er unter »Marscherleichterung« verstand: Er verbrannte alles, was er hatte ... seine Wäsche, seinen zweiten Mantel, Uniformen ... nur was er am Leibe trug, blieb übrig. Im Norden der Stadt zogen sich die Truppen aus den festen Bunkern und Kellern zurück, räumten die Trümmerfelder und legten sich in Bereitschaft zum Ausbruch ... in Schneelöchern, vereisten Hügeln und Schluchten. Verwundert stieß der Russe mit starken Kräften nach, fand verlassene deutsche Bunker, vernichtete die Nachhuten und verstand nicht, was er sah.

Am 24. November, kurz vor dem Ausbruch, erhielt General Paulus den Befehl Hitlers, der den Ausbruch verbot. Die 6. Armee hatte sich einzuigeln, die Versorgung aus der Luft versprach Reichsmarschall Göring. Es war der unsinnigste Befehl, der je in einem Krieg gegeben wurde. Ein Befehl, der das Leben von rund 230 000 deutschen Soldaten kostete.

Stabsarzt Dr. Portner stand draußen zwischen den Trümmern am Lazarettkellereingang, als Körner mit einer Kolonne Essenträger durch die Laufgräben hetzte. Ein Teil der Wegstrecke lag unter russischer Einsicht, und es war ein beliebtes Spiel der Sowjets, zu den bekannten Zeiten ein Granatwerferfeuer über die Essenholer zu legen.

Dr. Portner warf seine Zigarette weg, als er Körner erkannte. Sein Gesicht bekam einen Ausdruck wirklicher Ratlosigkeit. Er drückte aus, daß das, was er jetzt sah, zu den Einmaligkeiten seines Lebens gehörte.

»Mensch, Körner«, sagte er fassungslos, als der Assistenzarzt keuchend vor ihm stand. »Was machen Sie denn hier? Ich denke ...«

Dr. Körner lehnte sich an einen vereisten Mauerrest. Als er

mit der Hand über sein Gesicht fuhr, spürte er, daß die Schweißtropfen bereits zu harten Kugeln gefroren waren.

»Ich bin froh, wieder hier zu sein«, sagte er heiser.

»Wieso?« Stabsarzt Dr. Portner duckte sich. Auch Körner warf sich gegen die Wand. Neben ihnen krachte eine Mine in die Trümmer und wirbelte einige Körperteile durch den Schnee. Portner winkte ab, als Körner entsetzt zu den Gliedmaßen starrte.

»Volltreffer in Grabtrichter fünf«, sagte er. »Was wollen Sie eigentlich hier? Sagen Sie bloß, Sie seien schon wieder freiwillig in die Scheiße zurückgekehrt ...«

»Das bin ich ...«

»Sie verrücktes Nilpferd«, schrie Portner. »Jeder von uns faltet nachts heimlich die Hände und betet, daß er überlebt, und Sie Vollidiot ...«

»Ich habe niemanden mehr als Sie und ... und ...«, Körner machte eine weite Handbewegung, die den Lazarettkeller, die deutschen Bunkerstellungen und die Granattrichter mit den Leichen einschloß, »und sie alle«, fügte er leise hinzu. Er senkte den Kopf und wandte sich ab. Portner sah, wie sein Rücken zuckte. Er biß sich auf die Unterlippe und schwieg so lange, bis das Zucken aufhörte und Körner den Kopf etwas hob.

»Ihre Frau?« sagte Portner leise.

Körner nickte stumm.

»Wann?«

»Am Vorabend unserer Hochzeit ...«

Portner antwortete nicht. Was soll man da sagen, dachte er. Große Worte sind Blödsinn. Hinweise, daß es Tausenden so ergeht, sind ebenso dumm. Fluchen ist sinnlos ... es bleibt nur das Ertragen in der Stille. Er holte aus der Tasche sein silbernes Zigarettenetui, nahm zwei Zigaretten heraus, brannte sie an und schob eine davon Körner zwischen die Lippen. Dann klopfte er ihm auf die Schulter und wandte sich zum Eingang des Kellers.

»Komm, mein Junge ... an die Arbeit«, sagte er hart. »Sie kommen gerade im richtigen Augenblick zurück. Alles ist schon eingepackt und transportbereit. Wir müssen noch ein paar schwere Fälle auftrimmen. In der Nacht geht es dann los ... zurück in die Steppe, nach Gumrak ... die reden da was von einem Durchbruch. Was ist eigentlich los außerhalb der Stadt?«

»Wir sind eingeschlossen«, sagte Dr. Körner. Er zog an der Zigarette und stand mit geschlossenen Augen an der vereisten Mauer.

»Wer?«

»Die ganze 6. Armee ...«

»Du meine Güte. Darum dieses Durcheinander in der Luft. In der Funkbude stehen sie kopf. Über zweitausend Funksprüche schwirren durch die Luft ... wenn man die alle zusammenstellt, muß es ja toll aussehen am Don und Tschir ...« Dr. Portner blieb stehen, als käme es ihm erst jetzt voll zum Bewußtsein, daß sie eine winzige Insel im russischen Meer waren. »Rundum zu?« fragte er.

»Ja. Wie in einer Mausefalle. Und das, was früher Etappe war, spielt vollkommen verrückt. Und in Warschau sitzen sie noch immer über den Plänen einer ›Lazarettstadt Kalatsch‹ ...«

»Und Sie lassen sich in diese Mausefalle fliegen ...«

Dr. Körner blieb auf den Stufen zum Keller stehen und sah zu Dr. Portner zurück. »Glauben Sie nicht, daß ich ein Held bin«, sagte er leise. Seine Stimme schwankte. »Ich bin ein ganz erbärmlicher Feigling ... Ich bin so feig, daß ich Angst hatte, allein weiterzuleben.«

»Mein Gott. Wenn Sie diesen Mist hier überleben, werden Sie sich später über so viel Dummheit an den Kopf fassen und es nicht begreifen.«

»Sicherlich.« Körner nickte. Unten im Kellerraum hörte er die laute Stimme des Gefreiten Knösel. Er erzählte zum vierundzwanzigstenmal die Geschichte von den küssenden Russen im Trümmerfeld, und wie immer erntete er Gelächter und den Beinamen »Du altes Lügenloch«. »Sicher wird man später anders denken ... Man begreift dann nicht mehr, warum man einmal dieses oder jenes getan hat, weil man die Situation, in der es geschah, nicht mehr nachempfinden kann. Aber im Augenblick bin ich am Ende, Dr. Portner ... und ich brauche Sie und die da unten, um wieder Mensch zu sein ... auch wenn man mich später einen Idioten nennen wird.«

Sanitätsfeldwebel Wallritz und Knösel kamen aus dem Keller empor. Sie trugen eine Zeltplane zwischen sich; ein schlaffer Arm hing heraus und schleifte über die Kellerstufen.

»Der Lungenschuß, Herr Stabsarzt«, sagte Wallritz. Dann sah er Dr. Körner, und sein Gesicht wurde ebenso lang wie das Portners vor einer halben Stunde. »Guten Tag, Herr Assistenzarzt.«

Dr. Körner nickte. Die Zeltplane schwankte an ihnen vorbei. Er sah ein gelbes Gesicht und nach oben gedrehte, starre Augen. Aus den Mundwinkeln war Blut gelaufen und um den Hals verkrustet.

Marianne, dachte Dr. Körner. Ob man sie auch so hinausgetragen hat aus dem Keller ... in einer Zeltplane ...?

Er wandte sich ab und rannte schnell die Treppe hinunter in den Keller.

Wallritz und Knösel mußten eine halbe Stunde warten, ehe sie ihre Zeltplane in einen der Trichter auskippen konnten. Drei sowjetische Panzer waren vom »Tennisschläger« herübergekommen und belegten die deutschen Häuser mit Feuer. Ein Stoßtrupp war bereits unterwegs, um sie mit geballten Ladungen und Haftminen zu knacken. Erst als der vordere Panzer in einer schwarzen Rauchwolke explodierte, gelang es Wallritz und Knösel, ihre Zeltplane in einen Trichter auszuleeren.

Pawel Nikolajewitsch Abranow, der Greis und Großvater Veras, hatte ein neues Erlebnis. Das Schlimme daran war, daß niemand ihm glaubte. Ja, man lachte ihn aus, klopfte ihm auf die Schulter und meinte mit einem Augenzwinkern: »Es geht nicht mehr so wie früher, was, Väterchen? Zwei Wodka, und schon beginnt das Märchen.« Und so sehr Abranow die Hände hob und beteuerte, er sei weder betrunken gewesen, noch sei er so alt, daß er schon kindisch wäre – man glaubte es ihm nicht und erzählte das Erlebnis des Alten wie eine fröhliche Geschichte.

Pawel Nikolajewitsch, das fröhliche Großväterchen, hatte einen Elefanten gesehen.

Man wird begreifen, daß ihm das niemand glaubte. Ein Elefant in Stalingrad. Mitten in der Stadt. In den Trümmern. Mit pendelndem Rüssel, wackelnden Ohren, blinkenden Stoßzähnen und um sich schlagendem Schwänzchen.

»Und ich sage euch«, schrie Abranow und hob beide Arme zum Himmel wie ein Feuerbeschwörer, »er stand da. Riesengroß, grau und ein wenig ratlos. Er hob den Rüssel und kratzte sich damit den Kopf ...«

Die Männer um ihn, brave Sowjetsoldaten, verwundet und verbunden, lächelten breit und nachsichtig. Vera Kaljonina war es, die sich ihres Großvaters schämte. Aber auch sie war machtlos gegen den Alten, und als es sich herumgesprochen hatte, was Väterchen Abranow gesehen haben wollte – und es ging bald von Erdhöhle zu Erdhöhle am Steilufer der Wolga –, kamen immer neue Rotarmisten und hörten zu, wie der Elefant sich ohne besondere Eile wieder in Bewegung gesetzt hatte und hinter den Ruinen eines Wohnblocks verschwunden war.

Die Angelegenheit reizte zum Nachdenken, als Iwan Iwanowitsch Kaljonin für einen Tag Urlaub bekam, zu seiner jungen Frau Vera eilte und – statt sich in ihre sehnsüchtigen Arme zu werfen – zunächst fragte: »Ist der Elefant bei euch gewesen? Wo ist er hin? Der Genosse Oberst will es wissen, er ist ein sehr großer Tierfreund ...«

»Seht ihr«, brüllte Abranow, »seht ihr. Auch er hat ihn gesehen. Und ihr lachtet mich aus, ihr Hundesöhne. Ein Elefant, sage ich. Ein indischer Elefant. Er geht mitten durch die Stadt ...«

In dem Befehlsbunker im Wolgasteilhang vergaß man einen Augenblick, daß Krieg war, daß an Wolga, Don und Tschir die Armeen nach zwei Seiten kämpften und sich ein Sieg abzeichnete, wie er in diesem Krieg noch nicht errungen worden war.

Man vergaß sogar für wenige Minuten, daß im Nordteil der Stadt das Armeekorps des deutschen Generals von Seydlitz die guten Stellungen geräumt hatte und sich nun – wer soll das verstehen? – weiter westlich eingrub, Maulwürfen gleich. Von der Telefonzentrale des städtischen Verteidigungskomitees und dem Gebäude des Verteidigungskomitees der Partei ging die Frage an alle Kommandeure der sowjetischen Truppen: Wer hat den Elefanten gesehen?

Es stellte sich heraus, daß viele ihn gesehen hatten. Und auch die Herkunft war klar. Stalingrad hatte einen schönen Zoologischen Garten gehabt, nicht groß, aber gepflegt. Er konnte nur zu einem Teil geräumt werden, als die deutschen Armeen zur Wolga stießen. Ein paar Tiere blieben zurück, um deren Schicksal sich niemand mehr kümmern konnte, weil es galt, die großen Werke und den Zugang zur Wolga zu verteidigen. Unter diesen zurückgelassenen Tieren war auch der Elefant. Nachdem sein Gehege zerstört worden war, hatte er sich abgesetzt und war durch die Trümmerwüste gewandert. Irgendwo schlief er in den Ruinen und stampfte zwischen den Fronten umher.

Iwan Grodnidsche vom Parteikomitee raufte sich die Haare, als er die Meldungen las.

»Wovon lebt er denn?« rief er entsetzt. »Als er im Zoo war, verbrauchte er täglich eine kleine Wagenladung Heu und Brot. Er war ein teurer Kostgänger. Und jetzt läuft er allein und ohne Pflege durch die Trümmer und lebt dennoch. Man sollte sich die Haare ausraufen ...«

Ganz schlimm war es unter der zurückgebliebenen Zivilbevölkerung und vor allem bei den Kindern, als die Existenz des Elefanten bekannt wurde. Alle wollten ihn sehen. Die Kinder bettelten und weinten, wenn man ihnen klarzumachen versuchte, daß es nicht sein könnte, weil draußen der Tod vom Himmel hagelte. Er wird frieren, sagte man. So ein armer Elefant. Er ist doch Hitze gewöhnt. Jetzt geht er durch Eis und Schnee, und eines Tages wird er vor Hunger und Schwäche umfallen und eingehen.

»Das Vieh muß her«, sagte Iwan Grodnidsche vom Parteikomitee. »Soll man das für möglich halten, Genossen? Da leben sie wie die Ratten in den Kellern und Erdhöhlen und heulen um einen Elefanten. Haben wir nicht andere Sorgen?«

Aber das sagte er nur, wenn die anderen bei ihm waren. Saß er allein an seinem Telefon in der Befehlszentrale, telefonierte er herum und fragte: »Sagt, Genossen, wo ist der Elefant? Meldet ihn mir sofort! Wir haben am Wolgaufer einen Ballen Heu bereitgelegt ...«

Auch der Greis Abranow wurde wieder aktiv. Er gründete ein »Komitee zur Rettung des Elefanten«. Mit einer Liste ging er herum und sammelte Unterschriften, Brotreste, Rüben, Kohlköpfe und Stroh. Um seine Erdhöhle herum sah es aus wie auf einer verwahrlosten Kolchose. Es türmten sich Berge von Rüben und Kohl, Heu und Stroh, und es war gut, daß alles gefror, denn sicherlich wäre vieles verfault.

»Man muß sein Herz behalten«, sagte Abranow, als man ihn still belächelte. Vor allem die abgelösten Rotarmisten von der Stadtfront schüttelten den Kopf. Sie lebten seit Tagen von trockenem Brot und einem Hirsebrei, der muffig stank und nach Schimmel schmeckte. Hier aber türmten sich Kohl und Rüben, die man gut zu einer menschlichen Speise verarbeiten konnte, besser als den muffigen Kascha. »Auf das Herz kommt es an, Genossen. Wie können wir ein Vaterland befreien, wenn wir kein Herz mehr haben, he? Krieg ist Krieg, aber ein Elefant ist ein Elefant. Stellt euch vor, wie das sein wird: Eine neue Stadt, ein neuer Zoo ... und darin als Veteran des vaterländischen Krieges unser Elefant. Fast kann man sagen, es sei ein Symbol ...«

Man ließ ihn reden und klaute ihm in der Nacht die Rüben, bis Abranow den Genossen Grodnidsche anflehte, eine Milizwache abzustellen. »Man bestiehlt den Elefanten«, jammerte er. »O Brüderchen ... sie haben alle keine Seele mehr ...«

Aber man sah den Elefanten nicht wieder. Irgendwo in der riesigen Trümmerwüste von Stalingrad mußte er umgekommen sein. Sicherlich hatten die Deutschen ihn erschossen. Doch Abranow sammelte weiter und löste sein »Komitee zur Rettung des Elefanten« nicht auf.

Wenige Stunden vor der Zurückverlegung des Verbandplatzes zum Feldlazarett Gumrak wurden auch bei Dr. Portner alle sperrigen Güter und alles unnütze Gepäck vernichtet und verbrannt. Zu den entbehrlichen Gepäckstücken gehörte auch eine Kiste Schnaps, die Dr. Portner gehortet hatte, um im Notfalle mit diesem Alkohol zu desinfizieren. Nun konnte sie ausgegeben werden, und der Gefreite Schmidtke, genannt Knösel, riß sich zwei große Flaschen unter den Nagel. Um sicher zu sein, nicht gestört zu werden, meldete er sich zur MG-Wache und hockte sich in dem mit dicken Betonteilen befestigten Loch hinter das zugedeckte Maschinengewehr, setzte sich auf eine Munitionskiste und öffnete die erste Flasche, indem er den Hals an einer Mauerkante abschlug.

Gemütlich leerte er die halbe Flasche und kam in das angenehme Gefühl, das Leben trotz Kälte, Eis, Trümmer und immerwährender Todesnähe schön zu finden. Er steckte sich eine selbstgedrehte Zigarette an, schob den Stahlhelm in den Nakken, lockerte den Schal um seine Ohren, denn ihm wurde ein wenig heiß, von innen heraus, und nahm noch einen Schluck aus der Flasche, vorsichtig, damit er sich nicht an dem abgeschlagenen, gezackten Flaschenhals die Lippen aufschnitt.

Ein dumpfes Poltern schreckte ihn auf. Steine rollten, es klang wie ein lautes Schnaufen, irgendwo fiel eine kleine Ruinenwand um. Knösel setzte seine Flasche zur Seite in den Schnee und riß die Zeltplane von dem MG. Er zog den Gurt durch, spannte das Schloß und setzte sich hinter den Kolben.

»Ist das ein Mist«, sagte er zu sich. »Hoffentlich ist's kein Panzer.« Ungefähr zwanzig Meter vor ihm fiel wieder ein Trümmerstück um. Knösel legte den Zeigefinger an den Abzug des MGs, visierte die Hausruine an, in der es rumorte, und wartete. Dann sah er etwas, von dem er sich kein Bild machen konnte ... aus den Steinen schlängelte sich etwas Graues, Schlangenartiges, bewegte sich schwankend hin und her, blieb in der Luft stehen und sah zu ihm herüber.

»Das ist was Neues«, sagte Knösel verblüfft. »Die Iwans haben bewegliche Fernrohre.« Er zielte auf die graue Schlange und jagte einen kurzen Feuerstoß aus dem MG. Ob er getroffen hatte, wußte er nicht. Aus den Trümmern antwortete ein Schnaufen und dann ein Schrei, der Knösel eiskalt in die Knochen fuhr. Es war ein trompetenhaftes Kreischen, weder menschlich noch maschinell. Es war etwas ganz Neues, und Knösel umklammerte den Kolben seines MGs, tastete zur Seite, wo die Handgranaten lagen und drei geballte Ladungen ... die letzte Waffe gegen die Panzer.

Und dann geschah es, daß Knösel sich über die Augen wischte, sich entgeistert hinsetzte, mit beiden Händen das MG festhielt und starrte ... starrte ...

Vor ihm erhob sich aus den Trümmern ein grauer Koloß. Ein Berg aus Fleisch mit Säulenbeinen, mit wackelnden, großen Ohren und einem hocherhobenen Rüssel. Aus kleinen roten Augen starrte das Gebilde zu Knösel hinüber, schüttelte fast unwillig den Kopf und ging dann langsam quer durch die Trümmer, trat ein paar Mauerreste um, räumte mit dem Rüssel Steine aus dem Weg und stampfte durch eine große Hausruine davon.

Bewegungslos sah Knösel dem grauen Klotz nach. Ein paarmal schluckte er, dann wischte er sich über die Augen und griff wieder zu der Flasche, nahm einen tiefen Schluck und sagte: »Das glaubt mir keiner. Die halten mich alle für besoffen ...«

Genauso war es, als Knösel zurück zu dem Verbandskeller rannte. Dr. Portner sah ihn prüfend an, schnupperte vor seinem Gesicht und nickte.

»Total blau. Und das auf MG-Wache. Knösel ... Sie landen eines Tages doch noch vor einem Erschießungspeloton ...«

»Herr Stabsarzt ... ich bin vollkommen nüchtern ... Sehen Sie doch.« Knösel schloß die Augen, streckte die Arme aus und marschierte geradeaus ... ohne Schwanken, ohne Schlangenlinie ... wie auf einem gezogenen Strich. Dr. Körner nickte verblüfft.

»Nüchtern.«

»Aufs Saufen geeicht.« Dr. Portner riß Knösel an den Schultern herum. »Kerl, Sie wollen uns doch nicht einreden, daß ein Elefant durch Stalingrad marschiert.«

»Ich habe ihn gesehen, Herr Stabsarzt.«

»Im Delirium.«

»Und gehört.«

»Pfötchen gegeben hat er nicht, wie? Und was hat er gesagt? ›Guten Tag, mein lieber Knösel, schmeckt das Schnäpschen?‹« Dr. Portner schlug gegen die Kellerwand. »Man soll es nicht für möglich halten, welche Blüten ein Grabenkoller treiben kann ...«

Dabei blieb es. Knösel erntete mit seiner Elefantengeschichte nicht nur Unglauben, sondern die Bemerkung: »Noch so 'nen Blödsinn, und wir ziehen dir das Fell ab, du Spinner.« Beleidigt schwieg er. Erst die küssenden Russen, dann ein Elefant ... er sah ein, daß dies ein bißchen viel war, auch wenn er es wirklich erlebt hatte.

In der Nacht kamen sie in Gumrak an. Sie wurden eingegliedert in das Feldlazarett der 6. Armee, dem großen Sammelplatz von 22 Divisionen, dem Ort, der aus einem Wasserturm, einem Stationsgebäude, einigen lehmbeworfenen Bauernhütten, einem Flugfeld und Tausenden von Verwundeten bestand. Sie lagen in Zelten, Erdhöhlen, notdürftig zusammengehämmerten Baracken oder in russischen Güterwagen, die halb ausgebrannt und zurechtgeflickt waren ... ein Gewirr von Holz und Eisen auf den Abstellgleisen des Bahnhofes.

Es war eine eisige Kälte, als sie ankamen. Über die Steppe jagte ein Eiswind und trieb den Schnee vor sich her. Räumkommandos kämpften dagegen an ... sie fegten die Rollfelder sauber, damit die Transportmaschinen landen konnten ... die wackeren Ju 52, die schnellen He 111 und die neuen Ju 86. Wie in Pitomnik waren es über hundert Mann, die die Maschinen entluden und dafür sorgten, daß keine Eisbuckel auf der Rollbahn entstanden, über die die startenden Maschinen stolpern konnten. Am Rande des Flugplatzes standen die Zelte der Verwundeten, die ein Billett um den Hals hängen hatten, auf ihren Ausflug aus dem Kessel warteten und davon träumten, morgen oder übermorgen gerettet zu sein, dem Leben wiedergegeben, dem Leben, das keine 60 Flugminuten weit entfernt war. 60 Flugminuten ... aber für 300 000 eingeschlossene Männer so weit wie ein Platz auf dem Mond.

Dr. Portner meldete seinen Haufen bei der Kommandantur des Feldlazaretts der 6. Armee. Als er die Bauernkate betrat, sah er Generalarzt Professor Dr. Abendroth hinter einem Tisch sitzen und Funksprüche studieren. Ein Oberstarzt steckte auf einer an der Wand hängenden Gebietskarte von Stalingrad den Frontverlauf ab, nicht wie ihn der Wehrmachtsbericht meldete, sondern wie ihn die aufgefangenen Funksprüche der einzelnen Truppenteile deutlich darstellten.

Dr. Portner legte die Hand an die vereiste Mütze, aber Professor Abendroth winkte ab. »Ich kenne Sie, Portner ... brauchen sich nicht vorzustellen. Hatten Sie einen guten Rückweg?«

»Nicht wie auf dem Ku'damm, Herr Generalarzt. Fünf Tote. Irgendein Rindvieh von der Artillerie beschoß uns, obwohl wir die Rote-Kreuz-Flagge an den Wagen hatten. Allerdings waren es russische Beutefahrzeuge ...«

Professor Abendroth nickte. »Heute schießt man einfach auf alles, was russisch aussieht, östlich von Kalatsch gab es ein völliges Durcheinander. Da marschierte die Panzerschule Kalatsch mit sowjetischen Beutepanzern los und stak plötzlich mitten zwischen echten Sowjets. Und die Flakbatterien wußten überhaupt nicht mehr, auf wen sie schießen sollten, denn sie waren informiert, daß die deutsche Panzerschule mit sowjetischen Panzern fuhr. Erst als die Batterien von den Russen niedergewalzt wurden, war klar, daß es dieses Mal echte Sowjets waren. Tja, lieber Portner ... der Mist ist vollkommen.«

Dr. Portner sah seinen alten Lehrer und Doktorvater fast mitleidig an. Da hockte der Chef einer großen Universitätsklinik in Generalsuniform im Kessel von Stalingrad, am Rande eines einsamen Steppenflugplatzes, und versuchte, in das Durcheinander seines ebenfalls überrollten und zersprengten Sanitätswesens Ordnung und damit ausreichende Arbeitsbedingungen zu bringen. Soweit die Truppenärzte über Verbände und Medikamente verfügten, wurde in Erdhöhlen oder Bauernkaten, Zelten oder Kellern, Trümmerbunkern oder Eisenbahnwagen operiert und gerettet, was zu retten war. Auf den abenteuerlichsten Wegen tauchten diese Verwundeten dann in Pitomnik oder Gumrak auf, die Gehfähigen zu Fuß, die Schwerverletzten mit Nachschubwagen oder Schlitten oder auch nur auf einem Brett, das die Kameraden an Bindfäden hinter sich her über die vereiste Steppe zogen. Auf den beiden Flugplätzen wurde dann aussortiert ... die einen bekamen ihr »Lebensbillett« um den Hals, die anderen lagen herum, in den Erdhöhlen oder den russischen Güterwagen ... eine Armee des Elends, um die sich kaum einer kümmern konnte, weil immer neue Transporte von der Nordfront und aus der Stadt kamen und die Zelte und Erdbunker füllten wie Sardinenbüchsen.

In dem großen Eisenbahnwaggon-Lazarett auf dem Bahnhof Gumrak traf Dr. Körner auch Paul Webern, den katholischen Feldgeistlichen, der ihn in Pitomnik getraut hatte. Sie kamen aufeinander zu, als seien sie alte Bekannte und drückten sich die Hand. »Gott segne Sie«, sagte Pfarrer Webern. »Im ersten Augenblick hatte ich Sie nicht wiedererkannt. Die letzten Wochen haben uns um Jahre älter werden lassen.« Er stand vor einer Reihe Waggons, aus denen Stöhnen und lautes Sprechen hinaus in den eiskalten Tag drangen. Wie jeden Tag vor Beginn der Abenddämmerung, die schnell zur Nacht wurde, ging Pfarrer Webern noch einmal von Waggon zu Waggon, betete und tröstete, brachte Decken und Brote, die er tagsüber aus den einfliegenden Transportmaschinen organisierte. Er segnete die Gestorbenen und sprach mit den Sterbenden von der Schönheit der Ewigkeit in Gott.

Dr. Körner senkte den Blick. Die Erwähnung Gottes kam ihm in diesen Minuten irgendwie sinnlos vor. Er war als gläubiger Katholik erzogen worden, und er hatte in dieser stärkenden Welt des Glaubens gelebt, obgleich seine Umwelt und selbst sein eigenes Leben sich grundlegend änderten. Sein Onkel, der ihn aufzog, nachdem die Eltern bei einem Schiffsunglück ertrunken waren, war Parteigenosse und SA-Führer. Er brachte den ihm anvertrauten Hans Körner in die HJ und später in den NS-Studentenbund und bearbeitete ihn seit Jahren mit den verlockendsten Aussichten, die ein Arzt der Großdeutschen Wehrmacht habe. Die katholische Erziehung lief nebenher als zweites Gleis, wurde geduldet und nach außen hin verschwiegen. Sie war ein Vermächtnis von Professor Körner, dem Vater von Hans, der als Jurist die Größe christlichen Verzeihens erkennen und schätzen lernte.

Dies alles war durch ein Telegramm in Warschau zerbrochen wie eine morsche Mauer, hinter der sich bisher ein anderes Gebäude verborgen gehalten hatte ... eine Welt voll Nihilismus und in Sarkasmus eingebettete Ratlosigkeit. Und jetzt sprach Pfarrer Webern von Gott, der ihn segnen sollte ... es war wie Hohn und griff ihm doch an das Herz. »Es hat sich viel geändert«, sagte Dr. Körner leise. Er lehnte sich gegen einen der russischen Waggons und stellte den Kragen seines Mantels hoch. Pfarrer Webern schlug mit den Armen um seinen Körper; er fror, denn der dünne Mantel war alles, was er gegen die eisige Kälte und den Steppenwind trug. Seinen Lammfellmantel hatte er abgegeben ... in ihn hatte man einen Verwundeten eingewickelt, der halbnackt aus einem Schlitten ausgeladen worden war. Er hatte die halbe Brust durch Minensplitter zerfetzt, auf dem Hauptverbandsplatz mußte man ihm die Uniform vom Körper schneiden, hatte ihn operiert, und so gut es ging, verbunden, in eine Decke gehüllt und auf den Schlitten gelegt zur

Weiterfahrt nach Gumrak. Dort kam er halb erfroren an und war einer der glücklichen Unglücklichen, die einen Fahrschein zum Flug in das Leben um den Hals gebunden bekamen.

»Sie sagen das so merkwürdig, Doktor?« Pfarrer Webern blies in seine vereisten Handschuhe. »Bitte, sagen Sie mir jetzt nicht, was ich schon tausendmal gehört habe und jeden Tag hundertmal immer wieder höre: Wo ist Gott? Warum läßt er Stalingrad zu? Warum verhindert er Kriege nicht? – Das werde ich immer wieder gefragt, und immer wieder muß ich antworten: Daß es Kriege gibt und die Menschen sich hassen, ist ihre Abkehr von Gott. Wir sind geschaffen, einander zu lieben ... daß wir uns totschlagen, ist das Erbe von Kain und Abel ... Und daß wir denen gehorchen, die Mord predigen und nicht Frieden, ist ein Geheimnis der menschlichen Seele, das wir nie ergründen werden.« Pfarrer Webern sah Dr. Körner fragend an. »Verstehen Sie mich, Doktor?«

»Nicht mehr, Herr Pfarrer.« Körners Stimme war heiser und gepreßt. Er zeigte auf die Reihe der Güterwaggons, die überquollen von Verwundeten. »Was haben diese armen Kerle da getan? Hat man sie gefragt, ob sie nach Stalingrad wollten? Hat man sie überhaupt je gefragt?«

»Kriege sind immer ein Massenwahn. Ein paar Gehirne denken sich Gründe aus, und die Millionen beginnen zu marschieren ... Es sind Urtriebe ... Eine andere Erklärung finde ich dafür nicht. Es ist ein Massensterben der Vernunft. Eine ganze Armee ist jetzt im Kessel, fast dreihunderttausend Menschen, und sie alle werden fragen: Warum? Nehmen wir an ... diese dreihunderttausend schreien es hinaus, grell, eine Riesenwoge der Vernunft – Warum? – glauben Sie, Doktor, daß sich irgend etwas ändert? Das ist das Geheimnis, vor dem selbst Gott machtlos steht ... Er kann jetzt nur noch die Verzweifelten trösten und ihnen das bessere Leben jenseits der Erde versprechen ...«

»Ein Versprechen, dessen Einlösung keiner bekunden kann«, sagte Dr. Körner hart. Pfarrer Webern biß die Zähne zusammen. Er nickte zu den Waggons und zu den zerfetzten Körpern hinüber, die nebeneinander in dem fauligen Stroh lagen, mit durchgebluteten Verbänden, eiternden Wunden und fiebrigen Augen.

»Ihnen ist die Nähe Gottes ein Trost«, sagte er leise. »Sie mögen ihn lange vergessen haben ... jetzt suchen sie ihn. Auch das ist ein Phänomen, Doktor, und doch so natürlich wie nichts anderes: In der höchsten Not ruft man nach zwei Dingen – nach der Mutter und nach Gott.«

Dr. Körner drückte den Kragen gegen das Gesicht. Über die Gleise pfiff der Wind und trieb Eiskristalle wie Nadeln in sein Gesicht.

»Meine Mutter verlor ich, als ich sechs Jahre alt war«, sagte er gegen den Wind, aber Pfarrer Webern verstand ihn gut. »Ich kannte sie kaum. Und Gott lernte ich kennen ... aber ich verlor ihn auch. Jetzt sagen Sie mir, Herr Pfarrer, wo Himmel und Hölle sind und woran ich Gott erkennen kann! Sie können es nicht in einem Satz sagen ... und das ist schlecht. Gott muß man mit einem Wort erklären können ...«

Er wandte sich ab und ging, sich gegen den heulenden Wind stemmend, vorbei an den russischen Waggons auf den Gleisen von Gumrak, dem Bahnhof der zehntausend Verwundeten.

Pfarrer Webern schwieg. Mit beiden Händen umklammerte er das kleine Kreuz, das ihm vor der Brust hing und mit verharschtem Schnee überkrustet war.

»Gott segne Sie, Doktor«, sagte er leise. Aber der Wind riß ihm die Worte vom Mund und zerfetzte sie mit Heulen.

5

Am 1. Dezember schleppte sich ein junger Soldat durch die tobende Nacht. Er drückte sich gegen den Schneesturm, keuchend, mit weit aufgerissenem Mund, irren Augen und stampfenden, aber immer wieder einknickenden Beinen. Ab und zu fiel er in den Schnee und blieb so liegen, wie er hingefallen war ... auf dem Rücken, mit dem Gesicht nach unten, auf der Seite. So lag er dann ein paar Minuten, schneite zu, wurde ein kleiner Hügel in der flachen Steppe, bis er sich wieder auf die Knie stemmte, sich an zwei dicken Knüppeln hochzog und weitertaumelte.

Er lief nur des Nachts ... am Tage verkroch er sich in ausgebrannte Scheunen, wühlte sich unter schwarzes Gebälk oder versteckte sich in Panzerruinen oder Überbleibseln von Lastwagen, die am Wegrand standen, verstreut über die Steppe, und die niemand kontrollierte. Dann schlief er einen betäubungsähnlichen Schlaf und sammelte Kraft für die wenigen Kilometer, die er in der Nacht, seitlich der befahrenen Straßen und Wege, wanderte. Seit drei Tagen war er unterwegs, und sein Ziel war Gumrak, der Flugplatz, das große Armeelazarett.

Sanitätsfeldwebel Wallritz hatte sich in einer Ecke des OP-Zeltes eingerichtet. Er schlief auf einer Trage, auf die er Stroh geschüttet hatte. Viel Zeit zum Schlafen gab es ohnehin nicht, denn Portner und Körner operierten in zwei Schichten. Neun Sanitäter waren ihnen neu zugeteilt worden, und Wallritz hatte die Aufgabe, nicht nur den reibungslosen Ablauf in den Lazarettzelten zu überwachen, sondern auch die neun Sanis so einzusetzen, daß zwei immer bei den Operationen zugegen waren, vier mit den Tragen unterwegs waren und drei sich um die Neuzugänge kümmerten und sie für die beiden Ärzte vorbereiteten. Um die Verwundeten, die aus dem Kessel geflogen wurden, kümmerte sich Dr. Portner selbst. Es war zweimal vorgekommen, daß er mit der Pistole in der Hand dafür gesorgt hatte, daß seine Verwundeten eine Transportmaschine bekamen.

In dieser Nacht war es ruhig. Der heulende Schneesturm ließ keine Transporte mehr durch. Irgendwo auf dem Wege von Stalingrad nach Gumrak waren die Sanitätsfahrzeuge festgefahren, sie suchten Schutz in Schluchten und im Tatarenwall oder wurden einfach eingeschneit.

Feldwebel Wallritz hatte sich gerade auf seine strohgefüllte Trage gelegt und war dabei, einzuschlafen, als ein Windzug vom Eingang her die Notbeleuchtung aufflackern ließ. Wallritz richtete sich auf und sah gegen den Eingang eine dunkle Gestalt im Zelt stehen.

»Was ist, Knösel?« fragte er und gähnte. »Mensch, geh ins Stroh ... oder haste wieder 'nen Elefanten gesehen?«

»Horst«, sagte eine leise Stimme. »Horst ... bist du es ...?«

Feldwebel Wallritz war einen Augenblick wie gelähmt. Dann schnellte er von seiner Trage hoch und drehte den Handscheinwerfer an. Voll traf der Lichtstrahl ein schmales, verzerrtes, eingefallenes, schneeverklebtes Gesicht. Ein Arm fuhr hoch und legte sich über die geblendeten Augen.

»Sigbart«, sagte Wallritz mit zugeschnürter Kehle. »Wo kommst du denn her ...?«

»Ich habe dich gesucht.« Der junge Soldat sank gegen den Küchentisch, auf dem Dr. Portner sonst operierte ... dann knickten die Knie ein, und er fiel Wallritz in die Arme. Der Feldwebel schleppte den Jungen zu seiner Trage und legte ihn auf das Stroh und die Decken. Dann holte er eine Thermosflasche mit heißem Tee, eine Schüssel mit Schneewasser, riß die Uniform des Jungen vor der Brust auf und wusch ihm mit dem kalten Wasser das vereiste Gesicht, die Brust, die Schultern ... er rieb, bis die fahlweiße Haut rot wurde und die Hand des Jungen sich hob und den Arm von Wallritz festhielt.

»Laß, Horst ... es ist schon gut. Ich habe dich gefunden ... mein Gott, hatte ich eine Angst, dich nicht zu finden.«

Er schlug die Augen auf und sah Wallritz fast glücklich an. Dann verdunkelten sich die Augen, und plötzlich weinte er, lautlos, mit zuckendem Gesicht. Er umklammerte die Hand des Feldwebels und kroch an ihn heran, als sei er ein Tier und suchte Schutz.

»Woher weißt du, daß ich hier bin?« fragte Wallritz tonlos, nachdem er den ersten Schock überwunden hatte. »Junge, wo kommst du überhaupt her?«

»Aus der Stadt ...« Der junge Soldat hielt die Hände des Feldwebels fest, als könne er ohne deren Schutz ertrinken. »Ich war in der Funkbude ... weißt du ... ich bin doch Funker geworden ... und da haben wir die einzelnen Funksprüche abgehört ... und einer war darunter, der meldete, daß sich der HVP III mit Stabsarzt Dr. Portner absetzte ... und ich wußte doch, daß du bei einem Dr. Portner warst ... im letzten Brief an Mutter hast du es geschrieben ... und in der Nacht habe ich das Regiment angepeilt und gefragt, ob das stimmt ... ob ein Feldwebel Wallritz auch nach Gumrak ist ... Kumpel, das ist mein Bruder, habe ich dem anderen Funker gesagt, ich heiße auch Wallritz ... ich habe meinen Bruder seit Mai nicht mehr gesehen ... Ja, und dann war es so ... ich wußte, daß du in Gumrak bist ...«

Feldwebel Wallritz löste sich aus dem Griff seines Bruders und trank einen Schluck Tee. Seine Kehle war trocken und rauh, das Schlucken war, als müsse er den Speichel über ein Reibeisen pressen.

»Ja ... und? Warum bist du jetzt hier? Bist du verwundet, Sigbart?«

»Nein.« Der Junge sah seinen älteren Bruder flehend an. Wie ein Kind, das etwas angestellt hat und nun um Verzeihung und um Verständnis bittet. »Ich bin desertiert ...«

»*Was* bist du?« Wallritz spürte, wie es bis unter seiner Kopfhaut eiskalt wurde. Desertiert, dachte er. Das bedeutet Erschießen. Wegen Feigheit vor dem Feind. Auch im Kessel von Stalingrad arbeiten noch die Feldgerichte. Jeden Tag wird jemand hingerichtet ... wegen Feigheit, wegen Plünderung, wegen Kameradendiebstahl, wegen Befehlsverweigerung ... sie werden standrechtlich erschossen ... zur Abschreckung für die Truppe ... vor allem die Deserteure, die man eingefangen hat ...

»Das ist doch nicht wahr, Sigbart«, sagte Wallritz leise.

»Doch, Horst. Ich bin einfach weg. Drei Tage bin ich schon unterwegs. Bis ich hierherkam. Hier hat mich keiner gefragt ... und ich habe fünf Stunden gebraucht, bis ich dich fand ...«

»Ja, bist du denn verrückt?« stotterte Wallritz entsetzt. »Du weißt doch, was passiert, wenn sie dich erwischen ...«

»Sie werden mich nicht bekommen, Horst. Du wirst mir helfen. Du allein kannst mir helfen ...« Es war wie ein Schrei. Wallritz legte die Hand auf den aufgerissenen Mund seines Bruders. Er drehte den Handscheinwerfer aus. Im Schein der blakenden Notleuchte sah er in die flimmernden Augen Sigbarts.

»Wie stellst du dir das vor? Ich kann dich doch nicht bis Kriegsende verstecken! Mein Gott ... was machen wir bloß ... wie konntest du nur solch ein Idiot sein und desertieren?«

Sigbart Wallritz stützte sich auf die Ellenbogen. Er weinte wieder und lehnte den Kopf an die Brust seines älteren Bruders. »Greif mal in die Tasche, Horst«, schluchzte er. »Innen, in die Rocktasche, oben links ... Mutter hat geschrieben ...« Er drückte das Gesicht in die Uniform Wallritz' und brüllte in den Stoff. »Sie haben Vater abgeholt ... in ein KZ ... Er hat Luxemburg gehört und gesagt, daß wir den Krieg verlieren ...«

Feldwebel Wallritz zog mit zitternden Fingern den zerknitterten, schmutzigen Brief seiner Mutter aus der Tasche Sigbarts. Man sah dem Brief an, daß er oft gelesen worden war und daß sich verzweifelte Finger in das Papier gekrallt hatten ...

»... gestern haben sie Vater abgeholt. Zwei Männer von der SS. Er ist wortlos mitgegangen, was sollte er auch noch sagen? Er hat gestanden, was er getan und gesagt hatte. Dann war ich ein paar Stunden später bei der Gestapo und habe gefragt, was nun aus Vater würde. ›Er kommt in ein Lager‹, haben sie mir gesagt. ›Dort wird er geschult und bekommt einen Begriff vom Nationalsozialismus. So ein alter SPD-Mann wie Ihr Mann kann sich eben noch nicht an die neue Zeit gewöhnen. Wir hätten ihn viel früher umschulen sollen. Aber dafür geht es jetzt um so schneller...‹ Das haben sie mir gesagt, und ich habe Vater nicht wiedergesehen. Aber ich glaube, daß alles nicht so schlimm ist. Wir haben ja unsere Jungen, hat Vater mir zum Abschied gesagt, als ihn die beiden SS-Männer abführten ...«

Sanitätsfeldwebel Wallritz ließ den Brief sinken. Sigbart sah ihn aus flatternden Augen an.

»Du kannst dir denken, was sie inzwischen mit Vater gemacht haben«, sagte er kaum hörbar.

Wallritz schwieg. Sein Kinn sank auf die Brust.

»Und warum bist du weg?« fragte er nach langem Schweigen.

»Ich muß nach Hause ... ich muß zu Mutter ...«

»Du bist verrückt, Sigbart. Von Stalingrad bis Berlin. Außerdem sind wir eingekesselt ...«

»Du wirst mir helfen, Horst.« Sigbart Wallritz richtete sich hoch auf. Seine Stimme war nicht mehr weinerlich. Sie klang hart und anklagend. »Es ist deine Pflicht, mir zu helfen. Nicht als Bruder allein ... es ist auch deine moralische Pflicht. Ich war nie ein Soldat oder ein Heilschreier ... aber du warst es ... Du warst erst Jungvolkführer, dann HJ-Führer, jeden Sonntag bist du losmarschiert, und Vater hat immer den Kopf geschüttelt und zu Mutter gesagt: Wann wird er aufwachen ... hoffentlich wird es dann nicht zu spät sein ... Du hast mich gezwungen, in die HJ einzutreten, weil du sagtest, es sei eine Blamage für dich, einen solch weichlichen Bruder zu haben ... und ich bin mitmarschiert ... Du hast mich überredet, mich freiwillig zum Militär zu melden, weißt du noch ... bei deinem vorletzten Urlaub, als du gerade Feldwebel geworden warst ... und das EK trugst du herum und ließest dich bewundern ... Vater hat sich dagegen gewehrt, er hat dich sogar geschlagen, weißt du das noch ... aber du sagtest immer: Wo ist denn mein Hosenmätzchen von Bruder? Wo ist denn der kleine Scheißer? Soll Mama dir die Brust geben? – Da habe ich mich freiwillig gemeldet, und dann bin ich hierhergekommen, nach Stalingrad, in die Stadt, in der Helden gebacken werden, wie mein Kompaniechef sagte. Das alles hast du auf dem Gewissen ... das Leid von Mutter, den Tod von Vater, die Zerstörung meines Lebens ...« Sigbart riß den Bruder an der Schulter zu sich herum und starrte ihm in das bleiche, zuckende Gesicht. »Und du willst keine moralische Verpflichtung haben, mich hier herauszuholen ...?«

»Aber wie denn, Junge? Wie denn?« stöhnte Wallritz.

»Mit einem der Flugzeuge ...«

»Es werden nur Verwundete und Kranke hinausgeflogen ...«

Sigbart Wallritz ließ sich zurück in das Stroh fallen. Er hielt noch immer die Hände seines Bruders umklammert.

»Dann mach mich krank«, sagte er entschlossen. »Du hast die Möglichkeit dazu ...«

Sanitätsfeldwebel Wallritz sah seinen Bruder entsetzt an. Der Brief lag zwischen ihnen auf dem Boden wie ein dummer, kleiner Grenzstein, der zwei Welten trennt.

»Du bist verrückt«, sagte Wallritz heiser. »Du bist total verrückt ...«

»Verrückt, weil ich leben will? Für Mutter leben? Nicht für das Vaterland, die Nation, die neue Generation ... das sind doch alles dumme, blöde Schlagworte, die ihr uns eingeimpft habt und nach deren Melodie wir losmarschiert sind ... bis nach Stalingrad. ›Unsre Fahne flattert uns voran ...‹ Wo ist sie? Wo sind die Ideale, die ihr uns vorgegaukelt habt? Hier sterben Hunderttausende, in der Heimat liegen sie unter den Bomben oder kommen in die KZs, wenn sie sagen, was sie denken – wie Vater –, und du sitzt hier in einem Zelt, hast eine Binde mit einem roten Kreuz um den Arm und fühlst dich als Retter der Hilflosen ... Wer macht sie denn hilflos? Wer läßt ihnen denn die Glieder wegschießen? Wer füllt die Granattrichter mit Leichen und schreibt dann Briefe: Gefallen für Führer und Vaterland? Wer hat uns denn Hölderlin vorgelesen: ›Schön ist's zu sterben fürs Vaterland ...‹? Wer denn? Ihr, die geborenen Uniformträger. Die Heilschreier. Die neuen Menschen. Und du hast mich in diesen Strudel hineingerissen ... aber ich will wieder heraus ... heraus ... heraus ...«

Seine Stimme war fast ein Schreien geworden. Wallritz drückte die flache Hand auf den Mund seines Bruders und schob ihn auf das Strohlager zurück.

»Halt den Mund, Sigbart ... oder willst du an irgendeinem Telegrafenmast von Gumrak hängen? Du bist desertiert ...«

»Ich habe mir nur die Freiheit zurückgeholt, die ihr mir genommen habt ... weiter nichts.«

»Du hast einen Eid geleistet ...«

»Ich fühle mich nicht daran gebunden, wenn ich diese Verbrechen um mich herum sehe.«

»Welche Verbrechen? Daß wir vielleicht eine Schlacht verlieren? Daß wir Stalingrad aufgeben müssen? Ist das ein Grund, kopflos wegzurennen und alles zu verdammen? Sind noch nie Schlachten verloren worden? Wenn Friedrich der Große bei Kunersdorf –«

»Hör auf. Hör auf.« Sigbart Wallritz warf die Arme hoch. »Thema: Der alte Fritz. Heimabend der Gefolgschaft 3 am Freitagabend. Es ist zum Kotzen mit euch.« Er drehte sich auf die Seite und starrte seinen Bruder an. »Wenn du hier verrecken willst, für Führer und Vaterland, so ist das deine Sache, Horst. Ich aber will es nicht. Ich will weiterleben, weil Mutter sonst keinen mehr hat ... Vater werden sie verschwinden lassen, du gehst in den schönen Heldentod, der dir ja Erfüllung deiner völkischen Aufgabe sein muß ... aber Mutter? Was wird aus Mutter? An sie denkt keiner ... keiner denkt bei den Kriegen an die Mütter ... sie sind für Staatsmänner und Militärs das Unwichtigste auf der Welt. Sie durften nur die Söhne gebären ... sie durften sie aufpäppeln, ihnen das Gehen beibringen, das Essen, das Sprechen, das Beten ... und wenn sie dann lange Hosen tragen, nimmt man sie ihnen weg, steckt sie in eine rauhe Uniform und sagt: So, jetzt seid ihr Deutsche. Ihr habt eine Tradition ... im Marschieren und im Krepieren. Haltet sie hoch, diese Tradition ... marschiert um die halbe Welt und krepiert in Ost und West, Nord und Süd. Wofür, das dürft ihr nicht fragen ... ihr seid doch gute Deutsche, die gelernt haben, zu gehorchen und dem Leithammel nachzutrotten, auch wenn es in den Abgrund geht. Und vor jeder Silber- oder Goldlitze steht ihr stramm, vor jedem Streifen an den Hosen scheißt ihr euch vor Ehrfurcht in die grauen Hosen, und wenn ein Mann in die Menge brüllt: ›Wir Deutschen fürchten Gott und sonst nichts in der Welt‹ oder ›Deutschland erwache‹, dann werdet ihr pervers und seid zum Selbstmord bereit.« Sigbart Wallritz schlug sich mit beiden Fäusten gegen die Stirn. »Daß du das nicht siehst, Horst ... daß du so verbohrt bist ...«

Feldwebel Wallritz schwieg. Er sah auf den Brief, der auf dem Boden lag, zwischen sich und seinem Bruder. Er sah die Schrift seiner Mutter, fühlte ihre vorsichtigen Worte und hinter ihnen die Qual, die niemand mehr auszusprechen wagte. Von dem Brief ging sein Blick zu Sigbart. Er lag auf dem Rücken, die Fäuste gegen die Brust gepreßt, und sein schmaler Mund zitterte vor wilder Erregung. Er sah verhungert und zerschunden aus, dreckverschmiert und abgerissen. Wenn Mutter ihn so sehen könnte, würde sie nicht zögern, ihn wie einen kleinen, gefallenen Jungen in die Arme zu nehmen und zu waschen und zu trösten. Er war ja immer noch »der Kleine«, der schmächtige, etwas verträumte, in sich blickende Sigbart, der nie Gefallen gefunden hatte an Zeltlagern und Aufmärschen, Fanfarenkorps und Parteitagen, Heimabenden und Morgenfeiern. Während Horst Wallritz marschierte und von den zitternden morschen

Knochen sang, saß Sigbart am Fenster und las Gustav Freytags »Soll und Haben«.

Und jetzt lag er auf einer mit Stroh aufgefüllten Trage, in einem Zelt des Flugplatzes Gumrak, von russischen Divisionen eingeschlossen, zum Sterben verurteilt ... entweder durch ein Geschoß der Sowjets oder durch deutsche Exekutionskommandos. Erschossen wegen Feigheit vor dem Feind, wie es amtlich hieß.

Feldwebel Wallritz schluckte krampfhaft. Die Ausweglosigkeit ergriff ihn wie mit Zangen und zerriß ihn fast. Er beugte sich über seinen Bruder und sah ihm in die unruhigen, flatternden Augen.

»Wie hast du dir das alles gedacht, Sigbart?« fragte er leise. Er versuchte, seiner Stimme Festigkeit zu geben, aber sie schwankte doch hörbar.

»Ich will raus, Horst. Nur raus aus dem Kessel. Ich weiß ja, du selbst kannst nicht ... einmal, weil du für dein Heilschreien geradestehen mußt, wenn du Charakter hast ... und zum anderen, weil du Sanitäter bist. Du mußt bei deinen Verwundeten bleiben. Aber ich? Welche Verpflichtung habe ich außer der, weiterzuleben für Mutter?«

Er ergriff wieder die Hände Horsts und klammerte sich an ihnen fest. »Du mußt mir einen Platz in einem Flugzeug besorgen, Horst.«

»Die Ausflugzettel hat Dr. Portner. Er allein stellt sie aus.«

»Dann geh und organisiere einen.«

»Das ist Diebstahl.«

»Du stiehlst damit mein Leben zurück, Horst. Vielleicht auch das Leben von Mutter ...«

Feldwebel Wallritz senkte den Kopf tief auf die Brust. Er wußte, wo Dr. Portner die »Lebensbilletts« aufbewahrte. Er wußte auch, daß sie gebündelt unterschrieben waren, Blankoschecks für das Leben. Man mußte nur die Verwundungsart ausfüllen und das Datum, den Namen und das Geburtsdatum.

Die Zettel lagen in einem kleinen eisernen Kasten im Verbandszelt in der hinteren Ecke, die Portner sarkastisch »Lazarettbüro« nannte. Und es war der Sanitätsfeldwebel Wallritz, der jeden Tag die Zettel ausfüllte und sie den Verwundeten um den Hals hängte, um diese glücklichen, strahlenden Gesichter, in denen man las: Wir werden leben. Leben. Wenn auch nur mit einem Bein, einem Arm, einer zerfetzten Brust, einem durchlöcherten Magen, einer zerrissenen Lunge, einer abgerissenen Schädeldecke ... Wir werden leben.

Wallritz stand auf und befreite sich aus dem Griff seines Bruders, Sigbart stützte sich auf die Ellenbogen.

»Wo willst du hin?« fragte er, plötzlich ängstlich.

»Bleib liegen und verhalt dich still. Und wenn jemand kommen sollte, mach die Augen zu und stöhne etwas ... dann glaubt jeder, du seist eine Neueinlieferung.« Er wischte sich über das Gesicht und spürte dabei, daß er trotz der Kälte, die auf der Zeltleinwand lag und gegen den blubbernden Eisenofen kämpfte, schweißnaß war. »Ich komme gleich wieder.«

Er zog seinen Mantel an, schlug den Kragen hoch, band die Feldmütze mit einem Schal fest um den Kopf und verließ das Zelt.

Durch die Nacht tobte wieder der Schneesturm von den Steppen Kasachstans. Der Wind heulte um die Holzhäuser und Zelte, Eisenbahnwaggons und Baracken und trieb die ungeheuren Schneemassen an den Wänden hoch zu Wällen. Der Flugbetrieb ruhte völlig, die Rollbahnen waren glattgefegte Eisflächen, über die der Schnee in weißen Schwaden wirbelte.

Wallritz blieb einen Augenblick stehen, um sich an die Kälte zu gewöhnen. Der Schweiß auf seinem Gesicht gefror sofort zu kleinen, stechenden Kristallen, die er mit ein paar Handbewegungen abzustreifen versuchte. Dann senkte er den Kopf, stemmte sich gegen den Schneesturm und rannte und stolperte zu dem großen Verbandszelt, das im Schutze von zwei alten Kesselwagen aufgebaut war und dadurch nicht unmittelba- im Wind stand.

Durch die Leinwand schimmerte noch ein schwaches Licht.

Feldwebel Wallritz blieb stehen und überlegte. Es war unmöglich, einen Zettel wegzunehmen, wenn Dr. Portner noch arbeitete. Umkehren aber wollte er auch nicht, es wäre auch sinnlos gewesen. Sigbart Wallritz mußte in der Masse der zum Ausflug bereitgestellten Verwundeten verschwunden sein, ehe am Morgen die normale Lazarettarbeit begann. So lief Wallritz weiter, fiel über einen verschneiten Balken, rappelte sich wieder auf und klopfte im Schutze der Kesselwagen seine Uniform vom Schnee frei, ehe er das große Verbandszelt betrat. Dr. Portner war nicht anwesend, aber Assistenzarzt Dr. Körner verband auf einem Küchentisch, der als zweiter OP-Tisch diente, einen Kopfverletzten. Vier Tragen standen neben dem Tisch. Auf ihnen lagen Verwundete, die auf ihre Versorgung warteten. Zwei fremde Sanitäter saßen neben dem Ofen und tranken aus einem Blechbecher heißen Tee. Knösel half beim Verbinden, ebenso ein Sanitätsobergefreiter, der Nachtdienst hatte. Mit einem Sanka waren diese vier Schwerverletzten eingeliefert worden; sie hatten Glück gehabt und waren im Schneesturm nicht steckengeblieben wie die anderen Wagen, die irgendwo herumlagen zwischen Stalingrad und Gumrak, am Tatarenwall oder in der Gontschara-Schlucht. Stabsarzt Dr. Portner saß bei einer Besprechung in der zentralen Verwaltungsstelle Gumrak und kämpfte für seine Verwundeten um Plätze in den Flugzeugen.

»Gut, daß Sie kommen, Wallritz«, sagte Dr. Körner, als er nach dem kalten Windzug blickte, der mit Wallritz in das Zelt strömte. »Dort liegt ein Bauchschuß ... Sie müssen narkotisieren ...« Er nahm aus der Hand Knösels die Leukoplastrolle und verklebte den Kopfverband. »Ich hätte Knösel sowieso zu Ihnen geschickt ...«

Wallritz antwortete nicht. Er zog seinen Mantel aus, wusch die Hände in heißem Schneewasser und tauchte sie dann in eine flache Wanne mit einer Lysoformlösung. Das war zwar eine mehr symbolische Desinfektion, aber es war nichts anderes vorhanden.

Eine Stunde arbeiteten sie still, fast wortlos. Sie versorgten die Schwerverwundeten, soweit es ihnen möglich war, wechselten die Notverbände, gaben Tetanusinjektionen, spritzten schmerzstillende Mittel und reinigten die Wunden. An eine gründliche Operation war nicht zu denken, dazu fehlten die Mittel und die Instrumente. Man konnte nur wegschneiden, amputieren, reinigen, Projektile herausnehmen ... was darüber hinausging, mußte die Natur selbst heilen.

Feldwebel Wallritz stand neben dem eisernen Kasten mit den »Lebensbilletts«. Er sah zu Dr. Körner hinüber, der die letzte schmerzstillende Injektion gab. Eine große Ruhe war über ihn gekommen. Er sah auf die Zettelstapel unter seinen Fingern. Es war einfach, einen wegzunehmen und die vorgestrichelten Rubriken mit dem Namen auszufüllen.

Sigbart Wallritz ... Funker ...

»Alle ausfliegen?« fragte Wallritz. Dr. Körner sah über die Tragen.

»Ja. Mehr als zurückschicken kann man nicht. Schreiben Sie die Zettel aus.«

Er wandte sich ab, ging zum Waschbecken und schrubbte seine blutverschmierten Hände. Irgendwo mußte in den Gummihandschuhen ein Loch sein, Knösel sollte sie morgen früh untersuchen und kleben ... es würde bald eine Zeit geben, wo Gummihandschuhe so knapp waren wie Brot und sauberes Wasser.

Feldwebel Wallritz sah auf die Soldbücher, die auf dem »Bürotisch« lagen, die Soldbücher der noch in Narkose schnarchenden Verwundeten. Er nahm nach einem kurzen Blick zu Dr. Körner fünf »Lebensbilletts« aus dem Kasten statt vier und legte sie übereinander. Dann füllte er sie aus ... Kopfschuß, Zertrümmerung linkes Schläfenbein ... Bauchschuß, Durchschuß des Magenausganges (ein roter Strich in der Ecke, dringender Operationsfall) ... Zertrümmerung des Schulterblattes durch Explosivgeschoß ...

Und dann füllte er den fünften Zettel aus. Sigbart Wallritz ... geb. 25.5.1923 ... Schußzertrümmerungsfraktur linker Oberarm und Schultergelenk, Radialis- und Medialis-Lähmung. In die rechte obere Ecke setzte er in Rot ein großes G. Das bedeutete »gehfähig«. Für diese Verwundeten gab es immer wieder eine Ecke, in die sie sich quetschen konnten, um mit den Flugzeugen in Sicherheit zu fliegen.

Die beiden fremden Sanis begannen, die Tragen einzeln wegzutragen in die Wartezelte am Bahngleis. Knösel dirigierte sie. Seit er seine Truppe in den Trümmern von Stalingrad nicht wiedergefunden hatte, war er auf Wunsch Dr. Portners fest dem Lazarett zugeteilt worden. Er galt als »vereinnahmter Versprengter«.

Wallritz wartete, bis Dr. Körner gegangen war. Dann steckte er den fünften Zettel in die Manteltasche, band den Schal wieder um die Feldmütze und die Ohren, nickte dem wachhabenden Sani, der mißmutig am Ofen saß und hartes Brot knabberte, zu und lief durch den Schneesturm zurück zu seinem Zelt.

Sigbart lag mit dem Kopf zur Zeltwand und begann leise zu wimmern, als er Schritte hörte. Feldwebel Wallritz riß den Schal vom Kopf und klopfte ihn aus.

»Ich bin's«, sagte er.

»Gott sei Dank.« Sigbart warf sich herum und setzte sich. »Ich hatte schon Angst, daß irgend etwas passiert sei. Wo warst du so lange?«

»Ich mußte operieren helfen.«

»Hast du den Zettel?«

»Ja.«

Es war, als ginge ein deutliches Aufatmen durch die fade Dunkelheit. Sigbart hielt ein neues Hindenburglicht an den fast abgebrannten Docht des brennenden und entzündete es. Die winzige Flamme geisterte über sein schmales, abgezehrtes Gesicht.

»War es schwer?« fragte er nach einer Weile.

»Nein. Ich habe statt vier Zettel eben fünf ausgestellt. Du hast eine Zertrümmerung des linken Oberarmes ...«

Sigbart Wallritz versuchte ein schwaches Lächeln. Dabei war es, als leuchte plötzlich sein Gesicht von innen heraus.

»Mutter wird es dir danken«, sagte er leise.

»Noch bist du nicht draußen.« Wallritz zog den Mantel aus und warf ein paar Holzscheite in den blubbernden Eisenofen. Es waren zerhackte Eisenbahnschwellen, die langsam und stinkend brannten, weil sie zum Schutz gegen die Fäulnis geteert waren. »Wenn du aus dem Kessel raus bist, beginnt die Schwierigkeit erst. Und dann kann ich dir nicht mehr helfen. Du mußt sofort versuchen, zu verschwinden ... schon auf dem Landungsflugplatz ... denn wenn man dich wegschafft und aus dem Verband wickelt, geht alles in die Luft ... vor allem Dr. Portner, der den Schein unterschrieben hat.«

»Ich werde durchkommen«, sagte Sigbart verbissen.

»Und dann willst du dich bis Kriegsende verborgen halten?«

»Ja.«

»Und wenn wir den Krieg gewinnen?«

»Glaubst du denn noch daran?«

»Ja ...«

»Bist du denn blind?«

»Ich vertraue auf unsere Kameraden. Sie werden uns hier heraushauen. Auch der Führer läßt nicht eine ganze Armee einfach verrecken.«

»Ich bin Funker, Horst. Ich habe Hunderte von Funkmeldungen abgehört ... von zig Regimentern und Divisionen ... Wir sind hier am Ende ...«

Wallritz holte die große Verbandskiste heran. Er bog eine Gitterschiene zurecht und verband sie mit einer Stützschiene. So entstand das im Landserjargon »Stuka« genannte Gestell, auf dem der zertrümmerte Arm ruhen konnte. Wallritz mußte diesen »Stuka« selbst herstellen, die fertigen Stützen waren längst verbraucht. Es war abzusehen, wann man aus Holzscheiten diese Schienen schnitzen mußte, weil nicht genug Material eingeflogen wurde.

»War jemand hier?« fragte Wallritz, als er Sigbart die Schiene anpaßte.

»Ja.«

Wallritz ließ die Schiene sinken. »Wer denn?« Er wurde unsicher.

»Hast du rechtzeitig ...?«

Sigbart nickte und lächelte wieder. »Ich muß gestöhnt haben, als kratze ich jeden Moment ab. Er kam herein, sah mich an und sagte: ›Ist denn keiner hier? Verfluchte Scheiße.‹ Dann ging er wieder hinaus.«

»War er verwundet?«

»Nein. Ein Feldwebel von den Kettenhunden, von der Feldgendarmerie.«

Wallritz half seinem Bruder, die Jacke auszuziehen. Wie bei einem Verwundeten schnitt er den Ärmel des Hemdes und Unterhemdes ab und schmierte etwas Dreck von der Uniform an den Stoff. Dann legte er den Arm auf die Schiene, bog die Stütze gegen die Brustseite und polsterte die Auflage mit Zellstoff aus.

»Setz dich etwas zur Seite«, sagte Wallritz, »dann kann ich besser verbinden.«

Das Erscheinen des Feldgendarmerie-Feldwebels vergaß er wieder.

Sorgfältig legte Wallritz den »Stuka« an. Bevor er den Arm auf der Schiene verband, legte er erst den Brustverband an, der die Stütze halten sollte. Sie saßen beide mit dem Rücken zum Eingang des Zeltes, neben sich die beiden flackernden Hindenburglichter. So merkten sie nicht, daß jemand ins Zelt schlüpfte und erstaunt neben dem Eingang im Halbdunkel stehenblieb. Was der späte Besucher sah, war eine merkwürdige Szene. Da verband ein Sanitäter einen völlig gesunden Arm auf einer Schiene, und auf der Decke, die über das Strohlager gebreitet lag, sah er das berühmte »Lebensbillett«.

Der Besucher schwieg, bis Feldwebel Wallritz daranging, die Schiene und den gesunden Arm abzudecken und zu umwickeln.

Erst dann löste er sich aus dem Schatten und trat in den Lichtkreis der Kerzen.

»Sie sollten ein paar Blutflecke auf den Verband tun«, sagte er.

Die Brüder Wallritz fuhren herum. Horst ließ das Verbandspäckchen, das er in der Hand hielt, fallen, Sigbart beugte sich geistesgegenwärtig nach vorn und röchelte laut. Die dunkle Gestalt kam noch einen Schritt näher. Jetzt erkannte Feldwebel Wallritz das Gesicht. Es war Dr. Körner, und er starrte unverwandt auf den auf der Schiene liegenden, unverletzten Arm Sigbarts.

»Herr Assistenzarzt ...«, stotterte Wallritz.

»Sagen Sie dem Mann, er soll endlich mit der idiotischen Röchelei aufhören.«

Augenblicklich schwieg Sigbart, sein Kopf zuckte hoch, und er starrte den jungen Arzt aus Augen an, in denen alles lag, von der Angst bis zur Mordlust, vom Betteln bis zur Verzweiflung.

»Wissen Sie, was Sie da tun?« fragte Körner.

Wallritz bückte sich und hob das Verbandspäckchen vom Boden auf. Sinnlos rieb er es an der Uniformjacke ab, weil es ein wenig schmutzig geworden war, aber es wurde durch die Reiberei nur noch grauer.

»Mein Bruder Sigbart, Herr Assistenzarzt«, sagte er dabei, als stelle er in einer Gesellschaft jemanden vor. »Wenn ich Ihnen erklären darf ...«

Dr. Körner setzte sich auf einen Schemel und sah wieder den halbverbundenen gesunden Arm auf dem »Stuka« an. Es bedurfte keiner Erklärungen; was er sah, war völlig klar. Nur über das, was nun folgen mußte, würde man Worte machen müssen, viele Worte.

»Was darauf steht, wissen Sie, Wallritz«, sagte er. »Mein Gott, wie konnten Sie nur solch ein Idiotie begehen? Gerade Sie.«

Feldwebel Wallritz schluckte mehrmals. »Bis jetzt hat es kein anderer gesehen als Sie, Herr Assistenzarzt ...«

»Soll das eine Bitte sein, mich mitschuldig zu machen?«

»Wenn Sie nichts gesehen haben ...«

»Wallritz. Um uns herum liegen Tausende von Verwundeten, die auf einen Platz in einem Flugzeug warten und während dieses Wartens erfrieren und krepieren, und Sie schreiben einen Flugschein aus für einen Gesunden ...«

Wallritz warf das Verbandspäckchen im hohen Bogen weg. Gleichzeitig griff er mit beiden Händen nach seinem Bruder, riß dessen rechte Hand nach hinten und schlug mit der Faust unbarmherzig unter das Kinn. Sigbart Wallritz kippte zur Seite und schlug mit der Stirn gegen die Trageholme der Bahre. Aus seiner rechten Hand rollte eine Pistole vor die Füße Dr. Körners.

»Auch das noch.« Dr. Körner bückte sich. Der Sicherungsflügel war herumgelegt, die Waffe geladen und schußbereit. Feldwebel Wallritz saß leichenblaß neben seinem besinnungslosen Bruder. So geht eine Familie dahin, dachte er, und wunderte sich, daß er überhaupt noch so denken konnte. Der Vater im KZ, die Mutter vielleicht unter den Bomben und die Söhne vor den Gewehrläufen eines Erschießungskommandos. 1942, im Dezember.

»Es ist nicht mehr zu ändern, Herr Assistenzarzt«, sagte Wallritz mit fester Stimme. »Rufen Sie die Feldgendarmerie.«

Dr. Körner steckte die Pistole ein. Daß er das Zelt betreten hatte, war ein Zufall gewesen. Der Schneesturm hatte an Heftigkeit nachgelassen, der Wind war müde geworden, und nun schneite es nur noch, wie eine Erinnerung an einen weihnachtlichen Abend, wenn die Flocken lautlos gegen die Scheiben schwebten und dort am warmen Glas zerschmolzen. Im OP-Zelt hatte er Licht gesehen und war hinübergegangen, um Feldwebel Wallritz zu sprechen. Ohne Grund, nur um etwas zu sprechen, um die angespannten Nerven zu beruhigen.

»Sie wollten etwas erklären, Wallritz«, sagte Dr. Körner ernst. »Ich habe Sie bisher nie für einen Verrückten gehalten.«

»Sie ... Sie wollen mich tatsächlich anhören ...«

»Natürlich. Das ändert allerdings nichts an dem, was ich gesehen habe. Mich interessieren nur die Beweggründe, aus denen ein bisher zuverlässiger Mensch zu einem Idioten wird.«

Wallritz bückte sich und hob den noch immer auf dem Boden liegenden Brief seiner Mutter auf. Er hielt ihn Dr. Körner hin, und jetzt zitterte sein ausgestreckter Arm so heftig, als habe er einen eisigen Schüttelfrost.

»Bitte, Herr Assistenzarzt ... Wenn Sie das lesen möchten ... mein Bruder hat es mitgebracht ... Vielleicht ...« Er senkte den Kopf und verschluckte die Fortsetzung des Satzes. Es war sinnlos, ihn auszusprechen. Es konnte kein Verständnis geben.

Dr. Körner las den Brief langsam und Wort für Wort, als müsse er ihn auswendig lernen. Er hatte dabei das Empfinden, als lese er eine andere Version des Telegramms, das er in Warschau erhalten und das sein Weltbild verändert hatte. Er hielt den Brief auch noch in den Händen und sah auf das Papier, als er ihn längst zu Ende gelesen hatte. Marianne, dachte er. In einem Keller erstickt. Und man hat mich mit einer Toten verheiratet, und der Oberst sprach von der großen Stunde, in der die Herzen die Waffen besiegen und die Nation dem Siege entgegeneilt, und daß auch diese Ehe ein Symbol ist für den Lebenswillen der Jugend, die einmal Träger der stolzesten Generation sein wird, die je auf dieser Welt lebte ... Und zur gleichen Stunde grub man sie aus und trug die Bündel zum Massengrab auf den Friedhof Melaten, wo sie nebeneinander liegen, Reihe an Reihe, Körper neben Körper, »Richt euch« noch im Grab ... und um sie herum standen Hunderte oder Tausende und starrten auf die Särge, und keiner von ihnen riß die Fahnen von den Stangen und schrie Mord, Mord, Mord an einem ganzen Volk ...

Stumm gab Dr. Körner den Brief an Wallritz zurück. Er beugte sich über den noch immer besinnungslosen Sigbart. Aus einer Rißwunde an der Stirn lief Blut über sein Gesicht. Es war die Stelle, wo er auf die Holme geprallt war.

»Jetzt haben Sie sogar echtes Blut, Wallritz«, sagte Dr. Körner heiser. »Er ist nach diesem Brief desertiert, Herr Assistenzarzt.« Wallritz faltete den Brief und steckte ihn ein. »Zu Fuß ist er von Stalingrad nach hier. Er hat keinerlei Chancen mehr ... so oder so wird er erschossen werden ... als Deserteur, wenn man ihn entdeckt, als ... als ...« Wallritz suchte nach einem Begriff und fand ihn nicht. »... wenn Sie uns melden.«

»Und Sie mit, Wallritz.«

»Ich weiß, Herr Assistenzarzt.« Feldwebel Wallritz stand auf und legte seine Koppel ab. Es war eine Geste der völligen Aufgabe. »Aber glauben Sie mir, ich konnte nicht anders. Er ist ja mein Bruder ...« Dr. Körner erhob sich von dem Schemel. Er nahm die Pistole aus der Tasche, Sigbarts Pistole, und legte sie auf den Instrumententisch. Wallritz starrte sie an und wußte nicht, was Körner damit meinte. Es gab nur eine Erklärung, aber bei diesem Gedanken versagte ihm der Atem. Er hatte keine Angst, zu sterben, aber es erschien ihm unmöglich, dies mit eigener Hand zu tun und vorher seinen Bruder zu töten.

Dr. Körner sah gegen die feuchte Zeltleinwand. Sein Gesicht war hart und im Profil, das Wallritz zugekehrt war, spitz und knöchern.

»Herr Assistenzarzt«, stotterte Wallritz hilflos.

»Ich habe heute nacht das OP-Zelt nicht betreten«, sagte Dr. Körner heiser. »Wir haben uns zuletzt gesehen bei der Versorgung der vier Neueinlieferungen. Gute Nacht, Feldwebel.«

»Gute – Nacht, Herr Assistenzarzt ...« Die Worte wurden hervorgewürgt. Dann fiel der Zelteingang wieder zu, und hinten auf der strohbedeckten Trage rührte sich ächzend Sigbart Wallritz.

Vor dem Zelt blieb Dr. Körner stehen und atmete tief auf. Was er soeben getan hatte, hätte er nie für möglich gehalten. Und er hatte es getan, ohne den geringsten inneren Widerstand – nur der Gedanke an Marianne war in ihm gewesen, das Wissen um ein verlorenes Leben, um eine gestohlene Jugend, um ein sinnlos vernichtetes Glück. Und dieser Gedanke war ganz sein Wesen geworden, schon in Warschau, und alles, was er fernerhin tun würde, waren Handlungen dieses neuen Wesens. Militärisch gesehen hatte er jetzt ein Verbrechen gedeckt ... aber er fühlte sich nicht als Mitschuldiger, sondern war glücklich darüber, so gehandelt zu haben.

Von weitem sah er Stabsarzt Dr. Portner durch den Schnee stapfen. Er hatte einen ganz neuen Lammfellmantel an und war vor drei Stunden mit einem dünnen Stoffmantel weggegangen. Dr. Körner ging ihm entgegen; sie trafen sich an den alten Kesselwagen.

»Sehen Sie sich das an, Kollege«, rief Dr. Portner und klopfte gegen den dicken Pelzmantel. »Zweitausend Stück sind davon angekommen ... aber keiner hatte ’ne Ahnung davon. Die gingen unter der Hand weg wie bettfreudige Jungfrauen. Großzügig hat mir der Stabsintendant einen überlassen, weil er mich als Arzt auch mal brauchen könnte, wie er sich ausdrückte. Da sind Sie platt, was? Ringsherum der Iwan, und noch immer wird geschoben. Ich wäre ein Nilpferd gewesen, wenn ich da nein gesagt hätte.« Er blickte über seine Zelte und sah den Lichtschein im OP-Zelt. »Nanu, ist da noch was los?«

»Nichts, Herr Stabsarzt.« Dr. Körner schüttelte den Kopf. »Wallritz kocht nur noch die Instrumente aus ... Wir hatten unterdessen vier Schwerverwundete hier, die durch den Schneesturm gekommen sind.« Er sah über den Flugplatz und hinüber gegen die schwarzgraue Nachtwand, hinter der Stalingrad lag. »Jetzt, wo der Sturm vorbei ist, werden die anderen Sankas kommen ...«

»Na, dann wollen wir uns mal aufwärmen, was?« Dr. Portner klopfte gegen die linke ausgebeulte Tasche seines Lammfellmantels. »Auch ’ne Pulle Cognac hab’ ich abgekriegt. Ich spendiere heute nacht für jeden von uns zwei Gläschen ...«

Er stapfte an Körner vorbei zu seinem Zelt. Der Assistensarzt blieb stehen und sah noch einmal zurück zum OP-Zelt. Der schwache Lichtschein hing fahl in der Nacht. Dr. Körner biß die Lippen zusammen und ging Dr. Portner nach. Als er eintrat, schraubte der Stabsarzt gerade einen Korkenzieher in den Korken.

Von der Rückseite des OP-Zeltes löste sich in diesem Augenblick eine andere dunkle Gestalt und glitt zu den Güterwagen hin davon. Sie hatte die ganze Zeit über hinter dem Zelt gestanden und durch einen Ritz des verhängten Fensters die Handlungen und die Unterhaltung im Inneren beobachtet. Nun war alles vorbei ... Sigbart Wallritz hatte einen gutsitzenden »Stuka«, die Verbände waren blutverschmiert, und in wenigen Minuten würde Feldwebel Wallritz den »Verwundeten« zu den Wartebaracken bringen und dort abliefern zum Transport in die Heimat.

Die dunkle Gestalt verhielt hinter einem der Waggons, stellte sich mit dem Rücken gegen den Wind und steckte sich in der hohlen Hand eine Zigarette an. Als das Streichholz aufflammte, glitzerte eine Kette um den Hals der Gestalt, und ein blankes Schild vor der Brust blitzte wie unter einem verirrten Sonnenstrahl.

Der Feldwebel der Feldgendarmerie Emil Rottmann war sehr zufrieden. Er hatte sich soeben für den Notfall einen Freifahrtschein ins Leben erworben, und er war sicher, daß er ihn einmal präsentieren würde.

In Stalingrad-Stadt hatten sie sich wieder ineinander verbissen, nachdem der Ausbruch durch den Befehl Hitlers, die Stadt müsse gehalten werden, und er werde die eingeschlossene Armee nicht vergessen, sondern heraushauen, in dem Augenblick abgebrochen worden war, in dem die deutschen Divisionen zu Stoßkeilen formiert bereitstanden und die Aussicht auf einen erfolgreichen Durchbruch größer als je zuvor war. So sehr General von Seydlitz darauf drängte, entgegen dem Führerbefehl loszumarschieren, so sehr zögerten General Paulus und sein Stabschef, Generalleutnant Schmidt. »Die Politik des Soldaten ist der Gehorsam.« Das war die einzige Verteidigung gegen den Mangel an Eigeninitiative und Mut, die Fesseln eines Wahnsinnsbefehls zu sprengen und 300 000 deutsche Soldaten vor dem sicheren Untergang zu retten. Warum in diesen Stunden nicht alle Generäle sich einmütig gegen diese Doktrin stellten und ihren Oberbefehlshaber zwangen, eine Tat der Vernunft und nicht eine Befolgung des Widersinns zu tun, wird eines der ewigen menschlichen Rätsel von Stalingrad bleiben ... rätselhaft wie 1914 jener Rückzug an der Marne, den die Franzosen immer ein »Wunder« nennen werden.

Die Zweifler auf sowjetischer Seite hatten recht behalten ... mit der Kälte aus Kasachstan kam das Treibeis auf die Wolga, und wenn es vordem noch einigermaßen Nachschub gegeben hatte unter dem Feuerhammer der deutschen Artillerie, so kam jetzt alles zum Erliegen. Durch einen Granatvorhang konnte man durchschlüpfen, aber Treibeis ist nicht zu überwinden. Zwar wußte man, daß es nicht lange dauern würde, und Mütterchen Wolga zog sich unter eine dicke Eisdecke zurück ... aber das Überbrücken dieser Zwischenzeit war ein Problem, das dem sowjetischen Oberkommando arge Sorgen bereitete.

Pawel Nikolajewitsch Abranow bekam es deutlich zu spüren. Bei ihm erschien Shuri Andrejewitsch Fulkow, ein unsympathischer glatzköpfiger und spitznasiger Mann, wies sich als Abgesandter des städtischen Verteidigungskomitees aus und sah mit wollüstigen Augen auf die Kohl- und Kartoffelmieten, die Abranow rund um seinen Erdbunker am Wolgaufer angelegt hatte.

»Ihr seid mir ein Genosse«, begann Fulkow die Offensive gegen Abranow. »In der Stadt lecken sie vereiste Steine ab, und Ihr thront hier auf einem Vorratshaus. Ist das kommunistisch gedacht, Pawel Nikolajewitsch?«

Abranow, der Greis, blieb taub. Er wies einen großen Zettel vor, und Fulkow las verblüfft, daß die Gründung eines »Komitees zur Rettung des Elefanten« sogar von Marschall Tschuikow gutgeheißen worden war.

»Sehen Sie, Genosse Kommissar«, rief Abranow empört, »daß die Vorräte für den Elefanten gesammelt worden sind?

Glaubt ihr, wir hätten das alles aus der Wolga gefischt? Nein, aus der Stadt ist alles gekommen ... die tapferen Rotarmisten haben es gebracht, abgehungert haben sie sich's, die Brüderchen, für den Elefanten ... das ist die reine Wahrheit.«

Shuri Andrejewitsch Fulkow kratzte sich die häßliche Glatze. Er hatte den Elefanten nie gesehen, und wenn man ihm davon erzählte, so interessierte ihn nicht der Rüsselträger, sondern vielmehr, was seine Milizsoldaten in den Kochtöpfen hatten. Und das war wenig, verflucht noch mal. Auch der beste Patriot fällt einmal um, wenn er einen leeren Magen hat. Pulver und Blei kann man nicht fressen, und immer nur heißes Wasser mit ein paar Rübenstücken darin ist keine Kraftnahrung für Männer, die Mütterchen Rußland schützen sollen. Unter diesen Aspekten handelte Fulkow weise, als er jetzt sagte:

»Der Elefant ist tot. Das städtische Verteidigungskomitee beschlagnahmt die Vorräte.«

»Oho, wo ist der Beweis?« schrie Abranow. Er schwenkte das Gründungsprotokoll des Elefantenkomitees vor Fulkows Nase, als müsse er ihm frische Luft zuwedeln. »Drei Bataillone haben die Patenschaft übernommen. Oberst Pjoterimik hat sogar ...«

»Soll man es für möglich halten?« schrie Fulkow zurück. »Ein Elefant ist wichtiger als die tapferen Verteidiger der Stadt? Blöd seid ihr, dumm, idiotisch.« Und dann tat er etwas, was Abranow an den Rand eines Schlaganfalles brachte. Er riß das Gründungsprotokoll aus der Hand des Greises und zerfetzte es. Samt der Unterschrift von Marschall Tschuikow. So mutig war Shuri Andrejewitsch Fulkow, oder so hungrig ... man konnte es individuell auslegen. »Das ist es wert«, brüllte er dabei. »Das. Nur das. Ein paar Fetzchen. Zu klein, um sich den Hintern damit abzuwischen.«

Abranow kapitulierte. Gegen Maßlosigkeit und Unhöflichkeit kann man nicht angehen. Es ist zwecklos, wenn der Krieg die guten Sitten verroht, ein Idealist zu sein.

»Gut denn, gut denn«, sagte er geschlagen. »Holt alles ab. Ihr werdet sehen, welchen Eindruck es macht bei den tapferen Männern, die es sich abgehungert haben ...«

Der Ehrlichkeit wegen sei gesagt, daß es gar keinen Eindruck machte. Aber in der Front Stadtmitte hatten sie wieder einmal einen vollen Kessel und schlugen sich den Magen voll mit zwar saurem, aber sättigendem Kapusta. Die Deutschen merkten es direkt. Drei Straßenzüge wurden zurückerobert und zwei deutsche Paks erbeutet.

Aber man hatte in Stalingrad auch andere Sorgen als der etwas kindische Greis Abranow. Die deutsche 6. Armee war eingekesselt, und von allen Seiten drückten die sowjetischen Divisionen die Kesselwände ein, trieben Beulen und Risse und zwangen die deutschen Regimenter, zurückzugehen und sich immer mehr zusammenzudrängen. Das hatte zur Folge, daß die deutschen Truppen statt nach Westen nach Osten strebten, hinein in die Stadt Stalingrad, die allein eine konstante Front bildete, in der sich die Hinundherbewegungen nur in der Größenordnung einzelner Häuser messen ließen. Im Süden hatte man Beketowka freigekämpft, im Norden Rynak, aber was man an deutschen Truppen zurückgetrieben hatte, zog sich kämpfend in die Stadt hinein und drückte auf die müden, ausgebluteten, hungernden und unter Munitionsmangel leidenden Verteidiger.

Von ihrem jungen Ehemann Iwan Iwanowitsch Kaljonin hatte Vera nichts mehr gehört, seitdem Major Kubowski wieder an die »Tennisschläger«-Front zurückgekehrt war. Da auch das Feldlazarett des Majorarztes Sukow mitten in die Stadt verlegt wurde, fiel der Nachrichtendienst über die Verwundeten aus, die sonst berichteten, daß der Mladschij-Sergeant Kaljonin noch wohlauf sei und sich tapfer benehme wie ein richtiger Held.

Er hatte es auch nötig, ein zäher Held zu sein, denn seit einer Woche war er vermißt. Major Kubowski scheute sich, ihn als tot zu melden, aus dem dumpfen Gefühl heraus, dem Schicksal nicht vorzugreifen. Und er tat gut daran, denn Kaljonin saß allein in einem Keller. Er war verschüttet.

Das war ganz plötzlich geschehen, wie es die Eigenschaft großer Dinge ist, unangemeldet einzutreffen. Es war an einem der Tage, in denen die Deutschen sich dem Befehl Hitlers beugten, nicht aus dem Kessel ausbrachen, sondern sich zusammenzogen und versuchten, die alten, aufgegebenen Stellungen in der Trümmerwüste der Stadt wieder zu besetzen oder zurückzuerobern. Der Tag hatte mit einem wilden Granatwerferfeuer begonnen, sogar zwei deutsche Panzer hatten eingegriffen und waren über die halbwegs befahrbaren breiten Straßen gekrochen. Von irgendwoher schossen drei leichte Geschütze, und Major Kubowski schrie: »Freiwillige vor, Genossen. Wir müssen herausfinden, wo diese Hundesöhne sich versteckt halten. Die pflügen unsere Stellungen um wie einen Rübenacker. Wer versucht's?«

Iwan Iwanowitsch Kaljonin hatte sich gemeldet, und mit ihm noch einige andere Rotarmisten. Im Wirbel eines Schneewindes waren sie losgerannt, Zickzack auf die deutschen Stellungen zu, von Ruine zu Ruine springend, jeden größeren Stein als Dekkung nutzend, über die Straße kriechend wie schnelle Eidechsen, in Granattrichtern wartend und sichernd, durch zerstörte Keller schleichend oder von Haus zu Haus springend, nicht unten auf der Straße, sondern oben, im zweiten Stockwerk, katzenhaft, sich an Balken anklammernd, an herumhängenden Leitungen sich wegschwingend, Trapezkünstlern gleich, um sich federnd im halbierten Zimmer des nächsten Hauses hinzuwerfen und weiterzukriechen, erdbraune Schatten in einer weißen Mondlandschaft, aus der es ab und zu feurig aufbrüllte und Hauswände in sich zusammenfielen.

So waren sie weitergekommen, tapfere, todesverachtende Kerle aus Moskau und Irkutsk, Weißrussen und Kalmücken, Tataren und Usbeken, Männer vom Ladogasee und krummbeinige Reiter aus Ulan Bator. Mitten hinein in die deutschen Stellungen krochen und sprangen sie, und dann saßen sie im Keller eines großen Hauses, über sich mehrere Meter Schutt, und wußten, daß dreißig Meter weiter im Hof einer kleinen Konservenfabrik die drei deutschen Geschütze standen.

Kaljonin hielt eine kurze Besprechung, wie man das immer tut, ehe man etwas Außergewöhnliches vollbringt. Zwei Dinge konnte man tun ... zurückkehren zu den eigenen Leuten und melden, woher die Deutschen den Tod in die sowjetischen Reihen schleuderten, oder versuchen, diese Geschütze zum Schweigen zu bringen.

»Das ist am besten, Genossen«, sagte Kaljonin. »Wir sind nun einmal hier, und ob die Artilleristen genau diesen Fabrikhof treffen, das ist noch eine Frage. Laßt uns überlegen, wie man das am besten machen kann.«

Sie überlegten nicht lange. Sie banden Handgranaten zu Bündeln zusammen und verstärkten sie mit kleinen Päckchen Sprengladungen. Ja, sie setzten sich sogar hin, jeder in eine Ecke, und reinigten noch einmal ihre Maschinenpistolen, damit sie keine Ladehemmungen hatten. Dann, nach einer Stunde, sah Kaljonin sich um und nickte.

»Gehen wir, Genossen«, sagte er ganz ruhig. Als erster kroch er voraus in die Ruinen, und obwohl jeder von ihnen wußte, daß mindestens einer fallen würde und jeder dieser eine sein konnte, zögerte keiner, sondern sie alle schlurften durch die zerplatzten und zermahlenen Steine, schoben sich unter Balken hindurch und zwängten sich durch Mauerritzen.

Im Hof der Konservenfabrik feuerten wieder die drei deutschen Geschütze. Es waren neue Kanonen, mit Sprcizlafetten, wie Kaljonin feststellte, als er durch ein Loch der Hofmauer spähte und direkt in die qualmenden Mündungen starrte. An einem Küchentisch saß zwischen den Geschützen ganz gemütlich ein Offizier, ein junges, schlankes Kerlchen, und hatte eine Karte vor sich ausgebreitet und einen Schußwinkelberechner. Anhand der Karte rechnete er die Ziele aus, gab die Werte durch, die Zielkanoniere kurbelten die Schußwinkel ein, und dann donnerte es wieder und spie den Tod in die sowjetischen Keller und besetzten Häuser.

»Wir dürfen nicht danebenwerfen, Genossen«, sagte Kaljonin. Er sprach laut, denn im Hof konnte ihn niemand hören.

»Jeder nimmt sich ein Geschütz, und weil wir sechs sind, kommen zwei auf jede Kanone.«

Sie nickten, legten ihre geballten Ladungen zurecht und warteten. Der junge deutsche Offizier rief wieder ein paar Zahlen, die Rohre schwenkten etwas zur Seite und in die Höhe, Granaten und Kartuschen wurden eingeschoben ... »Im gleichen Augenblick, wenn sie feuern«, sagte Kaljonin ganz ruhig. »Dann gucken sie zur Seite ... und werft die Dinger neben die Rohre ...«

Die Richtkanoniere hoben die Hand. Der junge Offizier streckte den Zeigefinger in die Luft, als sei er ein warnender Lehrer. Kaljonin hielt den Atem an. Er starrte den jungen Mann an. Es ist schade um dich, Freundchen, dachte er in diesem kurzen Augenblick. Du und ich, wir haben noch so viel vor im Leben. Aber es ist Krieg, und du sitzt da und tötest meine Brüder. Es ist schade, Freundchen ... viel lieber säße ich mit dir an einem Tisch und tränke einen Wodka.

Der Offizier ließ den Zeigefinger sinken. Im gleichen Augenblick spien die Rohre Feuer und bäumten sich auf. Gleichzeitig aber, als sei auch er an der Schußleine befestigt, war Kaljonin emporgesprungen und hatte unter gleichzeitigem Abziehen der Reißleine die geballte Ladung weggeworfen. Sie fiel vor dem mittleren Geschütz in den Schnee, nicht weit davon ein zweiter dunkler Ballen wie ein runder Stein. Und vor oder neben jedem Geschütz lagen nun zwei solche Steine, stumm, dunkel, in sich den Tod, der wenige Sekunden wartete.

Qualmend fielen die Kartuschen aus den aufgerissenen Verschlüssen, eine neue Granate lag in der Hand des Ladeschützen, der junge Offizier suchte schon ein neues Ziel auf der Karte.

»Jetzt«, sagte Kaljonin. »Jetzt ...«

Sie duckten sich, und dann brach vor ihnen die Hölle auf, fast gleichzeitig explodierten die sechs geballten Ladungen und rissen die Geschütze um, zerfetzten die Leiber und jagten den mit einer Zeltplane abgedeckten Kartuschenstapel in den bleiernen Himmel. Wildes Geschrei gellte über den Fabrikhof, tierisches

Schmerzgebrüll, der langgezogene Ruf »Sanitäääter« und ein mehrstimmiges Stöhnen, als sich die Explosionswolke senkte.

Kaljonin blickte über die Mauer. Es gab keine drei Kanonen mehr. Ein Gewirr zerfetzten Stahls bedeckte den Hof; dazwischen lagen die Gestalten der Kanoniere oder krochen die Verwundeten schreiend zu einem Kellereingang im Hauptgebäude der Fabrik. Von dem jungen Offizier und seinem Tisch sah man nichts mehr ... wo er gesessen hatte, war ein kleiner schwarzer Trichter, als habe ein Riesendaumen ihn in die Erde gedrückt. Weiter nichts. Kaljonin starrte auf den dunklen Fleck, bis ihn ein krummbeiniger Reiter aus Ulan Bator anstieß.

»Was ist, Genosse Sergeant?«

»Nichts, Brüderchen, nichts. Es war nur ein Gedanke. Gehen wir ...«

Sie krochen zurück, aber es war ein schwererer Weg als zuvor. Die Deutschen waren wild geworden. Überall schoß man, Gestalten huschten wie Fledermäuse durch die Ruinen, ab und zu hörte man einen lauten Schrei, dann das Hämmern der MGs und das helle Bellen der Maschinenpistolen. Und die Artillerie schoß, aber nicht die deutsche, sondern die sowjetische, und sie schoß genau dahin, wo Kaljonin und seine Männer durch die Trümmer hetzten, mit heraushängender Zunge und keuchendem Atem, stolpernd, springend, fallend, kriechend, sechs um ihr Leben rennende Menschen, die plötzlich ängstlich waren, nachdem sie ihre Tat vollbracht hatten.

»Die eigenen schießen auf uns«, schrie der Krumme aus Ulan Bator. Er blieb hinter einem Mauerrest stehen. Vor ihm schwankte der Junge aus Irkutsk, warf die Arme hoch und fiel auf das Gesicht. In seinem Rücken qualmte ein großer Splitter, und es roch nach verbranntem Fleisch. »Die eigene Artillerie, Sergeant ...«

Um sie herum war jetzt eine Feuerwand. Es stimmte nicht, was Major Kubowski gesagt hatte, daß man hinten nicht wüßte, wo die drei deutschen Geschütze standen. Jetzt hämmerte die schwere sowjetische Artillerie von jenseits der Wolga in die

Stadt und genau auf das Stadtviertel, das Kaljonin so mutig durchsprungen hatte.

Die sechs preßten sich an die Ruinen und starrten in die Hölle. Fast systematisch wurden die Trümmer durchgepflügt ... es war wie eine Maschine, die die Erde perforierte.

»Sie schießen gut, die Brüderchen«, keuchte Kaljonin. Er blutete an der Stirn, ein herabfallender Stein hatte ihn getroffen. Der krumme Reiter aus Ulan Bator hieb mit der Faust gegen die Mauer.

»Es ist kein schöner Tod, von den eigenen zerrissen zu werden«, schrie er. Kaljonin winkte den anderen zu.

»Lauft, Genossen«, brüllte er. »Jeder für sich. Im Keller des Kleiderlagers treffen wir uns ...«

Er wartete, bis die anderen durch Rauch und Steinstaub, aufwirbelnde Erde und niederstürzende Ruinen davongehetzt waren. Dann sprang auch er hinter der deckenden Mauer hervor und lief geduckt in die Feuerwand hinein. Als er es mehrfach dumpf orgelnd heranbrausen hörte, sprang er mit einem wilden Satz in ein Loch, das sich vor ihm öffnete, rollte eine steile Treppe hinunter in einen nassen, handhoch mit Wasser gefüllten Keller und platschte über den glitschigen Boden gegen eine Wand. Gleichzeitig schlug es über ihm ein, drei Riesenfäuste stampften die Erde über ihm zu, über die Kellertreppe quoll eine Wolke gelblichen Rauches hinab, und hinter ihr kamen Geröll und erstickender Staub.

Kaljonin warf sich mit dem Gesicht nach unten in das stinkende Wasser auf dem Kellerboden. Er hielt den Atem an, solange es ging ... dann hob er den Kopf etwas, machte einen neuen Zug, schluckte Rauch und Staub und drückte das Gesicht wieder in das Wasser. Das machte er mehrmals, bis sich die Luft etwas gereinigt hatte und die Wolke unter der Decke entlangglitt wie ein gelber Schleier. Da setzte er sich auf, lehnte den Rücken an die nasse Wand, tauchte ein Taschentuch in das Wasser und preßte es gegen den Mund. Durch diesen Filter konnte er atmen, ohne husten zu müssen.

Er sah sich um. Die Kellertreppe war verschlossen mit dicken Steinen und Mauerresten. Bis oben hin mußte sie vollgestopft sein, denn nichts rollte mehr nach. Durch ein paar Ritzen zog der Rauch langsam ab, aber an der Trägheit erkannte Kaljonin, daß über ihm ein ganzes Haus liegen mußte, das kaum Luft in den Keller ließ.

Er war verschüttet, und Kaljonin wußte, was das bedeutete. Er stemmte sich an der glitschigen Wand hoch und spürte, daß seine Rippen und sein Rücken von dem Sturz schmerzten und sein Nacken anzuschwellen begann und die Bewegung des Kopfes einengte.

Langsam ging Kaljonin die Wand entlang bis zur Ecke, dann die andere Wand ... die Ecke ... die dritte Wand ... die Ecke ... die vierte Wand ... Es war ein großer viereckiger Keller, massiv und zum Teil mit Flußsteinen aus der Wolga gebaut. Ein guter, ein vorzüglicher Keller, der Jahrhunderte überleben konnte.

Wieder ging Kaljonin von Wand zu Wand, seine Stiefel platschten durch das Wasser. Er schritt sein Grab ab ...

6

Mit der neunzehnten Ju 52, die drei Tage später vom vereisten Flugfeld von Gumrak abhob und nach Morosowskaja außerhalb des Kessels flog, kam auch der Funker Sigbart Wallritz mit.

Nachdem er seinen Zettel um den Hals trug und in der Masse der Wartenden herumhockte, fragte ihn niemand mehr, woher er kam. Ein Stabsarzt kontrollierte nur vor jedem Flug die »Lebensbilletts« und wählte aus den darauf verzeichneten Verwundungen diejenigen Fälle aus, die er als besonders dringend ansah. Zuerst kamen die liegend Transportfähigen an die Reihe, die Schwerverletzten, die Amputierten, Bauchschüsse, Rückenmarkverletzten, Lungenschüsse ... dann wurden, um die Ecken auszufüllen, die Gehfähigen aussortiert. Hier ballte sich eine Masse zusammen, die bald zu einem Problem werden sollte. Noch war sie voller Hoffnung, auch wenn die letzte Zählung 12 000 Verwundete ergab, die in und um Gumrak herum lagen und warteten.

Zwischen Dr. Körner und Feldwebel Wallritz war kein Wort mehr über den Vorfall gewechselt worden ... erst, als Sigbart ausgeflogen war, sagte Wallritz in einer Operationspause leise:

»Er ist weg ...«

»Und was macht er jenseits des Kessels?«

Wallritz hob die Schultern. Es war eine Frage, die niemand beantworten konnte. Zwischen Morosowskaja und Berlin lagen einige tausend Kilometer Rußland und Polen, und wer nüchtern dachte, mußte sich sagen, daß ein heimlicher Weg vom Don bis zur Spree die Hoffnung eines Irren war.

Sigbart Wallritz dachte daran nicht. Er hockte neben der Trage, auf der ein Blindgeschossener lag, und das Schütteln und Schwanken des Flugzeuges war ihm wie ein tänzerisches Schweben. Auch als sie über die russischen Linien flogen, die den Kessel von Stalingrad umklammerten, und von sowjetischer Flak unter Feuer genommen wurden, kam in ihm keine Angst mehr auf oder der Gedanke, daß er noch immer über dem Tod schwebte. Er war völlig sicher, von jetzt ab das Leben gewonnen zu haben, und betrachtete das Explodieren der Flakgranaten wie einen Abschiedsgruß der Hölle.

Ein Unteroffizier der Luftwaffe erschien an der eisernen Tür zur Flugzeugführerkabine.

»Herhören«, brüllte er durch den Motorenlärm. »Alle Gehfähigen melden sich in Morosowskaja im Auffanglager des Standortlazaretts. Es liegt am Ende des Flugplatzes. Die Sankas sind nur für die Liegenden.«

Sigbert Wallritz lächelte vor sich hin. Erst einmal landen, dachte er. Dann sehen wir weiter.

Donnernd rauschte die klobige Ju 52 unter dem Winterhimmel dahin. Die Wolken hingen tief, schwer von Schnee. Bis Morosowskaja waren es noch zwanzig Minuten.

Am linken Motor, fast unmittelbar unter der Drehschraube des Propellers, befand sich ein kleines Loch. Noch sah es keiner, aber aus diesem Loch tropfte Benzin, und dann waren es ein paar Funken, die herausstoben und die aufgesaugt wurden von den weißgrauen Wolkenballen, die sie durchstießen.

Im Inneren der Ju herrschte fröhliche Stimmung. Mitten unter den Tragen hockte ein Landser mit einem wochenalten Bart, die Brust dick umwickelt mit Verbänden, die an einigen Stellen durchgeblutet waren und große dunkelrote, fast braune, harte Flecke bildeten. Er hatte eine Mundharmonika an die Lippen gepreßt und spielte, und jedesmal, wenn er Atem holte, pfiff es in ihm, als habe er keine Lungen, sondern einen defekten Blasebalg in der Brust.

»In der Heimat, in der Heimat, da gibt's ein Wiedersehn«,

spielte er. Und alle, die es hörten, empfanden es als das schönste Lied, das je gesungen wurde.

Sie flogen in die Freiheit, sie flogen in das Leben, sie hatten Stalingrad überlebt.

Aus dem kleinen Loch hinter dem linken Propeller huschte jetzt Rauch ... er wehte über den Motorblock wie ein dunkler, unheilvoller Nebel ...

Nun sah es auch der Pilot. Er stieß den Kopf nach vorne und umklammerte den Steuerknüppel.

»Verfluchter Mist!« brüllte er und drückte die Maschine gleichzeitig in einer engen Schleife nach unten. Hinter ihm, im Laderaum, purzelten die gehfähigen Verwundeten über die Bahren, das Mundharmonikaspiel erstarb in einem schrillen Mißklang, Schreie flatterten auf, Fluchen, Rufe. Der Bordschütze war von seinem MG geschleudert worden und rappelte sich mit einer Beule an der Stirn mühsam wieder auf.

»Wohl besoffen, Heinrich!« schrie er dem Piloten zu. »Was ist denn los?«

»Der Motor ...«

Mit schreckgeweiteten Augen starrte der Bordschütze durch die Kanzelscheibe. Feine Feuerschlangen umzüngelten den Motorblock. Der Transportoffizier, ein junger Leutnant, kam nach vorn, auch er war durch den plötzlichen Sturzflug verletzt und blutete aus einer Rißwunde an der linken Backe.

»Was ist denn hier los?« bellte er. Statt einer Antwort drückte der Pilot die schwere Maschine noch tiefer. Unter ihnen war noch Steppe, verschneit und vereist, eine riesige weiße Tischplatte der Natur. Aber am Horizont hoben sich Wälder ab, ein dunkler Wall, den man nicht mehr überspringen konnte.

»Wir brennen!« schrie der Pilot.

Der junge Leutnant lehnte sich gegen die Kanzel.

»Mann – das darf doch nicht wahr sein!« Er starrte hinaus auf die Rauchwölkchen und die Flammen und begriff, daß er in einem Sarg flog. Sein Gesicht fiel ein. »Sind ... sind wir schon über deutsch besetztem Gebiet?« fragte er heiser.

Der Pilot hob die Schultern. »Nach meiner Erfahrung nicht. Das ändert sich ja jeden Tag.«

»Und was wollen Sie jetzt tun?«

»Notlanden! Hier irgendwo ...«

»Aber die Verwundeten, Mann! Wir krepieren doch alle ...«

»Das tun wir so oder so, Herr Leutnant.« Der Pilot starrte auf die vereiste Steppe. Er versuchte, die Maschine wieder abzufangen und im Landeflug aufzusetzen. In diesem Augenblick setzte mit einem dumpfen Knall der Motor aus ... der Propeller wirbelte zwar noch herum, aber es war nur noch der Luftzug, der ihn bewegte.

»Beten Sie, Herr Leutnant!« schrie der Pilot. Er drückte den Kopf zwischen die Schultern, versuchte noch einmal, die Maschine im Gleitflug aufzusetzen und sah dabei, daß der ganze Motorblock in hellen Flammen stand. Sie alle sahen es ... die beiden Bordschützen, der Leutnant und ein Feldwebel, der vom Laderaum nach vorn gekrochen war, um dem »Schlipssoldaten« am Steuer in den Hintern zu treten. Hinter ihnen rutschten die Bahren übereinander, brüllten die Verwundeten und versuchten zwei Gehfähige, die Tür aufzureißen.

Sekunden nur waren es ... unter ihnen das Ende der Steppe, vor ihnen die Wand des stummen Waldes ... mit letzter Verzweiflung riß der Pilot das Seitenruder herum, die Maschine legte sich zur Seite, rauschte vom Wald weg und krachte dann mit dem linken Flügel in den Schnee. Ein helles Zischen zerriß die Luft, und eine Dampfwolke hüllte alles ein, als der brennende Motor in den Schnee tauchte ... wie ein Kopfstehender, den plötzlich die Kraft verläßt, knickte das Flugzeug ein, überschlug sich und blieb auf dem Rücken liegen. In seinem Inneren kreischten die Menschen, hieb man gegen die blechernen Wände, rammte die Holme der Bahren, von denen die Schwerverletzten gekippt waren, gegen die Tür.

Auch Sigbart Wallritz war unter denen, die die Tür aufbrechen wollten. Als die Maschine stürzte, hatte er sich die Verbände und die Schiene vom Arm gerissen. Niemand beachtete ihn in dem wilden Durcheinander. Die Bahre neben ihm war leer, der Verwundete, der auf ihr gelegen hatte, war in eine Ecke gerollt. Seine Fußspitzen schlugen gegen die Wand, während er grell schrie. Mit ein paar Tritten hatte Wallritz das Segeltuch abgerissen; als die Maschine aufprallte und sich überschlug, klammerte sich Wallritz an zwei Haltegriffen fest und überlebte den Salto wie an Ringen pendelnd. Dann kroch er zur Tür, zielte auf die verklemmte Verriegelung und rammte die Tragenholme gegen das Blech. Ein paarmal prallte er ab, beim fünften Anlauf brach die Tür auf und schlug nach außen um. Heulend fegte die Kälte in den Laderaum, mit ihr aber auch der Geruch von Brand, Öl und glühendem Metall.

»Sie ist auf!« brüllte jemand, und der Schrei pflanzte sich fort. »Auf – auf – auf – Jungs, nur raus – raus!«

Eine graue, schreiende Woge wälzte sich auf die kleine Luke zu. Wallritz sprang. Er flog ein paar Meter durch eisige Luft, schlug dann in den Schnee, überkugelte sich mehrmals und blieb dann auf dem Bauch liegen. Er sah, wie aus dem Türloch sich stoßende, um sich schlagende Leiber quollen ... sie stürzten die vier Meter Höhenunterschied zwischen Tür und Boden kopfüber hinab, und die wenigen, die diese Gefahr erkannten, wurden einfach hinausgestoßen. Der junge Leutnant erschien in der Tür, man hörte ihn brüllen, aber keiner verstand ihn. Auch er wurde von einigen Fäusten einfach aus dem Flugzeug gestoßen und fiel in den Schnee, wo er starr liegenblieb. Er schien sich das Genick gebrochen zu haben.

Sigbart Wallritz sprang auf. Noch einmal sah er zurück zu dem brennenden Flugzeug und dem dunklen Knäuel wimmernder, schreiender, um sich schlagender Menschen, dann rannte er fort, dem nahen Waldrand entgegen.

»He!« schrie ihm eine grelle Stimme nach. »Kamerad! Nimm mich mit ... nimm mich mit ... Ich kann doch noch laufen ... ich kann doch laufen ...«

Wallritz rannte, nach vorn geduckt, gegen den Wind gestemmt. Er erreichte den Wald, lehnte sich ächzend gegen den ersten Baumstamm und drückte den Mund an die vereiste Rinde. In diesem Augenblick explodierte der Benzintank des Flugzeuges. Der Druck der Detonation warf Wallritz um den Stamm herum in den Schnee, es war ihm, als platze sein Schädel auseinander. Wie ein Tier wühlte er sich in den Schnee, schloß die Augen und blieb bewegungslos liegen. Erst nach einigen Minuten, in denen keine weitere Explosion mehr erfolgte, richtete er sich auf den Knien auf und starrte hinüber zu dem Flugzeug. Es war zerrissen. Die brennenden Trümmer lagen verstreut im Schnee, und durch das Zischen hörte er die grellen Schreie der Schwerverwundeten, die auf ihren Bahren lagen und verbrannten, übergossen von Benzin und Öl, bedeckt von glühenden Blechfetzen.

Ich lebe, dachte Wallritz. Ich lebe wirklich! Das war so unbegreiflich, daß er zunächst aufstand, sich an einen Baum lehnte und schweratmend in den grauen Himmel starrte. Dann lief er fort, hinein in den verfilzten Wald, richtungslos, ohne Orientierung. Nur weg, dachte er, nur weiter ... weiter ... Wo er sich befand, war ihm gleichgültig. Er wußte nur eins, und das gab ihm Kraft: Er war aus dem Kessel heraus. Er hatte Stalingrad überlebt. Er war frei ... frei! Was jetzt noch kommen konnte, war erträglich gegen die Hölle, der er entronnen war.

Ich werde leben, sagte er sich immer wieder, während er lief. Ich lebe ... ich lebe ... Er verlor jeglichen Zeitbegriff, ruhte ein paarmal aus und sah am Himmel, daß der Abend kam. Da blieb er stehen und knöpfte den Brotbeutel ab. Er enthielt alles zum Überleben. Eine Feldflasche mit heißem Tee, ein Säckchen Hartkeks, zwei Dosen Schmalzfleisch, ein Feuerzeug, fünfzig Schuß Pistolenmunition. Was will man mehr?

Als die Nacht hereinbrach, saß er in einer Mulde und bemühte sich, nasse Äste zum Brennen zu bringen. Als es nicht gelang, nahm er den letzten Brief seiner Mutter aus der Rocktasche, steckte ihn an und bekam so den Anfang eines kleinen Feuers, das er sorgsam hütete und größer und größer werden ließ bis zur wärmenden Flamme. Er hockte sich davor, lehnte den Kopf gegen einen Baum und wußte nicht, daß er vor Erschöpfung einschlief. Einmal war es ihm, als höre er Stimmen, als falle etwas auf seinen Kopf, er versuchte sich aufzurichten, die Augen aufzureißen, aber sein Kopf war wie mit Blei gefüllt, er fiel nach vorn auf die Brust, und die Besinnungslosigkeit des Schlafes kam wieder über ihn.

Er erwachte, weil ihn jemand rüttelte. Mit einem Sprung wollte er aufschnellen, aber ein Fußtritt warf ihn zurück. Er sah, daß er auf einer alten Zeltplane lag, aber es war keine deutsche, gefleckte Plane, sondern erdbraunes Segeltuch. Das nackte Entsetzen riß seinen Kopf herum.

Um ihn herum saßen oder standen fast zwanzig dunkle Gestalten. Wilde, unrasierte Gesichter unter tief heruntergezogenen Fellmützen, wie sie die Jäger in der Taiga tragen. Mäntel aus Filz. Pelzstiefel. Vor der Brust Maschinenpistolen.

Wallritz stützte sich auf den Ellenbogen hoch. Zum erstenmal sah er Partisanen. Angst durchjagte ihn. Er kannte die Gnadenlosigkeit des Partisanenkampfes aus vielen Erzählungen der Kameraden, und er erkannte in den Blicken der ihn Umstehenden sein Schicksal. Flehend hob er die Hände, und plötzlich begann er zu weinen, schluchzend wie ein Kind. Er ließ sich zurückfallen auf die erdbraune Zeltplane und schlug die Hände vor das Gesicht. Ein Fußtritt in die Seite rollte ihn von der Plane in den Schnee; er kniete, neigte den Kopf nach vorn, biß sich in den Handrücken und schrie dann mit überschlagender Stimme: »Schießt doch! Schießt ...!«

»Aufstehen!« sagte eine dunkle Stimme in gutem Deutsch. »Steh auf ...«

Sigbart Wallritz erhob sich langsam. Er öffnete die Augen wieder und sah sich um. Der Mann, der zu ihm gesprochen hatte, stand neben ihm. Ein vom Bart verfilztes Gesicht, in dem zwei dunkle Augen brannten.

»Sie ... Sie sprechen deutsch«, sagte Wallritz. Es war mehr ein Stöhnen als ein gesprochener Satz.

»Du von der Maschine ...« Der Partisan zeigte in eine Himmelsrichtung. Wallritz nickte.

»Aus Stalingrad?«

»Ja.«

»Kameraden alle tot.« Der Kopf Wallritz' fiel nach vorn. »Du allein leben ... Nicht verwundet?«

»Nein. Ich ... ich ...« Der Kopf Wallritz' schnellte in wilder Verzweiflung herum. »Ich bin ein Deserteur!« schrie er. »Ich will nicht mehr! Ich will nicht! Ich hasse den Krieg! Ich will leben! Leben! Ich bin kein Held – ich will nichts, als diesen Wahnsinn hier überleben! Versteht ihr mich: Ich hasse den Krieg! Ich hasse ihn!«

Dann fiel er zusammen. Er hatte seine letzte Kraft in diesem Schrei verbraucht. Eine große Gleichgültigkeit überkam ihn. Er wartete darauf, erschossen zu werden, und es war ihm plötzlich alles so gleichgültig. Er streckte sich im Schnee aus, breitete die Arme von sich und bot sich dar wie ein Schlachtopfer.

»Komm mit!« sagte die dunkle Stimme über ihm. »Steh auf und komm mit, Nikolai Feodorowitsch soll entscheiden. Steh endlich auf ...«

Und wieder taumelte Wallritz durch den Wald. Er wurde sogar gestützt, als ihn die Kräfte verließen. Und er begriff das Wunder nicht, daß er noch lebte.

Gefreiter Hans Schmidtke, genannt Knösel, war von Gumrak nach Stalingrad-Stadt geschickt worden. Mit drei Sankas fuhr er los, um aus den vorgeschobenen Verbandplätzen, wie man die überfüllten Sanitätskeller nannte, die Schwerverwundeten abzuholen und in das Feldlazarett Gumrak zu transportieren. Ein Feldwebel leitete den Transport. Knösel fuhr den Sanka Nr. 3.

Westlich des »Tennisschlägers«, jener hart umkämpften Eisenbahnschleife mitten in Stalingrad, die noch immer im Besitz der Sowjets war und die Major Jewgenij Alexandrowitsch Kubowski so heldenhaft verteidigte, erzählte man ihm von dem russischen Stoßtruppunternehmen, das eine ganze

Batterie das Leben gekostet habe. Nur vier Verwundete lagen noch in einem Keller der Fabrik und warteten auf den Abtransport. Man hatte sie nicht zur Sammelstelle bringen können, weil die Straßen ständig unter Artillerie- und Granatwerferfeuer lagen. Drei Sanitäter waren in dieser Feuerglocke schon zerfetzt worden.

Der Feldwebel aus Gumrak kratzte sich den Kopf und hob die Schultern. »Das sind vier Mann, Jungs ... und vierhundert waren hier! Da kann man nichts machen. Vielleicht beim nächsten Mal ... wenn wir dann noch durchkommen! Die Scheiße dampft nämlich gewaltig!«

Außer den vier Verwundeten im Fabrikkeller aber hatte Knösel noch eine andere Nachricht erhalten, die ihm weit wichtiger erschien. Die Artillerie-Batterie, die der sowjetische Stoßtrupp vernichtet hatte, war eine bespannte Batterie gewesen. Bespannt heißt aber, daß da, wo die Protzen standen, auch Pferde sein mußten. Pferde wiederum waren Fleisch, und Fleisch war etwas, was man in Gumrak nur einmal in der Woche kannte und dann nur als Bröckchen in einer wasserhellen Suppe.

Während die drei Sankas im Schutze eines Trümmerberges auf die Nacht warteten, um dann langsam mit den Verwundeten über die vom Schneesturm glattgefegte Steppe zurück nach Gumrak zu fahren, machte sich Knösel auf, die Protzen der vernichteten Batterie zu suchen. Es war eine klare Nacht, mit einem eiskalten Sternenhimmel und einem Mond, der aussah, als friere er.

Langsam ging Knösel durch die Trümmerwüste der Stadt. Zuerst war ihm die Gegend fremd, aber dann kam er in das Viertel, in dem er jeden Laufgraben kannte, jeden zum Bunker ausgebauten Keller, jedes zerborstene Haus, das jetzt noch mehr zerfetzt war oder nur noch aus einem Berg bizarrer Trümmer bestand.

Ein paarmal wurde er angerufen. »Leckt mich am Arsch!« schrie er dann zurück. Das war besser als jede Parole und wurde auch sofort von den Wachen verstanden. Nur einer antwortete auf die Aufforderung mit dem Satz: »Auch davon wird man nicht satt!«

Knösel tappte weiter. Als er MG-Feuer erhielt, verlegte er sich aufs Kriechen und Robben, schlängelte sich über Steine und Balken und vermied alle offenen Stellen oder freien Straßenüberquerungen. In der Ruine einer Großbäckerei traf er auf einen deutschen Spähtrupp. Die Männer saßen zwischen meterhohen Schutthalden und rauchten aus der hohlen Hand.

»Jungs, wo ist die Batterie hopsgegangen?« fragte Knösel. »Da sollen noch Verwundete liegen.«

Der junge Fähnrich, der den Spähtrupp führte, zeigte mit dem Daumen in die Trümmer. »Dort irgendwo. Aber bleib hier ... dort drüben ist eine windige Ecke. Weiß der Teufel, warum.«

Knösel kroch weiter. Er kam in den Fabrikhof mit den zerfetzten Geschützen und den herumliegenden Leichen. Und er hörte irgendwo ein Wiehern, ein hungriges Pferdeschreien, langgezogen und in die Knochen fahrend.

Aha, dachte er. Eines lebt wenigstens noch. Wieder bellten ein paar Granatwerfer los ... es waren gezielte Schüsse, eigens für Knösel abgefeuert. Er warf sich in ein Loch und verschnaufte. Irgendwo muß hier ein guter Beobachter sitzen, dachte er und hob vorsichtig den Kopf. Hausfassaden umgaben ihn, halbierte Wohnblocks, niedergebrochene Betondecken, Tausende von zerfetzten Armierungsstangen, die wie in den Himmel sich krallende Finger aussahen. Langsam, Meter um Meter, robbte sich Knösel weiter. Er erreichte den Eingang zu den Fabrikkellern und stieg hinab. Im sechsten Raum fand er die vier Verwundeten, von denen man auf der Sammelstelle gesprochen hatte. Drei waren inzwischen gestorben, sie lagen auf dem Rücken auf einem Packen fauligen Strohes und starrten an die Decke. Der vierte hatte dieses einsame Sterben abgekürzt. In der Mundhöhle seines zerplatzten Kopfes lag noch die Pistole.

Leise, als könne er die Toten stören, verließ Knösel wieder den Keller und kroch an die Oberfläche. Der Pferdeschrei, der plötzlich aufgellte, riß ihn herum. Er kam aus einer halbzerstörten, langgestreckten Halle, die einmal das Lagerhaus der Fabrik gewesen war.

»Gleich, gleich, mein Liebling«, sagte Knösel und sah sich um. Eine Stelle an einer massiven Betonmauer schien ihm geeignet zu sein, seinen Plan zu verwirklichen. Er machte einen schnellen Versuch ... er richtete sich auf und sprang ein paar Meter über den Fabrikhof. Alles blieb still, nur außerhalb des Fabrikareals bellten jetzt die MGs auf. Der Spähtrupp war ausgemacht worden und kam in das Feuer sowjetischer vorgeschobener Sturmgruppen.

Knösel blieb auf dem Fabrikhof stehen wie auf einer Insel, um die das Meer braust. Er fand in Massen das, was er suchte, eine Hacke, einen Spaten, eine Eisenstange ... verstreut lagen die Werkzeuge herum neben den verlassenen, erhaltenen Protzen. Die Werkstatt, die hier gearbeitet hatte, war nach dem Überfall fluchtartig weggestoben. Als wilder Haufen zog sie jetzt irgendwo herum ... entweder in der Steppe in Richtung Gumrak oder Woroponowo oder durch die Ruinen der Stadt nach Norden, wo man in den riesigen Trümmerwüsten der Werke »Roter Oktober«, »Rote Barrikade« oder dem Traktorenwerk »Dsershinski« bessere Überlebensmöglichkeiten erwartete.

Was Knösel nun begann, zeugte von einem fast prophetischen Weitblick. Er hatte schon einmal einen Rußlandwinter überlebt, damals, in der Steppe vor Moskau. Zwar hatte Knösel keine Erfrierungen abbekommen, aber jene Wochen im Eiswind und Schneesturm waren unvergeßlich und eine Warnung. Und so tat Knösel jetzt etwas, was in seiner Situation als Blödsinn gelten konnte: Er legte einen Eisschrank an!

Einen schönen großen Eisschrank. Zuerst grub er ein Loch in die Erde, das er mit Schnee auslegte; dann hackte er Eiszapfen von den zerborstenen Dächern und Wänden, grub quadratische Schneewürfel aus, machte aus Holzstückchen ein kleines Feuer, schmolz in einem verbeulten Kessel Schnee zu Wasser, übergoß damit die Würfel und fabrizierte so Eisbrocken. Dann erst begab er sich in die Lagerhalle und fand das schreiende Pferd in einer halb vom Schnee zugewehten Ecke. Es lag auf den Knien und scheuerte den Kopf an der vereisten Betonwand. Als es den Menschen sah, schwieg es und schaute ihn aus großen, starren Augen an. Knösel holte die 08 aus der Tasche und schob mit dem Daumen den Sicherungsflügel herum.

»Es ist gleich vorbei, mein Liebling«, sagte er und nickte dem Pferd zu. »Es ist schon eine Bande, diese Menschen ...«

Der Schuß hallte in der leeren Halle wider. Knösel ging in Deckung und wartete. Aber niemand kam. Nur von draußen hämmerten noch die MGs. Was bedeutete da ein einzelner Schuß irgendwo in den Trümmern?

Über zwei Stunden arbeitete Knösel. Er schwitzte, hatte sich den Mantel und die Jacke ausgezogen und schleppte Stück um Stück des Pferdes in seinen Eisschrank. Er schichtete das Fleisch lagenweise aufeinander, schaufelte zwischen jede Lage eine Schicht Eis, umpackte dann alles mit Eisbrocken, schippte Schnee darüber und klopfte ihn mit dem Spaten glatt. Eine kleine Pyramide wuchs an der Mauer hoch, in deren Innerem keiner über einen Zentner frisches Fleisch vermutete.

»So«, sagte Knösel, als er fertig war, und warf den Spaten weg. »Jetzt drei Tage harter Frost, und wir haben das beste Kühlhaus.«

Ungefähr dreißig Pfund Fleisch – eine ausgetrennte Hüfte – packte er in einen Sack und warf ihn über die Schulter. So kroch er aus der Fabrik und keuchte den Weg zurück zur Sammelstelle der Verwundeten.

Nach etwa zweihundert Metern machte er Rast, warf den Sack von sich und legte sich ächzend und außer Atem auf eine halb zugeschüttete Kellertreppe. Über ihm pendelten einige Leuchtkugeln. Sie galten jetzt ihm ... die sowjetischen Posten hatten die Bewegung in den Trümmern bemerkt.

Sonst war es merkwürdig still in der Geisterstadt. Nur die lautlosen Leuchtkugeln an kleinen Fallschirmen verbreiteten ein phosphoreszierendes Licht. Knösel drückte sich gegen die Stufen. Sie liegen auf der Lauer, dachte er. Irgendwo dort in den Trümmern liegen sie und warten, daß ich herauskomme. Scharfschützen aus Sibirien und Turkmenien, die Augen an die Zielfernrohre gepreßt. Es gab nur eine Möglichkeit, weiterzukommen ... die wenigen Augenblicke zwischen dem Verlöschen der Leuchtkugeln und dem Abschuß der neuen. Es waren nur ein paar Sprünge, aber mit ihnen konnte man ins Leben springen.

Knösel lag still und wartete, starrte nach oben und dachte an seinen Eisschrank. In diese Stille hinein hörte er plötzlich Klopfen. Rhythmisch, schwach, Stein auf Stein gehauen ... tack-tack-tack ... tack-tack ... tack-tack-tack-tack ... Pause ... tack-tack ...

Steil setzte sich Knösel auf und lauschte. Das Geräusch war verstummt. Aber als er sich wieder schutzsuchend auf die Kellerstufen legte, hörte er es wieder. Tack-tack-tack ...

»Verdammt!« sagte Knösel laut. »Da unten im Keller sind welche! Himmel, Arsch und Zwirn!«

Er nahm einen Stein und klopfte auf die Stufen. Deutlich kam Antwort ... auf dreimaliges schnelles Klopfen erfolgte die ebenso schnelle Bestätigung. Knösel rutschte die Treppe hinab, bis er vor den verschütteten Eingang kam. Ein Teil der Kellerdecke war eingebrochen und hatte sich vor die Kellertür gelegt. Noch einmal hieb Knösel mit einem dicken Stein gegen das Geröll, und wieder vernahm er die Antwort jenseits der Wand.

Fast hilflos stand Knösel dem Geröll gegenüber. Träger, Beton, Mauerreste, Balken, Schutt, und darunter in einem Keller Menschen, lebendig begraben.

Es gab keine Wahl, er mußte den Schutt mit seinen Händen wegräumen. Hilfe zu holen war unmöglich. Neue Leuchtkugeln pendelten über ihm; ab und zu jagte ein Feuerstoß über das Gelände, eine freundliche Mahnung, nicht den Kopf hochzuheben.

Wieder klopfte es, im Inneren des Kellers polterte es. Aha,

dachte Knösel, jetzt räumen sie auch mit. Er zog seinen Mantel aus und warf ihn hinaus zum Kellereinstieg. Kaum flatterte der Mantel durch die Luft, bellten ringsherum die Gewehre auf und rissen Löcher in den Stoff.

»Die schießen wie die Teufel!« sagte Knösel laut. Mehr zu denken hatte er keine Zeit. Daß er in einer Falle saß, wußte er. Wie er sie jemals verlassen sollte, war ein noch fernes Problem. Jetzt ging es erst einmal darum, den Keller aufzubrechen und die Verschütteten zu befreien.

Bis zum Morgengrauen arbeitete er, trug Steine weg, unterhöhlte die herabgestürzte, in der Stahlmatte hängende Decke, legte sich erschöpft für ein paar Minuten auf die Stufen und aß Schnee, dann klopfte er wieder, bekam Antwort und grub weiter. Stunde um Stunde. Bis der Morgen kam.

Der neue Tag begann mit Schneefall. Vor den klaren Sternenhimmel zog sich langsam wie ein grausamtener Vorhang eine Wolkendecke. Schnee aus Kasachstan. Als die ersten Flocken fielen, rannte Knösel mit einem Balken die letzten Trümmer um ... sie krachten in das Innere des Kellers und gaben ein Loch frei, durch das sich ein Mensch zwängen konnte.

Knösel lehnte sich stöhnend gegen die Treppenwand und wischte sich den Schweiß vom Gesicht. Ein Mensch kroch durch das Loch ins Freie, als Knösel die Hand zurückzog und an seine Taschen klopfte, um die völlig zerdrückte Zigarettenschachtel zu finden. Statt zu den Zigaretten fuhr sie zur Pistole. Aus dem Keller kroch ein Russe. Staubbedeckt, an der Stirn blutend von herabfallenden Steinen, die ihn getroffen hatten.

Iwan Iwanowitsch Kaljonin breitete die Arme aus, als er in der Freiheit stand. Er fing mit beiden Händen ein paar Schneeflocken auf und preßte sie gegen seinen Mund, als küsse er sie. Dann hob er den Kopf zu dem noch immer keuchenden Knösel und lächelte ihm zu.

»Spasibo ...«, sagte er (Danke). »Baljschoije spasibo ...« (Vielen Dank). Er streckte Knösel die Hand entgegen. »Du ... moj druk ...« (Du, mein Freund).

»Das ist 'n Ding«, sagte Knösel, setzte sich auf die Kellerstufe und legte die 08 auf die Knie, »'n Iwan hol' ich raus! Sind vielleicht noch mehr da unten?«

»Njet!«

»Ach, du verstehst mich?«

»Wännigg deutsch.« Kaljonin kam näher und setzte sich zu Knösel. Er holte aus der Tasche eine Packung Papyrossi und hielt sie Knösel hin. »Du rauchen ...?«

»Danke.«

Kaljonin grinste verlegen. »Ich gefangen!«

»Scheiße!« sagte Knösel ehrlich. Er stieß den Rauch gegen die Schneeflocken und zog seinen Mantel herunter, um ihn sich über Kopf und Schultern zu ziehen. »Was nun? Die sind mit den Sankas längst weg ...«

»Wärr wegg?«

»Die Kameraden, Iwan!«

»Ich Kaljonin. Iwan Iwanowitsch.«

»Na siehste, wie ich richtig liege! Wir müssen uns jetzt hier häuslich niederlassen bis zur Nacht. Du kannst ja zwar weg, aber wenn schon, dann leistest du mir Gesellschaft ... Haste Hunger?«

»Hungär? Tak ...« Kaljonin nickte. Er griff wieder in die Taschen seines Mantels und holte zwei alte, verbogene Scheiben Brot heraus.

»Bittää ...«

Knösel sah auf die harten Brotstücke. »Och nichts zu fressen an der Wolga, was?« sagte er. Sein Gesicht erhellte sich etwas. »Aber Knösel hat was, Iwan! Heute ist Feiertag für Onkels Neffen! Paß mal auf, aber halt de Augen fest, daß se nicht rausfallen!«

Er kroch nach oben, zog seinen Sack herunter und löste die Verschnürung. Das angefrorene Pferdefleisch quoll blutrot hervor. Kaljonin klopfte Knösel auf die Schulter.

»Gutt! Sähr gutt, Kamerad ...«

»Und wie gut, mein Junge! Los, friß dich satt!«

Kaljonin sah Knösel fragend an. Dann nahm er ein Klappmesser aus der Tasche, faßte das Fleisch an einem Zipfel und begann, ganz dünne Scheiben abzuschaben. Mit dem Ärmel wischte er ein Stück Holz sauber vom Staub, legte die Fleischläppchen darauf und zerhackte sie mit schnellen Klingenschlägen. Knösel kratzte sich den Kopf.

»Das ist gut«, sagte er. »Gehacktes aus Schabefleisch, Iwan, das machen se im Exzelsior nich besser!«

Kaljonin wies mit der Messerspitze auf das Häufchen Fleisch. »Nimm, Kamerad ...«

Sie aßen auf diese Art fast jeder ein Pfund Fleisch. Dann saßen sie satt auf der Kellertreppe und starrten durch die Trümmer. Es hatte aufgehört zu schneien. Vom »Tennisschläger« her bellten Geschütze auf, eine Rotte Sturzkampfbomber zog über die Stadt zum Wolgaufer. Irgendwo fielen Trümmer um wie zusammenbrechende Urwelttiere. Kaljonin stieß Knösel an, der stumm rauchte.

»Warum, Kamerad?«

»Was warum?«

»Kriegg ...«

»Frag deinen Stalin, Iwan.«

»Oder Hitlär!«

»Du Frau?«

»Nein. Du?«

»Ja. Ganz neu ...« Kaljonin sah wieder in die Trümmer. Veraschka, dachte er. Wo mag sie jetzt sein? Sie werden gesagt haben: Der Iwan Iwanowitsch ist tot. Seit vier Tagen verschollen in der Stadt. Oh, der kommt nicht wieder. Weine nur, kleines Frauchen Veranja ... Iwan Iwanowitsch war ein Held. Und sie wird bei ihrem Großväterchen sitzen, dem etwas einfältigen Greis Abranow, und sie wird sagen: Warum mußte Iwan Iwanowitsch ein Held sein und nicht der Vater meiner Kinder? Und weinen wird sie, die kleine Veraschka. Ganz rote Augen wird sie haben, wie ein Siamkätzchen.

Kaljonin seufzte tief. Knösel sah ihn von der Seite an. »Ich würd' ja sagen: Hau ab ... wenn ich wüßte, wie ich hier rauskomme!«

Kaljonin verstand ihn nicht. Er seufzte noch ein paarmal bei dem Gedanken an Vera, dann schlief er ein. Sein Kopf sank gegen die Schulter Knösels; wenig später schnarchte er sogar. Erst als der Abend dämmerte, wachte er auf und weckte Knösel, der neben ihm lag.

Mit einem Ruck setzte sich Knösel auf und griff zur Pistole. Sie war noch da, und als er Kaljonin ansah, schüttelte dieser den Kopf.

»Du ... mein Freund«, sagte der Russe. »Kein Krieg zwischen uns ... Läb wohlll ...«

»Du willst abhauen?«

»Läb wohll«, sagte Kaljonin noch einmal. Er hatte sein Taschentuch an ein Stück Holz gebunden und hob diese kleine Fahne nun aus dem Kellereingang hinaus. »Lauf, Kamerad ...«

»Sie werden mich wie einen Hasen umknallen.«

»Nix schießen! Lauf.«

Irgendwo bellten ein paar Schüsse auf. Knösel riß Kaljonin zurück. »Mensch, wenn dich unsere Spähtrupps sehen!«

»Du gähen hier an Straße entlang ...« Kaljonin zeigte durch die Trümmer.

»Und du?«

»Ich dorthin.« Er zeigte in die Richtung »Tennisschläger«, wo die Trümmer wieder durcheinandergewirbelt wurden.

»Willst du nicht mitkommen, Iwan?«

»Nein. Wir Siegär! Aber du? Mitkommen?«

Knösel schüttelte den Kopf. »Nein, Iwan.«

»Warum nicht? Krieg für Deutschland kaputt ...«

»Vielleicht.« Knösel zog seinen Mantel an und warf den Sack mit dem Pferdefleisch über den Rücken. »Das ist so komisch mit uns, Iwan ... wir machen weiter, auch wenn's in die Hosen geht! Jetzt frag bloß nicht, warum! Ich weiß es auch nicht ... vielleicht haben wir 'ne Schraube weniger im Gehirn?! Mach's noch gut, Kumpel Ruski ...«

»Viel Glück!« Kaljonin hob wieder seine kleine weiße Fahne hoch. Dann schob er sich aus der Deckung und ging aufrecht durch die Trümmer auf die russischen Scharfschützen zu. Dabei schwenkte er sein Taschentuch an der Dachlatte und rief laute Worte.

Unter seinem Schutz kroch Knösel zurück zu den deutschen Kellerstellungen. Nur einmal wurde er beschossen, aber die beiden Treffer schlugen in das Pferdefleisch ein und blieben dort stecken. Fast hundert Meter aber mußte er schutzlos rennen und robben, dann erreichte er einen Laufgraben und fiel neben einem MG-Stand kopfüber in die deutsche Stellung.

Die drei MG-Wachen halfen Knösel auf die Beine und taten dann etwas, was Knösel das Gefühl gab, zu Hause zu sein. Sie schrien ihn an: »Du Vollidiot! Du Dünnscheißer!«, traten ihn mehrmals in den Hintern und schlugen ihm auf den Stahlhelm. »Latscht der Kerl da quickvergnügt durch die Schußlinie!« brüllte ein Feldwebel. »Im letzten Moment sehen wir, daß das ein deutscher Idiot ist! Sie melden sich sofort beim Kompaniechef. Dort hinten, wo das Brett hängt! Los, Mann ... Sie faule Pflaume!«

Knösel schwieg. Er rannte durch den Laufgraben davon, vorbei am Kompaniebunker, durch Quergräben und verlassene Kriechmulden, um Häuser herum und über Straßen, bis er aufrecht gehen konnte und die ersten qualmenden Schornsteine der Trosse, Werkstätten, Feldküchen und Stäbe sah. Er näherte sich dem Rand der Stadt, dem Gewirr der zerschossenen Straßenbahnen, Lastwagen und Panzerruinen, zwischen denen die technischen Truppen sich eingerichtet hatten, unter ihnen auch die Bäckerkompanie, die seit zwei Tagen begonnen hatte, Brot unter zwanzigprozentiger Beimischung von Sägemehl zu backen.

Während Knösel zwei Pfund Fleisch gegen drei noch heiße Brote tauschte, schrieb in seinem Lazarettzelt in Gumrak Stabsarzt Dr. Portner seine Tagesmeldung.

›Einlieferungen: 472 Mann.
Todesfälle: 294 Mann.
Ausgeflogen: 47 Mann.
Aus der Lazarettbelegschaft: 1 Mann bei Verwundetentransport aus Stalingrad nach Gumrak vermißt.
Name: Hans Schmidtke, Gefreiter, geb. 14.9.1917. Stammrollen-Nummer ...‹

»Ich habe das Gefühl, er lebt, Herr Stabsarzt«, sagte Dr. Körner, als er die Meldung Portners durchlas. Der Stabsarzt schüttelte den Kopf.

»Glauben Sie, Knösel geht aus Vergnügen in den Trümmern spazieren oder sucht seinen dämlichen Elefanten? Ich habe Feldwebel Baltus eingehend verhört: Knösel hat sich heimlich entfernt und ist seitdem verschollen! Wenn es nicht Knösel wäre, würde ich sogar schreiben: Verdacht des Überlaufens zum Gegner ...«

»Ich habe ein merkwürdiges Gefühl, Herr Stabsarzt.«

Dr. Portner sah seinen Assistenzarzt groß an. »Hunger haben Sie, Körner. Und vielleicht im Inneren so etwas wie das Gefühl der Ausweglosigkeit. Im Volksmund nennt man es ›Das arme Tier‹. Das haben wir alle, Körner.« Er faltete die Meldung zusammen und reichte sie Dr. Körner über den Tisch. »Lassen Sie das nachher mit dem nächsten Schub der Ausflieg-Verwundeten zum Divisionsarzt bringen.«

Dr. Körner nickte. Er verließ das OP-Zelt und stapfte durch den Schnee zu seinem Verbandszelt. Dort arbeiteten Horst Wallritz und sechs Sanitäter und wechselten die Verbände der Gehfähigen. In langer Schlange standen sie vor dem Zelt in der eisigen Luft. Ein Feldwebel der Feldgendarmerie »regelte den Verkehr«. Er hieß Emil Rottmann und hatte sich bei Dr. Portner gemeldet mit dem Hinweis, daß er abgestellt sei, für die äußere Ordnung des Feldlazaretts III zu sorgen.

Niemand fragte ihn, woher der Befehl dazu gekommen sei.

Es wurden in diesen Tagen so viele sinnlose Befehle gegeben und auch ausgeführt, daß es auf einen unsinnigen mehr oder weniger nicht ankam. Dr. Portner hatte nur genickt und geantwortet: »Na denn ... richten Sie von mir aus Einbahnstraßen zwischen den Zelten ein. Nur wenn Sie uns behindern, gibt's Krach!«

Emil Rottmann hielt sich streng daran. Er hatte gar nicht die Absicht, zu behindern. Er wollte nur in der Nähe von Wallritz und Dr. Körner sein, in der Nähe des »Lebensbilletts«, das er von ihnen erwartete, wenn es an der Zeit war.

Es ist traurig, daß die besten Menschen meistens einen sinnlosen Tod sterben. Puschkin fiel im Duell, Balzac soll sich überfressen haben, und ein nordischer König starb am Herzschlag in den Armen eines Freudenmädchens. Nicht, daß Pawel Nikolajewitsch Abranow, der Greis am Steilufer der Wolga, mit diesen Größen vergleichbar wäre ... aber immerhin war er in seiner Einfältigkeit ein braver Mann, ein lieber Großvater und eine Seele von Mensch. Man muß das zugeben, ohne alle Gehässigkeit. Er war ein treuer Sowjetbürger, ein alter Kommunist, ein gläubiger Mensch und Ehrenmitglied des Betriebsrates von »Roter Oktober«. Er hatte Stalin einmal die Hand gedrückt, zwar aus Zufall, weil Stalin in dem Gewühl der ausgestreckten Hände gerade die von Abranow ergriffen hatte, und er hatte sogar mit Lenin ein paar Worte gesprochen. Genaugenommen waren es sieben Worte auf die Frage Lenins, ob sie alle glücklich seien: »Ja, so ist es, Genosse Wladimir Iljitsch!« Aber es waren die sieben goldenen Worte im Leben Abranows.

Dieser redliche Mann endete so sinnlos, wie man es sich nur denken kann. Es begann damit, daß Kaljonin vermißt wurde und seine Frau Vera Kaljonina einfach in die Kampflinie ging, in das Lazarett des Chirurgen Andreij Wassilijewitsch Sukow, und zu der Ärztin Olga Pannarewskaja sagte: »Genossin Oberleutnant ... man braucht uns hier! Lassen Sie mich mithelfen am großen Sieg!«

Das alles geschah heimlich, während der Greis Abranow mit offenem Mund in seinem Bunker am Steilufer der Wolga schnarchte und von einer fetten Gemüsesuppe träumte. Am Morgen darauf rannte er von Bunker zu Bunker, bis hinunter zur Fähre, die unter Beschuß lag, und überall schrie er: »Habt ihr meine Vera nicht gesehen? Ihr wißt doch! Vera Kaljonina, das Bräutchen von Stalingrad! Oh, ihr dummen Hunde! Ihr Eselsköpfe! Sie ist weg! Einfach weg! Wer hat sie denn gesehen? Sagt es doch! Sagt es!«

Die einen schoben den lamentierenden Alten weiter, andere lachten ihn aus – so roh waren sie, die Burschen! –, und andere wieder sagten: »Ja, sie ist eben hier vorbeigekommen, wollte sich ihren Popo waschen in der Wolga und mit Eis abreiben«, und trieben einen traurigen Scherz mit dem jammernden Abranow. Schließlich erfuhr er von einem Zug Verwundeter, daß eine neue Sanitäterin im Lazarett am »Tennisschläger« angekommen sei. Vera heiße sie, ein mutiges Mädchen.

Da hielt es den alten Abranow nicht mehr am Steilufer der Wolga. Er zog einen Schaffellmantel an, stülpte eine große Karakulschafmütze über den Schädel, nahm einen dicken Knüppel, um sich darauf zu stützen, und schulterte einen Sack mit Lebensmitteln und Kartoffeln. So ging er in der Nacht los, erkletterte das Ufer, tappte durch die ersten Trümmer und schnauzte die Offiziere an, die hier ihre Stabsquartiere aufgeschlagen hatten und den seltsamen Wanderer anhielten und in ihre Keller einlieferten.

»Was soll's, ihr Herrchen?!« schrie Abranow und hämmerte mit seinem Knüppel auf die Böden. »Kann man in seiner Stadt nicht einmal spazierengehen? Sitzt hier nicht rum, sondern befreit die Stadt! Nehmt euch ein Beispiel an meiner Enkelin! Sie ist an der Front! Jawohl! Und ich besuche sie! Ich will einer der ersten sein, der die rote Fahne auf dem Parteihaus hißt.«

Man ließ den wirren Alten wieder frei, aber mit dem Befehl,

sich sofort wieder an das Steilufer zu begeben. Abranow schlug dann immer einen Bogen und tappte weiter in die Stadt hinein. Er kannte die Gegend der großen Eisenbahnschleife gut, und so kam er rüstig voran, traf auf Truppen, die nach vorn marschierten, begrüßte Milizsoldaten und Arbeiterverbände, die in einer Linie mit den Soldaten kämpften, und er sah auch, daß in den Kellern der zerborstenen Häuser noch Frauen und Kinder lebten, die in den Nachtstunden nach oben kamen, um frische Luft zu schöpfen oder Verpflegung entgegenzunehmen. Tagsüber saßen sie unter der Erde, an die schwankenden und knirschenden Mauern gelehnt, verbanden die Verwundeten, die in die Keller taumelten, und füllten aus unterirdischen Brunnen Wasser in Kannen und Wassersäcke oder kochten Tee auf Öfen aus Bruchsteinen und Lehmziegeln. Selbst die Kinder halfen mit ... in Bottichen wuschen sie die blutigen Verbände und rollten die getrockneten Binden zusammen.

Immer wieder blieb Abranow stehen und erzählte von Vera, seiner Enkelin. »Im Lazarett ist sie, bei dem Chirurgen Sukow. Welch ein mutiges Mädchen, nicht wahr, meine Töchterchen? So mutig wie ihr! Man kann stolz sein, wirklich, man kann stolz sein auf sein Volk!«

Über dem »Tennisschläger« lag Nachtruhe. Zwischen den Trümmern krochen die Sanitäter herum und sammelten die Verwundeten auf. Einsame Doppelgestalten mit pendelnden Zeltplanen zwischen sich klapperten durch die Nacht. Ein paar Zurufe, Stimmen, Stöhnen, Wimmern, Jammern. »Mamaschka! O Mamaschka!« Seufzen, Weinen, wieder Stimmen. Ein Handscheinwerfer, dessen Licht schnell über die Trümmer glitt. Deutsche Helme neben sowjetischen Helmen, schweigend, Lasten tragend, Erkennungsmarken durchbrechend, Soldbücher aus zerfetzten Uniformen suchend.

War es ein Glück, daß Pawel Nikolajewitsch Abranow gerade in diese Stille hineinkam und nicht in die brüllende Schlacht? Vielleicht wäre er umgekehrt vor dieser Feuerwand und hätte sich gesagt: Nein, Alterchen. Das geht zu weit. Zum Helden muß man jünger sein! – Aber so war es etwas anderes. Es war schlimm genug, das Röcheln der Sterbenden zu hören, aber es war niemand da, der Abranow fragte, was er hier wolle.

Nur einer fragte es, aber Abranow konnte ihm nicht mehr antworten. Ein Tunguse war's, ein kleiner, krummbeiniger Reiter aus der ostischen Weite. Er lag auf einem Mauerstück, aufgebahrt wie auf einem Katafalk, und hielt beide Hände gegen den Bauch gepreßt. Dort quollen ihm die Därme heraus, aus einer riesigen Wunde, die ein deutscher Granatsplitter aufgerissen hatte. Neben dem kleinen Reiter lag eine Pistole, sie hatte eben noch Platz neben dem Körper auf dem Mauerstück.

Wie ein Geist aus der Tiefe, so tauchte die hohe Gestalt Abranows aus der Dunkelheit auf. Sein Schaffellmantel und die Karakulmütze zogen seine Gestalt in den Himmel, ein Riese war er für den, der ihn von unten her ansah.

So sah ihn auch der kleine Tunguse mit seinen hervorquellenden Därmen. Er hatte gelernt, daß es Dämonen gäbe ... Dämonen, die die Ernte vernichten, Dämonen, die den Wind in die Wälder pressen und sie zerstören, Dämonen, die eine Kuh nicht kalben lassen, Dämonen, die Flammen auf die Hütten setzen. Und Dämonen, die das Leben nehmen, um die Sonne zu versöhnen und die Trockenheit abzuwenden.

Und siehe da, ein solcher Dämon kam in dieser Stunde zu ihm, geboren aus der Feuerhölle der Stadt, die ihm schon den Leib aufgerissen hatte. Nun war er da, der Geist des Feuers, und er wollte das Leben des kleinen Tungusen Kulai Samara nehmen.

»Nein!« schrie er. »Nein!« Und er betete schnell den Zauberbannspruch seines Volkes, griff nach der Pistole, umklammerte mit seinen glitschigen Fingern den Knauf und richtete die Waffe auf den schleichenden Dämon.

Es war Abranow, als stoße ihn jemand heftig gegen den Kopf, als fahre ein spitziger Gegenstand unter seine Hirnschale. Ehe er etwas sagen konnte, ehe sein großes Verwundern sich ausdehnen konnte, wurde die Welt dunkel. Der Greis Abranow fiel nach vorn vor den Mauerrest, auf dem der kleine Tunguse lag und vor Freude heulte.

»Yei! Yei! Yei!« schrie er, verlor das Gleichgewicht und fiel von der Mauer auf seinen erschossenen Dämon. Er spürte den Aufprall, aber er fühlte nicht mehr den Schmerz, als sich die Därme aus seiner Bauchhöhle ergossen. Er war vor Schreck gestorben, als er dem Dämon aufs Gesicht fiel, einem schrecklichen Gesicht, furchtbarer als alle Bilder, die er von Geistern kannte.

So starb der Greis Pawel Nikolajewitsch Abranow, in einem Augenblick, als er dreißig Meter von seiner Enkelin Vera Kaljonina entfernt war, denn auch sie kroch durch die Trümmer und suchte nach verwundeten Rotarmisten.

Ist das nicht ein sinnloser Tod, so darf man doch wohl fragen?! Und noch sinnloser wird er, wenn man weiß, daß keiner jemals wieder etwas von Großväterchen Abranow gefunden hat. Nach einer Stunde Stille hämmerte die Artillerie wieder in die Trümmer, wühlte die Erde um und grub den Alten im Geröll ein, aber einzeln, in Teilen, zerfetzt und zerrissen.

Es ist keine Übertreibung, zu sagen: Es gab keinen Pawel Nikolajewitsch Abranow mehr.

Die Stadt hatte ihn wie tausend andere gefressen.

In der Nacht zum 18. Dezember 1942 erhielt das Feldlazarett III den Befehl, die Zelte in Gumrak abzubauen und wieder in die Stadt zurückzukehren. Von allen Seiten wurde der Kessel um Stalingrad – 63 km lang und 38 km breit – eingedrückt. Sowjetische Panzer tauchten plötzlich in Dörfern mitten im Kessel auf, walzten alles nieder und verschwanden wie Schemen im Schneenebel. Eine feste Verteidigungslinie war unmöglich geworden. Durch die breiten Lücken zwischen den einzelnen Divisionen und Regimentern sickerten russische Truppen ein und vernichteten im Kleinkampf die ausgemergelten, übermüdeten, erschöpften, hungernden und frierenden Kompanien.

Alle Ausbruchsversuche waren vom Führerhauptquartier verboten worden. Sie wären jetzt auch sinnlos gewesen, denn die nächsten deutschen Divisionen außerhalb des Kessels standen erst am Tschir, bei Werchne-Tschirskaja oder tief im Süden bei Potjomkinskaja. Um sie zu erreichen und die Front der Umklammerung zu durchstoßen, fehlte es an Benzin, Munition, Verpflegung, Kraft, Mut, Fahrzeugen, eben an allem. Es gab nur noch eins: warten auf ein Wunder. Warten auf den Tod. Warten auf etwas, was man nicht aussprechen kann, weil es Gott beleidigen würde.

Generalarzt Professor Dr. Abendroth hatte die Chefs der Feldlazarette nach Pitomnik bestellt. Hier war die Lage ebenfalls verzweifelt, weil hier fast dreißigtausend Verwundete lagen, die auf einen Ausflug hofften, verpflegt werden mußten, und von denen jeder wußte, daß sie einmal elend in Schnee und Eis krepieren würden, wenn das erhoffte Wunder nicht eintrat und sie nicht von deutschen Flugzeugen abgeholt würden.

»Lieber Portner«, sagte Professor Dr. Abendroth zu seinem ehemaligen Schüler, »sehen Sie mich nicht so strafend an. Ich habe den Krieg nicht gewollt, und geführt habe ich ihn noch viel weniger! Wenn sie wüßten, wieviel Notschreie ich täglich zur Heeresgruppe funke, Schreie um Flugzeuge, um Medikamente, Verbandmaterial, Instrumente, Verpflegung ... und wie schrecklich das Echo ist ... ›Wir tun, was wir können ... wir tun, was wir können ...‹, und es kommt nichts! Gar nichts! Ein paar Kisten vielleicht ... ein Viertelmeter Binden für jeden Verwundeten, wenn wir es aufteilten!«

Er beugte sich über einen Plan der Stadt und legte den Finger auf eine Stelle, an der im Straßengewirr ein kleines rotes Kreuz gezeichnet war.

»Hier, Portner. Hier war einmal ein Lazarettkeller. Unter einem Kino.«

»Ich kenne die Gegend, Herr Generalarzt.« Dr. Portner beugte sich auch über die Karte. »Sechshundert Meter weiter südlich hatte ich meine Sammelstelle.«

»Dort sollen Sie wieder hin, Portner.«

»Wann?«

»Sofort. Man gruppiert um. Statt nach Westen geht es wieder nach Osten. Hinein in die Stadt. Man rechnet mit einem großen Druck aus dem Donbogen und von Beketowka im Süden her. In dieser Zange will man uns zerquetschen. Deshalb soll in der Stadt selbst für alle Fälle eine Verteidigungsfront aufgebaut werden, ein Bunkersystem. Jeder Keller ein Heldennest, Portner! Man ist dabei, der 6. Armee die Gräber zuzuweisen.«

Stabsarzt Dr. Portner schwieg. Was gab es auch schon zu sagen? Professor Abendroth kannte wie er die Tausende von Verwundeten, die unzureichend versorgt in Erdlöchern und Kellern, Zelten und Baracken herumlagen und – erst schreiend und sich auflehnend gegen das Schicksal, später apathisch und von einem schrecklichen Gleichmut – dem langsamen Krepieren entgegensahen.

»Noch etwas, Portner«, sagte Generalarzt Professor Abendroth. »Seit gestern berennt der Russe die Front der 8. italienischen Armee am Don. Zwei deutsche Armeegruppen – die Gruppe Hollidt am Tschir und die Gruppe Hoth im Süden – sind seit zwei Tagen im Angriff, um unseren Kessel zu erreichen. Ihre aufgerissene Flanke im Norden, dort, wo die Sowjets bei den Italienern durchbrechen, wird sie zwingen, die Angriffsspitzen wieder zurückzunehmen. Sie wissen, was das heißt.«

»Ja.« Dr. Portner hob den Blick von der Karte. »Es wird in absehbarer Zeit keine 6. Armee mehr geben.«

»Damit scheint man bei der Armeeführung zu rechnen.« Professor Abendroth straffte sich etwas. »Wie allen Offizieren der 6. Armee habe ich auch Ihnen einen Befehl durchzugeben: Kein Offizier der 6. Armee geht lebend in sowjetische Gefangenschaft. Er hat sich vorher zu erschießen! Auch für den einfachen Mann ist eine Gefangennahme unehrenhaft!«

»Jawohl, Herr Generalarzt.« Dr. Portner stand in strammer Haltung vor seinem alten Professor. »Aber ich bin Arzt!«

»Und Offizier!«

»Wer zeichnet für diesen Befehl verantwortlich?«

»Die Armeeführung.«

»Und Sie, Herr Generalarzt? Das ist eine private Frage.«

»Ich werde morgen ausgeflogen zur Heeresgruppe. Ich will an Ort und Stelle alles versuchen, damit die Truppe im Kessel das Nötigste bekommt.« Professor Abendroth verlor einen Augenblick die Haltung. Er legte den Arm um die Schulter seines Schülers, wie ein Vater um seinen Sohn. »Machen Sie's gut, Portner. Das ist alles, was ich Ihnen mitgeben kann. Sie werden sich erschießen?«

»Nein, Herr Generalarzt. Meine gefangenen Kameraden werden mich brauchen. Ich halte nichts von dieser Heldentodgeste. Ich betrachte sie als feiges Davonstehlen aus der Verantwortung.«

Professor Abendroth nahm den Arm von Portners Schulter.

»Gott sei mit Ihnen, mein Junge«, sagte er leise. Er konnte nicht weitersprechen. Es klopfte. Eine Ordonnanz brachte die neuesten Funkmeldungen. Abendroth überflog sie und gab sie an den Stabsarzt weiter. »Da, lesen Sie. Einbruch bei der 8. italienischen Armee auf breiter Front. Und ein Funkspruch des Reichsmarschalls Göring an General Paulus: ›Ich habe den Befehl gegeben, alle entbehrlichen Maschinen zur Versorgung Stalingrads einzusetzen. Dazu gehört auch die OKH-Transport-Staffel. In zunehmend stärkerem Maße werden Maschinen von der Afrikafront abgezogen und für die Versorgung des Kessels eingesetzt. Halten Sie durch ...‹«

»Dann kann man also doch Hoffnung haben?« fragte Dr. Portner. Ein Schimmer von Freude kam in seine Augen. Professor Abendroth war geneigt, seinem Schüler wie einem gutgläubigen Kind über die Wangen zu streicheln. Er nahm ein anderes Meldeblatt und las kommentarlos weiter:

»›Funkspruch der 6. Armee an die Luftflotte Tschir:
Trotz herrlichstem Wetter und strahlendem Sonnenschein er-

folgte am 17. Dezember nicht die Landung eines einzigen Flugzeuges. Die Armee ersucht um Aufklärung, warum nicht geflogen wird. – Schmid‹.«

Dr. Portner starrte seinen Professor an. »Der siebzehnte Dezember ist heute ...«

»Ja. Sehen Sie aus dem Fenster, Portner. Sehen Sie eine Maschine landen oder abfliegen? Aber wir brauchen täglich dreihundert Tonnen Material, um überhaupt leben zu können!« Professor Abendroth warf die Meldungen auf den Kartentisch. Es war eine Geste völliger Verzweiflung und aufschreiender Ohnmacht. »Vielleicht sehen wir uns wieder, Portner«, sagte er leise.

»Vielleicht, Herr Professor ...«

Noch einmal drückten sie sich die Hand. Dann verließ Stabsarzt Dr. Portner das Zimmer. Im Vorraum warteten 42 andere Militärärzte. Zu ihnen wollte Abendroth gemeinsam sprechen. Ein älterer Oberstabsarzt kam auf Portner zu, kaum daß er die Tür hinter sich zugezogen hatte.

»Dicke Luft, was?« fragte der Oberstabsarzt.

»Ja. Wir werden zurück in die Stadt verlegt.«

»Wenn's weiter nichts ist!« Der Oberstabsarzt winkte ab. »Immer noch besser in einem ausgebauten Keller, als hier in der Steppe herumzuliegen und die Zelte im Sturm festzuhalten! Ich habe mehr Verluste an Erschöpfung, Kälte und Panik als an tödlichen Verwundungen ...«

Generalarzt Professor Abendroth hatte gewartet, bis Portner das Zimmer verlassen hatte. Erst dann nahm er das dritte Blatt vom Tisch und las die Meldung durch. Er hatte es nicht übers Herz gebracht, Portner diesen Funkspruch vorzulesen.

›Funkspruch 6. Armee an Heeresgruppe Don:
Die Armee meldet, daß die Lage im Westen des Kessels besonders kritisch ist. Mangels Holz besteht keine Möglichkeit

zum Ausbau von Stellungen und mangels Kraftstoff keine Möglichkeit, nach dorthin Baumaterial aus Stalingrad zu transportieren. Die Truppe liegt bei fünfunddreißig Grad Kälte auf freiem, völlig ungedecktem Schneefeld ...‹

Zum erstenmal geschah es in diesen Tagen, daß man hölzerne Eisenbahnschwellen herausriß, sie raspelte und davon eine Suppe kochte, und daß in einem Keller der Stadt ein großer eiserner Kessel zischte, in dessen Wasser zwei Pferdehufe ausgekocht wurden. Sie ergaben eine trübe, fettige Brühe und wurden ein Festessen.

In der Nacht zum 19. Dezember fuhr das Feldlazarett III mit vier Sankas, zwei Motorrädern, einem Kübelwagen und zwei Lastwagen aus Gumrak hinaus in die Steppe, Richtung Stalingrad-Stadt. Zurück blieben die Zelte und die Verwundeten, die von einer anderen Lazaretteinheit übernommen wurden. Die kleine Karawane folgte der Bahnlinie bis zum Tatarenwall und zog dann durch die Steppe nach Süden, der Zariza entgegen. Auf einem Krad fuhr der Feldgendarmerie-Feldwebel Emil Rottmann dem Lazarett voraus, erkundete den Weg und sorgte dafür, daß keine Stockungen auftraten durch zurückfahrende Transporter oder Truppenkolonnen. Er machte sich nützlich, und keiner fragte, wer ihm dazu den Befehl gegeben hatte. Er war »zugeteilt« und wurde als solcher auch im Verpflegungsbuch geführt.

Am Tatarenwall fand ein unverhofftes Wiedersehen statt.

Bei der Durchfahrt durch ein neuentstandenes Dorf aus Erdbunkern, Zelten und Hütten, das eine Werkstattkompanie errichtet hatte, sprang plötzlich ein Mann auf die Straße und breitete die Arme weit aus.

»Jungs!« brüllte der Mann. »Ihr kommt mir entgegen? Das finde ich nett ...«

Dr. Körner sah seinen Stabsarzt lachend an. Sie saßen in dem Kübelwagen, der plötzlich bremsen mußte, weil der Mann auf die Straße gesprungen war.

»Unser Knösel«, sagte er. Dr. Portner sprang aus dem Wagen.

»Den mache ich zur Minna!« schrie er. »Den mache ich ...«

Aber dann schwieg er, denn Knösel hielt ihm den Sack entgegen und sagte mit naivem Grinsen:

»Dreißig Pfund Fleisch, Herr Stabsarzt. So was kann man doch nicht liegen lassen ...«

Beim Morgengrauen erreichten sie die Vorstädte Stalingrads und die zugewiesenen Plätze, an denen die Sankas und Lastwagen zurückblieben. Mit dem Kübelwagen und den Motorrädern fuhren sie in die Trümmerwüste hinein ... zwei Ärzte, zwei Sanitätsfeldwebel, vier Sanitäter, Knösel und Emil Rottmann. Ohne Beschuß erreichten sie den ehemals runden Platz, an dem das große Kino gestanden hatte. Sie wurden schon erwartet. Das Kellergewirr unter dem Kino war bereits belegt. Neunundsechzig Verwundete waren hier zusammengetragen worden, ein junger Unterarzt versorgte sie, so gut es ihm seine Mittel erlaubten. Und er hatte nichts als ein paar Binden und Holzstangen als Notschienen. Und eine Kiste. Flugzeuge hatten sie abgeworfen. Lazarettmaterial, stand auf dem Deckel. Und ein großes rotes Kreuz. Als er die Kiste aufstemmte, fielen ihm Bücher entgegen. 1200 Hefte mit Weihnachtsliedern ...

In den Wäldern südlich von Bolschoi Ternowskij hauste die Partisanengruppe des Majors Nikolai Feodorowitsch Babkow. Mitten in der verfilzten Wildnis hatte sich eine kleine Stadt aus Erdbunkern und Holzhütten gebildet. Über 2000 Partisanen lebten hier, zum Teil mit ihren Familien, mit Frauen, Kindern und Greisen. Vier Postenketten sicherten das Erdhöhlendorf vor Überraschungen ... von der Luft aus war es überhaupt nicht zu sehen. Gekocht wurde nur des Nachts, wenn man den Rauch nicht sah. Ihre Befehle erhielt die Gruppe direkt vom Kommandeur der sowjetischen Don-Front, dem Generalleutnant Rokossowski, und dem Befehlshaber der sowjetischen 5. Panzer-Armee, Generalleutnant Romanenko. Ihre Aufgabe war es, den

Nachschub für das 48. deutsche Panzer-Korps zu stören, jenes durch Hunger, Kälte und Spritmangel zusammengeschrumpfte Korps, das als Feuerwehr an der Front diente und hin und her geworfen wurde, wo der Russe durchbrach, bis es selbst, von sich widersprechenden Befehlen herumgejagt, fast aufgerieben wurde.

Major Babkow saß an einem Klapptisch, trank heißen Tee und aß warmen Kuchen, als der Gefangene Sigbart Wallritz hereingeführt wurde. Man hatte ihm die Augen verbunden, damit er den Weg zu der Geisterstadt unter der Erde nicht sah.

Nikolai Feodorowitsch sah wütend auf die kleine Gruppe, die den Deutschen in die Mitte des Raumes stellte und ihm die Augenbinde abnahm.

»Was soll's?« fragte Babkow. »Welch eine Blödheit! Habe ich nicht gesagt –«

»Es ist kein üblicher Gefangener, Genosse Major«, antwortete der Mann, der Wallritz verhört hatte. »Er ist ein Deserteur!«

»Er ist ein Deutscher, das genügt!« Babkow hob die Hand und zeigte mit ausgestrecktem Finger auf Wallritz. In mühsamem Deutsch sagte er: »Du erschossen. Verstanden?«

»Ja.« Wallritz nickte. Die Kehle zog sich ihm zusammen. »Aber warum? Warum? Ich hasse den Krieg wie ihr ...«

Major Babkow winkte. Wallritz wurde herumgerissen und aus dem Raum geführt. Man führte ihn an ein Erdloch, stieß ihn hinab, er fiel auf verfaulten Kohl, eine stinkende, breiige Masse, dann schloß sich über ihm die Tür.

So lag er Stunden um Stunden, dachte an seine Mutter, weinte und betete. Als die Tür über ihm wieder geöffnet wurde, war er bereit, zu sterben.

7

»Mitkommen!« sagte der Partisan, der Wallritz im Walde gefunden hatte. »Steh auf ... komm ...«

Mühsam erhob sich Wallritz. Ein paarmal glitt er auf dem verfaulten, glitschigen Kohl aus, kroch aus der Erdhöhle und blieb auf den Knien liegen. Um ihn herum standen einige finster blickende Russen, es war heller Tag, das Geisterdorf schien verlassen zu sein bis auf die paar Männer, die vor ihm standen. In der Ferne grollte Artilleriefeuer wie ein abziehendes Gewitter.

Wallritz richtete sich auf. »Macht ... macht es schnell«, sagte er heiser. Dann schloß er die Augen und dachte an das, woran er in den vergangenen Stunden immer gedacht hatte. Mutter ... Mutter ... Mutter ...

»Komm mit«, sagte der bärtige Mann wieder. Er stieß Wallritz in den Rücken und trieb ihn mit neuen Stößen vor sich her. Er stolperte mit leeren, aufgerissenen Augen über Erdhügel (unter denen die Höhlen lagen), durch knietiefen Neuschnee, an Blockhütten vorbei und in eine dieser Hütten hinein. Hitze aus einem Eisenofen schlug ihm wie eine Faust entgegen. Sie wollen mich foltern, dachte er. Sie wollen mich mit glühenden Eisen brennen, sie wollen mich schreien hören, schreien ...

Einen Augenblick versuchte er eine schwache Gegenwehr. Er blieb stehen, stemmte die Füße gegen den Boden, aber ein neuer Stoß trieb ihn in den überhitzten Raum. Dort saß an einem Tisch Major Babkow und rauchte.

»Erschießt mich doch!« brüllte Wallritz. »Aber nicht das! Nicht das!«

Babkow sah den bärtigen Mann hinter Wallritz an. »Du hast ihm nichts gesagt, Juri Stepanowitsch?«

»Nein, Genosse Major. Ich dachte –«

»Schon gut.« Babkow winkte Wallritz, näher zu kommen. Er lächelte breit und nickte einem jüngeren Russen zu, der am Fenster stand, die Arme über der Brust verschränkt. »Das ist Leutnant Perwuchin. Er kann deitsch sähr gutt. Er wird erklären ...«

»Sie hassen den Krieg, hat man mir gesagt?« Leutnant Perwuchin sprach fast akzentfrei. Er stieß sich von der Wand ab und trat an den Tisch heran. Sigbart Wallritz riß die Augen auf. Die Angst lähmte ihm die Zunge.

»Sie sind desertiert, nicht wahr?«

»Ja.«

»Sie wollen nach Hause?«

»Ja.«

»Sie werden nach Hause kommen.«

Wallritz war es, als zöge man ihn durch eisiges Wasser. Er schwankte und hielt sich an der Tischkante fest. Dann brach er in die Knie und schlug die Hände vor das Gesicht. Babkow, der winken wollte, wurde von Perwuchin daran gehindert. Der Leutnant kam um den Tisch herum und half eigenhändig, Wallritz aufzurichten.

»Erschießt mich doch«, weinte Wallritz. »Warum quält ihr mich denn?«

Perwuchin schob ihm einen Hocker unter und drückte ihn auf den Sitz. Er hielt Wallritz sogar eine Schachtel Zigaretten unter die Augen. Wallritz schüttelte den Kopf.

»Sie haben Angst, ich weiß.« Die Stimme Perwuchins hatte einen begütigenden Klang. »Man erzählt so viel Unwahres von uns bei Ihren Soldaten. Aber wir sind auch Soldaten, wie Sie! Auch wenn wir die Uniform abgelegt haben, um besser kämpfen zu können. Wir werden Sie gut behandeln, Sie werden bald in ein Lager kommen mit warmen Häusern, Betten und guter Kleidung, und wenn es sich zeigt, daß Sie wirklich ein Gegner

Hitlers und des Krieges sind, wird man Sie vielleicht sogar nach Moskau bringen, auf die Antifaschule, unter die Obhut der deutschen Genossen Ulbricht und Weinert. Wissen Sie, daß Ulbricht und Weinert an der Stalingrad-Front sind und täglich zu Ihren Kameraden sprechen?«

»Nein«, stammelte Wallritz. Er begriff das alles nicht. Er hörte Worte, ohne sie zu verstehen. Er erkannte nur eins: Er sollte weiterleben. Er wurde nicht erschossen, nicht gefoltert, nicht stückweise zerrissen. Er durfte leben!

Leutnant Perwuchin steckte sich eine neue Zigarette an. »Allerdings müssen Sie uns erst beweisen, daß Sie ein Gegner Ihres Regimes sind«, sagte er dabei. »Wir werden Sie genau beobachten und etwas von Ihnen verlangen.«

»Was ... was soll ich tun?« stammelte Wallritz.

Leben, dachte er dabei. Leben. Ich werde Mutter wiedersehen.

»Wir wissen aus aufgefangenen Funksprüchen, daß morgen nacht von Morosowski ein großer Nachschubtransport zum 48. Panzerkorps nach Nishne Tschirskaja unterwegs ist und durch unser Gebiet rollt.« Perwuchin schnippte die Asche von seiner Zigarette. »Sie werden an der Weggabelung stehen und die Kolonne statt nach Tschirskaja zu uns in den Wald leiten ...«

Wallritz nickte. Ich werde leben, dachte er.

»Sie bekommen dazu die Uniform eines Oberfeldwebels der Feldgendarmerie.« Perwuchin grinste freundlich. »Wir haben alle Uniformen, die wir brauchen.« Wallritz zog die Schultern hoch. Er begriff, was hinter diesen Worten stand. »Wenn dieses Unternehmen glückt, werden wir Sie weiterreichen zur Armee. Sie werden nach dem Kriege Ihre Heimat wiedersehen ...«

»Ich werde alles tun ... alles«, stotterte Wallritz. Perwuchin nickte. Juri Stepanowitsch, der Bärtige, drehte Wallritz an der Schulter herum und führte ihn hinaus.

»Ein Glück hast du, Freundchen«, sagte er auf russisch. »Als wenn ich es geahnt hätte, als ich dich sah ...«

Am Abend wurde Wallritz eingekleidet. Die Uniform war etwas zu weit, aber wer achtet schon darauf. Das Wichtigste war das blankgeputzte Brustschild der Feldgendarmerie, das Abzeichen, das selbst Generale respektierten, weil hinter ihm die Macht einer gnadenlosen Gerichtsbarkeit stand.

Um Mitternacht stand er neben einem Motorrad an der Straßengabelung und wartete auf die deutsche Nachschubkolonne. Hinter ihm, im Dickicht des Waldes, lagen in tiefer Staffelung 2000 Partisanen mit Maschinengewehren, Granatwerfern, Flammenwerfern und kleinen, wendigen Panzerkanonen. Sie säumten eine Straße, die im Nichts, im dichten Wald endete. Eine Riesenfalle, aus der es kein Entrinnen gab.

Sigbart Wallritz fror. Er stampfte durch den Schnee hin und her, lauschte in die Ferne nach Motorengeräusch und setzte sich dann wieder auf den Sattel seines Motorrades, um auf den Nachschubtransport zu warten.

Jetzt hatte er Zeit, über alles nachzudenken, und er dachte mit sich zusammenkrampfendem Herzen: Gleich werden sie kommen. Wagen an Wagen. Mit Munition, mit Verpflegung, mit Lazarettbedarf, mit Feldpost, mit Wäsche, Uniformen, warmen Mänteln, Handschuhen, Filzstiefeln. Wagen an Wagen, auf die einige tausend deutscher Soldaten draußen in der Steppe warten. Bei dreißig Grad Kälte, im Freien liegend, an die Panzer und Fahrzeuge gedrückt, verwundet, mit durchgebluteten Verbänden, hungernd und bis zum Umfallen erschöpft. Und hier stehe ich, an einer Weggabelung, und werde diese Wagen umleiten in die Vernichtung. Und sie alle werden sterben ... die Fahrer und Begleiter, die Offiziere und Sonderführer, die Melder und Funker, die Ersatztruppen und die Neulinge an der Front. Und sie alle haben eine Mutter, einen Vater, eine Frau, eine Braut, Kinder ... ein einziger Mann wird sie zu Witwen und Waisen machen ... der ehemalige Freiwillige Sigbart Wallritz, der hier an der Kreuzung steht und sagen wird: »Die Straße ist gesperrt. Umleitung über diesen Weg ...«

Ein Weg in das Namenlose, denn niemand wird von dieser Kolonne etwas sehen noch wiederfinden. Es wird eine Truppe sein, die einfach verschwand. Aufgesaugt vom unersättlichen Schwamm des Krieges.

Von weitem hörte er jetzt das Knattern von Motoren. Sigbart Wallritz sah sich um. Er schien allein, aber er wußte, daß 2000 Sowjets hinter ihm lagen, zehn Meter von ihm entfernt die erste Truppe, mit Major Babkow an der Spitze, zweihundert Scharfschützen, die den Riegel vor die Falle legen sollten.

Zwei Kradmelder und ein Kübelwagen krochen durch die Nacht heran. Wallritz trat in die Mitte der Gabelung und hob seine rote Kelle. »Halt! Feldgendarmerie.« Sein Arm zitterte dabei. »Zurück!« wollte er schreien. »Jungs, kehrt um! Zurück!« Aber er schwieg. Er hielt die Kelle hoch und wurde vom Schnee überschüttet, den die bremsenden Räder vor ihm aufwühlten.

»Was ist?« brüllte eine helle Stimme. »Was stehen Sie Flöte hier im Weg?« Aus dem Kübelwagen sprang ein Offizier. Es war ein Oberstleutnant. Der Schein einer Taschenlampe zuckte schnell über Wallritz, das blanke Schild vor der Brust gleißte auf.

»Natürlich!« schrie der Oberstleutnant. »Überall sind die Kettenhunde! Was gibt es denn?«

»Die Straße ist gesperrt.« Wallritz hatte Mühe, es zu sagen. Er sprach so leise, daß ihn der Offizier nicht verstand.

»Was ist los? Mann, reden Sie lauter! Ich will mir hier nicht den Arsch erfrieren!«

»Die ... die Straße ist gesperrt«, sagte Wallritz lauter. »Partisanen! Sie haben eine Brücke gesprengt. Ich habe den Befehl, Sie über den Seitenweg umzuleiten ...«

Hinter dem Offizier stauten sich die Wagen. Motorengeheul erfüllte die Nacht. Der Oberstleutnant sah die Straße hinunter.

»Es ist zum Kotzen!« schrie er. »Wie lang ist der Umweg?«

»Ungefähr zwei Stunden ...«

»Na, das geht ja noch!« Er sah zurück und winkte. Die beiden Kradmelder schwenkten in den Waldweg ein; die ersten Verlorenen, dachte Wallritz und schloß einen Moment die Augen. Als er sie wieder aufriß, war der Offizier schon bei seinem Kübelwagen. Wallritz trat zurück ... an ihm vorbei fuhren die Wagen, graugrüne ratternde Lastwagen aller Modelle, voll beladen mit dem lebenswichtigen Nachschub des 48. Panzer-Korps.

Er zählte, was an ihm vorbeifuhr. Siebenundvierzig Wagen, zwanzig Kräder und als Nachhut zwei Schützenpanzer. Langsam ratterten sie in den Waldweg, vorsichtig, als ahnten sie etwas. Als der letzte Schützenpanzer von der Gabelung abfuhr, schnappte die Falle zu. Von den Seiten rannten ein paar dunkle Gestalten auf den Weg, in den Händen kreisrunde Gebilde. Sie legten sie in den Schnee, in die Reifenspuren, in die Kettenabdrücke. Vier Reihen hintereinander. Ein unüberwindlicher Todesgürtel aus Tellerminen.

Aus dem Wald heraus fauchte eine einzelne Leuchtkugel, zog eine Parabelbahn und verlosch wieder. Im gleichen Augenblick schrie der Wald auf. Aus Hunderten von Maschinengewehren und Granatwerfern jagte der Tod in die völlig verwirrte Kolonne. Es gab kein Ausbrechen mehr, kein Zurück, kein Vorwärts. Vier Munitionswagen explodierten, in einem grausamen Feuerwerk jagte die Leuchtspurmunition in den Himmel.

Sigbart Wallritz stand noch immer auf der Kreuzung, starr, mit weit aufgerissenen Augen. Er sah, wie eine Gruppe deutscher Soldaten auf die Gabelung zuhetzte, in wilder Angst um das nackte Leben rennend. Sie sprangen hinein in den ersten Minengürtel und wurden in einer riesigen Explosionswolke zerfetzt. Der Luftdruck warf Wallritz von der Straße an den Waldrand. Er raffte sich auf, kroch auf allen vieren weiter, die Straße entlang, die die Kolonne hergekommen war, die Straße, die in die Freiheit führte. Dann, nach einigen Metern rannte er, den Oberkörper nach vorn, mit schlenkernden Armen, als könne er sich damit durch die eisige Luft schneller vorwärtsrudern. Die Hölle hinter ihm krachte noch immer, er hörte das »Urrrääää«

der angreifenden Russen und spürte das Grauen bis in die Knochen.

Und plötzlich blieb er stehen. Er wollte es nicht, aber er konnte die Füße nicht mehr bewegen. Ein Faustschlag hatte seinen Rücken getroffen und lähmte seine Beine. Noch einmal schlug eine Faust zu, zwischen die Schultern. Ein heißer Stich jagte ihm zum Herzen ... er fiel auf das Gesicht in den Schnee, krallte die Finger in das Eis der Straße und schrie ... schrie ... Sein Körper zuckte wie unter elektrischen Schlägen, er biß in das Eis, und bevor das Gehirn versagte, fühlte und sah er noch, wie ein Blutschwall aus seinem Mund stürzte und sein Kopf in einer roten Lache schwamm. Dann starb er, auf der Straße, die zum Leben führte.

Aus dem Wald trat Leutnant Perwuchin und beugte sich über den Toten. Dann steckte er seine Pistole ein und zündete sich eine Zigarette an.

Auf dem Waldweg starben in dieser Stunde dreihundertzweiundneunzig deutsche Soldaten. Niemand kam mehr aus der Falle zurück.

In den Kellern unter dem Kino hatte sich das Feldlazarett III häuslich eingerichtet. Knösel hatte die Lage bereits gepeilt: Sie befanden sich vierhundertzwanzig Meter von seinem »Eisschrank« entfernt. Das hört sich viel an, aber für Knösel bedeutete es, in unmittelbarer Nähe von Sattwerden zu leben.

Einige Kommandeure der umliegenden Truppen besuchten Stabsarzt Dr. Portner. Sie brachten Schnaps mit und die Bitte, den Sanitätern der Truppe Verbandmaterial und schmerzstillende Tabletten oder Spritzen zu geben. Dr. Portner mußte sie alle vertrösten. »Wenn in zwei Wochen nicht durch die Luftversorgung Ersatz abgeworfen wird, weiß ich selbst nicht mehr, womit ich die Verwundeten versorgen soll«, sagte er. »Geben Sie das per Funk an die Division durch.« Die Kommandeure verabschiedeten sich höflich und gingen. »Er ist ein genauso armes

Schwein wie wir«, sagten sie draußen auf dem kreisrunden Platz, ehe sie sich trennten. »Ich möchte wissen, wie die Armee sich das denkt. So kann es doch nicht weitergehen.«

Aber es ging weiter. Obwohl im Norden die 8. italienische Armee vernichtend geschlagen wurde und panikartig zurückflüchtete und im Süden der Entlastungsversuch der Armeegruppen Hollith und Hoth im Feuer sowjetischer Panzer- und Garde-Armeen steckenblieb und zurückgedrängt wurde, obwohl Tag für Tag und Nacht für Nacht ein Vorhang aus brüllender Glut über der Stadt Stalingrad hing und durch die deutsche Luftflotte statt der nötigen fünfhundert Tonnen Versorgung täglich nur hundert Tonnen in den Kessel gelangten und an manchen Tagen überhaupt nichts, brachte der Großdeutsche Rundfunk markige Worte Görings und Goebbels' und wurden vorweihnachtliche Konzerte gesendet, die in den Kellern und Bunkern von Stalingrad, in den Steppendörfern des Kessels und den Sterbehöhlen von Pitomnik und Gumrak mit sprachloser Verwunderung empfangen wurden.

Man rüstete sich für Weihnachten. Für das Fest der Liebe und des Friedens, in einer Welt, die Tag für Tag das sinnlose Sterben Hunderter sah und für die der Begriff des Gottes der Liebe immer unverständlicher wurde.

Die Lebensmittelversorgung der eingeschlossenen Truppen brach in den Tagen vor Weihnachten zusammen. Die Brotration wurde auf hundert Gramm festgesetzt, aber auch dies stand nur auf dem Papier, denn es gab Tausende, die ihren letzten Brotkanten schon vor Tagen gegessen und von da ab von Brot nichts mehr gesehen hatten. Es kam die Zeit, in der man Puddingsuppen aus Fußpuder kochte und einen nach Leim schmeckenden Brei aus Sägespänen, Stroh und Steppengras.

In den Kellern unter dem Kino lagen jetzt weniger Verwundete und mehr Fleckfieberkranke, Verhungerte und Erschöpfte. Es war unmöglich, die wertvollen Plätze in den Kellern von ihnen freizuhalten. Sie kamen in Gruppen, überrannten die Sanitäter, drängten in die Tiefe, wo ihnen Wärme entgegenschlug.

Ruhe, das Gefühl von Geborgenheit, Wasser, Essen, und sie warfen sich hin, blieben liegen, versperrten Gänge und Treppen mit ihren Leibern und starben lautlos oder unter wimmerndem Schreien.

Stabsarzt Dr. Portner wurde in diesen Tagen vor ein medizinisches Rätsel gestellt. Vor ihm starben Männer ohne den geringsten Anlaß. Tote wurden ihm gebracht, die im MG-Loch einfach umgesunken waren, die beim Graben umkippten, die im Bunker beim Kartenspiel vom Sitzbrett fielen oder beim Schreiben eines Briefes zusammensanken. Es war ein lautloser Tod, ein Sterben in Samtschuhen.

Von verschiedenen Truppenteilen wurden sie ihm in den Kinokeller gebracht; weil ihr Tod so merkwürdig war, warf man sie nicht einfach in ein Granatloch und schüttete es zu, sondern nahm die Mühsal auf sich, sie durch die Kampflinie zum Lazarett zu tragen.

»Verstehen Sie das, Körner?« fragte Dr. Portner. Auf dem Operationstisch – einem mit Wachstuch überzogenen Küchentisch – lag die nackte Gestalt eines dieser Toten. Ein knochiger Körper, ein junges, aber im Schrecken der Schlacht vergreistes Gesicht. Auch dieser Mann war einfach umgefallen und gestorben. Er sah nicht verhungert aus, er zeigte keine Anzeichen von Vergiftung, er war – wie die Männer, die ihn brachten, berichteten – nicht so erschöpft gewesen, daß er an Herzschwäche sterben konnte. Er hatte sogar gelacht, hatte einen Witz gemacht, sich gegen den Grabenrand gelehnt und war plötzlich tot.

»Wir müssen das dem Korps melden«, sagte Dr. Portner. »Vielleicht haben andere Kollegen die gleichen Beobachtungen gemacht.«

Dr. Körner gab die Meldung durch das Feldtelefon nach Pitomnik weiter. Von dort antwortete ihm ein Oberstarzt. Professor Abendroth war ausgeflogen worden. Er rang im Hauptquartier der Heeresgruppe um Medikamente und Verbandmaterial und erfuhr dort zu seinem sprachlosen Erstaunen, daß davon mehr als genug im Kessel sei. Man legte ihm Listen vor, die genau

Aufschluß gaben. Nach diesen Transportunterlagen hatte die 6. Armee eine reichliche Sanitätsausrüstung.

»Aber an der Front ist nichts! Absolut nichts!« schrie Professor Abendroth hochrot vor Erregung. Man hob die Schultern, sah ihn hilflos an und schwieg.

Der Oberstarzt notierte sich die Meldung des Feldlazaretts III in Stalingrad. »Sehr interessant«, sagte er. »Bitte reichen Sie einen genauen schriftlichen Bericht ein. Mir liegen ähnliche Beobachtungen von verschiedenen Stellen vor. Ich werde es weiterleiten zum Oberbefehlshaber. Irgend etwas stimmt da nicht ... da haben Sie recht. Ich danke Ihnen. Ende.«

Um den 21. Dezember herum vergaß man die merkwürdigen Toten. Die Sowjets trommelten in die Trümmer, von allen Fronten des Einschließungsringes meldete man starke Aktivität. Russische Panzerverbände rollten die Linien auf ... es war kein Kunststück mehr ... in den Schneelöchern und Erdbunkern hockten die ausgemergelten deutschen Landser, schutzlos bei 35 Grad Kälte, nur gewärmt von heißem Schneewasser, in dem sie als »Mittagessen« ein paar Erbsen quellen ließen. Pro Kopf zwölf Erbsen.

Am 21. Dezember bekam der Kinokeller erneuten Besuch. Unter krachendem Artilleriefeuer stolperte ein Mann die Treppe herunter, wurde von dem Luftdruck einer neben dem Eingang krepierenden Granate gegen die Wand geschleudert und fiel die letzten Stufen hinunter in die Arme eines Sanitäters. Vor seiner Brust hing an einer dünnen Kette ein kleines goldenes Kreuz.

»Wo kommen Sie denn her, Herr Pfarrer?« stotterte der Sanitäter. Er richtete den katholischen Pfarrer Paul Webern auf und klopfte ihm den Schmutz von der Uniform. »Haben Sie was abbekommen?«

»Solange ich kriechen kann, geht es!« Paul Webern umklammerte das kleine Kreuz. Aus den Kellern vor sich hörte er das bekannte Stöhnen und Wimmern, das Fluchen und Weinen, den Ruf »Gebt mir doch eine Pistole. Eine Pistole, Jungs ... ich kann nicht mehr. Ich kann nicht mehr!« Er roch das Blut und den Eiter, den Kot und die schwärenden Wunden, und er wußte, daß es auch hier so war wie überall in den Hunderten von Kellern, in denen er herumgekrochen war, um zu trösten mit dem Wort Gottes, das Ruhe gab und ein friedliches Sterben. Ein Phänomen, das der Priester Webern selbst nicht begriff.

»Ich führe Sie zum Chef, Herr Pfarrer«, sagte der Sanitäter, als Webern schwieg.

Sie kamen in den Operationskeller, wo Portner und Körner gerade eine große Brustwunde säuberten. Die Luft war stickig, verbraucht, blutgetränkt wie in einem ungelüfteten Schlachthaus. Dr. Körner blickte auf. Er erkannte den Pfarrer sofort, und auch Webern erinnerte sich an das Gespräch, das er mit dem jungen Arzt bei der Ferntrauung geführt hatte. Die Hochzeit mit einer Toten.

»Ich habe versprochen, Sie zu besuchen, Doktor«, sagte Webern und lächelte schwach. »Sie sehen, ich halte mein Versprechen.«

Dr. Portner warf einen Fetzen Brustfleisch in einen verbeulten Eimer. Es war brandig geworden, die Wundränder faulten bereits.

»Wie ist das eigentlich, Pfarrer?« fragte er und überlegte, wie er die offene Wunde schließen könnte. »Wenn Sie mit Ihrem Kreuz durch die Keller gehen, lacht man Sie dann nicht aus?«

»Nein, die Männer werden still.« Pfarrer Webern setzte sich auf einen Stuhl. Es war ein Klappstuhl aus dem Kino. Rund um die Wände hatte man sie angenagelt, nicht nur hier, sondern in allen Kellern unter dem Kino. Und so saßen die Jammernden und Sterbenden an den Wänden, rutschten auf die Erde, der Sitz klappte hoch, als habe ein Untier jemanden ausgespuckt und schließe nun das Maul. Es war ein höllisches Theater, ein Schauspiel der Apokalypse, in der die Zuschauer auch die Vernichteten waren.

»Sie umklammern meine Hand, und ich rede mit ihnen vom Paradies ...«, sagte Pfarrer Webern weiter.

»Und sie glauben es?«

»Ja. Sie sterben friedlich.«

Über ihnen bebte die Kellerdecke. Die Erde schwankte leicht. Das Feuer der russischen schweren Artillerie am gegenüberliegenden Wolgaufer lag konzentriert auf dem Stadtviertel. Die Ruinen, die noch standen, wurden in den Schnee gefegt, die Keller verschüttet, die Bunker eingedrückt, die Menschen in den Schutt gewalzt. Pfarrer Webern starrte an die Kellerdecke. Stabsarzt Dr. Portner grinste breit.

»Sie hält, Pfarrer! Eine gute, alte Gewölbekonstruktion. Und wenn sie nicht hält ... dann beten wir, nicht wahr?«

»Es wird uns ruhiger machen, Doktor, gefaßter ...«

»Wie Opium.«

Dr. Portner versorgte die Wunde, so gut es ging. Er zog die Wunde zusammen, legte einen Drain ein und verband den Besinnungslosen mit fleckigen Binden. Ein Leichtverwundeter war damit beschäftigt, die Verbände von den Toten abzuwickeln, zu waschen und aufzurollen. Dr. Körner setzte sich neben Pfarrer Webern. Sein junges Gesicht war in diesen Wochen knochig und alt geworden.

»Wissen Sie, daß mir alles gleichgültig ist?« sagte er. »Ob ich lebe, ob ich krepiere ... ich fühle mich wie eine Maschine, die läuft und läuft und ihre Arbeit tut, bis die Räder zerbrechen.«

Pfarrer Webern nickte. »Sie wissen, ich kenne Ihr Schicksal.« Es war sinnlos, hier mit Worten der Bibel zu sprechen oder mit Tröstungen aus Gottes Liebe.

»Und Gott billigt das?«

»Man hat Gott nicht gefragt. Wenn sich die Menschen über Gott miteinander unterhalten würden, gäbe es keine Kriege.«

»Das hört sich paradiesisch an!« Dr. Portner lachte rauh. Ein neuer Verwundeter wurde auf den Tisch gelegt. Feldwebel Wallritz und ein Sanitäter schleppten ihn herein. Ein Granatsplitter hatte ihm die linke Gesichtshälfte wegrasiert. »Sehen Sie sich den an, Pfarrer! Einmal war er – wie es so schön heißt – ein Ebenbild Gottes. Die Krone der Schöpfung. Jetzt ist er ein blutiger Kloß ohne Gesicht! Wenn er Stalingrad überlebt, wenn er Sibirien übersteht, wenn es außer uns Menschen gibt, die ihn gesundpflegen werden, wird er eines Tages zurückkommen in die Heimat. Ein Mensch mit einem halben Kopf. Vielleicht sogar verblödet. Und seine Frau wird ihn in eine Anstalt schaffen, wird sich scheiden lassen, und dieser Mensch hier, der einmal Pläne hatte, Freude am Leben, der liebte und geliebt wurde, wird dahinvegetieren in einem dumpfen Zimmer, lallend, ein fettschlaffer Körper, auf dem ein halber Kopf sitzt. Und ein Pfarrer wird zu ihm kommen und zu ihm sagen: Gott liebt auch dich!« Dr. Portner sah auf das halbe Gesicht vor sich auf dem OP-Tisch.

»Pfarrer – hört hier nicht der Glaube auf?«

»Nein.« Webern schüttelte langsam den Kopf. »Hier fängt er an ...« Der Pfarrer erhob sich. Knallend klappte der Sitz zurück. »Warum reden Sie so, Doktor? Ich weiß doch, daß gerade Sie in diesen Tagen Gott erkennen.«

Dr. Portner ließ die Pinzette sinken, mit der er ein paar Kieferstückchen aus der breiigen Gesichtshälfte herausgeholt hatte. »Warum sind Sie hierhergekommen, Pfarrer?«

»Ich bin schon seit Tagen in der Stadt. In drei Tagen ist Weihnachten ...«

»Stimmt ja.« Dr. Portner wischte sich mit dem Ärmel über die Augen. »Ich wünsche mir vom Christkind eine Flöte, damit ich auf alles pfeifen kann ...« Es sollte sarkastisch klingen, aber Pfarrer Webern begriff, welche Verzweiflung hinter diesen Worten stand.

»Ich bin in Erdhöhlen gewesen, in denen sie aus Latten Weihnachtsbäume zimmern«, sagte er leise. »Auf Säcke und auf Packpapier haben sie Madonnen gemalt, Altäre, Engel, bunte Kugeln. In zusammengelöteten leeren Patronenhülsen gießen sie aus Hindenburglichtern und Tierfett Weihnachtskerzen ...«

»Das Fett sollen sie lieber fressen«, brummte Dr. Portner.

»Vielleicht werden sie es auch. Aber erst werden diese Kerzen brennen, vielleicht nur für die Länge eines Liedes, für die Spanne einiger Gedanken an die Heimat ... und dann wird man die Kerzen in das kochende Wasser werfen und sich freuen, daß auf der Schneebrühe ein paar Fettaugen schwimmen. Ist das nicht Weihnachten, Doktor?« Der Stabsarzt sah den Pfarrer erstaunt an. »Und was werden Sie predigen?« Er lachte rauh. »Vom erlösenden Gott, der heute geboren wurde?«

»Genau das! Von der Erlösung! Vom Frieden auf Erden.«

»Inmitten einer donnernden, flammenden Hölle!«

»Erkennt man in ihr nicht um so mehr die Schönheit des Friedens?«

»Man wird Sie auslachen, Pfarrer!«

»Nein, man wird beten.«

»Das möchte ich sehen.«

»Sie werden es sehen, Doktor. Ich werde in Ihren Kellern die Weihnacht begehen ...«

Dr. Portner wandte sich ab. Auch Dr. Körner, der bis jetzt still zugehört hatte, erhob sich und trat an den OP-Tisch. Durch die Keller zogen Kälte und Wimmern. Die ersten Verwundeten des russischen Trommelfeuers wurden eingeliefert. Zerfetzte Leiber, stöhnende Münder, bettelnde Blicke in den Augen, über die schon der Schleier der Unendlichkeit zog. Auf dem nackten Kellerboden lagen sie nebeneinander, eingewickelt in vereiste Mäntel, die in der Wärme zu tauen begannen. Wasserlachen bildeten sich unter den Körpern.

Knösel kam in den Operationsraum. Er hatte eine Schramme an der Stirn, unter den Armen trug er zwei Bündel verkohlte Dachlatten. »Wo soll der Baum stehen, Herr Stabsarzt?« fragte er an der Tür. Portner fuhr wie gestochen herum.

»Welcher Baum?«

»Der Weihnachtsbaum.«

»Im großen Keller, mein Sohn«, antwortete Webern statt Dr. Portner. Knösel starrte den unbekannten schmutzigen Landser an. Er wollte etwas sagen, doch als er das Kreuz vor der Brust sah, verschluckte er die Worte und nickte stumm.

»Den haben Sie auch schon angelernt, Pfarrer?« fragte Portner ironisch.

»Ich sehe ihn zum erstenmal.«

»Halt, Knösel!« Portner winkte. Knösel kam zurück in den OP-Raum. »Wer hat Ihnen gesagt, daß Sie einen Weihnachtsbaum zimmern sollen?«

»Aber ... das ist doch selbstverständlich, Herr Stabsarzt. Weihnachten ohne Baum, und wenn's nur Latten sind ... das geht doch nicht.«

»Und ›Stille Nacht, heilige Nacht‹ wollen Sie auch singen?«

»Jawohl.«

»Mann! Sie sind bereits tot! Begreifen Sie das nicht? Wir alle sind abgeschrieben! Die ganze 6. Armee! Dreihunderttausend Mann in einem Massengrab, das Stalingrad heißt! Und Sie wollen sich hinsetzen und eine gemütliche deutsche Weihnacht feiern ...«

Knösel nickte. Er schluckte mehrmals, bis er antwortete.

»Sie ... Sie operieren ja auch noch, Herr Stabsarzt«, sagte er heiser. »Wenn wir sowieso draufgehen ...«

»Raus!« Portner stützte sich auf den Küchentisch, auf dem der Mann mit dem halben Kopf pfeifend aus der Mundhöhle röchelte. Pfarrer Webern umkrallte wieder das Kreuz vor der Brust. Dr. Portner nickte. »Sie haben recht, Pfarrer«, sagte er leise. »Je tiefer der Dreck, um so größer der Glaube. Aber verzeihen Sie mir, wenn ich persönlich da nicht mehr mitkomme.« Er beugte sich über den halbierten Kopf und holte weiter Knochensplitter aus der Wunde. »Kümmern Sie sich um die Neueingänge, Körner«, rief er rauh. »Und was nicht mehr reparabel ist, raus aus dem Keller! Ich brauche Platz!«

»Kommen Sie, Doktor.« Pfarrer Webern legte die Hand auf Körners Schulter. »Ich gehe mit Ihnen. Wenn ich neben ihnen knie, merken sie nicht, daß man sie weggeworfen hat.«

Die Rückkehr Iwan Iwanowitsch Kaljonins zu seiner Truppe im »Tennisschläger« war eine helle Freude. Man benachrichtigte sogleich Major Kubowski, der in jeder freien Minute im Lazarett saß, den Ablauf durch seine Person störte und Olga Pannarewskaja verliebt anstarrte. Seit er sie damals geküßt hatte und dabei von einem deutschen Stoßtrupp beschossen wurde, war es zwischen ihnen nicht mehr zu Zärtlichkeiten gekommen. Es gab auch keine Gelegenheit mehr. Die Offensive der sowjetischen Armeen an Don, Tschir und an der Südfront, der Aufmarsch frischer Divisionen rund um den Kessel über das Eis der Wolga nach Stalingrad hinein und vor allem der wachsende Druck der Deutschen, die darauf drängten, die sowjetischen Widerstandsinseln in der Stadt zu überrennen und das Herz Stalingrads, das Wolgasteilufer, zu erobern, beschäftigten auch Major Kubowski so stark, daß er nur wenige Augenblicke im Lazarett sitzen konnte.

Außerdem war Andreij Wassilijewitsch Sukow, der Chefchirurg, ein unhöflicher Mensch. Immer, wenn Kubowski erschien, sagte er gehässig: »Sieh, sieh, da kommt er wieder wie ein wilder Rammler!« Kubowski fand diesen Vergleich aus dem Tierreich unpassend, schwieg aber um des lieben Friedens willen. Man kannte diesen Sukow ja ... ein blendender Arzt, ein technisch artistischer Chirurg, aber ein grober Klotz, der es liebte, abends nach einer Schallplatte den Tod des Zaren Boris Godunow von Mussorgskij zu grölen. So ein Mensch war dieser Sukow! Es war wirklich besser, ihm möglichst aus dem Wege zu gehen ...

Auch heute wurde Jewgenij Alexandrowitsch Kubowski in seiner verliebten Betrachtung der Pannarewskaja gestört. Ein Melder erschien, schrie nach dem Major und berichtete, Kaljonin, der Tote, sei wieder da. Das hörte auch Vera Kaljonina, ließ eine Spritze fallen, stieß einen Jubelruf aus und stürzte auf den Rotarmisten zu.

»Wo ist er, Genosse, wo? Sag es doch! Brüderchen, wo ist er? Ist er gesund? Hat er etwas abbekommen ...?«

»Ein bißchen blaß ist er, Genossin. Aber sonst ist er ganz da ...« Der Soldat grinste. Kubowski nickte der Pannarewskaja zu.

»Bis nachher, Olgaschka ...«

»Du kannst mitgehen«, sagte die Ärztin zu Vera Kaljonina. »Für eine Stunde ...«

Sie rannten aus dem Keller, krochen ein Stück über ein Trümmerfeld, das von einer deutschen Pakbatterie eingesehen wurde, und kamen atemlos im Befehlsstand des Majors an. Kaljonin saß am Tisch, aß ein Brot mit Schmalz, trank heißen Tee und zwischendurch ein Gläschen Wodka.

»Wanja!« schrie Vera, als sie in den Bunker stürzte. »Mein Wanja!« Sie fielen sich in die Arme, herzten und küßten sich, und erst dann nahm Kaljonin stramme Haltung an und meldete sich bei seinem Kommandeur zurück.

»Mladschij-Sergeant Kaljonin zurück. Auftrag erfüllt. Deutsche Batterie vernichtet. War einige Tage in einem Keller verschüttet.«

»Und wer hat dich rausgeholt?« fragte Kubowski.

»Ein deutscher Soldat.«

»Und wo ist der deutsche Soldat?«

Kaljonin sah seinen Major dumm an. »Weg! Zu seinen Leuten.«

»Hat man so etwas schon gehört!« Kubowski sah Kaljonin böse an. »Fängt einen deutschen Soldaten und nimmt ihn nicht mit!«

»Er hat mich vom Tode errettet, Genosse Major!«

»Dann hättest du dankbar sein müssen und ihn mitbringen! Jetzt wird er sterben!«

»Er wollte nicht. Und er weiß, daß er sterben muß ...«

Major Kubowski schlug mit der Faust auf den Tisch, das Telefon tanzte klirrend. »Das ist es ja, das Schreckliche bei diesen Deutschen. Alle wollen sie Helden sein, und am Ende sind sie verratene Idioten! Daß sie es nicht begreifen! Warum kämpfen sie noch in Stalingrad? Warum retten sie sich nicht?«

Und da sagte Kaljonin etwas, was er in seinen weltanschaulichen Schulungen nicht gehört hatte. »Würden Sie sich retten, Genosse Major? Sie haben es nicht getan, als die Deutschen uns umzingelt hatten und wir allein standen, dreiundvierzig Mann, in einem Silo ... Wissen Sie es noch, Genosse Major?«

Kubowski wußte es, und er verstand seinen Sergeanten. Soldaten haben wirklich ein merkwürdiges Gehirn, dachte er. Es hat auswechselbare Drähte. Sonst denkt es normal, aber sobald man eine Uniform anhat, gibt es andere Kontakte. Dann denkt und tut man etwas, woran man früher nie gedacht hat. Überall ist es so, bei uns und bei den Deutschen und sicherlich auch bei den Chinesen. Ein Soldat ist ein besonderer Mensch. Gott sei's geklagt!

Die Tage in dem nassen Grab hatten Kaljonin doch mehr zugesetzt, als er wahrhaben wollte. Kubowski erkannte es an dem Flattern seiner Hände und dem Zucken um die Augen. Die Nerven, dachte er. Man kann's verstehen! Lebendig begraben sein, das zerreißt die Seele.

»Lassen Sie sich untersuchen, Iwan Iwanowitsch«, sagte Kubowski zu Kaljonin. »Vera wird Sie zum Lazarett führen. Ich werde mich morgen nach Ihnen erkundigen.«

Ein Grund, wieder zu Olgaschka zu kommen, dachte er zufrieden. Es ist doch merkwürdig mit der menschlichen Seele. Da liegen wir in den Trümmern und haben den Tod über uns, wir krallen uns in der Erde fest, wir bluten und sterben ... aber dann ist da eine stille Minute, ein Atemzug Ruhe, und was tun wir? Wir lieben! Wir lieben inmitten von Leichen. Und wir sind glücklich trotz der Schrecken.

Im Lazarett, das sie mit Mühe erreichten, weil Kaljonin plötzlich zusammenfiel, in den Trümmern liegenblieb, mit offenem Mund japsend in den Himmel starrte und stöhnte: »Ich bin wie gelähmt, Täubchen. Ich kann nicht mehr laufen ... ich bin gelähmt ...«, aber dann doch weiterkroch, weil ihn Vera mit übermenschlicher Kraft hinter sich herzog, legte ihn die Pannarevskaja gleich auf eine Strohmatratze, über der sogar eine

Decke lag und am Kopfende ein weiches Kissen. Auch ein Spiegel hing an der Wand, ein Waschbecken aus Marmor in einem eisernen Ständer ... es war direkt ein freundliches Zimmer, in das sie Kaljonin führte. Vera Kaljonina blieb an der Tür stehen.

»Das ist doch Ihr Zimmer, Genossin Oberleutnant«, sagte sie unsicher.

»Natürlich.« Die Pannarewskaja lächelte sacht. »Der Major hat mir erzählt von eurer Hochzeit. Soviel ich weiß, hattet ihr nie Zeit füreinander.«

Kaljonin wurde rot wie ein kleiner Junge. Auch Vera senkte den Kopf. Sie antwortete nicht, und es war auch nicht nötig, denn die Pannarewskaja hatte das Zimmer verlassen und die Tür verschlossen. Iwan Iwanowitsch atmete tief auf.

»Welch eine Frau«, sagte er leise und schüchtern. »Schließt uns einfach ein ... Und ein richtiges Bett ist da.« Er legte sich auf die Matratze, dehnte sich, schloß die Augen und breitete die Arme aus. Über ihm wummten die Einschläge der deutschen Granaten, Wände und Boden zitterten, aber das störte ihn nicht. Er kam in eine glückliche Stimmung und fühlte sich plötzlich stark und gesund. »Komm, Veraschka«, sagte er leise und zärtlich. »Komm zu mir ... es ist eine breite, weiche Matratze ...«

Später lagen sie Brust an Brust und sahen sich in die Augen und die verschwitzten, geröteten Gesichter.

»Bald ist Weihnachten, Veraschka«, sagte Iwan Iwanowitsch mit glückschwerer Stimme.

»Ich wünsche mir einen Sohn«, sagte sie leise und küßte ihn. »Einen Sohn, der einmal so wird wie du.«

»Oder ein Mädchen, so schön wie du, Veraschka ...«

»Und Frieden, Wanja.«

»Frieden ...«

Sie sahen zur Decke. Staub rieselte auf sie herunter. Es donnerte und bebte. Die Tür wurde aufgestoßen. Olga Pannarewskaja stand im Zimmer. Sie sah blutverschmiert aus, an ihrer langen Gummischürze hingen Knochenstückchen und Gehirn. Vera fuhr von dem Bett hoch und strich ihren Rock hinunter.

»Es tut mir leid«, sagte die Ärztin. »Sie können liegenbleiben, Iwan Iwanowitsch. Aber Vera brauche ich. Die Keller sind voll mit Verwundeten, und sie müssen verbunden werden, ehe wir sie in der Nacht zur Wolga bringen lassen.«

Zwischen stöhnenden Körpern arbeiteten Sukow und drei andere Ärzte. Und auch Major Kubowski war wieder da. Mit einem Schulterschuß. Es war nur eine Fleischwunde, die Sukow kritisch betrachtete und von der er sich zu der unkameradschaftlichen Bemerkung hinreißen ließ: »Der kam Ihnen wohl sehr willkommen, Genosse Major? Er sitzt so goldrichtig dort, wo er absolut keinen Schaden anrichten kann ...«

»Glauben Sie, ich lenke die Kugeln mit Magneten?« fauchte Kubowski. Sukow sah den Major verblüfft an.

»Das ist eine Idee! Sie sollten sie dem Obersten Sowjet zur Patentierung vorschlagen!«

»Ein blöder Mensch!« stöhnte Kubowski, als die Pannarewskaja an ihm vorbeikam. »Und so etwas ist Arzt! Man könnte an der Wissenschaft zweifeln, wenn es dich nicht gäbe.«

Um die Zeit etwa, als Knösel neunhundert Meter weiter westlich in einer Kellerecke hockte und einen Weihnachtsbaum aus brandgeschwärzten Dachlatten zimmerte, ihn mit getrocknetem Gras behängte und »Schneebällen« aus alten Bindenresten, die er zu Kugeln rollte und verleimte, um die Zeit, als Dr. Körner und Pfarrer Webern zu den Sterbenden gingen, zu den Fiebernden, zu den Verfaulenden, um ihnen das Sterben zu erleichtern, hockte Kaljonin wieder in einem Grabenstück, geschützt durch einen dicken Wolfspelz, und starrte hinüber zu den deutschen Bunkern und hinauf in den grauen Himmel.

Hier, allein auf Posten, durfte er sich erinnern, wie es in seiner Kindheit gewesen war. Zwar gab es schon den Bolschewismus, aber er war noch jung und nicht in allen Hirnen. Die Mutter etwa und auch der Vater, sie lebten geistig noch im Zarenreich. Und sie feierten Weihnachten hinter verschlossenen

Türen und verhängten und verklebten Fenstern. Über die Wolga heulte von der Steppe aus Kasachstan her der Eiswind, aber im Ikonenwinkel brannten die Kerzen, und die Mutter sang mit zittriger Stimme die alten Weihnachtslieder. Im Ofen, in der Backröhre, garte ein Kuchen, ein herrlicher Kuchen aus weißem Mehl und gerösteten Sonnenblumenkernen. Papuschka als Herr des Hauses schnitt ihn an und nahm das erste Stück; es roch so feierlich aus dem dampfenden Laib. Es war Weihnachten ...

Kaljonin stützte den Kopf in die Hände. Seitlich von ihm schepperte ein Panzer durch die Straßen. Ein kleiner Trupp Rotarmisten marschierte hinterdrein. Ablösungen, aus Sibirien herangeführt und über das Eis der Wolga gesetzt. Von allen Seiten kamen jetzt Truppen heran, um die Deutschen endlich zu zerdrücken.

Weihnachten! Friede auf Erden ...

Iwan Iwanowitsch Kaljonin seufzte laut. Man hörte es ja nicht ...

8

Weihnachten. 24, Dezember 1942. Heiliger Abend.

Überall im Kessel Stalingrad flackerten die Kerzen auf. In den Erdbunkern, in Ställen, in Hütten, in Zelten, in der Steppe wie in den Trümmern der Stadt, in zerschossenen Panzern und unter Planen, vor den verzerrten Gesichtern der Sterbenden und den für einen Augenblick entspannten, hohlwangigen, verschmierten, vergreisten Gesichtern der noch Lebenden.

An einem Wegweiser in der Steppe hing ein Petroleumlämpchen, und ein Weihnachtsbaum mit richtigen Lichtern brannte auf einer Höhe und leuchtete weithin über das sterbende Land. Es war, als halte für eine ganz kurze Zeit die Weltgeschichte den Atem an, für ein Zwinkern nur, ein erstauntes Besinnen und Begreifen, daß es so etwas noch gab, daß Menschen, die verfaulten und verhungerten, sich um das flackernde Licht einer Kerze sammelten, die Hände falteten und leise das Vaterunser beteten, mit einer Innigkeit, die sonst nie in ihnen gewohnt hatte.

In den Kellergewölben unter dem Kino stand Pfarrer Webern vor einem kleinen Altar aus Kisten und Brettern und betete vor einem Kreuz, das Knösel aus zwei Stuhlbeinen gezimmert hatte. Um ihn herum lagen die Todgeweihten, dahinter knieten die Hoffnungslosen, an den Wänden, auf den Kinoklappstühlen, hockten die anderen Verwundeten, fiebernd, mit klappernden Zähnen, mit schmerzweiten Augen und zuckenden Gliedmaßen.

»... denn Euch ist heute der Heiland geboren, welcher ist

Christus, der Herr«, sagte Pfarrer Webern. Seine Stimme schwebte über den vergehenden Gesichtern der Sterbenden und deckte das Stöhnen und Röcheln zu, das sich um seinen Altar versammelte.

Dann sprach er von der Liebe, von der Erlösung, von der Gnade Gottes, von der offenen Tür des Himmels, an der niemand abgewiesen werde, der rufen würde: Ich will zu DIR, Herr, denn ich bin ein armer, sündiger Mensch.

Als er betete, senkte selbst Dr. Portner den Kopf. Vor ihm lagen drei Schwerverwundete, die den Morgen nicht mehr erleben würden. Aber ihre Augen waren weit offen, ihr Blick starrte selig in die Kerzen am Altar und auf den Weihnachtsbaum aus verkohlten Dachlatten und Steppengras. Und sie falteten die Hände über ihren zerfetzten Körpern, und ihre Lippen bewegten sich lautlos, als sie alle im dumpfen Chor beteten.

Vater unser, der Du bist im Himmel ... und vergib uns unsere Schuld ... denn Dein ist das Reich ...

Dann sangen sie, mit gefalteten Händen, die Augen auf den brennenden Baum gerichtet, ein Geisterchor fast, Stimmen aus durchgebluteten Verbänden in der Begleitung von Röcheln und wimmerndem Weinen, fiebrigen Schreien und bettelndem Stammeln.

Stille Nacht, heilige Nacht ...

Vor dem Altar Paul Weberns starben bei diesem Lied sieben Soldaten. Sie streckten sich, und ihre gläsernen Augen starrten noch immer in die Kerzen, lebendige Punkte in einem ausgedörrten Leib.

Über ihnen schwieg der Krieg nicht. Die Artillerie donnerte, sowjetische Kommandotrupps durchkämmten die Trümmer in der Hoffnung, daß Weihnachten die Aufmerksamkeit der Deutschen behindere. Aber die Gräben und MG-Nester, die Bunker und Panzerstellungen, die Pak-Geschütze und Granatwerfer waren besetzt. Wenn auch zwischen den Trümmern einsame Kerzen flackerten, Irrlichter sich erinnernder und Abschied nehmender Herzen, wenn auch der Gesang aus den Bunkern und

Erdhöhlen, den Kellern und Unterständen dumpf über die tote Stadt wehte, ein Feld singender Gräber, daß ein Schauer über die Rücken der Rotarmisten glitt ... es wurde zurückgeschossen, es wurde sich weiter in den Schnee gekrallt und es wurde auch an diesem Tag gestorben, dreckig wie immer, verzweifelt und sinnlos. Aber die Nachwelt würde es Heldentod nennen, und die Jugend nach zwei Generationen würde davon lesen und es nicht verstehen und sich nicht vorstellen können, was es heißt: Krieg.

Über die Kellertreppe des Kinos schleppten zwei Landser eine zusammengesunkene, blutende Gestalt. Feldwebel Wallritz, der mit zwei Sanitätern im Vorkeller war, um die frisch Verwundeten in Empfang zu nehmen, klappte einen der Kinostühle herunter und winkte den beiden Landsern zu.

»Setzt ihn dorthin. Ich komme gleich ...«

Die beiden Soldaten blieben mit ihrer Last in der Mitte des Raumes stehen. Sie hörten aus dem Nebenkeller den dumpfen Gesang des Weihnachtsliedes; auch der Mann in ihrer Mitte richtete sich mit letzter Kraft auf und starrte aus blutverschmiertem Gesicht um sich.

Wallritz machte ein paar Schritte auf ihn zu. Vor der Brust des Verwundeten pendelte wie bei Pfarrer Webern ein kleines Kreuz. Nur glänzte es nicht mehr ... es war rot von Blut. Noch einmal sah der Mann sich um, dann sank er wieder zusammen, wurde besinnungslos und hing schlaff in den Armen der beiden Landser.

»Mein Gott, wer ist denn das?« fragte Wallritz. Er packte mit zu, und gemeinsam trugen sie den Ohnmächtigen zu einer Stellage aus Kistenbrettern.

»Unser Pastor«, sagte einer der Landser heiser. »Pastor Sanders ... er machte bei uns die Weihnachtsfeier. Da kam der Iwan mit 'nem Stoßtrupp, wir raus in'n Graben, und plötzlich steht der Pastor auch im Graben und trägt die Verwundeten in'n Bunker. Und da hat's ihn erwischt, verdammt noch mal ...«

Wallritz schnitt die Uniform auf. Aus einer breiten Schulterwunde floß Blut in Strömen. Er drückte eine dicke Lage Zellstoff darauf und rannte in den großen Keller. Durch die Singenden bahnte er sich einen Weg zu Dr. Portner, der ihm bereits entgegenkam.

»Was ist, Wallritz? Haben sie einen General eingeliefert?«

»Nein, Herr Stabsarzt. Aber ein Pastor ist da. Pastor Sanders.«

Dr. Portner hob die Schultern. »Sagen Sie dem Herrn, sein Kollege Webern zelebriert bereits die deutsche Seele. Aber wenn er will, kann er auch auf evangelisch die ›Stille Nacht‹ singen lassen ...«

»Er ist schwer verwundet, Herr Stabsarzt ...«

Dr. Portners Gesicht wurde sofort hart, der Spott verlor sich. Er wandte sich zu Pfarrer Webern am Altar.

»Pastor Sanders ist da, Pfarrer. Verwundet.« Paul Webern ließ die gefalteten Hände sinken.

»Wo? Ich kenne ihn gut. Wir müssen sofort zu ihm.«

»Er ist nebenan.«

Dr. Portner rannte Wallritz nach, der bereits im Nebenkeller verschwunden war. Auch Pfarrer Webern rannte durch die singenden Reihen. Aber es störte die Feier nicht. Die Lichter am Altar und am Lattenbaum brannten, und es war so, als sähe man das alles nicht, als wären die Herzen weit, weit weg aus der verschneiten Steppe in einer warmen, nach Äpfeln, Nüssen und Lebkuchen riechenden Stube, in der ein Tannenbaum brennt, in der Kinderstimmen singen und sich bunte Kugeln im Lichterglanz drehen ...

Dr. Portner beugte sich über Pastor Sanders. Dieser hatte die Augen wieder offen, er war bei Besinnung und erkannte seine Umwelt.

»Sie hier, lieber Webern?« sagte er schwach und hob mühsam die Hand.

Pfarrer Webern ergriff sie und drückte sie. »Daß wir uns so wiedersehen müssen ... am Heiligen Abend. Gibt es einen besseren Tag, lieber Sanders?« Pfarrer Webern blickte kurz zu Dr.

Portner. Der schüttelte den Kopf. Keine Lebensgefahr, hieß das. Wenn er fachgerecht versorgt wird, wird er überleben.

Fachgerecht ... das hieß: ausfliegen. Hinaus aus dem Kessel von Stalingrad, dem Massengrab von dreihunderttausend deutschen Soldaten.

Pfarrer Webern hielt Pastor Sanders' Hände fest, als Dr. Portner und Feldwebel Wallritz die Wunde reinigten. Sanders knirschte mit den Zähnen, aber er schrie nicht. Nur seine Nägel krallten sich in die Handrücken seines katholischen Kollegen.

Im Hauptkeller sangen sie noch einmal die erste Strophe. »... schlaf in himmlischer Ruh' ...« Und es waren in diesem Augenblick nur wenige, die an den ewigen Schlaf dachten.

»Mit dem nächsten Transport, morgen nacht, kommen Sie nach Gumrak, Pastor«, sagte Dr. Portner. »Ich gebe Ihnen Knösel mit. Er wird dafür sorgen, daß alles glatt verläuft.«

»Nach Gumrak?« Pastor Sanders drehte den Kopf zu Pfarrer Webern. »Warum Gumrak?«

»Sie werden sofort ausgeflogen, Sanders.«

Pastor Sanders sah von dem Arzt zu seinem katholischen Amtsbruder, von Feldwebel Wallritz zu den Klappstühlen an den Wänden, auf denen die anderen Verwundeten warteten, eisverkrustete Gestalten, eingemummt in Zeltplanen und steifgefrorene Decken.

»Nein!« sagte er. Und lauter, sich mühsam aufrichtend: »Nein!«

Dr. Portner und Wallritz sahen sich kurz an. Es war nicht nötig, daß sie ihre Gedanken aussprachen. Man wird Pastor Sanders gar nicht fragen, hieß dieser Blick. Knösel, der Unverwüstliche, wird ihn aus der Stadt schleppen. Bei den Artilleriestellungen und der Feldbäckerei wird es schon ein Fahrzeug geben, das sie weiterschafft nach Gumrak. Vor allem, weil es ein Pastor ist.

Pfarrer Webern setzte sich neben seinen evangelischen Kollegen auf den Kellerboden. Dr. Portner und Wallritz gingen zurück in den großen Keller. Die Weihnachtsfeier war beendet.

Nun saßen und lagen die verfaulenden Gestalten herum und starrten auf die Kerzen, stumm, mit gefalteten Händen, die Gedanken weit weg in einer warmen Stube, in der früher um diese Zeit der Weihnachtsbraten aufgetragen wurde. Auch oben, in der Hölle, war es merkwürdig still. Die sowjetischen Granatwerfer schöpften Atem, die Stoßtrupps der Rotarmisten lagen zwischen den Trümmerbergen, hockten auf zerborstenen Häuserdecken, klebten hinter Mauerresten und sahen hinüber zu den deutschen Bunkern und Erdhöhlen.

Auf dem zerfetzten Turm eines Panzers flackerte eine dicke Kerze in einem Glas ... Hindenburglichter irrten wie Glühwürmchen durch die geborstenen Häuser ... auf einem Trümmerberg lag ein Toter auf dem Rücken, steif gefroren, den Arm nach oben gereckt, als habe er noch mit dem letzten Atemzug die Sterne herabreißen wollen oder das Auge Gottes, damit es diese Qual von Hunderttausenden erkenne. Es mochte auch sein, daß er den Arm gegen eine Wand gestützt hatte, sich festkrallend, hoffend, doch noch leben zu können, bis eine neue Detonation ihm auch diesen letzten Halt raubte. Er merkte es nicht mehr, er war schon gestorben und sein Arm hoch gereckt vereist. Nun stach sie in den Nachthimmel, eine Hand, die nach Halt schrie ... und jemand hatte in diese Hand eine Kerze gestellt. Sie brannte weithin sichtbar von diesem Trümmerberg, flackerte hinüber zu den Rotarmisten, die zwischen den zerfetzten Mauern lagen – ein Licht in der Schale einer Hand, deren Finger Gott um Hilfe riefen.

Es war der grausamste und treffendste Weihnachtsbaum von Stalingrad.

... Friede auf Erden ... und den Menschen ein Wohlgefallen.

Im Norden der Stadt wurde noch geschossen. Durch die Ruinenwüste des Werkes »Roter Oktober« rannten geduckt die pelzmützigen Rotarmisten. Unter verbogenen Eisenträgern hervor ratterten die MGs. Hier ging es um Meter, um eine Hallenecke, um eine zerrissene Maschine, um die Breite eines Deckenträgers ... die Perfektion eines Wahnsinns.

»Ich gehe nicht«, sagte Pastor Sanders und lehnte sich gegen Pfarrer Webern. »Sie werden es verstehen, nicht wahr?«

»Nein, lieber Amtsbruder«, sagte Webern. Sanders drehte mühsam den Kopf zu ihm.

»Wir haben doch die Pflicht, als Seelsorger –«

»Sie haben diese Pflicht erfüllt, Sanders. Nun ist es Ihre Pflicht, zu überleben ... Sie haben eine Familie, Sie haben eine Frau und drei Kinder ...«

»Ich bleibe bei meinen Jungs!« Pastor Sanders Kopf fiel auf Weberns Schulter. Er atmete röchelnd, in der zerschossenen Schulter bohrte der Schmerz. Es war, als läge sie in glühender Asche. Wallritz hatte ihm nur die Hälfte der schmerzstillenden Injektion geben können. Sparen, hatte Dr. Portner gesagt. Auch beim Pfarrer! Der Tag war auszurechnen, an dem es überhaupt keine Medikamente mehr gab. Die Kisten, die man auf dem Flugplatz Gumrak aus der Ju 52 auslud, blieben auf dem Weg in die Stadt irgendwo liegen ... schon in Gumrak selbst, wo zehntausend Verwundete herumlagen und verfaulten. Die Sanitätskisten, die wirklich verladen wurden, kamen bis an den Stadtrand. Dort waren die großen Krankensammelstellen, die alles aufnahmen, was aus den Trümmern Stalingrads nach hinten gekrochen kam. Was hier übrigblieb an Medikamenten, nahmen Melder oder Kuriere mit in die Hölle. Ein Bruchteil dessen, was jeden Tag in Gumrak landete. Es half nichts, daß Dr. Portner tobte, daß außer ihm die anderen Kellerlazarette Alarm schrien und bei den Divisionsstäben anriefen ... die Heeresoberapotheker meldeten ihre Listen, legten die Zahl der eingeflogenen Kisten vor, die Transportpapiere, die quittierte Auslieferung ... mehr konnte man nicht tun. Was jenseits der Schreibstuben vor sich ging, entzog sich der Kontrolle der Beamtenschaft. Es war genug, daß man selbst seine Pflicht gewissenhaft erfüllte.

Der Schmerzanfall verflog. Pastor Sanders wischte sich den kalten Schweiß von der Stirn. Die vereiste Uniform taute auf, er lag in einer Pfütze von Schneewasser, in seinen Stiefeln staute es sich und weichte die Füße auf.

»Sie bleiben doch auch, Webern ...«, sagte er mit knirschenden Zähnen.

»Ich habe keine Familie. Meine Familie sind meine Gläubigen.« Pfarrer Webern nestelte die Feldflasche von seinem Koppel und setzte sie Pastor Sanders an die zitternden Lippen. »Trinken Sie noch mal. Eine Fingerspitze Tee in Schneewasser ... aber ein Schuß Wodka ist drin. Wir fanden ihn im Brotbeutel eines toten Russen. Im übrigen sollten wir jetzt nüchtern denken, lieber Amtsbruder. Sie haben die Chance, ausgeflogen zu werden. Sie werden in das Leben zurückkehren. Und das ist Ihre Pflicht! Nicht allein gegenüber Ihrer Frau und den Kindern, sondern auch uns gegenüber. Verlassen Sie dieses Massengrab, überleben Sie ... und dann reden Sie! Erzählen Sie denen in der Heimat von Wolga und Don und wie es hier aussieht! Schreien Sie hinein in die Sendungen des Großdeutschen Rundfunks: Nein! Das ist kein Heldenkampf mehr ... das ist ein Hinmorden von dreihunderttausend deutschen Landsern und ebenso vielen russischen Vätern und Söhnen! Das ist keine Gotenschlacht – wenn ich dieses Wort schon höre! –, sondern ein Verbrechen, ein geschichtliches Verbrechen! Hier wird abgeschlachtet, weiter nichts. Und während sie im Radio Beethoven und Wagner und Liszt spielen, wenn der Name Stalingrad fällt, verrecken hier in den Kellern und Erdhöhlen Tausende von Menschen, verhungern, vergreisen, werden wahnsinnig, verbluten, werden vom Eiter zerfressen! – Das, lieber Sanders, ist Ihre Aufgabe, das müssen Sie denen in der Heimat erzählen. Und darum werden Sie auch ausfliegen.«

»Und Sie, Webern?«

»Ich bleibe hier und verfaule mit. Ich werde mein Kreuz jedem hinhalten und nicht fragen: Bist du katholisch ... bist du evangelisch?! Im Sterben sind wir alle gleich, und im Ruf nach Gott gibt es keine Unterschiede. Oder glaubt man, Christus steht an der Pforte des Himmels und sortiert die Gläubigen?« Pfarrer Webern legte den Arm um Pastor Sanders. Es war eine Geste inniger Verbundenheit. »Gehen Sie ins Leben zurück, Sanders ... *eine* Stimme, die von Gott spricht, genügt jetzt ...«

Pastor Sanders nickte. Kurz darauf schlief er vor Erschöpfung ein. Webern und ein leicht verwundeter Soldat trugen ihn zu einem Strohsack an der Kellerwand. Er war gerade frei geworden ... der junge, blonde Landser, der auf ihm gestorben war, lag jetzt im Totentrichter 7, einem großen Minentrichter, in den nach vorsichtigen Schätzungen etwa 300 Tote hineingingen. Natürlich gut gestapelt, einer neben dem anderen und über dem anderen, unter Ausnutzung des vorhandenen Platzes. Eine geballte Kompanie, noch im Verschimmeln ausgerichtet. Trichter 1 bis 6 waren schon gefüllt. Die Mühe des Zuschüttens sparte man sich ... das besorgte die Artillerie, die die Trümmer immer wieder umdrehte, so wie man einen Teig durchknetete, damit sich alles in ihm gut verteilt.

Die Nacht zum ersten Weihnachtstag blieb still. Man benutzte sie dazu, Nachschub heranzuschaffen. Aus den Steppenstellungen, den Zeltlagern und Erdbunkern zwischen Gumrak und Stalingrad, Gorodischtsche und Kuperassnoje, Karpowka und Baburkin zogen die grauen Gestalten in die vorderen Stellungen. Auch die Sowjets gruppierten um. Über das Eis der zugefrorenen Wolga rollten neue Panzer heran, frische Bataillone aus Sibirien und von den Grenzen der Mandschurei, Geschütze und Werkstätten, und immer wieder Menschen ... Menschen ... in dicken Steppmänteln, in Schafspelzen, mit Pelzmützen, gut genährt und ausgeschlafen, siegessicher und mit Haß gegen die Deutschen bis in die Mundhöhle gefüllt. Mit ihnen kamen die Propagandafunktionäre, Volkskommissare aus den Parteischulen von Moskau und Swerdlowsk. Sie verhörten die deutschen Kriegsgefangenen und sprachen den Rotarmisten, die seit dem Sommer in den zerwühlten Straßen ihrer Stadt lagen, Mut und Siegeswillen zu. Und sie brachten zu essen mit ... auf jedem Panzer, der über das Eis der Wolga donnerte, klebten Kisten mit

Verpflegung, Säcke mit Bohnen und Grütze, getrocknetem Fisch und Kapusta, Mehl und Sojaschrot.

Es war der 25. Dezember 1942, der erste Weihnachtstag. Das Armee-Oberkommando gab die neue Lebensmitteleinschränkung bekannt mit dem Befehl, diese Kürzung erst am 26. Dezember bekanntzugeben, um die Weihnachtsstimmung nicht zu gefährden. Auch Dr. Portner bekam telefonisch diese neue Anweisung des Oberquartiermeisters der Armee durchgesagt und notierte sie sich.

»Hören Sie sich das an, Körner«, sagte er bitter. »Die Brotration wird auf fünfzig Gramm pro Tag beschränkt. Mittags ein Liter Suppe aus Hülsenfrüchten, abends etwas Büchsenverpflegung oder ein zweites Süppchen ... Man macht sich wirklich Mühe mit unserer Speisekarte.« Er hieb mit der Faust auf den Tisch und hielt dann die Kerze fest, einen Stummel, der für den Abend ausreichen mußte. »Rufen Sie zurück, Körner: Menü à la Hungerkünstler verstanden. Fragen an, wann Hülsenfrüchte frei Haus geliefert werden. Kreuzdonnerwetter noch mal ... wenn weiterhin solche Anrufe kommen, sollte man in die Hörer kotzen!«

Immerhin war an diesem Tag und in der Nacht zum 26. Dezember ein Kommen und Gehen zwischen den Trümmern, den Kellern, in den Laufgräben, von Trichter zu Trichter. Was Dr. Portner nie geglaubt hatte, wurde Wahrheit: Nachschub kam heran! Vier Kisten mit Medikamenten, von der Bäckerei sechs Säcke heiße Brote, vier Kartons mit Schmalzfleisch, ein Sack Grieß, zwei Säcke Mehl ... Dr. Portner stand sprachlos vor diesen Schätzen und begriff nichts mehr.

»Wo kommt denn das her?« fragte er den Leutnant, der mit vierzig Mann dieses Schlaraffenland herangebracht hatte. »Mann – wie kommen Sie an das Paradies?«

Der Leutnant setzte sich, holte aus dem Brotbeutel eine Flasche französischen Cognac und hielt sie Dr. Portner hin. »Auch das noch!« sagte Portner entgeistert.

Der Leutnant nickte. Er war vor Schließung des Kessels aus

Kalatsch ausgebrochen und hatte bis jetzt in Woroponow Wachdienst in dem russischen Gefangenenlager geschoben. Als Bettelkurier war er oft mit einigen Lkw nach Karpowka gefahren, um Lebensmittel zu holen. Was er dort gesehen hatte, überstieg seinen Verstand.

»Wissen Sie, was in der Steppe los ist, Herr Stabsarzt? Was sich da draußen tut?« fragte er, als Dr. Portner und Dr. Körner aus der Flasche einige Schlucke Martell genommen hatten. »Sie leben hier wie die Ratten im Keller ... seien Sie froh, daß Sie nichts anderes sehen als Sterbende! Da draußen verlören Sie den Verstand. Ich habe mir einiges aufgeschrieben, was ich erfahren habe. Für später ... ich werde einmal, wenn wir diese Scheiße wirklich überleben, mit diesen Notizen beweisen, welche Schweine es unter uns gab, die Tausende von uns auf dem Gewissen haben, nur weil ihr Beamtengehirn an Bestimmungen denkt.« Er holte aus der Brusttasche ein kleines schwarzes Notizbuch und las daraus vor. »In Karpowka lagern seit Wochen dreiundvierzig Waggons mit Alkohol. Es war ein Sonderzug aus Oels. In diesen Waggons befinden sich dreitausendsiebenhundertvierundsechzig Kisten mit Sekt, Branntwein, Likör und Wein. Jeden Tag knallen durch die Kälte Hunderte von Sektflaschen auseinander ... aber von diesen Zehntausenden von Flaschen in den dreiundvierzig Waggons wird nichts ausgegeben, weil eine Transportbestimmung noch nicht eingegangen ist! In Jassinowotaja stehen zweiunddreißig Eisenbahnwaggons mit den Weihnachtspäckchen für die 6. Armee. Dreieinhalb Millionen Päckchen sind es! Dreieinhalb Millionen! Aus der Heimat. Mit Kuchen, mit Plätzchen, mit warmen Pullovern, mit Wollsocken, mit Ohrenschützern, mit Pulswärmern, mit lieben Briefen, mit Äpfeln und Nüssen ... Aber sie liegen da, wurden ausgeladen und gestapelt, mit Zeltplanen überdeckt und verfaulen ... Und warum? Weil kurz vor Weihnachten die Eisenbahntruppe im Kessel mangels Brennstoff den Zugverkehr einstellte! Die Zahlmeister aber haben die Anweisung, diese Weihnachtspäckchen per Bahn zu den Truppen zu befördern! Es fährt keine

Bahn ... also wird nicht transportiert. Auch wenn täglich Hunderte von Lastwagen vorbeikommen, die die Päckchen mitnehmen können! Nein, das geht nicht! Das steht in keiner Bestimmung!« Er hielt die Flasche noch einmal hoch. »So, nun trinken Sie noch mal, Herr Stabsarzt. Man muß besoffen sein, um das zu begreifen! Wissen Sie, was ich getan habe? Ich habe alles, was Sie hier sehen, organisiert, aus den Lagern um Stalingrad, die zum Teil überlaufen von Material, auf dem die Zahlmeister sitzen wie brütende Glucken. Ein Tatbericht ist unterwegs ... ich habe einen dieser fetten Beamten geohrfeigt und in sein Zimmer eingesperrt, bis meine Leute sich beladen hatten. Mir ist wurscht, was kommt ... ich möchte den sehen, der mich deswegen hier aus den Trümmern rausholt! Und nun trinken Sie, Doktor ...«

Am Abend des 26. Dezember war Knösel reisebereit. Er hatte eine schöne Zeltplane organisiert und zwei starke Männer, die unter seiner Oberleitung Pastor Sanders zum nächsten Sammelplatz tragen sollten. Die Fahrt mit dem Lkw wollte Knösel dann allein fortsetzen. In Gumrak muß es was zu fressen geben, hatte er verkündet. Und Knösel kommt nicht ohne zurück!

Nun tappte er durch die Keller des Kinos und suchte Pastor Sanders. Das Kommen und Gehen des Nachschubs und der Verwundeten erschwerte das Suchen. Sanitätsfeldwebel Wallritz sah ratlos auf den Strohsack, auf dem Pastor Sanders noch vor vier Stunden gelegen hatte. Wallritz wußte es genau, er hatte Sanders neu verbunden und ihm als erstem Sulfonamidpuder auf die Wunde gestreut, Puder, der gerade mit den Medikamentenkisten angekommen war. Nun lag ein aschgrauer Unteroffizier auf dem Strohsack; das Bein war ihm weggerissen, und das Fleisch des Schenkels über dem Verband war rotschwarz. Wundbrand, dachte Wallritz. Hoffnungslos. Aber wo ist der Pastor?

Mit Knösel rannte er von Keller zu Keller. Sie riefen den Namen Sanders, sie gingen von Körper zu Körper. Pastor Sanders war nicht mehr da.

»Warten Sie hier, Knösel«, sagte Wallritz heiser. »Ich hole den Chef.« Auch Dr. Portner, der sofort mit Pfarrer Webern in den großen Keller kam, konnte nur auf den Strohsack mit dem sterbenden Unteroffizier starren und die Schultern zucken. Pfarrer Webern umklammerte sein Brustkreuz.

»Ich habe so etwas geahnt«, sagte er leise. »Er wollte nicht weg ...«

»Aber um Himmels willen, wo ist er denn hin?« schrie Dr. Portner. »Mit dieser Verwundung?!«

»In irgendeinem Keller ... bei anderen Verwundeten, bei Sterbenden, bei auf den Tod Wartenden, neben einem MG ...« Pfarrer Webern senkte den Kopf. »Ich gebe es zu ... ich wäre auch nicht aus der Stadt gegangen.«

»Mein Gott ... dieses Heldentum stinkt widerlich!« schrie Dr. Portner. »Können die Deutschen nicht aufhören, ein Volk von Selbstmördern zu sein unter der Maske des Heroischen?«

»Sie sehen es falsch, Doktor.« Pfarrer Webern tastete wieder nach seinem kleinen goldenen Brustkreuz. Auch ich brauche Kraft, dachte er. Mehr Kraft, als ihr alle ahnt. Ich habe Angst vor dem Tod, hündische Angst. Aber ich darf sie nicht zeigen ... ich muß trösten und beten und Augen zudrücken und Gott um Gnade bitten. Auch für mich ... Mein Gott, gib mir Kraft, immer wieder Kraft. Auch ich bin nur ein Mensch und habe wie sie alle Angst ... »Gott hat mich hier hingestellt, und wo er mich hinführt, da bleibe ich, bis er mich weiterruft. Mein Platz ist dort, wo man beten will ... ob in einem Granattrichter oder auf einem Kaminrest, im Eisengeflecht einer Betondecke oder in einer Kanalröhre oder hier, bei Ihnen, in der Unterwelt aus Blut und Eiter. Ich glaube, auch Sie verstehen Pastor Sanders ...«

Dr. Portner gab darauf keine Antwort. Er wandte sich ab und stapfte in seinen Operationskeller zurück. Knösel stand mit hängender Pfeife neben Pfarrer Webern und saugte schmatzend am trockenen Mundstück.

»Wat denn nun?« fragte er.

»Fehlmeldung, Knösel.«

»Aba ick muß doch nach Gumrak. Alles is orjanisiert. Ne scheene Zeltplane ... Pastor hin, Fressen zurück ... so hab' ick mir det jedacht. Und nu?« Er kratzte sich den Kopf, wozu er den Stahlhelm nach vorn über die Augen schob. »Weit kann er nicht sein«, sagte er. Es klang dumpf, weil der Helmrand auf die Nase drückte.

»Wer?« Pfarrer Webern starrte auf den weißgestrichenen Helm vor sich.

»Der Pastor. Mit der zerschossenen Schulter ... vor 'ner Stunde war er noch da! Ick jeh ihn suchen.«

»Knösel! Sie bleiben!«

Pfarrer Webern hielt ihn am Ärmel fest. Knösel überlegte, ob er sich mit einem Ruck befreien oder höflich bleiben sollte. Ist 'n geistlicher Herr, dachte er. Bleib also friedlich, Hans.

»Außadem muß ick ihn sprechen. Ick hab was auf 'n Herzen. Und er ist doch mein Pastor, nich?! Ick kann mir erinnern, wat Se vorhin in der Morgenpredigt im Keller 3 jesagt haben: Man soll Jott suchen ... Also denn ... ick suche ihn!«

»Knösel!« Pfarrer Webern griff ins Leere, als er erneut zufassen wollte. Der Obergefreite Schmidtke war bereits die steile Treppe hinauf. Vier Mann mit Kisten, die die Treppe heruntertappten, verhinderten ein Nachlaufen. Pfarrer Webern sah noch, wie Knösel über die Verwundeten stieg, die auf den Treppenstufen lagen und warteten, wie auf einem holprigen Transportband nach unten geschoben zu werden.

Dr. Portner, Dr. Körner und Feldwebel Wallritz saßen dicht vor einem kleinen Batterieempfänger und lauschten, als Pfarrer Webern aufgeregt in den Operationskeller stürmte.

Aus dem runden Lautsprecher tickte es. Klar und deutlich. »Tick ... tick ... tick ...«

»Was ist denn das?« Pfarrer Webern blieb an der Tür stehen. Auf dem Küchentisch lag ein toter Soldat, er war Dr. Körner während der Operation gestorben. Ein Bauchschuß.

»Die fröhliche Weihnachtssendung des Moskauer Rundfunks, Pfarrer. Zufällig bekamen wir sie. Hören Sie sich das mal an ... Da ...« Aus dem Radio kam eine klare Stimme.

»Alle sieben Sekunden stirbt in Rußland ein deutscher Soldat. Stalingrad – Massengrab ...«

Stille. Dann wieder das Ticken der Todesuhr ... tick ... tick ... tick ... Siebenmal. Und wieder die Stimme:

»Alle sieben Sekunden stirbt in Rußland ein deutscher Soldat ...«

Dr. Portner drehte das Radio aus. Pfarrer Webern war bleich geworden. »Wie furchtbar«, sagte er leise.

»Dämlich ist das!« Dr. Portner winkte. Wallritz und Körner hoben den toten Körper vom Küchentisch. »Nicht mal zählen kann der Iwan! Oder er ist großzügig. Alle sieben Sekunden ... bei unserer deutschen Gründlichkeit geht das schneller ...«

Und Pfarrer Webern vergaß, von Knösels Suchgang zu berichten.

Iwan Iwanowitsch Kaljonin hatte es sich gemütlich gemacht. Man soll es nicht glauben, aber auch so etwas gab es in Stalingrad. Wenn man keine Ansprüche an Luxus stellte, war eine Mulde zwischen zwei herabgestürzten Decken wirklich ein gemütliches Plätzchen. Hier konnte man ein Nickerchen machen, seine Zigarette aus der Prawda drehen, vor sich hinträumen, ein Liedchen singen – ich bitte, warum nicht, wenn einem der Sinn danach steht – und ab und zu den Kopf heben und hinübergucken zu den Deutschen, ob sie auch schön brav sind und ihr Weihnachtsfest feiern.

Doppelt glücklich war Kaljonin, weil er am sogenannten Heiligen Abend beschert worden war. Nicht von Englein oder dem Weihnachtsmann – den hatten die Bolschewiki abgeschafft –, sondern von Veraschka, seinem süßen Weibchen. Plötzlich war sie in dem Haus, zwischen dessen zerborstenen

Decken es sich Kaljonin so gemütlich gemacht hatte, sie war einfach da, kroch zu ihm, fiel ihm um den Hals und sagte, als sei es ganz natürlich: »Ein frohes Fest, Wanja ...« Dann hatte sie ihn geküßt, sich an ihn gekuschelt, seinen Bart gestreichelt und eine Flasche Knollenschnaps ausgepackt.

»Wo kommst du her, Veraschka?« hatte Iwan Iwanowitsch streng gesagt. »Hier ist die Front, mein Täubchen. Sie können dir die Flügelchen wegschießen. Und was dann? Los, zurück! Woher weißt du überhaupt, daß ich hier bin?«

»Von Piotr, der dir die Verpflegung brachte. Er wollte erst nichts sagen, aber dann habe ich ihm ein Büchschen Sojabohnen in den Rock gesteckt. Freust du dich, Wanja?«

Und wie er sich freute, der gute Kaljonin. Er trank ein paar lange Schlucke aus der Flasche und faßte Vera um die Taille. Ein bißchen unbequem war's schon, ein wenig hart im Kreuz und vor allem uneben, aber Iwan Iwanowitsch war ein kluger Junge. Er zog seinen Mantel aus und baute aus Steppstoff und Brotbeuteln ein schönes Lager in der Deckenmulde.

»Du wirst frieren, Wanja«, sagte Vera, als er sie auf seinen Mantel legte. »Du zitterst schon.«

»Das ist etwas anderes, Täubchen«, stotterte Iwan Iwanowitsch. Er fror erbärmlich, zugegeben, aber so etwas gesteht man nicht in dieser Situation. Er hoffte darauf, daß es ihnen beiden bald warm werden würde. So war's denn auch; sogar schwitzen tat er, der brave Kaljonin, und sein Frauchen kam sich vor, als würde sie gebacken.

Später saßen sie nebeneinander und sahen hinüber zu den Weihnachtskerzen der Deutschen.

»Schön sind eigentlich diese Kerzen, nicht wahr, Wanja?« sagte Vera Kaljonina verträumt und lehnte an Kaljonins Schulter. »Mamuschka zündete auch immer eine Kerze an ... ich kann mich daran erinnern ... auch wenn Papuschka schimpfte. Er war ein großer Bolschewik ...«

»Auch wir brannten Kerzen.« Kaljonin streichelte das Haar Veras. Mein kleines, liebes, süßes, zierliches, warmes, nach Rosen duftendes Vögelchen, dachte er voll Zärtlichkeit. Warum muß Krieg sein? Warum schießen wir uns tot? Die da drüben uns und wir sie da drüben? Warum stehen wir nicht alle um eine Kerze und singen? Er seufzte und legte seine Hand auf Veras Brust. »Einmal hatten wir eine rabiate Kerze ... sie bekam eine große Flamme und sengte die Ikone an. Gab das ein Geschrei. Ein Kind war ich damals noch, aber ich weiß es noch genau. ›Das ist Gottes Finger‹, schrie Mamuschka. ›So werden wir eines Tages alle verbrennen ...‹ Sie war eben eine einfältige Frau ...«

Gegen Morgen war Veraschka wieder zurück zum Lazarett gekrochen und ließ Iwan Iwanowitsch mit teils traurigen, teils sündigen Gedanken in seiner zerborstenen Hausdecke zurück. Er schlief ein wenig, und keiner kann ihm das verübeln, denn schließlich hatte er eine lange Nachtwache am Busen Veraschkas hinter sich.

Er wachte auf, als es über ihm, im zweiten Stockwerk des Hauses, rumorte. Wie Schritte klang es, wie das Tappen von benagelten Stiefeln. Da er mit dem Ohr auf der Betondecke lag, die vom zweiten zum ersten Stock herabhing, hörte er es ganz deutlich. Außerdem kamen die Schritte näher, dem kritischen Punkt entgegen, wo sich die Decke senkte und wie eine Rutschbahn zur Mulde führte, in der Kaljonin wie ein Kaninchen hockte.

Iwan Iwanowitsch schob seine Maschinenpistole vor und entsicherte sie. Eine schöne mistige Falle ist dieses Plätzchen, dachte er plötzlich. Was man auch macht ... was von oben kommt, rutscht automatisch auf mich. Ob ich schieße oder nicht ... nimm, es kommt heran. Man hat noch nie einen Gegenstand gesehen, der eine schiefe Ebene nach oben rollt.

Es war Kaljonins Glück, daß er langsamer dachte, als die Dinge sich entwickelten. Ehe er seine Maschinenpistole hochreißen und feuern konnte, sauste ein schwerer Körper auf ihn zu, es klang blechern, als ein Helm über den Betonboden schleifte, eine Stimme schrie treffend: »Solche Scheiße!«, dann wurde Kaljonin zugedeckt, die Maschinenpistole verlor allen Sinn, er bekam keine Luft mehr, die Pelzmütze rutschte ihm über die Augen und verdunkelte den Tag ... es war schon ein schöner Dreck, zum Ausspucken war's.

Mit Händen und Beinen stieß Iwan Iwanowitsch um sich, er griff in sein Gesicht, wurde unfreundlicherweise sofort in den Handballen gebissen, dann war es wieder Tag, jemand riß ihm die Pelzmütze von den Augen, und er starrte mit wildem Blick in ein Gesicht, das ihm bekannt, ja sogar brüderlich vorkam.

»Mensch, det kann die Tomaten blaß machen ... du bist det?«

Knösel drückte sich von Kaljonin ab und lehnte sich gegen die Betondecke. Iwan Iwanowitsch wischte sich über die Augen. Es ist eben Weihnachten, dachte er. Da hören die Wunder nicht auf.

»Briieederchen ...«, sagte er und grinste verlegen. Er schielte zu seiner Maschinenpistole, die neben seinen Füßen lag. Knösel sah den Blick und schüttelte den Kopf.

»Det mach mal nich. Krieg zwischen uns is doch blöd, wat?«

»Nix Kriegg«, sagte Kaljonin und grinste befreiter. »Du und ich ... Kamerad ...«

Knösel streckte den Kopf vor und schnupperte.

»Sag mal, Junge ... haste jesoffen?« Und als Kaljonin ihn verständnislos anstarrte, machte Knösel die Bewegung des Trinkens. »Wodka, alter Knabe?! Wodka?«

»Da, da.« Kaljonin nickte. Er holte aus dem Brotbeutel die Flasche, die ihm Vera gebracht hatte. Sie war noch halb voll ... wer ein süßes Weibchen im Arm schaukelt, denkt nicht ans Trinken. Knösel setzte die Flasche an die Lippen, nachdem er erst daran gerochen hatte. Dann rülpste er und gab die Flasche an Kaljonin zurück.

»Det ist, als wenn mir Emma über'n Rücken krault«, sagte er. »Aba det vastehste nich.« Er setzte sich neben Iwan Iwanowitsch und schob den weißgestrichenen Helm in den Nacken. »Wat machen wir nu? Eener von uns is Jefangener. Aba wer? Soll'n wir knobeln?«

»Komm mit«, sagte Kaljonin, als errate er Knösels Gedanken. »Krieg kaputt für dich ...«

»Und dann verrecke ich in euren Jefangenenlagern! Nee! Komm du mit, Iwan ...«

»Isch?« Iwan Iwanowitsch schüttelte entschlossen den Kopf. »Isch habe Vera ...«

»'n Weib! Schön, Kumpel? Mollig, wat? So 'ne griffige Madka, wat? Obern rund und hinten rund und in der Mitte heiße Steppe ... Kenn ick von Minsk her, Junge. Muschka hieß se. Det hält keen deutsches Rückenmark aus ... Jib mir noch 'n Schluck, Iwan ...«

Er nahm Kaljonin noch einmal die Flasche aus der Hand und trank. Kaljonin lachte und klopfte Knösel auf die Schulter.

Er hat mir das Leben gerettet, dachte er. Was wäre Vera jetzt ohne ihn? Ein weinendes Witwechen! Ein zerbrochenes Vögelchen. Wenn man's genau nimmt, verdanke ich ihm mein Glück. Vielleicht sogar ein strammes Kindchen, wenn's gestern nacht passiert ist. Dieser Gedanke machte ihn weich und romantisch.

»Komm mit, Briieederchen ...«, sagte er wieder. »Nix Krieg mähr ... Hitler kaputt, Germanskij kaputt ... du laben! Schönn laben ...«

Der Obergefreite Schmidtke, genannt Knösel, dachte nach. Es war eine jener Minuten, in denen ein Mensch schwach werden kann, so absolut schwach, daß er sich später bei der Erinnerung daran nicht mehr wiedererkennt.

Knösel wischte sich zerfahren über das dreckige Gesicht. Daß er überhaupt zögerte, war schon etwas, was ihn innerlich erschreckte. Das Angebot war klar: Gefangenschaft, Überleben, irgendwann einmal Rückkehr nach Berlin. Aber eine Garantie war es nicht. Und dann war da etwas, was man nicht erklären kann, was vielleicht Idiotie ist, Dummheit in der Potenz, was man aus den Gehirnen herausschlagen sollte und was doch immer wiederkehrt, vor allem, wenn man mit den anderen im Dreck liegt, mit ihnen hungert und mit ihnen stirbt: das Gefühl der Kameradschaft. Er dachte an die Kumpels in den Kellern unter dem Kino, an Stabsarzt Dr. Portner und den jungen Dr. Körner, an Wallritz und die vereisten Gestalten entlang der Kellerwand, an das Stöhnen und Wimmern, das stumme Sterben und das Aufbäumen im Fieberwahn.

Iwan Iwanowitsch Kaljonin war verblüfft, als er plötzlich seine eigene Maschinenpistole mit dem Lauf vor der Brust fühlte. Er riß die Augen weit auf, und man muß zugeben, daß selten ein verzweifelteres Gesicht unter einer schiefen Pelzmütze dreingeschaut hatte.

»Briiederchen ...«, stammelte er. »Njet ...«

»Hau ab!« sagte Knösel heiser. »Und wenn du jetzt denkst, alle Deutschen sind Scheißer ... hau ab ...«

»Pistollä bittä ...«, sagte Kaljonin und zitterte.

»Dawai ...«, schrie Knösel. Seine Kehle schnürte sich zu. Da hat man einen Freund, dachte er, und da ist so ein Mistkrieg, und man muß den wilden Heini spielen.

»Pistollä ...«, bettelte Kaljonin. Knösel verstand ihn. Wenn Kaljonin ohne seine Maschinenpistole bei der Truppe erschien, war es klar, was vorgefallen war. Man würde ihn als Feigling auslachen, verspotten, degradieren, vor ein Kriegsgericht stellen. Man kannte da kein Erbarmen bei den Truppenkommissaren. Ein Mladschij-Sergeant, der sich seine Maschinenpistole wegnehmen ließ. Es war undenkbar.

Kaljonin umklammerte den Lauf der Pistole und drückte ihn an sein Herz.

»Schieß, Briieederchen ...«, stammelte er. »Bittää ... schieß ...«

Knösel schluckte krampfhaft. Dann atmete er tief auf, sah Kaljonin noch einmal in die flatternden Augen, drehte die Maschinenpistole herum und schlug ihm den eisernen Kolben auf den Kopf. Mit einem Ächzen brach Kaljonin zusammen und rollte in die Mulde, ein Häufchen Wattestoff mit einer Pelzmütze.

Er wußte nicht, wie lange er so besinnungslos gelegen hatte. Als er aufwachte, war es Abend. Der Brotbeutel fehlte und mit ihm die Flasche Knollenschnaps, zwei Büchsen Sojabohnen in Tomatensoße, eine Dose Rindfleisch und zwei Beutelchen mit Hartkeks. Das war nicht schlimm. Man konnte zurückgehen zur Kompanie und neue Lebensmittel fassen. Aber die Maschinenpistole fehlte, und das war etwas, was Iwan Iwanowitsch Kaljonin fast den Verstand raubte. Er heulte los wie ein junger, verirrter Wolf, hieb mit den Fäusten gegen die Betondecke, fluchte auf alles, was lebte ... und dann dachte er an sein Weibchen Veraschka, die nun ohne ihn, den Wanja, ihr Kindchen zur Welt bringen mußte. Das ließ ihm die Tränen in die Augen steigen, und er setzte sich hin, wurde ganz still, weinte nur und nahm Abschied von seinem ahnungslosen Täubchen.

Dann stieg er aus dem Deckenversteck, kletterte in die zweite Etage und reckte sich.

Schießt, dachte er. O ihr deutschen Hunde, schießt doch. Eine Scheibe bin ich ... hundert Meter liegend aufgelegt ... da müßt ihr doch treffen. Für unsere sibirischen Scharfschützen wäre es ein Dreckchen ... mit geschlossenen Augen träfen sie mich ... Ich bitte euch ... schießt doch ...

Er schwankte über die lose hängende Decke bis zu einer Treppe, die an der Hauswand noch befestigt war, als sei sie schon immer freischwebend konstruiert gewesen. Und hier fand Iwan Iwanowitsch Kaljonin zum zweitenmal sein Leben wieder ... oben an der Treppe lehnte seine Maschinenpistole, säuberlich hingestellt, so daß man sie gar nicht verfehlen konnte.

»Briieederchen ...«, sagte Kaljonin und drückte die Waffe an seine Brust. Dann saß er unter der Treppe in Sicherheit und wußte nicht mehr, was er tun sollte. Der Krieg war innerlich in ihm gestorben. Bei dem Gedanken, wieder auf einen Menschen schießen zu müssen, wurde ihm schlecht.

O heilige Mutter von Kasan, dachte Kaljonin erschrocken, was ist aus mir geworden? Wie kann man in einer Hölle leben und will ein Engel sein ...?

Knösel war zurückgekehrt, ohne Pastor Sanders gefunden zu haben. Am Abend des 26. Dezember ging Weihnachten zu Ende ... sowjetische Panzer, frische mongolische Truppen und sechs Batterien Stalinorgeln brachen aus dem »Tennisschläger« vor und hämmerten auf die deutschen Kellerbunker. Kalkstaub und Schneenebel zogen träge über die Trümmerwüste. Aus ihrem Schutz heraus sprangen die Stoßtrupps, zischten die prasselnden Ölfinger der Flammenwerfer, ratterten die Panzer durch die Straßen und walzten die deutschen Trichterstellungen nieder.

Aber noch etwas anderes geschah, was ungewöhnlich war: Der junge Leutnant, der mit seinem Ersatz und seiner gestohlenen Verpflegung im Keller bei Dr. Portner saß und nicht wußte, wohin er mit seinen Männern sollte, weil alle Telefonleitungen zerschossen waren und der Funkverkehr nach dem Feuerüberfall abriß, dieser junge Leutnant mit dem Gesicht eines Greises stand neben dem Funkgerät und sah zu, wie der Funker sich bemühte, irgendeine Verbindung zu bekommen. Plötzlich sah er Stabsarzt Dr. Portner an, wollte etwas sagen, lächelte grundlos und sank um. Dr. Körner riß ihm die Uniform auf, legte das Ohr auf seine Brust und schüttelte den Kopf.

»Tot!« sagte er völlig ratlos.

»Schon wieder einer!« Dr. Portner half mit, den jungen Leutnant auf den Küchentisch zu heben. »Sobald irgendeine Verbindung zustande kommt, lassen Sie die Meldung durchgehen. In den letzten neun Tagen hat unser Regiment vierzehn Ausfälle durch plötzlichen Herztod gehabt. Die Leute stehen herum, graben neue Stellungen, stützen sich auf den Spaten, spielen Karten, trinken aus der Feldflasche ... und plötzlich fallen sie um und sind tot! Wir haben das schon mal gemeldet ... aber in Pitomnik scheint man auf den Ohren zu sitzen!«

Bei dem Armeeoberkommando westlich Gumrak stapelten sich die Meldungen von allen Frontabschnitten des Kessels. Ein Oberstarzt sammelte sie gewissenhaft in einem roten Schnellhefter. Sie wurden zur Geheimen Kommandosache. Überall machte man die gleichen Beobachtungen ... völlig gesunde Männer fielen plötzlich ohne Feindeinwirkung um und starben einen Sekundentod.

Ein Befehl ging an alle Truppenärzte, denen solche Todesfälle vorkamen: keine Beerdigung der Leichen. Die Körper sollen eingefroren werden. Bei 35 Grad Kälte war dies kein Problem. Man lebte ja in einem riesigen Eisschrank.

Der Generalarzt sprach mit Berlin.

Berlin antwortete sofort.

Das deutsche Oberkommando wird einen Pathologen in den Kessel von Stalingrad einfliegen lassen.

Einen Pathologen?

Ja. Einen Oberarzt von Professor Dr. Rößle, einen hervorragenden Anatomen. Er wird den geheimen Auftrag mitbringen, festzustellen, warum so viele Soldaten ohne äußere Einwirkung so plötzlich sterben. Er wird Leichenöffnungen vornehmen, Sezierungen, Untersuchungen. Das Oberkommando ist sehr an einer Klärung der geheimnisvollen Tode interessiert, denn ... diesen plötzlichen Tod, diesen Tod aus dem Nichts gibt es nur in Rußland ... nur bei der 6. Armee ...!

Am 29. Dezember tickte es im Funkgerät des Kellerlazaretts am »Tennisschläger«. Der Funker nahm die Meldung auf und schob Dr. Portner den Text auf den Operationstisch.

»Morgen früh 8.30 Uhr Bereitstellung zur Sektion. Bergner, Oberstarzt, Ende.«

»Das ist etwas für Sie, Körner«, sagte Dr. Portner und verband weiter einen Armstumpf. »Sie traben heute nacht mit unseren drei Spontantoten los nach Gumrak. Wallritz und Rottmann begleiten Sie.«

Um drei Uhr früh, bei heulendem Schneesturm, rannten sie los. Vorweg der stämmige Rottmann, der Feldgendarm, der den Anschluß verloren hatte und nun zum Lazarett gehörte, der die Strohsäcke aufschüttelte, abends in Operationspausen den Küchentisch von Blut, Eiter und Knochensplittern blank scheuerte, der die Toten aus den halbwegs ganzen Uniformen pellte und sie den Verwundeten überzog, die halbnackt und blaugefroren den Weg von ihren Bunkern und Gräben bis zum Kino zurückgekrochen waren, der trotz der 50 Gramm Brot am Tag noch immer etwas feiste Emil Rottmann mit den Schlangenaugen und dem Freifahrschein nach Hause in Hirn und Herz, der nicht von der Seite Wallritz' wich, weil dieser für ihn das Leben bedeutete, dieser imitierte Bulle, wie ihn Knösel nannte, rannte voraus. Ihm folgten sechs Träger, die zwischen sich in Zeltbahnen drei steifgefrorene Leichen trugen. Beim Rennen stießen die Körper gegen Mauern und Trümmer, man brauchte keine Rücksicht mehr zu nehmen, die Kameraden in den Zeltplanen spürten längst nichts mehr. Den Leichenträgern folgten Dr. Körner und Feldwebel Wallritz. Wallritz trug eine prall gefüllte Meldetasche bei sich.

»Ich lege Ihnen ans Herz, diese Meldungen dem Oberstarzt selbst zu geben!« hatte Dr. Portner zu ihm gesagt. »Und wenn der alte Herr huch macht und umfällt, können Sie ihn gleich bei dem Anatom auf den Seziertisch legen! Vielleicht werde ich auch erschossen wegen Wehrkraftzersetzung.«

»Was steht denn da drin, Herr Stabsarzt?« Wallritz sah seinen Chef nachdenklich an.

»Die Wahrheit, Wallritz. Was wir brauchen, und was wir bisher gekriegt haben! Und was ich über diese Sauerei denke. Alles zusammen ist das strafbar, denn ein deutscher Soldat denkt nicht, er gehorcht nur! Und nun hauen Sie ab.«

Außerhalb der Trümmerwüste, an der Zariza, wartete ein Lastwagen auf sie. Er war umringt von verzweifelten Verwundeten, die im Schnee standen, hockten oder lagen, ein Wall von Leibern, dicht um das Fahrzeug geschart, das für sie Rettung bedeutete, Fahrt nach Gumrak, zu den Flugzeugen, die sie mitnehmen würden ... Sie wußten nicht, daß in Eisenbahnwaggons und Zelten rund um den Flugplatz Zehntausende lagen und täglich hundert steifgefrorene Leichen aus den Wagen und Zelten geworfen wurden, wie Holzbretter auf einen Haufen. Stapel der

Namenlosen. Ein Hügelland aus grauen Leibern, dem der Schnee barmherzige Decken gab.

Vor dem Lastwagen standen drei Landser mit angelegter Maschinenpistole. Als der kleine Trupp mit den drei Zeltplanen aus dem Schneesturm auftauchte, kam Bewegung in die Verwundeten.

»Kumpels, es geht los!« schrie jemand.

Aus dem Schnee reckten sich Arme und Hände. Auf dem Bauch krochen sie zu dem Wagen. Die Gehfähigen traten rücksichtslos auf die Rücken der Kriechenden und stampften sie in den Schnee. Eine Welle von Wahnsinn und nackter Lebensangst brandete auf die drei mit den Maschinenpistolen zu.

»Stehenbleiben!« brüllte einer von ihnen, ein Feldwebel. »Jungs, ich lasse schießen! Der Wagen gehört dem Generalarzt.«

»Scheiß was auf deinen General! Wir wollen mit!« schrie jemand.

»Wir wollen hier nicht verrecken!«

»Ich schieße!« brüllte der Feldwebel. »Zurück! Seid doch vernünftig ... zurück ...«

»Rennt sie um!« Ein greller Schrei aus der Tiefe der heranwankenden Leiber. »Zerreißt sie, die Lumpen!«

Der Feldwebel zögerte. Er starrte in hohle und aufgedunsene Gesichter, in irre Augen und aufgerissene Münder, in Totenschädel, in denen es lebende Augen gab, auf Skelette, die durch den Schnee hüpften.

Da schoß er. Zuerst vor der heranschwankenden Mauer in den Schnee, dann auf die Beine der ersten. Sie brüllten auf, fielen in den Schnee, und die anderen trampelten über sie hinweg und stürmten weiter. Bis er die ersten erschoß ... er mußte es tun, denn sie kamen auf ihn zu, zerbrochene Gewehre wie Keulen in den Fäusten schwingend. Als die ersten drei zusammensanken, blieb die Mauer stehen. Es war, als hätte allein der Klang der Schüsse ihren Widerstand zerschmettert.

Dr. Körner und Wallritz gingen stumm zum Wagen, die Zeltplanen mit den drei Toten wurden aufgeladen, die Träger und Emil Rottmann folgten. Neben Körner und Wallritz standen die drei Fahrer schußbereit.

»Wieviel können wir mitnehmen?« fragte Dr. Körner.

»Keinen, Herr Assistenzarzt.« Der Feldwebel beugte sich zu ihm.

»In Gumrak ist es ja noch schlimmer als hier. Und wenn wir einen mitnehmen, wollen sie alle mit. Sie sehen doch, daß sie halb wahnsinnig sind.«

Aus der geballten Masse der Verwundeten trat ein Mann vor. Er hatte den Kopf verbunden, aber das Blut war durchgesickert und vereist. Er sah aus, als trage er eine rote Haube. Dr. Körner biß sich auf die Lippen. Viel zuwenig Binden, dachte er. Die Kälte frißt sich in die Kopfwunde. Daß er überhaupt stehen kann, denken kann, reden kann. »Hauptmann von Beukow«, sagte der Mann und verbeugte sich korrekt. »Sie leiten diesen Transport, Herr Assistenzarzt?«

»Es ist kein Transport, Herr Hauptmann. Ein Sonderwagen des Herrn Generalarztes ...« Dr. Körner schluckte krampfhaft. Für drei Tote schickt man einen Wagen, dachte er. Für drei Tote hat man Sprit von Gumrak nach Stalingrad und zurück. Und dort stehen dreihundert Verwundete, die man in der Steppe krepieren läßt, weil es kein Fahrzeug gibt, das sie abholt. Dreihundert Väter, Söhne, Männer, von denen zweihundert weiterleben könnten.

Hauptmann von Beukow blickte auf die drei Zeltplanen im Hintergrund des Wagens. »Dann handelte es sich bei den drei Kameraden wohl um drei hochgestellte Herren?«

»Nein. Um drei Tote.«

»Um was, bitte?«

»Um Tote, Herr Hauptmann. Wir haben einen Sonderwagen für Tote. Sie wundern sich?«

»Nein, wie Sie sehen. Ich habe in Stalingrad das Wundern verlernt. Besteht die Möglichkeit, daß sich Ihrem Totentransport auch einige Lebende anschließen?«

Dr. Körner wandte sich ab. Er wußte nicht, für wen er sich schämte, aber er schämte sich. Vielleicht schämte er sich, daß er noch lebte.

Hauptmann von Beukow stellte sich an den Wagen. Er starrte auf die im Schnee Liegenden, die wimmernd und flehend die Hand hoben, die wieder gekrochen kamen, in letzter, aufbäumender Kraft, den Wagen, das Leben zu erreichen.

»Die ersten zwanzig ...«, sagte von Beukow. »Wer sich vordrängt, wird erschossen. Los ... vortreten ... die ersten zwanzig ...«

Als der Lastwagen anfuhr, war er überladen. Selbst auf den Trittbrettern und dem Kühler hockten die Verwundeten.

Hauptmann von Beukow blieb zurück bei den anderen, den Hoffnungslosen. Bevor Dr. Körner ins Führerhaus kletterte, hielt ihn der Hauptmann fest.

»Herr Kamerad, darf ich um Ihre Pistole bitten ... ich habe meine unsinnigerweise weggeworfen.«

Körner zögerte. Er starrte in die flehenden Augen des Offiziers, auf die ausgestreckte, blaugefrorene, aber ruhige Hand. Da nestelte er seine Pistole aus dem Futteral und legte sie in die bittende Hand des Hauptmanns.

»Danke, Herr Kamerad.« Hauptmann von Beukow grüßte. Dann fuhr der Wagen an ... nach einem Aufheulen des Motors schluckte der Schnee jedes Geräusch. Nur den trockenen Knall eines Schusses verschluckte er nicht. Dr. Körner hörte ihn ... er hatte auf ihn gewartet.

Hauptmann von Beukow, dachte er. Wie wird es draußen in Deutschland heißen? Gefallen auf dem Feld der Ehre für Großdeutschland. In stolzer Trauer ...

Man müßte schreien, dachte er. Man müßte nichts anderes tun als schreien ... schreien ... immer nur schreien ...

Er lag in einem Erdloch, umgeben von verbrannten Balken und heruntergerissenen Decken. Es war ein großes Loch mit einem

Dach darüber. Unterstand nannte man so etwas, oder ganz vornehm Bunker. Er war hineingekrochen, weil er nicht mehr spürte, daß er kroch, weil er mit dem Kopf an die Steine schlug und mit dem Gesicht über die Trümmer schleifte. Es war ein Zufall, daß der Unterstand verlassen war ... so dachte er jedenfalls. In Wirklichkeit konnte man ihn am Tage einsehen ... gegenüber, in den vierstöckigen Trümmern eines ehemaligen Kaufhauses, saßen neunzehn sibirische Scharfschützen und beherrschten im Umkreis von fünfzig Metern jede Bewegung. Sie schossen auf Menschen und Ratten, auf im Wind wehende Tuchfetzen oder auf vor dem Schneesturm herrollende Stahlhelme und Gasmaskenbüchsen. Sie schossen auf alles, was sich bewegte, auch auf den kleinen Unterstand, in dem bisher zwölf deutsche Posten gefallen waren. Nachts hatte man sie dann herausgeholt, bis der Postenstand aufgegeben wurde.

Nun lag er darin, froh, ein Dach zu haben, glücklich, in Sicherheit zu sein. Er wischte sich das Blut von dem zerschabten Gesicht, streckte sich und riß den Mund weit auf, um wieder einmal richtig atmen zu können. Dabei schmerzte die Rückenwunde höllisch, aber das Atmen war schöner, der Strom eiskalter Luft, der in die Lunge strömte, legte sich auf die Glut, die in seinem Inneren brannte. Das ist das Fieber, dachte er. Das Wundfieber. Ich werde es vereisen ... ich werde das Fieber vereisen ... Eine jungenhafte Freude über diesen Gedanken breitete sich in ihm aus. Und dann war ein anderer klarer Gedanke da ... Du wirst wahnsinnig. Du bist dabei, irr zu werden. Du, der Pastor Jörg Sanders aus dem kleinen mecklenburgischen Ort Rötzburg, wirst jetzt wahnsinnig. In einem Trichter mitten in Stalingrad. In einem Schneesturm. Du wolltest helfen und das Evangelium lesen, du wolltest das Abendmahl feiern und die Sterbenden Gott empfehlen. Herr, nimm sie auf zu dir in die Ewigkeit. Sie sterben schuldlos wie die Lämmer ... man trieb sie auf die Schlachtbank. Herr, sei gnädig mit ihnen ... auch der größte Sünder unter ihnen hat in den Trümmern mehr gebüßt, als tausend Menschen sündigen können. Das wollte ich sagen ... und nun werde ich wahnsinnig. Ich reiße den Mund auf, um mein Fieber zu vereisen.

Er lag ganz still und wartete. Auf was, wußte er nicht. Eigentlich muß man merken, wenn man wahnsinnig wird, dachte er nur immer wieder. Die Schulter brennt, und der Brand zieht sich quer durch die Brust, klettert im Nacken hoch und füllt den Kopf mit Flammen aus. So muß es gewesen sein, als die Märtyrer verbrannten ... man wird selbst zur Flamme, und dann kommt der Augenblick, wo es keine Schmerzen mehr sind, wo man nichts mehr spürt, wo die Grenze des Erträglichen überschritten ist, wo es nur noch ein Wundern gibt ... das Wundern, daß man noch lebt.

Gegen Morgen begann er zu singen.

Es war selbstverständlich, daß er sang. Er sah sich in seiner kleinen Kirche von Rötzburg, der Kantor trat die Orgel, die achte Klasse der Schule sang im Chor, und er stand vor dem Altar mit dem großen, aus Holz geschnitzten Korpus, hatte die Hände vor dem Talar gefaltet und sang mit. Wie immer übertönte seine Stimme Orgel, Kinder und Gemeinde. Er hatte eine gute Stimme, voll und tönend, in der Höhe etwas rauh, aber immer das ganze Kirchenschiff füllend. Jesus, meine Zuversicht ... sang er. Und dann: Macht hoch die Tür, die Tor macht weit ... Und schließlich: Süßer die Glocken nie klingen als in der Weihnachtszeit ...

In dem vierstöckigen Warenhaus unweit des kleinen Unterstandes saßen die sibirischen Scharfschützen und lauschten. Der Gesang klang bis zu ihnen herauf, und sie wären keine Russen gewesen, wenn sie ihm nicht gelauscht hätten, ohne zu schießen, ohne zu suchen, woher diese schöne Stimme kam. Sie hockten hinter ihren Sandsäcken und Barrikaden aus Mauersteinen, hatten die Gewehre mit den Zielfernrohren losgelassen und rauchten in der hohlen Hand ihre Machorkazigaretten.

Der Morgen kroch über die Trümmer, der Schneefall ließ nach, und auch die Stimme erstarb.

Pastor Sanders lag auf dem Rücken und war selig. Er sprach

mit seiner Frau Lisa. Sie war ihm ganz nahe ... sie beugte sich über ihn, ihre großen blauen Augen sahen ihn gütig an, so verständnisvoll wie immer. »Das war eine gute Predigt, Jörgi«, sagte sie. »Du hast den Leuten richtig die Meinung gesagt. So muß es sein ... ein Pfarrer ist nicht nur ein Verkünder, er ist auch ein Kämpfer.«

Als die sibirischen Scharfschützen ihr Schußfeld wieder einsehen konnten, lag Pastor Sanders in tiefer Ohnmacht. So rührte sich nichts in dem kleinen Erdloch mit dem Lattendach darüber. Daß ein Körper darin lag, war uninteressant. Er war bewegungslos. Auch als zwei Paks das Warenhaus beschossen und ein Stoßtrupp gegen die Scharfschützen vorging, schlief Pastor Sanders.

Bei Einbruch der Dämmerung schleiften ihn drei Landser in den Keller der 4. Kompanie eines Pionierbataillons. Sie legten ihn auf einen alten Mantel in die Ecke. Es waren Bayern, derb und illusionslos.

»Dös is dös erstemal, dös i an Pfarrer sterben seh«, sagte der eine.

»Na und?« Der andere hielt die Hände über die Platte eines Ofens aus einer alten Öltonne. »Glaubst, jötz singen de Engelein ...?«

»Sauhund blöder!« Über ihnen krachte es. Die Decke des Kellers bröckelte ab, der Boden schwankte. »I hob genug ›Vom Himmel hoch ...‹!«

9

Im Armeeoberkommando bei Gumrak herrschte noch immer gedämpfter Optimismus. Man spürte es an kleinen Dingen: Die Stabsoffiziere hatten noch ihre Burschen, die jeden Morgen die Stiefel blank wichsten, beim Essen bedienten Ordonnanzen an Tafeln mit weißen Tischtüchern, es wurde zackig gegrüßt und ebenso zackig gemeldet, die Funksprüche aus dem Führerhauptquartier wurden geglaubt, nur wenn man auf den Reichsmarschall zu sprechen kam, wurde man unsachlich und schob ihm den Schwarzen Peter der ganzen Misere zu. Die Versorgung aus der Luft brach von Tag zu Tag mehr zusammen. Nur ein Bruchteil der versprochenen Tonnenzahl wurde eingeflogen. Beruhigend war lediglich, daß immer wieder von Hermann Göring versichert wurde, alle verfügbaren Flugzeuge würden aus anderen Fronten abgezogen und nach Stalingrad geworfen, um die 6. Armee so lange zu versorgen, bis von außen der Durchbruch durch den Einschließungsring gelungen sei.

In einem Operationsbunker wartete der Pathologe aus Berlin. Er war eine fremdartige Erscheinung inmitten der Uniformen, ein Zivilist, gut genährt, ohne hohle Augen, sauber rasiert, mit gepflegten Fingernägeln. Sein weißer Arztkittel war blütenweiß, seine Gummischürze gelbrot und neu, seine Gummihandschuhe hellgelb und dünn. Auf einem weißgedeckten Seitentisch hatte er sein anatomisches Besteck sauber ausgebreitet, einige Glasbehälter für die Präparate standen daneben. Der Oberstarzt und einige andere Stabsärzte, die aus Stalingrad selbst oder aus den Dörfern des Kessels gekommen waren, standen um den Seziertisch herum und rauchten stumm. Auch Oberst von der Haagen war da. Er stand nicht mehr vor der großen Rußlandkarte und erklärte den Vormarsch der deutschen Divisionen bis Wladiwostok und an die chinesische Grenze. Er war sehr still geworden und kratzte sich die Nase, als jucke sie heftig, als er den Assistenzarzt Dr. Körner sah. Den habe ich noch vor kurzem ferngetraut, dachte er. Damals sah alles ganz anders aus. Er wandte sich um und ging zu dem Berliner Pathologen, um Dr. Körner nicht begrüßen zu müssen.

»Na, Sie letzter Zivilist«, rettete sich von der Haagen in den Sarkasmus, »wie sieht's in Berlin aus? Was man im Radio hört ... muß ja ein toller Siegeswillen im Volke sein! Das macht uns stark, mein Bester, glauben Sie mir. Wenn hinter den Waffen die Herzen stehen, das spürt die Front. Das gibt uns starken Halt, wenn sich der innere Schweinehund meldet und bis zum Kragenknopf bellt. Dann denken wir: Unsere Frauen und Mütter, unsere Väter und Kinder ... die stehen in der Heimat ihren Mann, sie wissen, daß wir siegen werden ... also, Emil, ran an die Buletten und gib's dem Iwan in die Fresse ...« Oberst von der Haagen sah sich provokatorisch um. Die Ärzte schwiegen weiter und rauchten stumm. Unter ihren Händen waren Tausende verblutet, sie kannten die Wahrheit.

Oberst von der Haagen wandte sich schroff ab. Akademikersturheit, dachte er, um sich selbst aufzurichten. Da haben wir ihn wieder, diesen zersetzenden defätistischen Intellektualismus! Mit Akademikern kann man keine Kriege gewinnen, die denken zuviel!

Unterdessen tauten Dr. Körner, Rottmann und Wallritz ihre drei Leichen auf. In einem überheizten Raum legten sie die Körper neben den Ofen und drehten sie mehrmals herum, damit sie auch überall das Eis und die Steifheit verloren. Nach kurzer Zeit lagen sie in Wasserlachen. Ein Stabsarzt, der hereinsah, um festzustellen, wie lange es noch dauerte, schüttelte den Kopf.

»Langsamer auftauen, Herr Körner! Wir wollen doch keine Suppe von ihnen kochen ...«

»Sie liegen seit drei Tagen im Eis, Herr Stabsarzt.«

»Vor allem müssen sie innen aufgetaut sein. Meinetwegen machen Sie so weiter ...«

Die deutsche Gründlichkeit hatte auch hier nicht versagt. Von den Schreibstuben, die nach wie vor Buch über alles führten, was in Kompanie, Bataillon oder Regiment geschah, war die Krankenrolle der drei Toten nach Gumrak geschickt worden. Der Pathologe aus Berlin studierte interessiert die Eintragungen und verglich sie miteinander.

»Das ist hochinteressant, meine Herren«, sagte er und breitete die Krankenblätter auf dem Sektionstisch aus. »Alle Toten, die so merkwürdig ohne Anlaß umkippten, sind alte Soldaten der 6. Armee, die schon den Vormarsch mitgemacht haben. Seit September haben sie – wie ich aus der Verpflegungsliste sehe – pro Tag durchschnittlich achtzehnhundert Kalorien an Nahrung bekommen, jeder von ihnen hat im Herbst eine Gelbsucht oder eine Darminfektion überstanden, einige von ihnen hatten Malaria oder Typhus. Seit Ende November liegen sie in dieser baumlosen Steppe, verkriechen sich in Erdlöchern, leben in Schnee, Eis und dauernder Feuchtigkeit und ernähren sich von hundert Gramm Brot und Suppen aus Fleischstücken krepierter und verhungerter Pferde –«

»Fünfzig Gramm Brot«, warf ein Stabsarzt ein. Oberst von der Haagen drückte das Kinn an den Uniformkragen.

»Nun übertreiben Sie mal nicht, Herr Stabsarzt. Erst seit vorgestern sind es fünfzig Gramm!«

»Wie dem auch sei ... die Ernäherung und die Unterbringung der Männer ist unzureichend ...«

»Hat man in Berlin auch schon gemerkt, daß Krieg ist?« fragte von der Haagen bissig. »Natürlich speist man im Kempinski besser als in einem Erdloch von Stalingrad.«

Der Pathologe aus Berlin wölbte die Unterlippe vor. »Warten wir ab, meine Herren. Ich habe eine schreckliche Ahnung ... schon vor den Obduktionen ...«

Die erste Leiche, die aufgetaut, schön weich und ein wenig

glitschig auf den Tisch gehoben wurde, war ein Gefreiter. Er hatte pfeifend sein Einmannloch erweitert, hatte gegraben und die ausgeschachtete Erde säuberlich als Schußdeckung um das Loch verteilt. Plötzlich hatte er mit dem Pfeifen aufgehört, hatte dumm gegrinst, war umgefallen und war tot. Er hatte vier Kinder, stammte aus Essen an der Ruhr, war Grubenelektriker und immer gesund gewesen. Bis auf Typhus, den er im Oktober am Don bekommen hatte.

Der Pathologe nickte Dr. Körner kurz zu und gab ihm die Hand. Dann verlor er keine Zeit mehr ... mit einem langen Schnitt des Skalpells spaltete er den Leib vom Brustbein bis zum Schambein. Dann präparierte er sich durch die einzelnen Schichten in die Tiefe. Es war eine schnelle Arbeit ... Fettgewebe war nicht mehr vorhanden, das Muskelfleisch wirkte ausgezehrt, der Körper war nur noch Haut und Knochen.

Brust- und Bauchhöhle waren eröffnet, die Ärzte beugten sich neben dem Pathologen aus Berlin über den Körper. Oberst von der Haagen steckte sich mit zitternden Fingern eine Zigarette an. Die aufgetauten Eingeweide begannen in der Hitze des Raumes zu riechen. Übelkeit überfiel ihn ... er inhalierte den Zigarettenrauch und verließ dann schnell den Operationsbunker.

Beim Hinausgehen hörte er noch, wie der Pathologe mit klarer Stimme sagte:

»In wenigen Minuten werden wir wissen, woher der geheimnisvolle Tod in der 6. Armee kommt ...«

Fast zwanzig Minuten wurde stumm seziert.

So wie man aus einem alten Auto einen Motor ausbaut, die Bremsen, das Gestänge, das Getriebe, so wurde der Körper des toten Grubenelektrikers aus Essen, Vater von vier Kindern, die noch gar nicht wußten, daß ihr Papi für Großdeutschland gefallen war, und die glaubten, er säße jetzt vor Stalingrad in einem warmen, sicheren Bunker und knabbere an den süßen Weihnachtsplätzchen, die sie ihm geschickt hatten, von dem Pathologen in routinierter Reihenfolge ausgeschlachtet.

Herz, Lunge, Leber, Eingeweide, Galle, Magen, Nieren,

Darm, Blase ... die Einzelteile eines Menschen häuften sich neben dem Körper auf einem Wachstuch. Dicker Tabakrauch zog träge über den Seziertisch und durch den heißen Bunker. Die Luft wurde stickig, süßlich, moderig, beklemmend. Eine Luft, die sich wie Fett auf die Haut setzte, klebrig wie Zuckerwasser.

Der Pathologe aus Berlin sah auf und dehnte sich. Der Seziertisch war etwas niedrig, man mußte mit gekrümmtem Rükken arbeiten, das ermüdete sehr. Die Marmortische in der Charité waren bequemer.

»Sehen Sie es, meine Herren?« fragte er und tippte mit einem scharfen Löffel auf die Innereien. Mit dem scharfen Löffel hatte er gerade aus den großen Röhrenknochen ein kleines Häufchen Knochenmark herausgekratzt. »Ich glaube, für uns ist der Tod jetzt kein Geheimnis mehr. Ich vermute, daß die Heeresleitung staunen wird und daß man im Führerhauptquartier sich darüber einige Gedanken machen muß. Fassen wir zusammen: Um die inneren Organe, unter der Haut, überall, wo es sein soll, ist kaum noch ein Fettgewebe vorhanden. Alle Organe sind von einer merkwürdigen Blässe, im Gekröse sehen wir eine wässerigsulzige Masse, die Leber ist gestaut. Und dann das Herz ... klein und braun, wie zusammengeschrumpft, dagegen ist die rechte Herzkammer unnatürlich stark erweitert, ebenso der rechte Vorhof.« Der Pathologe tippte mit einem Spatel auf das Häufchen Knochenmark, das er gerade abgestreift hatte. »Sehen Sie sich das an, meine Herren ... statt roten und gelben Knochenmarkes habe ich eine glasige Gallertmasse herausgeholt. Fassen wir alles zusammen, ist die Diagnose ganz klar: Tod durch Überdehnung der rechten Herzkammer, Grund: Völlige Unterernährung, Wärmeverlust, Erschöpfung höchsten Grades.« Der Pathologe sah in die betroffenen Gesichter der Ärzte. Der Sektionsbefund war klar ... es gab da kein Herumdeuteln mehr. »Das war die Todesursache dieses Toten ... sehen wir uns die anderen an. Wie viele Leichen haben wir im Augenblick hier?«

»Neun«, sagte der Oberstarzt heiser.

»Machen wir weiter, meine Herren!« Der Pathologe fing einen Blick Dr. Körners auf. Einen fragenden, einen wissenden Blick. Er zögerte einen Augenblick und wandte sich dann dem Oberstarzt zu.

»Sie werden nachher einen Vortrag über die Todesursache vor den Herren Generälen halten?«

»Ja.«

»Dann erklären Sie bitte in aller Deutlichkeit: Auch in Friedenszeiten starben viele alte Leute an einer Überdehnung der rechten Herzkammer. Auch sie fielen plötzlich um. Es war der Greisentod ... Wenn hier in Stalingrad junge Leute an dem gleichen Herztod sterben, so darum, weil ihre Körper den unmenschlichen Strapazen nicht mehr gewachsen sind, weil sie die Grenze dessen, was ein Mensch ertragen kann, überschritten haben, weil sie verbraucht sind, oder – sagen Sie es klar – weil sie vor Stalingrad Greise geworden sind ...«

»Das Herz der 6. Armee ...«, sagte Dr. Körner leise.

Alle Köpfe flogen zu ihm herum. So leise er es gesagt hatte, in die plötzliche Stille hinein war es wie eine Explosion.

»Mein Gott ...« Der Oberstarzt wischte sich über das schweißnasse Gesicht. »Ich darf nicht daran denken, wie es weitergehen soll ...«

Während die anderen acht Leichen seziert wurden, war Emil Rottmann nicht untätig gewesen. Er hatte sich erkundigt, wie die »Scheiße dampfte«. Bei den Lkw-Fahrern, bei Munitionskolonnen, bei den Werkstätten, beim Troß, beim Wetterdienst der Luftwaffe. Er sah die Armee der Verwundeten, die in Waggons, Zelten und Holzhütten auf dem Bahnhof Gumrak darauf warteten, abtransportiert zu werden, er hörte von den verzweifelten Kämpfen um einen Platz in den Ju 52, die hinaus in das Leben flogen, er sah die Elendsschar der Verwundeten, die ihr »Lebensbillett« um den Hals trugen und doch am Flugfeld von Gumrak verreckten, weil sie keiner mitnehmen konnte.

»Wenn die uns nicht bis zum zehnten Januar rausholen oder mehr zu fressen bringen, reißen uns die Iwans den Hintern bis zum Kragenknopf auf. Weißt du übrigens, daß man einen Pferdehuf auskochen kann? Das gibt immer noch zwölf Fettaugen für 'ne Suppe ...«

Emil Rottmann hörte sich das alles aufmerksam an. Die Ausweglosigkeit der Einkesselung, die Erwartung, daß in aller Kürze der Russe von allen Seiten gegen die dünnen deutschen Linien anrennen würde, um den großen Kessel vollends einzudrücken oder aufzuspalten und dann auf alle Deutschen auf Hasenjagd zu gehen, erzeugte bei dem einen jene Form von Fatalismus, die alles ertragen läßt, bei dem anderen einen galligen Humor, der nichts war als ein Deckel auf der kochenden Angst. Verzweiflung sah Rottmann selten, nur bei den Verwundeten, die sich gegenseitig tottraten, um in einen Lkw zu kommen oder von einer Ju 52 mitgenommen zu werden. Diese Ergebenheit in ein Schicksal, dieses Wissen, geschlachtet zu werden und nichts dagegen tun zu können, als zu fluchen, war nicht die Art Rottmanns. Er wollte leben, er wollte zurück zu seinem Schrebergarten, zurück zu der efeuberankten Laube, in der er Lotte besessen hatte, und nachher Marion, Berta und Ilsemarie.

Am Abend dieses Tages, als der große Vortrag über die Todesursache der Spontantoten der 6. Armee gehalten wurde und der Begriff vom »Herz der 6. Armee« wie Blei in den Hirnen der Ärzte und Offiziere lag, saß Emil Rottmann in einem Zimmer der Sanitätsbaracke Wallritz gegenüber und rauchte hastig.

»Du«, sagte er, »ich habe mir etwas überlegt. Wer weiß, wann ich wieder nach Gumrak komme, und ob überhaupt. Du mußt mir ein ›Lebensbillett‹ besorgen ...«

Sanitätsfeldwebel Wallritz sah kurz auf. Er schien gar nicht zu begreifen, was Rottmann gesagt hatte.

»Was willst du?«

»Hier raus, mein Junge. Und du allein kannst das.«

»Idiot!«

»Hör mal zu.« Rottmann beugte sich vor. Seine Schlangenaugen waren klein und gefährlich. »Wenn du den Helden spielen willst, ist das deine Sache. Von mir aus kannst du in einem Erdloch krepieren oder beim Iwan verhungern ... ich jedenfalls will weiterleben. Das ganze Großdeutschland kann mich am Arsch lecken, und wenn du jetzt anfängst, von Kameradschaft zu quatschen ... die Kameraden sind gefallen! Kapierst du, ich will ausgeflogen werden.«

»Nein.«

»Was nein?«

»Ich kapiere das nicht.«

Rottmann lächelte böse. »Stell dich nicht doof, mein Freund. Du sollst mich krank machen und mir einen Zettel um den Hals hängen.«

»Hau ab, Spinner!« sagte Wallritz grob und drehte sich um. Rottmann faßte ihn an der Schulter und drehte ihn mit einem Ruck zu sich zurück. Sein Gesicht war jetzt rot und zuckte.

»Wallritz ...«, keuchte er. »Es ist eine Minute vor zwölf, kapierst du das nicht? Ich will abhauen! Ich will raus aus der Scheiße, mit dem gleichen Trick, durch den du deinen Bruder gerettet hast ...«

In Wallritz setzte der Herzschlag aus. Sigbart, dachte er. Ob er schon in Deutschland ist? Oder ob sie ihn erwischt haben? Verstecken wollte er sich, bis der Krieg zu Ende ist, sich verkriechen wie ein Hamster und dem Frieden entgegenschlafen. Wallritz wischte sich mit zitternden Händen über die Augen. Erst jetzt kam ihm zum Bewußtsein, daß er nie mehr an seinen Bruder gedacht hatte.

»Na also«, sagte Rottmann gedehnt. »Jetzt fällt der Groschen. Ich garantiere dir, daß ich ebenfalls den Schwerverwundeten spielen kann.«

»Du bist ja besoffen, Emil!« Wallritz' Herz schlug wieder normal. Er beobachtete Rottmann aus den Augenwinkeln. Woher weiß er etwas, dachte er. Niemand war dabei, nur Dr. Körner. Keiner kann es wissen. Aber woher weiß Rottmann, daß ich einen Bruder habe? Woher weiß er, daß wir uns getroffen haben? »Schlaf dich aus ...«, sagte er lässig. Rottmann atmete schwer. Seine Fäuste lagen auf dem Tisch, dicke, derbe, brutale Fäuste.

»Hör mal genau zu, Kleiner«, sagte er heiser vor Erregung. »Glaubst du, ich hätte wirklich meine Truppe verloren? Glaubst du, ich wäre bei euch geblieben, da vorne in der dicken Scheiße, nur weil mir euer Gesicht so gut gefällt oder weil ich eisenhaltige Luft gern inhaliere? Bist du so blöd, anzunehmen, ich spielte deinen Schatten, weil ich aus lauter Perversität deine Nähe brauchte?! Nee ... du bist meine Lebensgarantie, Kleiner! Ich habe hinter dem Zelt gestanden und alles mitgekriegt, als du dein Brüderlein zum Krüppel machtest und ihm das Zettelchen um den Hals hängtest. Aha, habe ich da gedacht. So wird's gemacht! Und was die können, das kann der Emil Rottmann auch! Nur muß man die Zeit gut abpassen! Und sie ist jetzt da, mein Lieber ... wir sind in Gumrak, und morgen schwirre ich ab in Richtung Muttern ... mit deiner Hilfe!«

»Einen Mist wirst du!« schrie Wallritz und sprang auf. Gleichzeitig überlegte er, was er tun sollte. Rottmann wußte alles, er hatte ihn und Dr. Körner in der Hand. Das war eine Tatsache, die nicht mehr aus der Welt zu schaffen war. Nicht mehr aus der Welt –

Wallritz starrte Rottmann an. Sie standen sich gegenüber, mit verkniffenen Gesichtern und zu allem bereit.

Ich sollte ihn umbringen, dachte Wallritz. Bei den Haufen von Toten, die draußen vor der Tür im Schnee liegen, untersucht keiner mehr, woran er gestorben ist.

Er will mich töten, dachte Rottmann und grinste. Ich würde es an seiner Stelle auch versuchen. Aber so einfach ist es nicht, einen Rottmann um die Ecke zu bringen. Auch nicht in Stalingrad ...

»Machen wir ein Geschäft, Kumpel«, sagte Rottmann. »Schweigen gegen Weiterleben. Das ist reell!«

»Nein, du Sauhund.«

»Und wenn ich Meldung mache? Einen Tatbericht?«

Wallritz biß die Zähne aufeinander. »Damit kommst du auch in kein Flugzeug, du Schwein«, knirschte er.

»Aber du gehst dabei hops! Kriegsgericht, Todesurteil, zwölf Mann ... legt an ... Feuer ... Ich kenne das. Ich habe als Feldgendarm fünfmal einen Delinquenten bewacht.«

»Na und? Besser so sterben, als in einem Erdloch zu verhungern oder von den Russen erschlagen zu werden. Mach doch deinen Tatbericht ...«

Dann dachte er an Dr. Körner. Auch ihn würde man an die Wand stellen, wegen Mithilfe. Damals hatte Dr. Körner selbstlos geholfen, und Wallritz hatte geschworen, ihm das nie zu vergessen. Durch Rottmanns Tatbericht aber wurde aus Dank ein Todesurteil. Wallritz senkte den Kopf. Über sein eingefallenes blaßgraues Gesicht zuckte es.

Rottmann erkannte, daß er in eine Sackgasse geraten war. Eine Todesdrohung in Stalingrad ist lächerlich, das empfand er auch. Sein Scheck fürs Leben war faul geworden, er hatte keine Deckung mehr. Er versuchte es noch ein letztes Mal, die Angst vor der Unerbittlichkeit stieg heulend in ihm hoch.

»Mensch, denk doch mal nach ...« Rottmann schwamm auf der weichen Welle. »Du hast deine alte, vergrämte Mutter zu Hause. Ob dein Bruder durchgekommen ist, das weiß keiner. Wenn nicht, dann biste der einzige Sohn. Und auf den wartet sie. Soll man ihr sagen: Der Feldwebel Horst Wallritz ist hingerichtet worden? Das bricht ihr das Herz, das bringt sie um! Für dich ist es eine Kleinigkeit, mich als Schwerverwundeten zum Flugplatz zu bringen. Und daß ich einen Platz in der Maschine kriege, Junge, das glaubste doch auch, was? Erst mal das ›Lebensbillett‹ um den Hals und die Begleitpapiere ... Wallritz, Horst, Mensch, sei kein Blödian ... ich weiß nicht, warum du nicht abhaust, aber ich will hier raus! Sei doch vernünftig ...«

Während dieser kläglichen Rede war unbemerkt Dr. Körner eingetreten. Er verhielt sich still an der Tür, bis Rottmann zu Ende war. Dann sagte er laut:

»Sie sind ein seltenes Miststück!«

Emil Rottmann fuhr wie gestochen herum.

»Herr Assistenzarzt ...«, stotterte Wallritz.

»Seien Sie still, Wallritz. Ich habe einen großen Teil mit angehört.«

Er kam langsam auf Rottmann zu. Der Feldgendarm duckte sich etwas, spreizte die Finger, stieß das Kinn vor. »Keine Angst, ich haue Ihnen keine runter! Ich freue mich nur darauf, Sie wieder mitnehmen zu können in die Stadt. Tausende Kameraden verfaulen da in den Löchern ... jeden Tag verbluten Hunderte ... Dreihunderttausend hungern sich von Tag zu Tag ... rennen gegen die russischen Panzer an, krallen sich in ihren Bunkern fest, lassen ihr Leben für einen Meter Boden ... und Sie Schwein wollen türmen ... sich in Sicherheit bringen ...«

»Ich bin kein Held!« schrie Rottmann wild. »Ich sehe nicht ein, warum ich hier in der Steppe verrecken soll! Warum und für wen?«

»Das wissen wir alle nicht. Aber jetzt ist jeder auf den anderen angewiesen! Und wenn Sie vor Feigheit in die Hosen machen, es kümmert sich keiner drum. Sie sind da, und das ist wichtig ... Es stirbt sich leichter in Kameradschaft.«

»Ich will nicht sterben!« Rottmanns Augen quollen aus den Höhlen. »Ich will wie dieser Sigbart Wallritz ausgeflogen werden. Ich habe euch beide in der Hand, eure dämlichen Sprüche ziehen nicht mehr, nicht bei mir! Ihr seid genau solche Schweine wie ich!«

Dr. Körner überlegte nicht lange. Er holte aus und schlug Rottmann quer übers Gesicht. Es klatschte, als wenn ein nasses Handtuch gegen eine Mauer pappte. Rottmann machte keine Bewegung der Abwehr, er nahm den Schlag hin, sein Kopf pendelte etwas.

Junge, dachte er dabei, hat das schmächtige Kerlchen einen Schlag, dann schnaufte er wie ein gereizter Stier, drehte sich ab und rannte hinaus.

»Jetzt macht er seine Anzeige«, sagte Wallritz nach einer Weile Schweigen. »Ich ... ich hätte vielleicht getan, was er wollte ...«

»Sie haben Angst, Wallritz?«

»Ja, Herr Assistenzarzt.«

»Angst vor dem Sterben?«

»Nein. Aber ich denke an meine Mutter ...« Wallritz senkte den Kopf. Seine Schultern zuckten. »Ich habe es damals ... bei Sigbart ... auch nur wegen Mutter getan ...«

Dr. Körner nagte an der Unterlippe. Der Weg, den sie jetzt gehen würden, war ihm klar, Verhaftung, Verhör, Kriegsgericht, Todesurteil. Es wäre eine Illusion gewesen, anderes zu denken, anderes zu hoffen. Mein Leben ist sowieso abgeschlossen, dachte er. Es liegt unter den Haustrümmern der Lortzingstraße in Köln, in einem Keller, neben Marianne, der eine Luftmine die Lunge zerriß. Daß ich lebe, ist nur noch die Funktion des Körpers, der Wechselrhythmus von Herzschlag und Atmen, der Kreislauf des Blutes, der Nerven und Muskeln antreibt. Mehr ist es nicht ... Eine Seele? Wo habe ich sie? Ein Gefühl? Es wurde zur Erinnerung. Ein Lebenswille? Er erstickte mit der Luftmine in Köln.

»Wir werden erst morgen nacht wieder zurück in die Stadt können«, sagte er. »Wir haben fast vierundzwanzig Stunden Zeit. Sie bringen sich in Sicherheit, Wallritz.«

»Herr Assistenzarzt ...«

»Ich werde dafür sorgen, daß Sie ausgeflogen werden.«

»Und Sie, Herr Assistenzarzt?«

»Ich?« Dr. Körner schüttelte müde den Kopf. »Mir passiert nichts mehr, Wallritz, was mich noch erschüttern könnte.«

Major Jewgenij Alexandrowitsch Kubowski führte einen heiligen Krieg gegen die sowjetische Militärbürokratie. Eingebrockt hatte ihm das salzige Süppchen der saubere Chefchirurg von Abschnitt Stalingrad-Mitte, Dr. Andreij Wassilijewitsch Sukow.

Der Satan hole ihn, dachte Kubowski und spuckte gegen die Mauer. Eifersüchtig auf Olgaschka ist er, der Lümmel, das ist alles. Ärgern tut er sich, weil Olga nicht ihn küßt, sondern mich, den Major Kubowski. Und wie er knurrt, wenn Olga meine Wunde auswäscht und verbindet. Wie ein Bär knurrt er, unangenehm und trotzig.

Eigentlich hatte Sukow recht und handelte streng nach den Vorschriften, als er den verwundeten Offizier Kubowski sofort an den Frontmilitärrat meldete, denn schließlich war der Major, auch wenn er Sukow persönlich unangenehm war, ein dekorierter Offizier und ein tapferer Soldat. Was kommen mußte, kam auch prompt: Kubowski erhielt den Befehl, sich zur Ausheilung seiner Wunde und zur Erholung zum Sammelplatz jenseits der Wolga zu begeben.

»Eine Infamie!« schrie Kubowski, als ein unschuldiger Rotarmist ihm den Befehl übergab. Er zerriß den Meldezettel und rannte zu Olga Pannarewskaja. Sie operierte gerade einen Halsschuß.

»Täubchen!« schrie er. »Du weißt, was man mit mir machen will. Aber ich weigere mich! Ich verlasse die Stadt nicht ohne dich! Keiner kann mir das übelnehmen. Und wenn ich mit dem Genossen Shukow selbst spreche ... was soll ich in Kasachstan? Soll ich die Schäfchen zählen? Ich bleibe.«

Dr. Sukow, der am Nebentisch einen Bauchschuß behandelte, sah zu dem schreienden Major hinüber.

»Bitte gehen Sie hinaus, Genosse Major«, sagte er höflich. »Ich bin froh, daß meine Verwundeten ohnmächtig sind und ich die Anästhesie spare. Ich brauche zur Erweckung nicht Ihre Posaune ...«

»Welch ein unhöflicher Mensch!« Major Kubowski küßte Olga in den Nacken. »Aber er soll unser Glück nicht stören, dieser Unmensch. Ich werde wie ein Bettler herumlaufen und sie alle überzeugen, daß ich keine Erholung in Kasachstan brauche.«

Er blieb an der Tür stehen und sah noch einmal zu Olga Pannarewskaja. Eine Schönheit, dachte er glücklich. Diese schwarzen Haare, diese Schultern, diese Brüste, die Hüften, die schlanken Beine in den hohen Juchtenstiefeln. Und diese Glut in ihrem Blut, dieser Wüstenwind in ihrem Atem. Ich bin ein glücklicher Mensch, wirklich. Und wenn draußen die Welt untergeht ... ich habe sie geliebt, das kann mir niemand mehr nehmen.

Die Ärztin blickte kurz auf, ihre Blicke begegneten sich. Sie lächelten sich zu, es war eine innere Verbundenheit, die keine Worte brauchte. Dann beugte sie sich wieder über die Halswunde und vernähte das ausgezackte Loch in der Speiseröhre.

Sechs Stunden pilgerte Jewgenij Alexandrowitsch von Bunker zu Bunker, von Offizier zu Offizier, von Zuständigkeit zu Zuständigkeit. Er besuchte den Lazarettkommissar, drückte ihm die Hand und unterhielt sich mit ihm über das Schachspiel; er verhandelte mit dem Inspekteur des Sanitätswesens und erzählte vier scharfe Witze; er stand zwei Stunden im Vorbunker des Armeegenerals und versuchte dann zu erklären, daß ein Held auch mit einem Schulterschuß ein Held bleibe und den vaterländischen Krieg nicht in Kasachstan, sondern in Stalingrad beenden sollte. Zuletzt meldete er sich bei dem Generalstabschef der Heeresgruppe Stalingrad-Front, dem Genossen Generalmajor Warennikow, und schilderte ihm seine Nöte. Neben Warennikow saß ein freundlicher, rundköpfiger Mann, der Typ eines lieben Bäuerleins, und er lächelte Major Kubowski an und nickte öfter beifällig zu seinen Argumenten.

Das machte ihm Mut. Er redete weiter, bis der freundliche Mann die Hand hob und abwinkte.

»Ich glaube, wir sollten ihn vorläufig als Transportoffizier an der Wolgafähre einsetzen, bis er wieder kampffähig ist«, sagte er zu Generalmajor Warennikow. »Ich freue mich, daß der Genosse Major so an dieser Stadt hängt.«

»Das wäre möglich, Genosse.« Generalmajor Warennikow winkte ebenfalls. Major Kubowski war entlassen. Vor der Tür traf er auf einen Hauptmann und hielt ihn fest.

»Da drinnen sitzt ein lieber Mann«, sagte er. »Ich kenne ihn nicht. Aber er sieht aus wie ein Bauer und spricht wie ein General. Wer ist's, Brüderchen?«

Der Hauptmann sah den Major verblüfft an. »Das ist ein Genosse vom Frontkriegsrat, direkt aus Moskau. Nikita Sergejewitsch Chruschtschow heißt er ...«

»Nie gehört.«

»Ein unbekannter Mann, Genosse Major.«

Kubowski ging weiter zur Leitstelle, um dort auf sein Kommando zu warten. Als er eintrat, wußte man bereits von ihm. Der Generalstabschef hatte angerufen. »Sie werden das Übersetzen der Panzer und Lkw über die Wolga leiten«, sagte ein Oberst zu ihm. »Leider kann ich Ihnen nur die Zentral-Fähre anbieten. Die Stadt-Fähre ist besetzt.«

»Warum leider, Genosse Oberst?«

»An der Zentral-Fähre haben wir die meisten Ausfälle außerhalb der Stadt. Sie liegt unter Beschuß schwerer deutscher Artillerie. Machen Sie es gut, Major.«

So kam Jewgenij Alexandrowitsch Kubowski als Kommandant an die Wolga.

Es war ein leichter Dienst, wenn man davon absah, saß er eine gute Lunge erforderte und eine genaue Kenntnis aller Flüche von Minsk bis Astrachan. Gebrüllt wurde vom Tag bis in die Nacht und die Nacht hindurch bis zum neuen Tag. Die gewalzte Straße über das Eis der Wolga war dauernd verstopft durch Idioten, die keinen Wagen lenken konnten, sich quer stellten und alles blockierten. Dann schoben dreißig Rotarmisten das Fahrzeug von der Bahn. Am schlimmsten war es, wenn Pferdefuhrwerke kamen. Das war meistens nachts. Sie brachten Verpflegung für die Zivilbevölkerung Stalingrads, die immer noch zu Tausenden in den Kellern hockten oder am Steilhang, in den Erdlöchern, wimmelnde Riesenratten, die den Sanitätern halfen, die Wasser und Tee nach vorne schleppten, die die Verwundeten aus den Trümmern zogen, die Brot backten und Suppen kochten. Eine große Familie waren sie alle, die ehemaligen

Fabrikarbeiterinnen aus den Traktoren- und Kanonenwerken, die Mütter und die Greise, ja selbst die Kinder, die in den Feuerpausen durch die zerstampfte Stadt krochen und Holz sammelten. Für sie brachten die Panjewagen das Essen heran. Major Kubowski raufte sich die Haare, wenn er die Kette der Pferdewagen kommen sah. Gleichzeitig drängten die Panzer zur Wolga, die Kompanien der Ersatztruppen, die Werkstattwagen, Verwundetentransporte, Kesselwagen mit Benzin und Motorenöl. Sie alle wollten über die Wolga, über einen schmalen Streifen dicken, glatten Eises, und Kubowski schrie sich die Lunge wund, regelte den Verkehr und wurde mit Namen bedacht, die vom Wolfshund bis zum Bastard einer mongolischen Hure reichten.

Am 30. Dezember 1942, bei 32 Grad Kälte und einem eiskalten Wind aus der Steppe von Kasachstan, stand Jewgenij Alexandrowitsch Kubowski, eingehüllt in einen dicken Schafspelz, auf dem Wolgaufer und kontrollierte die Marschpapiere einer Minenwerferabteilung. Er hatte schon den ganzen Tag über ein dummes Gefühl gehabt. Olgaschka hatte ihn angerufen und ihm gesagt, daß sie furchtbar geträumt habe.

»Ich träume sonst nie, Jewgi ...«, sagte sie, und es war das erstemal, daß sie ihn Jewgi nannte. Kubowski hatte wie ein Truthahn geseufzt und verflucht, daß zwischen ihnen die Wolga lag und einige Kilometer Mondlandschaft. »Ich habe solche Angst um dich ...«

Da hatte er gelacht und geantwortet: »Olgaschka, welche Gedanken! Bis auf den Ärger mit den Idioten – du glaubst nicht, wie viele Hirnlose in der Roten Armee dienen – fühle ich mich wohl. Die Wunde heilt gut, bald werde ich wieder bei dir sein.«

In Wahrheit hatte auch er schlecht geschlafen. Es war ihm ein paarmal, als müsse er ersticken. Erst gegen Morgen konnte er ruhig schlafen.

An diesem 30. Dezember, bei 32 Grad Kälte und einem Wind aus Kasachstan, hatte ein deutsches Aufklärungsflugzeug festgestellt, daß aus der Steppe neue Panzereinheiten zur Wolga rollten. Um die Mittagszeit mußten sie am Wolgaufer eintreffen und versuchen, in die Stadt überzusetzen.

Genau um 13 Uhr – Kubowski hatte einen Teller Kasch mit Salzfisch gegessen und verspürte einen schrecklichen Durst – brüllten in Stalingrad die letzten schweren Geschütze der deutschen Artillerie auf. Es waren drei massierte Feuerschläge, genau auf das Wolgaufer und auf das Eis.

Major Kubowski hörte es in der eiskalten Luft heransurren ... es pfiff, orgelte und dröhnte, summte, jaulte und kreischte ... Mit einem wilden Satz hetzte er zu seinem Deckungsloch. Das ist doch nicht möglich, dachte er. Warum schießen sie denn? Nichts steht am Ufer, nur eine armselige Minenwerferkompanie. Die Panzer warten dort im Hinterland, bis es Nacht ist. Warum schießen sie denn, die feldgrauen Verschwender?

Er kam nicht mehr bis zu seinem Loch. Vor und hinter ihm riß die Erde auf ... das war das letzte, was er erkannte. Dann hob ihn eine Riesenfaust vom Boden weg und schleuderte ihn mitten in die anderen Detonationen.

Die Rotarmisten, die ihn später suchten, fanden von Major Kubowski nur seinen Kopf und einen Stiefel ohne Bein.

Ein Irrtum der deutschen Artilleriebeobachtung hatte ihn ausgelöscht. Olga Pannareweskaja stand starr, als Chefchirurg Sukow ihr die Mitteilung machte. »Er war sofort tot«, sagte er tröstend. »Er hat nichts gespürt ...«

Da erst lief ein Zittern durch ihren Körper. Mit der Wildheit einer Raubkatze sprang sie vor, hob die Fäuste, und während Sukow erschrocken und fasziniert von dieser wilden Schönheit mit offenem Mund untätig dastand, hieb sie mit den Fäusten auf den Operationstisch, rannte im Zimmer von Wand zu Wand, hieb gegen die Bohlen und Steine und schrie mit sich überschlagender Stimme:

»Ich hasse sie ... ich hasse die Deutschen! Der Himmel sei mein Zeuge ... ich werde keinen Deutschen schonen! Keinen! Keinen! Ich hasse sie ... ich hasse sie ...«

Dann fiel sie über einem Toten, den man eben vom Tisch gehoben hatte, zusammen. Sukow ließ sie liegen und faßte sie nicht an. Es war besser so, dachte er ... ein gereizter Tiger kennt nicht mehr Freund und Feind.

Das »Lebensbillett« für den Sanitätsfeldwebel Horst Wallritz verschaffte sich Dr. Körner durch einen Trick.

Der Gedanke war ihm plötzlich gekommen, und wie so oft im Leben sind die anscheinend kompliziertesten Dinge die einfachsten. Er beobachtete das Raus und Rein in den Operationszelten und Baracken der Verwundetenstadt am Bahnhof von Gumrak. Vor ein paar Wochen hatte er hier selbst mit Dr. Portner eine der »Auslesestationen« gehabt, die schreckliche Macht über Leben und Tod. Wenn auch nur ein Bruchteil der Verwundeten mit dem Transportzettel um den Hals einen Platz in einem der ausfliegenden Flugzeuge erhielt, denn Tausende warteten seit Tagen und Wochen, zu grauen Klumpen geballt und wie Riesenmaden durch den Schnee kriechend, am Rande der Rollfelder, so war doch immer noch eine Chance drin, die Heimat wiederzusehen. Wer keinen Zettel bekam, wußte, daß er im Kessel von Stalingrad blieb. Endgültig. Geopfert für den Führer und Großdeutschland.

In dem blauen Zelt operierten vier Ärzte und drei Unterärzte. Es war Fließbandarbeit, Demontage von Leibern. Die Träger, die die versorgten Verwundeten wieder hinaustrugen, achteten gar nicht mehr darauf, ob der Oberfeldwebel am Schreibtisch ihnen einen Zettel umgehängt hatte oder nicht ... sie rannten in die Baracken oder Eisenbahnwaggons, kippten die Verwundeten in das Stroh, so wie man einen Karren Kompost wegschüttet, und trabten schnell zurück.

Dr. Körner wartete fast eine Stunde und beobachtete den Betrieb. Er sah, wie fremde Ärzte in das Zelt gingen und es wieder verließen, zwei Lastwagen mit neuen aufgerissenen Leibern fuhren vor, jemand brüllte: »Weiterfahren! Weiterfahren! Zu Lazarett VI! Unsere Müllkippe ist voll!«, ein einsamer Tiger-

Panzer mit halbem Turm ratterte vor und lud einen kopfverletzten Leutnant aus, es war nicht mehr zu kontrollieren, wer nun zum Lazarett gehörte und wer nicht.

Das nutzte Dr. Körner aus. Er rannte in das Zelt, geradewegs auf den Oberfeldwebel am Schreibtisch zu und streckte die Hand aus.

»Los, geben Sie mir so 'nen Wisch! Da hat ein Kerl den Zettel vollgekotzt!«

Der Oberfeldwebel sah gar nicht auf. Er reichte den Transportzettel, aber er malte gewissenhaft einen Strich auf ein Stück Papier. Für heute hundert »Lebensbilletts«, mehr gab es nicht. Man kontingentiert das Leben. Aber auch diese hundert waren sinnlos. Die Flugplatzkommandanten von Gumrak und Pitomnik schrien und brüllten, weil das Heer der Verwundeten die Startbahnen blockierte und die Maschinen stürmte, sobald sie ausgerollt waren.

»Ich ... ich tue es nicht«, sagte Wallritz, als Dr. Körner mit dem »Lebensbillett« zurückkam. »Vielleicht waren es von Rottmann nur leere Drohungen.«

»Wollen Sie darauf warten? Los! Sie haben Ihre Mutter, für die Sie weiterleben müssen. Das ist ein Ziel! Ich habe keines mehr, auf mich wartet niemand ... Kommen Sie ...«

Was nun folgte, war gespenstisch.

Zwischen den niedergebrochenen Balken eines Geräteschuppens kniete Dr. Körner vor Wallritz. Der Feldwebel lag auf seinem Mantel, die Brust entblößt, zitternd vor Kälte und Erregung. Dr. Körner hatte sein chirurgisches Notbesteck neben sich auf einer Lage Zellstoff ausgebreitet und schnitt einen Finger seiner Gummihandschuhe ab.

»Wird es nicht auffallen?« keuchte Wallritz.

»Nicht, bis Sie jenseits des Kessels sind. Dort müssen Sie sich weiterhelfen. Melden Sie sich als Versprengter ... Was man auch mit Ihnen macht, eines ist sicher: Sie kommen nie mehr nach Stalingrad zurück! Man wird Sie in irgendeinem Lazarett einsetzen und froh sein, einen Fachmann mehr zu haben.«

Dr. Körner entzündete ein Hindenburglicht und stellte es auf einen Balken über den Kopf von Wallritz. Dann beugte er sich vor und rieb mit harten Händen die eiskalte Brust des Feldwebels warm.

»Ich werde Ihnen keine Anästhesie machen«, sagte er dabei. »Sie müssen den Schmerz aushalten. Und wenn Sie sich die Zähne abbrechen ... beißen Sie sie zusammen ...«

Wallritz nickte stumm.

»Ich täusche bei Ihnen einen Lungenschuß vor«, sagte Dr. Körner.

»Einen was?«

»Lungenschuß. Jeder Arzt, der Sie nur ansieht, wird Sie sofort weiterleiten. Und jetzt halten Sie still, Wallritz. Beißen Sie die Zähne zusammen.«

Den ersten Schnitt spürte Wallritz nicht sonderlich. Dr. Körners Skalpell machte in die rechte obere Brustwand einen 6 cm langen Schnitt durch Haut und Muskulatur. Erst als Dr. Körner daranging, mit einigen weiteren Schnitten Haut und Muskulatur mitzunehmen, die Wunde aufzufetzen, daß sie wie ein Schuß aussah, und dann wieder säuberte, jagte der Schmerz Wallritz bis ins Gehirn. Er stöhnte und warf den Kopf auf dem nassen Mantel hin und her.

»Es wäre gut, wenn Sie ohnmächtig würden«, sagte Dr. Körner ruhig. »Denn jetzt geht es erst los.«

Mit einem selbsthaltenden Haken spreizte er die Schnittwunde. Dann legte er zwischen zwei Rippen einen kleinen Schnitt an, entfernte etwas Haut, indem er eine Hautfalte mit der Pinzette aufhob und am Grunde der Falte das hochgezerrte Hautstück abschnitt.

Dieser Schnitt war kritisch. Er ging in die Tiefe des Brustkorbes. Dr. Körner hatte deshalb, bevor er die Hautfalte anschnitt, eine lose Naht um die künstliche Schußwunde gelegt ... er zog diese Naht sofort zu, bevor er die Hautfalte herauspräparierte.

Wallritz lag kalkweiß und hatte die Augen geschlossen. Dr. Körner tastete nach seinen Lidern. Wallritz schüttelte den Kopf.

»Ich bin wach, Herr Assistenzarzt ...«

»Die Schußwunde haben wir. Nun machen wir sie zu, und dann kommt der Trick.«

Dr. Körner vernähte die Wunde schichtweise und klebte ein Heftpflaster darüber.

Es begann heftig zu schneien. Zwischen die Balken des zerschossenen Geräteschuppens wirbelten die dicken Flocken und legten sich über die nackte Brust Wallritz'. Die armselige Kerze über seinem Kopf flackerte.

Draußen, auf der Straße zum Flugplatz, gab es einen Krach. Ein Munitionsschlepper war in einen vom Schnee zugeschütteten Bombentrichter gefahren und saß fest.

»So ein Hurending!« brüllte eine Stimme. »Alle Mann ran! Die Zuckerhüte müssen heute noch zur 14. Panzer-Divison ...« Es waren Granaten für die Tiger-Panzer, die in der deckungslosen Steppe bei Nowo Alexejewskij lagen.

Dr. Körner zog seinen Mantel aus und hängte ihn zwischen die Balken über sich und Wallritz, ein nasses, triefendes Dach von einem Quadratmeter. Aber es hielt den Schnee ab, es schenkte das Gefühl von Geborgenheit.

Mit klammen Fingern, die er immer wieder gegen den Körper schlug, um die stockende Durchblutung anzuregen, operierte er weiter.

»Was nun?« fragte Wallritz mit klappernden Zähnen.

»Nun kommt der Pneumothorax, Ihr lebensgefährlicher Lungenschuß ...«

Er nahm die dicke Kanüle, drückte mit dem Finger noch einmal suchend auf die geplante Stelle und stieß dann neben und etwas unterhalb der Brustwarze, unter der vorher gelegten künstlichen Schußwunde, die Kanüle in die Brust.

Wallritz stöhnte auf. Seine Hände krallten sich in den nassen Mantel und die gefrorene Erde, seine Beine zuckten, der Mund riß auf ... aber er schrie nicht, er rang nur nach Luft und verging in einer grenzenlosen Angst.

Dr. Körner hielt den Daumen auf den Ansatz der in der Brust

sitzenden Kanüle. Noch war keine Außenluft in den Brustkorb gekommen, die Hohlnadel war durch den Daumen verschlossen. Er wartete, bis sich Wallritz wieder beruhigt hatte. Dann hob er den Daumen und ließ vorsichtig Luft in den Brustkorb eintreten.

Wallritz wurde wieder unruhig. Er riß die Augen auf und starrte Dr. Körner flehend an. Sein Atem wurde schneller und stoßend, eine unbeschreibliche Beklemmung auf der Brust jagte Todesangst durch ihn ... in diesem Augenblick stülpte Dr. Körner den abgeschnittenen Finger seines Gummihandschuhs über den Nadelansatz und befestigte ihn mit einer Schlinge aus Catgut.

Die Todesnot hörte auf, nur das schnelle, stoßweise Atmen blieb. Die letzten Handgriffe waren nur noch eine Verfeinerung und schmerzten nicht mehr. Dr. Körner schnitt in die Fingerkuppe des abgeschnittenen Gummihandschuhfingers einen kleinen Schlitz. Die Folge war verblüffend. Beim Einatmen ließ der Fingerling jetzt die in den Brustraum eingetretene Luft ausblasen, bei der Ausatmung dagegen ließ er keine Luft mehr eintreten. Der abgeschnittene Finger des Gummihandschuhs war zu einem Ventil geworden.

Dr. Körner beobachtete den künstlichen Pneumothorax. Wenn Wallritz einatmete, blähte sich der Fingerling hoch auf, atmete er aus, fiel er zusammen wie ein angestochener Luftballon. Es sah sehr eindrucksvoll und vor allem überzeugend aus. Wallritz hob etwas den Kopf. Die eisige Kälte, die er bisher nicht gespürt hatte, zerfraß ihn fast.

»Was ... was ist, Herr Assistenzarzt?«, stammelte er.

»Alles in Ordnung. Sie haben jetzt einen so kompletten Lungenschuß, daß jeder Arzt Sie auf Händen tragen wird. Noch fünf Minuten, dann ist's vorbei.«

Dr. Körner befestigte die Pneumothoraxkanüle mit Heftpflaster an der Brustwand, legte einen Querverband um die Brust an und konstruierte aus Sicherheitsnadeln und Heftpflaster eine Stütze für die Hohlnadel, damit sie außen aus dem Verband heraus möglichst senkrecht hervorstand. Dann half er Wallritz auf, zog ihm die Uniformjacke an und hängte ihm den Mantel um die Schultern. Wallritz starrte auf den kleinen Luftballon in seiner Brust, der auf und ab quoll.

»Natürlich sind Sie nur liegend transportfähig, vergessen Sie das nicht, Wallritz. Wenn Sie mit diesem Pneu fröhlich herumtraben, glaubt Ihnen das keiner.«

Er schob die Kerze näher zu sich, zog die Knie an, legte seine Meldetasche darauf und füllte den Begleitzettel aus, das »Lebensbillett«. Er schrieb:

> Lungensteckschuß. Geschoß entfernt. Chirurgische Versorgung der Wunde und Naht. Ableitung des Pneumothorax mittels Gummiventil. Verlegung in Etappenlazarett zwecks weiterer Behandlung. Tetanusserum. Sulfonamid. Unterschrift: Dr. Hammer, Stabsarzt.

Er hängte das Schild Wallritz um den Hals und klopfte ihm dann auf die Schulter. Wallritz standen die Tränen in den Augen. »Ich werde Ihnen das nie danken können, Herr Assistenzarzt ...«

Dr. Körner kroch aus dem rauchgeschwärzten Gebälk des Geräteschuppens. Der Munischlepper saß noch immer im Trichter. Ein Feldwebel brüllte, als wären seine Worte ein hydraulischer Wagenheber, der den Wagen aus dem Loch schieben könnte. Dr. Körner sah auf seine Uhr. 23.27 Uhr. Die Operation hatte kaum eine halbe Stunde gedauert. Wallritz kroch hinter ihm her, die Hand schützend über seinem kleinen Luftballon in der Brust. Nach Mitternacht waren sie auf der Straße zum Flugplatz Gumrak. An einem dicken Strick zog Dr. Körner eine Trage wie einen Schlitten durch den Schnee. Auf ihr lag Wallritz, mit den Mänteln von drei Toten zugedeckt und eingewickelt. An ihnen vorbei ratterten Lkw und Panzer, Motorräder und

Pferdewagen. Sie wurden mit Schnee und Eis bespritzt und mit Flüchen überschüttet. Aber niemand hielt an, niemand nahm den Mann auf der Trage mit, den ein junger Arzt durch den Schnee zog, umheult vom Steppenwind, mit vereistem Gesicht und gefühllosen Beinen. Hunderte, Tausende marschierten, schwankten, krochen und wälzten sich über die Straße zum Flugplatz, hangelten an haltenden Autos hoch und sprangen die nach rückwärts fahrenden Panzer an wie Raubkatzen. Nur zurück ... zurück ... nach Westen ... weg aus der Stadt, weg aus dem Ring, der sich immer enger zog ... zum Flugplatz ... zum Flugplatz ... zur letzten Hoffnung ...

Nach einer Stunde saß Dr. Körner erschöpft auf einem Eishügel am Rande der Straße. Er konnte nicht mehr weiter. Die Steppe, die Schneewüste, die Fahrzeuge drehten sich vor seinen Augen, sie wurden rosa und blau und gestreift und gefleckt. Er schrak auf, als ihn eine Welle Schnee und Dreck überschüttete. Ein Autokühler ragte blubbernd und schwankend vor ihm auf.

»Lad dinge Patient än ...«, rief jemand im breitesten Kölsch. »Äwwer mach schnell, sonst kumme die anderen ooch ...«

Dr. Körner faßte Wallritz unter wie ein Kind. Er schwankte mit ihm um den Wagen herum, vier Arme griffen zu, hoben den Körper unter die Zeltplane. Der Motor heulte auf.

»Leb wohl ...«, schrie Dr. Körner und hob die Hand. Er sah die großen Augen von Wallritz auf sich gerichtet, er sah, daß er etwas zurückschrie, aber es ging unter im Heulen des Motors und im Anfahren der Räder. Wieder überschüttete ihn ein Schwall von Schnee, Eis und Dreck ... die Plane fiel über den Einstieg, der Wagen ratterte weiter.

»Aus dem Weg, du Rindvieh!« brüllte jemand. Eine Kolonne Kradfahrer brauste an ihm vorbei.

Zwischen Benzinfässern und Säcken mit MG-Munition lag Horst Wallritz, beide Hände über sein Gummiventil gewölbt. Sie fahren durch bis Pitomnik, dachte er. Sie haben es mir gerade gesagt. Und in Pitomnik ist es leichter, eine Maschine zu bekommen. In Pitomnik landen dreimal mehr Maschinen als in Gumrak.

Er drehte den Kopf zur Seite, preßte die Stirn gegen einen Benzinkanister und weinte.

Emil Rottmann blieb verschwunden.

Bei der Rückkehr nach Stalingrad fehlte er. Dr. Portner machte die vorschriftsmäßige Meldung über die Verwundung des Sanitätsfeldwebels Wallritz. Emil Rottmann meldete er als vermißt oder versprengt. Er wollte keine Schwierigkeiten haben mit der Äußerung des Verdachts auf Fahnenflucht.

Am Abend des 31. Dezember 1942 bekam das Lazarett in den Kellern des Kinos von Stalingrad Besuch.

Der Wehrmachtsbericht hatte an diesem Tag nur einen einzigen Satz für die sterbende 6. Armee übrig: »Transportverbände der Luftwaffe versorgten vorgeschobene Kräftegruppen ...« Nicht mehr. Es war genug. Zum Jahreswechsel klingt es nicht gut, wenn man sagen würde: 300 000 deutsche Soldaten gehen ihrer Vernichtung entgegen. Die Lage an der gesamten Stalingrad-Front war hoffnungslos. Die 8. italienische Armee war nur noch ein Fragment, ein loser, aufgerissener Haufen angstschlotternder Sonnenkinder, die bei 40 Grad Kälte in Eislöchern lagen und von der Adria träumten. Bei den Heeresgruppen A und B war es nicht anders ... die Kaukasus-Front sollte geräumt werden, an Donez und Tschir drängten die Sowjets, die rumänischen Einheiten mußten aus der Front gezogen werden, da sie kompanieweise überliefen oder einfach die Waffen wegwarfen, die Heeresgruppe »Don« wartete mit angehaltenem Atem auf die kommende russische Offensive, die das Ende bedeuten würde ... und im Kessel begann man, Suppen aus Sägemehl zu kochen und Pudding aus Fußpuder.

Am Abend des 31. Dezember 1942 traf der Neujahrsgruß aus dem Führerhauptquartier ein. Ein Funkspruch:

»Die 6. Armee hat mein Wort, daß alles geschieht, um sie herauszuhauen. *Adolf Hitler«*

Über das Radio kam auch der Wortlaut des Neujahrsspruches, den Hitler an Generaloberst Zeitzler, den Chef des Oberkommandos des Heeres, sandte. In den Kellern und Bunkern der Kompanie- und Bataillonsgefechtsstände hörte man ihn, und man sah sich an, ungläubig, entsetzt, ratlos oder in ohnmächtiger Wut. Man löffelte seine Suppe aus Pferdeknochen und Sägemehl und tastete nach dem Brotbeutel, in dem die Feiertagsverpflegung kullerte. Genau abgezählt in die dreckigen, aufgerissenen, schwieligen Soldatenhände: Fünfundzwanzig getrocknete grüne Erbsen, sechsunddreißig weiße Bohnen, eine Vierteltasse Linsen. Ein fürstliches Essen, ein feudaler Neujahrsschmaus. Und die Stimme im Radio verlas die Grußbotschaft des Führers:

»... Die 6. Armee muß aushalten. Wir werden sie entsetzen, das wird einstmals der glorreichste Sieg der deutschen Wehrmacht sein ...«

Auch Dr. Portner und Dr. Körner hörten die Silvestersendung des Großdeutschen Rundfunks. Sie operierten dabei. Während im Führerhauptquartier der Sekt kalt gestellt wurde, ging der Kampf um den »Tennisschläger« weiter, wurden die Trümmer der Stadt immer wieder umgepflügt, schleppte man die zerfetzten Leiber in ununterbrochener Monotonie in die Keller. Unter den großen Worten von Heldentum und glorreichstem Sieg wurde gestorben und amputiert, geschrien und gefiebert, gebetet und geflucht.

Dr. Portner sah kurz von seinem blutigen Küchentisch auf, als drei Männer in den OP-Keller traten, ein Offizier und zwei

Unteroffiziere. Sie hatten wie in Friedenszeiten Koppel und Pistole umgeschnallt, einen nicht weiß gestrichenen Stahlhelm auf und bauten sich an der Tür wie zu einer Parade auf. Der Offizier, ein Oberleutnant, grüßte stramm.

»Oberleutnant Barritz von der Feldgendarmerie-Staffel V Gumrak. Ich habe den Befehl, eine Verhaftung vorzunehmen.«

Dr. Portner blickte wieder hoch. »Was haben Sie?«

Er sah nicht, wie Dr. Körner wortlos seine Pinzette hinlegte, vom Küchentisch zurücktrat und seine Hände in die Waschschüssel tauchte. Es ist soweit, dachte er. Hoffentlich ist Wallritz längst jenseits des Kessels.

»Sie haben einen Assistenzarzt Dr. Körner hier?«

Dr. Portner blickte sich zu Dr. Körner um. »Was soll das, Körner? Man will sie verhaften? Wer denn? Ja, haben denn die Kerle in Gumrak Scheiße im Gehirn?!« Er hieb mit der Faust auf den Küchentisch. Der Verwundete, der darauf lag, spürte es nicht mehr. Er hatte einen Granatsplitter in der Brust und fieberte. »Was ist hier los?« brüllte Dr. Portner.

Der Oberleutnant holte aus der Meldetasche einige Blätter. »Es liegt eine beeidete Anzeige vor, daß der Sanitätsfeldwebel Horst Wallritz und der Assistenzarzt Dr. Körner dem Funker Sigbart Wallritz, einem Bruder des Wallritz, zur Fahnenflucht mittels einer vorgetäuschten Verwundung verholfen haben ...«

Dr. Portner zog die Schultern hoch. Er fror plötzlich in dem überheizten, stickigen Keller.

»Ist das wahr, Körner?« fragte er leise. »Halt, sagen Sie nichts ... Das ist doch alles Dummheit!«

»Nein. Es ist wahr, Herr Stabsarzt.«

»Sie Rindvieh!« Dr. Portner ging auf den Oberleutnant zu. »Sie haben nichts gehört, Herr Oberleutnant.«

»Leider doch, Herr Stabsarzt. Merkwürdigerweise ist auch der Sanitätsfeldwebel verschwunden.«

»Er bekam einen Lungenschuß und blieb in Gumrak.«

»Das glauben wir nicht. Die Anzeige –«

»Scheiß auf die Anzeige!« schrie Dr. Portner. »Wer hat sie gemacht?!«

»Der Feldwebel der Feldgendarmerie Emil Rottmann.«

»Der ist ja selbst abgehauen!«

»Nein. Er ist bei uns und wird als Zeuge gegen Dr. Körner bereitgehalten.«

Dr. Portner wischte sich mit dem Handrücken über die Stirn. Mein Gott, dachte er nur. Mein Gott! Er sah wieder zu Dr. Körner hinüber. Der band die Gummischürze ab und zog seinen zerschlissenen Rock an. Das Gefühl, den eigenen Sohn herzugeben, wurde übermächtig in ihm.

»Was machen Sie denn, Körner?« brüllte er. »Ziehen Sie sofort die Schürze wieder an und arbeiten Sie weiter.«

Der Oberleutnant der Feldgendarmen verstaute den Haftbefehl wieder in der Meldetasche. Er war verpflichtet, nach dem Paragraphen zu handeln, eine eigene Meinung war nicht gefragt.

»Wir müssen den Verhafteten mitnehmen nach Gumrak«, sagte er steif. Dr. Portner hieb wieder auf den Tisch.

»Nein!«

»Herr Stabsarzt –«

»Ich sage nein! Ich brauche meine Ärzte, um Menschenleben zu retten, nicht um sie erschießen zu lassen!«

»Der Befehl –«

»Lecken Sie mich am Arsch mit Ihrem Befehl!« brüllte Dr. Portner außer sich. »Ich weigere mich, meinen Assistenten herzugeben! Gehen Sie durch die Keller ... dort liegen einige Hunderte Verwundete, die täglich versorgt werden müssen! Sie vermodern hier, weil kein Fahrzeug vorhanden ist, sie nach Gumrak oder Pitomnik zu bringen! Aber Sie, meine Herren, haben einen Kübelwagen, Sie haben Sprit, Sie haben Öl, wenn es darum geht, einem idiotischen Paragraphen den Gipfel der Idiotie aufzusetzen!«

»Von jeher war Fahnenflucht –«

»Fahnenflucht! Weht Ihnen immer noch die Fahne voran, die

mehr sein soll als der Tod?! Stecken Sie noch nicht genug mit der Nase in der Scheiße, um zu begreifen, daß wir alle, Sie und ich und die armen Kerle nebenan in den Kellern und die dreihunderttausend, die im Kessel verschimmeln, Opfer eines Verbrechens sind?!«

»Herr Stabsarzt –«, stotterte der Oberleutnant.

»Melden Sie das, mein Lieber! Das ist Defätismus. Jawohl! Wehrkraftzersetzung! Und Ihrem Kriegsgerichtsrat gönne ich, daß jemand ihm in die Fresse schießt und dann kein Arzt da ist, der ihn versorgt. Bedauere, Herr Kriegsgerichtsrat, aber der zuständige Arzt ist von Ihnen an die Wand gestellt worden! Nun verrecken Sie, Herr Kriegsgerichtsrat! Mit dem Gesetzbuch unterm Arm und dem Führerwort im leeren Gehirn. Und wenn Sie Schmerzen haben, singen Sie Ihre Paragraphen herunter, das beruhigt ...« Dr. Portner drehte dem konsternierten Oberleutnant den Rücken zu. »Und nun gehen Sie ... ich muß operieren, oder ich muß dem Divisionsarzt melden, daß zehn Verwundete nicht versorgt werden konnten, weil ein Kettenhund im OP-Bunker knurrte ...«

Der Oberleutnant wurde rot und schluckte. »Sie werden es mir nicht verübeln, Herr Stabsarzt, wenn ich diese Beleidigung eines Offiziers an die Division weitergebe ...«

»Bitte. Und einen schönen Gruß von mir an den General Gebhardt ...«

»Der kritischen Lage wegen belassen wir den Verhafteten bei Ihnen. Wir stellen ihn unter Hausarrest ...«

»So etwas muß man sich ruhig anhören!« schrie Dr. Portner. »Ein Keller mit hundert Sterbenden ... und dann Hausarrest.«

»Sie bürgen mir für den Herrn Assistenzarzt.«

»Raus!« Dr. Portner beugte sich über den Verwundeten auf dem Küchentisch. Er war tot. »Sofort raus ... ich scheue mich nicht, Ihnen die Leiche eines für Führer und Großdeutschland gefallenen Helden an den Kopf zu werfen ...«

Dr. Körner trat langsam auf den empörten und vor Erregung sprachlosen Oberleutnant zu. »Ich gebe Ihnen mein Ehrenwort, daß ich hierbleibe und mich der Anklage zur Verfügung stelle«, sagte er deutlich.

Der Oberleutnant grüßte. »Danke, Herr Kamerad.« Er machte eine Kehrtwendung und verließ schnell den OP-Keller. Seine beiden Unteroffiziere folgten ihm mit klirrenden, blankgeputzten Brustschildern. Dr. Portner lehnte sich an den Küchentisch und schleuderte von der Handfläche zwei Pervitintabletten in den Mund.

»Sie haben wohl nicht alle Tassen im Schrank ...«, sagte er, als er sie geschluckt hatte. »Wie konnten Sie so etwas machen?«

»Ich werde Ihnen das alles heute nacht erzählen, Herr Stabsarzt.«

»Und der Lungenschuß von Wallritz? Auch gedreht?«

»Ja.«

»Mensch ... wissen Sie, daß es um Ihren Kopf geht?!«

»Ja. Aber mein Kopf ist mir nichts mehr wert ...«

»Aber mir! Und denen da draußen, die Sie brauchen! Himmel, Arsch und Wolkenbruch!« Die Pervitintabletten wirkten. Das Herz schlug schneller, das Blei in den Gehirnwindungen schmolz. »Ich werde sofort den Divisionsarzt anrufen. Vielleicht sind Sie zu retten ...«

Der Divisionsarzt war nicht da. Er befand sich in Pitomnik zur Lagebesprechung. General Gebhardt war ebenfalls auf Inspektion im Kessel, nur Oberst von der Haagen war erreichbar.

»Ich weiß, ich weiß«, sagte er abweisend. »Mir ist der junge Mann schon lange aufgefallen. Unangenehm aufgefallen. Zuletzt bei der Sektion der merkwürdigen Toten. Er hat da ein Wort geprägt, das allein schon wehrunwürdig ist.«

»Das Herz der 6. Armee ...«

»Sie sagen es! Unerhört, nicht wahr?« Die Stimme von der Haagens wurde schnarrend. »Ich bin der Ansicht, daß man den Mann bestrafen sollte. Exemplarisch! Es gibt gute und abschreckende Beispiele! Von den letzten haben wir viel zuwenig im Kessel, um die Moral der Truppe zu stützen ...«

Wortlos hängte Dr. Portner ein.

Aus, dachte er. Man wird ihn an die Wand stellen. Umgeben von 11 sowjetischen Armeen, in einem Kessel, in dem 300 000 deutsche Soldaten von ihrem Führer geopfert werden, wird man einen jungen Arzt standrechtlich erschießen. Und man wird dazu ein Recht haben und einen Paragraphen.

Wo aber ist der Paragraph aus einem Recht, der den an die Wand stellt, der mit großen Worten eine ganze Armee ermordet? 300 000 Menschen vor den Augen der fassungslosen Welt? Wo ist dieser Paragraph ...?

In der Nacht zum 2. Januar holten sie Dr. Körner ab.

Nach Gumrak.

Zum Kriegsgericht.

Man hatte es eilig in Stalingrad, man ahnte, daß nur noch wenig Zeit blieb, nach Paragraphen zu leben.

In dieser Nacht zum 2. Januar marschierte rings um den Kessel die Rote Armee auf. Über die Wolga zogen Panzer und schwere Geschütze, aus der Tiefe Asiens quollen sie heran, Divisionen nach Divisionen ... zwei frische Armeen, die 62. Armee unter Generalleutnant Tschuikow und die 64. Armee unter Generalleutnant Shumilow ... 23 Divisionen und 18 Brigaden, allein für die Eroberung von Stalingrad-Stadt.

Das große Sterben begann.

Zwischen zwei Offizieren mit umgeschnallter Pistole stolperte Dr. Körner über die Trümmer der Vorstadt bis zu dem wartenden Kübelwagen im Hof einer Werkstätte. Dr. Portner folgte ihnen mit Knösel und einem Unterarzt. Er wollte dabei sein, er wollte aussagen, er wollte wie ein Vater um seinen Sohn kämpfen.

Vor dem Kübelwagen blieben die stummen Offiziere stehen. Einer von ihnen nestelte an seiner Pistolentasche und hielt die Waffe auf der flachen Hand Dr. Körner entgegen.

»Bitte, Herr Kamerad ...«, sagte er leise.

Dr. Körner schüttelte den Kopf.

»Es würde uns viel ersparen, Herr Assistenzarzt«, sagte der andere Offizier.

Dr. Körner schüttelte wieder stumm den Kopf. Ich will aussagen, dachte er. Ich will mich nicht fortschleichen aus der Verantwortung. Ich will ihnen alles ins Gesicht schreien, alles, was sie schon wissen, aber nicht wissen wollen.

»Also denn ...« Die Offiziere traten zur Seite. »Steigen Sie ein.«

Wenig später hoppelten zwei Kübelwagen über die zerschossene Straße in die Nacht hinaus. Nach Gumrak.

Am Horizont, fast kreisrund, wetterleuchtete es, blitzte es in den Himmel, als zögen von Nord und Süd, von Ost und West sämtliche Gewitter aus der Unendlichkeit auf einen kleinen Punkt der Erde, auf Stalingrad.

Die beiden kleinen Wagen brummten durch die Nacht, zwei hüpfende, keuchende Käfer.

10

Wieder war alles aufs beste vorbereitet, als Dr. Körner in Gumrak eintraf, genau wie damals in Pitomnik, als er vor einem geschmückten Holztisch stand und ein Jawort sagte und Oberst von der Haagen ihn mit Marianne traute. Mit Marianne, die zu dieser Stunde schon mit einem Lungenriß im Keller des Hauses Lortzingstraße 26 lag. Eine Trauung mit einer Toten.

Diesmal waren es drei Holztische, die nebeneinanderstanden und eine lange Tafel bildeten. An der Hinterwand hing, mit Heftzwecken festgemacht, die Reichskriegsflagge. Man hatte sich bemüht, Atmosphäre zu schaffen ... mit deutscher Gründlichkeit und deutschem Sinn für den äußeren Ausdruck der vorhandenen oder angenommenen inneren Werte war der Barackenraum zum Gerichtssaal hergerichtet worden. Sogar ein Führerbild hing hinter dem Stuhl des Anklägers ... unter den strengen Augen des größten Feldherrn aller Zeiten sollte die Verurteilung einer solch kleinen Wurst, wie es der Assistenzarzt Dr. Körner war, vor sich gehen. Außerdem wollte man dem Barackenzimmer die plumpe Nüchternheit nehmen; schließlich war es ein Offizier, der – das stand fest – zum Tode durch Erschießen verurteilt würde. Für einen Landser hätte man auf die Details verzichtet, bis auf das Führerbild. Es beruhigte auch den hartgesottensten Kriegsgerichtsrat, wenn er beim Urteilsspruch dem ins hehre Auge blickte, in dessen Namen er das aussprach, was man als Recht ansah.

Dr. Körner behielt seine Offizierseskorte bei, als er die Baracke betrat. Ein Leutnant begrüßte ihn und stellte sich ihm als

Anwaltsassessor im Zivilberuf vor. Er war bereit, die Verteidigung des Kameraden zu übernehmen. Dr. Körner gab ihm die Hand und schüttelte den Kopf.

»Danke, ich verteidige mich selbst.«

»Wie Sie wünschen, Herr Kamerad.« Der junge Leutnant atmete auf. Es war undankbar, als Pflichtverteidiger einen Fall zu übernehmen, der von vornherein faul war. Dr. Körner wurde in einen Nebenraum geführt und durfte sich auf einen Stuhl setzen. Die beiden Offiziere blieben bei ihm. »Sie haben noch zwei Stunden Zeit«, sagte der eine zu ihm. »Man hat Ihnen diese Frist eingeräumt, um sich mit Ihrem Verteidiger beraten zu können. Wollen Sie etwas lesen? Mit den letzten Flugzeugen ist die Neujahrsnummer des ›Reich‹ eingeflogen worden. Man schreibt, daß das ganze deutsche Volk unendlich stolz auf die 6. Armee ist ...«

Dr. Körner verzichtete auf eine Antwort. Er setzte sich ans Fenster und starrte hinaus in die eisklirrende Nacht.

Zu dieser Zeit war Stabsarzt Dr. Portner auf einer großen Rundreise. Mit der Verbissenheit eines Vaters, der seinen Sohn zu retten versucht, fuhr er zuerst zu Oberst von der Haagen, dann zu dem amtierenden Kriegsgerichtsrat, dann zum Oberstarzt und schließlich zu General Gebhardt selbst. Überall sagte er seinen Spruch her, der darin gipfelte, daß er schrie: »Sind denn hier alle verrückt?! Dreihunderttausend Männer gehen vor die Hunde, verhungern, verfaulen und krepieren wie räudige Ratten ... und hier macht man eine Komödie mit Verhandlung, Verurteilung und noch mehr solchem Piß! Was soll das? Wissen Sie, daß der Ausfall eines Arztes an der Front den Tod von Hunderten von Landsern bedeuten kann? Für diesen Tod werde ich dann *Sie* verantwortlich machen!«

Das war gewagt, Dr. Portner wußte es. Bei seinem Oberstarzt fand er Gehör, aber keine Hilfe. »Da kann ich gar nichts machen, lieber Kollege ... das ist nun eine reine Militärstrafsache und nichts Medizinisches mehr.« Auch General Gebhardt hörte sich Dr. Portner geduldig an. »Wissen Sie, Herr Stabsarzt«, sagte er nach der Rede Portners, »daß auch Sie nahe an der Mauer stehen? Mit solchen Reden? Aber beruhigen Sie sich ... ich werde der Verhandlung als Beobachter beiwohnen ...«

Pünktlich nach zwei Stunden begann die Verhandlung. Das Gericht saß hinter den deckenbelegten Tischen vor der Reichskriegsflagge, der Ankläger, ein Major, blätterte nervös in den wenigen Papieren. Oberst von der Haagen als Erster Beisitzer putzte seine Brillengläser, der Kriegsgerichtsrat saß steif und verschlossen hinter seiner Akte. Er ärgerte sich über den Besuch Dr. Portners und das, was er hatte anhören müssen. Außerdem hatte er Ausflugssorgen. Er gehörte nicht zu den Spezialisten, die man aus dem Kessel entfernte, um sie anderen Armeen zuzuführen. Für ihn war demnach sicher, daß er den Zusammenbruch miterleben oder die Befreiung mitfeiern würde ... Das erste schien ihm sicherer, und das machte ihn nervös. Man kann nicht erwarten, daß ein Kriegsgerichtsrat, der über mangelndes Heldentum zu Gericht sitzen muß, auch selbst ein Held ist. Hier trennen sich Beruf und Neigung ganz gewaltig.

Dr. Körner wurde in das Zimmer geführt. Auf den wenigen Zuschauerplätzen hockten Dr. Portner, der Oberstarzt und General Gebhardt. Außerdem der junge Assessor, dessen Verteidigung Körner abgelehnt hatte.

Nach dem Betreten des Zimmers ging alles sehr schnell für Körner. Vor allem Oberst von der Haagen beschleunigte das Verfahren mit der Feststellung: »Der Angeklagte ist nicht nur verstockt, er ist auch frech!«

Dieser Charakterisierung war vor wenigen Minuten eine kleine Unterhaltung vorausgegangen.

Oberst von der Haagen war zu Dr. Körner in das ›Wartezimmer‹ gekommen und hatte eine Pistole auf den Tisch gelegt. Der Assistenzarzt hatte sie stumm zur Seite geschoben. Oberst von der Haagen wurde rot im Gesicht.

»Ein Offizier sollte den Mut und den Schneid haben, sich selbst zu richten!« schrie er. Dr. Körner sah auf. Sein Blick war so sprechend, daß von der Haagen ein Kribbeln unter der Kopfhaut spürte.

»Wenn dem so ist«, sagte Dr. Körner langsam, »wenn Mut und Schneid die Grundlagen des Offiziersseins bilden, dann ist die Führung der 6. Armee eine Ansammlung von Schwächlingen! Wo ist der Mut, dem Verbrecher mit der Fliege unter der Nase die Wahrheit zu sagen? Wo ist der Schneid, sich über sinnlose Befehle hinwegzusetzen und durchzubrechen? Noch könnten wir es. Ich komme von vorn, ich kenne die Moral der Truppe und ihren wirklichen Kräftezustand ... es wäre möglich, nach Westen durchzustoßen ...«

»Wie können Sie kleiner Kacker das beurteilen?« brüllte Oberst von der Haagen. »Diese typische deutsche Biertischstrategie! Dieses Heereführen aus der Mäuseperspektive! Hier geht es um globale Dinge, nicht um ein Fleckchen Dreck, das gerade Stalingrad heißt! Unser Führer hat allein den Blick, diese Dinge weltweit zu sehen ... Sie hocken in Ihrem Keller und blicken in zerrissene Gedärme. Ob das der richtige strategische Blickwinkel ist, möchte ich bezweifeln! Aber Ihre Haltung ist bemerkenswert! Die paßt zu Ihnen! Defätismus, Zersetzung der Wehrkraft, Verstümmeln anderer, damit sie ihren feigen Arsch retten können ... das haben wir gern!« Oberst von der Haagen tippte auf den Tisch, auf dem noch immer die Pistole lag. »Mein letztes Angebot an einen deutschen Offizier! Noch sind Sie es, leider Gottes!«

»Danke.«

»Was danke? Sie wollen vom Freitod keinen Gebrauch machen?«

»Nein! Ich möchte rechtskräftig verurteilt werden. Vielleicht überleben einige Kameraden dieses grandiose Verbrechen an der 6. Armee ... sie werden später einmal Rechenschaft fordern, auch für mich!«

»Unerhört!« Oberst von der Haagen steckte seine Pistole wieder ein. »Haben Sie das gehört, meine Herren?« Er sah die beiden stummen Bewachungsoffiziere an. »Ist solche Hundsfötterei überhaupt noch zu übertreffen? Wie kann Deutschland siegen, wenn solche Elemente unter uns sind!«

Nun standen sie sich wieder gegenüber ... der Angeklagte und der Beisitzer des Kriegsgerichts. Zwei Welten, zwei Generationen, zwei verschiedene Geister. Der Kriegsgerichtsrat versuchte, etwas zu sagen, die Verhandlung überhaupt erst nach der Form beginnen zu lassen ... Feststellung der Person, Aussagen zur Person, Anklage, Aussage, Zeugenvernehmung ... er kam nicht dazu. Oberst von der Haagen, einmal im Schwunge heiliger Vaterlandsbegeisterung und Empörung, wischte mit einer Handbewegung alle Einwände einfach weg.

»Was halten wir uns auf, meine Herren?« dröhnte er. »Draußen sterben in dieser Stunde unsere tapferen Kameraden, und hier vor uns steht ein Hundsfott, der diese Opfer bespuckt und verrät, indem er ihr Heldentum in den Dreck zieht! Meine Herren ... mir ist völlig gleich, ob ich jetzt plädiere, dem Ankläger alles vorwegnehme, meine Kompetenzen als Beisitzer überschreite, meine Neutralität aufgebe ... mir stehen die Haare zu Berge, wenn ich denke, daß so etwas wie dieser junge Schnösel dort den Rock des Führers trägt, den feldgrauen Rock, in dem unsere Väter – und ich selbst – Verdun anrannten, mit einem Hurra und dem Deutschlandlied auf den Lippen Langemarck stürmten, und Polen, Frankreich und Norwegen besiegten und der Welt zeigten, was ein deutscher Soldat vermag! Bitte, unterbrechen Sie mich nicht, Herr Kriegsgerichtsrat ... ich bin empört, und ich weiß, daß Millionen meiner deutschen Brüder diese Empörung teilen! Man überlege sich das bloß: Da geht ein Arzt hin und macht zwei seiner Freunde krank, um sie aus Stalingrad wegzubringen! Ein Arzt! Macht krank! Allein das ist schon genug ...«

Dr. Körner hatte sich bei den letzten Worten erhoben. General Gebhardt beugte sich vor, auch Dr. Portner hielt den Atem an.

»Ich wußte nicht«, sagte Dr. Körner klar in die plötzliche Stille hinein, »daß es die Pflicht eines Arztes ist, Zerfetzte so weit zurechtzuflicken, daß sie wieder fähig werden, sich erneut zerfetzen zu lassen. Es ist meine Pflicht als Arzt, zu heilen ... aber in diesem Falle heile ich, nicht damit dieser Mensch weiterleben kann, sondern damit man ihn wieder in die Hölle steckt! Ist das nicht eine Mitschuld am Mord?!«

Oberst von der Haagen sah hochrot zu General Gebhardt hinüber. »Das ist nicht zu überbieten«, stotterte er. »Meine Herren ... das ist ... das ist ... dafür gibt es gar keine Worte ... Unseren Heldenkampf als Mord zu bezeichnen ... warum sitzen wir überhaupt noch herum?« Er ließ sich auf seinen Stuhl fallen und wischte sich den Schweiß von der Stirn. Er war erschöpft und völlig aufgelöst vor Empörung. Der Verhandlung folgte er von diesem Augenblick an nur noch als Statist.

Das Verhör des Feldwebels der Feldgendarmerie Emil Rottmann war ebenfalls kurz. Mit flinken, lauernden Mausaugen stand er vor den Richtern, berichtete knapp über seine Beobachtungen, sagte sogar aus, daß er selbst den Gedanken gehabt habe, sich krank machen zu lassen, aber nicht, um abzuhauen, sondern um den Herrn Feldwebel und den Herrn Assistenzarzt damit einwandfrei überführen zu können ... wenn sie getan hätten, was er wollte.

»Das ist lobenswert!« sagte Oberst von der Haagen und nickte. »Das ist nicht nur kriminalistisch, sondern auch deutsch gedacht! Das Übel bei den Hörnern fassen, unter seltbstlosem Einsatz. Brav, der Mann!«

Dr. Körner sah Emil Rottmann nicht an, als dieser nach seiner Aussage wieder gehen durfte. Nur Dr. Portner sagte, als Rottmann an ihm vorbeiging: »Im Kessel von Stalingrad sind also doch noch nicht alle Schweine geschlachtet worden ...«

Rottmann wurde blaß und rannte aus dem Zimmer.

Die große Rede Dr. Körners fiel aus. Die Hintergründe, die Familiengeschichte der Wallritz', sein eigenes Schicksal ... niemand interessierte sich dafür. Die flammende Anklage des Angeklagten kam gar nicht zum Lodern ... der Kriegsgerichtsrat sah auf die Uhr, es wurde Zeit zum Urteil. Wenn ein Fall so klar lag, der Angeklagte sogar geständig war, war es sinnlos, psychologische Studien zu betreiben. Außerdem kamen gegen Morgen die sowjetischen Störflieger, da war man im Bunker besser aufgehoben als in einer Baracke mit 10 Zentimeter dikken Holzwänden.

Auch eine Beratung im üblichen Sinne war nicht nötig. Man sah sich an und nickte sich zu. Alles klar. Mit regungslosem Gesicht hörte Dr. Körner das Urteil.

»... ehrlos ... nicht würdig der Uniform ... Zum Tode durch Erschießen verurteilt ... Das Urteil wird am selben Tag um sechs Uhr früh vollstreckt ...«

Dr. Portner sah auf seine Armbanduhr.

»Das ist in eineinhalb Stunden«, sagte er heiser und sah General Gebhardt an.

Der General erhob sich und verließ stumm das Gerichtszimmer.

Die beiden Begleitoffiziere stellten sich neben Dr. Körner. Er war jetzt ein Delinquent. Mit hocherhobenem Kopf ging Oberst von der Haagen an ihnen vorbei, die anderen Herren folgten. Stabsarzt Dr. Portner trat auf seinen Assistenzarzt zu.

»Leb wohl, mein Junge«, sagte er mit zitternder Stimme. Er gab ihm die Hand und hielt sie fest. Er spürte, wie auch Dr. Körner innerlich bebte. »Besser so, als verhungern oder in den Trümmern der Stadt verfaulen ... Wir nehmen vielleicht alles zu wichtig in einer Welt, die kein Gewissen mehr kennt ...«

Dr. Körner nickte. Plötzlich umarmte er Dr. Portner und drückte ihn an sich.

»Wenn Sie wüßten ...«, sagte er mit schwankender Stimme, »wie gern ich lebte ... wie gern ...«

Mit Olga Pannarewskaja war nichts mehr los. Der Tod Jewgenij Alexandrowitsch Kubowskis hatte sie aus der Bahn geworfen. Sie saß im Operationsbunker herum, stierte vor sich hin, operierte wie eine Maschine und reagierte nicht auf die Fragen des Chirurgen Sukow. Einmal nur sagte sie müde:

»Andreij Wassilijewitsch, bitte, reden Sie nicht immer auf mich ein. Genausogut könnten Sie gegen die Kellerwand reden. Ich bin innerlich tot, bitte, begreifen Sie das ...«

Selbst mit vaterländischer Begeisterung war ihr nicht beizukommen. Die Berichte aus dem Armeehauptquartier waren hoffnungsvoll. Noch im Januar würde die Rote Armee zum letzten großen Angriff übergehen. Die Truppen standen gewissermaßen Gewehr bei Fuß, warteten auf ein besseres Wetter und auf das Herankommen neuer Artillerie und neuer Panzerbrigaden. Im Januar, so hieß es überall, vom Traktorenwerk »Dsershinski« bis Beketowka, vom Steilufer der Wolga bis zur Kesselnaht bei Kalatsch, würde das große Aufräumen beginnen, das Eindrücken des Kessels, die Vernichtung der deutschen 6. Armee, das Zudrücken der Zange, in der 300 000 Menschen zermalmt wurden. Aus den unerschöpflichen Weiten Sibiriens zogen neue Divisionen nach Stalingrad, setzten über die Wolga, marschierten rund um den Kessel und legten einen stählernen Reifen um die hungernden, frierenden, hoffnungslosen, sterbenden, in Erdlöchern und Kellern verschimmelnden Deutschen.

»Zu Ostern, Genossin Olga, werden Sie durch eine freie Stadt gehen«, sagte Chefchirurg Sukow, als er von einer Besprechung bei General Shukow zurückkam. »Das sollte Sie erfreuen.«

»Warum?« Sie sah den Chefchirurgen aus den Augen eines sterbenden Rehes an. »Ich werde nie mehr glücklich sein, solange es noch einen Deutschen gibt ...«

»Ein großes Programm, Genossin! Immerhin sind es über sechzig Millionen!«

»Die Erde ist tief genug, um auch sie zu begraben.«

»Ihr Haß ist sinnlos. Wachen Sie auf, Olga!« Sukow rauchte eine seiner süßen tatarischen Zigaretten und trank dazu grünen Tee. Für ihn war die Trauer der Pannarewskaja um Major Kubowski eine Farce. In einer solchen Zeit wie der jetzigen galt ein einzelner Mann recht wenig. Man mußte weiter denken, und das hieß: In Kürze werden sich die Lazarettkeller bis zur Decke füllen, man wird Tag und Nacht operieren müssen, auch eine siegreiche Offensive stößt zerfetzte Leiber aus wie ein Rasenmäher, an dessen Auswurf das geschnittene Gras herausspritzt.

Olga Pannarewskaja handelte und wachte auf. Eines Tages war sie unterwegs, weg aus dem »Tennisschläger«, hinein in die Trümmer der Stadt. Einige Leichtverwundete berichteten, man habe sie zuletzt mitten im Stoßtruppkampfgebiet, am Obelisk für die Verteidiger von Zarizyn, gesehen. Sie kroch durch die Keller und schleppte Wasser zu den Frauen und Kindern, die noch immer unter den Trümmern lebten, oft zwischen den Fronten, Tag und Nacht betrommelt von den Granaten.

»Laßt sie«, sagte Chefchirurg Sukow, als man fragte, ob man eine Meldung darüber machen sollte. »Heute ist man an jeder Stelle wichtig, ob hier oder am Obelisk ... die Genossin Pannarewskaja hat bloß den Arbeitsplatz gewechselt.«

So war es in den ersten Januartagen. Die schwarzhaarige Ärztin lag zwischen den Trümmern und schoß. Unvorstellbar war der Haß, der sie beherrschte, grenzenlos die Grausamkeit, die sich in ihr auftat. Aus einem Täubchen war ein Adler geworden, ein Geier, der nicht auf das Aas wartete, sondern sich auf die Lebenden stürzte. Einer hungernden Wölfin gleich zog sie durch Stalingrad, schön und gnadenlos, in Dreck gebadet, aber mit großen, glänzenden, fast fiebrigen Augen. Wo sie gesehen wurde von deutschen Landsern, gab es nur einen kurzen verwunderten Blick. Dann kam der Tod über sie, gespien aus dem Lauf einer Maschinenpistole.

Ein einziges Mal wurde sie schwach. Sie schlich durch die Ruinen eines Lagerhauses und stand plötzlich einem jungen deutschen Soldaten gegenüber. Sie waren beide überrascht, sahen sich an und wußten, daß einer von ihnen sterben mußte. Der junge Deutsche saß an einem kleinen Feuer und briet ein Stück Fleisch. Es roch sehr gut, nur die Form des Bratens war ungewöhnlich. Ein schmaler, länglicher Körper, durch den eine Eisenstange gestoßen war. Olga Pannarewskaja zog die Schultern hoch. Er will eine Ratte essen, dachte sie. Er hat Hunger und ißt eine Ratte. Wie jung er ist, und wie vergreist er aussieht. Blonde Haare hat er, blond wie die Weizenfelder in der Ukraine. Und seine Augen liegen tief, der Totenschädel eines Kindes ist es ...

Sie hob die Maschinenpistole. Der junge Deutsche sah in das runde schwarze Loch des Laufes, sah in das Auge des Todes. Nie war er sich bewußt geworden, was es heißt, zu sterben. Solange er im Bunker saß, zwischen den Trümmern hockte, selbst schoß und beschossen wurde, stürmte und kroch, sich eingrub und vorwärtsrobbte, solange er Teil eines Infernos war, hatte er nie darüber nachgedacht, daß er sterben könnte. Aber jetzt wußte er es, jetzt sah er seinen Tod, er sah den Zeigefinger, der sich am Abzug nach hinten bog ... da fiel er auf die Knie, hob bettelnd, flehend die Hände und weinte ... weinte ...

»Njet ...«, heulte er wie ein kleiner Hund, den man getreten hat und der nun seine Pfötchen schüttelt und die Welt nicht mehr versteht, daß man ihn, den Kleinen, trat. »Njet ... pashalujsta .. njet ...« Die Tränen kollerten ihm über die eingefallenen, von hellem Bartflaum überwucherten Wangen. Über dem Feuer brutzelte seine aufgespießte Ratte, das Stückchen Fleisch, auf das er sich wie auf eine Bescherung gefreut hatte. Fleisch, endlich wieder Fleisch nach Tagen voller Wassersuppen und 50 Gramm glitschigem Brot, nach Tagen mit Fladen aus Fußpuder und Sägemehl. Fleisch, und wenn es auch nur eine Ratte war ... der Magen hatte sich abgewöhnt, Ekel zu empfinden. Er spürte bloß Hunger, bohrenden, stechenden Hunger, der die Eingeweide glühen ließ.

»Njet ...«, schrie er noch immer. »Njet ... mi lostij ...« (Gnade.)

Olga Pannarewskaja schoß nicht. Warum, das wußte sie selbst nicht. Sie zeigte auf die schmorende Ratte, und es fror sie wieder über den ganzen Körper.

»Chotschesch kuschatj?« fragte sie. (Willst du essen?)

Der Junge nickte. Er sah auf die braungebratene Ratte und schluckte. Hinterher wird sie mich erschießen, dachte er. So grausam sind sie. O mein Gott, mein Gott ... Er fiel wieder auf die Knie und hielt sich die Augen zu. So wartete er einige Minuten, aber niemand schoß. Als er die Hände wegnahm, war er allein. Da sprang er auf, ließ seine Ratte über dem Feuer und hetzte durch die Trümmer zurück zu seinem Bunker. Kurz vor dem Kellereingang, an einer flachen Straßenstelle, fiel ein einzelner Schuß. Er traf ihn in den Rücken, schleuderte ihn seitlich auf einen Haufen Steine, er zuckte noch einmal und lag dann still.

Olga Pannarewskaja sah nach oben zu einem Haus. Dort saß in einer Fensterhöhle ein Scharfschütze. Unter der dicken Lammfellmütze grinsten zwei geschlitzte Augen zu ihr hinab. Er winkte sogar, der kleine Reiter aus der Kirgisensteppe. Sieh, Genossin, so gut kann man bei uns schießen. Ich bin Piotr Kulubaj, und ich schieße einen Spatzen vom rasenden Pferd.

Olga Pannarewskaja winkte nicht zurück. Sie wandte sich ab und ging langsam nach Osten durch die leeren Trümmer. Sie kam an einem zerschossenen Panzer vorbei, die Leichen der sowjetischen Panzersoldaten hingen halbverbrannt aus den Luken. Über den Ketten lag ein junger Rotarmist, blond wie der deutsche Junge, halb noch ein Kind. Sein Mund war aufgerissen zu einem furchtbaren, unmenschlichen Sterbensschrei. Aber der Tod war schneller gewesen und hatte den Schrei erstarren lassen.

Die Pannarewskaja blieb vor dem Toten stehen und sah ihn an. Die blonden Haare wehten im Schneewind über den aufgerissenen Mund, die blauen Augen starrten sie an, als wollten sie fragen: Warum, Genossin, warum? Warum verbrannte ich lebendigen Leibes?

»Warum?« schrie die Pannarewskaja laut. »Warum?« Es war eine dumme Frage, denn noch nie hat ein Politiker sie beantwortet ... Wie konnten es da die Toten, der Schnee, das Eis, der kasachstanische Wind, die Trümmer, der trostlose graue Himmel, ja selbst Gott ...?

Dr. Körner wartete auf seine Exekution.

Er saß wieder in dem kleinen Nebenzimmer und rauchte. Dr. Portner versuchte unterdessen verzweifelt, eine Verbindung mit Generalarzt Professor Dr. Abendroth zu bekommen. Aber die Leitung war dauernd besetzt oder gestört. Schließlich war sie ganz tot, es meldete sich der Oberquartiermeister der 6. Armee und nachher der Ia der Armee. Dr. Portner fluchte und hängte ein.

Zwanzig Minuten vor der Urteilsvollstreckung – man hatte aus Troßleuten bereits ein Peloton zusammengestellt und den Erschießungsplatz bestimmt, eine Mauer hinter dem Bahnhof von Gumrak – trat der Ankläger des Kriegsgerichts in das kleine Zimmer.

»Der Herr General hat das Urteil bestätigt, aber die Vollstrekkung ausgesetzt.« Er sah auf einen Bogen Papier und dann auf den erstaunten Körner. »Sie haben sich als Strafgefangener zu betrachten und bleiben unter Bewachung, bis es die Normalisierung der Lage möglich macht, das Urteil zu vollstrecken. Sie werden heute nacht noch nach Stalingrad zurückkehren und weiterhin Dienst als Truppenarzt tun.«

Der Major grüßte kurz und verließ ohne weiteren Kommentar das Zimmer. Er hinterließ drei ratlose Offiziere.

General Gebhardt hatte eine halbe Stunde vorher eine kurze und sachliche Aussprache mit dem Kriegsgerichtsrat und den Beisitzern, an der Spitze Oberst von der Haagen. Er empfing die Herren in seinem Befehlsstand, einem großen, mit Balken abgestützten Erdbunker am Tatarenwall. Auf einem Brettertisch lag eine Karte des Stalingrad-Kessels. Rote und blaue Striche zeigten den Frontverlauf an.

»Die Verhandlung gegen diesen Dr. Körner war ja ein Meisterstück«, sagte General Gebhardt und stützte sich auf die Karte. »Vor allem Sie, Herr Oberst, haben sich mächtig ins Zeug gelegt ...«

»Ich danke Herrn General«, sagte von der Haagen stolz. »Ich war außer Atem über so viel Hundsfötterei ...«

»Wenn Sie sonst nichts atemlos werden läßt ...«

»Wie meinen Herr General?« Oberst von der Haagen ahnte plötzlich Unangenehmes. Er nahm im voraus eine stramme Haltung ein.

»Der kleine Assistenzarzt hat gesagt, was jetzt ... zigtausend unserer Landser denken. Oder wissen Sie das nicht, meine Herren? Er hat gesagt, was auch ich weiß ... Wie ist das nun, Herr Oberst, bin ich ein Defätist?!«

»Herr General ...« Von der Haagen erbleichte.

»Wir sind am Ende, meine Herren! Ich nehme an, daß Sie Kartenlesen gelernt haben. Bitte, werfen Sie einen Blick auf die Lage. Sie ist nicht beschissen, sie ist, offen gesagt, unser Arsch mit Grundeis! Wir kommen nicht mehr heraus, das dürfte wohl klar sein! Man hat uns verraten, man hat die ganze 6. Armee einfach verraten, mit Sprüchen hingehalten, belogen, und wir haben diese Lügen geglaubt, vor allem die Armeeführung mit Paulus an der Spitze. Nun dämmert es allen, daß der glorreiche Führer kaltblütig dreihunderttausend Mann opfert, um ein Prestige zu retten, um rückwärtig neue Stellungen auszubauen, um einen sogenannten Heldenkampf zu haben, nach dem die Propaganda schreit. Wir sind bereits tot, meine Herren, ausgebucht bei der Heeresleitung! Herr Oberst – ist das Wehrkraftzersetzung, so etwas zu sagen?«

»Wenn Herr General das sagen, dann ...«

»Reden Sie keine Scheiße, von der Haagen! Ich weiß nicht, woher Sie das Korsett nehmen, noch so aufrecht zu stehen ...«

»Meine Liebe zum Vaterland ...«

»Sie werden diese Liebe bei vierzig Grad Kälte in einem Granattrichter begraben! Wissen Sie, daß der Russe ungeheure Kräfte an allen Fronten massiert? Rund um den Kessel stehen frische Divisionen, neue Artillerieregimenter, Panzerbrigaden, Stalinorgeln, Werferbataillone, Schützenregimenter. Die Flugzeuge, die noch einfliegen, melden von großen Truppenbewegungen an allen Abschnitten. Es ist eine Frage von Tagen, und auch Sie liegen in einem Loch und schießen.«

»Aber die 4. Panzerarmee, die uns heraushauen soll.« Oberst von der Haagen schwitzte plötzlich. »Und das 48. Panzerkorps ... die Armeeabteilung Hollidt ... Man hat uns doch beim Armee-Oberkommando gesagt, daß –«

»Die 4. Panzerarmee ist auf dem Rückzug nach Süden, auf den Sal zu, die Armeeabteilung Hollidt ist auf der Flucht zum Donez, das 48. Panzerkorps ist bis Tazinskaja zurückgedrängt worden, mit anderen Worten: Bis zum nächsten deutschen Soldaten außerhalb des Kessels sind es über zweihundert Kilometer Luftlinie! Und dazwischen liegen elf sowjetische Armeen! Nun, von der Haagen, Sie Stratege ... wie würden Sie dieses Problem lösen?«

Oberst von der Haagen schwieg konsterniert. Er starrte auf die Karte, er wußte nicht, warum man jetzt das alles sagte.

»Herr General ...«, stotterte er. »Wenn ich Herrn General fragen dürfte ...«

»Ich möchte etwas fragen: Was ist wichtiger in unserer Lage – ein lebender oder ein toter Arzt?«

Der Kriegsgerichtsrat war der erste, der begriff. Ein Juristengehirn ist geschult für Zwischentöne.

»Natürlich ein lebender, Herr General. Ich möchte zu bedenken geben, daß ich nach dem Gesetz verpflichtet war ...«

»Wir alle haben jetzt eine Verpflichtung!« brüllte Gebhardt plötzlich. »Ich setze den Vollzug des Urteils aus! Mir ist ein Dr. Körner, der im Keller von Stalingrad operiert, lieber als ein kraft des Gesetzes Exekutierter! Zugegeben, er hat nicht korrekt gehandelt. Aber ist es korrekt, wenn unser großer Führer dreihunderttausend Männer einfach abschreibt? Von der Haagen, wie denken Sie darüber?!«

»Ich bitte Herrn General –«

»Ich bitte, ich möchte ...« General Gebhardt sah auf seine buntbemalte Karte. »Herr Oberst!«

»Herr General.«

»Angesichts der kritischen Lage unserer Truppen und des heroischen Heldenkampfes bis zur letzten Patrone, den unsere tapferen Landser gegen eine Übermacht führen, sehe ich mich nicht mehr in der Lage, meinen Stab weiter in alter Stärke beizubehalten. An der Front wird jedes Gewehr gebraucht. Wo der Tod am Tisch sitzt, hört die Generalstabsarbeit auf. Ich übertrage Ihnen hiermit das seit gestern verwaiste Panzergrenadier-Regiment. Sie wissen, wo sich der Kommandanturstand befindet. Herr Oberst, ich wünsche Ihnen viel Glück in Stalingrad ...«

Oberst von der Haagen nahm die Hacken zusammen und grüßte. Seine Hand bebte dabei, seine Augen waren starr.

»Ich darf Herrn General meinen Dank aussprechen.«

»Bitte, bitte. Ihre Siegeszuversicht wird sich auf das Regiment übertragen. Nach den neuesten Bestandsmeldungen beträgt die Regimentsstärke noch sechshundertzweiundvierzig Mann. Sieg Heil!«

Oberst von der Haagen verließ den Bunker. Er ging mit durchgedrückten Knien, steif wie eine aufgezogene Puppe. Erst draußen, in der eisigen Nacht, umheult vom Sturm, gepeitscht vom verharschten Schnee, atmete er tief auf. Und mit diesem Atemzug sog er die Angst in sich hinein.

Das ist das Ende, dachte er. Gott gebe mir die Kraft, jetzt anständig unterzugehen ...

Den Tag über lag Gumrak unter den Bomben russischer Störflieger. Außerdem kamen neue Verwundetenkolonnen in das Dorf, armselige Skelette, fiebernd und stöhnend, dem Wahnsinn nahe, nach dem Ausladen im Schnee herumkriechend, denn nirgendwo war mehr Platz für sie. Die Zelte waren überfüllt, die Baracken, die Eisenbahnwaggons. Man zerrte die Sterbenden bereits hinaus in das Eis, man wartete nicht mehr, bis sie gestorben waren ... Platz brauchte man, Platz für die, die noch Hoffnung hatten, bis man auch sie wegzerrte, an den Beinen, an den Händen, in den Schnee warf, auch wenn sie schrien und beteten, fluchten und wimmerten, bettelten und weinten.

Knösel war wieder auf Tour.

Während Dr. Portner bei Körner saß, ein glücklicher Vater, der seinen Sohn vom Galgen geschnitten hat, bevor die Schlinge sich zuzog, streifte Knösel durch Gumrak. Sein Ziel, etwas Eßbares zu finden, war unerreichbar. Die Vorräte wurden von Feldgendarmen bewacht, die auf alles schossen, was sich angriffslustig nähern würde. Dafür fand Knösel etwas, was seinen Sinn für die Zukunft bewies. In einer Baracke der Luftwaffe am Rande des Rollfeldes fand er ein Paket zusammengelegtes Leinen. Es sah wie eine riesige Tischdecke aus, braungrundig mit einem weißen Muster, das Knösel nicht erkennen konnte, denn ihm blieb keine Zeit, die Riesendecke zu entfalten. Stoff kann man immer gebrauchen, dachte er bloß. Und vor allem kann man ihn in Streifen reißen und Binden daraus machen. Er überlegte nicht lange und nahm die Riesendecke mit. Sie war schwer, und Knösel war außer Atem, als er sie endlich auf dem Rücksitz des Kübelwagens verstaut hatte.

Wenige Minuten später standen drei Luftwaffenoffiziere ratlos vor dem leeren Fleck, auf dem noch vor kurzem der Stoffballen gelegen hatte.

»Wer klaut denn hier Markierungstücher?!« schrie einer von ihnen. »Himmel, Arsch und Wolkenbruch ... man muß wie 'ne Glucke auf den Eiern sitzen, sonst klauen die uns noch den Furz aus 'm Hintern ...«

In der folgenden Nacht zog die kleine Kolonne von Gumrak zurück nach Stalingrad-Stadt. Dr. Portner, Dr. Körner, Knösel, der Unterarzt und Emil Rottmann. Auch ihn hatte es hart getroffen. Er war abkommandiert worden, Dr. Körner zu bewachen. Die Rechnung, für seine Aussage in Gumrak bleiben zu dürfen, war nicht aufgegangen. Er kam zurück in die Hölle. Stumm hockte er neben Dr. Körner in dem Kübelwagen. Er hatte Angst.

Nicht vor den Sowjets, nicht vor den Panzern und Granatwerfern, den MG-Schützen und den Stalinorgeln ... er hatte Angst vor Knösel. Als er sich bei Dr. Portner zurückgemeldet hatte, sah ihn dieser wortlos an und drehte sich um. Knösel aber war hinter ihn getreten und hatte gesagt: »Mein Junge ... es soll komische Wesen geben, die auf'm Zahnfleisch spazierengehen. Kennste einen davon ...?«

Emil Rottmann hatte geschwiegen. Er wußte, was das bedeutete. Und ein Gedanke setzte sich bei ihm fest, der ihm als einziger Rettung verhieß: Ich werde überlaufen! Ich werde bei der ersten Gelegenheit zu den Iwans überlaufen. Es ist vielleicht die letzte, die allerletzte Chance, zu überleben.

Im zweiten Wagen folgte Oberst von der Haagen mit einem Fahrer und zwei jungen Leutnants. Auch er war still, mummelte sich in seinen dicken Schafspelz und beklagte innerlich sein tragisches und ungerechtes Schicksal. Am Stadtrand, vor einem Knäuel ausgebrannter Straßenbahnwagen, trennten sich die Kübels ... Dr. Portner ratterte bis zur Feldbäckerei, von wo aus der Weg in die Trümmerwüste nur zu Fuß weiterging ... Oberst von der Haagen fuhr noch zwei Kilometer nördlich, bis auch er beim Troß seines neuen Regimentes hielt und mit der Meldung seines zurückgekommenen Ia, eines Majors, erfuhr, daß der Russe gerade im Abschnitt des Regimentes sehr aktiv geworden war. Man hörte es ... der Trümmerabschnitt vor ihnen bebte unter den Einschlägen russischer 10,5-cm-Granaten. Hauswände stürzten um, Beton- und Kalkstaub zog mit dem Wind bis zu ihnen. Oberst von der Haagen straffte sich.

»Na, dann wollen wir mal!« sagte er burschikos. »Solange wir noch kacken können, können wir auch schießen ...«

Der Major lachte nicht, wie es seine Pflicht gewesen wäre. Von der Haagen schielte mißbilligend zur Seite. Keinen Mumm haben die Kerle, dachte er, um sich selbst aufzurichten. Aber nimmt es wunder, wenn selbst der eigene General nicht an den Endsieg glaubt?!

In dieser Minute starben in den Kellern Stalingrads und am

Einschließungsring einige Hunderte deutscher Soldaten. Um mit Oberst von der Haagen zu sprechen: Sie kackten nicht mehr ...

Iwan Iwanowitsch Kaljonin war ein kluges Köpfchen, keiner hat das je bezweifelt. Seit dem Tode seines geliebten Majors, von dem er durch sein Weibchen Veraschka erfuhr, das als Kranken- und Medikamententrägerin zwischen dem Wolgaufer und dem »Tennisschläger« wie ein Wieselchen hin und her lief und die Verwundeten aus dem Feuer schleppte und neues Verbandszeug hinein in die Hölle, war Kaljonin so etwas wie sein eigener Herr inmitten einer Mondlandschaft. Man hatte ihm einen ganzen Zug Infanterie gegeben mit dem Befehl: Nun seht zu, daß ihr viel zerstört, Genossen! Lebt wohl! Wenn ihr etwas braucht, funkt es. Ob wir allerdings etwas schicken, ist fraglich. Die Deutschen haben noch genug für einen Zug Rotarmisten.

Schlicht ausgedrückt, hieß das: Du bist eine Faust, die immer und immer wieder in die weichen Teile der Deutschen stoßen muß. Kaljonin begriff und zog in der Nacht mit seinem Zug los. Er hatte keine Zeit mehr, Vera zu benachrichtigen.

Erstaunlicherweise ging alles gut. Sie sickerten durch die deutschen Linien, hielten sich an die Bahnlinie, die aus Stalingrad hinaus über Woroponowo nach Bassargino und Karpowskaja führt, und sammelten sich südöstlich der Talawoj-Schlucht in einem hügeligen Steppengelände. Hier stießen zwei Straßen zusammen ... die eine kam von Pitomnik nach Stalingrad, die andere von Rossoschka ... dort, an der Gabel der beiden Straßen, lagen zwei deutsche Panzer. Sie waren äußerlich noch unversehrt, nur innen klappte es nicht. Ihre Motoren waren irgendwie dem russischen Winter nicht gewachsen gewesen, oder sie hatten schlechtes Öl bekommen, die Kolben hatten sich festgefressen, und ehe man auf die Werkstattkompanien wartete, hatte man sie lieber im Schnee liegen lassen.

In diese Panzer hinein setzte sich Kaljonin mit seinem Zug. Seelenruhig beobachtete er den regen Verkehr auf den beiden Straßen ... die nach Pitomnik war der Leidensweg der Verwundeten. Tausende stolperten ihn entlang, fielen in den Schnee, starben, wurden von den Entgegenkommenden weggestoßen, niedergetrampelt, pflasterten mit ihren Leibern die Straße, ein Knüppeldamm aus gefrorenen deutschen Körpern, über den die anderen hinwegkrochen wie Riesenmaden ... nach Pitomnik, zum Flugplatz, zur Hoffnung, doch noch einen Platz in einer Ju zu bekommen, hinauszufliegen aus der Hölle, die nicht heiß war, sondern bei 40 Grad unter Null zu Eis erstarrt.

Nach Stalingrad hinein rollte von Karpowskaja der magere Nachschub. Autokolonnen mit Munition, Sprit und Verpflegung. Truppen, die rundherum im Kessel verlegt wurden und an den Fronten Karussell fuhren, vor allem Pioniere und die Sondereinheiten, die man aus den arbeitslos gewordenen Eisenbahnern, Festungsbataillonen, Bautrupps, Werkstätten, Posteinheiten, Trossen aufgeriebener Regimenter und im Kessel geheilter Kranker gebildet hatte. Sie bekamen neue Namen, taktische Bezeichnungen, meist nach dem Namen ihres Kommandeurs, wie »Gruppe Wille« oder »Kampfgruppe Degenhardt«, und wurden hineingeworfen in den aufgerissenen Rachen des Molochs Stalingrad.

Drei Tage verbrachte Iwan Iwanowitsch Kaljonin mit seinem Zug in den beiden deutschen Panzern. In diesen drei Tagen stockte der Nachschub, und die Munitions- und Essenträger am Stadtrand warteten vergeblich. Um so mehr türmte sich das Material vor den beiden Panzern. Lastwagen brannten aus, im plötzlichen Feuer von allen Seiten wurden zwei neue Einheiten vernichtet, ehe sie überhaupt Stalingrad erreicht hatten ... die Überraschung war so vollkommen, daß die Vernichtung schneller war als das Bewußtsein, vernichtet zu werden.

Nach drei Tagen zog Kaljonin wieder zurück nach Osten in die Stadt. Als er sich bei seinem neuen Kommandeur meldete, bekam er ein Lob und einen Tag Urlaub, um Vera zu besuchen. Er traf sie nicht an. Nur die Pannarewskaja war wieder da, stand am Operationstisch und amputierte. Chefchirurg Sukow schlief auf einer Pritsche an der Wand, umgeben von stöhnenden Verwundeten. Er schlief wie ein Bär. Seit neunundvierzig Stunden war er auf den Beinen gewesen und hatte operiert, dann war plötzlich Olga Pannarewskaja wieder da, nahm ihm die Instrumente aus der Hand und operierte stumm weiter. Sukow war umgesunken wie ein gefällter Baum. Schon im Hinfallen auf die Pritsche schlief er.

»Vera ist in Gefangenschaft gekommen«, sagte die Ärztin und hob die Schultern. »Man hat gesehen, wie zwei Deutsche sie aus den Trümmern zogen. Sie muß verwundet gewesen sein ...«

Kaljonin stand wie erstarrt. Wenn man mit einem Hammer auf das Hirn haut, ist es nicht so schlimm wie dieser Schmerz, der Kaljonin durchraste.

»Danke, Genossin Kapitän, danke«, stotterte er völlig hilflos. Dann stolperte er hinaus an die frische Luft, setzte sich auf einen Mauerrest und sah lange hinüber zu den deutschen Stellungen.

Was bin ich? dachte er. Bin ich ein Mensch, oder bin ich ein Held, oder bin ich ein Kommunist, oder bin ich ein Retter des Vaterlandes? So dumm kann man fragen, wenn einem das Herz schmerzt und die Brust zu klein wird, weil das Herz sich weitet, um schreien zu können. Iwan Iwanowitsch bekannte sich dazu, ein Mensch zu sein. Weiter nichts, nur ein Mensch. Aber ein Mensch, dessen Leben seiner Frau Vera galt und der sich nicht damit abfand, daß sie jetzt dort drüben irgendwo in einem Keller hockte und mißhandelt wurde.

In dieser Nacht verschwand der Mladschij-Sergeant Kaljonin in der Ruinenwüste von Stalingrad. Niemand hat ihn wiedergesehen ... wenigstens keiner der Rotarmisten. In der Verlustliste des nächsten Tages wurde er als vermißt aufgeführt. Das war nichts Neues ... so viele galten als vermißt, deren

Körper unter den niederstürzenden Mauern plattgequetscht wurden. Nur für Olga Pannarewskaja war er nicht gestorben ... aber sie schwieg.

Das Lazarett unter dem Kino, die feuchten Kellergewölbe, in denen das Tropfwasser in den Rissen gefror, war mit über achthundert Verwundeten vollgestopft, als Dr. Portner zurückkam. Eine Woge von Gestank aus Eiter, faulen Gliedmaßen, Kot, Schweiß, Blut, Jodoform und Verwesung schlug ihm entgegen. Es gab keine Gänge mehr, keine Treppe, keine Liegeordnung. Sie lagen übereinander wie Holzklötze, sie pflasterten die Treppe mit schreienden Leibern, mit brandigen Wunden, mit abfaulenden Gliedern, mit Wahnsinn und Beten. Fleckfieber ließ sie toben oder apathisch werden, Geschwüre brachen auf wie Krater, aus den aufgerissenen Bäuchen quollen die Därme. Männer mit halben Gesichtern krochen herum und schrien wie Tiere, die zerrissenen Körper quollen auf wie Wasserleichen.

Zwischen diesem Sterben, zwischen den Fluchenden und Betenden, Weinenden und Tobenden, zwischen Wahnsinn und Ergebenheit saß, stand oder ging Pfarrer Webern und tröstete. Er betete nicht mehr ... er konnte es einfach nicht. Ihm fehlten die Worte, dieses Grauen zu überdecken. Selbst Gottes Sprache versagte ... er hatte nie daran gedacht, daß Menschen einmal solcherart die für sie geschaffene Welt verlassen könnten. Nun mußte selbst Gott schweigen. Was Pfarrer Webern tat, war ein letzter, fast stummer Dienst. Er drückte die zuckenden, fieberheißen Hände, er schob die Lider über die gebrochenen Augen, er hielt sein kleines Brustkreuz hoch und segnete, er sprach nicht mehr von der ewigen Seligkeit, er hörte zu, wie die Sterbenden nach ihrer Frau, nach ihrer Mutter wimmerten, wie sie nach Briefpapier schrien, um zu schreiben mit Händen, die sie nicht mehr hatten, wie sie sich an ihn klammerten und fragten: »Herr Pfarrer, nicht wahr, ich werde weiterleben ...«, und ihre

Beine faulten bereits, und die Haut löste sich von den Körpern, und er nickte und sagte: »Ja, mein Sohn, du wirst weiterleben ...« Und dann starben sie, die einen noch im letzten Atemzug grell schreiend, die anderen stumm, mit großen, nicht verstehenden Augen.

Dr. Portner kämpfte sich bis zum Operationskeller durch. Er mußte über die Körper gehen, die unter ihm aufbrüllten, die mit Fäusten an seine Beine schlugen, die seine Stiefel umklammerten, die nach ihm bissen wie tollwütige Ratten.

Im Operationskeller war etwas mehr Ordnung. Hier standen drei Unterärzte an den Tischen und verbanden. Operieren hatte keinen Zweck mehr. Wohin mit den abgetrennten Gliedern, wohin mit den Frischoperierten? Warum noch amputieren? Es starb sich mit abgerissener Hand genausogut wie mit einem Stumpf. Auch die Unterschiede waren verwischt ... ob Offizier oder Landser, sie alle lagen neben- und übereinander, schreiend und wimmernd, sich aneinanderkrallend, als ertränken sie im eigenen Blut.

Dr. Portner setzte sich erschöpft auf einen Hocker an die Wand. Knösel und Rottmann blieben im Nebenkeller. Der Feldwebel der Feldgendarmerie, gelbblaß, sah sich um. Das hundertfache Sterben ringsum ließ ihn ahnen, wie er selbst enden würde.

»Wenn ... wenn ich das gewußt hätte, Kumpel ...«, stotterte er. Knösel saß auf seinem organisierten Stoffballen und stierte auf die Sterbenden.

»Was?« fragte er.

»Wie das alles kommt ...«

»Det haste doch jewußt.«

»Ich habe gedacht ... mein Gott ... was soll jetzt werden ...«

»Sieh se dir an ... So liegste auch bald da ...«

Rottmann zitterte wie im Schüttelfrost. Seine Zähne klapperten laut. Er wandte sich ab, er suchte wegzukommen, aber überall lagen die Körper, röchelten Leiber, zuckten Glieder, schrien Münder. Da beugte er sich vor und erbrach sich. Er konnte es nicht mehr anhalten, er spürte, wie sich sein Magen nach oben drehte, und er kotzte, nach vorn gebeugt, über die Körper, die unter ihm lagen. Sie rührten sich nicht, sie atmeten noch, aber ihre Augen waren schon gestorben.

Ein paar leichter Verwundete starrten Emil Rottmann an wie ein Weltwunder. Der kann noch kotzen, dachten sie. Wer kotzen kann, hat was zu fressen gehabt. Wo gibt es hier noch was zu fressen? Am Bahndamm haben sie die Schienen herausgerissen, die alten Holzbohlen geraspelt und daraus eine Suppe gekocht, mit Schneewasser und einer Kraftbeilage aus Krähen.

Es war der 7. Januar 1943.

Dr. Portner trug in sein Tagebuch ein: Rückkehr in die Kinokeller. Nehme meine Arbeit wieder auf. Verpflegung seit drei Tagen keine. Kaum Verbandmaterial, keine Anästhesiemittel. Dann stellte er sich wieder an seinen alten Küchentisch und operierte. Am anderen Tisch stand bereits Dr. Körner. Er schnitt gerade ein stark aufgequollenes Bein ab.

»Übermorgen sind wir am Ende«, sagte Dr. Portner laut. »Ich habe die Bestände durchgezählt ... dann haben wir nur noch unsere bloßen Hände ...«

Pfarrer Webern sah kurz in den Operationskeller. Trotz der Trostlosigkeit strahlte sein in Stalingrad vergreistes Gesicht.

»Pastor Sanders ist wieder da«, rief er durch das Stöhnen und Wimmern zu den Ärzten. »Sie haben ihn eben gebracht. Drei Pioniere. Er lebt noch, ja, es geht ihm verhältnismäßig ganz gut. Seine Schulterwunde ist vereitert, aber nicht brandig.«

Dr. Portner zog die Mundwinkel herunter. »Mit zwei Gottesmännern im Keller muß es ja gutgehen«, sagte er sarkastisch. »Vielleicht hilft uns das doppelte Gebet zu dem Wunder, Binden zu bekommen ...«

Pfarrer Webern ging in den großen Keller zurück. Er nahm Dr. Portner nichts übel. In Stalingrad war es selbst für einen Priester schwer, mit Gott ins reine zu kommen.

Gegen Abend polterte ein Trupp verdreckter und vereister Landser die mit Toten und Erfrorenen belegte Treppe hinab. Ein

Oberleutnant fragte sich durch und platzte in den Operationskeller. Dr. Portner und Dr. Körner hatten gerade eine Pause eingelegt und tranken Tee.

»Wer ist hier der Chef?« fragte der Oberleutnant und sah auf die Ärzte. Es war drückend heiß in dem Keller, Portner und Körner saßen in Hemdsärmeln an der Wand.

»Ich!« Dr. Portner winkte mit der Teetasse. »So schneidig, mein Sohn? Ist der Führer etwa über Stalingrad abgesprungen? Im Altertum war das üblich ... da starb der Feldherr an der Spitze seiner Truppen.«

Der Oberleutnant sah verwirrt auf den Arzt. Da er keinen Dienstgrad wußte, vermied er die direkte Anrede.

»Wir bringen Gefangene! Mein Stroßtrupp hat vorhin eine russische Verwundetengruppe gestellt. Es sind ein Arzt, eine Ärztin, ein verwundeter sowjetischer Oberst – –«

»Körner, sehen Sie mal nach, was da los ist. Gefangene! Was soll ich hier mit Gefangenen, lieber Mann!« Dr. Portner trank einen Schluck Tee. »Verhungern können sie auch vor der Tür ... Kinder, wer macht denn heute noch Gefangene! Laßt sie laufen ...«

Dr. Körner ging hinaus. Er stieg wieder über die blutenden, eiternden, faulenden Körper und kämpfte sich bis zur Treppe durch. Dort stand Knösel, und man sah ihm an, daß er fasziniert war.

Am Eingang zum Keller, auf der untersten Treppenstufe, stand eine Frau in der olivgrünen Uniform der sowjetischen Offiziere. Der Lammfellmantel war zerrissen, über den hochgestellten Kragen fielen lange schwarze Haare. Das schmale, leicht tatarische Gesicht mit den mandelförmigen Augen war hochmütig trotz des Mörtelstaubes, der auf ihm klebte wie eine Clownmaske. Die langen, schlanken Beine steckten in hohen Stiefeln. Die Frau blutete aus einem Riß an der linken Schläfe. Knösel, der sein schmutziges Taschentuch hervorgeholt hatte und es gegen den Riß drücken wollte, bekam einen heftigen Schlag auf den Arm.

»Det is ’ne Wucht!« sagte er begeistert. »Junge, det müßte man vernaschen ...«

Dr. Körner blieb vor der Frau stehen. Stumm sahen sie sich an, der hemdsärmelige deutsche Arzt und der gefangene sowjetische weibliche Offizier. Sie sahen sich an, als hätten sie aufeinander gewartet, als wäre in diesem Augenblick die Welt vollkommen.

Olga Pannarewskaja senkte als erste den Blick. Das Blut jagte in ihre Schläfen. Was ist das? dachte sie erschrocken. Himmel, was ist das denn?

Sie hob wieder den Kopf ... er sah sie noch immer an, und ihr zweiter Blick wurde wehrloser und ergebener.

»Ich bin Ärztin ...«, sagte sie in hartem Deutsch.

Dr. Körner reichte ihr die Hand. »Bitte, kommen Sie mit, Kollegin ...«

Als ihre Hände sich berührten, war es für sie wie ein Schlag. Sie zwang sich, an Jewgenij Alexandrowitsch Kubowski zu denken, aber sein Bild war nicht mehr da. Wie furchtbar, wie schrecklich, dachte sie. Wie ist es möglich, daß ein einziger Blick einen Menschen aufreißt?

Hand in Hand stiegen sie über die stöhnenden Leiber.

11

Im Operationskeller unterbrach Dr. Portner eine breite Rückennaht und sah die beiden Eintretenden verdutzt an. Der Verwundete vor ihm auf dem blutigen Küchentisch brüllte mit unmenschlichen Lauten, aber er wußte es nicht, er brüllte auch nicht aus Schmerz, er schrie im Delirium, im Fieberwahn, der seinen Körper ausglühte.

»Was ist denn das?« fragte Dr. Portner und starrte die Pannarewskaja an. Die Ärztin erwiderte den Blick mit Stolz und hoch erhobenem Kopf.

»Ich bin Olga Pannarewskaja. Seit acht Tagen Kapitänärztin der siegreichen Roten Armee.« Ihre zarte Stimme übertönte das rhythmische Brüllen des Verwundeten. Stabsarzt Dr. Portner legte seinen Nadelhalter hin.

»Sie erwarten doch nicht, daß ich Ihnen die Hand küsse, gnädige Frau?« Er machte mit beiden Händen eine umfassende Bewegung. »Sie sehen, im Augenblick werde ich abgehalten, galant zu sein. Die kleinen Widerwärtigkeiten des Lebens, meine Gnädigste. Aufgerissene Bäuche, halbe Köpfe, erfrorene Gliedmaßen, Fleckfieber, Wahnsinn, Wundbrand ... Sie müssen mich entschuldigen ...«

Die Pannarewskaja drückte das Kinn an ihr Uniformhemd, das sie unter dem olivgrünen Rock trug. Sie verstand den blutigen Sarkasmus Dr. Portners ... sie kam aus einer Hölle und war in eine neue hineingeraten. Hinter ihr entstand Bewegung ... zwei Soldaten führten Chefchirurg Dr. Sukow in den Keller, in einer Zeltplane hinter ihm schaukelte ein blutiger

Körper. Zwei sowjetische Krankenträger schleppten ihn über die auf dem Kellerboden liegenden deutschen Leiber. Der schneidige deutsche Oberleutnant war schon wieder hinausgelaufen in die Trümmerwüste der Stadt ... die eisige Luft in den Ruinen war ihm lieber als die stinkende Wolke aus Eiter, Blut und Kot.

»Noch einer?« fragte Dr. Portner.

»Chefchirurg Dr. Sukow ...«, stellte die Pannarewskaja vor. Ein böser Blick des sowjetischen Arztes traf sie. Er lehnte sich an die Wand und verschränkte die Arme. Von seinem Mantel troff das geschmolzene Eis auf den Boden. Dr. Portner trat auf ihn zu. Ganz nah standen sie sich gegenüber und sahen sich an.

»Sie sprechen auch deutsch?« fragte Dr. Portner.

Dr. Sukow schwieg.

»Sie verstehen mich also nicht?«

Dr. Sukow schwieg. Er verzog sogar das Gesicht, als ekele er sich, von einem Deutschen angeredet zu werden. Dr. Portner hob die Schultern und wandte sich ab. Er sah auf den blutigen Körper in der russischen Zeltplane. Die beiden sowjetischen Krankenträger standen daneben, als hielten sie Ehrenwache.

»Wer ist denn das?«

»Oberst Juri Trifomewitsch Sabotkin«, antwortete Olga Pannarewskaja. »Als wir ihn aus der Stellung holen wollten, wurden wir von Ihrem Stroßtrupp überfallen. Trotz Sanitätsfahne.«

»Lassen Sie mich weinen, Genossin, über so viel Unbill!« Dr. Portner sah wieder zu Dr. Sukow. Er wußte, daß der Chefchirurg jedes Wort verstand. »Man sollte den bösen Soldaten die Hosen ausklopfen, weil sie so unmanierlich sind. Schießen, obwohl sie selbst beschossen werden, die Lümmels! Gnädigste ... die Jungen sind einfach verroht ...«

Die Pannarewskaja wurde rot und riß die Hand aus der Umklammerung Dr. Körners. Erst jetzt bemerkte sie, daß sie noch immer Hand in Hand mit ihm dagestanden war, wie ein Liebespaar, das um den väterlichen Segen bittet. Auch Dr. Körner erwachte wie aus einer lähmenden Verzauberung. Er fand in das

Grauen zurück, nahm die weggeworfene Nadel und setzte die Arbeit Dr. Portners fort – die Schließung der großen Rückenwunde des noch immer schreienden deutschen Soldaten. Olga Pannarewskaja zögerte. Dann zog sie ihren zerfetzten Lammfellmantel aus, warf ihn in die Ecke, Dr. Sukow vor die Füße, ging zu dem Blechbecken und tauchte die Hände in die Lysollösung. Dr. Portner hob warnend den Zeigefinger.

»Genossin, das ist deutsches Lysol!«

Die Pannarewskaja wandte sich um. »Macht es Ihnen etwas aus, wenn wir Oberst Sabotkin als nächsten operieren? Er hat einen Lungenschuß und einen Bauchschuß.«

»Aber bitte, Gnädigste.« Dr. Portner nahm die Hacken zusammen und verbeugte sich. »Es wird mir eine Ehre sein, Ihnen meinen Küchentisch zu überlassen ...« Er beugte sich über den bewußtlosen Obersten und schob dessen Augenlider hoch. »Ich befürchte, daß alle chirurgische Kunst nicht ausreicht, zu reparieren, was idiotische Massenblindheit angerichtet hat ...«

Der deutsche Verwundete war vom Tisch genommen worden, die beiden sowjetischen Krankenträger, Dr. Körner und Olga Pannarewskaja hoben den Oberst auf den Tisch. Dabei berührten sich ihre Hände wieder; sie sahen sich an, mit flatternden Augen und verkniffenen Gesichtern, jeder sich zwingend, daran zu denken: Er ist ein Feind ... sie ist ein Feind ... Ich muß ihn hassen ... ich muß sie hassen ...

Major Sukow atmete tief. »Wer hat Krieegg angefangen?« fragte er plötzlich. Dr. Portner nickte.

»Er kann deutsch! Und sprechen kann er auch!«

»Wer ist gekommen nach Rußland?«

»Wir.«

»Bittäää ...«

»Was heißt bitte? Natürlich wissen wir, daß wir hier als Feinde in Stalingrad hocken, und nicht als beliebte Touristen. Oder glauben Sie, daß ich hier im Keller sitze, umgeben von zweitausend Verfaulenden, weil es mir Spaß macht? Macht es Ihnen etwa Freude, hier zu stehen, statt in einem sauberen, gekachelten OP im Krankenhaus von Charkow oder Swerdlowsk? Man hat uns alle verkauft, Sie und mich, für politische Ziele, die keiner von uns versteht, denn wir wollen ja bloß leben, ruhig und friedlich leben! Das klingt lächerlich primitiv, aber es ist so! Warum marschieren Sie los, wenn Stalin dawai sagt ... und warum marschieren wir, wenn Hitler marsch sagt?! Millionen hier, Millionen dort ... sie alle geraten in Bewegung, weil zwei Männer es so wollen! Warum? Warum wälzen sich diese Millionen nicht über diesen einen Mann? Das wäre doch einfacher und logischer! Mein lieber Kollege, bemühen Sie sich nicht mit Argumenten ... auf diese Frage hat es seit Jahrhunderten keine Antwort gegeben. Und es wird auch nie eine geben, weil die Millionen immer dorthin latschen werden, wohin einer winken wird. Das ist der Herdentrieb des Menschen, das Schafshirnige, das wir noch immer in uns haben. Wenn ein Hammel blökt, rennen die anderen nach ... um sich selbst zu beruhigen, nennt man das dann Politik!«

Dr. Portner hob die Schultern. Sein Gesicht war von Schweiß überströmt. »So, und nun wollen wir uns mal den Oberst Sabotkin angucken ...«

Dr. Sukow antwortete nicht! Wortlos stieß er sich von der Mauer ab, zog Mantel und Rock aus, streifte die Ärmel seines Hemdes hoch, tauchte die Hände in die Lysollösung und trat neben die Pannarewskaja an den Küchentisch. Dr. Körner und einer der sowjetischen Träger hatten den Oberkörper Sabotkins entblößt ... die Ein- und Ausschüsse waren verkrustet und bluteten nicht mehr. Aber die gelbliche Färbung der Haut bewies, daß der Oberst innerlich verblutete. Dr. Körner und Olga Pannarewskaja verständigten sich durch einen Blick. Es war hoffnungslos. Auch Dr. Portner sah es und stützte die Hände auf den Tisch.

Anders Andreij Wassilijewitsch Sukow. Er legte die Hände fast zärtlich auf den Bauch des Obersten und warf dann den Kopf zu Olga herum.

»Was ist denn?« schrie er. Entsetzt starrte ihn die Pannarewskaja an.

»Du bist verrückt, Andreij«, sagte sie leise.

»Skalpell ...«

Dieses Wort verstand auch Dr. Portner. Er beugte sich zu Dr. Sukow vor.

»Das ist doch Zeitverschwendung ...«

»Oberst Sabotkin ist ein Held der Nation!« sagte Sukow hart.

»Himmel, Arsch und Zwirn ... hier in den Kellern liegen über zweitausend Helden der Nation!« schrie Dr. Portner. »Wollen Sie hier eine friedensmäßige Bauchoperation vornehmen?!«

»Ja.«

»In aller Ruhe, was?!«

»Ja.«

»Runter mit dem Kerl vom Tisch!« schrie Dr. Portner. »Jedes Theater ist so lange gut, wie es logisch ist!«

Dr. Sukow winkte einem der Träger. Er nahm ihm eine Tasche ab, die dieser um den Leib geschnallt trug, und öffnete sie. Sie war gefüllt mit Ampullen aller Art, ein paar waren zerbrochen, es schwappte in der wasserdichten Ledertasche. Dr. Portner starrte auf die gläsernen Phiolen.

»Was soll das?«

Dr. Sukow machte eine darbietende Handbewegung. »Ich tausche, Kollege. Oberst Sabotkin gegen Tasche voll Medikamente. Alles Anästhesiemittel ...« Er lächelte mokant. »Sie haben keine Anästhesiemittel mehr?«

»Nein ...«

»Bittää ... gegen Oberst ...«

»Ich könnte Ihnen die Tasche ja einfach abnehmen. Sie sind mein Gefangener, Dr. Sukow.«

»Ehe Sie zugreifen, ich sie an die Wand geworfen habe. Es wäre Dummheit, Kollege ...«

Dr. Portner sah noch einmal auf die Ampullen. Anästhesiemittel, dachte er. Mein Gott, das reicht für eine Woche, wenn man sparsam ist. Und die Russen schleppen das mit sich herum, als seien es Probefläschchen von Wodka ...

Er drehte sich um, zu dem Küchentisch. Dort hatten Olga Pannarewskaja und Dr. Körner bereits den Bauch des Obersten Sabotkin und die Bauchhöhle eröffnet. Sie war angefüllt mit frischem und zu Klumpen geronnenem Blut, eine fast überschwappende Fleischwanne, in der die Därme schwammen. Mit den Händen suchte die Pannarewskaja in diesem Blutsee nach der zerschossenen Arterie, während Dr. Körner mangels eines Spreizers mit seinen Händen die Bauchhöhle offenhielt.

Dr. Portner sah Dr. Sukow wieder an.

»Sehen Sie, Kollege«, sagte er ruhig, »auch wir sind schon eine Generation zurück. Während wir reden und verhandeln und uns Angebote machen, handelt die Jugend bereits ohne große Worte! So sollte es sein, Kollege ... wir sollten uns schämen ...«

Sie traten an den Tisch und lösten Dr. Körner und die Pannarewskaja ab. Dr. Sukow suchte weiter nach der Blutquelle ... er tastete blind in der Bauchhöhle herum, bis er glaubte, die zerrissene Ader gefunden zu haben. Mit Daumen und Zeigefinger kniff er sie zu und hob sein schweißüberströmtes Gesicht zu Dr. Portner.

»Isch habbenn ...« Er keuchte und biß die Zähne zusammen. Er lag halb über dem offenen Leib, aber er konnte sich nirgends aufstützen, weil er beide Hände in der Bauchhöhle hatte. So schwebte er fast über dem Körper, eine Haltung, die ihn von den Hüften an zittern ließ und ihm das Gefühl ins Hirn jagte, er müsse in der Mitte seines Rückgrats zerbrechen.

Dr. Portner riß eine Lage Zellstoff aus der Hand Körners und versuchte, mit ihr den Blutsee so weit aufzusaugen, daß man einen Überblick hatte. Es gelang nicht, es war zuviel. Aus einem Seidenfaden machte er eine Schlinge, tastete mit seinen Fingern den Arm Sukows entlang und fühlte das aufgerissene Arterienstü k, das die Finger Sukows abdrückten. Er schob die Schlinge darum und zog sie zu. Im gleichen Augenblick ließ Sukow los und richtete sich stöhnend auf. Er preßte beide Fäuste gegen sein Rückgrat und bog sich keuchend zurück, holte ein paarmal tief Atem und lehnte sich an die Wand, weil ihm schwindlig wurde und sich der Keller vor seinen Augen drehte.

Am Küchentisch standen sich mit bluttropfenden Händen Dr. Körner und die Pannarewskaja gegenüber. Dr. Portner legte eine richtige Ligatur um die zerschossene Arterie. Es könnte noch rechtzeitig sein, dachte er. Wenn dieser Oberst Sabotkin ein starkes Herz hat, kann er überleben ... aber nicht hier, nicht in diesen Kellern, in denen die Menschen verwesen, bevor sie gestorben sind. So ist es eigentlich sinnlos, was wir tun ... wir kämpfen gegen einen Tod, der nichts anderes zu tun braucht, als zu warten. Die Zeit arbeitet für ihn.

»Die Blutung steht«, sagte Dr. Portner und richtete sich auf. Er bemerkte voll Erstaunen, daß sich Dr. Körner und die Pannarewskaja ansahen und daß in ihren Augen der Krieg und das Grauen verschwunden waren und das Träumen über sie zog wie weiße Federwolken in der Sonne. Auch das noch, dachte er und seufzte. Wir stehen in einem Grab, das man langsam zuschaufelt, und sie fangen an, sich zu lieben. Als ob das Leben sich noch einmal aufbäumt und nach dem Schönsten fleht, das ein Mensch empfinden kann ...

Dr. Sukow kam wieder an den Tisch. Er hatte seinen Schwächeanfall überwunden. Er war ärgerlich, daß er ihn nicht hatte überspielen können und die Deutschen gesehen hatten, daß auch ein sowjetischer Major Nerven besaß. Er fühlte Oberst Sabotkin den Puls, legte das Ohr auf die Herzgegend und klappte die Lider hoch.

»In einem Krankenhaus hätte er alle Chancen«, sagte Dr. Portner, als sich Sukow wieder aufrichtete.

»Er wird bald in einem Krankenhaus sein«, sagte Sukow stolz.

»Oder in einem Granattrichter, Nummer sieben der elften Leichenschicht.«

»Nein.«
»Und warum nicht?«
»Weil wir siegen werden.«
»Aber wann?«
»Bald ...«

Er streckte den Arm aus und stieß die Pannarewskaja an. Die Ärztin schrak zusammen und wischte sich mit der blutigen Hand über das Gesicht. Sie sah schrecklich aus, als sie die Hand sinken ließ.

»Wir sind nicht zum Vergnügen hier, Täubchen«, sagte Andreij Wassilijewitsch Sukow ernst. »Kümmern Sie sich um den Oberst!«

Dann ging er zurück an die Wand und setzte sich. Seine Hände wischte er an der Stiefelhose ab.

Eine Stunde später wurde ein kleiner Seitenkeller geräumt. Es war ein winziger Raum, in dem bisher das kärgliche Material verwahrt wurde und in dem ein einzelner Verwundeter lag. Der evangelische Pastor Sanders.

»Was machen wir mit dem?« fragte Knösel, der den Keller ausräumte. Dr. Portner hob die Schultern.

»Lassen wir ihn bei den Russen. Ihre Welten sind so weit entfernt, daß sie sich nicht stören ...«

Olga Pannarewskaja schien anders zu denken. Nachdem sie den Oberst Sabotkin neben Pfarrer Sanders auf einen Strohsack gelegt und sich selbst in einer Kellerecke aus einer Decke und ihrem Lammfellmantel ein Lager gebaut hatte, setzte sie sich zu dem deutschen Geistlichen. Sie sah ihn lange stumm an, und Pastor Sanders, fiebernd und zwischen Lethargie und klarem Denken schwankend, schwieg ebenfalls und sah an die tropfende, unter den Granateinschlägen zitternde Kellerdekke.

»Väterchen ...«, sagte die Pannarewskaja nach einer ganzen Zeit leise. Pastor Sanders drehte den Kopf zu ihr.

»Ja?«

»Bei mir zu Hause sagte man zu den Popen Väterchen. Verzeihen Sie, wenn ich Sie ebenso nenne.«

»Wenn du mit mir über Gott sprechen willst, kannst du mich nennen wie du willst, Tochter.« Sanders richtete sich auf und schob sich gegen die Wand hoch. Die Schulterwunde schmerzte höllisch, er knirschte mit den Zähnen. Feine Knochensplitter eiterten heraus ... es war, als löse sich die Schulter millimeterweise auf und schwämme mit dem Eiter davon.

»Nicht über Gott ... über die Liebe ...«

»Auch sie ist von Gott.«

»Nein!« Die Pannarewskaja warf den Kopf in den Nacken, ihre langen schwarzen Haare flatterten über ihr schönes Gesicht. »Sie ist etwas Höllisches! Ein Satan hat sie gemacht!«

»Du wehrst dich dagegen?«

»Ich bin eine Russin, Väterchen ...«

»Ja.«

»Ich liebe mein Vaterland. Ich liebe die Wolga, die Steppe, die Pferde, meine Brüder und Schwestern, die Wälder, den Sturm, die glühende Sonne, den Himmel über den Sonnenblumenfeldern, das Rauschen der Taiga. Ich bin von allem ein Teil ... und ihr seid gekommen und wollt es uns nehmen, das Land, die Flüsse, die Wälder, die Steppe, die Felder, die Sonne und den Wind, unseren Himmel und unsere Träume von Ewigkeit. Ihr, die Deutschen!«

»Wir wollen euch nichts nehmen, Tochter.«

»Und warum liegst du hier?«

»Um die Kranken zu trösten und die Sterbenden Gott zu empfehlen.«

»Und warum sterben sie hier?«

»Weil es arme, dumme Menschen sind, verblendet und belogen, fehlgeleitet und verhetzt, Menschen, die einer Stimme gehorchen, weil sie lauter ist als ihre eigene, und vergessen, daß über allen Stimmen Gottes Wort steht und zu ihnen sagt: Liebet einander ...«

»Liebe!« Die Pannarewskaja senkte den Kopf. »Warum immer Liebe, Väterchen? Ich hasse alle Deutschen, ich jubele jedem Schuß zu, der einen von ihnen tötet ... und doch ... und doch liebe ich einen Deutschen ...«

Pastor Sanders tastete nach der Hand Olgas. Sie war heiß, als brenne sie im Fieber. Er streichelte sie und hielt sie fest, als er merkte, daß sie sich ihm entziehen wollte.

»Wie gnädig ist Gott«, sagte er langsam. »Im Inferno von Sterben und Wahnsinn gibt er dir ein Herz ... Siehst du denn nicht daran, wie ewig diese Welt ist und wie winzig klein alles das, was ihr Schicksal nennt?«

Die Pannarewskaja schwieg. Sie schien zu denken. Etwas rang in ihr, man sah es deutlich. Plötzlich beugte sie sich vor und legte ihre Stirn auf die Hand Sanders'.

»Tun Sie etwas, Väterchen«, sagte sie leise. »Ich war noch klein, ganz klein, aber ich weiß es noch ... Ich stand im Staub vor unserem Zaun, und da kam der Pope die Straße entlang, in einem langen schwarzen Gewand, dessen Saum durch den Staub schleifte. Ich stand da mit offenem Mund und sah Mamuschka, wie sie die Harke hinwarf, aus dem Garten rannte, hinaus auf die Straße, sich vor dem Popen in den Staub kniete und sagte: ›Väterchen, segne mich und die Kinder und das Haus und meinen Piotr, obwohl er säuft und mich täglich prügelt. Segne alles, Väterchen ...‹ Und der Pope hob die Hand und segnete Mamuschka. Wie glücklich war sie, als sie zurück in den Garten lief, an mir vorbei, die ich mitgesegnet war. Sie sang sogar, und an diesem Tage schrie sie nicht, als Papaschka aus der Fabrik kam und sie wieder schlug. Das machte ihn völlig ratlos, und er ging ins Bett.« Die Pannarewskaja atmetete schwer und umklammerte die Hand von Pastor Sanders.

»Darf ich zu Ihnen, Väterchen, auch sagen: Bitte, segne mich ...?« flüsterte sie.

Es kam selten vor, daß der Gefreite Knösel keine Worte mehr fand. Ein so bemerkenswertes Ereignis trat ein, als er den Packsack entrollte, den er aus der Luftwaffenbaracke von Gumrak mitgenommen hatte.

Es war eine stille Stunde in der Stadt. Entweder hatte man keine Munition mehr, oder die Rohre mußten sich etwas abkühlen. Die Artillerie schwieg, das Bellen der Paks schlief ein, selbst das Rumpeln der Minen verstummte. Es war der 8. Januar 1943, vormittags 10 Uhr. Ein Datum wie jedes andere für Knösel, in der Geschichte der 6. Armee aber ein Tag und eine Stunde, die über ihr Schicksal entscheiden und die später in aller Klarheit das Verbrechen bloßlegen sollte, dem 300 000 deutsche Soldaten zum Opfer gefallen waren. Ein Verbrechen, wie es bisher in der Kriegsgeschichte einmalig war.

An allen Fronten rund um den Kessel machte der Tod eine Pause. Ganz schlief das Sterben nicht ein ... Stoßtrupps und Panzerspitzen durchkämmten das Gelände, und in Gumrak, Pitomnik, Stalingrazkij und Gorodischtsche, in den Kellern und Erdlöchern, Granattrichtern und Bunkern der Stadt Stalingrad starben sie weiter, die Verwundeten, die keiner mehr ausfliegen konnte, weil die Luftwaffe keine Maschinen und die Flugplätze im Kessel Stalingrad keine Vorwärmgeräte hatten, um die bei 40 Grad Frost vereisenden Motoren und Leitwerke aufzutauen. Und es starben die, die im letzten Aufbäumen gegen ihr Schicksal sich auf den Weg machten nach Pitomnik, von dem die mystische Hoffnung ausging, daß vielleicht doch ein Flugzeug da war, ein winziges Eckchen im Laderaum einer Ju 52, in das sich der Schütze Meier III oder der Unteroffizier Weber oder der Leutnant Vogelsang hineindrücken konnten, um weinend vor Glück zu hören, wie die Motoren liefen, wie sich der Leib des blechernen Vogels abhob, wie er schwebte, wie er schaukelte, wie er flog ... in die Heimat, in das Leben, in den Himmel ...

Das war ein Magnet, ein solcher Gedanke. Und Tausende trieb es nach Pitomnik, zu Fuß, auf Schlitten, kriechend, getragen, humpelnd, auf Stümpfen, auf Brettern durch Eis und Schnee rutschend, dunkle, mit Eis überkrustete, unförmige, stöhnende, jammernde, betende, fluchende, im Wahn singende, von den anderen, schnelleren niedergetretene und im Schnee erstarrende Insekten, steife Knüppel aus Menschenleibern, die die Straße nach Pitomnik pflasterten und über die hinweg der Nachschub rollte, bis es keinen Nachschub mehr gab, sondern nur noch wankende Gespenster, in Gruppen, geballt oder allein, einzeln in ihrer Sehnsucht nach Leben, mit nur einem Ziel ... Pitomnik ... das Flugfeld ... das letzte Fenster, durch das Gott in die Hölle blickte ...

An diesem 8. Januar 1943 aber war es verhältnismäßig still. Knösel benutzte die Stille, um seinen Gepäcksack aufzuschnüren und im Hof eines Hauses auszurollen. Sein Mitbringsel aus Gumrak erwies sich als ein Markierungstuch der Luftwaffe, eine viereckige Leinwand mit einem großen weißen Kreuz darauf. Diese Markierungstücher lagen bereit, um an besonders unzugänglichen Stellen, vor allem bei eingeschlossenen Gruppen, den Versorgungsmaschinen Zeichen zu geben, in diesem Quadrat Verpflegungs- und Munitionsbomben abzuwerfen. Der Befehl, diese Markierungstücher an die kämpfende Truppe auszugeben, kam zu spät. Die Flugzeuge waren froh, überhaupt noch Pitomnik oder Gumrak zu erreichen ... an einem Anflug auf Stalingrad-Stadt und eine Versorgung der in den Trümmern hausenden Regimenter war überhaupt nicht zu denken. Nachschub war nur noch auf dem Landwege in die Stadt möglich ... und dort fehlten die Fahrzeuge und der Sprit. Und die Pferde. Sie wurden gegessen, sie waren die einzige Nahrung, die man noch kontingentieren konnte ... zwölftausend Pferde für dreihunderttausend Menschen ...

»Det is eene Scheiße!« sagte Knösel endlich, nachdem das Wunder seiner Sprachlosigkeit geschehen war. Aber dann beruhigte er sich. Auch Leinentücher wärmen, wenn man sie faltet, und aus Leinentüchern kann man Binden reißen. Vor allem aber sagte sich Knösel nach der ersten Verblüffung, daß man ein Markierungstuch einmal ausprobieren sollte. Mehr als Feuer konnte nicht vom Himmel fallen, und das war nichts Neues mehr. Also rollte er sein Leinentuch mit dem großen weißen Kreuz wieder zusammen und ging auf die Suche nach einem Platz, wo man es ausbreiten und wo ein himmlischer Segen auch landen konnte. Zu diesem Zweck nahm er den Feldwebel Rottmann mit.

»Los, du Riesenschwein!« sagte Knösel zu ihm und stieß ihn die Kellertreppe hinauf. »Wenn du glaubst, du könntest hier nur rumsitzen und Wachmann spielen, dann haste dir in 'n eigenen Stiefel gepißt! Los, mach schon! Und wennste dreimal Feldwebel bist ... hier biste nur 'n Klumpen Fleisch, das Jlück hatte, nicht jespickt zu werden ...«

Emil Rottmann dachte gar nicht an Widerstand. Seit man ihn als Bewacher von Dr. Körner wieder in die Stadt geschickt hatte, ahnte er, daß sein Leben ebenso abgeschlossen war wie das der anderen Landser. Ihm blieb nur noch die Flucht nach vorn, zu den Sowjets, das Überlaufen, das in den letzten Tagen ein paarmal vorgekommen war und von dem die großen Lautsprecher berichteten, die an allen Stellen der Stadt aus den Ruinen hinüber zu den deutschen Stellungen dröhnten, mit Marschmusik, Walzerklängen und den Berichten der Übergelaufenen. Sie erzählten von guter Verpflegung, warmer Winterkleidung, sauberer Unterkunft, anständiger Behandlung. Sogar ein General sprach einmal. Er lebte jetzt in Moskau und nannte es seine neue Heimat. Rottmann hörte sich das alles an, immer und immer wieder. Ob es stimmt? dachte er. Oder ob sie nur lügen, wie unsere Propaganda es sagt? So zögerte er immer wieder, starrte hinüber zu den Häuserruinen, in denen die Russen saßen, sah die Panzer hin und her rollen, sah ab und zu eine graue Gestalt herumhuschen, dicke Mäntel, Pelzmützen ... Sie frieren nicht, dachte er. Sie haben alles, was uns fehlt. Über die Wolga rollen ihre Divisionen, während wir hier verfaulen. Man müßte überlaufen, man müßte ...

Im Hof eines Magazins fanden sie einen guten Platz für ihr Markierungstuch. Der Hof war fast trümmerleer ... die Häuser waren zur Straße hin umgekippt. Er war wie eine Oase, ein Stück jungfräulicher Haut im pockennarbigen und warzigen Gesicht der Erde.

»Faß an, du Dussel!« rief Knösel und rollte sein Tuch aus. Emil Rottmann saß auf einer zerborstenen Mauer und starrte zu den Russen. Keine 150 Meter, dachte er und schielte zu Knösel. 150 Meter bis zum Überleben, wenn das stimmt, was sie immer durchs Sprachrohr blasen. Ob Knösel schießen würde, wenn er plötzlich aufsprang, mit dem Taschentuch winkte und hinüberlief zu den befestigten Ruinen?

Rottmann zögerte. Er sah Knösels Maschinenpistole vor dessen Brust pendeln.

»Du trübe Tasse!« schrie Knösel. »Faß an ... det Ding muß ganz plan liejen, und Steine tun wir ooch druff, sonst fliecht det Ding weg! Mensch, such wenigstens 'n paar Steene ...«

Rottmann griff in die Tasche und umkrallte sein Taschentuch. Aufspringen, ein Schwung über die Mauer, Taschentuch hoch und winken ... laufen ... winken ... laufen ... hinein in das Leben ... Aber wenn er schoß ... wenn Knösel wirklich schoß ... Oder wenn die Russen schossen? Aber das konnten sie nicht tun. Man schießt auf keinen, der ein weißes Tuch schwenkt.

Rottmann riß sein Taschentuch heraus und duckte sich zum Sprung. Im gleichen Augenblick sah er, daß er kein weißes, sondern ein blaues Wehrmachtstaschentuch bei sich hatte. Diese Sekunde des Zögerns entschied. Von einer Ruine her bellte es auf. Dreimal ganz kurz ... am Kopf vorbei summten die Geschosse wie riesige Hornissen. Rottmann ließ sich hinter die Mauer fallen, Knösel lag bereits in Deckung.

»Soll man das für möglich halten?!« brüllte er und kroch an Rottmann heran. »Du Eckenscheißer, du! Halt dich still!«

Sie lagen ein paar Minuten und warteten. Es geschah nichts weiter, der Hof war nicht einzusehen. Der sibirische Scharfschütze in seinem Stand hatte nur für einen Augenblick den weißgetünchten Helm Rottmanns gesehen und sofort geschossen. Nun lag die merkwürdige Stille wieder über den Trümmern.

Knösel und Rottmann arbeiteten wortlos weiter. Sie breiteten das Tuch aus, beschwerten es an den Kanten mit Steinen und betrachteten dann ihr Werk. Ein großes weißes Kreuz leuchtete auf dunklem Grund.

»Und was soll das?« fragte Rottmann.

»Das ist das Zeichen für 'n Nikolaus!«

»Du glaubst doch nicht, daß hier jemand etwas abwirft?«

»Abwarten.«

»Du lockst höchstens die Artillerie vom Iwan hierher.«

»Man muß alles versuchen.« Knösel setzte sich an die Mauer und stopfte sich seine berühmt-berüchtigte Pfeife. Wenn sie richtig brannte, schnalzte sie wie wiederkäuende Kühe. Auch was Knösel rauchte, machte ihn berühmt als »Mann ohne Lunge und mit ledernem Gaumen«, wie es Dr. Portner nannte ... es waren kaum sichtbare Krümel von Machorka, vermischt mit Sägespänen, getrocknetem Gras und – als Superwürze – geschnittenen Disteln. Dr. Portner hatte Knösel befohlen, seinen »raucherischen Perversitäten« nur im Freien zu frönen, und so saß Knösel viermal täglich auf der Kellertreppe und schmatzte mit seiner Pfeife.

»Man muß alles versuchen«, wiederholte Knösel und machte den ersten Pfeifenzug. Es röchelte in dem hölzernen Kopf. »Hättste jejlaubt, det du einmal in 'nem Granatloch Platz hast, wat? Ick hab imma von 'nem Begräbnis jeträumt mit Fahnen, Musike, Pastoransprache und ›Leb wohl, Bruder‹ vom Kejelklub. Neese, mein Junge. Jetzt sind wir Helden!«

Während der Stille wurde Stalingrad mehrmals überflogen. Meistens waren es sowjetische Aufklärer, die über den deutschen Stellungen kreisten und fotografierten. Am Abend kroch Knösel wieder hinaus zu seinem weißen Kreuz. Eine kleine, metallen blinkende Bombe lag am Rande des Tuches. Es schien eine Verpflegungsbombe aus Aluminium zu sein.

»Hurra!« brüllte Knösel. Er boxte Rottmann in die Seite und tippte an seine Stirn. »Hier muß man et haben, Junge. Nicht verzagen – Knösel fragen ... det sollte sich die janze 6. Armee merken!«

Sie liefen zu der Bombe und brachen den Deckelverschluß auf. Knösel betrachtete sie fachmännisch und grinste breit.

»Kommt vom Iwan! 'ne russische Labung! Wetten, det Sojabohnen in Tomatensoße drin sind? Oder Jrütze?«

Sie stemmten den Deckel ab und zogen einen länglichen Holzbehälter heraus. In der Holzrolle war zusammengerollte Leinwand ... Knösel zerrte sie heraus, stülpte die Bombe um und sah wieder hinein.

»Is det alles?«

»Ja.«

»Noch 'n Tuch? Aufrollen, Junge.«

Er legte die Leinenrolle auf den Boden und gab ihr einen Tritt. Sie entrollte sich ... ein Bild wurde sichtbar ... erst Himmel ... dann graue, stehende Haare ... Augen mit buschigen Brauen ... eine starke Nase ... Schnurrbart ... ein energisches Kinn ... Der Kopf Stalins lachte Knösel an, riesengroß, jovial, ein auf Leinen gedrucktes Meisterwerk.

»Scheiße!« brüllte Knösel. Er hieb mit der Faust gegen die Mauer. »Solche Scheiße! Ich glaube, unsere Iwans kriegen auch nichts zu fressen ...«

Immerhin war es schönes Leinen, fest und dicht.

Knösel zerriß es im Lazarettkeller in lange Streifen und wickelte sie zu Binden.

»Welch ein Luxus!« sagte Dr. Portner, als er am späten Abend den sowjetischen Oberst Sabotkin damit verband. Dr. Sukow und die Pannarewskaja standen daneben. »Um den Lungeneinschuß legen wir Stalins Schnurrbart, und auf den Bauch bekommt er die blauen blitzenden Augen des Generalissimus. Wenn das nicht die Heilung fördert, verachte ich in Zukunft alle Metaphysik ...«

Dr. Sukow schwieg mit verbissenem Gesicht, Olga Pannarewskaja lächelte schwach. Sie war in neuer Sorge. Die Kampfstille hatte Dr. Körner ausgenutzt. Mit einem Sanitätstrupp war er hinaus in die Trümmerwüste gegangen, um in den Bunkern und Kellern, Unterständen und Löchern die Verwundeten zu versorgen, die man nicht hatte zum Kino bringen können.

An diesem 8. Januar 1943 schien es, als wolle das Schicksal davor zurückschrecken, Hunderttausende von Menschen einer Sinnlosigkeit zu opfern.

Durch einen Funkspruch in deutscher Sprache ließ das Oberkommando der Roten Armee dem Oberbefehlshaber der 6. Armee vor Stalingrad, Generaloberst Paulus, mitteilen, daß drei Parlamentäre sich der nördlichen deutschen Stellung nähern würden, um ein wichtiges Schreiben zu überbringen. Man bitte darum, sie zu empfangen.

Generaloberst Paulus sagte zu. Um 10 Uhr vormittags erschienen die sowjetischen Offiziere mit der weißen Fahne. Als sollte ihre Mission deutlich unterstrichen werden, schwiegen die russischen Angriffe bis auf ein Minimum. Man beschränkte sich auf die Abwehr deutscher Stoßtrupps.

Die drei Parlamentäre brachten ein Schreiben mit, das sofort an den Befehlsstand der 6. Armee weitergereicht wurde. Generaloberst Paulus und sein Stabschef, General Schmidt, studierten den Brief ... es war ein Ultimatum des Oberbefehlshabers der Truppen der Don-Front, Generalleutnant Rokossowskij. Das Ultimatum lautete folgendermaßen:

»An den Befehlshaber der deutschen 6. Armee, Generaloberst Paulus oder seinen Stellvertreter, und an den gesamten Offiziers- und Mannschaftsbestand der eingekesselten deutschen Truppen von Stalingrad.

Die deutsche 6. Armee, die Verbände der 4. Panzerarmee und die ihnen zwecks Verstärkung zugeteilten Truppeneinheiten sind seit dem 23. November 1942 vollständig eingeschlossen.

Die Truppen der Roten Armee haben diese deutsche Heeresgruppe in einen festen Ring eingeschlossen. Alle Hoffnungen auf Rettung Ihrer Truppen durch eine Offensive des deutschen Heeres vom Süden und Südwesten her haben sich nicht erfüllt. Die Ihnen zu Hilfe eilenden deutschen Truppen wurden von der Roten Armee geschlagen, und die Reste dieser Truppen weichen nach Rostow zurück. Die deutsche Transportluftflotte, die Ihnen eine Hungerration an Lebensmitteln, Munition und Treibstoff zustellte, ist durch den erfolgreichen und raschen Vormarsch der Roten Armee gezwungen worden, oft die Flugplätze zu wechseln und aus großer Entfernung den Bereich der eingekesselten Truppen anzufliegen. Hinzu kommt noch, daß die deutsche Transportluftflotte durch die russische Luftwaffe Riesenverluste an Flugzeugen und Besatzungen erleidet. Ihre Hilfe für die eingekesselten Truppen wird irreal.

Die Lage Ihrer eingekesselten Truppen ist schwer. Sie leiden unter Hunger, Krankheiten und Kälte. Der grimmige russische Winter hat kaum erst begonnen. Starke Fröste, kalte Winde und Schneestürme stehen noch bevor. Ihre Soldaten aber sind nicht mit Winterkleidung versorgt und befinden sich in schweren sanitätswidrigen Verhältnissen.

Sie als Befehlshaber und alle Offiziere der eingekesselten Truppen verstehen ausgezeichnet, daß Sie über keine realen Möglichkeiten verfügen, den Einschließungsring zu durchbrechen. Ihre Lage ist hoffnungslos und weiterer Widerstand sinnlos.

In den Verhältnissen einer aussichtslosen Lage, wie sie sich für Sie herausgebildet hat, schlagen wir Ihnen zur Vermeidung unnötigen Blutvergießens vor, folgende Kapitulationsbedingungen anzunehmen:

1. Alle eingekesselten deutschen Truppen, mit Ihnen und Ihrem Stab an der Spitze, stellen den Widerstand ein.

2. Sie übergeben organisiert unserer Verfügungsgewalt sämtliche Wehrmachtsangehörigen, die Waffen, die gesamte Kampfausrüstung und das ganze Heeresgut in unbeschädigtem Zustand.
3. Wir garantieren allen Offizieren und Soldaten, die den Widerstand einstellen, Leben und Sicherheit und nach Beendigung des Krieges Rückkehr nach Deutschland oder in ein beliebiges Land, wohin die Kriegsgefangenen zu fahren wünschen.
4. Allen Wehrmachtsangehörigen der sich ergebenden Truppen werden Militäruniform, Rangabzeichen und Orden, persönliches Eigentum und Wertsachen, dem höheren Offizierskorps auch die Degen, belassen.
5. Allen sich ergebenden Offizieren, Unteroffizieren und Soldaten wird sofort normale Verpflegung sichergestellt.
6. Allen Verwundeten, Kranken und Frostgeschädigten wird ärztliche Hilfe erwiesen werden.

Es wird erwartet, daß Ihre Antwort am 9. Januar 1943 um 10 Uhr Moskauer Zeit in schriftlicher Form übergeben wird. Durch einen von Ihnen persönlich genannten Vertreter, der in einem Personenkraftwagen mit weißer Fahne auf der Straße nach der Ausweichstelle Konny, Station Kotlubani, zu fahren hat. Ihr Vertreter wird von russischen bevollmächtigten Kommandeuren im Bezirk B, 0,5 Kilometer südöstlich der Ausweichstelle 564, am 9. Januar 1943 um 10 Uhr empfangen werden.

Sollten Sie unseren Vorschlag, die Waffen zu strecken, ablehnen, so machen wir Sie darauf aufmerksam, daß die Truppen der Roten Armee und der Roten Luftflotte gezwungen sein werden, zur Vernichtung der eingekesselten deutschen Truppen zu schreiten. Für ihre Vernichtung aber werden Sie die Verantwortung tragen.

Der Vertreter des Hauptquartiers des Oberkommandos der Roten Armee,

Generaloberst der Artillerie Woronow
Der Oberbefehlshaber der Truppen der Don-Front,
Generalleutnant Rokossowskij.«

Noch einmal stellte sich die Vernunft vor Blindheit und Wahn. Wohl nie ist in einer solchen Situation einer besiegten Armee ein solch großzügiges Angebot gemacht worden. Das Schicksal von gegenwärtig 230 000 eingeschlossenen deutschen Soldaten hing an einem einzigen Ja oder Nein.

Generaloberst Paulus erfaßte die letzte Chance, ehrenvoll zu kapitulieren und seiner Armee das Leben zu retten. Er gab das Ultimatum per Funkspruch an das Führerhauptquartier durch und bat um Handlungsfreiheit. Er sprach diese Bitte aus, weil es ihm als Offizier alter preußischer Schule niemals in den Sinn gekommen wäre, selbständig aus der Lage heraus zu handeln, wie es seit Wochen immer wieder der Kommandeur des LI. Armeekorps, General von Seydlitz, forderte.

Die Antwort aus dem sicheren Führerhauptquartier kam sofort, bedenkenlos und kalt. Es war das Verbot, zu kapitulieren:

»Jeder Tag, den die 6. Armee länger hält, hilft der gesamten Front und zieht von dieser russische Divisionen ab.«

Das Todesurteil über 230 000 Menschen war endgültig gesprochen. Generaloberst Paulus wußte es, als er die Ablehnung Hitlers in der Hand hielt ... ein kleiner Zettel mit wenigen Zeilen, den ihm der Funker gereicht hatte. Ein paar Worte, ein paar heroisch klingende Sätze ... das Sterben einer ganzen Armee!

Am 9. Januar 1943 wurde das sowjetische Oberkommando benachrichtigt, den Parlamentären das Schriftstück übergeben. Es war mit Generaloberst Paulus unterschrieben. Mit dieser

Unterschrift übernahm er allein die Verantwortung für das Sterben seiner Armee.

Am selben Tag, diesem 9. Januar 1943, ging ein mysteriöser Funkspruch an alle Generalkommandos im Kessel zur Weitergabe an alle Truppenkommandeure. Absender war das Armeeoberkommando. Der Funkspruch lautete:

»Die Truppe ist davon zu unterrichten, daß Parlamentäre in Zukunft durch Feuer abzuweisen sind.«

Die letzte hingestreckte Hand des Lebens wurde weggeschossen. Die Kommandeure, die den Funkspruch erhielten, sahen entsetzt auf den Fetzen Papier. Der Selbstmord einer Armee war perfekt. Alle Rückfragen beim Armeeoberkommando liefen sich tot ... niemand wußte, wer diesen wahnwitzigen Befehl gegeben hatte, wer für ihn verantwortlich zeichnete ... Generaloberst Paulus wußte nichts von ihm, Stabschef General Schmidt, die »Graue Eminenz« der 6. Armee, schwieg ... aber der Befehl blieb weiterhin bestehen!

Bis heute weiß man nicht, wer für dieses Dokument deutscher Soldatenüberheblichkeit, das einzig in der Geschichte dasteht, verantwortlich ist.

Über Stalingrad senkte sich das Leichentuch. Es deckte 230 000 deutsche Männer zu.

Wer kann es ihm verübeln, dem Mladschij-Sergeant Iwan Iwanowitsch Kaljonin, daß er trotz seiner vaterländischen Begeisterung zuerst nach Vera, seinem Weibchen, suchte?

In den Kellern rund um den »Tennisschläger«, in denen noch immer Hunderte von Frauen, Kindern und Greisen hockten, hatte er erfahren, daß Veraschka nicht in Gefangenschaft geraten sei, wie es die Pannarewskaja gesagt hatte, sondern daß man sie noch gesehen habe, wie sie Verwundete durch die Ruinen schleifte und Frauen und Kinder durch das Feuer der deutschen MG zum Wolgaufer in Sicherheit brachte.

»Ich bin keine Heldin«, hatte sie einmal gesagt, als ein Parteikomiteemitglied sie lobte. »Großväterchen haben sie erschossen, den guten, alten Abranow, und Iwan, meinen Mann, haben sie erschossen ... was soll ich da noch auf dieser Welt? Aber ich will sterben wie sie ... aufrecht und im Einsatz für das Vaterland ...«

So hatte sie gesprochen, man erzählte es Kaljonin in den Kellern, und er war stolz und doch traurig zugleich.

»Ein dummes Vögelchen«, sagte er. »Seht, ich lebe doch!« Dann verschwand er wieder und suchte in der Trümmerwüste nach seiner Vera.

Das Leben in den Kellern war grausam. Zweimal mußte Kaljonin helfen, ein Kind auf diese donnernde und sich in Feuer und Rauch auflösende Welt zu bringen. Da lagen die Gebärenden auf dem kalten, feuchten Kellerboden und schrien, die Nachbarinnen knieten daneben und massierten den Bauch, in einem Kessel kochte Schneewasser ... weiter war nichts da. Sie mußten gebären wie die Hunde und Katzen.

»Laßt es nicht leben, ihr Lieben!« schrie eine der Gebärenden und krallte sich in die Schultern Kaljonins, der ihre Schenkel auseinanderdrückte. »Laßt es nicht diese Welt sehen, Genossen! Tötet es, tötet es, bevor es atmet ...«

Der Keller bebte unter den Einschlägen der Granaten und Raketen. Es waren sowjetische Geschosse, die die Trümmer umpflügten. Wer wußte denn noch, wo in den Ruinen Freund oder Feind saß, wer kannte sich aus, ob das linke Haus der Straße von der Roten Armee und das rechte von den Deutschen besetzt war? Oft hockten im Erdgeschoß die Rotarmisten und in der ersten Etage deutsche Pioniere, und ein Häuserblock wie etwa eine Konservenfabrik war international ... Kalmücken, Kirgisen, Weißrussen und Mongolen saßen hier hinter Steinbarrikaden ebenso wie Kölner, Sachsen, Bayern, Hamburger und Pommern. Wohin sollte man schießen?

Kaljonin zog an dem Kopf des Kindes. Er schwitzte, der Blutgeruch verursachte ihm Übelkeit, das Schreien der Gebärenden hämmerte auf sein Hirn.

»Zerreiß es, Genosse!« brüllte sie. »Es wird glücklicher sein, als wenn es lebt. Hab Mitleid, Genosse ... hab Mitleid ...«

Nach der Geburt rannte Kaljonin weiter. Man hatte Vera gesehen, vor ein paar Stunden. Verwundet war sie, an der Stirn, nur ein Streifschuß. Sie sagte, sie wolle zurück zum Wolgaufer laufen, um Trinkwasser herbeizuschaffen. Und Hirse und Mehl ... In einem Keller hatte sie vierzehn Frauen und Kinder gefunden, die seit acht Tagen nichts anderes aßen als eine schleimig-leimige Suppe, die sie aus geraspelten Deckenbalken kochten. Kaljonin ließ ihnen seine Brotration dort und rannte zurück zur Wolga.

Sie lebt, meine Veraschka, schrie es in ihm. Man hat ihr die schöne Stirn angekratzt, aber so ein Närbchen wird sie verzieren, nicht entstellen. Seht, wird man sagen, diese süße Narbe ... im großen vaterländischen Krieg hat sie sie bekommen, mitten in Stalingrad! Und die Kinder werden davon erzählen und die Kindeskinder. Vera Kaljonina war ein tapferes, mutiges Mädchen.

Am Steilufer der Wolga erfuhr Kaljonin von der Gefangennahme des ganzen Lazaretts, als man versucht hatte, den Helden der Nation, Oberst Sabotkin, zu bergen. So gehen sie dahin, dachte Kaljonin und empfand einen eisigen Panzer der Angst um sein Herz. Erst der Major Kubowski, dann Dr. Sukow und die Pannarewskaja. Wenn man bloß Veraschka findet ... Iwan Iwanowitsch rannte weiter. Er fiel nicht auf in dem Gewühl der Truppen, die im Schutze des steilen Wolgaufers sich sammelten und bereitstanden für den Tag, an dem die deutsche 6. Armee in der roten Flut ertrinken sollte.

Zwei Minuten nach 10 Uhr, am 10. Januar 1943, zwei Minuten nach Ablauf des Ultimatums Generalleutnant Rokossowskijs, öffneten sich die Schleusen der letzten Hölle.

Fünftausend Geschütze aller Kaliber und Arten trommelten zwei Stunden lang auf die deutschen Stellungen. Auf eine Länge von achtzig Kilometern, auf einen riesigen Halbkreis krachte eine feurige Faust, hob sich die gefrorene Erde, schmolz der Schnee, wurde vereister Boden in der Glut der Detonationen zu Schlamm. Zwei Stunden lang hämmerten die sowjetischen Geschütze und Werfer, Mörser und Stalinorgeln auf das Land und pflügten es mehrmals um ... zwölf armselige deutsche Divisionen lagen in diesem Feuerhagel, 540 zusammengeschrumpfte, hungernde, frierende, ausgemergelte, müde Kompanien wurden in den Boden gedrückt.

Nach diesem Feuerschlag traten die weißgetünchten Panzermassen der Sowjets an allen Fronten zum Angriff an ... ein Ring feuernder Rieseninsekten, die den Kessel von allen Seiten eindrückten. Hunderte, Tausende stählerner Ungetüme ... die deutschen Regimenter standen ihnen fassungslos und wehrlos gegenüber.

Im ganzen Kessel von Stalingrad befanden sich an diesem Tag noch vierzehn deutsche Panzer, die einsatzfähig waren! Sechzehn Panzer waren eingegraben worden, weil ihnen der Sprit fehlte. Sie bildeten kleine Forts, bis ihnen die Munition ausging.

In Stalingrad-Stadt hörte und sah man diesen Beginn des Sterbens einer Armee. Man saß an den Funkgeräten und nahm die Meldungen der Divisionen und Regimenter auf, die in kürzester Zeit überrollt wurden oder fluchtartig zurückgehen mußten. Aus allen Meldungen war zu erkennen, daß der Hauptstoß der sowjetischen Panzer auf Karpowka und über Dimitrijewka hinaus auf Pitomnik zielte, auf den Flugplatz Pitomnik, die Lebensader der 6. Armee.

»Mein Gott ...«, sagte Dr. Portner am Abend des 10. Januar. Er saß mit Dr. Körner, Dr. Sukow und der Pannarewskaja am Funkgerät und sammelte die Sprüche der einzelnen Divisionen ein. »Das ist das Ende ...«

Dr. Sukow schwieg. Nur seine Augen leuchteten. Er hatte seit seiner Gefangennahme und dem kurzen Gespräch mit Dr. Portner vor der Operation an Oberst Sabotkin kein Wort mehr gesprochen. Es war, als könne er seine Verachtung für die Deutschen nicht besser ausdrücken als dadurch, daß er sie übersah und sie nicht für wert hielt, ein Wort aus dem Mund des Chefchirurgen Sukow zu hören. Dr. Körner und Olga Pannarewskaja saßen dicht nebeneinander. Als die Funksprüche den Zusammenbruch der äußeren Stellungen klar werden ließen, tastete sie nach seiner Hand und umfaßte sie.

In der Stadt war es jetzt stiller als am Einschließungsring. Die sowjetischen Divisonen drückten die ausgebluteten deutschen Regimenter nach Osten ... die »Nase von Marinowka« wurde überrannt, Zybenko im Süden niedergewalzt ... am Abend des 10. Januar 1943 meldete die 6. Armee an die deutsche Heeresgruppe »Don«:

»Armee meldet schwere russische Durchbrüche, Norden, Westen, Süden, mit Zielrichtung Karpowka und Pitomnik. 44. und 76. Infanterie-Division schwer angeschlagen, 29. mot. nur mit Teilen einsatzfähig. Keine Aussicht, entstandene Durchbrüche zu schließen. Dimitrijewka, Zybenko und Rachotin aufgegeben ...«

Dr. Portner las die Armeemeldung langsam vor. Auf einer Karte zeichnete Dr. Körner den neuen Frontverlauf mit einem Bleistiftstummel ein.

»Wenn das so weitergeht, sind wir in vier Tagen zusammengedrückt«, sagte Dr. Portner.

Dr. Sukow lehnte sich zurück an die feuchte Kellerwand. »Es wird so weitergehen ...«

»Soll ich Ihnen gratulieren?« Dr. Portner sah zu Dr. Körner und Olga Pannarewskaja. Sie verließen den OP-Keller. »Sie wissen, daß wir hier alle in die Hölle fahren ... auch Sie ...«

»Ja.«

»Und das regt Sie nicht auf?«

»Nein.«

»Es regt Sie nicht auf, daß das alles sinnlos ist?«

»Nein.« Dr. Sukow sah auf den tickenden Funkempfänger. Neue Meldungen von den Fronten jagten sich. Neue Aufschreie des Sterbens. »Die Dummheit der Masse Mensch ist eine Linie ihres Gesichtes ... man muß es hinnehmen ...«

Dr. Portner sah Dr. Sukow verblüfft an. Das ist es, was wir nie verstehen, dachte er. In ihnen ist die Weisheit des vieltausendjährigen Asien ...

Während die 6. Armee in den glühenden Zangen der russischen Panzerdivisionen zerdrückt und zermalmt wurde, wurde im Führerhauptquartier der Text für den Wehrmachtsbericht des 11. Januar vorgelegt. Er enthielt über den Untergang des Kessels Stalingrad nur einen einzigen Sammelsatz:

»Das Oberkommando der Wehrmacht gibt bekannt: In Nordkaukasien, bei Stalingrad und im Don-Gebiet wurden fortgesetzte Angriffe zahlenmäßig überlegener Infanterie- und Panzerkräfte der Sowjets in schweren Kämpfen blutig abgewiesen ...«

Weiter nichts. Für Hitler war die 6. Armee bereits gestorben.

In einem Granattrichter saßen Dr. Körner und die Pannarewskaja. Sie starrten in den Nachthimmel, der von allen Seiten durchzuckt war von Bränden und Wetterleuchten. Ein riesiger Mond hing über der Stadt, unwirklich in seiner brennenden Kälte.

»Hast du Angst?« frage die Pannarewskaja.

»Nein.« Dr. Körner lehnte den Kopf an den Trichterrand. »Wovor Angst?«

»Vor dem Sterben, Liebster ...«

»Ich habe nie daran gedacht, wie es sein könnte, einmal nicht diesen Mond zu sehen, oder die Sterne oder die Sonne oder dich ... Ich wußte nicht, daß es dich gibt. Jetzt müßte ich denken: Wie schön wäre es, nicht in einem Granattrichter, sondern im hohen Sommergras zu liegen, mit dir, deinen Atem zu hören, deine Wärme zu spüren ... Aber ich kann es nicht denken ... Es ist alles so leer in mir ... so ausgebrannt wie die Ruinen um uns ...«

Olga Pannarewskaja legte den Arm um seinen Hals und drückte ihr Gesicht an seine unrasierte, stachelige Wange. Jetzt sprach sie russisch, ihr Herz war so voll, daß ein deutsches Wort keinen Platz mehr hatte.

»Skolko tebje Ijet?« fragte sie. (Wie alt bist du?)

»Sechsundzwanzig, Olga.«

»Dai mnje twoju ruku ...« (Gib mir deine Hand.)

26 Jahre ist er alt, dachte sie. Drei Jahre jünger als ich. Aber wir alle sind noch zu jung, um zu sterben. Was wissen wir denn vom Leben? Was hat man uns denn an Schönheit gegönnt? Haben wir überhaupt schon gelebt?! Was war es denn, dieses Leben? Ein Bauerndorf, ein betrunkener Vater, eine geduldige Mutter. Die Schule, die Jungaktivistenverbände, die Komsomolzen, die Universität, die Klinik, der Krieg ... und nur immer lernen, arbciten, aktivieren, Soll erfüllen, das Vaterland lieben, dienen, gehorchen ... Man hatte das Herz vergessen. Jetzt spürte man es, ein paar Schläge, bevor es zerrissen werden würde.

Sie legte ihre Hände um Körners schmalen Kopf und drehte sein Gesicht zu sich. Ihre großen, schwarzen, herrlichen Augen glänzten.

»Pozelui menja ...«, sagte sie. (Küß mich.)

Er küßte sie, und unter ihren Lippen, die heiß waren und sich öffneten, begann er zu zittern und umklammerte ihre Schultern.

»Wir sind verrückt«, sagte er heiser. »Mein Gott ... wir sind ja verrückt ...«

»Ja Ijublju ...« (Ich liebe dich), sagte sie. Sie drückte seinen Kopf an ihre Brüste und streichelte seine blonden Haare. »Warum sollen in einer verrückten Menschheit wir zwei die einzigen Normalen sein? O mein Liebling ... morgen ist es vorbei ... oder in dieser Nacht ... in einer Stunde ... gleich, in der nächsten Sekunde ... wissen wir es?«

»Warum machst du uns das Sterben so schwer, Olga?«

»Es wird nicht schwer sein ... wir werden uns umarmen und wissen, warum wir sterben ... Die Welt, in der wir leben könnten, wird es nie geben. Wir sind ein verfluchtes Geschlecht ...«

Die Panzerkeile der sowjetischen Divisionen rasselten auf Pitomnik zu. Ihnen entgegen liefen, stolperten, tappten, taumelten, krochen auf Händen und Knien, wurden gezogen oder getragen, in Zeltplanen, auf Brettern, in leeren Munitionskisten, stöhnend, wimmernd, schreiend, fluchend, über 14 000 deutsche Verwundete.

Keiner von ihnen erreichte mehr den Flugplatz. Sie blieben auf der Straße, am Wegrand ... sie schneiten zu, erfroren, wurden überfahren, in das Eis gestampft ... 14 000 Männer mit aufgerissenen, blutenden Leibern ... eine Stadt, so groß wie Oelde oder fünfmal mehr als Meersburg am Bodensee.

»Ich liebe dich ...«, sagte die Pannarewskaja. »Wir wollen an nichts anderes mehr denken ... auch das Denken ist vorbei ...«

12

Was sind fünf Tage?

Fünf Tage sind nicht viel. Man kann in ihnen ein Gärtchen umgraben und Salatpflanzen setzen, oder Kohl oder Erdbeeren, man kann fünfmal acht oder zehn Stunden arbeiten und auf die Lohntüte warten, man kann eine Frau lieben oder auf gutes Wetter warten, in fünf Tagen werden auf der Welt einige hunderttausend Kinder geboren, man kann einen Hund dressieren, über einen Stock zu springen, und man kann zu der Tante nach Passau fahren, um dort den Geburtstagskaffee zu trinken. Man kann in fünf Tagen viel Banales tun, was man allgemein als das tägliche Leben bezeichnet.

Man kann aber auch in fünf Tagen eine ganze Armee vernichten! Man kann einen Krieg entscheiden, das Schicksal eines Volkes, das Leben kommender Generationen.

Nach dem Feuerschlag am 10. Januar 1943 gab es keine geschlossene Kesselfront mehr. Im Schneesturm, der immer wehte, Tag und Nacht, rollten die sowjetischen Panzer von allen Seiten auf die müden, hungernden deutschen Regimenter zu, und hinter den Panzern folgte die Woge der vorwärtsstürmenden Roten Armee, eine Flut, die alles unter sich begrub, in den Schnee drückte, auf das Eis stampfte.

Am 12. Januar bereits flüchteten die Versorgungseinheiten vom Flugplatz Pitomnik. Der Schreckensruf »Panzer!« ließ selbst den trägsten Zahlmeister flott werden. Bisher verteidigten sie die Vorratsläger wie Glucken ihre Eier – nun stoben sie in alle Richtungen davon, mit Kübelwagen, in Panjewagen, auf Trittbrettern von Lkw, auf Protzen und Gulaschkanonen.

Es war ein falscher Alarm. Ein einsamer sowjetischer Panzer, der sich verfahren hatte und der – sich selbst wundernd – ungehindert durch die deutschen Linien bis zum Flugfeld Pitomnik gerasselt war, drehte einige Runden, verbreitete Schrecken und Panik und fuhr dann zurück zur eigenen Panzerspitze, weil es ihm unheimlich wurde, allein zwischen einem Haufen kopfloser und angstschlotternder Wehrmachtsbeamter herumzukurven.

Die Luftversorgung brach zusammen. Nur Gumrak wurde noch angeflogen. Dort landeten die Ju 52 mit dem Material, auf das die 6. Armee händeringend wartete ... Waffen, Munition, Sprit für Panzer und Fahrzeuge, Sanitätsmaterial, Verpflegung ... 500 Tonnen täglich hatten Hitler und Göring der Armee versprochen, nicht einmal der zehnte Teil wurde geliefert. Hinzu kam, daß nicht alles, was in Pitomnik oder Gumrak gelandet wurde, auch bis nach vorn an die kämpfende Truppe kam. Die Bürokratie der Beamten, die selbst in der Hölle nicht aufhört, was Stalingrad bewies, verhinderte mit deutscher Gründlichkeit die auch nur notdürftige Versorgung der kämpfenden Truppe. Von den 334 000 eingeschlossenen Mann waren 66 500 wirkliche Fronttruppen ... die anderen, also über 270 000 Mann, gliederten sich in Nachschubeinheiten, Werkstätten, Eisenbahnbataillone, Bautrupps, Troß, Führungsstäbe, Transportstaffeln; es war klar, daß diese »Truppen am Drücker« zuerst von dem einfliegenden Material das abstaubten, was sie selbst brauchten. Für die kämpfenden, ausgebluteten, hungernden, frierenden, erschöpften Landser in den Löchern und Kellern Stalingrads, in den Erdbunkern und Schneewehen der schutzlosen Steppe blieb der kärgliche Rest. Vom 10. Januar an war es täglich fast nichts, vom 16. Januar ab gar nichts mehr ... von Pitomnik flüchteten die Zahlmeister in warmen, dicken Lammfellmänteln und hohen Filzstiefeln ... in der Steppe von Rakotino lagen die sterbenden Kompanien in dünnen Sommermänteln bei 40 Grad

Kälte auf dem Eis, und in den Knobelbechern erfroren die Füße, weil es nicht einmal Wollsocken gab. Die lagen in einem riesigen Versorgungslager irgendwo im Kessel, das beim Anrücken der sowjetischen Panzer in Brand gesteckt wurde, nachdem der Stabszahlmeister vorher ordnungsgemäß die Posten ausbuchte und die Listen abschloß. Die Kisten mit den Bestandsmeldungen nahm er auf der Flucht mit. Er wollte beweisen, daß alles korrekt gehandhabt worden war. Zwei Tage vorher hatte er sich geweigert, die Socken, es waren einige tausend, an durchziehende Truppen auszugeben, weil er keinen Befehl dazu hatte.

Stalingrad bewies, daß eine Armee auch durch die Korrektheit deutscher Beamter sterben kann.

Am 16. Januar fiel Pitomnik in sowjetische Hand. Die beiden letzten deutschen Flakbatterien der Flakartillerieschule Bonn sprengten ihre Geschütze, nachdem sie alle Granaten verschossen hatten und kein Sprit mehr vorhanden war, sie abzutransportieren. Die Lebensader des Kessels, der Flugplatz Pitomnik, war durchschnitten. Die Versorgung aus der Luft geschah nur noch durch Abwerfen von Verpflegungs- und Materialbomben, am Tage sechs bis acht Tonnen. Und fünfhundert wurden gebraucht!

Die 6. Armee war ein riesiger Leib, der stückweise abstarb, der von allen Seiten zur Mitte hin verfaulte ... bis zum Herzen, das weiter schlug ... in den Trümmern einer Stadt, die nicht einmal mehr einer Mondlandschaft glich.

Das alles geschah in fünf Tagen.

Und fünf Tage sind eine kurze Zeit ...

Es gab keinen anderen Weg in diesen Tagen als nach Osten, hinein in die Stadt. Je enger die Zange gedrückt wurde, um so mehr fluteten die deutschen Einheiten aus der Steppe in die Ruinenwüste. Hier gab es wenigstens Keller, in denen man sich verkriechen konnte, hier gab es Erd- und Steinwälle, geschützte

Gräben, Ruinen und ausgebaute Trichter, hier waren zwar auch 40 Grad Kälte, aber der Wind brach sich in den Trümmern und heulte nicht über den weißgedeckten Tisch der baum- und strauchlosen Steppe. Hier gab es Wärme, denn jede Ecke in den Ruinen, wo der Wind nicht wehte, wurde als warm empfunden. Hier gab es sogar Brunnen, die noch klares Wasser spendeten, hier gab es Balken und Dachlatten, Eisenbahnschwellen und Dielenbretter, die man verheizen konnte und die man raspelte und sägte, um aus dem Holzmehl eine sämige Suppe zu kochen, angereichert mit dem dickenden Fußpuder, von dem sinnigerweise noch genug vorhanden war.

Also hinein in die Stadt ... hinein in die Trümmerwüste ... weg aus der Steppe, in der die weißgestrichenen Panzer alles in den Schnee mahlten, was sich vor ihnen bewegte.

Nur noch in Gumrak landeten die Flugzeuge. Der Kessel war zusammengeschrumpft wie ein Bratapfel. Er war 25 km lang und 16 km breit. In ihm wimmelten 284 000 Mann wie aufgescheuchte Ameisen herum, wurden mit Bomben belegt, von Salvengeschützen in die Erde gepflügt, von Stalinorgeln zerrissen, unter Panzerketten zerquetscht, von Minen in die Luft geschleudert, verhungerten, erfroren, schrien im Fieber, lösten sich in Eiter auf, krochen herum wie blinde Hunde, ein Aufbäumen gegen das Grauen, eine sinnlose Flucht vor der Vernichtung.

Die Lazarettkeller von Stalingrad quollen über.

Dr. Portner stand hilflos der Flut gegenüber, die über die steile Treppe in sein Kellerlabyrinth unter dem Kino hinabspülte. Sie krochen auf allen vieren heran, die zerfetzten, brandigschwarzen Glieder hinter sich herziehend, sie grinsten im Fieberwahn oder rollten brüllend die Stufen herunter, sie bissen sich um einen Platz im Keller und fielen wie die Hyänen über die Toten her, schleiften sie weg, eroberten sich den freiwerdenden Kellerfleck. Und dann lagen sie da, wurden apathisch, faulten dahin, beteten mit Pastor Sanders und Pfarrer Webern, und immer war es das gleiche, das sie in merkwürdiger Ruhe sterben ließ: der Gedanke an zu Hause, die Erinnerung an die Frau, die Mutter, die Braut, die Kinder. Sie sahen in den letzten Minuten ihren Garten, ihr Haus, die Wohnung, das Sofa, auf dem sie gesessen hatten, sonntags, wenn es starken, duftenden Kaffee gab und einen Rosinenplatz, dick mit Butter bestrichen. Nach dem Essen fahren wir alle hinaus ... an den Wannsee ... in den Grüngürtel ... in den Königsforst ... an die See ... nach Starnberg ... nach Heringsdorf, Bansin oder Ahlbeck ... zum Kahlen Asten ... an die Möhnetalsperre ... Sonntag! Mutter, pack den Kartoffelsalat ein! Und zwei Flaschen Kaffee. Und für'n Papa 'ne Flasche Pils.

So starben sie ... in der Hölle sich erinnernd an das kleine Paradies ... die einen umklammerten die Hände ihres Pfarrers, die anderen streckten sich lautlos, einige schrien noch einmal ... 132 000 Männer waren es bis Ende Januar 1943. Sie hätten gern darauf verzichtet, Helden genannt zu werden. Sie waren nichts anderes als Opfertiere deutschen militärischen Versagens ... nicht allein Opfer Hitlers, auch Opfer des deutschen Offizierskorps, das in blindem Gehorsam erstarrt war, weil es nichts anderes kannte, als blind gehorchen.

Dr. Portner, Dr. Körner und zwei Assistenzärzte operierten Tag und Nacht. Als die Verwundeten nicht mehr in den Keller konnten, weil er überquoll, und draußen in den Trichtern und Trümmern hockten, zimmerten die beiden gefangenen sowjetischen Krankenträger aus Brettern einen neuen Tisch. An diesen Brettertisch stellten sich wortlos Dr. Sukow und Olga Pannarewskaja. Dr. Portner unterbrach eine Amputation, als er das Aufstellen der neuen Operationsabteilung bemerkte.

»Was soll das, Kollege?« fragte er Dr. Sukow. »Wollen Sie mit den Fingernägeln operieren? Ob wir hier täglich 50 oder 100 Leiber über unsere Tische rollen lassen ... es ist ja bloß eine Beruhigung des Gewissens, seine Pflicht getan zu haben. Nachher, an der Kellerwand, verfaulen sie doch.« Er hob seine Hände hoch, blutige, nackte Hände, ohne Gummihandschuhe. Was bedeutete jetzt noch steril? »Das ist alles, was ich habe«, sagte Dr. Portner. »Dazu drei Skalpelle, stumpf wie eine Rübenhacke, ein paar Klammern, genug Nadeln, aber kein Nähmaterial, keine Anästhesiemittel, keine Schmerztabletten, kein Morphium, keinen Äther, keine Kreislaufmittel, keine Sepsisdrogen ... nichts! Und draußen liegen 3000 Zerfetzte!«

»Geben Sie mir ein Skalpell«, sagte Dr. Sukow finster.

»Wozu?«

»Ich will helfen.«

»Gehen Sie in Ihren Keller, schlafen Sie und träumen Sie von dem Sieg Ihrer glorreichen Roten Armee.« Die Stimme Dr. Portners war voller Bitterkeit.

»Ich bin Arzt wie Sie ...« Dr. Sukow winkte. Die beiden sowjetischen Krankenträger hoben einen deutschen Verwundeten auf den Brettertisch. Er hatte die linke Schulter zertrümmert, die Knochensplitter hingen an den zerfetzten Muskeln. Er hatte die Zähne zusammengebissen und starrte den Russen aus fiebernden Augen an.

»Wenn Sie mir ein Skalpell abgeben, Kollege ...«, sagte Dr. Sukow höflich. Dr. Portner griff zu seinem Tisch und hielt ihm sein Messer entgegen.

»Bitte.«

»Danke.« Dr. Sukow sah den deutschen Soldaten an. Er war ein älterer Mann, sein Stoppelbart war mit weißen Haaren durchsetzt.

»Kinder?« fragte Sukow. Der Landser nickte.

»Vier –«, stöhnte er.

»Du wirst sie wiedersehen.« Er streckte die Hand aus, einer der Krankenträger gab ihm den Hammer, mit dem sie den Tisch gezimmert hatten. Dr. Sukow wickelte einige Lagen alten, durchbluteten Zellstoffes darum, dann ein paar Streifen des zerrissenen Stalinbildes. An der stumpfen Schlagfläche des Hammers glänzte ein großes Auge Stalins.

»Denk an deine Kinder ...«, sagte Dr. Sukow zu dem Verwundeten. Dann hieb er ihm mit dem Hammer auf den Kopf, der Verletzte kippte um, die russischen Träger legten ihn zur Operation zurecht.

Dr. Portner hatte sprachlos dieser Narkose zugesehen. Er nahm den Hammer vom Tisch und betrachtete ihn.

»Betäubt vom Auge Stalins«, sagte er und legte den Hammer zurück. »Ich gratuliere, Kollege – Sie haben Sinn für schwarzen Humor –«

Dr. Sukow zog die Knochensplitter aus der Schulter. Er arbeitete schnell und ruhig, wie in einem großen, modern eingerichteten Operationssaal. Olga Pannarewskaja assistierte. Ab und zu begegneten sich ihre Blicke. Es war, als fragten sie sich stumm und antworteten ebenso stumm.

In der Nacht verschwand die Pannarewskaja. Emil Rottmann hatte sie zuletzt gesehen. Sie stand in den Trümmern und sah hinüber zur Wolga. Ein riesiger Flammenwall war dort, der Glückstreffer einer deutschen Granate hatte ein Benzinlager in Brand gesetzt. Dann war Rottmann weggegangen. Man war es gewöhnt, daß die sowjetischen Ärzte nicht bewacht wurden.

Dr. Körner saß vor sich hin brütend auf seinem Strohsack.

»Da kann man nichts machen, mein Junge«, sagte Dr. Portner und löffelte die Pferdefleischsuppe. Knösel hatte die »Vorräte« durchgezählt. Das Essen für das Lazarettpersonal reichte noch für 10 Tage, wenn es täglich nur einen Teller Suppe und zwanzig Gramm Brot – eine Scheibe also – gab. Wovon die 3000 Verwundeten verpflegt werden sollten, die im Keller und rund um ihn herum in den Trümmern lagen, wußte keiner. Wer nichts mitbrachte, würde verhungern ...

»Sie ist zurück zu ihren sowjetischen Brüdern.«

»Das glaube ich nicht«, sagte Dr. Körner dumpf.

»Wenn auch die Liebe eine Himmelsmacht ist ... auch der Himmel hat Grenzen.«

»Warum ist Dr. Sukow dann nicht mitgegangen?«

»Ja, warum?« Dr. Portner hob sich ein kleines Stück Pferdefleisch bis zuletzt auf. Er schob es im Kochgeschirrdeckel hin und her und löffelte erst die Wasserbrühe und die zehn weißen Bohnen. Knösel zählte sie immer gewissenhaft ab. Ob Schütze oder Stabsarzt ... zehn Böhnchen am Tag. »Das habe ich mich auch gefragt. Auf alle Erkundigungen nach der schicken Olga gibt er keine Antwort. Aber er weiß, wo sie ist, so wahr wie ich jetzt dieses Klümpchen Fleisch esse, als sei es eine Spargelspitze, in Butter geschwenkt ...« Er klopfte Dr. Körner auf die Schultern und drückte ihn auf den Strohsack zurück. »Schlafen Sie erst mal! Sie fallen ja aus der Hose! Sukow vertritt Sie. Sehen Sie sich bloß an, wie er arbeitet. Wie eine Maschine, die darauf eingestellt ist, Glieder abzuhacken. Körper rauf, knackknack, Körper runter. Der nächste. Der Mann ist ein Phänomen. So etwas würde bei uns nie Ordinarius, weil alle anderen Mediziner vor seinem Können Angst hätten und Minderwertigkeitskomplexe. Nur ein Muffel ist er ... er spricht kein Wort.«

»Er verachtet uns.«

»Ach nee! Sagt das die Olga?«

»Ja.«

»Und warum?«

»Er ist Bolschewist durch und durch. Er kommt sich uns überlegen vor. Er ist der Sieger.«

Dr. Portner sah zu Dr. Sukow hinüber. Mit seinen beiden Krankenträgern und einem deutschen Assistenzarzt schob er die Leiber der Verwundeten über das Fließband seines Operationstisches. Er schien keine Müdigkeit zu kennen, keine physische Erschöpfung ... der Anfall von Schwäche, den er nach der Operation an Oberst Sabotkin gehabt hatte, war der einzige gewesen. Seitdem stand er da, hemdsärmelig, blutbespritzt, nach Eiter stinkend ... operierte, wusch sich, operierte weiter, stumm, mit zusammengezogenen Brauen, verkniffenen Lippen. Mit einem Skalpell, ein paar Klammern, einem scharfen Löffel, Nähmaterial aus zerrupften Seidenschals und seinem umwickelten Hammer, mit dem Auge Stalins auf der Schlagfläche.

Dr. Portner wollte etwas sagen, aber er schwieg. Neben ihm

war Dr. Körner im Sitzen eingeschlafen. Auch die Sorge um die Pannarewskaja war nicht so stark wie seine Erschöpfung.

Dr. Portner stand auf und trat neben Dr. Sukow.

»Ich mache weiter.«

»Warum?«

»Sie müssen doch umfallen vor Müdigkeit.«

»Wir fallen erst um, wenn es nötig ist!« Das klang stolz und unwiderruflich. Dr. Portner ging zu seinem Strohsack zurück und setzte sich wieder.

Er ist ein Asiate, dachte er. Er ist zäh wie Steppengras.

Iwan Iwanowitsch Kaljonin war ein armer Mann. Das muß jeder einsehen, der begreift, was es heißt, sechs Tage lang durch eine Ruinenwüste zu irren und sein Weibchen zu suchen.

Dazu verfolgte ihn das Pech. Immer, wo er auftauchte, hatte man Veraschka gerade gesehen. Schließlich war es so, daß man sich selbst nachlief und im Kreise herumirrte. Wo Vera erschien, erzählte man ihr von Kaljonin. »Wo ist er jetzt? Wo?!« rief sie und rannte davon. Das gleiche passierte Kaljonin. Er hüpfte vor Freude, wenn er erfuhr, daß Vera noch lebte, und rannte davon. Irgendwo mußte man sich ja treffen, so groß war keine Stadt, daß sich zwei Liebende nicht begegnen mußten. Aber es gab in Stalingrad einige tausend Keller, und in diesen Kellern hockten Frauen und Kinder, aßen Hirsebrei in Schneewasser oder fauligen Kohl. Ein Glücksfall war es, daß ein Trupp der zivilen Miliz im staatlichen Magazin einen zugeschütteten Keller aufgeschaufelt hatte, in dem man sechshundert Sack Hühnerfutter fand.

Das war ein Fest, anders konnte man es nicht nennen. Man umarmte sich, man küßte sich auf beide Backen, als sei es Osterfest, man betastete die Säcke und freute sich über den Bauch, der beim Anblick des Eßbaren wieder knurren konnte.

»Genossen, Freunde, liebe Brüder –«, sagte Genosse Iwan Grodnidsche vom Parteikomitee mit erregt zitternder Stimme und so feierlich, wie es sich gebührte. Er war sofort herbeigeeilt, um den Fund zu besichtigen und – Beamte gibt es auch in Rußland, Freunde, und was für welche! – die Rationierung einzuleiten. »Hier haben wir Mehl, Kleie, Mais, Grütze und –« Iwan Grodnidsche hob die Augen an die Kellerdecke – »Fische! Zwar trockene und gesalzene Fische, aber es sind Fische, Genossen! Es ist Eiweiß und Vitamin. Sechshundert Sack!« Er sah sich um und blähte sich in Stolz auf, wie es die Propaganda vorschrieb. »Sieg, Genossen! Voran mit dem Genossen Stalin!«

»Voran mit Stalin!« brüllten die Umstehenden.

»So!« Iwan Grodnidsche setzte sich auf einen der Hühnerfuttersäcke. »Und nun teilen wir auf. Wie viele Mäuler sind in der Stadt? Natürlich nur Zivilisten! Die Soldaten haben ihre eigene Verpflegung.«

Man sieht: Es war wie überall, wo eine Beamtenseele Flügel erhält ... So kam es, daß die Essenträger, meist Frauen in dikken, unförmigen Wattejacken und wattierten langen Hosen in Filzstiefeln, die Köpfe in wollene Kopftücher gehüllt, bei der nächsten Ausgabe an den verstreut liegenden Verpflegungsstationen pro Familie drei Schäufelchen Hühnerfutter bekamen. Dazu ein glitschiges, schwarzes Brot, ein Büchschen mit Sojabohnen, geschnitzelten und getrockneten Kapusta, der nach gefrorener Jauche roch, ein Stück Preßtee und zwei Klümpchen Pflanzenfett. Freunde, wenn das kein Festtag war!

Am nächsten Abend kochten in allen Kellern Stalingrads die eisernen und blechernen Kochtöpfe über. Es roch köstlich nach Kascha und Fisch, und es war eine Wonne, mit dem Löffel nicht in Wasser, sondern in einem richtigen dicken Brei rühren zu können. Er klebte am Holzstiel, er klatschte lustig auf die Teller, er versprach, im Magen ein Klumpen zu werden, der zwölf Stunden das selige Gefühl der Sättigung herbeizauberte.

Frauen, Kinder und Greise versammelten sich um die Töpfe. Die Sage lief von Keller zu Keller, von Mund zu Mund, man habe sechstausend Sack gefunden. Stalingrad war gerettet, wenig tens, was den Hunger betraf.

»Genossen, jetzt sieht man erst, wie luxuriös die Hühner in unserem Volksstaat ernährt wurden!« sagte Genosse Piotr Popow vom Parteikomitee. In einem Keller am Wasserturm organisierte er den Einsatz der nicht ausgebildeten, aber kampffähigen Männer.

Am Morgen bereits raufte sich Iwan Grodnidsche die Haare und suchte einen Schuldigen für dieses Versagen der Ernährungspolitik. Da er keinen fand außer sich selbst, stellte er sich von diesem Augenblick an taub oder sagte: »Was wollt ihr, Genossen?! Ein voller Magen kostet eben Opfer ...«

Folgendes war geschehen: Die kleinen, winzigen Fische in dem Hühnerfutter, kaum einen Fingernagel lang und dünn wie Würmchen, Fische, die nur aus einem Auge zu bestehen schienen, waren so gesalzen, daß sie, nachdem sie im Magen aufquollen zur Größe einer Sprotte, einen solchen Durst erzeugten, daß die Frauen und Kinder ungeachtet der deutschen Granaten und Stoßtrupps aus den Kellern krochen, sich zwischen die Trümmer warfen und den verharschten Schnee aufleckten. Überall konnte man diese Gruppen sehen, in Ruinengassen, an Kellertreppen, zwischen zerschossenen Panzern und im Frost erstarrten Leichen ... sie hockten da, aßen Schnee oder lutschten Eiszapfen. In ihren Gedärmen brannte und rumorte es, die Kehlen standen in Flammen, im Magen schwappte eine Salzlake. Freunde, es war fürchterlich, was die Armen zu leiden hatten. Dazu fluchten sie, verwünschten den Genossen Grodnidsche in die Hölle und drohten ihm, ihn nach der Befreiung Stalingrads vor ein Parteigericht zu bringen.

Iwan Grodnidsche saß im Keller des Parteipräsidiums der Stadt und hing finsteren Gedanken nach. Einer dieser Gedanken war besonders gemein. Er beschäftigte sich damit, den Keller des Magazins mit den Hühnerfuttersäcken von den Deutschen erobern zu lassen. Sie würden bestimmt über das Futtermehl herstürzen und es fressen ... und dann brauchte die Rote Armee die deutschen Soldaten, die vor Durst brennend im Schnee herumkrochen, nur noch aufzusammeln wie betäubte Fliegen.

Der Volltreffer einer Fliegerbombe auf das Magazin vernichtete die Geheimwaffe Iwan Grodnidsches. Er war ganz froh darüber. Der Volltreffer befreite ihn von weiteren Gedanken.

»Dem Himmel sei Dank«, sagte er zu sich, und es war seit garantiert siebzehneinhalb Jahren das erste heilige Wort, das über seine Lippen kam.

Am frühen Morgen des 17. Januar saß Iwan Iwanowitsch Kaljonin müde in einem Trichter und rauchte. Er hatte die Spur Veras verloren. Außerdem war niemand mehr in der Stimmung, einem sein Weibchen Suchenden unter die Arme zu greifen. Man hatte noch immer Durst von dem Hühnermehl, und Durchfall dazu. Aus jedem Keller, in dem Kaljonin nachfragte, schlug ihm der Gestank voller Hosen entgegen. Ehrlich – wer so mit sich selbst beschäftigt ist, hat keinen Sinn für einen fragenden Ehemann. Kaljonin sah das ein und kroch in seinen Trichter.

Dort traf ihn Knösel, der wieder nach seinem Markierungstuch gesehen hatte. Er tat das jede Nacht, nachdem nach der ersten Bombe mit dem Bilde Stalins noch zwei andere Kanister in den Hof geplumpst waren. Einmal mit Seife und das andere Mal mit Mehl. Die Seife wurde im Lazarettkeller gebührend bestaunt. So etwas kannte man seit Wochen nicht.

»Wenn das alles Gulaschstücke wären!« sagte Dr. Portner böse. »Seife! Was soll das?! So viel Seife gibt es gar nicht, daß wir uns damit reinwaschen könnten ...«

An diesem frühen Morgen hockte Knösel an der Mauer des Hofes, sah über die Trümmer und wunderte sich über einen dünnen Rauchfaden, der zwischen Steinen aus der Erde ringelte.

»Da raucht doch eener«, sagte er und klopfte seine Pfeife aus. »Det muß man sich begucken.«

Er robbte durch die Ruinen, kroch bis zum Rand des Trichters und sah hinein. Vorher schnupperte er noch an dem Rauch und stellte fest, daß es weder Gras noch Matratzenfüllung war, sondern echter, kerniger Machorka. Das trug dazu bei, seine letzten Hemmungen zu zerstören. Ein Mensch, der noch Tabak rauchte, konnte einfach nicht davor entrinnen, in den Bekanntenkreis Knösels aufgenommen zu werden.

Unten im Trichter saß nichtsahnend Kaljonin und dachte an sein Weibchen. Er erschrak, als eine Stimme von oben sagte: »Junge, davon jiebste mir eene mit –«

Kaljonin riß seine Maschinenpistole hoch. Dann erkannte er vor dem Abdrücken das Gesicht Knösels.

»Komm häärr –«, sagte er. Knösel ließ sich in den Trichter rutschen. Ohne Hemmung nahm er Kaljonin die Zigarette aus den Fingern, machte zwei tiefe Züge und gab sie ihm dann zurück.

»Det ist wie 'n Frühlingsabend mit Emma«, sagte er seufzend und schnupperte dem Rauch nach. »Junge, Emma im Hemd ist nischt dagegen ...«

Sie saßen nebeneinander auf der gefrorenen Trichtersohle und rauchten abwechselnd die Zigarette. Ein Zug Kaljonin, ein Zug Knösel. Die Kippe schenkte Kaljonin mit einer Handbewegung dem Deutschen. Knösel steckte sie weg, als sei sie aus Gold.

»Det ist wahre Freundschaft, Iwan«, sagte er. »Aba nu was anderes. Der Stengel is alle ... nun hab'n wir wieder Krieg. Wat machen wir jetzt? In Berlin würd ick sajen: ›Junge, det war det drittemal, nun läßte 'ne Molle jubeln, und 'nen Kümmel druff! ‹ Aba hier?«

»Nix verstähnn ...«, sagte Kaljonin und grinste.

»Du woijonnoplenny –«

»Njet!« sagte Kaljonin ebenso selbstbewußt.

»Junge, sei brav.« Knösel schob den Helm von der Stirn. »Wir verstehen uns so gut. Warum sollen wir uns vor die Rübe hauen?«

»Du mit mir?!«

»Bejinnt wieder det alte Spiel? Ick bleibe bei meinem Stabsarzt.«

»Du bei Arzt?«

»Ja. Und von euch hab'n wir ooch zwei da. 'ne tolle Madka. Pannarewskaja heißt se ...«

Kaljonin blieb fast das Herz stehen. »Bei dir ... Olgaschka? Und Dr. Sukow?«

»Jenau! Kennste die?«

»Und Vera?«

»Wer ist Vera?«

»Frau. Mir!« Kaljonin zeigte auf sich. »Ich suchen.«

»Hier?«

»Ja.«

»Hübsch?«

»Ja.«

»So richtig Madka, was?« Knösel zeichnete mit beiden Händen die Umrisse einer üppigen Form. Kaljonin grinste. Er nickte und blinzelte.

»Du gesehen?«

»Nee.«

Kaljonin faßte in seine Tasche und holte zwischen den Fingern Tabak heraus. Es waren armselige Krümel, vermischt mit Wollfäden und Zeitungspapier. Knösel hielt die Hand auf und empfing das wertvolle Geschenk.

»Isch suchen«, sagte Kaljonin, wie um Entschuldigung bittend. »Do swidanja –«

Er kroch aus dem Trichter, duckte sich, sicherte zu den deutschen Bunkern hin und rannte um eine Ruinenecke in Sicherheit. Über die Mauer hinweg, hinter der Knösels Markierungskreuz ausgebreitet lag, bellte eine Maschinenpistole dem flüchtenden Kaljonin nach. Knösel stemmte sich fluchend aus dem Trichter.

»Aufhören, du Windpisser!« schrie er. Auf allen vieren kroch er der Mauer zu. Gegenüber in den Ruinen wurde es lebendig. Die sibirischen Scharfschützen bezogen ihre Schießscharten. Der deutsche Feuerstoß hatte sie aus dem Schlaf gescheucht. Mit einem Satz sprang Knösel über die Mauer und fiel neben

Emil Rottmann in die Steine. Hinter ihm, die Mauerkuppe aufstaubend, zwitscherten die Geschosse der Sowjets.

»Det hätte in'n Arsch gehen können, du Pfeife!« Knösel lag schweratmend auf dem Rücken wie ein vom Baum geschüttelter Maikäfer.

»War das nicht ein Russe?« fragte Rottmann und preßte sich an die Mauer. Die Sowjets waren verrückt geworden, sie tasteten mit Gewehrgranaten das ganze Gelände ab.

»Wo?«

»Bei dir im Trichter.«

Knösel schielte zu Rottmann. »Haste 'nen Koller, Kumpel?« fragte er gedehnt. »Ick kannte eenen, bei dem war's besonders schlimm. Der sah in jeder Haustür nackte Meechen. Mit der Hose übern Rücken lief der rum, bis sie'n kassierten.« Knösel tippte an seine Stirn. »Und du siehst 'nen Russen bei mir. Emil, werd mir nich schräg ...«

Beleidigt kroch Rottmann zurück in den sicheren Lazarettbereich. Knösel folgte ihm nach einigen Minuten. Er stopfte sich erst seine Pfeife mit dem Tabak und der Kippe Kaljonins. Dann lehnte er sich an die Mauer, und während um ihn herum die Gewehrgranaten explodierten, rauchte er genußvoll seine Pfeife leer.

Eine Pfeife mit richtigem Tabak. Es schnurgelte und brutzelte im Pfeifenkopf, es war eine wahre Pracht. Selbst die Sötte war köstlich; Knösel schluckte den scharfen Saft, der aus dem Mundstück tropfte, wie Baldrian.

Das war eine jener Minuten, in denen ein glücklicher Mensch seine Umwelt völlig vergißt.

Eine Stunde später brachte ein Stoßtrupp die verwundete Vera Kaljonina in den Keller Dr. Portners. Man hatte sie aufgegriffen, als sie mit zwei Gummisäcken voller Trinkwasser durch die Straßen kroch. Sie hatte sich gewehrt wie eine Katze. Erst ein Kolbenhieb über den Kopf machte sie stumm. Das war ihre Verwundung, eine Platzwunde über der Stirn.

Dr. Sukow verband sie, nachdem er sie wie eine Schwester umarmt und geküßt hatte.

»Sollen wir ein Kaffeekränzchen machen?« sagte Dr. Portner bitter. »Noch ist Krieg, Genossen!«

»Nicht mehr lang«, sagte Dr. Sukow ernst.

Dr. Portner hob beide Hände gegen den Himmel. »Ihre Weissagung in Gottes Ohr, Kollege. Schön wär's.«

Für Knösel war es klar, wer die neue Gefangene war. Er brauchte nicht zu fragen. Bei der ersten passenden Gelegenheit, und Knösel schaffte sie, indem er dem fiebernden Oberst Sabotkin etwas zu trinken brachte, redete er Vera Kaljonina an.

»Kannst du Deutsch?«

»Ja. Von Schulä.«

»Ich soll dich grüßen von Iwan –«

»Nein!« Veras Herz setzte aus. Sie preßte die Hände gegen ihre Brust. Knösel seufzte. Er beneidete die Hände. »Du ihn kännän ...?«

»Ja. Er hat gesagt, ich soll mich um dich kümmern.« Knösel suchte in seinen Taschen etwas. Endlich fand er es ... die Stoffäden, die Kaljonin ihm mit dem Tabak in die Hand gedrückt hatte. »Das ist von seiner Uniform –«

Vera nahm die dünnen Fäden und sah sie an. Ihre schönen, runden Augen glänzten. Sie drückte dic dreckigen Fäden an die Lippen und küßte sie.

»Wanja«, sagte sie zärtlich. »O Wanja ...«

Mit einem Gesicht, als wolle er losheulen, verließ Knösel den Keller. Später saß er oben neben dem Leichentrichter IV und starrte in die Ruinenstadt.

Der Morgen dämmerte auf. Von der Wolga pfiff der Wind. Über die Trümmer stob der Schnee.

Ob Mariechen mich auch so liebt, dachte er. Drei Monate habe ich nichts mehr von ihr gehört. O Mariechen –

Es waren 37 Grad Frost. In der Steppe rollten die sowjetischen Panzer die deutschen Linien auf. Der Kessel wurde eingedrückt. Gondschara mit seiner berühmten Schlucht ging verloren, im Süden stand der Russe vor Woroponowo. An dem eingegrabenen Panzer vorbei, in dem Kaljonin mit seiner

Gruppe gehockt hatte, donnerten die T 34 und durchstießen die deutschen Verteidigungen, die aus Schneelöchern bestanden. Tausende aller Waffengattungen strömten in die Stadt. Auch das Armeeoberkommando mit Generaloberst Paulus und dem gesamten Stab zog in das Ruinenfeld Stalingrad. Es geschah sogar vorschriftsmäßig ... einige Quartiermacher durchkrochen die Trümmer und warfen den Stab der 71. Infanterie-Division aus seinem Gefechtsstand. Er wurde für das Armeeoberkommando als besonders geeignet auserwählt. Die 71. Infanterie-Division verkroch sich in das Kellerlabyrinth des GPU-Hauses.

Dr. Portner bekam einen Vorgeschmack von der Nähe der Armeeführung. Ein Major erschien bei ihm im Keller, stieg über die faulenden, gekrümmten, wimmernden Körper und stellte sich neben den Arzt. Portner sah kurz auf. Er suchte mit einer Sonde nach einem Geschoß im großen Rückenmuskel.

»Sie wünschen?«

Der Major mit den rosaroten Streifen des Generalstäblers an den Hosen drückte das Kinn an.

»Wer ist der Orang-Utan oben vor dem Keller?«

Dr. Portner lächelte schwach. »Sie meinen Knösel?«

»Der Mann wird sich morgen bei der Division melden.«

»Warum?«

»Er rief mir den Götz entgegen, als ich ihn anhielt, weil er nicht grüßte. Unerhört!«

»Herr Major –« Dr. Portner tippte mit der Sonde auf das zuckende, aufgerissene Fleisch. »Es ist Ihnen wirklich nicht zuzumuten, dieser Aufforderung Folge zu leisten.«

Der Major stutzte, verzichtete auf eine Entgegnung und ging.

Dr. Körner, der von draußen kam, brachte die Neuigkeit mit.

»Paulus verlegt in die Stadt«, rief er. »Das Vorkommando rückt schon ein ...«

»War schon da, mein Bester. Nach dem ersten Eindruck, den sie hinterlassen, kennen sie noch nicht das Gefühl des Arsches mit Grundeis.« Dr. Portner hatte das Geschoß gefunden. Es war ein Dumdumgeschoß, mit abgekniffener Spitze, das entsetzliche Wunden reißt. »Mir scheint, daß einige der rothosigen Herren aus rosigen Träumen erwachen werden ... nur müssen wir für ihren Schlaf bezahlen ...«

Knösel starrte hinaus in den Morgen. Es schneite und es stürmte. Aus allen Himmelsrichtungen hallten Detonationen in die Stadt. Ob ich das überleben werde, dachte er. Ob ich Berlin wiedersehe? Mariechen –?

Er beugte den Kopf nach vorn und legte ihn in beide Hände. Auch ein Knösel hat Nerven ...

Um den 20. Januar herum wußte jeder, daß man die Tage zählen konnte bis zum Ende. Die verzweifelte Bitte Generaloberst Paulus', ausbrechen zu dürfen, wurde vom Führerhauptquartier erneut abgelehnt, nachdem die Berechnung der von der 6. Armee angegebenen Benzinmenge ergeben hatte, daß die Panzer und Fahrzeuge nur einen Aktionsradius von 30 km haben würden, bei Ausnutzung des letzten Tropfens Sprit. Das war eine Entfernung, in der der 6. Armee niemand entgegenkommen konnte. Die Armee Hoth war noch zu weit entfernt, ihr entgegen warfen die Sowjets alles, was von der Kesselfront abzuziehen war. Auch das Drängen General von Seydlitz' war vergeblich; die Funksprüche, die die 6. Armee hinausjagte, wurden ignoriert, weil es einfach keinen Untergang, keine Kapitulation geben durfte. Hitlers Worte: »Wo der deutsche Soldat steht, bleibt er stehen, und keine Macht der Erde wird ihn vertreiben ...« wurden konsequent durchgeführt. Man befahl den Tod von 330 000 deutschen Soldaten.

Nur noch auf dem Flugplatz Gumrak landeten die wenigen Jus. Sie brachten täglich sechs oder acht Tonnen Material und nahmen Verwundete mit ... einige Hundert von den Tausenden. Allein auf dem Bahnhof, in den Waggons, in Baracken, neben den Lazarettzelten, in Schneelöchern, neben Eisenbahnschienen, unter Holzschwellen, Kistenbrettern, Unterständen aus Munitionskisten, in den Trümmern von Lastwagen und Panjekarren lag ein Berg von dreißigtausend Toten. Steif gefroren, Menschenbretter, konserviert für die sowjetischen Aufräumungstrupps, die einmal kommen würden, um die Eiszapfen mit den menschlichen Gesichtern auf ihre Autos zu laden und in einer Schlucht abzukippen, mit Chlorkalk zu überschütten und dann Erde über die Berge zu walzen. Dreißigtausend, die nach Gumrak gestolpert, gekrochen, getragen worden waren, um auf ein Flugzeug zu hoffen, auf einen Winkel in einer Ju, der Leben bedeutete.

Über der Stadt wurden jetzt Verpflegungsbomben abgeworfen. Es war die einzige Möglichkeit, die kämpfende Truppe noch zu versorgen. Zwar waren es nur wenige Bomben, die aus dem Schneehimmel torkelten, denn die sowjetischen Jäger und Flak legten einen Riegel um die Stadt, aber manchmal gelang es doch einer Maschine, die Trümmer anzufliegen und ihre Lasten abzuwerfen.

Die große Zeit Knösels begann. Sein Markierungstuch bewirkte Wunder. Es zog die Flugzeuge wie magnetisch an. Das hatte einen ganz einfachen Grund: Markierungstücher solcher Größe hatten nur Divisionsstäbe. Von den Gefechtsständen wurde dann die Verteilung vorgenommen. Trägerkolonnen brachten die Lasten von dort zu den Regimentern und Bataillonen.

Am 21. Januar 1943 lag eine Kiste im Schnee neben dem Markierungskreuz. Knösel hatte es sich abgewöhnt, einen Luftsprung vor Freude zu machen oder Emil Rottmann vor Begeisterung in den Hintern zu treten. Er schleppte die Kiste ab und begann, sie im Vorratskeller aufzustemmen. Dr. Körner und Dr. Portner standen dabei. Es war ein beliebtes Ratespiel geworden: Munition oder Verpflegung, Säcke mit Mehl oder Hartkeks, Büchsen oder Beutel?

»Ich tippe auf Munition«, sagte Dr. Portner. »Die Kiste ist zu gut gesichert.«

Knösel stemmte den Deckel ab. In der Kiste stak eine andere Kiste aus Leichtmetall. Der Deckel war verschraubt.

»Tropenpackung!« sagte Dr. Körner. »Es muß sich um verderbliche Ware handeln.«

»Det ist Butter!« Knösel pochte gegen den Metalldeckel. Die Spannung stieg. Knösel klopfte noch einmal an die Kiste. Es klang ziemlich hohl.

»Nun machen Sie schon!« sagte Dr. Portner ungeduldig.

Der Aluminiumdeckel klappte hoch. Ein Karton wurde sichtbar. Ein großes blaues Kreuz war ihm aufgedruckt. Dr. Körner klatschte in die Hände wie ein beschenktes Kind.

»Sanitätsmaterial! Wenn das Ampullen mit Morphium sind ... ich gehe vor Freude die Wand hoch!«

Dr. Portner wölbte die Unterlippe vor. »Im allgemeinen ist das Sanitätskreuz rot, nicht blau.«

»Die hatten jerade blaue Farbe, Herr Stabsarzt«, sagte Knösel.

»Quatsch. Da liegt ja der Transportschein.«

Dr. Portner nahm einen Packzettel aus der Kiste und faltete ihn auf. Er überflog ihn, stutzte, las noch einmal und sah Dr. Körner ratlos an. »Hören Sie sich das an«, sagte er mit belegter Stimme. »Inhalt zweimal geprüfte Präservativs, gepackt in Dreierschachteln zu 90er Paketen. Gesamt 9000 Stück. Bitte –« Er reichte Dr. Körner den Packzettel hin. »Nun wissen Sie es!«

»Wat is det?« fragte Knösel und starrte auf die Kiste.

»Suppenwürze, Sie Idiot!« Dr. Portner winkte. »Kommen Sie, Körner ... denen werde ich etwas sagen!«

Er setzte sich selbst an das Feldtelefon und rief die Division an. Am anderen Ende war ein Hauptmann.

»Geben Sie bitte an das Armeeoberkommando durch mit der Bitte, es per Funkspruch ans Führerhauptquartier zu melden: 21. Januar 1943, Feldlazarett III, Stalingrad-Stadt, Kinokeller: Haben Abwurf der Nachschubbombe empfangen. Bestätigen dankend den Empfang von 9000 Präservativs zur Verwendung für zur Zeit 3267 Verwundete und Sterbende. Bitten um Nachricht, wann die nötigen Frauen dazu abgeworfen werden. Dr. Portner, Stabsarzt. – Haben Sie?«

Am anderen Ende, bei der Division, war es einen Augenblick still. Dann sagte eine völlig konsternierte Stimme:

»Wer spricht da?«

»Dr. Portner.«

»Verzeihung, aber sind Sie verrückt?«

»Ich nicht. Aber anscheinend die Transportstaffel unserer Luftwaffe.«

»Ich gebe Ihnen den Herrn General.«

General Gebhardt sprach sofort, er hatte anscheinend mit einem zweiten Hörer das Gespräch verfolgt.

»Portner –«, sagte er jovial. »Ich kenne Ihren Sarkasmus, aber –«

»Bitte Herrn General versichern zu dürfen, daß wir seit einer Stunde wirklich im Besitz einer solchen Kiste sind. Sogar tropenverpackt!« Die Stimme Dr. Portners flimmerte vor Erregung. »Ich habe immer geglaubt, daß es für uns wichtig ist, Brot, Büchsen, Hülsenfrüchte, Verbandmaterial, Anästhesiemittel und Munition zu empfangen, denn schließlich befinden wir uns laut Wehrmachtsbericht im heldenmütigen Abwehrkampf ... aber was soll ich mit 9000 Kondoms? Selbst Suppe kann ich daraus nicht kochen.«

General Gebhardt schwieg. Dann sagte er leise: »Portner ... vergessen Sie es.«

»Es ist eine Sauerei! Seit fünf Tagen haben wir kaum etwas zu essen ... die Leute sterben mir unter den Händen wie Eintagsfliegen –«

»Ich weiß ... überall ist es so.« General Gebhardt räusperte sich, seine Stimme wurde wieder klar. »Ich werde Ihre Meldung an die Armee durchgeben! Man scheint sich dort immer noch zu wundern, warum wir vor die Hunde gehen –«

Dr. Portner legte auf. Er blickte zur Seite auf Dr. Körner. Er sah bleich und eingefallen aus, ein Totenschädel mit Haut darüber.

»Tja, so ist das, mein Junge«, sagte Dr. Portner leise. »Es ist ein schreckliches Gefühl, ohne jede Hoffnung zu sein –«

Durst macht wahnsinnig, Hunger macht apathisch. Nach den bohrenden Schmerzen im Leib, nach dem Brennen der leeren Därme, folgt die große Müdigkeit, die Gleichgültigkeit, das Hindämmern, das Sichverzehren von innen heraus.

In der Nacht zum 22. Januar klang über das Trümmerfeld Stalingrads die hüpfende, trillernde Weise einer Flöte. In den sowjetischen MG-Nestern hob man die Köpfe und lauschte verwundert. Auch Dr. Portner, der mit Körner und Sukow vor dem Keller stand und die frischen Verwundeten zwischen den Trümmern verband, hob den Kopf. Die Flöte trillerte und jubilierte. Ein zierliches Rokokostück, Galanterie degentragender Herren in Seidenhosen. Dr. Portner unterbrach das Verbinden.

»Ein Flötenkonzert von Quantz. Ich kenne es zufällig.«

Dr. Sukow lächelte still. »Schön«, sagte er. »Sehr schön – nur falscher Platz ...«

In einer Ruine, an einen Mauerrest gedrückt, saß der Gefreite Holger Bertram und blies seine Konzertflöte. Er war einmal Erster Konzertmeister im Orchester der Oper von Weimar gewesen. Zweieinhalb Jahre hatte er seine Flöte herumgeschleppt ... nach Polen, nach Frankreich, quer durch Rußland, er hatte in den Unterständen gespielt, bei Fronttheaterabenden, im Offizierskasino, in einer Bauernkate, in der Stolowaja eines ukrainischen Dorfes, bei der Hochzeit eines Kameraden, am Grabe eines Gefallenen. Er hatte die Flöte gehütet wie ein Goldstück, und man hatte sich daran gewöhnt, daß er neben dem Brotbeutel das Wachstuchfutteral der Flöte am Koppel trug.

In dieser Nacht nahm der Gefreite Bertram Abschied von seiner Flöte. Noch einmal spielte er sein Lieblingsstück, ein Flötenkonzert von Quantz, gewidmet dem Lieblingsschüler, dem König Friedrich von Preußen, den man später den Alten Fritz nannte. Bertram hatte es oft gespielt, in Konzerten, auf der Bühne, in Sälen. Nun blies er es zum letzten Mal an einer vereisten Mauer, in der Ruine eines zerfetzten Wohnhauses, umgeben von im Frost erstarrten Leichen, bei 40 Grad Kälte, unter einem erbarmungslosen russischen Himmel, eingekreist von flammendem Tod, mit vor Hunger bohrenden Därmen. Er zwang sich, mit den zitternden Fingern die richtigen Töne zu greifen, und es war eine unmenschliche Anstrengung, aus dem verhungerten Leib die Luft herauszublasen. Aber er tat es ... er saß an der Mauer, mit geschlossenen Augen, und trällerte die Galanterie des Rokoko über die Trümmer und Toten von Stalingrad.

Dann war das Stück zu Ende. Der Gefreite Holger Bertram sah seine Flöte an, nahm das Mundstück ab und steckte es in die Tasche. Er kroch zurück in seinen Keller, zerbrach die Flöte über den Knien und begann, das Holz auf einer Reibe abzuraspeln. Aus dem Holzmehl kochte er eine Suppe, zusammen mit Gras, das er unter dem Schnee herausgekratzt hatte.

Die Flöte würde für vier Suppen reichen, das rechnete sich der Gefreite Bertram aus. Vier Tage etwas im Bauch. Wer weiß, was in vier Tagen sein wird ... in vier Stunden ... in vier Minuten ...

Als er seine Suppe aß, hatte er wieder die Augen geschlossen. Er kam sich wie ein Kannibale vor ...

13

Die Pannarewskaja blieb verschwunden. Dr. Körner verstand es nicht und wurde wortkarg und apathisch. Dr. Sukow schwieg. Nur ab und zu sah man ihn unruhig auf der Kellertreppe stehen und hinüber zu den sowjetischen Stellungen starren. Seit dem Weggang der Pannarewskaja wurde er bewacht. Es ließ ihn gleichgültig, ob immer ein deutscher Soldat hinter ihm stand. Er hatte nicht die Absicht, zu flüchten. Im Keller lag Oberst Sabotkin, ein »Held der Nation«. Bei ihm mußte er bleiben. Daß es nur noch kurze Zeit sein würde, war ihm klar; er sah, wie sich eine Armee auflöste, wie sie Stück um Stück verfaulte. Es war selbst für einen Mann wie Sukow ein grauenhafter Anblick.

Der Kessel war weiter eingedrückt worden. Noch gab es den Flugplatz Gumrak, aber die sowjetischen Panzer standen nahe davor. Es war eine Frist von Stunden, bis auch dieser letzte Flugplatz verlorenging. Mit ihm ging das letzte Auge des Himmels verloren. Von da ab würde selbst Gott blind sein.

170 000 deutsche Soldaten, der Rest von 330 000, krallten sich in die Eissteppe, in die Trümmer der Dörfer und Vororte, in die Hänge des Tatarenwalles, in die Bahnschwellen bei Stalingradski. Sie taumelten in ihren Löchern, sie starrten mit hohlen, fiebernden Augen auf die Kolosse der sowjetischen Panzer, hinter denen die dunklen Menschenwellen der Rotarmisten heranrollten. Und sie schossen immer noch, sie starben um einen Meter Land, um ein Schneeloch, einen Wall aus Eisklumpen ... Warum, das wußten sie nicht. Sie konnten nicht mehr denken. Alles in ihnen war leer ... der Magen, der Darm, der Kopf, die

Seele ... Sie lagen oder standen da in Schnee und Eis und schossen, solange sie Munition hatten ... dann krochen sie zurück, wurden niedergewalzt, wie Hasen abgeknallt, verbrannten im zischenden Ölstrahl der Flammenwerfer oder wurden von Stalinorgeln zerfetzt. Und sie schrien nicht einmal dabei ... sie starben lautlos, es war ihnen völlig gleichgültig, sie sahen den Tod, sie krochen oder liefen noch ein wenig, aber ihr Inneres war leer, und wenn sie in den Schnee kippten, kam endlich die große, ewige Ruhe über sie. Durst macht irrsinnig ... sie hatten nie Durst gelitten, denn es gab Schnee genug, den man im Munde auftauen konnte ... Hunger macht apathisch, und das waren sie, beim Schießen, beim Weglaufen, beim Sterben. So wurde der Hunger zum Freund der Opfer.

Bei einem Inspektionsgang zu seinem Markierungstuch stieß Knösel auf einen anderen deutschen Landser. Er saß an der Mauer des Fabrikhofes und schien zu warten. Die Mütze hatte er wie alle deutschen Soldaten über die Ohren gezogen, die Arme wärmend gegen den Körper gepreßt. Es hatte geschneit, und der Mann hatte sich nicht einmal die Mühe gemacht, den Schnee von sich abzuklopfen.

Knösel blieb vorsichtig am Eingang des Hofes stehen. In Stalingrad gab es nichts, was unmöglich war, und ein Mann, der sich einschneien läßt und doch lebt, ist eine merkwürdige Sache. Knösel entsicherte seine Maschinenpistole und hob sie hoch.

»He, Kumpel!« schrie er aus seiner Deckung heraus. »Ick würd' mir 'nen wärmeren Platz zum Pennen aussuchen!«

Der deutsche Soldat schreckte auf und hob den Kopf. Er wischte den Schnee von seinem Gesicht und grinste zu Knösel hinüber. Dann stand er auf und kam auf ihn zu. Erst als er zwei Meter vor Knösel war, erkannte ihn dieser.

»Meine Fresse!« sagte er laut. »Du? In deutscher Uniform?! Biste überjeschnappt?!«

Iwan Iwanowitsch Kaljonin streckte beide Hände aus.

»Isch habbe gewartet. Briederchen ... verrat mich nicht.«

Knösel zog Kaljonin hinter seine Deckung. Er war so verblüfft, daß er nach Worten suchte und keine fand. Er sah sich die Uniform an. Sie war im Rücken zerfetzt und blutig. Die Uniform eines Toten.

»Mensch, wat soll det?« stotterte er.

Kaljonin umarmte ihn und küßte ihn wie einen Bruder auf beide Wangen.

»Ich weiß, Veraschka ist bei euch, nicht wahr?« sagte er danach.

»Ja –«

»Briederchen, ich bitte dich ... laß mich zu ihr. Verrat mich nicht ... Bittää ...«

»Du bist total verrückt, Iwan ...« Knösel saß ein dicker Kloß im Hals. »Das fällt doch auf ...«

»Bittää –«

Kaljonin griff in die Tasche. Als er die Hand wieder ausstreckte, war sie mit Machorkastückchen gefüllt. Knösel schluckte krampfhaft.

»Wir haben nichts zu fressen, Junge«, sagte er heiser. »Bei uns kannste nur verhungern ...«

»Laß mich zu Veraschka, Briederchen ...«

Kaljonin umklammerte den Arm Knösels. In seinen Augen schrien Angst und unendliche Bitte. »Verrat mich nicht ...«

Knösel setzte sich langsam auf einen Mauerrest. Ein Gedanke war ihm gekommen, eine Versicherung zum Leben.

»Hör zu, Iwan«, sagte er und zog Kaljonin zu sich auf den Mauerrest. »Wir zwei sind 'ne Marke für sich! Daß du 'n Iwan bist und ich 'n Germanskij, det is nun Wurscht. Menschen sind wir, und bei mir zu Hause wartet Mariechen auf mir. Ick schlag dir ein Geschäft vor ... einverstanden?«

Kaljonin nickte und lächelte selig.

»Kriegg kaputt –«, sagte er. »Aber nicht wir ...«

»Genau det meine ich.« Knösel legte den Arm um Kaljonins Schulter. »Und nun paß mal uff –«

Bevor er weitersprach, kassierte er erst die Machorkakrümel

aus der Hand Kaljonins. Für Iwan Iwanowitsch war damit der Vertrag perfekt geworden, für Knösel war es lediglich eine Anzahlung. Seine große Stunde war gekommen: Er würde Stalingrad überleben.

»Ick nehm dir mit in'n Keller«, sagte er.

»Gutt, Briederchen.«

»Ick saje, du seist 'n alter Kumpel von mir, den ick jerade wiedergetroffen habe. Aus Schlesien, vastehste! Du bist aus Schlesien. Aus Ratibor, wenn dir eener fragt.«

»Ratibor –«, wiederholte Kaljonin und nickte.

»Det is 'ne Stadt. Da ha' ick 'nen Onkel wohnen. Onkel Christian ... den kennste ooch, wenn dir eener fragt ...«

»Onkel Christian ...«, wiederholte Kaljonin brav. »Ratibor ... Onkel Christian ...«

Knösel winkte ab. »Am besten hältste de Schnauze, Kumpel! Det is am unjefährlichsten. Nur eener kann dir frajen, det is eener von der Feldpolizei. Der Rottmann. Zu dem sagste schlicht: Leck mir am Arsch! Kannste det?«

»Läck mir –« Kaljonin verzog das Gesicht. »Nix gutt, Briederchen ... «

Knösel wischte sich den Schnee aus dem Gesicht. Er war an den Bartstoppeln zu Kristallen gefroren. »Stell dir doof«, sagte er als letzte Rettung. »Det fällt am wenigsten uff. Det sind se jewöhnt ... von mir, mußte wissen. Die halten mich nämlich alle für doof!« Knösel grinste und klopfte Kaljonin auf die Schulter. »Mit der Masche bin ick heil herumjekommen, und ick komme auch aus Stalingrad raus, wat? Und nun zu uns, Iwan. Ick helfe dir ... du hilfst mir.«

»Ja, Briederchen.«

»Wenn die Scheiße hier zu Ende is, denn gehste hin zu deine Jenossen und sagst: Det da is der Knösel, dem tut man nischt. Der kriegt erst mal 'nen Schlag zu fressen ...«

Kaljonin nickte und reichte Knösel die Hand. »Du nix Angst vor Russki ...«, sagte er fast feierlich. »Isch dich beschützen, värstandenn?«

»Und wie!« Knösel schlug die Arme gegen seinen Körper, die Kälte drang durch bis zu den Knochen. »Und nu komm, Friederich ... Ach ja, so heeste jetzt. Sag mal Friederich.«

Kaljonin versuchte es – es klang kläglich. Er hob bedauernd beide Arme.

»Ich nix sagen ...«

»Himmel noch mal! Dann nenn ick dir Peter!«

»Piotr!« sagte Kaljonin stolz.

»Peter, du Dussel!«

»Peter, du Dussel ...«, echote es laut.

Knösel sah Kaljonin mit geneigtem Kopf an. »'n bisken doof is schön«, sagte er. »Aba bei dir habense det Jehirn ausjeblasen ...« Er gab ihm einen Rippenstoß und ließ sich in den Schnee gleiten. »Komm, Peter ... wejen deiner Brieder müssen wir jetzt krabbeln.«

So kamen sie im Lazarettkeller an. Aber niemand fragte sie, keiner beachtete den deutschen zerlumpten Soldaten, dessen Uniform am Rücken zerfetzt und blutdurchtränkt war. Nur ein Sanitäter registrierte mit einem Blick den Neuzugang und fragte im Vorbeigehen: »Gehfähig?«

Kaljonin nickte hilflos.

»Keller 5. Such dir 'nen Platz ...«

Knösel suchte Emil Rottmann, die einzige Gefahr. Er fand ihn an der Wand hockend und schlafend. Kaljonin stand noch immer am Ende der Treppe und starrte in das Gewimmel der eiternden und sterbenden Leiber, in das Gewimmel und Gestöhne, das Schreien und Greinen, auf die aufgequollenen Körper, die über den Steinboden zuckten, auf die beiden Pfarrer, die von Mann zu Mann gingen, niederknieten, beteten, die Hand hielten, die Augen zudrückten, das Kreuz schlugen und weitergingen. Boten Gottes, die in der aufgebrochenen Hölle von Liebe sprachen.

Kaljonin sah ihnen zu, und sein Herz wurde schwer. Er dachte an seine Ausbildung ... die Schule mit dem Leninbild und dem eingehämmerten Satz: »Religion ist Opium fürs Volk«, bis sie es alle glaubten und mit nach Hause brachten, wo die Mutter noch immer den Herrgottswinkel mit der Ikone und dem Ewigen Licht schmückte. Die Komsomolzenschule, die Besichtigungen der herrlichen Kirchen und Kathedralen, in denen jetzt Museen waren oder gar – dreimal hatte es Kaljonin gesehen - eine Wodkadestillerie. Als der Vater starb – er war ein guter Kommunist geworden und marschierte mit seiner Arbeiterbrigade am 1. Mai und am Oktoberrevolutionstag über den Roten Platz und schrie mit den anderen »Sieg! Sieg!« und »Freundschaft! Freundschaft!« –, bekam er ein Parteibegräbnis 1. Klasse. Rote Fahnen, Abschiedsworte, im offenen Sarg, wie es üblich war, trug man ihn durch die Stadt zum Friedhof, bedeckt mit dem Fahnentuch der Partei, Mamaschka nahm noch einmal Abschied und küßte ihn auf die Stirn, Lubja und Katenka, die Klageweiber, heulten wie hungrige Wölfe, dann wurde der Dekkel draufgeschraubt und der Sarg in die Grube gesenkt. In der Nacht aber war das zweite Begräbnis des Iwan Gregorowitsch Kaljonin. Da stand die Witwe Irena allein mit ihrem Söhnchen Iwan Iwanowitsch am Erdhügel, und ein Pope segnete den Toten ein, wie es seit Jahrhunderten Sitte war bei anständigen Menschen. Das hatte Iwan Iwanowitsch nie vergessen ... und jetzt sah er es wieder, als er die deutschen Pfarrer von Mann zu Mann gehen sah, betend und tröstend, denn ein solcher Mensch hat nichts mehr als seinen Gott ...

Knösel kam zurück. »Die Luft is rein«, sagte er. »Emil pennt. Ick bring dir zu Vera ...«

»Veraschka ...« Durch Kaljonin lief ein Zittern. Knösel faßte ihn am Arm.

»Nu beherrsch dir, Iwan ...«, sagte er dumpf. »Laß de Hose oben ...«

Kaljonin sah Knösel fragend an. Er verstand ihn nicht. Der Keller bebte plötzlich, von oben, vom Eingang, prallte Geschrei gegen die Mauern. Ein Mensch rollte die Treppe herab ... er hatte nur noch einen halben Kopf, das Gehirn klatschte über die Steinstufen.

»Eure Artillerie ...«, sagte Knösel heiser. Er zerrte den Toten vom Eingang weg in eine Ecke, über einen anderen Mann, der rot und gut genährt wie ein Kantinenwirt aussah. Fast schien er zu platzen ... Fieber und Wundbrand hatten ihn wie einen Ballon aufgetrieben. Aber er lebte noch, er hatte die Augen offen. Ob er noch etwas sah und erkannte, interessierte keinen mehr.

»Wo Vera?« flüsterte Kaljonin.

»Komm ...«

Sie stiegen über die Körper, traten auf Hände und Arme, Schenkel und Bäuche, wurden gestoßen, geboxt, getreten, verflucht und kamen an den kleinen Keller, in dem neben Oberst Sabotkin, dem Helden der Nation, Olga Pannarewskaja, Dr. Sukow und nun auch Vera hausten. Knösel zeigte auf den lochartigen, dunklen, nur von einem Hindenburglicht erhellten Raum.

»Da – Aba paß uff, da liegt noch ’n strammer Oberst drin! Such dir ’ne dunkle Ecke aus ...«

Kaljonin riß sich von der Umklammerung Knösels los. Er stürzte in den kleinen Keller, der Windstoß, den sein Körper erzeugte, blies die jämmerliche Kerzenflamme aus.

»Veraschka!« schrie er. »Täubchen! Herzchen!«

Dann war es still. Knösel schob den Kopf etwas vor. Er hörte ein paar Seufzer und das Geräusch eines Kusses. Dann war es wieder still. Still und dunkel.

Knösel schob die Unterlippe vor und ging. »Die jönnen eenem ooch jar nischt«, sagte er brummend. Er stopfte seine Pfeife, stieg die Treppe hinauf und setzte sich in ein vereistes Granatloch. Die sowjetische Artillerie hämmerte noch immer in die Ruinen ... irgendwo klirrten Ketten und röhrten Motoren. Panzer. Sie hoppelten über die Straßen und nahmen deutsche MG-Stellungen unter direkten Beschuß.

Knösel zog eine alte Decke über seinen Helm, legte die Hände um den Pfeifenkopf und schmatzte. Es war eine köstliche Viertelstunde. Guter Machorka und warme Hände. Und Knösel war bereit, darauf zu schwören, daß Machorka in der Pfeife besser wärmte als Matratzenfüllung.

Am 23. Januar 1943 trat die Rote Armee zum Begräbnis der deutschen 6. Armee an. Der Befehl lautete ganz kurz: Aufspaltung des Kessels. Mit ungeheurer Überlegenheit an Material und Menschen, mit der erdrückenden Wucht von Panzerdivisionen, mit dem Mut frischer, gut ernährter Reserven, die man aus der Weite Sibiriens herangeschafft und über die vereiste Wolga geworfen hatte, mit dem bis zum Haß gesteigerten Willen, die Deutschen zu vernichten, koste es, was es wolle, rollten die sowjetischen Korps gegen den deutschen Abwehrring.

Sie fanden in den Schneelöchern Gespenster, aber keine Menschen mehr. Gespenster, die schossen und starben, Gespenster, die schneeblind herumliefen, die wie Katzen auf die Panzer sprangen, alte Säcke vor die Sehschlitze hielten und geballte Ladungen unter die Geschütztürme schoben. Gespenster, die ihnen entgegenzogen, mit einer weißen Fahne, auf die ein rotes Kreuz gemalt war, winkend, und als sie näherkamen, waren es aufrecht gehende Leichen, die auf Brettern andere lebende Leichen hinter sich herzogen. Es war so grauenhaft, was da aus den Bunkern und Kellern kroch, was in den Granattrichtern überrannt wurde oder bettelnd die Arme aus den Schneelöchern hochreckte, daß selbst die Rotarmisten zugriffen, statt zu schießen.

Am 22. Januar eroberten die Sowjets den letzten deutschen Flugplatz Gumrak. Sie kamen in ein Leichenfeld, das unvorstellbar war. Sie eroberten eine Armee von Verwundeten, Krüppeln, Sterbenden, Fiebernden, Wahnsinnigen. Dazu ein paar Stabsärzte und Sanitäter und einen Pfarrer.

Für den Nachschub im Kessel blieb nur noch der Notflughafen Stalingradski übrig, für einen Nachschub, den es nicht mehr gab. Aber die Nachricht allein genügte, daß Stalingradski das letzte Loch nach Westen sei, und schon wälzten sich Tausende Verwundeter durch die Steppe, durch Eis und Schnee, durch

Panzer- und Artilleriebeschuß, durch Bombenhagel und Stalinorgelgeheul zu dem armseligen Nest in der Nähe des Tatarenwalls. Dort fielen sie, wie in Gumrak, in den Schnee und erstarrten. Es gab für sie kein Entrinnen mehr.

Die späte Erkenntnis des Generals Schmidt, die der Pionierführer Oberst Seile, der am 22. Januar als einer der letzten aus dem Kessel ausgeflogen wurde, um als Kurier im Führerhauptquartier die Wahrheit zu sagen und noch einmal um Unterstützung und um die Erlaubnis des Ausbruchs zu bitten, erschüttert mitnahm, nützte ihnen auch nichts mehr:

> *»Sagen Sie es überall, wo Sie es für angebracht halten, daß die 6. Armee von höchster Stelle verraten und im Stich gelassen worden ist.«*

Generaloberst Paulus gab am 24. Januar in höchster Verzweiflung an die Funkleitstelle des Oberkommandos des Heeres den Hilferuf durch: »Truppe ohne Munition und Verpflegung, erreichbar noch Teile von sechs Divisionen, Auflösungserscheinungen an der Süd-, Nord- und Westfront. Keine einheitliche Befehlsführung mehr möglich ... 18 000 Verwundete ohne Mindesthilfe an Verbandszeug und Medikamenten ... Front infolge starker Einbrüche vielseitig aufgerissen. Stützpunkte und Deckungsmöglichkeiten nur noch im Stadtgebiet, weitere Verteidigung sinnlos. Zusammenbruch unvermeidbar. *Armee erbittet, um noch vorhandene Menschenleben zu retten, sofortige Kapitulationsgenehmigung. Paulus!«*

Die Antwort auf diesen Aufschrei von noch 150 000 Lebenden lautete:

Führerhauptquartier quittiert Funkspruch 24. Januar 1943 um 11.16 Uhr. Funkspruch des Führers:

»Verbiete Kapitulation! Die Armee hält ihre Position bis zum letzten Mann und zur letzten Patrone und leistet durch ihr heldenhaftes Aushalten einen unvergeßlichen Beitrag zum Aufbau der Abwehrfront und der Rettung des Abendlandes.«

Die Helden, die Unvergessenen, die Retter des Abendlandes lagen zu dieser Stunde im massierten Feuer aller sowjetischen Geschütze und Stalinorgeln, Panzer und Minenwerfer. Sie waren verhungert, sie waren apathisch, sie starben nicht mehr, sie verreckten einfach.

Von alledem wußte das deutsche Volk nichts. Es glaubte wie eh und jeh dem Wehrmachtsbericht, der jeden Tag herauskam. An diesem Tag lautete er:

»... Bei Stalingrad hat sich die Lage durch den weiteren Einbruch starker feindlicher Massen von Westen her verschärft. Trotzdem halten die Verteidiger immer noch ungebrochen als leuchtendes Beispiel besten deutschen Soldatentums den immer mehr verengten Ring um die Stadt. Sie fesseln durch ihren heldenhaften Einsatz starke freindliche Kräfte und unterbinden nun schon seit Monaten den feindlichen Nachschub an einem seiner wichtigsten Punkte ...«

Der Totengesang hatte begonnen.

Dr. Portner mußte zusammen mit Dr. Sukow alle Kraft aufbieten, Dr. Körner davon abzuhalten, den Wehrmachtsempfänger mit beiden Fäusten zu zertrümmern. Bei den Worten »... ungebrochen als leuchtendes Beispiel besten deutschen Soldatentums ...« hatte er zum erstenmal die Nerven verloren. Aus dem ruhigen, immer etwas melancholischen Jungen war ein Rasender geworden.

»Lassen Sie mich los!« brüllte er und schlug um sich. »Ich

kann das nicht mehr hören! Ich kann nicht mehr! Warum hauen Sie denen nicht in die Schnauze? Warum tun Sie nichts?! Warum tun wir alle nichts?! Warum sind wir wie Opferlämmer?!«

Dann brach er zusammen. Dr. Sukow hatte zum letzten Mittel gegriffen. Mit seinem umwickelten Hammer, mit dem »Auge Stalins«, schlug er Dr. Körner auf den Kopf. Dann trugen sie ihn auf seinen Strohsack, deckten ihn zu und sahen sich an. Dr. Portner nickte langsam.

»Es ist nicht unser Krieg –«, sagte er leise. »Genauso, wie es nicht Ihr Krieg ist. Ich habe einmal ein Buch von Ihrem Dichter Gogol ›Die toten Seelen‹ gelesen ... hier haben Sie eine Armee von toten Seelen.«

Andreij Wassilijewitsch Sukow, der Majorarzt der Roten Armee, legte dem deutschen Stabsarzt beide Hände auf die Schulter. Wie Freunde standen sie sich gegenüber, beide zerlumpt, beide hungernd, beide müde bis zum Umfallen, beide Opfer ihrer Zeit.

»Ich habe Sie verachtet, Towarischtsch«, sagte Sukow langsam. »Gestatten Sie mir, daß ich Sie jetzt bewundere ...«

»Hören Sie mir auf von Achtung des Heroischen!« rief Dr. Portner. »Das hier ist ein Verbrechen!«

»Ich weiß.« Dr. Sukow nickte. »Aber Sie können aufrecht sterben ...«

»Mir wäre es lieber, aufrecht weiterzuleben.«

Dr. Sukow ließ die Hände an den Körper zurückfallen. Es war eine Geste der völligen Hilflosigkeit.

»Dazu leben wir in einer falschen Generation, Towarischtsch ...«, sagte er leise.

In der Nacht verstärkte sich das Feuer der sowjetischen geballten Artillerie. Der Himmel war ein einziges Fauchen, die Erde ein aufbrechendes Flammenmeer. Das nie eroberte Bollwerk der Roten Armee mitten in der Stadt, der berühmte »Tennisschläger«, wurde zu einer erbarmungslosen Faust in den Magen des schrumpfenden Riesen 6. Armee. Panzer und Stalinorgeln hämmerten pausenlos auf das von der 305. Infanterie-Division besetzte Metallurgische Werk und auf die berüchtigte Höhe 102, in der sich 60 deutsche Batterien eingegraben hatten, der letzte schlagkräftige Pfeiler der Stalingrad-Front. Acht Stunden lang donnerten Tausende von Granaten, Minen und Raketengeschossen auf diese Höhe 102, pflügten sie um, zerfetzten die deutschen Geschütze, gruben sie unter, vergaßen keinen Zentimeter Boden und verwandelten jedes Fleckchen Erde in einen Mondkrater.

Und doch lebten in dieser tausendfachen Hölle noch die Menschen. Sie krochen herum, warfen die Erde von sich wie Maulwürfe, wanden sich durch die Trichter wie Riesenwürmer und sprengten die letzten Geschütze, die noch brauchbar waren. Dann zogen auch sie in die Stadt, eine Handvoll Männer, die sich wie im Paradies vorkamen, als sie sich in einen Keller werfen konnten, auch wenn schon einige Tote darin lagen, steif wie Bretter und eisglitzernd.

In dieser Nacht, in der der Kessel unaufhörlich aufgespalten und das Armee-Oberkommando mitten in die Stadt verlegt wurde, in das Kellergewirr des Kaufhauses Univermag am Roten Platz, hetzte ein einzelner Mann durch die Trümmer, warf sich in die Ruinen, kroch von Trichter zu Trichter, lag zitternd hinter Mauern und robbte über Straßen und Plätze. Er hatte keinen Helm und keine Mütze mehr auf, sein weißes Haar flatterte beim Laufen, um den Hals trug er einen braunkarierten Seidenschal und an den Füßen gute, dicke Filzstiefel. Seine Schulterstücke auf der dreckigen Uniform waren silbergeflochten und mit zwei Sternen versehen. Die deutschen Landser, denen er begegnete, sahen ihn wie ein Gespenst an. Aber ehe sie aus ihrer Verwunderung erwachten, war die Gestalt weitergehetzt, sprang wie ein Hase Zickzack vor den MG-Garben der Sowjets her und verschwand in den Trichtern.

Atemlos, ausgepumpt erreichte er das Kino. Er rutschte die Treppe hinab und fiel dort einem Sanitäter in die Arme, der gerade einen Toten von der Wand zerrte, um Platz für die im Gang Liegenden zu machen.

»Wo ist Dr. Portner?« keuchte die Gestalt. Die weißen Haare hingen übers Gesicht ... es war schwarz, als habe es im Kohlenstaub gelegen.

»Geradeaus, zweite Tür links, Herr Oberst ... Aber ich glaube ...«

Der Oberst hetzte weiter. An der Ecke zum Operationskeller prallte er auf Pfarrer Webern. Dieser hatte eine Stunde geschlafen ... nun wollte er seinen Rundgang wieder aufnehmen, das Kreuz in der Hand, um es auf sterbende Lippen zu drükken.

»Oberst von der Haagen –«, sagte Pfarrer Webern erstaunt. »Wo kommen Sie her? Sind Sie verwundet?«

»Nein ... das heißt, ja. Wo ist Dr. Portner?«

»Dort hinter der Tür. Aber –«

Von der Haagen ließ Pfarrer Webern stehen und riß die Tür zum OP-Keller auf. Dr. Portner und Dr. Sukow sahen nicht auf, nur Dr. Körner, auf dem Strohsack liegend, richtete sich hoch. Oberst von der Haagen schwankte zu ihm und ließ sich neben Körner auf den Strohsack fallen. Er bedeckte das Gesicht mit beiden Händen, sein Körper zitterte wie im Schüttelfrost. Es roch nach Brand aus seiner Uniform, nach heißem Öl. Dr. Körner schob sich an der Wand hoch und trat zu Dr. Portner.

»Wir haben Besuch bekommen ...«, sagte er. Portner drehte den Kopf kurz nach hinten.

»Wer ist denn das? Weiße Haare ...«

»Oberst von der Haagen.«

»Was?« Portner übergab seinen Verwundeten einem Sanitäter. Man verband jetzt nur noch die frisch Verletzten mit Fetzen ihrer eigenen Hemden. Dann kamen sie in die anderen Keller, Mann neben Mann, wie Riesenkäse, die man zum Schimmeln ablagert.

Von der Haagen starrte Portner an, als ihn dieser an der

Schulter berührte. Dann blickte er zu Körner. Sein Stolz war verbrannt, er war nur mehr ein Häufchen Mensch mit der Seele eines kleinen Hundes, der sich verkriecht in der Hoffnung, in der dunklen Ecke nicht gefunden zu werden.

»Flammenwerfer ...«, sagte er fast weinend. »Alles verbrannt ... alles ... mein ganzes Regiment ... in den Kellern, den Unterständen, den MG-Ständen ... alles ...«

»Und Sie leben?«

Oberst von der Haagen schloß die Augen und lehnte den Kopf an die Wand.

»Ich ... ich bin davongelaufen ...«, sagte er kaum hörbar.

»Was sind Sie?« Dr. Portner biß sich auf die Unterlippe. »Sie sind dem glorreichen Endsieg davongelaufen ...?«

»Doktor, Sie haben recht, mich in den Hintern zu treten. Aber ich konnte nicht anders ... Als ich sie kommen sah, Panzer, die statt zu schießen, Feuer aus sich herausspritzten, als ich das brennende Öl in die Keller fließen sah, als ich sie schreien hörte ... brennend liefen sie durch die Trümmer und wälzten sich im Schnee ... da ... da bin ich gelaufen ... Können Sie das nicht verstehen? Mein Gott, ich habe doch auch nur Nerven ... ich, ich *mußte* einfach laufen ...«

»Und Ihre Soldaten haben Sie allein gelassen ...«

»Die brannten doch!« schrie von der Haagen.

»Aber Sie nicht!«

»Sollte ich mich auch verbrennen lassen?!«

Dr. Portner senkte den Kopf. »Wer hat einmal einen jungen Menschen wegen Defätismus zum Tode verurteilen lassen? Wer hat einmal gesagt: Wer auch nur den kleinsten Zweifel an unserem Führer hegt, der ist es nicht mehr wert, zu atmen? Wer hat gesagt: Der Glaube an den Endsieg ist das Fundament unserer Kraft? Wer an diesem Fundament gräbt, muß fallen! – Wer war das?!«

»Doktor ...« Oberst von der Haagen starrte zu Dr. Kö ner. »Ich bitte Sie in aller Form um Verzeihung, Herr Assistenzarzt ...«

»Verzeihung!« schrie Dr. Portner. »Gäbe es keinen General Gebhardt, läge Dr. Körner jetzt füsiliert irgendwo in Gumrak auf einem Totenhaufen! Und Sie bitten in aller Form um Verzeihung! Was wollen Sie überhaupt hier?«

Oberst von der Haagen richtete sich auf. Er schwankte im Stehen, aber er bemühte sich um eine straffe Haltung. Sein weißes Haar strich er aus dem Gesicht.

»Ich stelle mich unter den Schutz des Roten Kreuzes.«

»Was tun Sie?« fragte Dr. Portner völlig verblüfft.

»Ich bitte Sie, mich als Versprengten aufzunehmen.«

»Hier ist nur Platz für Sterbende. Versprengte lassen sich draußen beim Gefechtsstand ein neues Gewehr geben und legen sich in einen Trichter. Machen Sie es genauso. Kommen Sie wieder, wenn Sie zerfetzt sind!«

»Herr Dr. Portner –«, von der Haagen zitterte wieder. »Ich bin verletzt ... meine Nerven ... ich bin am Ende meiner Kraft ... ich bin völlig zermürbt ...«

»Hier ist kein Nervensanatorium für Stabsoffiziere!« brüllte Dr. Portner. Er war hochrot im Gesicht. »Hier wird für den Führer gestorben! Wenn Sie das wollen, bitte ... die Fahrkarte dazu bekommen Sie draußen an jeder Ruine!«

Es war plötzlich still im Keller. Die Sanitäter blickten zu der kleinen Gruppe, Dr. Sukow legte seine Hände auf den blutigen Tisch. Oberst von der Haagen schwankte. Dann brach er zusammen und fiel ohnmächtig auf den Strohsack Dr. Körners. Beim Niederfallen schabte er sich die Stirn auf an der rauhen Kellerwand ... ein Blutstrom ergoß sich über das Gesicht. Dr. Portner fuhr sich verzweifelt durch die Haare.

»Nun ist er doch verwundet«, sagte er. »Körner, säubern Sie seine Visage, und dann ab mit ihm zum Prominentenkeller –«

So kam es, daß neben dem Ehepaar Kaljonin zwei Obersten Schulter an Schulter an der feuchten Wand lagen. Ein russischer und ein deutscher Oberst. Ein »Held der Nation« und ein großmäuliger Feigling.

Wie hatte von der Haagen damals in Pitomnik gesagt?

»... dann stoßen wir zügig vor durch die Steppe bis zur Mongolei und marschieren in einem großen Bogen nach Wladiwostok ...«

Wie eine Welt zusammenschrumpfen kann ...

In dieser Nacht jagten zwei struppige Panjegäule über die Steppe. Sie trappelten längs des Tatarenwalls, immer an der herausgerissenen Bahnlinie entlang, deren Holzschwellen man längst verfeuert oder zu Suppenmehl geraspelt hatte. Hinter sich zogen sie eine Feldküche, eine Gulaschkanone. Auf dem Bock saß der Zahlmeister Erich Wrovel. Er hatte Pferde lenken gelernt. Er war Großbauer in der Soester Börde, hatte einen Viehhandel dabei und war Pächter der Wirtschaft »Zum Krug«. Das alles hatte ihn dazu prädestiniert, bis zu diesem Tage ein recht beschauliches Leben zu führen mit der Registrierung der Versorgungsgüter, die in Gumrak landeten. Nach einem Verteilerschlüssel buchte er die Nachschubgüter für die einzelnen Divisionen und Regimenter, legte sie schön bereit zum Abholen und wartete. Da aber niemand kam, um den Nachschub abzuholen, er andererseits aber keine Weisung hatte, die Versorgungsgüter den vorbeifahrenden Lkw draufzuwerfen, damit die Verpflegung auf diesem Wege die Truppen erreichte, saß er bald in einem prallen Lager voll Büchsen und Säcken, Kleidung und sogar Feldpostpäckchen, ärgerte sich über die Laschheit der Landser und stritt sich mit Offizieren herum, die nicht begreifen wollten, daß die Ausgabe von einem Tönnchen Fett ein Verwaltungsakt sei und nicht willkürlich gehandhabt werden könne. Nach der Eroberung von Gumrak verbrannte das pralle Lager des Zahlmeisters Erich Wrovel aus der Soester Börde. Er rettete zwei Panjepferde und eine Feldküche, packte sie voll Mehlsäcke, Butter, Fleischbüchsen und Nudeln und versteckte sich am Stadtrand Stalingrads in den Trümmern eines Straßenbahndepots.

Am 23. Januar, als die Aufspaltung des Kessels begann, erfuhr Wrovel von durchziehenden Versprengten, daß auf dem

Notflugplatz Stalingradski ein paar Jus gelandet seien und sogar Verwundete mitgenommen hätten. Das war eine Freudenbotschaft, die der Zahlmeister sofort in die Tat umsetzte. Er kochte mit den Nudeln, den Rindfleischbüchsen, den Suppenwürfeln und dem Mehl eine dicke Suppe, die ganze Gulaschkanone voll, bis oben an den Rand, drückte den Deckel zu, spannte seine beiden Panjegäule in die Deichsel und jagte los, nach Westen, wieder den Tatarenwall entlang, ab nach Stalingradski. Wenn ich auch drei ober vier oder fünf Tage warten muß, dachte sich der Zahlmeister Wrovel aus der Soester Börde, verhungern werde ich nicht. Ich habe meine Feldküche randvoll mit heißer Suppe.

So trabte er dahin, in zwei Decken vermummt und einen dikken Wollschal um den Kopf gebunden. Bis er die Panzer sah ... vier dunkle Ungeheuer, die plötzlich aus dem Schneenebel auftauchten und direkt auf ihn zurollten. T 34 – Wrovel kannte sie von Gumrak her. Sie ratterten quer durch die Steppe, aus den Luken sahen die pelzbesetzten Ledermützen der Panzerfahrer.

Zahlmeister Wrovel warf seine Pferdchen herum und jagte zurück nach Stalingrad. Das war ein Fehler, denn dadurch wurde man aufmerksam auf ihn. Wäre er weiter geradeaus gefahren, keiner hätte ihn aufgehalten. Was bedeutete ein einzelner Mensch mit zwei Gäulen? Und da er sowieso nach Westen fuhr, in die sowjetischen Linien hinein, war es Verschwendung, auf ihn zu schießen.

So aber schwenkten die langen Rohre der Panzer herum, die Köpfe verschwanden in den Luken, die Motoren brüllten auf ... und dann knallte es aus dem vorderen Ungeheuer, pfiff es über den Zahlmeister Wrovel hinweg und schlug seitlich von ihm ins Eis. Die Panjepferde streckten die Hälse und rasten davon. Die Feldküche schleuderte über Eisbuckel und Schneewehen, Wrovel klammerte sich an seinem Sitz fest, hinter sich hörte er die Abschüsse, das Röhren in der Luft und die spritzenden Einschläge der Granaten.

Es war ein Zielschießen, weiter nichts. Der fünfte Schuß riß den Pferden die Leiber auf ... sie rannten noch ein paar Meter, dann stürzten sie hin, und Zahlmeister Wrovel wurde nach vorn über die blutenden Leiber geschleudert, die Feldküche folgte ihm und rollte über das Knäuel aus Tier und Mensch.

Der sechste Schuß war ein Volltreffer ... er ließ den Kessel bersten. Zweihundert Liter heiße Suppe aus Nudeln, Rindfleisch, Brühwürfeln und Mehl ergossen sich wie eine Flutwelle über den Zahlmeister Wrovel.

»Hilfe!« brüllte er, als über ihm der Kessel zerplatzte. Er wollte wegkriechen, aber über ihm lag der Schenkel eines Pferdes und hielt ihn fest wie in einem Schraubstock. Er krallte sich in das Fell, er riß und drückte ... »Hilfe!« brüllte er wieder. »Hilfe!« ... Aus dem Kessel schoß die heiße Suppe ... eine Woge aus Nudeln und Fleisch.

Ein paar Sekunden später war der Zahlmeister Erich Wrovel aus der Soester Börde ertrunken und erstickt. Seine Nudelsuppe lag über ihm und den noch immer zuckenden Pferdeleibern ... sie dampfte in der Luft von 40 Grad Kälte. Es roch nach Maggi und Rindfleisch.

Aus dem vorderen Panzer tauchte ein Kopf auf. Ein lachendes Gesicht, eng umschlossen von der Lederkappe.

»Karascho!« rief er. »Dawai! Dawai –«

Die Panzer rollten weiter, nach Stalingrad hinein.

Die schöne Nudelsuppe vereiste.

In dieser Nacht erhielt Dr. Portner den Anruf des Flugplatzkommandanten von Stalingradski, daß für morgen sechs Jus angesagt seien, die Verbandmaterial und Medikamente sowie Munition und Büchsenverpflegung einfliegen würden. Es bestände die Möglichkeit, mit diesen Jus 240 Verwundete auszufliegen. Er riefe im Auftrage von General Gebhardt an. Die 240 Verwundeten sollten eine Entschädigung für eine »Kiste mit 9000-mal Unsinn« sein.

»Verstehen Sie das, Herr Stabsarzt?« fragte der Luftwaffenhauptmann.

»Aufs Wort.«

»Sie schicken die 240 Mann?«

»Sie werden in einer halben Stunde in Marsch gesetzt.«

»Ich halte die Maschinen dafür frei, wie befohlen.«

»Meinen ergebensten Dank. Empfehlung und Handkuß an die Frau Gemahlin.« Dr. Portner legte auf. Sein Gesicht war zerfurcht und gelbweiß. Dr. Körner sah ihn erschrocken an.

»Was ist, Herr Stabsarzt?«

»Man hat mich zum Totenrichter gemacht«, sagte er leise. »Ich soll 240 Mann auswählen, die man ausfliegen will. 240 von 3500! Wen soll ich nehmen? Alle haben das Leben verdient ...«

Er wandte sich ab und legte die Hand über die Augen. Dr. Körner verließ den Funkraum. Er wußte, Dr. Portner mußte jetzt allein sein. Es war niemand da, der ihm helfen konnte, der die Verantwortung abnahm.

Eine halbe Stunde später begann die Zusammenstellung des Transportes. Den Sanitätern war strengste Schweigepflicht befohlen worden. Wenn die 3500 Verwundeten erfahren hätten, wozu einige aus ihren Reihen herausgeholt wurden, hätte es eine Panik gegeben, einen Kampf um das Leben mit einer Grausamkeit, die alle Grenzen des Menschlichen sprengte. Einer hätte den anderen umgebracht, um sich einen Platz zu erobern, man hätte sich gegenseitig zerfleischt für die winzige Chance, aus Stalingrad hinauszukommen. So aber sah keiner hin, wenn Dr. Körner und die Unterärzte, Dr. Portner und die Sanis und sogar Dr. Sukow von Keller zu Keller gingen, von Leib zu Leib.

Es war sinnlos, die auszufliegen, die auch in einem normalen Lazarett bei bester Versorgung keine Chance des Überlebens mehr hatten. Die aufgetriebenen Körper, die Wundbrände, die lebend Verfaulenden blieben an den Wänden und auf den Gä gen liegen, ebenso die Kopfschüsse, die Wahnsinnigen, die in einem eigenen, immer verschlossenen Keller hausten, wie wilde Tiere, brüllend und wimmernd, im Wahn singend oder herumhockend in der Apathie völliger Verblödung. Frisch Amputierte, große Fleischwunden, ein paar mittelschwere Bauchschüsse, Erfrierungen, Flecktyphuskranke, Schußbrüche und glatte Durchschüsse wurden ausgesondert. Sie wußten nicht, warum ... sie wurden, wenn sie nicht gehfähig waren, die Treppe hinaufgetragen und oben in den Trümmern abgestellt. Einige wehrten sich, brüllten, schlugen um sich ... »Umbringen wollt ihr uns, ihr Schweine!« schrie jemand. »In der Kälte krepieren sollen wir! Warum schlagt ihr uns nicht gleich tot? Ihr Lumpen! Ihr Verbrecher!« Pfarrer Webern und Pastor Sanders beruhigten sie. Aber selbst ihnen wurde nicht mehr geglaubt. »Warum trägt man uns raus?!« wurden sie immmer wieder gefragt. Sie durften die Antwort nicht geben, sie redeten um die Wahrheit herum. Die Verwundeten merkten es, mit dem Instinkt von gehetzten Tieren spürten sie, daß man ihnen etwas verbarg.

»Ach, seien Sie still, Herr Pastor –«, sagte einer für alle zu Pastor Sanders, »auch Sie belügen uns! Immer sind wir belogen worden! Aber bei Ihnen wird das etwas anderes sein ... da heißt es eine fromme, barmherzige Lüge! Wir pfeifen darauf ...«

»Beten Sie zu Gott, daß er bei Ihnen ist in den nächsten Stunden«, sagte Pastor Sanders still.

»Beten! – Wir wollen wissen, was mit uns passiert!«

Sanders schwieg. Immer neue Verwundete wurden an die Oberfläche getragen. In Decken, in Zeltplanen, in durchbluteten Säcken. Rund um den Kellereingang lagen sie in den Trümmern des Kinos und zitterten vor Kälte.

Unterdessen telefonierte Dr. Portner mit General Gebhardt und einem Major, dem die Transportkompanien unterstanden.

»Acht Lkw?« fragte der Major ungläubig. »Lieber Stabsarzt, ich kann Ihnen ein Vorderrad schicken, und auch das müssen Sie sich noch selbst aufblasen.«

»Es liegt ein Befehl von General Gebhardt vor, daß 240 lebensfähige Verwundete morgen von Stalingradski ausgeflogen werden!« rief Dr. Portner erregt.

»Dagegen habe ich gar nichts. Nur wie Ihre Schäfchen nach Stalingradski kommen, kann ich Ihnen nicht sagen.«

»Mit Ihrer Staffel!«

»Sie Witzbold!« rief der Major.

»Ich rufe sofort den General noch einmal an!«

»Das können Sie, Herr Stabsarzt. Und sagen Sie ihm einen schönen Gruß von Major Bebenhausen. Die Lkw stehen hier herum, in Reih und Glied, richt – euch, Scheinwerfer geeeradeaus!, aber im Bauch haben die Zylinder nichts! Wer nichts trinkt, kann nicht pissen ... wer keinen Sprit hat, kann nicht laufen. Ist das klar, Herr Stabsarzt?«

Dr. Portner hieb mit der Faust auf den Tisch, auf dem das Feldtelefon und das winzige Funkgerät standen.

»Sie haben Sprit, Herr Major!«

»Nee, nicht mal fürs Feuerzeug.«

»Ich weiß von General Gebhardt, daß Sie heute nacht 2000 Liter Treibstoff bekommen haben –«

»*Was* sagen Sie da?« Die Stimme von Major Bebenhausen überschlug sich fast. »Ich soll Sprit bekommen? Stabsarzt, davon weiß ich ja noch gar nichts. Da müssen die Kerle noch unterwegs sein ... Mein lieber Doktor, wenn der Sprit hier ankommt – sicher ist das durchaus nicht –, dann verspreche ich Ihnen fünf Lkw!«

»Acht –«

»Seien Sie kein Levantiner und feilschen Sie nicht, Doktor!«

»Ich habe 240 Verwundete und sechs Mann Begleitung zu transportieren!«

»Dann legen Sie sie übereinander, Doktor. Stalingrad hat gezeigt, daß es möglich ist, auch Menschen zu stapeln. Wie gesagt ... kommt der Sprit, schicke ich Ihnen fünf Lkw. Ende –«

Dr. Portner legte auf. Chefchirurg Sukow stand in der Tür.

»Alles oben«, sagte er in seinem harten Deutsch. »Genau 240. Einen mußten wir zurückschicken ...« Dr. Sukow hob bedauernd beide Hände ... »Ich mußte ihn schlagen. Leider deutscher Offizier.«

Dr. Portner ahnte nichts Gutes. Er ging hinüber zu dem »Prominentenkeller«. Oberst von der Haagen lag an der Wand, sein Gesicht war verzerrt. Knösel stand vor ihm, die MP in der Hand.

»Was soll denn das?« schrie Portner. »Knösel, sind Sie völlig verrückt geworden?«

»Der Herr Oberst leidet unter Ortsstörungen. Er will immer nach oben zum Sammelplatz. Zweimal haben wir ihn zurückgeholt ...«

Oberst von der Haagen stemmte sich an der feuchten Wand hoch. Über sein Gesicht lief ein heftiges Zucken.

»Doktor ...«, stammelte er. »Ich habe gehört ... die Kameraden da draußen werden ausgeflogen ...«

»Wer hat Ihnen das gesagt?«

»Ich habe Ihr Telefongespräch mit dem General belauscht. Bitte, lügen Sie mich nicht an. Ich weiß es! Es sollen 240 Verwundete ausgeflogen werden.« Von der Haagen hatte sich etwas gefaßt. Seine Stimme hob sich. »Ich habe ein Recht, berücksichtigt zu werden! Ich bin verwundet, lebensfähig und Offizier –«

»Darf ich entgegnen, Herr Oberst: Sie sind durch eigene Schuld – wenn ich es so zartfühlend ausdrücken will – verletzt worden, Ihre Lebensfähigkeit verpflichtet Sie dazu, bei Ihren Kameraden in Stalingrad zu bleiben, und als Offizier haben Sie sowieso die Pflicht, bis zur berühmten letzten Patrone auszuhalten.«

»Herr Stabsarzt –«, schrie Oberst von der Haagen. »Herr Stabsarzt, ich –«

»Ich habe wie Sie einmal den Walther Flex gelesen!« brüllte Dr. Portner zurück. »Sie erinnern sich, Herr Oberst, der Dichter, der in Ihrer Gedankenwelt als Heros dasteht und dessen Aphorismen Sie mit geschwellter Brust in jedem Lehrgang der Kriegsschule hersagten wie das Vaterunser. Erinnern Sie sich an den berühmten Spruch, von dem Sie einmal sagten, daß er in das Herz eines jeden Soldaten geschrieben werden müsse: ›Offizier sein heißt, seinen Leuten vorleben – das Vorsterben ist nur ein Teil davon. ‹ Bitte, Herr Oberst ... nun sterben Sie vor –«

Er drehte sich um und verließ den Keller. Von der Haagen wollte Dr. Portner nachlaufen, er war bereit, zu betteln, zu flehen, auf die Knie zu gehen. Knösel stellte sich ihm in den Weg.

»Gehen Sie weg, Sie Ratte!« schrie der Oberst. »Ich stelle Sie vor ein Kriegsgericht –«

»Wenn ick hier den Finger krumm mache, macht et bum! Dann jiebt et keen großes Maul mehr. Und ob de Oberst bist oder Jeneral – wir liegen alle in der Scheiße und stinken alle gleich ... Vastanden?«

Oberst von der Haagen sah sich verzweifelt nach einem Ausweg um. Es gab keinen, außer über Knösel hinweg. Da ließ er sich zurück auf seinen Strohsack fallen, neben den »Held der Nation«, Oberst Sabotkin.

Sabotkin drehte sich auf die andere Seite, als von der Haagen neben ihm saß. Er wandte ihm den Rücken zu. Deutlicher war es ihm nicht möglich, seine Verachtung auszudrücken.

Drei Stunden später kamen wirklich fünf Lkw bis auf 100 Meter an das Kino heran. Ein junger Fähnrich meldete sich bei Dr. Portner als Leiter des Einsatzes.

»Wir müssen die Verwundeten leider hintragen«, sagte er. »Weiter können wir nicht nach vorn ...«

Beim Morgengrauen war es endlich soweit. Die Verwundeten lagen in zwei Wagen neben- und übereinander ... in den anderen drei Wagen hockten die Gehfähigen oder standen wie gestapelte Rundhölzer. Oberst von der Haagen hatte noch einmal versucht, mitzukommen. Es war ein letzter, verzweifelter Versuch. Er überrannte Knösel, beide Fäuste nach vorn gestoßen wie ein Rammbock ... zwei Sanitäter an der Treppe fingen ihn auf. Es war ein unwürdiges, miserables Schauspiel, als sie den weißhaarigen Oberst zurückschleiften in den Keller und an die Wand warfen. Dort begann er zu toben, bekam einen Schreikrampf und gebärdete sich wie ein Irrer. Dr. Sukow mußte ihn mit dem »Auge Stalins« betäuben.

In den Lkw hatte es sich mittlerweile herumgesprochen, warum man sie aus dem Lazarettkeller herausgeholt hatte. Pfarrer Webern war es, der ihnen die Wahrheit sagte. Er sprach über die fünf Wagen den Segen.

Die Stimmung wurde vorzüglich. In die Heimat, hieß es. Wir werden in die Heimat geflogen. Wir dürfen weiterleben. Wir kommen aus der Hölle zurück. Was machte es da aus, daß man vor Hunger zitterte? Was kümmerte einen noch das tödliche Feuerwerk, das vom »Tennisschläger« herüberhallte? Wen interessierte es noch, daß im Norden der Stadt der Kessel aufgerissen wurde und sich das XI. Korps unter General Strecker ins Traktorenwerk zurückzog, wo um jeden Eisenträger, um jeden zerfetzten Maschinenblock gekämpft und gestorben wurde?

In die Heimat! Jungs, wir fliegen in die Heimat.

Dr. Portner verabschiedete den Unterarzt, der mit nach Stalingradski fuhr.

»Grüßen Sie Deutschland, lieber Blankenhorn«, sagte er mit fester Stimme. »Und halten Sie nicht den Mund über das, was Sie hier gesehen haben. Reden Sie. Reden Sie! Und wenn man es Ihnen verbieten will, dann schreien Sie! Die verratenen Männer hier haben es verdient, daß man die Wahrheit über sie erfährt.« Er griff in die Tasche seines Mantels und zog ein zerknittertes, schmutziges Kuvert heraus. »Wenn Sie in Deutschland sind, stecken Sie es bitte in einen Briefkasten. Ein Brief an meine Frau ... an die Kinder ...« Portner senkte den Blick. »Ich habe geschrieben, daß es mir gutgeht ...«

»Ich ... ich werde alles ausrichten, Herr Stabsarzt«, sagte Unterarzt Blankenhorn mit schwerer Zunge.

»Leben Sie wohl, mein Junge.« Portner klopfte ihm auf die Schulter.

»Auf Wiedersehen, Herr Stabsarzt ...«

Dr. Portner schwieg. Er stand auf einem Trümmerberg und winkte, bis der letzte Wagen im Morgendunst untergegangen war. Die beiden Geistlichen standen neben ihm, der verwundete Pastor Sanders klapperte mit den Zähnen, das Fieber überfiel ihn wieder, die Rückenwunde stach und brannte.

»Sie können noch mit ...« Pfarrer Webern legte den Arm um Sanders' Schulter. Der evangelische Pastor schüttelte stumm den Kopf. So standen sie nebeneinander, im Schneedunst, den Arm um die Schulter des anderen. Zwei Freunde in Gott. Hatte es jemals einen Luther gegeben? Wo waren die päpstlichen Dogmen?

In Stalingrad galt nur das eine ... Vater unser, der du bist im Himmel ...

Mit ihm starben Gerechte und Ungerechte, Getaufte und Abtrünnige, Katholiken, Evangelische, Reformierte, Baptisten, Heiden.

Vater unser ...

Die fünf Lkw kamen nie in Stalingradski an.

In der Steppe ging ihnen das Benzin aus. Bei 40 Grad Frost wurden die Motoren nie richtig warm ... sie verbrauchten das Dreifache der Menge, die man berechnet und dem Fahrer mitgegeben hatte.

Hilflos lagen sie im Schnee. Und auch das Beten half nichts mehr.

Drei sowjetische Panzer veranstalteten ein Punktschießen auf die fünf einsamen Lastwagen. Sie fingen Feuer, brannten aus, und selbst als nur noch die Fahrgestelle glühten, lagen die Schreie in der Luft, mit denen 240 Verwundete, ein Unterarzt, sechs Sanitäter, ein Fähnrich und fünf Fahrer verbrannten.

General Gebhardt fragte nicht mehr nach, ob alles geklappt habe ... er wußte es nach vier Stunden. Der Platzkommandant Stalingradskis hatte andere Sorgen ... er mußte räumen, die Panzer der Sowjets rollten unaufhaltsam heran. Man hätte die 240 Mann sowieso nicht ausfliegen können. Der Kessel wurde schneller aufgespalten als gedacht. Und auch Major Bebenhausen von der Transportabteilung konnte nicht mehr fragen ... er war früh um 5.18 Uhr gefallen, als die Panzerspitze der Russen seine Werkstatt niederwalzte. Er hatte sich über seine 2000 Liter Sprit nur drei Stunden und zweiundzwanzig Minuten freuen können ...

14

Noch einmal erschienen Parlamentäre der Sowjets, um in letzter Minute das große Sterben abzubrechen. Diesmal standen sie auf einer Höhe südlich der Zaritza im Abschnitt der in den letzten Zuckungen liegenden Südfront des Kessels. Sie schwenkten eine große weiße Fahne und hatten einen Trompeter mitgebracht, der ein Signal blies. Es war 10 Uhr vormittags ... man ließ die sowjetischen Parlamentäre nicht heran, weil – wie sich herausstellte – kein Offizier unter ihnen war. Nach dem alten Ehrenkodex des Soldaten muß eine Parlamentärsgruppe immer unter Führung eines Offiziers sein, denn auf nichts wird mehr Wert gelegt als auf ein Offiziersehrenwort. Auch in Stalingrad. Auch bei Männern, die als lebende Leichname in den Schneelöchern und Granattrichtern hockten.

Um zwölf Uhr kamen die sowjetischen Parlamentäre wieder, an der Spitze ein Major der Gardedivision. Diesmal war es richtig. Der sinnlose und nie geklärte Befehl vom 9. Januar 1943, daß Parlamentäre durch Feuer abzuweisen seien, wurde nicht ausgeführt.

So erfuhr man, daß die Totenglocken bereitstanden, das Ende der 6. Armee einzuläuten. Am 26. Januar wollten die Sowjets mit allen verfügbaren Kräften die Südfront angreifen. Gleichzeitig würde in Stalingrad-Mitte und im Norden der Stadt die Feuerwalze alles in die Trümmer drücken. Noch einmal wurde wiederholt, was Generalleutnant Rokossowskij in seinem großen Ultimatum angeboten hatte: ehrenvolle Behandlung, Verpflegung für jeden, ärztliche Betreuung der Verwundeten und Kranken, Belassung der Degen für die Offiziere.

Man hörte sich den Major der Gardedivision an und schickte ihn zurück. Ohne Antwort. Das alte Mißtrauen gegenüber russischen Versprechungen bestimmte in dieser letzten Stunde das Handeln. Ein Mißtrauen, das die Armeeführung davon abhielt, sich eines Besseren belehren zu lassen. Und der Gehorsam des deutschen Soldaten, der ihn noch zur Pflicht zwingt, wenn die Sinnlosigkeit offensichtlich ist ... ein menschliches Phänomen!

Das letzte Kapitulationsangebot war vertan.

In der Nacht zum 26. Januar trat rund um den zusammengeschrumpften Kessel, der nur noch die Stadt und einige Außenbezirke und Vororte umschloß, die Rote Armee zum letzten Schlag an.

135 000 deutsche Soldaten machten sich zum Sterben bereit.

Am Morgen des 26. Januar, umtost von dem ununterbrochenen Donner sowjetischer Artillerie, eingekreist von zwei Roten Armeen, in die Zange genommen von Hunderten von Panzern, lagen Knösel, Emil Rottmann und Dr. Körner in einem überdachten MG-Stand und beobachteten die Straße vor sich. Sie warteten auf eine Atempause der Geschütze. Fünfzig Meter vor ihnen war ein deutscher Bataillonsgefechtsstand gewesen. Ein Panzergranatenvolltreffer hatte ihn aufgerissen, nun lagen in den Trümmern des Bunkers drei Offiziere und vier Landser, verwundet, zugedeckt von einer Granatglocke, unter der sie wie in einem luftleeren Raum lebten.

Das Artilleriefeuer wurde vorgelegt. Eine Feuerwand wanderte durch die Trümmer, ein flammender Tornado, der hinter sich Staub und Steine ließ, aus denen einmal Häuser bestanden hatten.

Knösel, der hinter dem MG hockte und aus seiner schmurgelnden Pfeife rauchte, hob plötzlich den Kopf und drückte den Sicherungsflügel weg.

Durch die Ruinenreste sprang eine dunkle Gestalt, warf sich hin, robbte weiter, blieb wie tot liegen, rollte dann in den Trichter, krabbelte wieder heraus und hetzte durch die Trümmer, schnell, gazellenhaft springend, ein dunkler, tanzender Punkt.

»Da kommt Besuch«, sagte Knösel und visierte die Gestalt an. »Direkt auf uns zu. Nur kann ick nich sehen, ob det eener von uns is ...«

»Warten Sie ab«, sagte Dr. Körner.

Emil Rottmann starrte mit brennenden Augen zu der laufenden Gestalt. Für ihn war der Augenblick des Überlaufens versäumt. Vor drei, vier Tagen wäre es noch möglich gewesen, jetzt war es Selbstmord, in diese Flammenwand hineinzulaufen ... Wahnsinn, wie diese Gestalt, die aus dem Flammenmeer herausstürzte und vor ihm her lief.

Rottmann legte sein Gewehr auf die Steinbrüstung des Unterstandes und zielte auf den hüpfenden Körper. In diesem Augenblick, bei einer Wendung des Kopfes, sah er das Flattern langer schwarzer Haare. Dann war die Gestalt hinter einer Mauer verschwunden.

Auch Körner hatte es gesehen. Ein Schlag fuhr durch ihn. Dann sprang er auf und wollte aus dem Unterstand laufen. Knösel hielt ihn am Mantel fest.

»Herr Assistenzarzt!« schrie er. »Det is doch Blödsinn!«

»Lassen Sie mich, Knösel!« Dr. Körner zerrte an seinem Mantel.

»Sehen Sie denn nicht ... das ist doch Olga Pannarewskaja ... das ist Olga ...«

»Und wenn ... die Iwans schießen nich mit Pappkorken ...«

»Loslassen ...!« Dr. Körner schlug auf Knösels Hände. Fast rangen sie miteinander, aber es gelang Knösel, Dr. Körner unter das Schutzdach des Unterstandes zurückzuziehen.

Sie kamen im richtigen Augenblick zurück. Emil Rottmann stand mit einer unheimlichen Ruhe an seiner Schießscharte. Er hatte den springenden Körper im Visier, er verfolgte mit dem Gewehrlauf die Bewegung und wartete auf den Moment, in dem er genau auf die Mitte abdrücken konnte. Sein Finger lag bereits gekrümmt am Druckpunkt des Abzuges.

»Nein!« brüllte Dr. Körner. »Rottmann! Nicht schießen!«

»Dieses verfluchte Aas ...«, sagte Rottmann mit seiner gutturalen Stimme.

»Dieses verfluchte rote Aas ...«

»Nicht schießen!« Körner sah, wie Olga Pannarewskaja über einen Mauerrest sprang und frei, ohne noch weiter nach Dekkung zu suchen, über die Straße lief, genau auf ihren Unterstand zu ... genau in das kleine, dunkle Loch hinein, aus dem Rottmann die tödliche Kugel abfeuern würde.

Knösel war um den Bruchteil einer Sekunde schneller. Während Dr. Körner starr, ohne Möglichkeit zu helfen als nur zu brüllen, an der Unterstandwand lehnte, waffenlos und mit schwankenden Knien, hatte Knösel in die Tasche gegriffen und eine russische Pistole herausgerissen. Kaljonin hatte sie ihm gegeben mit den Worten: »Wirf sie weg, Briederchen.«

Die beiden Schüsse bellten fast zur gleichen Zeit. Aber Knösels Schuß war ein Hauch eher ... die Kugel traf Rottmann in den Rücken, er warf die Arme hoch und sackte in den Knien weg. Der Schuß aus seinem Gewehr pfiff an Olga Pannarewskaja vorbei ... sie hörte es nicht, sie lief ... lief vor der Feuerwand her, mit den Armen rudernd, als wolle sie winken: Schießt nicht! Schießt nicht!

Die Erstarrung löste sich von Dr. Körner. Während Knösel neben Rottmann kniete, sprang er aus der Deckung und breitete die Arme aus.

»Olga!« schrie er. »Olga!«

Sie sah ihn und erkannte ihn. Über ihr Gesicht flog trotz der Anstrengung und der letzten Kraft, die sie in sich aufriß, ein Leuchten ... sie schnellte vorwärts, breitete die Arme aus und fiel Dr. Körner an die Brust. Umschlungen fielen sie in den Unterstand zurück und rollten bis an die Schießscharten.

»Olga ...«, stammelte Dr. Körner. »Olga ... du bist da. Du bist zurückgekommen ...«

»Moi ljublimez ...« (Mein Liebling), sagte sie. »Du leben ... du leben ...«

Olga Pannarewskaja lehnte sich an den Erdwall. An den Gürtel ihrer Uniform hatte sie sechs lederne Taschen geschnallt.

Sechs Taschen mit Sanitätsmaterial.

Verbände, Morphium, Medikamente, Seide, Catgut.

»Du leben ...«, sagte sie noch einmal, lehnte den Kopf an Körners Brust und begann vor Glück zu weinen.

Die Feuerwand wanderte langsam auf sie zu ...

Knösel hatte mit einem Messer die Uniform Rottmanns am Rücken aufgeschlitzt und drückte ein ganzes Verbandspäckchen auf den kaum blutenden Einschuß. Dr. Körner beugte sich zu ihm vor; er preßte die Pannarewskaja noch immer an sich.

»Tödlich, Knösel?« fragte er besorgt.

»Nee, aba wat heeßt hier noch tödlich?«

»Woher haben Sie denn noch das Verbandspäckchen? So was kenne ich seit sechs Wochen nicht mehr ...«

Knösel rieb sich die Nase und sah sehr verlegen aus.

»Det war meine stille eiserne Reserve ... wenn mir so 'n Ding erwischt, hab ick mir jedacht, dann haste imma noch 'n Päckchen und gehst nich jleich vor de Hunde ...«

»Und jetzt?«

Knösel hob die Schultern. Rottmann röchelte und zuckte. »Nu ist doch alles Wurscht, Herr Assistenzarzt. Mehr als Scheiße kann's nich vom Himmel regnen ...«

Die Feuerwand wanderte weiter, seitlich an ihnen vorbei, zu den Bereitstellungen der deutschen Regimenter und den wenigen Befehlsständen. Auch auf dem Kino lag eine Minute lang das konzentrierte Feuer der sowjetischen Artillerie ... der Rest der Ruine stürzte ein, verlor die letzte Form eines Hauses und wurde zu einem dampfenden, staubenden Stein- und Mörtelberg. Knösel preßte das Gesicht gegen den Kolben seines MGs.

»Die verschütten den ganzen Eingang«, stammelte er. »Und wat noch alles auf der Treppe liegt ... lieber Jott, laß Abend werden ...«

Die Verwundeten vor ihnen, um derentwillen sie hinausgegangen waren, um sie hinüber in den Kinokeller zu holen, schwiegen. Die Feuerwalze hatte sie niedergepflügt. Wo einmal der Bunker war, gähnte jetzt ein Trichterfeld. Nicht einmal ein Fetzchen Uniform würde man dort noch finden.

Als die Einschläge der Artilleriesalven weitergewandert waren, richtete sich Olga Pannarewskaja auf und strich die langen schwarzen Haare zurück. Ihr schönes eurasisches Gesicht war mit Lehmdreck und Eis überzogen.

»Gehen wir!« sagte sie.

»Gehen ist gut!« Knösel zeigte mit dem Daumen in die Ruinenwüste. »Da sitzen deine Genossen und warten nur darauf, dat ick die Birne hochhebe!«

»Keine Angst.« Die Pannarewskaja schnallte den Verschluß einer ihrer Taschen auf und zog eine Fahne heraus. Knösel drehte die Augen nach oben.

»Noch 'n Tuch! Det is der reinste Textilkrieg ...«

Olga Pannarewskaja kroch aus dem Unterstand und stellte sich aufrecht. Im gleichen Augenblick hämmerte ein MG ... es verstummte aber ebenso plötzlich, als die Pannarewskaja ihre Fahne entfaltete und schwenkte. Ein rotes Tuch mit einem leuchtenden, fast phosphoreszierenden Kreuz. Die Ärztin winkte zurück in den Unterstand.

»Mitkommen.«

»Det ist mir 'ne zu kitzelige Sache.« Knösel blieb bei dem besinnungslosen Rottmann sitzen. »Ich trau dem Braten nich ... der riecht ...«

»Quatsch, Knösel!« Dr. Körner faßte Rottmann unter die Arme. »Nehmen Sie die Beine ...« Als wenn sie mich verraten könnte, dachte er. Sie ist zurückgekommen, sie lebt, sie ist bei mir ... und wenn es nur Stunden sind, die uns bleiben ... es stirbt sich in dieser Art von Glück leichter als in hilfloser Verzweiflung.

Sie schleppten Rottmann aus dem Unterstand und standen neben Olga aufrecht in den Trümmern. Es war nicht allein die

Kälte, die Knösel Schauer über den Rücken jagte ... er sah sich scheu um und wußte, daß ihn in dieser Riesenwüste aus Stein und Beton jetzt viele Augen anstarrten, erstaunt, daß eine sowjetische Kapitänärztin für einige Minuten den Krieg einstellte, um drei Deutsche sicher wegzubringen. Für Knösel waren diese Minuten schrecklicher als alle überlebten Trommelfeuer. Das Undenkbare, aufrecht vor den Russen herzugehen, war für ihn wie ein Märchen. Es war eigentlich die Nummer 3 in Knösels Erlebnisalbum, das ihm nicht geglaubt werden würde, wenn er es erzählte ... erst das küssende Liebespaar in den Trümmern, dann der Elefant und jetzt ein Spaziergang quer an den Mündungen sowjetischer MPs und Granatwerfer vorbei, ohne daß ein einziger Laut ihn störte. Die Pannarewskaja ging ihnen voraus, die rote Fahne mit dem grünen Kreuz hochhaltend, wie bei einem Umzug am 1. Mai oder am Oktobertag der Revolution.

So erreichten sie das ehemalige Kino. Eine zerborstene Hauswand schützte sie jetzt vor Feindeinsicht. Olga ließ die Fahne sinken. In den umgewühlten Trümmern arbeiteten verdreckte, schwankende stumme Gestalten mit totenkopfähnlichen Gesichtern, schoben Steine weg, wälzten Betonstücke zur Seite, stemmten sich gegen armierte Decken und Eisenträger.

Der Kellereingang zum Feldlazarett III war verschüttet worden, wie Knösel es geahnt hatte. Von unten arbeiteten sie sich mit der gleichen stummen Verbissenheit vor wie die Überlebenden oben in den Kinotrümmern. Daß sie die Feuerwalze überlebt hatten, verdankten sie den Toten. Als die Wand aus Flammen und Stahl auf sie zukam, krochen sie in die berühmten Grabtrichter Dr. Portners. Es waren mittlerweile zwölf Stück geworden, große Granatlöcher, in denen die steifgefrorenen Toten schichtweise übereinander lagen, wie gestapelte Bretter, mit offenen Mündern, bleckenden Zähnen, hochgereckten Armstümpfen, aufgeplatzten Bäuchen ... alles im Eis konserviert, Blöcke mit bizarren, teuflischen Ornamenten. Noch im Tode waren sie nützlich ... die Männer oben in den Kinoruinen wühlten sich zwischen die Toten, schoben die Eisbretter mit den Menschengesichtern über sich, krochen wie Küchenschaben in die Ritzen zwischen den Leibern, bauten sich Schutzdächer aus steinhartem, zerfetztem Gefrierfleisch. So überdauerten sie die Feuerwalze, die Splitter hieben singend in die Eisgestalten, sprangen ab, sirrten als Querschläger in die Steine. Dann war die Hölle vorbeigezogen, der Kellereingang verschüttet, und ohne Befehl, weil es selbstverständlich war, begannen die lebenden Leichname, den Keller wieder freizulegen.

Unten im Labyrinth der Kellerräume nahm man die Verschüttung kaum wahr. An das Beben der Erde, an Detonationen, an das Schwanken der Wände hatte man sich längst gewöhnt. Daß es in diesen Minuten etwas lauter krachte ... wen kümmerte es noch? Hier lagen über 3500 Sterbende, Fiebernde, Wimmernde und Apathische, starrten gegen die Decke und dachten an nichts mehr als an das, was ihnen von einem hoffnungsreichen Leben geblieben war: Wie das Bein brennt ... wie der Kopf hämmert ... mein Leib, oh, mein Leib ... Ich kriege keine Luft mehr, Luft, Luft ... Ich verblute, Kinder, ich verblute ... Mutter, Mutter ...

Wie klein ist dagegen ein Krach an der Decke und eine Wolke von Staub, die kurz darauf durch die ersten vorderen Kellerräume quoll. Dr. Portner und Dr. Sukow erkannten die Lage. Ihre Gesichter waren eingefallen und blaß, sie hatten seit vier Tagen an jedem Abend nur eine Scheibe Brot gegessen, altes, hartes Brot, das sie sich in heißem Schneewasser aufweichten. Es quoll dadurch um das Doppelte auf, sah voluminös aus, und da die Augen mitaßen, stellte sich für eine Stunde das Gefühl der Sättigung ein. Aber dann war der Selbstbetrug vorüber, und die Körper fingen wieder an, sich selbst aufzuzehren.

Wie viele Tote es in den vergangenen Wochen durch das »Herz der 6. Armee« gegeben hatte, wurde nicht mehr gezählt und berichtet. Man kannte den Grund, wenn die Männer in ihren Löchern einfach umkippten und starben, ja, man beneidete sie jetzt sogar um diesen schönen Tod, der ohne Schmerzen kam, ohne zerfetzte Leiber, ohne langes Dahinfiebern, ohne Eiter, ohne Wundbrand, ohne das Entsetzen des langsamen Verfaulens. Das »Herz der 6. Armee« wurde zum Wunschtod ... und doch waren es nur stille, heimliche Gedanken, denn so kraftlos die Körper waren, so verhungert und erfroren, eingekreist von Feinden, die jede Stunde Meter um Meter der Stadt zurückeroberten, in diesen kaum noch menschlichen, vermummten, eisbehangenen Leibern flackerte noch immer ein Funken von Lebenswillen. Er zwang sie an die Gewehre, bis die letzte Patrone aus dem Lauf gefeuert war ... dann drehten sie das Gewehr um, umklammerten den Lauf und hieben mit den Kolben auf die Schädel der Rotarmisten. Sie fragten nicht mehr: Warum? Sie kümmerten sich nicht mehr darum, daß alles so sinnlos war, jeder Schuß, jeder gerettete Tag, jede verschossene Stunde ... sie konnten nicht mehr denken, sie waren Wesen aus Muskeln, Sehnen und einer nervlichen Befehlszentrale, und diese Zentrale jagte durch sie den Befehl: Du willst leben! Leben! Weiterleben! Und nach dem alten, mit dem Verstand nicht greifbaren Naturgesetz heißt Überleben soviel wie Kampf. Also kämpften sie, mit blinden Augen, mit leeren Hirnen, mit geschrumpften Mägen, kämpften um das nackte Leben, das Weiteratmen. Später würde man sagen, sie waren Helden ... sie können sich dagegen nicht mehr wehren, und die Nachwelt lebt seit jeher vom geschichtlichen Betrug! Wenn es jemals eine verzweifelte Kreatur gegeben hat, dann waren es die 135 000 deutschen Männer, die vom 26. Januar 1943 ab in drei aufgespaltenen Kesseln den wahren Sinn der Worte erlebten: Es ist so schön, Soldat zu sein ...

Dr. Portner war der erste, der wieder sprach, nachdem sich die Staubwolke verzogen hatte.

»Verschüttet –«, sagte er leise.

Dr. Sukow nickte. »So sparen wir Gräber ...«

»Sie sind von einem beneidenswerten praktischen Sinn.«

Dr. Portner lehnte sich an die Kellerwand. »Sind Sie schon mal erstickt?«

»Njet. Sie?« Sukow lächelte verzerrt.

»Fast. Im Ersten Weltkrieg. Vor Verdun. Im Chaume-Wald. Ich saß in einem Balkenunterstand, und eine 10,5-Granate hieb mitten drauf. Zwei Tage lag ich eingeklemmt unter der Erde, in einer sogenannten Luftblase. Dann fand man mich. Ich habe drei Monate nicht sprechen können und konnte in keinem dunklen Zimmer mehr schlafen. Wenn es Nacht wurde, saß ich unter zwei Lampen und mußte ins Licht starren. Ich konnte nichts Dunkles mehr sehen ...« Dr. Portner schloß die Augen. Müde bin ich, dachte er. Müde, daß ich umfallen möchte und sterben. Wie schön kann Sterben sein, ich hätte das nie gedacht. »Aber damals war ich allein ...« Seine Stimme schwankte. »Heute habe ich 3500 Männer um mich ...«

In den OP-Keller stürmte Oberst von der Haagen. Er sah wie ein Irrer aus, unter den zerwühlten weißen Haaren quollen die Augen aus den Höhlen.

»Wir sind verschüttet!« schrie er grell. »Doktor! Wir werden ersticken! Ersticken! Wir werden ...« Er taumelte an die Wand, weil Dr. Sukow ihn mit einer Handbewegung von der Tür schleuderte und sie zutrat.

»Wollen Sie Panik?« rief er dabei. Von der Haagen ballte die Fäuste.

»Sie wagen es, als Russe mich anzureden?!« brüllte er. »Sie fassen mich an?! Noch sind Sie nicht Sieger! Noch gehört Stalingrad uns! Herr Stabsarzt Portner ... wenn wir hier alle ersticken, sind Sie allein der Verantwortliche! Sie haben für keine Notausgänge gesorgt, Sie haben uns alle in eine Mausefalle gesteckt ...«

»Verstehen Sie jetzt, Kollege, warum der Deutsche in der Welt so ›beliebt‹ ist?!« fragte Dr. Portner ruhig Dr. Sukow. »Begreifen Sie nun auch, was aus der Welt werden würde, wenn wir den Krieg gewännen?! Glauben Sie nicht, dieser Oberst da ...«, und plötzlich brüllte er, »... dieser Scheißkerl da, dieses feige Schwein mit der Schnauze eines Bullen und dem Hirn eines Frosches stehe allein da! Davon gibt es genug bei uns ... davon hat es genug gegeben und wird es auch wieder genug geben, denn das, was man echtes Preußentum nennt, stirbt nicht aus!«

»Es gibt auch andere ...«, sagte Dr. Sukow tadelnd.

»Stimmt. Ich kenne ein paar. General Gebhardt etwa. Aber das waren immer die Außenseiter, die im Offizierskorps hinterrücks belächelt wurden als Schleimscheißer und Stiefelwichser. Die da«, er zeigte mit ausgestrecktem Arm und Zeigefinger auf den bebenden Oberst von der Haagen, »diese Hurrasoldaten, die entweder im Hinterland von der Eroberung Wladiwostoks träumen, nicht wahr, Herr Oberst?, oder als Kommandeure ihrer Divisionen in einem Wettrennen um Ritterkreuz, Eichenlaub, Eichenlaub mit Schwertern und so weiter stehen und nicht sehen, daß ihre Dekorierungen mit Blut gefärbt sind, diese ›Helden‹ werden immer bestimmend sein, gestern, heute, jetzt und morgen genauso wie übermorgen. Ob wir es noch erleben, Kollege Sukow ... ich weiß es nicht, ich glaube es auch nicht. Mich dauert nur die kommende Generation, die diesen Herren genauso blind ausgeliefert wird, wie wir ihnen ausgeliefert worden sind! Ich könnte jetzt schon um die Jungen weinen, denen man später einmal mit vaterländischem Ergriffenheitstimbre in der Stimme von den Helden von Stalingrad erzählen wird, aber nicht von dem elenden Verrecken und lebendigen Verfaulen ... Sie werden mit heißen Backen – wie wir von 70/71 oder die da draußen, die sich gerade im Eiter auflösen, von Langemarck, Verdun, Cambrais – von dem Kampf bis zur letzten Patrone hören, vom letzten Gotenkampf der Deutschen, vom leuchtenden Beispiel eines Mannestums, aber nicht vom Verrat an 330 000 Männern, von der Lüge und dem Untergang. Das wird man ihnen alles verschweigen, denn das paßt nicht in das heroische Bild des Deutschen. Ein deutscher Soldat stirbt mit Hurra oder einem Blick auf das Führerbild ... aber er krepiert nicht, er kriecht nicht die Wände entlang und leckt sie ab, weil seine Gedärme brennen, Gedärme, die ihm aus dem Bauch hängen, die er hinter sich herschleift, und keiner kann ihm helfen, weil es keine Verbände mehr gibt, keine Beruhigungsmittel, nichts mehr. Wenn ich wüßte, daß wir hier sterben, um der kommenden Jugend zu zeigen: So ist es!, um ihnen ein Schreckensbild zu sein, das ihnen immer wieder zuruft, Tag um Tag: Nie wieder ... dann würde ich, verdammt noch mal, auch ein Held werden. Aber ich weiß, daß man die kommende Jugend genau wie uns damals auch belügen wird und daß man dem, der die Wahrheit hinausschreit, auf das Maul schlägt.«

Oberst von der Haagen verließ wortlos den OP-Keller. Dr. Portner sah ihm nach und faßte Dr. Sukow am Arm.

»Wissen Sie, was er tun würde, wenn er so könnte, wie er jetzt wollte?«

»Njet –«

»Er würde mich erschießen lassen.«

»Bei uns auch ...«, sagte Dr. Sukow ruhig. Dr. Portner starrte ihn groß an.

»Ich weiß ...«

»Sähen Sie, und darum sind wir Brieder ...«

»Und schießen doch aufeinander.«

»Ein Schwein versteht nie, warum es gemästet wird. Es frißt und grunzt und ist glücklich. Es wundert sich selbst nicht, wenn es nachher geschlachtet wird ...«

Dr. Portner legte den Arm um Dr. Sukow.

»Andreij Wassilijewitsch«, sagte er heiser vor innerer Bewegung, »wenn wir beide Stalingrad überleben, sollten wir ewige Freunde sein.«

»Wir sind es, moi druk (mein Freund).« Er wandte sich ab und putzte sich die Nase. Die Luft war trocken und staubig und legte sich auf die Schleimhäute. Nur darum putzte sich Chefchirurg Dr. Sukow, Major der Roten Armee, die Nase ...

Die erste, die die Kellertreppe herabkam und sich durch das Geröll kämpfte, war Olga Pannarewskaja. Auf halber Höhe stand Dr. Sukow und half mit, große Trümmerstücke wegzurollen. Als er die Ärztin sah, streckte er ihr beide Hände entgegen und half ihr über eine Steinbarriere auf den unteren Treppenabschnitt.

»Willkommen, Genossin«, sagte er freudig. »Ist alles in Ordnung?«

»Alles, Genosse Major.«

Sukow sah auf die Taschen, die die Pannarewskaja um den Leib geschnallt hatte.

»Alles dabei?«

»Alles. Ich mußte erst zum Hauptdepot, darum dauerte es drei Tage länger.«

»Was gibt es sonst?«

»Vieles und nichts, Genosse Major. Unsere Verluste sind schwer, aber es ist bald zu Ende in Stalingrad. Sie werden morgen mit zweihundert Salvengeschützen und Raketen die deutschen Stellungen beschießen. Nur ein paar Tage noch ...«

Dr. Portner kam ihnen entgegen. Er blieb wie vor den Kopf geschlagen stehen, als er die Pannarewskaja erkannte.

»Das ist doch nicht möglich ...«, sagte er ungläubig.

»Ich habe alles bei mir.« Die sowjetische Ärztin schlug gegen die Ledertaschen an ihrem Gürtel. »Alles, was wir brauchen. Vor allem Morphium und eine Fahne, die uns schützt –«

»Morphium ...« Portner wischte sich über die Augen. »Wo ... wo waren Sie denn?«

»Im Sanitätsdepot.« Sie lachte ihn an, als sei dies das Selbstverständlichste gewesen. Portner wandte sich zu Dr. Sukow.

»Sie haben das gewußt ...?«

»Ja.«

»Darum Ihre Ruhe!«

»Ja.«

»Ich ... ich danke Ihnen ...«

Dr. Sukow drückte das Kinn an die Brust. »Warum? Wofür? Es werden auch viele verwundete sowjetische Genossen in den Keller kommen ... für sie hat Genossin Pannarewskaja die Medikamente geholt.«

»Natürlich.« Dr. Portner schwieg. Er wußte, daß es eine Lüge war, ein Selbstbetrug, der Sukows sowjetisch-ideologisches Gewissen beruhigen sollte.

Zuerst wurde Emil Rottmann behandelt ... er kam in den Nutzen der ersten Anästhesie nach vier Wochen, er bekam einen Wundpuderverband, nachdem Dr. Sukow ihm die Kugel aus dem Rückenmuskel herausgeschnitten hatte. Er lag da wie ein 1.-Klasse-Patient, mit einer sauberen Kompresse, mit weißen Mullbinden, schmerzlos, ohne Gefahr, in ein paar Tagen sich im Wundbrand wälzen und tierisch brüllen zu müssen.

Voll Erstaunen erkannte die Pannarewskaja den Mladschij-Sergeanten Kaljonin in der deutschen Uniform.

»Bitte, bitte schweigen Sie, Genossin Kapitän«, bettelte Iwan Iwanowitsch. »Der Krieg ist ja bald zu Ende. Ich weiß, es ist nicht ehrenvoll, was ich tue ... aber es kam einfach über mich, und als ich anfing, darüber nachzudenken, war es schon zu spät.« Er schwindelte ein wenig, der gute Kaljonin, er gab sich als Opfer einer plötzlichen Idee, eines Affektes der Liebe und Sehnsucht. Daß er tagelang durch die Trümmer Stalingrads geirrt war und nach Vera gesucht hatte, verschwieg er.

»Und man hat dich noch nicht entdeckt?«

»Nein.« Kaljonin grinste verlegen. »Man hält mich hier für einen Oberschlesier.«

»Dann sitz nicht hier herum, sondern hilf!« Die Pannarewskaja winkte zu Vera, die auf ihrem Strohlager hockte. »Und du auch! Bring den Verwundeten Wasser ...«

»Den Deutschen?«

»Sind es keine Menschen, he?«

»Doch Genossin, aber Stalin sagte ...«

»Wo ist Stalin? Liegt er hier mit im Keller?!« Die Pannarewskaja war wütend. Kaljonin verdrückte sich, er kannte etwas davon, wenn Olga den Kopf in den Nacken warf. »Haben sie dich nicht verbunden, he? Haben sie dir kein Lager gegeben, die Deutschen? Lebst du denn nicht?!«

Mit gesenktem Kopf schlich auch Vera Kaljonina hinaus. Wenig später kniete sie neben den zerfetzten Leibern und legte feuchte Tücher auf die heißen, fiebernden Stirnen, benetzte die aufgesprungenen Lippen mit in Schneewasser getauchten Fingern oder hielt den Kopf eines Sterbenden, der mit großen Augen aus der Welt ging, nicht begreifend, daß eine Frau ihn umfangen hielt.

Oberst von der Haagen ergab sich seinem Schicksal. Nach den Tobsuchtsausbrüchen wurde er ganz still, saß an der feuchten, zitternden Kellerwand und starrte in das winzige, flackernde Hindenburglicht. Er aß seine Wassersuppe und einen angeschimmelten Zwieback. Ein paarmal sprach ihn Dr. Portner an ... es war, als spräche er zu einer Wachspuppe. Von der Haagen rührte sich nicht, sah an Dr. Portner vorbei, mit ausdruckslosen, trüben Augen. Nach der Auseinandersetzung im OP-Keller hatte es in ihm einen Riß gegeben. Es war, als erkenne er einen ganz neuen Menschen, als er in sich schaute, und dieser Mensch sagte: Stalingrad ist auch deine Schuld! Erkenne es endlich ... Das war so ungeheuerlich, daß von der Haagen wie gelähmt war. Er sprach nicht mehr, er rührte sich nicht mehr ... nur zur Verrichtung seiner Notdurft stieg er die Kellertreppe hinauf. Schritt um Schritt, wie eine in Gang gesetzte Maschine, kehrte zurück, hockte sich an die Wand und schwieg weiter in selbstverzehrender Dumpfheit.

An diesem Nachmittag wurden über den Trümmern der Stadt Stalingrad zwei Tonnen Verpflegung und Munition abgeworfen. Der Notflugplatz Stalingradski war schon am 23. Januar aufgegeben worden ... nun kreisten einsame Flugzeuge über der Stadt und warfen dort ihre Nachschubbomben ab, wo man winkte oder anhand der letzten Lagemeldung noch deutsche Bunker vermutet wurden.

Knösels Markierungstuch war wieder ein Magnet. Zweimal landeten deutsche Nachschubbomben auf dem Fabrikhof ... einmal waren es Schinken in Büchsen und Hartbrot in Cellophanbeuteln ... die andere Bombe enthielt Schweinskopfsülze, Erbsen und Bohnen, Kekse und gepreßten Tee.

Das große Verteilen begann. Knösel zählte ab ... pro Mann zehn Erbsen, neun weiße Bohnen, drei Kekse, eine Scheibe Brot (und dieses nur für die Verwundeten, bei denen Hoffnung auf Rettung bestand), ein winziges Würfelchen Sülze, ein Hauch von gekochtem Schinken ... und doch war es wie ein Feiertag, als aus jedem Keller drei Essenholer an Knösel vorbeizogen und die Verpflegung in Empfang nahmen.

»Verderbt euch nich de Wampe!« sagte Knösel, wenn er sich die Portionen quittieren ließ. »Zu üppiges Fressen bringt dumme Jedanken.«

Die beiden Verpflegungsbomben reichten für eine Tagesration. Für einen Tag Gefühl, etwas im Magen zu haben, für einen Tag den Geschmack von Sülze und gekochtem Schinken. Man lutschte die Sülze auf und zerkaute die in Schneewasser weichgekochten Erbsen und Bohnen wie köstliche Marzipankugeln.

Dann war der Vorrat ausgegeben, Knösel saß vor seinem leeren Verpflegungskeller und grübelte. Mitte Dezember, dachte er. Junge, Mitte Dezember hatte er doch ein Pferd geschlachtet! Eine Hüfte hatte er damals mitgenommen. Die anderen Teile hatte er vergraben, gewissermaßen in einen Eisschrank gelegt ... ein Eisloch mit Steinen darüber. Irgendwo da draußen lagen noch über hundert Pfund bestes Gefrierfleisch!

Knösel wurde von einer ungeheuren Lebendigkeit befallen. Er holte Kaljonin aus dem Keller und ging mit ihm nach oben ins Freie.

»Paß mal uff«, sagte er und versuchte, sich zu erinnern, wo er seinen Eisschrank angelegt hatte. »Ich habe noch 'n Gaul in der Hinterhand. Vastehste?«

»Njet!« sagte Kaljonin ratlos.

»Ein Pferd! Panje-Konij ...«

»Ah!« Kaljonins Augen glänzten. »Wo?«

»Wenn ick det noch wüßte.« Knösel sah in die unendlich scheinende Trümmerwüste. Im Norden und im Süden standen hohe Rauchwolken gegen den graublauen Himmel. Es war ein Wunder, daß es in dieser toten Stadt noch etwas gab, was brennen konnte. »Da war ein Turm in der Nähe ...«

»Turm?«

»An einem Haus. Ein viereckiger Turm. Auf dem stand was drauf ... aber ick kann ja keen Russisch lesen ...«

»Turm mit flachem Dach?«

»'n Dach war nicht mehr da!«

»Ich glaube, ich weiß ...« Kaljonin wiegte den Kopf hin und her.

»Wird schon von Roter Armee erobert sein.«

»Det wäre Mist, Iwan.«

»Gähen wir sähen –«

Nach einer halben Stunde Kriecherei erreichten sie die Stelle, die Kaljonin meinte. Ein Turm war nicht mehr zu sehen ... die Gebirge der Steine und Betonreste glichen sich wie nebeneinandergestellte Massenartikel. Knösel setzte sich in ein Granatloch und sah sich um.

»Hier?«

»Ja.«

»Warte mal.« Er kratzte sich den Kopf und schob die Unterlippe vor. »Wo war der Turm?«

»Dort wo du hinsiehst.«

»Dann müßte det Loch dort sein.« Knösel zeigte auf einen Ruinenberg. Er war einmal ein Wohnblock gewesen mit verschiedenen Höfen. Die Höfe konnte man noch erkennen, die Häuser nicht mehr. »Natürlich, det is et!« Knösel wurde unruhig. »Da ... in dem Viereck ... da war'n schöner flacher Trichter. Da ha' ick det Pferd reinjelegt und mit Steinen zujedeckt.« Er schob den Helm wieder nach vorn in die Stirn und rieb die Hände aneinander. »Los, Iwan ... wenn wir det finden, reicht's bis zum Jüngsten Jericht ...«

Kaljonin hielt Knösel fest, als dieser aus dem Trichter klettern wollte.

»Nix, nix ...«, sagte er hastig. »Dort Rote Armee ...«

»Wo?«

»Gegenüber in Haus.«

»Seh ick nich ...«

»Ich aber! Ich gehen allein.«

»Iwan, bei dir piept's!«

»Wo ist Loch mit Konij?«

»Da, im ersten Hof. An der Mauer... vielleicht fünf Meter nach innen.« Knösel hielt nun Kaljonin fest, als dieser den Trichter verlassen wollte. »Junge, mach keenen fiesen Ärjer... die knallen dich sonst ab ...«

»Njet, ich doch Genosse!«

»Aba in deutscher Uniform, du Scheich!«

Kaljonin ließ sich zurückfallen. Der Schreck stand ihm im Gesicht. Die deutsche Uniform, er hatte sie ganz vergessen. Es würde nichts helfen, zu rufen und zu winken. »Nicht schießen, Briederchen. Ich bin Iwan Iwanowitsch Kaljonin von der 2. Gardedivision.« Sie würden ihn gar nicht hören ... sie würden nur seine Uniform sehen und schießen, bevor er rufen konnte.

»Is det 'ne Scheiße!« brüllte Knösel. »Eenen janzen Zentner Fleisch! Auge in Auge ... und du kommst nich ran!«

»Warten.« Kaljonin lächelte seinen Freund an. »In einer Stunde wir habenn Fleisch.«

»Und wie?«

»Mit richtige Uniform.«

»Dann knallen dich unsere ab, Iwan!«

»Man muß immer rechnen mit Risiko ...«

»Ick weeß nich. Ick hab'n komisches Jefühl im Magen«, sagte Knösel. »Vagessen wir det Fleisch. Komm, Iwan ...«

Sie krochen zurück zum Kino und schwiegen über ihre Pläne. In der Nacht waren sie wieder draußen, in einem Trichter zog sich Iwan Iwanowitsch um und kroch weiter in den Häuserblock hinein. Knösel wartete hinter einer herunterhängenden Betondecke, die Maschinenpistole im Anschlag. Er hört Stimmen, russische Worte ... er vernahm Kaljonins Organ, er lachte ... dann war es still, aber nur für einen Augenblick. Dann hämmerte es aus einem versteckten Bunker über den Häuserblock. Ein deutscher Beobachtungsposten kämmte das Niemandsland vor sich ab. Er hatte eine Bewegung gesehen.

»Idiot!« sagte Knösel halblaut. »Wennste wüßtest, wat da jeholt wird.«

Es dauerte über zwei Stunden. Knösel wurde ungeduldig, Angst umklammerte sein Herz. Sie haben Iwan erwischt, dachte er. Hätte ich doch bloß die Fresse gehalten ...

Er wollte schon zurück zum Kino, als er vor sich das Prasseln von Steinen hörte, Rumoren, Schleifen, Keuchen. Von dem deutschen Bunker aus ballerte wieder eine Salve über das Vorfeld.

»Aufhören!« brüllte Knösel. »Eigene Leute! Aufhören. Ihr Hornochsen! Eigene Leute ...«

Der Posten verstand zwischen zwei Feuerstößen den Ausdruck Hornochse und stellte sofort das Feuer ein. Die Nacht war dunkel und voll Schneenebel. Man sah nichts ... aber die Geräusche wurden weitergetragen, klar und überdeutlich wie durch einen Sprechtrichter. Knösel stützte sich auf den Rand seiner herunterhängenden Decke.

»Hier Sanitäter Feldlazarett III! Verstehst du?«

»Ja ...« Eine Stimme, wie aus der Weite des Himmels. »Kann ich das riechen ...«

Eine Leuchtkugel auf russischer Seite zischte auf. Knösel sah einen Schatten, der sich blitzschnell hinwarf. Er wartete, bis die Leuchtkugel wieder versunken war, dann sprang er vor und erreichte Kaljonin in der Haustür eines Hauses. Die Tür und ein bißchen Mauer herum waren das einzige, was von diesem Haus noch aufrecht stand. Kaljonin lehnte an der Mauer und keuchte. Er hatte keinen Atem mehr. Neben ihm lag ein großer Klumpen Fleisch, steinhart und schwer wie Blei. Die linke Hüfte eines Pferdes.

»Ich nicht mehr kann tragen ...«, stöhnte Kaljonin.

»Mensch, Iwan!« Knösel umarmte Iwan Iwanowitsch. »Die janze Hüfte. Det reicht! Det reicht! Det wird ’ne Fettlebe!« Plötzlich ließ er Kaljonin los und lehnte sich neben ihm an die Türwand. »Kumpel, weißt du, daß du uns allen das Leben gerettet hast ...«

Kaljonin schwieg. Sein Atem pfiff.

»Noch zwei Tage, und wir wären umjefallen wie de Mücken am Mottenpulver! Junge ...« Knösel schluckte und legte den Arm um Kaljonins Schulter. »Warum is Krieg? Warum müssen wir zwee Feinde sein? Wär det nich schön, wenn wir alle Freunde sein könnten?«

»Sähr schönn, Briederchen.« Kaljonin hob beide Arme in die Luft, er japste nach Atem. In seinem Brustkorb stach es wie mit tausend Nadeln. »Wir sind Freunde ...«, sagte er röchelnd.

»Aba nebenan hauen se sich die Birne ein! Is det nich zum Kotzen? Nur weil wir eenen Hitler haben und ihr 'nen Stalin! Sind wir nich blöde, Iwan?«

»Ja.« Kaljonin nickte. »Aber kannst du machen Welt anders?«

Nach vier Stunden Abwesenheit kamen sie zurück in den Kinokeller, zwischen sich die vereiste Pferdelende. Man hatte sie schon gesucht. Dr. Portner brauchte Knösel als Ordonnanz. Besuch war gekommen. Hoher Besuch.

Im OP-Keller saß General Gebhardt. Verdreckt, mit zerrissener Uniform, hohlwangig, unrasiert, müde und seelisch zerbrochen.

Ein General ohne Truppen.

Der Kessel Stalingrad-Mitte war die erste der drei deutschen Widerstandsgruppen, die sich unter der massiven Beschießung und durch die Straße nach Straße, Ruine um Ruine abwalzenden T 34 auflöste. Regimenter bestanden nur noch aus vierzig Mann, Divisionen waren nur noch Nummern oder armselige Haufen von zweihundert Verhungerten und Verletzten, die sich in den Kellern verbargen, überrollen ließen, hinauskrochen, wie Schmeißfliegen an den Panzern klebten und sie in die Luft sprengten. Es gab keine Front mehr, kein Hüben und Drüben ... alles verschmolz miteinander, ein Haus gehörte im Keller den Deutschen, in der zweiten Etage den Sowjets, man hockte Kellerwand an Kellerwand, hörte sich sprechen, begegnete sich an der Treppe und schoß aufeinander oder schlug sich die Köpfe ein. Es war ein völlig sinnloses Sterben, aber man starb, weil es nichts anderes mehr gab.

General Gebhardt hatte am Nachmittag die letzten Meldungen bekommen. Zwei Meldegänger überbrachten die Nachrichten. Seine Division bestand nicht mehr. Es gab nur noch die Offiziere seines Stabes und ein paar Männer, die sich vor den Flammenwerferpanzern und der Lawine der sowjetischen Infanterie gerettet hatten. Das kleine Funkgerät, die letzte Verbindung mit anderen Divisionen und dem Armee-Befehlsstand, war durch den Ausfall der Batterien unbrauchbar geworden. Man wußte nicht, wie es im Südkessel stand, was der Nordkessel machte ... man sah nur die hohen Qualmwände in den Fabrikvierteln »Rote Barrikade« und »Dsershinski« und ahnte, was sich dort abspielte. General Gebhardt versammelte in dieser Nacht seine letzten Offiziere um sich.

»Meine Herren«, sagte er mit merkwürdig spröder Stimme, »ich weiß nicht, ob ich dazu berechtigt bin, aber die Lage, in der wir uns befinden, zwingt mich zu logischen Folgerungen.«

Das klang wie eine Selbstzüchtigung. Die Offiziere, die General Gebhardt im Halbkreis umstanden, sahen ihren Kommandeur aus eingesunkenen Augen an.

»Ich entbinde Sie hiermit von dem Eid, den Sie einmal für Führer und Volk geleistet haben. Ich gebe Ihnen völlige Handlungsfreiheit. Sie stehen nicht mehr unter meinem Befehl. Sie können durchbrechen. Sie können sich in russische Gefangenschaft begeben. Sie können sich erschießen. Es wird Ihnen überlassen. Man hat uns verraten, das wissen wir jetzt. Nun sollte sich jeder der Nächste sein. Ich danke Ihnen, meine Herren, für Ihre bis zur Hölle gehaltene Treue und Kameradschaft.« General Gebhardt legte die Hand an seine Mütze. »Gott mit Ihnen, meine Kameraden!«

Die Offiziere grüßten zurück. Vor ihrem Keller ratterten die Ketten der sowjetischen Panzer. Ein paarmal krachte es. Das

Wunder des Widerstandes erneuerte sich wieder ... die Toten erhoben sich und schossen noch einmal, ehe sie vollends starben.

»Und wohin gehen Herr General?« fragte ein Ia, ein Oberstleutnant.

»Nach vorn, meine Herren.«

»Wir bitten Herrn General, uns anschließen zu dürfen.«

»Nein!« Gebhardt Gesicht war kantig, wie versteint. »Mein letzter Befehl – ihn behalte ich mir vor – lautet, daß jeder der Herren sich unabhängig von irgendwelchen Gefühlen zu dem Weg entschließt, den er vor sich selbst immer verantworten kann.«

»Durchbruch!« rief ein junger Hauptmann.

General Gebhardt nickte. »Wenn Sie es wagen wollen ... es hält Sie niemand mehr. Am wenigsten ein Führerbefehl.«

Der junge Hauptmann grüßte noch einmal und lief hinaus. Es schlossen sich ihm noch vier andere Offiziere an ... zurück blieben der Ia und der Quartiermeister, ein Major. General Gebhardt sah sie fragend an.

»Und Sie?«

»Wir bleiben hier im Befehlsstand und warten, was kommt. Es bleibt uns als letzter Ausweg immer noch die Waffe.« Der Ia schluckte. Er dachte an seine Frau, an seine drei Kinder, an die alte, auf ihn wartende Mutter. Er war der einzige Sohn. »Wir bitten Herrn General, auch hier zu bleiben ...«

»Nein!« Gebhardt setzte seine Mütze ab und griff nach seinem weißgestrichenen Stahlhelm. Er stülpte ihn über die kurzgeschnittenen grauen Haare. Nur die roten Kragenspiegel mit dem goldenen Eichenlaub unterschieden ihn von seinen Landsern ... sein Mantel war dreckig und zerrissen wie alle Mäntel, seine Hosen mit den roten Streifen waren längst zerfetzt, er hatte sie gegen einfache Hosen umgetauscht, Hosen eines Toten.

»Wir bitten Herrn General noch einmal, ihn begleiten zu dürfen ...«, stotterte der Quartiermeister.

»Nein! Warum!«

»Wir haben Angst um den Herrn General.«

»Angst!« Gebhardt senkte den Kopf. »Angst hätten wir uns leisten können vor einigen Wochen. Wovor sollen wir jetzt noch Angst haben? Vor dem Sterben? Meine Herren ... vor Erlösungen hat man keine Angst. Man geht ihnen entgegen.«

Er drehte sich um und verließ mit weit ausgreifenden Schritten den Keller. Sie hallten noch in den anderen leeren Gewölben nach, bis sie sich verloren. Der Oberstleutnant und der Major setzten sich an den aus Brettern gezimmerten Tisch. Sie schraubten die Becher von ihren Feldflaschen und gossen sich aus einer Flasche ein, die der Ia aus einer Munitionskiste holte.

Der letzte Cognac. Der letzte Schluck.

»Leben Sie wohl, Herr Seiferth«, sagte der Oberstleutnant.

»Auf Wiedersehen, Herr Dormagen.«

Sie prosteten sich zu und tranken ihre Becher in einem Zug leer.

Dann saßen sie wieder stumm am Tisch, fast bewegungslos, und warteten.

Nach einer Stunde polterte es über die Treppe. Ein sowjetischer Leutnant betrat den letzten Kommandoraum der Division. Ihm folgten zwölf Rotarmisten mit Maschinenpistolen.

Die beiden deutschen Offiziere erhoben sich von ihren Kisten und grüßten. Der junge Leutnant der Roten Armee grüßte verblüfft zurück.

»Dawai!« sagte er dann und zeigte mit dem Daumen zum Ausgang. Mit gesenkten Köpfen gingen die deutschen Offiziere durch das Spalier der Rotarmisten ins Freie. Für sie war die Hölle zu Ende.

General Gebhardt rannte unterdessen durch die Nacht zum Abschnitt »Tennisschläger«. Wo er auftauchte, verbreitete er sprachloses Erstaunen. Ein paarmal wollte man ihn festhalten ... da wurde er wieder General und fauchte die Offiziere an, die ihn beschworen, in den Bunkern zu bleiben. So fragte er sich durch bis zum Feldlazarett III, zu den Kellern unter dem Kino.

Dr. Körner war der erste, der den General sah. Er kniete auf der Treppe und verband einen Kopfschuß. Die Keller waren überfüllt, die neue Welle der Verwundeten, die aus den Trümmern herangespült wurde, mußte auf der Treppe oder rund um das Kino in den Trichtern versorgt werden. Bald waren es 5000, die herumlagen, ein Berg von zerrissenem Fleisch, aus dem es stöhnte wie aus einem ruhenden Vulkan.

»Herr ... Herr General ...«, stotterte Dr. Körner und wollte Haltung annehmen. Gebhardt winkte ab.

»Lassen Sie den Quatsch, Doktor! Lebt Ihr Chef noch?«

»Jawohl, Herr General.«

»Was soll diese merkwürdige rote Fahne mit dem grünen Kreuz auf der Kinoruine?«

»Das ist eine sowjetische Lazarettfahne, Herr General.«

»Aber –« General Gebhardt sah sich um. Die Treppe herauf kam Olga Pannarewskaja mit frischen, gewaschenen Verbänden und einer Tasche voll Morphiumampullen. »Was soll denn das? Eine Frau? Eine Russin? Sind Sie denn schon überrollt?!« General Gebhardt grüßte, als die Pannarewskaja vor ihm stand.

Dr. Körner nannte ihren Namen. Gebhardt blickte hilflos im Kreis. Deutsche und sowjetische Verwundete lagen einträchtig in den Trümmern. Und auf der Ruine wehte die rote Fahne.

»Was soll das alles?«

Dr. Körner atmete tief auf. »Ich habe die Ehre, Herrn General meine Braut vorstellen zu können ...«

Die Pannarewskaja lächelte still. »Ja ...«, bestätigte sie leise. »Ja, so ist es ...«

»Aber das ist doch Wahnsinn, Körner!« Gebhardt wandte sich an die Ärztin. »Er wird doch morgen oder übermorgen gefangengenommen! Und Sie wird man verurteilen zu Zwangsarbeit, weil Sie einen Deutschen lieben!«

»Ich weiß, Genosse General.«

»Und trotzdem?«

»Trotzdem. Wir werden uns einmal wiedersehen ...«

»Gott erhalte Ihnen diesen Optimismus.«

»Es ist Liebe, Genosse General ...«

Gebhardt hob hilflos die Schultern und stieg hinab in die Gewölbe. Als nächsten sah er Dr. Sukow ... aber da wunderte er sich schon nicht mehr. Er hatte das Einmalige und doch so Selbstverständliche begriffen: Hier gab es keinen Krieg mehr. Hier war eine Insel der Schmerzen und des Sterbens ... und Schmerzen und Sterben kennen keine Nationalitäten mehr, keine verschiedenen Uniformen, keine Ideologien ... sie machen alle gleich ... zu um Hilfe bettelnden Menschen.

Dr. Portner ruhte sich auf seinem Strohsack aus, als General Gebhardt eintrat.

»Bleiben Sie sitzen, Doktor –«, rief er, als der Stabsarzt aufspringen wollte. »Ich haue mich neben Sie. Was Sie da in Rot und Gold sehen, sind nur dumme Tapisserien – ich bin nur der Friedrich Gebhardt, sonst nichts. Ich bin der Letzte meiner Division ...«

»Herr General ...« Portner schüttete aus einem summenden Blechkessel heißen Tee in den Deckel eines Kochgeschirrs. Gebhardt nahm ihn am Griff und schlürfte gierig den heißen Tee. Er trank in kleinen, schnellen Schlucken, die er durch das Anblasen des Tees unterbrach. Portner beobachtete ihn von der Seite. Ein schöner, schmaler Gelehrtenkopf, dem selbst die Bartstoppeln nichts von der inneren Würde nahmen.

»Das tat gut«, sagte General Gebhardt und reichte den Kochgeschirrdeckel zurück. »Ich bin gekommen, um mich von Ihnen zu verabschieden, Doktor.«

»Von mir?«

»Ja. Ich habe Sie damals sehr schätzen gelernt, wissen Sie, bei diesem dummen Prozeß Körner. Sie haben damals mit einem Löwenmut das gesagt, was ich schon immer dachte. Das hat mir imponiert! Sie haben geredet, ich habe nur gedacht! Hätten mehr Leute geredet und nicht nur still gedacht, wäre vielleicht vieles anders geworden, und einige hunderttausend Männer lebten heute noch. Und deshalb mußte ich zu Ihnen kommen, ehe ich für mein Versagen die Konsequenzen ziehe.«

Dr. Portner setzte den Kochgeschirrdeckel langsam auf die Erde. »Sie haben nicht versagt, Herr General.«

»Doch! Portner, reden Sie mir keinen Unsinn ein! Von einer ganzen Division lebe ich noch! Ich, ihr Kommandeur! Das ist doch widersinnig!«

»Es wäre widersinnig, sich für ein Nichts wie die sogenannte Soldatenehre zu opfern! Kommen wir dem Sieg näher, wenn Sie jetzt hinausgehen und sich totschießen lassen?«

»Nein! Aber ich habe wider besseres Wissen meine Leute in den Tod geführt. Eine ganze Division! Glauben Sie, daß ich jemals in Ruhe wieder schlafen kann?«

»Ich glaube nicht, daß die Herren im Führerhauptquartier auch solche zarten Seelen haben. Sie schlafen ruhig weiter ... und wenn ganze Armeen untergepflügt werden. Man schläft ruhig mit der Gewissensbremse, daß solche unliebsamen Begleiterscheinungen zum Risiko eines Soldaten gehören. Ein Fensterputzer kann von der Fassade stürzen, ein Tischler sich den Daumen absägen, ein Elektriker einen Schlag bekommen, ein Schornsteinfeger vom Dach fallen ... und ein Soldat kann eben nun mal sterben. Das gehört zum Beruf.«

»Ich kenne Ihren Sarkasmus, Doktor.« General Gebhardt sah auf seine Armbanduhr. »3.43 Uhr morgens, 29. Januar 1943. Ich habe Sie noch einmal gesehen und gesprochen ... merkwürdig, welch ausgefallene Wünsche man am Ende seines Lebens hat.«

Dr. Portner sprang auf. »Was wollen Herr General tun?« rief er laut.

»Mit der blanken Waffe fallen, mein Lieber.«

»Das lasse ich nicht zu!«

»Ihr Reich ist der Häcksel, der aus der Kriegsmaschine geschleudert wird ... kümmern Sie sich darum und nicht um einen alten, müden Mann, der sich nach Ruhe sehnt ...«

»Herr General! Nebenan sitzt Oberst von der Haagen und ...«

Gebhardts Kopf flog herum. »Was? Der ist hier? Dann lebt ja doch noch einer meiner Division! Von der Haagen nehme ich natürlich mit ...«

»Herr General ...«, stammelte Dr. Portner.

»Gerade von der Haagen ist dazu ausersehen, das Beispiel zu geben, das er immer gepredigt hat. Wo ist er?«

»Nebenan ...« Dr. Portner schluckte. Zum erstenmal empfand er Mitleid mit dem Oberst, der ahnungslos neben dem »Held der Nation« Sabotkin schlief. »Aber er ist verwundet ...«

»Das macht nichts!« General Gebhardt straffte sich. »Wie sagte von der Haagen immer: Eine deutsche Eiche fällt stolz um ... Gehen wir ...«

»Herr General –«

Dr. Portner rannte Gebhardt nach.

»Wo ist Knösel?!« schrie der Stabsarzt. »Knösel, sofort zu mir! Himmel, Arsch ... Knösel!!«

Er war bereit, General Gebhardt mit Gewalt zurückzuhalten. Er und Knösel und Dr. Körner ... sie würden es schaffen.

General Gebhardt ging unbeirrt weiter. Er stieg über Verwundete, Sterbende und Tote und winkte Oberst von der Haagen zu, der in diesem Augenblick aus seinem Keller kam.

»Da sind Sie ja!« rief Gebhardt. »Ich brauche Sie, von der Haagen ...«

»Herr General ...«, stotterte der Oberst. Er nahm die Hacken zusammen und grüßte. »Welche Freude.« Plötzlich leuchteten seine Augen auf. »Herr General haben mit der Division den Abschnitt bereinigt? Es geht wieder vorwärts?«

»Und wie, von der Haagen!« Der General hob die rechte Hand. »Mit dem Führer ... Sieg Heil!«

»Sieg Heil!« Von der Haagen hob den weißhaarigen Kopf. Sein eingefallenes Gesicht belebte sich. Dr. Portner biß sich auf die Lippen. Das Mitleid mit diesem Mann, der sich an ein Wort, an einen Begriff klammerte wie ein Ertrinkender an ein treibendes Brett, stieg heiß in ihm auf. Plötzlich erkannte er, wie klein und armselig dieser Mensch war, wie unendlich zerrissen und hilflos. Der Oberst rückte an dem Rock seiner Uniform. »Darf ich als erster Herrn General beglückwünschen, daß ...«

»Draußen, von der Haagen, draußen. Gehen wir hinaus. Ich liebe frische Luft ...«

»Ich auch, Herr General.«

»Ich weiß ... sie wird Ihnen guttun. Kommen Sie.«

»Knösel!« brüllte Dr. Portner und sprang über die liegenden Körper General Gebhardt nach. »Zum Teufel noch mal – wo ist Knösel?!«

Es war der Augenblick, in dem Kaljonin und Knösel ihre gefrorene Pferdelende heranschleiften und ächzend oben an der Treppe eine Verschnaufpause einlegten.

Der kleine Trupp aus vier Offizieren und zwanzig Mann, der nach dem Weggang General Gebhardts sich durchschlagen wollte, gelangte wirklich in der Nacht hinter die feindliche Umklammerung. Sie sickerten durch und marschierten seitlich der Straße von Gumrak nach Westen. Die Stimmung war fast überschwenglich. Das Trümmerfeld der Stadt lag hinter ihnen, sie sahen den Feuerschein der pausenlosen Artilleriebeschießung des Nord- und Südkessels und die Feuerwand im Kessel »Mitte«. Das alles lag nun weit hinter ihnen ... sie marschierten in die Stille hinein, in die verschneite Steppe, marschierten eng aufgeschlossen, ein kleiner geballter Haufen, mitten durch die sowjetischen Reserven.

Wir schaffen es, dachten sie alle. Wir schaffen es! In vierzehn Tagen haben wir Anschluß an die eigenen Truppen, dann sind wir am Donez.

Man hat sie erst bei Aufräumungsarbeiten am 10. Februar wiedergesehen. Russischen Bautrupps, die die Eisenbahnlinien wieder ausbesserten, fiel ein kleiner Schneehügel mitten in der Steppe auf. Wo kein Baum, kein Strauch, keine Erhebung ist, hat ein Hügel nichts zu suchen.

Man grub ihn auf und fand unter dem vereisten Schnee vierundzwanzig deutsche Soldaten. Sie saßen nebeneinander, in einem engen Kreis. Leib an Leib, mitten in ihnen, als Kern, vier Offiziere. Sie hatten versucht, sich bei einem Schneesturm mit 45 Grad Kälte gegenseitig zu wärmen, hatten eine Burg aus ihren Körpern gebildet und gehofft, den heulenden Schneesturm zu überleben. So waren sie gestorben, erstarrt zu einem Denkmal. Ihre Gesichter in dem blanken Eis schienen zu leben, ihre Augen starrten die Russen, die sie ausgruben, fragend an.

Man hackte die Körper voneinander, lud sie auf einen Lastwagen und fuhr sie zu den Massengräbern, warf sie zu den anderen deutschen Leichen und schob die Gräber mit großen Planierraupen zu. Im Frühjahr wuchs wieder Gras darüber. Rußlands Erde war groß genug ... in ihr konnte eine Armee verschwinden, ohne daß man es merkte ...

Sie krochen durch die Trümmer und Ruinen, von Trichter zu Trichter, tiefer in die Stadt hinein, dem Roten Platz entgegen, an dessen einer Seite, im Keller des Kaufhauses »Univermag«, das Armee-Oberkommado den totalen Zusammenbruch in stumpfer Hilflosigkeit erwartete. Oberst von der Haagen kroch seinem General tapfer nach, Seite an Seite lagen sie am Rand einer breiten Straße. Vor ihnen ratterte ein dunkler Koloß über den Asphalt. Ein russischer Panzer, der die ausgestorbenen Ruinen kontrollierte.

General Gebhardt schien der Panzer wenig zu kümmern. Er machte Anstalten, auf die Straße hinauszutreten. Von der Haagen wagte es, ihn am Ärmel festzuhalten. Er keuchte von dem schnellen Vorwärtslauf.

»Herr General ... wo ist denn die Division?« fragte er. Gebhardt erhob sich. Noch schützte ihn ein Mauervorsprung.

»Wir sind ja mittendrin, von der Haagen –«

»Wir sind ... Wieso?« Der Oberst sah sich um. »Ich habe noch keinen unserer Leute gesehen ...«

»Sie rechnen mit zuviel Beteiligung, Herr Oberst.« General Gebhardt schob die Maschinenpistole vor die Brust und entsicherte sie. Der Panzer rollte langsam über die leere Straße. »Die Division sind wir –«

»Wir?«

»Ja, wir zwei! Meine Division –«

In Oberst von der Haagen explodierte das Herz. Er begriff, was in wenigen Sekunden geschehen würde, er begriff die Ausweglosigkeit, er sah seinen Tod auf sich zurollen. Ein Koloß aus Stahl, 34 Tonnen schwer, mit einem langen Geschützrohr.

»Herr General!« schrie er. »Das dürfen Sie nicht tun! Herr General ... ich habe eine Frau und zwei Kinder ...«

»Ich habe drei, von der Haagen. Ich *hatte* drei. Mein ältester Sohn fiel bei Minsk.« Er ruckte an dem Sturmriemen seines Stahlhelmes. »Laden Sie Ihre MP durch, von der Haagen. Ein deutscher Offizier stirbt nicht kampflos ...«

»Herr General ...« Von der Haagen lehnte an der Hauswand. Tränen rannen ihm über das eingefallene Gesicht und froren sofort zu kleinen, hellen Kugeln. »Ich flehe Sie an ...«

»Lassen Sie uns jetzt nicht über Schuld und Sühne diskutieren, von der Haagen.« General Gebhardt machte einen Schritt auf die Straße. Noch sah ihn der Panzer nicht. »Kommen Sie ... oder bringen Sie es fertig, mich allein gehen zu lassen?! Oberst ... was haben Sie als Kadett schon gelernt?«

»Ich ... ich ...« Von der Haagen entsicherte seine Maschinenpistole. »Lassen Sie mich meine Fehler anders sühnen!« brüllte er heiser.

»Nein! Kommen Sie!« Gebhardt winkte. »Die Schuldigen vergessen zu leicht, wenn sie in Sicherheit sind. Zielen Sie auf den rechten Sehschlitz – ich nehme die Turmluke ...«

Durch die Trümmer hetzte eine dritte Gestalt auf sie zu. Eine Leuchtkugel erhellte plötzlich die Straße, den Panzer, den deutschen General, der seine MP gegen den stählernen Koloß hob, den deutschen Oberst, der aus der Deckung einer Mauer schwankte wie ein Betrunkener.

»Zurück!« schrie Dr. Portner und rannte wie besessen. »Zurück ...«

Ihm folgten Knösel, Dr. Körner und zwei Sanitäter. Als der Lichtschirm der Leuchtkugel sie ergriff, warfen sie sich in die Ruinen, auf Steinhaufen, in Kellerlöcher.

General Gebhardt hob seine Waffe. Hoch aufgerichtet stand er mitten auf der leeren Straße. Der Panzer rollte auf ihn zu.

Dr. Portner drückte den Kopf auf den rechten Unterarm und schloß die Augen. Er konnte nicht mehr hinsehen.

15

General Gebhardt sah sich um. Neben ihm stand Oberst von der Haagen mit leeren, verquollenen Augen. Seine Mundwinkel hingen herab, die Lippen waren halb geöffnet, die dicke Zunge preßte sich durch die Zähne. Es war kein schöner Anblick mehr. Gebhardt zeigte mit dem Lauf seiner Maschinenpistole auf den rumpelnden Panzer.

»Brav, von der Haagen!« schrie er. »Ich den Sehschlitz, Sie die Luke ...«

»Ich dachte ... ich den Sehschlitz ...« Der Oberst würgte. Der General winkte ab.

»Ihre Hand zittert, Oberst! Den Turm treffen Sie leichter als den Schlitz. Also denn – Feuer frei! Es lebe Deutschland!«

»Es lebe ...« Von der Haagen hob mit einem Ruck die Waffe. Dann feuerte er ... breitbeinig stand er neben dem General auf der Straße, mitten auf dem Asphalt, ohne Deckung, er schoß auf den Turm, von dem seine Kugeln abprallten und wegsurrten in die Trümmer. Und plötzlich war er ganz ruhig ... er sah, wie das schwere MG aus dem Panzerturm zu ihnen hinschwenkte, sah, wie der schwarze Lauf zu zittern begann, hörte das tackende Hämmern der Abschüsse ... Er stand neben dem General und schoß zurück, irgendwohin, nicht mehr gezielt.

General Gebhardt sank in die Knie. Die Maschinenpistole fiel ihm aus den Händen, schepperte über die Straße ... aus dem Knien fiel er nach vorn auf das Gesicht, seine Beine zuckten unter seinem Leib, sie streckten sich ... dann lag er still. Im gleichen Augenblick spürte auch von der Haagen, wie sechs glühende Stiche durch seinen Körper jagten. Die Welt wurde plötzlich federleicht ... er fühlte sich hinfallen, er hörte das Dröhnen der Panzermotoren, aber er empfand keinerlei Schmerzen, nur wundervolle Leichtigkeit und das Hereinbrechen einer sich immer mehr verstärkenden Dämmerung.

Und davor habe ich Angst gehabt, dachte er noch. Es war sein letzter Gedanke. Den letzten Einschuß, der seine Schädeldecke aufriß, spürte er nicht mehr ... er war schon tot, als sein Körper neben den des Generals Gebhardt rollte.

Dr. Portner lag noch immer zwischen den Ruinen, den Kopf auf den Unterarmen. Als die Feuerstöße verstummten, blickte er auf. Er sah die beiden Körper auf der Straße liegen, der Panzer war stehengeblieben und tastete das Trümmerfeld ab. Sein Turm drehte sich langsam von links nach rechts.

»Er lebt ja noch ...«, stammelte Dr. Portner. »Mein Gott ... er lebt ja noch ...« Er hob den Kopf und starrte zu General Gebhardt. Der Rücken des Liegenden zuckte, ein Arm glitt über den Asphalt der Straße, als suche er Halt. »Er lebt ja noch!« schrie Dr. Portner. Mit einem Satz sprang er auf und riß sein Taschentuch aus der Manteltasche. In Ermangelung einer Rot-Kreuz-Fahne schwenkte er das weiße Taschentuch über seinem Kopf, stieg aus den Ruinen und ging aufrecht auf die beiden Liegenden und den Panzer zu. Dr. Körner umklammerte die Steine, hinter denen er Deckung gesucht hatte. »Herr Stabsarzt!« brüllte er. Seine Stimme gellte in die plötzliche Stille hinein. »Herr Stabsarzt!!«

Dr. Portner ging unbeirrt weiter. Er schwenkte den kleinen weißen Fetzen und sah den Panzer gar nicht an, dessen Turm wieder zur Straße glitt. Er hatte General Gebhardt erreicht und drehte den Körper auf den Rücken. Der General war noch nicht gestorben, aber die Augen besaßen schon die Starrheit der Ewigkeit.

Der Stabsarzt knöpfte den Mantel und den Rock des Generals auf. Aus sieben Brustwunden tropfte ihm das Blut über die Hände. Es war sinnlos, was Dr. Portner tat, aber seine Erschütterung war so groß, sein Kopf so völlig entfernt von aller Logik, daß er drei der russischen Verbandspäckchen, die die Pannarewskaja mitgebracht hatte, aus der Tasche zog und sie aufriß.

Weiter kam er nicht. Ein einzelner Schuß aus der Panzerluke traf ihn genau zwischen die Augen. Er warf die Arme hoch, die Verbandspäckchen flogen durch die eisige Luft, dann fiel er über General Gebhardt, als könne er ihn noch im Tode schützen.

Dr. Körner zitterte am ganzen Körper. Als er Dr. Portner fallen sah, war es ihm, als habe auch sein Leben aufgehört. Er wußte nicht mehr, daß er hinter seinen Steinen lag und wie ein junger Wolf heulte. Er hatte nur den Drang, zu Dr. Portner zu laufen, bei ihm zu sein, es war eine Verbundenheit, die stärker schien als zwischen Vater und Sohn ... aber als er aufspringen wollte, warfen sich Knösel und ein Sanitäter über ihn und drückten ihn in die Deckung zurück.

Verbissen, stumm, aber mit unwahrscheinlicher Härte rangen sie miteinander. Es war rätselhaft, welche Kräfte noch in Dr. Körners ausgezehrtem Körper steckten ... er stemmte sich gegen den bulligen Knösel und den Sanitäter, trat um sich, wälzte sich unter ihnen weg, hieb mit den Fäusten auf sie ein. Keuchend, aber ohne Worte, denn hier gab es nichts mehr zu sagen, schlugen sie auf sich ein, bis ebenso plötzlich, wie die Kraft gekommen war, in Körner eine völlig Schlaffheit eintrat ... er lag auf dem Rücken, starrte in den grauen Winterhimmel, mit einer Apathie, die wie lähmend wirkte. Knösel, der sich von ihm löste, wartete ab, ob er sich wieder rührte. Aber Dr. Körner regte sich nicht. Es war, als habe man eine ausgebrannte Schlacke in Gestalt eines Menschen in die Trümmer geworfen. Eine Stunde lang kurvte der Panzer auf der Straße ... dann fuhr er zurück zum Roten Platz, wo in den riesigen Kaufhauskellern das Armee-Oberkommando hauste. Unter ihnen Offiziere, die in diesem Augenblick überlegten, ob man auf der Kaufhausruine die Hakenkreuzfahne hissen sollte, um unter diesem Zeichen zu sterben. Und ein Generaloberst, der stumpf und zerbrochen in seinem Kellerraum hockte und mit dem Gedanken spielte, sich am nächsten Tag mit einer Ladung Pioniersprengstoff in die Luft zu jagen.

Als der Panzer davongerumpelt war, sprangen Knösel und die beiden Sanitäter aus ihrer Deckung und schleiften General Gebhardt, Oberst von der Haagen und Stabsarzt Dr. Portner von der Straße. Auch Dr. Körner stand plötzlich neben ihnen ... stumm griff er seinem Stabsarzt unter die Arme und trug ihn mit Knösel zum Lazarettkeller zurück. Die Sanitäter folgten ihnen ... sie trugen den General und den Oberst über den Schultern wie Fleischer eine Rinderseite.

Dr. Sukow und die Pannarewskaja standen schweigend vor den Toten, als man sie im OP-Keller niedergelegt hatte. Pfarrer Webern betete stumm. Er hatte das kleine goldene Brustkreuz zwischen die gefalteten Hände geklemmt und die Augen geschlossen. Seine Erschütterung war unsagbar, sie verschloß ihm den Mund. Man müßte ein Hiob sein, dachte er. Jetzt müßte man den Mut haben, mit Gott hadern zu können. Jetzt müßte man rufen können: Gott – warum?!

Im kleinen Keller neben dem OP-Raum hockte Knösel und weinte. Er saß wie ein sterbender Hund in der dunklen Ecke, und Iwan Iwanowitsch Kaljonin und seine Frau Vera saßen neben ihm und hatten die Arme um ihn gelegt.

»Kriegg bald kaputt ...«, sagte Kaljonin leise und hielt den schluchzenden Kopf Knösels fest. »Briederchen ... nur noch einen Tagg ... odder zwei ...«

Chefchirurg Dr. Andreij Wassilijewitsch Sukow zog eine alte, blutbefleckte Decke über das Gesicht Dr. Portners. Olga Pannarewskaja half ihm mit der Starrheit einer Puppe. Ihr bleiches, tatarisches Gesicht war regungslos. Man hatte ihr erzählt, daß auch Dr. Körner beinahe nicht mehr zurückgekommen wäre, daß man ihn zwingen mußte, weiterzuleben. Nun stand er an einem der Tische und operierte ... es war, als läge auf dem Nebentisch nicht Dr. Portner, er sah nicht hin, drehte ihm den Rücken zu, beugte sich über den zerrissenen Körper und schnitt in die zuckende Wunde ... doch ab und zu unterbrach er seine Operation, drückte das Kinn an die Brust und zwang sich, nicht aufzuheulen. Dann lief ein Zittern durch seinen schmalen Jungenkörper, und die Pannarewskaja legte die Hand auf seine Schulter, stumm, aber mit einem kräftigen Druck. Da operierte er weiter.

Beim Morgengrauen wurden General Gebhardt, Oberst von der Haagen und Stabsarzt Dr. Portner begraben. So unterschiedlich sie im Leben gewesen waren, nun lagen sie nebeneinander in einem Granattrichter, jeder in eine Zeltplane gewickelt, auf der Brust ein Kreuz, das Knösel aus Dachlatten gezimmert hatte. Pfarrer Webern und der verwundete, von zwei Sanitätern gestützte Pastor Sanders sprachen die Gebete. Dann wurden die ersten Steine auf die Körper gerollt ...

Dr. Sukow war der erste, und er merkte erst da, als er die Hände gebrauchen mußte, daß er sie bei den Gebeten gefaltet hatte, unwillkürlich, wie selbstverständlich. Er schielte verstohlen zu der Pannarewskaja hinüber ... sie stand neben Dr. Körner und hatte auch die Hände gefaltet.

Und wir sind Kommunisten, dachte Dr. Sukow. Wir sagen: Religion ist Opium fürs Volk ... Wie nötig haben wir manchmal Opium. – Er warf die ersten Steine in den Granattrichter und trat dann zurück. Stein um Stein wurde geworfen ... wer von den Verwundeten gehfähig war, kam an den Trichter gewankt und wälzte seinen Stein über die Toten.

Als der Trichter aufgefüllt war, steckte Knösel ein großes Kreuz aus verbrannten schwarzen Deckenbalken in den Steinhaufen.

»Herr, Dein Ratschluß ist uns Menschen oft unverständlich ...«, sagte Pastor Sanders leise, als das Kreuz stand, »aber wir beugen uns ihm, denn Du wirst es gutmachen. Einst hast du die Waffen gesegnet, die der Freiheit dienten ... segne uns jetzt, die wir die Freiheit verloren haben ...«

Mit einem strahlend blauen Himmel und einer glänzenden, silbernen Wintersonne begann der neue Tag. Der 30. Januar 1943.
Der Wehrmachtsbericht meldete darüber lakonisch:

»In Stalingrad ist die Lage unverändert. Der Mut der Verteidiger ist ungebrochen ...«

Der Reichspressechef gab an diesem Tage für die gesamte deutsche Presse folgende Tagesrichtlinie heraus:

1. Im Zeichen äußerster Entschlossenheit und fester Siegeszuversicht gestaltet die deutsche Presse die heutige Ausgabe des 30. Januar 1943 zu einem eindrucksvollen und mitreißenden Appell an die deutschen Volksgenossen ...«

An diesem Tage gab der Chef des Generalstabes der 6. Armee, General Schmidt, eine Antwort, die man nie vergessen sollte, wenn der Name Stalingrad fällt, denn hier wurde der Wahnsinn zur Methode. Im Keller des Kaufhauses Univermag sitzend, empfing General Schmidt den verzweifelten Anruf eines Panzerkorps-Chefs. Er bat um Einstellung des sinnlosen Kampfes. General Schmidt antwortete:

»Wir kennen die Lage ... der Befehl lautet: Es wird weitergekämpft!«

»Aber womit?« schrie der Oberst der Panzertruppen. »Was sollen wir ohne Munition tun?!«

Und General Schmidt antwortete:

»Ihre Soldaten haben doch Messer und Zähne. Sie sollen beißen!«

Nach dieser Antwort begingen die Offiziere des Panzerkorps Selbstmord ...

Im Führerhauptquartier wurde die »Machtübernahme« gefeiert. Die Generäle gratulierten und brachten Toaste aus. Der Reichsmarschall Hermann Göring, verantwortlich für die mangelhafte Luftversorgung der 6. Armee im Kessel Stalingrad, hielt eine Rede über alle deutschen Sender.

»... Wir haben die Russen bisher geschlagen, wir werden sie auch wieder schlagen ...«, rief er mit seiner hellen Fanfarenstimme. Und: »... Aus all diesen gigantischen Kämpfen ragt nun gleich einem gewaltigen Monument der Kampf um Stalingrad heraus. Es wird der größte Heroenkampf in unserer Geschichte bleiben. Was dort jetzt unsere Grenadiere, Pioniere, Artilleristen, Flakartilleristen und wer sonst in dieser Stadt ist, vom General bis zum letzten Mann, leisten, ist einmalig. Mit ungebrochenem Mut und doch zum Teil ermattet und erschöpft, kämpfen sie gegen eine gewaltige Übermacht um jeden Block, um jeden Stein, um jedes Loch, um jeden Graben ...« Und am Ende der Rede: »... Wenn die Sonne wieder hoch steht, wird sie die deutschen Truppen wieder im Angriff finden, genauso wie im vorigen Jahr ...«

Und am gleichen Tag schrien Zehntausende bei der Rede des Reichspropagandaministers Dr. Goebbels im Berliner Sportpalast: »Führer befiehl – wir folgen dir ...!«

Generaloberst Paulus wurde an diesem Tage zum Generalfeldmarschall befördert. Um die gleiche Stunde sprach Hitler mit seinen Generälen über die Aufstellung einer neuen 6. Armee. Der Grabkranz für 330 000 Soldaten war die Ernennung ihres Kommandeurs zum Feldmarschall.

An diesem 30. Januar 1943 feierten auch die Sowjets ... am Mittag zogen über die Ruinenstadt Stalingrad, unter einem strahlenden Himmel, sowjetische Fliegergeschwader in Paradeformation vorüber. Ein paarmal wiederholten sie die Luftparade, eine Demonstration ihrer Macht und der Ohnmacht der verhungerten, sterbenden, in Löchern und Kellern hockenden Reste einer zermahlenen deutschen Armee.

Die Offiziere des Armee-Oberkommandos starrten in den

glänzenden Himmel und schwiegen betroffen. Feldmarschall Paulus saß in seinem Keller ... jetzt, in den letzten Stunden, war es in ihm so leer, daß er überhaupt nichts mehr begriff. Er stand einem Schicksal gegenüber, das über seinen Begriff reichte.

An diesem Morgen wurde aber auch das große schwarze Kreuz vom Grabe Dr. Portners geschossen. Zwei sowjetische Panzer veranstalteten darauf ein Scheibenschießen.

»Sehen sie denn die Fahne nicht?!« schrie die Pannarewskaja. »Auf ein Kreuz zu schießen ... sind wir denn Unmenschen?!«

Dr. Sukow hob die Schultern. »Ein Kreuz? Genossin Olga ... was wissen unsere Jungs von einem Kreuz? Und eine Fahne? Sehen Sie doch hinaus ... es hängt nur noch ein grüner Fetzen an der Stange. Unmenschen ...?« Dr. Sukow schwieg einen Moment. Dann nickte er. »Ja, Unmenschen sind wir, Genossin ... wir alle ... Wären wir normale Menschen ... wie könnten wir das alles aushalten ...?«

Es gab keine Front mehr, keine Linie, keine Stellungen. Im Norden, in der Mitte und im Süden wurden die deutschen Soldaten wie wilde Hasen gejagt. Panzer fuhren durch die Straßen, sowjetische Stoßtrupps kämmten die Keller durch ... hier wurde geschossen, dort wurde sich ergeben ... in einigen Kellern trank man die letzte Schnapsration aus und erschoß sich selbst mit der letzten Patrone. In den gewaltigen Ruinenwüsten der Industriewerke im Norden wurde noch um jeden Meter gerungen. Warum, das fragte man nicht. Der alte Gedanke, seine Haut so teuer wie möglich zu verkaufen, herrschte vor. Daß es möglich war, nicht zu schießen und zu überleben, daran dachten sie nicht. Sie starben ... das Geheimnis des Heldentums wurde vollkommen an ihnen, ebenso wie das Geheimnis, Sinnlosigkeit nicht zu erkennen, wenn man eine Uniform trägt.

30. Januar 1943.

Im Keller unter dem Kino wimmerten und stöhnten über 3000 Verwundete. Neue Verwundete kamen kaum noch ... die Soldaten, die getroffen wurden, sanken in ihren Löchern um oder rutschten an ihre Kellerwände. Sie hatten nicht die Kraft, durch Ruinen bis zum Verbandsplatz zu kriechen.

Die Verbindungen zu den einzelnen Truppenteilen wurden plötzlich unterbrochen, soweit sie noch vorhanden waren. Immer wieder war es der gleiche Wortlaut, der von der kleinen Funkstation des Armee-Oberkommandos oder im Telefonraum aufgenommen wurde:

»Russe steht vor der Tür. Kein Schuß mehr zur Verteidigung. Wir übergeben. Grüßt die Heimat. Es lebe Deutschland ...«

Und dann Schweigen.

Im Nordkessel dröhnten die Stalinorgeln ... dort gab es noch das, was man den Tod mit blanker Waffe nennt. In der Stadtmitte, um den Roten Platz herum, war der Widerstand wie das heisere Bellen eines zu Tode gehetzten Hundes ... die sowjetischen Stoßtrupps säuberten die Trümmer, holten die schwankenden, verhungernden, zum Teil auf Händen und Knien kriechenden, zerlumpten und blaugefrorenen deutschen Soldaten aus den Bunkern und Kellern und sammelten sie auf den Straßen und führten die grauen Gespenster zu den Plätzen, in Höfe oder Hallen, wo sie sich niederhockten, umfielen oder stumpf vor sich hin stierten.

Eine Armee der toten Seelen.

Dr. Körner saß am Abend des 30. Januar auf seinem Strohbett und hielt die Hände Olga Pannarewskajas fest.

»Morgen oder übermorgen wird es vorbei sein ...«, sagte sie leise.

»Und dann, Olga?« Er blickte sie nicht an. Er wunderte sich über sich selbst, daß er überhaupt noch sprechen konnte, daß aus diesem leeren Hohlkörper eine Stimme herausquoll.

»Du wirst leben, mein Liebling ...«

»In einem Gefangenenlager ...!«

»Nicht lange. Ich hole dich heraus.«

»Das wird nicht möglich sein.«

»Es ist vieles möglich in Rußland.« Sie legte den Kopf an seine Schulter, ihr schwarzes Haar fiel über sein eingefallenes, knochiges Gesicht. »Und wir können warten, mein Liebling ... wir haben gelernt, geduldig zu sein. Waren wir stark genug, auf den Tod zu warten ... wir sollten stärker sein, auf das Leben zu hoffen ...«

Er nickte und drückte sie an sich. Aber er sah sie dabei nicht an. Keiner wird dieses Stalingrad überleben, dachte er. Alles ist nur ein Selbstbetrug ... Ende des Krieges, Ruhe, ein Bett, tägliches Essen, ein sauberes Lagerlazarett ... Es wird alles umsonst sein. Aus unseren Körpern kann man kein Feuer mehr schlagen ... sie sind ausgebrannt für immer.

Dr. Sukow kam in den OP-Keller. Er hatte im Funkraum eine der letzten Meldungen gehört. Ein Parlamentär der Sowjets, ein Major aus dem Generalstab Rokossowskijs, wurde in das Kellerlabyrinth des Kaufhauses Univermag geführt. Noch einmal überbrachte er ein Kapitulationsangebot der Russen, im letzten Augenblick, die Forderung einer bedingungslosen Übergabe mit der Zusicherung, daß die Offiziere Seitenmesser, Dolche, Degen und Auszeichnungen behalten dürften. Die allerletzte Möglichkeit, noch einigen Tausenden das Leben zu retten, wurde dargeboten.

Dr. Sukow kam zuversichtlich in den OP-Keller.

»Sie werden es annehmen«, sagte er fast feierlich. »Genossen ... morgen ist der Krieg in Stalingrad zu Ende. Es gibt auf der Welt keinen Offizier, der jetzt noch nein sagen kann ...«

Er kannte den Chef des Armeestabes der 6. Armee, den General Schmidt, nicht. Was keine Funkmeldung durchgab, geschah an diesem Tag.

Das Angebot der Sowjets wurde abgelehnt.

Als der Major vom russischen Generalstab die Kellertreppe

hinabstieg und in den Kellerraum des Stabschefs geführt wurde, sah ihn General Schmidt abweisend und stolz an und fragte laut einen seiner Herren:

»Was wollen die Schimpansen hier?!«

Das war die Sprache eines deutschen Offiziers, während 135 000 Tote um ihn herum in den Trümmern der Stadt lagen.

Am Abend saß Dr. Sukow neben Olga Pannarewskaja und Dr. Körner auf den Strohschütten. Die Meldung aus dem Kaufhaus Univermag war durchgekommen. »Keine Kapitulation. Es wird weitergekämpft bis zur letzten Patrone.«

Dr. Sukow schüttelte den Kopf und preßte die Hände flach gegen seine Schläfen.

»Was sind das nur für Menschen ...?« sagte er. Zum erstenmal sah man ihn bis ins tiefste erschüttert. »Ich kann es nicht begreifen ... ich kann es nicht begreifen ...«

Wer konnte es auch ...?

So strahlend sonnig der 30. Januar gewesen war, so trüb und grau, schneeverhangen und diesig war der 31. Januar. Ein Morgen voller Trübsinn, voll nasser Kälte, ein Morgen, der durch alle Kleider drang und sich auf die Knochen legte. Ein Morgen ohne Geräusche. Ein Morgen seltsamer Stille. Ein Morgen ohne Bewegung. Ein Morgen wie in einem riesigen Totenhaus.

Unter der Erde aber, im Kellergewirr des Kaufhauses Univermag, wurde zerstört. Die Sende- und Empfangsgeräte des Armee-Nachrichtenregimentes wurden mit Hammer und Spaten zerschlagen, die Röhren und Telefonkästen zertrümmert, die Leitungen herausgerissen, die Aggregate zerstampft. Der letzte Funkspruch an die Freiheit war herausgerufen worden. Es war ein abschließendes Lebenszeichen in zwei Teilen, bevor das letzte Leben in den Trümmern erlosch:

»Die 6. Armee hat getreu ihrem Fahneneid für Deutschland bis zum letzten Mann und bis zur letzten Patrone eingedenk ihres hohen und wichtigsten Auftrages die Position für Führer und Vaterland bis zuletzt gehalten. Paulus.«

Und als allerletztes:

»Der Russe steht vor dem Bunker, wir zerstören ...«

Es war 5.45 Uhr morgens.

In den Kellern verbrannten die Code- und Geheimbücher, die Chiffriergeräte, die Armeeakten, die Geheimen Kommandosachen, die Kisten voller Dokumente und Pläne. Ein Sonderkommando war unterwegs, um mit den letzten Patronen eine Pflicht zu erfüllen, die zu der traurigsten gehörte, die je im Kessel von Stalingrad befohlen wurde: Mit Maschinenpistolen und Karabinern erschoß man vagabundierende deutsche Soldaten, die – losgelöst von allen moralischen Bindungen – das Wort Freiheit und Auflösung so auslegten, daß sie plünderten, daß sie in den Kellern erschienen, in denen noch deutsche Kameraden hockten, die Brotbeutel durchwühlten und für einen Kanten steinhartes Brot oder eine Handvoll Erbsen einen Mord begingen. Selbst die wehrlosen Verwundeten wurden geplündert, man zog ihnen die Stiefel von den Beinen, wenn sie besser waren als die eigenen, man riß sie aus den Mänteln, schlug sie bewußtlos, wenn sie um Hilfe schrien, und schoß auf die eigenen Offiziere, wenn diese Ordnung schaffen wollten. Gegen diese wenigen Gruppen, bei denen der verbrecherische Instinkt stärker war als Angst und Grauen, wurde noch am letzten Tag vorgegangen.

Der erste, der merkte, daß etwas Ungewöhnliches geschehen sein mußte, war Iwan Iwanowitsch Kaljonin.

In der Nacht zum 31. Januar 1943 hatten deutsche Transportflugzeuge noch einmal Verpflegungsbomben auf engstem Raum abgeworfen. Es waren vierzehn Flugzeuge, die über den Ruinen kreisten, die noch in deutschem Besitz waren. Auch auf Knösels Markierungskreuz fielen drei Verpflegungsbomben ... Scheinwerfer eines Flak-Regimentes beleuchteten die wüste Gegend und gaben die Abwurfziele an ... aber auch die sowjetische Artillerie begann wieder zu trommeln ... ein deutlicheres Ziel als die Scheinwerfer der Flak gab es nicht mehr.

Knösel und Kaljonin bargen ihre drei Bomben in einem Splitterregen. Sie schleiften die Behälter hinter sich her, bis sie im Keller des Lagers erschöpft gegen die Wand fielen und erst verschnauften, ehe sie an den Inhalt der Bomben dachten. Dann stemmten sie die Verschlüsse auf und schütteten den Inhalt auf den Kellerboden.

In einer der Verpflegungsbomben war Naßbrot und Kaffeemehl, Grieß und Milchpulver. Aus der nächsten rollten Büchsen mit Rindfleisch und Saftschinken, Marmelade und Butter. Die dritte Bombe aber enthielt einen dicht versiegelten Karton mit dem schriftlichen Befehl: Abzuliefern beim Kommandeur zur Weitergabe an das Armee-Hauptquartier der 6. Armee.

»Det wird 'ne schöne Scheiße sein!« sagte Knösel. Er schlitzte mit seinem Seitengewehr respektlos den Karton auf und starrte auf den Inhalt.

Vor ihm lagen einige hundert Eiserne Kreuze I. und II. Klasse, Nahkampfspangen und Deutsche Kreuze in Silber und Gold. Auch Kaljonin starrte verblüfft auf den Segen militärischer Auszeichnungen, der vom Himmel gefallen war.

»Orden!« sagte er und grinste plötzlich.

Knösel antwortete nicht. Sein Gesicht war rot geworden. Und plötzlich wurde der gute, ruhige Knösel wild, er griff mit beiden Händen in die Eisernen Kreuze, schaufelte sie aus dem Karton und warf sie gegen die Kellerwand.

»Hunde!« brüllte er. »Schufte! Scheißkerle! O ihr Schweine ...!«

Und er griff wieder in den Karton und warf die Orden an die Kellerwand ... das Blech schepperte über den Boden, der Lack spritzte ab, die Nahkampfabzeichen zersprangen. Seine ganze verzweifelte Wut legte Knösel in diese Würfe, er schrie dabei, daß Kaljonin sich still in eine Ecke des Kellers verzog und ruhig blieb, bis der Karton geleert war und der Ordenssegen für eine Armee verstreut auf dem Boden lag. Ein Teppich aus Eisernen Kreuzen, über den Knösel hinwegstampfte zum Ausgang.

Am Morgen waren sie dann beschäftigt, die Büchsen aus den beiden Verpflegungsbomben und das gerettete Pferdefleisch in winzige Portionen aufzuteilen. Sie saßen in einem Nebenkeller und zählten ab.

Ein Löffel Grieß ... eine dünne Scheibe Brot ... ein Löffel Milchpulver ... zwei Löffel Rindfleisch ... ein Stück Pferdefleisch, so groß wie ein kleiner Finger.

Vera Kaljonina saß bei ihnen ... sie half, die Portionen zu ordnen. Wenn hundert fertig waren und auf dem Kellerboden lagen, kamen die Essenträger mit Munitionskistendeckeln und schoben die Portionen für ihre Kameraden im Lazarettkeller darauf.

Kaljonin unterbrach das Herumschneiden an seiner Pferdekeule und hob den Kopf.

Über ihnen war es ganz still. Der Morgen war gekommen, und mit der Sonne begann sonst auch die Artillerie zu schießen, oder die Panzer kämmten die Straßen durch. Aber jetzt schwieg alles ... es war, als lebten sie in einer völlig leeren Stadt.

»Ganz still ...«, sagte Kaljonin und stieß Knösel an. »Hörst du ...?«

»Ja.« Knösel zählte Erbsen ab. Pro Mann sechs Stück.

»... vier ... fünf ... sechs ... Ooch deine Genossen müssen ja mal Pause machen ...«

»Gucken!«

»Wat?« Knösel legte den kleinen Erbsensack weg. »Wat willste?«

»Gucken.«

»Mensch, sei froh, det se ruhig sind.«

»Nix Panzer, nix Kanone, gar nix ...«

»Jloob nich, det jetzt 'ne Winterfrische beginnt ...«

»Komm mit ...«

Kaljonin hielt es nicht mehr im Keller. Ein Instinkt trieb ihn hinaus in den diesigen, trüben Morgen. Er konnte nicht erklären, woher seine Unruhe kam ... sie war einfach da und stak kribbelnd in seinen Beinen.

Zusammen mit Knösel und Vera stieg er hinauf in die Trümmer und sprang auf, warf die Arme weit zurück und brüllte. Auf dem Gebäude des Verteidigungskomitees der Partei, dem großen Häuserblock am Roten Platz, schräg gegenüber dem Kaufhaus Univermag, in dessen Kellern Generalfeldmarschall Paulus und sein Stab saßen, wehte weithin sichtbar eine große rote Fahne.

Parteisekretär Genosse Iwan Grodnidsche, der seit seinem Desaster mit dem Hühnerfuttermehl sehr still geworden war, hatte sie eigenhändig aufgezogen, umbraust vom Jubel seiner Freunde und der Zivilisten, die rundherum aus den Kellern krochen und in den frühen Morgen blinzelten.

Stalingrad gehörte wieder ganz zu Mütterchen Rußland.

Kaljonin zeigte mit beiden Armen auf die wehende Fahne.

»Krieg kaputt!« brüllte er. »Briederchen ... Krieg kaputt ...«

Er umarmte seine Frau Vera und küßte sie, er umarmte den starren Knösel und drückte ihn an sich, er tanzte auf den Trümmern, lachte und weinte in einem Atemzug und benahm sich gar nicht so, wie sich ein Mladschij-Sergeant der Roten Armee eigentlich benehmen mußte. Dann riß er Knösel die Maschinenpistole von der Brust, warf sie hoch in die kalte Luft, fing sie auf, lud durch und feuerte übermütig in den Himmel. Die letzten vierundzwanzig Schuß waren es ... Knösel hatte sie gezählt ... er hatte Buch geführt über jede Patrone. Noch vierundzwanzig waren geblieben ... und nun jagte Iwan Iwanowitsch Kaljonin sie mit einem Freudentanz in den Morgen.

Gegenüber, in einer Hausruine, tauchte eine Gruppe Rotarmisten auf. Kaljonin schwenkte die Waffe Knösels ... »Sieg!« schrie er. »Freunde! Sieg!« Er sprang über die Trümmer auf seine Kameraden zu, das Gesicht wie verklärt vor Freude, und dabei schoß er noch einmal in die Luft, ein kleines privates Feuerwerk zur Stunde des Triumphes.

Mit ungläubigen Kinderaugen blieb er stehen, als aus der Gruppe der Rotarmisten eine einzelne Maschinenpistole aufbellte. Als die Kugeln in seinen Leib fuhren, wurde ihm klar, daß er ja eine deutsche Uniform trug und daß es das Recht des Rotarmisten war, auf einen deutschen Soldaten zu zielen, der schießend auf sie losstürmte.

»Genossen ...«, stammelte Kaljonin und sank in die Knie. Er hielt sich den Magen fest, preßte seine Fäuste dagegen, denn seine Därme brannten und sein Magen war eine glühende Hölle geworden. »Genossen ... was tut ihr denn ...? Brüder ... ein Irrtum ... ein Irrtum ist's ... Genossen ...«

»Wanja!« schrie Vera Kaljonina auf. Sie stieß Knösel weg, der sie zurückhalten wollte, und rannte zu dem zusammensinkenden Kaljonin. Auch die Rotarmisten merkten, daß etwas Tragisches geschehen war ... sie kamen langsam näher, mit vorgestreckten Karabinern, nach allen Seiten sichernd, Knösel, der Vera nachlief, mißtrauisch anstarrend. Es waren kleine Kalmükken, Reiter aus den Steppen, mit gelben Gesichtern und winzigen, schrägen Augen.

Vera kniete bei Kaljonin und legte seinen Kopf in ihren Schoß.

»Ihr Hunde!« schrie sie, als die Rotarmisten sie umringten. »Ihr räudigen Schweine! Ihr habt ihn erschossen ... er stirbt ... mein Wanja stirbt ...«

Sie umklammerte ihn, küßte ihn in wilder Verzweiflung und weinte laut.

Ein junger Feldwebel nahm seine Fellmütze ab und drehte sie zwischen den Händen.

»Verzeiht, Genossin ...«, stammelte er. »Aber er hatte eine deutsche Uniform ... und er schoß ... wie können wir wissen, wer er ist ... Es trifft uns keine Schuld ...«

Kaljonin schlug noch einmal die Augen auf. Er sah Vera über sich gebeugt, er sah Knösel fahlbleich, wie in Milch getaucht, er sah die kleinen Kalmücken und dachte an die rote Fahne auf dem Parteihaus.

»Sieg, Genossen!« sagte er stockend. Dabei blutete er aus dem Mund ... das Blut lief über sein Kinn und über Veras Hände, die seinen Kopf hielten. »Er ist mein Freund ...« Er sah Knösel an. »Ein guter Freund, Brüder ...« In seinen Därmen rissen tausend Teufel. Er bäumte sich auf und stöhnte. »Das hättet ihr nicht tun dürfen, Genossen ... das nicht ...«

Sein Kopf fiel nach hinten, gegen die Brust von Veraschka, er lächelte, als er sie spürte, das Feuer in ihm ergriff ihn völlig, aber es war eine merkwürdige Hitze.

»Wanja ...«, stammelte Vera. »Mein Wanja ...«

Dann war der Mladschij-Sergeant Iwan Iwanowitsch Kaljonin gestorben.

Er war der letzte Tote in Stalingrad-Mitte, der durch einen Schuß fiel.

Während vor dem Kaufhaus Univermag ein Wagen vorfuhr, um Generalfeldmarschall Paulus zu einem Frühstück bei Generalleutnant Rokossowskij abzuholen, kamen die lebenden Leichname aus den Kellern und hoben die Hände hoch in den kalten Wintermorgen.

Ein junger Hauptmann der Gardedivision stieg hinab in den Kinokeller. Chefchirurg Dr. Sukow kam ihm entgegen. Er stellte Assistenzarzt Dr. Körner vor als Herr über 3500 Sterbende.

»Wir werden alles tun, Genosse Major«, sagte der Hauptmann zu Dr. Sukow. »Alles, was wir können.«

»Und wieviel ist das?« fragte Sukow zurück.

Der Hauptmann sah den Arzt lange an, ehe er antwortete.

»Das wissen Sie doch selbst am besten, Genosse Major.«

Dr. Sukow wandte sich ab und ging wortlos zurück in das Kellerlabyrinth mit den aufgeblähten, fiebernden, eiternden, verfaulenden Leibern.

Der erste, der den Keller verließ, war der »Held der Nation«, Oberst Sabotkin. Gestützt auf zwei Leutnante schwankte er ans Tageslicht. Auf der Straße wartete ein Krankenwagen auf ihn ... er hatte gar keine Zeit, sich von Dr. Körner zu verabschieden. In rasender Fahrt brachte man ihn zum Wolgaufer.

Dann kamen sie nacheinander aus dem Keller ... die gehfähigen Verwundeten, die Sanitäter, die Träger, die Funker, die Unterärzte ... zuletzt Dr. Körner. Neben ihm ging Olga Pannarewskaja, hocherhobenen Hauptes, vorbei an dem ersten Offizier, der völlig verblüfft grüßte und ihnen mit offenem Mund nachstarrte.

Draußen, im Schnee, stand Dr. Sukow und blickte weg. Er wußte, was jetzt kommen mußte, und er wollte Olga Pannarewskaja nicht in die Augen sehen.

Ein Hauptmann trat auf sie zu und hielt sie am Arm fest, als sie Dr. Körner zu der langen Reihe der Gefangenen begleitete, die rund um das Kino wartete.

»Genossin –«, sagte er milde.

»Lassen Sie mich!« Sie schüttelte seinen Griff ab und blieb stehen. Ihre schwarzen Augen flammten auf, die Wildheit ihrer asiatischen Vorfahren durchglühte sie. »Lassen Sie mich gehen! Was wollen Sie von mir?!«

»Ihr Weg ist dorthin, Genossin.« Der Offizier zeigte zu einigen sowjetischen Krankenwagen, die herangefahren waren, um die russischen Verwundeten aus dem Keller abzuholen.

»Ich gehe, wohin ich will ...«

»Das wird Ihnen keiner verwehren, Genossin. Aber wir sind im vaterländischen Krieg, Sie sind Offizier, und es gilt der Befehl des Marschalls Stalin.«

»Ich habe ihn immer befolgt.«

»Bitte – dann treten Sie zurück.«

»Nein!« Sie warf die Haare herum, ein schwarzer Panther, der die Krallen und Zähne zeigt. »Nein!« sagte sie noch einmal laut und trotzig.

Dr. Körner verstand nicht, was gesprochen wurde, aber er verstand ihr »Njet! Njet!« und wußte, worum es ging. Er legte seine Hand auf den Arm Olgas, eine zittrige Greisenhand, die einem 26jährigen gehörte.

»Geh mit ihnen, Olga«, sagte er tonlos. »Du wirst einen Krieg und eine Weltanschauung nicht besiegen können. Sie werden dich zerbrechen.«

»Ich bleibe bei dir ...«

»Es geht doch nicht ...«

»Warum geht es nicht?« schrie sie und wandte sich an die herumstehenden Offiziere. »Warum geht es nicht?! Andreij Wassilijewitsch – warum geht es nicht?!«

Dr. Sukow schwieg und wandte sich ab. Olga Pannarewskaja ballte die Fäuste und hob sie hoch. »Sind wir Menschen?!« schrie sie. »Antwort ... sind wir Menschen?!«

»Bitte, Genossin ...«, sagte der Hauptmann mit belegter Stimme. »Ich kann nichts dafür, daß wir in dieser Zeit leben. Sie *müssen* sich trennen –«

Die Pannarewskaja blieb mit hängenden Armen und gesenktem Kopf stehen, als Dr. Körner weiterging zu der langen, dunklen Reihe der wartenden Gefangenen. Dr. Sukow trat auf sie zu und wollte den Arm um ihre Schulter legen. Sie schüttelte ihn ab und warf sich herum. Noch einmal sahen sie sich an ... Dr. Körner reihte sich ein, ein dunkler Fleck inmitten dunkler Flecken ... aber ihre Augen trafen sich, ihre letzten Blicke schrien sich zu ...

»Auf Wiedersehen ...«, sagte Ola Pannarewskaja leise. »Ich liebe dich ... ich liebe dich ...«

Ein Leutnant faßte sie unter den Arm und führte sie ab zu den Sanitätswagen. Das letzte, was Dr. Körner von ihr sah, waren ihre Haare ... sie flatterten wie eine schwarze, zerfetzte Fahne im Morgenwind.

Sie sahen sich nie wieder –

Am Nachmittag zog ein ungeheurer grauer Wurm schwankender Gestalten aus den Trümmern Stalingrads hinaus in die Steppe nach Süden. Zu dem Sammellager Beketowka an der Wolga. Sie gingen stumpf dahin, aber im Herzen froh, das Grauen der Hölle überlebt zu haben. Sie konnten noch nicht ahnen, daß allein in Beketowka 35 000 von ihnen sterben würden, an Hunger, an Fieber, an Typhus, an Entkräftung, durch Schneesturm und Eiswind.

Über 95 000 deutsche Soldaten bildeten die endlose Schlange der Leiber. Aber es waren kaum noch Menschen ... es waren wandernde Trümmer, die den zerfetzten Häusern glichen, aus deren Kellern sie hervorkamen.

Ein Auffanglager in einer Fabrik gab Verpflegung an die Deutschen aus ... Eine Kelle Hirsebrei, etwas Fisch und 600 Gramm Naßbrot.

600 Gramm Brot! Fisch! Hirsebrei!

Das Paradies war erobert worden!

Aber es war nur ein sehr kurzes Paradies. Die Mehrzahl der 95 000 hungerte weiter, schleppte sich in die Steppe, fiel seitlich der Kolonnen in den Schnee, starb an Erschöpfung. Die Wege, auf denen die deutschen Gefangenen in die Auffanglager gezogen waren, waren deutlich markiert. Links und rechts lagen die schwarzen Hügel, die einmal Mensch gewesen waren ... Metersteine einer Straße, die ins Nichts führte.

Inmitten der sich durch den Sturm windenden Menschenschlange gingen zwei Männer. Sie schleiften einen dritten zwischen sich. Er hing mit den Armen an ihren Schultern und versuchte, Schritt zu halten. Aber sie trugen ihn mehr, so gut sie es noch mit ihren schwachen Kräften konnten.

»Laßt mich liegen ...«, stammelte Pastor Sanders, als die Kolonne stockte. »Bitte, laßt mich liegen ...«

»Du sollst Gott nicht herausfordern, gerade du nicht.« Pfarrer Webern wischte das Gesicht des Pastors mit Schnee ab. Dr. Körner, der zweite Mann, der den Pastor aufrecht hielt, japste nach Luft. Er schob den Arm Sanders dichter um seinen Hals und biß die Zähne zusammen, als die Kolonne sich weiterbewegte.

Durch den Schnee, durch den Sturm, in die Endlosigkeit hinein ... und die Fußstapfen der Tausende verwehten von einer Minute zur anderen, ihre Körper lösten sich auf hinter der Wand aus wirbelnden Flocken und heulendem Nebel ... irgendwo war ein Zelt, eine Hütte, eine Baracke, irgendwo war ein Bett, eine Strohschütte, ein trockenes Plätzchen, irgendwo war ein Löffel heiße Suppe, die nach Kohl schmeckte ... heiße Suppe ... heiße Suppe ... Irgendwo –

Hinter Schneewänden, hinter Sturm, hinter erstarrenden Leibern, hinter Gebeten und Flüchen, hinter dem treibenden Dawai – dawai ...

Irgendwo –

Nach zwei Stunden trugen sie Pastor Sanders. Dr. Körner faßte ihn unter den Armen, Pfarrer Webern trug die Beine. Sie gingen im gleichen Schritt, damit der Körper nicht pendelte. Ab und zu beugte sich Pfarrer Webern vor und schüttelte den Körper. In der eingeknickten Höhlung des Bauches sammelte sich der Schnee zu einem kleinen Hügel.

Irgendwo war ein Bett ... ein Haufen Stroh ... oder nackte trockene Erde ...

Nicht weit von ihnen ging Knösel. Die letzten Worte Kaljonins hatten nicht gewirkt. Er wurde in die Reihe der anderen gestoßen, er war einer der 95 000. Aber er grollte nicht darüber ... er lebte, er marschierte hinaus aus der Stadt, von der er geglaubt hatte, daß er sie nie mehr verlassen würde. Er war gesund, er hatte sogar Kraft, und er hatte seine Pfeife noch. Wenn sie erst wieder brannte, und wenn es Heu war, würde das Leben weitergehen ...

Niemand weiß, was aus ihnen geworden ist ... aus Dr. Körner und Olga Pannarewskaja, aus Pfarrer Webern und Pastor Sanders, aus dem Gefreiten Hans Schmidtke, den man Knösel nannte, und aus Vera Kaljonina. Nur Dr. Sukow tauchte wieder auf ... er wurde Chefchirurg in Charkow.

Am 2. Februar 1943, nachdem auch der Nordteil der Stadt kapituliert hatte, wölbte sich ein strahlend blauer Himmel über Stalingrad, kleine, weiße Wölkchen zogen dahin, das Thermometer zeigte 31 Grad minus ... nur aus den Trümmern stieg Nebel, vereinzelt mit roten Flecken, denn noch immer brannte es in den Ruinen der zerstörten Stadt.

Und noch immer zogen die grauen Kolonnen hinaus in die Steppe, die letzten von 22 Divisionen mit 364 000 Mann.

Die deutschen Zeitungen bekamen an diesem Tage vom Reichspressechef folgenden Befehl:

»... so sehr auch die Zeitungen in diesen Tagen eine heroische Haltung zeigen werden, so sehr ist es erwünscht, keine Worte der Trauer anzustimmen, sondern aus dem Opfer der Männer von Stalingrad ein Heldenepos zu machen – jedoch ohne Phrasen und Sentimentalitäten, sondern in männlicher, harter und nationalsozialistischer Sprache ...«

»Das Herz der 6. Armee« hatte aufgehört zu schlagen.

Hüben und drüben atmete man auf.

Würde dies eine Lehre für kommende Generationen sein ...?

IST ES EINE LEHRE?

Die Antwort darauf werden wir geben ... oder unsere Kinder ... oder unsere Kindeskinder ...

Es ist zu befürchten, daß sie falsch sein wird ... so wie sie immer falsch gewesen ist, wenn man beginnt, elendes Krepieren in einem Schneeloch mit Heldentod zu verwechseln.

Es gibt keinen Heldentod ... es gibt nur ein erbärmliches Sterben. Die Männer von Stalingrad wissen es ... auch Pfarrer Webern und Pastor Sanders.

Man könnte sie fragen.

Aber wo sind sie ...?

In zahlreichen Romanen hat Heinz G. Konsalik bewiesen, daß er ein ausgezeichneter Kenner Rußlands ist. Die hier vorliegenden drei Geschichten zeigen es dem Leser von seiner heiteren Seite:

Das unanständige Foto: In einer russischen Kleinstadt taucht ein Nacktfoto auf. Der Skandal ist perfekt, und die große Suche beginnt: Wer ist die unbekannte Schöne auf dem Bild, die ihr Gesicht so geschickt verbirgt? Etwa die eigene Frau? fragen sich alle Ehemänner ...

Das Wunder von Bajkonur: In Weronika Alexandrownas kleinem Laden werden die Einwohner von Bajkonur Zeugen eines Wunders. Schnell verbreitet sich die Kunde davon, und schon bald strömen von allen Seiten die Wundergläubigen in das kleine Städtchen ...

Wo gibt es neue Schuhe, Genossen?: Endlich liefert das Kombinat Schuhe nach Nowo Tschernka. Alle Bewohner des winzigen Städtchens mitten in Sibirien fiebern dem Ereignis entgegen. Doch als die kostbare Fracht eintrifft, ist man verblüfft: Ganz so hatte man sich das nicht vorgestellt ...

ISBN 3-404-12902-4

BASTEI LÜBBE

ISBN 3-404-14684-0

Die Sowjetunion plant ein aufsehenerregendes Kanalprojekt: Der Lauf zweier Flüsse soll umgedreht werden, um die sibirische Steppe zur üppigen Kornkammer Rußlands zu machen. Eine Umweltkatastrophe ungeheuren Ausmaßes in anderen Erdteilen könnte die Folge sein. Aus dem In- und Ausland kommen massive Proteste.

Da taucht eines Tages aus den Weiten der Steppe ein Fremder auf, der behauptet, »Spezialist« für derartige Fälle zu sein, Er handelt, und das sibirische Roulette kommt ins Rollen ...

ISBN 3-404-14251-9

BASTEI LÜBBE

Als der Hypnosearzt Stefan Bergmann nachts zu einem Notfall gerufen wird, ahnt er nicht, daß die bevorstehende Begegnung sein Leben verändern soll. Am Unfallort trifft er den verletzten Investment-Banker Thomas C. Lindner, der in Monte Carlo zu Hause ist. Zum Dank für die Hilfe lädt Lindner den Arzt nach Südfrankreich ein, wo Bergmann dessen Frau kennenlernt. Maria fasziniert den Mediziner vom ersten Augenblick an, und er spürt, daß ihre Ehe nur ein Geschäft ist. Lindner selbst hat bloß eine Leidenschaft: Macht. Als der Manager den Arzt zur Mitarbeit an seinem neuesten Projekt – einer Hypnoseklinik für Manager und Industrielle – auffordert, läßt Bergmann sich darauf ein, zumal auch Maria ihn darum bittet. Zu spät erkennt er, daß er in ein Räderwerk von Korruption und Intrigen geraten ist ...

ISBN 3-404-14549-6

BASTEI LÜBBE